中國古典文學基本叢書

蘇軾詞編年校注

上

鄒同慶
王宗堂 著

中華書局

圖書在版編目(CIP)數據

蘇軾詞編年校注:新排本/鄒同慶,王宗堂著.—3版.—北京:中華書局,2024.10
(中國古典文學基本叢書)
ISBN 978-7-101-15339-2

Ⅰ.蘇… Ⅱ.①鄒…②王… Ⅲ.蘇軾(1036~1101)-宋詞-詩詞研究 Ⅳ.I207.23

中國版本圖書館CIP數據核字(2021)第179684號

責任編輯:劉 明 孟念慈
封面設計:毛 淳
責任印製:陳麗娜

中國古典文學基本叢書
蘇軾詞編年校注
(全三册)
鄒同慶 王宗堂 著
*
中華書局出版發行
(北京市豐臺區太平橋西里38號 100073)
http://www.zhbc.com.cn
E-mail:zhbc@zhbc.com.cn
大廠回族自治縣彩虹印刷有限公司印刷
*
850×1168毫米 1/32·38⅛印張·6插頁·814千字
2002年9月第1版 2007年10月第2版
2024年10月第3版 2024年10月第10次印刷
印數:24501-29500册 定價:168.00元

ISBN 978-7-101-15339-2

目録

上册
序……一
凡例……一
蘇軾詞編年校注正編
一、蘇軾編年詞二九二首
宋英宗治平元年甲辰（一〇六四年）
華清引（平時十月幸蓮湯）……三
宋神宗熙寧二年己酉（一〇六九年）
一斛珠（洛城春晚）……六
熙寧四年辛亥（一〇七一年）
南歌子（紺綰雙蟠髻）……九
又（琥珀裝腰佩）……一二
熙寧五年壬子（一〇七二年）
浣溪沙（徐邈能中酒聖賢）……一五
雙荷葉（雙溪月）……一八
荷花媚（霞苞露荷碧）……二一
熙寧六年癸丑（一〇七三年）
浪淘沙（昨日出東城）……二四
行香子（一葉舟輕）……二六
祝英臺近（掛輕帆）……二八
瑞鷓鴣（城頭月落尚啼烏）……三〇
江城子（鳳凰山下雨初晴）……三三
菩薩蠻（繡簾高捲傾城出）……三七

瑞鷓鴣（碧山影裏小紅旗）……三九
臨江仙（四大從來都遍滿）……四二
江城子（玉人家在鳳凰山）……四四
熙寧七年甲寅（一〇七四年）
行香子（攜手江村）……四八
減字木蘭花（曉來風細）……五〇
昭君怨（誰作桓伊三弄）……五三
卜算子（蜀客到江南）……五四
蝶戀花（雨過春容清更麗）……五六
占春芳（紅杏了）……五八
醉落魄（輕雲微月）……六〇
少年遊（去年相送）……六三
減字木蘭花（雙龍對起）……六四
鵲橋仙（緱山仙子）……六七
虞美人（湖山信是東南美）……六九
訴衷情（錢塘風景古來奇）……七一
菩薩蠻（玉童西迓浮丘伯）……七四
減字木蘭花（雲鬟傾倒）……七七
菩薩蠻（娟娟缺月西南落）……七九
江城子（翠蛾羞黛怯人看）……八一
菩薩蠻（秋風湖上蕭蕭雨）……八三
清平樂（清淮濁汴）……八四
南鄉子（回首亂山横）……八七
漁家傲（送客歸來燈火盡）……八九
勸金船（無情流水多情客）……九三
南鄉子（東武望餘杭）……九七
浣溪沙（縹緲危樓紫翠間）……九九
又（白雪清詞出坐間）……一〇一
南鄉子（裙帶石榴紅）……一〇三
又（旌旆滿江湖）……一〇六

定風波（千古風流阮步兵）…………一〇八
減字木蘭花（惟熊佳夢）…………一一二
南鄉子（不到謝公臺）…………一一五
菩薩蠻（天憐豪俊腰金晚）…………一一七
阮郎歸（一年三度過蘇臺）…………一二〇
醉落魄（蒼顏華髮）…………一二三
菩薩蠻（玉笙不受朱脣暖）…………一二四
采桑子（多情多感仍多病）…………一二六
減字木蘭花（銀箏旋品）…………一二九
醉落魄（分攜如昨）…………一三一
訴衷情（小蓮初上琵琶弦）…………一三三
更漏子（水涵空）…………一三六
浣溪沙（長記鳴琴子賤堂）…………一三八
永遇樂（長憶別時）…………一四〇
沁園春（孤館燈青）…………一四三
南鄉子（寒雀滿疏籬）…………一四七
熙寧八年乙卯（一〇七五年）
蝶戀花（燈火錢塘三五夜）…………一四九
江城子（十年生死兩茫茫）…………一五〇
雨中花慢（今歲花時深院）…………一五三
江城子（老夫聊發少年狂）…………一五五
減字木蘭花（賢哉令尹）…………一五八
又（春光亭下）…………一六〇
熙寧九年丙辰（一〇七六年）
一叢花（今年春淺臘侵年）…………一六三
蝶戀花（簾外東風交雨霰）…………一六六
滿江紅（天豈無情）…………一六八
殢人嬌（別駕來時）…………一七〇
望江南（春未老）…………一七三
又（春已老）…………一七五

滿江紅（東武城南）……一七八
臨江仙（九十日春都過了）……一八二
水調歌頭（明月幾時有）……一八四
河滿子（見説岷峨悽愴）……一九二
畫堂春（柳花飛處麥搖波）……一九六
江城子（前瞻馬耳九仙山）……一九八
又（相逢不覺又初寒）……二〇〇
熙寧十年丁巳（一〇七七年）
陽關曲（濟南春好雪初晴）……二〇二
浣溪沙（傅粉郎君又粉奴）……二〇四
殢人嬌（滿院桃花）……二〇七
洞仙歌（江南臘盡）……二〇九
滿庭芳（香靉雕盤）……二一三
浣溪沙（縹緲紅妝照淺溪）……二一七
陽關曲（暮雲收盡溢清寒）……二一九
水調歌頭（安石在東海）……二二一
浣溪沙（一別姑蘇已四年）……二二五
菩薩蠻（城隅静女何人見）……二二七
臨江仙（忘卻成都來十載）……二三一
元豐元年戊午（一〇七八年）
臨江仙（自古相從休務日）……二三三
蝶戀花（簌簌無風花自嚲）……二三六
浣溪沙（慚愧今年二麥豐）……二三八
又（照日深紅暖見魚）……二四〇
其二（旋抹紅妝看使君）……二四二
其三（麻葉層層檾葉光）……二四三
其四（簌簌衣巾落棗花）……二四五
其五（軟草平莎過雨新）……二四七
蝶戀花（別酒勸君君一醉）……二四八
南鄉子（涼簟碧紗廚）……二五三

千秋歲（淺霜侵綠）……二五五
永遇樂（明月如霜）……二五七
陽關曲（受降城下紫髯郎）……二六四
浣溪沙（惟見眉間一點黃）……二六六
元豐二年己未（一〇七九年）
南鄉子（繡鞅玉鐶遊）……二六八
又（未倦長卿遊）……二七一
江城子（天涯流落思無窮）……二七三
減字木蘭花（玉觴無味）……二七六
江城子（墨雲拖雨過西樓）……二七七
南歌子（山雨瀟瀟過）……二七九
漁家傲（皎皎牽牛河漢女）……二八一
元豐三年庚申（一〇八〇年）
臨江仙（細馬遠馱雙侍女）……二八三
卜算子（缺月掛疏桐）……二八六
南歌子（寸恨誰云短）……二九八
南鄉子（晚景落瓊杯）……三〇〇
菩薩蠻（畫檐初掛彎彎月）……三〇三
其二（風迴仙馭雲開扇）……三〇六
定風波（與客攜壺上翠微）……三〇七
水龍吟（楚山修竹如雲）……三一〇
菩薩蠻（翠鬟斜幔雲垂耳）……三一六
其二（柳庭風靜人眠晝）……三一九
其三（井梧雙照新妝冷）……三二〇
其四（雪花飛暖融香頰）……三二一
元豐四年辛酉（一〇八一年）
少年遊（玉肌鉛粉傲秋霜）……三二三
水龍吟（似花還似非花）……三二六
水調歌頭（昵昵兒女語）……三三六
少年遊（銀塘朱檻麴塵波）……三四二

南鄉子（霜降水痕收）……三四四
滿江紅（江漢西來）……三四八
浣溪沙（覆塊青青麥未蘇）……三五三
其二（醉夢醺醺曉未蘇）……三五五
其三（雪裏餐氈例姓蘇）……三五六
其四（半夜銀山上積蘇）……三五八
其五（萬頃風濤不記蘇）……三五九
江城子（黃昏猶是雨纖纖）……三六一
元豐五年壬戌（一〇八二年）
水龍吟（小舟橫截春江）……三六三
江城子（夢中了了醉中醒）……三六六
定風波（莫聽穿林打葉聲）……三六九
浣溪沙（山下蘭芽短浸溪）……三七三
西江月（照野瀰瀰淺浪）……三七四
南歌子（日出西山雨）……三七八
又（雨暗初疑夜）……三八〇
又（帶酒衝山雨）……三八二
浣溪沙（西塞山邊白鷺飛）……三八三
漁父（漁父飲）……三九〇
又（漁父醉）……三九一
又（漁父醒）……三九二
又（漁父笑）……三九三
調笑令（漁父）……三九四
又（歸雁）……三九六

中册

滿江紅（憂喜相尋）……三九九
南歌子（日薄花房綻）……四〇二
哨徧（爲米折腰）……四〇五
漁家傲（些小白鬚何用染）……四一〇

定風波（雨洗娟娟嫩葉光）……………四一三
念奴嬌（大江東去）…………………四一五
漁家傲（臨水縱横回晚鞚）……………四二八
洞仙歌（冰肌玉骨）…………………四三一
水龍吟（小溝東接長江）……………四四〇
念奴嬌（憑高眺遠）…………………四四四
醉蓬萊（笑勞生一夢）………………四四七
西江月（點點樓頭細雨）……………四五〇
定風波（兩兩輕紅半暈腮）……………四五三
減字木蘭花（嬌多媚𤋮）………………四五五
又（雙鬟緑墜）………………四五七
又（天真雅麗）………………四五九
又（柔和性氣）………………四六〇
又（天然宅院）………………四六二
西江月（龍焙今年絶品）………………四六四
菩薩蠻（碧紗微露纖纖玉）……………四六八
醉翁操（琅然）…………………四七〇
滿庭芳（蝸角虚名）…………………四七八
定風波（好睡慵開莫厭遲）……………四八一
元豐六年癸亥（一〇八三年）
木蘭花令（烏啼鵲噪昏喬木）……………四八三
臨江仙（夜飲東坡醒復醉）……………四八六
好事近（紅粉莫悲啼）………………四八八
滿庭芳（三十三年今誰存者）…………四九〇
鷓鴣天（林斷山明竹隱牆）……………四九三
十拍子（白酒新開九醖）……………四九五
浣溪沙（傾蓋相逢勝白頭）……………四九七
又（炙手無人傍屋頭）……………五〇〇
水調歌頭（落日繡簾捲）……………五〇二
南歌子（衛霍元勳後）………………五〇七

臨江仙（詩句端來磨我鈍）…………五一〇
減字木蘭花（江南遊女）…………五一五
皁羅特髻（采菱拾翠）…………五一七
元豐七年甲子（一〇八四年）
減字木蘭花（神閒意定）…………五二〇
無愁可解（光景百年）…………五二三
滿庭芳（歸去來兮吾歸何處）…………五二七
阮郎歸（緑槐高柳咽新蟬）…………五三〇
西江月（別夢已隨流水）…………五三三
漁家傲（千古龍蟠並虎踞）…………五三六
水龍吟（露寒煙冷蒹葭老）…………五四〇
減字木蘭花（鄭莊好客）…………五四三
南歌子（欲執河梁手）…………五四七
菩薩蠻（買田陽羡吾將老）…………五四九
南歌子（見説東園好）…………五五二
西江月（三過平山堂下）…………五五四
浣溪沙（學畫鵶兒正妙年）…………五五九
又（一夢江湖費五年）…………五六一
虞美人（波聲拍枕長淮曉）…………五六三
如夢令（城上層樓疊巘）…………五六六
又（水垢何曾相受）…………五六八
其二（自浄方能洗彼）…………五七一
浣溪沙（細雨斜風作曉寒）…………五七二
行香子（北望平川）…………五七四
水龍吟（古來雲海茫茫）…………五七八
滿庭芳（三十三年飄流江海）…………五八五
元豐八年乙丑（一〇八五年）
南鄉子（千騎試春遊）…………五八八
滿庭芳（歸去來兮清溪無底）…………五九〇
蝶戀花（雲水縈回溪上路）…………五九四

又（昨夜秋風來萬里）……五九六
又（自古漣漪佳絶地）……五九九
宋哲宗元祐元年丙寅（一〇八六年）
定風波（誰羨人間琢玉郎）……六〇一
如夢令（爲向東坡傳語）……六〇六
其二（手種堂前桃李）……六〇九
元祐二年丁卯（一〇八七年）
蘇幕遮（暑籠晴）……六一一
元祐三年戊辰（一〇八八年）
哨徧（睡起畫堂）……六一三
西江月（莫歎平齊落落）……六二一
元祐四年己巳（一〇八九年）
行香子（綺席纔終）……六二三
浣溪沙（珠檜絲杉冷欲霜）……六二六
其二（霜鬢真堪插拒霜）……六二八
點絳脣（我輩情鍾）……六三〇
元祐五年庚午（一〇九〇年）
臨江仙（多病休文都瘦損）……六三二
南歌子（山與歌眉斂）……六三四
又（古岸開青葑）……六三八
鵲橋仙（乘槎歸去）……六四〇
南歌子（海上乘槎侶）……六四二
其二（苒苒中秋過）……六四六
點絳脣（不用悲秋）……六四七
又（莫唱陽關）……六五〇
又（閒倚胡牀）……六五二
好事近（湖上雨晴時）……六五五
浣溪沙（門外東風雪灑裾）……六五七
南歌子（師唱誰家曲）……六五九
元祐六年辛未（一〇九一年）

浣溪沙（雪頷霜髯不自驚）……六六四
又（料峭東風翠幕驚）……六六六
又（陽羨姑蘇已買田）……六六七
木蘭花令（元宵似是歡遊好）……六七一
減字木蘭花（雲容皓白）……六七四
西江月（公子眼花亂發）……六七七
其二（小院朱闌幾曲）……六八〇
其三（怪此花枝怨泣）……六八二
木蘭花令（知君仙骨無寒暑）……六八三
虞美人（歸心正似三春草）……六八六
臨江仙（一別都門三改火）……六八九
八聲甘州（有情風萬里捲潮來）……六九二
減字木蘭花（天台舊路）……六九七
西江月（昨夜扁舟京口）……七〇〇
定風波（月滿苕溪照夜堂）……七〇二
臨江仙（我勸髯張歸去好）……七〇七
蝶戀花（春事闌珊芳草歇）……七一一
臨江仙（尊酒何人懷李白）……七一六
南歌子（雲鬢裁新緑）……七一八
滿江紅（清潁東流）……七二一
浣溪沙（四面垂楊十里荷）……七二五
木蘭花令（霜餘已失長淮闊）……七二七
減字木蘭花（空牀響琢）……七三〇

元祐七年壬申（一〇九二年）

減字木蘭花（春庭月午）……七三三
木蘭花令（高平四面開雄壘）……七三五
浣溪沙（芍藥櫻桃兩鬬新）……七三七
減字木蘭花（回風落景）……七四〇
生查子（三度别君來）……七四二
青玉案（三年枕上吴中路）……七四四

元祐八年癸酉（一〇九三年）
行香子（三入承明）……………………七四九
又（清夜無塵）……………………七五四
紹聖元年甲戌（一〇九四年）
戚氏（玉龜山）……………………七五八
歸朝歡（我夢扁舟浮震澤）……………………七六七
木蘭花令（梧桐葉上三更雨）……………………七七一
浣溪沙（幾共查梨到雪霜）……………………七七三
又（菊暗荷枯一夜霜）……………………七七六
又（羅襪空飛洛浦塵）……………………七七七
西江月（馬趁香微路遠）……………………七八〇
紹聖二年乙亥（一〇九五年）
臨江仙（九十日春都過了）……………………七八二
蝶戀花（花褪殘紅青杏小）……………………七八三
減字木蘭花（閩溪珍獻）……………………七八七
殢人嬌（白髮蒼顏）……………………七九〇
浣溪沙（輕汗微微透碧紈）……………………七九三
又（入袂輕風不破塵）……………………七九五
賀新郎（乳燕飛華屋）……………………七九七
紹聖三年丙子（一〇九六年）
蝶戀花（泛泛東風初破五）……………………八〇八
三部樂（美人如月）……………………八一三
雨中花慢（嫩臉羞蛾因甚）……………………八一四
西江月（玉骨那愁瘴霧）……………………八一七
紹聖四年丁丑（一〇九七年）
虞美人（定場賀老今何在）……………………八二三
減字木蘭花（琵琶絶藝）……………………八二四
浣溪沙（道字嬌訛苦未成）……………………八二七
又（桃李溪邊駐畫輪）……………………八二九
西江月（世事一場大夢）……………………八三一

元符二年己卯（一〇九九年）
減字木蘭花（春牛春杖）…………………… 八三四
千秋歲（島邊天外）…………………… 八三六
踏青遊（改火初晴）…………………… 八四〇
元符三年庚辰（一一〇〇年）
減字木蘭花（海南奇寶）…………………… 八四三
鷓鴣天（笑撚紅梅嚲翠翹）…………………… 八四六

下册

二、蘇軾未編年詞三十九首及殘句十一則
木蘭花令（經旬未識東君信）…………………… 八四九
西江月（聞道雙銜鳳帶）…………………… 八五一
烏夜啼（莫怪歸心甚速）…………………… 八五三
臨江仙（冬夜夜寒冰合井）…………………… 八五六
又（誰道東陽都瘦損）…………………… 八五七
又（昨夜渡江何處宿）…………………… 八六〇
漁家傲（一曲陽關情幾許）…………………… 八六一
定風波（莫怪鴛鴦繡帶長）…………………… 八六三
南鄉子（冰雪透香肌）…………………… 八六五
又（天與化工知）…………………… 八六七
又（寒玉細凝膚）…………………… 八六八
又（悵望送春杯）…………………… 八六九
又（何處倚闌干）…………………… 八七〇
菩薩蠻（落花閒院春衫薄）…………………… 八七三
又（火雲凝汗揮珠顆）…………………… 八七四
又（嶠南江淺紅梅小）…………………… 八七五
又（塗香莫惜蓮承步）…………………… 八七六
又（玉鐶墜耳黄金飾）…………………… 八七八
浣溪沙（畫隼横江喜再遊）…………………… 八七九
又（風捲珠簾自上鈎）…………………… 八八一

又（花滿銀塘水漫流）…………八八二
又（風壓輕雲貼水飛）…………八八四
南歌子（紫陌尋春去）…………八八七
又（笑怕薔薇罥）…………八八九
蝶戀花（一顆櫻桃樊素口）…………八九一
減字木蘭花（玉房金蕊）…………八九三
又（鶯初解語）…………八九五
行香子（昨夜霜風）…………八九六
點絳脣（紅杏飄香）…………八九七
虞美人（持杯遥勸天邊月）…………八九九
阮郎歸（暗香浮動月黄昏）…………九〇一
謁金門（秋帷裏）…………九〇二
又（秋池閣）…………九〇三
又（今夜雨）…………九〇四
好事近（煙外倚危樓）…………九〇五
天仙子（走馬探花花發未）…………九〇六
翻香令（金爐猶暖麝煤殘）…………九〇八
桃源憶故人（華胥夢斷人何處）…………九〇九
沁園春（情若連環）…………九一〇
殘句十一則…………九一二

蘇軾詞編年校注附編

一、他集互見詞八首

菩薩蠻（娟娟侵鬢妝痕淺）…………九一九
江城子（銀濤無際捲蓬瀛）…………九二〇
減字木蘭花（憑誰妙筆）…………九二四
點絳脣（醉漾輕舟）…………九二七
又（月轉烏啼）…………九三〇
訴衷情（海棠珠綴一重重）…………九三三
醉落魄（醉醒醒醉）…………九三四
瑶池燕（飛花成陣）…………九三六

二、蘇軾存疑詞十一首
蝶戀花（記得畫屏初會遇）……九四一
又（雨霰疏疏經潑火）……九四二
又（蝶懶鶯慵春過半）……九四三
雨中花慢（邃院重簾何處）……九四四
浣溪沙（山色横侵蘸暈霞）……九四六
江城子（膩紅勻臉襯檀脣）……九四八
虞美人（冰肌自是生來瘦）……九五〇
又（深深庭院清明過）……九五二
西江月（碧霧輕籠兩鳳）……九五三
踏莎行（這個禿奴）……九五四
鷓鴣天（羅帶雙垂畫不成）……九五七
三、誤入蘇集詞五十四首及殘句九則
鷓鴣天（西塞山邊白鷺飛）……九五九
江城子（南來飛燕北歸鴻）……九六〇
沁園春（小閣深沈）……九六一
虞美人（落花已作風前舞）……九六二
蝶戀花（玉枕冰寒消暑氣）……九六四
又（梨葉初紅蟬韻歇）……九六五
又（簾幕風輕雙語燕）……九六六
又（一霎秋風驚畫扇）……九六七
又（紫菊初生朱槿墜）……九六七
永遇樂（天末山横）……九六八
意難忘（花擁鴛房）……九六九
滿庭芳（北苑龍團）……九七〇
定風波（痛飲形骸騎蹇驢）……九七二
殢人嬌（解了癡縚）……九七三
浣溪沙（晚菊花前斂翠蛾）……九七四
又（玉椀冰寒滴露華）……九七五
又（樓依江邊百尺高）……九七五

目録

阮郎歸（歌停檀板舞停鸞）……………九七六
菩薩蠻（濕雲不動溪橋冷）……………九七七
木蘭花（檀槽碎響金絲撥）……………九七九
又（個人豐韻真堪羨）……………九八〇
玉樓春（東風捻就腰兒細）……………九八〇
如夢令（嘗記溪亭日暮）……………九八一
又（曾宴桃源深洞）……………九八二
點絳脣（高柳蟬嘶）……………九八三
又（蹴罷秋千）……………九八五
又（春雨濛濛）……………九八六
又（鶯踏花翻）……………九八六
祝英臺近（剪酴醾）……………九八七
水調歌頭（已過一番雨）……………九八八
又（離別一何久）……………九八八
洞仙歌（飛梁壓水）……………九八九
金菊對芙蓉（花則一名）……………九九一
踏青遊（識箇人人）……………九九二
西江月（雨過輕風弄柳）……………九九三
探春令（玉窗蠅字記春寒）……………九九三
憶秦娥（香馥馥）……………九九四
滿江紅（不作三公）……………九九五
卜算子（水是眼波横）……………九九五
更漏子（柳絲長）……………九九六
又（春夜闌）……………九九七
清平調引（陌上花開蝴蝶飛）……………九九七
又（陌上山花無數開）……………九九七
又（生前富貴草頭露）……………九九八
履霜操（桓山之上）……………九九八
導引歌辭（帝城父老）……………九九九
又（經文緯武）……………九九九

踏莎行（山秀芙蓉）……一〇〇〇
菩薩蠻（城頭尚有三鼕鼓）……一〇〇二
西江月（古渡水摇明月）……一〇〇三
蝶戀花（花拂壺觴香徑小）……一〇〇三
洞仙歌（殿角涼生）……一〇〇三
阮郎歸（夕陽滿樹亂鳴蟬）……一〇〇四
又（清亭邃館鎖清風）……一〇〇五
句（回首夕陽紅盡處）……一〇〇六
句（喜鵲橋成催鳳駕）……一〇〇七
句（杏花疏影裏）……一〇〇八
句（寶香薰被成孤宿）……一〇〇八
句（麴生禪）……一〇〇九
句（寸腸千恨堆積）……一〇一〇
句（江天雪意雲繚亂）……一〇一一
句（世事短如春夢）……一〇一二
句（允文事業從容了）……一〇一三

苏軾詞編年校注附録

一、蘇軾傳記……一〇一六
（一）蘇轍《亡兄子瞻端明墓誌銘》……一〇一六
（二）《宋史·蘇軾傳》……一〇二七
二、總評資料……一〇四二
三、劉尚榮《蘇軾詞集版本綜述》……一〇七二
四、序跋……一〇八九
蘇軾詞編年校注主要引用書目……一一〇四
後　記……一一三四
篇目筆畫索引……一一三六
校注後記……一一五六
重印後記……一一六三
第五次印刷後記……一一七三

序

蘇軾是北宋全能的文學、藝術大家。他的散文是唐宋八大家之一；他把宋詩發展到高峰；書法與黄庭堅、米芾、蔡京合稱北宋四大家；他又善于繪畫，所畫墨竹，後人稱爲玉局法，其作古槎、枯木、叢篠、斷山，筆力跌蕩，爲世所稱。而他之於詞，則具有一個偉大作家和一個偉大詞派的開創者的崇高地位。

大家知道，公元九六〇年北宋王朝建立，結束了唐末五代長期分裂割據的局面。到了仁宗慶曆時期，一方面，由於將近百年的承平，社會經濟繁榮，促進了文化的繁榮。另一方面，由於國家内外危機的加深，促起文人對現實的關心，詩文革新運動就在歐陽修、梅堯臣、蘇舜欽等領導下，取代宋初西崑體詩文的地位，成爲北宋文學的主流。但是，繼承晚唐五代婉約綺麗的詞風，此時基本上未受到多少觸動，晏殊、張先、柳永等的詞依舊盛行。儘管如此，詩文革新運動也爲詞的革新準備了條件，在范仲淹、歐陽修的詞裏，即景抒懷，氣象已自不同，王安石更明白反對依聲填詞的作法，他們都有一些風格豪放的作品。蘇軾繼承他們的作風，加以恢宏變化，徹底打破了婉約派拘限於反映男歡女愛、離愁别恨、小道艷科的十分狹窄的範圍，恢復和發展了盛、中唐文人詞的健康傳統，並以詩爲詞，大大開拓詞的題材境界，使無意不可入，無事不可言，從理論與實踐上把詞提高到同詩並駕齊驅的正宗地位上去，在詞學發展史上起了「迴狂瀾於既倒，障百川而東之」的作用。

蘇軾關於詞的理論雖不多，但卻甚重要。他肯定詞就是詩的苗裔。張先（子野）是與他同時的著名詞人，卒於元豐元年（一〇七八），蘇軾這年四十三歲。他在《祭張子野文》中說：

> 清詩絶俗，甚典而麗，搜研物情，刮發幽翳。微詞宛轉，蓋詩之裔。（《蘇東坡集》卷六）

並進一步說：詞即是古人的詩。在《與蔡景繁簡》中說：

> 頒示新詞，此古人長短句詩也。得之驚喜。試勉繼之，晚即面呈。（《東坡續集》卷十一）

又在《答陳季常簡》中云：

> 又惠新詞，句句警拔，詩人之雄，非小詞也。但豪放太過，恐造物者不容人如此快活。（《東坡續集》卷十一）

這些可以說是蘇軾詞體革新的理論綱領。在這裏他告訴我們兩點：（一）詞是詩的一體，當與詩同等看待；（二）張先的婉約詞與陳慥（季常）的豪放詞同是詩。既然二者同是詩，雖有軒輊主次之區分，亦不妨兼存而並用，所以自蘇軾以至辛棄疾這些豪放派詞人幾乎都有膾炙人口的婉約詞。其實，所謂豪放派與婉約派乃是後人定名，當時是沒有的。在這裏順便說一句：陳慥的詞，據《全宋詞》，今存者只有《無愁可解》（光景百年）一首，唐注：「案此詞向載各本東坡詞中，今據

《山谷題跋》卷九、魏衍《後山詩注》卷九《答田生詩注》、陳應行《于湖先生長短句序》移出録此。詞序乃蘇軾所撰。」蘇軾「簡」中所云「豪放太過」者，當即此作。詞的内容亦與「如此快活」之意相合。

詞即是詩，或以詩爲詞，蘇軾在他的創作實踐中通過三種方式作了具體的説明。其一是他的詞中有與詩不分的作品。如兩首《瑞鷓鴣》（城頭月落尚啼烏）、（烏啼鵲噪昏喬木），《陽關曲》（暮雲收盡溢清寒）（詩題爲《中秋作》），《生查子》（三度别君來）（詩題爲《古别離送蘇伯固》），過去皆收入詩集。其二是集句詞。此體始於王安石的《菩薩蠻》（數間茅屋閑臨水）、（海棠亂發皆臨水），蘇軾用此體寫了三首《南鄉子》，乃集杜甫、韓愈、白居易、劉禹錫、鄭谷、許渾、杜牧、李商隱、崔塗、韓偓、吴融等人的詩句爲之。又有《定風波》（雨洗娟娟嫩葉光），是集杜甫與白居易詩句爲之。王作豪放，蘇作近于婉約。其三是檃括詞。這是蘇軾的創舉，也有可能是受韓愈《月蝕詩效玉川子作》檃括盧仝《月蝕詩》的啓發。在此體中，他以《臨江仙》（冬夜夜寒冰合井）檃括李白的《夜坐吟》，《定風波》（與客攜壺上翠微）檃括杜牧的《九日齊安登高》，《定風波》（好睡慵開莫厭遲）檃括他自己的《紅梅》，《水調歌頭》（昵昵兒女語）檃括韓愈的《聽穎師彈琴》，《哨遍》（爲米折腰）檃括陶淵明的《歸去來兮辭》，《戚氏》（玉龜山）檃括周穆王賓於西王母事。後兩篇引進許多散文句式，合文入樂，遂開以文爲詞的新路。至於他詞中直接引用或暗中化用古人詩句，俯拾即是。這些都可以説明蘇軾是在突破詩詞的畛域，他的填詞，實際上是在詞的形式下作詩。

他開始填詞的時間，從現存的作品看，是在任杭州通判時期，這是在他已經寫過《鳳翔八觀》的《石鼓歌》《王維吴道子畫》等名作以後，也就是在他詩的清雄風格形成以後。因而他初試詞筆，爲表達内容的需要，就帶着詩的風格入詞。可以説，這是他以詩爲詞的開始，也是他建立豪放風格的開始。

以詩爲詞，主要是指詞的内容的開拓與擴大。舉凡詩人所慣用的題材，如咏懷、懷古、感舊、贈别、寫景、記遊，以及愛國思想、農村生活、説理談禪等等，都是晚唐五代以來詞人反映較少或完全没有涉及的内容，而蘇軾都能毫無拘束地用詞來表達。詞的内容的擴大，提供了産生豪放風格的有利條件；同時，成功的具有豪放風格作品的出現，也有利於詞的内容的繼續擴大。從蘇軾開始，通過他的實踐，終於使被人視爲「小道」的詞的思想價值和藝術價值提高到與詩同等的地位。這就是以詩爲詞的結果。

下面，試就蘇軾詞在幾個主要方面的開拓與成就提出一些看法。

豪放是詩人的氣質，它表現在作品中是風格，而豪放氣質的基礎，則是遠大的政治抱負。

首先，蘇軾的豪放詞中直接或間接地反映他的愛國主義思想。他追攀杜甫，有「致君堯舜」的壯志豪情，他在《沁園春》（孤館燈青）中説：

當時共客長安，似二陸初來俱少年。有筆頭千字，胸中萬卷，致君堯舜，此事何難？

正是由於有這樣的自信和自豪，才寫出了「妥帖排奡」的豪放之作。也正因爲如此，次年在密州出獵時，又寫出了充滿愛國主義熱情的《江城子》（老夫聊發少年狂）。這首詞上闋描寫了獵場的壯觀和自己的英勇豪邁行爲，下闋進一步寫道：

酒酣胸膽尚開張。鬢微霜，又何妨。持節雲中，何日遣馮唐？會挽雕弓如滿月，西北望，射天狼！

把狩獵時的豪情上升爲保衛邊疆、殺敵報國的激昂壯志，成爲豪放詞的代表作。大概與此同時，他又寫了《陽關曲》（受降城下紫髯郎），也是一首抒發愛國主義思想的壯詞。稍後，又寫了送武將出征的《浣溪沙》（怪見眉間一點黄），其下闋云：

上殿雲霄生羽翼，論兵齒頰帶風霜。歸來衫袖有天香。贊揚梁左藏奉詔從軍的光榮。

同時還有一首《南鄉子》（旌旆滿江湖），寫道：

投筆將軍因笑我，迂儒。帕首腰刀是丈夫。

是對出征者的熱情歌頌。蘇軾在這方面的開拓，實爲後來岳飛、張元幹、葉夢得、陸游、張孝祥、韓元吉等愛國詞人導夫先路，至辛棄疾而臻其極，厥功甚偉。

封建時代，君王是國家的象徵，忠君與愛國是相聯繫的。蘇軾的《水調歌頭》（明月幾時有），劉熙載説：「詞以不犯本位爲高。東坡《滿庭芳》『老去君恩未報，空回首彈鋏悲歌』，語誠慷慨。然不若《水調歌頭》『我欲乘風歸去，又恐瓊樓玉宇，高處不勝寒』，尤覺空靈蘊藉。」（《藝概》卷四）《坡仙集外紀》載神宗讀至「瓊樓玉宇」二句，嘆曰：「蘇軾終是愛君。」以之相參，劉説是深刻的。

蘇軾在登臨懷古詞中也流露出同類的心情。這一題材始于王安石的《桂枝香》（金陵懷古）。蘇軾於元豐五年在黄州貶所寫的《念奴嬌》（赤壁懷古），歷來舉爲豪放詞的代表作。黄蓼園云：「題是赤壁，心實爲己而發。周郎是賓，自己是主，借賓定主，寓主於賓，離奇變幻，細思方得其主意處。不可但誦其詞，而不知其命意所在也。」（《蓼園詞評》）此作和王作的結構相同，上闋寫景，下闋懷古。但有不同處，即「故國」三句從周郎談到自己，撫古傷今，抒發自己遭誣被貶，白首無成的沉重苦悶。其下雖有消極情緒，但從他對周瑜的讚美欽慕中仍然可以看到他要求爲國建功立業的愛國熱情。辛棄疾曾四次和韻〔一〕，不是没有道理的。辛棄疾也寫了如《水龍吟》（登建康賞心亭）、《永遇樂》（京口北固亭懷古）等名篇。和蘇軾一樣，在面對祖國的壯麗江山，想到歷史上的英雄人物時，就不能不激發慷慨報國的豪情壯志。這類抒寫愛國主義思想的作品是應該大書

〔一〕辛棄疾《念奴嬌》（瓢泉酒酣和東坡韵）（倘來軒冕、道人元是、洞庭春曉），《念奴嬌》（三友同飲借赤壁韵）（論心論相）。

特書的。

蘇軾對題材意境的另一重大開拓是把農村生活引入詞中。他在徐州太守任上寫了《浣溪沙》組詞，詞序云：「徐門石潭謝雨道上作五首。潭在城東二十里，常與泗水增減，清濁相應。」案元豐元年（一〇七八）春，徐州大旱，蘇軾親自到石潭祈雨。降雨後，又去謝雨，在途中看到初夏農村一片美好景色，寫成此作。詞裏有農村的自然景物：如池中的游魚，天空的烏鳶，村落的緑樹成蔭，地裏的麻苘層層，風中飄落的棗花，雨後新長的莎草，田裏的麥穗豆葉。也有人物活動：如面色喜悦的黄童白叟，争看使君的紅妝少女，賽社歸來的醉叟，煮繭繅絲的蠶婦，柳下賣黄瓜的農民等等。而在其中，還有來往道途，自稱是此中人的使君，並寫出了使君和農民親密融洽的關係。這一組農村生活詞爲詞的表現内容開闢了新天地。其體制蓋出於劉禹錫的《竹枝》。後來辛棄疾的《清平樂》（茅簷低小）、《鵲橋仙》（松岡避暑）、《西江月》（明月别枝驚鵲）等名篇，都是這組詞的繼承。

蘇軾還有更高的境界。蘇軾於元豐四年（一〇八一）躬耕於黄州之東坡，他在《東坡》詩序中説：「余至黄州二年，日以困匱，故人馬正卿哀予乏食，爲於郡中請故營地數十畝，使得躬耕其中。地既久荒，爲茨棘瓦礫之場，而歲又大旱，墾闢之勞，筋力殆盡。釋耒而歎，乃作是詩。自憫其懃，庶幾來歲之入，以忘其勞焉。」即此可見其窘困的處境。但在是年十二月大雪之後，他寫的《浣溪沙》却這樣説：

萬頃風濤不記蘇，雪晴江上麥千車。但令人飽我愁無。

《景蘇園帖》第五石刻此詞，首句下注：「公田在蘇州，今年風潮蕩盡。」據此，詞的意思是説：儘管我蘇州的莊稼已被風潮毁掉，但有今冬大雪，預兆明年的豐收，只要百姓温飽，我就没有什麽可愁的了。表現了作者忘記自身困苦，只對人民的生計關切。這種精神境界使我們想起杜甫的《茅屋爲秋風所破歌》和白居易的《新製布裘》詩，這不但是他以前詞人中所未見，他以後的詞人中也是没有的。

以傷悼入詞，亦始於蘇軾。熙寧八年乙卯（一〇七五）正月二十日夜記夢的《江城子》，是他的悼亡之作。上闋寫十年來對其亡妻一直難忘的思念和自己仕途的凄涼。下闋寫幽夢還鄉，夢中相見，宛如平生。醒來想到如亡妻有靈，一定在年年月明之夜，爲思念千里之外塵面鬢霜的丈夫而柔腸寸斷。通篇深沉真摯，感人肺腑。另一篇非常真摯的詞是他懷念恩師歐陽修的《木蘭花令》（霜餘已失長淮闊）。這是元祐六年（一〇九一）八月蘇軾任潁州太守，回想四十三年前的往事而寫了此首被後人稱爲「一片性靈，絶去筆墨畦徑」的名篇。繼其前者有賀鑄悼亡的《鷓鴣天》（重過閶門萬事非），繼其後者有辛棄疾弔友的《感皇恩》（案上數編書）。

關於交游聚散的贈别詞，他也有新的開拓，例如臨平舟中送陳襄離杭州的《南鄉子》寫道：

「歸路晚風清，一枕初寒夢不成。今夜殘燈斜照處，熒熒。秋雨晴時淚不晴」，表現別後思念之深。又如寫别李常後旅途的孤寂夜景：「路盡河回人轉柁，繫纜漁村，月暗孤燈火。憑仗飛魂招楚些，我思君處君思我」，情至意切，給人以强烈的悵悒之感。尤其是以下四首，更有高度的藝術特色與藝術見解：《水龍吟》（小舟横截春江），鄭文焯云：「突兀而起，仙乎！仙乎！『翠壁』句奇嶄，不露雕琢痕。上闋全寫夢境，空靈中雜以淒麗。過片始言情，有滄波浩渺之致，真高格也。『雲夢』二句，妙能寫閑中情景。煞拍不説夢，偏説夢來見我，正是詞筆高渾不猶人處。」《滿庭芳》（三十三年今誰存者），贈王長官之作，鄭評：「健句入詞，更奇峰特出，此境匪稼軒所能夢到。不事雕鑿，字字蒼寒，如空巖霜幹，天風吹墮頗黎地上，鏗然作碎玉聲。」《八聲甘州》（有情風萬里捲潮來），鄭評：「突兀雪山，捲地而來，真似錢塘江上看潮時，添得此老胸中數萬甲兵，是何氣象雄且傑！妙在無一字豪宕，無一語險怪，又出之以閒逸感喟之情，所謂骨重神寒，不食人間煙火氣者，詞境至此，觀止矣。雲錦成章，天衣無縫，是作者從至情流出，不假熨貼之工。」《歸朝歡》（我夢扁舟浮震澤），這是紹聖元年（一〇九四）蘇軾貶惠州途中，行至九江，與蘇堅分别時所作。奇峭雅麗，氣勢雄健。内容勉勵蘇堅要像劉禹錫那樣繼承屈原學習民歌而作《竹枝》的優良傳統來創作新詞。向民歌學習的進步思想和見解，在當時有劃時代的意義。

和他的詩一樣，蘇軾有許多抒發個人感情和歌詠自然景物的優美詞作。在元豐二年（一〇七九）烏臺詩案以前，他的心情是樂觀的，表現爲對自然景物的欣賞和熱愛。如《虞美人》（湖山信是東南美），下闋「沙河塘裏燈初上，水調誰家唱？夜闌風静欲歸時，惟有一江明月碧琉璃。」寫出了杭州的風物之美。《望江南》（春未老）寫春天登密州超然臺所見到的「風細柳絲斜」、「半壕春水一城花，煙雨暗千家」的動人景色。而在赴湖州途中的《南鄉子》：「雨暗初疑夜，風回便報晴，淡雲斜照著山明。細草軟沙溪路、馬蹄輕。」把尋常景物寫得那麽可愛。同樣，在《南鄉子》（晚景落瓊杯），「暮雨暗陽臺，亂灑高樓濕粉顋。一陣東風來捲地，吹迴，落照江天一半開。」寫得那麽精警奪目。而在他政治上遭嚴重挫折時，他的佛老思想擡頭，表現出超然物外、與世無争的曠達態度，增加了「人生如夢」、「萬事到頭都是夢」的消極情緒。但是，儒家入世的思想始終居於主導地位，因而没有走向消極頽廢的道路。即如他的《卜算子》（缺月掛疏桐），雖用比興手法寫在黄州的寂寞處境，但仍表現出他獨往獨來孤高自賞的生活態度。不僅如此，他還有一些積極開朗的名篇。《滿江紅》（江漢西來），表現了對遇害處士的同情和對權貴的蔑視，是借他人杯酒澆自己壘塊之作。《定風波》（莫聽穿林打葉聲），從眼前景物的叙寫中，直抒胸臆，上闋表現不怕風吹雨打、我行我素的兀傲性格；下闋寫雨過天晴，依然故我，頗有寵辱不驚、藐視一切的氣概。《臨江仙》（夜飲東坡醒復醉），有衝破黑暗、走向自由的熱望。《水調歌頭》（落日繡簾捲），面對快哉亭下的壯麗江山，引首高歌，目空今古，聲稱有浩然之氣的庶人同樣能享有大王的快哉雄風，反映了要求平等的思想。他在《浣溪沙》(山下蘭芽短浸溪)中,看到清泉寺門前溪水西流,就想到人生也能再少,青春可以復活,前途仍是光明的,表現出積極樂觀的精神。《鷓鴣天》(林斷山明竹隱牆),鄭文焯云:「淵明詩:『嘯傲東軒下,聊復得此生。』此詞從陶詩中得來,逾覺清異。」誠如鄭説,則是外示悠閑,内含幽憤。蘇軾於「扙藜徐步」中消磨壯志,與辛棄疾同調詞(枕簟溪堂冷欲秋)的在「一丘一壑」中消磨壯志,用意無乃相似。其中「紅蓮」、「白鳥」二句,當非偶合。即在他六十四歲謫居儋耳所寫的《減字木蘭花》(春牛春杖):「不似天涯,捲起楊花似雪花。」仍然富有情趣地寫出立春日海南的特殊風光,清新華妙,不見老人衰憊之氣。

杜甫以議論爲詩,詞壇上王安石始見端倪,如《浪淘沙令》(伊吕兩衰翁)、《雨霖鈴》(孜孜矻矻)、《望江南》(歸依三寶讚)(歸依衆、歸依法、歸依佛,三界裏)等。蘇軾大加發展,作法有二:一爲夾叙夾議:如《水調歌頭》(明月幾時有),王闓運説:「『人有』三句,大開大闔之筆,他人所不能。」《永遇樂》(明月如霜)下闋抒慨,「古今如夢」三句,承上闋「夢雲」,論常人大夢難醒之由。煞拍自《蘭亭集序》「後之覽者」二句化出,慨當以慷。《水龍吟》(似花還似非花),黄蓼園云:「二闋用議論,情景交融,筆墨入化,有神無迹矣。」二是通篇議論。如《滿庭芳》(蝸角虚名)、《減字木蘭花》(賢哉令尹)、《如夢令》(水垢何曾相受)、(自浄方能浄彼)等皆是,遂開後人以詞論文、論政、論禪、論道之先河。

總之，詞至蘇軾，其體始尊。其思想性和藝術性不僅超越前人，亦有後人所未及者。雄篇奇製，照耀寰宇，若李杜之於詩歌，韓柳之於文章，蔚爲大宗，影響深遠。元好問云：「自東坡一出，情性之外，不知有文字，真有『一洗萬古凡馬空』氣象。」誠非過言。

鄒同慶、王宗堂二同志致力蘇詞研究，從事編年箋注，引證時事，比檢史籍，力求言之有據。注釋中凡辭藻之融鑄經史，暗化古句者，皆爲尋根究底；其難字難句，亦加詮釋疏解。惟以析理闡意爲本，不以繁徵博稽爲能。清晰明瞭，繁簡適中。它反映了我國研究者近年來所取得的成就，誠蘇軾之功臣，學者之良友。編纂既成，屬爲弁言。聊述管窺，以供參考。一九九一年高文。

凡例

一、本書彙輯蘇軾一生詞作，並作編年校注，按正編、附編、附録編次。正編列：（一）編年詞二九二首；（二）未編年詞三十九首，殘句十一則。附編列：（一）他集互見詞八首；（二）存疑詞十一首；（三）誤入蘇集詞五十三首，殘句九則。最後爲附録。每首詞之後，酌情依次設「校勘」、「編年」、「考辨」、「箋注」、「參考資料」等欄目。誤入蘇集詞只列「考辨」，不校不注。

二、本書正編文字，以天津圖書館藏天一閣鈔明吴訥編《唐宋名賢百家詞》本《東坡詞》三卷爲底本（下稱吴本）；以北京圖書館藏清鈔本宋傅幹《注坡詞》十二卷（下稱傅本）、元延祐庚申刊《東坡樂府》二卷（下稱元本）、明茅維編《蘇東坡全集》本《東坡詞》二卷（下稱明刊全集）、焦竑編《蘇長公二妙集》本《東坡詩餘》二卷（下稱二妙集）、毛晉編汲古閣本《東坡詞》（下稱毛本）爲主要校本；並參校朱祖謀《彊村叢書》本《東坡樂府》三卷（下稱朱本）、龍榆生《東坡樂府箋》三卷（下稱龍本）、唐圭璋編《全宋詞》本《蘇軾詞》（下稱《全宋詞》）、曹樹銘校編《東坡詞》三卷（下稱曹本）。個别詞語，還參考明萬曆刊《重編東坡先生外集》（下稱外集）、宋人筆記、詞話、詞譜等以定是非。凡此，均在校記中説明。

三、校勘力求簡明。凡底本不誤而校本誤者不出校。凡底本不誤而校本異文有參考價值者，出異文校記。底本誤則據主校本改正後出校記。異體字、俗體字、古今字、通假字，逕改不出校。

四、吴本分調編次，不編年。今參照朱本、龍本、曹本編年體例，按蘇詞寫作年月編排，不另分卷。編年詞作先標年代，後列依據。其依據主要採自宋代王宗稷《東坡先生年譜》、傅藻《東坡紀年録》、施宿《東坡先生年譜》、清代王文誥《蘇詩總案》及歷代文集、詞話、筆記等。編年時特別注意吸收近年來國内外研究蘇詞專家學者的成果，以提供最新學術信息。無從編年諸詞，仍分調排比，列在編年詞後。

五、蘇軾爲宋詞大家，集外依附、互見之詞甚多，因設「考辨」欄以定是非。吴本收詞上卷一一四首，下卷一五七首，拾遺四十首，計得三一一首。凡他本有吴本無者，均予採録。其中確爲蘇詞者，予以增補，並在校記中注明出處。凡互見詞均予考訂，以明歸屬。存疑詞、誤入詞亦酌加考辨，以利研究。

六、注釋力求精煉。主要詮釋詞語典故、名物制度、人名地名等，以引述原始資料爲主，酌加串解。

七、東坡詞舊來諸家詞話、筆記、評論、考説頗多。今將評論考説篇章者，立「參考資料」欄目分附各詞之後。總評綜論其詞者，輯爲「總評資料」附録全書之後。資料按時間先後編排。資料過多者，歸類排比，以便比較。資料搜集範圍，自宋至清。近代、當代有代表性的考評，酌情選録。

八、附録墓誌銘、傳記、《蘇軾詞集版本綜述》、序跋等，供研究蘇詞者參考。

九、爲便於讀者翻檢查尋，另編蘇詞篇目索引附在書末。

校注者

一九八八年五月

蘇軾詞編年校注正編

一、蘇軾編年詞二九二首

華清引　感舊①

平時十月幸蓮湯②〔一〕。玉甃瓊梁〔二〕。五家車馬如水〔三〕，珠璣滿路旁〔四〕。　翠華一去掩方牀〔五〕。獨留煙樹蒼蒼〔六〕。至今清夜月，依前過繚牆③〔七〕。

【校勘】

①「華清引」，元本誤作「華胥引」，注「一作華清引」。案：《華胥引》前片九句，後片八句，共八十六字，用仄聲韻；《華清引》前後片各四句，共四十五字，用平聲韻。二調無涉。傅本、元本無題。

②「蓮」，元本作「蘭」。

③「前」，毛本作「舊」。

【編年】

治平元年甲辰（一〇六四年）十二月罷鳳翔府簽判，返京，過長安，游驪山作。案：此詞朱本、龍本、曹本俱未編年。《華清引》詞牌爲蘇軾首創，因詞賦華清舊事而得名。本詞主旨，係咏玄宗與楊貴妃游驪山事，當爲作者游驪山時有感而作。考蘇軾游驪山，時在治平元年，《蘇軾詩集》卷五

《驪山三絶句》王文誥案：「公罷（鳳翔簽判）任至長安，與陳睦游驪山，飲於朝元閣上，乃賦詩時也。」據《蘇詩總案》卷五「作驪山詩」條引本集《送陳睦知潭州》詩「二十三年真一夢」云云，《送陳睦》詩作於元祐元年丙寅（一〇八六年），逆數二十三年，恰爲治平元年甲辰。公以是年罷鳳翔任，過長安，游驪山，作《驪山三絶句》詩，《華清引》詞亦應作於此時。

【箋注】

〔一〕「平時」句：據《舊唐書》卷九《本紀·玄宗下》載：天寶四載「秋八月甲辰，册太真妃楊氏爲貴妃」。天寶六載冬十月戊申，改温泉宫爲華清宫。至天寶十四載，每年十月均「幸華清宫」。「幸」，漢·蔡邕《獨斷》上：「天子所至，曰幸。」「蓮湯」，宋·樂史《楊太真外傳》卷下：「華清宫有端正樓，即貴妃梳洗之所；有蓮花湯，即貴妃澡沐之室。」此指華清池的温泉浴室。

〔二〕玉甃瓊梁：唐·鄭處誨《明皇雜録》卷下：「玄宗幸華清宫，新廣湯池，制作宏麗。安禄山於范陽，以白玉石爲魚龍鳧雁，仍爲石梁及石蓮花以獻，雕鐫巧妙，殆非人工。上大悦，命陳於湯中，又以石梁横亘湯上，而蓮花纔出於水際。上因幸華清宫，至其所，解衣將入，而魚龍鳧雁皆若奮鱗舉翼，狀欲飛動。上甚恐，遽命撤去。其蓮花至今猶存。又嘗於宫中置長湯屋數十間，環迴甃以文石，爲銀鏤漆船及白香木船，置於其中，至於楫櫓，皆飾以珠玉。」甃：本指井壁，此指温泉浴池池壁。

〔三〕五家車馬如水：「五家」指楊貴妃兄妹五人，傅注：「五家謂銛、錡、國忠、韓、虢是也。時秦國早已亡矣。」案：傅注謂「五家」有「國忠」而無「秦國」，恐誤。《通鑑》天寶十載「春，正月，庚子，楊氏五宅夜游」，胡三省注：「楊銛、錡及韓、虢、秦三夫人爲五宅。」又，天寶十二載「冬，十月，戊寅，上幸華清宮」，「三夫人將從車駕幸華清宮」。胡三省注：「三夫人，韓、虢、秦也。」是知「五家」有「秦國」而無「國忠」。「車馬如水」見《後漢書》卷一〇上《皇后紀·明德馬皇后》：「前過濯龍門上，見外家問起居者，車如流水，馬如游龍，倉頭衣緑褠，領袖正白，顧視御者，不及遠矣。」

〔四〕珠璣滿路旁：《舊唐書》卷五一《楊貴妃傳》：「玄宗每年十月幸華清宮，國忠姊妹五家扈從，每家爲一隊，著一色衣，五家合隊，照映如百花之焕發，而遺鈿墜舄，瑟瑟珠翠，璨瓓芳馥於路。」

〔五〕翠華：傅注：「翠華，天子之旗，以象華蓋也。相如賦：『建翠華之旗。』注：『以翠羽爲旗上葆耳。』」方牀：即匡牀或筐牀，安適之牀，一説方正之牀。匡即方正之意，故君主用方牀也。《商君書·策畫》：「是以人主處匡牀之上，聽絲竹之聲，而天下治。」掩方牀：有方牀虚設之意。傅注：「禄山之亂，明皇西幸，華清宮無復至矣。」

〔六〕煙樹蒼蒼：傅注：「杜牧《華清宮》詩：『秦樹遠微茫』。」此云煙雲秦樹猶蒼茫獨存焉。

〔七〕繚牆：圍墻。唐·杜牧《華清宮三十韻》：「繡嶺明珠殿，層巒下繚墻。」又，宋·錢易《南部新書》已：「驪山華清宫毁廢已久，今所存者，唯繚垣耳。」

一斛珠①

洛城春晚。垂楊亂掩紅樓半〔一〕。小池輕浪紋如篆〔二〕。燭下花前，曾醉離歌宴。　自惜風流雲雨散〔三〕。關山有限情無限〔四〕。待君重見尋芳伴。爲説相思，目斷西樓燕〔五〕。

【校勘】

① 傅本、元本未收。案：調名《一斛珠》即《醉落魄》。

【編年】

熙寧二年己酉（一〇六九年）春之前，作於洛陽。案：此詞朱本、龍本、曹本俱未編年。據首句「洛城春晚」，此詞當作於洛陽，時在暮春。考蘇軾曾先後五次途經洛陽：一爲嘉祐元年（一〇五六年），蘇氏父子三人赴京應試，閏三月從眉州出發，途經成都、閬中，出褒斜谷，發横渠鎮，入鳳翔驛，過長安、洛陽，五、六月間到達汴京。此次經過洛陽時當在五月下旬。二是嘉祐二年（一〇五七年），蘇軾母親病故，父子三人于是年五月離汴京，赴喪返家。此次途經洛陽時亦當在五月。三是嘉祐六年（一〇六一年），蘇軾在京，被任命爲大理評事簽書鳳翔府判官。十一月離京赴任，十二月十四日到達鳳翔，途經洛陽，當在是年十一月下旬。四是治平元年（一〇六四年）罷鳳翔簽判任，十二月十七日自鳳翔赴長安，治平二年（一〇六五年）正月到達汴京，途經洛陽時，當在二年正月上旬。五是熙寧元年（一〇六八年），蘇氏兄弟罷父喪，是年十二月離家赴京，途經成都、閬中、鳳翔、長安、洛陽，熙寧二年二月到達汴京。途經洛陽時，亦當在二年正月末或二月初。以上五次，時間均不在「春曉」。此詞如是蘇軾作，當作於嘉祐元年五、六月之後至熙寧二年二月之前，别時史無明文蘇軾再到洛陽。今暫附編熙寧二年春。王水照《中國第七届蘇軾學術討論會綜述》中，提及有作者認定此詞作於嘉祐元年閏三月，蘇軾第一次途經洛陽時，是對新婚妻子王弗的懷念（見《齊魯學刊》一九九三年第一期。請教王先生，得知作者爲煙臺師專劉煥陽先生，論文題目爲《蘇軾是從什麽時間開始寫詞的》）。朱靖華《論蘇軾詞始作於嘉祐初年》亦主此説（見《黄岡師範學院學報》一九九九年第五期）。查《輿地紀勝》卷一三七《成都府・碑記》有「蘇文忠公留題」條引《成都志》云：「極樂院有蘇文忠公壁間留題：『至和丙申季春二十八日，眉陽蘇軾與弟轍來觀盧楞伽筆跡。』今存。」按「至和丙申」即至和三年，該年九月改元嘉祐元年。可見嘉祐元年三月二十八日，蘇氏父子尚逗留成都。孔凡禮《蘇軾年譜》（一九九八年二月中華書局版，以下簡稱「孔《譜》」）編蘇氏父子三人「約閏三月」發成都，約「五六月間」抵京師，應可信。據此推知，他們到達洛陽當在五月下旬。故定此詞作於嘉祐元年閏三月，不確。薛瑞生《東坡詞編年箋證》（一九九八年九月三秦出版社版，以下簡稱「薛本」）編此詞於熙寧三年庚戌，但無顯證，乃推測結論，亦當存疑，俟再考。

【箋注】

〔一〕紅樓：泛指華麗樓房，多富貴家婦女所居。唐・李白《侍從宜春苑奉詔賦龍池柳色初青聽新鶯百囀歌》：「東風已緑瀛洲草，紫殿紅樓覺春好。」唐・白居易《秦中吟十首・議婚》：「紅樓富家女，金縷繡羅襦。」

〔二〕篆：圓形條帶花紋。

〔三〕風流雲雨散：由漢王粲《贈蔡子篤》詩「風流雲散，一別如雨」化出。或作「風流雲散」，或作「風流雨散」，比喻親朋相別，如同風吹浮雲，頃刻消散；又像雨由天落地，再難返回。唐・楊烱《送東海孫尉詩序》：「徒以士之相見，人之相知，必欲軒蓋逢迎，朝遊夕處，亦常烟波阻絶，風流雨散。」

〔四〕關山：泛指關隘山川。《木蘭辭》：「萬里赴戎機，關山度若飛。」唐・王勃《滕王閣序》：「關山難越，誰悲失路之人；萍水相逢，盡是他鄉之客。」

〔五〕西樓燕：喻指眉州老家的親友。《玉臺新詠》卷九《歌詞二首》之一：「東飛伯勞西飛燕，黄姑織女時相見。」後以「勞燕分飛」喻親人別離。

【參考資料】

明・沈際飛《草堂詩餘續集》卷下：「蒼逸。」

明·楊慎《詞品》卷一「填詞用韻宜諧俗」條：「沈約之韻，未必悉合聲律，而今詞人守之如金科玉條。此無他，今之詩學李杜，李杜學六朝，往往用沈韻，故相襲不能革也。若作填詞，自可通變，如『朋』字與『蒸』同押，『打』字與『等』同押，『卦』字『畫』字與『怪』『壞』同押，乃是鴂舌之病，豈可以爲法耶？元人周德清著《中原音韻》，一以中原之音爲正，偉矣。然予觀宋人填詞，亦已有開先者。蓋真見在人心目，有不約而同者。俗見之膠固，豈能眯豪傑之目哉。試舉數詞於右。東坡《一斛珠》云：（詞略）『篆』字沈韻在上韻，本屬鴂舌，坡特正之也。……諸公數詞，可爲用韻之式，不獨綺語之工而已。」

明·潘游龍《精選古今詩餘醉》卷四：「『篆』字沈在上韻，蘇入去韻，可見沈韻原不必盡要合也。至如『朋』與『蒸』同押，『畫』與『卦』同押，『畫』與『壞』同押，此等音皆缺舌，猶當避也。」

南歌子　楚守周豫出舞鬟，因作二首贈之①〔一〕

紺綰雙蟠髻〔二〕，雲攲小偃巾〔三〕。輕盈紅臉小腰身〔四〕。疊鼓忽催花拍、鬭精神〔五〕。

空闊輕紅歎〔六〕，風和約柳春。蓬山才調最清新②〔七〕。勝似纏頭千錦、共藏珍〔八〕。

【校勘】

① 傅本無題。元本無「因作二首贈之」六字。

②「最」，元本、朱本、龍本、曹本作「更」。

【編年】

熙寧四年辛亥（一〇七一年）十月作於楚州。案：此詞朱本、龍本、曹本俱未編年。據題意，此詞當爲蘇軾途經楚州時，太守設宴並出舞鬟佐飲而作。查蘇軾一生途經楚州共十三次之多，其中太守設宴招待有詩文可稽者凡四次：一爲熙寧四年自京赴杭州通判任，十月至楚州，因遇大風被阻，楚守設宴接待，蘇軾有《十月十六日記所見》詩記其事。二爲元豐七年（一〇八四年）由黄州赴南都（今河南商丘），十一月經楚州，作有《浣溪沙》贈楚守田待問小鬟詞及《和田仲宣見贈》詩。三爲元豐八年（一〇八五年）春自南都返常州，四月過楚州。四爲元豐八年由常州赴登州太守任，九月一日抵楚州，有《送楊傑》詩及《與楊康功書》等。其中元豐七年、八年楚守爲田待問（詳見《和田仲宣見贈》王文誥案語）。則熙寧四年設宴出舞鬟招待作者之楚守，當即此詞題中所説之周豫，故移編於熙寧四年辛亥。石聲淮、唐玲玲《東坡樂府編年箋注》（一九九〇年七月華中師範大學出版社版，以下簡稱「石唐本」），編元豐八年九月一日由常州赴登州，過楚州所作。誤。此時楚守爲田待問，非周豫。孔《譜》編元祐七年二月由潁守移揚守，過楚州作，云：「舟行至楚州……晤楚守周豫，豫出舞鬟，賦《南歌子》二首贈之。」「詞云『風和約柳春』，此時作。」惜周豫何時知楚州，未見文獻佐證。録備一説，俟再詳考。

【箋注】

〔一〕周豫：生卒年里不詳。和陳執中有交。《續通鑑長編》卷一七八：「仁宗至和二年（一〇五五年）二月」條載，殿中侍御史趙抃向仁宗上書，彈劾宰相陳執中，其中有「執中嘗寄嬖人於周豫之家，而豫姦諂，受知執中，遂舉豫召試館職」等語（又見《續通鑑》卷五五）。治平三年（一〇六六年）曾以集賢校理出知洪州，後遷太常博士。王安石撰有《集賢校理周豫太常博士餘如故制》（見《臨川集》卷五一）。時任楚州太守。

〔二〕「紺綰」句：《廣韻》：紺，古暗切，音贛。《説文》：紺，帛深青而揚赤色也。即天青色。《廣韻》：綰，繫也。蟠，蟠曲。回環，盤繞。《文選·左太沖·蜀都賦》：「潛龍蟠于沮澤。」案：此句謂舞鬟用青紅色絲帛繫着一雙盤曲的鬟髻。

〔三〕雲：緑雲，喻黑髮。小偃巾：略微仰起的頭巾。

〔四〕小腰：細腰。謝靈運《江妃賦》：「小腰微骨，朱衣皓齒。」

〔五〕疊鼓花拍：傅注：「今樂府，大鼓則有疊奏之聲，曲拍則有花十八花九之數，蓋舞曲至于疊鼓花拍之際，其妙在此，故曰『鬬精神』。」《文選》卷二八謝玄暉《鼓吹曲》：「凝笳翼高蓋，疊鼓送華輈。」注：「小擊鼓謂之疊。」宋·王灼《碧鷄漫志》卷三《六么》：「歐陽永叔云：『貪看六么花十八。』此曲内一疊名花十八，前後十八拍，又四花拍，共二十二拍。樂家者流所謂花拍，蓋非其正也。」

〔六〕「空闊」二句：蓋座中有詞客贊美舞鬟舞姿，如輕紅從空中飄落，若細柳在春風裏揺曳。輕紅：王筠《雜曲》二首其二：「丹霞映白日，細雨帶輕紅。」

〔七〕蓬山才調：傅注：「漢之圖書，悉聚東觀，是時文學之士，稱東觀爲老氏藏道來蓬萊山。蓋蓬萊，海中神山，而仙府幽徑，秘録皆在焉。」案：傅注源出《後漢書》卷二三《竇章傳》：「是時學者稱東觀爲老氏藏室，道家蓬萊山。」李賢注：「言東觀經籍多也。蓬萊，海中神山，爲仙府，幽經祕録並皆在焉。」才調，才氣。唐·李商隱《賈生》詩：「宣室求賢訪逐臣，賈生才調更無倫。」此爲蘇軾稱揚座中詞客贊美舞鬟之詞，清新絶妙，才調不凡。

〔八〕「勝似」句：謂詞客贊美之詞，遠勝賞賜千疋錦彩更爲珍貴。纏頭：《太平御覽》卷八一五引《唐書》：「舊俗，賞歌舞人以錦彩置之頭上，謂之纏頭。」杜甫《即事》詩：「笑時花近眼，舞罷錦纏頭。」

又　同前①

琥珀裝腰佩〔一〕，龍香入領巾〔二〕。只應飛燕是前身〔三〕。共看剥葱纖手〔四〕、舞凝神。柳絮風前轉，梅花雪裏春〔五〕。鴛鴦翡翠兩争新〔六〕。但得周郎一顧、勝珠珍〔七〕。

【校勘】

① 傅本、元本無「同前」二字。

【編年】

同前首。

【箋注】

〔一〕琥珀腰佩：張華《博物志》卷四《藥物》引《神仙傳》：「松柏脂入地，千年化爲茯苓，茯苓化爲虎魄。虎魄一名江珠。」案：虎魄通「琥珀」。傅注：「《漢武内傳》：上元夫人帶六山火五兵佩。《搜神記》：元康中，婦人飾五兵佩。蓋古者婦人未始不佩也。此言琥珀，則以琥珀裝飾之耳。」按《漢武内傳》「六山火五兵佩」原作「六出火玉之佩」，疑傅注鈔本有誤。「六出」謂一花生六瓣。「火玉」，傳説能發熱的紅色寶玉。唐·蘇鶚《杜陽雜編》卷下：「會昌元年（八四一年），夫餘國貢火玉三斗……火玉色赤，長半寸，上尖下圓，光照數十步，積之可以燃鼎，置之室内，則不復挾纊。」此謂上元夫人佩帶着用火玉做成六瓣花狀的玉佩。

〔二〕「龍香」句：意謂衣巾是用龍香熏製出來的。龍香：古時外國進貢的香料，有龍腦香、龍涎香、龍文香之分，皆可稱龍香。唐·段成式《酉陽雜俎》前集卷一八《木篇》：「龍腦香樹，出婆利國，婆利呼爲固不婆律。亦出波斯國。」明·周嘉胄《香乘》卷五引《稗史彙編》：「諸香中龍涎最貴重，係香中禁榷之物，出大食國。」宋·樂史《楊太真外傳》卷下載：乾元元年，賀懷智上言曰：「昔上夏日與親王棋，令臣獨彈琵琶。……貴妃立於局前觀之。時風吹貴妃領巾於臣巾上，良久，迴身方落。及歸，覺滿身香氣，乃卸頭幘，貯於錦囊中。今輒進所貯幞頭。」上皇發囊，且曰：「此瑞龍腦香也。吾曾施於暖池玉蓮朵，再幸，尚有香氣宛然，況乎絲縷潤膩之物哉。」

〔三〕「只應飛燕」句：傅注：「飛燕，漢成帝趙后也，體輕能爲掌上之舞。」《漢書》卷九七下《外戚傳》：「孝成趙皇后，本長安宫人……及壯，屬陽阿主家，學歌舞，號曰飛燕。」顔師古注：「以其體輕故也。」此句謂舞鬟舞姿輕盈如飛燕再生也。

〔四〕剥葱纖手：古詩《焦仲卿妻》：「指如削葱根，口如含朱丹。」白居易《箏》詩：「雙眸剪秋水，十指剥春葱。」

〔五〕「柳絮」「梅花」二句：傅注：「柳絮、梅花，言舞態輕飛若此。」

〔六〕「鴛鴦翡翠」句：鴛鴦，鳥名，羽色絢麗，故謂有鴛鴦文的錦繡爲鴛綺。劉孝威《謝賚錦被啓》：「雖復帝賜鶴綾，客贈鴛綺，高懸麗藻，遠謝鮮明。」翡翠，鳥名，羽色鮮豔。宋玉《招魂》：「翡翠珠被，爛齊光些。」此句譬舞鬟服飾豔麗可與鴛鴦翡翠争新比美。

〔七〕「周郎一顧」句：《三國志》卷五四《吴書·周瑜傳》：「周瑜字公瑾……少精意於音樂，雖三爵之後，其有闕誤，瑜必知之，知之必顧，故時人謠曰：『曲有誤，周郎顧。』」此句謂舞鬟能得知音者顧盼青睞，勝於贈珠珍纏頭等物。

浣溪沙 感舊①

徐邈能中酒聖賢〔一〕。劉伶席地幕青天〔二〕。潘郎白璧爲誰連〔三〕。　無可奈何新白髮，不如歸去舊青山〔四〕。恨無人借買山錢〔五〕。

【校勘】

① 傅本、元本無題。

【編年】

熙寧五年壬子（一〇七二年）秋，作於杭州。案：此詞朱本、龍本、曹本俱未編年。劉崇德《蘇詞編年考》（見《河北大學學報》一九八四年三期。後引劉説出處同此，不另注。）云：「此詞毛本題爲『感舊』，但詞中内容無『感舊』意。上半闋先列古之以善飲、狂飲名者，結以潘岳與夏侯諶同輿接茵事（即『連璧』）。下半闋用《世説新語》中支道林因人就深公買印山（見『排調』門）及郗超每聞欲高尚隱者輒爲辦百萬資（見『棲逸』門）事，表示自己的歸山退隱之計和欲得友人贊助的願望。查本集蘇軾在熙寧五年秋有《答任師中次韻》一詩，自注道：『來詩勸以詩酒自娱。』此恰與詞之上半闋所及古之以飲酒名者相關，而全詩與此詞更可以互爲注脚，兹録如下：『閑裏有深趣，常憂兒輩知。已成歸蜀計，誰借買山資？世事久已謝，故人猶見思。平生不飲酒，對子敢論詩。』當時蘇軾因與執政者政見不合，已有歸隱之心，故云『已成歸蜀計』。尾聯蓋對任師中來詩所勸，辭其『酒』而受其『詩』。詞的首句用歎羨口氣表示自己没有資格和徐邈、劉伶相比，反言以明『平生不飲酒』。對照細讀，可知詩詞同爲答任師中『以詩酒自娱』而作。故此詞當編熙寧五年秋。」孫民《關於十三首東坡樂府的編年》（見《遼寧大學學報》一九九四年第二期。後引孫説出處同此，不另注）編元豐七年八月，作於儀真。云：「細味全詞，尤其結尾兩句，似作於議論買田卻又無能爲力之時。……考蘇軾平生決議買田僅有一次，時在元豐七年。」薛本編元豐七年三月，作於黄州。云：「東坡才大學博，於詩詞中用典，每與酬唱者姓氏相合。此詞中所謂『徐邈』、『劉伶』、『潘郎』云云，即謂其同遊並飲於定惠院之徐得之、劉唐年與潘邠老耳。」諸説多爲推測結論，可備一説而顯證不足。暫依劉説編年，以俟詳考。

【箋注】

〔一〕「徐邈」句：《三國志·魏書》卷二七《徐邈傳》：徐邈字景山，燕國薊人也。魏國初建，爲尚書郎。時科禁酒，而邈私飲至於沈醉。校事趙達問以曹事，邈曰：「中聖人。」達白之太祖，太祖甚怒。度遼將軍鮮于輔進曰：「平日醉客謂酒清者爲聖人，濁者爲賢人，邈性修慎，偶醉言耳。」竟坐得免刑。後領隴西太守，轉爲南安。文帝踐阼，歷譙相、中郎將，所在著稱。車駕幸許昌，問邈曰：「頗復中聖人不？」邈對曰：「昔子反斃於穀陽，御叔罰於飲酒，臣嗜同二子，不能自懲，時復中之。然宿瘤以醜見傳，而臣以醉見識。」帝大笑，顧左右曰：「名不虛立。」

〔二〕「劉伶」句：《晉書》卷四九《劉伶傳》：劉伶字伯倫，沛國人也。常乘鹿車，攜一壺酒，使人荷鍤而隨之，謂曰：「死便埋我。」嘗著《酒德頌》，辭曰：「行無轍迹，居無室廬，幕天席地，縱意所如。」

〔三〕「潘郎」句：潘郎：指潘岳。岳美姿儀，有擲果盈車之佳話。詳見《晉書》卷五五《潘岳傳》。「白璧爲誰連」用《晉書》卷五五《夏侯湛傳》故事：夏侯湛字孝若，譙國譙人也。善構新詞，而美容觀，與潘岳友善，每行止同輿接茵，京都謂之「連璧」。案：以上三句謂自己的酒資飲歷不敢與酒聖、酒狂比肩，朋友中又有誰能跟徐邈、劉伶、潘岳、夏侯湛輩並稱「連璧」？

〔四〕舊青山：指故鄉之山。此有歸隱之意。

〔五〕「恨無」句：《世説新語》下卷下《排調》：「支道林因人就深公買印山（案：當爲岬山），深公答曰：『未聞巢、由買山而隱。』」慧皎《高僧傳》四《竺道潛傳》：「支遁（字道林）遣使求買岬山之側沃洲小嶺，欲爲幽棲之處。潛答云：『欲來輒給，豈聞巢、由買山而隱。』」《世説新語》下卷上《棲逸》：「郗超每聞欲高尚隱退者，輒爲辦百萬資，並爲造立居宇。在剡爲戴公起宅，甚精整。……郗爲傅約亦辦百萬資，傅隱事差互，故不果遺。」此謂欲買山歸隱，而恨無友人如郗超者資助。言外之意，欲歸隱而不得，其苦可想而知。

雙荷葉　即秦樓月。湖州賈耘老小妓名雙荷葉①〔一〕

雙溪月〔二〕。清光偏照雙荷葉。雙荷葉。紅心未偶〔三〕，緑衣偷結〔四〕。　背風迎雨淚珠滑②，輕舟短棹先秋折〔五〕。先秋折。煙鬟未上〔六〕，玉杯微缺〔七〕。

【校勘】

① 此詞傅本存目缺詞。「湖州」以下十一字原無，據元本、朱本、龍本、曹本補。毛本無題。

② 「淚」，元本、朱本、龍本、曹本作「流」。

【編年】

熙寧五年壬子（一〇七二年）十二月，作於湖州。據孔《譜》卷一一，是年蘇軾在杭州通判任，奉轉運使檄「相度捍堤」事，十二月至湖州，「晤邵迎、賈收。……嘗賦《雙荷葉》《荷花媚》贈收妾雙荷葉。」案：邵迎，字茂誠，高郵人。與蘇軾同年登進士第，因稱「同年」。賈收，字耘老，烏程人。家貧，善詩，有《懷蘇集》。耘老有小妓，因其「兩鬟併前如雙荷葉」，蘇軾給她取名「雙荷葉」。（見吴聿《觀林詩話》）耘老欲娶雙荷葉爲妾，朋友們都以老夫娶少妾戲謔這位秀才。蘇軾《答賈耘老書》

云：「新詩不蒙録示數篇，何也？貧因詩人之常。齒落目昏，當是爲雙荷葉所困，未可專咎詩也。」（見《東坡續集》卷六）又作《和邵同年戲贈賈收秀才二首》（見《詩集》卷八）其二有句：「朝見新荑出舊槎」，王注次公曰：「此篇先生注云：『時賈欲再娶』，則詩意皆涉夫婦事也。『新荑出舊槎』，使枯楊生荑之意。」又有「玉川何日朝金闕，白晝關門守夜叉」之句，公自注：「時賈欲再娶。」王注：「盧仝詩：『夜叉當晝不肯啓，夜半醮祭夜叉開。』」合注：「《齊東野語》：賈耘老隱苕城南樓橫塘上，晚娶真氏，人謂賈秀才娶真縣君，以爲笑。」此二詞《雙荷葉》題作「湖州賈耘老小妓名雙荷葉」；《荷花媚》元本題作「湖州賈耘老小妓號雙荷葉」，都是爲賈收小妓作。蘇軾借詠荷以詠人，詞中用廋語戲謔調侃賈收。如「烟鬟未上，玉杯微缺」隱喻「破身」；「終須放，船兒去」隱喻「入港」，皆涉男女間事，與《戲贈詩》的「詩意皆涉夫婦事」吻合。詩與詞當作於同時，皆誚戲賈耘老之作也。詩，施宿《東坡年譜》，王文誥《蘇詩總案》編於熙寧五年十二月，詞亦作於是時。傅藻《東坡紀年録》把《雙荷葉》編元豐二年五月過賈收耘老水閣作，誤。又，《雙荷葉》乃按《憶秦娥》之曲調填詞，是公爲《憶秦娥》又易以新名。而《荷花媚》則是蘇軾自創的曲調，蓋因荷花（喻指雙荷葉）「天然」「風流」，「紅紅白白」，「夭邪無力」，美麗而「媚」人，故名《荷花媚》。

【考辨】

《全宋詞》注：「又案《花草粹編》卷四此首誤作周邦彦詞。」案：該詞見於今通行諸本東坡詞集,而周邦彦詞集如汲古閣本《片玉詞》、吴訥《百家詞》本《片玉集》、四印齋刻本《清真集》、陶湘影宋本《詳注周美成片玉集》等,均未收,《全宋詞》本周邦彦詞亦只列存目詞。唐圭璋《宋詞互見考》云:「此首蘇軾詞,見《東坡樂府》。《花草類編》卷四誤作周邦彦詞。」羅忼烈《周邦彦清真集箋》上編亦云:「此蘇軾詞,題『湖州賈耘老小妓名雙荷葉』,因以名調。各本《東坡詞》均載。《粹編》删去標題,改用本調名,以爲清真作,誤。」作蘇詞是。

【箋注】

〔一〕賈耘老:即賈收,烏程(今江蘇湖州)人。談鑰《吴興志》卷一七:「賈收,字耘老,有詩名,喜飲酒,其居有水閣曰『浮暉』。李公擇、蘇子瞻爲州,與之遊,唱酬極多。……收素貧,東坡每念之,嘗寫古木怪石,書其後以贈耘老云:『今日舟中霜寒,十指如懸槌,適有人致嘉酒,遂獨飲一杯,醺然徑醉。念賈處士貧甚,無以慰其意,爲作古木怪石一紙,每遇饑時,輒一開看,飽人否?若吴興有好事者,能爲君月致米三石、酒三斗終君之世者,當便以贈之。不爾,可令雙荷葉收掌(原注:雙荷葉,耘老侍姬),須添丁長,以付之也(原注:添丁,耘老之子)。』蘇去,公作亭,以『懷蘇』名之。有詩一編,號《懷蘇集》。」

〔二〕雙溪:謂苕溪與霅溪。胡仔《苕溪漁隱叢話前集》卷五九:「賈耘老舊有水閣,在苕溪之上,景物清曠,東坡作守時屢過之,題詩畫竹於壁間。」

〔三〕紅心：謂荷花之蕊，其色紅，故云。紅心未偶，指蓮尚未並蒂之意。意謂雙荷葉時尚未適人。

〔四〕緑衣：《詩經・邶風・緑衣》：「緑兮衣兮，緑衣黄裏。」毛《傳》謂《緑衣》爲妾僭夫人之詩。此指賈耘老娶雙荷葉爲妾。

〔五〕先秋折：言乃乘秋尚未至，即輕舟短楫先往折之。

〔六〕「煙鬟」句：煙鬟猶雲鬟，指成年婦女的髮髻。韓愈《題炭谷湫祠堂》：「祠堂像侔真，擢玉紆煙鬟。」此句指雙荷葉尚未梳起成年人髮髻。

〔七〕玉杯：《韓非子・説林》上：「玉杯象箸，必不盛菽藿。」此以「玉杯」喻女子之身。

【參考資料】

宋・蘇軾《答賈耘老四首》之一：「……新詩不蒙録示數篇，何也？貧固詩人之常，齒落目昏，當是爲兩荷葉所困，未可專咎詩也。某髮少加白耳，餘如故。」

宋・吴聿《觀林詩話》：「東坡名賈耘老之妾爲雙荷葉，初不曉所謂。他日，傳趙德麟家所收泉南老人《雜記》，記此事云：『兩髻並前如雙荷葉，故以名之。』如荷葉髻，見温飛卿詞：『裙拖安石榴，髻嚲偏荷葉。』」

近人鄭文焯《大鶴山人詞話》：「集中《雙荷葉》，本耘老侍兒小名，公即以爲曲名，且詞中以荷葉貼切，尤盡清妙之致。此犀麗玉並姓字，亦曲曲寫出獨可疑乎？」

近人朱孝臧《東坡樂府》卷一：「案是調爲《憶秦娥》，或公易以新名。」

荷花媚 荷花①

霞苞露荷碧②〔一〕。天然地、别是風流標格〔二〕。重重青蓋下，千嬌照水，好紅紅白白。每悵望③、明月清風夜，甚低迷不語〔三〕，夭邪無力④〔四〕。終須放、船兒去，清香深處，任看伊顏色⑤。

【校勘】

①傅本存目缺詞。元本題作「湖州賈耘老小妓號雙荷葉」。朱本注：「蓋涉雙荷葉詞誤衍。」

②「露」，原作「電」。二妙集、毛本作「霓」。萬樹《詞律》卷九載此詞，注云：「霓字必蜺字，乃入聲，然此句難解，恐有誤。因無他作者可證也。」同書恩錫、杜文瀾校注：「按王氏校本霓作露。」案：「電」字與上片意境不合，同屬難解。如作「露」，則霞露並舉，頗爲易解，且與上片意境全合。《欽定詞譜》卷一三正作「露」，今據改。

③「悵」，毛本作「恨」。

④「夭」，原作「妖」。萬樹《詞律》卷九注：「『妖』應作『夭』，音歪，出白長慶詩自注。」李調元《雨村詞話》卷一《夭邪》條亦謂：「『妖』應作『夭』，音歪，出白樂天《長慶集》詩自注。今俱作『妖』，刻誤也。」

曹本正作「夭」，今據改。

⑤「任」，原作「住」，屬上句。《詞律》卷九恩錫、杜文瀾校注：「『清香深處住，看伊顏色』二句，萬氏以『住』字爲句。王氏云：『住』應作『任』，屬下句。甚當。蓋前結亦五字句，應照改。」《欽定詞譜》卷一三正作「任」，屬下句。今據改。

【編年】

同前首。

【箋注】

〔一〕「霞苞」句：謂荷苞、荷花在碧緑荷葉的襯托下，更加絢麗多姿。「霞」、「露」指荷花荷苞色彩絢麗。「碧」，形容荷葉猶如碧玉。案此詞借詠荷以詠人，見編年。

〔二〕標格：風範，風度。《抱朴子外篇》卷四《重言》：「吾特收遠名於萬代，求知己於將來，豈能競見知於今日，標格於一時乎？」杜甫《奉贈李八丈判官曛》：「早年見標格，秀氣衝星斗。」此處指荷花風流天然之花魂花韵。

〔三〕低迷：迷離，迷濛。元稹《紅芍藥》詩：「受露色低迷，向人嬌婀娜。」

〔四〕夭邪：嬝娜多姿。後漢・王延壽《夢賦》：「嗟妖邪之怪物，豈干真人之正度。」白居易《和春深二十首》其二十：「揚州蘇小小，人道最夭邪。」案，此處「夭邪」，上句「低迷」，皆雙關語，既寫花，又指人（雙荷葉）。

浪淘沙　探春①〔一〕

昨日出東城。試探春情。牆頭紅杏暗如傾。檻内群芳芽未吐，早已回春。　綺陌斂香塵〔二〕。雪霽前村。東君用意不辭辛〔三〕。料想春光先到處，吹綻梅英。

【校勘】

①此詞吴本未收，傅本、元本、外集亦不載。據明刊全集、二妙集、毛本、朱本、龍本、《全宋詞》、曹本補。朱本、龍本、《全宋詞》、曹本無題。

【編年】

熙寧六年癸丑（一〇七三年）正月，作於杭州。王文誥《蘇詩總案》卷七：「熙寧五年壬子，正月城外探春，作《浪淘沙》詞。」自王文誥之説一出，後來治蘇詞者，多襲之，如朱孝臧、龍榆生、曹樹銘、石聲淮、唐玲玲、薛瑞生、孔凡禮等。近幾年蘇學界不少學者對此提出質疑。劉尚榮先生在《樂山師院學報》二〇〇五年八期發文《蘇詞開篇，紅杏報春》，略云：蘇軾熙寧四年十一月二十八日到杭州通判任所後，旅途勞頓，首要任務是會見僚友，熟悉環境，忙亂中已進暮春，有詩有紀可證，惟不曾有熙寧五年正月探春的紀録，若説此時蘇軾有探春詞，恐難令人信服。再細審王文誥的相關考述，亦是自相矛盾：既説「此倅杭作而年無所考」，又正式繫於熙寧五年正月，足見其並無顯證，亦無自信。蘇軾這首詞，「應寫於熙寧六年春正月，可能是二十二日，即與陳襄去尋春之次日」。熙寧六年正月，蘇軾城外探春，蘇軾詩集裏可見到確鑿無疑的旁證：如詩集卷九有《正月二十一日病後述古邀往城外尋春》及《有以官法酒見餉者因用前韻求述古爲移廚飲湖上》二詩，詳説熙寧六年探春事，陳襄也有《和蘇子瞻通判在告見寄》。蘇詩、陳詩的描繪都正好與蘇軾《浪淘沙》探春詞互爲發明，互相印證，提示讀者《浪淘沙》應作於熙寧六年正月。龍吟先生《蘇軾詞作編年新説》也説「蘇軾熙寧五年無詞，《浪淘沙》作於熙寧六年（一〇七三）正月」（見學苑出版社出版《中國蘇軾研究》第二輯）。張志烈《蘇軾詞集校注》也繫於熙寧六年春，並補佐證説：「陳襄自熙寧五年五月由陳州移知杭州，熙寧七年六月除知應天府，能邀蘇軾尋春的時間只有熙寧六年和七年兩個春天，而熙寧七年春蘇軾在常潤，故相邀只能在熙寧六年之春。」據上諸説，今編熙寧六年正月，作於杭州。

【箋注】

〔一〕探春：唐宋風俗，正月半後，爭至郊外宴游，曰「探春」。五代·王仁裕《開元天寶遺事》卷下《探春》：「都人士女，每至正月半後，各乘車跨馬，供帳于園圃，或郊野中，爲探春之宴。」

〔二〕綺陌：唐·郭遵《賦得春風扇微和》詩：「霽天輕有靄，綺陌盡無塵。」此指風景美麗的田間道路。

〔三〕東君：司春之神。唐・王初《立春後作》：「東君珂佩響珊珊，青馭多時下九關。」

行香子　過七里灘①〔一〕

一葉舟輕〔二〕。雙槳鴻驚。水天清、影湛波平〔三〕。魚翻藻鑑〔四〕，鷺點煙汀。過沙溪急，霜溪冷，月溪明。　重重似畫，曲曲如屏〔五〕。算當年、虚老嚴陵〔六〕。君臣一夢，今古虚名②〔七〕。但遠山長，雲山亂，曉山青。

【校勘】

①「灘」，傅本作「瀨」。元本無題。

②「虚」，傅本、元本作「空」。

【編年】

熙寧六年癸丑（一〇七三年）春，巡行富陽、新城、桐廬，過七里瀨作。案：傅藻《紀年録》云：「元豐七年甲子十二月，同泗州太守遊南山，過七里灘，作《行香子》。」王文誥《蘇詩總案》卷九：「熙寧六年癸丑二月，自新城放櫂桐廬過嚴陵瀨作《行香子》詞。」朱孝臧《東坡樂府》卷一：「案詞正賦子陵故事，王説較合，從之。下闋疑同時作。」王説是。

【考辨】

《全宋詞》末注：「案此首明・楊東《釣臺集》卷下誤作元人張養浩詞。」案：此詞東坡詞諸本均收，《草堂詩餘別集》卷三、《古今詩餘醉》卷一一、《花草粹編》卷七、《別腸詞選》卷三、《歷代詩餘》卷四四亦並作蘇軾詞。唐圭璋《宋詞互見考》云：「案此首東坡詞。乃陶凫香《詞綜補遺》引《嚴州府志》作元人張養浩詞，失考甚矣。」作蘇詞是。

【箋注】

〔一〕七里灘：又名七里瀨、七里瀧、富春渚，在浙江省桐廬縣嚴陵山西，長七里，故名。《文選》卷二六謝靈運《七里瀨》詩李善注：「《甘州記》曰：桐廬縣有七里瀨，瀨下數里至嚴陵瀨。」葉夢得《石林避暑録話》：「七里灘兩山聳起壁立，連亘七里，土人謂之瀧。」

〔二〕一葉舟輕：唐・韓愈《湘中酬張十一功曹》：「休垂絶徼千行淚，共泛清湘一葉舟。」

〔三〕「水天」句：唐・可朋《賦洞庭》：「水涵天影闊，山拔地形高。」湛：澄清。

〔四〕藻鑑：形容浮有水草的平静如鏡的水面。杜甫《絶句六首》之四：「隔巢黄鳥並，翻藻白魚跳。」

〔五〕「重重」二句：言七里灘一帶山勢幽美。《太平寰宇記》卷七五：「《輿地志》云：桐廬有嚴陵山，境尤勝麗，夾岸是錦峰繡嶺。」傅注：「羅鄴《金陵詩》：『江山入畫圖。』辛夤遜詩：『遠岫如屏横碧落。』」（案：羅詩《全唐詩》未收。辛詩見《輿地紀勝》卷一六三，題作《登戎州江樓閒望》。）

〔六〕嚴陵：《後漢書》卷八三《逸民列傳》：「嚴光字子陵，一名遵，會稽餘姚人也。少有高名，與光武同遊學。及光武即位，乃變名姓，隱身不見。帝思其賢，乃令以物色訪之。後齊國上言：『有一男子，披羊裘釣澤中。』帝疑其光，乃備安車玄纁，遣使聘之。三反而後至。舍於北軍，給牀褥，太官朝夕進膳。……除爲諫議大夫，不屈，乃耕於富春山，後人名其釣處爲嚴陵瀨焉。」

〔七〕虚名：唐·韓偓《招隱》詩：「時人未會嚴陵志，不釣鱸魚只釣名。」傅注：「滕白《嚴陵釣臺》詩：『只將溪畔一竿竹，釣却人間萬古名。』」（案：《全唐詩》滕白集不載。）

祝英臺近　惜别①

掛輕帆，飛急槳〔一〕，還過釣臺路〔二〕。酒病無聊，攲枕聽鳴櫓。斷腸簇簇雲山〔三〕，重重煙樹〔四〕，回首望、孤城何處。　　閒離阻。誰念縈損襄王，何曾夢雲雨〔五〕。舊恨前歡，心事兩無據。要知欲見無由，癡心猶自〔六〕，倩人道〔七〕、一聲傳語〔八〕。

【校勘】

①此詞吴本未收，傅本、元本、外集亦不載。據明刊全集、二妙集、毛本、朱本、龍本、《全宋詞》、曹本補。

朱本、龍本、《全宋詞》曹本無題。

【編年】

同前首。

【考辨】

全宋詞末注：「案此首《草堂詩餘新集》卷三誤作明・商輅詞。」案：明・潘游龍《精選古今詩餘醉》卷七、清・卓回《古今詞匯二編》卷三、清・趙式輯《古今别腸詞選》卷三並作商輅詞，題均作「旅懷」，概承《草堂詩餘新集》之誤。《彙編歷代名賢詞府全集》卷四，又誤作明・劉基詞。《花草粹編》卷八、《歷代詩餘》卷四九、王官壽《宋詞抄》卷六，並作蘇軾詞。今定作蘇軾詞。

【箋注】

〔一〕急槳：梁・劉孝綽《釣竿篇》：「斂橈隨水脈，急槳渡江湍。」

〔二〕釣臺：漢嚴子陵垂釣處。詳見前首注〔六〕。

〔三〕簇簇：叢聚貌。韓愈《祖席》詩：「野晴山簇簇，霜曉菊鮮鮮。」

〔四〕煙樹：爲煙霧所籠罩之樹。孟浩然《夜歸鹿門歌》：「鹿門月照開煙樹，忽到龐公棲隱處。」

〔五〕「誰念」二句：宋玉《高唐賦序》：「昔者楚襄王與宋玉遊於雲夢之臺，望高唐之觀，其上獨有雲氣，崪兮直上，忽兮改容，須臾之間，變化無窮。王問玉曰：『此何氣也？』玉對曰：『所謂朝雲者也。』王曰：『何謂朝雲？』玉曰：『昔者先王嘗遊高唐，怠而晝寢，夢見一婦人，曰：妾巫山之女也，爲高唐之客，聞君遊高唐，願薦枕席。王因幸之。去而辭曰：妾在巫山之陽，高丘之阻，旦爲朝雲，暮爲行雨，朝朝暮暮，陽臺之下。旦朝視之如言，故爲立廟，號曰朝雲。』」

〔六〕猶自：還是，尚然。

〔七〕倩人：請人替自己做事。漢·王褒《僮約》：「有一奴，名便了，倩行酤酒。」

〔八〕傳語：傳話。《國語·周語上》：「百工諫，庶人傳語。」

【參考資料】

明·沈際飛《草堂詩餘新集》卷三：「不獨至人無夢。」又：「未到此難以言情。」

瑞鷓鴣

寒食未明至湖上，太守未來〔一〕，兩縣令先在①〔二〕

城頭月落尚啼烏。朱艦紅船早滿湖②〔三〕。鼓吹未容迎五馬〔四〕，水雲先已漾雙鳧〔五〕。映山黄帽螭頭舫〔六〕，夾岸青煙鵲尾鑪③〔七〕。老病逢春只思睡，獨求僧榻寄須臾。

【校勘】

① 此詞亦見《蘇軾詩集》卷九（中華書局點校本，下同）。王文誥案：「考本集《瑞鷓鴣》詞凡二首，此其一也。王（十朋）、施（元之）注强以爲詩，今姑仍其舊耳。」傅本、元本未收。底本原無題，龍本據《詩

集》補題，今從龍本。

②「朱艦紅船」，《詩集》作「烏榜紅舷」。

③「岸」，《詩集》作「道」。

【編年】

熙寧六年癸丑（一〇七三年）寒食游杭州西湖作。王文誥《蘇詩總案》卷九：「熙寧六年癸丑，寒食日未明至湖上，陳襄未至，周邠、徐疇先在作。」

【箋注】

〔一〕太守：指陳襄，時任杭州太守。《乾道臨安志》卷三：「熙寧五年五月乙未，以知陳州尚書刑部郎中知制誥陳襄知杭州。熙寧七年六月己巳，徙知應天府。本傳：字述古，福州人，有學行。所至務先學校，至親爲講解，好薦達人才，喜愠不形於色，爲政多慕古人所爲。」《宋史》卷三二一有傳。

〔二〕兩縣令：指當時錢塘縣令周邠、仁和縣令徐疇。《詩集》卷九本詩王注引劉子翬語：「杭有錢塘、仁和二縣倚郭。」又查注：「本集《立秋日禱雨，同周、徐二令》詩：周名邠，字開祖，時爲錢塘令；徐爲仁和令。《咸淳臨安志》：仁和縣令，北宋時有徐璹。」〔誥案〕：「徐璹，據合注當作徐疇。」

〔三〕朱艦：即紅船。《玉篇》卷一八「艦，音檻，板屋舟。」

〔四〕五馬：古稱太守爲五馬。《玉臺新詠》卷一《日出東南隅行》：「使君從南來，五馬立踟躕。」宋·彭乘《墨客揮犀》卷四：「世謂太守爲五馬，人罕知其故事。或言《詩》云：『孑孑干旟，在浚之都。素絲組之，良馬五之。』鄭注謂：『《周禮》：州長建旟，漢太守比州長法，御五馬，故云。』後見龐幾先朝奉云：『古乘駟馬車，至漢時，太守出，則增一馬。事見《漢官儀》也。』」

〔五〕雙鳧：謂縣令。典出《後漢書》卷八二上《方術傳》：「王喬者，河東人也。顯宗世，爲葉令。喬有神術，每月朔望，常自縣詣臺朝。帝怪其來數，而不見車騎，密令太史伺望之。言其臨至，輒有雙鳧從東南飛來。於是候鳧至，舉羅張之，但得一隻舄焉。乃詔尚方詠視，則四年中所賜尚書官屬履也。」晉·干寶《搜神記》卷一亦有此記載。

〔六〕黄帽：指船夫。《史記》卷一二五《佞幸傳》：「鄧通，蜀郡南安人也，以濯船爲黄頭郎。」《集解》：「徐廣曰：『著黄帽也。』駰案：《漢書音義》曰：『善濯船池中也。一説能持擢行船也。土，水之母，故施黄旄於船頭，因以名其郎曰黄頭郎。』」螭頭舫：雕有龍形圖案之船。《説文》：「螭，若龍而黄。」又：「舫，船也。」

〔七〕鵲尾鑪：長柄香鑪，僧徒用以燒香禮佛。唐·道世《法苑珠林》卷二四《説聽篇·感應緣》：「宋費崇先者，吴興人也。少頗信法，至三十際，精勤彌至。……每聽經，常以鵲尾香鑪置膝前。」宋・葉廷珪《海録碎事》卷六：「香鑪有柄曰鵲尾鑪。」

【參考資料】

明・田汝成《西湖游覽志餘》卷一〇：「子瞻守杭日，春時，每遇休暇，必約客湖上，早食于山水佳處，飯畢，每客一舟，令隊長一人，各領數妓，任其所適。晡後，鳴鑼集之，復會望湖樓，或竹閣，極歡而罷。至一二鼓，夜市猶未散，列燭以歸城中，士女夾道雲集而觀之。故其詩云：『游舫已妝吴榜隱，舞衫初試越羅新。』（見《有以官法酒見餉者因用前韻求述古爲移廚飲湖上》）又云：『映山黄帽螭頭舫，夾道青煙雀尾鑪。』誠熙世樂事也。」

清・王文誥《蘇文忠公詩編注集成》卷九：「此一句（指首二句）定是詞體，必非詩體，宋人有謂公詞似詩者，當由此詞牽誤。」又：「一結平濟，公往往不脱此意，故能晚年肆力於陶。」

江城子　湖上與張先同賦〔一〕，時聞彈箏①〔二〕

鳳凰山下雨初晴。水風清。晚霞明。一朵芙蓉②〔三〕、開過尚盈盈。何處飛來雙白鷺〔四〕，如有意，慕娉婷。　忽聞江上弄哀箏〔五〕，苦含情。遣誰聽？煙斂雲收、依約是湘靈〔六〕。欲待曲終尋問取〔七〕，人不見，數峰青。

【校勘】

①題原作「江景」，據傅本、朱本、龍本、曹本改。元本、二妙集、毛本無「時聞彈箏」四字。

②「蓉」，傅本、元本、二妙集、毛本、龍本、《全宋詞》、曹本俱作「蕖」。

【編年】

熙寧六年癸丑（一〇七三年）六、七月間，作於杭州。案此詞朱本編熙寧七年，云：「亦甲寅以前作」，語意含混。龍本、曹本均從朱本。孔《譜》編熙寧六年七、八月間，云：「時先自湖州回杭州。」薛本編熙寧六年六、七月間，考證較詳。略云：此詞寫於杭州。「考東坡與張先往來酬和，蓋在熙寧五年至八年，時東坡倅杭，張先致仕。其間熙寧六年十一月至七年六月，東坡曾賑饑常潤間，九月即奉調離杭赴密」。只有「熙寧六年正月至十月或七年六月至九月間」在杭州。查《蘇軾詩集》卷一一有《孤山二詠》之二《竹閣》、卷一三有《和張子野見寄三絶句》之三《竹閣見憶》，「足證東坡在杭確曾與張先同遊過西湖，且有赴孤山竹閣瞻仰白居易祠堂之行」。「今以東坡與張先往來行實考之，此詞應編癸丑六七月間」。考證頗具説服力，今從薛説。

【箋注】

〔一〕張先：宋・周密《齊東野語》卷一五：「本朝有兩張先，皆字子野。其一博州人，天聖三年進士，歐陽公爲作墓志；其一天聖八年進士，則吾州（湖州）人也。二人名姓字偶皆同，而又適同時，不可不知也。」宋・談鑰《吴興志》卷一七：「張先，字子野，登進士第。詩格清麗，尤長於樂府。有『雲破月來花弄影』、『浮蘋破處見山影』、『無數楊花過無影』之句，時號爲張三影。」宋・葉夢得《石林詩話》卷下：「張先郎中字子野，能爲詩及樂府，至老不衰。居錢塘，蘇子瞻作倅時，先年已八十餘，視聽尚精强，家猶畜聲妓。子瞻嘗贈以詩云：『詩人老去鶯鶯在，公子歸來燕燕忙。』蓋全用張氏故事戲之。先和云：『愁似鰥魚知夜永，嬾同蝴蝶爲春忙。』極爲子瞻所賞。然俚俗多喜傳詠先樂府，遂掩其詩聲，識者皆以爲恨云。」

〔二〕箏：撥彈樂器，戰國時流行于秦地，故又名秦箏。原十二弦或十三弦，後增至十八弦、二十一弦、二十五弦等。漢・應劭《風俗通義》卷六《聲音》：「《禮・樂記》：『箏，五弦，筑身也。』今并、涼二州箏形如瑟，不知誰所改作也。或曰：秦蒙恬所造。」

〔三〕「一朵芙蓉」二句：喻指西湖舟中那個善彈箏的女子。因她「年且三十餘，風韵嫺雅，綽有態度」，故如芙蓉「開過尚盈盈」。芙蓉：《爾雅》卷下《釋草》：「荷，芙蕖。」郭璞注：「别名芙蓉，江東呼荷。」盈盈：姿態美麗貌。《古詩十九首》之二：「盈盈樓上女，皎皎當窗牖。」

〔四〕「何處」三句：指與蘇軾同遊西湖之劉貢父兄弟（二客），慕舟中彈箏女子之美，「競目送之」之事。白鷺：杜牧《晚晴賦》：「復引舟于深灣，忽八九之紅芰。姹然如婦，斂然如女，墮蘂黦顔，似見放棄。白鷺潛來兮，邈風標之公子；窺此美人兮，如慕悦其容媚。」此以「雙白鷺」比喻二劉（二客），因「皆有服」即都穿孝服，故言。娉婷：婉容曰娉，和色曰婷。辛延年《羽林郎》：「不意金吾子，娉婷過我廬。」

〔五〕「忽聞」句：白居易《琵琶行》：「忽聞水上琵琶聲，主人忘歸客不發。」魏文帝《與吴質書》：「高談娱心，哀箏順耳。」此處指彈箏女願爲蘇軾「獻一曲」事。

〔六〕湘靈：《後漢書》卷六〇上《馬融列傳》：「湘靈下，漢女游。」李賢注：「湘靈，舜妃，溺於湘水，爲湘夫人也。」《楚辭·遠游》：「使湘靈鼓瑟兮，令海若舞馮夷。」洪興祖注：「此湘靈乃湘水之神，非湘夫人也。」二説不同，録以備考。案此處喻指彈箏女。

〔七〕「欲待」三句：唐·錢起《省試湘靈鼓瑟》：「曲終人不見，江山數峰青。」此化用錢起詩句寫彈箏女「曲未終，翩然而逝」事。案：本詞詮釋，參見後附參考資料。

【參考資料】

宋·張邦基《墨莊漫録》卷一：「東坡在杭州，一日遊西湖，坐孤山竹閣前臨湖亭上，時二客皆有服，預焉。久之，湖心有一綵舟漸近亭前，靚粧數人，中有一人尤麗，方鼓箏，年且三十餘，風韻嫻雅，綽有態度。二客競目送之。曲未終，翩然而逝。公戲作長短句云。」（清·葉申薌《本事詞》卷上録此條，文字稍異。）

宋·袁文《甕牖閒評》卷五：「東坡倅錢塘日，忽劉貢父相訪，因拉與同遊西湖。時二劉方在服制中。至湖心，有小舟翩然至前，一婦人甚佳，見東坡，自叙『少年景慕高名，以在室無由得見。今已嫁爲民妻，聞公遊湖，不避罪而來。善彈箏，願獻一曲，輒求一小詞，以爲終身之榮，可乎？』東坡不能卻，援筆而成，與之。其詞云：（略）。此詞豈不更奇于《卜算子》耶？」

近人鄭文焯手批《東坡樂府》：「宋袁文《甕牖閒評》記此詞爲劉貢父兄弟作，换頭處作『忽聞筵上起哀箏』，此誤作『江上』，蓋後人因『江上數峰青』句，而以意改之，不知此詞本事，實於湖上遇小舟載佳人，自云慕公十餘年，善箏，願當筵獻一曲，并賜以詞爲榮。詞中所詠，皆當時事也。」（轉引自《東坡樂府箋》）

近人龍榆生《東坡樂府箋》卷一：「案《彊村叢書》本《張子野詞》，有《江城子》兩闋，特皆單調。當時與東坡同賦，不知係用何體。宋詞散佚至多，深可惜也。」

菩薩蠻　歌妓①

繡簾高捲傾城出〔一〕。燈前瀲灧横波溢〔二〕。皓齒發清歌〔三〕。春愁入翠蛾②〔四〕。　悽音休怨亂。我已無腸斷③〔五〕。遺響下清虚④〔六〕。纍纍一串珠〔七〕。

【校勘】

① 傅本、元本、朱本、龍本、曹本無題。

②「愁」，原缺，據傅本、元本補。明刊全集、二妙集、毛本作「山」。

③此句明刊全集、二妙集、毛本作「我已先偷玩」。「腸斷」原缺，據傅本、元本、朱本、龍本、曹本補。「無」、《全宋詞》作「先」。

④此句明刊全集、二妙集、毛本作「梅萼月窗虚」。「遺響下清」四字原缺，據傅本、元本、朱本、龍本、曹本補。

【編年】

熙寧六年癸丑（一〇七三年）夏作於杭州。案：此詞朱本、龍本俱未編年，曹本編熙寧六年癸丑，云：「惟細玩此詞下片，與詩集《席上代人贈別三首》之一首句『悽音怨亂不成歌』之意境相合，考東坡詩集聞歌之反映，以此詩爲最。在本集中，又以此詞爲最。兩者必系同時所作。惟一則席上代人贈別，一則自抒所感。今從詩集移編熙寧六年癸丑。」雖缺乏其他資料佐証，可暫依曹說，以俟詳考。

【箋注】

〔一〕「繡簾」句：繡簾高高捲起，美麗的歌女出來了。傾城：使全城人傾倒，形容女子極其美麗。《漢書》卷九七上《外戚傳·李夫人》：「延年侍上起舞，歌曰：『北方有佳人，絶世而獨立，一顧傾人城，再顧傾人國。寧不知傾城與傾國，佳人難再得。』」柳宗元《渾鴻臚宅聞歌效白紵》：「翠帷雙卷出傾城，龍劍破匣霜月明。」

〔二〕瀲灧：波光閃動貌。蘇軾《飲湖上初晴後雨二首》之二：「水光瀲灧晴方好。」此形容歌女雙目如水，波光横溢。

〔三〕皓齒：潔白的牙齒。杜甫《聽楊氏歌》：「佳人絶代歌，獨立發皓齒。」

〔四〕翠蛾：美人之眉。眉修長如蠶蛾觸鬚，以黛點色，故云。唐·謝偃《聽歌賦》：「低翠蛾而斂色，睇横波而流光。」

〔五〕腸斷：形容悲痛之極。「無腸斷」，則更翻進一層。白居易《山遊示小妓》：「莫唱楊柳枝，無腸與君斷。」蘇軾《張子野年八十五尚聞買妾述古令作詩》：「柱下相君猶有齒，江南刺史已無腸。」

〔六〕「遺響」句：杜甫《聽楊氏歌》：「滿堂慘不樂，響下清虚裏。」仇兆鰲注：「『響下清虚』，猶云『響遏行雲』。」清虚：清天。唐·譚用之《江邊秋夕》詩：「幾時乘興上清虚。」

〔七〕「纍纍」句：《禮記·樂記》：「故歌者，上如抗，下如墜，曲如折，止如槀木，倨中矩，句中鉤，纍纍乎端如貫珠。」纍纍：相連成串貌。形容歌聲圓轉，聯綿不斷。

瑞鷓鴣　觀潮①〔一〕

碧山影裏小紅旗〔二〕。儂是江南踏浪兒〔三〕。拍手欲嘲山簡醉②〔四〕，齊聲争唱浪婆詞〔五〕。　西興渡口帆初落〔六〕，漁浦山頭日未攲③〔七〕。儂欲送潮歌底曲〔八〕？尊前還唱使君詩〔九〕。

【校勘】

① 傅本、元本無題。

② 「嘲」，原誤作「潮」，據諸本改。

③ 「攲」，原作「西」，據諸本改。

【編年】

熙寧六年癸丑（一〇七三年）八月十五日於杭州觀潮作。王文誥《蘇詩總案》卷一〇：「熙寧六年癸丑，八月十五日觀潮，題詩安濟亭上，復作《瑞鷓鴣》詞。」又案：「是日似與陳襄同游，故落句及之耳。」

【箋注】

〔一〕觀潮：吴自牧《夢粱録》卷四「觀潮」條：「臨安風俗，四時奢侈，賞玩殆無虚日。西有湖光可愛，東有江潮堪觀，皆絶景也。每歲八月内，潮怒勝於常時，都人自十一日起，便有觀者，至十六、十八日傾城而出，車馬紛紛，十八日最爲繁盛，二十日則稍稀矣。十八日蓋因帥座出郊，教習節制水軍，自廟子頭直至六和塔，家家樓屋，盡爲貴戚内侍等雇賃作看位觀潮。」《武林舊事》卷三述潮水來時盛况云：「方其遠出海門，僅如銀綫。既而漸近，則玉城雪嶺，際天而來。大聲如雷霆，震撼激射，吞天沃日，勢極雄豪。」

〔二〕碧山：喻潮頭之高。作者《八月十五日看潮五絶》之二：「欲識潮頭高幾許，越山渾在浪花中。」小紅旗：參加弄潮游戲者皆持有紅旗。吴自牧《夢粱録》卷四「觀潮」條：「杭人有一等無賴不惜性命之徒，以大彩旗，或小清涼傘、紅緑小傘兒，各繫繡色緞子滿竿，伺潮出海門，百十爲群，擎旗泅水上，以迓子胥弄潮之戲，或有手脚擎五小旗浮潮頭而戲弄。」

〔三〕踏浪兒：即弄潮兒，參加戲水競賽者。孟郊《送淡公》之五：「儂是清浪兒，每踏清浪游。笑伊鄉貢郎，踏土稱風流。」

〔四〕山簡醉：《晉書》卷四三《山濤傳》：濤子簡，字季倫。性温雅，有父風。永嘉三年，出鎮襄陽。簡優游卒歲，唯酒是耽。諸習氏，荆土豪族，有佳園池。簡每出嬉游，多之池上，置酒輒醉，名之曰高陽池。時有童兒歌曰：「山公出何許，往至高陽池。日夕倒載歸，茗艼無所知。時時能騎馬，倒著白接䍦。舉鞭向葛彊：『何如并州兒？』」彊家在并州，簡愛將也。李白《襄陽歌》：「傍人借問笑何事？笑殺山公醉似泥。」

〔五〕浪婆：波浪之神。浪婆詞：吴地水鄉曲調。孟郊《送淡公》之三：「銅斗飲江酒，手拍銅斗歌。儂是拍浪兒，飲則拜浪婆。脚踏小船頭，獨速舞短蓑。」

〔六〕西興渡口：宋·祝穆《方輿勝覽》卷六《浙東路·紹興府》：「西興渡，在蕭山縣西十二里，本名西陵，吴越武肅王以非吉語，改西興。」

〔七〕漁浦：宋·祝穆《方輿勝覽》卷六《浙東路·紹興府》：「漁浦，在蕭山縣西二十里，對岸則爲杭之龍山。」攲：傾斜。

〔八〕送潮：傅注：「唐·陸龜蒙有迎潮、送潮詩。」底：什麽。表疑問。

〔九〕使君：指杭州太守陳襄（述古）。

【參考資料】

宋·胡仔《苕溪漁隱叢話後集》卷三九：「苕溪漁隱曰：『唐初歌辭，多是五言詩，或七言詩，初無長短句。自中葉以後，至五代，漸變成長短句。及本朝，則盡爲此體。今所存，止《瑞鷓鴣》《小秦王》二闋是七言八句詩、并七言絶句詩而已。《瑞鷓鴣》猶依字易歌，若《小秦王》必須雜以虚聲乃可歌耳。其詞云：（詞略）此《瑞鷓鴣》也。「濟南春好雪初晴，行到龍山馬足輕。使君莫忘霅溪女，時作《陽關》腸斷聲。」此《小秦王》也。皆東坡所作。』」

臨江仙　風水洞作〔一〕

四大從來都遍滿〔二〕，此間風水何疑。故應爲我發新詩①。幽花香澗谷〔三〕，寒藻舞淪漪②〔四〕。借與玉川生兩腋〔五〕，天仙未必相思。還憑流水送人歸。層巔餘落日〔六〕，草露已沾衣。

【校勘】

① 「詩」，原作「詞」，從諸本。

② 「舞」，原缺，據諸本補。

【編年】

熙寧六年癸丑（一〇七三年）八月，遊風水洞作。傅藻《東坡紀年録》：「熙寧六年癸丑，公在杭州。……八月望，觀潮作詩。又，再遊風水洞作詩并《臨江仙》。」案：蘇軾遊風水洞，《烏臺詩案》供狀作熙寧七年。云：「熙寧七年爲通判杭州，於正月二十七日遊風水洞，有本州節推李佖知軾到來，在彼等候，軾乃留題於壁。……當年再遊風水洞。」宋人王宗稷《東坡先生年譜》同。王文誥考訂《烏臺詩案》有誤。《蘇軾詩集》卷九《往富陽新城，李節推先行三日，留風水洞見待》誥案：「與李佖三詩，皆六年同時作，《詩案》誤作七年。是時公在常、潤賑饑，並不在杭也，今改正之。」王説是。

【箋注】

〔一〕風水洞：宋·施諤《淳祐臨安志》卷九：「風水洞一名恩德洞。《祥符經》云：錢塘縣舊治五十里，在楊村慈嚴院。洞極大，流水不竭。頂上又有一洞，過立夏，清風即自内出，立秋則止，故名風水洞。」

〔二〕四大：道家以道、天、地、王爲四大。《老子》上篇第二五章：「故道大、天大、地大、王亦大。域中有四大，而王居其一焉。」佛教以地、水、火、風爲四大。認爲此四者廣大，能够産生出一切事物和道理。《四十二章經》卷二〇：「佛言：當念身中四大，各自有名，都無我者。」此指釋氏「四大」中的風與水。

〔三〕幽花：生在深谷幽處之野花。杜甫《過南鄰朱山人水亭》詩：「幽花攲滿樹，小水細通池。」

〔四〕「寒藻」句：柳宗元《南澗中題》詩：「羈禽響幽谷，寒藻舞淪漪。」淪漪：《詩·魏風·伐檀》：「河水清且淪漪。」毛傳：「小風吹水成文，轉如輪也。」

〔五〕玉川：唐詩人盧仝，號玉川子。「生兩腋」，盧仝《走筆謝孟諫議寄新茶》詩：「唯覺兩腋習習清風生。蓬萊山，在何處？玉川子，乘此清風欲歸去。」

〔六〕「層巔」二句：杜甫《西枝村尋置草堂地夜宿贊公土室二首》之一：「層巔餘落日，草蔓已多露。」層巔，高聳而重疊的山峰。

江城子

陳直方妾嵇①，錢塘人也。丐新詞，爲作此。錢塘人好唱《陌上花緩緩曲》〔一〕，余嘗作數絶以紀其事矣

玉人家在鳳凰山〔二〕。水雲間。掩門關②。門外行人、立馬看弓彎〔三〕。十里春風誰指

似〔四〕，斜日映，繡簾斑。多情好事與君還〔五〕。閔新鰥〔六〕。拭餘潸。明月空江、香霧著雲鬟〔七〕。陌上花開春盡也③〔八〕，聞舊曲，破朱顏。

【校勘】

① 題首原衍「公自序云」四字，乃注蘇詞者所爲，據元本、毛本、朱本、龍本删去。此詞傳本存目缺詞。

② 「關」，元本作「開」，注：「一作關。」

③ 「春」原作「看」，據元本改。又「花開春盡」，二妙集作「群花開盡」。

【編年】

熙寧六年癸丑（一〇七三年）九月，作於杭州。王文誥《蘇詩總案》卷一〇：「熙寧六年癸丑八月」條云：「公以提點至臨安，……與周邠、李行中游徑山，吊錢王遺事作《將軍樹》《錦溪》《石鏡》諸詩，游玲瓏山，觀九折巖，登三休亭，夜宿九仙無量院，聞山中歌錢王《陌上花》曲，爲易《陌上花》詞。」詩集《陌上花三首》，編熙寧六年八月，詞亦當作於詩之後。又吴雪濤《蘇詞編年辨證》（載《文史》第四十輯）謂陳直方即陳珪。《詩集》有《送杭州杜戚陳三掾罷官歸鄉》，此三人即杭州録事杜子方、司户陳珪、司理戚秉道。據《説文》，珪乃瑞玉，其形上圓下方，長短各有不同，公侯伯子男諸爵分別執以爲信。若以其形質表德，則名珪字直方，當在情理之中。直方罷官歸里，其妾理應隨行，其乞軾作詞相贈，想必即在此時。本詞末章云：「陌上花開春盡也，聞舊曲，破朱顏。」其意顯然是因直方之妾乃錢塘人，今將去而他之，難免悵惘，故用吴越王妃每春必歸臨安的典故相慰，此亦正好與該妾相隨直方離杭返鄉的情事相合。本詞應與《送杭州杜戚陳三掾罷官歸鄉》詩作於同時，時在熙寧六年九月。吴考合理，今從吴考。又，孔《譜》編元祐五年春末。云：「應陳直方之妾嵇氏之請，賦《江神子》。……序云：『錢塘人好唱《陌上花緩緩曲》，余嘗作數絶以紀其事。』知作於元祐間。詞云『陌上花開春盡也』，作於今年。明年此時，已離任。」但未引文獻佐證。不取。

【箋注】

〔一〕陳直方：據吴雪濤考證即陳珪，時任杭州司户。詳見編年。陌上花：原爲吴地民歌，後演變爲詞調。《蘇軾詩集》卷一〇《陌上花三首並引》：「遊九仙山，聞里中兒歌《陌上花》。父老云：吴越王妃，每歲春必歸臨安，王以書遺妃曰：『陌上花開，可緩緩歸矣。』吴人用其語爲歌，含思宛轉，聽之淒然，而其詞鄙野，爲易之云。」詩云：「陌上花開蝴蝶飛，江山猶是昔人非。遺民幾度垂垂老，遊女長歌緩緩歸。」其二：「陌上山花無數開，路人争看翠軿來。若爲留得堂堂去，且更從教緩緩回。」其三：「生前富貴草頭露，身後風流陌上花。已作遲遲君去魯，猶教緩緩妾還家。」

〔二〕玉人：喻人容貌如玉之美，此指陳直方妾。杜牧《寄揚州韓綽判官》詩：「二十四橋明月夜，玉人何處教吹簫。」鳳凰山：《淳祐臨安志》卷八《山川・城内諸山》：「鳳凰山，《祥符舊經》

云：在城中錢塘舊治正南一十里，下瞰大江，直望海門，山下有鳳凰門，有雁池。趙清獻公抃詩云『老來重守鳳凰城』是也。」《太平寰宇記》卷九三：「鳳凰山在（錢塘）縣南三里，有鳳凰欲飛之象。」

〔三〕弓彎：指舞姿。沈亞之《異夢録》載：唐貞元中，有帥家子邢鳳，居長安平康里南，質一大第，即其寢，而晝偃。夢一美人，古裝，高鬟長眉，執卷而吟。鳳發其卷，美人曰：「君必欲傳之，無過一篇。」取綵箋傳其《春陽曲》。其詞曰：「長安少女踏春陽，何處春陽不斷腸。舞袖弓彎渾忘卻，羅衣空換九秋霜。」鳳曰：「何謂弓彎？」美人曰：「妾傅年父母使教妾爲此舞。」乃起，整衣張袖，舞數拍，爲弓彎狀以示鳳。既罷，辭去。或曰：弓彎，謂美人足也。

〔四〕十里春風：杜牧《贈別》二首之一：「春風十里揚州路，卷上珠簾總不如。」指似：猶云指向、指點。陳與義《遊峴山》詩：「老僧千金意，佳處相指似。」舒亶《鵲橋仙》詞：「教來歌舞，接成桃李。盡是使君指似。」此借杜詩言杭之美女子「總不如」直方妾嵇之美也。

〔五〕多情：謂直方妾多情。與君還：指妾嵇隨直方離杭還鄉事。

〔六〕「新鰥」二句：蓋陳直方新喪正室，多情妾嵇閔其新鰥而拭淚。鰥：《尚書正義》卷二《堯典第一》：「有鰥在下，曰虞舜。」傳：「無妻曰鰥。」

〔七〕「香霧」句：杜甫《月夜》：「香霧雲鬟濕，清輝玉臂寒。」

〔八〕「陌上花」三句：妾嵇將離錢塘隨直方而他之，故聞舊曲不免惆悵。舊曲：指錢塘人好唱之《陌上花緩緩曲》。

【參考資料】

元·陳秀明《東坡詩話録》：「陳直方之妾，本錢塘妓人也，丐新詞于蘇子瞻。子瞻因直方新喪正室，而錢塘人好唱《陌上花緩緩曲》，乃引其事以戲之，其詞則《江神子》也。」（明·梅禹金《青泥蓮花記》卷七、田汝成《西湖遊覽志餘》卷一六、蔣一葵《堯山堂外紀》卷五二引同）

行香子　丹陽寄述古①〔一〕

攜手江村。梅雪飄裙。情何限、處處銷魂〔二〕。故人不見〔三〕，舊曲重聞。向望湖樓〔四〕，孤山寺〔五〕，涌金門〔六〕。　尋常行處，題詩千首〔七〕，繡羅衫、與拂紅塵〔八〕。别來相憶，知是何人。有湖中月，江邊柳，隴頭雲〔九〕。

【校勘】

① 題原作「冬思」，據傅本、元本改。

【編年】

熙寧七年甲寅（一〇七四年）正月，自杭州赴潤州，過丹陽作。案：傅藻《東坡紀年録》云：「自京口還，寄述古作《卜算子》、《行香子》。」當在熙寧七年六月。其説不確。朱孝臧注：「案詞云『梅雪』，應是正月赴潤州，過丹陽時作。」朱説是。

【箋注】

〔一〕丹陽：北宋屬兩浙路潤州丹陽郡，位於潤州東南六十四里。《元和郡縣圖志》卷二五《江南道·潤州》：「丹陽縣，本舊雲陽縣地，秦時望氣者云有王氣，故鑿之以敗其勢，截其直道，使之阿曲，故曰曲阿。武德五年，曾於縣置簡州，八年廢。天寶元年，改爲丹陽縣。」「述古」，即陳襄。餘見《瑞鷓鴣》「城頭月落尚啼烏」注〔一〕。

〔二〕銷魂：江淹《别賦》：「黯然銷魂者，唯别而已矣。」

〔三〕故人：指述古。舊曲：指尋春時自己與述古的吟咏，詳見《蘇軾詩集》四二八—四二九頁。此詞乃作者回憶自己與述古熙寧六年正月在西湖尋春的情景和自己對述古的懷念。

〔四〕望湖樓：在西湖昭慶寺前，又名看經樓、先德樓。《乾道臨安志》卷二「樓」門：「望湖樓，一名看經樓。乾德五年忠懿王錢氏建，去錢塘門一里。」

〔五〕孤山寺：在西湖孤山之南。田汝成《西湖游覽志》卷二「孤山三堤勝蹟」門：「廣化寺，或云即孤山寺，陳天嘉初建，名永福，宋時改爲廣化。」

〔六〕涌金門：宋代杭州城西門之一，即豐豫門。《西湖游覽志》卷三「南山勝蹟」門：「涌金門，舊名豐豫門。宋時有豐樂樓與門相值，若屏障然，蓋堪輿家以此當山水之沖。今移稍北，近柳洲寺。」又卷一三「南山分脈城内勝蹟」門「城闉」：「涌金門，吴越王建，門内有涌金池，金華令曹杲所鑿也。」

〔七〕題詩千首：杜牧《登池州九峰樓寄張祜》：「誰人得似張公子，千首詩輕萬户侯。」此指自己在西湖一帶的題詩。

〔八〕「繡羅衫」句：宋·吴處厚《青箱雜記》卷六：「世傳魏野嘗從萊公（寇準）游陝府僧舍，各有留題。後復同游，見萊公之詩已用碧紗籠護，而野詩獨否，塵昏滿壁。時有從行官妓，頗慧黠，即以袂就拂之。野徐曰：『若得常將紅袖拂，也應勝似碧紗籠。』萊公大笑。」此作者以魏野自比，言在西湖各處的題詩，有幸被人喜愛。

〔九〕「湖中月」三句：湖：指西湖；江：指錢塘江；隴：同壟，岡壟，指孤山。

【參考資料】

明·卓人月《古今詞統》卷一〇：「前後三句結語自然。」

減字木蘭花　得書①〔一〕

曉來風細〔二〕。不會鵲聲來報喜〔三〕。卻羨寒梅〔四〕。先覺春風一夜來。　香箋一紙。

寫盡回文機上意〔五〕。欲卷重開。讀徧千回與萬回。

【校勘】

① 傅本、元本無題。

【編年】

熙寧七年甲寅（一〇七四年）正月，作於丹陽。此詞朱本、龍本、曹本俱未編年。從薛本。案，此詞題作「得書」，從「香牋一紙，寫盡回文機上意」的用典，顯爲「得」妻之「書」。薛本云：「考公前妻王氏夫人通義君於至和元年來歸，治平二年卒，卒前無久別之跡。續弦夫人同安君於熙寧元年戊申來歸，元祐八年癸酉卒，其間僅癸丑、甲寅之交常潤賑飢（案：癸丑十月，杭州通判蘇軾奉轉運司檄，往常、潤、蘇、秀賑濟饑民。見孔《譜》）與己未、庚申之交入獄，兩次久別。然庚申正月一日公出獄即攜邁赴黄州，無由得家書。故知此詞寫於甲寅正月一日。二日立春，即詞中所謂『先覺春風一夜來』者。」薛説近是，今從之。據孔《譜》，公時過丹陽。

【箋注】

〔一〕得書：寫客子得妻書，百讀不厭，欲卷重開的喜悦心情。

〔二〕風細：輕柔的風。梁元帝《夜宿柏齋》詩：「風細雨聲遲，夜短更籌急。」

〔三〕不會：《禮記·哀公問》：「然後以其所能教百姓，不廢其會節。」正義：「君子以其所能於禮教百姓，使其不廢此上事之期節。」會猶期也。不會猶言「没想到」。鵲聲報喜：王仁裕《開元天寶遺事・靈鵲報喜》：「時人之家聞鵲聲，皆爲喜兆，故謂靈鵲報喜。」

〔四〕「卻羡寒梅」二句：李白《早春寄王漢陽》詩：「聞道春還未相識，走傍寒梅訪消息。」又《宫中行樂詞》：「寒雪梅中盡，春風柳上歸。」謂靈鵲報喜，「曉來」始聞，不及寒梅「夜來」已先覺春到，故曰羡梅。

〔五〕回文：參見《菩薩蠻》（落花閒院春衫薄）注〔一〕。此借蘇蕙典喻閨之書。

昭君怨　金山送柳子玉①〔一〕

誰作桓伊三弄〔二〕。驚破緑窗幽夢〔三〕。新月與愁煙。滿江天。　欲去又還不去②。明日落花飛絮。飛絮送行舟。水東流。

【校勘】

① 題原作「送别」，據傳本、元本改。

② 「欲去又」，元本作「人欲去」，注：「一作欲去又。」

【編年】

熙寧七年甲寅（一〇七四年）二月，於金山送柳瑾赴靈仙作。傅藻《東坡紀年録》：「熙寧七年甲寅，金山送子玉作《昭君怨》。」

【箋注】

〔一〕金山：原名氐父山，又名金鰲嶺、獲符山、浮玉山。《元和郡縣圖志》卷二五《江南道》：「氐父山，在（丹徒）縣西北十里。晉破苻堅，獲氐賊，置此山下，因以爲名。今土俗亦謂之金山。」王象之《輿地紀勝》卷七「鎮江府·景物上」：「金山，在江中，去城七里。舊名浮玉，唐·李錡鎮潤州表名金山，因裴頭佗開山得金，故名。……按《唐書·韓滉傳》：建中之難，陳少游在揚州，以甲士三千臨江大閲，滉亦總兵臨金山與少游會。則是建中之時，已有金山之名矣，非始於李錡也。」柳子玉：《蘇軾詩集》卷六《次韻柳子玉見寄》查注：「柳子玉，名瑾，吴人。與王介甫同年，集中有詩。又梅聖俞有《送柳瑾秘丞》詩及《柳秘丞赴大名知録》詩。」誥案：「柳瑾，丹徒人。其子仲遠，爲中都公婿，公之妹婿也。」

〔二〕桓伊三弄：桓伊，晉人，字叔夏，小字野王，歷淮南太守、豫州刺史等。《晉書》卷八一《桓伊傳》：桓伊「善音樂，盡一時之妙，爲江左第一。有蔡邕柯亭笛，常自吹之。」南朝·宋·劉義慶《世説新語》下卷上《任誕》：「王子猷出都，尚在渚下。舊聞桓子野善吹笛，而不相識。遇桓於岸上過，王在船中，客有識之者云：『是桓子野。』王便令人與相聞，云：『聞君善吹笛，試爲我一奏。』桓時已貴顯，素聞王名，即便回下車，踞胡牀，爲作三調。弄畢，便上車去。客主不交一言。」「三弄」即「三調」，指吹奏三個曲調。

〔三〕緑窗：女子之居室。唐·張祜《楊花》：「無端惹著潘郎鬢，驚殺緑窗紅粉人。」幽夢：謂隱約不明之夢境。杜牧《即事》：「春愁兀兀成幽夢，又被流鶯喚醒來。」

【參考資料】

宋·蘇軾《蘇軾詩集》卷一一《金山寺與柳子玉飲大醉卧寶覺禪榻夜分方醒書其壁》：「惡酒如惡人，相攻劇刀箭。頹然一榻上，勝之以不戰。詩翁氣雄拔，禪老語清軟。我醉都不知，但覺紅緑眩。醒時江月墮，撼撼風響變。惟有一龕燈，二豪俱不見。」又《送柳子玉赴靈仙》：「世事方艱便猛迴，此心未老已先灰。何時夢入真君殿，也學傳呼觀主來。」詩與此詞相發明，可參閱。

清·陳世焜《雲韶集》卷二：「『新月』二語，意有六層，淒清絶世。」

卜算子　自京口還錢塘，道中寄述古太守①〔一〕

蜀客到江南〔二〕，長憶吴山好〔三〕。吴蜀風流自古同，歸去應須早。　還與去年人〔四〕，共藉西湖草〔五〕。莫惜尊前仔細看，應是容顏老。

【校勘】

① 題原作「感舊」，據傅本、龍本改。元本無題。

【編年】

熙寧七年甲寅（一〇七四年）三月作。傅藻《東坡紀年録》：「熙寧七年甲寅，自京口還，寄述古作《卜算子》。」案《蘇軾詩集》卷一一《常潤道中有懷錢塘寄述古五首》，清·王文誥《蘇詩總案》編熙寧七年三月作。此詞與詩應作於同時。

【箋注】

〔一〕錢塘：即杭州。《史記》卷六《秦始皇本紀》：「三十七年十月癸丑，始皇出游。……過丹陽，至錢唐。」正義：「錢唐，今杭州縣。」劉宋·劉道真《錢塘記》云：防海大塘在縣東一里許，郡議曹華信家議立此塘以防海水。始開募，有能致一斛土者，即與錢一千，旬月之間，來者雲集，塘未成而不復取，於是載土石者皆棄而去，塘以之成，故改名錢塘。

〔二〕蜀客：作者自謂。

〔三〕吴山：《淳祐臨安志》卷八：「吴山，《祥符圖經》云：在城中錢塘縣舊治南六里。按《史記》，吴人憐伍子胥以忠諫死，爲立祠于江上，因命曰胥山。」又，《西湖遊覽志》卷一二：「吴山，春秋時爲吴南界，以别於越，故曰吴山。或曰，以伍子胥故，訛伍爲吴，故郡志亦稱胥山，在鎮海樓之右。」

〔四〕去年人：指去年同遊者陳述古。

〔五〕共藉西湖草：晉·孫綽《遊天台山賦》：「藉萋萋之纖草，蔭落落之長松。」李善注：「以草薦地而坐曰藉。」此句言一起坐在西湖草地上飲酒。

【參考資料】

宋·蘇軾《常潤道中有懷錢塘寄述古五首》其一云：「從來直道不辜身，得向西湖兩過春。」其二云：「草長江南鶯亂飛，年來事事與心違。花開後院還空落，燕入華堂怪未歸。世上功名何日是，樽前點檢幾人非。去年柳絮飛時節，記得金籠放雪衣。」其三云：「浮玉山頭日日風，湧金門外已春融。二年魚鳥渾相識，三月鶯花付與公。剩看新翻眉倒暈，未應泣別臉消紅。何人識得相思字，寄與江邊北向鴻。」其五云：「惠泉山下土如濡，陽羨溪頭米勝珠。賣劍買牛吾欲老，殺鷄爲黍子來無。地偏不信容高蓋，俗儉真堪著腐儒。莫怪江南苦留滯，經營身計一生迂。」（見《蘇軾詩集》卷一一）詩與本詞作於同時，内容可互參證。

蝶戀花　京口得鄉書①〔一〕

雨過春容清更麗②。只有離人，幽恨終難洗。北固山前三面水〔二〕。碧瓊梳擁青螺一紙鄉書來萬里。問我何年，真箇成歸計。白首送春拚一醉③〔四〕。東風吹破千行淚。

鬓〔三〕。

【校勘】

①此詞傳本存目缺詞。題原作「送春」，據元本、朱本、龍本、曹本改。

②「過」，元本、朱本、龍本、《全宋詞》、曹本並作「後」。

③「白」，元本、朱本、龍本、曹本並作「回」。

【編年】

熙寧七年甲寅（一〇七四年）春作於京口。傅藻《東坡紀年録》：「熙寧七年甲寅，得鄉書作《蝶戀花》。」

【箋注】

〔一〕京口：又稱朱方、丹徒、延陵、潤州，即今鎮江市。《元和郡縣圖志》卷二五「江南道·潤州」：「本春秋吴之朱方邑，始皇改爲丹徒。漢初爲荆國，劉賈所封。後漢獻帝建安十四年，孫權自吴理丹徒，號曰京城，今州是也。十六年遷都建業，以此爲京口鎮。」

〔二〕北固山：又作北顧山。《元和郡縣圖志》卷二五「江南道·潤州」：「北固山，在（丹徒）縣北一里。下臨長江，其勢險固，因以爲名。……宋（案：宋當爲梁之訛）高祖云：『作鎮作固，誠有其緒，然北望海口，實爲壯觀，以理而推，固宜爲顧。』」三面水：《太平寰宇記》卷八九《江南東道·潤州》條引《南徐州記》云：「城西北有別嶺，斜入江，三面臨水，號云北固。」

〔三〕碧瓊梳：青緑色玉石梳子。此喻江水。青螺髻：螺狀髮髻。晉·崔豹《古今注》卷中「魚蟲第五」：「童子結髮，亦謂螺結，亦謂其形似螺殼。」此喻矗立的北固山如女子髮髻。唐·雍陶《題君山》：「應是水仙梳洗處，一螺青黛鏡中心。」

〔四〕拚：甘願之辭。「拚一醉」即甘願一醉。張相《詩詞曲語辭匯釋》卷五「判」字條：「判，割捨之辭；亦甘願之辭。自宋以後多用拚字或拌字。」晏幾道《鷓鴣天》詞：「彩袖殷勤捧玉鍾，當年拚却醉顔紅。」

占春芳①

紅杏了，夭桃盡〔一〕，獨自占春芳。不比人間蘭麝〔二〕，自然透骨生香。　對酒莫相忘。似佳人〔三〕、兼合明光。只憂長笛吹花落〔四〕，除是寧王。

【校勘】

①此詞吴本未收，傅本、元本、外集亦不載，據明刊全集、二妙集、毛本、朱本、龍本、《全宋詞》、曹本補。《全宋詞》末注：「案此首出《春渚紀聞》卷六，原不著調名。《花草粹編》卷三始以爲《占春芳》，殆出

杜撰。」《欽定詞譜》卷六云：「蘇軾咏梨花製此調，取詞中第三句爲名。」

【編年】

熙寧七年甲寅（一〇七四年）春以前，任杭州通判時作。案：朱本、龍本、曹本此詞俱未編年。《春渚紀聞》卷六云：「蔣子有家藏先生於吴牋上手書一詞，是爲餘杭通守時字。」所謂「手書一詞」即本詞，「通守」即通判。蘇軾熙寧四年十一月底赴杭州通判任，熙寧七年九月底離杭赴密州。果如《春渚紀聞》所言，此詞應作於熙寧五年春至七年春之間。案此首爲詠花詞。或曰所詠爲梨花，暮春開放；或曰所詠爲酴醾花。蘇軾有《杜沂遊武昌以酴醾花菩薩泉見餉二首》之一云：「酴醾不争春，寂寞開最晚。」宋・王淇《春暮遊小園》詩：「開到荼蘼花事了。」與此詞首三句意境相合，亦可證詞當作於暮春時節。究竟作於何年，因無確證，尚難斷言。今姑編熙寧七年春，以俟詳考。

【箋注】

〔一〕夭桃：豔麗的桃花。《詩・周南・桃夭》：「桃之夭夭，灼灼其華。」此二句中「了」、「盡」，指花敗謝。

〔二〕「不比人間」二句：謂酴醾花香自然天成，與人間的高貴香料不同。蘭麝：蘭與麝香。此指高貴香料。《晉書》卷三三《石崇傳》：「崇盡出其婢妾數十人以示之，皆蘊蘭麝，被羅縠。」梁武帝蕭衍《游女曲》：「氛氲蘭麝體芳滑，容光玉耀眉如月。」

〔三〕「似佳人」二句：謂酴醿花之美，如明光宮裏所居之燕趙美女。明光：指西漢明光宮。漢・佚名《三輔黄圖》卷三：「明光宮，武帝太初四年起，在長樂宮後，南與長樂宮相連屬。」又：「武帝求仙，起明光宮，發燕趙美女二千人充之。」

〔四〕「只憂」二句：意謂只擔憂善吹笛的寧王把花吹落。落花：指《落梅花》曲。唐・段安節《樂府雜録》：「笛者，羌樂也，古有《落梅花》曲。」李白《與史郎中欽聽黄鶴樓上吹笛》：「黄鶴樓中吹玉笛，江城五月落《梅花》。」寧王：《新唐書》卷二二《禮樂志》：「帝（玄宗）又好羯鼓，而寧王善吹横笛，達官大臣慕之，皆喜言音律。」又卷八一《三宗諸子・讓皇帝憲》：李憲，唐睿宗長子，本名成器，以避昭成皇后諱，改名憲。初封永平郡王，後立爲皇太子。及睿宗復位，封爲寧王。

【參考資料】

宋・何薳《春渚紀聞》卷六「書明光詞」條：「蔣子有家藏先生於吴牋上手書一詞，是爲餘杭通守時字，云：（詞略）既不知曲名，常以問先生門下士及伯達與仲虎、叔平諸孫，皆云未之見也。又不知『兼合明光』是何等事，或云是酴醿也。」

醉落魄 離京口作①

輕雲微月。二更酒醒船初發②。孤城回望蒼煙合〔一〕。公子佳人③，不記歸時節。　巾偏扇墜藤床滑。覺來幽夢無人說。此生飄蕩何時歇〔二〕？家在西南，長作東南別〔三〕。

【校勘】

① 題原作「述懷」，據傅本、元本、二妙集、毛本、朱本、龍本、曹本改。

② 「二」，傅本作「三」。

③ 此句元本、朱本、龍本、曹本並作「記得歌時」。

【編年】

熙寧七年甲寅（一〇七四年）四月作於離京口時。傅藻《東坡紀年録》：「熙寧七年甲寅，離京口呈元素作《醉落魄》《訴衷情》。」案：細味此詞上片末二句和下片末三句，當有感於常行役在外、與家人分多聚少而作，正和《少年遊》詞意相同也。

【箋注】

〔一〕孤城：指京口。杜甫《野望》：「遠水兼天净。孤城隱霧深。」蒼煙：青色煙霧。陳子昂《峴山懷古》：「野樹蒼煙斷，津樓晚氣孤。」

〔二〕飄蕩：飄泊，流浪。杜甫《羌村三首》之一：「世亂遭飄蕩，生還偶然遂。」

〔三〕「家在」二句：傅注：「公家在西蜀，而游宦多在江南。」

少年遊　潤州作，代人寄遠①〔一〕

去年相送〔二〕，餘杭門外，飛雪似楊花。今年春盡，楊花似雪，猶不見還家〔三〕。對酒捲簾邀明月〔四〕，風露透窗紗。恰似嫦娥憐雙燕②〔五〕，分明照、畫梁斜〔六〕。

【校勘】

① 題原無「代人寄遠」四字，據傅本、元本、朱本、龍本、曹本補。

② 「嫦」，傅本、元本、朱本、龍本、《全宋詞》、曹本並作「姮」。

【編年】

熙寧七年甲寅（一〇七四年）四月，作於潤州。王文誥《蘇詩總案》卷一一：「熙寧七年甲寅，四月，有感雪中行役，作《少年游》詞。」又案：「公以去年十一月發臨平，及是春盡，猶行役未歸，故托爲此詞耳。」

【箋注】

〔一〕潤州：《新唐書》卷四一《地理五・江南道》：「潤州丹陽郡，望。武德三年以江都郡之延陵縣地置，取潤浦爲州名。」

〔二〕「去年」三句：指熙寧六年（一〇七三）十一月，蘇軾離杭去潤州等地賑饑事。餘杭門：宋杭州城北門之一。宋・吴自牧《夢粱録》卷七《杭州》：「杭城號武林，又曰錢塘，次稱胥山。……城北門者三：曰天宗水門；曰餘杭水門；曰餘杭門，舊名『北關』是也。」

〔三〕「猶不見」以上六句：仿《詩・小雅・采薇》：「昔我往矣，楊柳依依；今我來思，雨雪霏霏」而意不同。

〔四〕邀明月：李白《月下獨酌四首》之一：「舉杯邀明月，對影成三人。」

〔五〕嫦娥：又稱姮娥，月中女神。《淮南子》卷六《覽冥訓》：「羿請不死之藥於西王母，姮娥竊以奔月宫。」高誘注：「姮娥，羿妻。羿請不死之藥於西王母，未及服之，姮娥盜食之，得仙，奔入月中，爲月精。」此指代月亮。雙燕：以畫梁雙棲之燕反襯嫦娥獨處之孤單。唐・沈佺期《獨不見》：「盧家少婦鬱金堂，海燕雙棲玳瑁梁。」

〔六〕「分明照」二句：宋玉《神女賦序》：「其始來也，耀乎若白日初出照屋梁。」

【參考資料】

清・李家瑞《停雲閣詩話》：「李詩『舉杯邀明月，對影成三人』，東坡喜其造句之工，屢用之。」

清・沈雄《古今詞話・詞辨》上卷「少年游」條：「《古今詞譜》曰：黄鐘宫曲，林君復、蘇東坡俱有之，亦不一體，其更變俱在换頭也。東坡詞换頭云：『捲簾對酒邀明月。』非對酒捲簾也，刻誤。落句云：『恰似姮娥憐雙燕，分明照、畫梁斜。』異矣。耆卿换頭云：『薄情慢有歸消息，鴛鴦被、半香消。』異矣。小山换頭云：『可憐人意，薄于雲水，佳會更難重。』則又異矣。餘則俱同，當以美成詞爲正。」

減字木蘭花①

雙龍對起〔一〕。白甲蒼髯煙雨裏。疏影微香。下有幽人晝夢長〔二〕。　湖風清軟。雙鵲飛來争噪晚〔三〕。翠颭紅輕②〔四〕。時下凌霄百尺英③〔五〕。

【校勘】

① 原有題注：「《本事集》云：錢塘西湖有詩僧清順居其上，自名藏春塢。門前有二古松，各有凌霄花絡其上，順常晝卧其下。子瞻爲郡，一日，屏騎從過之，松風騷然。順指落花覓句，子瞻爲賦此詞。」傅本此注在詞末。元本、毛本删去「本事集云」四字。元本改「居其上自名」爲「所居」、「子瞻爲郡」作「時余爲郡」、「覓句」作「求韻」、「子瞻爲賦此詞」作「余爲賦此」等，變爲詞序。朱本、龍本、曹本從元本。今據傅本删去。

② 「輕」，傅本作「傾」。元本注：「一作傾。」

③ 「下」，元本作「上」，注：「一作下。」

【編年】

熙寧七年甲寅（一〇七四年）夏，作於杭州。案：此詞詞末傅幹注引楊繪（元素）《本事集》中事，（見校勘①）説明蘇軾寫作此詞的因由，中有「子瞻爲郡」之語。王文誥《蘇詩總案》據而將此詞編於元祐五年庚午，朱本、龍本、石唐本等諸本因之。但蘇軾元祐四年知杭州時，楊繪已卒（楊繪於元祐三年六月丁丑卒於杭守任，事見《資治通鑑長編》卷四一二），他焉能知身後之事？《本事集》所云「子瞻爲郡」顯係「爲倅」之誤。查《咸淳臨安志》卷四六，楊繪於熙寧七年甲寅六月己巳（初三）由應天府徙知杭州。通守蘇軾迎新守楊繪，送舊守陳襄，後與楊繪觀錢塘潮，遊靈隱寺，賞西湖美景，皆有詩詞。直至九月告下，蘇軾罷杭州通守任，以太常博士直史館移知密州軍州事。楊繪（元素）知蘇軾爲西湖詩僧清順賦詞之事併寫入《本事集》中，當爲此次來杭州根據親自見聞而紀事，因將此詞編於熙寧七年甲寅。詞有「湖風清軟」、「翠颭紅輕」、「凌霄百尺英」描寫，皆爲夏景。

【箋注】

〔一〕「雙龍對起」二句：謂詩僧清順所居門前二古松，各有凌霄花攀絡其上，婉蜒如雙龍昂首，白花似龍鱗，松針如蒼髯。蘇軾《送賈訥倅眉》詩其二：「便與甘棠同不剪，蒼髯白甲待歸來。」

〔二〕幽人：幽隱之人。見《卜算子》（缺月掛疏桐）注〔三〕。此指詩僧清順。案，清順，蘇軾詩友。《咸淳臨安志》卷七〇引石夢得云：「錢塘西湖舊多好事僧，往往喜作詩，其最知名者，熙寧有清順字怡然，其居湖山勝處而清約介静，不妄與人交，無大故不至城，士大夫多往就見。時有饋之米者，所取不過數斗，以瓶貯几上，日取三二合食之。雖蔬茹亦不常有，故人尤重之。」《冷齋夜話》卷六：「西湖僧清順字怡然，清苦，多佳句……荆公遊湖上，愛之，稱揚其名。晚年亦與之遊，亦多唱酬。」

〔三〕雙鵲：李紳《墨詔持經大德神異碑銘》：「昔如來雙鵲巢頂，而定慧堅明；大師群烏摩首，而煩疑解脱。」争噪晚：（雙鵲）在晚照中争相鳴叫。

〔四〕翠颭：《詩·小雅·苕之華》：「苕之華，其葉青青。」「颭」，《説文》：「風吹浪動也。」此謂風動苕葉。紅輕：吴融《杏花》詩：「粉薄紅輕掙斂羞，花中占斷得風流。」此謂苕花輕拂。

〔五〕凌霄百尺英：《詩·小雅·苕之華》：「苕之華，芸其黄矣。」傳：「苕，陵苕也，將落則黄。」陳奂曰：「苕，陵苕。（《爾雅·釋草》文）。《釋草》又云：『黄華，蔈；白華，茇。』舍人注云：『别華色之異名也。』」「蘇頌《本草圖經》云：紫葳，陵霄花也。初作藤，蔓生依大木，歲久，延引至顛而有華。其華黄赤，夏中乃盛。」「奂在杭州西湖葛林園中，見陵苕花，藤本蔓生，依古柏樹，直至樹顛。五六月中花盛黄色，俗謂之即陵霄花，與《圖經》目驗合。陵苕，草類，故《爾雅》入草部。而《本草》繫於木部者，以其蔓生木上故也。黄華見於樹末，其即《爾雅》之黄華、蔈者歟？蔈者，末也。白華見於樹本，故《爾雅》白華者爲茇。華有黄白二種，其紫者疑又一種也。」（見陳奂撰《詩毛氏傳疏》卷二三《苕之華》疏）案：陳奂在西湖所見之陵霄與蘇詞所寫之陵霄相似。因「白華見於樹本」，故蘇詞曰『白甲』；唯陳説「華有黄白二種」，而蘇詞曰「紅輕」，則與《本草》「華有黄赤」者驗合。蓋西湖陵霄有開紅花者，爲陳奂所未見，即其言「其紫者疑又一種也」。

鵲橋仙　七夕送陳令舉①

緱山仙子〔一〕，高情雲渺，不學癡牛騃女〔二〕。鳳簫聲斷月明中〔三〕，舉手謝、時人欲去。客槎曾犯②〔四〕，銀河波浪③，尚帶天風海雨。相逢一醉是前緣，風雨散、飄然何處〔五〕。

【校勘】

①題原作「七夕」，據傅本、元本、朱本、龍本、曹本改。

②「犯」，原作「泛」，據諸本改。

③「河波」，原缺，據傅本、元本、朱本、龍本、曹本補。明刊全集、二妙集、毛本、《全宋詞》作「河微」。

【編年】

熙寧七年甲寅（一〇七四年）七月，作於杭州。朱孝臧《東坡樂府》卷一：「案本集《王中甫哀辭》，施注原編丙辰七月五日，詩前叙云『哭中甫於密州』，則令舉没矣。又《祭陳令舉文》云：『余與令舉別二年而令舉没。』公以甲寅九月，與令舉訪公擇於湖州，六客之會，令舉與焉。既過松江，令舉忽忽歸去，此詞乃送之也。」案：蘇軾與令舉此别，時在九月末，與詞題中「七夕」不符，有誤。當依題中「七夕」，編甲寅七月，蘇軾時在杭州。孔《譜》云：「時舜俞專程來杭相别。」

【箋注】

〔一〕緱山仙子：「緱山」即緱氏山。《元和郡縣圖志》卷五：「緱氏山，在（緱氏）縣東南二十九里（今屬河南偃師縣）。王子晉得仙處。」「仙子」事見於漢・劉向《列仙傳》卷上：「王子喬者，周靈王太子晉也，好吹笙，作鳳凰鳴，遊伊洛之間，道士浮丘公接以上嵩高山。三十餘年。後求之於山，見桓良曰：『告我家，七月七日待我於緱氏山巔。』至時，果乘白鶴駐山頭。望之不得到，舉手謝時人，數日而去。」

〔二〕癡牛騃女：指天真無知，迷於愛情之少男少女。此指牛郎、織女。織女嫁牛郎七夕相會的傳説，《荆楚歲時記》注有云：「天河之東，有織女，天帝之子也，年年織杼勞役，織成雲錦天衣。天帝憐其獨處，許嫁河西牽牛郎，嫁後遂廢織紝。天帝怒，責令歸河東，唯每年七月七日夜，渡河一會。」（今本無此條，見楊蔭深《事物掌故叢談・歲時令節》及龍注引）唐・盧仝《月蝕詩》：「癡牛與騃女，不肯勤農桑。徒勞含淫思，夕旦遥相望。」

〔三〕「鳳簫」句：鳳簫：即排簫。漢・應劭《風俗通義》卷六《聲音》云：簫，「《尚書》：『舜作，簫韶九成，鳳皇來儀。』其形參差，像鳳之翼，十管，長一尺。」李白《憶秦娥》：「簫聲咽，秦娥夢斷秦樓月，秦樓月，年年柳色，灞陵傷别。」

〔四〕「客槎」三句：晉·張華《博物志》卷一〇《雜説》下：「舊説云，天河與海通。近世有人居海渚者，年年八月有浮槎去來，不失期。人有奇志，立飛閣於槎上，多齎糧，乘槎而去，十餘日中，猶觀星月日辰，自後芒芒忽忽，亦不覺晝夜。去十餘日，奄至一處，有城郭狀，屋舍甚嚴，遥望宫中多織婦，見一丈夫，牽牛渚次飲之。牽牛人乃驚問曰：『何由至此？』此人具説來意，並問：『此是何處？』答曰：『君還至蜀郡，訪嚴君平則知之。』竟不上岸，因還如期。後至蜀，問君平，曰：『某年月日，有客星犯牽牛宿。』計年月，正是此人到天河時也。」

〔五〕風雨散：王粲《贈蔡子篤》：「風流雲散，一别如雨。」

虞美人　爲杭守陳述古作①

湖山信是東南美〔一〕。一望須千里②。使君能得幾回來？便使尊前醉倒、且徘徊③。

沙河塘裏燈初上〔二〕。水調誰家唱〔三〕？夜闌風静欲歸時。惟有一江明月、碧琉璃〔四〕。

【校勘】

① 原無題，另有題注作「《本事集》云：陳述古守杭，已及瓜代。未交前數日，宴僚佐於有美堂，因請二

車蘇子瞻賦詞，子瞻即席而就，寄攤破虞美人」。毛本略同，惟無「本事集云」四字。今删，另據傅本補改詞題。元本、朱本、龍本、曹本題作「有美堂贈述古」。

②「須」，元本、朱本、龍本、曹本、《全宋詞》作「彌」。

③「且」，元本、朱本、龍本、曹本作「更」。

【編年】

熙寧七年甲寅（一〇七四年）七月，作於杭州。傅藻《東坡紀年録》：「熙寧七年甲寅，述古將去，作《虞美人》。」

【箋注】

〔一〕「湖山」句：唐·魏萬《金陵酬李翰林謫仙子》：「湖山信爲美，王屋人相待。」又，宋仁宗《賜梅摯知杭州》：「地有湖山美，東南第一州。」

〔二〕沙河塘：傅注：「錢塘繁會之地。」宋·潛説友《咸淳臨安志》卷三八《山川·塘》：「沙河塘，《唐書·地理志》：在錢塘縣舊治之南五里，潮水衝擊錢塘江岸，奔逸入城，勢莫能禦。咸通二年刺史崔彦曾開三沙河以決之。曰外沙、中沙、裏沙。」

〔三〕水調：又稱「水調歌」，曲調名。杜牧《揚州》詩：「誰家唱《水調》，明月滿揚州。」自注：「煬帝鑿汴渠成，自造《水調》。」宋·郭茂倩《樂府詩集》卷七九《近代曲辭一·水調》：「《樂苑》

曰：『水調，商調曲也。』舊説，《水調》、《河傳》，隋煬帝幸江都時所製。曲成奏之，聲韻怨切。王令言聞而謂其弟子曰：『但有去聲而無回韻，帝不返矣。』後竟如其言。按唐曲凡十一疊，前五疊爲歌，後六疊爲入破。其歌，第五疊五言調，聲最爲怨切。故白居易詩云：『五言一遍最慇懃，調少情多似有因。不會當時翻曲意，此聲腸斷爲何人。』唐又有《新水調》，亦商調曲也。」一説，此「水調」即指《水調歌頭》。

〔四〕琉璃：一種緑色半透明的玉石。也指玻璃。喻江面平静，水月交映，晶瑩，透亮。梁簡文帝《西齋行馬詩》：「雲開瑪瑙葉，水净琉璃波。」

【參考資料】

宋·傅幹《注坡詞》卷八引《本事集》云：「陳述古守杭，已及瓜代，未交前數日，宴僚佐於有美堂。侵夜，月色如練，前望浙江，後顧西湖，沙河塘正出其下。陳公慨然，請貳車蘇子瞻賦之，即席而就。」（案：近人梁啓超所輯《本事集》佚文雖收此條，文字脱漏頗多，當據此增訂）

訴衷情　送述古迓元素〔一〕

錢塘風景古來奇①。太守例能詩②〔二〕。先驅負弩何在〔三〕，心已浙江西③。　花盡後，葉飛時。雨凄凄。若爲情緒〔四〕，更問新官，向舊官啼〔五〕。

【校勘】

①「來」，傅本、元本、朱本、龍本、曹本並作「今」。

②「例」，元本注：「一作況。」

③「浙」，原作「晢」，據二妙集、明刊全集、毛本改。

【編年】

熙寧七年甲寅（一〇七四年）七月，作於杭州。傅藻《東坡紀年録》：「熙寧七年甲寅，送述古迓元素作《訴衷情》。」

【箋注】

〔一〕元素：《乾道臨安志》卷三：「熙寧七年六月己巳，以知應天府、翰林侍讀學士、尚書禮部侍郎楊繪知杭州。」《宋史》卷三二二《楊繪傳》：楊繪字元素，綿竹人。少而奇警，讀書五行俱下，名聞西州。進士上第，通判荆南。神宗立，召修起居注、知制誥、知諫院，擢翰林學士，爲御史中丞。時安石用事，行免役法，繪陳十害，遂罷爲侍讀學士、知亳州，歷應天府、杭州，年六十二，卒。有集八十卷。蘇軾有《熙寧手詔記》記其生平人品，見《蘇軾文集》卷一二。

〔二〕「太守」句：傅注：「白樂天爲杭州太守，以詩名。初樂天爲蘇守，劉禹錫以詩寄樂天云：『蘇州太守例能詩，西掖吟來替左司。』」劉詩參見《劉禹錫集》卷三一《白舍人曹長寄新詩，有游宴之盛，因以戲酬》。案：唐時杭守白居易善詩，現杭守陳襄（述古）善詩，新任杭守楊繪亦善詩，故云「例能詩」。

〔三〕「先驅」二句：謂杭州官員已經到錢塘江西去迎接元素。案楊元素從南都（河南商丘市）來守杭。浙江：錢塘江。先驅負弩：古時下級迎接上級的隆重儀式。《漢書》卷五七下《司馬相如傳》：「拜相如爲中郎將，建節往使。……至蜀，太守以下郊迎，縣令負弩矢先驅，蜀人以爲寵。」

〔四〕若爲情緒：倘問我此刻情懷心緒何如。

〔五〕新官、舊官：孟棨《本事詩·情感第一》：「陳太子舍人徐德言之妻，後主叔寶之妹，封樂昌公主，才色冠絶。時陳政方亂，德言知不相保，謂其妻曰：『以君之才容，國亡必入權豪之家，斯永絶矣。儻情緣未斷，猶冀相見，宜有以信之。』乃破一鏡，人執其半，約曰：『他日必以正月望日賣於都市，我當在，即以是日訪之。』及陳亡，其妻果入越公楊素之家，寵嬖殊厚。德言流離辛苦，僅能至京，遂以正月望日訪於都市。有蒼頭賣半鏡者，大高其價，人皆笑之。德言直引至其居，設食，具言其故，出半鏡以合之，仍題詩曰：『鏡與人俱去，鏡歸人不歸。無復嫦娥影，空留明月輝。』陳氏得詩，涕泣不食。素知之，愴然改容，即召德言，還其妻，仍厚遺之。聞者無不感歎。乃與德言、陳氏偕飲，令陳氏爲詩，曰：『今日何遷次，新官對舊官。笑啼俱不敢，方驗作人難。』遂與德言歸江南，竟以終老。」此借用陳氏詩句而略翻其意，以表送「舊官」述古，迓「新官」元素的心情：既悲述古之去，又喜元素之來，悲喜交織，莫可言狀。

菩薩蠻　杭妓往蘇迓新守楊元素，寄蘇守王規父①〔一〕

玉童西迓浮丘伯②〔二〕。洞天冷落秋蕭瑟。不用許飛瓊③〔三〕。瑤臺空月明〔四〕。　清香凝夜宴〔五〕。借與韋郎看〔六〕。莫便向姑蘇④〔七〕。扁舟下五湖⑤〔八〕。

【校勘】

① 題原作「杭妓往蘇迓新守」，今從傅本、元本、朱本、龍本、曹本補正。傅本無「新守」二字。明刊全集、二妙集、毛本題作「杭妓往蘇」。

② 「迓浮丘伯」，原缺，據諸本補。

③ 「用」，傅本作「見」。「飛瓊」，原缺，據諸本補。

④ 「向」，明刊全集、二妙集、毛本作「過」。「姑蘇」，二妙集作「蘇州」。

⑤ 「扁」，原缺，據諸本補。

【編年】

熙寧七年甲寅（一〇七四年）七月，作於杭州。傅藻《東坡紀年録》：「熙寧七年甲寅，杭妓迓新守楊元素，寄規父，作《菩薩蠻》。」

【箋注】

〔一〕王規父：名誨。范成大《吳郡志》卷一一《題名》：王誨於熙寧年間，以朝散大夫、尚書司勳郎中知蘇州。清·陸心源《宋詩紀事補遺》卷二〇：「王誨，字規夫，鎮定人。祖化基，父舉正，《宋史》有傳。熙寧三年，群牧判官；四年，度支判官、司勳郎中；六年，以朝散大夫知蘇州。」

〔二〕玉童：本指仙童，此喻杭妓。南朝·梁·陶弘景《真靈位業圖》：「三天玉童，洛水神女。」浮丘伯：又稱浮丘公，古仙人。《列仙傳》卷上：「王子喬者，周靈王太子晉也。好吹笙，作鳳凰鳴。遊伊洛之間，道士浮丘公接以上嵩高山。」郭璞《游仙》之三：「左挹浮丘袖，右拍洪崖肩。」此以浮丘伯借喻新守楊元素。

〔三〕許飛瓊：古仙女。班固《漢武帝内傳》：西王母乘紫雲之輦，履玄瓊之舄，下輦上殿，呼帝共坐，命侍女許飛瓊，鼓雲和之簧。又孟棨《本事詩·事感第二》：「詩人許渾，嘗夢登山，有宮室凌雲，人云此崑崙也。既入，見數人方飲酒，招之，至暮而罷。詩云：『曉入瑶臺露氣清，坐中唯有許飛瓊。塵心未斷俗緣在，十里下山空月明。』他日復夢至其處，飛瓊曰：『子何故顯余姓名於人間？』座上即改爲『天風吹下步虚聲。』曰：『善。』」（案：此條《太平廣記》卷七〇引《逸史》作許瀍事，《唐詩紀事》卷五六作許渾。《全唐詩》卷五三八據《本事詩》作許渾，卷五

四二據《逸史》又作許瀍。許渾《丁卯集》不載此詩。疑當作許瀍事）

〔四〕瑶臺：神話中神仙居住之地。晉·王嘉《拾遺記》卷一〇《崑崙山》：「崑崙山者，西方曰須彌，山對七星之下，出碧海之中。上有九層，……傍有瑶臺十二，各廣千步，皆五色玉爲臺基。」

〔五〕「清香」句：韋應物《郡齋雨中與諸文士燕集》：「兵衛森畫戟，宴寢凝清香。」

〔六〕「借與」句：謂杭妓往蘇乃是迓新守楊元素，她們在蘇歌舞不過借給韋郎看看而已。韋郎：唐代詩人韋應物曾任蘇州刺史，此處借指今蘇州知州王規父。

〔七〕姑蘇：《史記》卷三一《吴太伯世家》：「越因代吴，敗之姑蘇。」《集解》引《越絶書》云：「闔廬起姑蘇臺，三年聚材，五年乃成，高見三百里。」《索引》：「姑蘇，臺名，在吴縣西三十里。」此借指蘇州。

〔八〕「扁舟」句：扁舟：小船。《國語》卷二一《越語下》：越滅吴，「反至五湖，范蠡辭於王曰：『君王勉之，臣不復入越國矣。』……遂乘輕舟以浮於五湖，莫知其所終極。」又杜牧《杜秋娘詩》：「西子下姑蘇，一舸逐鴟夷。」此戲嘲蘇守王規父莫留住杭妓，如范蠡之攜西施游五湖，一去不返。

【參考資料】

近人鄭文焯《手批東坡樂府》：「李東川有送人攜妓赴任詩，此詞又記杭妓往蘇迓新守。是知唐宋時，赴任迎任，皆有官妓爲導之例。此風蓋自元明以來，微論廢絶，國朝且懸爲厲禁，著之律條，並飲酒挾妓亦有罪已，古今風氣之碩異如是。」（轉録自龍榆生《東坡樂府箋》卷一）

減字木蘭花 寓意①

雲鬟傾倒。醉倚闌干風月好。憑仗相扶。誤入仙家碧玉壺〔一〕。 連天衰草〔二〕。下走湖南西去道②〔三〕。一舸姑蘇〔四〕。便逐鴟夷去得無。

【校勘】

①「寓」，原作「寫」，據明刊全集、二妙集、毛本改。傅本、元本、朱本、龍本、曹本俱無題。

②「下」，明刊全集、二妙集、毛本作「不」。

【編年】

熙寧七年甲寅（一〇七四年）七月，作於杭州。案：此詞朱本、龍本俱未編年，從曹本。曹云：「惟細玩此詞意境，與本集《菩薩蠻》『玉童西迓浮丘伯』全同。而下片之時令及地理形勢亦同，故斷定此二詞係同時所作。惟《菩薩蠻》係寄蘇守王規甫，而此詞則似係戲陳述古者。援朱本事同、地同、時令同類編例，今移編熙寧七年甲寅。」

【箋注】

〔一〕「誤入」句：晉·葛洪《神仙傳》卷九《壺公》：壺公者，不知其姓名。其賣藥口不二價，治百病皆愈。常懸一空壺於坐（《太平廣記》卷一二引作「屋」）上，日入之後，公輒轉足跳入壺中，人莫知其所在。唯長房於樓上見之，知其非常人也。長房乃日日自掃除公座前地，及供饌物，公受而不謝，如此積久。公知長房篤信，語長房曰：「至暮無人時更來。」長房如其言而往。公語長房曰：「卿見我跳入壺中時，卿便隨我跳，自當得入。」長房承公言爲試，既入之後，不復見壺，但見樓觀五色，重門閣道，見公左右侍者數十人。公語長房曰：「我仙人也，忝天曹職，所統供事不勤，以此見謫，暫還人間耳。」（案：《後漢書·費長房傳》與《神仙傳》所載小有異同。）碧玉壺，指神仙居住之所。

〔二〕連天衰草：唐·胡曾《黄金臺》詩：「若問昭王無處所，黄金臺上草連天。」此狀時令，與《菩薩蠻》（玉童西迓浮丘伯）所寫之「冷落秋蕭瑟」景色相符。

〔三〕下走：傅注：「走音奏。漢文帝曰『北走邯鄲道』是也。」西去道：陳述古去杭赴南都（今河南商丘）故云。

〔四〕「一舸」二句：見《菩薩蠻》「玉童西迓浮丘伯」注〔八〕。

菩薩蠻 述古席上①

娟娟缺月西南落。相思撥斷琵琶索②〔一〕。枕淚夢魂中。覺來眉暈重。畫堂堆燭淚③〔二〕。長笛吹新水〔三〕。醉客各西東。應思陳孟公〔四〕。

【校勘】

① 元本、朱本題作「靈壁寄彭門故人」。毛本題作「代妓送陳述古」。龍本據《西湖遊覽志餘》改作「西湖席上，代諸妓送陳述古」，較傅本、吴本題旨更明。曹本從龍本。

② 「撥」，原誤作「撥」，據諸本改。

③ 「畫」，傅本、元本、朱本、龍本、《全宋詞》、曹本並作「華」。「堆」，原作「惟」，據諸本改。

【編年】

熙寧七年甲寅（一〇七四年）七月，作於杭州。案：朱本據元本題意，編入元豐二年己未（一〇七九年），云：「案本集《靈壁張氏園亭記》爲元豐二年三月二十七日作，公至靈壁在是時也。」龍本移編熙寧七年甲寅，云：「察詞中情意，似與代妓送述古較合，改編甲寅。」今從龍本。

【箋注】

〔一〕「相思」句：陶穀《春光好》詞：「琵琶撥盡相思調，知音少。」此寫離席上彈撥的離別相思之曲。

〔二〕堆燭淚：歐陽修《歸田録》卷一：「鄧州花蠟燭名著天下，雖京師不能造，相傳云（一作亦）是寇萊公燭法。公嘗知鄧州，而自少年富貴，不點油燈，尤好夜宴劇飲，雖寢室亦燃燭達旦。每罷官去，後人至官舍，見厠溷間燭淚在地，往往成堆。」此寫離筵久，夜色深燭淚成堆。

〔三〕新水：即《新水調》，或《新水曲》。傅注：「樂府有中吕調《新水曲》。」龍注以爲「新水」即「水調」。案：明·胡震亨《唐音癸籤》卷一三《唐曲》，列有「水調歌」、「新水調」，並云「《水調》及《新水調》，並商調曲也。」據此可知，「新水」與「水調」雖同屬商調曲，仍應有别。餘參見《虞美人》「湖山信是東南美」注〔三〕。

〔四〕陳孟公：《漢書》卷九二《游俠傳》：「陳遵字孟公，杜陵人也。……遵耆酒，每大飲，賓客滿堂，輒關門，取客車轄投井中，雖有急，終不得去。」此以陳遵比陳襄豪爽好客。

【參考資料】

明·田汝成《西湖游覽志餘》卷一六：「唐宋間，郡守新到，營妓皆出境而迎。既出，猶得以鱗鴻往返，靦不爲異。白樂天《湖上醉中代諸妓寄嚴郎中》詩云：『笙歌杯酒正歡娱，忽憶仙郎望帝都。借問連宵直南省，何如盡日醉西湖。蛾眉久别心知否，鷄舌含多口厭無。還有些些惆悵事，春來山路見蘼蕪。』又《聞歌妓唱嚴郎中詩，因以絶句寄之》詩云：『已留舊政布中和，又付新詞與艷歌。但是人家有遺愛，就中蘇小感恩多。』蘇子瞻送杭妓往蘇州迎新守《菩薩蠻》詞云（略）。又西湖席上代諸妓送陳述古詞云（略）。此亦足覘一時之風氣矣。」

江城子　孤山竹閣送述古①〔一〕

翠蛾羞黛怯人看〔二〕。掩霜紈〔三〕。淚偷彈。且盡一尊、收淚唱陽關②〔四〕。漫道帝城天樣遠〔五〕。天易見，見君難。　畫堂新締近孤山③。曲闌干。爲誰安。飛絮落花、春色屬明年。欲棹小舟尋舊事，無處問，水連天〔六〕。

【校勘】

①「山」，原缺，據傅本、元本、朱本、龍本、《全宋詞》、曹本補。二妙集、毛本題作「述古去餘杭，爲去思者作」。

②「唱」，元本、朱本、龍本作「聽」。

③「締」，元本、朱本、龍本、曹本作「搠」，二妙集、毛本、《全宋詞》作「搆」。

【編年】

熙寧七年甲寅（一〇七四年）七月，作於杭州。傅藻《東坡紀年録》：「熙寧七年甲寅，是年，送述古赴南都作《江神子》。」王文誥《蘇詩總案》卷一二：「熙寧七年甲寅，七月，與陳襄放舟湖上，燕於孤山竹閣，作《江神子》詞。」

【箋注】

〔一〕竹閣：《乾道臨安志》卷二：「白公竹閣在孤山，與柏堂相連。」《蘇軾詩集》卷一〇《竹閣》詩查注：「《傳燈録》：鳥窠禪師，富陽潘氏子，九歲出家。後見秦望山有長松，枝葉繁茂，盤屈如蓋，遂棲止其上。元和中，白居易出守茲郡，因入山禮謁，乃起竹閣於湖上，迎師居之。」

〔二〕翠蛾：美人之眉。見《菩薩蠻》（繡簾高捲傾城出）注〔四〕。此指送別述古的官妓。

〔三〕霜紈：用白色薄絹製作之扇。《文選》卷二七班婕妤《怨歌行》：「新裂齊紈素，皎潔如霜雪。裁爲合歡扇，團團似明月。」

〔四〕陽關：即《陽關曲》，又名《渭城曲》。屬琴曲。王維《送元二使安西》詩：「渭城朝雨裛輕塵，客舍青青柳色新。勸君更進一杯酒，西出陽關無故人。」後入樂府，以爲送別曲。因全曲分三段，原詩反復三次，故又稱「陽關三疊」。白居易《對酒五首》之四：「相逢且莫推辭醉，聽唱陽關第四聲。」

〔五〕帝城天樣遠：《世説新語》中卷下《夙惠》：「晉明帝數歲，坐元帝膝上。有人從長安來，元帝問洛下消息，潸然流涕。明帝問何以致泣，具以東渡意告之。因問明帝：『汝意謂長安何如日遠？』答曰：『日遠。不聞人從日邊來，居然可知。』元帝異之。明日，集群臣宴會，告以此意，更重問之。乃答曰：『日近。』元帝失色曰：『爾何故異昨日之言邪？』答曰：『舉目見日，不見長安。』」此即「天易見，見君難」所本。

〔六〕水連天：杜甫《渼陂西南臺》：「蒹葭離披去，天水相與永。」

【參考資料】

明·顧從敬《類選箋釋續選草堂詩餘》卷下：「日近長安遠，此天易見而人難見乎？」

今人曹樹銘《東坡詞》卷上：「上片第五句，元木、朱本、龍本俱作『收淚聽陽關』，惟傅、毛二本及《全宋詞》本『聽』作『唱』。考聽屬坐客，唱屬妓女。因上片有『淚偷彈』，本句復有『收淚』二字，故以『唱』字爲長。否則坐客、妓女兩俱落淚，述古其何以堪。或云妓女只唱不飲，是又不然。以今例古，先進酒而後唱曲，乃爲常事。且上片末三句似即妓女之唱辭，此『見君難』之『君』字，雖云雙關，但側重在述古，此乃致淚之由。如『聽』作『唱』，則上片全屬妓女，有一氣呵成之妙。」

菩薩蠻 西湖送述古①

秋風湖上蕭蕭雨。使君欲去還留住。今日漫留君〔一〕。明朝愁殺人。　佳人千點淚②。灑向長河水〔二〕。不用斂雙蛾。路人啼更多〔三〕。

【校勘】

①題原作「西湖」，據傅本、元本、朱本、龍本、曹本補「送述古」三字。

②「佳人」，原缺，據傅本、元本、朱本、龍本、曹本補。明刊全集、二妙集、毛本作「尊前」。

【編年】

熙寧七年甲寅（一〇七四年）七月，作於杭州。傅藻《東坡紀年録》：「熙寧七年甲寅，送述古赴南都作《菩薩蠻》。」

【箋注】

〔一〕漫：空，徒然。杜甫《有客》：「豈有文章驚海内，漫勞車馬駐江干。」岑參《行軍詩二首》之二：「早知逢世亂，少小漫讀書。」

〔二〕灑向長河水：唐·令狐挺《題鄜州相思鋪》：「只應自古征人淚，灑向空川作浪波。」（案：《全唐詩》卷三三四又作令狐楚詩，題作《相思河》。）長河，指錢塘江。

〔三〕「路人」句：謂杭州父老夾道哭送陳襄去任。言外讚美陳襄政績。

清平樂　送述古赴南都①〔一〕

清淮濁汴〔二〕。更在江西岸②。紅旆到時黄葉亂。霜入梁王故苑〔三〕。秋原何處攜壺。停驂訪古踟躕〔四〕。雙廟遺風尚在〔五〕，漆園傲吏應無〔六〕。

【校勘】

① 題原作「秋詞」，據傅本改。元本、朱本無題。

② 「江西」，傅本作「西南」。

【編年】

熙寧七年甲寅（一〇七四年）七月，作於杭州。傅藻《東坡紀年録》：「熙寧七年甲寅，送述古赴南都作《清平樂》。」

【箋注】

〔一〕南都：指宋時南京，今河南商丘市。《元豐九域志》卷一：「南京，應天府，睢陽郡。唐宋州。梁宣武軍節度。後唐改歸德軍。皇朝景德三年升應天府，大中祥符七年（一〇一四年）升南京。」

〔二〕清淮：據《水經注》卷三〇：淮水出南陽平氏縣（今河南桐柏縣西北）胎簪山，東北過桐柏山，東過江夏平春縣（今河南信陽縣）北，東經新息縣（今河南息縣）、期思縣（今河南淮濱縣）、原鹿縣（今安徽阜南縣南）、壽春縣、當塗縣（今安徽懷遠縣）、鐘離縣、淮陰縣，至廣陵淮浦縣（今江蘇漣水縣）入於海。濁汴：《宋史》卷九三《河渠》三：「汴河，自隋大業初，疏通濟渠，引黃河通淮，至唐，改名廣濟。宋都大梁，以孟州河陰縣南爲汴首受黄河之口，屬于淮、泗。每歲自春及冬，常於河口均調水勢，止深六尺，以通行重載爲準。歲漕江、淮、湖、浙米數百萬，及至東南之産，百物衆寶，不可勝計。又下西山之薪炭，以輸京師之粟，以振河北之急，内外仰給焉。故於諸水，莫此爲重。」

〔三〕梁王故苑：即梁苑，一名梁園，又稱兔園、東苑、竹園。在今河南商丘市東南（一説在開封市東南）。漢梁孝王劉武築。爲遊賞與延賓之所，當時名士司馬相如、枚乘、鄒陽皆爲座上客。《史記》卷五八《梁孝王世家》：「孝王築東苑，方三百餘里。廣睢陽城七十里。大治宫室，爲複道，自宫連屬於平臺三十餘里。得賜天子旌旗，出從千乘萬騎。東西馳獵，擬於天子。出言趕，入言警。招延四方豪桀，自山以東游説之士莫不畢至。」晉·葛洪《西京雜記》卷二：「梁孝王好營宫室苑囿之樂，作曜華之宫，築兔園。園中有百靈山，山有膚寸石，落猿巖，棲龍岫。又有雁池，池間有鶴洲、鳧渚。其諸宫觀相連，延亘數十里，奇果異樹，瑰禽怪獸畢備。王日與宫人賓客弋釣其中。」唐·李泰《括地志》卷三《宋州·宋城縣》：「兔園在宋州宋城縣東南十里。……俗人言梁孝王竹園也。」（見中華書局一九八〇年二月版賀次君輯校本）

〔四〕驂：一指同駕一車之三馬，一指駕車時位於兩旁之馬。謝朓《新亭渚别范零陵詩》：「停驂我悵望，輟棹我夷猶。」踟躕：緩行貌，猶言徘徊。《玉臺新詠》卷一《日出東南隅行》：「五馬立踟躕。」

〔五〕雙廟：傅注：「唐張巡、許遠，天寶之亂，二人守睢陽，力困城破，死於賊，列于《忠義傳》。今睢陽有二祠，世謂之雙廟。」案：《新唐書》卷一九二《忠義中·張巡傳》：「大中時，圖巡、遠、(南)霽雲像于凌煙閣。睢陽至今祠享，號『雙廟』云。」傅注本此。

〔六〕漆園傲吏：《史記》卷六三《莊子列傳》：「莊子者，蒙人也，名周。周嘗爲蒙漆園吏，與惠王、齊宣王同時。……楚威王聞莊周賢，使使厚幣迎之，許以爲相。莊周笑謂楚使者曰：『千金，重利；卿相，尊位也。子獨不見郊祭之犧牛乎？養食之數歲，衣以文繡，以入大廟。當是之時，雖欲爲孤豚，豈可得乎？子亟去，無污我。我寧游戲污瀆之中自快，無爲有國者所羈，終身不仕，以快吾志焉。』」故謂莊子爲「漆園傲吏」。郭璞《遊仙詩》之一：「漆園有傲吏，萊氏有逸妻。」應無：猶曾無。李商隱《柳》詩：「動春何限葉，撼曉幾多枝。解有相思否？應無不舞時。」

南鄉子 送述古

回首亂山橫。不見居人只見城〔一〕。誰似臨平山上塔〔二〕，亭亭〔三〕。迎客西來送客行。

歸路晚風清①。一枕初寒夢不成。今夜殘燈斜照處，熒熒〔四〕。秋雨晴時淚不晴。

【校勘】

①「歸」，明刊全集、二妙集、毛本作「臨」。

【編年】

熙寧七年甲寅(一〇七四年)七月，作於杭州。傅藻《東坡紀年録》：「熙寧七年甲寅，送述古赴南都作《南鄉子》。」王文誥《蘇詩總案》卷一二：「熙寧七年甲寅，七月，追送陳襄移守南都，別於臨平舟中，作《南鄉子》。」

【箋注】

〔一〕「不見」句：唐·歐陽詹《初發太原途中寄太原所思》：「驅馬覺漸遠，回頭長路塵。高城已不見，況復城中人」，謂城、人皆不可見。此謂見城不見人(指述古)，稍作變化。

〔二〕誰似：猶何似。誰，何也。臨平山上塔：傅注：「臨平山在杭州。」《淳祐臨安志》卷九：「臨平山，《祥符經》云：去仁和縣舊治五十四里，山高五十三丈，周圍十八里。……山上有塔。」蘇軾《次韻杭人裴維甫》：「餘杭門外葉飛秋，尚記居人挽去舟，一別臨平山上塔，五年雲夢澤南州。」見《詩集》卷二四。

〔三〕亭亭：高聳貌。張衡《西京賦》：「干雲霧而上達，狀亭亭以苕苕。」

〔四〕熒熒：微光閃爍貌。潘岳《悼亡賦》：「燈熒熒兮如故，帷飄飄兮若存。」

【參考資料】

宋・胡仔《苕溪漁隱叢話後集》卷三八引《復齋漫録》:「魯直記江亭鬼所題詞,有『淚眼不曾晴』之句。余以此鬼剽東坡樂章『秋雨晴時淚不晴』之語。」

宋・陸游《入蜀記》卷一:「臨平者,太師蔡京葬其父準於此。以錢塘江爲水,會稽山爲案,山形如駱駝,葬於駝之耳,而築塔於駝之峰。蓋葬師云:駝負重則行遠也。然東坡先生樂府固已云:『誰似臨平山上塔,亭亭。迎客西來送客行。』則臨平有塔亦久矣,當是蔡氏葬後增築,或遷之耳。」

漁家傲 送台守江郎中①〔一〕

送客歸來燈火盡〔二〕。西樓淡月涼生暈〔三〕。明日潮來無定準〔四〕。潮來穩②。舟橫渡口重城近〔五〕。 江水似知孤客恨。南風爲解佳人慍〔六〕。莫學時流輕久困〔七〕。頻寄問。錢塘江上須忠信〔八〕。

【校勘】

①「台」,朱本、龍本、曹本作「吉」。外集題作「送江寬,寬知台州」。

②「潮來」,二妙集、毛本作「風未」。

【編年】

熙寧七年甲寅（一〇七四年）九月初作於杭州。朱孝臧《東坡樂府》卷二認爲這首詞是送江公著的，編元祐六年辛未，云：「王案：庚午（元祐五年）五月，送江公著赴台州作。案《詩集》，辛未有《送江公著知吉州》詩……據此，公著未爲台守，台當作吉，形近而誤。今從詩集編辛未。」吴雪濤《蘇詞編年辨證》（載《文史》四十輯）引清·李興元修、順治十七年刻本《吉州府志》卷三《秩官表·宋吉州知州事》云：「哲宗元祐二年，李琮；四年，江公著。」則公著知吉州事在元祐四年。又據《蘇軾詩集·送江公著知吉州》題左施注，知公著家鄉桐廬，位於杭州西南。則公著由京師（開封）太常博士出守吉州（廬陵），必順汴河東下，經杭州而至桐廬探家，然後溯衢江經衢州入贛。本詞云：「送客歸來燈火盡，西樓淡月凉生暈。」時令已是八月，故可斷定此詞作於元祐四年八月。案：以上各説均誤。《外集》卷八四載此詞，題作《送江寬，寬知台州》，此題中「台州」的「台」，與宋、元、明、清諸本題中「台守」的「台」，均指「台州」，可證「台」字並非「吉」字形近而誤，朱本妄改作「吉」，誤。宋、元、明、清諸本題中的「江郎中」，是江公著，或者就是《外集》題中的江寬？江公著、江寬，宋史均無傳。據《蘇軾詩集》卷三三《送江公著知吉州》施注，江公著曾「入爲太學太常博士，出守廬陵」，並未在尚書省六部諸司任郎中。江寬，生卒年里不詳，據《續通鑑長編》、嘉定《赤城志》、嘉靖《建寧府志》，他在熙寧年間，曾先後知建州、真州、台州。《續通鑑長編》卷二四六「熙寧六年八月丙戌」條載：「知真州比部郎中江寬、知宿州比部郎中陳稱、知舒州屯田郎中石牧之、知壽州太常丞集賢校理鞠真卿，各展磨勘一年，皆坐違法折納紬絹本色大估價錢，虧損百姓故也。」嘉定《赤城志》卷九《秩官門二・本朝郡守》云：熙寧七年七月十一日，江寬以比部郎中知，十年二月六日替。《續通鑑長編》説「知真州比部郎中江寬」，《赤城志》説「江寬以比部郎中知」，可見「江郎中」應爲江寬，「郎中」是「比部郎中」的省稱，並不是王文誥首發的「江郎中即江公著」。爲什麼同一首詞會出現兩個題目？關於詞題，王國維《人間詞話》云：「詩之三百篇、十九首，詞之五代、北宋，皆無題也。」劉尚榮校證《傅幹注坡詞》時，曾對諸本蘇軾詞題、題序作過細密考辨，發現許多詞題、題序，源出宋人傅幹等後人在編注蘇軾詞集時妄加（詳見《傅幹注坡詞》代前言《注坡詞考辨》第四部分之（二）題《注坡詞》的題注或校記，蘇軾自己寫的詞題和題序却不多見。也就是説，蘇詞本無題目，大多是傅幹序）。正由於此，同一首詞，不同版本就出現不同詞題。這首詞題，一作《送台守江郎中》，一作《送江寬，寬知台州》，前者出於傅幹之手，後者是《外集》的編者所加。一以官銜稱江寬，一直呼其名。《赤城志》載江寬熙寧七年七月十一日知台州，十年二月六日替，其前任是光禄少卿錢暄（錢惟演之子），後任是比部員外郎柳安道，通判是都官郎中汪泌。《赤城志》是嘉定三年黄𥲅作台守時命陳耆卿、陳維等人編纂，至十四年賈碩守台時始畢其役（見陳耆卿序）。宋人編方志，記宋人事，距蘇軾生活時代未遠，且可利用後人難以知見的珍貴資料，所載江寬知台州事，應當可信。熙寧七年江寬赴台州時，蘇軾在杭州任通判。詞中「舟横渡口重城近」的「重城」，《外集》作「重陽」。「重陽近」當指九月初。據此，這首詞應爲熙寧七年九月初江寬由真州轉台州途經杭州時，蘇軾送行之作。這正和詞之末章「錢塘江上須忠信」相印證。

【箋注】

〔一〕台守江郎中：指比部郎中江寬，生卒年里不詳，熙寧七年七月至十年二月曾知台州。

〔二〕「送客」句：《史記》卷一二六《滑稽列傳》：「杯盤狼藉，堂上燭滅，主人留髡而送客。」此指送江寬。

〔三〕「西樓淡月」句：李煜《烏夜啼》詞：「無言獨上西樓，月如鈎。」王褒《關山月》詩：「天寒光轉白，風多暈欲生。」《史記》卷二七《天官書》：「日月暈適，雲風，此天之容氣。」《集解》引孟康曰：「暈，日旁氣也。」涼生暈，知時令已秋。

〔四〕潮來：《蘇軾詩集》卷二四《和田仲宣見贈》查注：「《乾鑿度》：潮者，水氣往來，行險而不失其信者也。」《唐文粹·盧肇·海潮賦》：「陳其本，則晝夜之運，可見其影響；言其微，則朔望之候，不差乎毫釐。」李白《新林浦阻風寄友人》詩：「潮水定可信，天風難與期。」案潮汐隨月球運行而變化，淡月生暈，則潮來無準矣。

〔五〕舟横：韋應物《滁州西澗》詩：「春潮帶雨晚來急，野渡無人舟自横。」重城：李嶠《樓》詩：

「百尺重城際，千尋大道隈。」外集作「重陽」，可從。「重陽近」指九月初。

〔六〕「南風」句：見《阮郎歸》（緑槐高柳咽新蟬）注〔二〕引《禮記・樂記》。

〔七〕輕久困：《史記》卷六九《蘇秦列傳》：「（蘇秦）出游數歲，大困而歸。兄弟嫂妹妻妾竊皆笑之，曰：『周人之俗，治產業，力工商，逐什二以爲務。今子釋本而事口舌，困，不亦宜乎！』」

〔八〕須忠信：傅注：「《列子》：孔子自衛至魯，息駕於河梁而觀焉，有懸水三十仞，圜流九千里，魚鼈弗能游，黿鼉弗能居。有一丈夫，方將游之。孔子使人並涯止之曰：『此懸水三十仞，圜流九千里，魚鼈弗能游，黿鼉弗能居也。意者難可以濟乎？』丈夫不以措意，遂渡而出。孔子從而問之：『巧乎！有道術乎！所以能入而出者何也？』對曰：『始吾之入也，先以忠信；及吾之出也，又從以忠信。忠信錯吾軀於彼流，而吾不敢用私，所以能入而出者，此也。』孔子謂弟子曰：『二三子識之，水者猶可以忠信誠身親之，而况人乎！』」「錢塘江險惡，多覆行舟，故云。」今本《列子・黃帝篇》所載與傅注所引，文字大異，蓋傅幹所見古本如此。此乃囑江寬頻寄家書存問，如錢塘潮之「忠信」，莫學時流以「久困」爲輕也。

勸金船　和元素韻。自撰腔命名①

無情流水多情客。勸我如曾識②。杯行到手休辭卻〔一〕。這公道難得③。曲水池上，小字更書年月〔二〕。如對茂林修竹④，似永和節⑤〔三〕。　纖纖素手如霜雪。笑把秋花插。尊前莫怪歌聲咽。又還是輕別。此去翱翔，遍賞玉堂金闕⑥〔四〕。欲問再來何歲？應有華髮。

【校勘】

①調名「勸」，元本、朱本、龍本、曹本作「泛」。詞題傅本「元素」下無「韻」字；「命名」下有「亦作泛金船」五字；元本、朱本、龍本、曹本題並作「流杯亭和楊元素」。

②「曾」，元本、朱本、龍本、曹本作「相」。

③此句元本、朱本、龍本、曹本並作「似軒冕相逼」。

④「如」，元本、朱本、龍本、《全宋詞》、曹本並作「還」。

⑤此句傅本作「永和時節」。元本「節」上衍「時」字。

⑥「賞」，元本、朱本、龍本、曹本並作「上」。

【編年】

熙寧七年甲寅（一〇七四年）九月，作於杭州。傅藻《東坡紀年録》：「熙寧七年甲寅，和元素《泛金船》。」王文誥《蘇詩總案》卷一二：「熙寧七年甲寅，九月，告下，公以太常博士直史館權知密州軍州事，罷杭州通守任。……二十日往别南北山道友，同楊繪、魯有開、陳舜俞至下天竺題壁。楊繪餞別於中和堂。和韻作《勸金船》詞。」

【箋注】

〔一〕「杯行」句：韓愈《贈鄭兵曹》：「杯行到君莫停手，破除萬事莫過酒。」

〔二〕「小字」句：指與道友楊繪、魯有開等至下天竺題壁紀游事。潛説友《咸淳臨安志》卷八〇《寺觀・寺院》靈鷲興聖寺蘇文忠公題名：「楊繪元素、魯有開元翰、陳舜俞令舉，蘇軾子瞻同遊。熙寧七年九月二十日。」

〔三〕永和節：晉王羲之於穆帝永和九年（三五三年）三月三日，同謝安等四十一人會於會稽山陰之蘭亭，臨流列坐，飲酒賦詩，修祓禊之禮。王羲之作《三月三日蘭亭詩序》云：「永和九年，歲在癸丑，暮春之初，會于會稽山陰之蘭亭，修禊事也。群賢畢至，少長咸集。此地有崇山峻嶺，茂林修竹，又有清流激湍，映帶左右，引以爲流觴曲水，列坐其次，雖無絲竹管弦之盛，一觴一咏，亦足以暢叙幽情。」

〔四〕玉堂：宫殿之美稱；漢代宫殿有名玉堂者。《漢書》卷七五《李尋傳》王先謙補注：「何焯曰：『漢時待詔於玉堂殿，唐時待詔於翰林院。至宋以後，翰林遂并蒙玉堂之號。』」傅注：「漢武帝作玉堂於太液池西南，去地二十丈。」金闕：晉・崔豹《古今注》卷上：「闕，觀也。古每門樹兩觀於其前，所以標表宫門也。其上可居，登之則可遠觀，故謂之觀。人臣將朝至此，則思其所闕多少，故謂之闕。其上皆丹堊，其下皆畫雲氣仙靈奇禽怪獸，以昭示四方焉。」唐・蘇鶚《蘇氏演義》卷上：「闕者，缺也，門觀也。出於門兩旁，中間有道，遂謂之闕，蓋門觀者闕於中間也。」傅注：「闕，門旁兩觀也。飾之以黄，故曰金闕。」案：「玉堂」借指翰林，「金闕」借指皇宫。此二句意謂元素將赴東京翰林院任職。

【參考資料】

宋・張先《勸金船》云：「流泉宛轉雙開竇。帶染輕紗皺。何人暗得金船酒。擁羅綺前後。緑定見花影，並照與、豔妝争秀。行盡曲名，休更再歌楊柳。光生飛動摇瓊甃。隔障笙簫奏。須知短景歡無足，又還過清晝。翰閣遲歸來，傳騎恨、留住難久。異日鳳凰池上，爲誰思舊。」案：張先與東坡同和楊元素，楊元素原作卻已失傳。《勸金船》係楊元素自度腔，不悉屬何宫調。今見張、蘇二調，韻既不同，句度又復參差。故龍榆生疑之曰：「豈自度腔可隨意偷聲減字耶？」附志備考。

清・焦循《雕菰樓詞話》：「毛大可稱詞本無韵，是也。如蘇軾《瑶池燕》用陳震、困願、問闕、粉吻。……《勸金船》用客陌、識職、月月、卻藥、節屑、插洽。……按唐人應試用官韵，其非應試，如韓昌黎贈張籍詩，以城、堂、江、庭、童、窮一韵，則庚、青、江、陽、東通協，不拘拘如律詩也。至於詞，更寬可知矣。」清・萬樹《詞律》卷一三：「前後相同。『卻』字乃坡老借韻，非不叶也。」

南鄉子　和楊元素。時移守密州①〔一〕

東武望餘杭。雲海天涯兩杳茫②。何日功成名遂了〔二〕，還鄉。醉笑陪公三萬場〔三〕。

不用訴離觴。痛飲從來別有腸〔四〕。今夜送歸燈火冷，河塘。墮淚羊公卻姓楊〔五〕。

【校勘】

①「時移守密州」，原無，據傅本、元本、朱本、龍本、曹本補。

②「杳」，元本、朱本、龍本、曹本作「渺」。

【編年】

熙寧七年甲寅（一〇七四年）九月，作於杭州。傅藻《東坡紀年録》：「熙寧七年甲寅，移守密，和元素《南鄉子》。」

【箋注】

〔一〕移守密州：蘇軾于熙寧四年（一〇七一年）通判杭州，七年（一〇七四年）五月詔下改知密州，九月離杭赴任。蘇轍《超然臺賦序》：「子瞻既通守餘杭，三年不得代，以轍之在濟南也，求爲東州守。」作者《密州謝上表》：「攜孥上國，預憂桂玉之不充；請郡東方，實欲弟昆之相近。」

密州：今山東諸城縣。《太平寰宇記》卷二四：「密州，……今州理即魯之諸城也。戰國時屬齊。漢文帝十六年，分齊立膠西國，都高密。宣帝更名高密國。後漢改爲北海國，屬青州。晉太康元年，立東莞郡，屬徐州。後魏延昌中，復置高密郡。永安二年，分青州立膠州。隋開皇五年，改膠州爲密州，取境中密水爲名。大業三年，罷密州改爲高密郡。隋氏喪亂，陷于寇賊。唐武德五年，山東底定，改置密州，領諸城、安邱、高密三縣。貞觀八年，省莒州，以莒縣來屬。天寶元年，改爲高密郡。乾元元年，復爲密州。皇朝爲安化郡節度。元領四縣：諸城、安邱、莒縣、高密。」

〔二〕功成名遂：即取得功名成就。《老子》卷上第九章：「功成名遂身退，天之道。」

〔三〕三萬場：李白《襄陽歌》：「百年三萬六千日，一日須傾三百杯。」白居易《對酒》：「人生一百歲，通計三萬日。」

〔四〕痛飲：劉義慶《世説新語》下卷上《任誕》：「王孝伯（恭）言：『名士不必須奇才，但使常得無事，痛飲酒，熟讀《離騷》，便可稱名士。』」

〔五〕「墮淚」句：晉・習鑿齒《襄陽耆舊記》卷五《牧守》：「羊祜，字叔子。武帝將有滅吴之志，以祜爲都督荊州諸軍事，率營兵出鎮南夏。開設庠序，綏懷遠近，甚得江漢之心。……祜卒後，襄陽百姓于祜平生游憩之所，建碑立廟，歲時饗祭焉。望其碑者，莫不流涕，杜預因名爲『墮淚碑』。」羊公：即羊祜。此句以襄陽人民所懷念而爲之墮淚的羊祜之「羊」與楊繪之「楊」同音，戲贊楊繪深得民心。

浣溪沙 菊節別元素①〔一〕

縹緲危樓紫翠間〔二〕。良辰樂事古難全②〔三〕。感時懷舊獨凄然③。　璧月瓊枝空夜夜〔四〕，菊花人貌自年年〔五〕。不知來歲與誰看。

【校勘】

① 此詞傅本存目缺詞。吴本題缺「別元素」三字，據二妙集、毛本補。元本、朱本、龍本、曹本題作「自杭移密守，席上別楊元素，時重陽前一日。」

② 「古」，二妙集、毛本作「苦」。

③ 「感」，明刊全集作「幾」。

【編年】

熙寧七年甲寅（一〇七四年）九月，作於杭州。傅藻《東坡紀年録》：「熙寧七年甲寅，答元素〔作〕《浣溪沙》。」

【箋注】

〔一〕菊節：古時九月九日重陽節有佩茱萸、食蓬餌、飲酒賞菊之俗，故亦稱重陽節爲菊花節。王維《奉和聖製重陽節宰臣及群臣上壽應制》詩：「無窮菊花節，長奉柏梁篇。」

〔二〕紫翠：狀山色也。杜牧《早春閣下寓直蕭九舍人亦直内署因寄書懷四韻》：「千峰横紫翠，雙闕凭欄干。」

〔三〕「良辰」句：謝靈運《擬魏太子鄴中集詩八首序》云：「天下良辰、美景、賞心、樂事，四者難并。」言天下「良辰」、「美景」、「賞心」、「樂事」這四件美好事物，很難同時出現。「良辰」句即本於此。

〔四〕璧月：謂月圓如璧。《陳書》卷七《張貴妃傳》：「其曲有《玉樹後庭花》《臨春樂》等，……其略曰：『璧月夜夜滿，瓊樹朝朝新。』」瓊枝：屈原《離騷》：「溘吾遊此春宫兮，折瓊枝以繼佩。」洪興祖補注：「瓊，玉之美者。傳曰，南方有鳥，其名爲鳳，天爲生樹，名曰瓊枝，高百二十仞，大三十圍，以琳琅爲實。」

〔五〕「菊花」句：傅注：「戎昱詩：『菊花一歲歲相似，人貌一年年不同。』」案《全唐詩》戎昱卷無此句，疑爲戎昱佚詩。

又 重九①

白雪清詞出坐間〔一〕。愛君才器兩俱全。異鄉風景卻依然②。　可恨相逢能幾日，不知重會是何年。茱萸仔細更重看〔二〕。

【校勘】

①此詞傅本存目缺詞。元本、朱本、龍本、曹本無題。《全宋詞》題下有「舊韻」二字。

②「卻」，二妙集誤作「各」。

【編年】

熙寧七年甲寅（一〇七四年）九月，作於杭州。朱孝臧《東坡樂府》卷一：「案韻同前首，疑同時答元素作也。」

【箋注】

〔一〕白雪：古曲名。宋·郭茂倩《樂府詩集》卷五七《白雪歌》序引謝希逸《琴論》：「劉涓子善鼓琴，制《陽春》《白雪》曲。琴集曰：《白雪》，師曠所作商調曲也。」《舊唐書》卷二八《音樂一》：「楚大夫宋玉對襄王云：『有客於郢中歌《陽春》《白雪》，國中和者數十人。』是知《白雪》琴曲，本宜合歌，以其調高，人和遂寡。自宋玉以後，迄今千祀，未有能歌《白雪曲》者。」

原曲早已不傳，唐以後所流傳者，乃唐高宗顯慶六年（六六一年）太常丞吕才所造。清詞：清新雅麗的文詞。《宋書》卷六七《謝靈運傳》：「雖清辭麗句，時發乎篇，而蕪音累氣，固亦多矣。」杜甫《戲爲六絶句》其五：「不薄今人愛古人，清詞麗句必爲鄰。」坐間：猶云登時、一時。張相《詩詞曲語辭匯釋》卷四《坐來》條：「杜荀鶴《旅舍遇雨》詩：『月華星彩坐來收，嶽色江聲暗結愁。』此爲登時或一時義。楊萬里《小舟晚興》詩：『人在非晴非雨天，船行不浪不風間。坐來堪喜還堪恨，看得南山失北山。』言一時喜恨交集也。」復次，陸游《劍南詩稿》五有《北窗梧葉坐間落四五有感》題目，語意似從上述李白詩（案：指《單父東樓秋夜送族弟沈之秦》）『坐來黄葉落四五』脱胎來；特『坐來』則作『坐間』。按蘇軾自杭移密守席上别楊元素《浣溪沙》詞：『白雪清詞出坐間，愛君才氣兩俱全。』又朱敦儒洛川小飲和駒父《好事近》詞：『坐間玉潤賦妍辭，情語見真樂。』兩詞均指飲席臨時唱和而言，則『坐間』殆亦爲登時之義。」

〔三〕「茱萸」句：杜甫《九日藍田崔氏莊》：「明年此會知誰健，醉把茱萸仔細看。」「茱萸」，植物名，古俗重陽節佩戴茱萸，以祛邪避災。《西京雜記》卷三：「九月九日佩茱萸，食蓬餌，飲菊華酒，令人長壽。」

南鄉子 沈强輔雯上出文犀、麗玉作胡琴①〔一〕，送元素還朝，同子野各賦一首

裙帶石榴紅。卻水殷勤解贈儂。應許逐鷄鷄莫怕〔二〕，相逢。一點靈犀必暗通②〔三〕。

何處遇良工。琢刻天真半欲空。願作龍香雙鳳撥〔四〕，輕攏〔五〕。長在環兒白雪胸〔六〕。

【校勘】

① 題上原有「公舊序云」四字，顯係出自編蘇詞者之手，據毛本、龍本、曹本删去。「文」字原缺，據傅本補。

② 「犀」，傅本、元本、朱本、龍本、曹本作「心」。

【編年】

熙寧七年甲寅（一〇七四年）九月，作於湖州。案：此詞朱本、龍本、曹本均編熙寧七年甲寅九月，當據詞題。宋·吴聿《觀林詩話》云：「東坡在湖州，甲寅年，與楊元素、張子野、陳令舉，由苕霅泛舟至吴興。東坡家尚（案：疑有奪文）出琵琶，並沈沖宅犀玉共三面胡琴。又州妓一姓周，一姓邵，呼爲『二南』。」與詞題相符。張子野有《南鄉子》「送客過餘溪，聽天隱二玉鼓胡琴」，當爲與蘇軾同時所作。

【箋注】

〔一〕雯上：未詳所指。或云乃「席上」之誤（見夏承燾《張子野年譜》引），如是則文意豁然曉暢。或疑當作「霅上」，即指霅溪。文犀麗玉作胡琴：用貴重犀牛角和美玉貼飾製作的胡琴。文犀，有花紋的犀牛角。《後漢書》卷二四《馬援傳》：「及卒後，有上書譖之者，以爲前所載還，皆明珠文犀。」唐·李賢注：文犀，「犀之有文彩也」。麗玉：美玉。胡琴：古時泛稱來自西北各民族的撥弦樂器。唐宋時或指琵琶，或指忽雷（形似琵琶）。

〔二〕逐鷄：晉·葛洪《抱朴子内篇》卷四《登涉》：「得真通天犀角三寸以上，刻以爲魚，而啣之以入水，水常爲人開，方三尺，可得炁息水中。又通天犀角，有一赤理如綖，自本徹末。以角盛米，置群鷄中，鷄欲啄之，未至數寸，即驚卻退。故南人或名通天犀爲駭鷄犀。」

〔三〕「一點」句：李商隱《無題》詩：「身無彩鳳雙飛翼，心有靈犀一點通。」指兩心相通。

〔四〕龍香雙鳳撥：用龍香木雕刻成雙鳳狀的撥子。撥：撥子，撥弦之具。唐·鄭嵎《津陽門詩》：「玉奴琵琶龍香撥，倚歌促酒聲嬌悲。」自注：「貴妃妙彈琵琶，其樂器聞於人間者，有邏沙檀爲槽，龍香柏爲撥者。」蘇軾《宋叔達家聽琵琶》：「數絃已品龍香撥，半面猶遮鳳尾槽。」一說，「雙鳳」指琵琶上像雙鳳一樣的花紋。宋·樂史《楊太真外傳》卷上：「妃子琵琶邏逤檀，寺人白季貞使蜀還獻。其木温潤如玉，光耀可鑒，有金縷紅文，蹙成雙鳳。」

〔五〕輕攏：攏，彈奏弦樂器的一種指法，手指扣弦。唐·段安節《樂府雜録·琵琶》：「次有裴興奴與（曹）綱同時。曹綱善運撥若風雨，而不事扣絃；興奴長於攏撚，不撥稍軟。時人謂：『曹綱有右手，興奴有左手。』」白居易《琵琶行》：「輕攏慢捻抹復挑，初爲霓裳後六幺。」

〔六〕環兒：傅注：「環兒，貴妃小字玉環也。凡作樂，若琴瑟類皆置而撫弦，惟琵琶則抱以按曲，故云『長在環兒白雪胸。』」此以玉環比歌妓。

【參考資料】

宋·張先（子野）《南鄉子·送客過餘溪聽天隱二玉鼓胡琴》：「相並細腰身。時樣宫妝一樣新。曲項胡琴魚尾撥，離人。入塞弦聲水上聞。天碧染衣巾。血色輕羅碎褶裙。白卉已隨霜女妒，東君。暗折雙花借小春。」

近人朱孝臧《東坡樂府》卷一：「案二詞（本詞及後一詞）一賦胡琴，一送元素，所謂『各賦一首』也。」

近人鄭文焯《手批東坡樂府》：「此詞題當分爲二，以『胡琴送元素還朝』爲第二題。集中《采桑子慢》題序『有胡琴者，姿色尤好，三公皆一時英秀，景之秀，妓之妙，真爲希遇』云云，是胡琴爲妓女可證。次闋過片所謂『粉淚怨離居』，即胡琴送元素之意。《定風波》送元素作，亦有『紅粉尊前添懊惱』之句，可知胡琴爲元素所眷已。朱云『一賦胡琴，一送元素』，誤甚。至犀麗玉亦妓名，詞中用典切，正可證託喻其人。本集中詠姬人名字，並如是例。此『作』字即結束前題，斷無詠作胡琴之理。況以玉作胡琴，更與送元素無關。詞中『良工』『琢刻』云云，皆喻言麗玉之天真，故下有『願作龍香雙鳳撥』之語，益足徵命題之義。且集中謂『某出妓』，或『侍姬某』，亦詞人恒例，豈可泥於『琢刻』等字，即謂其切『作』字，不亦死於句下乎？集中雙荷葉，本耘老侍兒小名，公即以爲曲名，且詞中以荷葉貼切，尤盡清妙之致，此犀麗玉並姓字亦曲曲寫出，獨何疑乎？』」（轉引自龍榆生《東坡樂府箋》卷一）

又　贈行①〔一〕

旌旆滿江湖。詔發樓船萬舳艫〔二〕。投筆將軍因笑我〔三〕，迂儒。帕首腰刀是丈夫〔四〕。粉淚怨離居〔五〕。喜子垂窗報捷書〔六〕。試問伏波三萬語〔七〕，何如。一斛明珠换緑珠〔八〕。

【校勘】

① 傅本、元本、朱本、龍本、曹本無題。

【編年】

熙寧七年甲寅（一〇七四年）九月，作於湖州。案：朱本、龍本、曹本均編熙寧七年九月，當爲於湖州送元素還朝作。

【箋注】

〔一〕贈行：楊元素去杭守，似有典兵之議，故蘇軾作壯詞贈行，後未果。參看後附朱孝臧説。

〔二〕樓船：有疊層之大船，多爲戰船。《史記》卷三〇《平準書》：「是時，越欲與漢用船戰逐，乃大修昆明池，列觀環之，治樓船，高十餘丈，旗幟加其上，甚壯。」舳艫：泛稱船隻。《漢書》卷六《武帝紀》：元封五年冬，行南巡狩，自尋陽浮江。「舳艫千里，薄樅陽而出」。注：「舳，船後持柂處也；艫，船前頭刺櫂處也。言其船多，前後相銜，千里不絶也。」

〔三〕投筆將軍：指東漢班超。《後漢書》卷四七《班超傳》：「班超字仲升，扶風平陵人。……爲人有大志，不修細節。……家貧，常爲官傭書以供養。久勞苦，嘗輟業投筆歎曰：『大丈夫無它志略，猶當效傅介子、張騫立功異域，以取封侯，安能久事筆研間乎？』左右皆笑之。超曰：『小子安知壯士志哉！』」

〔四〕帕首：裹頭巾幘。腰刀：其形微彎而柄短，略如今之指揮刀。不用時入鞘佩於腰，故云。韓愈《送鄭尚書序》：「大府帥或道過其府，府帥必戎服，左握刀，右屬弓矢，帕首袴鞾，迎郊。」

〔五〕離居：離群索居之省。此謂夫婦分離。《楚辭·九歌·大司命》：「折疏麻兮瑶華，將以遺兮離居。」《文選》卷二九《古詩十九首》之六：「同心而離居，憂傷以終老。」

〔六〕喜子：蜘蛛之一種。喜通蟢，又名喜蜘蛛，占曰蠨蛸。《爾雅注疏》卷九《釋蟲》：「蠨蛸，長蹄。」郭璞注：「小蜘蛛長腳者，俗呼爲喜子。」邢昺疏：「《詩·東山》云：『蠨蛸在户。』陸機疏云：「一名長腳，荆州河内人謂之喜母。此蟲來著人衣，當有親客至，有喜也。」

〔七〕伏波：漢將軍名號。西漢路博德、東漢馬援都受封伏波將軍，參見《漢書》卷六《武帝紀》、《後漢書》卷二四《馬援傳》。鮑照《代苦熱行》：「戈船榮既薄，伏波賞亦微。」

〔八〕緑珠：晉石季倫歌妓，善吹笛，美而豔，極受寵愛。孫秀求之，崇不許，秀矯詔收崇，緑珠墜樓自盡。唐·劉恂《嶺表録異》卷上：「緑珠井，在白州雙角山下。昔梁氏之女有容貌，石季倫爲交趾採訪使，以珍珠三斛買之。梁氏之居，舊井存焉。耆老傳云：汲飲此水者，生女必多美麗。閭里有識者，以美色無益於時，遂以巨石鎮之。爾後雖時有産女端麗，則七竅四肢多不完全。」

【參考資料】

近人朱孝臧《東坡樂府》卷一：「元素典兵，史無明文。張子野送元素詞云：『浴殿詞臣亦議兵，禁中頗牧黨羌平。』或者時有是命，寢而未行。」

定風波　送元素

千古風流阮步兵①〔一〕。平生遊宦愛東平〔二〕。千里遠來還不住。歸去。空留風韻照人清。　紅粉尊前深懊惱②。休道③。怎生留得許多情④。記得明年花絮亂⑤。須看⑥。泛西湖是斷腸聲⑦〔三〕。

【校勘】

①「千」，元本、朱本、龍本、曹本作「今」。

②「深」，元本、朱本、龍本、曹本作「添」。「惱」，原作「恨」，據諸本改。

③「休」，原作「知」，據元本、朱本、龍本、曹本、《全宋詞》改。

④「怎生」，元本、朱本、龍本、曹本作「如何」。

⑤「得」，傅本、元本、朱本、龍本、曹本作「取」。「絮」，原作「繁」，據諸本改。

⑥「須看」，傅本、元本、朱本、龍本、曹本作「看泛」。

⑦「泛西湖」，元本、朱本、龍本、曹本作「西湖總」。

【編年】

熙寧七年甲寅（一〇七四年）九月，作於湖州。朱孝臧《東坡樂府》卷一：「案張子野送元素、送子瞻詞，皆同此韻，當在二公過湖州時作。元素守杭未久即内召，子野詞有『詔卷促歸』語，與此詞『千里遠來還不住』情事正合。『明年花絮』，與子野之『黄鶯相識晚』又俱謂元素去之速也。」夏承燾《張子野年譜》亦編熙寧七年九月作於湖州。孔《譜》編熙寧六年作於杭州，云：「楊繪自知鄆州來杭，旋别去，賦《定風波》送行。張先次韵贈繪及蘇軾。」又云：「《咸淳臨安志》卷四十六謂熙寧七年六月己巳，繪自應天府知杭，繪此來非爲知杭，故『不住』而歸。」案孔《譜》云楊繪熙寧六年「來杭，旋别去」，既不言何月，又無文獻資料佐證，僅憑《定風波》詞定論，當存疑。詞云：「千里遠來還不住，歸去，空留風韵照人清。」應指繪熙寧七年守杭時事，已見朱言。據《咸淳臨安志》卷四六：熙寧七年六月己巳（初三日），繪自應天府徙知，再入爲翰林學士兼侍讀，九月去任，知潭州沈起來代。繪在杭守任僅兩個多月便離去，是爲「千里遠來還不住，歸去」之注腳。「記取明年」三句，意謂今年你我皆離杭而去，明年花開季節，西湖美景無人再賞矣。九月，楊繪赴京，蘇軾赴密，二人同舟北上，在湖州同張先、劉孝叔、李公擇、陳令舉爲「六客之會」，蘇軾作詞送楊繪，張先和作二首，一送楊繪，一送蘇軾，乃意中事。果爲熙寧六年在杭州作，張先和詞曰「送元素内翰」則可，曰「送子瞻」則與情事不合，因爲蘇軾當時仍在杭州，張先何由送之？故仍從朱本並採夏説編於熙寧七年九月湖州作。

【箋注】

〔一〕阮步兵：晉朝文學家阮籍（二一〇—二六三年），曾爲步兵校尉，世稱阮步兵。「竹林七賢」之一。

〔二〕「平生」四句：《晉書》卷四九《阮籍傳》：「籍容貌瓌傑，志氣宏放，傲然獨得，任性不羈，而喜怒不形於色。……及文帝輔政，籍嘗從容言於帝曰：『籍平生曾遊東平，樂其風土。』帝大悦，即拜東平相。籍乘驢到郡，壞府舍屏障，使內外相望，法令清簡，旬日而還。」此詞上片借阮籍譽元素。

〔三〕斷腸聲：陳·張正見《度關山》：「還聽嗚咽水，併切斷腸聲。」

【參考資料】

宋·張先《定風波令·次子瞻韻送元素內翰》：「浴殿詞臣亦議兵。禁中頗牧黨羌平。詔卷促歸難自緩。溪館。綵花千數酒泉清。春草未青秋葉暮。□去。一家行色萬家情。可恨黃鶯相識晚。望斷。湖邊亭上不聞聲。」又《再次韻送子瞻》：「談辨纔疏堂上兵。畫船齊岸暗潮平。萬乘靴袍曾好問。須信。文章傳口齒牙清。三百寺應遊未徧。□算。湖山風物豈無情。不獨渠丘歌叔度。行路。吴謡終日有餘聲。」

今人曹樹銘《東坡詞》卷一：「按朱注所稱『張子野送元素、送子瞻詞，皆同此韻。』惟查《全宋詞》本張先詞《定風波令·次子瞻韻送元素內翰》『浴殿詞臣亦議兵』，上片兵、平、緩、館、清；下片暮、去、情、晚、斷、聲。又《次韻送子瞻》『談辨纔疏堂上兵』，上片兵、平、問、信、清；下片徧、算、情、度、路、聲。與此詞叶韻，並不全同。附誌備考。」

減字木蘭花　過吴興，李公擇生子，三日會客，作此詞戲之①〔一〕

惟熊佳夢〔二〕。釋氏老君曾抱送②〔三〕。壯氣横秋〔四〕。未滿三朝已食牛〔五〕。　犀錢玉果〔六〕。利市平分沾四坐〔七〕。多謝無功〔八〕。此事如何到得儂③。

【校勘】

①元本、朱本、龍本、曹本題作「秘閣古《笑林》云：晉元帝生子，宴百官，賜束帛。殷羡謝曰：『臣等無功受賞。』帝曰：『此事豈容卿有功乎？』同舍每以爲笑。余過吴興，而李公擇適生子，三日會客。求歌辭，乃爲作此戲之。舉坐皆絶倒」。

②「曾」，元本、朱本、龍本、《全宋詞》、曹本作「親」。

③「到」，元本、朱本、龍本、曹本作「著」。

【編年】

熙寧七年甲寅（一〇七四年）九月，作於湖州。傅藻《東坡紀年録》：「熙寧七年甲寅，過吴興，李公擇生子，作《減字木蘭花》。」

【箋注】

〔一〕李公擇：秦觀《故龍圖直學士中大夫知成都府李公行狀》：南康軍建昌縣李常，字公擇。皇祐中，登進士甲科，授防禦推官權江州軍事判官丁昌源郡。神宗即位，詔大臣舉館職，魯宣公以公應詔，召試學士院，除秘閣校理，改右正言。是時王荆公輔政，始作新法，諫官御史論不合者輒斥去。公上疏力抵其非，而其論青苗尤爲激切，至十餘上不已。於是落職，通判滑州。歲餘復職，知鄂州，徙知湖州，遷尚書祠部員外郎，賜五品服，徙知齊州。公去國十五年，還朝，士大夫喜見於色，以謂正人復用也。俄守兵部尚書，固辭不受，懇求外補，章屢上，遂出知鄧州。數月徙成都府。元祐五年二月二日暴卒於陝府閿鄉傳舍。《宋史》卷三四四有傳。

〔二〕「惟熊」句：《詩經・小雅・斯干》：「吉夢維何，維熊維羆。……大人占之，維熊維羆，男子之祥。」夢見熊羆是生男孩的吉兆。

〔三〕釋氏：謂佛。佛教始祖爲釋迦牟尼氏，省稱作釋氏。《晉書》卷七七《何充傳》：「于時郗愔及弟曇奉天師道，而充與弟準崇信釋氏，謝萬譏之云：『二郗諂於道，二何佞於佛。』」老君：俗稱老子爲老君或太上老君。《後漢書》卷七〇《孔融傳》：「融（謂李膺）曰：『然。先君孔子與君先人李老君，同德比義，而相師友。』」

〔四〕横秋：孔稚珪《北山移文》：「風情張日，霜氣横秋。」

〔五〕三朝：舊時風習，嬰兒出生後三日，會集親友，爲嬰兒洗浴稱「洗三」、「洗兒」。蘇軾《借前韻賀子由生第四孫斗老》：「況聞萬里孫，已報三日浴。」食牛：清・孫星衍輯本《尸子》卷下：

「虎豹之駒，雖未成文，而有食牛之氣。」杜甫《徐卿二子歌》：「君不見徐卿二子生絶奇，感應吉夢相追隨。孔子釋氏親抱送，並是天上麒麟兒。大兒九齡色清澈，秋水爲神玉爲骨。小兒五歲氣食牛，滿堂賓客皆回頭。」

〔六〕犀錢玉果：均爲洗兒錢。唐·韓偓《金鑾密記》：「天復二年，大駕在岐，皇女生三日，賜洗兒果子。」宋·孟元老《東京夢華録》卷五「育子」條：「至滿月則生色及繃繡錢，貴富家金銀犀玉爲之，並菓子，大展洗兒會。」宋·蔡絛《鐵圍山叢談》卷四：「祖宗故事，誕育皇子公主，每侈其慶，則有浴兒包子竝賚巨臣戚里。包子者，皆金銀大小錢、金粟、塗金果、犀玉錢、犀玉方勝之屬。如誕皇子，則賜包子罷，又逐後命中使人齎密賜來，約頒諸宰相，餘臣不可得也。密賜者必金合，多至二三百兩，中貯犀玉帶或珍珠瑰寶。」

〔七〕利市：舊時喜慶、節日所討的喜錢。宋·孟元老《東京夢華録》卷五：「娶婦」條：「前一日，女家前來掛帳，鋪設房臥，謂之鋪房。女家親人有茶酒利市之類。」

〔八〕「多謝」二句：胡仔《苕溪漁隱叢話前集》卷三八引《漫叟詩話》云：「南唐時，宮中嘗賜洗兒果，有近臣謝表云：『猥蒙寵數，深愧無功。』李主曰：『此事卿安得有功？』」又引《世説》云：「元帝生子，普賜群臣，殷羨謝曰：『皇子誕育，普天同慶，臣無勳焉，而猥頒賚。』中宗笑曰：『此事豈可使卿有勳也？』」案「多謝無功」之語，蘇軾乃用南唐事。

南鄉子　席上勸李公擇酒

不到謝公臺〔一〕。明月清風好在哉①〔二〕。舊日髯孫何處去〔三〕，重來。短李風流更上才〔四〕。

秋色漸摧頹。滿院黄英映酒杯。看取桃花春二月〔五〕，争開。盡是劉郎去後栽〔六〕。

【校勘】

①「好」，傅本作「安」。

【編年】

熙寧七年甲寅（一〇七四年）九月，作於湖州。王文誥《蘇詩總案》卷一二：「熙寧七年甲寅，九月，席上勸李常酒，再作《南鄉子》詞。」又云：「詞有『髯孫』、『短李』句，亦湖州作。」案：此詞傅藻《東坡紀年録》以爲熙寧十年丁巳過齊，時公擇守齊，席上作。朱本、龍本、曹本俱依《紀年録》。然細味此詞「秋色漸摧頹，滿院黄英映酒杯」等語，當作於秋季菊花盛開之時。東坡熙寧十年路經齊州與李公擇相會，時在正月，與詞意不符。

【箋注】

〔一〕謝公臺：傅注：「謝公臺在維揚。」在今揚州。

〔二〕好在：存問之辭。猶言無恙。白居易《履道池上》詩：「家池動作經年别，松竹琴魚好在無？」

〔三〕髯孫：三國時孫權有紫髯，人稱「髯孫」。《三國志》卷四七《吴書·吴主傳第二》注引《獻帝春秋》云：「張遼問吴降人：『向有紫髯將軍，長上短下，便馬善射，是誰？』降人答曰：『是孫會稽。』」此戲指孫覺。孫曾於熙寧四年十一月知湖州，熙寧六年三月移知廬州，李公擇由鄂州來代。

〔四〕短李：晚唐詩人李紳，爲人短小精悍，時號「短李」。白居易《編集拙詩成一十五卷因題卷末戲贈元九李二十》：「一篇長恨有風情，十首秦吟近正聲。每被老元偷格律，苦教短李伏歌行。」公擇矮小，亦善詩，故借「短李」戲稱公擇。

〔五〕看取：看着。取，語助辭，猶着。李白《長相思》：「不信妾腸斷，歸來看取明鏡前。」

〔六〕「盡是」句：唐·孟棨《本事詩·事感第二》：「劉尚書（禹錫）自屯田員外左遷郎州司馬，凡十年始徵還。方春，作《贈看花諸君子》詩曰：『紫陌紅塵拂面來，無人不道看花回。玄都觀裏桃千樹，盡是劉郎去後栽。』其詩一出，傳於都下。有素嫉其名者，白於執政，又誣其有怨憤。他日見時宰，與坐，慰問甚厚。既辭，即曰：『近者新詩，未免爲累，奈何？』不數日，出爲連州刺史。其自叙云：『貞元二十一年春，余爲屯田員外，時此觀未有花。……居十年，詔至京師，人人皆言有道士手植仙桃滿觀，盛如紅霞，遂有前篇，以記一時之事。旋又出牧，於今十四年，始爲主客郎中。重遊玄都，蕩然無復一樹，唯兔葵燕麥動揺於春風耳。因再題二十八字，以俟後再遊。時太和二年三月也。』詩曰：『百畝庭中半是苔，桃花凈盡菜花開。種桃道士歸何處，前度劉郎今獨來。』」劉郎乃劉禹錫自指，此處似借喻倡導改革的王安石「新黨」，詞中「黄英」則爲作者和李常的比況。

菩薩蠻 席上和陳令舉①〔一〕

天憐豪俊腰金晚②〔二〕。故教月向松江滿③〔三〕。清景爲淹留④〔四〕。從君都占秋。身閒惟有酒⑤。試問遨遊首⑥〔五〕。帝夢已遥思⑦〔六〕。忽忽歸去時。

【校勘】

① 原無題，據傳本、元本、朱本、龍本、曹本補。明刊全集、二妙集、毛本調下注有「缺文」二字。

② 「腰金晚」，原缺，據傳本、元本、朱本、龍本、《全宋詞》、曹本補。

③ 「故教月」，原缺，據傳本、元本、朱本、龍本、《全宋詞》、曹本補。

④ 「清」，原缺，據傳本、元本、朱本、龍本、《全宋詞》、曹本補。

⑤ 「有酒」，原缺，據傳本、元本、朱本、龍本、《全宋詞》、曹本補。

⑥ 「試問」，原缺，據傳本、元本、朱本、龍本、《全宋詞》、曹本補。「遨」，明刊全集、《全宋詞》作「清」。

⑦「已遥思」，原缺，據傅本、元本、朱本、龍本、《全宋詞》、曹本補。

【編年】

熙寧七年甲寅（一〇七四年）九月，游松江作。朱孝臧《東坡樂府》卷一：「案本集《書游垂虹亭記》：『吾昔自杭移守高密，與楊元素同舟，而陳令舉、張子野皆從吾過公擇於湖，遂與劉孝叔俱至松江。』詞必是時作。」案：蘇軾與劉述、張先游松江事，《蘇詩總案》繫於熙寧七年九月，詞當九月作。

【箋注】

〔一〕陳令舉：《宋史》卷三三一《陳舜俞傳》：「舜俞，字令舉，湖州烏程人。博學强記。舉進士，又舉制科第一。熙寧三年，以屯田員外郎知山陰縣，詔俟代還試館職。……青苗法行，舜俞不奉令，上疏自劾，……責監南康軍鹽酒税，五年而卒。……蘇軾爲文哭之，稱其『學術才能，兼百人之器』」。蘇文見《蘇軾文集》卷六三《祭陳令舉文》。

〔二〕腰金：腰束金飾之帶。《宋史》卷一五三《輿服志》五：「帶，古惟用革，自曹魏而下，始有金、銀、銅之飾。宋制尤詳，有玉、有金、有銀、有犀，其下銅、鐵、角、石、墨玉之類，各有等差。」又：「太宗太平興國七年正月，翰林學士承旨李昉等奏曰：奉詔詳定車服制度，請從三品以上服玉帶，四品以上服金帶。」杜甫《季夏送鄉弟韶陪黄門從叔朝謁》：「捨舟策馬論兵地，拖玉腰金報主身。」

〔三〕松江：又名吴松江。《元和郡縣圖志》卷二五《蘇州》：「松江在（吴）縣南五十里，經崑山入海。《左傳》云：『越伐吴，軍於笠澤』，即此江。」《太平寰宇記》卷九一《蘇州·吴江縣》：「吴江本名松江，又名松陵，又名笠澤。其江出太湖，二源：一江東五十里入小湖；一江東二百六十里入大海，至秋月多生鱸魚，張翰所思鱸鱠之處也。」

〔四〕淹留：久留。屈原《離騷》：「時繽紛其變易兮，又何可以淹留。」

〔五〕遨遊首：傅注：「成都風俗，以遨遊相尚，綺羅珠翠，雜沓衢巷，所集之地，行肆畢備，須得太守一往後方盛，士人因目太守爲遨頭云。」

〔六〕帝夢：傅注：「高宗夢傅説，使以像求之，立以爲相。」《尚書·説命上》：「高宗夢得説，使百工營求諸野，得諸傅巖，作《説命》三篇。」傅注本此。此用殷高宗（武丁）因夢而尋訪傅説爲相，喻神宗皇帝詔用楊繪。

【參考資料】

宋·張先《定風波令》序云：「霅溪席上，同會者六人，楊元素侍讀、劉孝叔吏部、蘇子瞻、李公擇二學士、陳令舉賢良。」詞云：「西閣名臣奉詔行。南牀吏部錦衣榮。中有瀛仙賓與主。相遇。平津選首更神清。　溪上玉樓同宴喜。歡醉。對堤杯葉惜秋英。盡道賢人聚吴分。試問。也應旁有老人星。」

宋·蘇軾《東坡志林》卷一《記遊松江》：「吾昔自杭移高密，與楊元素同舟，而陳令舉、張子野皆從余過李公擇于湖，遂於劉孝叔俱至松江。夜半月出，置酒垂虹亭上。子野年八十五，以歌詞聞天下，作《定風波令》，其略云：『見和賢人聚吴分，試問，也應傍有老人星。』坐客歡甚，有醉倒者，此樂未嘗忘也。今七年耳，子野、孝叔、令舉皆爲異物，而松江橋亭，今歲七月九日海風架潮，平地丈餘，蕩盡無復孑遺矣。追思曩時，真一夢耳。元豐四年十二月十二日，黄州臨皋亭夜坐書。」

阮郎歸　蘇州席上作①

一年三度過蘇臺〔一〕。清尊長是開。佳人相問苦相猜。這回來不來？　情未盡，老先催。人生真可咍〔二〕。他年桃李阿誰栽？劉郎雙鬢衰②〔三〕。

【校勘】

①元本、朱本、龍本、曹本題作「一年三過蘇，最後赴密州時，有問『這回來不來』，其色凄然。太守王規父嘉之，令作此詞」。

②「衰」，原作「摧」，據元本、朱本、龍本、曹本、《全宋詞》改。

【編年】

熙寧七年甲寅（一〇七四年）十月，作於蘇州。傅藻《東坡紀年録》：「熙寧七年甲寅，赴密過蘇，有問『這回來不來』者，其色凄然。蘇守嘉之，令求詞，作《阮郎歸》。」王文誥《蘇詩總案》卷一二：「熙寧七年甲寅，十月至金閶，飲於王誨席上，時已三過蘇臺。誨令歌者求公詞，因作《阮郎歸》詞。」

【箋注】

〔一〕「一年」句：王文誥《蘇詩總案》卷一一：「詞云『一年三度』者，自（熙寧）六年十一月計至（熙寧）七年十月爲一年三度也。」案：熙寧六年十一月，蘇軾以轉運司檄往常、潤、蘇、秀賑濟飢民，十二月至蘇，七年五月末又至，此次爲第三次，故云。蘇臺：即姑蘇臺。傅注：「姑蘇臺在蘇州。」詳見《菩薩蠻》（玉童西迓浮丘伯）注〔七〕。

〔二〕哈：嗤笑。屈原《九章·惜誦》：「行不群以巔越兮，又衆兆之所咍。」王逸注：「咍，笑也。楚人謂相啁笑曰咍。」

〔三〕劉郎：此處作者以「劉郎」自比，以「桃李」喻佳人。詳見《南鄉子》（不到謝公臺）注〔六〕。

醉落魄　蘇州閶門留别①〔一〕

蒼顔華髮。故山歸計何時決。舊交新貴音書絶〔二〕。惟有佳人，猶作殷勤别。　離亭欲去歌聲咽②〔三〕。瀟瀟細雨涼吹頰③。淚珠不用羅巾裛〔四〕。彈在羅衣④，圖得見時説。

【校勘】

①題原作「憶别」，據傅本、元本、二妙集、毛本、朱本、龍本、曹本改。

②「欲」，原作「一」，據諸本改。

③「吹」，傅本作「生」。

④「衣」，元本、朱本、龍本、曹本作「衫」。

【編年】

熙寧七年甲寅(一〇七四年)十月，作於蘇州。朱孝臧《東坡樂府》卷一：「案此與前調，疑同時作。」案：朱本將此詞編甲寅十月，並無自信。龍本、曹本並從朱本。今暫編甲寅十月，以俟詳考。

【考辨】

毛本題下有注云：「一刻山谷，但『故山歸計何時決』作『故鄉歸路無因得』。」《全宋詞》於蘇軾此詞末注云：「又案此首别見黄庭堅《豫章黄先生詞》。」查明弘治刻嘉靖遞修本《豫章黄先生詞》確曾收此詞，明·卓人月《古今詞統》亦作黄庭堅詞，題作「吴閶留别」，注：「一刻東坡。」《全宋詞》據明本《豫章黄先生詞》補入黄庭堅詞集，注：「案此首别又見《東坡詞》卷下。」無題，「何時決」作「無因得」，「佳人」作「家人」，「吹」作「生」。南宋閩刻本《山谷琴趣外編》不收此詞，吴訥《唐宋名賢百家詞》本《山谷詞》、汲古閣本《山谷詞》亦均不載。汲古閣本有注云：「舊刻五調，考『蒼顔華髮』是東坡作，删去。」一九五七年龍榆生校訂《豫章黄先生詞》，從汲古閣本。案：此詞《東坡詞》諸本均收，明·沈際飛《草堂詩餘别集》卷二、潘游龍《古今詞餘醉》卷八、清·黄式《古今别腸詞選》卷二亦並作蘇軾詞，足證原詞當爲蘇軾作而誤入黄山谷集中。曹樹銘校編《東坡詞》卷一亦云：「案山谷攜妻子在外遊宦貶謫多年，故山谷詞中多寄家人之作。今此詞上片既云『故山歸計無因得』，又續云『惟有家人猶作殷勤别』，此乃矛盾之詞。又考山谷集中，僅《撥棹子》（歸去來）一首内，有『攜手舊山歸去來』一句，而東坡詩詞尺牘中，『故山歸計』一語，數見不鮮，此與山谷之口吻又不類。故此詞斷非山谷所作。」

【箋注】

〔一〕閶門：又名閶闔門。《太平寰宇記》卷九一《蘇州·吴縣》：「閶闔門，吴城西門也，以天門通閶闔，故名之。」又引《郡國志》云：「舊閶闔門，春申君改爲閶門。」《吴越春秋》卷四《闔閭内傳》：「立閶門者，以象天門，通閶闔風也。……闔閭欲西破楚，楚在西北，故立閶門，以通天氣，因復名之破楚門。」

〔二〕「舊交新貴」句：言困厄之時，新貴們雖爲舊交，書信早已斷絶。《漢書》卷五〇《鄭當時傳》：「先是下邽翟公爲廷尉，賓客亦填門，及廢，門外可設爵羅。後復爲廷尉，客欲往，翟公大署其門曰：『一死一生，乃知交情；一貧一富，乃知交態；一貴一賤，交情乃見。』」杜甫《狂夫》：「厚禄故人書斷絶，恒饑稚子色凄涼。」

〔三〕離亭：秦漢時所設置的供旅客食宿的處所。其去郡縣遠者，謂之離亭，猶言離宫也。其在郭内者，謂之都亭。漢《曹全碑》：「大女桃斐等，合七首藥神明膏，親至離亭。」唐·駱賓王《送劉少府遊越州》：「離亭分鶴蓋，別岸指龍川。」

〔四〕裛：原意爲沾濕，此作揩拭解。

【參考資料】

明·沈際飛《草堂詩餘別集》卷二：「止有佳人惜別可悲，既有佳人惜別可慰。墨香猶噴。」

菩薩蠻　潤州和元素①

玉笙不受朱脣暖②〔一〕。離聲凄咽胸填滿。遺恨幾千秋③。恩留人不留④。　他年京國酒〔二〕。泫淚攀枯柳⑤〔三〕。莫唱短因緣〔四〕。長安遠似天〔五〕。

【校勘】

①題原作「感舊」，據傅本、元本、朱本、龍本、曹本改。

②「朱」，明刊全集，二妙集、毛本、朱本、龍本作「珠」。

③「秋」，傅本作「愁」。

④「恩」，元本、朱本、龍本、曹本作「心」。

⑤「泫」，元本、朱本、龍本、曹本作「墮」。

【編年】

熙寧七年甲寅（一〇七四年）十月，作於潤州。傅藻《東坡紀年録》：「熙寧七年甲寅，潤州和元素（作）《菩薩蠻》。」

【箋注】

〔一〕「玉笙」句：漢·應劭《風俗通義》卷六《聲音·笙》：「《世本》：『隨作笙。』長四寸，十二（當作十三）簧，像鳳之身，正月之音也，物生，故謂之笙。」《宋書》卷一九《樂志》一：「笙，隨所造，不知何代人。……漢章帝時，零陵文學奚景於舜祠得笙。白玉管。後世易之以竹乎。」梁·陸罩《詠笙詩》：「管清羅袖拂，響合絳脣吹。」

〔二〕京國酒：古代京口名酒。《晉書》卷六七《郄超傳》：「（桓）温恒云：『京口酒可飲，兵可用。』」案：京口即宋潤州。京口爲三國時吴國國都，故稱京口酒爲京國酒。

〔三〕攀枯柳：《晉書》卷九八《桓温傳》：「温自江陵北伐，行經金城，見少爲琅邪時所種柳，皆已十圍，慨然曰：『木猶如此，人何以堪！』攀枝執條，泫然流涕。」

〔四〕短因緣：《太平廣記》卷三四九引《纂異記》：唐開成初有鮑生者，家多麗妓。遇外弟韋生有良馬，鮑出二妓爲酒勸韋，韋請以馬換妓。鮑許以抱胡琴者，乃命歌以送韋酒。既而妓又歌以送鮑酒。歌曰：「風颭荷珠難暫圓，多生信有短因緣。西樓今夜三更月，還照離人泣斷弦。」

〔五〕長安遠：注見《江城子》（翠蛾羞黛怯人看）注〔五〕。

采桑子　潤州多景樓與孫巨源相遇①

多情多感仍多病，多景樓中〔一〕。尊酒相逢〔二〕。樂事回頭一笑空。　停杯且聽琵琶語〔三〕，細撚輕攏〔四〕。醉臉春融②。斜照江天一抹紅〔五〕。

【校勘】

①「多」，明刊全集、二妙集、毛本作「東」。元本、朱本、龍本、曹本題並作「潤州甘露寺多景樓，天下之殊景也。甲寅仲冬，余同孫巨源、王正仲參會於此。有胡琴者，姿色尤好。三公皆一時英秀，景之秀，妓之妙，真爲希遇。飲闌，巨源請於余曰：『殘霞晚照，非奇才不盡。』余作此詞。」

②「融」，原作「容」，據諸本改。

【編年】

熙寧七年甲寅（一〇七四年）十月，作於潤州。傅藻《東坡紀年録》：「熙寧七年甲寅，多景樓與孫巨源相遇作《采桑子》。」

【箋注】

〔一〕多景樓：《太平寰宇記》卷八九：「多景樓在甘露寺内。」宋·王象之《輿地紀勝》卷七《鎮江府·景物下》：「甘露寺在北固山，唐·李德裕建。時甘露降此山，因名。……中興以來，郡守陳天麟作多景樓於其上。」孫巨源：《宋史》卷三二一《孫洙傳》：「孫洙字巨源，廣陵（今揚州）人。羈丱能文，未冠擢進士。應制科，進策五十篇，指陳政體，明白剴切。韓琦讀之，太息曰：「慟哭流涕，極論天下事，今之賈誼也。」再遷集賢校理、知太常禮院。治平中，兼史館檢討、同知諫院。王安石主新法，多逐諫官御史，洙知不可，力求補外，得知海州。尋幹當三班院，同修起居注，進知制誥。元豐初，兼直學士院，擢翰林學士，纔踰月，得疾，於是竟卒，年四十九。」

〔二〕尊酒相逢：韓愈《贈鄭兵曹》：「尊酒相逢十載前，君爲壯夫我少年。尊酒相逢十載後，我爲壯夫君白首。」

〔三〕琵琶語：白居易《琵琶行》：「今夜聞君琵琶語，如聽仙樂耳暫明。」此指席上歌妓所彈琵琶曲調。

〔四〕細撚輕攏：見《南鄉子》（裙帶石榴紅）注〔四〕。

〔五〕一抹紅：唐·羅虬《比紅兒詩》之一七：「一抹濃紅傍臉斜，妝成不語獨攀花。」此指晚霞映江景色。

【參考資料】

宋·蘇軾《與李公擇十七首》之四（赴密州）：「某已到揚州，此行天幸，既得李端叔與老兄，又途中與完夫、正仲、巨源相會，所至輒作數劇飲笑樂。人生如此有幾，未知他日能復繼此否？乍爾暌違，臨紙於邑。」（中華書局本《蘇軾文集》卷五一）

宋刊《王狀元集百家注分類東坡先生詩》卷一二《潤州甘露寺彈箏》堯卿注引楊元素云：「孫洙巨源、王存正仲，與東坡同遊多景樓。京師官伎皆在，而胡琴者，姿伎尤妙。三公皆一時英彦，境之勝，客之秀，妓之妙，真爲希遇。酒闌，巨源請於東坡曰：『殘霞晚照非奇詞。』遂作《采桑子》，所謂『多情多感仍多病，多景樓中』是也。」（黄善夫家塾刊本）

近人龍榆生《東坡樂府箋》卷一：「案（以上）二説同出一源，雖字句頗有參差，然味其語意，必皆元素紀録之詞。而王文誥注（見《蘇詩編注集成》卷一二），以三公爲不可解，遽引胡完仲以足之，殊爲可笑。元本如此標題，疑亦旁注混入，或他人引《本事集》爲之，彊邨本亦沿其謬。愚意此詞題自當從傳注本爲妥。」

清·查慎行《蘇詩補注》卷一二《潤州甘露寺彈箏》引《京口志》:「甘露寺有多景樓,中刻東坡熙寧甲寅與孫巨源輩會此賦《采桑子》詞。碑石今尚存。」

清·陳世焜《雲韶集》卷二:「語亦別緻,詩情畫景。只此七字(按:指「斜照江天一抹紅」句),便寫出晚江景色來。」

減字木蘭花①

銀箏旋品〔一〕。不用纏頭千尺錦〔二〕。妙思如泉。一洗閒愁十五年。　爲公少止。起舞屬公公莫起〔三〕。風裹銀山〔四〕。擺撼魚龍我自閒〔五〕。

【校勘】

① 此詞傳本、元本不載。

【編年】

熙寧七年甲寅(一〇七四年)十月,作於潤州。案:此詞朱本、龍本俱未編年。曹本云:「考此詞與詩集《潤州甘露寺彈箏》,可以相合。此詩首句爲『多景樓上彈神曲』,編在熙寧七年甲寅。復考此詞上片末句内之『十五年』,從嘉祐四年己亥終母喪後還朝起計算,適與此詩之編年相合。可見此詞與本集《采桑子》『多情多感仍多病』，係同時所作。今從詩集移編熙寧七年甲寅。」薛本云：「《詩集》卷三五有《在彭城日，與定國爲九日黄樓之會。今復以是日，相遇於宋。凡十五年，憂樂出處，有不可勝言者……感之作詩》。案此詞似應同時作。」因編元祐七年自揚州還朝，「九月與王鞏相會於南都」作。又有日本學者認爲，此「十五年」應從熙寧二年二月蘇軾罷父喪還朝，被捲進「黨争」開始，「十五年」後，相當於元豐六年。則此詞應作於元豐五年十二月張商英過黄州，徐君猷舉行酒宴之時。蘇軾在此宴會上，作有四首《減字木蘭花》，也是吟咏歌女演奏銀箏之美的，且詞牌也相同。以上諸説，係對「十五年」理解有别而各成其説，均爲見仁見智之詞，顯證不足。今暫依曹説編年，以俟詳考。

【箋注】

〔一〕銀箏：漢·應劭《風俗通義》卷六：「《禮·樂記》：『箏，五弦筑身也。』今并、涼二州箏形如瑟，不知誰所改作也。或曰秦蒙恬所造。」《宋書》卷六四《何承天傳》：「承天又能彈箏，上又賜銀裝箏一面。」品：品賞、玩味。

〔二〕纏頭：古代歌舞藝人表演時以錦纏頭，演畢，客以羅錦爲贈，稱纏頭。後又作爲贈送女妓財物之通稱。《舊唐書》卷一二〇《郭子儀傳》：「（大曆）二年二月，子儀入朝，宰相元載、王縉、僕射裴冕、京兆尹黎幹、内侍魚朝恩共出錢三十萬，置宴於子儀第，恩出羅錦二百匹，爲子儀纏頭之費，極歡而罷。」餘見《南歌子》（紺綰雙蟠髻）注〔八〕。

〔三〕「起舞」句：言請你起舞，從《公莫》舞開始。公莫：舞蹈名。《晉書》卷二三《樂志》：「《公莫舞》，今之《巾舞》也。相傳云項莊劍舞，項伯以袖隔之，使不得害漢高祖，且語項莊云『公莫』。古人相呼曰公，言公莫害漢王也。今之用巾蓋像項伯衣袖之遺式。」

〔四〕銀山：漢·東方朔《神異經·南荒經》：「西南有銀山，長五十餘里，高百餘丈，悉是白銀。」此指舞蹈的內容形象。

〔五〕擺撼魚龍：是古代百戲中的魔術雜耍節目。有作「曼衍魚龍」、「曼延魚龍」、「漫衍魚龍」，又作「魚龍曼衍」、「魚龍曼延」、「魚龍漫衍」、「魚龍爛漫」等。古代宫廷中常有演出。《周書·宣帝紀》：「散樂雜戲，魚龍爛漫，常在目前。」《隋書·音樂志中》：「魚龍漫衍之技，常陳殿前，累日繼夜，不知休息。」《漢書》卷九六下《西域傳贊》：「設酒池肉林以饗四夷之客，作《巴俞》都盧、海中《碭極》、漫衍魚龍、角抵之戲以觀視之。」顏師古注：「巴俞之人，所謂賨人也，勁鋭善舞。……高祖善觀其舞，因令樂人習之，故有《巴俞》之樂。……魚龍者，爲舍利之獸，先戲於庭極，畢，乃入殿前激水，化成比目魚，跳躍漱水，作霧障日，畢，化成黄龍八丈，出水敖戲於庭，炫燿日光。」閒：通嫺，熟練。

醉落魄　席上呈元素①

分攜如昨〔一〕。人生到處萍飄泊〔二〕。偶然相聚還離索〔三〕。多病多愁，須信從來錯。尊前一笑未辭卻。天涯同是傷淪落〔四〕。故山猶負平生約〔五〕。西望峨嵋，長羨歸飛鶴〔六〕。

【校勘】

① 元本、朱本、龍本、曹本「呈」下有「楊」字。

【編年】

熙寧七年甲寅（一〇七四年）十月，作於潤州。傅藻《東坡紀年録》：「熙寧七年甲寅，離京口呈元素作《醉落魄》。」案，《蘇軾詩集》卷一一《次韵答元素》施注云：「東坡在杭三年，將去而元素來守杭，席上作《醉落魄》詞。」據此，當作於杭州，元素剛到杭州不久。今依《紀年録》，蓋蘇軾赴密，元素還朝，同行至京口而别，作此詞。

【箋注】

〔一〕分攜：離别，意同「分手」。李商隱《飲席戲贈同舍》：「洞中屐響省分攜，不是花迷客自迷。」如昨：熙寧四年蘇軾通判杭州，在京與元素離别，今又在潤州分手，情景相似，故言如昨。

〔二〕萍飄泊：傅注：「萍無根，逐流而已，豈復有定居？」此言人生如萍在水，任其飄泊也。

〔三〕離索：見《南鄉子》（旌旆滿江湖）注〔四〕。

〔四〕「天涯」句：白居易《琵琶行》：「同是天涯淪落人，相逢何必曾相識。」

〔五〕「故山」句：白居易《寄王質夫》：「因話出處心，心期老巖壑。……去處雖不同，同負平生約。」此句意含：原來同元素約定要早日返回故鄉，但現在天涯同淪落，同負平生約，都回不去了。

〔六〕歸飛鶴：晉·陶潛《搜神後記》卷一：「丁令威，本遼東人，學道于靈虚山，後化鶴歸遼。」杜甫《卜居》：「歸羨遼東鶴，吟同楚執珪。」丁令威道學成後還能化鶴歸遼，蘇軾與元素都是蜀人却不能回蜀，故「西望峨嵋，長羨歸飛鶴。」

訴衷情 琵琶女①

小蓮初上琵琶弦〔一〕。彈破碧雲天〔二〕。分明繡閣幽恨〔三〕，都向曲中傳〔四〕。　膚瑩玉，鬢梳蟬〔五〕。綺窗前②。素娥今夜〔六〕，故故隨人〔七〕，似鬭嬋娟〔八〕。

【校勘】

① 傅本、元本、朱本、龍本、曹本無題。

②「綺」，毛本作「依」。

【編年】

熙寧七年甲寅（一〇七四年）十月，作於潤州。案：此詞朱本、龍本、曹本俱未編年。傅藻《東坡紀年録》云：「熙寧七年甲寅，離京口呈元素作《醉落魄》《訴衷情》。」京口即潤州。《醉落魄》即前闋「分攜如昨」。《訴衷情》一調，詞集凡三闋：其一爲「錢塘風景古今奇」。此詞諸家俱編入熙寧七年七月於杭州送述古，迎元素作。其二爲「海棠珠綴一重重」。此首係咏物詞，與離情無涉，別見晏殊《珠玉詞》中，是否東坡所作，尚難斷言。即使出自東坡之手，據下片「看葉嫩，惜花紅」、「歲歲年年，共占春風」等語，顯係作於春天。而蘇軾自杭移密守過京口時，乃在十月，即以時令而言亦頗不合。故知此闋亦非《紀年録》所指。其三即爲本詞。詞借描寫樂女於離筵上彈奏琵琶傳達心中幽恨，抒發作者惜別之情，與《紀年録》所云「離京口，呈元素」悉相吻合，故知傅藻所指必爲此詞。今據《紀年録》編入熙寧七年甲寅十月。薛本據《詩集》卷六《宋叔達家聽琵琶》詩，編於熙寧三年，云：「似爲一時之作，故暫編於此。」並無自信，録以備考。

【考辨】

曹本注：「按東坡此類詞，多在題内書名，同時寫明誰屬，從無直呼小名如此詞者。頗疑此係晏幾道之佚詞。無論如何，非東坡詞。今移列誤入詞。」案：此詞東坡詞諸本均載，別無異説，曹本疑其爲晏幾道佚詞，並無確證，不足信。

【箋注】

〔一〕小蓮：《北史》卷一四《后妃傳》下：「馮淑妃名小憐，大穆后從婢也。……慧黠能彈琵琶，工歌舞。」「小蓮」即「小憐」。《太平御覽》卷九七五《果部·蓮》引《三國典略》云：「馮淑妃，名小蓮也。」（見《四庫全書》本）此以北齊善彈琵琶的馮淑妃比琵琶女。琵琶：也作「批把」、「枇杷」。應劭《風俗通義·聲音·批把》：「此近世樂家所作，不知誰也。以手批把，因以爲名。長三尺五寸，法天地人與五行，四弦象四時。」劉熙《釋名·釋樂器》：「枇杷本出於胡中，馬上所鼓也。推手前曰枇，引手却曰杷，象其鼓時，因以爲名也。」《宋書》卷一九《樂記》一引傅玄《琵琶賦》曰：「漢遣烏孫公主嫁昆彌，念其行道思慕，故使工人裁箏、筑，爲馬上之樂。欲從方俗語，故名曰琵琶，取其易傳於外國也。」

〔二〕「彈破」句：言琵琶曲調高昂激越，欲將天空震破，即響徹雲天之意。碧雲天：唐·鄭還古《贈柳氏妓》詩云：「冶豔出神仙，歌聲勝管絃。詞輕白苧曲，歌遏碧雲天。」（此詩傳注引《詩話》誤作柳還古）

〔三〕繡閣：猶繡房。少女華麗居室。此代琵琶女。幽恨：隱藏於內心的感情。

〔四〕曲中傳：用樂曲表達出來。杜甫《詠懷古跡五首》之三：「千歲琵琶作胡語，分明怨恨曲中論。」

〔五〕鬢梳蟬：晉・崔豹《古今注》卷下《雜注》：「魏文帝宮人絶所寵者，有莫瓊樹、薛夜來、田尚衣、段巧笑四人，日夕在側。瓊樹乃製蟬鬢，縹緲如蟬翼，故曰蟬鬢。」白居易《婦人苦》：「蟬鬢加意梳，蛾眉用心掃。」

〔六〕素娥：嫦娥。月之代稱。南朝・宋・謝莊《月賦》：「引玄兔於帝臺，集素娥於後庭。」李周翰注：「常娥竊藥奔月，月色白，故云素娥。」

〔七〕故故：常常，頻頻。杜甫《月》詩：「萬里瞿塘峽，春來六上弦。時時開暗室，故故滿青天。」

〔八〕鬭：猶引也，與逗通。逗，挑逗。見張相《詩詞曲語辭匯釋》卷二「鬭（一）」條。嬋娟：姿態美好貌。李商隱《霜月》：「青女素娥俱耐冷，月中霜裏鬭嬋娟。」

【參考資料】

明・沈際飛《草堂詩餘別集》卷一：「後段誇女飛宕。」

更漏子　送孫巨源

水涵空，山照市。西漢二疏鄉里〔一〕。新白髮〔二〕，舊黃金。故人恩義深。　海東頭，山盡處。自古客槎來去〔三〕。槎有信，赴秋期。使君行不歸〔四〕。

【編年】

熙寧七年甲寅（一〇七四年）十月，作於楚州。案：此詞傅藻《東坡紀年録》繫於熙寧七年甲寅，既未言明何月，又未言明何地。王文誥《蘇詩總案》卷一二繫於熙寧七年十月《次韻陳海州乘槎亭》和《次韻陳海州書懷》詩之後，據此當作於海州。朱本據《紀年録》及《總案》編年，但繫於《醉落魄》（席上呈楊元素）之前。《醉落魄》作於潤州，意爲此詞亦作於潤州。龍本、曹本並同朱本。以上兩説均誤。傅幹《注坡詞》卷七《永遇樂》（長憶别時）有題序云：「孫巨源以八月十五日離海州，坐别於景疏樓上。既而與余會於潤州，至楚州乃别。」孫巨源爲揚州人，曾知海州。當其罷海州内召之時，先由海州回家。揚、潤一水之隔，故得與東坡相遇于潤州，爲多景樓之游。然後一同北上，到楚州後二人分手，蘇軾赴密州，巨源赴汴京。此詞題爲《送孫巨源》，當爲楚州分手時贈别之作。

【箋注】

〔一〕二疏鄉里：二疏皆海州人。《蘇軾詩集》卷十二《次韵孫巨源寄漣水李盛二著作並以見寄五絶》之二「查注」引《名勝志》：「景疏樓在海州治東北。石刻云：宋葉祖洽慕二疏之賢而建。疏廣、疏受，皆東海人。」《漢書》卷七一《疏廣傳》：漢疏廣，其侄疏受，東海人。廣爲太子太傅，受爲少傅，並乞骸骨歸鄉里。宣帝賜黄金二十斤，皇太子贈五十斤，公卿大夫故人邑子設祖道，供帳東都門外。觀者皆曰：「賢哉，二大夫。」廣既歸鄉里，日與故舊賓客，相與飲樂。數問其家金餘尚有幾所？趣賣以共具。曰：「此金者，聖主所以惠養老臣也。故樂與鄉黨宗族共享其賜，以盡吾餘日，不亦可乎？」於是鄉黨族人悅服。

〔二〕「新白髮」三句：白髮：指二疏年老，乞骸骨歸鄉里事。黄金：指宣帝及皇太子賜二疏黄金還鄉事，恩深義厚。

〔三〕「自古」三句：乘槎亭在海州，故言。餘見《鵲橋仙》（緱山仙子）注〔四〕。

〔四〕使君：此指孫巨源。

浣溪沙　贈陳海州〔一〕。陳嘗爲眉令，有聲①

長記鳴琴子賤堂②〔二〕。朱顏緑髮映垂楊〔三〕。如今秋鬢數莖霜〔四〕。　聚散交遊如夢寐，升沉閒事莫思量。仲卿終不避桐鄉③〔五〕。

【校勘】

① 詞題原作「憶舊」，據傳本、元本、朱本、龍本、曹本改。

② 「堂」，原誤作「琴」，據諸本改。

③ 「避」，元本、朱本、龍本、曹本作「忘」。

【編年】

熙寧七年甲寅（一〇七四年）十月，作於海州。朱孝臧《東坡樂府》卷一：「案《詩集》甲寅十月，《次韻陳海州書懷》詩：『酒醒卻憶兒童事，長恨雙鳧去莫攀。』自注：『陳嘗令鄉邑。』詞當是同時作。」

【箋注】

〔一〕陳海州：海州知州陳某，名失考。《蘇軾詩集》卷一二有《次韻陳海州書懷》、《次韻陳海州乘槎亭》詩。

〔二〕鳴琴子賤堂：秦·吕不韋《吕氏春秋》卷二一《開春論第一·察賢》：「宓子賤治單父，彈鳴琴，身不下堂，而單父治。巫馬期以星出，以星入，日夜不居，以身親之，而單父亦治。巫馬期問其故於宓子，宓子曰：『我之謂任人，子之謂任力；任力者故勞，任人者故逸。』宓子則君子矣。」此喻陳海州爲眉令時善任人而治。

〔三〕朱顔：面容紅潤。宋玉《招魂》：「美人既醉，朱顔酡些。」緑髮：黑髮。李白《古風》之五：「中有緑髮翁，披雲卧松雪。」此言陳海州爲眉令時英俊倜儻，春風得意。

〔四〕秋鬢：鬢髮衰老。劉禹錫《聞董許事疾因以書贈》：「攲枕晝眠晚，折巾秋鬢疏。」

〔五〕桐鄉：在今安徽省桐城縣西北，春秋時桐國地。《漢書》卷八九《循吏傳》：「朱邑字仲卿，廬江舒人也。少時爲舒桐鄉嗇夫，廉平不苛，以愛利爲行，未嘗笞辱人，存問耆老孤寡，遇之有恩，所部吏民愛敬焉。遷補太守卒史，舉賢良，爲大司農丞，遷北海太守，以治行第一入爲大司農。……初邑病且死，屬其子曰：『我故爲桐鄉吏，其民愛我，必葬我桐鄉。後世子孫奉嘗我，不如桐鄉民。』及死，其子葬之桐鄉西郭外，民果（然）共爲邑起冢立祠，歲時祠祭，至今不絶。」此句以朱邑比陳海州，謂陳「令鄉邑」亦有政聲，深得百姓愛戴，而陳亦終不忘眉山。

永遇樂　寄孫巨源①

長憶別時，景疏樓下②〔一〕，明月如水〔二〕。美酒清歌，留連不住，月隨人千里〔三〕。別來三度〔四〕，孤光又滿，冷落共誰同醉？捲珠簾、凄然顧影，共伊到明無寐。　今朝有客〔五〕，來從淮上③，能道使君深意④。憑仗清淮〔六〕，分明到海，中有相思淚。而今何在？西垣清禁〔七〕，夜永露華侵被⑤〔八〕。此時看、回廊曉月，也應暗記。

【校勘】

① 傅本有題注作「公自序云：孫巨源以八月十五日離海州，坐別於景疏樓上。既而與余會於潤州，至楚州乃別。余以十一月十五日至海州，與太守會於景疏樓上，作此詞以寄巨源。」元本、朱本、龍本、曹本略同，唯首無「公自序云」四字。

② 「下」，元本、朱本、龍本、曹本、《全宋詞》並作「上」。

③「淮」，元本、朱本、龍本、曹本作「濰」。

④「使」，元本作「史」。

⑤「露」，明刊全集、二妙集、毛本作「雲」。

【編年】

熙寧七年甲寅（一〇七四年）十月，作於海州。案：此詞寫作時間、地點，諸説不一。傅藻《東坡紀年録》謂「熙寧七年甲寅，海州寄巨源作」，不言月日。朱本據《紀年録》編於甲寅，而謂作於十一月十五日。龍本、曹本從朱本。詩集施注於《廣陵會三同舍各以其字爲韻仍邀同賦》「孫巨源」題下云：東坡與巨源「既别於海州景疏樓，後登此樓，懷巨源作《永遇樂》詞以寄。」王文誥《蘇詩總案》卷一三將此詞繫於熙寧八年乙卯（一〇七五年）正月，並案：「此詞有『别來三度，孤光又滿』句，乃與巨源相别三月而客至東武，爲道巨源寄語，故作此詞。……此詞作於乙卯，確不可易。」薛本亦主此説。張志烈《蘇軾由杭赴密詞雜議》（見《東坡詞論叢》四川人民出版社一九八二年出版）斷爲熙寧七年十月十五日作於海州，云：「傅藻《紀年録》繫蘇軾到密州任的日期是熙寧七年十一月三日（王文誥採其説），這是正確的。……所以朱彊村關于十一月十五日蘇軾尚在海州（在密州南四百多里）作此詞之説，是不能成立的。」又云：「我認爲本詞詞序是可靠的。其唯一錯謬，在於後人於『十』字下誤添『一』字，變成『十一月十五日到海州』，以致産生許多混亂。倘去『一』字，則全序全詞與蘇孫行踪皆可吻合無間：孫以八月十五日離海州回老家揚州，東坡九月下旬離杭，二人相會潤州，然後同舟北上，至楚州分别。東坡十月十五日到海州，與新任知州、原曾爲眉山縣令的陳某相會于景疏樓，其後作此詞寄孫。」張説較爲可信，故依之編年。

【箋注】

〔一〕景疏樓：在海州東北，宋・葉祖洽因仰慕漢人二疏（疏廣、疏受）而建，參見《更漏子》（水涵空）注〔一〕。蘇軾《次韻孫巨源寄漣水李盛二著作並以見寄五絶》之二：「不獨二疏爲可慕，他時當有景孫樓。」蘇軾自注：「巨源近離東海，郡有景疏樓。」案：傅幹以爲此詞作於密州，故臆説「今東武（即密州）有景疏樓」，誤。

〔二〕明月如水：杜甫《江月》：「江月光於水，高樓思殺人。」

〔三〕月隨人千里：指月隨人走，即千里共明月之意。謝莊《月賦》：「美人邁兮音塵闕，隔千里兮共明月。」案：此上六句是作者設想巨源當時離别海州的情景。

〔四〕别來三度：指孫與景疏樓别後第三次月圓。即八月十五日月下與樓分别爲一度；九月十五日爲二度；今十月十五日作者登此樓作詞以寄，恰爲三度。

〔五〕「今朝有客」三句：謂有客從巨源處來，深致巨源相思存問之意。

〔六〕憑：猶仗，亦猶煩或請。憑與仗同義，聯綴成一辭。鄭谷《蓼花》詩：「故溪歸不得，憑仗繫漁舟。」周邦彦《點絳脣》詞：「憑仗桃根，説與相思意。」

〔七〕西垣：中書省别稱西臺、西掖、西垣。魏・劉楨《贈徐幹詩》：「誰謂相去遠，隔此西掖垣。」唐・韋應物《和張舍人夜直中書寄吏部劉員外》：「西垣草詔罷，南宫憶上才。」清禁：謂皇宫。《風俗通義》卷五《十反》：「臣願陛下思周旦之言，詳左右清禁之内，謹供養之官，嚴宿衛之身。」時孫巨源任修起居注、知制誥，寓直臺省。

〔八〕露華：寒露之氣。李白《清平調三首》之一：「雲想衣裳花想容，春風拂檻露華濃。」

沁園春 赴密州早行馬上寄子由①〔一〕

孤館燈青，野店鷄號〔二〕，旅枕夢殘。漸月華收練，晨霜耿耿〔三〕，雲山摛錦〔四〕，朝露漙漙〔五〕。世路無窮，勞生有限，似此區區長鮮歡。微吟罷，憑征鞍無語，往事千端。　當時共客長安。似二陸、初來俱少年〔六〕。有筆頭千字，胸中萬卷〔七〕，致君堯舜〔八〕，此事何難。用舍由時〔九〕，行藏在我，袖手何妨閒處看。身長健，但優游卒歲〔一〇〕，且鬬尊前〔一一〕。

【校勘】

① 傳本詞調、詞題及詞「有筆頭千字」以上全缺。原無題，據元本、朱本、龍本、曹本補。

【編年】

熙寧七年甲寅（一〇七四年）十月，作於由海州赴密州途中。傅藻《東坡紀年録》：「熙寧七年甲寅，十月赴密州，早行馬上作《沁園春》。」王文誥《蘇詩總案》卷一二：「公時由海州赴密，不復繞道至齊，一視子由，故其詞如此耳。」

【箋注】

〔一〕子由：《宋史》卷三三九：蘇轍字子由，年十九，與兄軾同登進士科，又同策制舉。熙寧三年，授齊州掌書記。又三年，改著作佐郎。復從張方平簽書南京判官。居二年，坐兄軾以詩得罪，謫監筠州鹽酒税，五年不得調。哲宗立，以祕書省校書郎召。元祐元年，爲右司諫。六年，拜尚書右丞，進門下侍郎。紹聖元年因上疏言事得罪哲宗，落職知汝州，未至，降朝議大夫、試少府監，分司南京，筠州居住。三年，又責化州别駕，雷州安置，移循州。徽宗即位，徙永州、岳州，已而復太中大夫，提舉鳳翔上清太平宫。崇寧中，因蔡京當國，又降朝請大夫，罷祠，居許州。再復太中大夫致仕。築室于許，號潁濱遺老，自作傳萬餘言，不復與人相見。終日默坐，如是者幾十年。政和二年卒，年七十四。追復端明殿學士。淳熙中，謚文定。轍性沉静簡潔，爲文汪洋澹泊，似其爲人，不願人知之，而秀傑之氣終不可掩，其高處殆與兄軾相迫。所著《詩傳》《春秋傳》《古史》《老子解》《欒城文集》並行於世。

〔二〕野店鷄號：温庭筠《商山早行》：「鷄聲茅店月，人跡板橋霜。」

〔三〕耿耿：明亮貌。謝朓《暫使下都夜發新林至京邑贈西府同僚》：「秋河曙耿耿，寒渚夜蒼蒼。」

〔四〕摛錦：似錦緞展開。漢·班固《西都賦》：「若摛錦布繡，燭耀乎其陂。」

〔五〕漙漙：露多貌。《詩經·鄭風·野有蔓草》：「野有蔓草，零露漙兮。」

〔六〕二陸：指西晉文學家陸機、陸雲兄弟。《晉書》卷五四《陸雲傳》：「（陸雲）少與兄機齊名，雖文章不及機，而持論過之，號曰『二陸』。」高適《酬裴員外以詩代書》：「兄弟真二陸，聲華連八裴。」此以二陸兄弟同在洛陽，比自己與弟子由當年共客汴京。

〔七〕萬卷：杜甫《奉贈韋左丞丈二十二韻》：「讀書破萬卷，下筆如有神。」

〔八〕致君堯舜：《孟子·萬章上》：伊尹曰：「與我處畎畝之中，由是以樂堯舜之道，吾豈若使是君爲堯舜之君哉。」杜甫《奉贈韋左丞丈二十二韻》：「致君堯舜上，再使風俗淳。」此爲追述兄弟二人當年在汴京時的抱負。

〔九〕「用舍」二句：《論語·述而》：「子謂顔淵曰：『用之則行，舍之則藏，惟我與爾有是夫。』」

〔一〇〕優游卒歲：悠閒地度過一生。《左傳·襄公二十一年》引詩曰：「優哉游哉，聊以卒歲。」

〔一一〕「且鬬」句：唐·牛僧孺《席上贈劉夢得》：「休論世上昇沉事，且鬬尊前見在身。」（傅注、龍箋均誤作杜牧詩）鬬，喜樂戲耍之辭。「且鬬尊前」猶且樂尊前。歐陽修《采桑子》：「白首相逢，莫話衰翁，但鬬尊前語笑同。」

【參考資料】

金·元好問《遺山先生文集》卷三六《東坡樂府集引》：「絳人孫安嘗注坡詞，參以汝南文伯起《小雪堂詩話》，删去他人所作《無愁可解》之類五十六首，其所是正，亦無慮數十百處，坡詞遂爲完本，不可謂無功。然尚有可論者，如『古岸開青葑』《南柯子》，以末後二句倒入前篇，此等猶爲未盡，然特其小小者耳。就中『野店鷄號』一篇，極害義理，不知誰所作，世人誤爲東坡，而小説家又以神宗之言實之，云『神宗聞此詞，不能平，乃貶坡黄州，且言：教蘇某閒處袖手，看朕與王安石治天下』。安常不能辨，復收之集中。如『當時共客長安。似二陸初來俱少年。有胸中萬卷，筆頭千字；致君堯舜，此事何難。用舍由時，行藏在我，袖手何仿閒處看』之句，其鄙俚淺近，叫呼衒鬻，殆市駔之雄，醉飽而後發之，雖魯直婢僕且羞道，而謂東坡作者，誤矣。」

今人曹樹銘校編《東坡詞》卷一：「按龍本附考所引元好問對於此詞之見解，亦見本書末《東坡詞籍著録》第十五節，純係腐儒之見。孰知東坡詞中有我，有真性情，有真面目，一生壯志，盡於此矣。至於『用舍由時，行藏在我』，既合孔子之道，亦係當時政制與思想之局限。若不如此，在元氏心目中，果應出於何途，殊不可解。」

南鄉子　梅花詞和楊元素

寒雀滿疏籬。争抱寒柯看玉蕤〔一〕。忽見客來花下坐，驚飛。踏散芳英落酒巵〔二〕。痛飲又能詩。坐客無氈醉不知〔三〕。花盡酒闌春到也，離離①〔四〕。一點微酸已著枝〔五〕。

【校勘】

①「盡」，傅本、元本、朱本、龍本、曹本作「謝」。

【編年】

熙寧七年甲寅（一〇七四年）冬，作於密州。案：此詞朱本編熙寧七年九月，云：「案二詞（本詞及『涼簟碧紗廚』）題調皆同前首（指『東武望餘杭』），似是一時唱和之作。」龍本、曹本同朱本。陳邇冬《蘇軾詞選》云「熙寧七年冬作」。據陳說，當作於密州。詞寫寒梅報春景象，與陳説較合，從陳説。此詞當爲是年冬元素以梅花詞見寄，蘇軾和作。

【箋注】

〔一〕玉蕤：傅注：「梅花綴樹，葳蕤如玉。」故云。唐·戎昱《早梅》：「一樹寒梅白玉條，迥臨村路傍溪橋。應緣近水花先發，疑是經春雪未銷。」

〔二〕「踏散」句：唐·王質《金谷園花發懷古》：「繁蕊風驚散，輕紅鳥乍翻。」（案傅注引作皇甫冉詩，誤。）

〔三〕無氈：《晉書》卷九〇《吴隱之傳》：吴隱之在官清儉，勤苦同於貧庶。「尋拜度支尚書、太常，以竹篷爲屏風，坐無氈席。」《新唐書》卷二〇二《鄭虔傳》：「鄭虔，鄭州滎陽人。天寶初爲協律郎，集掇當世事，著書八十餘篇。……諸儒服其善著書，時號『鄭廣文』。在官貧約甚，澹如也。杜甫嘗贈以詩曰：『才名四十年，坐客寒無氈』云。」案杜詩題作《戲簡鄭廣文虔兼呈蘇司業源明》。

〔四〕離離：稀疏貌。

〔五〕微酸：謂梅子。著枝：生於枝。著（着），生也，發也。陳師道《楝花》詩：「密葉已成陰，高花初着枝。」

【參考資料】

宋・胡仔《苕溪漁隱叢話後集》卷二一：「東坡《梅詞》云：『花謝酒闌春到也，離離。一點微酸已着枝。』《張右史集》有《梅花十絶》，《後山集》有《梅花七絶》。其無己《七絶》，乃文潛《十絶》中詩，但三絶不是，未知竟誰作者。其間有云：『誰知檀萼香鬚裏，已有調羹一點酸。』用東坡語也。」

蝶戀花 密州上元①〔一〕

燈火錢塘三五夜〔二〕。明月如霜，照見人如畫。帳底吹笙香吐麝〔三〕。此般風味應無價②。　寂寞山城人老也。擊鼓吹簫〔四〕，乍入農桑社③。火冷燈稀霜露下〔五〕。昏昏雪意雲垂野。

【校勘】

① 此詞傳本存目缺詞。

② 此句元本、朱本、龍本、曹本作「更無一點塵隨馬」。

③ 「乍」，元本、朱本、龍本、曹本作「却」。

【編年】

熙寧八年乙卯（一〇七五年）正月十五日，作於密州。傅藻《東坡紀年録》：「熙寧八年乙卯，公在密州，上元作《蝶戀花》。」

【箋注】

〔一〕上元：正月十五日俗稱上元，蓋本道家之説。《資治通鑑》卷二五七《唐紀·僖宗光啓三年》：「鄭杞、董瑾謀因中元夜，邀高駢至其第建黄籙齋。」胡三省注：「道書以正月十五爲上元，七月十五爲中元，十月十五爲下元。」

〔二〕三五夜：十五日夜晚。《古詩十九首》之一七：「三五明月滿，四五蟾兔缺。」

〔三〕香吐麝：《説文》：「麝，如小鹿，臍有香。」梁·劉遵《繁華應令詩》：「腕動飄香麝，衣輕任好風。」上片回憶杭州上元節繁榮景象。

〔四〕「擊鼓」二句：謂社祭。《周禮注疏》卷一二：「以雷鼓鼓神祀，以靈鼓鼓社祭。」注：「社祭，祭地祇也。」

〔五〕「火冷」二句：謂燈火闌珊，天陰欲雪。下片寫密州上元節陰冷氣氛。

江城子　乙卯正月二十日夜記夢①

十年生死兩茫茫。不思量。自難忘。千里孤墳、無處話淒涼。縱使相逢應不識，塵滿面，鬢如霜。　夜來幽夢忽還鄉〔一〕。小軒窗〔二〕。正梳妝。相顧無言、惟有淚千行。料得年年斷腸處②〔三〕，明月夜，短松岡。

【校勘】

① 此詞傳本存目缺詞。原無題，據元本、朱本、龍本、曹本補。調名下原有小注「公之夫人王氏先卒，味此詞，蓋悼亡也」，删。

②「斷腸」，元本、朱本、龍本、曹本作「腸斷」。

【編年】

熙寧八年乙卯（一〇七五年）正月二十日，作於密州。傅藻《東坡紀年録》：「熙寧八年乙卯，（正月）二十日，記夢作《江神子》。」王文誥《蘇詩總案》卷一三：「詞注謂公悼亡之作，考通義君卒於治平二年乙巳（一〇六五年）至是熙寧八年乙卯正十年也。」

【箋注】

〔一〕幽夢：夢境隱約。李商隱《銀河吹笙》：「重衾幽夢他年斷，別樹羈雌昨夜驚。」

〔二〕小軒：小室。唐·李嶠《夏晚九成宫呈同僚》：「小軒恒共處，長坂屬相從。」此指夢中王弗卧室。

〔三〕「料得」三句：孟棨《本事詩·徵異第五》録張姓妻孔氏贈夫詩：「欲知斷腸處，明月照孤墳。」短松崗：指王弗墓地。

【參考資料】

宋·蘇軾《亡妻王氏墓誌銘》：「治平二年五月丁亥，趙郡蘇軾之妻王氏，卒于京師。六月甲午，殯于京城之西。其明年六月壬午，葬於眉之東北彭山縣安鎮鄉可龍里先君先夫人墓之西北八步。軾銘其墓曰：君諱弗，眉之青神人，鄉貢進士方之女。生十有六年，而歸于軾。有子邁。君之未嫁，事父母，既嫁，事吾先君、先夫人，皆以謹肅聞。其始，未嘗自言其知書也。見軾讀書，則終日不去，亦不知其能通也。其後軾有所忘，君輒能記之。問其他書，則皆略知之。由是始知其敏而静也。從軾官于鳳翔，軾有所爲於外，君未嘗不問知其詳。曰：『子去親遠，不可以不慎。』日以先君之所以戒軾者相語也。軾與客言於外，君立屏間聽之，退必反覆其言曰：『某人也，言輒持兩端，惟子意之所嚮，子何用與是人言。』有來求與軾親厚甚者，君曰：『恐不能久。其與人鋭，其去人必速。』已而果然。將死之歲，其言多可聽，類有識者。其死也，蓋年二十有七而已。始死，先君命軾曰：『婦從汝于艱難，不可忘也。他日汝必葬諸其姑之側。』未朞年而先君没，軾謹以遺令葬之。銘曰：（略）。」（中華書局本《蘇軾文集》卷一五）

雨中花慢①

今歲花時深院②，盡日東風，蕩颺茶煙③〔一〕。但有緑苔芳草，柳絮榆錢〔二〕。問道城西，長廊古寺〔三〕，甲第名園〔四〕。有國豔帶酒〔五〕，天香染袂，爲我留連。　清明過了，殘紅無處，對此淚灑尊前。秋向晚，一枝何事，向我依然。高會聊追短景，清商不假餘妍④〔六〕。不如留取〔七〕，十分春態，付與明年。

【校勘】

①原無「慢」，據《詞律》《詞譜》及龍本、曹本補。傅本調下有題注：「公初至密州，以累歲旱蝗，齋素累月，方春，牡丹盛開，遂不獲一賞。至九月，忽開千葉一朵，雨中特爲置酒，遂作此詞。」元本、朱本、龍本、曹本删「公」及「此詞」三字，變題注爲詞序。二妙集、毛本又改作「初至密州，以旱蝗，齋素者累月。方春，牡丹盛開，不獲一賞，至九月，忽開千葉一朵，雨中爲置酒作。」明刊全集題作「牡丹菊」。

②傅本以下詞全缺。

③「蕩」，元本、朱本、龍本、曹本作「輕」。

④「假」，原作「暇」，據毛本、朱本、龍本、曹本改。

【編年】

熙寧八年乙卯（一〇七五年）九月，作於密州。傅藻《東坡紀年録》：「熙寧八年乙卯，以旱蝗齋素，方春，牡丹盛開，不獲賞，九月忽開一朵，雨中特置酒，作《雨中花》。」

【箋注】

〔一〕蕩颺茶煙：蘇軾初至密州，適逢旱蝗，爲了祭祀上天，免除旱蝗，素齋累月。此寫素齋生活。杜牧《題禪院》：「今月鬢絲禪榻畔，茶煙輕颺落花風。」

〔二〕柳絮榆錢：宋·楊伯嵒《臆乘》：「柳花與柳絮迥然不同。生於葉間成穗作鵝黄色者，花也；

迨花既開，就蒂結實，其實之熟，亂飛如緜者，絮也。古今吟詠，往往以絮爲花，以花爲絮，略無分別，可發一笑。」榆錢又稱榆莢。李時珍《本草綱目》卷三五《木・榆》云：榆「未生葉時，枝條間先生榆莢，形狀似錢而小，色白成串，俗呼榆錢。」杜甫《絶句漫興九首》之五：「顛狂柳絮隨風去，輕薄桃花逐水流。」庾信《燕歌行》：「桃花顔色好如馬。榆莢新開巧似錢。」

〔三〕古寺：《蘇軾詩集》卷一四《玉盤盂并序》：「東武舊俗，每歲四月，大會於南禪、資福兩寺，以芍藥供佛，而今歲最盛。凡七千餘朵，皆重跗累萼，繁麗豐碩。中有白花，正圓如覆盂，其下十餘葉，稍大，承之如盤，姿格絶異，獨出於七千朵之上。云：得之於城北蘇氏園中，周宰相莒公之别業也。」據此可知，古寺當指南禪寺或資福寺。

〔四〕甲第：舊時豪門貴族宅第。《史記》卷一二《孝武本紀》：「其以二千户封地士將軍（欒）大爲樂通侯。賜列侯甲第，僮千人。」集解：「《漢書音義》曰：有甲乙第次，故曰第。」案：據作者《玉盤盂引》可知，此甲第當指五代後周宰相蘇禹珪（莒公）别業。

〔五〕「有國豔」二句：唐・李濬《松窗雜録》載：大和、開成中，暮春内殿賞牡丹花。文宗頗好詩，因問程修己曰：「今京邑傳唱牡丹花詩，誰爲首出？」修己對曰：「臣嘗聞公卿間多吟賞中書舍人李正封詩，曰：『國色朝酣酒，天香夜染衣。』」文宗聞之，歎賞移時。「國豔帶酒」、「天香染袂」本此。這兩句既形容牡丹花色香名貴，又暗含兩種牡丹花名：「國豔帶酒」指緋紅色牡丹，今名「醉楊妃」；「天香染袂」指貢黃色牡丹，今名「御袍黃」。

〔六〕清商：商聲，古代五聲之一。古代以宮、商、角、徵、羽五聲與金、木、水、火、土五行相配，商爲金；與東、西、南、北、中五方相配，商爲西；與春、夏、秋、冬四時相配，商爲秋。此取商爲秋意。《文選》卷二三載潘岳《悼亡詩三首》之二：「清商應秋至，溽暑隨節闌。」李善注：「秋風爲商。」

〔七〕取：語助辭，猶着。「不如留取」即「不如留着」。

【參考資料】

清·劉熙載《藝概》卷四《詞曲概》：「詞有尚風，有尚骨。歐公《朝中措》云：『手種堂前楊柳，別來幾度春風。』東坡《雨中花慢》云：『高會聊追短景，清商不假餘妍。』孰風孰骨可辨。」

江城子 獵詞①

老夫聊發少年狂。左牽黃〔一〕。右擎蒼。錦帽貂裘〔二〕、千騎卷平岡〔三〕。爲報傾城隨太守②〔四〕，親射虎〔五〕，看孫郎。　酒酣胸膽尚開張〔六〕。鬢微霜。又何妨。持節雲中〔七〕、何日遣馮唐〔八〕？會挽雕弓如滿月③，西北望，射天狼〔九〕。

【校勘】

① 傅本、元本、朱本、龍本、曹本題作「密州出獵」。外集題作「徐州出獵」。

② 「隨」，原作「賢」，據諸本改。

③ 傅本以下三句缺。

【編年】

熙寧八年乙卯（一〇七五年）十月，作於密州。傅藻《東坡紀年録》：「熙寧八年乙卯，冬，祭常山回，與同官習射放鷹作詩《和梅户曹會獵鐵溝行》……，又作《江神子》。」案：劉崇德《蘇軾〈江城子·獵詞〉編年考辨》斷此詞爲元豐元年（一〇七八年）正月作於徐州。並云明刊《東坡先生外集》此詞題爲《徐州行獵》，（劉文見《河北大學學報》一九八六年第二期）。案，此説難以服人。王水照《蘇軾的書簡〈與鮮于子駿〉和〈江城子·密州出獵〉》已論證此詞作於密州，不容置疑（詳見《學術月刊》一九八四年五月號）。

【箋注】

〔一〕「左牽黄」二句：黄，黄犬；蒼，蒼鷹。古人常以牽犬擎鷹顯示狩獵時氣概之豪邁。《太平御覽》卷九二六《羽族部·鷹》引《史記》：「李斯臨刑，思牽黄犬，臂蒼鷹，出上蔡東門，不可得矣。」（今本《史記》無「臂蒼鷹」句）後漢·崔駰《與竇憲牋》：「今旦漢陽太守稜率吏卒數十人，皆臂鷹牽狗，陳于道側。」

〔二〕錦帽貂裘：錦蒙帽、貂鼠裘，原爲漢羽林軍裝束，此指蘇軾隨從。

〔三〕千騎：一人一馬合稱騎。千騎，暗示知州身份。傅注：「古者諸侯千乘。今太守，古諸侯也，故出擁千騎。」

〔四〕傾城：全城之人，極言隨觀者衆。《詩·鄭風·叔于田》：「叔于田，巷無居人。」亦言因畋獵而萬人空巷。

〔五〕「親射虎」二句：孫郎：孫權。《三國志》卷四七《吴書·吴主傳》：「（建安）二十三年十月，權將如吴，親乘馬射虎于庱亭（今江蘇丹陽東）。馬爲虎所傷，權投以雙戟，虎卻廢，常從張世擊以戈，獲之。」此以孫權自比。

〔六〕胸膽尚開張：宋·蘇舜欽《舟中感懷寄館中諸君》：「胸膽森開張，彎弓射欃槍。」此言心胸開擴，膽氣雄壯。

〔七〕「持節」句：節：符節，古代使者持之以作憑信。《周禮·地官·掌節》：「掌節掌守邦節而辨其用，以輔王命。守邦國者用玉節，守都鄙者用角節。凡邦國之使節，山國用虎節，土國用人節，澤國用龍節。……門關用符節，貨賄用璽節，道路用旌節，皆有期以反節。」雲中：《元和郡縣圖志》卷四：「雲中故城，在（榆林）縣東北四十里。趙雲中城，秦雲中郡也。《史記》曰趙武靈王北破林胡、樓煩所置。秦因之。」今内蒙古自治區托克托縣及山西西北部屬其地。

〔八〕馮唐：《史記》卷一〇二《馮唐列傳》：漢文帝時魏尚爲雲中太守，抵禦匈奴，頗有戰功。卻因

「坐上功首虜差六級」，被「下之吏，削其爵，罰作之」。馮唐向文帝勸諫，「文帝説。是日令馮唐持節赦魏尚，復以爲雲中守，而拜唐爲車騎都尉，主中尉及郡國車士」。此以馮唐自比，兼採左思《詠史》「馮公豈不偉，白首不見招」及唐王勃《滕王閣序》所謂「馮唐易老」等意。

〔九〕天狼：星名，在東井東南。古代以爲主侵掠，以喻貪殘、盜賊等。《楚辭·九歌·東君》：「青雲衣兮白霓裳，舉長矢兮射天狼。」此以天狼喻西夏。

【參考資料】

蘇軾《與鮮于子駿（侁）書》：「近却頗作小詞，雖無柳七郎風味，亦自是一家。呵呵。數日前，獵於郊外，所獲頗多。作得一闋，令東州壯士抵掌頓足而歌之，吹笛擊鼓以爲節，頗壯觀也。寫呈取笑。」（見《蘇軾文集》卷五三）又《祭常山回小獵》：「青蓋前頭點皂旗，黄茅岡下出長圍。弄風驕馬跑空立，趁兔蒼鷹掠地飛。回望白雲生翠巘，歸來紅葉滿征衣。聖明若用西涼簿，白羽猶能效一揮。」（見《蘇軾詩集》卷一三）

減字木蘭花　送東武令趙晦之①〔一〕

賢哉令尹〔二〕。三仕已之無喜愠。我獨何人。猶把虚名玷縉紳〔三〕。　不如歸去。二頃良田無覓處〔四〕。歸去來兮〔五〕。待有良田是幾時。

【校勘】

① 傅本題下有「失官歸海州」五字。元本、朱本、龍本、曹本題作「送東武令趙昶失官歸海州」。

【編年】

熙寧八年乙卯（一〇七五年）冬，作於密州。傅藻《東坡紀年録》：「熙寧八年乙卯，送東武令趙晦之歸海州作《減字木蘭花》。」案蘇軾《送趙寺丞寄陳海州》詩云：「莫忘衝雪送君時。」詞亦當作於是年冬。

【箋注】

〔一〕東武：山東諸城縣。《元和郡縣圖志》卷一一：「諸城縣，本漢東武縣也，屬琅邪郡，樂府章所謂《東武吟》者也。……隋開皇十八年，改東武爲諸城縣，取縣西三十里漢故諸縣城爲名。」趙晦之：名昶，本蜀人，因其父棠曾官南海（今廣州市），遂爲南海人。曾任楚州團練判官，後以大理寺丞知藤州。時罷東武令歸漣水，蘇軾作此詞及《送趙寺丞寄陳海州詩》送行。

〔二〕「賢哉」二句：《論語·公冶長》：「令尹子文三仕爲令尹，無喜色；三已之，無愠色。」此以楚令尹子文喻趙昶，稱贊其不計較仕途得失。

〔三〕縉紳：插笏於帶間。紳，大帶。古時仕宦者垂紳插笏，因稱士大夫爲縉紳。《莊子·雜篇·天下》：「其在於詩書禮樂者，鄒魯之士，縉紳先生，多能明之。」

〔四〕二頃良田：《史記》卷六九《蘇秦列傳》：蘇秦喟然歎曰：「且使我有雒陽負郭良田二頃，吾豈能佩六國相印乎。」作者《東坡志林》卷一《人生有定分》：「吾無求於世矣，所須二頃田，以足饘粥耳。而所至訪問，終不可得。豈吾道方艱難，無適而可耶？抑人生自有定分，雖一飽亦如功名富貴不可輕得也？」

〔五〕歸去來兮：晉陶淵明爲彭澤令，解印去縣，乃賦《歸去來辭》，首章云：「歸去來兮，田園將蕪，胡不歸？」此取用之。

【參考資料】

宋·葉寘《愛日齋叢鈔》卷三：「《夢溪筆談》記商洛間兵官賦詩云：『人生心無累，何必買山錢。』遂投檄去。頗類坡詞：『不如歸去，二頃良田無覓處。歸去來兮，待有良田是幾時。』」

又

送趙令①〔一〕

春光亭下〔二〕。流水如今何在也〔三〕？歲月如梭〔四〕。白首相看擬奈何。　故人重見〔五〕。世事年來千萬變。官況闌珊〔六〕。慚愧青松守歲寒〔七〕。

【校勘】

① 傅本題下有「晦之」二字。

【編年】

熙寧八年乙卯（一〇七五年）冬，作於密州。朱本、龍本此詞俱未編年。曹本編在元祐七年壬申（一〇九二年）三月，蘇軾自潁州赴揚州任所，途中抵泗州，趙晦之從海州來迎時所作。石唐本編元豐八年六月起知登州，十月過海州漣水，送趙令晦之作。薛本云，元祐六年四月，自杭還朝過高郵，趙晦之爲高郵令，詞當作於是時。劉崇德《蘇詞編年考》云：「此詞題『趙令』下，傅本有『晦之』二字，而曾本、元本、毛本俱無。恐傅本因另一首《減字木蘭花·送東武令趙晦之》而誤增。此處之趙令，當指趙成伯，因其曾任眉州丹稜令，故有是稱。蘇軾《密州倅廳題名記》一文，于趙成伯事叙述頗詳。文中云：『始尚書趙君成伯爲眉之丹稜令，邑人至今稱之。余其鄰邑人也，故知之爲詳。君既罷丹稜，而余適還眉，于是始識君。……已而見君於臨淮，劇飲，大醉於先春亭上而别。及移守膠西，未一年，而君來倅是邦。……君既故人而簡易疏達，表裏洞然。余固甚樂之。』從上文看，此詞即在趙成伯始來倅密時，寫與趙的。」編熙寧八年歲末。吴雪濤《蘇詞編年考辨兩則》（見《河北師範大學學報》一九九三年第一期）編熙寧八年冬季。孔《譜》則編熙寧八年十一月。二人均謂「趙令」爲趙晦之，而非趙成伯。其説近是。案趙成伯名庾，熙寧八年冬初代劉庭式倅密州。果如劉崇德所説此詞是寫給趙成伯的，則當用「贈」而不是「送」，因爲「送」多指「送别」、「送行」，這與趙成伯在密州行迹不符。趙成伯直到熙寧九年十二月蘇軾離密州時，仍在密州任職，别無他之。宋人多用現任官職相稱。趙成伯時爲「通判」，亦稱「監州」，簡稱「倅」，是州郡長官的副職。他雖曾作過縣令，但蘇軾決不會用過去較低的官銜稱呼如今官職已升高的趙成伯，因爲那將有違常理。傅本詞題「送趙令」下有「晦之」二字當可信，豈可輕易懷疑是「誤增」。此外，曹本、石唐本、薛本所説，不論在泗州、漣水或高郵，趙晦之均爲地主，蘇軾是過客。則趙晦之應盡地主之誼送蘇軾，而不應由蘇軾送趙晦之。如果蘇軾在上述三地寫詞給趙晦之，則詞題只能是「别」或「留别」而不是「送」。綜上所述，此詞應定爲熙寧八年冬在密州送趙晦之罷諸城令歸海州作。

【箋注】

〔一〕趙令：指趙晦之。詳見前首注〔一〕。

〔二〕春光亭：疑指雩泉亭，在東武南二十里常山。蘇軾有《雩泉記》。

〔三〕流水何在：杜牧《題安州浮雲寺樓寄湖州張郎中》詩：「當時樓下水，今日到何處？」此指當年春光亭下流水，而今安在？大有歲月流逝，往事如煙之慨，故下有「歲月如梭」等語。

〔四〕「歲月如梭」二句：魏文帝《善哉行》：「今我不樂，歲月其馳。」錢起《傷秋》詩：「歲去人頭白，秋來樹葉黄。」

〔五〕「故人重見」二句：意謂老友重逢之日，恰是世事多變之時。「世事」暗示王安石變法。

〔六〕官況闌珊：謂居官景況衰落蕭條。唐・李中《吉水縣依韻酬華松秀才見寄》詩：「官況蕭條在水村，吏歸無事好論文。」白居易《詠懷》詩：「白髮滿頭歸得也，詩情酒興漸闌珊。」

〔七〕「慚愧青松」句：謂官況闌珊，猶在宦海浮沉，自感慚愧，不如青松高潔自守，誠如《論語・子罕》所云：「歲寒然後知松柏之後凋也。」

一叢花　初春病起①

今年春淺臘侵年〔一〕。冰雪破春妍。東風有信無人見，露微意、柳際花邊。寒夜縱長，孤衾易暖，鐘鼓漸清圓〔二〕。　朝來初日半含山②。樓閣淡疏煙。遊人便作尋芳計，小桃杏、應已争先。衰病少情③，疏慵自放〔三〕，惟愛日高眠。

【校勘】

① 原無題，據傅本、元本、朱本、龍本、曹本補。

② 「含」，元本、朱本、龍本、曹本作「銜」。

③ 「情」，元本、朱本、龍本、曹本作「悰」。

【編年】

熙寧九年丙辰（一〇七六年）早春，作於密州。案：此詞朱本、龍本俱未編年。曹本編熙寧六年（一〇七三年）春作於杭州，云：「東坡在日雖無日記，但每逢令節，在詩集内，率皆有跡可尋。細玩此詞，與詩集《（熙寧六年癸丑）正月二十一日病後述古邀往城外尋春》相合。今從詩集，移編癸丑。」陳邇冬認爲當編元豐六年初作於黄州。云：「玩其詞意，似元豐六年初（一〇八三年）作。」「蘇軾在黄州期間，只趕上一次『臘侵年』，即元豐六年。」又云：「作者元豐六年作《正月三日點燈會客》詩，首二句爲『江上東風浪接天，苦寒無奈破春妍』。此詞與詩意近，故疑亦同時作。」（見一九九一年人民文學出版社版《蘇軾詞選》）但並無自信。然則劉崇德《蘇詞編年考》云：「詞題云：『初春病起』，詞中又有『衰病少情』句，明言作者早春曾一度患病。蘇軾有《立春日病中邀安國仍請率禹功同來僕雖不能飲當請成伯主會某當杖策倚几於其間觀諸公醉笑以撥滯悶也二首》，王文誥于此詩編年時提到：『《續資治通鑑長編》載熙寧八年閏四月，其下年立春適在歲除之時。』據此，上年逢閏，立春日延至臘底，故熙寧九年恰爲詞中所説『今年春淺臘侵年』。詩第二首云：『齋居卧病禁烟前，辜負名花已一年。此日使君不强喜，早春風物爲誰妍。』其一云：『孤燈照影夜漫漫，拈得花枝不忍看。』寫卧病，惜花，與詞意亦相符合，用韻也一致。綜合上述，此詞當作于熙寧九年早春。」劉説近是，今據以編年。

【考辨】

《全宋詞》注云：「案《草堂詩餘新集》卷三誤作明人商輅詞。」案：東坡詞諸本均收此詞，沈際飛《草堂詩餘新集》作明·商輅詞，並無顯證，失考甚矣。明·潘游龍《古今詩餘醉》卷二、清·顧璟芳等《蘭皋明詞彙選》卷五、清・趙式《古今別腸詞選》卷三、清・王昶《明詞綜》卷二、清・陳世焜《雲韶集》卷一二亦並作商輅詞，蓋均承沈際飛之誤也。

【箋注】

〔一〕「今年」句：意謂因去年閏四月，比常年多一個月，所以到臘月底就立春。今年春天來得較早。春淺：春意淺淡，不太濃。唐・張説《晦日》：「晦日嫌春淺，江浦看湔衣。」臘：古代稱冬至後第三個戌日祭百神爲「蠟」，祭祖先爲「臘」，秦漢以後統稱爲「臘」。秦漢行臘於農曆十二月，後世遂以十二月爲臘月。《禮記・月令》：孟冬之月，「臘先祖五祀，勞農以休息之。」孔穎達疏：「臘，獵也。謂獵取禽獸以祭先祖五祀也。」《左傳・僖公五年》：「宮之奇以其族行，曰：『虞不臘矣。』」杜預注：「臘，歲終祭衆神之名。」臘另有新故交接之意。漢・應劭《風俗通義》卷八《祀典》：「或曰：臘者，接也，新故交接，故大祭以報功也。」晉・張亮《蜡臘議》亦云：「《傳》曰：『臘，接也，祭則在新故交接也。』俗謂臘之明日爲初歲。秦漢以來，有祝歲者，古之遺語也。」（見《全晉文》卷一二七）據此「臘侵年」當取「新故交接」，新春開始之意。

〔二〕「鐘鼓」句：鐘鼓的聲音逐漸清亮圓潤起來。這是天氣晴暖的象徵。

〔三〕疏慵：疏懶困倦。白居易《閒夜詠懷因招周協律劉薛二秀才》詩：「世名檢束爲朝士，心性疏慵是野夫。」

【參考資料】

明·沈際飛《草堂詩餘新集》卷三：「清圓説鐘鼓，奇。」

清·陳世焜《雲韶集》卷一二：「閑雅不趨時俗。」

清·王昶《明詞綜》卷二引《古今詞話》：「《一叢花》咏初春云：『東風有信無人見，露微意、柳際花邊。』尤覺妥帖輕圓也。」

蝶戀花　密州冬夜文安國席上作①〔一〕

簾外東風交雨霰〔二〕。簾裏佳人，笑語如鶯燕。深惜今年正月暖。燈光酒色摇金琖。

摻鼓漁陽撾未徧〔三〕。舞褪瓊釵，汗濕香羅軟。今夜何人吟古怨。清詩未就冰生硯②。

【校勘】

① 此詞傳本存目缺詞。元本、朱本、龍本、曹本題作「微雪，有客善吹笛擊鼓者。方醉中，有人送苦寒詩求和，遂作此答之」。

② 「就」，元本、朱本、龍本、曹本作「了」。

【編年】

熙寧九年丙辰（一〇七六年）正月，作於密州。王文誥《蘇詩總案》卷一四：「熙寧九年丙辰，正月春夜文勛席上，作《蝶戀花》詞。」案：詞題原作「密州冬夜」，唯《總案》引作「春夜」，然據詞內「東風」、「今年正月」等語，作「春夜」近是。

【箋注】

〔一〕文安國：名勛，廬江人。明・陶宗儀《書史會要》卷六：「文勛，字安國，不知何許人，官至太府寺丞，善論難劇談。其篆畫方嚴勁正，未嘗妄作一筆。」蘇軾曾作《文勛篆贊》云：「世人篆字，隸體不除。如浙人語，終老帶吴。安國用筆，意在隸前。汲冢魯壁，周鼓秦山。」

〔二〕霰：雪珠，俗謂米雪。《詩・小雅・頍弁》：「如彼雨雪，先集維霰。」「交雨霰」謂雨霰交夾而下。

〔三〕摻鼓：擊鼓三遍。漁陽撾：即漁陽摻撾，或稱漁陽摻，鼓曲名。《後漢書》卷八〇下《禰衡傳》：「（曹操）聞衡善擊鼓，乃召爲鼓史，因大會賓客，閲試音節。諸史過者，皆令脱其故衣，更著岑牟單絞之服。次至衡，衡方爲漁陽參撾，蝶𨇾而前，容態有異，聲節悲壯，聽者莫不慷慨。」注引《文士傳》：「衡擊鼓作漁陽參搥，蹋地來前，躡馺足腳，容態不常，鼓聲甚悲，易衣畢，復擊鼓參搥而去。至今有漁陽摻搥，自衡始也。」唐・李賢案：「搥及撾並擊鼓杖也。參撾是擊鼓之法。」北周・庾信《夜聽擣衣》詩：「聲煩廣陵散，杵急漁陽摻。」

滿江紅　正月十三日送文安國還朝①

天豈無情，天也解、多情留客。春向暖、朝來底事〔一〕，尚飄輕雪。君過春來紆組綬②〔二〕，我應歸去耽泉石③〔三〕。恐異時、杯酒忽相思④，雲山隔。　浮世事，俱難必。人縱健，頭應白。何辭更一醉，此歡難覓。欲向佳人訴離恨⑤〔四〕，淚珠先已凝雙睫⑥。但莫遣⑦〔五〕、新燕卻來時，音書絕。

【校勘】

①傅本無「三」字。傅本、元本、朱本、龍本、曹本「日」下有「雪中」二字。「文」原作「姜」，據傅本、元本、朱本、龍本、《全宋詞》、曹本改。二妙集無「安」字。

②「過春」，元本、朱本、龍本、曹本作「遇時」。

③「歸」、「耽」，原缺，據明刊全集、二妙集、毛本、《全宋詞》補。傅本、元本、朱本、龍本、曹本作「老」、「尋」。

④「忽」，元本、朱本、龍本、曹本作「復」。

⑤「欲」，傅本、元本、朱本、龍本、曹本作「不用」。

⑥「先」，傅本作「光」。

⑦「遺」，毛本作「追」。

【編年】

熙寧九年丙辰（一〇七六年）正月，作於密州。朱孝臧《東坡樂府》卷一：「案《詩集》丙辰有《立春日病中邀安國仍請率禹功同來詩二首》，詞疑作於是時。」案，文勛於熙寧八年十一月以事至密州，九年正月還朝，詳見孔《譜》。此爲送行之作也。

【箋注】

〔一〕「朝來底事」二句：寫天「留客」。現在天「飄輕雪」，客人不能成行，好像天也在「多情留客」。底事：何事。

〔二〕紆：結，繫。組綬：古代官員佩玉爲飾，繫玉之絲帶稱組綬。《禮記正義》卷三〇《玉藻》：「天子佩白玉而玄組綬，公侯佩山玄玉而朱組綬，大夫佩水蒼玉而純組綬。」後世官印紐上繫的絲帶亦稱組綬。此指文安國赴朝升官。

〔三〕泉石：原指自然環境幽美的山野間，此指隱居之處。《梁書》卷三〇《徐摛傳》：「摛年老，又愛泉石，意在一郡，以自怡養。」唐·戴叔倫《將巡郴永途中作》：「空將舊泉石，長與夢相親。」

〔四〕佳人：代文安國。

〔五〕「但莫遣」三句：古代傳説燕能傳書，故希望春天新燕來時捎書信來。《藝文類聚》卷九九引《田俅子》云：「少昊之時，赤燕一羽而飛集少昊氏之户，遺其丹書。」王仁裕《開元天寶遺事》卷下《傳書燕》條載：「郭紹蘭，巨商任宗妻也。任宗賈於湘中，數年不歸。紹蘭作詩一首，繫於燕足，燕遂飛鳴而去。任宗時在荆州，燕忽泊其肩上，見足繫書，解視之，乃妻所寄也。感泣而歸。」

【參考資料】

近人鄭文焯《大鶴山人詞話》：「如此詞用韵，豈得以詩韵中通轉部例之。若使戈順卿輩審定，又將横馳臆斷，如改白石《摸魚兒》詞韵之謬解，不亦滋後學大惑乎？」

殢人嬌　戲邦直〔一〕

别駕來時〔二〕，鐙火熒煌無數①。向青瑣、隙中偷覷〔三〕。元來便是，共彩鸞仙侣〔四〕。方見了、管須低聲説與。　百子流蘇〔五〕，千枝寶炬〔六〕。人間有、洞房煙霧②〔七〕。春來何事，故抛人别處。坐望斷〔八〕、樓中遠山歸路。

【校勘】

①「熒煌」二字原缺，據元本、朱本、龍本、《全宋詞》、曹本補。此句毛本作「滿城鐙火無數」。

②「霧」，原作「露」，據諸本改。

【編年】

熙寧九年丙辰（一〇七六年）春，作於密州。朱孝臧《東坡樂府》卷一：「案《詩集》，丙辰春，有《和（當作答）邦直詩》，施注：邦直名清臣，魏人。居高密時，以京東提刑按部至密也。又《次韻李邦直感舊詩》注：感舊詩有『入夢』、『還鄉』之戲。東坡又爲長短句云：『誰教幽夢裏，插他花』，亦此意也。」朱編熙寧九年丙辰春，從朱本。

【箋注】

〔一〕邦直：李清臣，字邦直，魏（今河南安陽）人。韓琦姪婿。生於明道元年（一〇三二年）。皇祐五年（一〇五三年）舉進士，熙寧三年（一〇七〇年），爲祕書郎。召試，授集賢校理。歷官知制誥、翰林學士，授朝奉大夫，遷尚書左丞。罷爲資政殿學士，復拜中書侍郎，以資政殿大學士知河南府。徽宗立，入爲門下侍郎，出知大名府。崇寧元年（一一〇二年）卒，年七十一。邦直善詞藻，爲文簡重宏放，自成一家。歐陽修壯其文，以比蘇軾。然志於利祿，謀國無公心。一意欲取宰相，故操持悖謬，亦未如願。東坡晚年貶瘴海，僅得生還，推源禍本實自邦直發之。《宋史》卷三二八有傳。

〔二〕別駕：官名，指李清臣。漢置別駕從事史，爲刺史之佐吏，刺史巡視轄境時，別乘驛車隨行，故名。魏晉以後均承漢制，諸州置別駕，總理事務，職權甚重，當時論者稱居刺史之半。隋唐改爲長史，唐代中期以後諸州仍以別駕、長史並置，但職任已輕。宋于諸州置通判，近似別駕之職，後世因沿稱通判爲別駕，與漢別駕有異。漢代之「州」，相當於宋之「路」，李清臣時任京東路提刑，類於漢代從事史，故蘇軾稱之爲「別駕」。

〔三〕「向青瑣」句：青瑣，鏤刻成連環文飾以青色之窗户。劉義慶《世説新語》下卷下《惑溺》：「韓壽美姿容，賈充辟以爲掾。充每聚會，賈女於青瑣中看見壽，説之，恒懷存想，發於吟詠。」

〔四〕彩鸞：仙女名。傅注引《傳奇集》：「大和末，有書生文簫遊鍾陵，因中秋許仙君上昇日，吴蜀楚越士女駢集，生亦往焉。忽遇一姝，風韻出塵，吟詩曰：『若能相伴陟仙壇，應得文簫駕綵鸞。自有繡襦並甲帳，瓊臺不怕雪霜寒。』生曰：『吾姓名其兆乎？此必神仙之儔侣也。』夜四鼓，姝與三四輩，獨秉燭登山。生潛躡其後。姝覺，回首曰：『豈非文簫邪？』至絶頂，乃知其爲女仙矣。綵鸞與生有夙契，遂同歸鍾陵，僅十載，後至會昌間，遂入越王山，各乘一虎，登仙而去。」此借文簫與彩鸞故事，戲賀李邦直新婚。

〔五〕百子：百子帳。宋·程大昌《演繁露》卷一三「百子帳」：「唐人昏禮多用百子帳。」流蘇：古時以五彩羽或絲線製成的穗狀垂飾。漢·班固《武帝故事》有「帷幕垂流蘇」，蓋昔人以流蘇繫帳之四隅爲飾耳。此謂百子帳之流蘇。

〔六〕寶炬：即寶鐙。梁·江淹《鐙賦》：「雙盌百枝，豔帳充庭。」唐·李賀《河陽歌》：「觥船飫口紅，寶炬千枝爛。」

〔七〕洞房煙霧：杜甫《鄭附馬宅宴洞中》詩：「主家陰洞細烟霧，留客夏簟清琅玕。」以上三句寫李邦直新婚生活奢華。

〔八〕坐：猶徒也，空也。謝脁《和王主簿季哲怨情詩》：「徒使春帶賒，坐惜紅顔變。」江淹《遷陽亭》：「桂枝空命折，煙氣坐自驚。」望斷：望盡。李商隱《曲江》詩：「望斷平時翠輦過，空聞子夜鬼悲歌。」

望江南　超然臺作①〔一〕

春未老，風細柳斜斜。試上超然臺上看，半壕春水一城花〔二〕。煙雨暗千家。　寒食後〔三〕，酒醒卻咨嗟。休對故人思故國〔四〕，且將新火試新茶〔五〕。詩酒趁年華。

【校勘】

① 題原作「暮春」，據傅本、元本、朱本、龍本、曹本改。毛本無題。

【編年】

熙寧九年丙辰（一〇七六年）春，作於密州。傅藻《東坡紀年録》：「熙寧八年乙卯，於超然臺上作《望江南》。」案：蘇軾于熙寧七年十一月至密州，據其《超然臺記》，「處之期年」即八年底，對園北舊臺「稍葺而新之」，並由蘇轍命名爲「超然臺」。此詞寫超然臺春景，當作於九年春，《紀年録》作八年誤。朱孝臧《東坡樂府》卷一：「後一首（春已老）疑同時作，以類附焉。」

【箋注】

〔一〕超然臺：在密州北城上。蘇軾《超然臺記》云：「余自錢塘移守膠西，……處之期年，而貌加豐，髮之白者，日以反黑。余既樂其風俗之淳，而其吏民亦安予之拙也。於是治其園圃，潔其庭宇，伐安丘、高密之木以修補破敗，爲苟完之計。而園之北，因城以爲臺者舊矣，稍葺而新之。時相與登覽，放意肆志焉。……臺高而安，深而明，夏涼而冬温。雨雪之朝，風月之夕，余未嘗不在，客未嘗不從。……方是時，余弟子由適在濟南，聞而賦之，且名其臺曰『超然』。以見余之無所往而不樂者，蓋遊於物之外也。」

〔二〕壕：城壕，即護城河。唐·許渾《故洛城》：「鴉噪暮雲歸古堞，雁迷寒雨下空壕。」

〔三〕寒食：節令名。在農曆清明前一或二日。梁·宗懍《荆楚歲時記》：「去冬節一百五日，即有疾風甚雨，謂之寒食，禁火三日，造餳大麥粥。」

〔四〕故國：指故鄉。杜甫《上白帝城二首》之一：「取醉他鄉客，相逢故國人。」

〔五〕新火：唐宋習俗，寒食節禁火三日，節後再舉火，謂之新火，又叫改火。杜甫《清明二首》之一：「朝來新火起新煙，湖色春光净客船。」蘇軾《徐使君分新火》：「臨皋亭中一危坐，三見清明改新火。」新茶：宋・胡仔《苕溪漁隱叢話・前集》卷四六引《學林新編》：「茶之佳品，造在社前；其次則火前，謂寒食前也；其下則雨前，謂谷雨前也。」此處新茶即指寒食前採製之火前茶。唐・齊己《詠茶十二韻》：「甘傳天下口，貴占火前名。」又《詠茶》：「高人愛惜藏巖裏，白甌封題寄火前。」

又 暮春①

春已老，春服幾時成〔一〕。曲水浪低蕉葉穩〔二〕，舞雩風軟紵羅輕②〔三〕。酣詠樂昇平③〔四〕。　微雨過，何處不催耕〔五〕。百舌無言桃李盡〔六〕，柘枝深處鵓鴣鳴④〔七〕。春色屬蕪菁〔八〕。

【校勘】

① 傅本、元本、朱本、龍本、曹本無題。

② 「紵」，毛本作「苧」。

③ 「詠」，傅本作「歌」。

④ 「枝」，傅本、元本、朱本、龍本、《全宋詞》、曹本作「林」。

【編年】

同前首。

【考辨】

《望江南》（春已老），《全明詞》收下片「微雨過」五句入商輅詞集，調名作《夢江南》，題作「春盡」。詞後註「《蘭皋明詞彙選》卷一」。《蘭皋明詞彙選》八卷，清胡胤瑗、李葵生、顧景芳於順治末編，爲斷代明詞總集，收明代及明清易代之際詞家二百十二人，初刻於康熙元年（一六六二），後來王昶《明詞綜》十二卷行世，此書乃漸漸湮没無聞。其作商輅詞，未詳所本。《古今詞匯二編》卷一、《歷代詩餘》卷一亦作商輅詞。案：此詞爲蘇軾作。現傳宋、元、明、清及當代諸本東坡詞均收，宋人傅幹還爲其作註。《歷代詩餘》卷二五亦作蘇軾詞。《蘭皋明詞彙選》作商輅詞，失考甚矣。《古今詞匯二編》、《歷代詩餘》卷一、《全明詞》，陳陳相因，謬誤延傳。

【箋注】

〔一〕春服：《論語·先進篇》：「莫春者，春服既成，冠者五六人，童子六七人，浴乎沂，風乎舞雩，詠而歸。」

〔二〕曲水：古代習俗，於農曆三月上旬巳日，在水濱宴樂，以祓除不祥，稱爲曲水。見《勸金船》（無情流水多情客）注〔三〕。又，梁·吴均《續齊諧記》：「晉武帝問尚書摯虞仲治（一作治）：

『三月三日曲水其意何旨？』答曰：『漢章帝時，平原徐肇以三月初生三女，至三日俱亡，一村以爲怪，乃相與至水濱盥洗，因以流濫觴，曲水之意蓋自此矣。』帝曰：『若所談，便非嘉事也。』尚書郎束晳進曰：『仲治小生，不足以知此。臣請説其始：昔周公成洛邑，因流水泛酒，故逸詩云：「羽觴隨流波。」又秦昭王三月上巳，置酒河曲，見金人自河而出，奉水心劍曰：「令君制有西夏。」及秦霸諸侯，乃因此處立爲曲水。二漢相緣，皆爲盛事。』帝曰：『善。』賜金五十斤，左遷仲治爲陽城令。」蕉葉：酒杯名，因形似蕉葉，故云。

〔三〕舞雩風軟：舞雩壇春風柔和。舞雩：古壇名，在曲阜東南，春秋時魯國曾在此祭天求雨。《水經注》卷二五《泗水》：沂水北對稷門，亦名高門，亦曰雩門。「門南隔水，有雩壇，壇高三丈，曾點所欲風舞處也。」（詳見注〔一〕）清·劉寶楠《論語正義》卷一四：「雩壇者，雩時爲壇設祭於此，有樂舞，故曰舞雩。」紵羅：紵，用苧麻織成的布；羅，質地稀薄的絲織品。此指用紵羅製作的春服。

〔四〕酣詠：盡情歡歌。唐·宋之問《寒食還陸渾别業》：「野老不知堯舜力，酣歌一曲太平人。」

〔五〕催耕：《周禮》載有酇長、里宰「趨其耕耨」之語，即每年春季，酇長、里宰要催促農夫從事農耕。（見《周禮注疏》卷一五《酇長》及《里宰》）杜甫《洗兵馬》：「田家望望惜雨乾，布穀處處催春耕。」

〔六〕百舌：又稱反舌、鶡鴠，似伯勞而小，全體黑色，嘴甚尖，色黄黑相雜，以其鳴聲反復如百鳥之音，故名。立春後鳴囀不已，夏至後即無聲。人或畜之，入冬即死。《禮記·月令》：「小暑至，螳螂生，鵙始鳴，反舌無聲。」注：「反舌，百舌鳥。」杜甫《百舌》：「百舌來何處，重重只報春。」

〔七〕鵓鴣：又名鵓鳩。吴·陸璣《毛詩草木鳥獸蟲魚疏》下「宛彼鳴鳩」：「鵓鳩，灰色，無繡項，陰則屏逐其匹，晴則呼之。語曰『天將雨，鳩逐婦』是也」因其將雨時鳴聲急，故俗亦呼爲水鵓鴣。杜甫《題省中院壁》：「落花遊絲白日静，鳴鳩乳燕青春深。」

〔八〕蕪菁：又名蔓菁。根塊肉質，可供蔬食。韓愈《感春三首》之二：「黄黄蕪菁花，桃李事已退。」

滿江紅　東武會流杯亭①〔一〕

東武城南，新堤固②、漣漪初溢③。隱隱遍④、長林高阜⑤，卧紅堆碧。枝上殘花吹盡也，與君更向江頭覓⑥。問向前、猶有幾多春，三之一。　官里事，何時畢。風雨外，無多日。相將泛曲水〔二〕，滿城争出。君不見、蘭亭修禊事〔三〕，當時座上皆豪逸。到如今、修竹滿山陰，空陳迹。

【校勘】

①元本、朱本、龍本、曹本題下有「上巳日作。城南有坡，土色如丹，其下有隄，壅邦淇水入城」等二十二字。

②「固」，傅本作「畔」；元本、朱本、龍本、曹本作「就」。

③「漣漪」，元本誤作「郟淇」；朱本、龍本、曹本作「邦淇」。

④此句元本、朱本、龍本、曹本作「微雨過」。

⑤「高」，元本、朱本、龍本、曹本作「翠」。

⑥「更」，傅本、元本、朱本、龍本、曹本作「試」。「頭」，傅本作「邊」。

【編年】

熙寧九年丙辰（一〇七六年）三月，作於密州。傅藻《東坡紀年録》：「熙寧九年丙辰，上巳日，流觴於南禪小亭作《滿江紅》。」

【考辨】

《全宋詞》末注：「案此首《類編草堂詩餘》卷三誤作晁補之詞。」案：明洪武本《增修箋注妙選群英草堂詩餘前集》卷上、陳鍾秀《精選名賢詞話草堂詩餘》卷上、周瑛《詞學筌蹄》卷七、楊慎批點本《草堂詩餘》卷四、錢允治《類選箋釋草堂詩餘》卷三、董其昌批評《新刻便讀草堂詩餘》卷三、卓人月《古今詞統》卷一二、陳廷焯《詞則·别調集》卷一、陳世焜（廷焯）《雲韶集》卷三亦作晁補之詞。楊慎本《草堂詩餘》有宋澤元校文，云：「《花庵詞選》載此詞，爲東坡作，與各本異，不知何據。」黄昇《花庵詞選》卷二、沈際飛評正《草堂詩餘正集》卷三、陳耀文《花草粹編》卷九、張綖《詩餘圖譜》卷二、潘游龍《精選古今詩餘醉》卷二、王奕清《歷代詩餘》卷五七並作蘇軾詞。沈際飛《草堂詩餘正集》有注：「誤刻晁。」今存諸本《東坡詞》皆載，而晁補之諸本《琴趣外編》均未收。一九五六年龍榆生整理出版《晁氏琴趣外編》並作《補遺》，此詞亦未收。《全宋詞》晁補之詞編入誤入存目詞類。作蘇軾詞是。

【箋注】

〔一〕東武：密州所在地諸城縣。見《減字木蘭花》（賢哉令尹）注〔一〕流杯亭：《蘇軾詩集》卷一四《别東武流杯》查注引《名勝志》：「諸城縣有柳林河，出石門山，流經縣西北，入於扶淇，密人爲上巳祓除之所。」亭當在此。

〔二〕曲水：見《勸金船》（無情流水多情客）注〔三〕。及《望江南》（春已老）注〔二〕。

〔三〕蘭亭修禊事：蘭亭在浙江省紹興縣西南二十七里蘭渚山上。東晉永和九年（三五三年）王羲之與孫綽、謝安等四十二人修禊於此，作《蘭亭集序》。餘見《勸金船》（無情流水多情客）注〔三〕及《望江南》（春已老）注〔二〕。

【參考資料】

宋·陳元靚《歲時廣記》卷一八引《古今詞話》：「東坡自禁城出守東武，適值霖潦經月，黄河決流，漂溺鉅野，及於彭城。東坡命力士持畚鍤，具薪芻，萬人紛紛，增塞城之敗壞者。至暮，水勢益洶。東坡登城野宿，愈加督責，人意乃定，城不没者一板。不然，則東武之人盡爲魚鼈矣。坡復用僧應言之策。鑿清泠口積水入於古廢河，又東北入於海。水既退，坡具利害，屢請於朝，築長堤十餘里以拒水勢，復建黄樓以厭之。堤成，水循故道，分流城中。上巳日，命從事樂成之。有一妓前曰：『自古上巳舊詞多矣，未有樂新堤而奏雅曲者，願得一闋歌公之前。』坡寫《滿江紅》曰：（詞略）。俾妓歌之，坐席歡甚。」

案：黄河於澶州曹村埽決口，蘇軾奮力防洪搶險，乃熙寧十年七、八月間知徐州時事。建黄樓以鎮水害，乃元豐元年七、八月間事。蘇轍《黄樓賦並序》、王宗稷《東坡先生年譜》、王文誥《蘇軾總案》等記載甚詳。楊湜記爲熙寧九年知密州時事，並引爲《滿江紅》（東武城南）一詞本事，均誤。現僅録以參考。

明·沈際飛《草堂詩餘正集評正》卷三：「單引一事，歎盡千秋。」

明·李廷機《新刻注釋草堂詩餘評林》卷三：「三分春色止留一分，非春暮而何？」

清·陳世焜《雲韶集》卷三：「風雅疏狂，聲流弦外，措詞饒有姿態，如靈和殿柳，三起三眠。」

臨江仙　熙寧九年四月一日，同成伯、公謹輩賞藏春館殘花，密州邵家園也①〔一〕

九十日春都過了〔二〕，貪忙何處追遊。三分春色一分愁〔三〕。雨翻榆莢陣〔四〕，風轉柳花毬〔五〕。　閬苑先生須自責〔六〕，蟠桃動是千秋〔七〕。不知人世苦厭求。東皇不拘束〔八〕，肯爲使君留②。

【校勘】

① 原無題，據傅本補。

② 傅本詞末附注云：「公在惠州，改前詞云：『我與使君皆白首，休誇年少風流。佳人斜倚合江樓。水光都眼浄，山色總眉愁。』」元本、朱本、龍本、曹本後闋從「惠州改作」而不收原作。案：此詞與惠州改作，詞旨意境全然不同，故分作二詞同時收録。

【編年】

熙寧九年丙辰（一〇七六年）四月，作於密州。案：兹據詞題繫年。

【箋注】

〔一〕成伯：即趙成伯，名庾。時任密州通判。蘇軾《密州通判廳題名記》記其人甚詳。見《減字木蘭花》（春光亭下）編年中摘引文字。公瑾：鄧姓，滁州人。元豐八年五月，司馬光拜門下侍郎。時蘇軾起知登州，途中聞司馬入相之命，公瑾也在坐中。蘇軾作《小飲公瑾舟中》詩（載《蘇軾詩集》卷二六）有「坐觀邸報談迂叟，閑説滁山憶醉翁」之句。公自注：「鄧，滁人也。是日坐中觀邸報云：『迂叟已押入門下省。』」迂叟即司馬光。藏春館：蓋密州邵家園中花圃也。

〔二〕「九十日春都過了」二句：蘇軾四月一日遊園，三春已過，無處追遊春色矣。

〔三〕「三分春色」句：傅注：「楊元素《本事曲集》：葉道卿《賀聖朝》詞：『三分春色，二分愁悶，一分風雨。』」

〔四〕雨翻榆莢陣：《初學記》卷三《春》引《氾勝之書》云：「三月榆莢雨，高地强土可種禾。」榆莢：即榆錢。詳見《雨中花慢》（今歲花時深院）注〔四〕。

〔五〕柳花毬：傅注：「柳絮風滚如毬。」

〔六〕「閬苑先生」句：傅注：「閬苑先生，東方朔也。漢武帝曰：先生起自責。」詳見《漢書》卷六五《東方朔傳》。

〔七〕「蟠桃」句：傅注：「《漢武帝故事》：西王母嘗以桃五枚啖帝，帝食之，留核着前。母曰：『用之何爲？』上曰：『欲種之。』母笑曰：『此桃三千年開花，三千年著子，非下土所種。』」案今本《漢武故事》與傅注引文有異。

〔八〕「東皇」二句：東皇，司春之神。杜甫《幽人》詩：「風帆倚翠蓋，暮把東皇衣。」杜詩寫幽人于翠蓋之下，手把仙衣，希望與司春之神永在一起。此襲用其意。二句謂倘司春之神不受約束限制，使春色常駐人間，爲使君而留，則今日遊園有花可賞矣。

水調歌頭

丙辰中秋，歡飲達旦，大醉。作此篇，兼懷子由

明月幾時有〔一〕？把酒問青天。不知天上宫闕，今夕是何年〔二〕。我欲乘風歸去〔三〕，又恐瓊樓玉宇①〔四〕，高處不勝寒〔五〕。起舞弄清影〔六〕，何似在人間。　轉朱閣〔七〕，低綺户，照無眠。不應有恨〔八〕，何事長向別時圓②！人有悲歡離合，月有陰晴圓缺，此事古難全。但願人長久，千里共嬋娟〔九〕。

【校勘】

①「又」，傅本、元本、朱本、龍本、曹本作「惟」。

②「長」，原作「偏」，據諸本改。

【編年】

熙寧九年丙辰（一〇七六年）中秋，作於密州。王宗稷《東坡先生年譜》：「熙寧九年丙辰，蜀人蘇某來守高密，是年中秋，歡飲達旦，作《水調歌頭》懷子由。」

【箋注】

〔一〕「明月」二句：屈原《天問》：「天何所沓？十二分焉？日月安屬？列星安陳？」李白《把酒問月》：「青天有月來幾時，我今停杯一問之。」作者師屈之意，用李之語，問天上明月何時生成。幾時：猶何時。

〔二〕「今夕」句：此句前人多用之。如韋瓘《周秦行紀》托名牛僧孺在漢文帝母薄太后廟賦詩：「共道人間惆悵事，不知今夕是何年。」吕巖《憶江南》：「不知今夕是何年，海水又桑田。」作者借用前人成語，問天宫今夕爲何年。

〔三〕乘風：《列子》卷上《黄帝》：列子乘風而歸，「竟不知風乘我邪，我乘風乎。」

〔四〕瓊樓玉宇：此指月宫。段成式《酉陽雜俎·前集》卷二：「翟天師名乾祐，峽中人。……曾於江岸與弟子數十玩月，或曰：『此中竟何有？』翟笑曰：『可隨我指觀。』弟子中兩人見月規半天，瓊樓金闕滿焉，數息間不復見。」

〔五〕不勝寒：寒冷難以忍受。傅注：「《明皇雜録》：八月十五夜，葉静能邀上游月宫，將行，請上衣裘而往。及至月宫，寒凛特異，上不能禁。静能出丹二粒，進上，服之乃止。」（今本《明皇雜録》無此條）

〔六〕「起舞」句：李白《月下獨酌》：「我歌月徘徊，我舞影零亂。」

〔七〕「轉朱閣」二句：「轉」、「低」皆指月光移動。綺户：雕飾華美的門窗。温庭筠《吴苑行》：「綺户雕楹長若此，韶光歲歲如歸來。」

〔八〕「不應」二句：司馬光《温公續詩話》：「李長吉歌『天若有情天亦老』，人以爲奇絶無對。曼卿對『月如無恨月長圓』，人以爲勍敵。」不應：猶云不曾、未嘗。晁補之《洞仙歌》詞：「不應誇絶豔，曾妬春華，因甚東君意不到？」

〔九〕共嬋娟：南朝·宋·謝莊《月賦》：「美人邁兮音塵闕，隔千里兮共明月。」孟郊《古怨別》：「別後唯所思，天涯共明月。」許渾《懷江南同志》：「唯應洞庭月，萬里共嬋娟。」

【參考資料】

宋·胡仔《苕溪漁隱叢話·前集》卷五九：「先君嘗云：柳詞『鰲山綵構蓬萊島』，當云『綵締』；坡詞『低綺户』，當云『窺綺户』。二字既改，其詞益佳。」（案：「鰲山綵構蓬萊島」，《全宋詞》作丁仙現《絳都春》中句。詞後注：「案此首誤入吴文英《夢窗詞集》，曹元忠又誤補入柳永《樂章集》。」録以備考。）

又《後集》卷三九：「中秋詞，自東坡《水調歌頭》一出，餘詞盡廢。」

宋·蔡絛《鐵圍山叢談》卷三：「歌者袁綯，乃天寶之李龜年也。宣和間，供奉九重，嘗爲吾言：東坡公昔與客游金山，適中秋夕，天宇四垂，一碧無際，加江流澒湧，俄月色如畫。遂共登金山山頂之妙高臺，命綯歌其《水調歌頭》曰：『明月幾時有，把酒問青天。』歌罷，坡爲起舞，而顧問曰：『此便是神仙矣。』吾謂文章人物，誠千載一時，後世安所得乎？」

宋·袁文《甕牖閒評》卷五：「蘇東坡在黄州有詞云：『我欲乘風歸去，又恐瓊樓玉宇，高處不勝寒。』惟高處曠闊，則易于生寒耳，故黄州城上築一堂，以高寒名之，其名極佳。今士大夫書問中往往多用『高寒』二字，雖云本之東坡，然既非高處，二字亦難兼也。」

宋·趙彦衛《雲麓漫鈔》卷四：「《水調歌頭》版行者末云：『但願人長久』，真蹟云：『但得人長久』。以此知前輩文章爲後人妄改亦多矣。」

宋·陳元靚《歲時廣記》卷三一引《復雅歌詞》：「是詞乃東坡居士以丙辰中秋歡飲達旦，大醉，作《水調歌頭》，兼懷子由。時丙辰熙寧九年也。元豐七年，都下傳唱此詞。神宗問内侍外面新行小詞，内侍録此進呈，讀至『又恐瓊樓玉宇，高處不勝寒』，上曰：『蘇軾終是愛君』，乃命量移汝州。」

宋·張炎《詞源》卷下：此詞「清空中有意趣，無筆力者未易到。」

元·李治《敬齋古今黈》卷八：「東坡《水調歌頭》：『我欲乘風歸去，只恐瓊樓玉宇，高處不勝寒。起舞弄清影，何似在人間。』一時詞手，多用此格。如魯直云：『我欲穿花尋路，直入白雲深處，浩氣展虹蜺。秪恐花深裏，紅露濕人衣。』蓋效坡語也。近世閑閑老人（趙秉文）亦云：

『我欲騎鯨歸去，只恐神仙官府，嫌我醉時真。笑拍群仙手，幾度夢中身。』」

元·顧瑛《制曲十六觀》：「曲以意爲主，要不蹈襲前人語。如東坡中秋《水調歌》云：『明月幾時有，把酒問青天。』夏夜《洞仙歌》云：『冰肌玉骨，自清涼無汗。』……皆全章精粹，所詠瞭然在目，且不留滯於物。作者必在心傳，傳以心會意，有誤入處，然須跳出窠臼外，時加新意，自成一家，若屋下架屋，則爲人之臣僕矣。制曲者，當作此觀。」

明·沈際飛《草堂詩餘正集》卷三：「謫仙再來。」又：「『高處不勝寒』，軻氏『一暴十寒』之『寒』也。神宗讀而歎曰：『蘇軾終是愛君』，可謂誤矣，僅移汝州，何哉？」又：「苕溪改丁詞『鰲山綵結蓬萊島』爲『綵締』，蘇詞『低綺户』爲『窺綺户』，似穩，然『窺』與『照』何異？」又：「謝無逸、寇平仲亦云『千里共月』，謝、寇興悲，坡老增忭。」

明·楊慎《草堂詩餘》卷四：「此等詞翩翩羽化而仙，豈是煙火人道得隻字。」又：「中秋詞古今絶唱。」

明·卓人月《古今詞統》卷一二：此詞「畫家大斧皴，書家擘窠體也」。

明·張綖《草堂詩餘後集别録》：「『我欲乘風歸去，……何事在人間』。蓋言居朝之憂悄，不如在外之瀟散也，與韓退之『天門九扇相當開，上界真人足官府，豈如散仙鞭笞鸞鳳終日相追陪』同意。舊聞神廟見之以爲愛君，固然，然尚未究其意之所在耳。换頭『轉朱閣，低綺户，照無眠』。胡苕溪欲改『低』字作『窺』字，且云此字既改，『其詞益佳』。愚謂此正未得坡翁語意耳。蓋三言用力處，全在末句『照』字上，謂此月色『轉朱閣，低綺户』，而『照』我『無眠』也。綺户深邃，非月之低不能照，正妙在『低』字，若改爲『窺』字，則與『照』同意，殊失本旨，略無意致矣。昔坡翁嘗論陶淵明『采菊東籬下，悠然見南山』，妙在『見』字，昭明改作『望』字，遂使一篇索然，謂其爲小兒强作解事。苕溪妄改坡字，得無似之乎？」

明·俞彦《爰園詞話》：「宋真宗召王岐公賞月，令宫嬪解金珠乞詩，帝王此等舉動，殊不俗。子瞻生平備歷危險，而神宗讀其『瓊樓玉宇，高處不勝寒』之句，曰『蘇軾終是愛君』，遭際亦略相當，俱能令千古豔羡。」又：「若子瞻『低綺』，『低』改『窺』則善矣。」

清·董毅《續詞選》卷一：「忠愛之言，惻然動人。神宗讀『瓊樓玉宇，高處不勝寒』之句，以爲『終是愛君』，宜矣。」

清·徐釚《詞苑叢談》卷四：「子瞻『與誰同坐，明月清風我』。『明月幾時有，把酒問青天』，快語也。」

清·劉體仁《七頌堂詞繹》：「詞有與古詩同義者，……『瓊樓玉宇』，《天問》之遺也。」

清·沈雄《柳塘詞話》：「《水調歌頭》，間有藏韻者。東坡明月詞『我欲乘風歸去，惟恐瓊樓玉宇』，後段『人有悲歡離合，月有陰晴圓缺』，謂之偶然暗合則可，若以多者證之，則問之箋體家，未曾立法于嚴也。」（又見《古今詞話・詞品》卷上。）

又・《古今詞話・詞辨》卷下：「東坡中秋詞，前段第三句作六字句，後段『不應有恨，何事長向別時圓』，又似四字七字句，《詞品》所謂語意參差也。稼軒席上作『何人爲我楚舞，聽我楚歌聲』與『人間萬事，毫髮常重泰山輕』類是，餘俱整肅。能使神宗讀至『惟恐瓊樓玉宇，高處不勝寒』，歎曰：『蘇軾終是愛君也。』但前後六字句，『我欲乘風歸去』二句，『人有悲歡離合』二句，似有暗韻相叶，餘人失之。然每閱張于湖《觀雨》，辛稼軒《觀雪》，楊止濟《登樓》，無名氏《望月》，固不如東坡之作，陳西麓所以品其爲萬古一清風也。」

清・江順詒《詞學集成》卷七：「如冠九（山）都轉心庵詞序云：『明月幾時有』，詞而仙者也。『吹皺一池春水』，詞而禪者也。仙不易學，而禪可學。」

清・李佳《左庵詞話》卷下：「東坡《水調歌頭》：『明月幾時有，……高處不勝寒。』此老不特興會高騫，直覺有仙氣縹緲于毫端。」

清・黄蓼園《蓼園詞選》：「按通首只是詠月耳。前闋，是見月思君，言天上宫闕，高不勝寒，但仿佛神魂歸去，幾不知身在人間也。次闋，言月何不照人歡洽，何似有恨偏于人離索之時而圓乎？復又自解，人有離合，月有圓缺，皆是常事，惟望長久，共嬋娟耳。纏綿惋惻之思，愈轉愈曲，愈曲愈深。忠愛之思，令人玩味不盡。」

清・先著《詞潔》卷三：「凡興象高，即不爲字面礙。此詞前半自是天仙化人之筆。惟後半『悲歡離合』、『陰晴圓缺』等字，苛求者未免指此爲累。然再三讀去，摶捖運動，何損其佳？少陵《咏懷古跡》詩云：『支離東北風塵際，漂泊西南天地間。』未嘗以『風塵』、『天地』、『西南』、『東北』等字窒塞，有傷是詩之妙。詩家最上一乘，固有以神行者矣，於詞何獨不然。」又：「題爲《中秋對月懷子由》，宜其懷抱俯仰，浩落如是。録坡公詞，若並汰此作，是無眉目矣。」

清・劉熙載《藝概》卷四：「詞以不犯本位爲高。東坡《滿庭芳》：『老去君恩未報，空回首彈鋏悲歌。』語誠慷慨，然不若《水調歌頭》：『我欲乘風歸去，又恐瓊樓玉宇，高處不勝寒。』尤覺空靈藴藉。」

清・陳世焜（廷焯）《雲韶集》卷二：「落筆高超，飄飄有凌雲之氣。謫仙而後，定以髯蘇爲巨擘矣。」

又：「筆致疏散。」

又《詞則四種・大雅集》卷一：「純以神行，不落騷雅窠臼，太白之詩，東坡之詞，皆是異様出色。」

又：「結得忠厚。」

清·張德瀛《詞徵》卷一：「蘇子瞻《水調歌頭》前闋云：『我欲乘風歸去，又恐瓊樓玉宇。』後闋云『月有陰晴圓缺，人有悲歡離合』。（案，二句誤倒）宇、去、缺、合均叶短韻，人皆以爲偶合。然檢韓無咎詞賦此調云：『放目蒼崖萬仞，雲護曉霜城陣。』仞、陣是韻。後闋云：『落日平原西望，鼓角秋深悲壯。』望、壯是韻。蔡伯堅詞賦此調云：『燈火春城咫尺，曉夢梅花消息。』尺、息是韻。後闋云：『翠竹江村月上，但要綸巾鶴氅。』上、氅是韻。乃知《水調歌頭》實有此一體也。」

近人王國維《人間詞話》：「東坡之《水調歌頭》，則佇興之作，格高千古，不能以常調論也。」

近人王闓運《湘綺樓詞選》前編：「通篇妥貼，亦恰到好處。」又：「（「人有」三句）大開大合之筆，亦他人所不能。才子！才子！勝詩文字多矣。」

近人鄭文焯《手批東坡樂府》：「發端從太白仙心脱化，頓成奇逸之筆。湘綺頌此詞，以爲此『全』字韻可當三語掾（即「人有」三句），自來未經人道。」（龍榆生《東坡樂府箋》卷一引）

河滿子　密州作，寄益守馮當世①〔一〕

見説岷峨悽愴〔二〕，旋聞江漢澄清〔三〕。但覺秋來歸夢好，西南自有長城〔四〕。東府三人最少〔五〕，西山八國初平〔六〕。　莫負花溪縱賞〔七〕，何妨藥市微行〔八〕。試問當壚人在否〔九〕，空教是處聞名。唱著子淵新曲〔一〇〕，應須分外含情。

【校勘】

① 題原作「湖州作」。傅本題作「湖州作，寄益守馮當世」。元本、朱本、龍本、曹本題作「湖州寄南守馮當世」。案：馮京（當世）確曾知成都府，時在熙寧九年四月至十月之間。此時作者任密州知府，不在湖州，故「湖」當爲「密」之訛。今從傅本改題，並改「湖」爲「密」。

【編年】

熙寧九年丙辰（一〇七六年）秋，作於密州。案此詞朱本編熙寧七年甲寅（一〇七四年），云：「案《宋史》：熙寧六年，復熙、河、洮、岷、疊、宕等州。七年，平瀘夷。木征寇岷州，王韶敗降之。詞云：『西山八國初平』，當作於甲寅。」考此詞爲寄成都知府馮當世而作，據《續資治通鑑長編》《宋史·宰輔表》《續資治通鑑》等載，熙寧八年正月，馮京（字當世）自右諫議大夫參知政事，以守本官知亳州。熙寧九年四月，自渭州移知成都府，本年十月，遷樞密院。由此可知，馮京知成都府應在熙寧九年四月至十月之間，且與茂州夷人叛亂有關。司馬光《涑水記聞》卷一四亦云，熙寧九年，茂州夷亂，成都路鈐轄蔡延慶區處失宜，徙知渭州，而以馮京代之。則此詞當作於熙寧九年。朱本所言王韶平定木征之熙、河、洮、岷，踏白城等地，均屬秦鳳路，地近蘭州，與本詞所寫情事不合，不足信。

【箋注】

〔一〕益：益州，即今成都市。《宋史》卷八九《地理·成都府路》：「成都府，次府，本益州，蜀郡，劍南西川節度。太平興國六年，降爲州。端拱元年，復爲劍南西川成都府。淳化五年，降爲益州，罷節度。」馮當世：《宋史》卷三一七《馮京傳》：馮京字當世，鄂州江夏人。少儁邁不群，舉進士，自鄉舉、禮部以至廷試，皆第一。神宗立，復爲翰林學士，改御史中丞，擢樞密副使，進參知政事。未幾，以資政殿學士知渭州。茂州夷叛，徙知成都府，蕃部何丹方寇鷄宗關，聞京兵至，請降。議者遂欲蕩其巢窟，京請于朝，爲禁侵掠，給稼器，餉糧食，使之歸。夷人喜，争出犬豕割血受盟，願世世爲漢藩。紹聖元年（一〇九四年）薨，年七十四，謚曰文簡。

〔二〕岷峨：「岷」指岷山，在成都之西，即今青城山；「峨」指峨山，在成都西南，即今峨嵋山。杜甫《劍門》：「珠玉走中原，岷峨氣悽愴。」仇兆鰲注：「民苦須索，故愁怨結而山含悽愴。」此言因有木征等作亂，故云「悽愴」。

〔三〕江漢：「江」指長江；「漢」指漢水。此句以江漢澄清，喻益州一帶平亂後治平而民安。

〔四〕長城：喻精兵强將，或堅實雄厚的軍事力量。《宋書》卷四三《檀道濟傳》：道濟平寇守邊，戰功居多，名威甚重。朝廷疑畏之，又爲彭城王所忌，召入朝，殺之。臨刑道濟脱幘投地曰：「乃復壞汝萬里之長城。」《新唐書》卷九三《李勣傳》：李勣「治并州十六年，以威肅聞。帝嘗曰：『煬帝不擇人守邊，勞中國築長城以備虜。今我用勣守并，突厥不敢南，賢長城遠矣！』」此喻馮京。

〔五〕「東府」句：「東府」，宋代以中書門下（政事堂）掌管政務，稱東府；以樞密院專掌軍政，爲西府，合稱二府，爲最高國務機關。《宋史・宰輔表二》載，熙寧三年除參知政事入東府者三人：一、「四月己卯（十九日），韓絳（一〇一二—一〇八八）自樞密副使除參知政事」。二、「九月辛丑（十四日），馮京（一〇二一—一〇九〇）自樞密副使除參知政事」。三、「十二月丁卯（十一日），王珪（一〇一九—一〇八五）自翰林學士承旨、端明殿學士、翰林侍讀學士、禮部侍郎仍守本官，除參知政事」。韓絳時年五十九歲，馮京時年五十歲，王珪時年五十二歲，以馮京最少，「東府三人最少」，當指此。

〔六〕西山八國：《新唐書》卷一五八《韋皋傳》：韋皋字城武，京兆萬年人。貞元初，代張延賞爲劍南西川節度使，蠻部震服。「於是西山羌女、訶陵、南水、白狗、逋租、弱水、清遠、咄霸八國酋長，皆因皋請入朝」。「乃詔皋統押近界諸蠻、西山八國、雲南安撫使」。此以韋皋比馮京。

〔七〕花溪縱賞：在浣花溪游覽觀賞。傅注：「西蜀遊賞始正月上元日，終四月十九日，而浣花溪爲最盛集。」

〔八〕藥市：《方輿勝覽》卷五一《成都府路・風俗》：「五月鬻香藥於觀街者號藥市。」傅注：「益州有藥市，期以七月，四遠皆集。其藥物品甚衆，凡三月而罷，好事者多市取之。」微行：官吏改裝换便服出行。

〔九〕當壚人：謂司馬相如與卓文君。《史記》卷一一七《司馬相如列傳》：司馬相如，字長卿，蜀郡成都人，素與臨邛令王吉相善，客舍都亭。曾與王吉飲富人卓王孫家，酒酣弄琴。卓氏女文君新寡，竊從户窺，心悦而好之，乃夜奔相如。相如乃與馳歸成都，家徒四壁。久之，相如與文君之臨邛，賣盡車騎，置一酒舍酤酒，令文君當壚，相如身著犢鼻褌，與保庸雜作，滌器於市。卓王孫恥之。昆弟諸公更謂王孫曰：「長卿故倦游，雖貧，其人材足依也，且又令客，獨奈何相辱如此！」王孫不得已，分與童僕財物，文君乃與相如歸成都，買田宅，爲富人。

〔一〇〕子淵：《漢書》卷六四下《王褒傳》：王褒字子淵，蜀人也。益州刺使王襄，欲宣風化於衆庶，聞褒有俊才，請與相見，使褒作《中和》《樂職》《宣布詩》，選好事者令依《鹿鳴》之聲習而歌之。久之，轉而上聞。宣帝徵褒，悦之，擢褒爲諫大夫，使侍太子。褒朝夕誦讀奇文及所自造作。太子喜褒所爲《甘泉》及《洞簫頌》，令後宮貴人左右皆頌讀之。

畫堂春　寄子由①

柳花飛處麥摇波。晚湖净鑑新磨〔一〕。小舟飛棹去如梭。齊唱采菱歌〔二〕。　平野水雲溶漾，小樓風日晴和。濟南何在暮雲多〔三〕。歸去奈愁何。

【校勘】

① 此詞吴本未收，傅本、明刊全集、二妙集、毛本亦不載，據元本、朱本、龍本、《全宋詞》、曹本補。

【編年】

熙寧九年丙辰（一〇七六年）十月，作於密州。朱孝臧《東坡樂府》卷一：「案《潁濱遺老傳》：張文定知淮陽，以學官見辟，從之三年。授齊州掌書記；復三年……考子由以癸丑九月，自陳至齊，迨丙辰九月，三年成資罷任，即以上書還京。詞必於是時寄之，故有『濟南』、『歸去』等語。前段則追述辛亥（熙寧四年）七八月同遊陳州柳湖事。」案，蘇轍罷齊州掌書記，還京，上書言事，在熙寧九年十月，參見《蘇詩總案》卷一四。詞即作於是時。蘇軾兄弟游陳州柳湖，蘇轍作有《柳湖感物》及《柳湖久無水悵然成詠》詩，見《欒城集》卷三。蘇軾作有《次韻子由柳湖感物》，見《蘇軾詩集》卷六。次年二月，柳湖春水生波，開元寺山茶復開。轍再游柳湖，作《宛丘二詠並叙》，見《欒城集》卷四。蘇軾有《和子由柳湖久涸忽有水，開元寺山茶舊無花，今歲盛開二首》，見《蘇軾詩集》卷七。可供參考。孔《譜》編此詞於熙寧七年三月，作於潤州。時蘇軾倅杭，往常、潤、蘇、秀等州賑濟饑民，抵潤州。得鄉書，賦《蝶戀花》；賦《畫堂春》寄弟轍。云：「首云『柳花飛處麥摇波』，乃春景；又云『濟南何在暮雲多』，時轍在濟南。」未見資料佐證，録存待考。

【箋注】

〔一〕「晚湖」句：以鏡喻湖。言陳州柳湖，清澈平净，如新磨之鏡。鑑，即鏡子。

〔二〕采菱歌：即采菱曲。樂府曲名。梁武帝制《江南弄》七曲，其五即《采菱曲》。南齊・王融《采菱曲》：「荆姬采菱曲，越女江南謳。」

〔三〕濟南：宋府名，屬京東路。《宋史》卷八五《地理志》：「濟南府，上，濟南郡，興德軍節度。本齊州。先屬京東路，咸平四年，廢臨濟縣。元豐七年，割屬京東東路。政和六年，升爲府。」時子由任齊州掌書記，在濟南。暮雲多：杜甫《春日懷李白》：「渭北春天樹，江東日暮雲。」以「暮雲」喻所懷。

江城子①

前瞻馬耳九仙山〔一〕。碧連天。晚雲閒。城上高臺、真箇是超然②〔二〕。莫使怱怱雲雨散，今夜裏，月嬋娟。小溪鷗鷺靜聯拳〔三〕。去翩翩。點輕煙。人事凄涼、回首便他年。莫忘使君歌笑處③〔四〕，垂柳下，矮槐前。

【校勘】

① 此詞傅本、元本不載。

② 「超」，原誤作「迢」，據諸本改。

③ 「忘」，原誤作「忌」，據諸本改。

【編年】

熙寧九年丙辰（一〇七六年）十月，作於密州。案：傅藻《東坡紀年録》：「熙寧九年丙辰，十二月移知徐州，東武道中作《江神子》。」王文誥《蘇詩總案》：「熙寧九年丙辰，十月，晚登超然臺望月作《江神子》詞。」據本詞「晚雲開」、「城上高臺」、「是超然」等語，當爲登超然臺之作，故從王案編十月。

【箋注】

〔一〕馬耳：山名，在今山東諸城市西南六十里。後魏·酈道元《水經注》卷二六「濰水」條：「馬耳山，山高百丈，上有二石並舉，望齊馬耳，故世取名焉。」蘇軾《超然臺記》：「南望馬耳、常山，出没隱見，若近若遠。」又《雪後書北臺壁二首》之一：「試掃北臺看馬耳，未隨埋没有雙尖。」九仙山：在諸城市南九十里。《蘇軾詩集》卷一四《次韻周邠寄雁蕩山圖二首》之一：「二華行看雄陜右，九仙今已壓京東。」作者自注：「九仙在東武，奇秀不減雁蕩也。」明嘉靖《青州府志》卷六：「（諸城）縣南八十里爲九仙山，山有九峰，高聳摩空，奇秀不減雁蕩山。西北有潭水與東海相通，久雨將晴，井中有聲如雷，旱則以石擊井，必雨。其他石峰十有一，盤石十有八，俱巍而麗。子瞻詩『九仙今已壓京東』是也。」

〔二〕超然：即超然臺，舊稱北臺。宋·張淏《雲谷雜記》卷三：「按北臺在密州之北，因城爲臺，馬耳與常山在其南。東坡爲守日，葺而新之，子由因請名之曰超然臺。」餘見《望江南》「春未老」注〔一〕。

〔三〕聯拳：群聚貌。杜甫《漫成一首》：「沙頭宿鷺聯拳静，船尾跳魚撥剌鳴。」

〔四〕使君：即太守。作者自指。

又

東武雪中送客①〔一〕

相逢不覺又初寒②。對尊前。惜流年。風緊離亭、冰結淚珠圓。雪意留君君且住③，從此去，少清歡。　轉頭山下轉頭看④〔二〕。路漫漫。玉花翻〔三〕。銀海光寬⑤〔四〕、何處是超然？知道故人相念否，攜翠袖〔五〕，倚朱闌。

【校勘】

①此詞傳本存目缺詞。題原作「冬景」，據元本、朱本、龍本、曹本改。

②「逢」，元本、朱本、龍本、曹本作「從」。

③「且」，元本、朱本、龍本、《全宋詞》、曹本作「不」。元本注：「不，一作且。」

④「下」，元本、朱本、龍本、曹本作「上」。

⑤「銀」，元本、朱本、龍本、曹本作「雲」。「光」，元本注：「一作天。」

【編年】

熙寧九年丙辰（一〇七六年）十二月，作於密州。傅藻《東坡紀年録》：「熙寧九年丙辰，十二月，東武雪中送章傳道，作《江神子》。」孔《譜》編熙寧九年正月十三日，繫於雪中送文勛（安國）還朝，賦《滿江紅》（天豈無情）之後。注文云：「《江城子》（調下原注：東武雪中送客），或亦爲勛作。」然並無自信。案，詞首句云：「相逢不覺又初寒。」知與此客的「相逢」已有兩年。而章傳道爲密州州學教授，蘇軾自熙寧七年十二月至密與章「相逢」，至九年十二月章離去，恰正二年。文勛是熙寧八年十一月因事至密的，九年一月離密還朝，在密不足兩個月。可見所送之客，應是章傳道。

【箋注】

〔一〕送客：據《東坡紀年録》知所送之客爲章傳道。傳道，閩人，蘇軾有詩與其唱和，見《蘇軾詩集》卷一三《游盧山次韻章傳道》《次韻章傳道喜雨》等。蘇軾守密時，章任密州州學教授。見孔《譜》卷十三。

〔二〕轉頭山：明嘉靖《青州府志》卷六：「（諸城）縣南四十里爲轉頭山。」

〔三〕玉花：喻雪花。宋・蘇舜欽《小酌》：「寒雀喧喧滿竹枝，驚風淅瀝玉花飛。」

〔四〕銀海：《蘇軾詩集》卷一二《雪後書北臺壁二首》之二：「凍合玉樓寒起粟，光摇銀海眩生花。」王注厚曰：「《道經》以項肩骨爲玉樓，眼爲銀海。」此謂雪後目光寬廣。

〔五〕翠袖：杜甫《佳人》詩：「天寒翠袖薄，日暮倚修竹。」此以翠袖指代佳人。

陽關曲　答李公擇①〔一〕

濟南春好雪初晴。纔到龍山馬足輕②〔二〕。使君莫忘霅溪女〔三〕，還作陽關腸斷聲③〔四〕。

【校勘】

①此詞又見《詩集》卷一五，「曲」作「詞」。題原無「答」字，據《詩集》、龍本、曹本補。

②「纔」，《詩集》作「行」，合注：「一作纔。」

③「還」，《詩集》、毛本作「時」，合注：「一作還。」

【編年】

熙寧十年丁巳（一〇七七年）正月，作於濟南。案：此詞《詩集》編丁巳，朱本、龍本、曹本從之，但均未言明月日。施宿《東坡先生年譜》云：「熙寧十年丁巳，先生正月發濰州，過青、齊二州，李公擇爲齊守，留月餘始去。」據首句「濟南春好雪初晴」可知，此詞當爲丁巳正月同李公擇贈答之作。

【箋注】

〔一〕李公擇：即李常，黄庭堅之舅，南康建昌人。時知齊州。《宋史》卷三四四有傳。

〔二〕龍山：指龍山鎮，位於濟南東七十里。清《一統志》卷一六三《濟南府·古蹟》：巨里城，一名巨合城，在歷城縣東七十里，宋改爲龍山鎮。《元和郡縣圖志》卷一〇《河南道·齊州·全節縣》：「巨合城，在縣東南二十三里。耿弇討張步，守巨里，即此城也。」

〔三〕使君：指李常。霅溪：水名，亦稱霅川，在浙江吴興縣境。《太平寰宇記》卷九四：「霅溪在（烏程）縣東南一里，凡四水合爲一溪。自溪玉山曰苕溪，自銅峴山曰前溪，自天目山曰餘不溪，自德清縣前北流至州南興國寺前曰霅溪，東北流四十里，入太湖。……案《字書》云：霅者，四水激射之聲也。」亦爲吴興縣之别稱。《詩集》施注：「李公擇先知湖州，自湖移濟南，故東坡以霅溪女戲之。」

〔四〕陽關腸斷聲：李商隱《贈歌妓二首》之一：「紅綻櫻桃含白雪，斷腸聲裏唱陽關。」此言霅溪女不忘公擇，還在唱令人斷腸的《陽關曲》。

【參考資料】

清·王士禛《漁洋詩話》卷中：「東坡濟南詩云：『濟南春好雪初晴，……時作陽關腸斷聲。』亦《小秦王》調也。注蘇者誤以爲孟嘉落帽之龍山，不思彼在姑孰，與濟南何涉？注家之可笑如此。」

清·紀昀等《四庫全書總目提要》卷一九八《東坡詞》：「《陽關曲》三首，已載入詩集之中，乃餞李公擇絶句。其曰『以《小秦王》歌之』者，乃唐人歌詩之法，宋代失傳，惟《小秦王》調似絶句，故借其聲律以歌之，非别有词調謂之『陽關曲』也。使當時有『陽關曲』一調，則必自有本調之宫律，何必更借《小秦王》乎？」

近人鄭文焯《手批東坡樂府》：「是闋第三句第五字，以入聲爲協律，蓋昉於『勸君更盡一杯酒』也。」（龍榆生《東坡樂府箋》卷一引）

浣溪沙　有感①

傅粉郎君又粉奴〔一〕。莫教施粉與施朱〔二〕。自然冰玉照香酥〔三〕。　有客能爲神女賦〔四〕，憑君送與雪兒書〔五〕。夢魂東去覓桑榆〔六〕。

【校勘】

① 傅本、元本無題。

【編年】

熙寧十年丁巳（一〇七七年）二月，作於鄆州。案：此詞朱本、龍本、曹本俱未編年，從薛本。薛本略云：此詞有「有客能爲神女賦」句，非鮮于侁其人莫屬。《宋史》卷三四四《鮮于侁傳》：「鮮于侁，字子駿，閬州人。」舉進士，爲江陵右司理參軍，通判綿州，除利州路轉運判官，徙京東路轉運使。「侁刻意經術，著《詩傳》《易斷》，爲范鎮、孫甫推許。孫復與論《春秋》，謂今學者不能如之。

作詩平淡淵粹，猶長於楚辭。蘇軾讀《九誦》，謂近屈原、宋玉，自以爲不可及也。」《蘇軾文集》卷六六《書鮮于子駿楚辭後》云：「鮮于子駿作楚辭《九誦》以示軾，軾讀之，茫然而思，喟然而嘆曰：嗟乎！此輩之不作也久矣，雖欲作之，而聽者誰乎？……今子駿獨行吟生思，寤寐於千載之上，追古屈原、宋玉，友其人於冥冥，續微學之將墜，可謂至矣。」可以視爲「有客能爲神女賦」之注腳。此文後署作於「元豐元年四月九日」。那麼此詞作於何時呢？《蘇軾詩集》卷一六《和鮮于子駿〈鄆州新堂月夜〉二首》其一曰：「去歲遊新堂，春風雪消後。……佳人如桃李，胡蝶入彩袖。」此詩作於元豐元年五六月間，「去歲」自當爲熙寧十年丁巳。故王文誥於前二句下案曰：「上年二月，公自濟南至鄆州」，是以知此詞寫於公自密赴闕（案：應是赴河中府）經鄆州時。薛考，是。查蘇軾於熙寧九年九月由密州太守遷祠部員外郎移知河中府，年底離密，十年二月至鄆。他的摯友鮮于侁時任京東路轉運使，留蘇軾飲於新堂，出家妓侑酒，詞當作於此時。詞中「傅粉郎君」、「能爲神女賦」之「客」指鮮于侁；「粉奴」、「雪兒」指侑酒之家妓即詩言「佳人如桃李」者。「夢魂東去覓桑榆」當是作者自謂，意爲希冀在京東之地（案：鄆州治須城縣，距東京五百二十里）能「覓」一「桑榆」之所（可供飽暖的職位），則可與好友鮮于侁常相過從矣。

【箋注】

〔一〕傅粉郎君：《三國志》卷九《魏書·曹爽傳》注引《魏略》：「（何）晏性自喜，動静粉白不去手，行步顧影。」唐·宋璟《梅花賦》：「儼如傅粉，是謂何郎。」案，此指鮮于侁。粉奴：指鮮于侁所出侑酒家奴。

〔二〕施粉與施朱：宋玉《登徒子好色賦》：「著粉則太白，施朱則太赤。」

〔三〕冰玉：孟昶《木蘭花》詞：「冰肌玉骨清無汗，水殿風來暗香滿。」此指瑩潔如冰玉的肌膚。

〔四〕神女賦：戰國楚·宋玉作《神女賦》。賦見《文選》卷一九。

〔五〕雪兒：隋末李密的愛妾。《唐詩紀事》卷七一《韓定辭》：「定辭爲鎮州王鎔書記，聘燕帥劉仁恭，舍於賓館，命幕客馬彧延接。馬有詩贈韓云……韓於座酬之曰：『崇霞臺上神仙客，學辨癡龍藝最多。盛德好將銀筆述，麗詞堪與雪兒歌。』座賓靡不欽訝，然亦疑銀筆之僻也。他日，彧持燕帥之命，答聘常山，亦命定辭接於公館，或從容問韓以雪兒、銀筆之事，韓曰：『……雪兒者，李密之愛姬，能歌舞，每見賓寮文章有奇麗入意者，即付雪兒叶音律以歌之。』」此借指鮮于侁之家妓。

〔六〕桑榆：王定保《唐摭言》卷一五《閩中進士》載：薛令之，閩中長溪人，神龍二年及第，累遷左庶子。時開元東宮官僚清淡，令之以詩自悼，復紀於公署曰：……唐玄宗因幸東宮覽之，索筆判之曰：「啄木觜距長，鳳皇羽毛短。若嫌松桂寒，任逐桑榆暖。」令之因此謝病東歸。詔以長溪歲賦資之，令之計月而受。「桑榆」在此喻清閑而又可得飽暖的職位。

殢人嬌　王都尉席上贈侍人①〔一〕

滿院桃花〔二〕，盡是劉郎未見〔三〕。於中更、一枝纖軟〔四〕。仙家日月，笑人間春晚。濃睡起、驚飛亂紅千片〔五〕。　密意難窺②，羞容易見③。平白地、爲伊腸斷〔六〕。問君終日，怎安排心眼。須信道、司空自來見慣〔七〕。

【校勘】

① 傅本、元本、朱本、龍本、曹本題首有「小」字。

② 「窺」，元本、朱本、龍本、《全宋詞》、曹本作「傳」。

③ 「見」，元本、朱本、龍本、《全宋詞》、曹本作「變」。

【編年】

熙寧十年丁巳（一〇七七年）三月，作於汴京郊外。傅藻《東坡紀年録》：「熙寧十年丁巳，三月一日，與王詵會四照亭，有倩奴者求曲，遂作《洞仙歌》《喜長春》與之。」王文誥《蘇詩總案》卷一五：「熙寧十年丁巳，三月二日寒食，與王詵作北城之游，飲於四照亭上，作《殢人嬌》詞。」又案：「檢本集無與倩奴《洞仙歌》《喜長春》詞，惟《殢人嬌》一首雖爲比體，究屬三春景狀，今姑以此補之，未見爲歧出也。」今依王案編丁巳，而以《洞仙歌》列於次焉。

【箋注】

〔一〕王都尉：指王詵。《蘇軾詩集》卷一八《作書寄王晉卿忽憶前年寒食北城之遊走筆爲此詩》施注：「王晉卿，名詵，太原人，徙開封。自少志趣不群，能詩善畫，以選尚魏國賢惠公主。……晉卿慕東坡，相與游從，爲晉卿作《寶繪堂記》。多蓄法書名畫，及自製丹青，每爲題詠。坡以詩對御史臺，謫黄州，晉卿自絳州團練使，坐追兩秩停廢。賢惠病，神宗復其官，以慰主意。未幾，薨，遂貶官安置均州。元豐七年春，徙潁。哲宗即位，許居京師。元祐初，自登州刺史，復文州團練使，駙馬都尉。……徽宗爲端王，相與情好最厚。既即位，自和州防禦使遷定州觀察使。」參見《宋史》卷二五五《王全斌傳》後附《王詵傳》。

〔二〕桃花：語義雙關，既指桃花，又喻王詵衆多美麗姬妾。

〔三〕劉郎：此以劉禹錫自比。劉禹錫《贈看花諸君子》詩：「玄都觀裏桃千樹，盡是劉郎去後栽。」因是「劉郎去後栽」，故云「劉郎未見」。詳見《南鄉子》（不到謝公臺）注〔六〕。

〔四〕一枝纖軟：既指衆桃花中纖細柔媚的一枝，也指王詵衆妾姬中特别美麗的一個。

〔五〕亂紅：宋·鄭僅《調笑令轉踏》：「潺潺流水武陵溪，洞裏春長日月遲。紅英滿地無人到，此度劉郎去路迷。」見《樂府雅詞》卷上。（案：傅本引作張舜民《調笑令》，疑誤。）「亂紅」指飛落的桃花。

〔六〕平白地：唐宋時俗語，無緣無故地。宋·程大昌《演繁露》卷一五：「李太白《越女詞》曰：『白地斷肝腸』，此東坡長短句所取以爲『平白地爲伊腸斷』。」

〔七〕司空見慣：唐·孟棨《本事詩·情感第一》：「劉尚書禹錫罷和州，爲主客郎中、集賢學士。李司空罷鎮在京，慕劉名，嘗邀至第中，厚設飲饌。酒酣，命妙妓歌以送之。劉於席上賦詩曰：『䯼鬌梳頭宮様粧，春風一曲杜韋娘。司空見慣渾閑事，斷盡江南刺史腸。』李因以妓贈之。」此以李司空比王詵，以劉禹錫自比。

【參考資料】

宋·朋九萬《烏臺詩案》：「熙寧十年二月到京，王詵送到茶果酒食等。三月初一日，王詵送到簡帖，來日約出城外四照亭中相見。次日軾與王詵相見，令姨嬸六七人出斟酒下食。數内有倩奴，問軾求曲子，軾遂作《洞仙歌》一首、《喜長春》一首與之。次日王詵送韓幹畫馬十二疋，共六軸，求軾跋尾。」

明·潘游龍《精選古今詩餘醉》卷一二：「後半一段，神姿舉動，反顯出唐詩高雅。」

洞仙歌　詠柳①

江南臘盡，早梅花開後。分付新春與垂柳〔一〕。細腰肢〔二〕、自有入格風流〔三〕，仍更是，骨體清英雅秀。永豐坊那畔〔四〕，盡日無人，惟見金絲弄晴晝②。斷腸是，飛絮時，綠葉成陰〔五〕，無箇事、一成消瘦。又莫是、東風逐君來，便吹散眉間〔六〕，一點春皺。

【校勘】

① 元本、朱本、龍本、曹本無題。

② 「惟」，傅本、元本、朱本、龍本、曹本作「誰」。

【編年】

同前首。

【考辨】

《全宋詞》末注：「案《古今圖書集成·草木典》卷二六六《柳》部誤以此首爲晏幾道作。」案：《古今圖書集成》有注：「一作蘇軾。」題作「柳」，「惟」不改作。吴訥《唐宋名賢百家詞》本、毛晉汲古閣本、彊村叢書本《小山詞》均未收。《全宋詞》晏幾道詞，此首僅列存目詞。現存諸本《東坡詞》均收之。作蘇詞是。

【箋注】

〔一〕分付：交付也。葉夢得《定風波》詞：「華髮蕭然吹素領，光景，何妨分付屬滄洲。」

〔二〕細腰肢：庾信《和人日晚景宴昆明池詩》：「上林柳腰細，新豐酒徑多。」杜甫《絶句漫興九首》

之九：「隔户楊柳弱嫋嫋，恰似十五女兒腰。」此以女子細腰比垂柳。

〔三〕入格風流：《南史》卷三一《張緒傳》：「緒吐納風流……劉悛之爲益州，獻蜀柳數株，枝條甚長，狀若絲縷。時舊宫芳林苑始成，武帝以植於太昌靈和殿前，常賞玩咨嗟，曰：『此楊柳風流可愛，似張緒當年時。』其見賞愛如此。」李商隱《贈柳》：「見説風流極，來當婀娜時。」入格：合格。

〔四〕「永豐坊」三句：「永豐坊」，地名，在洛陽。清・徐松《唐兩京城坊考》卷五《東京・外廓城》：長夏門之東第一街，從南第一曰仁和坊。次北正俗坊。次北永豐坊。孟棨《本事詩・事感第二》：「白尚書（居易）姬人樊素善歌，妓人小蠻善舞，嘗爲詩曰：『櫻桃樊素口，楊柳小蠻腰。』年既高邁，而小蠻方豐豔，因爲楊柳之詞以託意，曰：『一樹春風萬萬枝，嫩於金色軟於絲。永豐坊裏東南角，盡日無人屬阿誰。』及宣宗朝，國樂唱是詞，上問誰詞，永豐在何處，左右具以對之。遂因東使，命取永豐柳兩枝，植於禁中。」謂永豐柳正當東風婀娜之時。卻無人屬意，空自弄晴。

〔五〕緑葉成陰：出杜牧詩句。唐・高彦休（又署名參寥子）《闕史》卷上《杜舍人牧湖州》載：杜牧頗縱聲色，聞吴興郡有長眉纖腰，罷宛陵從事，專往觀焉。湖州使君爲張水戲，得州人縱觀。牧見里婦攜幼女，年鄰小稔，曰：「此奇色也。」遂與其母語曰：「余今西航，祈典此郡，汝待我十年，不來而後嫁。」厥後十四載，出刺湖州，女適人已三載，有子二人矣。因贈詩以導其志曰：「自是尋春去較遲，不須惆悵怨芳時。狂風落盡深紅色，緑葉（一作樹）成陰子滿枝。」（又見《太平廣記》卷二七三。《唐音統籤》卷五六二、《樊川外集》俱引《摭言》。《唐詩紀事》卷五六未注出處。）此言待知音者尋春，則緑葉成陰，芳時已過，青春早屬他人。

〔六〕「便吹散」二句：傅注引辛寅（當作夤）遜《柳》詩：「纔聞暖律先開眼，直待和風始展眉。」見《古今事文類聚後集》卷二三。「春皺」，謂眉間因春而皺，意即謂一點春愁。「吹散春皺」言心情暢快也。

【參考資料】

近人朱孝臧《東坡樂府》卷一：「毛本題（即《詠柳》）與紀年未合，然細繹詞意，與《殢人嬌》詞略同，非止賦物也。」案：朱説近是。此詞以柳比興而寫閨愁，似爲代妓詠懷。

滿庭芳　佳人①〔一〕

香靉雕盤〔二〕，寒生冰筯〔三〕，畫堂别是風光。主人情重，開宴出紅妝。膩玉圓搓素頸②〔四〕，藕絲嫩〔五〕、新織仙裳。雙歌罷③，虚檐轉月，餘韻尚悠颺〔六〕。　人間，何處有，司空見慣〔七〕，應謂尋常。坐中有狂客〔八〕，惱亂愁腸。報道金釵墜也〔九〕，十指露、春筍纖長。親曾見〔一〇〕，全勝宋玉〔一一〕，想像賦高唐。

【校勘】

①原無題，據二妙集、明刊全集、毛本補。

②「搓」，傳本作「瑳」。

③「雙歌」，元本作「歌聲」。

【編年】

熙寧十年丁巳（一〇七七年）春，作於東京。案：此詞題作「佳人」，據張宗橚《詞林紀事》卷五：「案《西園雅集圖跋》：此闋當在王都尉晉卿席上，爲囀春鶯作也。」王都尉晉卿名詵，尚英宗女蜀國公主，好文喜士，是蘇軾的好友。西園是他延東坡諸名士雅集之所。爲晉卿作《西園雅集圖》者凡二：一在熙寧十年丁巳春。雅集者有蘇軾、孫洙（巨源）等人。《苕溪漁隱叢話前集》卷四一引《王直方詩話》：「東坡與孫巨源同會於王晉卿花園中。……」在此次雅集席上，蘇軾賦此《滿庭芳》給晉卿歌姬囀春鶯。此次雅集所繪之《西園雅集圖》，劉克莊曾爲之作跋，載《後村先生大全文集》卷一〇四，跋曰：「本朝戚畹，惟李端愿、王晉卿二駙馬好文喜士。……此圖布置園林水石，人物姬女，小者僅如針芥，然比之龍眠墨本，居然有富貴態度，畫固不可以設色哉。二駙馬既賢，而坐客皆天下士。世傳孫巨源『三通鼓』、眉山公『金釵墜』之詞，想見一時風流藴藉，爲世道太平極盛之候。未幾而烏臺鞫詩案矣，賓主俱謫，而囀春鶯輩亦流落他人矣。」《跋》中所説孫巨源「三通鼓」，乃指孫洙在李端愿家花園雅集時所作的《菩薩蠻》，中有「城頭尚有三通鼓」之句。（事見曾紆《南遊記舊》及洪邁《夷堅甲志》卷四）所説眉山公「金釵墜」，即本詞中「報道金釵墜也」之語。另一，在元祐二年丁卯六月西園雅集。此次雅集有李公麟（字伯時，號龍眠）爲作《西園雅集圖》，《圖》中繪蘇軾等有姓名者十六人雅集西園之狀。米芾（元章）參與這次雅集並作《西園雅集圖記》（見《寶晉英光集》補遺），記述甚詳。丁卯《雅集圖》十六人中，因孫洙元豐二年去世，「囀春鶯輩」也因元豐二年烏臺詩案王詵被謫時「流落他人」，故均不在《圖》中。朱彊村不察，把劉《跋》的丁巳《雅集圖》混同於米《記》丁卯《雅集圖》，而將此詞編在元祐二年丁卯六月，誤。龍本、曹本、石唐本、薛本，相因朱本，皆誤。孔《譜》正之。今從孔《譜》，編熙寧十年。（明人董思白説劉克莊所跋之《西園雅集圖》亦李公麟作，見《式古堂書畫彙考》卷三一〇，未知確否。）

【箋注】

〔一〕張宗橚《詞林紀事》卷五謂「此闋當在王都尉晉卿席上，爲囀春鶯作也。」《蘇軾詩集》卷二七《和王晉卿并引》：「附馬都尉王詵晉卿，功臣全斌之後也。元豐二年，予得罪貶黄岡，而晉卿亦坐累遠謫，不相聞者七年。予既召用，晉卿亦還朝。」宋·鄧椿《畫繼》卷二：王晉卿，尚英宗女蜀國公主，雖在戚里，黜遠聲色，而從事於詩畫，作寶繪堂於私第之東，以蓄其所有，東坡爲作記。佳人：指囀春鶯。

〔二〕香靉：靉，烏代切，音ài，雲氣不明貌。唐・馬總《意林》卷一《晏子》：「星之昭昭，不如日月之靉靆。」此處指香霧。雕盤：蕭統《七契》：「瑤俎既已麗奇，雕盤復爲美玩。」

〔三〕冰筯：王仁裕《開元天寶遺事・冰筯》：「冬至日大雪，至午雪霽，有晴色，因寒，所結簷溜，皆爲冰條。妃子使侍兒敲下二條看玩。帝自晚朝視政迴，問妃子曰：『所玩何物耶？』妃子笑而答曰：『妾所玩者，冰筯也。』」

〔四〕「膩玉」句：曹植《洛神賦》：「延頸秀項，皓質呈露。」柳永《晝夜樂》（秀香家住桃花徑）：「層波細翦明眸，膩玉圓搓素頸。」

〔五〕「藕絲」句：李賀《天上謠》詩：「粉霞紅綬藕絲裙，青洲步拾蘭苕春。」

〔六〕「餘韻」句：《列子・湯問》：「昔韓娥東至齊，匱糧，過雍門，鬻歌假食。既去，而餘音繞梁欐，三日不絕。」以上幾句寫囀春鶯姿容、服飾、歌聲之美。

〔七〕司空見慣：見《殢人嬌》（滿院桃花）注〔五〕。

〔八〕狂客：杜甫《寄李十二白二十韻》：「昔年有狂客，號爾謫仙人。」此指宴席上有爲色藝雙絕的囀春鶯激動得發狂的客人。

〔九〕「報道金釵」二句：韓愈《酒中留上襄陽李相公》詩：「銀燭未消窗遂曙，金釵半墜座添春。」傳注：「張祜客淮南幕中，赴宴時，杜紫微爲支使，南座有屬意之處，索骰子賭酒，杜微吟曰：『骰子逡巡裹手拈，無因得見玉纖纖。』祐應曰：『但知報道金釵落，仿佛還因露指尖。』」

〔一〇〕親曾見：《孟子·萬章上》：「吾豈若於吾身親見之哉。」

〔一一〕「全勝宋玉」二句：傅注：「楚襄王夢與神女接，且以告宋玉，且言其神女之妙麗，宋玉因爲《高唐賦》云。」全勝：遠勝。全，甚辭，遠也。此言親見佳人囀春鶯之妙麗而作《滿庭芳》，遠勝於宋玉聽楚襄王之言，憑想像巫山神女之妙麗而賦《高唐》也。

【參考資料】

宋·費袞《梁溪漫志》卷九：「程子山敦厚舍人《跋東坡滿庭芳詞》云：余聞之蘇仲虎云，一日，有傳此詞以爲先生作，東坡笑曰：『吾文章肯以藻繪一香篆槃乎？』然觀其間如『畫堂別是風光』及『十指露』之語，誠非先生所云。子山之説，固人所共曉。」

明·沈際飛《草堂詩餘正集》卷三：「以名公綺語織成，風華酣至。」又：「竊疑通篇詞氣現成，『膩玉圓搓』一句獨入做作。及觀柳詞有此，玉林謂東坡用之，則蘇柳固不可相爲也。」

明·李攀龍《新刻題評名賢詞話草堂詩餘》卷四：「種種風流情緒，且以當時諸公綺語織成一篇詞曲，字字句句見之，真如佳人歌舞于目中。」

明·張綖《草堂詩餘後集別録》：「有點删。乘興率意之作，苦無思致，不録可也。」

浣溪沙①

縹緲紅妝照淺溪。薄雲疏雨不成泥。送君何處古臺西〔一〕。廢沼夜來秋水滿〔二〕，茂林深處晚鶯啼。行人腸斷草凄迷〔三〕。

【校勘】

① 此詞吴本未收，傅本、明刊全集、二妙集、毛本亦不載，據元本、朱本、龍本、《全宋詞》、曹本補。

【編年】

熙寧十年丁巳（一〇七七年）七月，作於徐州。傅藻《東坡紀年録》：「元豐元年戊午，公在徐州，送顔、梁作《浣溪沙》。」朱孝臧《東坡樂府》卷一：「案《紀年録》：戊午送顔梁作《浣溪沙》，集中無是題，疑即是詞。……顔梁謂顔復、梁吉。」案，《紀年録》編年有誤。若依朱説「顔」謂「顔復」，則此詞當作於熙寧十年七月。顔復字長道，《宋史》卷三四七有傳。顔復時任彭城令，熙寧十年七月離徐赴闕，軾有《送顔復兼寄王鞏》詩爲其送行（見《詩集》卷一五）；時子由亦在徐州，也有《送顔復赴闕》詩（見《欒城集》卷七）。若編元豐元年，則子由在南京簽判任所，遂無由爲顔復餞行矣。又，朱説「梁吉」當爲梁先，字吉老，時在徐州從蘇軾學，參見《詩集》卷二五《李憲仲哀詞並叙》之「誥案」。蘇軾有《與梁先、舒焕泛舟二首》記其遊，該詩施宿《年譜》並《蘇詩總案》編熙寧十年；

《紀年録》亦編元豐元年，誤。梁先何時離徐已無考，然依《紀年録》及朱本，梁先應與顔復同時離去。蘇軾有《代書答梁先》詩，《總案》編在熙寧十年，中云：「别來紅葉黄花秋」，可見秋季八、九月間蘇、梁已分别，故《紀年録》謂顔、梁同時離徐，大致可信。因知此詞應是熙寧十年七月顔、梁離徐時的送行之作。近聞日本某學者認爲此詞是送别梁燾的。梁燾字况之，鄆州須城人，《宋史》卷三四七有傳。熙寧十年從明州返鄉，途經徐州，七月離徐時，蘇軾、蘇轍、顔復三人送行，轍有《雨中陪子瞻同顔復長官送梁燾學士舟行歸汶上》（見《欒城集》卷七），轍詩與軾詞相比較，有諸多相似之處。如季節：都是秋天；轍詩題明「雨中」，軾詞云：「薄雲疏雨不成泥」；送别地點：轍詩説「西浦」，軾詞説「古臺西」，都説到「西」。因此認定此詞是蘇軾於熙寧十年七月在徐州送别梁燾時所作。此説雖可通，但不無猜測之嫌，録存備考。

【箋注】

〔一〕古臺：謂戲馬臺。《元和郡縣圖志》卷九《河南道·徐州》：「戲馬臺在（彭城）縣東南二里。項羽所造，戲馬於此。宋公九日登戲馬臺即此。」蘇軾《徐州上皇帝書》云：「徐州爲南北之襟要。……其城三面阻水，樓堞之下，以汴、泗爲池，獨其南可通車馬，而戲馬臺在焉。其高十仞，廣袤百步，若用武之世，屯千人其上，聚櫑木砲石，凡戰守之具，以與城相表裏，而積三年糧於城中，雖用十萬人，不易取也。」

〔二〕廢沼：荒蕪池塘。

〔三〕凄迷：景色凄涼。

陽關曲　中秋作①

暮雲收盡溢清寒〔一〕。銀漢無聲轉玉盤〔二〕。此生此夜不長好，明月明年何處看。

【校勘】

① 此詞又見《詩集》卷一五。題「作」作「月」。

【編年】

熙寧十年丁巳（一〇七七年）中秋作於徐州。案：傅藻《東坡紀年録》云：「元豐元年戊午，公在徐州，作《陽關詞》。」據此當編元豐元年。然作者《書彭城觀月詩》云：「余十八年前中秋夜，與子由觀月彭城，作此詩，以《陽關》歌之。今復此夜，宿於贛上，方遷嶺表，獨歌此曲，聊復書之，以識一時之事，殊未覺有今夕之悲，懸知有他日之喜也。」宋·朱弁《風月堂詩話》卷下引蘇軾此跋，並云「紹聖元年，自録此詩，仍題其後云」。考蘇軾南遷過贛，時在紹聖元年八月中秋，上逆十八年，正爲熙寧十年，時任徐州知州。若云元豐元年中秋，子由已在南京簽判任矣。今編丁巳。

【箋注】

〔一〕溢：滿得流出來。清寒：形容月色如水。

〔二〕銀漢：即銀河。鮑照《夜聽妓》：「夜來坐幾時，銀漢傾露落。」玉盤：指圓月。李白《古朗月行》：「小時不識月，呼作白玉盤。」

【參考資料】

宋·王直方《王直方詩話》：「東坡作彭門守時，過齊州李公擇，中秋席上作一絶云：（詞略。）其後山谷在黔南，令以《小秦王》歌之。」（《詩話總龜》前一一）

宋·王十朋《集注分類東坡先生詩》卷一八：「次公謂先生名之爲『陽關三絶』，則必用『西出陽關無故人』之聲歌之矣，王立之之説恐非也。蓋《贈張繼愿》言『戲馬臺』，則在徐州所贈也；《答李公擇》云『濟南春好雪初晴』，則自是春初之作，豈可便指爲過齊州作耶？意者三詩先生皆以《陽關》歌之，乃聚爲一處，標其題曰《陽關三絶》。」

近人鄭文焯《手批東坡樂府》：「『不』字律，妙句天成。」

今人龍榆生《東坡樂府箋》卷一：「詩集查注：慎案《詩話總龜》謂東坡作彭門守時過齊州李公擇，中秋席上作絶句：『暮雲收盡溢清寒』云云，此詩與前一首，似是同時作。以愚考之，先生過濟南在本年正月，有詩載卷首，四月赴徐州，未嘗在齊州過中秋也。」

水調歌頭

余去歲在東武①，作《水調歌頭》以寄子由。今年，子由相從彭城百餘日②〔一〕，過中秋而去，作此曲以別余③。以其語過悲，乃爲和之。其意以不早退爲戒，以退而相從之樂爲慰云耳④

安石在東海〔二〕，從事鬢驚秋。中年親友難別〔三〕，絲竹緩離愁。一旦功成名遂〔四〕，準擬東還海道，扶病入西州。雅志困軒冕⑤〔五〕，遺恨寄滄州〔六〕。歲云暮〔七〕，須早計，要褐裘。故鄉歸去千里，佳處輒遲留。我醉歌時君和，醉倒須君扶我，惟酒可忘憂〔八〕。一任劉玄德⑥〔九〕，相對卧高樓。

【校勘】

①題首原有「公舊序云」四字，據元本、毛本、朱本、龍本、曹本删去。

②「城」，傅本、元本、朱本、龍本、曹本、《全宋詞》並作「門」。

③「此」，原缺。據傅本、元本、朱本、龍本、《全宋詞》、曹本補。「此曲」詳見參考資料。

④「耳」，元本、朱本、龍本、曹本缺。

⑤「困」，明刊全集、二妙集作「因」。

⑥「玄」，原作「元」，據傅本、元本、毛本、二妙集、朱本、龍本、《全宋詞》、曹本改。

【編年】

熙寧十年丁巳（一〇七七年）八月，作於徐州。王宗稷《東坡先生年譜》：熙寧十年丁巳，「又有和子由《水調歌頭》詞。」傅藻《東坡紀年録》：「熙寧十年丁巳，子由過中秋而别，作《水調歌頭》。」

【箋注】

〔一〕彭城：《元和郡縣圖志》卷九《河南道·徐州》：「彭城縣，古大彭氏國也，漢爲彭城縣，屬楚國。後漢屬彭城國，宋屬彭城郡。隋文帝罷郡爲縣，屬徐州。」唐曰彭城郡，宋仍爲徐州，即今徐州市。百餘日：指該年四月至八月。

〔二〕「安石」二句：據《晉書》卷七九《謝安傳》：謝安字安石，少有重名。棲遲東土，放情丘壑。「安妻，劉惔妹也，既見家門富貴，而安獨静退，乃謂曰：『丈夫不如此也？』安掩鼻曰：『恐不免耳。』」及（安弟謝）萬黜廢，安始有仕進志，時年已四十餘矣。」從事：從政。

〔三〕「中年」二句：《晉書》卷八〇《王羲之傳》：「謝安嘗謂羲之曰：『中年以來，傷於哀樂，與親友别，輒作數日惡。』羲之曰：『年在桑榆，自然至此。頃正賴絲竹陶寫，恒恐兒輩覺，損其歡樂之趣。』」《晉書》卷七九《謝安傳》：謝安「性好音樂，自弟萬喪，十年不聽音樂。及登台輔，朞喪不廢樂。」絲竹：泛指音樂。緩：緩解，沖淡。

〔四〕「一旦」三句：《晉書》卷七九《謝安傳》：「安雖受朝寄，然東山之志始末不渝，每形於言色。

及鎮新城，盡室而行，造汎海之裝，欲須經略粗定，自江道還東。雅志未就，遂遇疾篤。上疏請量宜旋旆，……詔遣侍中慰勞，遂還都。聞當輿入西州門，自以本志不遂，深自慨失，因悵然謂所親曰：『昔桓温在時，吾常懼不全。忽夢乘温輿行十六里，見一白鷄而止。乘温輿者，代其位也。十六里，止今十六年矣，白鷄主酉，今太歲在酉，吾病殆不起乎。』」此以謝安自喻，言擬於功成名就之時即退隱。功成名遂：見《南鄉子》（東武望餘杭）注〔二〕。

〔五〕困軒冕：「困」，被困。「軒冕」，謂官位爵禄。《莊子·繕性》：「今之所謂得志者，軒冕之謂也。軒冕在身，非性命也，物之儻來寄也。」唐·張九齡《商洛山行懷古》：「避世辭軒冕，逢時解薜蘿。」

〔六〕滄州：猶言水濱，舊指隱者所居之地。南齊·謝朓《之宣城郡出新林浦向板橋》：「既懽懷禄情，復協滄州趣。」杜甫《奉贈盧五丈參謀琚》：「辜負滄州願，誰云晚見招。」

〔七〕「歲云暮」三句：《詩經·豳風·七月》：「無衣無褐，何以卒歲。」《楊子法言·寡見篇》：「大寒然後索衣裘，不亦晚乎。」褐裘：粗布袍子，指老百姓穿的衣服。

〔八〕「惟酒」句：《晉書》卷六八《顧榮傳》：顧榮恒縱酒酣暢，謂友人張翰曰：「惟酒可以忘憂，但無如作病何耳。」曹操《短歌行》：「何以解憂，惟有杜康。」

〔九〕「一任」二句：《三國志·魏書·陳登傳》載：陳登者，字元龍，在廣陵有威名。後許汜與劉備並在荆州牧劉表坐，表與備共論天下人，汜曰：「昔遭亂過下邳，見元龍。元龍無客主之意，久不相與語，自上大牀卧，使客卧下牀。」備曰：「君有國士之名。今天下大亂，帝主失所，望君憂國忘家，有救世之意。而君求田問舍，言無可采，是元龍所諱也，何緣當與君語？如小人，欲卧百尺樓上，卧君於地，何但上下牀之間邪？」此蘇軾以許汜自比，説自己無「憂國」「救世」之意，而有「求田問舍」之心，任憑像陳元龍、劉備那樣有雄心壯志的人瞧不起吧。

【參考資料】

宋·蘇轍《水調歌頭·徐州中秋作》：「離别一何久，七度過中秋。去年東武今夕，明月不勝愁。豈意彭門城下，同泛清河古汴，船上載《涼州》。鼓吹助清賞，鴻雁起汀洲。坐客中，翠羽帔，紫綺裘。素娥無賴西去，曾不爲人留。今夜清尊對客，明夜孤帆水驛，依舊照離憂。但恐同王粲，相對永登樓。」

案：此詞即詞敘所謂「此曲」也，本爲蘇轍作，因其附於東坡詞集中，後人遂誤作蘇軾詞。朱孝臧云：「此詞爲子由原作，元本、毛本題固甚明。王案於題首增與字，遂目爲東坡自作。不知公詞敘，固謂子由作此曲以别也。」清·沈辰垣等《歷代詩餘》卷五八亦誤作蘇軾詞。

又《欒城集》卷七《逍遥堂會宿二首並引》：「轍幼從子瞻讀書，未嘗一日相舍。既壯，將遊宦四方，讀韋蘇州詩，至『安知風雨夜，復此對牀眠』，惻然感之。乃相約早退，爲閑居之樂。故子瞻始爲鳳翔幕府，留詩爲别，曰『夜雨何時聽蕭瑟』。其後子瞻通守餘杭，復移守膠西，而轍滯留於淮陽、濟南不見者七年。熙寧十年二月，始復會於澶濮之間，相從來徐，留百餘日，時宿於逍遥堂。追感前約，爲二小詩記之。」案：此引於詞意足相映發，録以備考。

浣溪沙　贈閭丘朝議〔一〕，時過徐州①

一别姑蘇已四年〔二〕。秋風南浦送歸船〔三〕。畫簾重見水中仙〔四〕。　霜鬢不須催我老，杏花依舊駐君顏②〔五〕。夜闌相對夢魂間〔六〕。

【校勘】

① 傅本無題。「過」，元本、朱本、龍本、《全宋詞》、曹本作「還」。

② 「花」，傅本、元本、朱本、龍本、曹本作「丹」。元本注：「一作花。」

【編年】

熙寧十年丁巳（一〇七七年）八月，作於徐州。王文誥《蘇詩總案》卷一五：「熙寧十年丁巳八月，閭丘公顯過彭城，作《浣溪沙》詞。」案此詞傅藻《東坡紀年録》編熙寧七年甲寅（一〇七四年），云：「再過蘇，贈閭丘公顯作。」據此當爲甲寅九月赴密州任，途經蘇州作。然而此説與詞題及首二句意境不符。首句「一别姑蘇已四年」，蘇軾熙寧七年九月自杭赴密時，過蘇州，曾訪閭丘。至熙寧十年，恰好四年（即熙寧七年亦算一年）。孔《譜》編元豐元年，是對「四年」的計數方法有别也。今從《總案》。

【箋注】

〔一〕閭丘朝議：即閭丘孝終。宋·范成大《吴郡志》卷二六：「閭丘孝終，字公顯，郡人。嘗守黄州。蘇文忠公在東坡時，與交從甚密（案：東坡貶黄時，郡守爲徐君猷，徐罷任，楊君素來代，公顯不在黄州。東坡貶黄前已和閭丘有交。此處有誤）。公後經從，必訪孝終，賦詩爲樂。孝終既掛冠，與諸名人、耆艾爲九老會。」朝議：即朝議大夫，隋朝始置，屬散官，取漢諸大夫得上奉朝議爲名，唐宋因之。

〔二〕「一别」句：姑蘇，蘇州别稱。唐·張繼《楓橋夜泊》：「姑蘇城外寒山寺，夜半鐘聲到客船。」餘見《菩薩蠻》（玉童西迓浮丘伯）注〔七〕。朱孝臧《東坡樂府》卷一：「案公甲寅（一〇七四年）有《蘇州閭丘江君二家飲酒》詩，至丁巳，故云『一别四年』也。」

〔三〕南浦：泛指面南水岸。屈原《九歌·河伯》：「子交手兮東行，送美人兮南浦。」後多泛指送别之地。梁·江淹《别賦》：「送君南浦，傷如之何。」

〔四〕水中仙：原指水神。唐·司馬承禎《天隱子·神解》：「在天曰天仙，在地曰地仙，在水曰水仙，能通變之曰神仙。」宋代稱湖中歌妓爲「水仙子」。周密《武林舊事》卷三《西湖游幸》：湖中「歌妓舞鬟，嚴妝自衒，以待招呼者，謂之『水仙子』。」宋・龔明之《中吴紀聞》卷五《閭丘大夫》：「閭丘孝終，字公顯。……公後房有懿卿者，頗有才色」，蘇軾「詩詞俱及之」。「水中仙」當指懿卿。

〔五〕「杏花」句：葛洪《神仙傳》卷一〇：董奉者，字君異，侯官人也。吴先主時，有少年爲侯官縣長，見奉年三十餘，不知其有道也。罷官去後五十餘年，復爲他職，行經侯官，諸故吏人皆老，而奉顔貌一如往日。問言：「君得道耶？吾昔見君如此，吾今已皓首而君轉少，何也？」奉曰：「偶然耳。」奉居廬山不種田，日爲人治病，亦不取錢。重病愈者使栽杏五株，輕者一株。如此數年，計得十萬餘株，鬱然成林。奉在人間三百餘年乃去，顔狀如三十時人也。此以董奉喻閭丘公顯。

〔六〕「夜闌」句：杜甫《羌村三首》之一：「夜闌更秉燭，相對如夢寐。」

菩薩蠻　有寄①〔一〕

城隅静女何人見〔二〕。先生日夜歌彤管〔三〕。誰識蔡姬賢〔四〕。江南顧彦先〔五〕。　先生那久困〔六〕。湯沐須名郡〔七〕。惟有謝夫人〔八〕。從來見擬倫②〔九〕。

【校勘】

① 傅本、元本無題。

② 「見」，傅本、元本作「是」。

【編年】

熙寧十年丁巳（一〇七七年），作於徐州。案：此詞所寄何人？衆説不一。劉崇德《蘇詞編年考》：「此詞毛本題爲『有寄』。二字不可忽視……那麽，所寄何人？即『日夜歌彤管』，『湯沐須名郡』之『先生』也。『先生』爲誰？查蘇軾於熙寧十年離密赴徐任後，有《和孔周翰二絶》，其中《再觀邸園留題》一首云：『小園香霧曉蒙籠，醉守狂詞未必工。魯叟録詩應有取，曲收彤管邶鄘風。』此詩據趙夔（堯卿）注云：『嘗聞高密老儒之言曰，邸氏有賢婦，其節甚高，故公此詩用《静女》彤管有煒，《柏舟》共姜自誓，邶鄘二風之事也』。據此，孔周翰（王文誥注：周翰『爲孔子四十八世孫』，故詩中稱『魯叟』）曾題詩於邸園，對孀婦表示敬佩。這首《菩薩蠻》詞的内容、背景，與趙夔解詩所言邸園孀婦事恰相一致。」熙寧九年，孔周翰與東坡密州爲代。此詞即蘇軾到徐州任後寄給密守孔翰周的，贊其才比顧榮能識賢婦，設想其過訪邸園，賢婦會慷慨陳辭，一如昔日劉柳訪問謝夫人也。石唐本也認爲是寫給孔周翰的，但編在熙寧九年八月十五日，飲於密州超然臺上作。孫民《關於十三首東坡樂府的編年》認爲此詞和《滿江紅》（憂喜相尋）相同，是寫給董逸夫的，編元豐五年董逸夫過蘇軾於黄州時。薛本認爲是寫給滕元發的，作於元豐七年二月滕元發貶筠州時，蘇軾在黄州。以上諸説，見仁見智，均乏確證，並録於此，以俟詳考。暫依劉崇德説，編於丁巳。

【箋注】

〔一〕有寄：當爲寄密州太守孔周翰也。見本詞編年考述。宋・王稱《東都事略》卷六〇：孔宗翰，字周翰。始以父任爲將作監主簿，復舉進士。王珪在翰林舉御史，司馬光知諫院敕薦士，皆以宗翰應詔。嘗爲夔峽路轉運判官，京都路提點刑獄，知蘄、密、陜、揚、洪、兗六州。元祐初除司農少卿，遷鴻臚卿。除刑部侍郎，卒，年六十。《宋史》卷二九七有傳。

〔二〕城隅静女：《詩・邶風・静女》：「静女其姝，俟我于城隅。愛而不見，搔首踟躕。」

〔三〕彤管：《詩・邶風・静女》：「静女其孌，貽我彤管。彤管有煒，説懌女美。」傳：「古者后夫人必有女史彤管之法。」又：「煒，赤貌。彤管，以赤心正人也。」陳奂疏：「陳啓源《稽古編》云：『牛亨問彤管何也？董仲舒答曰：彤者，赤漆耳。史官載事，故以彤管赤心記事也。』張華《博物志》、崔豹《古今注》皆載其語，仲舒去古未遠，所聞必有據。」

〔四〕蔡姬：《後漢書》卷八四《列女傳・董祀妻傳》：「陳留董祀妻者，同郡蔡邕之女也，名琰，字文姬。博學有才辯，又妙於音律。適河東衛仲道，夫亡無子，歸寧於家。興平中，天下喪亂，文姬爲胡騎所獲，没於南匈奴左賢王，在胡中十二年，生二子。曹操素與邕善，痛其無嗣，乃遣使者以金璧贖之，而重嫁於祀。」

〔五〕顧彦先：《晉書》卷六八《顧榮傳》：「顧榮字彦先，吴國吴人也，爲南土著姓。榮機神朗悟，弱冠仕吴，爲黄門侍郎、太子輔義都尉。吴平，與陸機兄弟同入洛，時人號爲『三俊』。元帝鎮江東，以榮爲軍司，加散騎常侍，凡所謀畫，皆以諮焉。時南土之士未盡才用，榮上書言：『陸士光、甘季思、殷慶元……凡此諸人，皆南金也。』書奏，皆納之。」案，顧彦先及前歌彤管之先生，皆喻指孔周翰。

〔六〕久困：宋·王栐《燕翼詒謀録》卷一：「開寶六年，下第人徐士廉撾登聞鼓，言久困場屋。乃詔入策進士，終場經學，並試殿庭。」

〔七〕湯沐：《禮·王制》：「方伯爲朝天子，皆有湯沐之邑於天子之縣内。」注：「給齋戒自絜清之用。浴用湯，沐用潘。」

〔八〕謝夫人：《晉書》卷九六《王凝之妻謝氏傳》：「王凝之妻謝氏，字道韞，安西將軍奕之女也。聰識有才辯。……自爾嫠居會稽，家中莫不嚴肅。太守劉柳聞其名，請與談議。道韞素知柳名，亦不自阻，乃簪髻素褥坐於帳中，柳束脩整帶造於别榻。道韞風韻高邁，叙致清雅，先及家事，慷慨流漣，徐酬問旨，詞理無滯。柳退而歎曰：『實頃所未見，瞻察言氣，使人心形俱服。』」

〔九〕擬倫：比類。此句以昔之會稽太守劉柳訪問嫠婦謝夫人，設比今之密州太守孔周翰訪問邸園賢婦。邱園賢婦當如昔日謝夫人神情散朗，慷慨陳詞，有林下之風。《世説新語》下卷上《賢媛》：「謝遏絶重其姊，張玄常稱其妹，欲以敵之。有濟尼者，並遊張、謝二家。人問其優劣？答曰：『王夫人神情散朗，故有林下風氣。顧家婦清心玉映，自是閨房之秀。』」按王夫人即王江州凝之夫人謝道韞。

臨江仙　送王緘①

忘卻成都來十載〔一〕，因君未免思量。憑將清淚灑江陽〔二〕。故山知好在，孤客自悲涼。坐上別愁君未見，歸來欲斷無腸〔三〕。殷勤且更盡離觴〔四〕。此身如傳舍〔五〕，何處是吾鄉。

【校勘】

①「緘」，曹本作「箴」。

【編年】

熙寧十年丁巳（一〇七七年）作於自密移徐途中。案此詞題作「送王緘」，則應考知王緘爲何人。據宋·牟巘《牟氏陵陽集》卷一七《跋東坡帖》云：「東坡翁賦此詞（引者注：即此《臨江仙》詞）送其鄉人，復自書而遺之。蓋自治平丙午去蜀，至熙寧乙卯爲十年，此當是自密移徐時。」又《蘇軾文集》卷五三《與眉守黎希聲》第二簡：「去歲王秀才西歸，奉狀必達。」此簡作於元豐元年，見孔《譜》。簡云「去歲」，即熙寧十年丁巳；「王秀才」即陵陽所謂「鄉人」，亦即該詞題中的「王緘」；「奉狀」的「狀」，即陵陽所謂「復自書而遺之」的「書」。唯陵陽所謂「蓋（蘇軾）自治平丙午去蜀」則誤，據施宿《東坡先生年譜》，治平三年丙午蘇軾護父（洵）喪歸蜀，熙寧元年戊申喪除去蜀。從戊申到丁巳爲十年。與此詞首句「忘卻成都來十載」吻合。此詞當是蘇軾自密移徐途中，送鄉人王緘歸蜀時作，故詞末云：「此身如傳舍，何處是故鄉？」今從孔《譜》移編丁巳。曹本謂「緘」爲「箴」字之誤，王箴乃東坡夫人同安郡之弟，從王案移編元祐五年庚午，誤。

【箋注】

〔一〕「忘卻成都」二句：施宿《東坡先生年譜》：「治平三年丙午，夏四月，宮師（案：指蘇洵）卒於京師，先生護喪歸蜀。」「熙寧元年戊申，秋七月，除宮師喪；冬，出蜀。」案：自戊申蘇軾出蜀，至熙寧十年丁巳離蜀十載，與首句合。

〔二〕江陽：傅注：「江陽，江北也，水北爲陽。」

〔三〕欲斷無腸：形容極度悲傷。見《菩薩蠻》（繡簾高捲傾城出）注〔五〕。

〔四〕殷勤：此爲曲盡心意。楊巨源《折楊柳》：「惟有春風最相惜，殷勤更向手中吹。」離觴：送行的酒。鄭谷《送進士盧棨東歸》詩：「灞岸草萋萋，離觴我獨攜。」

〔五〕傳舍：即旅途中臨時食宿之處。《漢書》卷四三《酈食其傳》：「沛公至高陽傳舍，使人召食其。」師古曰：「傳舍者，人所止息，前人已去，後人復來，轉相傳也。」時蘇軾在自密移徐之旅途中。

【參考資料】

金·王若虚《滹南遺老集》卷三九《詩話中》：「東坡送王緘詞云：『坐上别愁君未見，歸來欲斷無腸。』此未别時語也，而言『歸來』，則不順矣。『欲斷無腸』，亦恐難道。」

臨江仙　送李公恕①〔一〕

自古相從休務日〔二〕，何妨低唱微吟〔三〕。天垂雲重作春陰②。坐中人半醉〔四〕，簾外雪將深。　聞道分司狂御史〔五〕，紫雲無路追尋。凄風寒雨是颼颼③〔六〕。問囚長損氣〔七〕，見鶴忽驚心④〔八〕。

【校勘】

① 題原作「冬日即事」，據傅本、元本、朱本、龍本、曹本改。

② 「天」，原誤作「夫」，據諸本改。

③ 「是」，傅本作「有」，元本、二妙集、毛本、朱本、龍本、曹本作「更」。

④「忽」，二妙集、明刊全集、毛本作「總」。

【編年】

元豐元年戊午（一〇七八年）正月，作於徐州。朱孝臧《東坡樂府》卷一：「案《詩集》，元豐元年正月，有《送李公恕赴闕》詩。詞編戊午。」案陳邇冬《東坡詞選》云：「熙寧十年冬作。時李公恕爲京東轉運使，被召赴京。」當以朱説爲正。

【箋注】

〔一〕送李公恕：《蘇軾詩集》卷一六《送李公恕赴闕》施注：「李公恕時爲京東轉運判官，召赴闕。公恕一再持節山東，子由亦有詩送行云：『幸公四年持使節，按行千里長相見。』」（子由詩見《欒城集》卷七《送轉運判官李公恕還朝》）李公恕即李察，爲人與李稷皆以苛暴著稱，時人語曰：「寧逢黑殺，莫逢稷、察。」

〔二〕休務：又稱休沐、休假。唐·徐堅《初學記》卷二〇《假第六》：「休假亦曰休沐。《漢律》：『吏五日得一下沐。』言休息以洗沐也。」宋·葉廷珪《海録碎事》卷一二《簿書門休假附》：「《漢律》：五日一賜休沐，得以歸，休沐出謁。《世説》：車武子爲侍中，每休沐，與東亭諸人，期共遊集。」

〔三〕低唱微吟：傅注：「世傳陶穀學士，買得黨太尉家故妓，過定陶，取雪冰烹團茶。謂妓曰：『黨家應不識此。』妓曰：『彼粗人，安有此景？但能于銷金暖帳下，淺斟低唱，喫羊羔兒酒耳。』陶默然，愧其言。」曹丕《燕歌行》：「短歌微吟不能長，明月皎皎照我牀。」

〔四〕半醉：隋·盧思道《後園宴詩》：「欲眠衣先解，半醉臉愈紅。」韓愈《酒中留上襄陽李相公》：「銀燭未銷窗送曙，金釵半醉座添春。」

〔五〕「聞道」二句：孟棨《本事詩·高逸第三》：「杜（牧）爲御史，分務洛陽時，李司徒（愿）罷鎮閑居，聲伎豪華，爲當時第一。洛中名士，咸謁見之。李乃大開筵席，當時朝客高流，無不臻赴。以杜持憲，不敢邀置。杜遣座客達意，願與斯會。李不得已，馳書。方對花獨酌，亦已酣暢，聞命遽來。時會中已飲酒，女奴百餘人，皆絶藝殊色。杜獨坐南行，瞪目注視，引滿三卮，問李云：『聞有紫雲者，孰是？』李指示之。杜凝睇良久，曰：『名不虚得，宜以見惠。』李俯而笑，諸妓亦皆迴首破顔。杜又自飲三爵，朗吟而起曰：『華堂今日綺筵開，誰唤分司御史來。忽發狂言驚滿座，兩行紅粉一時迴。』意氣閑逸，傍若無人。」作者在此以李公恕比李愿，以杜牧自比，可惜没有紫雲。

〔六〕駸駸：原義馬疾行貌，此指時日匆匆。梁簡文帝蕭綱《納涼詩》：「斜日晚駸駸，池塘半生陰。」

〔七〕「問因」句：意爲因問囚而長感理曲氣短，心中慚愧。這種思想，作者在詩文中時有流露。如

《戲子由》云：「平生所慚今不恥，坐對疲氓更鞭箠。」又如《熙寧中軾通守此郡除夜直都廳囚繫皆滿日暮不得返舍因題一詩於壁……》「除日當早歸，官事乃見留。執筆對之泣，哀此繫中囚。小人營餱糧，墮網不知羞。我亦戀薄禄，因循失歸休。不須論賢愚，均是爲食謀。誰能暫縱遣，閔默愧前修。」

〔八〕「見鶴」句：庾信《小園賦》：「龜言此地之寒，鶴訝今年之雪。」此句表面上是用庾信文句回應上文「簾外雪將深」，實際上是曲折地描述自己因「問囚長損氣」的進退兩難心情。

蝶戀花　暮春別李公擇①

簌簌無風花自嚲②〔一〕。寂寞園林，柳老櫻桃過〔二〕。落日多情還照坐③。山青一點橫雲破。

路盡河回千轉柁④。繫纜漁村⑤，月暗孤燈火。憑仗飛魂招楚些〔三〕。我思君處君思我。

【校勘】

① 此詞傳本存目缺詞。題原作「暮春」，據二妙集、毛本、龍本、曹本補正。元本無題。

② 「嚲」，元本、朱本、龍本、曹本作「墮」。

③ 「多」，元本、朱本、龍本、曹本作「有」。

④「柁」，原作「拖」，據元本、毛本、朱本、龍本、《全宋詞》、曹本改。

⑤「繫」，原誤作「擊」，據諸本改。

【編年】

元豐元年戊午（一〇七八年）三月末，作於徐州。傅藻《東坡紀年録》：「熙寧十年丁巳，過齊時公擇守齊，席上作《南鄉子》，又作《蝶戀花》别公擇。」案蘇軾過齊州，時在正月初至二月初，與詞題中「暮春」及首句「簌簌無風花自嚲」意境不合，《紀年録》有誤。檢《蘇詩總案》卷一六云：「元豐元年戊午，三月寒食日，李常來訪，公方出督城工，李常招以三絶，還作和詩。」誥案：「《東都事略》：李常時由齊州徙淮南西路提點刑獄，其來乃罷齊州任赴提刑時也。」此次來徐，李常停留月餘，與蘇軾唱和頗多。此詞應爲三月末李常離徐時，蘇軾的送行之作。

【箋注】

〔一〕簌簌：花落貌。唐・元稹《連昌宫詞》：「又有牆頭千葉桃，風動落花紅簌簌。」嚲：下垂。

〔二〕櫻桃：又名含桃、荆桃。《禮記・月令》：仲夏之月，「天子乃以雛嘗黍羞，以含桃先薦寢廟。」注：「含桃，櫻桃也。」《爾雅・釋木》：「楔，荆桃。」郭璞注：「今櫻桃也。」過：指花開時節已過。

〔三〕憑仗：即仗的意思。憑與仗同義，聯綴而成一辭。元稹《蒼溪縣寄揚州兄弟》詩：「憑仗鯉魚將遠信，雁回時節到揚州。」楚些：宋玉《招魂》句尾皆用「些」字爲助語，如「去君之恒幹，何爲四方些」。故詞人沿稱「楚些」。沈括《夢溪筆談》卷三《辯證》一：「今夔、峽、湖、湘及南、北江獠人，凡禁咒句尾皆稱『些』，此乃楚人舊俗。」

【參考資料】

宋·邵博《邵氏聞見後録》卷一九：「東坡《別李公擇》長短句『憑仗飛魂招楚些，我思君處君思我』，退之《與孟東野書》『以余心之思足下，知足下懸懸於余』之意也。」

明·沈際飛《草堂詩餘別集》卷二：「『落日』二句，敲空有響。」

清·陳廷焯《詞則四種·別調集》卷一：「語淺情長，筆致亦超邁。」

浣溪沙　徐州藏春閣園中①

慚愧今年二麥豐〔一〕。千歧細浪舞晴空②〔二〕。化工餘力染夭紅〔三〕。　歸去山翁應倒載③〔四〕，闌街拍手笑兒童④〔五〕。甚時名作錦薰籠〔六〕。

【校勘】

① 此詞傅本存目缺詞。元本無題。

② 「歧」，二妙集、毛本、《全宋詞》作「畦」。「細」，毛本作「翠」。「舞」，原誤作「無」，據諸本改。

③「翁」，元本、二妙集、朱本、龍本、《全宋詞》、曹本作「公」。「應」，元本、明刊全集作「因」。
④「街」，原作「御」，據諸本改。

【編年】

元豐元年戊午（一〇七八年）四月，作於徐州。傅藻《東坡紀年録》：「元豐元年戊午，公在徐州」是年「又藏春園……作《浣溪沙》。」王文誥《蘇詩總案》卷一八：「元豐二年己未（一〇七九年），三月，登藏春閣，作《浣溪沙》詞。」又云：「此詞無年月可考，附編於此。」可見王案編元豐二年三月，並無自信。今從《紀年録》。案，元豐元年春，徐州乾旱，草木焦枯。蘇軾禱雨城東石潭，既應，復赴石潭謝雨，道中作《浣溪沙》五首。此詞寫雨後二麥生機勃勃，豐收在望，與上述五首意境相同，當爲稍前或稍後作於藏春閣園中。孔《譜》編元豐元年四月，云「慶二麥豐收」者是也。

【箋注】

〔一〕「慚愧」句：慚愧：有難得、幸喜義。唐·元稹《杏花》：「慚愧杏園行在景，同州園裏也先開。」二麥：大麥和小麥。《宋書》卷六《孝武帝紀》：大明七年九月己卯，詔曰：「近炎精亢序，苗稼多傷。今二麥未晚，甘澤頻降，可下東境郡，勤課墾殖。」豐：生長茂盛。《詩·小雅·湛露》：「湛湛露兮，在彼豐草。」

〔二〕千歧：歧，通岐，原意爲岔道，引申凡植物分枝發杈亦曰歧；千歧言麥苗分枝很多，是豐收吉兆。《後漢書》卷三一《張堪傳》：堪爲漁陽守，百姓歌曰：「桑無附枝，麥穗兩歧。張君爲政，樂不可支。」細浪：麥浪微漾。

〔三〕「化工」句：指大自然之創造力，語本賈誼《鵩鳥賦》：「且夫天地爲爐兮，造化爲工。」元稹《春蟬》詩：「作詩憐化工，不遣春蟬生。」夭紅：妍麗紅豔。此指末句之瑞香花。

〔四〕山翁：指山簡。詳見《瑞鷓鴣》（碧山影裏小紅旗）注〔四〕。

〔五〕「闌街」句：李白《襄陽歌》：「襄陽小兒齊拍手，攔街争唱《白銅鞮》。傍人借問笑何事，笑殺山公醉似泥。」以上兩句，作者以山簡自比，寫自己與民同樂。

〔六〕錦薰籠：即瑞香花。因其花似錦繡，氣如薰香，故名。《蘇軾詩集》卷三三《次韻曹子方龍山真覺院瑞香花》查注引《咸淳臨安志》：「今東西馬塍，瑞香最多，大者名錦薰籠。」明·楊慎《升菴詩話》卷一一「瑞香花詩」條：「瑞香花，即《楚辭》所謂露甲也。（按《楚辭》作「露申」，「甲」字誤）一名錦薰籠，又名錦被堆。」

又　徐門石潭謝雨〔一〕，道上作五首①

照日深紅暖見魚。連溪緑暗晚藏烏②。黄童白叟聚睢盱〔二〕。麋鹿逢人雖未慣〔三〕，猿猱聞鼓不須呼。歸家説與采桑姑③。

【校勘】

①「門」，傅本作「州」。傅本、元本、朱本、龍本、曹本題下尚有「潭在城東二十里，常與泗水增減，清濁相應」等十七字。

②「溪」，元本、朱本、龍本、曹本作「村」。「緑暗」二字，傅本互倒。

③「家」，元本、朱本、龍本、曹本作「來」。元本注：「一作家。」

【編年】

元豐元年戊午（一〇七八年）初夏，作於徐州。傅藻《東坡紀年録》：「元豐元年戊午，公在徐州。三月……春旱，置虎頭石潭中，作《起伏龍行》。謝雨道中，作《浣溪沙》。」案：五詞内之「收麥社」、「落棗花」、「響繰車」、「賣黄瓜」等均屬農村初夏景象，《紀年録》斷爲三月作，不確。

【箋注】

〔一〕石潭：《蘇軾詩集》卷一八《起伏龍行叙》：「徐州城東二十里，有石潭。父老云：『與泗水通，增損清濁，相應不差，時有河魚出焉。』元豐元年春旱，或云置虎頭潭中，可以致雷雨。」謝雨：旱後喜降雨，設祭以謝神。

〔二〕「黄童」句：黄童：幼童。幼童髮黄，故云黄童。白叟：白髮老翁。韓愈《元和聖德詩》：「黄童白叟，踴躍歡呀。」睢盱：《易·豫》：「六三，盱豫，悔，遲有悔。」唐·孔穎達疏：「盱謂睢盱，睢盱者，喜悦之貌。」又，傅注：「《唐韻》：睢盱，仰目視也。睢音瞭，盱音吁。」

〔三〕「麋鹿」二句：傅注：「野人如麋鹿、猿猱。」

其二

旋抹紅妝看使君〔一〕。三三五五棘籬門。相挨踏破蒨羅裙①〔二〕。老幼扶攜收麥社〔三〕，烏鳶翔舞賽神村〔四〕。道逢醉叟卧黄昏。

【校勘】

①「挨」，元本、朱本、龍本、曹本作「排」。元本注：「一作挨。」

【編年】

同前首。

【箋注】

〔一〕旋抹：急急忙忙塗抹脂粉。「旋」，緊迫之辭，猶急。元稹《連昌宫詞》：「力士傳呼覓念奴，念奴潛伴諸郎宿。」又云：「春嬌滿眼睡紅綃，掠削雲鬟旋裝束。」

〔二〕蒨羅裙：傅注：「蒨羅，紅羅也。」案：蒨，通茜，草名，可作紅色染料，此借指紅色。杜牧《村行》：「蓑唱牧牛兒，籬窺蒨裙女。」上片即從杜牧詩句化出。

〔三〕收麥社：傅注：「里社相與以收麥。」案：收麥社爲收麥季節之祭神活動。「社」指社祭，祭土地神。

〔四〕「烏鳶」句：傅注：「烏鳶以下有所摶食，故翔舞於其上。」案：古代祭神有供品，故招惹烏鴉盤桓飛翔。賽神：古時農村社祭時的迎神賽會活動。

【參考資料】

今人俞平伯《唐宋詞選釋》卷中：「上片似乎白描，亦有所出。杜牧《村行》：『籬窺蒨裙女。』這裏將一句化作三句，而意態生動。」

其三

麻葉層層檾葉光〔一〕。誰家煮繭一村香？隔籬嬌語絡絲娘①〔二〕。　垂白杖藜擡醉眼〔三〕，捋青擣麨軟飢腸②〔四〕。問言豆葉幾時黄？

【校勘】

①「語」，原作「女」，據諸本改。

②「捋」，元本作「扶」，注：「一作捋。」

【編年】

同前首。

【箋注】

〔一〕蘔：音qǐng，亦作苘、檾，俗稱青麻。傅注：「蘔，蘔麻，枲屬也。」宋·羅願《爾雅翼》卷八：「蘔，枲屬，高四五尺，或六七尺，葉似苧而薄，實大如麻子。今人績以爲布及造繩索。」

〔二〕絡絲娘：蟲名，又名莎鷄。宋·羅願《爾雅翼》卷二五：「莎鷄，振羽作聲，其狀頭小而羽大，有青褐兩種，率以六月振羽作聲，連夜札札不止，其聲如紡絲之聲，故一名梭鷄，一名絡緯，今俗人謂之絡絲娘，蓋其鳴時，又正當絡絲之候。」此指繅絲女子。唐·項斯《山行》：「蒸茗氣從茅舍出，繅絲聲隔竹籬聞。」

〔三〕垂白：鬢髮將白，猶言垂老。白居易《酬鄭侍御多雨春空過詩三十韻》：「愁生垂白叟，惱殺蹋青娘。」杖藜：「藜」，草名，俗名紅心灰藋。莖老可作杖，老人執以杖行，謂之杖藜。《莊子·雜篇·讓王》：「原憲華冠縰履，杖藜而應門。」杜甫《屏跡三首》之二：「杖藜從白首，心跡喜雙清。」

〔四〕捋青擣麨：傅注：「麨，乾糧也，以麥爲之，野人所食。《漢書》曰：『小麥青青大麥枯』，則青者已足捋，而枯者可爲麨矣。」（案：「小麥青青大麥枯」係桓帝時童謡，見《後漢書·五行志》

一。傳注所引書名不確。）農民在春夏青黄不接時，捋下新嫩麥子，炒熟後擣碾成片狀或圓柱狀爲食，俗稱「碾饌」。「輭」，通作軟，猶飽。蘇軾《發廣州》：「三杯軟飽後，一枕黑甜餘。」自注：「浙人謂飲酒爲軟飽。」《冷齋夜話》卷一：「詩人多用方言。……南人又謂睡美爲黑甜，飲酒爲軟飽。故東坡詩曰：『三杯軟飽後，一枕黑甜餘。』」

其四

簌簌衣巾落棗花。村南村北響繰車〔一〕。牛衣古柳賣黄瓜①〔二〕。　酒困日長惟欲睡，日高人渴謾思茶〔三〕。敲門試問野人家〔四〕。

【校勘】

①「牛衣」，傅本作「牛依」。曹本據《艇齋詩話》及《東坡詩話》改作「半依」，云：「牛依係半依形誤」。

【編年】

同前首。

【考辨】

《全宋詞》末注：「此首别又誤入吴文英《夢窗詞集》。」同書吴文英詞中列爲存目詞。案：此詞諸本《東坡詞》均收，歷代選本皆作蘇軾詞。《夢窗詞集》實係誤入，《全宋詞》已作是正。

【箋注】

〔一〕繅車：繅絲工具，因有輪旋轉以收絲，故謂繅車。唐·王建《田家行》：「五月雖熱麥風清，簷頭索索繅車鳴。」

〔二〕牛衣：程大昌《演繁露》卷二「牛衣」條：「王章『卧牛衣中』。（見《漢書》卷七六《王章傳》）注：『龍具也。』龍具之制，不知何若。案《食貨志》：『董仲舒曰：貧民常衣牛馬之衣，而食犬彘之食。』（見《漢書》卷二四上《食貨志》）然則牛衣者，編草使暖，以被牛體，蓋蓑衣之類也。」此泛指賣瓜者衣著襤褸。

〔三〕謾思茶：不由地想飲茶水。唐·皮日休《閒夜酒醒》：「酒渴漫思茶，山童呼不起。」蓋即作者所本。作者《是日偶至野人汪氏之居……》亦有「酒渴思茶漫扣門」句。

〔四〕野人：鄉野之人，農夫。《左傳·僖公二十三年》：「晉公子重耳之及於難也，……出於五鹿，乞食於野人，野人與之塊。」

【參考資料】

宋·曾季貍《艇齋詩話》：「東坡在徐州作長短句云：『半依古柳賣黄瓜』，今印本作『牛衣古柳賣黄瓜』，非是。予嘗見東坡墨蹟作『半依』，乃知『牛』字誤也。」

宋·龔頤正《芥隱筆記》：「予見孫昌符家坡朱陳詞真蹟云：『半依古柳賣黄瓜』，今印本多作

『牛依』，或遷就爲『牛衣』矣。」（元・陳明秀《東坡詩話録》所引同。）案：蘇軾《夜泊牛口》詩有「居民偶相聚，三四依古柳」。作「牛衣」雖可通，然作「半依」其義較勝。

宋・胡仔《苕溪漁隱叢話前集》卷五六引《高齋詩話》：「東坡長短句云：『村南村北響繅車。』參寥詩云：『隔林彷佛聞機杼，知有人家住翠微。』秦少游云：『菰蒲深處疑無地，忽有人家笑語聲。』三詩大同小異，皆奇句也。」

明・沈際飛《草堂詩餘續集》卷上：「邨落圖。」

明・錢允治《類選箋釋續選草堂詩餘》卷上：「棗花落、繅車響、黃瓜賣，四月天氣也。」

清・王士禛《花草蒙拾》：「『牛衣古柳賣黃瓜』，非坡仙無此胸次。」（清・彭遜遹《詞藻》所引同。）

其五

軟草平莎過雨新〔一〕。輕沙走馬路無塵。何時收拾耦耕身〔二〕？　日暖桑麻光似潑〔三〕，風來蒿艾氣如薰〔四〕。使君元是此中人〔五〕。

【編年】

同前首。

【箋注】

〔一〕莎：莎草，多年生草本，地下有紡錘形細長塊根，稱香附子，可藥用。《楚辭·招隱士》：「青莎雜樹兮，薠草靃靡。」洪興祖補注：「《本草》云：莎，古人爲詩多用之。此草根名香附子，荆襄人謂之莎草。」

〔二〕耦耕：兩人並耜而耕。《論語·微子》：「長沮、桀溺耦而耕。」「收拾耦耕身」有歸田隱居之意。

〔三〕光似潑：形容雨後桑麻葉子閃閃發光，猶如水潑其上。

〔四〕薰：香草，又名蕙草。《左傳·僖公四年》：「一薰一蕕，十年尚猶有臭。」此指如薰之香氣。

〔五〕「使君」句：使君，作者自謂。蘇軾常自謂農家出身，如《題淵明詩二首》：「陶靖節云：『平疇交遠風，良苗亦懷新。』非古之偶耕植杖者，不能道此語；非余之世農，亦不能識此語之妙也。」見《蘇軾文集》卷六七）

蝶戀花　送鄭彦能還都下①〔一〕

別酒勸君君一醉②。清潤潘郎〔二〕，又是何郎壻③〔三〕。記取釵頭新利市〔四〕。莫將分付東鄰子〔五〕。　回首長安佳麗地〔六〕。十五年前④〔七〕，我是風流帥。爲向青樓尋舊事〔八〕。

花枝缺處餘名字⑤〔九〕。

【校勘】

①傅本、元本不載。題原作「送潘大臨」，據宋・趙令時《侯鯖録》卷一改。

②「勸」，宋・吴曾《能改齋漫録》卷一六作「送」。

③「又」，《能改齋漫録》作「更」。

④「十五」，原作「三十」，據《侯鯖録》改。

⑤「餘」，《侯鯖録》作「留」。

【編年】

元豐元年戊午（一〇七八年）八月，作於徐州。關於本詞，曾慥説是爲「送潘大臨」作；吴曾説在黄州「送潘邠老赴省試作」；趙令時説在徐州「送鄭彦能還都下」作。案趙令時字德麟，趙宋皇族，燕王德昭玄孫，生於皇祐三年（一〇五一年），卒於紹興四年（一一三四年）。蘇軾知潁州時，趙爲簽判，二人過從甚密，情誼篤厚。令時平日所與游處，强半元祐勝流，其《侯鯖録》所載較爲翔實，甄採故事詩話，亦多精贍可喜。而曾慥、吴曾均爲南宋初人，曾慥編收此詞的《東坡詞拾遺》成書於紹興辛未（一一五一年），吴曾編收此詞的《能改齋漫録》成書於紹興二十四年至二十七年（一一五四至一一五七年）間，都晚於《侯鯖録》。吴《録》雖自詡博洽，但考訂失實處頗多。互相比較，此詞以趙説較爲可信。再考之張文潛《潘大臨文集序》、潘淳《潘子真詩話》及釋惠洪《冷齋夜話》，知潘大臨字邠老，故閩人，後家黄州，家境貧窮，至徽宗崇寧年間仍居黄州，後客死蘄春，年未五十。蘇軾貶官黄州時，向蘇軾學句法的潘大臨還是個青年人，根本不可能有「回首長安佳麗地，三十年前，我是風流帥」那樣的「青樓」「舊事」。而趙令時説此詞是蘇軾在徐州送鄭彦能還都下作。「十五年前，我是風流帥」云云，乃「記坐中人語」，是鄭彦能的話，則是合情的。彦能名僅，徐州彭城人，慶曆七年（一〇四七年）生。第進士，爲大名府司户參軍。《宋史》卷三五三有傳。考《蘇軾詩集》卷一六《送鄭户曹》：「蕩蕩清河堧，黄樓我所開。……樓成君已去，人事固多乖。」施注：「鄭户曹，名僅，字彦能，彭城人。是時赴大名。」案：黄樓建成於元豐元年八月十一日，鄭彦能離徐赴大名當在八月。同年，蘇軾《中秋月寄子由三首》其三：「鄭子向河朔，孤舟連夜行。」自注：「鄭僅赴北京户曹。」北京即大名府，則彦能離徐赴大名在中秋節前。詩與本詞，情事切合。據《侯鯖録》《蘇軾詩集》，此詞應編元豐元年戊午（一〇七八年）八月。詳見拙文《蘇詞編年考辨》（《河南大學學報》一九九三年第五期）。

【考辨】

曹本校注斷此詞非東坡所作，移列誤入詞。案此詞曾慥本《拾遺》已收録，其《拾遺》四十一首，係據張賓老所編本及蜀本補入，張賓老所編本成書於宋徽宗崇寧三年（一一〇四年）以前，不容輕易懷疑。且趙令時《侯鯖録》、吴曾《能改齋漫録》都稱蘇軾作，秦少游游京師亦見此詞並有和作，故作蘇軾詞不誤。曹本斷爲僞作，不足憑信。

【箋注】

〔一〕此詞上片爲餞席上蘇軾戲囑鄭彦能的話，下片是「記坐中人語」，爲席上鄭彦能矜誇之詞。鄭彦能：詳見本詞編年。

〔二〕潘郎：《晉書》卷五五《潘岳傳》：「岳美姿儀，辭藻絶麗，尤善爲哀誄之文。少時常挾彈出洛陽道，婦人遇之者，皆連手縈繞，投之以果，遂滿車而歸。」徐陵《洛陽道二首》其一：「潘郎車欲滿，無奈擲花何。」此以潘岳譬彦能貌美。

〔三〕何郎：劉義慶《世説新語》下卷上《容止》：「何平叔（晏）美姿儀，面至白，魏明帝疑其傅粉，正夏月與熱湯餅，既噉，大汗出，以朱衣自拭，色轉皎然。」韓偓《閨情》：「何郎燭暗誰能詠，韓壽香焦亦任偷。」「何郎」喻鄭彦能岳父，亦美男子。

〔四〕釵頭：借指女子。利市：舊時遇喜慶事或節日討的喜錢。詳見《減字木蘭花》（惟熊佳夢）注〔七〕。

〔五〕「莫將」句：分付：有表示義。《樂府雅詞》卷上無名氏《九張機》詞：「深心未忍輕分付，回頭一笑，花間歸去，只恐被花知。」未肯輕分付即未肯隨便表示也。東鄰子：見宋玉《登徒子好色賦》：「天下之佳人莫若楚國，楚國之麗者莫若臣里，臣里之美者莫若臣東家之子。東家之子，增之一分則太長，減之一分則太短；著粉則太白，施朱則太赤；眉如翠羽，肌如白雪；腰如束素，齒如含貝；嫣然一笑，惑陽城，迷下蔡。然此女登牆窺臣三年，至今未許也。」案此上二句乃蘇軾戲囑彦能此還都下，倘遇上屬意於己的女子討利市，記住不要隨便表示相許。

〔六〕「回首」句：杜甫《秋興八首》其六：「回首可憐歌舞地，秦中自古帝王州。」長安：宋人借指汴京。辛棄疾《菩薩蠻》：「西北望長安，可憐無數山。」佳麗地：劉長卿《送姚八歸江南》詩：「折芳佳麗地，望月西南樓。」此指歌妓聚居的地方。

〔七〕「十五」二句：爲鄭彦能矜誇昔日在汴京風流舊事。案：彦能慶曆七年生，至今元豐元年爲三十一歲，上推十五年爲十六歲，恰似潘岳少時遊洛陽受女子青睞，有擲果盈車之風流。

〔八〕青樓：妓女所居。王昌齡《青樓曲》其二：「馳道楊花滿御溝，紅妝縵綰上青樓。」杜牧《遣懷》：「十年一覺揚州夢，贏得青樓薄倖名。」

〔九〕花枝缺處：借指青樓。白居易《長安道》詩：「花枝缺處青樓開，豔歌一曲酒一盃。」

【參考資料】

宋·趙德麟《侯鯖録》卷一：「東坡在徐州，送鄭彦能還都下，問其所游，因作詞云：『十五年前，我是風流帥。』『花枝缺處留名字』。記坐中人語，嘗題于壁。後秦少游薄游京師，見此詞，遂和之，其中有『我曾從事風流府』。公聞而笑之。」

宋・吴曾《能改齋漫録》卷一六：「右《蝶戀花》詞，東坡在黄時，送潘邠老赴省試作也。今集不載。」

清・宋翔鳳《樂府餘論》：「詞自南唐以後，但有小令，其慢詞蓋起宋仁宗朝。中原息兵，汴京繁庶，歌臺舞席，競賭新聲。……一時動聽，散播四方。其後東坡、少游、山谷輩，相繼有作，慢詞遂盛。東坡才情極大，不爲時曲束縛。然《漫録》亦載東坡送潘邠老詞：（詞略）。按其詞恣褻，何減耆卿。是東坡偶作，以付餞席。使大雅，則歌者不易習，亦風會使然也。」

南鄉子 自述①

涼簟碧紗廚〔一〕。一枕清風晝睡餘〔二〕。卧聽晚衙無一事②〔三〕，徐徐。讀盡牀頭幾卷書。　搔首賦歸歟〔四〕。自覺功名懶更疏〔五〕。若問使君才與術③，何如？占得人間一味愚〔六〕。

【校勘】

① 詞題「自述」，傅本作「和元素」，元本、朱本、龍本、曹本作「和楊元素」。

② 「卧」，元本、朱本、龍本、《全宋詞》、曹本作「睡」。「一」，元本、朱本、龍本作「箇」。

③「術」，元本、朱本、龍本、曹本作「氣」。

【編年】

元豐元年戊午（一〇七八年）秋作於徐州。案：朱本編熙寧七年甲寅（一〇七四年）九月，作於杭州。朱孝臧《東坡樂府》卷一：「案二詞（指本詞與同調「寒雀滿疏籬」）題調皆同前首（指同調「東武望餘杭」一詞），似是一時唱和之作。」蓋此詞傳本、元本題有「和楊元素」字樣，故朱本附編于同調「東武望餘杭」詞後，認定同是送楊元素唱和之作。然考詞之内容，略無別情；吴本、毛本題作《自述》，可從。孔《譜》編元豐元年作於徐州，云：「《佚文彙編》與百嘉第一簡又云：『外郡雖鼲俗，然每日惟早衙一時辰許紛紛，餘蕭然皆我有也。』……《南鄉子》：『睡聽』云云，與范百嘉簡中『外郡』云云，爲同一景象。此《南鄉子》當作於徐州。」孔説符合本詞意境及蘇軾在徐州生活情趣，可信。據「涼簟」、「清風」，當作於秋季。

【箋注】

〔一〕簟：竹席也。《詩經·小雅·斯干》：「下莞上簟，乃安斯寢。」碧紗廚：幃障之屬，夏日以辟蠅蚊者。王建《贈王處士》：「松樹當軒雪滿地，青山掩障碧紗廚。」

〔二〕一枕清風：作者《觀杭州鈐轄歐育刀劍戰袍》：「何如大艦日高眠，一枕清風過苕霅。」又《睡起聞米元章冒熱到東園送麥門冬飲子》：「一枕清風值萬錢，無人肯買北窗眠。」

〔三〕晚衙：舊時官署治事，一日兩次坐衙，早晨坐衙稱「早衙」、「朝衙」；晚間坐衙稱「晚衙」、「暮衙」。白居易《城上》：「城上鼕鼕鼓，朝衙復晚衙。」又《舒員外遊香山寺大誇勝事題長句以贈之》：「白頭老尹府中坐，早衙纔退暮衙催。」

〔四〕歸歟：《論語・公治長》：「子在陳曰：『歸歟，歸歟。』」王粲《登樓賦》：「昔尼父之在陳兮，有『歸歟』之歎音。」

〔五〕懶更疏：懶散不耐拘束。傅注：「嵇叔夜（康）不涉經學，性復疏懶；孔文舉才疏意廣，卒無成功。」

〔六〕一味：一向，總是。一味愚，謂專趨于愚昧也。

千秋歲 徐州重陽作①

淺霜侵綠。髮少仍新沐。冠直縫〔一〕，巾橫幅〔二〕。美人憐我老，玉手簪黃菊②〔三〕。秋露重，真珠落袖沾餘馥③。 坐上人如玉〔四〕。花映花奴肉〔五〕。蜂蝶亂，飛相逐。明年人縱健〔六〕，此會應難復。須細看，晚來月上和銀燭④。

【校勘】

①題原作「湖州暫來徐州重陽作」。案：蘇軾元豐二年三月離徐赴湖州，七月底即因「烏臺詩案」

被送御史臺根勘，出獄後遂貶官黄州，定無「自湖州暫來徐州」歡度重陽之理。原題有誤，今從傅本、龍本、曹本。又，元本題作「重陽作徐州」。

②「黄」，傅本、元本、朱本、龍本、曹本作「金」。

③「落」，傅本、元本、朱本、龍本、曹本作「滿」。

④「月上」，元本、朱本、龍本、曹本作「明月」。

【編年】

元豐元年戊午（一〇七八年）重陽，作於徐州。傅藻《東坡紀年録》：「元豐元年戊午，公在徐州，九月，……又作《千秋歲》。」

【箋注】

〔一〕冠直縫：《禮記·檀弓上》：「古者冠縮縫，今也衡縫。」孔穎達疏：「縮，直也。殷以上質，吉凶冠皆直縫。直縫者，辟積攝少，故一一前後直縫之。」

〔二〕巾橫幅：巾，以幅葛或縑製成，形如帽，横著額上，古時尊卑共用，詳見《晉書》卷二五《輿服志》。

〔三〕簪黄菊：古時男子有重陽日頭上插菊的習俗。宋·周密《武林舊事》卷三《重九》：「都人是日飲新酒，泛萸簪菊。」

〔四〕人如玉：指宴席上德行高尚的男子。《詩經·秦風·小戎》：「言念君子，温其如玉。」朱熹

注：「温其如玉，美之之詞也。」

〔五〕「花映」句：唐·南卓《羯鼓録》：花奴，汝陽王璡小字也，善羯鼓，明皇極鍾愛焉。嘗謂内官曰：「速召花奴將羯鼓來。爲我解穢。」花映肉：杜甫《暮秋枉裴道州手扎……》詩：「憶子初尉永嘉去，紅顔白面花映肉。」此句贊美少年男子風度翩翩。

〔六〕「明年」二句：杜甫《九日藍田崔氏莊》詩：「明年此會知誰健，醉把茱萸仔細看。」

【參考資料】

宋·蘇軾《與王定國書》之一二：「重九登棲霞樓，望君凄然。歌《千秋歲》，滿坐識與不識，皆懷君。」（見《蘇軾文集》卷五二）案，蘇軾在黄州，因懷念王定國，曾歌此詞。

永遇樂　徐州夢覺，北登燕子樓作①〔一〕

明月如霜〔二〕，好風如水，清景無限②。曲港跳魚，圓荷瀉露，寂寞無人見。紞如三鼓③〔三〕，鏗然一葉④〔四〕，黯黯夢雲驚斷⑤〔五〕。夜茫茫、重尋無處⑥，覺來小園行徧。　天涯倦客，山中歸路⑦，望斷故園心眼〔六〕。燕子樓空，佳人何在，空鎖樓中燕。古今如夢，何曾夢覺〔七〕，但有舊歡新怨。異時對〔八〕、黄樓夜景⑧，爲余浩歎。

【校勘】

①題下原注云：「公舊注云：夜宿燕子樓，夢盼盼，因作此詞。一云：徐州夢覺北登燕子樓作。」毛本删去「公舊注云」四字，變注爲題。傅本、元本略同原題注，惟傅本「徐州」下衍「夜」字，無「北」字。元本「公舊注云」作「彭城」，「徐州」下衍「夜」字，「北」作「此」。朱本、龍本題同元本，惟删去「一云」以下十三字。案：龍本引鄭文焯語：「燕子樓未必可宿，盼盼更何必入夢，東坡居士斷不作此癡人説夢之題，亟宜改正。」又曰：「題當從王案云云。」今從鄭説和王案（見本詞編年）改題如此。

②「景」，傅本作「光」。

③「紞如」，二妙集、毛本作「沈沈」。

④「鏗」，二妙集、毛本作「飄」。傅本作「錚」。

⑤「雲」，二妙集注：「疑作魂。」

⑥「無」下原有「覓」字，據元本、朱本、龍本、曹本及《詞譜》删。

⑦「歸路」，原互倒，據諸本改。

⑧「黄」，毛本作「南」。

【編年】

元豐元年戊午（一〇七八年）十月，作於徐州。王文誥《蘇詩總案》卷一七：「元豐元年戊午，十月，十五日觀月黄樓，席上次韻，夢登燕子樓。翌日，往尋其地，作《永遇樂》詞。」

【箋注】

〔一〕燕子樓：唐貞元中張愔鎮徐州，築此樓以居家妓盼盼。張死後，盼盼不嫁，居此樓十餘年。白居易《燕子樓三首序》：「徐州故張尚書有愛妓曰盼盼，善歌舞，雅多風態。予爲校書郎時，遊徐、泗間。張尚書宴予，酒酣，出盼盼以佐歡。歡甚，予因贈詩云：『醉嬌勝不得，風嫋牡丹花。』一歡而去。爾後絶不相聞，迨茲僅一紀矣。昨日司勳員外郎張仲素績之訪予，因吟新詩，有《燕子樓三首》，詞甚婉麗。詰其由，爲盼盼作也。績之從事武寧軍累年，頗知盼盼始末，云：『尚書既殁，歸葬東洛，而彭城有張氏舊第，第中有小樓名燕子。盼盼念舊愛而不嫁，居是樓十餘年，幽獨塊然，於今尚在。』」案：白序言張尚書未著名，言盼盼未著姓，歷來多誤以盼盼爲張建封妓。詳見「參考資料」。

〔二〕「明月」句：唐·李頻《八月十五夜對月》：「坐無雲雨至，看與雪霜同。」

〔三〕紞如：紞然，擊鼓聲。《晉書》卷九〇《鄧攸傳》引《吴人歌》：「紞如打五鼓，鷄鳴天欲曙。」

〔四〕鏗然：金石聲，形容樹葉落地。韓愈《秋懷詩十一首》之九：「空階一片下，琤若摧琅玕。」「如」，助辭。

〔五〕「黯黯」句：黯黯：黯然，沮喪貌。夢雲：借楚王夢巫山神女「旦爲行雲，暮爲行雨」事，喻作者夢見盼盼。詳見《祝英臺近》（掛輕帆）注〔五〕。驚斷：驚醒夢斷。

〔六〕「望斷」句：杜甫《春日梓州登樓二首》之二：「天畔登樓眼，隨春入故園。」

〔七〕「何曾」二句：言人生之夢未醒，具因歡怨之情未斷。《莊子·内篇·大宗師》：「吾特與汝，其夢未始覺者耶。」

〔八〕「異時對」三句：設想後人面對黄樓憑吊自己時，亦如同自己今日面對燕子樓憑吊盼盼。《蘇軾詩集》卷一六《送鄭户曹》：「蕩蕩清河堧，黄樓我所開。秋月墮城角，春風摇酒杯。……他年君倦游，白首賦歸來。登樓一長嘯，使君安在哉！」與此構思相同。黄樓：在徐州城東門上，東坡守徐州時拆霸王廳建之。秦觀《黄樓賦引》：「太守蘇公守彭城之明年，既治河決之變，民以更生；又因修繕其城，作黄樓于東門之上。以爲水受制於土，而土之色黄，故取名焉。」《蘇軾詩集》卷一六《答范淳甫》：「重瞳遺跡已塵埃，惟有黄樓臨泗水。」自注：「郡有廳事，俗謂之霸王廳，相傳不可坐。僕拆之以蓋黄樓。」合注：「《卻掃編》：東坡南竄，黄樓易名觀風。」

【參考資料】

宋·蔡絛《西清詩話》卷中：「徐州燕子樓直郡舍後，乃唐節度使張建封爲侍兒盼盼者建，白樂天贈詩自誓而死者也。陳彦升嘗留詩，辭致清絶：『僕射荒阡狐兔游，侍兒猶住水西樓。風清玉簟慵欹枕，月好珠簾懶上鈎。寒夢覺來滄海闊，新愁吟罷紫蘭秋。樂天才似春深雨，斷送殘花一夕休。』後東坡守徐，移書彦升曰：『彭城八詠如燕子樓篇，直使鮑謝斂手，温李變色也。』」

按：燕子樓事，非張建封，乃其子張愔。宋·陳振孫《白文公年譜》早已辨正云：「燕子樓事，世傳爲張建封。按建封在貞元十六年，且其官爲司空，非尚書也。尚書乃其子愔，《麗情集》誤以爲建封耳。此雖細事，亦可以正千載傳聞之謬。」清·張宗泰《質疑删存》卷下亦云：「汪立名（按：誤，當爲陳振孫）《白公年譜》辨《麗情集》以爲張建封有誤，良是。然謂建封未爲尚書，亦非。《唐書·張建封傳》：建封於貞元七年進位檢校禮部尚書，十二年加檢校右僕射，不過加僕射後不可仍稱尚書耳。不若據貞元二十年斷之。建封卒於貞元十六年，則二十年非愔而何？」

宋·曾敏行《獨醒雜志》卷三：「東坡守徐州，作燕子樓樂章，方具藁，人未知之。一日，忽鬨傳於城中，東坡訝焉。詰其所從來，乃謂發端於邏卒。東坡召而問之，對曰：『某稍知音律，嘗夜宿張建封廟，聞有歌聲，細聽乃此詞也。記而傳之，初不知何謂。』東坡笑而遣之。」（清·梁廷枏《東坡事類》卷十六所引同。清·葉申薌《本事詞》卷上，文字微異。）

清·永瑢等《四庫全書總目提要》卷一九八：「曾敏行《獨醒雜志》載軾守徐州日，作燕子樓樂章，其稿初具，邏卒已聞張建封廟中有鬼歌之。其事荒誕不足信，然足見軾之詞曲，輿隸亦相傳誦，故造作是説也。」（馮煦《蒿庵論詞》亦云：「宋人每好自神……《獨醒雜志》謂邏卒聞張建封廟中鬼歌東坡燕子樓樂章，則又出他人之傅會，益無徵已。」）

宋・楊萬里《誠齋詩話》：「客有自秦少游許來見東坡。坡問少游近有何詩句，客舉秦《水龍吟》詞云：『小樓連苑横空，下臨繡轂雕鞍驟。』坡笑曰：『又連苑，又横空，又繡轂，又雕鞍，又驟，也勞攘。』坡亦有此詞云：『燕子樓中，佳人何在，空鎖樓中燕。』」

宋・曾慥《高齋詩話》：「東坡又問（少游）别作何詞？少游舉『小樓連苑横空，下窺繡轂雕鞍驟』。東坡曰：『十三個字，只説得一個人騎馬樓前過。』少游問公近作。乃舉『燕子樓空，佳人何在？空鎖樓中燕。』晁無咎曰：『只三句，便説盡張建封事。』」（《歷代詩餘》卷一一五引。又見黄昇《唐宋諸賢絶妙詞選》卷二注、蔣一葵《堯山堂外紀》卷五十二、沈雄《古今詞話・詞話》卷上引。）

宋・俞文豹《吹劍三録》引前條後駁蘇軾云：「文豹亦謂公次沈立之韻：『試問别來愁幾許？春江萬斛若爲情』十四字（案，詩句見於蘇軾《和沈立之留别》之二），只是少游『愁如海』三字耳。」（案，秦觀《千秋歲》：「飛紅萬點愁如海。」）

宋・張炎《詞源》卷下：「詞，用事最難，要體認着題，融化不澀。如東坡《永遇樂》云：『燕子樓空，佳人何在？空鎖樓中燕』。用張建封事。白石《疏影》云：『猶記深宫舊事，那人正睡裏，飛近蛾緑。』用壽陽事。又云：『昭君不慣胡沙遠，但暗憶江南江北。想珮環月下歸來，化作此花幽獨。』用少陵詩。此皆用事，不爲事所使。」

明·沈際飛《草堂詩餘别集》卷四：「園、樓、夢、覺，犯重。」又：「燕子三句，見稱晁無咎，可不睹其全篇。」（佚名者批云：「只此數句，便可千古，睹其全篇，未免不逮。」）又：「惆悵激梟。」

清·先著《詞潔》卷五：「『野雲孤飛，去來無迹』，石帚之詞也。此詞亦當不愧此品目，僅歎賞『燕子樓空』十三字者，猶屬附會淺夫。」

清·劉體仁《七頌堂詞繹》：「詞有與古詩同妙者，如『燕子樓空，佳人何在？空鎖樓中燕』。平生少年之篇也。」

清·沈祥龍《論詞隨筆》：「詞當意餘於辭，不可辭餘於意。東坡謂少游『小樓連苑横空，下窺繡轂雕鞍驟』二句，只説得車馬樓下過耳，以其辭餘於意也。若意餘於辭，如東坡『燕子樓空，佳人何在？空鎖樓中燕』用張建封事，白石『猶記深宫舊事，那人正睡裏，飛近蛾緑』用壽陽事，皆爲玉田所稱。蓋辭簡而餘意，悠然不盡也。」

近人鄭文焯《手批東坡樂府》：「公以『燕子樓空』三句語秦淮海，殆以示詠古之超宕，貴神情，不貴跡象也。」

近人夏敬觀《手批東坡樂府》：「東坡《永遇樂》詞云：『紞如三鼓，鏗然一葉，黯黯夢雲驚斷。夜茫茫，重尋無處，覺來小園行徧。』此數語，可作東坡自道聖處。」

陽關曲　贈張繼愿①

受降城下紫髯郎〔一〕。戲馬臺南舊戰場②〔二〕。恨君不取契丹首〔三〕，金甲牙旗歸故鄉〔四〕。

【校勘】

① 題原作「軍中」，據《蘇軾詩集》改。傅本、元本無題。

② 「南舊」，《詩集》作「前古」。

【編年】

元豐元年戊午（一〇七八年）作於徐州。傅藻《東坡紀年録》：「元豐元年戊午，公在徐州。又作《陽關詞》。」王文誥編熙寧十年丁巳。今從《紀年録》。

【箋注】

〔一〕「受降城」句：漢、唐均有受降城。漢受降城係漢武帝派公孫敖所築。《史記》卷一一〇《匈奴列傳》：「是歲（漢武帝元封六年，公元前一〇五年）漢使貳師將軍廣利西伐大宛，而令因杅將軍（公孫）敖築受降城。」《資治通鑑》卷一三載此事作太初元年（前一〇四年），胡注云：「受降城在居延北。」唐受降城有三，中宗命張仁愿築。《舊唐書》卷九三《張仁愿傳》：「（神龍）三年，突厥入寇……仁愿請乘虛奪取漠南之地，於河（黄河）北築三受降城，首尾相應，以絶其南寇之路。」《元和郡縣圖志》卷四：「東受降城，本漢雲中郡地，在榆林縣東北八里，今屬振武節度。」「中受降城，本秦九原郡地，漢武帝元朔二年更名五原，開元十年於此城置安北大都護府。」「西受降城，在豐州西北八十里，蓋漢朔方郡地。」又云：「右三受降城，景雲三年張仁愿所置也。」紫髯郎：本指孫權，詳見《南鄉子》（不到謝公臺）注〔二〕；此借指張繼愿。

〔二〕「戲馬臺」句：「戲馬臺」，在徐州城南。詳見《浣溪沙》（縹緲紅妝照淺溪）注〔一〕。舊戰場：傅注：「劉、項嘗戰此地，故曰舊戰場。」

〔三〕契丹：我國古代少數民族之一，爲東胡族之一支，居今遼河上游，以遊牧爲主。北魏時稱契丹，公元九一六年建契丹國，後改稱遼，北宋末年爲金所滅。傅注：「契丹，北虜號也。在漢謂之匈奴，在唐謂之契丹。」

〔四〕「金甲」句：金甲：金製鎧甲。蔡琰《悲憤詩》：「卓衆來東下，金甲耀日光。」牙旗：張衡《東京賦》：「戈矛若林，牙旗繽紛。」薛綜注：「兵書曰：牙旗者，將軍之旌。謂古者天子出建大牙旗，竿上以象牙飾之，故云牙旗。」

浣溪沙　彭門送梁左藏①〔一〕

惟見眉間一點黄②〔二〕。詔書催發羽書忙〔三〕。從教嬌淚洗紅妝〔四〕。　上殿雲霄生羽翼〔五〕，論兵齒頰帶風霜③〔六〕。歸來衫袖有天香〔七〕。

【校勘】

①原題作「有贈」，從傅本。元本、朱本無題。

②「惟」，傅本、元本、二妙集、朱本、龍本、曹本作「怪」。

③「風」，傅本、元本作「冰」。

【編年】

元豐元年戊午（一〇七八年）七月，作於徐州。案：朱本、龍本此詞俱未編年，曹本云：「惟此詞與詩集《和子由送將官梁左藏仲通（名交）》及《送將官梁左藏赴莫州》二詩，必係同時之作。以上二詩，俱編元豐元年戊午。今從詩集移編戊午。」檢施宿《東坡先生年譜》，二詩正繫於元豐元年。送梁交赴莫州，《蘇詩總案》繫於元豐元年五月；孔《譜》繫於七月。今從孔《譜》。

【箋注】

〔一〕梁左藏：《蘇軾詩集》卷一五《王鞏屢約重九見訪，既而不至，以詩送將官梁交且見寄，次韻答之。交頗文雅，不類武人，家有侍者，甚惠麗》題下查注：「梁交，字仲通。」又卷一六《與梁左藏會飲傳國博家》引合注：「梁左藏，即梁交。左藏，官名。」案：左藏，國庫之一。宋初諸州貢賦均輸左藏。

〔二〕眉間一點黄：謂面有喜色。《太平御覽》卷三六四《人事·額》引《相書占氣雜要》曰：「黄氣如帶當額横，卿之相也。有卒喜，皆發於色，額上面中年上，是其候也。黄色最佳。」韓愈《郾城晚飲奉贈副使馬侍郎及馮李二員外》：「城上赤雲呈勝氣，眉間黄色見歸期。」傅注：「相者以眉間黄色爲喜色。」

〔三〕「詔書」句：詔書：皇帝頒發之命令文告。蔡邕《蔡郎中外集》卷四《獨斷》：漢天子正號曰皇帝。其言曰制詔。其命令一曰策書，二曰制書，三曰詔書，四曰戒書。又云：「詔書者，詔，告也。」羽書：又稱羽檄。《漢書》卷一下《高帝紀》下：「吾以羽檄徵天下兵，未有至者。」唐·顔師古注：「檄者，以木簡爲書，長尺二寸，用徵召也。其有急事，則加以鳥羽插之，示速疾也。」

〔四〕從教：任憑。唐·施肩吾《春日宴徐君池亭》：「池上有門君莫掩，從教野客見青山。」

〔五〕羽翼：鳥藉羽翼以飛行，因羽翼生鳥體兩側，故常喻左右輔佐之人。《管子·霸形》：「寡人之有仲父也，猶飛鴻之有羽翼也。」

〔六〕「論兵」句：《蘇軾詩集》卷四〇《寄高令》：「詩成錦繡開胸臆，論極冰霜繞齒牙。」此句謂談論軍事，滔滔不絶，具有克敵致勝的效果。

〔七〕天香：指皇宫中香爐裏焚燒的香煙。杜甫《奉和賈至舍人早朝大明宫》：「朝罷香煙攜滿袖，詩成珠玉在揮毫。」唐·皮日休《送令狐補闕歸朝》：「朝衣正在天香裏，諫草應焚禁漏中。」

南鄉子　用前韻贈田叔通家舞鬟①〔一〕

繡鞅玉鐶遊〔二〕。燈晃簾疏笑卻收〔三〕。久立香車催欲上〔四〕，還留。更且檀脣點杏油〔五〕。　花徧六么毬〔六〕。面旋迴風帶雪流②〔七〕。春入腰肢金縷細〔八〕，輕柔。種柳應須柳柳州〔九〕。

【校勘】

① 傅本、元本不載此詞。毛本題無「家」字。

② 「流」，原誤作「洗」，據二妙集、毛本改。

【編年】

元豐二年己未（一〇七九年）三月，作於徐州。案：此詞爲贈田叔通家舞鬟而作。據《蘇軾詩集》卷一七《和田國博喜雪》詩，查注：「田國博，字叔通。……時以國子博士爲徐州通判，故先生贈詩，又有『風流别乘多才思』之句。」查注所謂「時以……」云云，當指元豐元年冬。所謂贈詩有「風流別乘」之句，是指蘇軾與通判田叔通贈答詩《再次韻答田國博部夫還二首》其二：「枝上稀疏地上稠，忍看紅糝落牆頭。風流別乘多才思，歸趁西園秉燭遊。」（見《詩集》卷一八）「別乘」即「別駕」，爲太守之貳，此指田叔通。在徐州時，蘇軾與田叔通多有唱和，詩有《次韻田國博部夫南京見寄二絶》《田國博見示石灰詩……次韻答之》《留別叔通、元弼、坦夫》等（均見《詩集》卷一八）蘇、田交遊及蘇軾贈田叔通詩，《蘇詩總案》均編於元豐二年，此詞亦當作於是年。

【箋注】

〔一〕前韻：指前同調「千騎試春遊」一首。田叔通：當時楚州太守田待問之弟，海州沭陽人，蘇軾守徐州時，叔通以國子博士爲通判。舞鬟：少年舞妓。

〔二〕繡鞅：此指套於馬頸用以負軛的華美皮帶。杜牧《街西長句》：「銀鞦騕褭嘶宛馬，繡鞅璁瓏走鈿車。」

〔三〕簾疏：北齊·魏收《後園宴樂》詩：「樹静歸煙合，簾疏返照中。」

〔四〕香車：用多種香料塗飾的車。王維《洛陽女兒行》：「羅帷送上七香車，寶扇迎歸九華帳。」

〔五〕檀脣：淺紅口脣。韓偓《余作探使以繚綾手帛子寄賀因而有詩》：「黛眉印在微微緑，檀口消來薄薄紅。」

〔六〕花徧六么：段安節《琵琶録》：「樂工進曲，録出要者名《録要》，誤爲《緑腰》《六么》。」白居易

《琵琶行》：「初爲《霓裳》後《六么》。」王國維《唐宋大曲考》：「吴文英有《夢行雲》一闋，自注云：即六么花十八，則爲大曲之一遍無疑也。」遍通徧。花徧六么，殆即此意。

〔七〕「面旋迴風」句：《爾雅·釋天》：「迴風爲飄。」郭璞注：「旋風也。」曹植《洛神賦》：「飄飄兮若流風之迴雪。」白居易《霓裳羽衣歌》：「飄然轉旋迴雪輕。」此謂舞鬟旋舞之狀。

〔八〕金縷：即金縷衣。樂府近代曲名。杜秋娘《金縷衣》詩：「勸君莫惜金縷衣，勸君惜取少年時。」

〔九〕「種柳」句：《新唐書》卷一六八《柳宗元傳》：「元和十年，徙柳州刺史……世號柳柳州。」柳宗元《種柳戲題》詩：「柳州柳刺史，種柳柳江邊。」此戲謔田叔通調教的舞鬟，細腰輕柔，舞姿婀娜，應須是柳柳州在柳江邊栽植的細柳。

【參考資料】

明·卓人月《古今詞統》卷八：「滑稽。」

清·沈雄《古今詞話·詞品》卷下：「蘇長公爲游戲之聖，邢俊臣亦滑稽之雄。蘇贈舞鬟云：『春入腰支金縷細，輕柔。種柳應須柳柳州。』蓋『柳州』用吕温嘲宗元詩『柳州柳刺史，種柳柳江邊』也。」案：「柳州柳刺史」詩，乃柳宗元自作，題爲《種柳戲題》。沈雄謂吕温嘲柳宗元詩，當爲誤記。

又 用韻和道輔①〔一〕

未倦長卿遊〔二〕。漫舞夭歌爛不收〔三〕。不是使君能矯世〔四〕，誰留？教有瓊梳脱麝油〔五〕。　香粉鏤金毬②〔六〕。花豔紅箋筆欲流〔七〕。從此丹脣並皓齒〔八〕，清柔。唱徧山東一百州。

【校勘】

① 傅本、元本不載此詞。

② 「毬」，原作「裘」，據前二闋韻改。

【編年】

同前首。朱孝臧《東坡樂府》卷二：「案調韻俱同前詞，一時之作。」

【箋注】

〔一〕道輔：其人未詳，據詞意他是個生活浪漫，富於才華，善於作詞度曲的風流人物。《蘇軾文集》卷六六《書黄道輔品茶要録後》：「黄君道輔諱儒，建安人。博學能文，淡然精深，有道之士也。作《品茶要録》十篇，委曲微妙，皆陸鴻漸以來論茶者所未及。……予悲其不幸早亡，獨此書傳於世，故發其篇末云。」未知是此道輔否？録以備考。

〔二〕長卿遊：《漢書》卷五七《司馬相如傳》：「司馬相如字長卿，蜀郡成都人也。」「長卿久宦遊，不遂而困，」後遇臨邛卓王孫女「夜奔亡相如。」卓王孫恥之，爲杜門不出，昆弟諸公更謂王孫曰：「今文君既失身於司馬長卿，長卿故倦遊，雖貧，其人材足依也。」文穎注曰：「倦，疲也。言疲厭游學，博物多能也。」此以司馬相如比道輔，言道輔還將到處遊覽。

〔三〕漫舞：同慢舞。白居易《長恨歌》：「緩歌漫舞凝絲竹。」爛：鮮明衆多貌。《詩·大雅·韓奕》：「爛其盈門。」

〔四〕矯世：違反世俗觀念。《漢書》卷六七《楊王孫傳》：「王孫報曰：『蓋聞古之聖王，緣人情不忍其親，故爲制禮，今則越之，吾是以贏葬，將以矯世也。』」

〔五〕瓊梳：飾玉的髮梳。蘇轍《程之元表弟奉使江西次前年送赴楚州韻戲別》詩：「紛紛出歌舞，緑髮照瓊梳。」麝油：謂以麝香合油掠髮也。馮贄《雲仙雜記》：「周光禄諸妓，掠鬢用鬱金油，傅面用龍消粉，染衣以沈水香。」上片寫道輔漫遊不倦，又有矯世使君的款留，得以縱情觀舞聽歌，生活浪漫。

〔六〕香粉鏤金：段成己《菊花霜詩》：「香粉嚼餘濃不散，唾花誤染鏤金衣。」賈思勰《齊民要術》卷五《種紅藍花梔子》：「作香粉法，唯多著丁香於粉合中，自然芬馥。」

〔七〕紅箋：王仁裕《開元天寶遺事·風流藪澤》：「長安有平康坊，妓女所居之地，京都俠少萃集於此，兼每年新進士，以紅箋名紙遊謁其中。時人謂此坊爲風流藪澤。」寇準《應制賦牡丹詩》：「縱吟宜把紅牋擘，留賞帷張翠幄遮。」

〔八〕丹脣皓齒：成公綏《嘯賦》：「發妙聲於丹脣，激哀音於皓齒。」下片寫道輔譜曲作歌下筆如流，可供丹脣皓齒之女子，唱徧山東。

江城子　恨別①

天涯流落思無窮。既相逢。却怱怱〔一〕。攜手佳人、和淚折殘紅〔二〕。爲問東風餘幾許？春縱在，與誰同！隋堤三月水溶溶〔三〕。背歸鴻〔四〕。去吴中〔五〕。回首彭城②、清泗與淮通。寄我相思千點淚③〔六〕，流不到，楚江東〔七〕。

【校勘】

① 此詞傅本存目缺詞。元本、朱本、龍本、曹本題作「別徐州」。

② 「首」，毛本作「望」。

③ 「寄我」，元本、朱本、龍本、曹本作「欲寄」。

【編年】

元豐二年己未（一〇七九年）三月，作於徐州。傅藻《東坡紀年録》：「元豐二年己未，二月，移知湖州，別徐州作《江神子》。」王文誥《蘇詩總案》卷一八：「三月，告下，以祠部員外郎直史館知湖州軍州事，留別田叔通、寇元弼、石坦夫作《江神子》調。」又案：「此詞乃三月罷徐州之明文可見，《紀年録》既以爲罷徐州作，又誤作二月，自爲矛盾，應駁正。」今從《總案》。

【箋注】

〔一〕却：猶還。晏殊《浣溪沙》詞：「漁父酒醒重撥棹，鴛鴦飛去却回頭。」歐陽修《涼州令》詞：「一去門閒掩，重來却尋朱檻。」

〔二〕殘紅：謂落花。唐·王建《宮詞》：「樹頭樹底覓殘紅，一片西飛一片東。」

〔三〕隋堤：隋煬帝于大業元年（六〇五年）開通濟渠，引汴水入河，與淮水溝通。渠廣四十步，堤築御道，並植楊柳，後人謂之隋堤。白居易《隋堤柳》：「隋堤柳，歲久年深盡衰朽。……大業中年煬天子，種柳成行夾水流。西至黄河東至淮，緑陰一千三百里。」此句設想赴湖州途中舟行景色。

〔四〕背歸鴻：春季大雁北歸，而作者卻南去吴中，故曰「背」。

〔五〕吴中：指湖州。湖州州治在烏程，春秋時屬吴地，泛稱吴中。

〔六〕「寄我」句：宋·張君房《麗情集》：「灼灼，錦城官中奴，御史裴質與之善。裴召還，灼灼每遣人以軟紅絹聚紅淚爲寄。」

〔七〕楚江：指湖北以東長江河段。唐・韋應物《賦得暮雨送李曹》：「楚江微雨裏，建業暮鐘時。」李白《望天門山》：「天門中斷楚江開，碧水東流直北回。」「楚江東」，謂吴中。

【參考資料】

明・沈際飛《草堂詩餘正集》卷二：「一字一光景。」又：「東坡絕愛少游『爲誰流下瀟湘去』，脱化出『流不到，楚江東』。」（案：少游詞係其《踏莎行》「霧失樓臺」一闋末句，爲少游紹聖四年（一〇九七年）被貶郴州時所作，晚於蘇軾此詞近二十年。沈際飛云蘇詞係從少游詞脱化而出，誤。）

明・楊慎《草堂詩餘》卷三：「結句從李後主『恰似一江春水向東流』轉出，更進一步。」

明・李廷機《新刻注釋草堂詩餘評林》：「傷別之意，至矣，盡矣。」

清・陳世焜《雲韶集》卷二：「語極沉着，一往情深。」

清・黄蓼園《蓼園詞選》：「按，彭城即徐州，泗水、汴水皆在焉。其形勝東接齊魯，北屬趙魏，南通江淮，西控梁楚。意此時東坡於彭城遇舊好，又別之而赴淮揚，臨別贈言也。先從自己流落寫起，言舊好遇於彭城，又匆匆折殘紅以泣別，別後雖有春，不能共賞矣。隋堤，汴堤也；通于淮，言我沿隋堤而下維揚，回望彭城，相去已遠，縱泗水流與淮通，而淚亦寄不到，爲可傷也。楚江東，謂揚州，古稱『吴頭楚尾』也，故曰吴中，又曰楚江東。」

減字木蘭花　彭門留別①

玉觴無味。中有佳人千點淚②。學道忘憂〔一〕。一念還成不自由〔二〕。　如今未見〔三〕。歸去東園花似霰。一語相開。匹似當初本不來〔四〕。

【校勘】

① 題原作「送別」，據傅本、元本、朱本、龍本、曹本改。

② 「中」，原作「巾」，據諸本改。

【編年】

元豐二年己未（一〇七九年）三月，將別徐州時作。朱孝臧《東坡樂府》卷一：「案是詞當與《江城子》詞同時作。」是。

【箋注】

〔一〕「學道」句：《漢書》卷六六《楊惲傳》：「君子游道，樂以忘憂。」學道：學習道藝，此指從政的經驗。

〔二〕一念：一動念，極短促之時刻。《觀無量壽經》：「如一念頃，即生彼國七寶池中。」傅注：「釋氏以邪心正性，皆生乎一念。」

〔三〕「如今」二句：梁元帝《春别應令詩四首》之一：「昆明夜月光如練，上林朝花色如霰。朝花夜月動春心，誰忍相思今不見。」

〔四〕匹似：猶譬如。元稹《酬樂天醉别》：「好住樂天休悵望，匹如元不到京來。」張先《生查子》：「匹似没伊時，更不思量也。」

江城子①

墨雲拖雨過西樓。水東流。晚煙收〔一〕。柳外殘陽。回照動簾鈎〔二〕。今夜巫山真箇好〔三〕，花未落，酒新篘〔四〕。　美人微笑轉星眸〔五〕。月華羞。捧金甌〔六〕。歌扇縈風，吹散一春愁。試問江南諸伴侣〔七〕，誰似我，醉揚州。

【校勘】

① 傅本、元本不載。

【編年】

元豐二年己未（一〇七九年）四月，作於揚州。案：朱本、龍本、曹本此詞俱未編年。劉崇德《蘇詞編年考》云：「蘇軾一生倅杭、知密、知湖、量汝、返朝（元豐八年五月）凡五過揚州。又于元祐七年正月至七月知揚州。從『花未落』、『吹散一春愁』句看，此當作於春末。查蘇軾倅杭過揚州爲熙寧四年十月。知密過揚爲熙寧七年初冬，皆於詞中所叙時令不合。曾凡禮《蘇東坡詞選釋》定此詞爲蘇軾『五十七歲（元祐七年）、任短暫的揚州太守時的作品』，其説可通。但蘇軾自徐赴湖州任過揚州時正值暮春三月，中年時期更易有杜牧風流之思，故編元豐二年三月。」暫從劉説，以俟詳考。惟蘇軾赴湖州任過揚州時值四月，劉云三月，微誤。

【考辨】

曹本注：「按此詞意境與東坡詞不類，而下片末三句尤非東坡口吻。今移列誤入詞。」案：此詞傅本、元本雖未收，然見於宋·曾慥《東坡詞拾遺》。《拾遺》係據北宋張賓老所編本及蜀本《東坡詞》收録，大都可信。曹本僅以「意境與東坡詞不類」即斷爲僞作，顯證不足，難以置信。

【箋注】

〔一〕晚煙：暮煙。唐太宗《賦得白日伴西山》：「晚煙含樹色，棲鳥雜流聲。」

〔二〕回照：返照。簾鈎：杜甫《落日》：「落日在簾鈎，溪邊春事幽。」

〔三〕巫山：李白《清平調詞三首》之二：「一枝紅豔露凝香，雲雨巫山枉斷腸。」

〔四〕篘：用竹篾製成之漉酒具，此處用作動詞，指以篘漉酒。計有功《唐詩紀事》卷六五「杜荀鶴」條：「荀鶴曾得詩一聯云：『舊衣灰絮絮，新酒竹篘篘。』」

〔五〕星眸：目光清瑩。《宣和遺事》卷上「十二月預賞元宵」條：「佳人卻是戴軃肩冠兒，插禁苑瑤花。星眸與秋水争光，素臉與春桃鬬豔。」

〔六〕金甌：金製盆盂類器皿，可作茶具或酒具。李德裕《明皇十七事》：玄宗凡命相，先以八分書姓名，以金甌覆之。此爲酒杯的美稱。

〔七〕江南諸伴侣：指同作者一起派到江南的士大夫們。

南歌子　湖州作〔一〕

山雨瀟瀟過①，溪橋瀏瀏清②〔二〕。小園幽榭枕蘋汀〔三〕。門外月華如水〔四〕、綵舟横。苕岸霜花盡③〔五〕，江湖雪陣平④〔六〕。兩山遥指海門青〔七〕。回首水雲何處、覓孤城。

【校勘】

①「瀟瀟」，元本、朱本、龍本、曹本作「蕭蕭」。

②「橋」，元本、朱本、龍本、曹本作「風」。

③「苕」，原作「岧」，據傅本、元本、朱本、龍本、《全宋詞》、曹本改。「岸」，傅本作「坼」。

④「湖」，朱注：「疑潮誤」。

【編年】

元豐二年己未（一〇七九年）五月，作於湖州。王文誥《蘇詩總案》卷一八：「元豐二年己未，五月十三日，錢氏園送劉撝赴餘姚並作《南歌子》詞。」案：《蘇軾詩集》卷一八有《送劉寺丞赴餘姚》詩，施注：「劉寺丞，名撝，字行甫，長興人。……公守湖州，行甫自長興道郡城赴餘姚，公既賦此詩，又即席作《南柯子》詞爲餞，首句云『山雨瀟瀟過』者是也。後題『元豐二年五月十三日吴興錢氏園作』。今集中乃指他詞爲送行甫，而此詞第云『湖州作』，誤也。真蹟宿皆刻石餘姚縣治。」朱孝臧《東坡樂府》卷一：「別有『日出西山雨』一首，題作《送行甫赴餘姚》，即施注所謂他詞者，疑與是詞題互誤。」據施注及朱説，此詞題當作《送行甫赴餘姚》。

【箋注】

〔一〕湖州：州府名，治所在烏程（今浙江湖州市），轄烏程、歸安、安吉、長興、德清、武康諸縣。《太平寰宇記》卷九四《江南東道·湖州》：「湖州，《禹貢》揚州之域，古防風氏之國也。……隋仁壽二年（六〇二年）改爲湖州，因太湖爲名。……天寶元年改爲吴興郡，乾元元年復爲湖州。皇朝爲宣德軍節度。」

〔二〕瀏瀏：風疾貌。晉·潘岳《寡婦賦》：「雪霏霏而驟落兮，風瀏瀏而夙興。」

〔三〕枕：《漢書》卷六四上《嚴助傳》：「會稽東接於海，南近諸越，北枕大江。」顔師古注：「枕，臨也。」蘋汀：長滿蘋草的水中平地。「汀」，平也，引申爲水邊平地或水中小洲。《楚辭·九歌·湘夫人》：「搴汀洲兮杜若，將以遺兮遠者。」

〔四〕月華如水：形容月光明净透徹。謝莊《月賦》：「柔祇雪凝，圓靈水鏡，連觀霜縞，周除冰净。」

〔五〕苕：苕溪。《太平寰宇記》卷九四《江南東道·湖州·烏程縣》：「苕溪在縣南五十步大溪西，西從浮玉山，東至興國寺，以其兩岸多生蘆葦，故名苕溪。」霜花：指苕花。苕花盛開，白如霜雪。

〔六〕雪陣：指潮水。潮水來時如風捲白雪。

〔七〕海門：傅注：「錢塘江海門，兩山對起。」

漁家傲　七夕①

皎皎牽牛河漢女〔一〕。盈盈臨水無由語。望斷碧雲空日暮〔二〕。無尋處。夢回芳草生春浦②〔三〕。　烏散餘花紛似雨〔四〕。汀洲蘋老香風度〔五〕。明月多情來照户〔六〕。但攬取〔七〕。清光長送人歸去。

【校勘】

①二妙集、毛本無題。

②「春」，傅本作「南」。

【編年】

元豐二年己未（一〇七九年）七月，作於湖州。朱孝臧《東坡樂府》卷一：「案詞有『汀洲蘋老』語，疑在湖州時作。公在湖州過七夕，惟元豐己未也。」姑從朱説。

【箋注】

〔一〕「皎皎」二句：《古詩十九首》之一〇：「迢迢牽牛星，皎皎河漢女。……盈盈一水間，脈脈不得語。」此縮用其句。皎皎：潔白貌。盈盈：水光輕盈貌。

〔二〕碧雲：青雲。江淹《休上人怨别》：「日暮碧雲合，佳人殊未來。」

〔三〕夢回芳草：謝靈運《登池上樓》：「池塘生春草，園柳變鳴禽。」《南史》卷一九《謝惠連傳》：「惠連年十歲能屬文，族兄靈運嘉賞之，云『每有篇章，對惠連輒得佳語』。嘗於永嘉西堂思詩，竟日不就，忽夢見惠連，即得『池塘生春草』，大以爲工。」春浦：春日之水邊。

〔四〕「鳥散」句：謝朓《遊東田》：「魚戲新荷動，鳥散餘花落。」

〔五〕「汀洲」句：宋玉《風賦》：「夫風起於地，生於青蘋之末。」此句言秋風從汀洲旁衰老的蘋草上飄過。

〔六〕「明月」句：陸機《擬明月何皎皎詩》：「安寢北堂上，明月入我牖。」

〔七〕攬取：收攏。陸機《擬明月何皎皎詩》：「照之有餘輝，攬之不盈手。」

臨江仙

龍丘子自洛之蜀〔一〕，載二侍女，戎裝駿馬，至溪山佳處，輒留①，見者以爲異人。後十年②，築室黄岡之北〔二〕，號静菴居士③。作此紀之④

細馬遠馱雙侍女〔三〕，青巾玉帶紅靴。溪山好處便爲家〔四〕。誰知巴峽路〔五〕，卻見洛城花〔六〕。　面旋落英飛玉蘂〔七〕，人間春日初斜。十年不見紫雲車〔八〕。龍丘新洞府〔九〕，鉛鼎養丹砂〔一〇〕。

【校勘】

① 傅本、元本、二妙集、毛本「輒留」下有「數日」二字。

② 傅本、元本「後」上有「其」字。

③ 傅本、元本、二妙集「號」下有「曰」字，「菴」作「安」。

④ 「作此紀之」，傅本作「乃作臨江仙以紀之」；元本作「作此詞贈之。」

【編年】

元豐三年庚申（一〇八〇年）一月赴黄州，途經麻城岐亭，贈陳慥作。王文誥《蘇詩總案》卷二〇：「元豐三年庚申，正月一日公挈邁出京（赴黄州）……二十五日將赴岐亭，山上有白馬青蓋疾馳來迎者，則岐下故人陳慥季常也。相從至其家……爲留五日，作『昨日雲陰重，東風融雪汁』詩，並贈《臨江仙》詞。」

【箋注】

〔一〕龍丘子：洪邁《容齋三筆》卷三：「陳慥，字季常，公弼之子，居於黄州之岐亭，自稱龍丘先生，又曰方山子。」蘇軾《方山子傳》記其人其事甚詳。見《蘇軾文集》卷一三。

〔二〕黄岡：《元和郡縣志》卷二七：「黄岡縣，本漢西陵縣地……。蕭齊於此置齊安縣，隋開皇十八年改爲黄岡，因縣東黄岡爲名。」

〔三〕「細馬」二句：細馬：良馬。《大唐六典》卷一一注：「隴右諸牧監使，每年簡細馬五十匹進。其祥麟、鳳苑厩所須雜給馬，年别簡粗壯敦馬一百匹，與細馬同進。」又，《舊唐書》卷四四《職官三·太僕寺》：「凡馬，有左右監，以别其粗良，以數紀名，著之簿籍。細馬稱左，粗馬稱右。」李白《對酒》：「吴姬十五細馬馱。」

〔四〕「溪山」句：《苕溪漁隱叢話前集》卷五七：天聖間，閩僧可士有《送僧詩》云：「是山皆有寺，何處不爲家。」

〔五〕巴峽路：陳子昂《初入峽苦風寄故鄉親友》：「寧知巴峽路，辛苦石尤風。」此指四川崇山峻嶺間的小道。

〔六〕洛城花：指牡丹。唐宋時，洛陽牡丹最盛，因稱洛陽花或洛城花。歐陽修《洛陽牡丹記·花品序》：牡丹「出洛陽者，今爲天下第一」。羅大經《鶴林玉露》丙編卷一：「洛陽人謂牡丹爲花，成都人謂海棠爲花，尊貴之也。亦如稱歐陽公、司馬公之類，不復指其名字稱號。」此以洛城花喻陳慥二侍女之美麗。

〔七〕「面旋」句：面旋：盤旋飛舞貌。曾鞏《亳州雪詩》：「繁英飛面旋，豔舞起翩躚。」飛玉蘂：形容花瓣紛紛落下。「玉蕊」原指玉蕊花，此代花瓣。

〔八〕紫雲車：張華《博物志》卷八：「漢武帝好仙道，祭祀名山大澤，以求神仙之道。時西王母遣使乘白鹿，告帝當來，乃供帳九華殿以待之。七月七日夜漏七刻，王母乘紫雲車而至。」杜牧《張好好詩》：「聘之碧瑤珮，載以紫雲車。」此指載少女的車。

〔九〕「龍丘」句：清《一統志》卷三四一《黄州府・山川》：「龍丘在黄岡縣北一百二十里，宋陳慥居此，以地爲號。」洞府：本指神仙所居之地，此謂陳慥所居。沈約《華山館爲國家營功德詩》：「丹方緘洞府，河清時一傳。」

〔一〇〕「鉛鼎」句：鉛鼎：道家言以鉛入鼎煉丹，服之可以長生。因謂煉丹爐爲鉛鼎，或曰丹鼎。盧照鄰《贈李榮道士》：「圓洞開丹鼎，方壇聚絳雲。」丹砂：道家煉丹原料，又名朱砂。葛洪《抱朴子内篇》卷一《金丹》：「劉元丹法：以丹砂内玄水液中，百日紫色，握之不汙手。又和以雲母水，内管中漆之，投井中百日，化爲赤水，服合得百歲，久服長生也。」此言陳慥煉丹以求長生。

【參考資料】

宋・胡仔《苕溪漁隱叢話後集》卷三九：「龍丘子，即陳季常也。秦太虛寄之以詩，亦云：『侍童雙擢玉，鬢髮光可照。駿馬錦障泥，相隨窮海嶠。暮年更折節，學佛得心要。鬻馬放阿樊，幅巾對沉燎。』《西清詩話》云：『季常自以爲飽禪學，妻柳頗悍忌，季常畏之，故東坡因詩戲之，有「忽聞河東獅子吼，拄杖落手心茫然」之句。』觀此，則知季常載二侍女以遠游，及暮年甘於枯寂，蓋有所制而然，亦可憫笑也。」

清・李調元《雨村詞話》卷一：「毛文錫《西溪子》云：『嬌妓舞衫香煖，不覺到斜暉。馬馱歸。』東坡《臨江仙》云：『細馬遠馱雙侍女。』『馱』字本此。」

近人鄭文焯《手批東坡樂府》：「詞句亦飄飄欲仙。」（據《東坡樂府箋》卷一轉引）

卜算子　黃州定慧院寓居作①〔一〕

缺月掛疏桐，漏斷人初静〔二〕。時見幽人獨往來②〔三〕，縹緲孤鴻影〔四〕。

驚起卻回頭，有恨無人省。揀盡寒枝不肯棲〔五〕，寂寞沙洲冷③。

【校勘】

①原無題，調名下有注作：「黄魯直跋云：東坡道人在黄州時作。語意高妙，似非吃煙火食人語。非胸中有萬卷書，筆下無一點塵俗氣，孰能至是。」據傅本、元本、朱本、龍本、曹本補題。

②「時見」，傅本、元本、朱本、龍本、曹本作「誰見」。傅本原校：「一作時見。一作唯有。」

③「寂寞沙洲冷」，原作「楓落吴江冷」，據傅本改。

【編年】

元豐三年庚申（一〇八〇年）二月至五月，作於黄州。王文誥《蘇詩總案》卷二一：「元豐五年壬戌（一〇八二年）十二月，作《卜算子》詞。」朱本、龍本、曹本並同《總案》。案：蘇軾于元豐三年被謫，正月一日出京，二月一日到達黄州，初寓居定慧院；五月，遷臨臯亭。此詞題云「黄州定慧院寓居作」，當作於初到黄州時（二月至五月），《總案》編元豐五年十二月，不確。

【箋注】

〔一〕黄州：今湖北黄岡市。《元和郡縣圖志》卷二七：「黄州，本春秋時邾國之地，後又爲黄國之境。戰國時屬楚。秦屬南郡。二漢爲江夏郡西陵縣地。魏爲重鎮，……至晉爲西陽國，封子弟爲王。蕭齊於此置齊安郡，隋開皇三年罷郡置黄州，因古黄國爲名也。」唐、宋因之。定慧院：明弘治《黄州府志》卷四：「定惠院，在府治東南，蘇子瞻嘗寓居，作海棠詩以自述。」

〔二〕漏斷：「漏」指漏壺，古代計時器。許慎《説文》：「漏，以銅受水，刻節，晝夜百刻。」「漏斷」指夜深。

〔三〕幽人：《易·履卦》：「履道坦坦，幽人貞吉。」孔穎達《疏》：「既無險難，故在幽隱之人，守正得吉。」案：有二義，一指隱逸之士，一指幽囚之人。此用後義，作者自指，言被貶逐不得與聞世事。作者《過江夜行武昌山聞黄州鼓角》「幽人夜度吴王峴」、《吾謫海南，子由雷州……》「幽人拊枕坐歎息」，與此同義。

〔四〕縹緲：高遠隱約貌。李白《天門山》詩：「參差遠天際，縹緲晴霜外。」

〔五〕「揀盡寒枝」二句：隋·李元操《鳴雁行》：「夕宿寒枝上，朝飛空井傍。」此則言不肯棲高寒之木而甘居寂寞沙洲，其品格高尚如是。

【參考資料】

一、關於本詞的主旨，説法很多，摘録於後：

（一）爲王氏女子作

宋·吴曾《能改齋漫録》卷一六《東坡〈卜算子〉詞》條：「東坡先生謫居黄州，作《卜算子》詞云（詞略）。其屬意蓋爲王氏女子也，讀者不能解。張右史文潛繼貶黄州，訪潘邠老，嘗得其詳。題詩以誌之：『空江月明魚龍眠，月中孤鴻影翩翩。有人清吟立江邊，葛巾藜杖眼窺天。夜冷月墮幽蟲泣，鴻影翹沙衣露濕。仙人采詩作步虚，玉皇飲之碧琳腴。』」

（二）爲鄰家女作

宋・袁文《甕牖閒評》卷五：「蘇東坡謫黄州，鄰家一女子甚賢，每夕只在窗下聽東坡讀書。後其家欲議親，女子云：『須得讀書如東坡者乃可。』竟無所諧而死。故東坡作《卜算子》以記之。」

宋・李如篪《東園叢説》卷下：「王子家言及蘇公少年時，常夜讀書。鄰家豪右之女，嘗竊聽之。一夕來奔，蘇公不納，而約以登第後聘以爲室。暨公及第，已别娶仕宦。歲久，訪問其所適何人，以守前言不嫁而死。其詞有『幽人獨往來，縹緲孤鴻影』之句，正謂斯人也。『揀盡寒枝不肯棲，楓落吴江冷』之句，謂此人不嫁而亡也。」

（三）爲温都監女作

宋・王楙《野客叢書》卷二四：「山谷曰：東坡在黄州所作《卜算子》云云，詞意高妙，非吃煙火食人語。吴曾亦曰：東坡謫居黄州作《卜算子》云云，其屬意王氏女也，讀者不能解。張文潛繼貶黄州，訪潘邠老，得其詳，嘗題詩以志其事。僕謂二説如此，無可疑者。然嘗見臨江人王説夢得，謂此詞東坡在惠州白鶴觀所作，非黄州也。惠有温都監女，頗有色，年十六不肯嫁人，聞東坡至，喜謂人曰：『此吾婿也。』每夜聞坡諷咏，則徘徊窗外，坡覺而推窗，則其女踰牆而去。坡從而物色之，温具言其然。坡曰：『吾當呼王郎與子爲姻。』未幾，坡過海，此議不諧，其女遂卒，葬於沙灘之側。坡回惠日，女已死矣，悵然爲賦此詞。蓋坡借鴻爲喻，非真言鴻也。『揀盡寒枝不肯棲』者，謂少擇偶不嫁；『寂寞沙洲冷』者，指其葬所也。説之言如此。其説得之廣人蒲仲通，未知是否，姑志於此，以俟詢訪。」（此條又見元・陳明秀《東坡詩話録》。爲温都監女作説，爲毛本題注所出。可參閲。）

明・卓人月《古今詞統》卷四：「按《女紅餘志》：『惠州温都監有女名超超，年十六，不肯字人，聞坡至，喜曰：此吾婿也。夜聞子瞻諷詠，則徘徊窗外。子瞻覺，則亟去。坡謂温曰：吾當呼王郎與子爲姻。未幾，子瞻過海，其女遂卒，葬於沙際。子瞻念之，爲作此詞。揀盡寒枝，言擇偶也。寂寞沙洲，言葬所也。』李卓吾曰：『余獨悲其能具隻眼，知坡公之爲神仙，知坡公之爲異人，知坡公之外舉世再無與兩，是以不得親近，寧死不願居人間世也。然則即呼王郎爲姻，彼亦必死不嫁也。何者？彼知有坡公，不知有王郎也。』」（明詹詹外史輯《情史》卷六《情愛類・温都監女》所載，與此段文字略同，不言出處。並斷言：「此詞蓋惠州白鶴觀所作。或云黄州作，屬意王氏女，非也。」又引長卿氏語：「人知朝雲爲坡公妾，而不知此女乃真坡公妾也。坡公遷謫嶺外，婆娑六十老人矣。十六之女何喜乎而心許之，且死之也！然坡公非當時鬚眉如戟，諸人所欲極力而殺之者哉！而一女子獨見憐，悲夫！」《歷代詩餘》卷一一五亦引《女紅餘志》所載超超事，但結尾云：「按詞爲詠雁，當别有寄託，何得以俗情傅會也。」沈雄《古今詞話》載温氏女超超事，云出《梅墩詞話》，可參閲）。

（四）影射刺時之作

宋·黄昇《唐宋諸賢絶妙詞選》卷二：「鮦陽居士云：『缺月，刺明微也。漏斷，暗時也。幽人，不得志也。獨往來，無助也。驚鴻，賢人不安也。回頭，愛君不忘也。無人省，君不察也。揀盡寒枝不肯棲，不偷安於高位也。寂寞沙洲冷，非所安也。此詞與《考槃》詩極相似。』」（又見武陵逸史編《類編草堂詩餘》卷一引《復雅歌詞》、沈際飛《草堂詩餘正集》卷一、張惠言《詞選》卷一。《考槃》，《詩經·衛風》篇名，《毛詩序》謂其係刺衛莊公「不能繼先公之業，使賢者退而窮處。」）

（五）反駁上述諸説

清·王士禎《花草蒙拾》：「坡孤鴻詞，山谷以爲不喫煙火食人語，良然。鮦陽居士云云（見黄昇《詞選》引，略），村夫子强作解事，令人欲嘔。韋蘇州《滁州西澗》詩，疊山亦以爲小人在朝，賢人在野之象，令韋郎有知，豈不叫屈。僕嘗戲謂坡公命宫磨蝎，湖州詩案，生前爲王珪、舒亶輩所苦，身後又硬受此差排耶。」

清·王又華《古今詞論》引《毛稚黄詞論》：「前半泛寫，後半專叙，蓋宋詞人多此法。如子瞻

《賀新涼》，後段只説榴花；《卜算子》後段只説鴻雁。周清真寒食詞，後段只説邂逅，乃更覺意長。」

清·丁紹儀《聽秋聲館詞話》卷一一：「《卜算子》詞，或謂有女窺窗而作，殆因温都監女而附會之，亦不足信。一本『静』作『定』，『汀』作『洲』，似不如『人初静』與『沙汀』之善。有謂雁不樹宿，『寒枝』二字欠妥者，不知不肯枝棲，故有『寂寞沙汀』之慨，若作『寒蘆』，似失意旨。」

清·鄧廷楨《雙硯齋隨筆》卷六：「《卜算子》云（詞略）。則明漪絶底，瓣澤不聞，宜涪翁稱之爲不食人間煙火。而造語者謂此詞爲惠州温都監女作，又或謂爲黄州王氏女作。夫東坡何如人，而作牆東宋玉哉？」

清·黄蓼園《蓼園詞選》：「按此詞乃東坡自寫在黄州之寂寞耳。初從人説起，言如孤鴻之冷落。第二闋，專就鴻説，語語雙關。格奇而語雋，斯爲超詣神品。」

清·江順詒《詞學集成》卷七：「黄魯直評東坡『缺月掛疏桐』詞云（黄評見前，略）。詒案：此非擡高詞人身份，實古人獅子搏兔，亦用全力，非同後人浮光掠影也。」

清·謝章鋌《賭棋山莊詞話》卷二：「詠物詞雖不作可也，别有寄託如東坡之《詠雁》，獨寫哀怨如白石之《詠蟋蟀》，斯最善矣。」

又《續編》卷一：「時東坡在黄州，固不無淪落天涯之感。而鮦陽居士釋之云（略）。字箋句解，果誰語而誰知之？雖作者未必無此意，而作者亦未必定有此意，可神會而不可言傳。斷章取義，則是刻舟求劍，則大非矣。即如宋末玉田、藚洲諸家，閲歷滄桑，固宜胸有壘塊。今一遇稍有感慨之詞，便以爲指斥時事，愁禽怨柳，塞滿乾坤，是直以長短句爲謗書矣。夫豈其然。」

清·李良年《詞家辨證》：「東坡在黄州作《卜算子》，有『缺月掛疏桐』等句。山谷以爲不吃煙火食人語，《詞學筌蹄》强爲之解，皆未得其故，余載入《品藻》中。昨讀《野客叢書》，又云『乃東坡在惠州白鶴觀所作。……』梨莊曰：此言亦非。似亦忌公者以此謗之，如『階下簸錢』之類耳，小説紕繆，不足憑也。」

清·譚獻評《詞辨》卷下：「文皋《詞選》，以《考槃》爲比，其言非河漢也。此亦鄙人所謂『作者未必然，讀者何必不然。』」

清·沈祥龍《論詞隨筆》：「詞不能堆垛書卷，以誇典博，然須有書卷之氣味。胸無書卷，襟懷必不高妙，意趣必不古雅，其詞非俗即腐，非粗即纖。故山谷稱東坡《卜算子》詞，『非胸中有萬卷書，孰能至此。』」

清·張德瀛《詞徵》卷五：「曾丰謂蘇子瞻長短句，猶有與道德合者，缺月疏桐一章，觸興於驚鴻，發乎情性也，收思於冷洲，歸乎禮義也。本朝張茗柯論詞，每宗此義，遂爲鮦陽之續。」

近人王國維《人間詞話删稿》：「飛卿《菩薩蠻》、永叔《蝶戀花》、子瞻《卜算子》，皆興到之作，有何命意？皆被皋文深文羅織。阮亭《花亭蒙拾》謂：『坡公命宮磨蝎，生前爲王珪、舒亶所苦，身後又硬受此差排。』由今觀之，受差排者，獨一坡公已耶？」

近人鄭文焯《手批東坡樂府》：「此亦有所感觸，不必附會温都監女故事，自成馨逸。」

近人吴梅《詞學通論》：「詠物詞須別有寄托，不可直賦。自訴飄零，如東坡之《詠雁》；獨寫哀怨，如白石之《詠蟋蟀》，斯最善矣。」

近人陳匪石《宋詞舉》卷下：「《草堂》題曰《孤鴻》，汲古録《女紅餘志》原文，謂在惠州爲温都監女作。然朱氏據南宋人王宗稷《東坡年譜》，爲壬戌在黄州作；元本亦題《黄州定慧院寓居》，則《女紅餘志》之言不足信也。以《孤鴻》爲題，疑亦後加。此詞未必專爲詠鴻，猶《賀新郎》未必即詠榴花也。鮦陽居士曰（略）。張惠言頗取其説。譚獻曰：『作者未必然，讀者亦何必不然。』此常州派『比興説』，亦從東坡《西江月》『把盞淒然北望』及《水調歌頭》『玉宇』『瓊樓』之句聯想而及者。若就詞論詞，則黄山谷謂『語意高妙，似非吃煙火食人語』者，最爲得之。首句寫景，已一片幽静氣象。次句寫時，更覺萬籟無聲，纖塵不到。『幽人』，身份境地，烘托已盡。然後説出『獨往來』之『幽人』。『見』上着一『誰』字，更爲上兩句及下『孤』字出力。至『孤鴻』之『影』，則爲見『幽人』者，或即『幽人』自身，均不可定。然而此中『有恨』焉，不知誰實『驚』之，爲誰『回頭』？而卻系如此，乃知實有恨事，『無人』爲『省』。『揀盡寒枝』兩句，『孤鴻』心事，即『幽人』心事。因含此『恨』，寂寞自甘，但見徘徊『沙洲』，自寄其『不肯棲』之意。而其所以『恨』者，依然『無人』知之，固亦有吞吐含蓄之妙也。而通首空中傳恨，一氣呵成，亦具有『縹緲孤鴻』之象。於小令爲别調，而一片神行，則温、韋、晏、歐所未有。」

二、關於「揀盡寒枝不肯棲」句是否有語病的争論

宋・胡仔《苕溪漁隱叢話前集》卷三九：「『揀盡寒枝不肯棲』之句，或云：『鴻雁未嘗棲宿樹枝，惟在田野葦叢間，此亦語病也。』此詞本詠夜景，至换頭但只説鴻，正如《賀新郎》詞『乳燕飛華屋』，本詠夏景，至换頭但只説榴花。蓋其文章之妙，語意到處即爲之，不可限以繩墨也。」

宋・陳鵠《耆舊續聞》卷二：「魯直跋東坡道人黄州所作《卜算子》詞云：『語意高妙，似非吃煙火食人語。』此真知東坡者也。蓋『揀盡寒枝不肯棲』，取興鳥擇木之意，所以謂之高妙。而《苕溪漁隱叢話》乃云『鴻雁未嘗棲宿樹枝，惟在田野葦叢間，此亦語病』，當爲東坡稱屈可也。」又：「趙右史家有顧禧景蕃《補注東坡長短句》真蹟云：『……余頃於鄭公實處，見東坡親蹟書《卜算子》斷句云：「寂寞沙汀冷。」今本作「楓落吴江冷」，詞意全不相屬也。』」

宋・王楙《野客叢書》卷二四：「漁隱謂鴻雁未嘗棲宿樹枝，惟在田葦間，『揀盡寒枝不肯棲』，

此語亦病。僕謂人讀書不多，不可妄議前輩詩句，觀隋李元操《鳴雁行》曰：『夕宿寒枝上，朝飛空井旁。』坡語豈無自邪？」

金・王若虚《滹南遺老集》卷三九《詩話中》：「東坡雁詞云：『揀盡寒枝不肯棲』，以其不棲木故云爾，蓋激詭之致，詞人正貴如此，而或者以爲語病，是尚可與言哉。近日張吉甫復以『鴻漸于木』爲辨，而怪昔人之寡聞，此益可笑。易象之言，不當援引爲證也。其實雁何嘗棲木哉？」

明・沈際飛《草堂詩餘正集》卷一：「或以鴻雁未嘗棲宿樹枝，欲改作『寒蘆』。夫『揀盡』則不棲枝矣，子瞻不誤也。」又：「宋儒解傳時事已成惡套。『楓落』句，又崔信明詩，與篇中不相應，作『吳江冷』，非。」

明・張綖《草堂詩餘後集别録》：「『揀盡寒枝不肯棲』，苕溪謂鴻雁未嘗棲樹枝，欲改『寒枝』爲『寒蘆』。大方家寓意之作，正不必如此論，且蘆獨不可言枝耶？李太白《鳴雁行》『一一銜蘆枝』是也。苕溪無益之辨類如此。」

三、對于本詞的箋評

宋・黄庭堅《豫章黄先生文集》卷二六《跋東坡樂府》：「『缺月掛疏桐，……。』東坡道人在黄州時作，語意高妙，似非吃煙火食人語。非胸中有萬卷書，筆下無一點塵俗氣，孰能至此？」

宋・曾丰《知稼翁詞集序》：「文忠蘇公，文章妙天下，長短句特緒餘耳，猶有與道德合者。『缺月疏桐』一章，觸興於驚鴻，發乎情性也；收思於冷洲，歸乎禮義也。黄太史相多大以爲非口食煙火人語，余恐不食煙火之人，口所出僅塵外語，於禮義遑計歟？」

宋・俞火豹《吹劍録》：「杜工部流離兵革中，更嘗患苦，詩益悽愴。《憶舍弟》詩：『戍鼓斷人行，邊秋一雁聲。露從今夜白，月是故鄉明。』《孤雁》詩：『惟憐一片影，相失萬重雲。望盡似猶見，哀多如更聞。』其思深，其情苦，讀之使人憂思感傷。東坡《卜算子》詞亦然。文豹嘗妄爲之釋：『缺月掛疏桐』，明小不見察也。『漏斷人初静』，群謗稍息也。『時見幽人獨往來』，進退無處也。『縹渺孤鴻影』，悄然孤立也。『驚起卻回頭』，猶恐讒慝也。『有恨無人省』，誰其我知也。『揀盡寒枝不肯棲』，不苟依附也。『寂寞沙洲冷』，寧甘冷淡也。」

宋・周必大《二老堂詩話》：「自唐文士詩詞多用『縹眇』二字，本朝蘇文忠公亦數用之。其後蜀中大字本改作『縹緲』，蓋韻書未見『眇』字爾。或改作『渺』，未知孰是。余校正《文苑英華》，姑仍其舊，而注此説於下。」

元・吴師道《吴禮部詩話》：「《卜算子》『缺月掛疏桐』云云，『縹緲孤鴻影』以下皆説鴻，别一格也。」

明・李攀龍《新刻題評名賢詞話草堂詩餘》卷五：「山谷老評之當矣，又何贅焉。」

清·劉熙載《藝概》卷四《詞曲概》:「黄魯直跋東坡《卜算子》『缺月掛疏桐』一闋云(黄跋見前,略)。余案:詞之大要,不外厚而清。厚,包諸所有;清,空諸所有也。」

清·陳世焜(廷焯)《雲韶集》卷二:「寓意深遠,筆力高絶。此種地步,不惟秦、柳不能道,即求諸唐宋名家亦不能到。」

又《詞則·大雅集》卷二:「或以此詞爲温都監女作,陋甚。從《詞綜》與《詞選》,庶見坡公面目。」

又:「寓意高遠,運筆空靈,措語忠厚,是坡仙獨到處,美成、白石亦不能到也。」

又《白雨齋詞話》卷一:「放翁詞,惟《鵲橋仙·夜聞杜鵑》一章,借物寓言,較他作爲合乎古。然以東坡《卜算子·雁》較之,相去殆不可道里計矣。」

南歌子 感舊①〔一〕

寸恨誰云短②〔二〕,綿綿豈易裁〔三〕。半年眉緑未曾開③〔四〕。明月好風閒處、是人猜。

春雨消殘凍〔五〕,温風到冷灰〔六〕。尊前一曲爲誰哉④?留取曲終一拍、待君來⑤。

【校勘】

① 傅本、元本無題。

② 「寸」,原作「才」,據傅本、元本、毛本改。

③「年」，毛本作「生」。
④「一曲」，元本作「舞雪」。「哉」，傅本作「開」，元本作「回」。
⑤「終」，龍本作「中」。

【編年】

元豐三年庚申（一〇八〇年）二月，作於黃州。此詞朱本、龍本、曹本俱未編年，從薛本。案，細味此詞，當是蘇軾烏臺詩案出獄之後，初到黃州貶所之作。詞中先化用韓愈、白居易詩句，言「寸恨」雖短，尚且難裁，自己受誣，繫獄，遭貶，此恨「綿綿」，裁更不易。回想去年（己未）七月被捕，年底獲釋，到今歲（庚申）正月謫來黃州，「半年」多來，愛妾閏之爲我憂心忡忡，「眉緑」未開。而今詩案「舊」事總算過去，（故詞題曰「感舊」），恰如「殘凍」因「春雨」降而「消」融，已「冷」若死「灰」的心情也因「温風到」而復蘇。人生如夢，爲歡幾何，還是好自爲之，「尊前」更「留取曲終一拍」，究「爲誰哉」？乃以「待君（指閏之）來」黃州相聚也。是年五月，蘇轍即奉同安君等蘇軾家小抵黃，公到巴河口相迎。詞意既符合蘇軾身遭大劫之心境，也符合他善於排解憂愁、隨遇而安的曠達思想，更與他後來寫的赤壁詞、赤壁賦等黃州諸作一脈相承。暫依薛考，移編元豐三年庚申。

【箋注】

〔一〕感舊：感慨已了之「舊」事。此指「烏臺詩案」。詩人不堪回首，讓它成「舊」事過去吧。人生苦短，爲歡幾何，且盡尊前之杯，並留曲一拍，以待親人（指閏之）其來也。

〔二〕寸恨誰云短：韓愈《感春五首》其二：「孤吟屢闋莫與和，寸恨至短誰能裁。」

〔三〕綿綿：連綿不斷。《文選》卷五一東方朔《非有先生論》：「余國之不亡也，綿綿連連，殆哉，世之不絶也。」注：「《説文》曰：綿，聯微也。」白居易《長恨歌》：「天長地久有時盡，此恨綿綿無絶期。」豈易裁：不易剪斷。李白《北風行》：「北風雨雪恨難裁。」

〔四〕眉緑：猶言蛾緑、黛緑，即黑眉。顔師古《大業拾遺記》：煬帝「殿腳女（宫女）争效爲長蛾眉，司宫吏日給螺子黛五斛，號爲蛾緑。」《説文》：「黱（黛），畫眉墨也。」段玉裁注：「黱者，婦人畫眉之黑物也。……黛者，黱之俗字。」

〔五〕殘凍：餘凍。孟浩然《泝江至武昌》詩：「殘凍因風解，新正度臘開。」

〔六〕温風：暖風。《禮記·月令》：「季夏之月……小暑之日，温風始至。」《後漢書》卷五九《張衡傳》章懷注：「温風，炎風也。」曹植《大暑賦》：「温風赫曦，草木垂幹。」冷灰：原指燭芯的灰燼。李商隱《韓冬郎即席爲詩相送一座皆驚……因成二絶寄酬兼呈畏員外》其一：「十歲裁詩走馬成，冷灰殘燭動離情。」此喻冰冷的心情。

南鄉子 黄州臨皋亭作①〔一〕

晚景落瓊杯〔二〕。照眼雲山翠作堆②。認得岷峨春雪浪〔三〕，初來。萬頃蒲萄漲淥醅③〔四〕。暮雨暗陽臺④〔五〕。亂灑高樓溼粉頰⑤〔六〕。一陣東風來捲地，吹迴。落照江天一半開〔七〕。

【校勘】

① 題原作「春情」，據傅本改。元本無題。

② 「作」，二妙集作「竹」。

③ 「淥」，傅本作「緑」。

④ 「暮」，元本作「春」。

⑤ 「高」，傅本、元本作「歌」。

【編年】

元豐三年庚申（一〇八〇年）春，作於黃州。案：此詞朱孝臧《東坡樂府》卷一據《紀年録》編熙寧七年甲寅，潤州作。龍榆生《東坡樂府箋》卷一從朱本，然附考云：「此詞傅注本既作黃州臨皋亭作，則當編辛酉（元豐四年，一〇八一年），時先生年四十六，方寓居臨皋亭也。」曹本則編元豐三年庚申，云：「朱本、龍本此詞，俱編熙寧七年甲寅，時東坡在杭州通守任内。惟細玩此詞上片之地理形勢，與杭州不合。而與本集《滿江紅》『江漢西來』相同。故此二詞應同爲在黃州作。復按王案（卷二十第六頁下）引本集《與范子豐書》云：『臨皋亭下，不數十步，便是大江。其半是峨嵋雪水，吾飲食沐浴皆取焉，何必歸哉。』此書王案編在元豐三年五月，距離到達黃州，僅數月耳。與此詞上片之『初來』及地理形勢全相吻合。今從本集及王案改編元豐三年庚申。」劉尚榮在其《鈔本〈注坡詞〉考辨》中亦云：「這首詞所描寫的景物和意境，與蘇軾初到黃州所寫的文字吻合。……這篇作品的寫作時間，完全可以定爲元豐三年庚申。」（見《東坡詞論叢》一九八二年四川人民出版社）今從曹説、劉説移編元豐三年。另據詞中「春雪」、「東風」等語，可斷定係是年春初到黃州時登臨臯亭作。孔《譜》卷二〇認爲應是蘇軾於元豐三年五月由定惠院遷居臨臯亭以後作，遂編於元豐四年辛酉正月下旬，云：「去年此時尚不居臨臯亭，知爲今年春初作。」亦可備一説，録以待詳考。

【箋注】

〔一〕臨臯亭：《蘇軾詩集》卷二〇《遷居臨臯亭》查注引許端夫《齊安拾遺》：「夏澳口之側，本水驛，有亭曰臨臯。」又引《名勝志》：「臨臯館在黃州朝宗門外。」明弘治《黃州府志》卷四：「臨臯館在城南，即古臨臯亭，宋蘇軾初謫黃寓居此亭，有詩曰：『臨臯亭中一危坐，三月清明改新火。』後秦檜父官於黃，生檜於亭，改亭爲館。後爲臨臯驛，今改赤壁巡司。」

〔二〕瓊杯：玉杯。《舊唐書》卷一九〇上《楊炯傳》：「（張）説曰：『王翰之文，如瓊杯玉斝，雖爛然可珍，而多玷缺。』」

〔三〕岷峨春雪浪：蘇軾《臨臯閑題》：「臨臯亭下八十數步，便是大江，其半是峨嵋雪水。」（《東坡志林》卷四）李白《經亂離後天恩流夜郎憶舊游書懷贈江夏韋太守良宰》：「江帶峨眉雪，川橫三峽流。」王琦注引《三峽記》：「峨嵋積雪，經時不散。峨嵋山乃岷山之一支也，峰巒高峻，上極寒冷，冬春積雪，雖經風日不能消釋。入夏始得融泮，流入峨江，經三峽而下，清流爲之變色。」蘇軾峨眉人，故詩言「認得」。

〔四〕蒲萄漲渌醅：李白《襄陽歌》：「遥看漢水鴨頭緑，恰似葡萄初醱醅。」錢易《南部新書》丙集：「太宗破高昌，收馬乳蒲萄種於苑，並得酒法，仍自損益之，造酒成緑色，芳香酷烈，味兼醍醐，長安始識其味也。」醅：未過濾的酒。

〔五〕陽臺：俗稱男女歡合之處所，本宋玉《高唐賦序》。見《祝英臺近》（掛輕帆）注〔五〕。此指黄州附近的山巒。

〔六〕「亂灑」句：鄭谷《雪中偶題》：「亂飄僧舍茶煙濕，密灑歌樓酒力微。」此喻一陣春雨將山巒淋濕，就好像打濕了女子敷着粉的臉龐。

〔七〕「吹迴」二句：吹迴：指春風將雨吹散。落照：夕陽。此句寫雨後長江景象。

菩薩蠻　七夕，黄州朝天門上二首①〔一〕

畫檐初掛彎彎月〔二〕。孤光未滿先憂缺〔三〕。還認玉簾鉤②〔四〕。天孫梳洗樓〔五〕。佳人言語好〔六〕。不願求新巧〔七〕。此恨固應知〔八〕。願人無别離。

【校勘】

①　題原作「新月」，元本作「七夕朝天門上作」，從傅本。

②　「還」，元本作「遥」。

【編年】

元豐三年庚申（一〇八〇年）七月，作於黄州。案：此詞及下首詞，朱本、龍本俱未編年，從曹本。曹云：「考此詞下片内『此恨』二字，必有所謂，因東坡下字不苟故也。再四循省，此詞必係元豐三年初到黄州時作。而下片内之『佳人』，必係公繼配王夫人。自元豐二年己未七月二十八日東坡在湖州任所，爲御史臺吏追攝之日起，與王夫人忽忽别離，直至元豐三年五月二十九日始經子由伴送，到達黄州，重行聚合，距離是年七夕，爲時僅月餘耳。是爲『此恨』二字之由來。不僅與此首下片詞意相合，且與第二首下片末二句之意境，若合符節。今將此二首併移編元豐三年庚申。」蘇軾元豐四年與章質夫簡，寄去和質夫「柳花詞」的《水龍吟》（似花還似非花），同時「七夕詞亦録呈」（見《蘇軾文集》卷五五《與章質夫三首》之一）。而「七夕詞」即此二首。蓋此二首詞爲元豐三年七夕作，四年春寄送章質夫也。

【箋注】

〔一〕朝天門：北宋時黄州東南角城門。明代擴建黄州城時改名一字門。現在已毁。

〔二〕畫檐：以彩色爲飾之屋檐。杜牧《十九兄郡樓有宴病不赴》：「十二層樓敞畫簷，連雲歌盡草纖纖。」

〔三〕「孤光」句：孤光：指月。杜甫《桔柏渡》詩：「孤光隱顧眄，游子悵寂寥。」此言月未圓已先憂缺，暗喻人剛團圓已隱憂再有別離。

〔四〕玉簾鉤：此處形容七夕之月形狀如鉤。鮑照《翫月城西門廨中》：「始出西南樓，纖纖如玉鉤。」

〔五〕天孫：織女星。《史記》卷二七《天官書》：「織女，天女孫也。」唐·司馬貞《索引》：「織女，天孫也。」吴兢《永泰公主挽歌二首》之一：「河漢天孫合，瀟湘帝子遊。」梳洗樓：原指皇宫中后妃化妝處。傅注：「唐連昌宫有梳洗樓，乃天寶中爲楊貴妃所建也。」元稹《連昌宫詞》：「寢殿相連端正樓，太真梳洗樓上頭。」此指天宫中織女梳洗的地方。

〔六〕「佳人」句：佳人：指下文「求新巧」的人。此當指同安郡王夫人。王夫人及家小，由弟子由護送，是年五月末抵黄，家人團聚僅月餘。言語好：當指祭月之辭，即下文所説「不願求新巧」，但「願人無别離」也。

〔七〕求新巧：即乞巧。舊時婦女於七夕晚上在庭院向織女星乞求智巧的活動。宗懔《荆楚歲時記》：「是夕（七夕）人家婦女結綵縷，穿七孔針，或以金銀鍮石爲針，陳瓜果於庭中以乞巧，有喜子網於瓜上，則以爲符應。」

〔八〕此恨：指夫婦分離之苦。

其二①

風迴仙馭雲開扇②〔一〕。更闌月墜星河轉③〔二〕。枕上夢魂驚。曉檐疏雨零④〔三〕。　相逢雖草草〔四〕。長共天難老。終不羨人間。人間日似年⑤。

【校勘】

①原題作「七夕」，從傅本。

②「馭雲」，二字原缺，據傅本補。

③「墜」，元本作「墮」。

④「檐」，傅本、元本作「來」。

⑤「日」，明刊全集、二妙集、毛本作「夜」。

【編年】

同前首。

【箋注】

〔一〕「風迴」句：「風迴仙馭」，風把太陽神坐的車吹得又倒轉回來。借喻天快亮了。「仙馭」，神仙乘坐的車。此借太陽神坐的車，喻指太陽。唐太宗《賦秋日懸清光賜房玄齡》：「仙馭隨輪轉，靈烏帶影飛。」扇，指雉尾扇，車服，用以遮擋風塵。崔豹《古今注》卷上《輿服》：「雉尾扇，起於殷世，高宗時有雊雉之祥，服章多用翟羽。周制以爲王后夫人之車服。輿輦有翣（音霎），即緝雉羽爲扇翣，以障翳風塵也。」雲開扇：意爲像雉尾扇遮蓋車輛一樣遮蓋太陽的雲移開了，即雲散日出。

〔二〕更闌：更殘，天將亮時。星河：銀河。杜甫《閣夜》：「五更鼓角聲悲壯，三峽星河影動摇。」

〔三〕疏雨零：傅注：「世俗以牛女相會之夕，必有微雨，以明會遇之徵。」

〔四〕草草：忽忙。杜甫《送長孫九侍御赴武威判官》：「問君適萬里，取別何草草。」此連以下幾句，言牛女七夕相會雖然忽忙，但可與天長存不老，不似人世間事多艱，度日如年。

定風波　重陽括杜牧之詩①〔一〕

與客攜壺上翠微〔二〕。江涵秋影雁初飛。塵世難逢開口笑。年少。菊花須插滿頭歸。

酩酊但酬佳節了〔三〕。雲嶠。登臨不用怨斜暉。古往今來誰不老。多少。牛山何必更沾衣〔四〕。

【校勘】

① 詞題原無「括杜牧之詩」五字，據二妙集、毛本、龍本、曹本補。

【編年】

元豐三年庚申（一〇八〇年）重九，作於黃州。此詞朱本、龍本、曹本俱未編年，從薛本。案：此詞題作《重陽括杜牧之詩》，即檃括唐池州刺史杜牧之會昌五年登齊山所作《九日齊安登高》詩。杜詩所説「齊安」即黃州。因推知此詞爲蘇軾貶黃州期間重陽日登高作所。但作於哪年的重陽呢？考蘇軾坐烏臺詩案貶黃州，於元豐三年庚申二月一日到黃州貶所。同年八月，黃州舊守陳軾罷任，新守徐大受（君猷）來替。「君猷一見，相待如骨肉」（見《文集》卷五七《與徐得之》第一簡），兩人過從甚密。蘇軾曾作《醉蓬萊》詞，其小序云：「余謫居黃州，三見重九（案：三見指庚申、辛酉、壬戌），每歲與太守徐君猷會於栖霞樓。今年公將去，乞郡湖南，念之惘然，故作是詞。」詞作於元豐五年（壬戌）重九，想到明年不能與君猷再來此樓登高賦詩，不勝惘然。既云「每歲與太守徐君猷會於栖霞樓」，壬戌有《醉蓬萊》，辛酉有《南鄉子》（見孔《譜》元豐四年），何庚申獨無詞耶？因知這首《定風波》詞就是庚申重九日，蘇軾與新任黃守同登栖霞樓，憶及昔之黃守杜牧之重九攜友人（張祜）登高，猶今之黃守徐君猷攜友人（蘇軾）登高，遂以遊戲之筆將杜之舊詩檃括而成新詞，爲佳節助興，與新守共賞。今依薛考，將此詞移編元豐三年庚申。

【箋注】

〔一〕唐武宗會昌五年重九，池州刺史杜牧之攜張祜登齊山，作《九日齊安登高》詩。其辭曰：「江涵秋影鴈初飛，與客攜壺上翠微。塵世難逢開口笑，菊花須插滿頭歸。但將酩酊酬佳節，不用登臨恨落暉。古往今來只如此，牛山何必獨沾衣？」蘇軾隱括而成是詞。

〔二〕翠微：《文選》卷四左太沖《蜀都賦》：「鬱葐蒀以翠微，崛巍巍以峨峨。」李善注：「翠微，山氣之輕縹也。」《初學記》卷五《總載山第二》：「（山）未及上曰翠微。一説，山氣青縹色曰翠微。」此指青山。庾信《和宇文内史春日遊山詩》：「遊客值春輝，金鞍上翠微。」

〔三〕酩酊：大醉貌。《水經注》卷二八《沔水》中：「襄陽侯習郁魚池，……是遊宴之名處也。山季倫之鎮襄陽，每臨此池，未嘗不大醉而還。恒言此是我高陽池，故時人爲之歌曰：『山公出何去？往至高陽池。日暮倒載歸，酩酊無所知。』」

〔四〕「牛山」句：傅注引《列子》：「齊景公游於牛山，北臨其國城而流涕曰：『美哉國乎！鬱鬱芊芊，若何滴滴去此國而死乎。使古無死者，寡人將去斯而之何。』史孔梁丘據從之泣。晏子獨笑於旁。公雪涕而顧晏子曰：『寡人今日之游悲，孔與據皆從而泣，子之獨笑何也？』晏子對曰：『使賢者常守之，則太公、桓公將常守之矣；使有勇者而常守之，則莊公、靈公將常守之矣；數君者將守之，吾君方將被蓑笠而立乎畎畝之中，惟事之恤，何暇念死乎？此臣之所以獨竊笑也。』景公慚焉。」見《列子·力命》。今《百子全書》本《晏子春秋·内篇諫上·景公登牛山悲去國而死晏子諫》與傳注引文有異。

【參考資料】

清·王士禛《花草蒙拾》：「詞中佳語，多從詩出。如顧太尉『蟬吟人静，斜日傍小窗明。』毛司徒『夕陽低映小窗明』，皆本黄奴『夕陽如有意，偏傍小窗明』。若蘇東坡之『與客攜壺上翠微』，賀東山之『秋盡江南草木凋』，皆文人偶然遊戲，非向《樊川集》中作賊。」

水龍吟　贈趙晦之吹笛侍兒①

楚山修竹如雲②〔一〕，異材秀出千林表。龍鬚半剪〔二〕，鳳膺微漲，玉肌匀繞。木落淮南〔三〕，雨晴雲夢，月明風嫋。自中郎不見〔四〕，桓伊去後〔五〕，知孤負、秋多少。　聞道嶺南太守〔六〕，後堂深、緑珠嬌小。綺窗學弄，《梁州》初徧〔七〕，《霓裳》未了。嚼徵含宫〔八〕，泛商流羽，一聲雲杪〔九〕。爲使君洗盡，蠻風瘴雨〔一〇〕，作《霜天曉》〔一一〕。

【校勘】

① 原題序作「詠笛材。公舊序云：時太守閭丘公顯已致仕，居姑蘇，後房懿卿者，甚有才色，因賦此詞。

一云贈趙晦之。」二妙集同上序，末有「吹笛侍兒」四字。」毛本題作「嶺南太守閭丘公顯，致仕居姑蘇。東坡每過必留連。嘗言過姑蘇，不遊虎丘，不謁閭丘，乃二欠事。其重之如此。一日，出其後房佐酒。有懿卿者，甚有才色，善吹笛，因作《水龍吟》贈之。一云贈趙晦之吹笛侍兒。」案：原題序非東坡所作，疑出自傅幹之手。據元本、朱本、龍本、曹本改。

②「如」，原缺，據諸本補。

【編年】

元豐三年庚申（一〇八〇年）十一月，作於黄州。案：此詞主旨和寫作時間、地點，衆説不一：（一）傅藻《東坡紀年録》謂熙寧八年乙卯（一〇七五年）在密州贈趙晦之吹笛侍兒，朱本、龍本從其説。（二）傅本、吴本、明刊全集、二妙集、毛本均謂爲閭丘公顯後房懿卿作，曹本從其説，仍編熙寧八年乙卯。（三）王文誥《蘇詩總案》卷一一謂熙寧七年甲寅（一〇七四年）五月，蘇軾任杭州通判，因事至金閶（蘇州），飲於閭丘公顯家，贈懿卿作。（四）一九八三年第三輯《中華文史論叢》載張志烈《蘇詞三首繫年辨》及一九九二年第一期《河北師院學報》載吴雪濤《蘇詞三首考證》，二文均認爲「這首詞不是寫與閭丘公顯而是寫與趙晦之的」，張文認爲當作於元豐四年或稍後，吴文認爲作於元豐五年。（五）薛本編元豐八年十月，云：「公赴登州經漣水時，趙晦之從『嶺南太守』任上新歸，故順筆及之耳。」（六）孔《譜》編元豐三年十一月作於黄州，云：「趙昶知藤州，簡昶憂南方兵事。昶在藤餽丹砂，報以蘄笛，賦《水龍吟》，贈袒侍兒。」孔説更符合史實，今從孔説。

【箋注】

〔一〕楚山修竹：傅注：「今蘄州笛材，故楚地也。」明弘治《黄州府志》卷二《土産》：「蘄竹亦名笛竹簟，以色瑩者爲簟，節疏者爲笛，帶鬚者爲杖。」白居易《寄李蘄州》：「笛愁春盡梅花裹，簟冷秋生薤葉中。」自注：「蘄州出好笛並薤葉簟。」

〔二〕「龍鬚」三句：傅注：「笛製取良幹通洞之，若於首頸處，則存一節，節間留纖枝，剪而束之。節以下若膺處則微漲，而全體皆要匀净。若《漢書》所謂生其竅厚均者，斷兩節間而吹之。審如是，然後可製，故能遠可通靈達微，近可以寫情暢神。謂之龍鬚、鳳膺、玉肌，皆取其美好之名也。」

〔三〕「木落」三句：傅注：「善吹笛者，必候氣肅天清，風微月亮，聊作一二弄，遂臻其妙。」淮南：泛指淮河以南、長江以北一帶。《漢書》卷一四《諸侯王表第二》：「北界淮瀕，略廬、衡，爲淮南。」徐堅《初學記》卷八：「淮南道者，禹貢揚州之域，又得荆州之東界，自淮以南，略江而西，盡其地也。」雲夢：古澤名，歷來説法不一。一説本二澤，雲在江北，夢在江南。一説雲夢爲一澤，可單言雲或夢。《元和郡縣圖志》卷二七：「雲夢澤在（安陸）縣南五十里。」《太平寰宇記》卷一一三：「竟陵城西大澤，即古雲夢。」

〔四〕中郎：中郎將，此指蔡邕。傳注：「蔡邕初避難江南，宿於柯亭之館，以竹爲椽。邕仰而盼之，曰：『此良竹也。』取以爲笛，奇聲獨絶，歷代傳之至於今。邕嘗爲中郎將。」案《後漢書》卷六〇下注引張騭《文士傳》曰：「邕告吴人曰：『吾昔嘗經會稽高遷亭，見屋椽竹東間第十六，可以爲笛。』取用，果有異聲。」伏滔《長笛賦序》：「柯亭之觀，以竹爲椽，邕取爲笛，奇聲獨絶。」與傳注微異，傳或别有所本。

〔五〕桓伊：見《昭君怨》（誰作桓伊三弄）注〔二〕。案：「趙昶（晦之）有兩婢善吹笛，知藤州日，以丹砂遺子瞻。子瞻以蘄笛報之，並有二曲，其詞甚美。」（見本詞後附孔平仲《談苑》）孔所謂「曲」者即此《水龍吟》也。詞的上片蓋由贈笛所引發，援引一系列典故吟咏笛之材與笛之事。

〔六〕「聞道」三句：「嶺南太守」，指趙晦之，時知藤州，在南嶺之南，故云。緑珠：《晉書》卷三三《石崇傳》：「崇有妓曰緑珠，美而豔，善吹笛。」此以緑珠喻趙晦之家妓。

〔七〕「梁州」二句：梁州：即《凉州》，古曲名，郭茂倩《樂府詩集》卷七九引《樂苑》：「《凉州》，宫調曲。開元中，西凉府都督郭知運進。」初徧：傳注：「初徧者，今樂府諸大曲，凡數十解，於攧前則有排徧，攧後則有延徧。此謂之『初徧』，豈非『排徧』之首謂乎？」霓裳：即《霓裳羽衣曲》，唐代大型樂曲名。屬商調曲，時號越調。原爲印度舞曲《婆羅門》，流傳至西凉，開元中西凉府節度使楊敬述傳入内地，經玄宗潤色，於天寶十三載改爲《霓裳羽衣曲》。傳注：「天寶初，羅公遠侍明皇中秋宴，公遠奏曰：『陛下能從臣月宮遊乎？』命取桂枝杖，向空擲之，爲大橋，色如白金。上同行數十里，至大城闕，公遠曰：『此月宮也。』仙女數百，素衣飄然，舞於廣庭中，上問：『此爲何曲？』曰：『《霓裳羽衣曲》也。』上密記其聲節，及回，即喻伶人，象其音調，製爲《霓裳羽衣》之曲。」此説出自《神仙感遇傳》，係小説家附會而成，不足信。

〔八〕「嚼徵」二句：宋玉《對楚王問》：「引商刻羽，雜以流徵，國中屬而和者，不過數人而已。」徵、宮、商、羽，均爲古代五聲之一。

〔九〕雲杪：雲端之意。傅注：「諸樂器中，唯笛有穿雲裂石之聲。」

〔一〇〕蠻風瘴雨：指我國南方含有瘴氣之風雨。時趙晦之所在之藤州，屬蠻煙瘴雨之鄉，故云。

〔一一〕霜天曉：即《霜天曉角》。古曲名。案：詞的下片緊扣詞題，吟詠晦之吹笛侍兒之善吹。

【參考資料】

宋・孔平仲《談苑》卷一：「朝士趙昶有兩婢善吹笛，知藤州日，以丹砂遺子瞻。子瞻以蘄笛報之，並有二曲，其詞甚美。云：『木落淮南，雨晴雲夢，日斜風裊。』又云：『自桓伊不見，中郎去後（二句誤倒），（知）孤負，秋多少。』斷章云：『爲使君洗盡，蠻風瘴雨，作清霜曉。』昶曰：『子瞻罵我矣。』昶南雄州人，意謂子瞻以蠻風譏之。」

宋・黄昇《唐宋諸賢絶妙詞選》卷二：「太守閭丘公顯致仕，居姑蘇。公飲其家，出後房佐酒，有懿卿者，善吹笛，公因賦此詞以贈。」

宋·張端義《貴耳集》：「東坡《水龍吟》笛詞八字謚：『楚山修竹如雲，異材秀出千林表』，此笛之質也。『龍鬚半剪，鳳膺微漲，玉肌雲繞』，此笛之狀也。『木落淮南，雨晴雲夢，月明風嫋』，此笛之時也。『自中郎不見，將軍去後，知辜負、秋多少』，此笛之事也。『聞道嶺南太守，後堂深、緑珠嬌小』，此笛之人也。『綺窗學弄，涼州初試，霓裳未了』，此笛之曲也。『嚼徵含宫，泛商流羽，一聲雲杪』，此笛之音也。『爲使君洗盡，蠻煙瘴雨，作霜天曉』，此笛之功也。五音已用其四，乏二『角』字，『霜天曉』，歇後一『角』也。」

宋·張侃《拙軒集》卷五：「孫仲益爲錫山費茂和説蘇文忠公《水龍吟》，曲盡詠笛之妙。其詞曰：『楚山修竹如雲，異材秀出千林表』，笛之地也。『龍鬚半剪，鳳膺微漲，緑肌匀繞』，笛之材也。『木落淮南，雨晴雲夢，月明風裊』，笛之時也。『自中郎不見，桓伊去後，知辜負、秋多少』，笛之怨也。『聞道嶺南太守，後堂深，緑珠嬌小』，笛之人也。『綺窗學弄，梁州初遍，霓裳未老』，笛之曲也。『嚼徵含宫，泛商流羽，一聲雲杪』，笛之聲也。『爲使君洗盡，蠻煙瘴雨，作霜天曉』，笛之功也。予恐仲益用蘇文忠讀錦瑟詩，以釋《水龍吟》耳。」

宋·曾敏行《獨醒雜志》卷三：「東坡《水龍吟》笛詞，高雲翔云：後之箋釋者，獨謂『楚山修竹如雲』，是蘄州出笛竹，至『異材秀出千林表』之語，不知是東坡叙取材法也。凡竹林生，後長者必過前竹，其不能過者多死。一林内特一竹可材，遠而望之，或伐取數十百竿，錯亂終不可識。蔡邕仰視柯亭屋椽，得奇材，不待如此求之，而邕後無至鑒，獨有此法可求耳。……雲翔名驤，吉水人。」

明・沈際飛《草堂詩餘正集》卷五：「『龍鬚』三句，善狀。」又：「五十餘字，堪與馬賦並傳。修語清遠，馬似不逮。」又：「用許故事，不爲事用。」又：「結嶺上太守，妙。」

清・沈雄《古今詞話・詞品》卷上：「結句如《水龍吟》之『作霜天曉』，『繫斜陽纜』，亦是一法。……緊要處，前結如奔馬收韁，須勒得住，又似住而未住。後結如衆流歸海，要收得盡，又似盡而不盡者。」

清・先著《詞潔》卷五：「非無字面蕪累處，然豐骨畢竟超凡。玉田云『清麗舒徐』，未敢輕議也。」

菩薩蠻　回文。春閨怨①

翠鬟斜幔雲垂耳〔一〕。耳垂雲幔斜鬟翠〔二〕。春晚睡昏昏。昏昏睡晚春。　細花梨雪墜〔三〕。墜雪梨花細。顰淺念誰人。人誰念淺顰〔四〕。

【校勘】

①傳本題作「四時閨怨回文效劉十五貢父體」。元本、朱本、龍本、曹本題作「回文四時閨怨」。曹本校注：「按《全宋詞》並無劉貢父詞，傳注所謂『效劉十五貢父體』，並無顯證，殆不可信。」

【編年】

元豐三年庚申（一〇八〇年）冬，作於黄州。案：此詞朱本、龍本、曹本俱未編年，劉崇德《蘇詞編年考》云：「蘇軾于黄州《與李公擇書》：『某啓：杜門謝客，甚安適。氣術又近得其簡妙者，早來此面傳，不可獨不死也。子由無恙，十月喪其小女，三歲矣。屢有此戚，固難爲情，須能自解爾。……效劉十五體，作回文《菩薩蠻》四首，寄去爲一笑。不知公曾見劉十五詞否？劉造此樣見寄，今失之矣。得渠消息否？』信中所提『效劉十五體，作回文《菩薩蠻》四首』，即上四詞。信中又提到蘇轍喪其小女事，此事在元豐三年十月，時蘇轍方到筠州不久。此四詞當在元豐三年冬季作。」日本學者村上哲見《東坡詞札記》略同劉説（見《文學遺産增刊》一六輯）。薛本編元豐三年十一月。孔《譜》據蘇轍元豐六年五月所作《光州開元寺重修大殿記》，時曹九章爲光州，宋制，州守任二年，則九章知光，其上限爲元豐四年，因將「李常爲光州守九章子焕求婚於弟轍之女，爲作簡商之弟轍，轍應之。嘗作回文《菩薩蠻》四首寄常」條，編於元豐四年，月份不顯。細味《與李公擇書》中「所諭曹光州親情，與卑意會，已作書問子由，次第必成也」。乃估計九章子與子由女親事不應有礙，已去信問子由而尚未接到子由回覆。與孔《譜》「作簡商之弟轍，轍應之」意微有别。故編元豐三年冬。

【考辨】

曹本注：「回文詞之意境，俱與東坡詞不類。且逐句回文，僅屬文字遊戲，索然無味。此類作品，一夔已足，今竟達七首之多。」又曰：此體「乃任何大家所無，而况東坡根本無此閑情」。遂將該詞編入附録並「移列可疑詞」。案《蘇軾文集》卷五一《與公擇書》之一三中已明言「效劉十五體，作回文《菩薩蠻》四首」。《蘇軾文集》卷五〇《與劉貢父七首》之三亦云：「某啓。示及回文小闋，律度精緻，不失雍容，欲和殆不可及，已授歌者矣。」可證劉貢父確有回文詞，《全宋詞》漏收劉詞，或劉詞已佚，傅注未必「不可信」。又曹注以「意境與東坡詞不類」即「移列可疑詞」，亦難以服人。

【箋注】

〔一〕「翠鬟」句：翠鬟：女子烏黑環形髮髻。唐·高蟾《華清宫》：「何事金輿不再遊，翠環丹臉豈勝愁。」「雲」：指女子長髮。《詩·鄘風·君子偕老》：「鬒髮如雲。」毛傳：「如雲，言長也。」朱熹注：「如雲，言多而美也」。

〔二〕雲幔：烏雲如帷幔。杜甫《西閣雨望》：「樓雨霑雲幔，山寒著水城。」歐陽修《漁家傲》：「乞巧樓頭雲幔卷，浮花催洗嚴妝面。」此言黑髮下垂如幔。

〔三〕梨雪墜：謂白色梨花墜落，飄然如雪。白居易《落花》詩：「桃飄火燄燄，梨墮雪漠漠。」

〔四〕淺顰：眉頭微皺。「顰」，因不樂而皺眉。

【參考資料】

清·鄒祗謨《遠志齋詞衷》：「詞有檃括體，有迴文體。迴文之就句迴者，自東坡、晦庵始也。其通體迴者，自義仍始也……文人慧筆，曲生狡獪，此中故有三昧，匪徒乞靈竇家餘巧也。」

清·馮金伯《詞苑萃編》卷一引王西樵（士祿）語：「《菩薩蠻》回文有二體，有首尾回環者，如邱瓊山《秋思》、湯臨川《織錦》是也。有逐句轉換者，如蘇子瞻《閨思》、王元美《別思》是也。然逐句難于通首。」（又見徐釚《詞苑叢談》卷一）

清·沈雄《古今詞話·詞品》卷上：「東坡《菩薩蠻》四時詞，是名倒句。」

清·謝章鋌《賭棋山莊詞話》卷二：「詞之回文體，……雖極巧思，終鮮美制。魏善伯（祥）曰：『詩之有回文，猶梅之有臘梅，種類不入品格。』（《伯子文集》詩猶然已，而況詞乎！」

其二 回文。夏閨怨①〔一〕

柳庭風靜人眠晝。晝眠人靜風庭柳。香汗薄衫涼。涼衫薄汗香。　手紅冰腕藕。藕腕冰紅手②。郎笑藕絲長〔二〕。長絲藕笑郎。

【校勘】

①傅本、元本、朱本、龍本、曹本無題。

②二「腕」字，傅本、元本俱作「盌」，朱本、龍本、曹本、《全宋詞》俱作「椀」。按「盌」、「椀」通用。

【編年】

同前首。

【箋注】

〔一〕此詞題爲「夏閨怨」，但上片寫「風静」、「人眠」；下片寫夫婦互相戲謔，毫無「怨」意。

〔二〕藕絲：蓮藕中細絲，喻男女情意不絶。孟郊《去婦》詩：「妾心藕中絲，雖斷猶牽連。」

其三　回文。秋閨怨①

井梧雙照新妝冷〔一〕。冷妝新照雙梧井②。羞對井花愁。愁花井對羞。　影孤憐夜永。永夜憐孤影。樓上不宜秋。秋宜不上樓③。

【校勘】

①傅本、元本、朱本、龍本、曹本無題。

②二「梧」字，傅本、元本、朱本、龍本、曹本、《全宋詞》俱作「桐」。

③二「秋」字，原俱作「愁」，據傅本、元本、朱本、龍本、曹本、《全宋詞》改。

【編年】

同前首。

【箋注】

〔一〕井梧：魏明帝《猛虎行》：「雙桐生空井，枝葉自相加。」杜甫《宿府》詩：「清秋幕府井梧寒，獨宿江城蠟炬殘。」宋·郭知達注：「魏明帝詩『雙梧生空井』，詩家用『井梧』自此始矣。」

其四　回文。冬閨怨①

雪花飛暖融香頰〔一〕。頰香融暖飛花雪。欺雪任單衣。衣單任雪欺。　別時梅子結〔二〕。結子梅時別。歸不恨開遲。遲開恨不歸②。

【校勘】

①傅本、元本、朱本、龍本、曹本無題。

②末二句，傅本、元本作「歸恨不開遲。遲開不恨歸」。

【編年】

同前首。

【箋注】

〔一〕香頰：指女子芳香的面頰。

〔二〕梅子：梅實。韓偓《中庭》：「中庭自摘青梅子，先向釵頭戴一雙。」

少年遊

黄之僑人郭氏〔一〕，每歲正月迎紫姑神〔二〕，以箕爲腹，箸爲口，畫灰盤中，爲詩敏捷，立成。余往觀之。神請余作《少年遊》，乃以此戲之①

玉肌鉛粉傲秋霜〔三〕。準擬鳳呼凰〔四〕。伶倫不見〔五〕，清香未吐，且糠粃吹揚〔六〕。

到處成雙君獨隻〔七〕，空無數、爛文章。一點香檀，誰能借箸〔八〕，無復似張良。

【校勘】

① 此詞傳本、元本不載。

【編年】

元豐四年辛酉（一〇八一年）正月，作於黄州。《蘇軾文集》卷一二《子姑神記》：「元豐三年正月朔日，予始去京師來黄州，二月朔至郡。至之明年，進士潘丙謂予曰：『異哉，公之始受命，黄人未知也。有神降於州之僑人郭氏之第，與人言如響，且善賦詩，曰：蘇公將至，而吾不及見也。已而，公以是日至，而神以是日去。』其明年正月，丙又曰：『神復降於郭氏。』予往觀之，則衣草木爲婦人，而置箸手中，二小童子扶焉。」作者元豐三年來黄州，明年則元豐四年也。案，蘇軾在黄州觀子姑神降於民家，共有兩次。第一次爲元豐四年正月初，與潘丙觀於郭遘家，作《子姑神記》記其事，並寫《少年遊》詞戲之。見《蘇詩總案》卷二一及孔《譜》卷二〇。第二次爲元豐五年正月二十日，與潘丙、郭遘出郭尋春，觀於黄人汪若谷家，作有《天篆記》記其事，見《蘇詩總案》卷二一及孔《譜》卷二一。復作詩，見《蘇軾詩集》卷二一，題云：「是日（即正月二十日）偶至野人汪氏之居，有神降於其室，自稱天人李全，字德通。善篆字，用筆奇妙，而字不可識，云：天篆也。與予言，有所會者。復作一篇，仍用前韵。」又《天篆記》云：「江淮間俗尚鬼。歲正月，必衣服箕箒爲子姑神，或能數數畫字。惟黄州郭氏神最異。予去歲作何氏録以記之。今年黄人汪若谷家神尤奇。以箸爲口。置筆口中，與人問答如響。」其中「去歲作何氏録」即指在郭遘家觀子姑神降所作《子姑記》。故《少年遊》亦爲在郭遘家觀子姑神後所作，故編於元豐四年不謬。

【箋注】

〔一〕黄之僑人：他鄉人移居黄州者。

〔二〕紫姑神：又作子姑神。劉敬叔《異苑》卷五：「世有紫姑神，古來相傳，云是人家妾，爲大婦所妬，每以穢事相次役。正月十五日感激而死。故世人以其日作其形，夜於厠間或豬欄邊迎之。祝曰：『子胥不在（是其婿名也），曹姑亦歸（曹即其大婦也），小姑可出戲。』捉者覺重，便是神來。奠設酒果，亦覺貌輝輝有色，即跳躞不住。能占衆事，卜行年蠶桑，又善射鈎，好則便儛，惡便仰眠。」或言紫姑爲壽陽李景之妾者。李商隱《昨日》：「昨日紫姑神去也，今朝青鳥便來賒。」

〔三〕鉛粉：古代化妝品，以鉛燒煉而成，故曰鉛粉。馬縞《中華古今注》卷中：「自三代以鉛爲粉。秦穆公女弄玉，有容德，感仙人簫史，爲燒水銀作粉與塗，亦名飛雲丹，傳以簫，曲終而同上昇。」李白《代美人愁鏡二首》之一：「鉛粉坐相誤，照來空凄然。」

〔四〕鳳呼凰：《書・益稷》：「鳳凰來儀。」孔《傳》：「雄曰鳳，雌曰凰，靈鳥也。」

〔五〕伶倫：黄帝時樂官。《吕氏春秋》卷五《古樂》：「昔黄帝令伶倫作爲律。」高誘注：「伶倫，黄帝臣。」紫姑神，曾爲伶人婦，故云。

〔六〕糠粃：《莊子》卷一《逍遥遊》：「是其塵垢粃糠，將猶陶鑄堯舜者也。」疏：「穀不熟爲粃，穀皮曰糠，皆猥物也。」

〔七〕「到處成雙」句：謂筷子必成雙方能用，惟紫姑神是以「箸爲口」（見詞序）即用一根筷代替小口（一點檀香），賦詩著文（空無數，爛文章），故言「君獨隻」也。

〔八〕「誰能借箸」二句：《史記》卷五五《留侯世家》：秦末楚漢相争，酈食其勸漢王劉邦立六國後代，共同攻楚。邦方食，張良入見，以爲計不可行，曰：「臣請藉前箸爲大王籌之。」意爲借劉邦所用之箸，以指畫當時形勢。後用「借筷」指代人策畫。杜牧《河湟》：「元載相公曾借箸，憲宗皇帝亦留神。」此謂除紫姑神能「借箸」爲口外，再無人像張良一樣借箸謀畫了。

【參考資料】

宋・蘇軾《蘇軾文集》卷一二《子姑神記》記述子姑神降臨情况甚詳。云：神復降於郭氏家，「予往觀之，則衣草木爲婦人，而置筯手中，二小童子扶焉，以筯畫字曰：『妾壽陽人也，姓何氏，名媚，字麗卿。自幼知讀書屬文，爲伶人婦。唐垂拱中，壽陽刺史害妾夫，納妾爲侍妾，而其妻妬悍甚，見殺於廁。妾雖死，不敢訴也，而天使見之，爲直其冤，且使有所職於人間。蓋世所謂子姑神者，其類甚衆，然未有如妾之卓然者也。公少留而爲賦詩，且舞以娛公。』詩數十篇，敏捷立成，皆有妙思，雜以嘲笑。問神仙鬼佛變化之理，其答皆出於人意外，坐客撫掌。作《道調梁州》，神起舞中節，曲終再拜以請曰：『公文名於天下，何惜方寸之紙，不使世人知有妾乎？』予觀何氏之生，見掠於酷吏，而遇害於悍妻，其怨深矣。而終不指言刺史之姓名，似有禮者。客至逆知其平生，而終不言人之陰私與休咎，可謂智矣。又知好文字而恥無聞於世，皆可賢者。」（另，作者《天篆記》及《仙姑問答》中亦有記述，可參閱）

宋・孔平仲《孔氏談苑》卷二：「紫姑者，廁神也，金陵有能致其神者。沈遘嘗就問之，即畫粉爲字曰：『文通萬福。』遘問三姑姓，答云：『姓竺，南史竺法明，乃吾祖也。』亦有詩贈遘。近黄州郭殿直家有此神，頗黠捷，每歲率以正月一日來，二月二日去。蘇軾與之甚狎，嘗問軾乞詩，軾曰：『軾不善作詩。』姑畫灰云：『猶裹猶裹。』軾云：『軾非不善，但不欲作爾。』姑云：『但不要及他新法便得也。』』

水龍吟　次韻章質夫楊花詞〔一〕

似花還似非花〔二〕，也無人惜從教墜①〔三〕。拋家傍路②，思量卻是，無情有思〔四〕。縈損柔腸③，困酣嬌眼，欲開還閉。夢隨風萬里〔五〕，尋郎去處，又還被④、鶯呼起。　不恨此花飛盡，恨西園、落紅難綴〔六〕。曉來雨過，遺蹤何在？一池萍碎〔七〕。春色三分〔八〕，二分塵土，一分流水。細看來，不是楊花點點，是離人淚。

【校勘】

①「墜」下傅本溢一「地」字。

②「家」，毛本作「街」。

③「縈」，原誤作「榮」，據諸本改。

④「又還」，傅本作「依前」。

【編年】

元豐四年辛酉（一〇八一年）春，作於黄州。案：朱孝臧《東坡樂府》卷二依王文誥説，編元祐二年丁卯（一〇八七年）。龍本、曹本及近人選本，均依朱説。邱俊鵬《蘇軾〈水龍吟·次韻章質夫楊花詞〉瑣談》及劉崇德《蘇軾「楊花詞」繫年考辨》，均考證爲元豐四年春作于黄州（邱文見一九八二年四川人民出版社版《東坡詞論叢》，劉文見中國社會科學出版社版《文學評論叢刊》第十八輯）。二文論述頗詳，較爲可信。

【考辨】

《全宋詞》詞後注：「案此首别誤作周邦彦詞，見《詞學筌蹄》卷一。」案：此詞爲蘇軾名篇，現行諸本《東坡詞》均收，歷代選本也作蘇軾詞。現行諸本周邦彦《片玉集》均不載，《全宋詞》周邦彦集亦列入存目詞類。《詞學筌蹄》作周邦彦，誤。羅忼烈《周邦彦清真集箋》上編亦云：「東坡《水龍吟》楊花詞，《詞學筌蹄》亦居然題清真作，尤謬。」見附録詞《憶秦娥》（雙溪月）附記。

【箋注】

〔一〕章質夫：名楶，浦城人。生於天聖五年（一〇二七年），治平二年（一〇六五年）進士。哲宗朝，歷集賢殿修撰，知渭州，進端明殿學士。徽宗建中靖國元年（一一〇一年），除同知樞密院事。崇寧元年（一一〇二年），以資政殿學士、中太乙宫使卒，謚莊簡。《宋史》卷三二八有傳。

其詠楊花《水龍吟》，是傳誦一時名作。原文如下：「燕忙鶯懶花殘，正堤上、柳花飄墜。輕飛亂舞，點畫青林，全無才思。（此三句一作『輕飛點畫青林，誰道全無才思』）閒趁游絲，静臨深院，日長門閉。傍珠簾散漫，垂垂欲下，依前被、風扶起。蘭帳玉人睡覺，怪春衣、雪霑瓊綴。繡牀旋滿，香毬無數，才圓卻碎。時見蜂兒，仰沾輕粉，魚吹池水。望章臺路杳，金鞍遊蕩，有盈盈淚。」

〔二〕非花：白居易《花非花》詞：「花非花，霧非霧。」亦詠女性。

〔三〕「也無」句：言無人愛惜楊花，任使其隨風飄墜。從：任也。李白《白頭吟》：「莫捲龍鬚枕，從他生網絲。」教：使也。

〔四〕有思：有情。

〔五〕「夢隨」四句：金昌緒（一作蓋嘉運）《春怨》：「打起黄鶯兒，莫教枝上啼。啼時驚妾夢，不得到遼西。」詩寫少婦思夫，此用其意。

〔六〕難綴：難以收拾。

〔七〕萍碎：蘇軾自注：「楊花落水爲浮萍，驗之信然。」其《再次韻曾仲錫荔支》詩亦有「柳花着水萬浮萍」句，並自注云：「柳至易成，飛絮落水中，經宿即爲浮萍。」其《予少年頗知種松，手植數萬株……》亦有「明年飛絮作浮萍」句。陸佃《埤雅》卷一六《釋草》「萍」下云：「世説楊花入水化爲浮萍。」案：此説有誤。詳見「參考資料」（四）。

〔八〕「春色」三句：李調元《雨村詞話》卷一：「宋初葉清臣，字道卿，有《賀聖朝》詞云：『三分春色二分愁，更一分風雨。』東坡《水龍吟》演爲長（短）句云：『春色三分，二分塵土，一分流水。』神意更遠。」

【參考資料】

宋·蘇軾《蘇軾文集》卷五五《與章質夫三首》之一：「《柳花》詞妙絶，使來者何以措詞？本不敢繼作，又思公正柳花飛時出巡按，坐想四子，閉門愁斷，故寫其意，次韻一首寄去，亦告不以示人也。《七夕》詞亦録呈。」

（一）關於蘇詞與章詞高下的評論

宋·魏慶之《詞人玉屑》卷二一：「章質夫詠楊花詞，東坡和之。晁叔用以爲『東坡如毛嬙、西施，浄洗腳面，與天下婦人鬥好，質夫豈可比』，是則然矣。余以爲質夫詞中，所謂『傍珠簾散漫，垂垂欲下，依前被、風扶起』，亦可謂曲盡楊花妙處。東坡所和雖高，恐未能及。詩人議論不公如此耳。」

宋·朱弁《曲洧舊聞》卷五：「章楶質夫作《水龍吟·詠楊花》，其命意用事，清麗可喜。東坡和之，若豪放不入律吕。徐而視之，聲韻諧婉，便覺質夫詞有織繡工夫。」

宋·曾季貍《艇齋詩話》：「東坡和章質夫楊花詞云：『思量卻是，無情有思』，用老杜『落絮遊絲亦有情』也（杜甫《白絲行》詩句）。『夢隨風萬里，尋郎去處，依前被、鶯呼起』，即唐人詩云：『打起黄鶯兒，莫教枝上啼。幾回驚妾夢，不得到遼西。』『細看來不是楊花，點點是離人淚』，即唐人詩云：『時人有酒送張八，惟我無酒送張八。君有陌上梅花紅，盡是離人眼中血。』皆奪胎换骨手。質夫詞亦自佳。」

宋·張炎《詞源》卷下《雜論》：「詞不宜强和人韻。若倡者之曲韻寬平，庶可賡歌；倘韻險，又爲人所先，則必牽强賡和，句意安能融貫？徒費苦思，未見有全章妥溜者。東坡次韻章質夫楊花《水龍吟》韻，機鋒相摩，起句便合讓東坡出一頭地，後片愈出愈奇，真是壓倒今古。」又：「東坡詞如《水龍吟》詠楊花……等作，皆清麗舒徐，高出人表。」

明·楊慎《草堂詩餘》卷四：「坡公詞瀟灑出塵，勝質夫千倍。」又云：「質夫詞，工手；坡老詞，仙手。」

明·張綖《草堂詩餘後集別録》：「質夫建功戎馬，亦人豪也。此詞（指章詞）詠楊花，形容曲盡，工于鉛槧之士，萬不能及。東坡復書云：『柳花詞絶妙，使來者何以措詞。』然坡翁和『閉』字：『縈損柔腸，困酣嬌眼，欲開還閉』；和『水』字：『春色三分，二分塵土，一分流水』，殆若禁體詩，然亦可謂絶妙矣，何謂無措詞乎？」

明・卓人月《古今詞統》卷一四：「必欲詘章而伸蘇，亦非公論。」又：「人謂『大江東去』之粗豪，不如『曉風殘月』之細膩。如此調又進柳妙處一塵矣。」

清・許昂霄《詞綜偶評》：「與原作均是絕唱，不容妄爲軒輊。」

近人王國維《人間詞話》卷上：「東坡《水龍吟》詠楊花，和韻而似原唱；章質夫詞，原唱而似和韻。才之不可强也如是。」又：「咏物之詞，自以東坡《水龍吟》爲最工。」

（二）關於「細看來」句的斷句問題

清・王又華《古今詞論》：「毛稚黄曰：《水龍吟》『細看來不是楊花，點點是離人淚。』調則當是『點』字斷句，意則當是『花』字斷句。文自爲文，歌自爲歌，然歌不礙文，文不礙歌，是坡公雄才自放處。他家間亦有之，亦詞家一法。」

清・萬樹《詞律》卷一六引辛棄疾《水龍吟》（楚天千里清秋）：「後結『倩何人』，五字句；『紅巾』，四字句；『揾英雄淚』，四字句。此一定鐵板矣。東坡云：『細看來不是，楊花點點，是離人淚』，句法本同。《嘯餘》誤讀『不是楊花』作分句，下六字作兩句，故卓氏《晤歌》從之；而沈氏亦謂此詞，句豆原不同。究之何嘗不同乎？」

清・厲鶚《手批詞律》：「東坡此詞雖和質夫作，而結句確不同章詞讀法。此十三字一氣，大抵用一五兩四句法者居多，而作一七兩三者，亦非絕無之事也。蘇詞句法，本是如此，語意何等明快！若依紅友(萬樹)『一定鐵板』，則既云『細看來不是』矣，下文當直云『點點是離人淚』耳，何復贅『楊花』二字也。且禿然于『是』字斷句，語氣亦攔拉不住。」

清·先著《詞潔》卷五：「《水龍吟》末後十三字，多作五、四、四，此作七、六，有何不可？近見論譜者于『細看來不是』及『楊花點點』下分句，以就五四四之印板死格，遂令坡公絶妙好詞不可文理。」又云：「起句入魔，『非花』矣而又『似』，不成句也。『抛家傍路』四字欠雅。『綴』字趁韻，不穩。『曉來』以下，真是化工神品。」

（三）對於本詞的箋評

宋·張炎《詞源》卷下《句法》：「詞中句法，要平妥精粹。一曲之中，安能句句高妙？只要拍搭襯副得去，於好發揮筆力處，極要用工，不可輕易放過，讀之使人擊節可也。如東坡《楊花詞》云：『似花還似非花，也無人惜從教墜。』又云：『春色三分，二分塵土，一分流水。』……此皆平易中有句法。」

宋·沈義父《樂府指迷》：「近世作詞者不曉音律，乃故爲豪放不羈之語，遂借東坡、稼軒諸賢自諉。諸賢之詞，固豪放矣，不豪放處，未嘗不叶律也。如東坡之《哨徧》、「楊花」《水龍吟》，稼軒之《摸魚兒》之類，則知諸賢非不能也。」

明·沈際飛《草堂詩餘正集》卷五：「『隨風萬里』、『尋郎』，悉楊花神魂。」又云：「使以將軍鐵板來唱『大江東去』，必至江波鼎沸；若此詞，更進柳妙處一塵矣。」又云：「讀他文字，精靈尚在文字裏面；坡老只見精靈，不見文字。」

明·李廷機《草堂詩餘評林》卷三：「古詩：『輕飛不假風，輕落不委地。撩亂惹情空，廢人無限思。』可爲此評。」

明·李攀龍《草堂詩餘雋》：「如虢國夫人不施粉黛，而一段天姿，自是傾城。」

清·沈謙《填詞雜説》：「東坡『似花還似非花』一篇，幽怨纏綿，直是言情，非復賦物。」

清·黄蓼園《蓼園詞選》：「首四句是寫楊花形態；『縈損』以下六句，是寫望楊花之人之情緒。二闋用議論，情景交融，筆墨入化，有神無迹矣。」

清·劉熙載《藝概》卷四《詞曲概》：「鄰人之笛，懷舊者感之；斜谷之鈴，溺愛者悲之。東坡《水龍吟·和章質夫詠楊花》云：『細看來、不是楊花，點點是離人淚。』亦同此意。」又：「東坡《水龍吟》起云：『似花還似非花』，此句可作全詞評語，蓋不離不即也。」

清·陳廷焯（世焜）《雲韶集》卷二：「淋漓曲折，躊躇滿志，詞中能事，至斯已極。」又·《詞則·大雅集》卷二：「身世流離之感而出以温婉語，令讀者喜悦悲歌，不能自已。」

清·吴衡照《蓮子居詞話》卷一：「楊升庵《詞品》云：『詞人語意所到，間有參差，或兩句作一句，或一句作兩句。惟妙於歌者，上下縱横取協。』此言篤論，如曲子家之有活板眼也。東坡

『小喬初嫁了，雄姿英發』，『細看來不是楊花，點點是離人淚』等處，皆當以此説通之。若契舟膠柱，徐虹亭所謂髯翁命宫磨蝎，身後又硬受此差排矣。」

清·謝章鋌《賭棋山莊詞話》卷四：「東坡《念奴嬌》（大江東去闋）、《水龍吟》（似花又似非花闋）……等篇，其句法連屬處，按之律譜，率多參差。即謹嚴雅飭如白石，亦時有出入。若《齊天樂》（詠蟋蟀闋）末句可見，細校之不止一二數也。蓋詞人筆興所至，不能不變化。」

近人鄭文焯《手批東坡樂府》：「煞拍畫龍點睛，此亦詞中一格。」

近人陳匪石《宋詞舉》卷下：「東坡詞如天馬行空，其用意、用筆及取神遺貌，最不可及。此詞詠楊花耳，許多話又被質夫説過。觀其起句『似花還似非花』，從空處着想，卻覺其他之花借用不得。楊花未辭樹前，無可玩賞，無人愛惜，及其飄墜，始動人情感。『也無人惜從教墜』七字，實與上句同一天生妙文，以下便從『墜』字説入。『拋家傍路』是『墜』。『思量卻是，無情有思』，由無情説到有情，『墜』後思量，又爲『也無人惜』下一轉語。『縈損』八字，楊花之動人處，將『有思』二字坐實。『欲開還閉』，又寫『墜』時情態，爲『有思』之由。『夢隨風萬里』四句，再以楊花神魂申説情思，而飛去飛還，忽起忽落之致，雖描寫入微，卻極渾化，此他人所不能也。前遍楊花正面説完，故過變即説『開盡』。先以『不恨此花開盡』作一曲筆，而『恨……落紅難綴』，又以襯筆作轉筆。以下轉入楊花去路。『曉來』三句，用『柳花入水，經宿化萍』

故實，着『遺踪何在』一語，便令人黯然魂斷。『春色』三句，承化萍説。沾泥入水，歸途無定，而溷入泥土者較多。意既補足，語亦名雋超脱，爲千古絶唱。特由一氣卷舒，町畦化盡，故仍有渾灝之象，否則作算博士語，一挑半剔，非傷薄，即傷纖。東坡此等處，卻不許人捧心也。『細看來』以下，以翻爲收，更進一層説法。『離人』之『淚』，近承『流水』，遥應『尋郎』，於法極密，而意亦悠悠不盡。張炎曰：『後段愈出愈奇，壓倒今古。』晁叔用曰：『毛嬙、西施，净洗卻（案：當爲「腳」）面與天下婦人鬥好。』愚謂此固東坡妙處，然統觀全篇，格律精細，固不容豪放者藉口；而緊着題融化不澀，亦詠物之正法眼藏。誰謂才大者不受羈勒哉！」

（四）「楊花入水化爲萍」説，非是

宋·姚寬《西溪叢話》卷下：「楊、柳二種，楊樹葉短，柳樹葉長，花即初發時黄蘂，子爲飛絮，今絮中有小青子，着水泥沙灘上，即生小青牙，乃柳之苗也。東坡謂絮化爲浮萍，誤矣。」

清·王念孫《廣雅疏證》卷一〇上：「浮萍，淺水所生，有青紫二種，或背紫面青。俗謂楊花落水，經宿爲萍。其説始於陸佃《埤雅》及蘇軾《再和曾仲錫荔枝詩》。案楊花之飛，多在晴日，浮萍之生，恒於雨後，稽之物情，頗爲不合。且楊花飛於二月、三月，而《夏小正》云：七月湟潦生萍，則時無楊花，萍亦自生，足以明其説之謬矣。」

水調歌頭

歐陽文忠公嘗問余①：琴詩何者最善？答以退之《聽穎師琴》詩最善②〔一〕。公曰：此詩最奇麗③，然非聽琴④，乃聽琵琶也⑤。余深然之。建安章質夫家善琵琶者，乞爲歌詞。余久不作，特取退之詞，稍加隱括〔二〕，使就聲律⑥〔三〕，以遺之云⑦

昵昵兒女語〔四〕，燈火夜微明。恩怨爾汝來去⑧〔五〕，彈指淚和聲〔六〕。忽變軒昂勇士〔七〕，一鼓填然作氣〔八〕，千里不留行⑨〔九〕。回首暮雲遠〔一〇〕，飛絮攪青冥〔一一〕。　衆禽裏〔一二〕，真彩鳳，獨不鳴。躋攀寸步千險⑩〔一三〕，一落百尋輕。煩子指間風雨〔一四〕，置我腸中冰炭，起坐不能平。推手從歸去⑪〔一五〕，無淚與君傾。

【校勘】

① 題首原有「公舊序云」四字，據元本、朱本、龍本、曹本删。

② 元本無「最善」二字。

③ 「最」，元本作「固」。

④ 傅本「琴」下有「也」字。

⑤元本「琵琶」下有「詩」字。

⑥「聲」，傅本作「音」。

⑦二妙集、毛本無「云」字。

⑧「怨」原作「寃」，據元本、朱本、龍本、曹本改。

⑨「留」，明刊全集作「流」。

⑩「寸步」，傅本作「分寸」。

⑪「歸」，毛本作「君」。

【編年】

元豐四年辛酉（一〇八一年）三月作於黄州。案此詞王文誥《蘇詩總案》編元祐二年丁卯（一〇八七年）四月作於東京。朱本、龍本、曹本並從《蘇詩總案》。蘇軾在黄州寫給朱康叔的第二十封信中有「章質夫求琵琶歌詞，不敢不寄呈」（見《蘇軾文集》卷五九），可知此詞定作於黄州。孔《譜》卷一九云：元豐三年九月末，章楶提典湖北刑獄，與蘇軾會晤武昌（今湖北鄂城市）傳舍。又卷二〇云：元豐四年三月，「賦《水調歌頭》寄章楶（質夫）。又嘗作枯木拳石叢篠寄楶。又嘗有簡於楶，贊縣令徐軻。」「《文集》卷五十九《與朱康叔》第二十簡云楶：『求琵琶歌詞，不敢不寄呈。』簡約作於本年，以去年楶來，明年壽昌（康叔）離任也。」詞也應作於同時。今依孔《譜》編元豐四年三月。薛本定於元豐五年正月作。其時章楶蓋至成都轉運使任，朱康叔尚在鄂州任。可參看。

【箋注】

〔一〕韓愈《聽穎師彈琴》詩：「昵昵兒女語，恩怨相爾汝。劃然變軒昂，勇士赴敵場。浮雲柳絮無根蒂，天地闊遠隨飛揚。喧啾百鳥羣，忽見孤鳳凰。躋攀分寸不可上，失勢一落千丈强！嗟余有兩耳，未省聽絲篁。自聞穎師彈，起坐在一旁。推手遽止之，濕衣淚滂滂。穎乎爾誠能！無以冰炭置我腸。」

〔二〕隱括：原爲矯正木竹彎曲的工具。引申爲依詩文原有的内容和情節剪裁、改寫成另一種體裁的作品。此指將韓愈的詩改寫成詞。

〔三〕使就聲律：使它符合音樂。韓詩不能配樂歌唱，現在改寫成符合音樂要求的詞，便可供人歌唱。

〔四〕昵昵：親密，親近。「昵」，同暱，《逸周書》：「昵之以觀其不狎。」

〔五〕恩怨：恩愛。「怨」，出於相愛的責怨。黄庭堅《聽宋宗儒摘阮歌》：「深閨洞房語恩怨，紫燕黄鸝韻桃李。」爾汝：彼此親昵，不拘形迹。《世説新語》卷上《言語》：「禰衡被魏武帝謫爲鼓吏」注引《文士傳》：「少與孔融作爾汝之交，時衡未滿二十，融已五十。」杜甫《醉時歌》：「忘形到爾汝，痛飲真吾師。」

〔六〕彈指：一彈指的省略，極言時間短暫，猶言一會兒。王維《能禪師銘》：「彈指不留，水流燈焰。」淚和聲：此當指由於彼此親昵喜歡而假意哭鬧。前四句即韓詩「昵昵兒女語，恩怨相爾汝」意。

〔七〕軒昂：高昂。柳宗元《招海賈文》：「舟航軒昂兮，下上飄鼓。」

〔八〕一鼓作氣：比喻趁士氣旺盛時，一舉成事。《左傳・莊公十年》：「夫戰，勇氣也，一鼓作氣，再而衰，三而竭。」填然：《孟子・梁惠王上》：「填然鼓之。」注：「填，鼓音也。兵以鼓進，以金退。」

〔九〕千里不留行：《莊子・説劍》：「（趙文）王曰：『子之劍何能禁制？』（莊子）曰：『臣之劍，十步一人，千里不留行。』」成玄英《疏》：「其劍十步殺一人，一去千里，行不留住，鋭快如是，寧有敵乎！」以上三句，形容樂聲高亢，感情激昂。即韓愈詩「劃然變軒昂，勇士赴敵場」意。

〔一〇〕「回首暮雲」句：王維《觀獵》：「回看射雕處，千里暮雲平。」

〔一一〕青冥：天空。《楚辭・九章・悲回風》：「據青冥而攄虹兮，遂倏忽而捫天。」以上兩句形容意境開闊，像風飄浮雲和柳絮，漫天飛揚。即韓詩「浮雲柳絮無根蒂，天地闊遠隨飛揚」意。

〔一二〕「衆禽裏」三句：韓詩原爲「喧啾百鳥群，忽見孤鳳凰」。叙述樂聲如百鳥齊鳴，其中鳳凰之聲尤爲動聽。清人李憲喬稱爲「寫聲至矣！亦可見琴德之高」。（清・方世舉《韓昌黎詩編年箋注》録李憲喬評點）而這裏卻説「真彩鳳，獨不鳴」，意在言外。

〔一三〕「躋攀」兩句：寫樂聲逐步升到最高音階，陡然降落到最低音階。即韓詩「躋攀分寸不可上，失勢一落千丈强」意。躋攀：攀登向上。百尋：形容極高。古以八尺爲尋。

〔一四〕「煩子」三句：指問風雨：喻用手演奏的樂曲。腸中冰炭：寫聽演奏時内心感情的激烈變化。《莊子·人間世》：「事若成，則必有陰陽之患。」郭象注：「人患雖去，然喜懼戰於胸中，固已結冰炭於五藏（臟）矣。」陶淵明《雜詩十二首》之四：「孰若當世士，冰炭滿懷抱。」起坐：激動得起坐不定。此三句即韓詩「穎乎爾誠能，無以冰炭置我腸」及「自聞穎師彈，起坐在一旁」等句意。

〔一五〕「推手」二句。推手：打手勢。無淚與君傾：寫音樂感人之深，聽者爲之流盡眼淚。此二句即韓詩「推手遽止之，濕衣淚滂滂」而略有變化，顯得感情更爲强烈。

【參考資料】

宋·李頎《古今詩話》：「《水調歌頭》，東坡居士聽琵琶而作也。舊都野人曰：『此詞自外取意，無一字染着，後學卒未到其閫域，反復味之，見居士之文採竊處：「昵昵兒女語」，取白樂天「小絃切切如私語」意；「忽變軒昂勇士，一鼓填然作氣，千里不留行」，便是「銀瓶乍破水漿迸，鐵騎突出刀鎗鳴」；「攜手從歸去，無淚與君傾」，則又翻「江州司馬青衫濕」公案也。

子瞻凡爲文，非徒虛語。「寸步千險，一落百尋輕」之句，皆自喻耳。後人吟咏，患思而不得，既得之，爲題意纏縛，不解點化者多矣。』」

宋·胡仔《苕溪漁隱叢話前集》卷一六「東坡嘗因章質夫家善琵琶者乞歌詞，亦取退之《聽潁師琴詩》，稍加檃括，使就聲律，爲《水調歌頭》以遺之，其自序云：『歐公謂退之此詩最奇麗，然非聽琴，乃聽琵琶耳。』觀此，則二公皆以此詩（韓愈《聽潁師琴詩》）爲聽琵琶矣。」

又《苕溪漁隱叢話後集》卷一〇：「舊都野人乃謂此詞自外取意，無一字染着。彼蓋不曾讀退之詩，妄爲此言也。又謂居士之文採竊處，取白樂天《琵琶行》意，此尤可絶倒也。」

宋·樓鑰《攻媿集》卷五《謝文思許尚石函廣陵散譜詩後記》：「韓文公《聽潁師彈琴詩》，幾爲古今絶唱。前十句形容曲盡，是必爲《廣陵散》而作，他曲不足以當此。歐公以爲《琵琶詩》，而蘇公遂檃括爲《琵琶詞》。二公皆天人，何敢輕議，然俱非深於琴者也。」

宋·劉克莊《後村題跋》卷四：「檃括他人之作，當如漢王晨入信耳軍，奪其旗鼓，蓋其作略氣魄，固已陵暴之矣，坡公此詞是也。他人勉强爲之，氣盡力竭，在此則指麾呼喚不來，在彼則頡頏偃蹇不受令，勿可作也。但韓詩云『濕衣淚滂滂』，坡詞前云『彈指淚縱橫』，後云『無淚與君傾』，或以爲復。予曰：前句雍門之哭也，後句昭文之不鼓也，結也，非復也。」

明·沈際飛《草堂詩餘別集》卷三：「永叔有眼，子瞻有手，退之有知音。」又：「其緩調高彈，急節促撾，可以目聽。」

清·彭遜遹《詞統源流》：「至隱括體，亦不可作也，不獨《醉翁操》如嚼蠟，即子瞻改琴詩，『琵琶』字不現，畢竟是全首説夢。」

少年遊　端午贈黄守徐君猷①〔一〕

銀塘朱檻麴塵波〔二〕。圓緑卷新荷。蘭條薦浴〔三〕，菖花釀酒②〔四〕，天氣尚清和〔五〕。

好將沉醉酬佳節〔六〕，十分酒、十分歌③。獄草煙深〔七〕，訟庭人悄，無吝宴遊過。

【校勘】

①此詞吴本卷上及《拾遺》兩載互見，文字小異。《拾遺》調作《畫堂春》，題上有「元豐五年」四字，此從卷上。

②「花」，《拾遺》作「荷」。

③「十」，傅本、元本、《拾遺》作「一」。「分」，《拾遺》作「聲」。

【編年】

元豐四年辛酉（一〇八一年）五月五日，作於黄州。傅藻《東坡紀年録》：「元豐四年辛酉，端午作《少年遊》贈徐君猷。」案：此詞《拾遺》題作「元豐五年端午贈黄守徐君猷」，與《紀年録》有別，録存備考。

【箋注】

〔一〕端午：農曆五月初五。亦作「端五」、「重五」、「端陽」。唐・徐堅《初學記》卷四引晉・周處《風土記》：「仲夏端午，烹鶩角黍。」注云：「端，始也，謂五月五日。」

〔二〕麴塵：麴上生菌，色淡黃如塵，因以稱淡黃色。也作「鞠塵」。《周禮・天官・內司服》「鞠衣」鄭玄注：「黃桑服也，色如鞠塵，象桑葉始生。」白居易《山石榴寄元九》：「千芳萬葉一時新，嫩紫殷紅鮮麴塵。」

〔三〕「蘭條」句：《大戴禮記》卷二《夏小正》：五月五日「蓄蘭爲沐浴也」。屈原《九歌・雲中君》：「浴蘭湯兮沐芳，華采衣兮若英。」

〔四〕「菖花」句：菖，水草名，又名菖蒲，有香氣，根可入藥。用其浸製藥酒，服之可避瘟氣。宗懔《荆楚歲時記》：「端午節以菖蒲一寸九節者，泛酒以辟瘟氣。」傅注：「近世五月五日必以菖蒲漬酒而飲，謂之飲浴。」

〔五〕天氣清和：天氣清明和暖，泛指暮春初夏天氣。曹丕《槐賦》：「伊暮春之既替，即首夏之初期。……天清和而温潤，氣恬淡以安治。」謝靈運《遊赤石進帆海》：「首夏猶清和，芳草亦未歇。」

〔六〕「好將」句：杜牧《九日齊山登高》：「但將酩酊酬佳節，不用登臨恨落暉。」

〔七〕「獄草」三句：贊徐君猷治黃州有政績，無囚犯而獄中草深，少訴訟而訟庭人悄，故可不吝宴遊矣。

南鄉子　重九涵輝樓呈徐君猷〔一〕

霜降水痕收〔二〕。淺碧鱗鱗露遠洲。酒力漸消風力軟①，颼颼〔三〕。破帽多情卻戀頭〔四〕。　佳節若爲酬〔五〕。但把清尊斷送秋。萬事到頭都是夢〔六〕，休休。明日黃花蝶也愁〔七〕。

【校勘】

①「力」，原作「日」，據諸本改。

【編年】

元豐四年辛酉（一〇八一年）九月九日，作於黃州。案：此詞傅藻《東坡紀年録》編元豐五年壬戌，朱本、龍本、曹本並從《紀年録》。王文誥《蘇詩總案》卷二〇編元豐三年九月九日，並以《紀年録》爲非（見卷二一《醉蓬萊》王文誥案語）。孔《譜》、薛本編元豐四年九月九日。薛本從蘇軾《與王定國書》考證出「此詞作於辛酉九月，決不可移」。今從孔《譜》並薛本編年。

【箋注】

〔一〕《蘇軾文集》卷五二《與王定國書》之一二云：「重九日，登棲霞樓，望君凄然，歌《千秋歲》，滿坐識與不識，皆懷君。遂作一詞云：『霜降水痕收，……明日黄花蝶也愁。』其卒章則徐州逍遥堂中夜與君和詩也。」信中言此詞係重九登棲霞樓有懷王定國作，而詞題云「重九涵輝樓呈徐君猷」，孔《譜》云：「棲霞樓即涵輝樓。」但《方輿勝覽》卷五〇《黄州》下既舉涵輝樓，又列棲霞樓，則兩者不同。涵輝樓：明弘治《黄州府志》卷四：「涵輝樓，在古城内。宋·韓魏公有詩。張孝祥取《赤壁賦》中語，大書其榜曰『無盡藏樓』。後有坐嘯堂及無倦、味道二齋，悉毁。」宋·韓琦《涵輝樓詩》：「臨江三四樓，次第壓城首。山光遍軒楹，波影撼窗牖。」棲霞樓：宋·祝穆《方輿勝覽》卷五〇《黄州》：「棲霞樓在儀門外之西南，軒豁爽塏，爲一郡奇景。蘇子瞻所爲賦《鼓笛慢》者也。」徐君猷：《蘇軾詩集》卷二一《太守徐君猷通守孟亨之皆不飲酒以詩戲之》施注：徐君猷，名大受，東海人。東坡來黄州，君猷爲守，厚禮之，無遷謫意。君猷秀惠，列屋杯觴流行，多爲賦詞，滿去而殂。坡有祭文挽詞，意甚悽惻。弘治《黄州府志》卷五：「徐君猷，元豐間知黄州，崇儒重道，下士愛民。蘇軾謫居黄，與弟子由書云：『舉目無親，君猷一見如骨肉。』」

〔二〕水痕：杜甫《冬深》詩：「早霞隨類影，寒水各依痕。」「水痕收」，指水位降低了。

〔三〕颸颸：《初學記》卷一引應劭《風俗通義》：「微風曰颸，小風曰颸。」此形容風聲。

〔四〕「破帽多情」句：杜甫《九日藍田崔氏莊》：「羞將短髮還吹帽，笑倩傍人爲正冠。」宋・陳鵠《耆舊續聞》卷二引《三山老人語録》云：「從來九日用落帽事，東坡獨云：『破帽多情卻戀頭』，尤爲奇特，不知東坡用杜子美詩：『羞將短髮還吹帽，笑倩傍人爲正冠』。」落帽：典出陶淵明《晉故征西大將軍長史孟府君傳》：「九月九日，温游龍山，參佐畢集，四弟二甥咸在坐。時佐吏並著戎服。有風吹君（孟嘉）帽墮落，温目左右及賓客勿言，以觀其舉止。君初不自覺，良久如厠。温命取以還之。廷尉太原孫盛，爲諮議參軍，時在坐，温命紙筆令嘲之。文成示温，温以著坐處。君歸，見嘲笑而請筆作答，了不容思，文辭超卓，四座歎之。」

〔五〕「佳節」二句：杜牧《九日齊安登高》：「但將酩酊酬佳節，不用登臨恨落暉。」此用杜牧詩意。若爲酬：如何應酬。

〔六〕「萬事到頭」句：傅注引潘閬詩：「須信百年都是夢，莫嗟萬事不如人。」按，句出《樽前勉兄長》，又作「萬事到頭都是夢，休嗟百計不如人。」見《永樂大典》輯本《逍遥集》。

〔七〕「明日黄花」句：鄭谷《十日菊》詩：「節去蜂愁蝶不知，曉庭還繞折殘枝。」謂重九已去，花悴香銷，蝶尚不知愁也。蘇詞反其意而用之，謂明日黄花將衰，蝶也知愁。蘇軾《九日次韻王鞏》詩亦曾用此句云：「相逢不用忙歸去，明日黄花蝶也愁。」足見此係作者自鳴得意之句。

【參考資料】

宋·釋惠洪《冷齋夜話》卷一：「山谷云：詩意無窮，而人之才有限；以有限之才，追無窮之意，雖淵明、少陵不得工也。然不易其意而造其語，謂之换骨法；窺入其意而形容之，謂之奪胎法。如鄭谷《十月菊》曰：『自緣今日人心别，未必秋香一夜衰。』此意甚佳，而病在氣不長。西漢文章雄深雅健者，其氣長故也。曾子固曰：『詩當使人一覽語盡而意有餘，乃古人用心處。』所以荆公菊詩曰：『千花萬卉凋零後，始見閒人把一枝。』東坡則曰：『萬事到頭終是夢，休休，明日黄花蝶也愁。』……皆换骨法也。」

宋·陳知柔《休齋詩話》：「唐人嘗詠《十日菊》：『自緣今日人心别，未必秋香一夜衰』，世以爲工，蓋不隨物而盡；如『酒盞此時須在手，菊花明日使愁人』，自覺氣不長耳。東坡亦云：『休休，明日黄花蝶也愁』也。然雖變其語，終有此過，豈在謫所遇時感慨，不覺發是語乎？」

明·張綖《草堂詩餘後集别録》：「《南鄉子》尾句：『休休，明日黄花蝶也愁』，翻案鄭谷詩句，而意殊衰颯。」

明·楊慎批點《草堂詩餘》卷二：「東坡重陽詞」《柳梢青》詞則云：「酒闌不必看茱萸。」此詞則云：「破帽多情却戀頭。」但反前人之案，用來妙，是脱胎手。又「破帽」句，反用落帽事，奇。

明·沈際飛《草堂詩餘正集》卷二：「自來九日多用落帽，東坡不落帽，醒目。」又：「東坡升沉去住，一生莫定，故開口説夢。如云：『人生如夢』，『世事一場大夢』，『未轉頭時皆夢』，『古今如夢，何曾夢覺』，『君臣一夢，今古虚名』，屢讀之，胸中鄙吝自然消去。」

明·潘游龍《精選古今詩餘醉》卷一：「自來九日多用落帽，此不落帽，更佳。」

清·馮金伯《詞苑萃編》卷二引沈東江（謙）語：「東坡『破帽多情却戀頭』，翻龍山事，特新。」

清·陳廷焯《詞則·放歌集》卷一：「翻用落帽事，極疏狂之態。」

清·陳世焜《雲韶集》卷二：「用龍山落帽事，却用得風雅疏狂，此翻用成曲法。」

清·黄蓼園《蓼園詞選》：「『破帽戀頭』，語奇而穩；『明日黄花』句，自屬達觀。凡過去未來皆幾非在我，安可學蜂蝶之戀香乎？」

清·張宗橚《詞林紀事》卷五引樓敬思語：「九日詩詞，無不使落帽事者，總不若坡仙《南鄉子》詞，更爲翻新。」

滿江紅　寄鄂州朱使君壽昌①〔一〕

江漢西來，高樓下、蒲萄深碧〔二〕。猶自帶、岷峨雪浪②〔三〕，錦江春色〔四〕。君是南山遺愛守〔五〕，我爲劍外思歸客〔六〕。對此間、風物豈無情，殷勤説。　江表傳〔七〕，君休讀。狂處士〔八〕，真堪惜。空洲對鸚鵡〔九〕，葦花蕭瑟。不獨笑書生争底事③，曹公黄祖俱飄忽〔一〇〕。

願使君④〔二二〕、還賦謫仙詩，追黃鶴。

【校勘】

① 原無題，據傅本、元本、朱本、龍本、曹本補。二妙集、毛本題無「壽昌」二字。

② 「雪」，原作「雲」，據傅本、元本、朱本、龍本、曹本改。

③ 「不」，二妙集、明刊全集、毛本、龍本無。曹校：「按此句相當於本集同調各句，如『不用向佳人訴離恨』，『君不見蘭亭修禊事』及『君不見周南歌漢廣』等，以上皆爲八字句，且每句俱有『不』字。雖然，本集『衣上舊痕餘苦淚』，則作七字句，依徐本立《詞律拾遺》卷三，此調此句可作七字，亦可作八字。且依文義，以作八字句爲長，因不獨笑書生，亦笑曹公黃祖，故朱本亦作八字句。」

④ 「使」，傅本、元本無。

【編年】

元豐四年辛酉（一〇八一年）深秋，作於黃州。朱本云：「是詞當在黃州作」，附編於元豐四年十二月所作《江城子》之後。龍本、曹本、石唐本並依朱本。薛本云：「總觀詞意，蓋朱壽昌離鄂州任赴提舉崇禧觀時的贈別之作。」編在元豐五年五六月間朱將移職時。案：細品詞意，此詞非爲送別之作，而是面對長江兩岸文化積澱深厚的古人古事，有感而發，向摯友朱壽昌傾吐肺腑，發泄自己貶官黃州的苦悶和牢騷。思想內涵主要在下片。作者選取和黃鶴樓有關的人和事加以品評，規勸毋須去研讀禰衡如何恃才傲物而被殺，以及曹操、黄祖如何嫉賢妒能而殺人。雖然這些人物有的值得同情，有的被人藐視，但必竟都是「飄忽」即逝的歷史過客。而應像崔顥、李白那様致力文學創作，多寫好詩，才能流芳後代。以此抒發腹中鬱勃不平之氣。整首詞，猶如兩個敞開心扉的朋友在談心，毫無離情别緒的流露，故題作「寄」朱壽昌，而非「送」朱壽昌。詞中「葦花蕭瑟」，是蘇軾順手拈來的實景，故編元豐四年深秋。明年秋朱壽昌已離鄂州矣。

【箋注】

〔一〕鄂州：今湖北武昌市。《太平寰宇記》卷一一二《鄂州》一：「鄂州，春秋屬楚，秦屬南郡，漢爲江夏郡，晉爲荆州，南朝宋爲郢州，隋開皇九年（五八九年）改郢州，置鄂州。煬帝初改爲江夏郡，唐復置鄂州，宋因之，曰鄂州江夏郡。

〔二〕「高樓」句：高樓：指黄鵠磯上之黄鶴樓。蒲萄深碧：見《南鄉子》（晚景落瓊杯）注〔四〕。

〔三〕岷峨雪浪：見《南鄉子》（晚景落瓊杯）注〔三〕。

〔四〕錦江：又名流江、汶江，俗名府河，自四川郫縣分流至成都城南合郫江，折西南入彭山縣界。相傳蜀人織錦濯其中則色澤鮮豔，故名。杜甫《登高》：「錦江春色來天地，玉壘浮雲變古今。」

〔五〕南山遺愛守：《詩·小雅·南山有臺》：「南山有杞，北山有李。樂之君子，民之父母。樂之君子，德音不已。」《詩小序》：「《南山有臺》，樂得賢也。得賢則能爲邦家立太平之基矣。」作者用此贊美朱壽昌是行仁政的太守。遺愛：《左傳・昭公二十年》：「及子産卒，仲尼聞之，出涕曰：『古之遺愛也。』」杜預注：「子産見愛，有古人之遺風。」後亦謂仁政留於民間。

〔六〕劍外：劍閣（在今四川劍閣縣東北）以南蜀中地區。杜甫《聞官軍收河南河北》：「劍外忽傳收薊北，初聞涕淚滿衣裳。」此言自己的故鄉是四川。

〔七〕江表傳：書名，晉・虞溥撰，記述三國史實，吴國事蹟尤詳，南朝・宋・裴松之注《三國志》多徵引之。原二卷，已佚，今有清・王仁俊輯本。《江表傳》在此代指三國典籍。

〔八〕狂處士：指禰衡。《後漢書》卷八〇下《禰衡傳》：禰衡有才辯，而尚氣剛傲，好矯時慢物。孔融深愛其才，薦之與曹操。操喜，待之極晏。衡乃着布單衣，疏巾，手持三尺梲杖，坐大營門，以杖捶地大罵。操怒，謂融曰：「禰衡豎子，孤殺之猶雀鼠耳。顧此人素有虚名，遠近將謂孤不能容之，今送與劉表，視當如何。」劉表及荆州士大夫先服其才名，甚賓禮之。後復侮慢於表，表恥不能容，以江夏太守黄祖性急，故送衡與之。後因辱罵黄祖，被祖主簿所殺。

〔九〕鸚鵡：謂鸚鵡洲。《太平寰宇記》卷一一二《鄂州》：「鸚鵡洲在大江東（江夏）縣西南二里。」又引《後漢書》云：「黄祖爲江夏太守時，黄祖長子射，大會賓客，有人獻鸚鵡于此洲，故爲名。」《輿地紀勝》卷六六《鄂州上》：鸚鵡洲爲「黄祖殺禰衡處。衡嘗作《鸚鵡賦》，故遇害之地得名」。其地在今武漢市西南面江中，今所見之鸚鵡洲，已非宋以前故地。

〔一〇〕「曹公黃祖」句：謂迫害禰衡的曹操、黃祖俱成歷史過客，飄忽逝去。飄忽：形容短暫，一閃即逝。曹植《洛神賦》：「體迅飛鳧，飄忽若神。」

〔一一〕「願使君」三句：謫仙：謂李白。李白《對酒憶賀監詩序》：「太子賓客賀公（知章），於長安紫極宮一見余，呼余爲謫仙人，因解金龜換酒爲樂。」追黃鶴：崔顥曾題《黃鶴樓》詩：「昔人已乘黃鶴去，此地空餘黃鶴樓。黃鶴一去不復返，白雲千載空悠悠。晴川歷歷漢陽樹，芳草萋萋鸚鵡洲。日暮鄉關何處是，煙波江上使人愁。」李白欲擬之較勝負，乃作《登金陵鳳凰臺》詩：「鳳凰臺上鳳凰游，鳳去臺空江自流。吴宮花草埋幽徑，晉代衣冠成古丘。三山半落青天外，二水中分白鷺洲。總爲浮雲能蔽日，煙波江上使人愁。」此處作者借崔顥、李白故事，勉勵朱壽昌超然政治風雲，寄意文章事業，寫出好詩，追攀前賢。

浣溪沙

十一月二日①，雨後微雪，太守徐君猷攜酒見過，坐上作《浣溪沙》三首。

明日酒醒，雪大作，又作二首②

覆塊青青麥未蘇〔一〕。江南雲葉暗隨車〔二〕。臨皋煙景世間無〔三〕。　雨腳半收檐斷線〔四〕，雪牀初下瓦跳珠③〔五〕。歸來冰顆亂黏鬚〔六〕。

【校勘】

①「十一」，傅本、元本、朱本、龍本、曹本、《全宋詞》並作「十二」。

②傅本題末有「時元豐五年也」六字。

③「翀」，原作「林」，龍本據本詞墨跡改，較勝，今從之。「跳」，原作「疏」，據傅本、元本、朱本、龍本、曹本改。

【編年】

元豐四年辛酉（一〇八一年）十一月二日，作於黄州。王文誥《蘇詩總案》卷二一：「元豐四年辛酉，十一月二日，雨後微雪，徐大受攜酒臨皋，坐上作《浣溪沙》詞。明日酒醒，雪大作，和前詞。」案：傅藻《東坡紀年録》作「元豐四年辛酉十二月二日」作。據《文集》卷五三《與陳季常》第一簡云：「今日見馬鋪報，公擇二十一日入光州界，計今已在光。輒於太守處借人持書約會於岐亭。某決用初一日早離州，初二日晚必造門。」《總案》亦謂十二月二日作者赴岐亭陳慥處與李常約會，不在黄州家中，故作「十一月二日」近是。朱本、龍本、曹本、薛本、孔《譜》均編十二月二日。另據傅本詞題，是詞應編元豐五年壬戌，王水照《評久佚重見的施宿〈東坡先生年譜〉》中説：「傅幹，南宋人。其言當有所據，似可從。」（見《中華文史論叢》一九八三年第三輯）吴雪濤《蘇詞編年考辨兩則》亦認爲：「這五首詞的寫作時間，應依傅注本的小注。」「只能是在元豐五年（一〇八二年）。傅注本的小序完全正確。」（見《河北師範大學學報》一九九三年第一期）均立論有據，言之成理，可備一說。

【箋注】

〔一〕覆塊：言麥苗遮蔽田壟。作者《東坡八首》之五：「投種未逾月，覆塊已蒼蒼。」青青：韓愈《過南陽》詩：「南陽郭門外，桑下麥青青。」

〔二〕雲葉暗隨車：陳・蔡凝《賦得春雲處處生詩》：「入風衣暫斂，隨車蓋轉輕。作葉還依樹，爲樓欲近城。」杜甫《夏夜李尚書筵送宇文石首赴縣聯句》：「雨稀雲葉斷，夜久燭花偏。」

〔三〕臨皋：亭名。見《南鄉子》（晚景落瓊杯）注〔一〕。此處風光宜人。蘇軾曾有《書臨皋亭》云：「東坡居士酒醉飯飽，倚于几上，白雲左繞，清江右洄，重門洞開，林巒坌入。當是時，若有思而無所思，以受萬物之備，慙愧！慙愧！」（見《蘇軾文集》卷七一）

〔四〕雨腳：密集落地的雨點。賈思勰《齊民要術》卷二《胡麻》：「種欲截雨腳，一畝用子二升。」杜甫《茅屋爲秋風所破歌》：「牀頭屋漏無乾處，雨腳如麻未斷絕。」

〔五〕雪牀：雪珠，亦稱霰。龍箋引《汪穰卿筆記》言：在張文襄幕，見蘇文忠手書《浣溪沙》五首，「雪林初下瓦跳珠」句，「林」作「牀」。注：「京師俚語，霰爲雪牀。」

〔六〕冰顆亂黏鬚：杜荀鶴《早發》：「時逆帽簷風刮頂，旋呵鞭手凍黏鬚。」（傅注誤作唐・羅鄴詩）此指冰顆黏滿髫鬚。

其二　前韻①

醉夢醺醺曉未蘇②。門前轣轆使君車③〔一〕。扶頭一盞怎生無〔二〕。　廢圃寒蔬挑翠羽〔三〕，小槽春酒凍真珠④〔四〕。清香細細嚼梅鬚〔五〕。

【校勘】

①傅本、元本、朱本、龍本、曹本無題。

②「醺醺」，元本、二妙集、朱本、龍本、曹本作「昏昏」。

③「轣轆」，原作「轆轆」，傅本、元本、朱本、龍本、曹本作「轣轆」。蘇軾《次韻舒教授寄李公擇》詩：「門前轣轆想君車。」似作「轣轆」義勝，今據改。

④「凍」，傅本、元本、朱本、龍本、曹本作「滴」。

【編年】

同前首。

【箋注】

〔一〕轣轆：《博雅》：「車軌道謂之轣轆。」

〔二〕扶頭：酒名，乃易醉之酒。白居易《早飲湖州酒寄崔使君》：「一榼扶頭酒，泓澄瀉玉壺。」

〔三〕寒蔬翠羽：杜甫《園官送菜》：「青青蔬嘉色，埋没在中園。」又《行官張望補稻畦水歸》：「芊芊炯翠羽，剡剡生銀漢。」此言從自家園圃裏挑選像翠羽般緑浄的冬日蔬菜下酒。

〔四〕「小槽」句：化用李賀《將進酒》詩句：「琉璃鍾，琥珀濃，小槽酒滴真珠紅。」

〔五〕梅鬚：傅注：「花香多在鬚間粉上。」此比喻口中寒蔬春酒的甘芳。

其三　前韻①

雪裏餐氈例姓蘇〔一〕。使君載酒爲回車。天寒酒色轉頭無。　薦士已聞飛鶚表②〔二〕，報恩應不用蛇珠〔三〕。醉中還許攬桓鬚③〔四〕。

【校勘】

① 傅本、元本、朱本、龍本、曹本無題。

② 「聞」，龍校：「墨跡聞作曾。注：公近薦僕於朝。」

③ 「桓」，原誤作「柏」，據諸本改。

【編年】

同前首。

【箋注】

〔一〕餐氊：《漢書》卷五四《蘇武傳》：蘇武使匈奴，脅使降，武不可。匈奴乃幽武，置大窖中，絶其飲食。天雨雪，武卧齧雪，與旃毛並咽之，數日不死。匈奴以爲神，乃徙武北海上無人處，使牧羝，羝乳乃得歸。

〔二〕鶚表：孔融《薦禰衡表》：「鷙鳥累百，不如一鶚。使衡立朝，必有可觀。」據作者墨跡自注，徐君猷薦蘇軾於朝，故用孔融薦禰衡作比況。

〔三〕蛇珠：劉安《淮南子》卷六《覽冥訓》：「譬如隋侯之珠，和氏之璧，得之者富，失之者貧。」高誘注：「隋侯見大蛇傷斷，以藥傅之，後蛇於江中銜大珠以報之，因曰隋侯之珠，蓋明月珠也。」

〔四〕攬桓鬚：《晉書》卷八一《桓伊傳》：晉孝武帝末年，謝安婿王國寶用事，專利無檢行，安惡其爲人，每抑制之。於是國寶讒諛之計，稍行于主相之間，而好利險詖之徒，以安功名盛極，而構會之，嫌隙遂成。帝召伊飲讌，安侍坐，帝命伊吹笛，伊神色無迕，即吹爲一弄。伊又撫箏而歌怨詩曰：「爲君既不易，爲臣良獨難。忠信事不顯，乃有見疑患。周旦佐文武，《金縢》功不刊。推心輔王政，二叔反流言。」聲節慷慨，俯仰可觀。安泣下沾衿，乃越席而就之，捋其鬚曰：「使君於此不凡。」帝甚有愧色。案：此用謝安捋桓伊鬍鬚典故，表示對君猷薦己於朝的感激。

其四　再和前韻①

半夜銀山上積蘇〔一〕。朝來九陌帶隨車〔二〕。濤江煙渚一時無〔三〕。　空腹有詩衣有結〔四〕，溼薪如桂米如珠〔五〕。凍吟誰伴撚髭鬚〔六〕。

【校勘】

① 傅本、元本、朱本、龍本、曹本無題。

【編年】

元豐四年辛酉（一〇八一年）十一月三日，作於黄州。

【箋注】

〔一〕積蘇：柴草堆。《列子》卷上《周穆王》：穆王遊化人之宫，「耳目所觀聽，鼻口所納嘗，皆非人間所有。王實以爲清都、紫微、鈞天、廣樂，帝之所居。王俯而視之，其宫榭若累塊積蘇焉。」

〔二〕九陌：陌，街道。《三輔黄圖》卷二《長安八街九陌》引《三輔舊事》云：「長安城中八街、九陌。」駱賓王《帝京篇》：「三條九陌麗城隅，萬户千門平旦開。」帶隨車：韓愈《詠雪贈張籍》：「隨車翻縞帶，逐馬散銀杯。」謂車過雪地，隨車轍翻出一條縞帶。

〔三〕煙渚：煙霧籠罩下的小島。孟浩然《宿建德江》：「移舟泊煙渚，日暮客愁新。」

〔四〕腹詩衣結：《晉書》卷九四《董京傳》：董京能詩，「逍遥吟詠，常宿白社中。時乞於市，得殘碎繒絮，結以自覆」，時號「百結衣」。白居易《效陶潛體十六首》其九：「原生衣百結，顏子食一簞。」此形容衣服破爛，補綴許多碎塊，但很能作詩。

〔五〕薪桂米珠：《戰國策》卷一六《楚三》：蘇秦之楚，對楚王曰：「楚國之食貴於玉，薪貴於桂，謁者難得見如鬼，王難得見如天帝。」張協《雜詩十首》之一〇：「尺燼重尋桂，紅粒貴瑶瓊。」此形容物價昂貴，生活艱難。

〔六〕凍吟撚鬚：傅注引王維詩：「平旦東風騎蹇驢，旋呵凍手暖髭鬚。」（今本王維集不載。）盧延讓《苦吟》：「吟安一箇字，撚斷數莖鬚。」

其五　前韻①

萬頃風濤不記蘇〔一〕。雪晴江上麥千車〔二〕。但令人飽我愁無〔三〕。　翠袖倚風縈柳絮〔四〕，絳唇得酒爛櫻珠。尊前呵手鑷霜鬚。

【校勘】

① 傅本、元本、朱本、龍本、曹本無題。

【編年】

同前首。

【箋注】

〔一〕「萬頃」句：傅注：「舊注云：公有薄田在蘇，今歲爲風濤蕩盡。」《景蘇園帖》第五石刻此詞，首句下注「公田在蘇州，今年風潮蕩盡」。

〔二〕麥千車：古有「豐年之冬多積雪」之語。此言今降瑞雪，來年定會收麥千車。陳·張正見《詠雪應衡陽王教詩》：「九冬飄遠雪，六出表豐年。」

〔三〕「但令」句：杜甫《茅屋爲秋風所破歌》：「嗚呼！何時眼前突兀見此屋，吾廬獨破受凍死亦足。」白居易《新製綾襖成感而有詠》：「争得大裘長萬丈，與君都蓋洛陽城。」爲此句所祖。

〔四〕「翠袖」二句：柳絮：喻飛雪。劉義慶《世説新語》卷上《言語》：「謝太傅寒雪日内集，與兒女講論文義。俄而雪驟，公欣然曰：『白雪紛紛何所似？』兄子胡兒曰：『撒鹽空中差可擬。』兄女曰：『未若柳絮因風起。』公大笑樂。」絳唇、櫻珠：形容歌女唇小而紅，猶如櫻桃。爛：鮮明。方干《贈美人四首》之一：「舞袖低徊真蛺蝶，朱唇深淺假櫻桃。」

江城子 大雪，有懷朱康叔使君①〔一〕，亦知使君之念我也。作《江神子》以寄之②

黄昏猶是雨纖纖。曉開簾。欲平檐。江闊天低、無處認青帘〔二〕。孤坐凍吟誰伴我？揩病目，撚衰髯。　使君留客醉厭厭〔三〕。水晶鹽〔四〕。爲誰甜〔五〕？手把梅花、東望憶陶潛。雪似故人人似雪，雖可愛，有人嫌。

【校勘】

① 此詞傳本存目缺詞。題首原有「公舊序云」四字，據元本、毛本、朱本、龍本、曹本删去。

② 「江神子」，元本、朱本、龍本、曹本作「此」。

【編年】

元豐四年辛酉（一〇八一年）十二月，作於黄州。王文誥《蘇詩總案》卷二一：「元豐四年辛酉，十二月，雪中有懷朱壽昌作《江神子》詞。」

【箋注】

〔一〕朱康叔：即朱壽昌，時知鄂州。《宋史》卷四五六《朱壽昌傳》：朱壽昌字康叔，揚州天長人。曾通判陝州、荆南，權知岳州、閬州。又知鄂州，提舉崇禧觀，累官司農少卿，易朝議大夫，遷中散大夫，年七十而卒。壽昌勇於義，周人之急無所愛。又以孝聞天下，自王安石、蘇頌、蘇軾以下，士大夫争爲詩美之。

〔二〕青帘：古時酒店掛的青布幌子。鄭谷《旅寓洛南村舍》：「白鳥窺魚網，青帘認酒家。」

〔三〕醉厭厭：《詩經・小雅・湛露》：「厭厭夜飲，不醉無歸。」此指飲酒時氣氛安樂、祥和。

〔四〕水晶鹽：蕭繹《金樓子》卷五：「白鹽山，山峰洞澈，有如水精，及其映日，光似琥珀。胡人和之，以供國廚，名爲『君王鹽』，亦名『玉華鹽』。」《魏書》卷三五《崔浩傳》：「語至中夜，（太宗）賜浩縹醪酒十觚，水精戎鹽一兩。」李白《題東谿公幽居》：「客到但知留一醉，盤中衹有水晶鹽。」

〔五〕爲誰甜：曾季貍《艇齋詩話》：「東坡《雪》詩云：『水精鹽，爲誰甜？』鹽味不應言甜。以古樂府考之，言『白酒甜鹽』，則知鹽可言甜。」

水龍吟

閭丘大夫孝終公顯，嘗守黄州①〔一〕，作棲霞樓〔二〕，爲郡中勝絶②。元豐五年，余謫居於黄③。正月十七日，夢扁舟渡江，中流回望，樓中歌樂雜作，舟中人言，公顯方會客也。覺而異之，乃作此詞④。公顯時已致仕〔三〕，在蘇州

小舟横截春江，卧看翠壁紅樓起〔四〕。雲間笑語，使君高會〔五〕，佳人半醉。危柱哀絃〔六〕，豔歌餘響〔七〕，繞雲縈水。念故人老大，風流未減，獨回首⑤、煙波裏。推枕惘然不見，

但空江、月明千里。五湖聞道〔八〕，扁舟歸去，仍攜西子。雲夢南州〔九〕，武昌南岸⑥，昔遊應記。料多情病裏，端來見我〔一〇〕，也參差是〔一一〕。

【校勘】

① 題首原有「公舊注云」四字，非作者所爲，據元本、毛本、朱本、龍本、曹本删去。「終」，原作「直」，據元本、朱本、龍本、曹本改。

② 「郡」，原誤作「野」，據元本、二妙集、毛本、朱本、龍本、曹本改。

③ 「於」，傅本、元本、朱本、龍本、曹本無。

④ 「詞」，元本、朱本、龍本、曹本作「曲」，下並有「蓋越調鼓笛慢」六字。

⑤ 「獨」，傅本、元本、朱本、龍本、曹本作「空」。

⑥ 「南」，元本、朱本、龍本、曹本作「東」。

【編年】

元豐五年壬戌（一〇八二年）正月，作於黄州。王宗稷《東坡先生年譜》：「元豐五年壬戌，先生年四十七，在黄州。夢扁舟望棲霞，作《鼓笛慢》。」傅藻《東坡紀年録》：「元豐五年壬戌，正月十七日，夢扁舟渡江，中流回望棲霞樓中，歌樂雜作。舟中人言，公顯方會客。覺而異之，乃作《水龍吟》。」

【箋注】

〔一〕閭丘大夫：見《浣溪沙》（一别姑蘇已四年）注〔一〕。

〔二〕棲霞樓：宋初王義慶創建，閭丘孝終任黄州太守時重建，位於赤壁之上。王象之《輿地紀勝》卷四九《黄州·景物下》：「棲霞樓，在儀門之外西南，軒豁爽塏，坐挹江山之勝，爲一郡奇絶，東坡所謂賦《鼓笛慢》者也。又閭丘太守孝終公顯，嘗守黄州，作棲霞樓，爲郡中絶勝。東坡《次韻王鞏詩》云：『賓州在何處，爲子上棲霞。』」明弘治《黄州府志》卷四：「棲霞樓，舊志：在西南，宋李顯守黄州時建，坐挹江山之勝。昔人孫載詩：『地據淮西盡，江吞山壁寬。』……今毁無址。」二説有别，並録備考。

〔三〕致仕：舊謂交還官職，即辭官退休。《禮記·曲禮上》：「大夫七十而致事。」鄭玄注：「致其所掌之事於君而告老。」致仕即「致事」。

〔四〕翠壁紅樓起：在翠緑的峭壁上，突起一座紅樓。「紅樓」，指棲霞樓。

〔五〕高會：盛大宴會。《史記》卷七《項羽本紀》：宋義「乃遣其子宋襄相齊，身送之至無鹽，飲酒高會。」《索隱》云：「韋昭曰：『皆召高爵者，故曰高會。』服虔云：『大會是也。』」

〔六〕危柱哀絃：泛指演奏弦樂器。晉·孫瓊《箜篌賦》：「陵危柱以頡頏，憑哀弦以躑躅。」

〔七〕「豔歌」二句：《列子》卷下《湯問》：「薛譚學謳於秦青，未窮青之技，自謂盡之，遂辭歸。秦青弗止，餞於郊衢，撫節悲歌，聲振林木，響遏行雲。薛譚乃謝求反，終身不敢言歸。」此借其典言歌曲美妙而嘹亮。

〔八〕「五湖」三句：指范蠡、西施事，見《菩薩蠻》（玉童西迓浮丘伯）注〔九〕。此以范蠡喻閭丘孝終。

〔九〕「雲夢」二句：雲夢南州：指黄州，在古雲夢澤之南。武昌：今湖北鄂城，在長江之南，與黄州相對。

〔一〇〕端來：果真來。

〔一一〕參差：依稀，彷彿。白居易《長恨歌》：「中有一人字太真，雪膚花貌參差是。」

【參考資料】

宋·陸游《入蜀記》卷四：乾道六年八月十九日，游東坡。「郡集於棲霞樓，本太守閭丘孝終所作。蘇公樂府云：『小舟横截春江，卧看翠壁紅樓起。』正謂此樓也。下臨大江，烟樹微茫，遠山數點，亦佳處也。樓頗華潔。先是，郡有慶瑞堂，謂一故相所生之地，後毁以新此樓。」

近人鄭文焯《手批東坡樂府》：「突兀而起，仙乎！仙乎！『翠壁』句奇嶄，不露雕琢痕。上闋全寫夢境，空靈中雜以凄麗。過片始言情，有滄波浩渺之致，真高格也。」又云：「『雲夢』二句，妙能寫閒中情景，煞拍不説夢，偏説夢『來見我』，正是詞筆高渾不猶人處。」又云：「讀東坡先生詞，於氣韻格律，並有悟到，空靈妙境，匪可以詞家目之，亦不得不目爲詞家。世每謂其以詩入詞，豈知言哉？」又云：「董文敏論畫曰：『同能不知獨詣。』吾於坡仙詞亦云。」

江城子

陶淵明以正月五日遊斜川①〔一〕，臨流班坐，顧瞻南阜，愛曾城之獨秀〔二〕，乃作斜川詩，至今使人想見其處②。元豐壬戌之春，余躬耕於東坡〔三〕，築雪堂居之〔四〕。南挹四望亭之後丘〔五〕，西控北山之微泉，慨然而歎，此亦斜川之遊也。乃作長短句，以《江城子》歌之③

夢中了了醉中醒〔六〕。只淵明。是前生。走遍人間、依舊卻躬耕〔七〕。昨夜東坡春雨足，烏鵲喜〔八〕，報新晴。　雪堂西畔暗泉鳴。北山傾。小溪橫。南望亭丘、孤秀聳曾城。都是斜川當日境，吾老矣，寄餘齡〔九〕。

【校勘】

① 題首原有「公舊注云」四字，據元本、毛本、朱本、龍本、曹本刪去。

② 「使」，傅本、元本作「彼」。

③ 「乃作」二句原無，據傅本、元本補。

【編年】

元豐五年壬戌（一〇八二年）二月，作於黃州。王宗稷《東坡先生年譜》：「元豐五年壬戌，以長短句擬斜川觀之。『元豐壬戌之春，予躬耕東坡，築雪堂以居之。南挹四望亭之後（丘），西控北山之微泉，慨然而歎，此亦斜川之游也。』作《江城子》詞。」王文誥《蘇詩總案》卷二一：元豐五年二月作。

【箋注】

〔一〕斜川：在江西省星子、都昌二縣之間。陶淵明《遊斜川序》：「辛丑（一作辛酉）正月五日，天氣澄和，風物閑美。與二三鄰曲，同遊斜川。」

〔二〕曾城：又作層城，原指崑崙山最高級。《水經注》卷一《河水》引《崑崙説》曰：「崑崙之山三級，下曰樊桐，一名板松；二曰玄圃，一名閬風；上曰層城，一名天庭，是謂太帝之居。」此指斜川落星寺。明·駱庭芝《斜川辨》云：「稱曾城者，落星寺也。《遊斜川》詩曰：『迥澤散游目，緬然睇曾丘。』當正月五日，春水未生，落星寺宛在大澤中，是所謂迥澤也。曾城之名，殆是晉所稱者。」（明刊本《陶淵明集》附録下引）今人逯欽立謂「指鄣山。山在廬山北，彭蠡澤西，一名江南嶺，又名天子鄣。」（見中華書局出版《陶淵明集》）可參閲。

〔三〕東坡：《蘇軾詩集》卷二一《東坡八首叙》：「余至黃州二年，日以困匱。故人馬正卿哀余乏食，爲於郡中請故營地數十畝，使得躬耕其中。地既久荒爲茨棘瓦礫之場，而歲又大旱，墾闢之勞，筋力殆盡。」《輿地紀勝》卷四九《黄州·景物上》：「東坡，在州治之東百餘步。元豐三年蘇軾謫居寓臨皋亭，後得此地。」

〔四〕雪堂：《蘇軾文集》卷一二《雪堂記》：「蘇子得廢圃于東坡之脅，築而垣之，作堂焉，號其正曰雪堂。堂以大雪中爲之，因繪雪於四壁之間，無容隙也。起居偃仰，環顧睥睨，無非雪者。蘇子居之，真得其所居者也。」

〔五〕四望亭：《輿地紀勝》卷四九《黄州·景物下》：「在雪堂南高阜之上，唐太和中刺史劉嗣之所立，李紳作記。」

〔六〕「夢中」三句：傅注：「世人於夢中顛倒，醉中昏迷。而能在夢而了，在醉而醒者，非公與淵明之徒，其誰能哉！」

〔七〕躬耕：言親治農事也。諸葛亮《出師表》：「臣本布衣，躬耕于南陽。」

〔八〕鵲喜：傅注：「烏鵲，陽鳥，先事而動，先物而應。漢武帝時，天新雨止，聞鵲聲，帝以問東方朔，方朔曰：『必在殿後柏木枯枝上，東向而鳴也。』驗之，果然。」參見《初學記》卷三〇《鵲》部引《東方朔傳》。

〔九〕餘齡：餘生。韓愈《過南陽》：「熟忍生以感，吾其寄餘齡。」

【參考資料】

東晉・陶淵明《游斜川》並序：「辛丑正月五日，天氣澄和，風物閑美。與二三鄰曲，同游斜川。臨長流，望曾城，魴鯉躍鱗於將夕，水鷗乘和以翻飛。彼南阜者，名實舊矣。不復乃爲嗟歎。若夫曾城，旁無依接，獨秀中皋。遥想靈山，有愛嘉名。欣對不足，率共賦詩。悲日月之遂往，悼吾年之不留。各疏年紀鄉里，以紀其時日。

開歲倏五十，吾生行歸休。念之動中懷，及辰爲兹游。氣和天惟澄，班坐依遠流。弱湍馳文魴，閑谷矯鳴鷗。回澤散游目，緬然睇曾丘。雖微九重秀，顧瞻無匹儔。提壺接賓侶，引滿更獻酬。未知從今去，當復如此不？中觴縱遥情，忘彼千載憂。且極今朝樂，明日非所求。」

定風波

三月七日，沙湖道中遇雨①〔一〕。雨具先去②，同行皆狼狽③，余獨不覺④。已而遂晴，故作此詞⑤。

莫聽穿林打葉聲。何妨吟嘯且徐行〔二〕。竹杖芒鞋輕勝馬〔三〕。誰怕？一蓑煙雨任平生⑥〔四〕。料峭春風吹酒醒〔五〕。微冷。山頭斜照卻相迎。回首向來蕭灑處⑦〔六〕。歸去。

也無風雨也無晴。

【校勘】

①題首原有「公舊序云」四字，據元本、朱本、龍本、曹本删去。

②二妙集無「雨具先去」四字。

③「行」，原作「去」，據傅本、元本、二妙集、毛本改。

④元本無「獨」字。

⑤元本無「此」字。

⑥「蓑」，元本作「莎」。

⑦「灑」，元本作「瑟」。

【編年】

元豐五年壬戌（一〇八二年）三月，作於黄州。王文誥《蘇詩總案》卷二一：「元豐五年壬戌，三月七日，公以相田至沙湖，道中遇雨作。」

【箋注】

〔一〕沙湖：《東坡志林》卷一：「黄州東南三十里，爲沙湖，亦曰螺師店，予買田其間。」

〔二〕吟嘯：意態瀟散，且吟且嘯。《晉書》卷七九《謝安傳》：「嘗與孫綽等汎海，風起浪湧，諸人並懼，安吟嘯自若。」

〔三〕竹杖芒鞋：傅注引无則詩：「騰騰兀兀恣閒行，竹杖芒鞵稱野情。」案：原詩今佚。芒鞋，即草鞋。蘇軾《初入廬山三首》之三：「芒鞵青竹杖，自挂百錢遊。」

〔四〕一蓑煙雨：鄭谷《試筆偶書》：「殷勤一蓑雨，祇得夢中披。」

〔五〕料峭：形容春寒。陸龜蒙《奉和襲美開元寺客省早景即事次韻》：「襬褷滿地貝多雪，料峭入樓于闐風。」

〔六〕「回首」三句：寫自己恬澹心境，無論自然風雨還是政治風雨，是陰雨是晴天，全不介意。詩人晚年貶至海南所作《獨覺》詩，亦有「回首向來蕭瑟處，也無風雨也無晴」句。

【參考資料】

宋·俞成《螢雪叢説》卷上：「詩隨景物下語」條：「杜詩：『丹霞一縷輕。』漁父詩：『蜑縷一鉤輕。』胡少汲詩：『隋堤煙雨一帆輕。』至若騷人於漁父則曰『一蓑煙雨』，於農夫則曰『一犁春雨』，於舟子則曰：『一篙春水』。皆曲盡形容之妙也。」

近人鄭文焯《手批東坡樂府》：「此足徵是翁坦蕩之懷，任天而動。琢句亦瘦逸，能道眼前景。以曲筆直寫胸臆，倚聲能事盡之矣。」

浣溪沙　遊蘄水清泉寺〔一〕。寺臨蘭溪，溪水西流。

山下蘭芽短浸溪〔二〕。松間沙路净無泥〔三〕。蕭蕭暮雨子規啼〔四〕。　誰道人生無再少〔五〕？門前流水尚能西①〔六〕。休將白髮唱黃鷄〔七〕。

【校勘】

①「門前」，《東坡志林》卷一《遊沙湖》記此歌作「君看」。

【編年】

元豐五年壬戌（一〇八二年）三月遊清泉寺作。王宗稷《東坡先生年譜》：「元豐五年壬戌。是年三月，先生以事至蘄水，……遊蘄水清泉寺，作《浣溪沙》。」

【箋注】

〔一〕「遊蘄水」句：蘄水：《太平寰宇記》卷一二七《淮南道》：蘄州，領縣四，其一蘄水。在州西北七十一里，本漢蘄春縣地，唐武德四年改爲蘭溪，天寶元年改爲蘄水縣，以縣界蘄水所出爲名。清泉寺：《東坡志林》卷一：清泉寺「在蘄水郭門外二里許。」蘭溪：《太平寰宇記》卷一二七《蘄州·蘄水縣》：「蘭溪水源出箬竹山，其側多蘭。」

〔二〕蘭芽：温庭筠《晚歸曲》：「青絲繫船向江水，蘭芽出土吴江曲。」

〔三〕沙路無泥：杜甫《中丞嚴公雨中垂寄見憶一絶奉答二絶》其二：「何日雨晴雲出溪，白沙青石洗無泥。」白居易《開成二年三月三日……將禊洛濱》詩：「柳橋晴有絮，沙路潤無泥。」

〔四〕蕭蕭：雨聲。韓愈《盆池》其二：「從今有雨君須記，來聽蕭蕭打葉聲。」子規啼：《埤雅》：杜鵑，一名子規，苦啼，啼血不止。一名鷶鳥，夜啼達旦，血漬草木。杜甫《子規》詩：「兩邊山木合，終日子規啼。」

〔五〕再少：傅注：「《古詩》：花有重開日，人無再少年。」（案：這兩句常見於元明戲曲，而最早爲傅幹稱引，原詩已佚。）

〔六〕流水能西：本詞詞序：「（清泉）寺臨蘭溪，溪水西流。」《蘇軾詩集》卷一〇《八月十五日看潮五絶》其三：「江邊身世兩悠悠，久與滄波共白頭。造物亦知人易老，故致江水向西流。」

〔七〕白髮黄鷄：白居易《醉歌示妓人商玲瓏》：「罷胡琴，掩秦瑟。玲瓏再拜歌初畢。誰道使君不解歌，聽唱黄鷄與白日。黄鷄催曉丑時鳴，白日催年酉前没。腰間紅綬繫未穩，鏡裏朱顏看已失。玲瓏玲瓏奈老何，使君歌了汝更歌。」蘇軾反用其意，言勿以老去爲悲也。

【參考資料】

宋·蘇軾《東坡志林》卷一《遊沙湖》：「黄州東南三十里爲沙湖，亦曰螺師店，予買田其間。因往相田得疾，聞麻橋人龐安常，善醫而聾，遂往求療。安常雖聾，而穎悟絶人，以紙畫字，書不數字，輒深了人意。余戲之曰：『余以手爲口，君以眼爲耳，皆一時異人也。』疾愈，與之同遊清泉寺。寺在蘄水郭門外二里許，有王逸少洗筆泉，水極甘，下臨蘭溪，溪水西流。余作歌云：『山下蘭芽短浸溪，……』是日劇飲而歸。」（又見《東坡題跋》卷三）

宋·曾敏行《獨醒雜志》卷二：「徐公師川嘗言：東坡長短句有云：『山下蘭芽短浸溪，松間沙路浄無泥。』白樂天詩云：『柳橋晴有絮，沙路潤無泥。』『浄』、『潤』兩字，當有能辨之者。」

清·許昂霄《詞綜偶評》：「松間沙路浄無泥，瀟瀟暮雨子規啼。」評：「何減『兩邊山木合，終日子規啼』耶？」

清·先著《詞潔》卷一：「坡公韻高，故淺淺語亦覺不凡。」

清·陳世焜《雲韶集》卷二：「愈豪放，愈覺悲鬱，愈見忠厚，愈令我神往。」

西江月

春夜行蘄山水中①過酒家，飲酒醉，乘月至一溪橋上，解鞍曲肱少休②〔一〕。及覺已曉③，亂山葱蘢④〔二〕，不謂人世也⑤，書此詞橋柱上⑥

照野瀰瀰淺浪〔三〕，橫空暧暧微霄⑦〔四〕。障泥未解玉驄驕〔五〕。我欲醉眠芳草〔六〕。

可惜一溪明月⑧，莫教踏破瓊瑶⑨〔七〕。解鞍欹枕綠楊橋〔八〕。杜宇一聲春曉⑩〔九〕。

【校勘】

①題首原有「公自序云」四字，據毛本、朱本、龍本删去。「行」「山」二字原缺，據傅本補。此句上元本有「頃在黄州」四字。

②「少休」之上元本有「醉卧」二字。

③「已曉」原缺，據傅本、元本補。

④「葱蘢」，元本作「攢擁」。此句下元本有「流水鏘然」四字。

⑤「不謂人」，元本作「疑非塵」，似勝。

⑥「詞」，原作「語」，似「詞」字形誤，據傅本、毛本、《全宋詞》改。

⑦「曖曖微」，傅本、元本作「隱隱層」。

⑧「明」，元本作「風」。

⑨「破」，元本、二妙集作「碎」。

⑩「一」，毛本作「數」。

【編年】

元豐五年壬戌（一〇八二年）三月作於黄州。王宗稷《東坡先生年譜》：「（元豐）五年壬戌。是年三月先生以事至蘄水，……春夜行蘄水，過酒家飲酒，乘月至一橋上，曲肱少休，作《西江月》詞。」

【箋注】

〔一〕曲肱：曲臂。《論語·述而》：「曲肱而枕之。」謝靈運《君子有所思行》：「寂寥曲肱子，瓢飲療朝饑。」

〔二〕葱蘢：草木青盛貌。郭璞《江賦》：「潛薈葱蘢。」

〔三〕瀰瀰：《詩·邶風·新臺》：「河水瀰瀰。」毛傳：「瀰瀰，盛貌。」鄭谷《恩門小諫雨中乞菊栽》詩：「遞香風細細，澆緑水瀰瀰。」

〔四〕曖曖微霄：陶淵明《時運》詩：「山滌餘靄，宇曖微霄。」霄，雨霓，雨後虹也。

〔五〕障泥：馬韉，垂於馬腹兩側，用以遮擋泥土。《世説新語》下卷上《術解》：「王武子善解馬性，嘗乘一馬，箸連錢障泥。前有水，終日不肯渡。王云：『此必是惜障泥。』使人解去，便徑渡。」

玉驄：毛色青白相間之馬。韓翃《少年行》：「千點斑斕噴玉驄，青絲結尾繡纏騣。」

〔六〕醉眠芳草：鄭谷《曲江春草》詩：「香輪莫輾青青破，留與愁人一醉眠。」

〔七〕瓊瑶：《詩·衛風·木瓜》：「投我以木瓜，報之以瓊瑶。」毛《傳》：「瓊瑶，美玉。」此比喻月光下溪水潔白如玉。左思《招隱》之一：「石泉漱瓊瑶，纖鱗或浮沉。」

〔八〕緑楊橋：明弘治《黄州府志》卷二：「緑楊橋，在（蘄水縣）治東三里，蘇東坡夜醉乘月卧此橋，既覺，作《西江月》詞。」

〔九〕杜宇：《華陽國志·蜀志》：周代末，蜀國有王曰杜宇，教民務農，一號杜主。後杜宇稱帝，號曰望帝，其相開明，決玉壘山，除水害有功，帝禪讓于開明，遂昇西山隱焉。時適二月，子鵑鳥鳴，蜀人懷之，因呼鵑爲杜鵑。後因亦稱杜鵑爲杜宇。

【參考資料】

明·沈際飛《草堂詩餘正集評正》卷一：「卓犖。」又：「未解障泥有故。」

明·張綖《草堂詩餘別録》：「此詞亦無甚奇，要見古人風致如此耳。」

明·李廷機《新刻注釋草堂詩餘評林》卷二：「此坡老春夜休息於橋詞，又是別夜風味，與諸作不同。」

明·楊慎《詞品》卷一：「蘇公詞『照野瀰瀰淺浪，横空曖曖微霄』，乃用陶淵明『山滌餘靄，宇曖微霄』之語也。填詞雖於文爲末，而非自《選》詩、樂府來，亦不能入妙。」

明·卓人月《古今詞統》卷六：「山谷詞：『走馬章臺，踏碎滿街月。』坡公偏不忍踏碎，都妙。」

清·李良年《詞壇紀事》：「蘄水楊菊廬比部因此詞於玉臺山作春曉亭子，一時名士多爲賦之，亦佳話也。」

清·陳廷焯《詞則·放歌集》卷一：「《西江月》一調易入俚俗，稍不檢點，則流於是矣。此偏寫得灑落有致。」

清・陳世焜《雲韶集》卷二：「通首寫醉後踏月，極有神致。」

南歌子 和前韻①

日出西山雨②〔一〕，無晴又有晴。亂山深處過清明。不見綵繩花板〔二〕、細腰輕〔三〕。

盡日行桑野〔四〕，無人與目成〔五〕。且將新句琢瓊英〔六〕。我是世間閒客〔七〕、此閒行。

【校勘】

①題作「和前韻」，以原編於「雨暗初疑夜」一首後也。傅本題作「送劉行甫赴餘杭」。元本題同傅本而少「劉」字。

②「山」，元本注：「一作邊。」

【編年】

元豐五年壬戌（一〇八二年）三月，作於黄州。案：此詞傅本、元本有詞題爲《送（劉）行甫赴餘杭》。朱本認爲係與同調「山雨瀟瀟過」一詞題目互誤，即本詞題應爲《湖州作》（參見《南歌子》（山雨瀟瀟過）詞編年）。遂將此詞也編於元豐二年五月，作於湖州。並將與此詞同調同韵的「雨暗初疑夜」及「帶酒衝山雨」兩首詞，亦附編爲元豐二年同時作。龍本、曹本、石唐本並從朱本。今案本詞與另兩首詞，吴本編次爲一組，依次爲：「雨暗初疑夜」，題爲《寓意》；次列本詞，題爲《和前韻》」，再次爲「帶酒衝山雨」，題爲《再用前韻》。明刊全集、二妙集、毛本並同吴本。然則將《送劉行甫赴餘杭》詞題誤置於本詞調名下者，首出傅幹《注坡詞》，施宿指其謬，朱本改移在「山雨瀟瀟過」詞下，極是。但將本詞詞題改爲《湖州作》，又出現紕漏。本詞有「亂山深處過清明」句，蘇軾是元豐二年四月二十日到湖州任的（見《文集》卷二三《湖州謝上表》），到七月二十八日因烏臺詩案被捕押回汴京，在湖州任所僅三個月，未曾「過清明」，則詞三首不作於湖州，顯而易見。細味詞意，應作於黄州。詞中有云「西山雨」，並非泛指西方之山，乃是蘇軾黄州詩文中反覆出現的地名，也是蘇軾經常登臨之處，即武昌西山。詞中云：「我是世間閒客，此閒行。」也符合蘇軾貶官黄州，「不得簽書公事」，終日無所事事，便「扁舟草履，放浪山林間，與漁樵雜處」（見《文集》卷四九《答李端叔書》），真所謂「閒客」、「閒行」的情趣與處境。另詞中云「求田問舍笑豪英」，也是元豐五年三月在黄州情事，《東坡志林》卷一《游沙湖》有詳細記載（參見《浣溪沙》（山下蘭芽短侵溪）所附「參考資料」）。此次買田恰在清明節（三月五日）之後兩天（三月七日），赴沙湖相田途中遇雨，蘇軾「衝雨」且嘯且行。雖然買田未果，卻創作出《定風波》（莫聽穿林打葉聲）、《浣溪沙》（山下蘭芽短侵溪）、《西江月》（照野瀰瀰淺浪）等傑出詞章。上述三首《南歌子》詞的意境，與這三首傑出詞章合若符節，應爲同時所作。故將三首《南歌子》編於元豐五年三月黄州之作。

【箋注】

〔一〕「日出」二句：劉禹錫《竹枝詞》：「東邊日出西邊雨，道是無晴還有晴。」

〔二〕綵繩花板：傅注：「鞦韆戲也。」王仁裕《開元天寶遺事》卷下：「天寶宮中，至寒食節，競竪鞦韆，令宮嬪輩戲笑以爲宴樂，帝呼爲『半仙之戲』。都中士民，因而呼之。」

〔三〕細腰：指腰身纖細之女子。《管子·七臣七主》：「夫楚王好小腰，而美人省食。」

〔四〕桑野：植桑的郊野。《詩經·豳風·東山》：「蜎蜎者蠋，烝在桑野。」顏延之《胡秋行》之五：「蠶月歡時暇，桑野多經過。」

〔五〕目成：男女相愛，以目通意。屈原《九歌·少司命》：「滿堂兮美人，忽獨與余兮目成。」

〔六〕琢瓊英：雕琢似玉的美石。「瓊」爲赤玉，因以比喻紅色花木。柳宗元《新植海石榴》詩：「糞壤擢珠樹，莓苔插瓊英。」此當指構思描繪石榴花的詩句。

〔七〕「我是」二句：杜牧《八月十二日得替後移居霅溪館因題長句四韻》：「景物登臨閒始見，願爲閒客此閒行。」

又　寓意①

雨暗初疑夜，風回忽報晴②。淡雲斜照著山明〔一〕。細草輭沙溪路、馬蹄輕〔二〕。　卯酒醒還困〔三〕，仙材夢不成③〔四〕。藍橋何處覓雲英〔五〕。只有多情流水、伴人行。

【校勘】

①傅本、元本、朱本、龍本、曹本無題。

②「忽」，元本、朱本、龍本、曹本作「便」。

③「材」，元本、朱本、龍本、曹本作「村」。龍本云：「《參同契》：『得長生，居仙村。』先生詩亦云：『藍輿西出登山門，嘉與我友尋仙村。』傅注作『仙材』，非是。」録以備考。

【編年】

同前首。

【箋注】

〔一〕著山明：給山增加一些明亮的光彩。「著」，加也；添也。蘇軾《王晉卿所藏著色山》二首之一：「邇來一變風流盡，誰見將軍著色山。」

〔二〕馬蹄輕：王維《觀獵》：「草枯鷹眼疾，雪盡馬蹄輕。」

〔三〕卯酒：清晨空腹飲酒。白居易《醉吟》：「耳底齋鐘初過後，心頭卯酒未消時。」

〔四〕仙材：班固《漢武帝内傳》：西王母曰：「劉徹好道，然形慢神穢，雖語之以至道，殆恐非仙材也。」郭璞《遊仙詩十九首》之六：「燕昭無靈氣，漢武非仙才。」

〔五〕「藍橋」句：藍橋，古驛站名，在今陝西藍田縣東南。裴鉶《傳奇·裴航》：「唐長慶中，有裴航秀才，下第游湘漢，與樊夫人同舟。樊贈一詩云：『一飲瓊漿百感生，玄霜搗盡見雲英。藍橋便是神仙窟，何必崎嶇上玉清。』航後經藍橋驛，道渴求漿，見一女子名雲英，憶樊夫人詩有『雲英』之句，遂以玉杵臼爲禮娶之，入玉峰洞中，瓊樓殊室而居，餌以絳雪、瓊英之丹，神化自在，超爲上仙。後世人莫有遇者。」

又　再用前韻①

帶酒衝山雨〔一〕，和衣睡晚晴〔二〕。不知鐘鼓報天明〔三〕。夢裏栩然蝴蝶、一身輕〔四〕。

老去才都盡〔五〕，歸來計未成〔六〕。求田問舍笑豪英〔七〕。自愛湖邊沙路、免泥行〔八〕。

【校勘】

①傅本、元本、朱本、龍本、曹本無題。

【編年】

同前首。

【箋注】

〔一〕衝山雨：冒着山雨。此指冒着山雨趕路。杜牧《念昔游》：「半醒半醉游三日，紅白花開山雨中。」

〔二〕晚晴：晚霽。梁·何遜《春暮喜晴酬袁户曹苦雨》：「振衣喜初霽，褰裳對晚晴。」杜甫《陪裴使君登岳陽樓》：「湖闊兼雲霧，樓孤屬晚晴。」

〔三〕「不知」句：杜甫《偪側行贈畢四曜》：「曉來急雨春風顛，睡美不聞鐘鼓傳。」

〔四〕「夢裏」句：《莊子·齊物論》：「昔者莊周夢爲蝴蝶，栩栩然蝴蝶也。……俄而覺，則蘧蘧然周也。不知周之夢爲蝴蝶與？蝴蝶之夢爲周與？」栩然：生動活潑的樣子

〔五〕「老去」句：杜甫《寄彭州高三十五使君適虢州岑二十七長使參三十韻》：「老去才雖盡，愁來興甚長。」

〔六〕計未成：鄭谷《興州江館》：「向蜀還秦計未成，寒蛩一夜繞牀鳴。」

〔七〕求田問舍：注見《水調歌頭》（安石在東海）注〔九〕。

〔八〕沙路免泥：杜甫《到村》：「碧澗雖多雨，秋沙先少泥。」「免泥行」，走路不會將泥濘沾到身上。

浣溪沙

玄真子《漁父詞》極清麗〔一〕，恨其曲度不傳，故加數語，令以《浣溪沙》歌之①。

西塞山邊白鷺飛〔二〕。散花洲外片帆微。桃花流水鱖魚肥〔三〕。　自庇一身青篛笠〔四〕，相隨到處綠蓑衣。斜風細雨不須歸〔五〕。

【校勘】

①原題作「漁父」，從傅本。元本無題。毛本題作「玄真子《漁父》云：『西塞山邊白鳥飛，桃花流水鱖魚肥。青箬笠，緑簑衣，斜風細雨不須歸。』此語妙絶，恨莫能歌者。故增數語，令以《浣溪沙》歌之。」

【編年】

元豐五年壬戌（一〇八二年）三月，作於黄州。案：朱本、龍本此詞俱未編年。曹本編元豐六年癸亥，云：「惟此賦漁父，與以上數首（指《漁父》四首）相類，援朱本事同類編例，今酌編元豐六年癸亥。」石唐本也認爲此詞爲黄州作，應編元豐六年癸亥。丁永淮《蘇軾黄州活動年月表》（見一九八六年三月四川文藝出版社出版《東坡研究論叢》）則云：元豐五年三月七日，蘇軾到黄州東南三十里沙湖看田，在蘄水縣治南蘭溪（今浠河）岸石壁書「洄瀾」二字，然後「順蘭溪下至長江邊散花洲，隱括唐張志和名詞《漁歌子》作《浣溪沙·漁父》」。此詞首二句提到「西塞山」、「散花洲」，散花洲在蘄水縣南大江中，與西塞山相對。他由眼前黄州的「西塞山」，聯想到唐人張志和著名《漁父》詞中浙江的「西塞山」，觸發了靈感，既喜張詞的「極清麗」，又恨其曲度不傳，遂將張詞隱括成這首《浣溪沙》詞，自爲情理中事。蘇軾貶黄期間赴蘄水，有文獻可稽者僅此一次，丁永淮説可信，故依丁説編元豐五年三月。蘇軾在黄時，「扁舟草履，放浪山水間，與樵漁雜處」（《答李端叔書》）；將離黄時，「仍傳語，江南父老，時與曬漁蓑」（《滿庭芳》「歸去來兮」），與他的組詞《漁父》四首及《調笑令》(漁父)、(歸雁)二首所寫内容相似。這六首詞,亦當爲黄州時作品。曹本、石唐本也考訂這兩組詞和《浣溪沙》詞,均爲黄州時作,極是,惟編於元豐六年癸亥作,欠妥。今依丁説,同編於元豐五年壬戌三月,不再另考。另,薛本將此詞編元祐六年三月自杭州還朝過湖州時作。薛云:「蓋其時蘇、湖水災特重,公歸途一路相察,經湖州磁湖鎮,忽憶張志和《漁父》詞,作此詞焉。」並將此詞與《詩集》卷三三《西塞風雨》詩類比,云:「詩與詞同一命意,均係爲張志和《漁父》詞引發而作,應爲同時手筆無疑,但不知何故《西塞風雲》被編在辛未六月還朝以後?」案,《西塞風雨》乃一首題畫詩,是《題王晉卿畫四首》中第四首,《總案》編元祐六年六月於東京作,不誤。薛本以此詞與其比附編年,誤。

【考辨】

毛本題下注云:「或刻黄山谷。」毛本《山谷詞》《浣溪沙》調下注云:「考『西塞山邊白鳥飛』是蘇子瞻作,删去。」《全宋詞》蘇軾此詞末注:「此首别誤入黄庭堅《豫章黄先生詞》。」同書黄庭堅詞,此首只列存目詞。案:此詞蘇軾作,東坡詞集諸本均收。舊本《豫章黄先生詞》載之,蓋誤收也。《四部叢刊》據海鹽張氏涉園藏宋刊本影印《山谷琴趣外編》、陶湘編《景宋金元明本詞·山谷琴趣外編》《彊村叢書》本《山谷琴趣外編》均未收。隱括張志和《漁父》詞,坡、谷各有《浣溪沙》一首,二人互有譏評。山谷晚年悔己前作之未工,别製《鷓鴣天》一闋。東坡曾笑曰:「魯直乃欲平地起風波也。」曾慥《樂府雅詞》卷中徐師川詞跋記之頗詳。毛本、《全宋詞》將此詞從山谷詞中删去，甚當。

【箋注】

〔一〕玄真子：《新唐書》卷一九六《張志和傳》：「（志和）居江湖，自稱煙波釣徒，著《玄真子》，亦以自號。」

〔二〕「西塞山」二句：傅注：「舊注云：西塞山、散花洲皆在豫章。按：西塞山乃唐張志和《漁父》詞首句，若散花洲，乃在伍洲之下。公集中有《與王齊萬詩》，且云：『寓居武昌劉郎洑，正與伍洲相對。』齊萬，蜀人，公嘗往來其家，嘗爲王氏作門符，對云：『湖外秋風聚螢苑，門前春浪散花洲。』謂此也。」案：張志和詞中之「西塞山」，爲浙江武康慈湖鎮道山磯。（見《方輿勝覽》卷四《浙西路·吉安州》）。蘇詞中之「西塞山」，在湖北武昌東八十五里，竦峭臨江（見《元和郡縣圖志》卷二七《江南道·武昌縣》及《方輿勝覽》卷二八《湖北路·壽昌軍》）。陸游《入蜀記》卷四云：八月十六日，晚過道士磯，「磯一名西塞山，即玄真子《漁父辭》所謂『西塞山前白鷺飛』者。」則將張詞中的西塞山説成是黄州附近的西塞山，誤。「散花洲」，又名散花灘，與西塞山相對。歐陽修《集古録》卷七《跋唐裴虬怡亭銘》：「怡亭，在武昌江水中小島上。武昌人謂其地爲吴王散花灘。」「白鷺飛」，孟郊《送淡公》詩：「短蓑不怕雨，白鷺相争飛。」「片帆」：

陸龜蒙《嚴光釣臺》詩：「片帆竿外揖清風，石立雲孤萬古中。」

〔三〕桃花流水：《漢書》卷二九《溝洫志》：「來春桃華水盛，必羨溢。」顔師古注云：「《月令》：『仲春之月，始雨水，桃始華。』蓋桃方華時，既有雨水，川谷冰泮，衆流猥集，波瀾盛長，故謂之桃華水耳。而《韓詩傳》云『三月桃華水』。」杜甫《南征》詩：「春岸桃花水，雲帆楓樹林。」鱖魚：亦稱「石桂魚」。體側扁，口大鱗細，青黄色，全身有黑色斑點，味道鮮美。《本草綱目》卷四四《鱗·鱖魚》：「其味如豚，故名水豚，又名鱖豚。」

〔四〕蒻笠：即箬笠，用箬竹葉或篾編結的寬邊帽。李衎《竹譜詳録》卷三：「箬竹又名篛竹，出江浙及閩廣，處處有之，葉類寮竹。」《説文》：「笠，簦無柄也，從竹立聲。」段玉裁注：「汪氏龍曰：笠本以禦暑，亦可禦雨。」

〔五〕「斜風細雨」句：傅注：「唐開元間，隱者張志和爲顔魯公門下詩酒客。魯公爲豫章太守，一日宴集，坐客皆作《漁父》詞，志和詞曰：『西塞山邊白鷺飛』」云云。「斜風細雨」即小風小雨。

【參考資料】

宋·曾慥《樂府雅詞》卷中徐俯詞跋：「張志和《漁父詞》云：『西塞山前白鷺飛。桃花流水鱖魚肥。青蒻笠，緑蓑衣。斜風細雨不須歸。』顧況《漁父詞》云：『新婦磯邊月明。女兒浦口潮平。沙頭鷺宿魚驚。』東坡云：『元真語極麗，恨其曲度不傳，加數語以《浣溪沙》歌之云：

西塞山前白鷺飛。散花洲外片帆微。桃花流水鱖魚肥。自庇一身青蒻笠，相隨到處緑簑衣。斜風細雨不須歸。』山谷見之，擊節稱賞，且云：『惜乎散花與桃花字重疊，又漁舟少有使帆者。』乃取張顧二詞，合爲《浣溪沙》云：『新婦磯邊眉黛愁。女兒浦口眼波秋。驚魚錯認月沉鉤。青蒻笠前無限事，緑簑衣底一時休。斜風細雨轉船頭。』東坡跋云：『魯直此詞，清新婉麗，問其最得意處，以山光水色，替却玉肌花貌，真得漁父家風也。然纔出新婦磯，便入女兒浦，此漁父無乃太瀾浪乎。』山谷晚年亦悔前作之未工，因表弟李如篪言『《漁父詞》以《鷓鴣天》歌之，甚協音律，恨語少聲多耳。』因以憲宗遺（一作畫）像求元真子文章及元真子兄松齡勸歸之意，足前後數句云：『西塞山前白鷺飛。桃花流水鱖魚肥。朝廷尚覓元真子，何處如今更有詩。青蒻笠，緑簑衣。斜風細雨不須歸。人間欲避風波險，一日風波十二時。』東坡笑曰：『魯直乃欲平地起風波也。』東湖老人因坡、谷互有異同之論，故作《浣溪沙》《鷓鴣天》各二闋云。」（吴曾《能改齋漫録》卷一六「水光山色漁父家風」條同。）

宋·胡仔《苕溪漁隱叢話後集》卷三九引《夷白堂小集》云：「山谷道人向爲余言：『張志和《漁父詞》，雅有遠韻，志和善丹青，必有形于圖畫者，而世莫之傳也。』嘗以其詞增損爲《浣溪沙》，誦之有矜色。予以告大年，云：『我不可不成此一段奇事。』久之，乃以《烟波圖》見歸，其致思深處，不減昔人。詞云：『西塞山邊白鷺飛，散花洲外片帆微，桃花流水鱖魚肥。自庇一身青箬笠，相隨到處緑蓑衣，斜風細雨不須歸。』」（案：《夷白堂小集》以此詞爲山谷作，與曾慥跋有别，當爲誤記。此概將本詞判爲山谷作之源也。）

宋·樓鑰《攻媿集》卷七八：「元真子生爲魯公客，後又爲坡、谷所稱，至隱括其詩篇大書之，其與屈靈均答問于江濱者何異耶？」

金·王若虚《滹南遺老集》卷三九《詩話》中：「蘇、黄各因玄真子《漁父詞》增爲長短句，而互相譏評，山谷又取船子和尚詩爲《訴衷情》，而冷齋亦載之。予謂此皆爲蛇畫足耳，不作可也。」

清·宋翔鳳《樂府餘論》：「《能改齋漫録》載徐師川云：張志和《漁父詞》，東坡以爲語清麗，恨其曲度不傳，加數語以《浣溪沙》歌之。則古人之詞必有曲度也，人謂蘇詞多不諧音律，則以聲調高逸，驟難上口，非無曲度也，如今日俗工不能度北西廂之類。」

清·劉熙載《藝概》卷四《詞曲概》：「張志和《漁歌子》『西塞山前白鷺飛』一闋，風流千古。東坡嘗以其成句用入《鷓鴣天》，又用於《浣溪沙》，然其所足成之句，猶未若原詞之妙通造化也。黄山谷亦嘗以其詞增爲《浣溪沙》，且誦之有矜色焉。」

清·萬樹《詞律》卷一《漁歌子》：「山谷增句作《鷓鴣天》，東坡增句作《浣溪沙》，蓋本調音律失傳，故加字歌之。然坡止加潤玄真之語，谷則增入『朝廷尚覓玄真子，何處如今更有詩』二句于『青箬笠』之上，語氣不倫，可謂蛇足。」

漁父①

漁父飲〔一〕，誰家去。魚蟹一時分付〔二〕。酒無多少醉爲期〔三〕，彼此不論錢數〔四〕。

【校勘】

①以下四首，吴本未收，傅本、元本、外集、明刊全集、二妙集、毛本亦不載。朱本、龍本、《全宋詞》從《東坡集》卷一五補録。朱云：「按張志和、戴復古皆有《漁父詞》，字句各異。恭案《三希堂帖》，公書此詞前二首，題作《漁父破子》，是確爲長短句，而《詞律》未收，前人亦無之，或公自度曲也」。今據朱本、龍本、《全宋詞》補。

【編年】

同前首。案，《漁父》四首，又見《蘇軾詩集》卷二五，查注、合注、集成均編元豐八年春作於南都（今河南商邱市），以後出現之朱本、龍本、薛本、《三蘇年譜》均從詩集編年。《蘇軾全集校注》詩集校注編元豐八年（一〇八五年）二月，作於南都（見四册二七八四頁），詞集校注編元豐五年（一〇八二）春，作於黄州（見九册三七六頁），自相牴牾。録存待考。

【箋注】

〔一〕「漁父飲」二句：是設問語，其回答當爲「酒家飲酒去」，因字數限制被省略。

〔二〕「魚蟹」句：言漁父將所捕的魚蟹都交付給酒家。分付：交付也。蘇軾《洞仙歌》：「江南臘盡，早梅花開後，分付新春與垂柳。」言將新春交付與垂柳也。詳見《詩詞曲語辭匯釋》卷五。

〔三〕「酒無多少」句：言飲酒不計多少，以醉爲期，一醉方休。《南史》卷七五《陶潛傳》：「（潛）性嗜酒，而家貧不能恒得。親舊知其如此，或置酒招之，造飲輒盡，期在必醉。」

〔四〕「彼此不論」句：言漁父交付的魚蟹和酒家供飲之酒，彼此都不計較錢數多少。杜甫《峽隘》詩：「白魚如切玉，朱橘不論錢。」

【參考資料】

清・王文誥《蘇文忠公詩編注集成》卷二五《漁父四首》案云：「《漁父詞》起於三閭，誥向能以七弦道之。公又嘗改張志和詞爲《鷓鴣天》。此四章亦其遺意，皆可譜入琴聲也。」

又

漁父醉，蓑衣舞〔一〕。醉裏卻尋歸路。輕舟短棹任斜橫①〔二〕，醒後不知何處〔三〕。

【校勘】

①「輕」，三希堂石刻作「孤」。「斜橫」，《東坡集》作「橫斜」。

【編年】

同前首。

【箋注】

〔一〕蓑衣舞：言醉酒歸去的漁父，步履踉蹌，如披蓑作舞狀。孟郊《送淡公》詩：「腳踏小船頭，獨速舞短蓑。」

〔二〕「輕舟短棹」句：言漁父醉卧漁舟，任其漂泊。孟郊《送淡公》詩：「短楫畫菰蒲，鬬作豪横歸。」

〔三〕「醒後不知」句：柳永《雨霖鈴》詞：「今宵酒醒何處？楊柳岸曉風殘月。」

又

漁父醒，春江午。夢斷落花飛絮。酒醒還醉醉還醒〔一〕，一笑人間今古①〔二〕。

【校勘】

①「今」，馮應榴《蘇詩合注》云：一作「千」。

【編年】

同前首。

【箋注】

〔一〕「酒醒還醉」句：白居易《醉吟先生傳》：「（醉吟先生）吟罷自哂，揭甕撥醅，又引數杯，兀然而醉。既而醉復醒，醒復吟，吟復飲，飲復醉，醉吟相仍，若循環然。」

〔二〕「一笑人間」句：言人間古今世俗之人，受羈於名繮利索，執迷不醒，搏人一笑。

【參考資料】

清·王文誥《蘇文忠公詩編注集成》卷二五「酒醒還醉醉還醒」句下案云：「此句用白樂天《醉吟先生傳》，否則出之太易，即非公之所爲也。凡此等句，又當數典以實之，與得諸性靈之詩，不可以典注實者不同。」

又

漁父笑，輕鷗舉〔一〕。漠漠一江風雨〔二〕。江邊騎馬是官人〔三〕，借我孤舟南渡。

【編年】

同前首。

【箋注】

〔一〕輕鷗：杜甫《小寒食舟中作》詩：「娟娟戲蝶過閒幔，片片輕鷗下急湍。」舉：飛起。

〔二〕「漠漠」句：杜甫《灩澦》詩：「江天漠漠鳥雙去，風雨時時龍一吟。」此以江上風雨的幽静生活，襯托漁父的蕭閑。

〔三〕「江邊騎馬」二句：言江邊騎馬的當差官人，受羈絆不自主，奔波勞頓，有時還得借我孤舟渡河；不如我江上漁父，雖無馬可乘，但一葉輕舟什麼去處都行得，悠然自得，無求於人。官人：劉禹錫《插田歌》：「君看二三年，我作官人去。」

調笑令①

漁父。漁父。江上微風細雨。青蓑黄蒻裳衣〔一〕。紅酒白魚暮歸②。歸暮。歸暮。長笛一聲何處〔二〕。

【校勘】

①傳本存目缺詞。元本調下有注：「效韋應物體。」元本、吴本、明刊全集、二妙集、毛本同調二首俱誤合爲一，朱本據韋詞分拆爲二，今從朱本。又按蘇轍《欒城集》卷十三收此詞及下首詞，題作《效韋蘇州調嘯詞二首》。

②「暮歸」，原作「歸暮」，據二妙集、毛本改。

【編年】

同前首。

【考辨】

《全宋詞》次首末注：「又案此二首别見蘇轍《欒城集》卷十三。」同書蘇轍詞重見之，調名作《調笑詞》，調下有注：「效韋蘇州」；「江」作「水」，「歸暮。歸暮」作「暮歸、暮歸、歸暮」；於次首末注：「案此二首别又作蘇軾詞，見曾慥本《東坡詞》卷下，未知孰是。」案二詞諸本東坡詞集均收，王官壽《宋詞抄》卷一亦作蘇軾詞。孔凡禮《蘇轍年譜》卷一〇此二詞定爲蘇轍作，繫于元豐八年正月蘇轍往池州，江上作。云：「此二詞次《(欒城)集》此處，疑爲轍所作，而誤入《東坡樂府》，然其時已久矣。」曹本以爲《欒城集》所載二首，「與韋應物調笑令『胡馬』及同調『河漢』内之字數，及文字之次序均不相同。此詞如係子由所作，因子由極爲精細，當不如此，故此詞斷非子由所作」，而係蘇軾詞誤入《欒城集》。暫依曹説，以俟詳考。

【箋注】

〔一〕「青蓑黄蒻」句：蘇轍《乘小舟出筠江二首》其一：「紅飯白醪供醉飽，青蓑黄蒻可纏包。」

〔二〕長笛一聲：趙嘏《長安秋望》詩：「殘星幾點雁横塞，長笛一聲人依樓。」

又

歸雁。歸雁。飲啄江南南岸〔一〕。將飛卻下盤旋①。塞外春來苦寒②。寒苦。寒苦。藻荇欲生且住〔二〕。

【校勘】

①「旋」，元本作「桓」。

②「苦寒」，原作「寒苦」，據二妙集、毛本改。

【編年】

同前首。

【考辨】

此首《全宋詞》又作蘇轍詞，調名作《調嘯詞》。「寒苦。寒苦」作「苦寒、苦寒、寒苦」。依前首考辨，此詞亦應屬蘇軾詞而誤入《欒城集》。

【箋注】

〔一〕飲啄：飲水和啄食。《莊子・養生主》：「澤雉十步一啄，百步一飲。」《宋書》卷二二《樂志》載晉何承天《雉子游原澤篇》：「飲啄雖勤苦，不願棲園林。」

〔二〕藻荇：二者皆浮生湖沼植物。《詩・召南・采蘋》：「于以采藻，于彼行潦。」傳：「藻，聚藻也。」陳奐疏：「藻《説文》引《詩》作藻，或作藻……孔疏引義疏云：『生水底，有二種：其一種葉如鷄蘇，莖大如箸，長四五尺；其一種莖大如釵股，葉如蓬蒿，謂之聚藻。』」隋・顔之推《顔氏家訓・書證篇》：荇，「先儒解釋皆云水草，圓葉細莖，隨水淺深，今是水悉有之，黄華似蓴，江南俗亦呼爲猪蓴，或呼爲荇菜。」

中國古典文學基本叢書

蘇軾詞編年校注

中

鄒同慶
王宗堂 著

中華書局

滿江紅①

憂喜相尋〔一〕，風雨過、一江春緑〔二〕。巫峽夢〔三〕、至今空有，亂山屏簇〔四〕。何似伯鸞攜德耀〔五〕，簞瓢未足清歡足。漸粲然、光彩照階庭〔六〕，生蘭玉。幽夢裹，傳心曲〔七〕。腸斷處，憑他續。文君婿知否〔八〕？笑君卑辱②。君不見周南歌漢廣〔九〕，天教夫子休喬木。便相將、左手抱琴書〔一〇〕，雲間宿。

【校勘】

① 原有題注作「楊元素《本事集》：董毅夫名鉞，自梓漕得罪歸鄱陽，遇東坡於齊安。怪其豐暇自得，曰：『吾再娶柳氏，三日而去官，吾固不戚戚，而憂柳氏不能忘懷於進退也。已而欣然，同憂患如處富貴，吾是以益安焉。』乃令家僮歌其所作《滿江紅》，東坡嗟歎之，次其韻。」元本、朱本、龍本、曹本刪去首七字「楊元素本事集」，「得罪」下衍「罷官東川」四字，改「遇」作「過」，「自得」下衍「余問之」三字，改「如」作「若」，改「乃令家僮」作「命其侍兒」，刪「東坡」二字，「嗟歎之」下衍「不足」，「次其韻」上衍「乃」字，遂變爲題序。今刪去。《東坡外集》調名下注云：「董義夫以瀘南軍事奪官爲民。晚娶少妻，能同甘苦，能使義夫忘其淪落，故作此曲。（其妻）乃知雲安軍柳韶之女。」按「義夫」即「毅夫」。此注源自《本事曲集》。

②「卑」，原作「悲」，據諸本改。

【編年】

元豐五年壬戌（一〇八二年）三月，作於黃州。王文誥《蘇詩總案》卷二一：「元豐五年壬戌三月，和董鉞作《滿江紅》詞。」案，詞云「憂喜相尋，風雨過、一江春緑」，當作於春天。董鉞因瀘州失利而被除名梓州路轉運副使，《續通鑑長編》列元豐四年七月甲辰（十九日）。董鉞歸鄱陽過黃州，當在五年春。今依《總案》編年。

【箋注】

〔一〕相尋：相依相輔，連續不斷。晉·何承天《雉子遊原澤篇》：「功名豈不美，寵辱亦相尋。」

〔二〕「一江春緑」句：謂毅夫與柳氏夫人在人生道路上同憂患，憂去喜來，如風雨過後的一江春緑，更明麗可愛。劉孝綽《賦得始歸雁》詩：「洞庭春水緑，衡陽旅雁歸。」白居易《憶江南》詞：「春來江水緑如藍。」

〔三〕巫峽夢：見《祝英臺近》（挂輕帆）注〔五〕。

〔四〕亂山屏簇：傅注：「巫峽有十二峰，故云亂山屏簇。」

〔五〕「何似伯鸞」二句：以梁鴻、孟光喻毅夫與柳氏。謂與巫山神女相會的楚王，何如梁鴻、孟光夫婦的相得，雖簞食瓢漿不足，卻多清歡。《後漢書》卷八三《逸民傳》：梁鴻字伯鸞，扶風平陵人。勢家慕其高節，多欲女之，鴻並絶不娶。同縣孟氏有女，狀肥醜而黑，力舉石臼，擇對不嫁，至年三十。父母問其故，女曰：「欲得賢如梁伯鸞者。」鴻聞而聘之。女求作布衣、麻屨，織作筐緝績之具。及嫁，始以裝飾入門，七日而鴻不答。妻乃跪牀下，請曰：「竊聞夫子高義，簡斥數婦。妾亦偃蹇數夫矣，今而見擇，敢不請罪。」鴻曰：「吾欲裘褐之人，可與俱隱深山者爾，今乃衣綺縞，傅粉墨，豈鴻所願哉！」妻曰：「以觀夫子之志耳。妾自有隱居之服。」乃更爲椎髻，著布衣，操作而前。鴻大喜曰：「此真梁鴻妻也，能奉我矣。」字之曰德耀，名孟光。居有頃，妻曰：「常聞夫子欲隱居避患，今何爲默默，無乃欲低頭就之乎？」鴻曰：「諾。」乃共入霸陵山中，以耕織爲業，詠《詩》《書》、彈琴以自娱。東出關，過京師，作《五噫》之歌。肅宗聞而非之，求鴻不得。乃易姓名，有頃，遂至吴，依大家皋伯通，居廡下，爲人賃舂。每歸，妻爲具食，不敢於鴻前仰視，舉案齊眉。簞瓢：《論語・雍也》：「一簞食，一瓢飲，在陋巷，人不堪其憂，回也不改其樂。賢哉回也。」

〔六〕「漸粲然」二句：以芝蘭玉樹粲然光照庭階，喻穀夫將得佳子。《晉書》卷七九《謝安傳》附《謝玄傳》：「安嘗戒約子侄，因曰：『子弟亦何豫人事，而正欲使其佳？』諸人莫有言者。玄答曰：『譬如芝蘭玉樹，欲使其生於庭階耳。』安悦。」「粲然」，鮮明貌。

〔七〕心曲：心事。《詩・秦風・小戎》：「在其板屋，亂我心曲。」温庭筠《歸國謡》：「謝娘無限心曲，曉屏山斷續。」

〔八〕「文君婿」二句：以司馬相如、卓文君喻董毅夫與柳氏。典見《河滿子》（見説岷峨悽愴）注〔九〕。

〔九〕「君不見」二句：《詩·周南·漢廣》：「南有喬木，不可休思。漢有游女，不可求思。漢之廣矣，不可泳思。江之永矣，不可方思。」《詩》以南方之木美，興漢上之女貞；以喬木之不可庥蔭，興漢上之女不可求。今毅夫娶柳氏，謂貞女可求，故曰「天教夫子休喬木」。

〔一〇〕「便相將」二句：白居易《草堂記》：「則必左手引妻子，右手抱琴書，終老於斯，以成就我平生之志。」謂毅夫罷官攜妻子歸田，如白居易築草堂於匡廬，宿白雲間，遂終老林壑之志。

【參考資料】

宋·邵博《河南邵氏聞見後録》卷一九：「東坡爲董毅夫作長短句：『文君婿知否？笑君卑辱。』奇語也。『文君婿』猶『虞姬婿』云，今刻本者不知，有自改『文君細知否』，可笑耳。」

南歌子　晚春①

日薄花房綻〔一〕，風和麥浪輕〔二〕。夜來微雨洗郊坰〔三〕。正是一年春好、近清明。　已改煎茶火〔四〕，猶調入粥餳②〔五〕。使君高會有餘清〔六〕。此樂無聲無味、最難名〔七〕。

【校勘】

① 傅本、元本無題。

② 「鍚」，原誤作「錫」，據傅本、元本、二妙集、毛本改。

【編年】

元豐五年壬戌（一〇八二年）三月，作於黄州。案：朱本、龍本此詞，俱未編年。曹本云：「惟細玩此詞意境，與詩集『徐使君分新火』相合。此詞内之『使君』，即徐君猷也。今從詩集移編元豐五年壬戌。」薛本亦編入元豐五年。孔《譜》卷二九編入元祐五年三月，云：「詞云『日薄花房綻』，又云『夜來微雨洗郊坰』，皆屬江南景像，知作於杭。詞云『使君』，知作於守杭時。詞云『正是一年春好、近清明』，點明季候。詞爲巡視杭郊所作，若在明年此時，已將離任矣。」亦言之成理，可備一説。今暫依曹説，以待詳考。

【箋注】

〔一〕日薄：日光淡薄。李商隱《壬申七夕》詩：「風輕惟響珮，日薄不嫣花。」花房：猶言花冠。韓愈《感春五首》其五：「辛夷花房忽全開，將衰正盛須頻來。」

〔二〕麥浪：歐陽修《遊太清宫》詩：「鴉鳴日出林光動，野闊風摇麥浪寒。」

〔三〕郊坰：《爾雅·釋地》：「邑外謂之郊，郊外謂之牧，牧外謂之野，野外謂之林，林外謂之坰。」

唐文宗《暮春喜雨》詩：「郊坰既霑足，黍稷有豐期。」

〔四〕改火：《論語・陽貨》：「鑽燧改火，期可已矣。」何晏《集解》引馬融曰：「《周書・月令》有更火之文。春取榆柳之火，夏取棗杏之火，季夏取桑柘之火，秋取柞楢之火，冬取槐檀之火。一年之中，鑽火各異木，故曰改火也。」唐・佚名《輦下歲時記》：「至清明，尚食，內園官小兒於殿前鑽火，先得火者進上，賜絹三匹，金椀一口。」唐人史延、鄭轅《清明日贈百僚新火》詩有「九天初改火，萬井屬良辰」、「改火清明後，優恩賜近臣」之句（見《全唐詩》卷二八一），春之改火，幾成清明的代稱。餘見《望江南》（春未老）注〔五〕。

〔五〕調餳：隋・杜臺卿《玉燭寶典》卷二引陸翽《鄴中記》云：「并州之俗，以冬至後百五日，有介子推斷火，冷食三日，作干粥，是今糗也。中國以爲寒食，又作醴酪。醴者，火粳米，或大麥作之酪，擣杏子人（仁）作粥。今世悉作大麥粥，研杏人（仁）爲酪，別者以餳沃之也。」

〔六〕高會：盛會。詳見《水龍吟》（小舟横截春江）注〔五〕。餘清：李嶠《鐘》詩：「欲知常待扣，金簴有餘清。」

〔七〕此樂：李白《贈歷陽褚司馬，時此公爲稚子舞》詩：「人間無此樂，此樂世中稀。」無聲無味：《詩・大雅・文王》：「上天之載，無聲無臭。」案：上言「使君（指徐君猷）高會」宴賓，因時近清明寒食節，既無管弦佐興，又無酒肴充腹，唯清茶粥餳，故曰「無聲無味」，此中樂趣，難以爲名。詞中充滿戲謔與諧趣。

哨徧

〔一〕陶淵明賦《歸去來》①，有其詞而無其聲。余治東坡②，築雪堂於上，人俱笑其陋。獨鄱陽董毅夫過而悦之，有卜鄰之意〔二〕。乃取《歸去來詞》，稍加隱括，使就聲律，以遺毅夫。使家僮歌之，時相從於東坡，釋耒而和之，扣牛角而爲之節，不亦樂乎。

爲米折腰〔三〕，因酒棄家③，口體交相累〔四〕。歸去來，誰不遣君歸。覺從前皆非今是。露未晞〔五〕。征夫指予歸路，門前笑語喧童稚。嗟舊菊都荒〔六〕，新松暗老，吾年今已如此。但小窗容膝閉柴扉〔七〕。策杖看孤雲暮鴻飛。雲出無心，鳥倦知還，本非有意。　噫！歸去來兮。我今忘我兼忘世。親戚無浪語〔八〕，琴書中有真味〔九〕。步翠麓崎嶇〔一〇〕，泛溪窈窕④，涓涓暗谷流春水。觀草木欣榮，幽人自感，吾生行且休矣。念寓形宇內復幾時〔一一〕。不自覺皇皇欲何之〔一二〕？委吾心、去留誰計。神仙知在何處？富貴非吾志⑤。但知臨水登山嘯詠〔一三〕，自引壺觴自醉。此生天命更何疑。且乘流、遇坎還止〔一四〕。

【校勘】

①題首原有「公舊序云」四字，據元本、朱本、龍本、曹本删。

②元本「治」上衍「既」字。

③「家」，傅本作「官」。

④「溪」，元本注：「一作舟。」

⑤「志」，原作「願」。曹校云：「又石刻『志』作『願』，似係東坡初稿筆誤。萬樹《詞律》注云：『願』字誤。必『志』字或『事』字之訛。（詳見《詞律》卷二〇）按『願』韻屬第七部，『志』歸『寘』韻屬第三部，不能通轉。」今據元本、二妙集改。

【編年】

元豐五年壬戌（一〇八二年）五月，作於黄州。傅藻《東坡紀年録》：「元豐五年壬戌，公在黄州。……春躬耕東坡，築雪堂居之，擬斜川之遊。以淵明《歸去來詞》隱括爲《哨遍》。」魏了翁《鶴山先生大全文集》卷六三《跋番陽董氏所藏東坡墨迹》：「蘇文忠雅嗜陶公文，其有感於《歸去來詞》，蓋元豐五年之夏，蔡、章被遇而吕正獻不合之時也。」案董鉞元豐五年春來黄訪軾，二人「相聚多日，甚歡」（見「參考資料」引蘇軾《與朱康叔書》）。董並有「卜鄰之意」（見本詞序）。因知董至夏天尚未離去。魏了翁云此詞作於元豐五年之夏，孔《譜》編元豐五年五月，可從。

【箋注】

〔一〕哨徧：詞牌名，又作「稍遍」，亦作「稍徧」。此調自蘇軾始。

〔二〕卜鄰：擇鄰。《左傳·昭公三年》：「且諺曰：『非宅是卜，惟鄰是卜』，二三子先卜鄰矣。」注：「卜良鄰。」

〔三〕爲米折腰：蕭統《陶淵明傳》：陶淵明爲彭澤令，「歲終，會郡遣督郵至縣，吏請曰：『應束帶見之。』淵明歎曰：『我豈能爲五斗米折腰向鄉里小兒！』即日解綬去職，賦《歸去來》。」

〔四〕口體：指人衣食所必需之生活資料。《宋史》卷三三八《蘇軾傳》：「百姓不可户曉，皆謂以耳目不急之玩，奪其口體必用之資。」交相累：陶淵明《歸去來辭》序：「饑凍雖切，違己交病。」

〔五〕露未晞：早晨露水未乾時。《詩·秦風·蒹葭》：「蒹葭萋萋，白露未晞。」

〔六〕「嗟舊菊」二句：寫陶淵明辭彭澤令回到家門所見。《歸去來辭》：「三徑就荒，松菊猶存。」

〔七〕「但小窗」二句：寫陶淵明雖家居柴門小屋，卻樂得無拘無束。《歸去來辭》：「倚南窗以寄傲，審容膝之易安。……策扶老以流憩，時矯首而遐觀。」

〔八〕浪語：多餘之言。杜甫《歸雁二首》其一：「繫書元浪語，愁寂故山薇。」《歸去來辭》：「悦親戚之情話。」

〔九〕真味：猶陶淵明《飲酒》詩：「此中有真意，欲辨已忘言」之「真意」。歐陽修《水谷夜行寄子美聖俞》：「近詩尤古硬，咀嚼苦難嘬。初如食橄欖，真味久愈在。」《歸去來辭》：「樂琴書以消憂。」

〔一〇〕「步翠麓」二句：寫山麓踏青，小溪泛舟之樂。本《歸去來辭》：「既窈窕以尋壑，亦崎嶇而經丘。」窈窕：幽深貌。

〔一一〕寓形宇内：寄身於天地之中。《歸去來辭》：「寓形宇内復幾時，曷不委心任去留。」

〔一二〕皇皇欲何之：急急忙忙地要往何處去。皇皇：同「遑遑」。《漢書》卷五六《董仲舒傳》：「夫皇皇求財利，常恐乏匱者，庶人之意也。」注：「皇皇，急速之貌。」《歸去來辭》：「胡爲遑遑欲何之？富貴非吾願，帝鄉不可期。」

〔一三〕嘯詠：歌咏。《南史》卷二六《袁粲傳》：「郡南一家頗有竹石，粲率爾步往，亦不通主人，直造竹所，嘯詠自得。」《歸去來辭》：「登東皋以舒嘯，臨清流而賦詩。」

〔一四〕乘流遇坎：賈誼《鵩鳥賦》：「乘流則逝兮，得坻則止。」《文選》孟康注：「《易》坎爲險，遇險難而止也。」張晏曰：「坻，水中小洲也。坻或爲坎。」

【參考資料】

宋·蘇軾《與朱康叔二十首》之一三：「董義夫相聚多日，甚歡，未嘗一日不談公美也。舊好誦陶潛《歸去來》，常患其不入音律，近輒微加增損，作《般涉調哨遍》，雖微改其詞，而不改其意，請以《文選》及本傳考之，方知字字皆非創入也。謹作小楷一本寄上，卻求爲書，抛磚之謂也。亦請録一本與郭元弼，爲病劬，不及别作書也。」

宋·張炎《詞源》卷下：「《哨遍》一曲，隱括《歸去來辭》，更是精妙，周、秦諸人所不能到。」

金·王若虚《滹南遺老集》卷三九《詩話》中：「東坡酷愛《歸去來辭》，既次其韻，又衍爲長短句，又裂爲集字詩，破碎甚矣。陶文信美，亦何必爾，是亦未免近俗也。」

明·沈際飛《草堂詩餘正集評正》卷六：「隱括渾似東坡特作者。」又：「《詩》變而爲《騷》，《騷》變而爲詞，皆可歌也。淵明以賦爲詞，故東坡云然。」又：「《後山詩話》謂東坡以詩爲詞，如教坊雷大使之舞，極天下之工，要非本色。不知東坡自云平生不善唱曲，間有不入腔處，非盡如此，觀此則東坡又善唱矣。後山何比况之下也。」

明·楊慎批點《草堂詩餘》卷五：「《醉翁亭》《赤壁》前後賦，當時俱隱括爲詞，俱泊然無味。獨此東坡《歸去詞》特勝，不特其音律之諧也。」

明·董其昌《新刻便讀草堂詩餘》卷三：「坡老心慕淵明，此詞故爲之隱括，所謂惟豪傑而後識豪傑也，胸中磊落如此，二公蓋有無入不自得者，曠世所稀見也。」

明·張綖《草堂詩餘後集别録》：「坡翁出獄後，憂患之餘，思致其樂。自和獄中春字韻詩云：『餘年樂事最關身』，因以淵明《歸去來詞》按入《哨遍》，背負大瓢，行歌乞食田野中。回視曩時，富貴不啻春夢，趣不在詞也。後人不悟此意，將凡古人文詞，俱隱括爲詞，如刻本《風雅遺音》，略無意改，殊爲可厭。噫！效顰捧心，不類久矣。」

清·沈辰垣等編《御選歷代詩餘》卷一一五引《本事記》：「東坡隱括《歸去來詞》，山谷隱括《醉翁亭記》，兩人固是詞家好手。」

清·賀裳《皺水軒詞筌》：「東坡隱括《歸去來辭》，山谷隱括《醉翁亭》，皆墮惡趣。天下事爲名人所壞者，正自不少。」

清·李佳《左庵詞話》卷下：「東坡《哨遍》詞，運化《歸去來辭》，非有大力量不能。此類後人不易學，亦不必學。强爲之，萬不能好。」

漁家傲　贈曹光州①〔一〕

些小白鬚何用染〔二〕。幾人得見星星點〔三〕。作郡浮光雖似箭〔四〕。君莫厭。也應勝我三年貶〔五〕。　我欲自嗟還不敢〔六〕。向來三郡寧非忝〔七〕。婚嫁事稀年冉冉〔八〕。知有漸。千鈞重擔從頭減。

【校勘】

① 此詞傅本、元本不載。

【編年】

元豐五年壬戌（一〇八二年）六月，作於黄州。　王文誥《蘇詩總案》卷二一：「元豐五年壬戌六月，曹焕來謁，爲《漁家傲》，使焕寄其父九章。」

【箋注】

〔一〕曹光州：曹九章，蘇轍婿曹焕之父，曾爲光州守。《蘇軾詩集》卷二一《弔李臺卿》詩叙：「軾謫居黄州，臺卿爲麻城主簿，始識之。既罷居於廬，而曹光州演甫以書報其亡。」王文誥案曰：「本集《記朱元經》云：『光州有朱元經道人者，百許歲，聞其死，故人曹九章適爲光守，斂葬之。』又《記神清洞》云：『蘇轍之婿曹焕。』又《欒城集・祭曹演父文》云：『始於朋友，求我婚姻。匪我知公，我兄實知。』以上合詩叙觀之，皆曹光州名九章字演甫之確證，而其子則焕也。」

〔二〕「些小」句：些小：少許。白鬚何用染：《宋書》卷六七《謝靈運傳》：何長瑜「嘗於江陵寄書與宗人何勗，以韻語序義慶州府僚佐云：『陸展染鬢髮，欲以媚側室。青青不解久，星星行復出。』」劉禹錫《與歌者米嘉榮》：「近來時事輕先輩，好染髭鬚事後生。」

〔三〕星星：猶點點，形容鬢髮花白。謝靈運《遊南亭》詩：「戚戚感物歎，星星白髮垂。」

〔四〕作郡：作郡太守。《世説新語》下卷上《任誕》引《晉陽秋》曰：「（羅）友字它仁，襄陽人。少好學，不持節檢……始仕荆州，後在温府。以家貧乞禄，温雖以才學遇之，而謂其誕肆，非治民才，許而不用。後同府人有得郡者，温爲席起别，友至尤晚。問之，友答曰：『民性飲道嗜味，昨奉教旨，乃是首旦出門，於中路逢一鬼，大見揶揄，云：我只見汝送人作郡，何以不見人送汝作郡？民始怖終慚，回還以解，不覺成淹緩之罪。』温雖笑其滑稽，而心頗愧焉。後以爲襄陽太守，累遷廣、益二州刺史。」浮光：梁·劉孝威《侍宴賦得龍沙宵月明》詩：「落照移樓影，浮光動塹瀾。」

〔五〕三年貶：據施宿《東坡先生年譜》：蘇軾因詩案，元豐二年十二月二十六日詔責授檢校尚書水部員外郎、黄州團練副使、本州安置。元豐三年庚申二月至黄州，到元豐五年壬戌，爲時三年，故云。

〔六〕自嗟：自歎。《南史》卷五七《范縝傳》：「（縝）年二十九，髮白皤然，乃作《傷暮詩》《白髮詠》以自嗟。」

〔七〕三郡：據施宿《東坡先生年譜》：蘇軾於熙寧七年甲寅九月差知密州，冬十一月至密。熙寧十年丁巳，正月發濰州，道中改知徐州，五月至徐。元豐二年己未，二月移知湖州，四月至湖。歷知密、徐、湖三州，故云三郡。忝：忝官，辱居高位。

〔八〕婚嫁事：指男婚女嫁之事。泛指世俗之事。《後漢書》卷八三《向長傳》：向長「男女娶嫁既畢，勑斷家事勿相關，當如我死也。於是遂肆意，與同好北海禽慶俱遊五嶽名山，竟不知所終。」年冉冉：年華漸漸逝去。屈原《離騷》：「老冉冉其將至兮，恐脩名之不立。」

定風波

元豐五年七月六日①，王文甫家飲釀白酒②〔一〕，大醉。集古句作墨竹詞〔二〕。

雨洗娟娟嫩葉光③〔三〕。風吹細細緑筠香。秀色亂侵書帙晚。簾捲。清陰微過酒尊涼。人畫竹身肥擁腫〔四〕。何用？先生落筆勝蕭郎〔五〕。記得小軒岑寂夜〔六〕。廊下。月和疏影上東牆。

【校勘】

①「五」，原作「六」，據傅本、元本改。

②「家飲」，傅本作「飲家」。

③「娟娟」，二妙集、毛本作「涓涓」。

【編年】

元豐五年壬戌（一〇八二年）七月作於黄州。案：此詞吴本、二妙集、明刊全集、毛本題俱作「元豐六年七月六日」云云；王文誥《蘇詩總案》卷二二，及近年出版的《蘇東坡年譜》，將本詞編入元豐六年七月作，概源於此。傅本、王宗稷《東坡先生年譜》、傅藻《東坡紀年録》並作元豐五年七月，朱本、龍本、曹本，亦俱編元豐五年。傅本成書於南宋紹興初年，較爲早出。故依傅本詞題、王宗稷《年譜》、傅藻《紀年録》等仍編壬戌作。

【箋注】

〔一〕王文甫：名齊愈，蜀人，時寓居武昌。《蘇軾詩集》卷二〇《王齊萬秀才寓居武昌縣……》王文誥案曰：「王齊萬，字子辯，嘉州犍爲人，乃齊愈字文甫之弟。」《蘇軾文集》卷七一有《贈别王文甫》《再書贈王文甫》。

〔二〕集古句：沈括《夢溪筆談》卷一四：「荆公始爲集句詩，多者至百韻，皆集合前人之句。」宋・高文虎《蓼花洲閒録》：「集句自國初有之，未盛也。……至元豐間，王文公益工於此，人言此自公始，非也。」西晉傅咸嘗集《詩經》句成《七經詩》，實爲集句之權輿。墨竹：元・夏文彦《圖繪寶鑑》卷二《五代》：蜀郭崇韜之妻李氏工畫，月夕獨坐南軒，竹影婆娑可喜，即起揮毫濡墨，模寫窻紙上。明日視之，生意具足，自是人間往往效之，遂有墨竹。

〔三〕「雨洗娟娟」五句：集自杜甫《嚴鄭公宅同詠竹得香字》：「緑竹半含籜，新梢纔出牆。色侵書帙晚，陰過酒樽涼。雨洗娟娟净，風吹細細香。但令無剪伐，會見拂雲長。」

〔四〕「人畫竹身」句：集自白居易《畫竹歌》：「植物之中竹難寫，古今雖畫無似者。蕭郎下筆獨逼真，丹青以來唯一人。人畫竹身肥擁腫，蕭畫莖瘦節節竦。」

〔五〕蕭郎：白居易《畫竹歌並引》：「協律郎蕭悦善畫竹，舉世無倫。」

〔六〕「記得小軒」二句：《蘇軾文集》卷六八《書曹希蘊詩》：「近世有婦人曹希蘊者，頗能詩……

嘗作《墨竹》詩云：『記得小軒岑寂夜，月移疎影上東牆。』此語甚工。」

念奴嬌　赤壁懷古〔一〕

大江東去〔二〕，浪淘盡、千古風流人物。故壘西邊〔三〕，人道是、三國周郎赤壁①〔四〕。亂石穿空②，驚濤拍岸③，捲起千堆雪。江山如畫，一時多少豪傑。　遥想公瑾當年〔五〕，小喬初嫁了〔六〕，雄姿英發〔七〕。羽扇綸巾〔八〕，談笑間④、强虜灰飛煙滅⑤〔九〕。故國神遊〔一〇〕，多情應笑我〔一一〕，早生華髮〔一二〕。人間如夢⑥，一尊還酹江月⑦〔一三〕。

【校勘】

①「三國」，元本注：「一作當日。」

②「穿空」，元本、朱本、龍本作「崩雲」。

③「拍」，元本、朱本、龍本作「裂」。

④「談笑」，曹本據此詞石刻作「笑談」。

⑤「强虜」，明刊全集、二妙集注：「一作檣艣。」曹本據此詞石刻作「檣艫」。

⑥「間」，曹本據此詞石刻作「生」。

⑦「酹」，傅本作「醉」。

【編年】

元豐五年壬戌（一〇八二年）七月，作於黄州。傅藻《東坡紀年録》：「元豐五年壬戌，公在黄州。七月，既望，泛舟於赤壁之下，作《赤壁賦》，又懷古作《念奴嬌》。」王文誥《蘇詩總案》卷二一：「元豐四年辛酉（一〇八一年），十月，赤壁懷古作《念奴嬌》詞。」案：《紀年録》與《總案》編年不一，皆無具體考證。朱本、龍本、曹本並從《紀年録》。今依《赤壁賦》與《紀年録》，亦編元豐五年七月。

【箋注】

〔一〕赤壁：據有關史料記載，湖北江漢之間稱赤壁者有五。一指蒲圻縣赤壁山，《元和郡縣圖志》卷二七《鄂州・蒲圻縣》：「赤壁山，在縣西一百二十里。北臨大江，其北岸即烏林，與赤壁相對，即周瑜用黄蓋策，焚曹公舟船敗走處，故諸葛亮論曹公『危於烏林』是也。」二指武昌縣西赤磯山，酈道元《水經注》卷三五：「江水左徑百人山南，右徑赤壁山北，昔周瑜與黄蓋詐魏武大軍處所也。」三指漢陽縣西南臨障山南峰，王象之《輿地紀勝》卷七九《荆湖北路・漢陽郡・景物上》：「《荆州記》：臨嶂山南峰謂之烏林峰，亦謂之赤壁，周瑜破曹操處。」四指漢川縣城西八十里之赤壁草市，《元和郡縣圖志》卷二七《沔州・汉川縣》：「赤壁草市，在縣西八十里，古今地書多言此是曹公敗處。」五指黄州城西之赤鼻山，蘇軾《東坡志林》卷四《赤壁洞穴》：「黄州守居之數百步爲赤壁，或言即周瑜破曹公處，不知果是否？」案：周瑜破曹操之赤壁，在鄂州蒲圻縣西北一百二十里長江南岸，一説在湖北武昌縣西南赤磯山。本詞所言赤壁，指黄州赤鼻山（又名赤鼻磯），非周瑜破曹操處。葛立方《韻語陽秋》卷一三：「曹操入荆州，孫權遣周瑜與劉備併力逆曹公，遇於赤壁，曹公軍馬燒溺死者甚衆，軍遂大敗，蓋謂鄂州蒲圻縣赤壁也。黄州亦有赤壁，但非周瑜所戰之地。東坡嘗作賦曰：『西望夏口，東望武昌，非孟德之困於周郎者乎？』蓋亦疑之矣，故作長短句云：『人道是三國周郎赤壁。』謂之『人道是』，則心知其非矣。」然以黄州赤鼻磯爲三國古戰場，詩歌吟詠中早見，如杜牧《齊安郡晚秋》即有「可憐赤壁爭雄渡，唯有蓑翁坐釣魚。」

〔二〕大江：古代專指長江。傅注：「《漢書·地理志》：『岷山，岷江所出，故爲大江。』」李白《廬山謡寄盧侍御虚舟》：「登高壯觀天地間，大江茫茫去不還。」

〔三〕故壘：舊時營壘。杜甫《新安吏》：「就糧近故壘，練卒依舊京。」

〔四〕周郎：《三國志》卷五四《吴書·周瑜傳》：「周瑜，字公瑾，廬江舒人也。……堅子策，與瑜同年，獨相友善。……是歲建安三年也，策親自迎瑜，授建威中郎將，即與兵二千人，騎五十匹。瑜時年二十四，吴中皆呼爲周郎。」

〔五〕當年：當時。或解作盛壯之年，亦可通。

〔六〕小喬：三國時喬公之女，周瑜之妻。喬，一作橋，姓。《三國志》卷五四《吴書·周瑜傳》：

「（孫）策欲取荆州，以瑜爲中護軍，領江夏太守，從攻皖，拔之。時得橋公兩女，皆國色也。策自納大橋，瑜納小橋。」注引《江表傳》：「策從容戲瑜曰：橋公二女雖流離，得吾二人作婿，亦足爲歡。」考赤壁之戰時周瑜結婚已十年。此句言「初嫁」，意在突出其年輕得意。

〔七〕雄姿英發：雄姿：儀態傑出非凡。英發：才華横溢。《三國志》卷五四《吴書·周瑜傳》：「瑜長壯有姿貌。」又《三國志》卷五四《吴書·呂蒙傳》：「孫權與陸遜論周瑜、魯肅及蒙曰：『公瑾雄烈，膽略兼人，……（呂蒙）學問開益，籌略奇至，可以次於公瑾，但言議英發不及之耳。』」蘇軾《送歐陽推官赴華州監酒》：「知音如周郎，議論亦英發。」

〔八〕羽扇綸巾：羽扇：鳥羽所製之扇。綸巾：古代冠名，一名諸葛巾，以青絲綬爲之。程大昌《演繁露》卷八《羽扇》條：「《語林》曰：『諸葛武侯與晉宣帝戰于渭濱，乘素車，着葛巾，揮白羽扇，指麾三軍。』《晉書》：『顧榮征陳敏，自以羽扇麾之，敏衆大潰。』」此句羽扇綸巾是形容周瑜裝束儒雅，風度瀟灑，有穩操勝券之概。

〔九〕强虜：指曹軍。灰飛煙滅：言曹操水軍，焚於周瑜一炬。李白《赤壁歌送别》：「二龍争戰決雌雄，赤壁樓船掃地空。烈火張天照雲海，周瑜於此破曹公。」

〔一〇〕故國神遊：即神遊故國。「故國」的本意爲舊都，此指舊地赤壁古戰場。神遊：神往。《列子》卷上《周穆王》：「化人曰：『吾與王神遊也，形奚動哉？』」

〔一〕多情應笑我：即應笑我多情。

〔二〕早生華髪：劉駕《山中夜坐》：「誰遣我多情，壯年無鬢髪。」歐陽修《六一詩話》載：閩人有謝伯初者，字景山，頗多佳句，詩有「多情未老已白髪，野思到春如亂雲。」

〔三〕酹：以酒灑地表示祭奠。

【參考資料】

（一）關於蘇詞、柳詞優劣異同的比較

宋·俞文豹《吹劍續録》：「東坡在玉堂，有幕士善謳，因問：『我詞比柳詞何如？』對曰：『柳郎中詞，只好十七八女孩兒，執紅牙拍板，唱「楊柳外曉風殘月」；學士詞須關西大漢，執鐵板，唱「大江東去」。』公爲之絶倒。」

又·《吹劍録》：「『大江東去』詞，三『江』、三『人』、二『國』、二『生』、二『故』、二『如』、二『千』字，以東坡則可，他人固不可。然語意到處，他字不可代，雖重無害也。今人看人文字，未論其大體如何，先且指點重字。」

明·楊慎《草堂詩餘》卷四：「古今詞多脂軟纖媚取勝，獨東坡此詞，感慨悲壯，雄偉高卓，詞中之史也。銅將軍、鐵拍板唱公此詞，雖優人謔語，亦是狀其雄卓奇偉處。」

明·沈際飛《草堂詩餘正集》卷四：「語語高妙閒冷，初不以英氣凌人。」

明·陳耀文《花草粹編》卷一〇：「東坡赤壁懷古之詞，曾經御覽，重加歎賞，賜名《酹江月》。」

明·王世貞《藝苑卮言》：「『大江東去，浪淘盡、千古風流人物』，壯語也。」又：「昔人謂銅將軍鐵綽板，唱蘇學士『大江東去』，十八九歲好女子唱柳屯田『楊柳外曉風殘月』，爲詞家三昧。然學士此詞，亦自雄壯，感慨千古。果令銅將軍於大江奏之，必能使江波鼎沸。至詠楊花《水龍吟慢》，又進柳妙處一塵矣。」

明·卓人月《古今詞統》卷一四：「東坡嘲柳七云：『楊柳岸曉風殘月』，此是梢公登溷處耳。戲爲柳七反唇云：『大江東去，浪淘盡、千古風流人物』，死屍狼籍，臭穢何堪。」

明·俞彦《爰園詞話》：「子瞻詞無一語着人間煙火，此自大羅天上一種，不必與少游、易安輩較量體裁也。其豪放亦止『大江東去』一詞。何物袁綯，妄加品騭，後代奉爲美談，似欲以概子瞻生平。不知萬頃波濤來自萬里，吞天浴日，古豪傑英爽都在，使屯田此際操觚，果可以『楊柳外曉風殘月』命句否。且柳詞亦只此佳句，餘皆未稱，而亦有本，祖魏承班《漁歌子》『窗外曉鶯殘月』，第改二字增一字耳。」

清·王士禛《花草蒙拾》：「名家當行，固有二派。蘇公自云：吾醉後作草書，覺酒氣拂拂從十指間出。黄魯(直)亦云：東坡書挾海上風濤之氣。讀坡詞當作如是觀。瑣瑣與柳七較錙銖，無乃爲髯公所笑。」

清・賀裳《皺水軒詞筌》：「蘇子瞻有銅琶鐵板之譏。然其《浣溪沙・春閨》曰：『綵索身輕常趁燕，紅窗睡重不聞鶯』，如此風調，令十七八女郎歌之，豈在『曉風殘月』之下？」

清・沈謙《填詞雜説》：「詞不在大小淺深，貴於移情。『曉風殘月』、『大江東去』，體制雖殊，讀之皆若身歷其境，惝怳迷離，不能自主，文之至也。」

清・彭孫遹《詞藻》：「殘月曉風，大江東去，鐵板紅牙，褒譏千古，特是優伶之口，强爲差排，其妙處固未必深悉也。」又：「蘇東坡『大江東去』，有銅將軍鐵綽板之譏，柳七『曉風殘月』，謂可令十七八女郎按紅牙檀板歌之，此袁綯語也，後人遂奉爲美談。然僕謂東坡詞自有横槊氣概，固是英雄本色，柳纖豔處亦麗以淫耳。」（又見徐釚《詞苑叢談》卷三《品藻》）

清・鄧廷楨《雙硯齋隨筆》卷六：「東坡以龍驤不羈之才，樹松檜特立之操，故其詞清剛雋上，囊括群英。院吏所云：學士詞須關西大漢，銅琶鐵板，高唱『大江東去』。語雖近謔，實爲知音。」

清・沈雄《古今詞話・詞話》卷上：「江尚質曰：東坡《酹江月》爲千古絶唱。耆卿《雨霖鈴》惟是『今宵酒醒何處，楊柳岸曉風殘月』，東坡喜而嘲之。沈天羽（際飛）曰：求其來處，魏承班『帘外曉鶯殘月』，秦少游『酒醒處，殘陽亂鴉』，豈盡是登溷語？余則爲耆卿反脣曰：『大江東去，浪淘盡、千古風流人物』，死尸狼籍，臭穢何堪，不更甚於袁綯之一哂乎？」

（二）關於此詞異文、斷句的爭論

宋·洪邁《容齋續筆》卷八《詩詞改字》條：「向巨原云：元不伐家有魯直所書東坡《念奴嬌》，與今人歌不同者數處，如『浪淘盡』爲『浪聲沉』，『周郎赤壁』爲『孫吴赤壁』，『亂石穿空』爲『崩雲』，『驚濤拍岸』爲『掠岸』，『多情應笑我，早生華髮』爲『多情應是，笑我生華髮』，『人生如夢』爲『如寄』，不知此本今何在也。」

宋·曾季貍《艇齋詩話》：「東坡『大江東去』詞，其中云『人道是三國周郎赤壁』，陳無己見之，言：『不必道三國』，東坡改云『當日』。今印本兩出，不知東坡已改之矣。」

宋·王楙《野客叢書》卷二四：「淮東將領王智夫言：嘗見東坡親染所製水調詞，其間謂『羽扇綸巾談笑處，檣櫓灰飛煙滅』，知後人譌爲『强虜』。僕考《周瑜傳》，黄蓋燒曹公船，時風猛，悉延燒岸上營落，煙焰漲天，知『檣櫓』爲信然。」

明·沈際飛《草堂詩餘正集》卷四：「李白《赤壁歌》云：『樓舡掃地空』，則『檣艣』二字優于『强虜』。」（明·潘游龍《古今詩餘醉》卷一一亦謂「『檣艣』字甚妙，俗本作『强虜』，可笑也。」）

清·朱彝尊《詞綜》卷六：「按他本『浪聲沉』作『浪淘盡』，與調未協。『孫吴』作『周郎』，犯下『公瑾』字。『崩雲』作『穿空』，『掠岸』作『拍岸』。又『多情應是，笑我生華髮』，作『多情應笑我，早生華髮』，益非。今從《容齋隨筆》所載黄魯直手書本更正。至于『小喬初嫁』宜句絶，『了』字屬下句，乃合。」

清・馮金伯《詞苑萃編》卷二一：「是詞當以《詞綜》本爲善。」

清・紀昀《四庫全書總目提要》卷一九八《東坡詞》：「《念奴嬌》一首，朱彝尊《詞綜》據《容齋隨筆》所載黄庭堅手書本，改『浪淘盡』爲『浪聲沉』；『多情應笑我，早生華髮』爲『多情應是，笑我生華髮』。因謂『浪淘盡』三字，於調不協，『多情』句應上四下五。然考毛开此調，如『算無地』、『閬風頂』，皆仄平仄，豈可俱謂之未協？石孝友此調云：『九重頻念此，衮衣華髮』。周紫芝此調云：『白頭應記得，尊前傾蓋。』亦何嘗不作上五下四句乎？」

清・張宗橚《詞林紀事》卷五：「此闋各本異同甚多，此從《容齋隨筆》録出。容齋南渡人，去東坡不遠，又本山谷手書，必非僞托。又按《詞綜》謂他本『浪聲沉』作『浪淘盡』，與調未協，考譜，『浪淘盡』三字，平仄未嘗不協，覺『浪聲沉』更沉着耳。又謂『小喬初嫁』，宜句絶，『了』字屬下句乃合。此正如村學究説書，不顧上下語意聯絡，可一噴飯也。」

清・王又華《古今詞論》：「毛稚黄曰：東坡『大江東去』詞，『故壘西邊，人道是三國周郎赤壁』，論調則當于『是』字讀斷，論意則當于『邊』字讀斷。『小喬初嫁了，雄姿英發』，論調則『了』字當屬下句，論意則『了』字當屬上句。『多情應笑我，早生華髮』，『我』字亦然。又《水龍吟》『細看來不是楊花，點點是離人淚』，調則當是『點』字斷句，意則當是『花』字斷句。文自爲文，歌自爲歌，然歌不礙文，文不礙歌，是坡公雄才自放處。他家間亦有之，亦詞家一法。」

清・丁紹儀《聽秋聲館詞話》卷一三：「東坡赤壁懷古《念奴嬌》詞盛傳千古，而平仄句調都不合格。《詞綜》詳加辨證，從《容齋隨筆》所載山谷手書本云（詞略）。較他本『浪聲沉』作『浪淘盡』，『崩雲』作『穿空』，『掠岸』作『拍岸』，雅俗迥殊，不僅『孫吳』作『周郎』，重下『公瑾』而已。惟『談笑處』作『談笑間』，『人生』作『人間』，尚誤。至『小喬初嫁』句，謂『了』字屬下乃合，考宋人詞，後段第二、三句作上五下四者甚多，仄韻《念奴嬌》本不止一體，似不必比而同之。萬氏《詞律》仍從坊本，以此詞爲別格，殊謬。」

清・先著《詞潔》卷四：「坡公才高思敏，有韻之言多緣手而就，不暇琢磨。此詞膾炙千古，點檢將來，不無字句小疵，然不失爲大家。《詞綜》從《容齋隨筆》改本，以『周郎』『公瑾』傷重，『浪聲沉』較『淘盡』爲雅。予謂『浪淘』字雖粗，然『聲沉』之下，不能接『千古風流人物』六字。蓋此句之意，全屬『盡』字，不在『淘』、『沉』二字分別。至于赤壁之役，應屬『周郎』，『孫吳』二字反失之泛。惟『了』字上下皆不屬，應是湊字。『談笑』句甚率，其他句法伸縮，前人已經備論。此仍從舊本，正欲其瑕瑜不掩，無失此公本來面目耳。」

清・錢裴仲《雨華盦詞話》：「坡公才大，詞多豪放，不肯剪裁就範，故其不協律處甚多，然又何傷其爲佳叶。而《詞綜》論其赤壁懷古，『浪淘盡』當作『浪聲沉』，余以爲毫釐千里矣。知詞者，請再三誦之自見也。夫起句是赤壁，接以『浪淘盡』三字，便入懷古，使千古風流人物直躍出來。若『浪聲沉』，則與下句不相貫串矣。至於『小喬初嫁了』，『了』字屬下，更不成語。『多情應笑』作『多情應是』，亦不妥。不如存其舊爲佳也。」

清・吴衡照《蓮子居詞話》卷一：「楊升菴《詞品》云：『詞人語意所到，間有參差，或兩句作一句，或一句作兩句，惟妙於歌者，上下縱横取協。』此是篤論，如曲子家之有活板眼也。東坡『小喬初嫁了，雄姿英發』，『細看來不是楊花，點點是離人淚』等處，皆當以此説通之。若契舟膠柱，徐虹亭所謂『髯翁命宫磨蝎，身後又硬受此差排』矣。」

近人王闓運《湘綺樓詞選前編》：「通首出韻，然自是豪語，不必以格求之。『與』舊作『了』，『嫁了』是嫁與他人也，故改之。」

近人鄭文焯《手批東坡樂府》引《容齋隨筆》「詩詞改字」條後云：「此從元祐雲間本，唯『崩雲』二字，與山谷所録無異。汲古刻固作『穿空』、『拍岸』，此又作『裂岸』亦奇。愚謂他無足異，只『多情應是』句，當從魯直寫本校正。」又云：「曩見陳伯弢齋頭有王壬老讀是詞校字，改『了』字爲『與』，伯弢極傾倒。余笑謂此正是湘綺不解詞格之證，即以音調言，亦啞鳳也。」

清·毛奇齡《西河詞話》卷一：「詞名多取詩句之佳者，如《夏雲峰》，則取『夏雲多奇峰』句；《黄鶯兒》則取『打起黄鶯兒』句是也。獨《酹江月》、《大江東去》，則因東坡《念奴嬌》詞内有『大江東去』，『一樽還酹江月』二句，遂易是名。夫以詞中句而反易詞名，則詞亦偉矣。今人不知詞，動訛『大江東去』，彼亦知其詞如是偉耶？」

清·馮金伯《詞苑萃編》卷九引尤侗語：「詞名斷宜從舊，其更名者，乃摘前人詞中句爲之。如東坡《念奴嬌》赤壁詞，首云『大江東去』，末云『一樽還酹江月』。今人竟改《念奴嬌》爲《大江東去》，又名《酹江月》，又名《赤壁詞》。如此則有一詞即有一詞名，千百不能盡矣。後人訛爲《大江乘》，更可笑。」

（三）對此詞的箋評

宋·邵博《邵氏聞見後録》卷一九：「東坡《赤壁詞》『灰飛煙滅』之句，《圓覺經》中佛語也。」

宋·胡仔《苕溪漁隱叢話前集》卷五九：「東坡『大江東去』赤壁詞，語意高妙，真古今絶唱。」

宋·張端義《貴耳集》：「李季章奉使北庭，虜伴云：『東坡作文，愛用佛書語。』李答云：『曾記赤壁詞云「談笑間，狂虜灰飛煙滅」。所謂「灰飛煙滅」四字，乃《圓覺經》語，云：「火出木燼，灰飛煙滅。」』北使默無語。」（參據《宋人軼事彙編》卷一七。案《四庫全書》本《貴耳集》卷下之原文與此稍異。又據孫宗鑑《西畬瑣録》所引，「李季章」當作「李章」）

金・元好問《題閑閑書赤壁賦後》：「夏口之戰，古今喜稱道之。東坡赤壁詞，殆戲以周郎自況也。詞纔百許字，而江山人物無復餘藴，宜其爲樂府絶唱。」

明・陳霆《渚山堂詞話》卷二：「文丞相（天祥）既敗，元人獲置舟中，既而挾之蹈海。厓山既平，復踰嶺而北。道江右，作《酹江月》二篇，以别友人，皆用東坡赤壁韻。」

明・張綖《草堂詩餘後集别録》：「赤壁周曹之戰，千古英雄遺跡也。坡公既作賦以吊曹公，復作此詞以吊周瑜。……及此詞結句：『人生如夢，一樽還酹江月。』其曠達之懷，直吞赤壁於胸中，不知區區周、曹爲何物。不如是，何以爲雄視千古乎。」

明・潘游龍《古今詩餘醉》卷一一：「語語高妙閑冷，初不英氣凌人。李白《赤壁歌》『樓船掃地空』，則『檣艣』字甚妙，俗本作『强虜』，可笑。」

清・許昂霄《詞綜偶評》：「一起真如太原公子裼裘而來。若『亂石』數語，則人人知其工矣。」

又：「（「一時多少豪傑」傍批）應上生下。」「（「故國神遊」二句傍批）自叙。」「（「一尊還酹江月」傍批）仍收歸赤壁。」

清・陳廷焯（世焜）《雲韶集》卷二：「滔滔莽莽，其來無端，千古而下，更有何人措手？」

又：「東坡詞句多不遵古法，不可爲訓，然正是此老神明變化處，後人不能學也。」

又・《詞則・大雅集》卷二：「大筆摩天，是東坡氣概過人處，後人刻意模仿，鮮不失之叫囂矣。」

清・黄蓼園《蓼園詞選》：「題是懷古，意謂自己消磨壯心殆盡也。開口『大江東去』二句，歎浪淘人物，是自己與周郎俱在内也。『故壘』句至次闋『灰飛煙滅』句，俱就赤壁寫周郎之事。『故國』三句，是就周郎拍到自己。『人生似夢』二句，總結以應起二句。總而言之，題是赤壁，心實爲己而發。周郎是賓，自己是主。借賓定主，寓主于賓。是主是賓，離奇變幻，細思方得其主意處。不可但誦其詞，而不知其命意所在也。」

清・張德瀛《詞徵》卷一：「晁無咎《摸魚兒》、蘇子瞻《酹江月》、姜堯章《暗香》《疏影》，此數詞後人和韻最夥。……可以想一朝壇坫之盛。」

漁家傲①

臨水縱橫回晚鞚②〔一〕。歸來轉覺情懷動。梅笛煙中聞幾弄〔二〕。秋陰重。西山雪淡雲凝凍③〔三〕。　美酒一杯誰與共？尊前舞雪狂歌送〔四〕。腰跨金魚旌旆擁〔五〕。將何用。只堪妝點浮生夢〔六〕。

【校勘】

① 此詞吴本未收，傅本、元本、明刊全集亦不載，據外集、二妙集、毛本、朱本、龍本、《全宋詞》、曹本補。

②「縱横」，二妙集缺。「鞚」，二妙集作「控」。

③「凝凍」，二妙集缺。

【編年】

元豐五年壬戌（一〇八二年）秋冬之際，作於黄州。此詞朱本、龍本、曹本俱未編年。惟考蘇軾因烏臺詩案貶官黄州，初居定惠院，不久遷城南臨皋亭，其地瀕臨大江，可以俯瞰長江千帆往來，與本詞首句「臨水縱横」相合。蘇軾自「得罪以來，深自閉塞。扁舟草履，放浪山林間，與漁樵雜處，往往爲醉人所推駡。」（《答李端叔書》）但「齊安（即黄州）無名山，而江之南武昌諸山，陂陁蔓延，澗谷深密。中有浮圖精舍，西曰西山，東曰寒溪。」（蘇轍《武昌九曲亭記》）遂成他經常登覽游賞的去處。西山、寒溪，山高溪深，「西山一上十五里，……蒼崖半入雲濤堆」（《武昌西山》），「層層草木暗西嶺，瀏瀏霜雪鳴寒溪」（《與子由同游寒溪西山》），蘇軾甚至想到「買田吾已決，乳水況宜酒」（《游武昌寒溪西山寺》），欲置田築廬，終老西山，地理形勢與思想與本詞「歸來轉覺情懷動」，「西山雪淡雲凝凍」十分吻合。此時的蘇軾，經歷宦海風波，初出囹圄，深諳富貴無常，人生如夢。「千古風流人物」，不過是歷史的過客，「而今安在哉」！「跨金魚」、「旌旆擁」也「只堪妝點浮生夢」而已。這和他《念奴嬌·赤壁懷古》、《前赤壁賦》所表現心境意緒極爲合拍。援朱本時同、地同、事同類編之例，特將此詞移編元豐五年壬戌。詳見《河南大學學報》一九九三年第五期所載拙文《蘇詞編年考辨》。

又孫民《關於十三首東坡詞的編年》，認爲詞中所表現的心態，符合蘇軾在黃州時期的思想特點，與元豐六年秋所寫《十拍子》意像相似。對仕途的看法「腰跨金魚旌旗擁，將何用」，與元豐六年秋所作《聞子由爲郡僚所捃恐當去官》詩中「子雖僅自免，鷄肋安足賴」口吻一致。鑒於此，斷定本詞寫於元豐六年秋天。

【箋注】

〔一〕鞚：《玉篇》：「鞚，馬勒也。」《隋書》卷六四《陳茂傳》：「高祖將挑戰，茂固止不得，因捉馬鞚。」此借「晚鞚」指代晚歸之馬。

〔二〕「梅笛」句：《樂府詩集》卷二四《横吹曲辭·梅花落》：「《梅花落》，本笛中曲也。」李白《聽黄鶴樓上吹笛》詩：「黄鶴樓中吹玉笛，江城五月落梅花。」幾弄：幾支曲調。參見《昭君怨》（誰作桓伊三弄）注〔二〕。案：西山在武昌（今湖北鄂州市），距鄂州之黄鶴樓近，故有聞笛的聯想。

〔三〕西山：《水經注·江水三》：「今武昌郡治，城南有袁山，即樊山也。」蘇軾《記樊山》：「自余所居臨皋亭下，亂流而西，泊於樊山，爲樊口。」樊山即西山，與赤壁隔江相對，上有蘇園，爲東坡謫居黄州時讀書處。

〔四〕舞雪：李商隱《歌舞》詩：「遏雲歌響清，迴雪舞腰輕。」

〔五〕金魚：唐制，三品以上服紫，佩金符，刻鯉魚形，謂之金魚。元稹《自責》詩：「犀帶金魚束紫袍，不能將命報分毫。」

〔六〕浮生夢：指空虚的人生。李白《春夜宴從弟桃花園序》：「浮生若夢，爲歡幾何？」杜荀鶴《贈臨上人》詩：「眼豁浮生夢，心澄大道源。」

洞仙歌

僕七歲時，見眉山老尼，姓朱①，忘其名，年九十餘②。自言：嘗隨其師入蜀主孟昶宮中〔一〕。一日大熱，蜀主與花蕊夫人夜起，避暑摩訶池上③〔二〕，作一詞。朱具能記之。今四十年，朱已死④，人無知此詞者，獨記其首兩句⑤。暇日尋味，豈《洞仙歌令》乎？乃爲足之耳⑥。

冰肌玉骨〔三〕，自清涼無汗。水殿風來暗香滿〔四〕。繡簾開、一點明月窺人〔五〕，人未寢，欹枕釵横鬢亂〔六〕。

起來攜素手〔七〕，庭户無聲，時見疏星渡河漢。試問夜如何〔八〕？夜已三更⑦，金波淡、玉繩低轉〔九〕。但屈指⑧、西風幾時來，又不道流年〔一〇〕，暗中偷换。

【校勘】

① 題首原有「公自序云」四字，據元本、朱本、龍本、曹本删。「僕」，元本作「余」。「山」，傅本作「州」。

②「餘」，元本作「歲」。
③「起避暑」，元本作「納涼」。
④傅本、元本「死」下衍「久矣」二字。毛本單衍「矣」字。
⑤「獨」，元本作「但」。
⑥「耳」，傅本、元本作「云」。二妙集、毛本缺。
⑦毛本「已」下衍「是」字。
⑧「但」，傅本作「細」。元本注：「一作細。」

【編年】

元豐五年壬戌（一〇八二年）作於黄州。朱孝臧《東坡樂府》卷二：「案公生丙子，七歲爲壬午，又四十年爲壬戌也。」

【箋注】

〔一〕孟昶：《十國春秋》卷四九《後主本紀》：後主昶，字保元，初名仁贊，高祖第三子，立爲皇太子，高祖晏駕，更名昶。幼時聰悟才辨。好學，爲文皆本於理。亦工聲曲，有《相見歡》詞。

〔二〕花蕊夫人：吴曾《能改齋漫録》卷一六：「徐匡璋納女于昶，拜貴妃，别號花蕊夫人。意花不足擬其色，似花蕊翾輕也。又升號慧妃，以號如其性也。」胡仔《苕溪漁隱叢話・前集》卷六〇引《後山詩話》：「費氏，蜀之青城人，以才色入蜀宫，事後主，嬖之，號花蕊夫人。」二説不同。摩訶池：「摩訶」乃梵語，《智度論》卷三：「摩訶秦言大、或多、或勝。」摩訶池在孟蜀之宣華苑，又改爲宣華池。相傳故址在今成都昭覺寺。

〔三〕冰肌玉骨：見《減字木蘭花》（鄭莊好客）注〔八〕。

〔四〕「水殿」句：王昌齡《西宫秋怨》詩：「芙蓉不及美人妝，水殿風來珠翠香。」李白《口號吴王美人半醉》詩：「風動荷花水殿香，姑蘇臺上見吴王。」此指摩訶池上的宫殿。

〔五〕一點明月：杜甫《玩月呈漢中王》詩：「關山同一點，烏鵲自多驚。」阮籍《詠懷》其一：「薄帷鑒明月，清風吹我襟。」

〔六〕欹枕釵横：元稹《晚秋》詩：「誰憐獨欹枕，斜月透窗明。」歐陽修《臨江仙》：「水精雙枕，傍有墮釵横。」此寫花蕊夫人睡態。

〔七〕素手：少女潔白的手。《古詩・青青河畔草》：「纖纖出素手。」

〔八〕夜如何：《詩・小雅・庭燎》：「夜如何其？夜未央。」杜甫《春宿左省》詩：「明朝有封事，數問夜如何？」

〔九〕金波、玉繩：謝朓《暫使下都夜發新林至京邑贈西府同僚》詩：「金波麗鳷鵲，玉繩低建章。」「金波」指浮動之月光。「玉繩」是星名。《文選》卷二張平子《西京賦》李善注引《春秋元命苞》：「玉衡北兩星爲玉繩。」即北斗七星之第五星（玉衡）北二星。通常泛指群星。

〔一〇〕不道：猶言不知不覺。馮延巳《蝶戀花》詞：「幾日行雲何處去？忘了歸來，不道春將暮。」流年：似水一樣流逝的年華。杜甫《雨》詩其十六：「悠悠邊月破，鬱鬱流年度。」

【參考資料】

關於此詞，前人記述、評論很多，且褒貶不一。現分别摘録於下：

（一）孟昶首作《玉樓春》詞，蘇軾借用其首二句，足成之。

宋·胡仔《苕溪漁隱叢話前集》卷六〇：「《漫叟詩話》云：楊元素作《本事曲》，記《洞仙歌》：『冰肌玉骨，……』錢塘有一老尼，能誦後主詩首章兩句，後人爲足其意，以填此詞。余嘗見一士人誦全篇云：『冰肌玉骨清無汗，水殿風來暗香暖。簾開明月獨窺人，欹枕釵横雲鬢亂。起來瓊户啓無聲，時見疏星渡河漢。屈指西風幾時來，只恐流年暗中换。』……苕溪漁隱曰：《漫叟詩話》所載《本事曲》，云錢塘一老尼誦後主詩首章兩句，與東坡《洞仙歌序》全然不同，當以序爲正也。」

清·王奕清《歷代詩餘》卷一一三引《温（漫）叟詩話》：「蜀主孟昶令羅城上盡種芙蓉，盛開四十里，語左右曰：『古以蜀爲錦城，今觀之，真錦城也。』嘗夜同花蕊夫人避暑摩訶池上，作《玉樓春》詞云云。」

宋・姚寬《西谿叢話》卷上謂「孟蜀王水殿詩，東坡續爲長短句」。

明・李日華《味水軒日記》卷四《萬曆四十年十二月八日》條：「高生指引一人持東坡墨蹟來，乃行書《洞仙歌》詞一首，字如當三錢大，豐茂多姿，全法徐季海。此詞首語『冰肌玉骨，自清涼無汗』，舊傳蜀花蕊夫人句，後皆坡翁續成之。豪華婉逸，如出一手，亦公自所得意者。染翰洒洒，想見其軒渠滿志也。有頤庵圖記，胡文穆公家物。」

（二）譏評蘇詞乃隱括孟昶《玉樓春》詞而成，有「添足」「點金」之憾

宋・張邦基《墨莊漫録》卷九：「東坡作長短句《洞仙歌》，所謂『冰肌玉骨，自清涼無汗』者，公自序云（序略）。近見李公彥《季成詩話》乃云：『楊元素作《本事（曲）》，記《洞仙歌》「冰肌玉骨，自清涼無汗」，錢塘有老尼能誦後主詩首章兩句，後人爲足其意，以填此詞。』其説不同。予友陳興祖德昭云：『頃見一詩話，亦題云李季成作，乃全載孟蜀主一詩：冰肌玉骨清無汗……。云東坡少年遇美人喜《洞仙歌》，又邂逅處景色暗相似，故隱括稍協律以贈之也。予以謂此説近之。』據此，乃詩耳。而東坡自敘乃云是《洞仙歌令》，蓋公以此序自晦耳。《洞仙歌》腔出近世，五代及國初未之有也。」

宋・周紫芝《竹坡詩話》：「『冰肌玉骨清無汗，……不道流年暗中換。』世傳此詩爲花蕊夫人作，東坡嘗用此詩作《洞仙歌》曲。或謂東坡託花蘂夫人以自解耳，不可不知也。」

清·朱彝尊《詞綜》卷二録孟昶《玉樓春·夜起避暑摩訶池上作》，後加按語云：「蘇子瞻《洞仙歌》本檃括此詞，然未免反有點金之憾。」

清·李調元《雨村詞話》卷一：「蜀主孟昶『冰肌玉骨』一闋，本《玉樓春》詞，蘇子《洞仙歌》檃括其詞，反爲添蛇足矣。《詞綜》謂爲『點金』，信然。」

清·陳廷焯《白雨齋詞話》卷一：「東坡《洞仙歌》，只就孟昶原詞敷衍成章，所感雖不同，終嫌依傍前人。《詞綜》譏其有點金之憾，固未爲知己，而《詞選》必推爲傑構，亦不可解。」

（三）蘇詞檃括孟昶《玉樓春》而成，不可非議，且有「傑構」之譽

宋·王明清《揮麈録·後録餘話》卷一：「如『冰肌玉骨清無汗，水殿風來暗香滿』，孟蜀王詩，東坡先生度以爲詞。昔人不以蹈襲爲非。」

明·胡應麟《詩藪·雜編》卷四：「孟後主昶，世以荒淫不道，然實留心文藝。嘗與花蕊夫人納涼作詞云：『冰肌玉骨清無汗，水殿風來暗香滿。簾開明月獨窺人，攲枕釵横鬢雲亂。起來瓊户啓無聲，時見疏星渡河漢。屈指西風幾時來，只恐流年暗中换。』按昶詞，蘇長公《洞仙歌》全檃括之。元人《琵琶記》『新篁池閣』亦出此，而《花間集》不載。近世吴興補刻，復遺之，因録此。」

清·王闓運《湘綺樓詞選》前編：「原本皆七言，以宜作詞，故加成此，不必以續鳧斷鶴譏之。然

原所謂『疏星』即此『玉繩』也，此則以爲流星，又有下三句。癡男不若慧女，信矣。」

近人鄭文焯《手批東坡樂府》：「坡老改添此詞數字，誠覺氣象萬千，其聲亦如空山鳴泉，琴筑競奏。」

（四）《玉樓春》詞乃有人檃括蘇詞而成交付歌者，或託名孟昶者

清·沈雄《古今詞話·詞品》卷上：「東京士人檃括東坡《洞仙歌》爲《玉樓春》，以記摩訶池上之事。見張仲素《本事記》。」

清·宋翔鳳《樂府餘論》：「按《叢話》載《漫叟詩話》而辯之甚備，則元素《本事曲》，仍是東坡詞，所謂見一士人誦全篇云云者，乃《漫叟詩話》之言，不出元素也。元素與東坡同時，先後知杭州，東坡是追憶幼時，詞當在杭足成之，元素至杭，聞歌此詞，未審爲東坡所足，事皆有之。東坡所見者蜀尼，故能記蜀宫詞，若錢唐尼，何自得聞之也。《本事曲》已誤，至所傳『冰肌玉骨清無汗』一詞，不過檃括蘇詞，然删去數虛字，語遂平直，了無意味。蓋宋自南渡，典籍散亡，小書雜出，真僞互見，《叢話》多有别白。而竹垞《詞綜》，顧棄此録彼，意欲變草堂之所選，然亦千慮之一失矣。」

清·鄧廷楨《雙硯齋詞話》：「東坡作《洞仙歌》，自述少時嘗聞朱姓老尼道蜀宫事，言孟昶與花蕊夫人避暑摩訶池上，作詞一首，老尼能全誦之。爾時尚幼，不能悉記，但憶其首句『冰肌玉

骨』云云，似是《洞仙歌》，因以己意作一詞補之。是東坡止用其調，而非襲其詞。迨後蜀帥謝元明浚摩訶池，得石刻孟昶原詞，首二句『冰肌玉骨，自清涼無汗』，正與東坡所記相符。是昶詞本作《洞仙歌》，尤無疑義。乃不知誰何別作《玉樓春》一闋，僞託蜀主原詞，其語句乃取坡詞剪裁而成，致爲直淺而小。長蘆《詞綜》不收坡製，轉録贋詞，且詆坡詞爲點金成鐵。竹垞工於顧曲者，所嗜乃顛倒如此，非惟昧昧淄澠，抑且説誣燕郢矣。」

近人梁令嫻《藝蘅館詞選》乙卷：「按《漫叟詩話》載，有孟昶原詞，……其調乃《玉樓春》也。但據坡公自序云云，使坡公實未見原詞，何以能暗合如是？使坡公實嘗見原詞，且記憶之，又何必作妄語欺人？坡公豈竊詩賊耶？竊謂原詞必後之好事者附益之以污衊前輩，而朱竹垞《詞綜》乃謂坡公此作爲點金成鐵，陋矣。」

近人浦江清《花蕊夫人宮詞考證》（見《浦江清文録》）云：「摩訶池詞出蘇軾之《洞仙歌序》，惟軾明言除首二句外，皆彼所自作，好事者隱括東坡詞以爲《玉樓春》一調，以歸之于孟昶，其事妄也。倘東坡知此《玉樓春》全詞，何必更作《洞仙歌》，倘不知之，何能暗合古詞如此乎？」又：「《洞仙歌》與《玉樓春》調異而文同，或者有人隱括蘇詞以付歌者，遂爾兩傳。時人不察，反以《玉樓春》在前，而歸之于孟昶，此好奇之過也。」

（五）有得孟昶《洞仙歌》全篇者，但被人疑爲僞作宋·趙聞禮《陽春白雪》卷二：「宜春潘明叔云：蜀王與花蘂夫人避暑摩訶池上，賦《洞仙歌》，其辭不見于世。東坡得老尼口誦兩句，遂足之。蜀帥謝元明因開摩訶池，得古石刻，遂見全篇。其詞云：『冰肌玉骨，自清涼無汗。貝闕琳宫恨初遠。玉闌干倚遍，怯盡朝寒；回首處，何必留連穆滿。芙蓉開過也，樓閣香融，千片紅英泛波面。洞房深深鎖，莫放輕舟；瑶臺去，甘與塵寰路斷。更莫遣流紅到人間，怕一似當時，誤他劉阮。』」

清·宋翔鳳《樂府餘論》評云：「按，云『自清涼無汗』，確是避暑，而又云『怯盡朝寒』，則非避暑之意。且坡序云『夜起』，而此詞俱晝景，其中『貝闕琳宫』『闌干』『樓閣』『洞房』『瑶臺』，拉雜湊集，明是南宋人僞托。」

（六）對蘇軾此詞的箋評

宋·張炎《詞源》卷下：此詞「清空中有意趣，無筆力者未易到。」

明·沈際飛《草堂詩餘正集評正》卷三：「清越之音，解煩滌苛。」又：「自高則誠《琵琶記》採入賞夏，遂覺耳熟，喜留得『一點明人（月）窺人』句，初致未損。」

明·楊慎批點《草堂詩餘》卷三：「點字妙，從『樹點千家小』點字用法。『山高月小』，即『一點明月窺人』。」

又·《詞品》卷一：「杜詩『關山同一點』，『點』字絶妙。東坡亦極愛之，作《洞仙歌》云：『一點明月窺人』，用其語也。《赤壁賦》云：『山高月小』，用其意也。」

明・李攀龍《新刻題評名賢詞話草堂詩餘》卷四：「坡公其食土炭者耶？何其吐露無煙火氣乃爾。」

明・孫能傳《剡溪漫筆》卷一：「岑嘉州詩喜用『一點』字。《赤驃馬歌》：『草頭一點疾如飛，卻使蒼鷹翻向後。』《送王少府》：『西看一點是關樓。』《送李明府》：『嚴灘一點舟中月。』下語皆工。杜詩『關山同一點』，亦指月言，東坡夏夜《洞仙歌》『一點明月窺人』本此。若鄭谷之『一點山螢』，李群玉之『一點殘燈』，秦少游之『一點青山』，則人能道之，未爲奇也。」

清・沈祥龍《論詞隨筆》：「詞韶麗處，不在塗脂抹粉也，誦東坡『冰肌玉骨，自清涼無汗。水殿風來暗香滿』句，自覺口吻俱香。」

清・陳世焜《雲韶集》卷一：「『月窺人』三字奇妙。結二語嗚嗚咽咽，我不忍卒讀。」

水龍吟①

小溝東接長江，柳隄葦岸連雲際。煙村瀟灑〔一〕，人間一鬨，漁樵早市。永晝端居〔二〕，寸陰虛度，了成何事。但絲蓴玉藕〔三〕，珠秔錦鯉〔四〕，相留戀、又經歲。　因念浮丘舊侶〔五〕，慣瑤池〔六〕、羽觴沈醉〔七〕。青鸞歌舞〔八〕，銖衣摇曳〔九〕，壺中天地〔一〇〕。飄墮人間，步虛聲斷〔一二〕，露寒風細。抱素琴，獨向銀蟾影裏②〔一三〕，此懷難寄。

【校勘】

① 此詞吳本未收，傳本、元本、明刊全集亦不載，據外集、二妙集、毛本、朱本、龍本、《全宋詞》、曹本補。毛本注：「元刻不載」。

② 「蟾」，毛本作「蟬」，誤。

【編年】

元豐五年壬戌（一〇八二年）秋，作於黃州。案：此詞朱本、龍本俱未編年，曹本編元豐五年秋。曹云：「惟細玩此詞上片首句，與本集同調『小舟橫截春江』之地理形勢相同。因此詞上片末『相留戀，又經歲』句，故可斷定此詞作於到黃州之次年或次年之後。又此詞下片所懷念者，似即爲同調『小舟橫截春江』所懷念之閭丘公顯。援朱本調同、地同、事同類編例，今移編元豐五年壬戌。」今依曹本編年，惟曹謂此詞下片所懷之人爲閭丘公顯，不確。據下片首句「因念浮丘舊侶」及「壺中天地」等語，當爲懷念某方外人士而作。又，張志烈《蘇詞三首系年辨》斷爲元豐三年八月下旬作於黃州，考辨頗詳，文長不録（見《中華文史論叢》一九八三年第三輯）。吳雪濤《蘇詞編年辨證》（見《文史》第四〇輯）編入元豐五年，云：「小前提是『又經歲』，而不是『經歲』。」「蘇軾元豐三年至黃州，『經歲』便是元豐四年，再一次『經歲』，自然就是元豐五年了。因此本詞應當是元豐五年之作。」

薛本認爲「此首與前《水龍吟》（小舟横截春江）同韵，詞意又與之相彷彿」，因此附編在前詞之後，定爲元豐五年五月作。孔《譜》編於元豐四年八月下旬，云：「此詞乃作於黄州。詞云『又經歲』，是作於到黄州一年餘之後。詞又云：『露寒風細……此懷難寄。』乃寫八月下旬景象。此云『因念浮丘舊侶』，蓋懷念釋道諸友。」（見卷二〇）以上各家之説，多出於對「又經歲」的理解有别，遂各成其説。録以備考。

【箋注】

〔一〕「煙村」二句：瀟灑：清静絶俗，給人以舒暢輕快之感。李白《遊水西簡鄭明府》：「清湍鳴迴溪，緑竹繞飛閣。涼風日瀟灑，幽客時憩泊。」一鬨：衆聲喧擾。此指人聲譟雜的「漁樵早市」，與「煙村」形成對比。

〔二〕「永晝」三句：端居：安居無事。《梁書》卷二六《傅昭傳》：「終日端居，以書記爲樂，雖老不衰。」此三句慨歎貶官後整日無事，光陰虚度，一事無成。

〔三〕絲蓴：「蓴」，水葵，又名凫葵。多生河流湖泊中，可作羹，味鮮美。《晉書》卷九二《張翰傳》：「翰因見秋風起，乃思吴中菰菜、蓴羹、鱸魚膾。」

〔四〕珠秔：稻粒如珠。秔，又作粳或粳，稻不黏者，味美。韓愈、孟郊《城南聯句》：「庖霜膾玄鯽，淅玉炊香秔。」

〔五〕浮丘：浮丘公，傳説爲黄帝時仙人。見《菩薩蠻》（玉童西迓浮丘伯）注〔二〕。此當借指幾位方外友人。蘇軾《與參寥子》之二云：「去歲倉卒離湖，亦以不一别太虚、參寥爲恨。留語與僧官，不識能道否。到黄已半年，朋游稀少，思念二公不去心。」又云：「謫居以來，杜心念咎而已。平生親識，亦斷往還，理故宜爾。而釋、老數公，乃復千里致問，情義之厚，有加於平日。以此知道德高風，果在世外也。」

〔六〕瑶池：《列子》卷上《周穆王》：「（穆王）遂賓於西王母，觴於瑶池之上。」《史記》卷一二三《大宛列傳論》引《禹本紀》：「崑崙其高二千五百餘里，日月所相避隱爲光明也。其上有醴泉、瑶池。」

〔七〕羽觴：酒器，作雀鳥狀，左右形如兩翼。《漢書》卷九七下《外戚傳下·班倢伃》：「顧左右兮和顔，酌羽觴兮銷憂。」注引孟康曰：「羽觴，爵也，作生爵形，有頭尾羽翼。」一説插鳥羽於觴，促人速飲。宋玉《招魂》：「瑶漿密勺，實羽觴些。」洪興祖補注：「杯上綴羽，以速飲也。」

〔八〕青鸞：傳説中神鳥。晉·王嘉《拾遺記》卷一〇《蓬萊山》：「有浮筠之簳，葉青莖紫，子大如珠，有青鸞集其上。」此指善歌舞的歌妓舞女。

〔九〕銖衣：神話傳説中神仙所穿之衣，極輕。唐·鄭還古《博異志》載岑文本與上清童子元寶語曰：「衣服皆輕細，何土所出？」對曰：「此是上清五銖服。」又問曰：「比聞六銖者天人衣，何五銖之異？」對曰：「尤細者則五銖也。」唐·賈至《贈薛瑶英》：「舞怯銖衣重，笑疑桃臉開。」

《漢書》卷二一上《律曆志》：「二十四銖爲兩，十六兩爲斤。」

〔一〇〕壺中天地：道家所謂仙境。白居易《酬吴七見寄》：「誰知市南地，轉作壺中天。」餘見《減字木蘭花》（雲鬟傾倒）注〔一〕。

〔一一〕步虚聲：道士誦經聲。南朝宋·劉敬叔《異苑》卷五：「陳思王（曹植）游山，忽聞空裏誦經聲，清遠遒亮。解音者則而寫之，爲神仙聲。道士效之，作步虚聲也。」張籍《送吴鍊師歸王屋》：「卻到瑶壇上頭宿，應聞空裏步虚聲。」

〔一二〕銀蟾：古神話稱月中有蟾，後因稱月亮爲銀蟾。《淮南子·精神訓》：「日中有踆烏，而月中有蟾蜍。」白居易《中秋月》：「照他幾許人腸斷，玉兔銀蟾遠不知。」

【參考資料】

近人鄭文焯《手批東坡樂府》：「有聲畫，無聲詩，胥在其中。」

念奴嬌　中秋①

憑高眺遠，見長空萬里，雲無留迹。桂魄飛來光射處〔一〕，冷浸一天秋碧。玉宇瓊樓〔二〕，乘鸞來去〔三〕，人在清涼國〔四〕。江山如畫，望中煙樹歷歷〔五〕。我醉拍手狂歌〔六〕，舉杯邀月，對影成三客。起舞徘徊風露下，今夕不知何夕〔七〕。便欲乘風，翻然歸去，何用騎鵬翼〔八〕?·水晶宮裏〔九〕，一聲吹斷横笛〔一〇〕。

【校勘】

① 此詞吴本未收，傅本、元本亦不載。據明刊全集、二妙集、毛本、朱本、龍本、《全宋詞》、曹本補。

【編年】

元豐五年壬戌（一〇八二年）中秋，作於黄州。王文誥《蘇詩總案》卷二一：「元豐五年壬戌八月十五日作《念奴嬌》詞。」

【箋注】

〔一〕桂魄：月之别稱。段成式《酉陽雜俎》前集卷一《天咫》：「舊言月中有桂、有蟾蜍，故異書言月桂高五百丈，下有一人常斫之，樹創隨合。人姓吴名剛，西河人，學仙有過，謫令伐樹。」元·陳致虚《金丹大要》：日爲陽，故稱日魂；月爲陰，故稱月魄。月中有桂，又稱月爲桂魄。李商隱《對雪二首》其二：「侵夜可能争桂魄，忍寒應欲試梅粧。」

〔二〕玉宇瓊樓：見《水調歌頭》（明月幾時有）注〔四〕。此指在月光輝映下，人間美景似爲仙界。

〔三〕乘鸞：柳宗元《龍城録·明皇夢遊廣寒宮》：唐玄宗於八月望日游月中，有素娥十餘人，皆皓衣乘白鸞往來，舞笑於大桂樹下。

〔四〕清涼國：《海録碎事》卷二二下《竹門》載陸龜蒙詩句：「溪山自是清涼國，松竹合封蕭灑侯。」

案清涼國指月宮。

〔五〕煙樹：煙霧籠罩之樹。孟浩然《夜歸鹿門山歌》詩：「鹿門月照開煙樹。」歷歷：分明可見也。崔顥《黄鶴樓》詩：「晴川歷歷漢陽樹。」

〔六〕「我醉拍手」四句：化用李白《月下獨酌》詩：「花間一壺酒，獨酌無相親。舉杯邀明月，對影成三人。月既不解飲，影徒隨我身。暫伴月將影，行樂須及春。我歌月徘徊，我舞影凌亂。」

〔七〕今夕何夕：《詩・唐風・綢繆》：「今夕何夕，見此良人。」杜甫《今夕行》詩：「今夕何夕歲云徂，更長燭短不可孤。」

〔八〕鵬翼：《莊子・逍遥遊》：「鵬之背，不知其幾千里也；怒而飛，其翼若垂天之雲。」

〔九〕水晶宮：月宮。杜甫《曲江對酒》：「水晶宮殿轉霏微。」《蘇軾詩集》卷二三《廬山二勝》其一：「蕩蕩白銀闕，沉沉水精宮。」施注引《逸史》：「盧杞嘗騰上碧霄，見宮闕樓臺，皆以水晶爲牆，有女子謂曰：『此水晶宮也。』」

〔一〇〕「一聲」句：言吹笛技藝甚高，可把横笛吹破。李肇《唐國史補》卷下：「李舟好事，嘗得村舍煙竹，截以爲笛，鑑如鐵石，以遺李牟。牟吹笛天下第一，月夜泛江，維舟吹之，寥亮逸發，上徹雲表。俄有客獨立於岸，呼船請載。既至，請笛而吹，甚爲精壯，山河可裂，牟平生未嘗見。及入破，呼吸盤擗，其笛應聲粉碎，客散不知所之。」

【參考資料】

明・沈際飛《草堂詩餘正集評正》卷四：「襟期寥曠。」又：「《水調歌頭》中道過語乃不見勝。」

明・楊慎批點《草堂詩餘》卷四：「東坡中秋詞，《水調歌頭》第一，此詞第二。」

明・李攀龍《新刻題評名賢詞話草堂詩餘》卷五：「坡公襟懷寥廓，與上下同流，故其詞吐清雅飄逸，至今誦之，令人翩翩然，有羽化登仙之態。」（明・董其昌《新刻便讀草堂詩餘》卷五同。）

醉蓬萊

余謫居黄州，三見重九，每歲與太守徐君猷會於棲霞樓。今年公將去，乞郡湖南，念此惘然，故作是詞①

笑勞生一夢〔一〕，羈旅三年〔二〕，又還重九。華髮蕭蕭〔三〕，對荒園搔首〔四〕。賴有多情〔五〕，好飲無事，似古人賢守。歲歲登高〔六〕，年年落帽，物華依舊。　此會應須爛醉〔七〕，仍把紫菊茱萸②〔八〕，細看重嗅。摇落霜風〔九〕，有手栽雙柳〔一〇〕。來歲今朝，爲我西顧，酹羽觴江口③〔一一〕。會與州人，飲公遺愛〔一二〕，一江醇酎④〔一三〕。

【校勘】

① 詞題原作「重九上君猷」，據傅本、元本改。傅本題無「州」、「樓」二字。

②「茱」，傅本、元本作「紅」。

③「酹」，原作「酬」，據諸本改。

④「酎」，元本注：「一作酒」。

【編年】

元豐五年壬戌（一〇八二年）九月，作於黄州。案：此詞寫作年代，傅藻《東坡紀年録》編入元豐六年癸亥，云：「居黄三見重九，每歲與君猷會於棲霞樓。君猷將去，念此惘然，故作《醉蓬萊》。」朱本、龍本、曹本均依《紀年録》編年。王宗稷《東坡先生年譜》編入元豐五年壬戌，云：「重九作《醉蓬萊》示黄守徐君猷，有『羈旅三年』之句。先生庚申來黄，至是恰三年矣。」王文誥《蘇詩總案》卷二一亦編元豐五年，云：「九月九日徐大受攜酒雪堂，作《醉蓬萊》詞。」又云：「詞有『羈旅三年』句，信爲元豐五年壬戌所作。而《紀年録》以重九《南鄉子》詞編是年，以是詞編六年癸亥，並誤，今駁正。」今從王宗稷《年譜》及《蘇詩總案》。

【箋注】

〔一〕勞生一夢：《莊子·大宗師》：「夫大塊載我以形，勞我以生，佚我以老，息我以死。」李白《春日醉起言志》詩：「處世若大夢，胡爲勞其生。」

〔二〕羈旅：《左傳·莊公二十二年》：「羈旅之臣。」杜預注：「羈，寄也；旅，客也。」

〔三〕華髮蕭蕭：傅注：「唐褚遂良帖云：『華髮蕭然。』蓋貶長沙時也。公時貶黃，故云。」李商隱《細雨》詩：「楚女當時意，蕭蕭髮彩涼。」

〔四〕搔首：《詩·邶風·静女》：「搔首踟躕。」

〔五〕「賴有多情」三句：謂謫黃三年，賴有多情賢守徐君猷，愛民不擾，無訴訟事，每歲重九招飲無事酒。《史記》卷七〇《張儀傳》：陳軫爲楚使秦，過梁，欲見犀首。謝弗見。已乃見之，陳軫曰：「公何好飲也？」犀首曰：「無事也。」曰：「吾請令公厭事可乎？」

〔六〕「歲歲登高」三句：謂歲歲重九日與君猷登高、飲酒。梁·吴均《續齊諧記》：「費長房謂桓景曰：『九月九日汝家當有災。宜急去，令家人各作絳囊，盛茱萸以繫臂，登高飲菊花酒，此禍可除。』景於是日齊家登山。夕還，見鷄犬牛羊一時暴死。」重九登高蓋始於此。落帽：典出陶淵明《晉故征西大將軍長史孟府君傳》，見《南鄉子》（霜降水痕收）注〔四〕。物華：自然景色。謝靈運《撰征賦》：「怨物華之推擇，慨舟壑之遞遷。」杜甫《曲江陪鄭南史飲》詩：「自知白髮非春事，且盡芳尊戀物華。」

〔七〕爛醉：杜甫《杜位宅守歲》詩：「誰能更拘束，爛醉是生涯。」

〔八〕「紫菊茱萸」二句：見《浣溪沙》（白雪清詞出坐間）注〔二〕。

〔九〕搖落：宋玉《九辯》：「蕭瑟兮，草木搖落而變衰。」曹丕《燕歌行》：「草木搖落露爲霜。」

〔一〇〕手栽雙柳：《蘇軾詩集》卷二二《徐君猷挽詞》有「雪後獨來栽柳處，竹間行復采茶時」。蓋「手栽雙柳」爲紀實也。

〔一一〕羽觴：見《水龍吟》（小溝東接長江）注〔四〕。

〔一二〕遺愛：《漢書·叙傳下》：「淑人君子，時同功異，没世遺愛，民有餘思。」此謂君猷去黄，仁愛將遺留於黄州。

〔一三〕一江醇酎：傅注：「《黄石公記》：昔者良將有饋簞醪者，投於河，令士逐流而飲之，三軍皆告醉。」《禮記·月令》：「天子飲酎。」鄭玄注：「酎之言醇也，謂重釀之酒也。」《漢書·景帝紀》：「高廟酎。」顔師古注：「酎，三重釀醇酒也。」又以長江水如重釀之醇酒，喻君猷遺愛之深長。

【參考資料】

宋·陳元靚《歲時廣記》卷三四：「《提要録》云：九月九日，摘茱萸聞嗅，通關辟惡。東坡九日詞云：『此會應須爛醉，仍把紫菊茱萸，細看重嗅。』」

近人鄭文焯《手批東坡樂府》：「結處掉入蒼茫，便有無限離景。」

西江月　重陽棲霞樓作①

點點樓頭細雨〔一〕。重重江外平湖②。當年戲馬會東徐〔二〕。今日凄涼南浦〔三〕。莫恨黄花未吐〔四〕。且教红粉相扶〔五〕。酒阑不必看茱萸〔六〕。俯仰人间今古。

【校勘】

① 题原作「重九」，据傅本改。

② 「外」，原作「水」，据傅本、元本、二妙集、毛本、朱本、龙本、曹本改。

【编年】

元丰五年壬戌（一〇八二年）九月九日，作于黄州。此词朱本未编年，龙本编元丰六年癸亥，云：「案疆邨本此词列在卷三，不编年，以当时未见傅本，不敢臆定故也。今据傅本题文，与词中『戏马东徐』之语，断为先生谪居黄州三年间作，因为改编癸亥。」曹本从龙本。案：据本词题文及「今日凄凉南浦」句，此词当与《醉蓬莱》（笑劳生一梦）作于同时，均系送别徐君猷之作。王水照《苏轼选集》亦谓二词同时作，认为《醉蓬莱》「乃重阳聚会前所作，本篇则作于聚会之时。」今编元丰五年壬戌《醉蓬莱》词后。龙本、曹本编癸亥，误，癸亥徐君猷已离黄矣。

【笺注】

〔一〕点点细雨：杜牧《村行》诗：「娉娉垂杨风，点点过塘雨。」

〔二〕戏马东徐：傅注：「东徐，彭城也。」徐州有重阳节聚会戏马台之俗。谢瞻《九日从宋公戏马台集送孔令》，李善注引萧子显《齐书》云：「宋武帝为宋公，在彭城，九日出项羽戏马台，至今相承，以爲舊準。」《元和郡縣圖志》卷九《河南道·徐州·彭城縣》：「戲馬臺，在縣東南二里。項羽所造，戲馬於此。宋公九日登戲馬臺即此。」

〔三〕「今日淒涼」句：謂郡守徐君猷將去黄，乞郡湖南。南浦：送别之處。《楚辭·九歌·河伯》：「送美人兮南浦。」江淹《别賦》：「送君南浦，傷如之何！」

〔四〕黄花：《淮南子·時則訓》：「菊有黄華。」

〔五〕紅粉：胭脂和鉛粉，爲女子化妝用品，引申爲女子代稱。此指徐君猷家歌妓。

〔六〕看茱萸：見《浣溪沙》（白雪清詞出坐間）注〔二〕。

【參考資料】

明·張綖《草堂詩餘後集别録》：「《西江月》尾句『酒闌不必看茱萸，俯仰人間千古』，翻老杜詩句，則意度曠達，超越千古矣。」

明·楊慎批點《草堂詩餘》卷一：「『酒闌』二句翻杜老案，便自超達。」

定風波

十月九日，孟亭之置酒秋香亭，有拒霜獨向君猷而開①〔一〕。坐客喜笑，以爲非使君莫可當此花，故作是詞②。

兩兩輕紅半暈腮〔二〕。依依獨爲使君回③。若道使君無此意。何爲。雙花不向别人開。

但看低昂煙雨裏〔三〕。不已。勸君休訴十分杯。更問尊前狂副使〔四〕。來歲。花開時節與誰來？

【校勘】

①傅本、元本「拒霜」上有「雙」字。

②「詞」，元本作「篇」。

③「爲」，元本作「向」。

【編年】

元豐五年壬戌（一〇八二年）十月九日，作於黄州秋香亭。案：此詞傅藻《東坡紀年録》編元豐三年十月九日。王文誥《蘇詩總案》編元豐四年十月九日。朱本、龍本、曹本、石唐本、薛本、孔《譜》均從《紀年録》。吴雪濤《蘇詞編年訂誤三題》則斷爲元豐五年十月九日（見一九八七年第二期《河北師院學報》）。吴云：此詞「全爲州守徐君猷而發。上片寫兩株芙蓉獨向君猷而開，頗有依依不舍之態，實則蓋君猷將去，詞人借花抒懷，表達出自己的一番惜别心情。尤其是下片『更問尊前狂副使，來歲，花開時節與誰來』兩句，將此意表達得更爲明確。『來歲』即明年，實指元豐六年。由上可知，元豐六年四月末君猷即離去。本詞作於元豐五年十月……這樣，明年十月芙蓉再開之時，今日預筵者，餘人俱在，將獨少君猷一人。所謂『花開時節與誰來』，其意正謂明年此時，君猷已去，代君猷而守黄者尚不知爲誰，亨之若再置酒爲會，則預筵郡守將爲何人呢？」吴説諸般情事，與詞中所云俱合，故從吴説。

【箋注】

〔一〕孟亨之：《蘇軾文集》卷六六《書子由君子泉銘後》云：「子由既爲此文，余欲刻之泉上。孟君不可，曰：『名者，物之累也。』乃書以遺之。元豐六年十一月九日題。」題下自注：「孟君名震，鄆人，及進士第，爲承議郎。」明·趙琦美《趙氏鐵網珊瑚》卷四《東坡草書》條云：「余謫居黄州，州通判承議郎孟震，字(仰)之，頗與予相善。光州太守曹九章，以書遺予(云)：『朝中士大夫，謂之孟君子。』予徐察之，真不忝此名也。震，鄆人，及進士第，無他才能。然方京東狂人孔直温，以謀反下獄，事連石介守道之子，一旦捕去，且四出捕人不已。震與守道雖故，素不識韓魏公，以書抵公，具言直温狂人，無能爲。而守道以直道死，其故家流風，決非與狂人通謀者。魏公感歎，即爲上(疏)如震言，以故直温獄(不深究，人皆)慶其所全活甚衆。震(廳)宇中有一泉，甚清，大旱不(竭)，余因名之『君子泉』，而子由爲之記。元豐六年十一月七日記。」案：蘇軾《書子由君子泉銘後》，《文集》與《趙氏鐵網珊瑚》差異較大。《鐵網珊瑚》所録後有明人虞堪、倪瓚、徐達左、王畂、盧熊、楊勉、吴寬、史鑑等題跋，均認爲是「蘇文忠公真跡」。《四庫全書總目提要》稱《鐵網珊瑚》「所載書畫諸跋，頗足以辨析異同，考究真僞，至今賞鑒家多引據之」。因此可用《鐵網珊瑚》所引校正《文集》之不足。原有缺文，徵引時據《六藝之一録》補。拒霜：花名。詳見《浣溪沙》（霜鬢真堪插拒霜）注〔一〕。

〔二〕「兩兩」句：形容雙拒霜花呈粉紅色，猶如少女暈紅的臉腮。

〔三〕低昂煙雨裏：言兩朵拒霜花在風雨中前仰後合，十分嬌媚。

〔四〕狂副使：作者自指。蘇軾時任黄州團練副使。宋·袁文《甕牖閒評》卷五：「蘇東坡在黄州，自號『狂副使』，其詞云：『更問罇前狂副使。』又自號『老農夫』，其詞云：『看取雪堂坡下老農夫。』」

減字木蘭花

贈徐君猷三侍人〔一〕嫵卿①

嬌多媚㗖②〔二〕。體柳輕盈千萬態〔三〕。殢主尤賓〔四〕。斂黛含嚬喜又瞋。　徐君樂飲。笑謔從伊情意恁〔五〕。臉嫩敷紅③〔六〕。花倚朱欄裏住風。

【校勘】

①傳本、元本不載。毛本「嫵卿」上有「一」字。

②「㗖」，朱本、龍本、曹本俱作「殺」。

③「敷」，二妙集、明刊全集、朱本、龍本、曹本俱作「膚」。

【編年】

元豐五年壬戌（一〇八二年）十二月作於黄州。王文誥《蘇詩總案》卷二一：「元豐五年壬戌，十二月，張商英過黄州，會於徐大受席上，作《減字木蘭花》。」誥案：「時張商英以館閣校勘坐監鄂州酒税。」案，孔《譜》據《宋史·張商英傳》及《續通鑑長編》卷三〇八「元豐三年九月丁卯」載：「詔商英落館閣校勘，監江陵府江陵縣税。」係張商英赴貶所過黄於元豐四年三月十四日。並編《西江月》（龍焙今年絶品）、《減字木蘭花》（嬌多媚煞）、（雙鬟緑墜）、（天真雅麗）、（柔和性氣）、（天然宅院）諸詞於其後，與《總案》有别。然並無自信，云：「自《西江月》以下各詞，不詳具體撰寫時間，今因題閻姬詩事，綜述於此。」今仍暫依《總案》編年，以俟詳考。

【箋注】

〔一〕宋·王明清《揮麈録·後録》卷七云：「君猷後房甚盛。」宋·何薳《春渚紀聞》卷六亦載君猷四姬事。此三闋《減字木蘭花》即贈君猷侍人名嫵卿、勝之、慶姬者。侍人：御人。《左傳·莊公二十八年》：「御人以告子元。」注：「御人，夫人之侍人也。」

〔二〕煞：同煞，極甚之辭。歐陽修《漁家傲》詞：「今朝斗覺凋零煞。」見「妾本錢塘蘇小妹」闋。

〔三〕「體柳輕盈」句：形容嫵卿體態輕盈嫵媚。杜甫《絶句漫興九首》其九：「隔户楊柳弱嫋嫋，恰似十五女兒腰。」歐陽修《減字木蘭花》詞：「紅粉輕盈。」隋·盧思道《後園宴詩》：「日日相看轉難厭，千嬌萬態不知窮。」

〔四〕「殢主尤賓」二句：謂君猷侍人向賓主勸酒時糾纏嬌瞋之態。柳永《玉蝴蝶》詞：「要索新詞，殢人含笑立尊前。」殢，困擾、糾纏。尤，責怪。《左傳·昭公二十一年》：「公飲之酒，厚酬之，賜及從者。司馬亦如之。張匄尤之，曰：『必有故。』」杜預注：「尤，怪賜之厚。」斂黛：皺眉。韋莊《悼亡姬》其三：「幾爲妒來頻斂黛。」含嚬：亦爲皺眉。嚬同顰。温庭筠《照影曲》：「翠鱗紅穉俱含嚬。」

〔五〕「笑謔從伊」句：白居易《寄元九》詩：「把手或酣歌，展眉時笑謔。」伊：第二人稱，指嫵卿。此與作第三人稱之「伊」字異。韋莊《謁金門》詞：「新睡覺來無力，不忍把伊書跡。」玄覽齋本《花間集》「把伊」作「把君」。恁：猶云如此，這般。

〔六〕「臉嫩」句：唐明皇《好時光》詞：「寶髻偏宜宮樣，蓮臉嫩，體紅香。」

又 勝之①

雙鬟緑墜〔一〕。嬌眼橫波眉黛翠〔二〕。妙舞蹁躚〔三〕。掌上身輕意態妍〔四〕。 曲窮力困。笑倚人旁香喘噴〔五〕。老大逢歡。昏眼猶能仔細看。

【校勘】

① 傳本、元本不載。

【編年】

同前首。

【箋注】

〔一〕雙鬟：兩個環形髮髻。少女髮式。白居易《續古詩十首》其五：「窈窕雙鬟女，容德俱如玉。」李煜《謝新恩》詞：「雙鬟不整雲憔悴。」

〔二〕「橫波」句：言眼神流動，翠眉生光。許渾《晨起西樓》詩：「留情深處駐橫波，斂翠凝紅一曲歌。」

〔三〕蹁躚：此指舞女旋轉之姿。張衡《南都賦》：「翹遥遷延，蹩躠蹁躚。」

〔四〕掌上身輕：《白孔六帖》六一《舞·雜舞》：「趙飛燕體輕，能爲掌上舞。」《南史》卷六三《羊侃傳》：「（侃）姬妾列侍，窮極奢靡……舞人張浄琬腰圍一尺六寸，時人咸推能掌上舞。」

〔五〕香喘噴：喘氣時噴出陣陣香氣。歐陽炯《浣溪沙》：「蘭麝細香聞喘息，綺羅纖縷見肌膚，此時還恨薄情無。」

又　慶姬①

天真雅麗〔一〕。容態温柔心性慧〔二〕。響亮歌喉。遏住行雲翠不收〔三〕。　妙詞佳曲。囀出新聲能斷續〔四〕。重客多情。滿勸金卮玉手擎〔五〕。

【校勘】

① 傅本、元本不載。

【編年】

同前首。

【箋注】

〔一〕雅麗：雅致俏麗。《北史》卷三三《李順傳》：「李希宗性寬和，儀貌雅麗，有才學。」

〔二〕心性慧：心性聰慧。沈亞之《移佛記》：「其機高者其性慧。」

〔三〕遏住行雲：見《水龍吟》（小舟横截春江）注〔七〕引《列子·湯問》。

〔四〕新聲斷續：《古詩十九首·今日良宴會》：「彈箏奮逸響，新聲妙入神。」虞世南《琵琶賦》：「抑揚嘈囋，聯綿斷續，紆餘雙鵠之吟，清壯三秦之曲。」

〔五〕金卮：貴重酒器。《舊唐書》卷三〇《樂志三·享先蠶樂章》：「金卮薦綺席，玉幣委芳庭。」玉手：女子之手。梁・何子朗《和虞記室騫古意詩》：「清鏡對娥眉，新花弄玉手。」

【參考資料】

宋・何薳《春渚紀聞》卷六「賦詩聯詠四姬」條：「徐黄州（君猷）之子叔廣，十四秀才，先生（指蘇軾）與其舅張仲謨書『所謂十三十四皆有俊性者』是也。嘗出先生醉墨一軸，字畫欹傾，龍蛇飛動，乃是張無盡過黄州，而黄州有四侍人，適張夫人攜其一往婿家，爲浴兒之會。無盡因戲語云：『厥有美姜，良由令妻。』公即續之爲小賦云：『道得徽章鄭趙，姓稱孫姜閻齊。浴兒於玉潤之家，一夔足矣。侍坐於冰清之仄，三英粲兮。』既暮，而張夫人復還其一，還乃閻姬也，最爲徐所寵。公復書絶句云：『玉笋纖纖揭繡簾，一心偷看緑羅尖。使君三尺毬頭帽，須信從來只有簷。』」

又

贈君猷家姬①

柔和性氣。雅稱佳名呼懿懿〔一〕。解舞能謳。絶妙年中有品流〔二〕。　眉長眼細。淡淡梳妝新綰髻〔三〕。懊惱風情〔四〕。春著花枝百態生〔五〕。

【校勘】

① 傅本、元本無此詞。

【編年】

元豐五年壬戌（一〇八二年）作於黄州。朱孝臧《東坡樂府》卷二：「案四詞（指以下四首）皆在黄州作，以類編。」案，此首詞《蘇詩總案》卷二一編於元豐五年十二月，乃「張商英過黄州會於徐大受座上，作《減字木蘭花》詞」中四首之四，題作「贈懿懿」。今從朱本。

【箋注】

〔一〕懿懿：君猷家姬名。揚雄《甘泉賦》：「肸蠁豐融，懿懿芬芬。」懿懿，芬芳貌。又《周書·謚法》：「温柔聖善曰懿。」此家姬能歌善舞，又性情柔和，故雅名懿懿。

〔二〕品流，本指官品之流別，後泛指品級。李群玉《東陽潭石鯽鱠》詩：「雋味品流知第一，更勞霜橘助芳鮮。」

〔三〕綰髻：梅堯臣《桓妬妻》詩：「妾初見主來，綰髻下庭隅。」

〔四〕懊惱風情：爲男女情事所煩惱。白居易《聽竹枝歌贈李侍御》詩：「巴童巫女竹枝歌，懊惱何人怨咽多。」李煜《柳枝》詞：「風情漸老見春羞，到處芳魂感舊遊。」

〔五〕春著花枝：春氣到花枝。《詩詞曲語辭匯釋》卷三：「着，猶到也。」沈佺期《雜詩》：「妾家臨渭北，春夢着遼西。」石孝友《柳梢青》詞：「秋光已着黄花，又恰恨尊前見他。」程垓《菩薩蠻》詞：「曉烟籠日浮山翠，春風着水回川媚。」謂懿懿若枝頭春花，嬌艷百態。

又　贈勝之，乃徐君猷侍兒。①

天然宅院。賽了千千並萬萬〔一〕。説與賢知〔二〕。表德元來是勝之〔三〕。

今年十四。海裏猴兒奴子是〔四〕。要賭休癡〔五〕。六隻骰兒六點兒。

【校勘】

① 原題無「乃徐君猷侍兒」六字，據傅本補。案：有此六字，詞旨乃明。

【編年】

同前首。

【箋注】

〔一〕賽：賭賽，比優劣、定勝負。

〔二〕賢：張相《詩詞曲語辭匯釋》卷六：「賢，第二人稱之敬辭，猶云君或公。」舉例云：「説與賢知，猶云説與君知也。」

〔三〕表德：《詩詞曲語辭匯釋》卷六：「表德，名、字、綽號之通稱。」舉例蘇軾《減蘭》詞《贈勝之》：「『天然宅院，賽了千千並萬萬。説與賢知，表德元來是勝之。』龍沐勛引傅注，題下有『乃徐君猷侍兒』六字。此所謂表德乃名也。」

〔四〕「海裏猴兒」句：《詩詞曲語辭匯釋》卷六：「海裏猴兒，暱辭也。蘇軾《減蘭》詞：『今年十四，海裏猴兒奴子是。』龍沐勛《東坡樂府箋》引傅幹注蘇詞：『海猴兒，好孩兒也。』按海與好，猴與孩，均取其音近。孩兒亦爲對於所暱者之稱。」奴子：少年奴僕也。《魏書・温子昇傳》：「(昇)爲廣陽王淵賤客，在馬坊教諸奴子書。」按勝之爲君猷侍兒，故自稱爲奴子也。

〔五〕「要賭休癡」二句：意謂若比賽慧麗，勝之無可比擬，如賭骰子爲「六隻骰兒六點兒」一樣。「六隻骰兒」：「骰」，賭具，骨製，成正立方體，六面分别刻一點至六點之數，擲之以決勝負。點着色，故也稱色子。本止有二，謂之投之，取投擲之義。傅注：「六點兒，言没賽也。」没賽，亦作「無賽」，宋元時語言，無可比擬之意。楊萬里《初秋戲作山居雜興》詩：「一年没賽中元節，正是秋涼未冷時。」

【參考資料】

宋・王明清《揮麈録・後録》卷七：「君猷後房甚盛，東坡嘗聞堂上絲竹，詞中謂『表德原來字勝之』者，所最寵也。東坡北歸，過南都，則其人已歸張樂全之子厚之恕矣。厚之開燕，東坡復見之，不覺掩面號慟。妾乃顧其徒而大笑。東坡每以語人，爲蓄婢之戒。」

元・李治《敬齋古今黈》卷三：「東坡贈勝之《減字木蘭花》有云：『要賭休癡，六只骰兒六點兒。』東坡以爲六只皆六點，此色乃没賽也。然此一句中間，少『皆』字意，卻便是六只骰兒都計六點而已，纔得俗所課六丁神，乃色之最少者耳。只欠一字，辭理俱詘。」

西江月　送建溪雙井茶、谷簾泉與勝之〔一〕。勝之，徐君猷家後房，甚麗，自叙本貴種也①。

湯發雲腴釅白〔五〕，盞浮花乳輕圓〔六〕。人間誰敢更爭妍〔七〕。鬬取紅窗白面③。

龍焙今年絶品〔二〕，谷簾自古珍泉。雪芽雙井散神仙〔三〕。苗裔來從北苑②〔四〕。

【校勘】

①原題作「茶詞」，據傅本改。鄭文焯曰：「題『勝之』下當是旁注。」元本詞題略同傅本，惟無下「勝之」二字，「麗」上有「慧」，「叙」前有「陳」。二妙集、毛本題俱作「送茶並谷簾與王勝之」。

②「北」，原作「此」，據諸本改。

③「白」，元本、二妙集、毛本俱作「粉」。

【編年】

同前首。

【考辨】

二妙集、毛本題作《送茶並谷簾與王勝之》。據題意，此詞當爲贈王勝之，而非贈徐大猷家妓勝之，應是元豐七年七月途經金陵時作。案：蘇軾另有《西江月》「别夢已隨流水」，詞題作「姑熟再見勝之次前韻」，寫徐君猷死後勝之改適張厚之事，爲蓄婢之戒。所謂「前韻」，即指此詞。由此可證：一、本詞不單「詠茶」，亦兼贈人。二、所贈之人，當爲「別夢已隨流水」中所涉及之徐君猷侍兒勝之，而非王勝之。王勝之係東坡另一友人，名益柔，河南人，樞密使晦叔子。抗直尚氣，喜論天下事，用蔭入官。范文正（仲淹）以館閣薦之，除集賢校理。歷知制誥直學士，連守大郡，至江寧纔一日，移南都。蘇軾有《同王勝之游蔣山》詩及《漁家傲》「千古龍蟠並虎踞」詞贈之。此詞與王勝之無涉，題作送王勝之者，誤。參見劉尚榮《鈔本〈注坡詞〉考辨》。

【箋注】

〔一〕建溪：本爲水名，又名西溪，源出武夷山，流經建陽、建寧（今建甌）與東溪會合。此指建寧，宋有北苑茶焙，茶號極品雙井：祝穆《方輿勝覽》卷一九《江西路·隆興府》：「雙井，在分寧縣西二十里，黄山谷所居之南溪，有二井，土人汲以造茶，爲草茶第一。」谷簾泉：又名水簾泉。唐·張又新《煎茶水記》載陸羽與李季卿論烹茶水之高下，分爲二十品，以「廬山康王谷水簾水第一，無錫縣惠山寺石泉水第二」。宋·陳舜俞《廬山記》卷三《叙山南篇》：「康王谷景德觀，舊名康王觀。入谷中，泝澗行五里，至龍泉院。又行二十里，有水簾飛泉破巖而下者，二三十派，其高不可計，其廣七十餘尺。陸鴻漸《茶經》嘗第其水爲天下第一。」陸游《入蜀記》卷四：乾道六年（一一七〇年）八月，「十日，史志道餉谷簾水數器，真絶品也，甘腴清冷，具備衆美。……然谷簾卓然非惠山所及，則亦不可誣也。水在廬山景德觀。」

〔二〕龍焙：傅注：「建溪龍焙出臘茶，天下奇特。」《蘇軾詩集》卷一三《和蔣夔寄茶》施注引丁謂《茶録》：「官焙曰龍焙，蓋造御茶也。」《宋史》卷八九《地理志·建寧》：建寧縣「有北苑茶焙、龍焙監庫」。祝穆《方輿勝覽》卷一一《福建路·建寧府》：「太平興國二年（九七七年）始置龍焙，造龍團茶。咸平丁晉公（謂）爲本路漕，監造御茶，進龍鳳團。慶曆間，蔡公端明（襄）爲漕，始改造小龍團茶，仁廟尤珍惜。是後最精者，曰龍團勝雪，外有密雲龍一品，號爲奇絶。」此指龍焙産的茶。

〔三〕雪芽：指洪州雙井的「白芽」。歐陽修《歸田録》卷一：「臘茶出於劍、建，草茶盛於兩浙，兩浙之品，日注（按，當爲日鑄，紹興山名，其地産茶）爲第一。自景祐已後，洪州（其産茶地分寧縣後改爲寧州）雙井白芽漸盛，近歲製作尤精，囊以紅紗，不過一二兩，以常茶十數斤養之，用辟暑濕之氣，其品遠出日注（鑄）上，遂爲草茶第一。」散神仙：不受仙官約束的仙人。此稱贊雙井雪芽茶十分珍異。

〔四〕「苗裔」句：謂雙井雪芽茶，是北苑白茶的後代。北苑：傅注：「北苑即建州之龍焙。」姚寬《西溪叢語》卷上：「建州龍焙而北，謂之北苑。」據宋·熊蕃《宣和北苑貢茶録》載：北苑産白茶，因皇帝極喜愛，遂爲諸茶之冠。云：「蓋茶之妙，至勝雪極矣，故合爲首冠，然猶在白茶之次者，以白茶上（皇帝）之所好也。」爲了滿足皇宮需要，每年初春率先加工生產。「惟白茶與勝雪自驚蟄前興役浹日乃成，飛騎疾馳，不出仲春，已至京師，號爲頭綱玉芽。……歐陽文忠公詩曰：『建安三千五百里，京師三月嘗新茶。』蓋異時如此。」

〔五〕雲腴：雲霧茶。茶以産於山間多雲霧處爲佳。傅注：「唐陸龜蒙《茶》詩：『枉壓雲腴爲酪奴』，時號茶爲酪奴。」（所引陸詩，今本陸集不載。）黄庭堅《雙井茶送子瞻》：「我家江南摘雲腴，落磑霏霏雪不如。」醲白：「醲」，此指濃茶。「白」，蔡襄《茶録・茶論・色》：「茶色貴白。」宋徽宗《大觀茶論・色》：「點茶之色，以純白爲上，真清白爲次，灰白次之，黄白又次之。」趙德麟《侯鯖録》卷四：「東坡與司馬温公論茶、墨，温公曰：『茶與墨政相反：茶欲白，墨欲黑；茶欲重，墨欲輕；茶欲新，墨欲陳。』」故云。

〔六〕「盞浮花乳」句：茶杯中浮着輕圓的泡沫。傅注：「雲腴花乳，茶之佳品如此。」劉禹錫《西山蘭若試茶歌》：「欲知花乳清泠味，須是眠雲跂石人。」蘇軾《和蔣夔寄茶詩》：「臨風飽食甘寢罷，一甌花乳浮輕圓。」（見《蘇軾詩集》卷一三）

〔七〕「人間誰敢」二句：將人比物，謂勝之美豔如茗中絶品，無人敢與之争妍。《蘇軾詩集》卷四〇《種茶》詩王注引次公曰：「南中以茶相勝，謂之鬬茶。《茶經》云：建人以鬬茶爲茗戰。」《蘇軾詩集》卷三二《次韻曹輔寄壑源試焙新芽》詩：「從來佳茗似佳人。」鬬取：猶言鬬得。

取，語助辭，得也。

菩薩蠻　贈徐君猷笙妓①

碧紗微露纖纖玉②〔一〕。朱脣漸暖參差竹③〔二〕。越調變新聲〔三〕。龍吟徹骨清〔四〕。

夜闌殘酒醒④。惟覺霜袍冷⑤。不見斂眉人⑥〔五〕。燕脂覓舊痕⑦。

【校勘】

① 原無題，據傅本、元本補。

② 「纖纖」，元本作「纖摻」。

③ 此句原缺，據傅本、元本補。二妙集、毛本、明刊全集俱作「一曲雲和湘水緑」。

④ 「闌」，原作「來」，據傅本、元本改。元本注「一作來」。二妙集、毛本、明刊全集並作「長」。

⑤ 「惟」，原缺，據傅本、元本補。二妙集、毛本、明刊全集作「頓」。

⑥ 「斂眉人」，原缺，據傅本、元本補。二妙集、毛本、明刊全集並作「意中人」。

⑦ 「燕脂覓」，原缺，據傅本、元本補。二妙集、毛本、明刊全集並作「新啼壓」。「燕」，朱本、龍本、曹本俱改作「胭」。

【編年】

同前首。

【箋注】

〔一〕纖纖玉：羅鄴《題笙》詩：「最宜稍動纖纖玉，醉送當觀灩灩金。」這裏借喻笙妓柔美細巧的手指。

〔二〕參差竹：以長短不等的竹管製成的笙。段安節《樂府雜録・笙》：「笙，亦名參差。」沈約《詠笙》：「彼美實枯枝，孤篠定參差。」

〔三〕越調新聲：傅注：「《水龍吟曲》，乃越調也。」《漢書・外戚傳・孝武李夫人傳》：李延年性知音，善歌舞，武帝愛之，每爲新聲變曲，聞者莫不感動。此指笙妓善於創出新的樂曲。

〔四〕龍吟：猶如龍鳴之聲。羅鄴《題笙》詩：「筠管參差排鳳翅，月堂淒切勝龍吟。」

〔五〕斂眉人：指雙眉緊鎖的笙妓。韋莊《女冠子》詞：「忍淚佯低面，含羞半斂眉。」蓋歌妓斂眉乃演唱時的一種慣態，唐宋詩詞中多見，如唐・羊士諤《彭州蕭使君出妓夜宴見送》：「自是當歌斂眉黛，不因惆悵爲行人。」歐陽修《訴衷情》詞：「擬歌先斂，欲笑還顰，最斷人腸。」（又作黄庭堅詞）蘇軾《虞美人》詞：「美人不用斂歌眉，我亦多情，無奈酒闌時。」

醉翁操①

琅琊幽谷〔一〕，山川奇麗，泉鳴空澗，若中音會。醉翁喜之，把酒臨聽，輒欣然忘歸。既去十餘年，而好奇之士沈遵聞之往遊②〔二〕，以琴寫其聲，曰《醉翁操》，節奏疏宕，而音指華暢③，知琴者以爲絶倫。然有其聲而無其辭④。翁雖爲作歌⑤〔三〕，而與琴聲不合。又依楚詞作《醉翁引》〔四〕，好事者亦倚其辭以製曲。雖粗合韻度⑥，而琴聲爲詞所繩約，非天成也。後三十餘年，翁既捐館舍，遵亦没久矣⑦。有廬山玉澗道人崔閑，特妙於琴。恨此曲之無詞，乃譜其聲，而請於東坡居士以補之云⑧。

琅然〔五〕。清圜〔六〕。誰彈？響空山〔七〕。無言。惟翁醉中知其天〔八〕。月明風露娟娟〔九〕。人未眠。荷蕢過山前〔一〇〕。曰有心也哉此賢⑨。醉翁嘯詠，聲和流泉〔一一〕。醉翁去後，空有朝吟夜怨。山有時而童巔〔一二〕。水有時而回川〔一三〕。思翁無歲年。翁今爲飛仙〔一四〕。此意在人間。試聽徽外三兩弦⑩〔一五〕。

【校勘】

① 此詞吴本未收，傅本、元本、明刊全集、二妙集、毛本亦不載。朱本、《全宋詞》據《東坡後集》卷八補。

龍本、曹本從朱本。《詞譜》卷二三云：「此本琴曲，所以蘇詞不載，自辛稼軒編入詞中，復遂沿爲詞調。在宋人中，亦只有辛詞一首可校。」新版《蘇軾詩集》將此篇收入卷四八補編詩，題下有「並引」二字。

②詩集「遊」下有「焉」字。

③詩集合注：一本無「而」字。

④詩集查注無下「其」字。

⑤詩集查注無「翁」字。

⑥「韻」，詩集作「均」。

⑦詩集「遵」上有「而」字，「没」作「歿」。

⑧詩集合注：「以」一作「爲」。

⑨此句下原有注：「泛聲同此。」

⑩「三兩弦」，查注作「兩三弦」。

【編年】

元豐五年壬戌（一〇八二年）十二月，作於黄州。王文誥《蘇詩總案》卷二一：「元豐五年壬戌，爲崔閑作《醉翁操》。」孔《譜》卷二一，元豐五年十二月，「崔閑來黄。閑善琴，與游甚密。爲閑作

《醉翁操》。

【箋注】

〔一〕琅琊：山名，在滁州西南十里。王禹偁《小畜集》卷一〇《琅琊山》注：「東晉元帝以琅琊王渡江，常駐此山，故溪、山皆有琅琊之號。」歐陽修《醉翁亭記》：「環滁皆山也。其西南諸峰，林壑尤美，望之蔚然而深秀者，琅邪也。」

〔二〕沈遵：歐陽修《醉翁引》：「太常博士沈遵，好奇之士也。」詳見注〔四〕。

〔三〕翁爲作歌：此指《歐陽文忠公集》卷七《贈沈博士歌》（一作《醉翁吟》）：「沈夫子，胡爲《醉翁吟》？醉翁豈能知爾琴。滁山高絶滁水深，空巖悲風夜吹林。山溜白玉懸青岑，一瀉萬仞源莫尋。醉翁每來喜登臨，醉倒石上遺其簪。雲荒石老歲月侵，子有三尺徽黄金，寫我幽思窮崎嶔。自言愛此萬仞水，謂是太古之遺音。泉淙石亂到不平，指下嗚咽悲人心。時時弄餘聲，言語軟滑如春禽。嗟乎沈夫子，爾琴誠工彈且止。我昔被謫居滁山，名雖爲翁實少年。坐中醉客誰最賢，杜彬琵琶皮作弦。自從彬死世莫傳，玉練鎖聲入黄泉。死生聚散日零落，耳冷心衰翁索莫。國恩未報慙禄厚，世事多虞嗟力薄。顔摧鬢改真一翁，心已憂醉安知樂。沈夫子謂我：翁言何苦悲？人生百年間，飲酒能幾時？攬衣推琴起視夜，仰見河漢西南移。」

〔四〕《醉翁引》：一作《醉翁吟》，又作《醉翁述》。見《歐陽文忠公集》卷一五：「余作醉翁亭於滁州。太常博士沈遵，好奇之士也，聞而往遊焉，愛其山水，歸而以琴寫之，作《醉翁吟》三疊。去年秋，余奉使契丹，沈君會余恩冀之間，夜闌酒半，援琴而作之，有其聲而無其辭，乃爲之辭以贈之。其辭曰：始翁之來，獸見而深伏，鳥見而高飛。翁醒而往兮醉而歸，朝醒暮醉兮無有四時。鳥鳴樂其林，獸出遊其蹊。咿嚶啁哳於翁前兮醉不知。有心不能以無情兮，有合必有離。水潺潺兮，翁忽去而不顧；山岑岑兮，翁復來而幾時？風嫋嫋兮山木落，春年年兮山草菲。嗟我無德於其人兮，有情於山禽與野麋。賢哉沈子兮，能寫我心而慰彼相思。」崔閑：《永樂大典》卷二七四一引《南康志》：「崔閑，字誠老，星子人。自少讀書，不務進取，襟懷清曠，平日以琴自娱。始遊京師，士大夫見其風表，莫不倒屣。後倦遊復歸，乃結廬於玉澗兩山之間，號『睡足菴』。自謂『玉澗道人』。」

〔五〕琅然：「琅」，琅玕。《書·禹貢》：「厥貢惟球、琳、琅玕。」孔傳：「琅玕，石而似玉。」「琅然」，指玉聲。《楚辭·東皇太一》：「撫長劍兮玉珥，璆鏘鳴兮琳瑯。」

〔六〕清圜：杜甫《舟中》詩：「今朝雲細薄，昨夜月清圓。」此指琴聲清亮圓潤。

〔七〕空山：李白《蜀道難》：「又聞子規啼月夜，愁空山。」

〔八〕知天：鮑照《觀漏賦》：「瑾户牖而知天，掩雲霧而測暉。」

〔九〕娟娟：美好貌。杜甫《狂夫》詩：「風含翠篠娟娟靜。」

〔一〇〕「荷蕢」二句：《論語・憲問》：「子擊磬於衛，有荷蕢而過孔氏之門者，曰：『有心哉，擊磬乎！』既而曰：『鄙哉，硜硜乎！莫己知也，斯己而已矣。深則厲，淺則揭。』」

〔一一〕聲和流泉：唐・李季蘭《從蕭叔子聽琴賦得三峽流泉歌》：「妾家本住巫山雲，巫山流泉常自聞。玉琴彈出轉寥敻，直是當時夢裏聽。三峽迢迢幾千里，一時流入幽閨裏。巨石崩崖指下生，飛泉走浪弦中起。初疑憤怒含雷風，又似嗚咽流不通。迴湍曲瀨勢將盡，時復滴瀝平沙中……」

〔一二〕童巔：不生草木的山頂。《釋名・釋長幼》：「山無草木亦曰童，言未巾冠似之也。」

〔一三〕回川：旋渦。《爾雅・釋水》：「過辨回川。」郭璞注：「旋流。」

〔一四〕「翁今爲飛仙」句：謂歐陽文忠公今已仙逝。漢東方朔《海内十洲記》附《蓬丘》：「蓬丘，蓬萊山是也，對東海之東北岸，周迴五千里，外別有圓海繞山，圓海水正黑而謂之冥海也，無風而洪波百丈，不可得往來……唯有飛仙有能到其處耳。」

〔一五〕徽：通「揮」。彈奏。《淮南子・主術訓》：「鄒忌一徽，而威王終夕悲感於憂。」

【參考資料】

宋・蘇軾元祐七年四月二十四日書《醉翁操》石刻真蹟云：「慶曆中，歐陽公謫守滁州。瑯琊幽谷，山川奇麗，鳴泉飛瀑，聲若環佩。公臨聽忘歸。僧智山作亭其上，公刻石爲記，以遺州人。

既去十年，太常博士沈遵聞而往游，以琴寫其聲，爲《醉翁吟》，蓋宫聲三疊。後會公河朔，遵援琴作之，公歌以遺遵，並爲《醉翁引》以叙其事。然調不注聲，爲知琴者所惜。後三十餘年，公薨，遵亦没。有廬山道人崔閑，遵客也，妙於琴理，常恨此曲無詞，乃譜其聲，請於東坡居士，以補其缺，然後聲詞皆備，遂爲琴中絶妙。好事者争傳其詞曰（詞略。惟「響空山」作「向空山」，「惟翁醉中」作「惟有醉翁」，「有心也哉」作「有心哉」，「回川」作「回淵」。）方補詞間，爲弦其聲，居士倚爲詞，頃刻而就，無所點竄。遵之子爲比邱，號本覺真禪師，居士書以與之云。」（見《蘇詩總案》卷三五。後有王案云：「以上皆石刻原文，後有吴寬跋語，文繁不録。至此詞之叙，已載卷二十一《總案·崔閑》條下。其後跋亦載本集，年月日皆合。惟石刻詞叙語意加詳，似公隨筆，而下者多補前所不及。蓋前爲作詞之叙，此爲書詞之叙，皆出公手也。但石刻『臨聽』作『於聽』，『崔閑』作『崔閒』，『去後』作『去復』，此乃屢經摹刻，就字形而沿訛者，今已更正。」）

又·《蘇軾文集》卷七一《書醉翁操後》：「二水同器，有不相入；二琴同手，有不相應。今沈君信手彈琴，而與泉合；居士縱筆作詩，而與琴會。此必有真同者矣。本覺法真禪師，沈君之子也，故書以寄之。願師宴坐静室，自以爲琴，而以學者爲琴工，有能不謀而同三令無際者，願師取之。元祐七年四月二十四日。」（案，「三令」似爲「三合」形近而訛。孔凡禮校云：

「令」似應作「合」,「三合」當指琴、泉、詩。)

宋・黄庭堅《豫章黄先生文集》卷二六《跋子瞻醉翁操》:「人謂東坡作此文,因難以見巧,故極工。余則以爲不然。彼其老於文章,故落筆皆超軼絶塵耳。」

宋・曾鞏《跋醉翁操》:「余與子瞻皆歐陽公門下士也,公作《醉翁引》,既獲見之矣。公没後,子瞻復按譜成《醉翁操》,不徒調與琴協,即公之流風餘韻,亦於此可想焉。後人展此,庶尚見公與子瞻之相契者深也。南豐曾鞏記。」(案:此跋《曾鞏集》不載,見《蘇詩總案》卷三五。王文誥有案云:「曾鞏跋亦出鞏手,然鞏於是時卒已十載,豈有作跋之事?此乃鞏所跋者,别爲一本,鈎工移置此刻之後。凡石刻似此增删移易,其弊多矣,不足怪也。曾鞏既見此詞,則作於鞏之存日可知。」)

宋・王闢之《澠水燕談録》卷七「歌詠」門:「慶曆中,歐陽文忠公謫守滁州。有瑯琊幽谷,山川奇麗,鳴泉飛瀑,聲若環珮,公臨聽忘歸。僧智仙作亭其上,公刻石爲記,以遺州人。既去十年,太常博士沈遵,好奇之士,聞而往遊,愛其山水秀絶,以琴寫其聲,爲《醉翁吟》,蓋宫聲三疊。後會公河朔,遵援琴作之,公歌以遺遵,並爲《醉翁引》以叙其事。然詞不主聲,爲知琴者所惜。後三十餘年,公薨,遵亦殁。其後,廬山道人崔閑,遵客也,妙於琴理。常恨此曲無詞,乃譜其聲,請於東坡居士子瞻,以補其闕。然後聲調皆備,遂爲琴中絶妙,好事者争傳之。其詞曰（略）。方其補詞，閑爲絃其聲，居士倚爲詞，傾刻而就，無所點竄。」
宋·項安世《跋〈東坡琴操帖〉後》：「『荷簣過山前，曰有心也哉此賢。』志士仁人，愛國愛民之心，千古一轍也，故曰『思翁無年』，又曰『此意在人間』，蘇公可謂不孤後學矣。紹熙壬（子）（鄂）州尹江陵項安世書。」（見趙琦美《趙氏鐵網珊瑚》卷四。「子」「鄂」原缺，引録者補。）
明·卓人月《古今詞統》卷一一：「傳之今日，亦是一曲《廣陵散》。」
清·沈雄《古今詞話·詞辨》卷下：「前解卒章曰『有心哉此賢』，作泛聲，『怨』字叶平聲。汪水雲謂，不若『朝禽夜猿』也，曾改之。但辛稼軒送范先之琴曲，抑又不同耳。」
清·張德瀛《詞徵》卷一：「醉翁操，乃琴調泛聲。……辛稼軒『長松之風』一闋，其和章也。元明人無賦是調者。惟於本朝得三闋焉，其一爲陳砥中作，見《松風閣琴譜》。其一爲凌次仲作，見《梅邊吹笛譜》。一其爲女史吴蘋香作，見《花簾詞》。」
清·許昂霄《詞綜偶評》：「東坡自評其文云，如萬斛泉源，不擇地皆可出。唯詞亦然。」
清·陳廷焯《詞則·别調集》卷一：「清絶，高絶，不許俗人問津。」
清·陳世焜《雲韶集》卷二：「化筆墨爲煙雲。」
近人鄭文焯《手批東坡樂府》：「讀此詞，髯蘇之深於律可知。」

滿庭芳①

蝸角虚名〔一〕，蠅頭微利〔二〕，算來著甚乾忙〔三〕？事皆前定，誰弱又誰强。且趁閒身未老〔四〕，儘放我②、些子疏狂〔五〕。百年裏，渾教是醉，三萬六千場〔六〕。　思量。能幾許，憂愁風雨〔七〕，一半相妨。又何須，抵死説短論長〔八〕。幸對清風皓月，苔茵展〔九〕、雲幕高張〔一〇〕。江南好，千鍾美酒〔一一〕，一曲滿庭芳。

【校勘】

① 二妙集調名下有「《詩餘》有題曰警悟」七字。毛本有「或注警悟」四字。

② 儘，元本作「須」。

【編年】

元豐五年壬戌（一〇八二年）作於黄州。案：朱本、龍本此詞俱未編年。曹本編元豐五年壬戌，云：「惟細玩此詞意境，與在黄州所作詞相似。而下片『江南好』句，與本集『江南雲葉暗隨車』、『江南岸』、『欹枕江南煙雨』，及『江南父老』等句之地理位置相同。以上諸詞，俱在黄州作，故可斷定此亦黄州作，惟不知在何年。因下片末數句，與本集黄泥坂詞引及前首《西江月》『照野瀰瀰淺浪』之意境略似，今從本集酌編元豐五年壬戌。」石唐本云：「從詞的内容看，應是到黄州後不久的作品。」暫編於元豐五年。薛本云：「按詞意，蓋黄州作。」暫編於元豐七年四月離黄州前。一位日本學者認爲是元豐五年七月六日在武昌（今鄂州市）王文甫家酒宴上所作。以上諸説均爲推測，供參考。今暫編元豐五年，以待詳考。

【箋注】

〔一〕蝸角：言其藐小。《莊子·則陽》：「有國於蝸之左角者，曰觸氏；有國於蝸之右角者，曰蠻氏。時相與争地而戰，伏尸數萬，逐北旬有五日而後反。」沈約《細言應令》：「蝸角列州縣，毫端建朝市。」

〔二〕蠅頭：《南史》卷四一《衡陽元王道度傳》：「殿下家自有墳素，復何須蠅頭細書，别藏巾箱中。」後亦指微小財利。

〔三〕著（着）甚：猶言作甚。周邦彦《滿路花》詞：「也須知有我，着甚情悰，但你忘了人呵。」乾忙：猶言空忙。杜甫《寄邛州崔録事》詩：「終朝有底忙。」

〔四〕閒身：清閒少事之人。張籍《題韋郎中新亭》詩：「藥酒欲開期好客，朝衣暫脱見閒身。」

〔五〕放：張相《詩詞曲語辭匯釋》卷一：「放，猶教也；使也。」疏狂：狂放不羈貌。白居易《代書詩一百韵寄微之》：「疎狂屬年少，閒散爲官卑。」

〔六〕三萬六千：見《南鄉子》（東武望餘杭）注〔三〕。

〔七〕憂愁風雨：葉清臣《賀聖朝》詞：「三分春色二分愁，更一分風雨。」

〔八〕「抵死」句：張相《詩詞曲語辭匯釋》卷一：「抵死，猶云分外也；急急或竭力也；亦猶云終究或老是也。」此爲「竭力」的意思。說短論長：《文選》卷五六崔子玉《座右銘》：「無道人之短，無説己之長。」

〔九〕苔茵：以蒼苔作褥薦。顧況《送友人失意南歸》詩：「鄰荒收酒幔，屋古布苔茵。」

〔一〇〕雲幕：雲如幕也。杜甫《江亭送眉州辛别駕昇之》詩：「柳影含雲幕，江波近酒壺。」

〔一一〕千鍾美酒：孔鮒《孔叢子》卷下《儒服》：「平原君與子高飲，强子高酒，曰：昔有遺諺：『堯舜千鍾，孔子百觚，子路嗑嗑，尚飲十榼。』古之聖賢，無不能飲也。」敬括《華萼樓賦》：「奉常陳百戲之樂，大官進千鍾之酒。」

【參考資料】

元·陳秀明《東坡詩話録》：「《玉林詞選》云：東坡《滿庭芳》詞一闋，碑刻徧傳海内，使功名兢進之徒讀之可以解體，達觀恬淡之士歌之可以娱生。」

明·沈際飛《草堂詩餘正集評正》卷三：「月讀一過，身世都忘。」

明·錢允治《類選箋釋草堂詩餘》卷三：「詩僧號晦菴者，亦有一詞名《滿江紅》云：『擾擾勞生，待足何時是足。據見定隨家豐儉，便堪龜縮。得意濃時休進步，須防世事多翻覆。枉教人、白了少年頭，空碌碌。誰不願，黃金屋。誰不愛，千鍾粟。算五行不是，這般題目。枉使心機閒計較，兒孫自有兒孫福。又何須、採藥訪蓬萊，但寡慾。』此詞亦是達觀之見，俗以此曲與坡詞作對刊碑刻云。」

明・李攀龍《新刻題評名賢詞話草堂詩餘》卷四：「細嚼此詞而繹其義，自然胸次廣大，識見高明，居易俟命，而不役于蝸名蠅利間矣。」

明・潘游龍《精選古今詩餘醉》卷十五：「坡老此篇專在喚醒俗人，故不着一深語。」

定風波　詠紅梅〔一〕

好睡慵開莫厭遲〔二〕。自憐冰臉不時宜。偶作小紅桃杏色〔三〕，閒雅，尚餘孤瘦雪霜姿。

休把閒心隨物態，何事，酒生微暈沁瑶肌。詩老不知梅格在〔四〕，吟詠，更看緑葉與青枝〔五〕。

【編年】

元豐五年壬戌（一〇八二年）作於黃州。案：此詞朱本、龍本俱未編年。曹本云：「惟考詩集《紅梅三首》之一云：『怕愁貪睡獨開遲，自恐冰容不入時。故作小紅桃杏色，尚餘孤瘦雪霜姿。寒心未肯隨春態，酒暈無端上玉肌。詩老不知梅格在，更看緑葉與青枝。』可見此詞係此詩之檃括。並可爲東坡不受音律約束之一例。……今從詩集移編元豐四年辛酉。」惟《紅梅三首》，施宿《東坡先生年譜》及王文誥《蘇文忠公詩編注集成》均編元豐五年，詞亦當作於《紅梅三首》寫定之後。今編元豐五年。

【箋注】

〔一〕紅梅：范成大《范村梅譜》：「紅梅，粉紅色。標格猶是梅，而繁密則如杏，香亦類杏。詩人有『北人全未識，渾作杏花看』之句。與江梅同開，紅白相映，園林初春絶景也。」

〔二〕好睡：傅注引《太真外傳》：「上皇登沉香亭，詔妃子。妃子卯醉未醒，命力士、侍兒扶掖而至。妃子醉韵殘妝，鬢亂釵横，不能再拜。上皇笑曰：『是豈妃子醉，真海棠睡未足耳。』」（案：今《楊太真外傳》無此條）紅梅微類海棠，因用此事。

〔三〕小紅：淺紅。杜甫《江雨有懷鄭典設》：「寵光蕙葉與多碧，點注桃花舒小紅。」宋釋惠洪《冷齋夜話》卷一〇：「嶺外梅花與中國異，其花幾類桃花之色，而唇紅香著。」

〔四〕詩老：孟郊《看花五首》之二：「唯應待詩老，日日殷勤開。」此指石曼卿。

〔五〕「更看」句：蘇軾《東坡題跋》卷三《評詩人寫物》條：「若石曼卿《紅梅》詩云：『認桃無緑葉，辨杏有青枝。』此至陋語，蓋村學中體也。」宋·黃徹《䂬溪詩話》卷八：「曼卿《紅梅》云：『認桃無緑葉，辨杏有青枝。』坡謂有村學中體，嘗嘲之曰：『詩老不知梅格在，强拈緑葉與青枝。』」

【參考資料】

明·陳霆《渚山堂詞話》卷一：「東坡詠梅成三十篇，其《紅梅》云：『詩老不知標格在，更看緑葉與青枝。』謂石曼卿有『認桃無緑葉，辨杏有青枝』之句也。胡平仲因用坡句作《減字木蘭花令》云：『天然標格，不問青枝和緑葉。彷彿吴姬，酒暈無端上玉肌。怕愁貪睡，誰謂傷春無限意。乞與徐熙，畫出横斜竹外枝。』夫紅梅與桃杏迥異，不待覼枝葉而辨已明矣。予甚愛坡語，用特録胡詞，貽之好事者。」

清·劉熙載《藝概》卷四《詞曲概》：「東坡《定風波》云『尚餘孤瘦雪霜姿』。《荷華媚》云：『天然地、别是風流標格。』『雪霜姿』、『風流標格』，學坡詞者，便可從此領取。」

木蘭花令 與郭生游寒溪〔一〕。主簿吴亮置酒。郭生喜作挽歌，酒酣發聲，坐爲凄然。郭生言吾恨無佳詞，因爲略改樂天《寒食詩》歌之〔二〕，坐客有泣者①。

烏啼鵲噪昏喬木。清明寒食誰家哭？風吹曠野紙錢飛〔三〕，古墓纍纍春草緑。棠梨花映白楊路〔四〕。盡是死生離别處。冥漠重泉哭不聞，蕭蕭暮雨人歸去。

【校勘】

① 此詞吴本未收，傅本、元本、明刊全集、二妙集、毛本、朱本、龍本、《全宋詞》亦不載，曹本據王文誥《蘇詩總案》卷二二引《外集》增補。今從曹本。

【編年】

元豐六年癸亥（一〇八三年）三月，作於黃州。王文誥《蘇詩總案》卷二二：「元豐六年癸亥，三月寒食日，與郭遘渡寒溪，吴亮提壺野飲。遘能爲挽歌聲，酒酣發響，四坐凄然，復歌寒食詞。」

【考辨】

此詞《花草粹編》卷六作郭生詞，調名《玉樓春》，題作《游寒溪改樂天詩》。明高棅《唐詩品彙》卷三六又作白居易詩，題作《寒食詩》。案：此詞見於明萬曆刊《重編東坡先生外集》及清查慎行《蘇詩補注》卷四八、馮應榴《蘇文忠公詩合注》卷四八，皆以詞序爲詩題。唐圭璋《宋詞互見考》云：「案此首蘇軾詞，見《東坡志林》，《花草粹編》誤引作郭生詞。此詞蓋東坡爲郭生作，非郭生自作也。」又《讀詞札記》「東坡改樂天詩」條云：「據《志林》言，是此詞乃東坡爲郭生作，而非郭生自作，後人承《粹編》之説，傳訛已久。又此詞《東坡樂府》不收，可據《志林》增補之。」另據《稗海》本《東坡志林》卷九，已言明此詞係改樂天詩以供郭生歌者，《唐詩品彙》仍作白居易詩，亦誤。

【箋注】

〔一〕郭生：即郭遘，蘇軾貶黃時好友。《蘇軾詩集》卷二一《正月二十日往岐亭郡人潘古郭三人送余於女王城東禪莊院》誥案：「郭遘，字興宗，僑居於黃者也。喜爲挽歌辭。好義，公以黃人溺兒，創爲育兒會，使興宗掌其出入，皆朝夕相從者也。」寒溪：原爲寒溪寺。蘇轍《武昌九曲亭記》：「齊安無名山，而江之南武昌諸山坡陁蔓延，澗谷深寒，中有浮圖精舍。西曰西山，東曰寒溪。」此當指寒溪寺附近的山野溪水間。

〔二〕樂天寒食詩：白居易《寒食野望吟》：「丘墟郭門外，寒食誰家哭？風吹曠野紙錢飛，古墓累累春草緑。棠梨花映白楊樹，盡是死生離别處。冥寞重泉哭不聞，蕭蕭暮雨人歸去。」

〔三〕紙錢：舊時剪紙爲銅錢狀，祭享鬼神所用者。唐·封演《封氏聞見記》卷六《紙錢》：「紙錢，今代送葬爲鑿紙錢，積錢爲山，盛加雕飾，舁以引柩。按古者享祀鬼神，有圭璧幣帛，事畢則埋之，後代既寳錢貨，遂以錢送死，《漢書》稱『盗發孝文園瘞錢』是也。率易從簡，更用紙錢。紙乃後漢蔡倫所造，其紙錢魏晉以來始有其事，自今王公逮於匹庶，通行之矣，凡鬼神之物，其象似亦猶塗車芻靈之類，古埋帛，今紙錢則皆燒之，所以示不知神之所爲也。」張籍《北邙行》：「寒食家家送紙錢，烏鳶作窠銜上樹。」

〔四〕棠梨：一名甘棠，俗稱野梨。樹似梨而小，春初開小白花，結實如小楝子大，可食，味酸。庾信《小園賦》：「有棠梨而無館，足酸棗而非臺。」

【參考資料】

清·查慎行《補注東坡編年詩》卷四八：「白樂天《寒食野望吟》起句云：『秋墟郭門外，寒食誰家哭。』先生所改，止此二句。又『白楊路』，樂天詩作『白楊樹』，餘皆同。」

清・趙克宜《角山樓蘇詩評注彙鈔附録》卷上：「改樂天起句作興體，亦未見大過原本。白詩好説盡，然氣息究與宋人不同。」

臨江仙　夜歸臨皋①〔一〕

夜飲東坡醒復醉，歸來髣髴三更。家童鼻息已雷鳴②〔二〕。敲門都不應，依杖聽江聲③。長恨此身非我有〔三〕，何時忘卻營營〔四〕。夜闌風静縠紋平〔五〕。小舟從此逝〔六〕，江海寄餘生。

【校勘】

①原無題，據傅本補。

②「已」，二妙集作「如」。

③「依杖」，元本注：「一作久立。」

【編年】

元豐六年癸亥（一〇八三年）四月，作於黄州。案，王文誥《蘇詩總案》卷二一：「元豐五年九月，雪堂夜飲，醉歸臨皋作《臨江仙》詞。」朱本、龍本、曹本均依《總案》。此説有誤。據《避暑録話》載，此詞作於風傳蘇軾在黄州病逝不久。詳見參考資料。而當時傳言蘇軾仙化，實有其事。《蘇軾文集》卷七一《書謗》云：「有人妄傳吾與子固同日化去，如李賀長吉死時事，以上帝召也。」曾鞏病逝於元豐六年四月十一日，見林希《曾鞏墓誌銘》。傳聞應爔於元豐六年四月十一日之後，「未幾」，即在四月末至五月初。孔《譜》編於元豐六年四月，是。

【箋注】

〔一〕臨皋：見《南鄉子》（晚景落瓊杯）注〔一〕。

〔二〕鼻息雷鳴：韓愈《石鼎聯句序》：衡山道士軒轅彌明，與進士劉師服、校書郎侯喜，聯石鼎詩已畢，道士曰：「此皆不足與語，吾閉口矣。」即倚牆睡，鼻息如雷鳴。二子怛然失色。

〔三〕身非我有：《莊子·知北遊》：「舜問乎丞曰：『道可得而有乎？』曰：『汝身非汝有也，汝何得有夫道？』舜曰：『吾身非吾有也，孰有之哉？』曰：『是天地之委形也。』」此言在仕宦中，拘於外物，而身不由己也。

〔四〕營營：紛擾貌。《莊子·庚桑楚》：「無使汝思慮營營。」

〔五〕縠紋：傅注：「風息浪平，水紋如縠。」劉禹錫《竹枝詞》其三：「江上朱樓新雨晴，瀼西春水縠紋生。」

〔六〕「小舟」二句：謂棄官歸隱，浪迹江湖。高適《奉酬睢陽李太守》：「寸心仍有適，江海一扁舟。」謝靈運《君子有所思行》詩：「餘生不歡娱，何以竟暮歸。」

【參考資料】

宋·葉夢得《避暑録話》卷上：「子瞻在黄州，病赤眼，逾月不出。或疑有他疾，過客遂傳以爲死矣。有語范景仁於許昌者，景仁絶不置疑，即舉袂大慟，召子弟具金帛，遣人賙其家。子弟徐言：『此傳聞未審，當先書以問其安否，得實，弔恤之未晚。』乃走僕以往。子瞻發書大笑，故後量移汝州謝表有云：『疾病連年，人皆相傳爲已死。』未幾，復與數客飲江上，夜歸，江面際天，風露浩然，有當其意，乃作歌詞，所謂『夜闌風静縠紋平。小舟從此逝，江海寄餘生』者，與客大歌數過而散。翌日，喧傳子瞻夜作此詞，掛冠服江邊，拏舟長嘯去矣。郡守徐君猷聞之，驚且懼，以爲州失罪人，急命駕往謁。則子瞻鼻鼾如雷，猶未醒也。然此語卒傳至京師，雖裕陵（神宗）亦聞而疑之。」

好事近　送君猷①

紅粉莫悲啼〔一〕，俯仰半年離别〔二〕。看取雪堂坡下，老農夫淒切〔三〕。　明年春水漾桃花〔四〕，柳岸隘舟楫。從此滿城歌吹〔五〕，看黄州闐咽〔六〕。

【校勘】

① 元本題首有「黄州」二字。

【編年】

元豐六年癸亥（一〇八三年）五月，作於黄州。按：此詞傅藻《東坡紀年録》繫於元豐六年九月。王文誥《蘇詩總案》卷二二云元豐六年癸亥五月：「送別徐大受作《好事近詞》。」據《蘇詩總案》卷二二云：元豐六年癸亥四月，「徐大受罷黄州任，楊君素來代。」《蘇軾文集》卷五九《答君瑞殿直書》云：「春來未嘗一日閑，欲去奉謁，遂成食言，愧愧。辱書，承起居佳勝，爲慰。君猷知四月末乃行，猶可一見否？乍暄，惟萬萬自重。」君瑞即王天麟，其時正閑居武昌（今湖北鄂城），與黄州隔江相對。書中云「春來」，又云「乍暄」，似當作於暮春三月。徐君猷於元豐六年四月罷黄州任，此書云「四月末乃行」，知君猷於四月末即離黄州赴新任。詞題曰：「送君猷」，當爲君猷離黄時贈別之作。今編元豐六年五月。

【箋注】

〔一〕紅粉：杜審言《贈蘇綰書記》：「紅粉樓中應計日，燕支山下莫經年。」參見《西江月》（點點樓頭細雨）注〔五〕。

〔二〕俯仰：頃刻。喻時間很短。曹植《雜詩》：「俯仰歲將暮，榮耀難久恃。」半年離別：王文誥《蘇詩總案》卷二二：「此詞乃徐君猷置家於黄而去，故云『半年離別』也。」

〔三〕看取：猶看着。老農夫：作者自指。見《定風波》（兩兩輕紅半暈腮）注〔四〕。凄切：孟郊

《古别曲》詩：「荒郊煙莽蒼，曠野風凄切。」

〔四〕春水桃花：《漢書》卷二九《溝洫志》：杜欽説大將軍王鳳，「如使不及今冬成，來春桃華水盛，必羨溢。」師古曰：「《月令》『仲春之月，始雨水，桃始華』。蓋桃方華時，既有雨水，川谷冰泮，衆流猥集，波瀾盛長，故謂之桃華水耳。」《水衡記》：「黄河，正月水名凌解水，二、三月名桃花水。」王維《桃源行》詩：「春來遍是桃花水，不辨仙源何處尋。」

〔五〕歌吹：歌唱吹奏音樂。鮑照《蕪城賦》：「廛閈撲地，歌吹沸天。」

〔六〕闐咽：充滿。《梁書》卷五一《陶弘景傳》：「永明十年，（弘景）上表辭禄，詔許之，賜以束帛。及發，公卿祖之於征虜亭，供帳甚盛，車馬填咽。」詞下片言明春桃花漾水時，徐君猷回黄州接妻室，黄州人民會傾城出動，歌唱奏樂，車馬充塗，迎候徐君猷。

滿庭芳

有王長官者①，棄官三十三年②，黄人謂之王先生。因送陳慥來過余，因賦此③。

三十三年，今誰存者？算只君與長江。凛然蒼檜〔一〕，霜幹苦難雙。聞道司州古縣〔二〕，雲溪上、竹塢松窗〔三〕。江南岸，不因送子，寧肯過吾邦？　摐摐④〔四〕。疏雨過，風林舞破〔五〕，煙蓋雲幢〔六〕。願持此邀君，一飲空缸〔七〕。居士先生老矣，真夢裏、相對殘釭〔八〕。歌舞斷⑤，行人未起，船鼓已逢逢〔九〕。

【校勘】

①題首原有「公舊序云」四字，據元本、毛本、朱本、龍本、曹本删。

②元本「棄官」下有「黄州」二字。

③傅本、元本、毛本「因」下有「爲」字。二妙集、明刊全集無「此」字。

④「摐摐」，原作「樅樅」，據元本改。按：「摐摐」，撞擊聲，從木者非。

⑤「舞」，傅本、元本作「聲」。

【編年】

元豐六年癸亥（一〇八三年）五月作於黄州。王文誥《蘇詩總案》卷二二：元豐六年癸亥五月，「陳慥報荆南莊田，同王長官來，作《滿庭芳》詞。」案：蘇軾又於元祐六年十月二日手書此詞一軸，見《石渠寶笈》卷七《書軸次等》。

【箋注】

〔一〕蒼檜：喻王長官之品格。劉禹錫《陽山廟觀賽神》詩：「曲蓋幽深蒼檜下，洞簫愁絶翠屏間。」檜：《説文》：「柏葉松身。從木，會聲。」

〔二〕司州古縣：《新唐書》卷四一《地理志》五：「武德三年，以（黄陂）縣置南司州。七年州廢。」此言司州古縣，謂黄陂也。時王長官居黄陂。

〔三〕「雲溪」句：張協《七命》：「左當風谷，右臨雲溪。」杜牧《雨中作》詩：「一褐擁秋寒，小窗侵竹塢。」《唐韵》：「隖，村隖也。與塢同。」「塢」即圍牆。庾信《杏花》詩：「依稀映村塢。」杜牧《將赴宣州留題揚州禪智寺》詩：「來時盡日倚松窗。」

〔四〕摐摐：《集韻》：「初江切音窗。」《博雅》：「撞也。」韓愈《病中贈張十八》詩：「扶几導之言，曲節初摐摐。」此狀雨聲。

〔五〕風林：杜甫《夜宴左氏莊》詩：「風林纖月落，衣露浄琴張。」

〔六〕煙蓋雲幢：謂林間雲煙貌。韓愈《楸樹》詩：「青幢紫蓋立童童，細雨浮煙作綵籠。」

〔七〕空缸：韓愈《病中贈張十八》：「傾樽與斟酌，四壁堆罌缸。」缸，酒器。「空缸」者，謂與王長官對坐豪飲，一口氣把缸中酒喝光。

〔八〕殘釭：夜盡油乾，將熄滅之燈。蘇軾《書雙竹湛師房二首》之二：「暮鼓朝鐘自擊撞，閉門孤枕對殘釭。」

〔九〕逢逢：《集韻》：「逢音蓬，鼓聲也。」《詩·大雅·靈臺》：「鼉鼓逢逢。」

【參考資料】

近人鄭文焯《手批東坡樂府》：「健句入詞，更奇峰特出，此境匪稼軒所能夢到。不事雕鑿，字字蒼寒，如空巖霜幹，天風吹墮頗黎地上，鏗然作碎玉聲。」

鷓鴣天①

林斷山明竹隱牆〔一〕。亂蟬衰草小池塘〔二〕。翻空白鳥時時見〔三〕，照水紅蕖細細香〔四〕。村舍外，古城旁。杖藜徐步轉斜陽〔五〕。殷勤昨夜三更雨〔六〕，又得浮生一日涼〔七〕。

【校勘】

①調下原有「東坡謫黄州時作此詞，真本藏林子敬家」等十四字，傅本同，唯「謫」作「調」。毛本作「時謫黄州」。案：上述調名下文字，既非詞題，又非序文，係注坡詞者所作題解，今從元本删去。

【編年】

元豐六年癸亥（一〇八三年）六月作於黄州。朱孝臧《東坡樂府》卷二：「案公以甲子四月去黄，此詞乃六月景事，酌編癸亥。」案：據原題解，此詞當作於黄州，至於何年何月，因别無他證，難於確定。暫依朱説，編癸亥六月，俟再考。

【考辨】

《鷓鴣天》（林斷山明竹隱牆），《全明詞》作商輅詞，題作《秋》，本《古今詞匯二編》卷二。《古今詞匯》乃清初卓回編纂，分初編十二卷，收唐以後詞，二編四卷爲明代詞，三編八卷爲清代詞。編纂緣由，是欲續補其兄卓人月《古今詞統》所未備。有康熙十八年刻本，今藏中國科學院圖書館善本室。二編四卷又見趙尊嶽《明詞彙刊》，有一九九二年七月上海古籍出版社影印本，較易見。案：此詞爲蘇軾作，現傳蘇詞傳本、元本、吴本、明刊全集、二妙集、毛本、四印齋刻本、朱本、龍本、全宋詞、曹本及當代諸本均收，宋人傅幹還爲其作註，云：「蘇軾謫黄州作，此詞真本藏林子敬家。」是則真迹見諸宋代矣。《歷代詩餘》卷二七，亦作蘇軾詞。卓回誤作明人商輅詞收入《古今詞匯二編》，《蘭皐明詞彙選》卷三亦誤作商輅詞。《全明詞》依《古今詞匯二編》作商輅詞，以訛傳訛。

【箋注】

〔一〕林斷山明：王融《江皐曲》：「林斷山更續，洲盡江復開。」顔延之《贈王太常僧達》詩：「庭昏見野陰，山明望松雪。」

〔二〕亂蟬衰草：韋莊《江上題所居》詩：「落日亂蟬蕭帝寺，碧雲歸鳥謝家山。」李白《謝公宅》詩：「荒庭衰草徧，廢井蒼苔積。」

〔三〕白鳥：沈約《休沐寄懷》詩：「紫籜開緑篠，白鳥映青疇。」

〔四〕紅蕖細細香：杜甫《狂夫》詩：「風含翠篠娟娟净，雨裛紅蕖冉冉香。」又：《嚴鄭公宅同詠竹》詩：「雨洗娟娟净，風吹細細香。」

〔五〕杖藜徐步：杜甫《絶句漫興九首》其五：「腸斷江春欲盡頭，杖藜徐步立芳洲。」

〔六〕殷勤：猶言多謝。徐鉉《寄和州韓舍人》詩：「殷勤雲上雁，爲過歷陽城。」

〔七〕「浮生」句：李涉《題鶴林寺僧舍》詩：「因過竹院逢僧話，又得浮生半日閑。」

【參考資料】

宋·魏慶之《詩人玉屑》卷八《奪胎换骨·誠齋論奪胎换骨》條：「有用古人句律，而不用其句意者。……唐人云：『因過竹院逢僧話，又得浮生半日閑。』坡云：『慇勤昨夜三更雨，又得浮生一日涼。』……此皆以故爲新，奪胎换骨。」

近人鄭文焯《手批東坡樂府》：「淵明詩：『嘯傲東軒下，聊復得此生。』此詞從陶詩中得來，逾覺清異，較『浮生半日閒』句，自是詩詞異調。論者每謂坡公以詩筆入詞，豈審音知言者？」

十拍子　暮秋①

白酒新開九醞〔一〕，黄花已過重陽。身外儻來都似夢②〔二〕，醉裏無何即是鄉〔三〕。東坡日月長〔四〕。　玉粉旋烹茶乳〔五〕，金虀新擣橙香〔六〕。强染霜髭扶翠袖〔七〕，莫道狂夫不解狂。狂夫老更狂〔八〕。

【校勘】

①傅本、元本無題。

②「似」，元本作「是」。

【編年】

元豐六年癸亥（一〇八三年）九月作於黄州。王文誥《蘇詩總案》卷二二：「元豐六年癸亥九月，作《十拍子》詞。」

【箋注】

〔一〕「白酒」句：白酒：蕭衍樂府《夏歌四首》其三：「玉盤著朱李，金杯盛白酒。」九醖：美酒名。曹操《奏上九醖酒法》：「臣縣故令南陽郭芝，有九醖春酒。法用麴三十斤，流水五石，臘月二日清麴，正月凍解，用好麴米，漉去麴滓，便釀法飲。曰譬諸蟲，雖久多完，三日一釀，滿九斛米止。臣得法釀之，常善。」傅注：「今之醇酎，一名九醖。」葛洪《西京雜記》卷一：「漢制，宗廟八月飲酎，用九醖太牢，皇帝侍祠。以正月旦作酒，八月成，名曰酎，一名九醖，一名醇酎。」

〔二〕儻來：身外不意忽來之物。《莊子·繕性》：「物之儻來，寄者也。」成玄英疏：「儻者，意外忽來者耳。」《新唐書》卷八〇《紀王慎傳》：「況榮寵貴盛，儻來物也，可恃以凌人乎？」

〔三〕「無何」句：無何鄉，即「無何有之鄉」的省稱，指空無所有之處。《莊子·逍遥遊》：「今子有大樹，患其無用，何不樹之於無何有之鄉，廣漠之野，彷徨乎無爲其側，逍遥乎寢卧其下；不夭斤斧，物無害者；無所可用，安所困苦哉？」又《莊子·應帝王篇》：「出六極之外，而遊無何有之鄉。」白居易《渭上偶釣》詩：「誰知對魚坐，心在無何鄉。」此指虚幻的意境。

〔四〕日月長：杜甫《豎子至》詩：「欲寄江湖客，提攜日月長。」

〔五〕玉粉茶乳：將茶研成細末再烹煮。歐陽修《茶歌》：「愈小愈精皆露芽，泛之白花如粉乳，乍見紫面生光華。」

〔六〕金虀橙香：杜寶《大業拾遺記》：「吴郡獻松江鱸魚膾，須八九月霜下之時。鱸魚白如雪，取三尺以下者作之，以香菜花葉相間，和以細縷金橙食之，煬帝曰：『所謂金虀玉膾，東南之佳味也。』」傅注：「金橙擣虀，以饌魚鱠用之。」

〔七〕染髭：見《漁家傲》（些小白鬚何用染）注〔二〕。

〔八〕狂夫老更狂：杜甫《狂夫》詩：「欲填溝壑惟疏放，自笑狂夫老更狂。」

【參考資料】

明·沈際飛《草堂詩餘别集》卷二：「賤者之饞，貧者之貪，尊富者之戀，坡仙一點不着。」又：「常常看之，業根漸息。」

浣溪沙 自適①

傾蓋相逢勝白頭②〔一〕。故山空復夢松楸〔二〕。此心安處是菟裘〔三〕。　賣劍買牛吾欲老③〔四〕，乞漿得酒更何求〔五〕？願爲祠社宴春秋④〔六〕。

【校勘】

①傅本、元本無題。

②「逢」，傅本、元本作「看」。

③「吾」，傅本、二妙集、毛本作「真」。元本注：「吾一作真。」

④「祠」，傅本、元本作「同」，毛本作「辭」。「春」，傅本、元本作「清」。

【編年】

元豐六年癸亥（一〇八三年）秋冬間，作於黄州。朱本、龍本此詞俱無編年。曹本以此詞上片末句，唯常州足以當之。又以熙寧七年甲寅《常潤道中有懷錢塘寄述古五首》之五，與此詞意境相似，故編爲元豐八年乙丑五月間初到常州時作。劉崇德《蘇詞編年考》云：「前闋（指此詞）毛本題爲『自適』，後闋（指『炙手無人傍屋頭』闋）題爲『寓意和前韻』，皆與詞中内容不符。前詞（當爲後詞）云：『顧我已無當世望，似君須向古人求。歲寒松柏肯驚秋』，皆爲贈友或與友人唱和之語。查蘇軾在黄州時，與鄰郡光州太守曹九章唱和有《次韻曹九章見贈》詩云：『蘧瑗知非我所師，流年已似手中蓍。正平猶肯從文舉，中散何曾靳孝尼。賣劍買牛真欲老，得錢沽酒更無疑。鷄豚異日爲同社，應有千篇唱和詩。』詩詞内容一致，語句也有相同之處。詩爲元豐七年春季所作；而詞云：『歲寒松柏肯驚秋』，或爲前於此之元豐六年秋冬間所作。元豐六年蘇軾曾有《杭州故人信至齊安》一詩云：『一年兩僕夫，千里問無恙。相期結書社，未怕供書帳。還將夢魂去，一夜到江漲。』蘇軾對曹九章及杭州故人都願意時一唱和，故此處『相期結書社』，即指杭州同社。」薛本認爲此詞所詠意境，與蘇軾熙寧七年三月過常州時所作《常潤道中有懷錢塘寄述古五首》之五相似，因臆爲同時寄述古而作。下闋與此詞步韻，故同編甲寅三月。一位日本學者認爲，從意境和內容看，定是在常州所作，但季節在秋天，因定此二詞爲元豐七年九月在宜興作。諸説見仁見智，尚待詳考。今暫依劉説。

【箋注】

〔一〕「傾蓋」句：《文選》鄒陽於《獄上書自明》：「語曰：『白頭如新，傾蓋如故。』何則？知與不知也。」李善注引《漢書音義》曰：「或初不相識相知，至白頭不相知。」（《漢書》卷五一《鄒陽傳》孟康注：「初相識，至白頭不相知。」）李善注引文穎曰：「傾蓋，猶交蓋駐車也。」此謂與曹九章一見如故，相交甚得，結爲摯友。

〔二〕「故山」句：謝靈運《初發石首城》詩：「故山日已遠，風波豈還時。」劉禹錫《詶樂天見寄》詩：「若使吾徒還早達，亦應簫鼓入松楸。」此謂歸蜀中故鄉無望，故山松楸空復夢中相見矣。

〔三〕「此心」句：《左傳·隱公十一年》：「使營菟裘，吾將老焉。」注：「菟裘，魯邑，在泰山梁父縣南。不欲復居魯朝，故別營外邑。」後稱告老退隱的居處爲菟裘。此謂故山無望，將老於是鄉，乃化用白居易「此心安處即吾鄉」詩意。

〔四〕「賣劍買牛」句：《漢書》卷八九《龔遂傳》：「龔遂字少卿，山陽南平陽人也。」「上以爲渤海太守……民有帶持刀劍者，使賣劍買牛，賣刀買犢，曰：『何爲帶牛佩犢！』」蘇軾於熙寧七年春《次韻曹九章見贈》詩有「賣劍買牛真欲老，得錢沽酒更無疑」等語，與此詞意思相同。

〔五〕乞漿得酒：傅注：「《陰陽書》云：『太歲在酉，乞漿得酒。』」曾慥《類説》卷三五引《意林》：「《袁準（原誤作惟）正書》曰：歲在申酉，乞漿得酒。」此喻指結交九章，事出意外，表示心滿意足。

〔六〕「願爲祠社」句：韓愈《南溪始泛》詩三首其二：「願爲同社人，鷄豚燕春秋。」案蘇軾元豐六年《杭州故人信至齊安》詩中有「相期結書社，未怕供書帳」等語，此「願爲祠社宴春秋」，即希望與曹九章及杭州故人「相期結書社」之意。

又

寓意，和前韻①

炙手無人傍屋頭〔一〕。蕭蕭晚雨脱梧楸〔二〕。誰憐季子敝貂裘〔三〕？　顧我已無當世望②〔四〕，似君須向古人求〔五〕。歲寒松柏肯驚秋〔六〕。

【校勘】

①原無「和前韻」三字，據二妙集、明刊全集、毛本補。傅本、元本無題。

②「我」，原作「子」。據傅本、元本、二妙集、毛本改。

【編年】

同前首。

【箋注】

〔一〕炙手：韋述《兩京新記》：「安樂公主，上之季妹也，附會韋氏，熱可炙手，道路懼焉。」白居易《放言五首》之四：「昨日屋頭堪炙手，今朝門外好張羅。」此用白居易詩意，言人失意貧困後，再不會有人依附、親近了。

〔二〕「蕭蕭晚雨」句：韓愈《晚雨》詩：「廉纖晚雨不能晴，池岸草間蚯蚓鳴。」李商隱《明日》詩：「憑欄明日意，池闊雨蕭蕭。」謝朓《秋夜講解詩》：「風振蕉莖裂，霜下梧楸傷。」此謂蕭蕭秋雨使梧楸脱葉、早凋。

〔三〕「誰憐季子」句：《戰國策·秦策一》：蘇秦始將連横，「説秦王書十上而説不行，黑貂之裘敝，黄金百斤盡，資用乏絶，去秦而歸。」杜甫《暮秋將歸秦留别湖南幕府親友》詩：「北歸衝雨雪，誰憫敝貂裘。」又《奉送魏六丈佑少府之交廣》：「季子黑貂敝，得無妻嫂欺。」此以蘇秦説不行，貂裘敝，無人憐自況。

〔四〕「顧我」句：看看自己，我已心灰意冷，不求進取了。當世：用世，出仕。《左傳·昭公七年》：「聖人有明德者，若不當世，其後必有達人。」《正義》：「不當世，謂不得在位爲國君也。」

〔五〕「似君」句：《晉書》卷四三《王衍傳》：衍字夷甫，幼而俊悟，武帝聞其名，問王戎曰：「夷甫當世誰比？」戎曰：「未見其比，當從古人中求之。」杜甫《相從行贈嚴二别駕時方經崔旰之亂》詩：「垂老遇君未恨晚，似君須向古人求。」此以王夷甫譽曹九章，謂其當世無比，只能在古人中求得。

〔六〕「歲寒松柏」句：《論語·子罕》：「歲寒，然後知松柏之後凋也。」韋應物《府舍月遊》詩：「横河俱半落，泛露忽驚秋。」謂九章如耐寒之松柏，豈如己似梧楸，聞霜露而驚秋也。

水調歌頭　快哉亭作①〔一〕

落日繡簾捲，亭下水連空。知君爲我，新作窗户溼青紅〔二〕。長記平山堂上〔三〕，欹枕江南煙雨〔四〕，杳杳没孤鴻②。認得醉翁語③〔五〕，山色有無中。　一千頃〔六〕，都鏡净，倒碧峰。忽然浪起，掀舞一葉白頭翁〔七〕。堪笑蘭臺公子〔八〕，未解莊生天籟〔九〕，剛道有雌雄〔一〇〕。一點浩然氣〔一一〕，千里快哉風。

【校勘】

① 元本題作「黄州快哉亭贈張偓佺」。

② 「杳杳」，元本作「渺渺」。

③ 「認得」，傳本作「認取」。

【編年】

元豐六年癸亥（一〇八三年）十一月作於黄州。傅藻《東坡紀年録》：「元豐六年癸亥，於快哉亭作《水調歌頭》贈張偓佺。」王文誥《蘇詩總案》卷二二：癸亥閏六月，「張夢得營新居於江上，築亭，公榜曰『快哉亭』，作《水調歌頭》。」（案：《總案》謂張夢得名偓佺，即張懷民，無據）據蘇轍《黄州快哉亭記》後署日期，此詞應編於元豐六年十一月作。今從轍《記》。

【箋注】

〔一〕快哉亭：蘇轍《黄州快哉亭記》：「清河張君夢得，謫居齊安，即其廬之西南爲亭，以覽觀江流之勝。而余兄子瞻名之曰『快哉』。」

〔二〕窗户青紅：杜甫《越王樓歌》：「孤城西北起高樓，碧瓦朱甍照城郭。」此謂張偓佺刻意修飾快哉亭，塗以青油朱漆，以迎蘇軾觀賞。

〔三〕平山堂：見《西江月》（三過平山堂下）注〔一〕。此以歐陽修之平山堂，比況張偓佺快哉亭的風雅。歐堂與張亭都建在江北，可以看江南烟雨，望山色有無。

〔四〕江南煙雨：韋莊《三堂東湖作》詩：「何處最添詩客興，黃昏煙雨亂蛙聲。」又《訪潯陽友人不遇》詩：「蘆華雨急江煙暝。」

〔五〕「醉翁語」二句：歐陽修《醉偎香》（一作《朝中措》）詞：「平山欄檻倚晴空，山色有無中。」

〔六〕「一千頃」三句：狀快哉亭下長江之水光峰影。《詩人玉屑》卷一六《詞意深妙》條引《談苑》，謂此三句用徐騎省（鉉）《徐孺子亭記》中「平湖千畝，凝碧乎其下，西山萬叠，倒影乎其中」語意。韋莊《灞陵道中作》詩：「春橋南望水溶溶，一桁晴山倒碧峰。」

〔七〕白頭翁：謂船夫。鄭谷《淮上漁者》詩：「白頭波上白頭翁，家逐船移浦浦風。」

〔八〕蘭臺公子：指宋玉，因宋玉曾爲蘭臺令，故稱。

〔九〕莊生天籟：《莊子·齊物論》：「顔成子游曰：『地籟則衆竅是已，人籟則比竹是已，敢問天籟？』南郭子綦曰：『夫吹萬不同，而使其自已也，咸其自取，怒者其誰邪？』」天籟，發於自然界的奇妙音響。此指風聲。

〔一〇〕剛道有雌雄：宋玉《風賦》：「楚襄王游於蘭臺之宫，宋玉、景差侍。有風颯然而至，王迺披襟而當之曰：『快哉此風！寡人所與庶人共者邪？』宋玉對曰：『此獨大王之風耳，庶人安得而共之？』」賦中因鋪述「大王之雄風」和「庶人之雌風」的嚴格區别。其清涼雄風中人狀，「直憯悽怵慄，清涼增欷，清清泠泠，愈病析酲，發明耳目，寧體便人。此所謂大王之雄風也。」庶人之風中人狀，「直憞溷鬱邑，毆温致濕，中心慘怛，生病造熱，中唇爲胗，得目爲蔑，啗齰嗽獲，死生不卒。此所謂庶人之雌風也。」「剛道」，猶言硬説。

〔二〕「一點浩然氣」二句：謂風本無所謂雄雌，只要胸有一點浩然之氣，即能在任何境遇中享快哉之雄風。《孟子・公孫丑上》：「我善養吾浩然之氣。」「其爲氣也，至大至剛，以直養而無害，則塞於天地之間。」

【參考資料】

宋・嚴有翼《藝苑雌黄》：「歐陽永叔送劉貢父守維揚，作長短句云：『平山欄檻倚晴空，山色有無中。』平山堂望江左諸山甚近，或以爲永叔短視，故云。東坡笑之，因賦快哉亭道其事云：『長記平山堂上，欹枕江南煙雨，杳杳没孤鴻。認得醉翁語，山色有無中。』蓋山色有無，非煙雨不能然也。」

明・沈際飛《草堂詩餘正集》卷三：「或謂平山堂望江左諸山甚近，永叔短視，故云『山色有無中』。《藝苑雌黄》謂東坡爲永叔解嘲，賦快哉亭道其事，蓋『山色有無』非煙雨不能然也。余按：永叔起句『平山欄檻倚晴空』，『晴空』安得煙雨？東坡自得其煙雨之山色，豈與輕薄子鬭齒頰哉！」

明·董其昌《新刻便讀草堂詩餘》卷四：「坡老『山色有無中』句，本永叔説來形容山態最妙。或以爲永叔短視，甚謬甚謬！」

清·沈雄《古今詞話·詞品》卷下：「《藝苑雌黄》曰：歐陽公『平山欄檻俯晴空，山色有無中』。東坡賦《水調歌頭》記其事：『長記平山堂上，欹枕江南煙雨』，蓋以『山色有無』非煙雨不能然也。然以『平山欄檻俯晴空』爲起句，已成語病，恐蘇公不能爲之諱也，則是以歐陽公爲短視者近是。」

宋·吴曾《能改齋漫録》卷七：「東坡《水調歌頭》云：『長記平山堂上，欹枕江南煙雨，杳杳没孤鴻。認得醉翁語，山色有無中。』蓋歐陽文忠公長短句云：『平山欄檻倚晴空，山色有無中。』東坡蓋指此也。然王摩詰漢江臨汎詩已嘗云：『江流天地外，山色有無中。』歐實用此，而東坡偶忘之耶？」

宋·陸游《老學庵筆記》卷六：「『水流天地外，山色有無中』，王維詩也。權德輿《晚渡楊子江》詩云：『遠岫有無中，片帆烟水上。』已是用維語。歐陽公長短句云：『平山欄檻倚晴空，山色有無中。』詩人至是蓋三用矣。然公但以此句施於平山堂爲宜，初不自謂工也。東坡先生乃云：『記取醉翁語，山色有無中。』則似謂歐陽公創爲此句，何哉？」（按，宋·陳巖肖《庚溪詩話》卷下所説略同。）

明・沈際飛《草堂詩餘正集》卷三：「末二句天籟自鳴。」

明・楊慎批點《草堂詩餘》卷四：「結句雄奇，無人敢道。」

清・黄蓼園《蓼園詞選》：「前闋從『快』字之意入，次闋起三句語承上闋寫景。『忽然』二句一跌，以頓出末二句來。結處一振，『快』字之意方足。」

近人鄭文焯《手批東坡樂府》：「此等句法，使作者稍稍矜才使氣，便流入粗豪一派。妙能寫景中人，用（因）生出無限情思。」

南歌子　黄州臘八日飲懷民小閣①〔一〕

衛霍元勳後〔二〕，韋平外族賢〔三〕。吹笙只合在緱山〔四〕。閒駕綵鸞歸去、趁新年②〔五〕。

烘暖燒香閣〔六〕，輕寒浴佛天〔七〕。他時一醉畫堂前③〔八〕。莫忘故人憔悴、老江邊〔九〕。

【校勘】

①二妙集、毛本臘下有「月」字。

②「閒」，元本作「同」，傅本作「聞」。

③「時」，傅本作「年」。

【編年】

元豐六年癸亥（一〇八三年）十二月作於黃州。王文誥《蘇詩總案》卷二二：「元豐六年癸亥十二月八日，飲酒于張夢得小閣，作《南柯（歌）子》詞。」

【箋注】

〔一〕臘八：佛教以是日爲佛祖釋迦牟尼的生日或言得道日。此日佛寺要舉行浴佛會，並仿效佛祖得道前牧女獻乳糜的傳説，用香穀和果實煮粥供佛齋衆，名「臘八粥」。北宋時，佛教的某些習俗已社會化，據《東京夢華録》卷一〇《十二月》條記載：「初八日，街巷中有僧尼三五人作隊念佛，以銀銅沙羅或好盆器，坐一金銅或木佛像，浸以香水，楊枝洒浴，排門教化。諸大寺作浴佛會，並送七寶五味粥與門徒，謂之『臘八粥』。都人是日各家亦以果子雜料煮粥而食也。」《月令通考》：「南方專用臘月八日灌佛。」懷民：王文誥《蘇詩總案》卷二二謂即張夢得，清河人，時亦貶居黃州。《東坡題跋》卷六《記承天寺夜游》：「元豐六年十月十二日，夜，解衣欲睡，月色入户，欣然起行。念無與爲樂者，遂至承天寺，尋張懷民。」

〔二〕衛霍元勳：潘岳《西征賦》：「懷夫蕭曹魏邴之相，辛李衛霍之將。」注：「衛霍，謂衛青、霍去病也。」《漢書》卷五五《衛青傳》：青字仲卿，衛皇后弟，得幸武帝，官至大將軍，伐匈奴有軍功，封長平侯，卒謚烈。《漢書》卷五五《霍去病傳》：霍去病，衛青姊子，伐匈奴有功，先後凡六出，渡沙漠，封狼居胥山而還，拜驃騎將軍，封冠軍侯，卒謚景桓。此比張懷民的祖先。

〔三〕韋平：韋賢、平當。《漢書》卷七三《韋賢傳》：韋賢字長孺，爲人質樸少欲，篤志於學，兼通《禮》《尚書》，以《詩》教授，號稱鄒魯大儒。進授昭帝《詩》。昭帝崩，霍光尊立孝宣帝，賢以與謀議，安宗廟，賜爵關内侯。本始三年，代蔡義爲丞相。《漢書》卷七一《平當傳》：平當字子思。元帝時，使行流民幽州，舉奏刺史二千石勞倈有意者，言勃海鹽池可且勿禁，以救民急。所過見稱，遷丞相司直。哀帝即位，徵當爲光禄大夫諸吏散騎，復爲光禄勳，御史大夫，至丞相。漢興，唯韋、平父子均至宰相。外族：《資治通鑑》卷一六三梁大寶元年：「又禁人偶語，犯者刑及外族。」注：「男子謂舅家爲外家，婦人謂父母之家爲外家。外族，外家之族。」此比張懷民外祖家歷代都是賢人。

〔四〕「吹笙」句：見《鵲橋仙》（緱山仙子）注〔一〕引《列仙傳》。

〔五〕「閒駕綵鸞」句：「鸞」，神鳥。《山海經·西山經》：「（女牀之山）有鳥焉，其狀如翟而五采文，名曰鸞鳥。」此言駕綵鸞歸去，蓋取雙關意，用吴綵鸞故事，見《殢人嬌》（别駕來時）注〔四〕。案：上片謂懷民出身世族，歷代顯貴，不久將像王子喬乘鸞歸去一樣離開謫居之地黄州。

〔六〕燒香閣：燒香供佛之閣。《魏書》卷一一四《釋老志》：「昆邪王殺休屠王，將其衆五萬來降。

獲其金人，帝以爲大神，列於甘泉宮。金人率長丈餘，不祭祀，但燒香禮拜而已。此則佛道流通之漸也。」

〔七〕浴佛：以水灌佛像，行浴禮。傅注：「《法雲記》：佛於周穆王二年癸未，年三十，將成道，以臘月八日浴，食乳粥等。」案：佛的生日時間，中國古代佛家説法不一，大抵南方以四月八日，北方以十二月八日爲準。仁宗皇祐年間，圓照禪師來京，東京乃改用四月八日爲佛生日，不過臘八仍保留原北方寺院舉行浴佛會之習。今均認爲四月八日爲佛生日，十二月八日爲佛成道日。

〔八〕一醉：左思《蜀都賦》：「樂飲今夕，一醉累月。」畫堂：有畫飾之堂。梁簡文帝《餞廬陵內史王脩應令》：「迴池瀉飛棟，濃雲垂畫堂。」

〔九〕故人：蘇軾自指。憔悴：《楚辭·漁父》：「顏色憔悴，形容枯槁。」下片謂懷民他日富貴，莫忘仍憔悴失意老於江邊的故人。

臨江仙　贈送①〔一〕

詩句端來磨我鈍②〔二〕，鈍錐不解生鋩〔三〕。歡顏爲我解冰霜〔四〕。酒闌清夢覺，春草滿池塘。　應念雪堂坡下老〔五〕，昔年共採芸香〔六〕。功成名遂早還鄉〔七〕。回車來過我〔八〕，喬木擁千章〔九〕。

【校勘】

① 傅本、元本無題。

② 「端」，二妙集、毛本作「揣」。

【編年】

元豐六年癸亥（一〇八三年）年末，作於黄州。案：此詞朱本、龍本俱未編年，曹本及今人多編元豐六年，然對題云「贈送」所贈之人有異説。兹據劉崇德所説，訂爲元豐六年末贈滕元發所作。

【考辨】

此詞曾本、毛本俱題爲「贈送」，贈爲何人？曹本以詩集《次韻孔毅父集古人句見贈五首》與此詞上片首句之意境相合，定爲贈孔毅父之作。張志烈《蘇詞三首系年辨》斷爲元豐六年於黄州寄子由之作。石唐本、孔《譜》亦主此説。薛本認爲是元豐五年三月贈楊元素（繪）的。劉崇德《蘇詞編年考》則訂爲贈滕達道之作，考證頗詳，暫依劉説。劉云：「細審詞意，是贈給一位準備回車看望作者的老朋友的。這位老友與作者昔年曾『共採芸香』。『芸香』，是沿用人們稱秘書省爲芸臺，而把自己供書職説作『採芸香』。查蘇軾供書職在治平二年，經秘書省臺試二論，皆入三等，得直史館。依此，『昔年共採芸香』當係治平初事。那麽，這位與蘇軾『昔年共採芸香』的朋友是誰呢？應是滕達道(元發)。……《宋史·滕達道本傳》云:『召試,爲集賢校理、開封府推官、鹽鐵户部判官,同修《起居注》。英宗書其姓名藏禁中,未及用。』集賢校理即屬秘書省。《宋史·職官志》在秘書省條下云:『秘書郎二人,掌集賢院、史館、昭文館。』以此可知滕達道所任集賢校理屬秘書省管轄。又從『英宗書其姓名藏禁中』,知此當爲治平間事。又《孫公談圃》云:『滕達道、錢淳老、孫莘老、孫巨源治平初同在館中。』《默記》云:『司馬温公屢言王廣淵,章八九上,留身乞誅之以謝天下,聲震殿廷。是時滕元發爲起居注,侍之殿坳。』《孫公談圃》已明言滕達道充館直是在治平初。而《默記》所載司馬光請誅王廣淵以謝天下,亦爲治平初事。詞中『功成名遂早還鄉。回車來過我,喬木擁千章。』亦爲滕達道而發。蘇軾於黄州《與滕達道書》云:『公解印入覲,當過歧亭故縣,預以書見約。輕騎走見極不難,慎勿枉道見過,想深識此意。乍冷,萬乞自重。』『解印』回朝廷,正與『功成名遂』相同。『回車過我』,當指信中所云滕達道打算回朝廷經黄州去看望蘇軾一事。『喬木擁千章』句,章指高大之材。蘇軾《廣州蒲澗寺》詩云:『千章古木臨無地』即此意。這不僅是衍《詩經·漢廣》(周南)中『南有喬木,不可休思』可望不可即的詩意,來表達自己對這位『忠義皎然,天日共照』(《與滕達道書》)的老朋友的仰慕(地點又恰好同在漢水),並暗寓滕達道的偉岸身軀。據《鷄肋編》云:『滕甫亦魁梧,韓(韓忠彦)待之厚。』蘇軾在離黄赴汝途中給賈收(耘老)的信中,也描述了往年於金山見滕達道時的情况説:『久放江湖,不見偉人。前在金山,滕元發乘小舟破巨浪來相見。出船巍然,使人神聳。……』可見詞中『喬木擁千章』仍帶有當年見到滕元發『出船巍然，使人神聳』的情味。前面所云滕達道『解印入覲』，當指自安陸回朝事。《宋史・滕達道本傳》云：『黜爲池州未行，改安州。流落且十歲，猶以前過貶居筠州。或以爲復有後命，元發談笑自若，曰：天知吾直，上知吾忠，吾何憂哉？』安州即安陸（郡屬荆湖北路）。稱安州是沿唐人舊稱。《宋史》及《東都事略》皆云滕達道『黜爲池州，未行，改安州』，此説有誤。查《欒城集・池州蕭丞相樓》一詩自注云：『池守滕元發時將解去』。又《揮麈後録》云：『元豐間先祖訪滕章敏公元發於池陽。時楊元素過郡，二公同年生，款留甚歡。』這些是證明滕達道知安陸前確曾知池州。滕達道這段歷史實際是：『落職，知池州。徙蔡未行，改安州。』（蘇軾《滕達道墓志銘》）蘇轍過池州爲元豐三年五月間事，故知滕達道知安州在其後。而滕達道自安陸回朝時間，據《續資治通鑑長編》卷三四四所載：『元豐七年春正月乙巳，正議大夫滕甫知筠州，甫罷安州入朝。』滕達道自安陸回朝時，曾與蘇軾相約會於黄州的歧亭。即前所引蘇軾《與滕達道書》云：『公解印入覲，當過歧亭故縣。輕騎走見極不難，慎勿枉道相過。』這次約會因蘇軾往迎於黄陂，而滕達道道出信陽，故相失未見。此事大約在滕達道到達朝廷前的元豐六年末（王文誥《蘇詩總案》標爲元豐六年十一月）。」

【箋注】

〔一〕據劉崇德《蘇詞編年考》，此詞爲贈滕達道作。《宋史》卷三三二本傳：「滕元發初名甫，字元發。以避高魯王諱，改字爲名，而字達道，東陽人。」神宗朝，每議政事，以誠見稱。

〔二〕「詩句端來」句：自謂頑鈍，須滕達道詩句相磨礪也。張相《詩詞曲語辭匯釋》卷四：「端，須也。」《玉篇》：「鈍，頑鈍也。」又《正字通》：「凡質魯者曰鈍。」

〔三〕「鈍錐」句：言己已成鈍錐，雖磨礪已不能生鋒鋩矣。《史記》卷五七《絳侯周勃世家》：「其椎少文如此。」司馬貞《索隱》引顏游秦云：「俗謂愚爲鈍椎。」《玉篇》：「鋩，刃端。」《晉書》卷六二《祖納傳》：「時梅陶及鍾雅數説餘事，納輒困之，因曰：『君汝潁之士，利如錐；我幽冀之士，鈍如槌。持我鈍槌，捶君利錐，皆當摧矣。』納曰：『假有神錐，必有神槌。』雅無以對。」

〔四〕「歡顏」三句：杜甫《遠懷舍弟穎觀等》詩：「江漢春風起，冰霜昨夜除。」此謂達道歡顏如江漢之春風（案滕達道時在安州，將回車朝廷。安州在漢水之濱。）使我冰霜涣然而解。又以謝惠連比達道，自比謝靈運，每有篇章，對惠連輒有佳句。詩思不就，夢見惠連即得「池塘生春草」警句。典詳《漁家傲》（皎皎牽牛河漢女）注〔三〕。

〔五〕雪堂：見《江城子》（夢中了了醉中醒）注〔四〕。坡下老：作者自謂。

〔六〕芸香：香草名。洪芻《香譜》卷上引《典略》：「芸香辟紙魚蠹，故藏書臺稱芸臺。」因以稱秘書省。傳注：「謂同在書職也。」案：蘇軾、滕達道在治平初年同在秘書省供職，故此言「昔年共採芸香。」

〔七〕功成名遂：見《南鄉子》（東武望餘杭）注〔二〕。

〔八〕回車：司馬相如《大人賦》：「回車揭來兮，絶道不周。」此指滕達道「解印」回朝廷，打算枉道經黄州看望蘇軾一事。

〔九〕「喬木」、「千章」句：《詩·周南·廣漢》：「南有喬木，不可休思。」《史記》卷一二九《貨殖傳》：「水居千石魚陂，山居千章之材。」此以千章古木比喻達道有大材，令人仰慕；兼寓達道身軀之偉岸，望之使人神聳（見本詞考辨劉崇德考證）。

減字木蘭花①

江南遊女。問我何年歸得去。雨細風微〔一〕。兩足如霜挽紵衣〔二〕。　江亭夜語②。喜見京華新樣舞。蓮步輕飛〔三〕。遷客今朝始是歸。

【校勘】

① 此詞傅本、元本不載。

② 「語」，原作「雨」，據二妙集、毛本改。

【編年】

元豐六年癸亥(一〇八三年)作於黃州。案：朱本、龍本此詞，俱未編年，曹本編元豐六年癸亥。云：「惟因起句之地理位置，參照本集《滿庭芳》(蝸角虛名)校注，斷定此詞係黃州作。復因此詞意境，頗似離黃前作，今暫編元豐六年癸亥。」石唐本認爲「大約是蘇軾被放逐到惠州時(公元一〇七四年九月至一〇七七年四月)作」。薛本云：「按詞意，似應爲離黃州作，暫編甲子四月。」一位日本學者認爲是元豐七年八月途經京口時，在許仲塗爲蘇軾舉行的酒宴上所作。以上諸説均爲推測編年，顯證不足，姑從曹本，以俟詳考。

【箋注】

〔一〕雨細風微：梁元帝《詠細雨》詩：「風輕不動葉，雨細未霑衣。」杜甫《水檻遣興》二首其一：「細雨魚兒出，微風燕子斜。」

〔二〕兩足如霜：李白《浣紗石上女》：「一雙金齒屐，兩足白如霜。」又《越女詞》五首其一：「屐上足如霜，不着鴉頭襪。」紵衣：左思《吴都賦》：「紵衣絺服，雜沓傱萃。」劉淵林注：「南方多絺葛，故曰紵衣絺服也。」

〔三〕蓮步：美人的腳步。孔仲平《觀舞》詩：「雲鬟應節低，蓮步隨歌轉。」

皁羅特髻 采菱拾翠①〔一〕

采菱拾翠〔二〕，算似此佳名〔三〕，阿誰消得〔四〕。采菱拾翠，稱使君知客。千金買、采菱拾翠，更羅裙、滿把珍珠結。采菱拾翠，正髻鬟初合②〔五〕。　真箇、采菱拾翠，但深憐輕拍。一雙手③、采菱拾翠，繡衾下、抱著俱香滑。采菱拾翠，待到京尋覓〔六〕。

【校勘】

① 傅本、元本無題。

② 傅本此句以下詞文全缺。

③ 「手」，元本作「子」，注：「子一作手。」

【編年】

元豐六年癸亥（一〇八三年），作於黄州。此詞諸本俱未編年，今從劉崇德《蘇詞編年考》說。劉云：「此詞在蘇軾集中最爲奇特。一爲詞牌在北宋詞作中爲僅有。『采菱拾翠』共出現七次，都在起句裏，非活用『和聲』。再者，其内容乍一讀很難理解。實則，采菱拾翠者，乃蘇軾兩小鬟也。考蘇軾於黄州與朱壽昌（康叔）書有云：『所問菱、翠，至今虚位，雲乃權發遣耳。何足掛齒牙！呵呵。』此信當是元豐四、五年間所寫，當時菱（采菱）、翠（拾翠）位空人去。『雲（朝雲）乃權發遣』，可能有兩個意思：一是暫去又回，一是有此意而没有實行。因爲蘇軾與蔡景繁的信中説：『凡百如常，至後杜門壁觀，雖妻子無幾見，况他人也。然雲藍小袖者，近輒生一子。想聞之一拊掌也。』朝雲（即雲藍小袖者）生子遯，在元豐六年七月。這以前，采菱、拾翠已離開蘇軾，輾轉到了汴京，故詞末云：『待到京尋覓。』此亦流露出對她們的懷念。詞當在菱、翠發遣後而作，故編元豐六年。」

【箋注】

〔一〕皁羅特髻：詞調名，僅見於東坡詞；蓋詞中有「正髻鬟初合」句，因以爲名。龍榆生《東坡樂府箋》：「易大厂云：『皁羅特髻，爲宋代村姑髻名。』録以待考。」案：皁羅特髻，是古代用黑色薄質絲織品（即皁羅）製做的髻，供婦女頭飾用。古稱爲「編」，漢以後稱「假髻」。宋·高承《事物紀原》卷三《冠冕首飾部·特髻》云：「燧人始爲髻，至周王后首服爲副編。鄭玄云三輔謂之假髻，今特髻其遺事也。」孟元老《東京夢華録》卷三《相國寺内萬姓交易》云：「相國寺每月五次開放。……兩廊皆諸寺師姑賣繡作、領抹、花朵、珠翠、頭面、生色銷金花樣幞頭、帽子、特髻、冠子、條線之類。」

〔二〕采菱、拾翠：蘇軾兩小鬟名。

〔三〕佳名：謂兩小鬟取名典雅。「采菱」出自宋玉《楚辭·招魂》：「涉江采菱，發揚荷些。」；「拾翠」出自曹植《洛神賦》：「或采明珠，或拾翠羽。」

〔四〕消得：猶言「消受得起」，即「配得上」之意。

〔五〕髻鬟初合：似有「合髻」之意。「合髻」是古代婚禮中一種儀式，晚唐、五代、宋不僅民間流行，而且「公卿之家，頗遵用之」（《新五代史》卷五五《劉岳傳》）。孟元老《東京夢華録》卷五《娶婦》記載：男女「對拜畢，就床」。又云：「男左女右，留少頭髮。二家出匹緞、釵子、木梳、頭鬚之類，謂之『合髻』。」案采菱、拾翠僅是蘇軾買來的小鬟，並非妻妾，不會有此婚儀。此係遊戲文字，故言。

〔六〕「待到」句：謂采菱、拾翠發遣去黄後，已輾轉到了汴京，蘇軾對她們不能忘懷，欲待來日到京師尋覓。

【參考資料】

清·萬樹《詞律》卷一二：「疊用『采菱拾翠』字，凡七句，或此調格應如此，或是坡仙遊戲爲之，未可考也。」

清·王奕清等《欽定詞譜》卷一九：「詞中有『髻鬟初合』句，亦賦題也。」

清·沈雄《古今詞話·詞品》卷上：「《藝苑巵言》曰：『陶淵明《止酒》，用二十『止』字；梁元帝《春日》，用二十三『春』字，一時游戲，不足多尚。』然如宋詞，東坡之《皁羅特髻》，連用七

『采菱拾翠』字，書舟之《四代好》，連用八『好』字，亦有不可解者，何獨『福唐體』而疑之。」清·李佳《左庵詞話》卷下：「此體只可偶作，究屬無味。」

減字木蘭花　琴①〔一〕

神閒意定〔二〕。萬籟收聲天地静〔三〕。玉指冰絃〔四〕。未動宫商意已傳〔五〕。　悲風流水〔六〕。寫出寥寥千古意〔七〕。歸去無眠。一夜餘音在耳邊〔八〕。

【校勘】

① 傅本、元本不載。

【編年】

元豐七年甲子（一〇八四年）正月在黄州作。按：朱本、龍本此詞俱未編年，曹本編元豐七年甲子。云：「考本集《題孟郊詩》云：『孟東野作《聞角》詩云：「似開孤月口，能説落星心。」今夜聞崔誠老（閑）彈《曉角》，乃知此詩之妙。』見王案，編在元豐七年甲子。王案更續引外集《送酒與崔誠老詩帖》云：『夜來一笑之歡，豈可多得。今日雪堂得無少寂寞耶？往安州玉泉一酌，果子少許，夜琴一弄，誰與同者，莫是本（詩集本作木）上座否？小詩漫往：雪堂居士醉方熟，玉磵（一作澗）山人冷不眠。送與安州潑醅酒，從今三日是三年。』細玩此詞，確寫此事。今從本集及王案，移編元豐七年甲子。」又，古柏《東坡年譜》元豐七年正月有「夜過雪堂，聞崔閑彈曉角，作《題孟郊詩》。次日有《送酒與崔誠老詩帖》。」暫從曹説及古柏《年譜》，以俟詳考。

【箋注】

〔一〕琴：《説文》：「禁也，神農所作，洞越練朱，五絃，周加二弦。」案：此《琴》詞乃蘇軾夜聞崔閑彈琴而作。上片寫彈奏前崔閑醞釀情緒時的神態氣氛；下片寫崔閑的琴聲之妙和作者聽琴後的感受：餘音繞耳，回味不盡，歸去無眠。

〔二〕神閒：方干《贈鏡公》詩：「幽獨度遥夜，夜清神更閒。」

〔三〕「萬籟」句：常建《題破山寺後禪院》：「萬籟此都寂，但餘鐘磬音。」此指彈奏前的寧静氣氛。

〔四〕玉指：梁武帝《子夜歌》：「朱口發豔歌，玉指弄嬌絃。」此指崔閑潔白的手指。

〔五〕「未動宫商」句：有白居易《琵琶行》：「未成曲調先有情」之意。宫商：徐堅《初學記》卷一六《樂部·琴》引《三禮圖》曰：「琴第一弦爲宫，次弦爲商，次爲角，次爲羽，次爲徵，次爲少宫，次爲少商。」

〔六〕悲風流水：李陵《重報蘇武書》：「胡地玄冰，邊土慘裂，但聞悲風蕭條之聲。」馬融《長笛賦》：「爾乃聽聲類形，狀似流水，又象飛鴻。」此寫琴聲，時而似悲風，時而狀流水。

〔七〕千古意：杜甫《憑韋少府班覓松樹子栽》「欲存老蓋千年意，爲覓霜根數寸栽。」

〔八〕餘音在耳：《列子·湯問》：「昔韓娥東至齊，匱糧，過雍門，鬻歌假食，既去而餘音遶梁欐，三日不絕。」

無愁可解

國工花日新作越調解愁①〔一〕，洛陽劉几伯壽聞而悦之②〔二〕，戲作俚語之詞③，天下傳詠，以謂幾於達者〔三〕。龍丘子猶笑之〔四〕：此雖免乎愁，猶有所解也。若夫遊於自然而托於不得已④，人樂亦樂，人愁亦愁，彼且惡乎解哉。乃反其詞，作《無愁可解》云。

光景百年，看便一世。生來不識愁味。問愁何處來？更開解箇甚底？萬事從來風過耳〔五〕。何用不著心裏〔六〕。你喚做〔七〕、展卻眉頭，便是達者，也則恐未。　此理。本不通言〔八〕，何曾道、歡遊勝如名利。道則渾是錯⑤〔九〕，不道如何即是。這裏元無我與你〔一〇〕。甚喚做、物情之外？若需待醉了，方開解時，問無酒、怎生醉。

【校勘】

① 傳本存目缺詞。吴本題首原有「公舊序云」四字，據元本、毛本删去。「花」原作「范」，據元本改。

② 「几」，原誤作「九」，據元本改。

③「詞」，二妙集、毛本作「詩」。

④「若夫」，原作「者天」，據元本改。

⑤「則」，元本作「即」。

【編年】

元豐七年甲子（一〇八四年）作於黄州。案，朱本、龍本、曹本此詞俱未編年。據詞序「龍丘子猶笑之」云云，可知系和陳慥交往時所作。龍丘子爲陳慥别號，東坡貶黄州時二人過往甚密。故可斷定此詞必作於黄州，具體年月，尚待詳考。暫附元豐七年離開黄州之前。

【考辨】

此詞諸本皆載，惟《全宋詞》東坡詞未收，僅見存目詞。末注：「陳慥詞，見《山谷題跋》卷九。」《全宋詞》陳慥詞僅此一首。末注：「案此首向載各本《東坡詞》中，今據《山谷題跋》卷九、魏衍《後山詩注》卷九《答田生》詩注，陳應行《于湖先生長短句序》，移出録此。詞序乃蘇軾所撰。」案：《山谷題跋》卷九云：「龍丘子，陳慥季常之别號也，作《無愁可解》，東坡爲作序引，而世人因號東坡爲龍丘，所謂蓋有不知而作之者。」任淵《後山詩注》卷九《答田生》詩注：「劉几作《解愁曲》，陳慥作《無愁可解》以反之。」陳應行《于湖先生雅詞序》：「昔陳季常晦其名，自稱爲龍丘子，嘗作《無愁可解》，東坡爲作序引，世之不知者，遂以龍丘爲東坡之號，予故表而出之。」金人孫鎮在選注東坡詞時，也認爲是「他人所作」而删去。今人吴雪濤也力主此説（見《蘇詞三首考證》其三，載《河北師院學報》一九九二年第一期）。細玩以上諸説，俱襲《山谷題跋》。考山谷對於東坡詞之傳聞往往有誤。如東坡與秦少游維揚飲别所作《虞美人》「波聲拍枕長淮曉」一詞，山谷曾誤認爲賀方回所作（詳見《苕溪漁隱叢話前集》卷五〇引《冷齋夜話》）。以此例彼，山谷題跋，未必可信。山谷題跋載《山谷别集》，而《别集》乃山谷之孫於南宋孝宗淳熙年間編次，非經山谷手定。再以此詞標題，也明作《跋東坡長短句》，若陳慥果作此詞，又何必假手東坡爲作序引？而况此詞勝義，又自創詞調，哲理意深，思辨性强，非筆大如椽之東坡不能寫出。故歷代詞選家如明代沈際飛《草堂詩餘别集》卷四、潘游龍《古今詩餘醉》卷四、近人歐陽漸《詞品甲》等，以及《詞譜》卷三五、《詞律》卷一九，均不取山谷之言，而將此詞歸爲東坡，《詞律》還説是「坡公自度曲」。曹本亦確認爲東坡詞，並云：「此詞序引十分明白，任何傳聞之説，不足以掩蓋之，曲解之，故本書不取《全宋詞》所説。」綜上所述，作東坡詞近是。

【箋注】

〔一〕國工：國中傑出之樂人。《左傳·襄公四年》：「工歌《文王》之三」，杜注：「工，樂人也。」花日新：神宗時樂工。葉夢得《避暑録話》卷下：「本朝大樂，循用王樸舊律，大抵失于太高，其聲噍殺而哀。……熙寧末，教坊副使苑（案：當爲「花」之訛）日新，始獻言謂方響尤甚，與絲竹不協，乃使更造方響以準諸音，于是第降一律，訖後用之至崇寧云。」

〔二〕劉几：朱弁《風月堂詩話》卷下：「劉伯壽，洛陽九老之一也。築室嵩山玉華峰下，號玉華庵主。有妾名萱草、芳草，皆秀麗，善音律。伯壽出入，乘牛吹鐵笛，二草以蘄笛和之，聲滿山谷。出門不言所止，牛行即行，牛止即止，其止也，必命壺觴，盡醉而歸，嵩前人以爲地仙也。」陳師道《後山談叢》卷三：「秘書監劉几好音，與國工花日新遊，是時監貴幸，其弟衛卿諫，不用，乃戒門下勿通，監約鳴管以自通。卿又使他工横吹於門以誤之，凡數奏而不出。卿又告之，監曰：『非也。』語次而工至，横管一鳴，監笑曰：『此是也。』乃走出。」

〔三〕幾於達者：近於達觀之人。賈誼《鵩鳥賦》：「小智自私兮，賤彼貴我；達人大觀兮，物我不可。」謂達人應忘情物我。

〔四〕「龍丘子猶笑」句：謂劉几雖能自我解愁，但仍有愁要解，未爲達觀，故笑之。只有遊於自然，達到無愁可解的境界，才是真達者。龍丘子即蘇軾友人陳慥，字季常，詳《臨江仙》（細馬遠馱雙侍女）注〔一〕。

〔五〕萬事風過耳：對世事不介意，如過耳之風。《南齊書》卷四〇《廬陵王子卿傳》：「子卿在鎮，營造服飾，多違制度。上勑之曰：『汝比在都，讀學不就，年轉成長，吾日冀汝美，勿得勑如風過耳，使吾失氣。』」

〔六〕不著心裏：不把世事放在心裏，自然無愁。

〔七〕「你喚做」三句：謂你以爲只要喜笑顔開的人，便是達者，恐未必如此。張相《詩詞曲語辭匯釋》卷二：「喚作，想像之辭，猶云當做或以爲也。」又，卷一：「卻，語助辭，用於動辭之後。」「展卻眉頭」即展眉頭，猶云喜笑顔開。

〔八〕此理本不通言：此中道理不能言傳。

〔九〕「道則」二句：謂不忘得失，心懷憂愁，開解全然是錯的（因有愁要解），不開解又如何算對（任愁存在，也不是曠達）。「道」，疏通。《書・禹貢》：「九河既道。」此處作開解。

〔一〇〕「這裏元無」以下數句：謂人世本無物我之分，真以爲還有什麼放情物外。楊炯《和旻上人傷果禪師》詩：「無人本無我，非後亦非前。」孟浩然《陪姚使君題惠上人房》詩：「會理知無我，觀空厭有形。」張相《詩詞曲語辭匯釋》卷二：「甚，猶是也；正也；真也。詞中每用以領句。」「甚喚做」猶云真以爲。《晉書》卷九五《單道開傳》：「後至南海，入羅浮山，獨處茅茨，蕭然物外。」「物情之外」猶云超脱於世事之外。蘇軾謂真正曠達之人當無憂無喜，不醉不醒，根本不知虧缺，更無需刻意求全。此觀念又見其《和陶飲酒》一三：「醉中雖可樂，猶是生滅境。云何得此身，不醉亦不醒。」《謝蘇自之惠酒》詩：「醉者墜車莊生言，全酒未若全於天。達人本是不虧缺，何暇更求全處全。」意謂若有愁待以醉解，則無酒時怎生得醉。

滿庭芳 元豐七年四月一日①，余將自黄移汝②〔一〕，留别雪堂鄰里二三君子③。

會李仲覽自江東來别〔二〕，遂書以遺之。

歸去來兮，吾歸何處？萬里家在岷峨。百年强半〔三〕，來日苦無多。坐見黄州再閏〔四〕，兒童盡、楚語吴歌〔五〕。山中友，鷄豚社酒④〔六〕，相勸老東坡。　云何？當此去⑤，人生底事，來往如梭！待閑看，秋風洛水清波〔七〕。好在堂前細柳〔八〕，應念我、莫翦柔柯〔九〕。仍傳語〔一〇〕，江南父老，時與曬漁蓑。

【校勘】

①題首原有「公舊序云」四字，據元本、毛本删。

②「自」，元本作「去」。

③「里」，傅本作「曲」。

④「酒」，二妙集、毛本作「飲」。

⑤「此」，二妙集作「遠」。「去」，明刊全集作「際」。

【編年】

元豐七年甲子（一〇八四年）四月作於黄州。傅藻《東坡紀年録》：「元豐七年甲子，四月一日將自黄移汝，以留別雪堂鄰里作《滿庭芳》。」

【箋注】

〔一〕自黄移汝：《續資治通鑑長編》卷三四二：「元豐中，軾繫御史獄，上本無意深罪之……遂薄其罪，以黄州團練副使安置，然上每憐之。一日，語執政曰：『國史大事，朕欲俾蘇軾成之。』執政有難色。上曰：『非軾則用曾鞏。』其後鞏亦不副上意，上復有旨起軾，以本官知江州。中書蔡確、張璪受命，王震當詞頭。明日改承議郎江州太平觀。又明日，命格不下，於是卒出手札，徙軾汝州。」汝：汝州，隋大業二年置，以州境有汝水得名。治所在今河南省臨汝。

〔二〕李仲覽江東來：王質《雪山集》卷七《東坡先生祠堂記》：「楊元素起爲富川，聞先生自黄移汝，欲順大江逆西江，適筠見子由，令富川弟子員李翔，要先生道富川。《滿庭芳序》所謂『會李仲覽自江南來』者是。」陸心源《宋詩紀事補遺》卷二五：「李翔字仲覽，湖北興國人。元豐進士。博學，工吟咏。東坡謫黄州，每訪之，作懷坡閣以寓思慕之意。」

〔三〕「百年强半」二句：韓愈《除官赴闕至江州寄鄂岳李大夫》詩：「年皆過半百，來日苦無多。」蘇軾時年四十九歲。强半：過半。杜牧《題池州貴池亭》詩：「蜀江雪浪西江滿，强半春寒去復來。」

〔四〕坐見：猶云徒然看着，坐，徒也。韋應物《樓中月夜》詩：「坐見蒼林變，清輝愴已休。」再閏：傅注：「公作《黄州安國寺記》云：『元豐二年，余自吴興守得罪，以爲黄州團練副使。明年二月至黄州。』與陳季常詩序云：『余在黄州四年，余三往見季常。』『七年四月，余量移汝州。』以是二者考之，則知公自元豐三年二月到郡，七年四月移汝州，其實在黄州四年零兩月也。元豐三年閏九月，六年閏六月，則『再閏』可知。」

〔五〕「兒童盡楚語」句：《漢書》卷四〇《張良傳》：「爲我楚舞，吾爲若楚歌。」師古注：「楚歌者，楚人之歌，猶吴歈越吟也。」黄州一帶舊屬戰國楚地，又爲三國時吴地。軾謫黄日久，「楚音變兒童」，孩子們都學會吴楚之地語言、歌曲，故云。

〔六〕鷄豚社酒：韓愈《南溪始泛》詩三首其二：「願爲同社人，鷄豚燕春秋。」鄭谷《書村叟壁》詩：「春蔬和雨割，社酒向花篘。」古代習俗，春秋祭社神，鄰里皆聚會飲酒。

〔七〕「秋風」句：賈島《江上憶吴處士》詩：「秋風吹渭水，落葉滿長安。」杜甫《將曉二首》其二：「寒沙縈薄霧，落月去清波。」蘇軾量移汝州距洛水不遠，故云。

〔八〕堂前細柳：傅注：「公手植柳於東坡雪堂之下。」

〔九〕莫翦柔柯：《詩·召南·甘棠》：「蔽芾甘棠，勿翦勿伐，召伯所茇。」張籍《新桃詩》：「願託戲童兒，勿折吾柔柯。」此蘇軾借來作比，言黄州人應顧念我們的友誼，不要折我雪堂前手植的細柳。

〔一〇〕「仍傳語」三句：傅注：「齊安在江北，與武昌對岸，公每渡江而南，歷游武昌之地，故有江南父老之句。」此言託李翔（仲覽）傳語江南父老，常曬我昔日所穿之漁蓑，以待來日再遊。

【參考資料】

宋·胡仔《苕溪漁隱叢話前集》卷四〇：「《王直方詩話》云：『東坡在定武，作《松醪賦》，有云：「遂從此而入海，渺翻天之雲濤。」蓋自定再謫惠州，自惠而遷昌化，人以爲語讖。』苕溪漁隱曰：『人之得失生死，自有定數，豈容前逃，烏得以讖言之，何不達理如此，乃庸俗之論也。如東坡自黄移汝，别雪堂鄰里，有詞云：「百年强半少，來日苦無多。」蓋用退之詩「年皆過半百，來日苦無多」之語。然東坡自此脱謫籍，登禁從，累帥方面，晚雖南遷，亦幾二十年乃薨，則「來日苦無多」之語，何爲不成讖也。』」

清·毛先舒《填詞名解》：「蔣一葵《堯山堂外紀》，載唐寅詣九仙祈夢，夢人示以『中吕』二字，莫能解。後訪同邑閣老王鏊，見其壁揭東坡《滿庭芳》詞，下有『中吕』字，果應詞中『百年强半』之語。案此則《滿庭芳》蓋中吕調也。」

近人鄭文焯《手批東坡樂府》：「使君抱負不凡。」

阮郎歸　初夏①

緑槐高柳咽新蟬〔一〕。薰風初入弦〔二〕。碧緑窗下水沉煙〔三〕。棋聲驚晝眠。　微雨過，小荷翻。榴花開欲然〔四〕。玉盆纖手弄清泉。瓊珠碎卻圓②〔五〕。

【校勘】

① 傳本、元本無題。

② 「卻」，明刊全集、二妙集注：「一作又。」毛本作「又」。

【編年】

元豐七年甲子（一〇八四年）四月，作於興國。案：此詞朱本、龍本、曹本俱未編年。王質《雪山集》卷七《東坡先生祠堂記》云：「先生以元豐七年别黄，楊元素起爲富川（案：即興國軍永興，今湖北陽新縣。時楊元素知興國軍），聞先生自黄移汝，欲順大江逆西江，適筠見子由，令富川弟子員李翔，要先生道富川，《滿庭芳》序所謂會李仲覽自江南來者是（案：「江南」集作「江東」）。先生自臨臯渡武昌，至富川，見詩「吾曹總爲長江老」者是，今傳富川。見詞「緑槐高柳咽新蟬」者是，今載集，且藏下雉李氏。先生自富川趣高安，與元素濃醉解别。」又云：「先生去齊安以四月一日，至富川以七日，去以十日，至廬山以十五日，至高安以五月一日，去以十一日。」據此《祠堂記》，本詞當作於元豐七年四月上旬，地點在興國。

【箋注】

〔一〕高柳：晉。陸機《擬明月何皎皎詩》：「涼風繞曲房，寒蟬鳴高柳。」新蟬：初夏剛出生的蟬。

〔二〕薰風：初夏時之東南風。《吕氏春秋》卷一三《有始覽·有始》：「東南曰薰風。」《禮記·樂記》：「昔者舜作五弦之琴，以歌《南風》。」孔穎達疏：「昔者舜彈五弦之琴，其辭曰：『南風之薰兮，可以解吾民之愠兮；南風之時兮，可以阜吾民之財兮。』」白居易《太平樂詞二首》之二：「湛露浮堯酒，薰風起舜歌。」

〔三〕水沉煙：水沉木的香煙。「水沉」，名貴木質香料，又名沉水香，質重，入水即沉，故名。《梁書》卷五四《諸夷·林邑國傳》：「林邑國者，本漢日南郡象林縣，古越裳之界也。……出瑇瑁、貝齒、吉貝、沉木香。……沉木者，土人斫斷之，積以歲年，朽爛而心節獨在，置水中則沉，故名曰沉香。」晉·嵇含《南方草木狀》卷中：「密香、沉香、鷄骨香、黄熟香、鷄舌香、棧香、青桂香、馬蹄香，按此八香，同出于一樹也。交趾有密香，樹幹似拒柳，其花白而繁，其葉如橘。欲取香，伐之經年，其根幹枝節，各有別色也。木心與節堅黑，沉水者爲沉香。」

〔四〕「榴花」句：梁元帝蕭繹《詠石榴詩》：「然燈疑夜火，連珠勝早梅。」李白《寄韋南陵冰余江上乘興訪之遇尋顏尚書笑有此贈》：「月色醉遠客，山花開欲然。」

〔五〕「瓊珠」句：杜甫《宇文晁尚書之甥崔彧司業之孫尚書之子重泛鄭監審前湖》：「樽當霞綺輕初散，櫂拂荷珠碎卻圓。」「瓊珠」，指水珠。

【參考資料】

明·楊慎《草堂詩餘》卷一：「『咽』字下得妙。」

明·潘游龍《精選古今詩餘醉》卷七:「新蟬、小荷,皆初夏景也,但榴花在五月,而四月亦或有之。此詞令上乘。又,榴花不獨五月,炎州十月始花。又,衡山祝融峰下法華寺,榴春秋皆發。疑此花非初夏,謬甚。」

明·陳耀文《花草粹編》卷四:「《古今詞話》云:觀者歎服其八句狀八聲,音律一同,殊不散亂,人争寳之,刻之琬琰,掛于堂室間也。」

清·黄蓼園《蓼園詞選》:「此詞清和婉麗中而風格自佳。」

西江月 姑熟再見勝之〔一〕,次前韻①

別夢已隨流水〔二〕,淚巾猶裛香泉〔三〕。相如依舊是臞仙〔四〕。人在瑶臺閬苑〔五〕。　花霧縈風縹緲〔六〕,歌珠滴水清圓〔七〕。娥眉新作十分妍〔八〕。走馬歸來便面〔九〕。

【校勘】

①原無題,據傅本、元本、二妙集、毛本補。

【編年】

元豐七年甲子(一〇八四年)七月,去黄北歸,過姑熟,見徐君猷侍兒勝之作。案,姑熟在當塗縣境。施宿《東坡先生年譜》元豐七年甲子條云:「秋七月,回舟當塗。」朱孝臧《東坡樂府》卷二亦云：「公去黄北歸過姑熟，在甲子七月。」題云《姑熟再見勝之次前韻》，所謂「前韻」，指本集《西江月》（龍焙今年絶品）詞，係元豐五年在黄州贈徐君猷侍兒勝之作。故知此勝之亦即原徐君猷侍兒，並知此詞作於元豐七年七月。

【考辨】

毛本《東坡詞》題下有注：「或刻山谷詞。」毛本《山谷詞》亦收該詞，無題，「臞仙」作「癯仙」。《全宋詞》東坡詞末注：「案此首又誤入黄庭堅《豫章黄先生詞》。」同書黄庭堅詞，此首僅列存目詞。唐圭璋《宋詞互見考》云：「題云《姑熟再見勝之次前韻》，東坡詞前首正作此韻。毛本《山谷詞》收之，非是。」案：此詞東坡詞諸本均載，沈際飛《草堂詩餘續集》卷上、潘游龍《古今詩餘醉》卷九亦作東坡詞。題均作「懷舊」。續集注：「刻山谷誤。」影宋本《山谷琴趣外編》、吴訥抄本《山谷詞》均未收該詞。故應是東坡詞而誤入毛本《山谷詞》中。

【箋注】

〔一〕姑熟再見勝之：勝之，參見《減字木蘭花》（天然宅院）〔參考資料〕引王明清《揮麈録·後録》卷七。姑熟：一作姑孰，因南臨姑孰溪得名，故址在安徽當塗。

〔二〕别夢：許渾《將歸姑蘇南樓餞送李明府》詩：「花落西亭添别夢，柳蔭南浦促歸程。」謂往事如夢。

〔三〕香泉：《方輿勝覽》卷六九《鳳州》：「香泉在鳳州城北，泉自石眼中流出，清冽而甘。」杜甫《杜鵑》詩：「淚下如迸泉。」此以香泉喻眼淚。

〔四〕「相如依舊」句：《漢書》卷五七下《司馬相如傳》：「相如見上好仙，因曰：『上林之事未足美也，尚有靡者。臣嘗爲《大人賦》，未就，請具而奏之。』相如以爲列仙之儒，居山澤間，形容甚臞。」臞：《正韻》：「同瘠也。」蘇軾《聞子由瘦》詩：「相看會作兩臞仙，還鄉定可騎黄鵠。」此蘇軾自比司馬相如，謂依然如舊，是一瘦儒。

〔五〕「人在瑶臺」句：屈原《離騷》：「望瑶臺之偃蹇兮，見有娀之佚女。」許敬宗《遊清都觀尋沈道士》詩：「風衢通閬苑，星使下層城。」傅注：「瑶臺、閬苑皆崑崙之别名。」此謂徐君猷已仙逝，升入瑶臺閬苑仙境矣。

〔六〕「花霧縈風」句：傅注：「《廣記》云：『弱質纖腰，如霧蒙花。』」儲光羲《至嵩陽觀觀即天皇故宅》詩：「花霧生玉井，霓裳畫列仙。」木華《海賦》：「群仙縹緲。」此狀勝之麗質纖弱，舞姿輕盈之態。

〔七〕「歌珠滴水」句：《禮記·樂記》形容歌聲動人心弦有「纍纍乎端如貫珠」。元稹有《善歌如貫珠賦》，自注：「以『聲氣圓直有如貫珠』爲韻。」賦云：「珠以編次，歌有繼聲，美綿綿而不絶，狀纍纍以相成。」白居易《夜宴醉後留獻裴侍中》詩：「翩翩舞袖雙飛蝶，宛轉歌聲一索珠。」此形容王勝之歌聲流暢圓潤，猶如纍纍串珠。

〔八〕娥眉：《詩·衛風·碩人》：「螓首蛾眉。」

〔九〕走馬歸來便面：《漢書》卷七六《張敞傳》：「然敞無威儀，時罷朝會，過走馬章臺街，使御吏驅，自以便面拊馬。」師古曰：「便面，所以障面。蓋（車）〔扇〕之類也。不欲見人，以此自障面則得其便，故曰便面，亦曰屏面。今之沙門所持竹扇，上衺平而下圓，即古之便面也。」此謂走馬歸來再見勝之，雖其舞姿歌喉姣好，但君猷剛死，彼已再適他人，倍增感傷，故以扇遮面不欲見之也。

【參考資料】

明·潘游龍《古今詩餘醉》卷九：「香泉喻淚，妙。」

漁家傲

金陵賞心亭送王勝之龍圖①。王守金陵，視事一日移南郡②〔一〕

千古龍蟠並虎踞〔二〕。從公一弔興亡處〔三〕。渺渺斜風吹細雨〔四〕。芳草渡。江南父老留公住。　公駕飛車凌彩霧③〔五〕。紅鸞驂乘青鸞馭〔六〕。卻訝此洲名白鷺〔七〕。非吾侶。翩然欲下還飛去④。

【校勘】

①「亭」，原作「臺」，據諸本改。

②「郡」，曹本作「都」。

③「飛」，元本作「風」。

④「翩」，毛本作「翻」。

【編年】

元豐七年甲子（一〇八四年）七月，與王益柔游金陵賞心亭作。傅藻《東坡紀年録》：「元豐七年甲子七月，賞心亭送勝之作《漁家傲》。」據《景定建康志》卷二二《亭軒·白露亭》載，此詞曾題在白露亭柱上。

【箋注】

〔一〕賞心亭：《景定建康志》卷二二「賞心亭，在下水門之城上，下臨秦淮，盡觀覽之勝。」祝穆《方輿勝覽》卷一四《江東路·建康府·亭臺》：「賞心亭，丁晉公謂建，嘗以周昉所畫袁安卧雪圖張於屏，後太守易去。《續志》又云：丁始典金陵，陛辭之日，真宗出八幅袁安卧雪圖付丁謂，曰：『卿到金陵，可選一絶景處張此圖。』謂遂張于賞心亭。柱上有蘇子瞻題名猶存。」王勝之：《宋史》卷二八六《王益柔傳》：益柔字勝之，爲人伉直尚氣，喜論天下事。用蔭入官，至殿中丞。范仲淹以館閣薦之，除集賢校理。因參預蘇舜欽奏邸會，醉作《傲歌》，黜監復州酒。久之，爲開封府推官、鹽鐵判官。出爲兩浙、京東西轉運使。熙寧元年，入判度支審院。後直舍人院、知制誥兼直學士院。遷龍圖閣直學士、秘書監，知蔡、揚、亳州、江寧、應天府。元祐元年卒，年七十二。南都：宋應天府，即南京，在今河南省商丘縣南。《元豐九域志》卷一《南京》：「皇朝景德三年升應天府，大中祥符七年升南京。治宋城縣。」

〔二〕龍蟠虎踞：晉·張勃《吴録》：「劉備曾使諸葛亮至京，因睹秣陵山阜，乃嘆曰：『鐘山龍盤，石頭虎踞，帝王之宅。』」龍盤亦作龍蟠。李白《永王東巡歌》其四：「龍蟠虎踞帝王州，帝子金陵訪古丘。」

〔三〕「從公」句：一弔：李商隱《覽古》詩：「迴頭一弔箕山客，始信逃堯不爲名。」興亡處：傅注：「金陵，漢末六朝所都，故云興亡處。」

〔四〕「渺渺」句：渺渺：李商隱《酬令狐郎中見寄》詩：「封來江渺渺，信去雨冥冥。」斜風細雨：林逋《西湖》詩：「斜風細雨不堪聽。」

〔五〕「公駕」句：飛車：張華《博物志》卷八：「結胸國有滅蒙鳥。奇肱民善爲拭，扛以殺百禽。能爲飛車，從風遠行。」蘇軾《金山妙高臺》詩：「我欲乘飛車，東訪赤松子。」彩霧：李義甫《詠鸚鵡》詩：「戢羽雕籠際，延思彩霧端。」

〔六〕「紅鸞」句：紅鸞：曹唐《遊仙》詩：「紫水風吹劍樹寒，水邊年少下紅鸞。」驂乘：《漢書》卷四《文帝紀》：「乃令宋昌驂乘。」顔師古注：「乘車之法，尊者居左，御者居中，又有一人處車之右，以備傾側。是以戎事則稱車右，其餘則曰驂乘。」青鸞：范傳正《謝真人還舊山》詩：「白鹿行爲衛，青鸞舞自閑。」傳注：「乘雲，遊霧，駕鶴，驂鸞，皆神仙之事。」案，此喻王將離金陵他去。

〔七〕洲名白鷺：《太平寰宇記》卷九〇《江南東道·昇州·江寧縣》：「白鷺洲，在縣西三里……在大江中，多聚白鷺，因名。」李白《登金陵鳳凰臺》詩：「三山半落青天外，二水中分白鷺洲。」案，「卻訝此洲」三句意謂：此洲名曰白鷺，鷺與鸞鳳非同侶，故此地不可棲息，欲下還飛。借喻王勝之爲金陵守，視事一日即移南郡也。

【參考資料】

宋·趙德麟《侯鯖録》卷八：「東坡自黄移汝，過金陵，見舒王（王安石）。適陳和叔作守，多同飲會。一日，游蔣山，和叔被召，將行。舒王顧江山曰：『子瞻可作歌。』坡醉中書云：『千古龍蟠並虎踞……。』和叔到任數日而去。舒王笑曰：『白鷺者，得無意乎？』」案陳和叔，名繹，開封人。神宗時歷秘書監、集賢學士。此説與詞序有别，録以備考。

水龍吟 雁①〔一〕

露寒煙冷蒹葭老〔二〕，天外征鴻寥唳〔三〕。銀河秋晚〔四〕，長門燈悄〔五〕，一聲初至。應念瀟湘〔六〕，岸遥人静，水多菰米。乍望極平田②，徘徊欲下，依前被、風驚起。　須信衡陽萬里〔七〕。有誰家、錦書遥寄〔八〕。萬重雲外③〔九〕，斜行横陣，纔疏又綴。仙掌月明〔一〇〕，石頭城下〔一一〕，影摇寒水。念征衣未擣〔一二〕，佳人拂杵，有盈盈淚。

【校勘】

①此詞吴本未收，傅本、元本、明刊全集亦不載，據外集、二妙集、毛本、朱本、龍本、《全宋詞》、曹本補。外集、二妙集、毛本題作「詠雁」。《全宋詞》、龍本無題，龍校引鄭文焯語：「此題當作雁一字。」曹本據改，今從曹本。

②「乍」，原缺，據《欽定詞譜》卷三〇補。外集無「乍」字，「田」下有「浦」。

③「重」，毛本作「里」。

【編年】

元豐七年甲子（一〇八四年）八月，作於金陵。案：此詞朱本、龍本、曹本俱未編年，惟細玩「銀河秋晚」、「石頭城下，影摇寒水」等句，可斷定此詞當作於金陵，時在秋天。蘇軾途經金陵，一生共有四次：其一在治平三年（一〇六六年），時與弟子由扶護父喪，自汴入淮，泝江歸蜀。其二在元豐七年（一〇八四年），時離黃州赴常州，七月初抵金陵，八月中旬離去，逗留月餘。其三在紹聖元年。是年閏四月自定州奔赴惠州貶所，六月上旬泊舟金陵，留十餘日而去。其四在建中靖國元年（一一〇一年），軾於元符三年六月，自儋州遇赦北歸，於建中靖國元年五月初抵金陵，不久即赴常州。其中第一次是護喪歸里，來去匆匆，本詞斷非作於是年。第三次與第四次均與時令不符。惟第二次與本詞所寫時令相吻合，今編元豐七年八月。

【箋注】

〔一〕唐武宗會昌二年，杜牧在黃州刺史任上作《早雁》詩，托物寓意，感慨邊民流離失所。今蘇軾去黃赴常，途經金陵，觸景生情，作《雁》詞以寄身世之慨。詞中多檃括杜牧《早雁》詩句。

〔二〕露寒蒹葭：《詩·秦風·蒹葭》：「蒹葭蒼蒼，白露爲霜。」傳：「蒹薕，葭蘆也。」

〔三〕寥唳：雁鳴聲。《文選》卷二三謝惠連《秋懷》詩：「蕭瑟含風蟬，寥唳度雲雁。」

〔四〕銀河：天河。《白孔六帖》卷二：「天河謂之天漢，亦曰銀漢、銀河。」杜甫《江月》詩：「玉露團清影，銀河没半輪。」

〔五〕長門燈悄：借用事暗寓遭貶身世。《文選》卷一六司馬長卿《長門賦》序：「孝武皇帝陳皇后，時得幸，頗妒，别在長門宫，愁悶悲思。」李善注：「《外戚傳》曰：陳皇后者，長公主嫖女也……及帝即位，立爲皇后。擅寵驕貴，十餘年而無子。聞衛子夫得幸，幾死者數焉。元光五年，坐女子楚服等，爲皇后巫蠱祠祭呪詛，罷退，歸長門宫。」杜牧《早雁》詩：「長門鐙暗數聲來。」

〔六〕「應念瀟湘」三句：希冀有少人無憂的安身之地。杜牧《早雁》詩：「莫厭瀟湘少人處，水多菰米岸莓苔。」「菰米」，菰又名菰蔣，水生植物。其莖曰茭白，可食。其實即菰米，又名菰粱，亦曰雕胡米，可做飯，古人視爲六穀之一。《楚辭·大招》：「五穀六仞，設菰粱只。」王逸注：「菰粱，蔣實，謂雕胡也。」

〔七〕衡陽：《元和郡縣圖志》卷二九《衡州·衡陽縣》：「衡陽縣，本漢酃縣地，吴分置臨蒸縣，屬衡山郡。天寶初更名衡陽郡。」衡陽南有回雁峰，相傳北雁到此即止，遇春乃回。盧思道《孤鴻賦序》：「南寓衡陽，避祁寒也。」

〔八〕錦書遥寄：《漢書》卷五四《蘇武傳》：「漢求武等，匈奴詭言武死。後漢使復至匈奴，常惠請其守者與俱，得夜見漢使，具自陳道。教使者謂單于，言天子射上林中，得雁，足有係帛書，言武等在某澤中。」後世據此説雁能傳書。

〔九〕萬重雲外：杜甫《孤雁》詩：「誰憐一片影，相失萬里雲。」以上數句寫家國遥遠，飄泊無寄之感。

〔一〇〕仙掌月明：張澍輯《三輔故事》：「漢武帝以銅作承露盤，高二十丈，大十圍，上有仙人掌承露。」杜牧《早雁》詩：「仙掌月明孤影過。」案：金銅仙人在長安建章宮，此以仙掌喻金陵宮闕。

〔一一〕石頭城：《三國志》卷四七《吴書·吴主傳》：「（建安）十六年，權徙治秣陵。明年，城石頭，改秣陵爲建業。」《元和郡縣圖志》卷二五《江南道·潤州·上元縣》：「石頭城，在縣西四里。即楚之金陵城也，吴改爲石頭城。」劉禹錫《西塞山懷古》：「千尋鐵鎖沈江底，一片降幡出石頭。」

〔一二〕「征衣未擣」二句：謝惠連《擣衣》詩：「櫚高砧響發，楹長杵聲哀。」張籍《宿臨江驛》詩：「離家久無信，又聽擣衣聲。」

【參考資料】

唐·杜牧《早雁》詩：「金河秋半虜弦開，雲外驚飛四散哀。仙掌月明孤影過，長門鐙暗數聲來。須知胡騎紛紛在，豈逐春風一一迴。莫厭瀟湘少人處，水多菰米岸莓苔。」

減字木蘭花

贈潤守許仲塗①〔一〕，且以「鄭容落籍、高瑩從良」爲句首〔二〕

鄭莊好客〔三〕。容我尊前先墮幘〔四〕。落筆生風〔五〕。籍籍聲名不負公〔六〕。　高山白早〔七〕。瑩骨冰膚那解老〔八〕。從此南徐〔九〕。良夜清風月滿湖②〔一〇〕。

【校勘】

①毛本題作「自錢塘被召，林子中作郡守，有會，坐中營妓出牒，鄭容求落籍，高瑩求從良。子中呈東坡。東坡索筆爲《減字木蘭花》書牒後，時用『鄭容落籍、高瑩從良』八字於句端也，兼贈潤守許仲塗。」「塗」，原作「途」，據元本、朱本、龍本、曹本、《全宋詞》改。

②「清風」，傅本作「風清」。

【編年】

元豐七年甲子（一〇八四年）八月，作於潤州。傅藻《東坡紀年録》：「熙寧七年甲寅，贈潤守許仲塗作《減字木蘭花》。」案：此詞題爲「贈潤守許仲塗」。仲塗名遵，《宋史》卷三三〇有傳，云：「（仲塗）熙寧間，出知壽州，再判大理寺，請知潤州。」但未明言何時知潤州。查《嘉定鎮江志》卷一五《太守》：「許遵，朝議大夫，元豐壬戌守潤。」直至元豐七年甲子，蘇軾自黄移汝途經潤州時，許遵仍爲潤守。《蘇詩總案》卷二四：「（元豐七年八月）十九日發儀真，滕元發乘小舟破浪來迎，執手涕下。而許遵、秦觀亦至，遂會於金山，作倡和詩。」王文誥加案云：「許遵字仲塗，時守潤州。」所作「倡和詩」即《蘇軾詩集》卷二四《次韵滕元發、許仲塗、秦少游》。《蘇詩編注集成》編於元豐七年，據知此詞即作於潤守許仲塗等人迎接蘇軾的宴會上，故編是年。《堯山堂外紀》卷五二云：「元祐六年（一〇九一年），東坡自錢塘被召，過京口，時林子中作守」，宴席間作。《苕溪漁隱叢話》已駁其非，不足信。

【箋注】

〔一〕許仲塗：《宋史》卷三三〇《許遵傳》：「許遵字仲塗，泗州人。……熙寧間，出知壽州，再判大理寺，請知潤州，又請提舉崇福宮。尋致仕，累官中散大夫。卒，年八十一。」

〔二〕「且以」句：鄭容、高瑩：二妓名。落籍：舊時妓女從良稱「落籍」。此詞八句。其主旨見於句首鑲嵌「鄭容落籍，高瑩從良」八字，渾然天成。

〔三〕鄭莊好客：《史記》卷一二〇《鄭當時傳》：「鄭當時者，字莊，陳人也。……鄭莊以任俠自喜，脱張羽於戹，聲聞梁楚之間。孝景時，爲太子舍人。每五日洗沐，常置驛馬長安諸郊，存諸故人，請謝賓客，夜以繼日，至其明旦，常恐不徧。」又：「莊爲太史，誡門下曰：『客至，無貴賤無留門者。』執賓主之禮，以其貴下人。」此以鄭莊比許仲塗好客。

〔四〕墮幘：頭巾掉下來。言醉後放蕩不羈。《晉書》卷五〇《庾峻傳》：庾峻子敳，字子嵩，爲陳留相。參東海王越太傅軍事。有重名，爲搢紳所推，而聚斂積實，談者譏之。時劉輿見任於越，人士多爲所構，惟敳縱心事外，無迹可間。後以其性儉家富，説越令就换錢千萬，冀其有吝，因此可乘。越於衆坐中問於敳，而敳乃穨然已醉，幘墮机上，以頭就穿取，徐答云：「下官家有二千萬，隨公所取矣。」輿於是乃服。越甚悦，因曰：「不可以小人之慮度君子之心。」此蘇軾以庾敳自比。

〔五〕落筆生風：讚美潤守文才出衆。李白《贈劉都使》：「吐言貴珠玉，落筆迴風霜。」杜甫《寄李十二白二十韻》：「筆落驚風雨，詩成泣鬼神。」

〔六〕籍籍：形容名聲甚盛。李白《贈韋秘書子春》：「高名動京師，天下皆籍籍。」韓愈《送僧澄觀》：「借問經營本何人，道人澄觀名籍籍。」

〔七〕高山白早：喻人生易老，如高山積雪樣早生白髮。劉禹錫《蘇州白舍人寄新詩有歎早白無兒之句因以贈之》：「雪裹高山頭白早，海中仙果子生遲。」

〔八〕瑩骨冰膚：形容歌妓之美。宋玉《神女賦》：「曄兮如華，温乎如瑩。」《莊子·逍遥遊》：「藐姑射之山，有神人居焉，肌膚若冰雪，綽約若處子。」

〔九〕南徐：潤州又稱南徐州。《元和郡縣圖志》卷二五《江南道一·潤州》：「晉咸和中，郗鑒自廣陵鎮於此，爲僑徐州理所。昇平二年（三五八年），徐州刺使北鎮下邳，京口常有留局，後徐州寄理建業，又爲南兗州，後又爲南徐州。隋開皇九年，賀若弼自廣陵來襲，陷之，遂滅陳，廢南徐州，改爲延陵鎮。十五年罷鎮，置潤州，城東有潤浦口，因以爲名。」

〔一〇〕良夜清風：唐·牛僧孺《玄怪録》卷二《劉諷》載夷陵女郎歌：「明月清風，良宵會同。」此言晚風徐徐，夜色很美。

【參考資料】

宋・孫宗鑑《東皋雜録》：「東坡自錢塘被召，過京口，林子中作郡守……。一作潤守許仲遠。」（見龍本引。「許仲遠」當爲「許仲塗」之誤）案此即毛本詞題所本，並改「一作」作「兼贈」。此則又見明・蔣一葵《堯山堂外紀》卷五二，文字稍有不同，可參閲。

宋・胡仔《苕溪漁隱叢話後集》卷四〇：「《聚蘭集》載此詞，乃東坡贈潤守許仲塗，且以『鄭容落籍，高瑩從良』爲句首，非林子中也。」

宋・陳善《捫蝨新話》卷九：「東坡集中有《減字木蘭花》詞云：（詞略）。人多不曉其意。或云：坡昔寓京口，官妓鄭容、高瑩二人嘗侍宴，坡喜之，二妓間請於坡，欲爲脱籍。坡許之，而終不爲言。及臨別，二妓復之船所懇之。坡曰：『爾但持我此詞以往，太守一見，便知其意。』蓋是『鄭容落籍，高瑩從良』八字也。此老真爾狡獪耶！」

清・葉申薌《本事詞》卷上：「林希子中知潤州日……子瞻即題牒後云：（詞略）。子瞻好以文章爲戲，雖云作謔，亦佳話也。」

南歌子 別潤守許仲塗①

欲執河梁手〔一〕，還升月旦堂〔二〕。酒闌人散月侵廊。北客明朝歸去、雁南翔②。窈窕高明玉〔三〕，風流鄭季莊③〔四〕。一時分散水雲鄉〔五〕。惟有落花芳草、斷人腸〔六〕。

【校勘】

①「守」，毛本作「州」。

②「南」，原作「來」，據諸本改。

③「季」，原誤作「李」，據諸本改。

【編年】

元豐七年甲子（一〇八四年）八月，作於潤州。朱孝臧《東坡樂府》卷一：「案此詞仍賦高、鄭事，因類編之。」孔《譜》云：「云『北客明朝歸去、雁南翔』，以將北去臨汝。」吴雪濤編於元豐八年五月，蘇軾從南都去常州，經潤州作。文長不録，參見《文史》四十輯《蘇詞編年辨證》。

【箋注】

〔一〕「欲執」句：梁·蕭統《文選》卷二九載漢·李陵《與蘇武三首》之三：「攜手上河梁，遊子暮何之。」後世用「河梁」爲送别之詞。

〔二〕月旦：《後漢書》卷六八《許劭傳》：「初，劭與（從兄）靖俱有高名，好共覈論鄉黨人物，每月輒更其品題，故汝南俗有『月旦評』焉。」後因稱品評人物爲月旦評，或省作月旦。此當爲堂名。

〔三〕高明玉：傅注：「瑩也。」

〔四〕鄭季莊：傅注：「容也。高瑩、鄭容皆南徐之名妓。」

〔五〕水雲鄉：傅注：「江南地卑濕而多沮澤，故謂之水雲鄉，亦謂之水國。」作者《和章七出守湖州二首》之一：「方丈仙人出淼茫，高情猶愛水雲鄉。」

〔六〕斷人腸：形容極度思念和悲傷。曹操《蒿里行》：「生民百遺一，念之斷人腸。」杜牧《池州春送前進士蒯希逸》：「芳草復芳草，斷腸還斷腸。」

菩薩蠻

買田陽羨吾將老〔一〕。從來只爲溪山好①〔二〕。來往一虚舟〔三〕。聊從物外遊②〔四〕。有書仍懶著〔五〕。水調歌歸去③〔六〕。筋力不辭詩〔七〕。要須風雨時。

【校勘】

①「只」，元本作「不」，注：「一作只。」

②「從」，毛本作「隨」。「物外」，元本作「造物」，注：「一作聊從物外。」

③「水調」，元本、毛本作「且漫」。

【編年】

元豐七年甲子（一〇八四年）九月，作於宜興。案：此詞《總案》編元豐八年五月歸宜興作。據首句「買田陽羨」，當作於在宜興買田時。蘇軾買田陽羨爲元豐七年九月事，見《總案》卷二四。《文集》卷五三《與潘彦明》第一簡云：「已買得宜興一小莊，且乞居彼，遂爲常人矣。」此簡作於由黄移汝途中。潘彦明即潘丙。蘇軾在黄州時，二人朝夕相從。蘇軾離黄時，托其照管雪堂和東坡。簡中「已買得一小莊」，即指買田陽羨事；「且乞居彼」，指自黄移汝途中給朝廷上的《乞常州居住表》。蘇軾元豐七年十二月在泗州寫給王定國的信中，亦言及此事（見《文集》卷五二《與王定國》第一六簡）。先是蘇軾欲買田金陵（見《文集》卷五〇《與王荆公》第二簡及《詩集》卷二四《蒜山松林中可卜居，余欲僦其地……》詩），了元（佛印）欲爲之買田京口（見《文集》卷七一《書浮玉買田》），俱未遂，乃買曹莊田於宜興。詞當作於是時。

【箋注】

〔一〕「買田陽羨」句：傅注：「陽羨，毗陵之宜興也，公愛其有荆溪西山之樂，而將老於是。」《蘇軾文集》卷五二《與王定國書》之一六：「近在常州宜興，買得一小莊子，歲可得百餘碩，似可足食。非不知揚州之美，窮猿投林，不暇擇木也。」熙寧七年蘇軾離杭州通判任時，曾在常州宜興買田，故熙寧八年章惇知湖州《寄東坡詩》云：「買田陽羡卜新居，我亦吴門葺舊廬。」（見翁方綱《蘇詩補注》卷二）元豐八年五月，蘇軾又在常州宜興買田，準備歸隱田園，其《歸宜興留題竹西寺三首》其一：「十年歸夢寄西風，此去真爲田舍翁。」吾將老：《左傳·隱公十一年》：

「羽父請殺桓公，以求太宰。公曰：『爲其少故也，吾將受之矣。』使營菟裘，吾將老焉。」

〔二〕溪山：林寬《朱坡》詩：「漸覺溪山秀，更高魚鳥情。」此指陽羨荆溪、西山。

〔三〕虚舟：《莊子·列禦寇》：「泛若不繫之舟，虚而遨遊者也。」成玄英《疏》：「唯聖人泛然無係，泊爾忘心，譬彼虚舟，任運逍遥。」

〔四〕物外遊：王仁裕《開元天寶遺事·物外之遊》：「王休高尚不親勢力，常與名僧數人，或騎驢或騎牛，尋訪山水，自謂結物外之游。」

〔五〕著書：《史記》卷七六《虞卿列傳》：虞卿「卒去趙，困於梁。魏齊已死，不得意，乃著書，上採《春秋》，下觀近世，曰《節義》《稱號》《揣摩》《政謀》，凡八篇。以刺譏國家得失，世傳之曰《虞氏春秋》。」

〔六〕「水調歌」句：蘇軾熙寧七年丁巳在彭城和子由《水調歌頭》下闋云：「歲云暮，須早記，要褐裘。故鄉歸去千里，佳處輒遲留。我醉歌時君和，醉倒須君扶我，惟酒可忘憂。一任劉玄德，相對卧高樓。」以不早退爲戒，以相從歸去爲樂。

〔七〕「筋力不辭」二句：蘇轍《逍遥堂會宿二首并引》云：「轍幼從子瞻讀書，未嘗一日相捨，既壯，將遊宦四方，讀韋蘇州詩至『安知風雨夜，復此對床眠』，惻然感之，乃相約早退，爲閑居之樂。故子瞻始爲鳳翔幕府，留詩爲別曰：『夜雨何時聽蕭瑟。』……熙寧十年二月，始復會於澶、濮之間，相從來徐，留百餘日，時宿於逍遥堂，追感前約，爲二小詩記之。」其詩有「逍遥堂後千尋木，長送中宵風雨聲。」蘇軾和詩有「别期漸近不堪聞，風雨蕭蕭已斷魂」等語。

南歌子①

見説東園好〔一〕，能消北客愁。雖非吾土且登樓〔二〕。行盡江南南岸、此淹留〔三〕。　短日明楓纈〔四〕，清霜暗菊毬〔五〕。流年回首付東流。憑仗挽回潘鬢、莫教秋〔六〕。

【校勘】

① 傅本、元本不載。

【編年】

元豐七年甲子（一〇八四年）九月，作於真州。案朱本、龍本此詞俱未編年。曹本云：「惟此詞首句之東園，因有下三句，不獨可見地理形勢，而東坡當時之境遇，亦躍然紙上，故必非泛指。再四循省，此即真州一名儀真之東園，亦即歐陽修所爲作記之東園。」所考極是。惟曹本編於紹聖甲戌五月過真州時作，與詞中所寫秋景難合。考蘇軾一生多次過真州，惟元豐七年自黄移汝途經真州一次與本詞相侔。據孔《譜》，軾於是年八月十四日離金陵，過長蘆，赴真州。在真州時曾與王安石簡（見《文集》卷五〇）云：「今儀真一住，又已二十日。」則九月初蘇軾尚在真州。東園乃真州名園，秋色佳麗，乘便一遊乃意中事也，故編是年。

【箋注】

〔一〕「見説東園」二句：東園，指真州東園。北客，是蘇軾自指。歐陽修《真州東園記》：「園之廣百畝，而流水横其前；清池浸其右；高臺起其北。臺，吾望以拂雲之亭；池，吾俯以澄虚之閣；水，吾泛以畫舫之舟。敞其中以爲清讌之堂，闢其後以爲射賓之圃。芙蕖芰荷之的歷，幽蘭白芷之芬芳，與夫佳花美木，列植而交陰，此前日之蒼煙白露而荆棘也。高甍巨桷，水光日景動摇而上下，其寬閑深靚，可以答遠響而生清風，此前日之頽垣斷塹而荒墟也。嘉時令節，州人士女嘯歌而管弦，此前日之晦冥風雨，鼪鼯鳥獸之嘷音也。」名園秋色，風景佳麗，乘便遊園，賞心悦目，能消客愁。

〔二〕「雖非吾土」句：王粲《登樓賦》：「雖信美而非吾土兮，曾何足以少留！」杜甫《長沙送李十一銜》詩：「遠愧尚方曾賜履，竟非吾土倦登樓。」

〔三〕「行盡江南」二句：蘇軾曾通判杭州，守湖州。此次由黄州赴筠州，遊廬山。故曰「行盡江南南岸」，難得在東園作此淹留。

〔四〕短日：夏日已過，秋日漸短。韓愈《燕河南府秀才得生字》詩：「陰風攪短日，冷雨澀不晴。」楓纈：《玉篇》：「纈，綵纈也。」段成式《酉陽雜俎》前集《物革》：「開成末，河陽黄魚池水作花如纈。」楓纈當指斑斕的楓葉如綵結的絲織品。宋·范成大《上方寺》詩：「楓纈醉晴日，橘黄明蚤霜。」

〔五〕菊毬：寇宗奭《本草衍義》卷一五《石南》：「花甚細碎，每一苞約彈許大，成一毬，一花有六葉，一朵有七八毬。」菊毬，當指菊花，形圓如毬。案以上二句係所見秋日東園景色。

〔六〕潘鬢：《文選》卷一三潘安仁《秋興賦序》：「余春秋三十有二，始生二毛。」賦：「斑鬢髟以承弁兮，素髮颭以垂領。」趙嘏《春盡獨遊慈恩寺南池》詩：「秦城馬上半年客，潘鬢水邊今日愁。」莫教秋：意謂莫使髮白如秋霜。李白《秋浦歌》之一五：「不知明鏡裏，何處得秋霜。」借東園美景消愁，挽回潘鬢莫再白，不使年華付東流。

西江月　平山堂①〔一〕

三過平山堂下〔二〕，半生彈指聲中〔三〕。十年不見老仙翁〔四〕。壁上龍蛇飛動〔五〕。欲弔文章太守〔六〕，仍歌楊柳春風。休言萬事轉頭空〔七〕。未轉頭時皆夢②。

【校勘】

①傳本、元本無題。全集題下有注：「元豐七年過揚州。」外集題作「元豐七年過揚州」。

②「皆」，元本、朱本、龍本、曹本作「是」。

【編年】

元豐七年甲子（一〇八四年）十月，作於揚州。案，王文誥《蘇詩總案》卷一八：「元豐二年己未，四月，過揚州訪鮮于侁，同張大亨游平山堂，作《西江月》詞。」朱本、龍本、曹本、石唐本、薛本均依《總案》編於元豐二年四月。關於蘇軾三過平山堂的考證：一過平山堂，《總案》、孔《譜》均編在熙寧四年十月由汴京赴杭倅時。二過平山堂，《總案》、孔《譜》均編在熙寧七年十月由杭倅移密守時。三過平山堂，《總案》編元豐二年四月由徐守移湖州時；孔《譜》則編元豐七年由黄州赴汝州時，謂十月「第三次過平山堂，賦《西江月》，懷歐陽修」。對比王、孔二説，當以孔《譜》爲正。《總案》云：「訪鮮于侁，同張大亨遊平山堂，作《西江月》。」疑點有二：一是「訪鮮于侁」。鮮于侁，字子駿，閬州人。《宋史》卷三四四有傳。傳云：「元豐二年召對，命知揚州。」鮮于侁何時到揚州，不顯。查其前任爲陳升之，《續通鑑長編》卷二九七載，元豐二年四月「丁巳（十九日），鎮江節度使同平章事國秀陳升之致事。……後二日（二十一日），升之卒。」則鮮于侁赴揚州任，當在陳升之死後，最早應是四月下旬或五月間。蘇軾是本年四月二十日抵達湖州（見《文集》卷二三《湖州謝上表》），過揚州當在四月十五日前後，此時揚守仍爲陳升之而非鮮于侁。二是「同張大亨游平山堂」。《總案》謂元豐二年蘇軾赴湖守任時，泗上喜遇張大亨，作《過泗上喜見張嘉父二首》（見《詩集》卷十八），相從至揚州，同游平山堂。張大亨，字嘉父（或作甫），湖州人，登元豐八年進士乙科，官至祕閣，有《春秋五禮例宗》一〇卷，《春秋通訓》一六卷（見《宋詩紀事補遺》卷二四）。蘇軾在泗上遇張大亨並作詩二首事，查慎行原編於元豐八年蘇軾自常州赴登州時，王文誥改編在元豐二年。孔《譜》認爲查氏編年可信，因爲詩中「明窗一榻共秋閑」句，言明秋季，與元豐八年九月赴登州時令相合，而與元豐二年四月赴湖州時節不侔。因此元豐二年蘇軾與張大亨在泗上相遇同赴揚州游平山堂，即成子虛烏有，《總案》不可信。又，詞云：「十年不見老仙翁。」從熙寧四年九月赴杭州通判任，同子由謁歐陽修於潁州，至元豐七年十月，凡十三年。詞云「十年」乃舉其成數，爲詩家慣用手法。再者，外集、全集都有「元豐七年過揚州」題注，今編元豐七年。

【箋注】

〔一〕平山堂：王象之《輿地紀勝》卷三七《揚州·景物下》：「平山堂，在州城西北五里大明寺側。慶曆八年二月，歐公來牧是邦，爲堂於大明寺庭之坤隅（西南角）。江南諸山，拱列簷下，若可攀取，因目之曰平山堂。」

〔二〕三過：此指元豐七年十月，過平山堂。詳見編年。

〔三〕彈指：言時間極短。唐釋道世《法苑珠林》卷一引《僧祇律》：「二十念爲一瞬，二十瞬名一彈指，二十彈指名一羅預，二十羅預名一須臾，一日一夜有三十須臾。」司空圖《偶書五首》之四：「平生多少事，彈指一時休。」

〔四〕「十年」句：蘇軾於熙寧四年辛亥（一〇七一年）九月，赴杭州通判任，同子由謁歐陽修於潁州，至此時凡十三年，此云「十年」，舉成數也。傅注：「老仙翁，謂文忠公也。」

〔五〕龍蛇飛動：傅注：「文忠公墨妙，多著於平山堂。『龍蛇飛動』，言其筆勢之騰揚如此。」

〔六〕「欲弔」二句：歐陽修熙寧五年卒，因此「欲弔」。歐陽修《朝中措·送劉仲原甫出守維揚》：「平山闌檻倚晴空。山色有無中。手種堂前垂柳，别來幾度春風？文章太守，揮毫萬字，一飲千鍾。行樂直須年少，尊前看取衰翁。」是爲「文章太守」、「楊柳春風」所本。

〔七〕「休言」二句：白居易《自詠》有「百年隨手過，萬事轉頭空。」此借用白詩成語，又翻進一層，謂未轉頭時已成夢幻。

【參考資料】

宋釋德洪覺範《石門文字禪》卷二七《跋東坡平山堂詞》：「東坡登平山堂，懷醉翁，作此詞。張嘉父（甫）謂予曰：時紅妝成輪，名士堵立，看其落筆置筆，目送萬里，殆欲仙去爾。余衰退，得觀此於祐上座處，便覺煙雨孤鴻在目中矣。」

明·沈際飛《草堂詩餘正集》卷一：「歐詞『樽前看取衰翁』，覷破矣。此結愈破。」

明·顧從敬《類選箋釋草堂詩餘》卷一：「歐陽文忠公守維揚日，於城西北大明寺側建平山堂，頗得遊觀之勝。金華劉原父出守揚州，文忠公作《朝中措》以餞之。後東坡亦守是邦，登平山堂有感，而賦《西江月》一闋云：（詞略）。末句感慨之意，見於言外。」

明·潘游龍《古今詩評醉》卷一一：「歐詞『樽前看取衰翁』，已覷破矣。此言『未轉頭時皆夢』，更警醒。」

清·王士禎《花草蒙拾》：「平山堂一坏土耳，亦無片石可語。然以歐、蘇詞，遂令地重。因念此地稚圭、永叔、原父、子瞻諸公，皆曾作守，令人惶汗。僕向與諸子游宴紅橋，酒間小有酬唱，江南北頗流傳之，過揚州者，多問紅橋矣。」

清·王弈清《御選歷代詩餘·詞話》卷五引《清夜録》：「東萊先生謂《後赤壁賦》結尾用韓文公《石鼎聯句》叙彌明意。俞文豹謂不然，蓋彌明真異人，文公紀其實也，與此不同。東坡先生貫通内典，嘗賦《西江月》詞云：『休言萬事轉頭空，未轉頭時皆夢。』赤壁之游，樂則樂矣，轉眼之間，其樂安在？以是觀之，則我與二客，崔與道士，皆一夢也。」

清·張德瀛《詞徵》卷五：「歐陽文忠在維揚時建平山堂，葉少藴謂其壯麗爲淮南第一。文忠於堂前植柳一株，因謂之『歐公柳』。故公詞有『手種堂前楊柳』之句。蘇文忠詞云：『欲吊文章太守，仍歌楊柳春風。』張方叔詞云：『平山老柳，寄多少勝遊，春愁詩瘦。』蓋指此也。」

清·張思岩《詞林紀事》卷五引樓敬思語：「結二語，唤醒聰明人不少。」

清·陳廷焯《白雨齋詞話》卷六：「東坡《西江月》云：『休言萬事轉頭空，未轉頭時皆夢。』追進一層，喚醒癡愚不少。」

清・陳世焜《雲韶集》卷二四：「東坡一派，東坡獨有千古。」

浣溪沙　贈楚守田待問小鬟①〔一〕

學畫鴉兒正妙年〔二〕。陽城下蔡困嫣然②〔三〕。憑君莫唱短因緣〔四〕。　霧帳吹笙香嫋嫋〔五〕，霜庭按舞月娟娟〔六〕。曲終紅袖落雙纏〔七〕。

【校勘】

①此詞傳本存目缺詞。元本題首有「席上」二字。「問」原作「制」，據元本改。案《蘇軾詩集》卷二四有《和田仲宣見贈》詩，王文誥案：「田待問，字仲宣。」可知「制」爲「問」之訛。

②「陽」，原作「湯」，據諸本改。

【編年】

元豐七年甲子（一〇八四年）十一月作於楚州。傅藻《東坡紀年録》謂元豐元年戊午「於藏春園贈田楚州小鬟作」。朱孝臧《東坡樂府》卷二：「案戊午，公未嘗至楚州。己未，自徐道楚到湖州任。甲子乞常州，赴南都，再過楚州。中間謫黄五載，故次首有『一夢五年』之語。王案謂公過淮上，正待問官楚州時，改編是詞於甲子，從之。」王文誥《蘇詩總案》卷二四謂東坡甲子八月，自金陵寄家真州，九月買田宜興，十月至揚州，表乞常州居住，十一月過楚州，「待問席上贈小鬟作《浣溪沙》詞」。今據王案與朱注，編元豐七年甲子十一月。

【箋注】

〔一〕《詩集》卷二四《蔡景繁官舍小閣》施注：「東坡自黄移汝，以元豐七年至日過山陽。」同卷《和田仲宣見贈》王文誥案：「田待問，字仲宣。時知楚州。」「楚州」，隋開皇元年置，治所壽張，後改淮陰。十二年移治山陽，大業初廢。唐武德八年，改東楚州置，治所仍山陽，即今江蘇省淮安市。

〔二〕學畫鴉兒：唐·顔師古《隋遺録》卷上載：煬帝幸江都，洛陽人獻合蔕迎輦花，帝令御車女袁寶兒持之，號「司花女」。時詔虞世南草勅于帝側，寶兒注視久之。帝曰：「昔傳飛燕可掌上舞，朕常謂儒生飾于文字，豈人能若是乎？及今得寶兒，方昭前事，然多憨態。今注目于卿，卿才人，可便嘲之。」世南應詔，爲絶句曰：「學畫鴉黄半未成，垂眉彈袖太憨生。緣憨卻得君王惜，長把花枝傍輦行。」上大悦。鴉兒，即卻月眉，眉式的一種。杜牧《閨情》詩：「娟娟卻月眉，新鬢學飛鴉。」此謂田待問小鬟正值妙齡，初學畫眉。

〔三〕「陽城下蔡」句：宋玉《登徒子好色賦》：「天下之佳人莫若楚國，楚國之麗者莫若臣里，臣里之美者莫若東家之子。東家之子，增之一分則太長，減之一分則太短；著粉則太白，施朱則太赤；眉如翠羽，肌如白雪；腰如束素，齒如含貝；嫣然一笑，惑陽城，迷下蔡。」此句謂田待問小鬟之美。

〔四〕短因緣：見《菩薩蠻》（玉笙不受珠脣暖）注〔四〕。

〔五〕「吹笙」句：寫小鬟吹笙，餘音裊裊。李賀《秦宮詩》：「樓頭曲宴仙人語，帳底吹笙香霧濃。」

〔六〕月娟娟：「娟娟」，美好貌。孟郊《嬋娟篇》：「月嬋娟，真可憐。」蘇軾《同勝之游蔣山》詩：「歸來踏人影，雲細月娟娟。」

〔七〕雙纏：用羅帛纏的小足。《樂府詩集》卷四九《清商曲辭》無名氏《雙行纏》：「新羅繡行纏，足趺如春妍。」元·陶宗儀《南村輟耕録》卷一〇《纏足》：「《道山新聞》云：李後主宮嬪窅娘，纖麗善舞，後主作金蓮，高六尺，飾以寶物細帶纓絡，蓮中作品色瑞蓮，令窅娘以帛繞腳，令纖小，屈上作新月狀，素襪舞雲中，回旋有凌雲之態……由是人皆效之，以纖弓爲妙。」

又 和前韻①

一夢江湖費五年〔一〕。歸來風物故依然〔二〕。相逢一醉是前緣②。遷客不應常眊矂〔三〕，使君爲出小嬋娟〔四〕。翠鬟聊著小詩纏〔五〕。

【校勘】

① 此詞傳本存目缺詞。元本無題。

② 「逢」，二妙集、毛本作「從」。

【編年】

同前首。

【箋注】

〔一〕「一夢」句：蘇軾元豐三年謫黄州，元豐七年去黄，歷時五載，往事如夢，故云。

〔二〕風物依然：李商隱《别薛巖賓》詩：「别離真不那，風物正相仍。」

〔三〕「遷客」句：遷客：作者自指。《資治通鑑》卷二八三《後晉紀·齊王天福八年（九四三年）三月》：「池州多遷客。」注：「以罪遷降外州者，其州人謂之遷客。」李白《與史郎中欽聽黄鶴樓上吹笛》詩：「一爲遷客去長沙，西望長安不見家。」毷氉：李肇《唐國史補》卷下：「（舉子）不捷而醉飽，謂之打毷氉。」毷氉又作毦氉，煩悶之意。蘇軾《與潘三失解後飲酒》詩：「顧我自爲都毦氉。」

〔四〕小嬋娟：此指田待問之舞妓。蘇軾《與潘三失解後飲酒》詩：「憐君欲鬬小嬋娟。」

〔五〕小詩纏：詩人席上以《浣溪紗》詞贈小鬟，故曰「翠鬟聊著小詩纏」，蓋以詩爲纏頭之意。餘見

《減字木蘭花》(銀筝旋品)注〔二〕。

虞美人①

波聲拍枕長淮曉〔一〕。隙月窺人小〔二〕。無情汴水自東流〔三〕。只載一船離恨、向西州〔四〕。　竹溪花浦曾同醉〔五〕。酒味多於淚〔六〕。誰教風鑑在塵埃〔七〕。醖造一場煩惱、送人來。

【校勘】

① 原調名下有題解:「《冷齋夜話》云:東坡與秦少游維揚飲别,作此詞。世傳賀方回所作,非也。山谷亦云。大觀中,於金陵見其親筆,實東坡詞也。」傅本略同,惟「世傳」下有「以爲」二字,「親筆」下有「醉墨超逸詩壓王子敬蓋」十字。毛本題作「東坡與秦少游維揚飲别作此詞」,當據《冷齋夜話》改編而成。朱本將毛本詞題移注詞後。元本無題,從元本。

【編年】

元豐七年甲子(一〇八四年)十一月與秦觀淮上飲别作。王文誥《蘇詩總案》卷二四:「元豐七年甲子十一月,公至高郵與秦觀會,秦觀追送渡淮,與秦觀淮上飲别,作《虞美人》詞。」又云:「此詞作於淮上,詞意甚明。而《冷齋夜話》以爲維揚飲别者,誤。公與少游未嘗遇於維揚,且少游見公金山而歸，有公竹西所寄書爲據。」

【考辨】

毛本題下有注：「或刻賀方回，或刻黄山谷，或刻秦淮海，或刻晏小山」。毛本《山谷詞》注：「考波聲拍枕長淮曉是子瞻作，删去。」《全宋詞》末注：「案此首别又誤入黄庭堅《豫章黄先生詞》」。同書黄庭堅詞，此首僅列存目詞。案：此詞東坡詞諸本俱收，《冷齋夜話》已辨明爲蘇軾作，歷代詞選凡録此詞者，亦均作蘇軾詞。凡作賀方回、或黄山谷、或秦淮海、或晏小山均誤。

【箋注】

〔一〕長淮：淮河。《水經注》卷三〇：淮水出南陽平氏縣胎簪山，東北過桐柏山。又東過原鹿縣南，汝水從西北來注之。又東北至九江壽春縣東，潁水從西北來注之。又東北至下邳淮陰縣西，泗水從西北來流注之。又東至廣陵淮浦縣，入于海。

〔二〕隙月：從縫隙中透進的月光。李賀《春坊正字劍子歌》：「隙月斜明刮露寒，練帶平鋪吹不起。」

〔三〕無情汴水：庾皐之《與劉蚪書》：「夫山水無情，應之以會，愛閑在我。」白居易《長相思》詞：「汴水流，泗水流，流到瓜洲古渡頭。」

〔四〕西州：《元和郡縣圖志》卷二五《江南道·潤州·上元縣》：「吴長沙桓王孫策定江東，置揚州於建業，其州廨王敦及王導所創也，後會稽王道子於東府城領州，故亦號此爲西州。」故址在今南京市朝天宫西。亦代稱「揚州」。

〔五〕「竹溪」句：《新唐書》卷二〇二《李白傳》：白「更客任城，與孔巢父、韓準、裴政、張叔明、陶沔居徂來山，日沈飲，號『竹溪六逸』」。

〔六〕酒味：韓愈《醉贈張秘書》詩：「酒味既冷冽，酒氣又氤氲。」多淚：皇甫曾《洛中》詩：「還鄉不見家，年老眼多淚。」

〔七〕誰教：誰使。教，使也。風鑑：高見、卓識。《晉書》卷五四《陸機陸雲傳論》：「風鑑澄爽，神情俊邁，文藻宏麗，獨步當時。」此言「風鑑在塵埃」，乃惜少游卓識非凡而遭遇不幸，故下有「醞造一場煩惱」云云。

【參考資料】

宋·胡仔《苕溪漁隱叢話前集》卷五〇引《冷齋夜話》：「東坡初未識少游，少游知其將復過維揚，作坡筆語，題壁於一山寺中。東坡果不能辨，大驚。及見孫莘老，出少游詩詞數十篇，讀之，乃嘆曰：『向書壁者，定此郎也。』後與少游維揚飲別，作《虞美人》曰（詞略）。世傳此詞是賀方回所作，雖山谷亦云。大觀中，於金陵見其親筆，醉墨超放，氣壓王子敬，蓋東坡詞也。」（案《稗海》本、《叢書集成初編》本《冷齋夜話》「後與少游維揚飲別」以下俱無。又，有人誤將「大觀中……蓋東坡詞也」斷爲山谷所云。考山谷於崇寧四年卒，大觀中已不在人世。

可證此當爲惠洪語。）

宋·吴曾《能改齋漫録》卷一六：「東坡長短句云：『無情汴水自東流，只載一船離恨向西州。』張文潛用其意以爲詩云：『亭亭畫舸繫春潭，只待行人酒半酣。不管烟波與風雨，載將離恨過江南。』王平甫嘗愛而誦之，彼不知其出于東坡也。」

明·沈際飛《草堂詩餘正集》卷二：「酒多于淚，意進一層。」

明·董其昌《新刻便讀草堂詩餘》卷四：「離情無限，故淚多於酒，與『離愁漸遠漸無窮，迢迢不斷如春水』同意。」

清·沈雄《古今詞話》卷八：「弇州曰：『隙月窺人小』，又『天涯一點青山小』；陳瑩中雪詞『一夜青山老』，孫光憲『疏香滿地東風老』。俱妙在押字。」

清·黄蓼園《蓼園詞選》：「只尋常贈别之作，已寫得清新濃厚如此。」又：「首一闋是東坡自叙其舟中抵揚情節，第二闋是叙與少游情分。『風鑑在塵埃』是惜少游，此其所以煩惱也。」

如夢令　題淮山樓①〔一〕

城上層樓疊巘〔二〕。城下清淮古汴〔三〕。舉手揖吴雲，人與暮天俱遠。魂斷。魂斷。後夜松江月滿〔四〕。

【校勘】

① 此詞傅本、元本不載。

【編年】

元豐七年甲子(一〇八四年)十二月,作於泗州。朱本、龍本此詞俱未編年。曹本編元豐二年四月,由徐守移湖守途經泗州作。石唐本編熙寧七年,由杭倅移密守,取道泗州,十月十三日作。薛本編熙寧四年倅杭時,由汴京赴杭州過泗州作。案,據詞中「舉手揖吴雲」句,可知是蘇軾拜别吴地回北方、途經泗州作。查蘇軾一生凡十過泗州,其中有三次是從吴地或經由吴地去北方的。一次是元豐二年七月烏臺詩案禍起,蘇軾在湖州被捕,押赴汴京過泗州,當時蘇軾是罪臣,決不會有詞作。再次是元祐六年守杭,被召入京過泗州,未留下詩文記載,當屬過而不留,無暇觀覽。又一次即元豐七年由黄州團練副使移汝州團練副使過泗州,此詞只能作於這時。由黄州赴汝州,四月自黄出發,十二月一日才抵達泗州,長期徘徊於真州、潤州、常州之間,「日以求田爲事」(見《文集》卷五〇《與王荆公二首》之二),還在宜興買了莊田。其實他不想去汝州,決心歸隱常州宜興。但君命難違,只得一面上《乞常州居住表》給朝廷,一向遲緩北上。抵泗州巧遇淮水淺凍,居留泗州一月有餘,得以在泗州遊覽名勝,寫了大量詩詞。這首詞就是十二月中旬題在淮山樓上的,詞中充滿眷戀吴地之情。「後夜淞江月滿」,體現出他身在泗州、心念吴地的情態。

【箋注】

〔一〕淮山樓：王象之《輿地紀勝》卷四四《淮南東路·盱眙軍·景物下》：「淮山樓，在郡治，其治即舊都梁臺也。」今已隨泗州城沉陷於洪澤湖。

〔二〕疊巘：山峰重疊。柳永《望海潮》：「重湖疊巘清嘉。有三秋桂子，十里荷花。」

〔三〕「城下」句：淮河流經泗州城下，古汴河在泗州注入淮河，故云。詳見《清平樂》（清淮濁汴）注〔二〕。

〔四〕松江：又稱吴江、吴松江。詳見《菩薩蠻》（天憐豪俊腰金晚）注〔三〕。

又

元豐七年十二月十八日，浴泗州雍熙塔下〔一〕，戲作《如夢令》兩闋①。此曲本唐莊宗製，名《憶仙姿》〔二〕，嫌其名不雅，故改爲《如夢令》。蓋莊宗作此詞②，卒章云：「如夢。如夢。和淚出門相送。」因取以爲名③。

水垢何曾相受〔三〕。細看兩俱無有。寄語揩背人，盡日勞君揮肘。輕手。輕手。居士本來無垢〔四〕。

【校勘】

①「兩」字原缺，據傅本、元本補。

② 元本無「蓋」字。

③ 元本「名」下有「云」字。

【編年】

元豐七年甲子（一〇八四年）十二月作於泗州。王宗稷《東坡先生年譜》：「元豐七年甲子，十二月十八日浴雍熙塔下，作《如夢令》兩闋。」傅藻《東坡紀年録》：「元豐七年甲子十二月二十八日浴雍熙塔下，戲作《如夢令》。」案，《紀年録》作「二十八日」，與詞題及《年譜》「十八日」有別，當以詞題爲準。

【箋注】

〔一〕泗州雍熙塔：劉攽《中山詩話》：「泗州塔，人傳下藏真身，後閣上碑道興國中塑僧伽像事甚詳。退之詩曰：『火燒水轉掃地空。』則真身焚矣。塔本喻都料造，極工巧。俗謂塔頂爲天門。」岳珂《桯史》卷一四：「余至泗，親至僧伽塔下。中爲大殿，兩旁皆荆榛瓦礫之區，塔院在東廂，無塔而有院。」

〔二〕憶仙姿：即後唐莊宗《如夢令》詞：「曾宴桃園深洞，一曲舞鸞歌鳳。長記別伊時，和淚出門相送。如夢。如夢。殘月落花烟重。」

〔三〕「水垢」句：此句語義雙關，明説「垢」爲身上的「污垢」，暗喻釋氏所謂的「垢染」，即煩惱的意思。《大乘義章五本》曰：「染污浄心，説以爲垢。」即以染身之垢喻煩惱之心，故需以浄水洗之。《無量壽經上》：「洗濯垢汙，顯明清白。」《無量壽經下》：「猶如浄水，洗除塵勞垢染。」蘇軾説「居士本來無垢」，因此無需大洗，這就是「水垢何曾相受」和勸「揩背人」「輕手」的意思。

〔四〕居士：慧遠《維摩義記》：「居士有二：一、廣積資産，居財之士，名爲居士；二、在家修道，居家道士，名爲居士。」這裏指蘇軾自己，在家居而信佛，故自稱居士。無垢：傅注引《維摩詰經》：「八解之浴池，定水湛然，滿布以七浄華，浴於無垢人。」此言本爲無垢之人，則無需浄水沐浴洗除塵勞垢染。

【參考資料】

宋·胡仔《苕溪漁隱叢話後集》卷三九引《古今詞話》云：「後唐莊宗修内苑，掘得斷碑，中有字三十二曰：『曾宴桃源深洞，一曲舞鸞歌鳳。長記欲别時，殘月落花烟重。如夢。如夢。和淚出門相送。』莊宗使樂工入律歌之，名曰《古記》。」但詞話所記，多是臆説，初無所據，故不可信，當以坡言爲正。

宋·吴曾《能改齋漫録》卷六：「東坡《宿海會寺》詩：『本來無垢洗更輕。』樂府云：『居士本來無垢。』按《維摩詰經》偈云：『八解之浴池，定水湛然滿。布以七浄華，浴此無垢人。』」

其二 同前①

自净方能洗彼②〔一〕。我自汗流呀氣。寄語澡浴人〔二〕，且共肉身遊戲〔三〕。但洗。但洗。俯爲人間一切③〔四〕。

【校勘】

①傳本、元本無「同前」二字。

②「洗」，元本作「净」。

③「人」，傳本、元本作「世」。

【編年】

同前首。

【箋注】

〔一〕自净：釋氏所説的自調、自净、自度「三自」之一。是二乘自利之三學。自净包括「正念」和「正定」。（見《智度論六十一》）自净則心無欲念，超然塵雜，精神潔净。

〔二〕澡浴：《晉書》卷九七《倭人傳》：「初喪，哭泣，不食肉。已葬，舉家入水澡浴自潔，以除不祥。」此處「澡浴人」係指世上的人們。

〔三〕肉身遊戲：傅注：「釋氏有『游戲三昧』之語。盧仝《月蝕》詩：『臣有血肉身，無由飛上天。』」

〔四〕人間一切：傅注：「《本行經》云：太子至泥連河側，思維一切衆生根緣，六年後方可度之，乃求修苦行，亦以自試，後悟此非真修，乃受美食，洗浴於河也。」

浣溪沙　元豐七年十二月二十四日，從泗州劉倩叔遊南山①〔一〕

細雨斜風作曉寒②。淡煙疏柳媚晴灘〔二〕。入淮清洛漸漫漫〔三〕。　雪沫乳花浮午琖〔四〕，蓼茸蒿筍試春盤③〔五〕。人間有味是清歡。

【校勘】

①此詞傅本存目缺詞。「十二月」原誤作「十月」，據元本改。

②「曉」，毛本作「小」。

③「茸」，二妙集、毛本作「芽」。

【編年】

元豐七年甲子（一〇八四年）十二月作於泗州。傅藻《東坡紀年録》：「元豐七年甲子十二月二十四日，從劉倩叔游南山作《浣溪沙》。」

【箋注】

〔一〕劉倩叔：生平不詳。《詩集》卷二五《書劉君射堂》題左〔施注〕云：「續帖刻石，先生自注云：『劉曾隨其父典眉州。』」「誥案」云：「是時在泗州者有三劉：一爲泗守劉士彦，一爲眉山劉仲達，一爲泗州劉倩叔。此詩乃家於泗而其父嘗典郡者，與二劉不合。證以施注，劉君即倩叔也。」南山：即泗州南都梁山。《太平寰宇記》卷一六《河南道·泗州》載：盱眙縣在「淮河南，去州五里」。「都梁山在（盱眙）縣南十六里。《廣志》云：都梁山生淮蘭草，一名都梁香草，故以爲名。」蘇軾在《泗州南山監倉蕭淵東軒二首》其一自注：「南山名都梁山，山出都梁香故也。」

〔二〕晴灘：許渾《送郭秀才遊天台》詩：「暖眠鸂鶒晴灘草，高挂獼猴暮澗松。」此處「灘」指南山附近之十里灘，因細雨初霽，故曰晴灘。

〔三〕入淮清洛：《蘇軾詩集》卷二四《和王斿二首》王注厚曰：「汴渠舊引黄河，元豐中始以洛水易之，謂之清汴，或謂之清洛。」《宋史》卷九四《河渠志四》載：元豐二年四月，命宋用臣導洛通汴，以代漕渠，六月清汴成。汴渠流入淮河，泗州在淮河北岸。案：上片寫登南山所見。

〔四〕雪沫乳花：烹茶時浮起的泡沫。明·陸樹聲《茶寮記·煎茶七類·烹點》：「雲脚漸開，乳花浮面則味全。」李德裕《故人寄茶》：「碧流霞脚碎，香泛乳花輕。」琖，即盞，茶杯。

〔五〕蓼茸：初生的蓼菜。蒿筍：蘆蒿的嫩莖。《詩·小雅·蓼莪》：「蓼蓼者莪，匪莪伊蒿。」陳奂《疏》：「莪蒿本一物，而以時之先後異其名……始生氣味各異，其名不同，至秋老成，則皆蒿之語，以爲莪始生香美可食。」案：蓼茸蒿筍泛指初生野菜的嫩芽，用以做野外午餐，別具風味。春盤：古俗立春日，取生菜、果品、餅餌置盤中爲食，稱春盤。杜甫《立春》詩：「春日春盤細生菜，忽憶兩京梅發時。」案：下片寫從泗守劉倩叔春游南山共進野餐的歡樂。

行香子 與泗守過南山晚歸作①〔一〕

北望平川〔二〕。野水荒灣〔三〕。共尋春〔四〕、飛步孱顔②〔五〕。和風弄袖〔六〕，香霧縈鬟〔七〕。正酒酣時③，人語笑，白雲間。　飛鴻落照〔八〕，相將歸去〔九〕，澹娟娟〔一〇〕、玉宇清閒。何人無事，宴坐空山〔一一〕。望長橋上〔一二〕，燈火亂，使君還〔一三〕。

【校勘】

① 此詞吴本未收，傅本亦不載。據元本、明刊全集、二妙集、毛本、朱本、龍本、《全宋詞》、曹本補。元本無題，從明刊全集、二妙集、毛本。

② 「孱顔」：二妙集注：「一作潺湲。」

③ 「時」，二妙集缺，毛本作「適」，從元本。

【編年】

元豐七年甲子（一〇八四年）十二月作於泗州。傅藻《東坡紀年録》：「元豐七年甲子，十二月同泗州太守遊南山過十里灘作《行香子》。」王文誥《蘇詩總案》卷二四：「元豐七年甲子，十二月，與劉士彦山行晚歸作。」

【箋注】

〔一〕泗守：指泗州太守劉士彦。山東木强人。曾任大理寺丞（見蘇頌《蘇魏公集》卷三四《衛尉寺丞劉士彦可大理寺丞制》）、福建轉運判官（見《蘇軾文集》卷三九《朝請郎劉士彦可福建轉運判官制》）。餘未詳。

〔二〕北望平川：《苕溪漁隱叢話後集》卷三五：「淮北之地平夷，自京師至汴口，並無山，惟隔淮方有南山。」軾與泗守登南山北望，故云。

〔三〕野水荒灣：張籍《送友人盧處士遊吴越》詩：「波生野水雁初下，風滿驛樓潮欲來。」歐陽修《滄浪亭詩》：「荒灣野水氣象古，高林翠草相回環。」

〔四〕尋春：探賞春景。是日爲十二月二十四，臘盡春回，故言。孟浩然《重酬李少府見贈》詩：「五行將禁火，十步想尋春。」

〔五〕飛步孱顔：飛步登高。「孱顔」，同巉巖，高峻貌。郭璞《遊仙詩》其十二：「翹手攀金梯，飛步登玉闕。」《史記》卷一一七《司馬相如傳·大人賦》：「放散畔岸，驤以孱顔。」《索隱》：「服虔曰：『馬仰頭，其口開，正孱顔也。』」

〔六〕和風弄袖：杜牧《送劉秀才》詩：「劉郎浦夜浸船月，宋玉亭春弄袖風。」

〔七〕香霧縈鬟：杜甫《月夜》詩：「香霧雲鬟濕。」此句寫同遊歌妓。

〔八〕飛鴻落照：梁簡文帝《喜疾瘳詩》：「飛鴻若可駕，輕簪必易抽。」又《大同九年秋七月詩》：「晚風飄颺來，落照參差好。」落照，落日餘光。

〔九〕相將：猶云相與、相共。令孤楚《春遊曲》：「相將折楊柳，争取最長條。」

〔一〇〕澹娟娟：月光廣漠而美好。

〔一一〕宴坐：閒坐。白居易《病中宴坐》詩：「宴坐小池畔，清風時動襟。」

〔一二〕長橋：《蘇軾詩集》卷二四《和王斿二首》其二：「飛蓋長橋待子閑。」王注次公曰：「長橋，泗州之橋。」

〔一三〕使君：指泗守劉士彦。

【參考資料】

宋·胡仔《苕溪漁隱叢話後集》卷三五：「苕溪漁隱曰：淮北之地平夷，自京師至汴口，並無山，惟隔淮方有南山，米元章名其山爲第一山，有詩云：『京洛風塵千里還，船頭出没翠屏間。莫能衡霍撞星斗，且是東南第一山。』此詩刻在南山石崖上。石崖之側，有東坡《行香子》詞，後題云：『與泗守游南山作。』字畫是東坡所書小字，但無姓名。崇觀間，禁元祐文字，遂鐫去之。余頃居泗上，皆打得此二碑，至今尚存。」

宋·王明清《揮麈後録》卷七：「東坡先生自黄州移汝州，中道起守文登。舟次泗上，偶作詞云：『何人無事，燕坐空山。望長橋上，燈火鬧，使君還。』太守劉士彦，本出法家，山東木强人也。聞之，亟謁東坡云：『知有新詞。學士名滿天下，京師便傳。在法：泗州夜過長橋者，徒二年，况知州邪？切告收起，勿以示人。』東坡笑曰：『軾一生罪過，開口常是不在徒二年以下。』」

宋·樓鑰《攻媿集》卷七三《跋東坡〈行香子〉詞》：「吾鄉豐吏部叔賈誼倅盱眙，游南山寺，有老僧云：『寺舊有苦條木一段，上有東坡親書《行香子》詞，後沉于深水中。』亟募人取得之，遺墨如新，就刻其上。尋爲一軍官買去，析爲槍幹矣。此詞惟曾賓文端伯所編本有之，亦云與泗守游南山作。則《揮麈》所載殆未盡，豈與之同游後乃閲其詞耶？偶從豐氏得墨本，既登之石，又以寄施使君武子，請刻之，以爲都梁一段嘉話。」

明·沈際飛《草堂詩餘正集》卷二：「高曠孤渺，即『燈火亂，使君還』語也，非紗帽氣。」

明·楊慎《草堂詩餘》卷三：「景界高曠孤渺，無人狀得出。」

明·李廷機《新刻注釋草堂詩餘評林》卷二：「形容晚景，宛如畫圖在目中，詞令上品也。」

清・先著《詞潔》卷二：「末語風致嫣然，便是畫意。」

清・黃蓼園《蓼園詞選》：「凡遊覽題易于平呆，最難做得超雋。『飛鴻』二句，情景交融，自具雋旨。結句于旁觀着筆，筆有餘妍，亦是跳脱生新之法。」

近人鄭文焯《手批東坡樂府》：「人外之遊，濬然仙趣。」

水龍吟

昔謝自然欲過海求師蓬萊①〔一〕，至海中，或謂自然②：「蓬萊隔弱水三十萬里〔二〕，不可到。天台有司馬子微〔三〕，身居赤城③〔四〕，名在絳闕〔五〕，可往從之。」自然乃還，受道於子微，白日仙去。子微著《坐忘論》七篇、《樞》一篇④。年百餘，將終，謂弟子曰⑤：「吾居玉霄峰〔六〕，東望蓬萊，嘗有真靈降焉，今爲東海青童君所召⑥〔七〕。」乃蟬脱而去⑦〔八〕。其後李太白作《大鵬賦》云〔九〕：嘗見子微於江陵，「謂余有仙風道骨，可與神遊八極之表」。元豐七年冬，余過臨淮，而湛然先生梁公在焉⑧〔一〇〕，童顔清徹，如二三十許人⑨。然人亦有自少見之者⑩。善吹鐵笛⑪，嘹然有穿雲裂石之聲⑫〔一一〕。乃作《水龍吟》一首，記子微太白之事⑬，倚其聲而歌之。

古來雲海茫茫，道山絳闕知何處⑭〔一二〕？人間自有，赤城居士，龍蟠鳳舉⑮〔一三〕。清净無爲〔一四〕，坐忘遺照〔一五〕，八篇奇語。向玉霄東望⑯，蓬萊晻靄〔一六〕，有雲駕、驂風馭〔一七〕。

行盡九州四海〔一八〕，笑紛紛、落花飛絮。臨江一見，謫仙風采〔一九〕，無言心許。八表神遊〔二〇〕，浩然相對，酒酣箕踞〔二一〕。待垂天賦就〔二二〕，騎鯨路穩〔二三〕，約相將去。

【校勘】

①原無序，據二妙集、毛本補。傅本序文在前半闋注内，上冠「楊元素《本事曲集》載公自序云」十二字。

②傅本「然」下有「曰」字。

③「身」，傅本作「自」。

④傅本無「著《坐忘論》七篇《樞》一篇」九字。

⑤「弟子」，傅本互倒。

⑥傅本無「君」字。

⑦「脱」，傅本作「蜕」。案：「脱化」、「蜕化」，二字通用。

⑧傅本無「而」字，「公」作「君」。

⑨「三」，傅本缺。

⑩「亦」、「者」，傅本缺。

⑪「善」，傅本作「喜」。

⑫「嘹」，傅本作「遼」。

⑬「記」，傅本作「寄」。
⑭「道」，毛本作「蓬」。
⑮「舉」，元本作「翥」。
⑯「向」，二妙集作「上」。

【編年】

元豐七年甲子（一〇八四年）冬記子微太白之事作。王宗稷《東坡先生年譜》：「元豐七年甲子十二月，又作《水龍吟》。」傅藻《東坡紀年録》：「元豐七年甲子冬，作《水龍吟》記子微太白之事」。

【箋注】

〔一〕謝自然：韓愈《謝自然詩》：「果州南充縣，寒女謝自然。童騃無所識，但聞有神仙。輕生學其術，乃在金泉山。繁華榮慕絶，父母慈愛捐。凝心感魑魅，慌惚難具言。一朝坐空室，雲霧生其間。如聆笙竽韵，來自冥冥天，白日變幽晦，蕭蕭風景寒。檐楹暫明滅，五色光屬聯。觀者徒傾駭，躑躅詎敢前？須臾自輕舉，飄若風中烟。茫茫八紘大，影響無由緣。……」《太平廣記》卷六六引《集仙録》：「謝自然者，其先兗州人，父寰，居果州南充……自然性穎異，不食葷血。年七歲，母令隨尼越惠，經年，以疾歸。又令隨尼日朗，十月求還。常所言多道家事，詞氣高異。其家在大方山下，頂有古像老君，自然因拜禮，不願卻下。母從之，乃徙居山頂。自此常誦《道德經》《黄庭内篇》。年十四，……修道不食，築室於金泉山。」「凡一十三年，晝夜寐。兩膝上忽有印形，小於人間官印，四壖若有古篆六字，粲如白玉……移在兩膝内，並膝則兩印相合，分毫無差」。貞元十年十一月二十日辰時，「於金泉道場，白日昇天。士女數千人，咸共瞻仰……須臾，五色雲遮亘一川，天樂異香，散漫彌久。」

〔二〕蓬萊：《史記》卷六《秦始皇本紀》：「齊人徐市等上書言：海中有三神山，名曰蓬萊、方丈、瀛洲。」又卷二八《封禪書》：「此三神山者，其傳在勃海中，去人不遠；患且至，則船風引而去。蓋嘗有至者，諸僊人及不死之藥皆在焉。其物禽獸盡白，而黄金銀爲宫闕。未至，望之如雲；及到，三神山反居水下。臨之，風輒引去，終莫能至云。」弱水：《後漢書》卷八八《西域傳》：大秦國「西有弱水流沙，近西王母所居處」。又，東方朔《十洲記》：「鳳麟洲在西海之中央，地方一千五百里，洲四面有弱水繞之。鴻毛不浮，不可越也。」

〔三〕天台：《文選》卷一一孫興公《遊天台山賦》題下注引支遁《天台山銘序》曰：「余覽《内經·山記》云：『剡縣東南，有天台山。』」《賦》序：「天台山者，蓋山嶽之神秀者也。涉海則有方丈、蓬萊，登陸則有四明、天台，皆玄聖之所遊化，靈仙之所窟宅。」司馬子微：傳注：「司馬子微隱居天台之赤城，自號赤城居士，嘗著《坐忘論》八篇，云：『神宅於内，遺照於外，自然而異於俗人，則謂之仙也。』」劉肅《大唐新語》卷一〇《隱逸》：「司馬承貞，字子微，隱於天台山，自號白雲子，有服餌之術。則天、中宗朝，頻徵不起。睿宗雅尚道教，稍加尊異，承禎方赴召……睿宗深加賞異。無何，苦辭歸，乃賜寶琴、花帔以遣之。」

〔四〕赤城：《文選》卷一一《遊天台山賦》：「赤城霞起而建標。」李善注引支遁《天台山銘序》曰：「往天台，當由赤城山爲道徑。」又引孔靈符《會稽記》曰：「赤城，山名，色皆赤，狀似雲霞，懸霤千仞，謂之瀑布，飛流灑散，冬夏不竭。」又引《天台山圖》曰：「赤城山，天台之南門也。」

〔五〕絳闕：宫殿的門闕。亦借指仙宫。顔延之《赭白馬賦》：「簡偉塞門，獻狀絳闕。」

〔六〕玉霄峰：祝穆《方輿勝覽》卷八《台州》：「玉霄峰，在天台縣北三十五里，重崖疊障，松竹葱蒨，且産香茅，世號小桐柏焉。」

〔七〕東海青童君：亦稱「青童大君」，居東海。傳説中仙人。《雲笈七籤》卷一一載《黄庭内景經》序：「《黄庭内景經》者，一名《東華玉篇》。」務成子注：「東華者，方諸宫名也，東海青童君所居也。」

〔八〕蟬脱：有道之人死叫蟬脱（蜕）。唐·貫休《經曠禪師院》詩：「再來尋師已蟬蜕。」

〔九〕李太白《大鵬賦》：見《李太白全集》卷一，其序云：「余昔於江陵見天台司馬子微，謂余有仙風道骨，可與神遊八極之表，因著《大鵬遇希有鳥賦》以自廣。」

〔一〇〕臨淮：《新唐書》卷三八《地理志》二：「泗州臨淮郡，上。本下邳郡，治宿預。開元二十三年徙治臨淮。天寶元年更郡名。」《元豐九域志》卷五《淮南路》：「泗州臨淮郡，軍事。治盱眙縣。」湛然先生梁公：即道人梁沖。《蘇軾詩集》卷二四載《贈梁道人》詩。孔凡禮《蘇軾年譜》卷二三「賦詩贈梁沖道人」條云：「《濟南先生師友談記》叙嘉祐二年應進士舉時論卷《刑賞忠厚之至論》『爲道人梁沖所得』，『沖以吐納醫藥爲術，東坡貶時識之，今在京師』。蘇軾贈詩首云：『採藥壺公處處過，笑看金狄手摩挲』，知此道人乃沖，在黄州時已識其人，今遇之於途中。」蘇軾詩、詞均爲元豐七年十二月由黄州赴京途中在泗州所作，當時道人梁沖也在泗州，知「湛然先生梁公」，即道人梁沖。

〔一一〕穿雲裂石：言聲音高亢嘹亮。蘇軾《李委吹笛詩叙》：「既奏新曲，又快奏數弄，嘹然有穿雲裂石之聲。」

〔一二〕道山：仙山。惠洪《冷齋夜話》卷七：子瞻遷儋耳，天下盛傳已仙去矣。後北歸至南昌，太守云：「世傳端明已歸道山，今尚爾遊戲人間耶。」傅注：「道山、絳闕皆神仙所居。」

〔一三〕龍蟠鳳舉：喻才能非凡而不爲世所知之人。李白《與韓荆州書》云：「所以龍蟠鳳逸之士，皆欲收名定價于君侯。」

〔一四〕清净無爲：《史記》卷六三《老子韓非列傳》：「李耳無爲自化，清静自正。」道家指清心净欲，順應自然，不求有所作爲。

〔一五〕坐忘：《莊子·大宗師》：「仲尼蹵然問曰：『何謂坐忘？』顔回曰：『墮肢體，黜聰明，離形去知，同於大通，此謂坐忘。』」郭象注：「夫坐忘者，奚所不忘哉！既忘其迹，又忘其所以迹者，內不覺其一身，外不識有天地，然後曠然與變化爲體而無不通也。」案：此處指司馬子微所著《坐忘論》。傅注：「司馬子微隱居天台之赤城，自號赤城居士。嘗著《坐忘論》八篇云：『神宅於內，遺照於外，自然而異於俗人，則謂之仙也。』」遺照：用《莊子·應帝王》「至人之用心若鏡，不將不迎，應而不藏」語意，以鏡比「至人」之心，心中不留一物，如鏡中不留物的形影一樣。「遺」，捨棄，不留下。

〔一六〕晻靄：屈原《離騷》：「揚雲霓之晻藹兮。」王逸注：「晻藹，猶蓊鬱，蔭貌也。」

〔一七〕雲駕：《莊子·天地》：「千歲厭世，去而上僊，乘彼白雲，至于帝鄉。」陳子昂《南山家園林木交映盛夏五月幽然清涼獨坐思遠率成十韵》：「願隨白雲駕，龍鶴相招尋。」風馭：《莊子·逍遥遊》：「夫列子御風而行，泠然善也。」成玄英《疏》：「姓列，名禦寇……得風仙之道，乘風遊行。」

〔一八〕九州：據《書·禹貢》，冀、兗、青、徐、揚、荆、豫、梁、雍爲九州。四海：《爾雅·釋地》：「九夷、八狄、七戎、六蠻，謂之四海。」此指天下，全國各處。

〔一九〕謫仙：指李白。見《滿江紅》（江漢西來）注〔二〕。

〔二〇〕八表：八方之外。陶潛《歸鳥》詩：「遠之八表，近憩雲岑。」

〔二一〕酒酣箕踞：劉伶《酒德頌》：「捧罌承槽，銜杯漱醪，奮髯箕踞，枕麯藉糟。」箕踞：坐於席上，兩足前伸若箕狀，爲輕慢之態。

〔二〕垂天賦：謂《大鵬賦》。《莊子·逍遥遊》：「鵬之背，不知其幾千里也，怒而飛，其翼若垂天之雲。」

〔三〕騎鯨：指李白。杜甫《送孔巢父謝病歸遊江東兼呈李白》詩：「若逢李白騎鯨魚，道甫問信今何如？」仇兆鰲注：「按：騎鯨魚出《羽獵賦》。俗傳太白醉騎鯨魚，溺死潯陽。」

【參考資料】

宋·邵博《邵氏聞見後録》卷一六：「有童子問予：『謝自然欲過海求師，或謂蓬萊隔弱水三萬里，不可到。天台有司馬子微，身居赤城，名在絳闕，可往從之，自然可，還授道於子微，白日仙去。』按子微以開元十五年死於王屋山，自然生於大曆五年，至貞元十年仙去，是子微死四十三年自然始生。乃云『自然授道於子微』，亦誤也。東坡信天下後世者，寧有誤邪？予應之曰：『東坡累誤千百，尚信天下後世也。』童子更曰：『有是言，凡學者之誤亦許矣。』予曰：『爾非東坡，奈何？』」

滿庭芳

余年十七，始與劉仲達往來於眉山〔一〕，今年四十九，相逢於泗上。淮水淺涷，久留郡中，晦日同遊南山〔二〕，話舊感歎，因作此詞①

三十三年，飄流江海，萬里煙浪雲帆〔三〕。故人驚怪，憔悴老青衫〔四〕。我自疏狂異趣〔五〕，君何事、奔走塵凡？流年盡，窮途坐守〔六〕，船尾凍相銜〔七〕。巉巉〔八〕。淮浦外，層樓翠壁，古寺空巖〔九〕。步攜手林間，笑挽攕攕〔一〇〕。莫上孤峰盡處，縈望眼、雲海相攙②〔一一〕。家何在〔一二〕？因君問我，歸夢繞松杉。

【校勘】

① 原調名下有題注作：「楊元素《本事曲》云：子瞻始與劉仲達往來於眉山。後相逢於泗上，久留郡中。遊南山話舊而作。」今據傅本改作詞序。「淮」原誤作「洛」，從元本。「此詞」，元本作「滿庭芳云」。

② 「海」，毛本作「水」。

【編年】

元豐七年甲子（一〇八四年）十二月三十日作於泗州。王宗稷《東坡先生年譜》：「元豐七年甲子十二月十八日，又作《滿庭芳》與劉元達。」傅藻《東坡紀年録》：「元豐七年甲子，十一月晦日與劉仲達相逢泗上，同遊南山作《滿庭芳》。」王文誥《蘇詩總案》卷二四：「元豐七年甲子，十二月一日，與劉仲達相遇於泗上，乃同至都梁山中話舊作《滿庭芳》。」案：《年譜》《紀年録》《總案》小有不同。作者十二月一日抵泗州，詞序云「淮上水淺，久留郡中，晦日同游南山」，「晦日」應爲十二月晦日。今編元豐七年十二月三十日。

【箋注】

〔一〕劉仲達：蘇軾青年時同鄉好友，餘未詳。朱孝臧注：「劉仲達名巨。《年譜》作元達。」案：劉巨即眉山城西壽昌院州學教授劉微之，是蘇軾兄弟幼年的老師，詳見《宋元學案》卷九九《二蘇講友·家先生勤國附師劉巨》及《宋元學案補遺》卷九九《東坡師承·劉先生巨》。朱云劉仲達即劉巨，疑誤。

〔二〕晦日：夏曆每月末日。《莊子·逍遥遊》：「朝菌不知晦朔。」成玄英《疏》：「月終謂之晦，月旦謂之朔。」南山：見《浣溪沙》（細雨斜風作曉寒）注〔一〕。

〔三〕煙浪雲帆：白居易《海漫漫》詩：「雲濤煙浪最深處，人傳中有三仙山。」李白《行路難》三首其一：「長風破浪會有時，直掛雲帆濟滄海。」此謂在人生奔波中，飽嘗飄流之苦。

〔四〕「老青衫」句：白居易《琵琶行》：「座中泣下誰最多，江州司馬青衫溼。」唐制，文官八品服深青，九品服淺青。後「青衫」成官職卑微的代稱。此蘇軾自謂困頓憔悴，沉淪下僚。

〔五〕疏狂：疏懶狂放。白居易《代書詩一百韻寄微之》詩：「疏狂屬年少，閑散爲官卑。」

〔六〕窮途坐守：謂與仲達窮途相對。《世説新語》下卷上《棲逸》：「阮步兵嘯聞數百步。」注引《魏氏春秋》：「阮籍常率意獨駕，不由徑路，車跡所窮，輒痛哭而反。」

〔七〕相銜：傅注：「相銜，所謂舳艫銜尾是也。」

〔八〕巉巉：高峻貌，此指淮浦外之南山，即都梁山。岑參《入劍門作寄杜楊二郎中……》詩：「凛凛三伏寒，巉巉五丁迹。」

〔九〕古寺空巖：杜甫《和裴迪登新津寺寄王侍郎》詩：「蟬聲集古寺，鳥影度寒塘。」楊素《山齋獨步贈薛内史詩》二首其一：「深溪横古樹，空巖卧幽石。」此指南山之山寺巖壑。

〔一〇〕攕攕：手美貌。《説文》引《詩》：「攕攕女手。」案：今《詩經·魏風·葛屨》：「攕攕」作「摻摻」。案此指劉仲達之手。

〔一一〕雲海：高山下視，雲鋪如海。李白《關山月》詩：「明月出天山，蒼茫雲海間。」相攙：指蒼茫雲海與遠天遥接處。

〔一二〕「家何在」二句：因仲達的問話而勾起我思鄉之情，夢縈於故里。韓愈《左遷至藍關示姪孫湘》詩：「雲横秦嶺家何在？雪擁藍關馬不前。」蘇軾《江城子》詞：「料得年年腸斷處，明月夜，短松岡。」蓋以松、杉等代故里。

南鄉子 宿州上元①〔一〕

千騎試春遊。小雨如酥落便收〔二〕。能使江東歸老客，遲留〔三〕。白酒無聲滑瀉油。

飛火亂星毬。淺黛横波翠欲流〔四〕。不似白雲鄉外冷〔五〕，温柔〔六〕。此去淮南第一州。

【校勘】

① 此詞吴本未收，傅本、明刊全集、二妙集、毛本亦不載。據元本、朱本、龍本、《全宋詞》、曹本補。

【編年】

元豐八年乙丑（一〇八五年）正月十五日作於宿州。朱孝臧《東坡樂府》卷二：「案本集《泗岸喜題》云：『謫居黄州五年，今日離泗州北行。岸上聞騾馱鐸聲空籠，意亦欣然。元豐八年正月四日書。』據此，則上元至宿州，情事適合，編乙丑。」

【箋注】

〔一〕宿州：《新唐書》卷三八《地理志》二：「宿州，上。元和四年析徐州之符離、蘄，泗州之虹置。大和三年州廢，七年復置。初治虹，後徙至符離。」《元豐九域志》卷五《淮南路》：「宿州，符離郡，保静軍節度。建隆元年升防禦，開寶五年升保静軍節度。治符離縣。」上元：見《蝶戀花》（燈火錢塘三五夜）注〔一〕。

〔二〕小雨如酥：韓愈《早春呈水部張十八員外》詩：「天街小雨潤如酥，草色遥看近却無。」《玉篇》：「酥，酪也。」

〔三〕遲留：韓愈《别知賦》：「倚郭郛而掩涕，空盡日以遲留。」

〔四〕「淺黛」句：梁·楊皦《詠舞》詩：「嚬容生翠羽，曼睇出横波。」此句謂宿州上元觀燈之少女，黛眉倩目，顧盼波流。

〔五〕白雲鄉：猶云仙鄉。《莊子·天地》：「乘彼白雲，至于帝鄉。」劉禹錫《送深法師遊南嶽》詩：「師在白雲鄉，名登善法堂。」

〔六〕温柔：指「温柔鄉」，謂女色迷人之處。伶玄《趙飛燕外傳》：「是夜進合德，帝大悦，以輔屬體，無所不靡，謂爲『温柔鄉』，謂嫕曰：『吾老是鄉矣！不能效武皇帝求白雲鄉也。』」

滿庭芳

余謫黄州五年①，將赴臨汝，作《滿庭芳》一篇別黄人②〔一〕。既至南都，蒙恩放歸陽羨〔二〕，復作一篇。

歸去來兮，清溪無底〔三〕，上有千仞嵯峨。畫樓東畔③〔四〕，天遠夕陽多〔五〕。老去君恩未報，空回首、彈鋏悲歌〔六〕。船頭轉，長風萬里，歸馬駐平坡。　無何。何處有④，銀潢盡處〔七〕，天女停梭〔八〕。問何事人間⑤，久戲風波〔九〕。顧謂同來稚子⑥〔一〇〕，應爛汝、腰下長柯〔一一〕。青衫破〔一二〕，群仙笑我，千縷掛煙蓑。

【校勘】

① 此詞吴本未收，傳本亦不載，據元本、明刊全集、二妙集、毛本、朱本、龍本、《全宋詞》、曹本補。明刊全集、二妙集序首有「公自序云」四字。明刊全集、二妙集、毛本無「謫」字。毛本缺「州」字。

②「人」，明刊全集作「州」。
③「樓東」，二妙集、毛本作「橋西」。
④「有」，明刊全集、二妙集、毛本作「是」。
⑤「何事人間」，明刊全集、二妙集、毛本作「人間何事」。
⑥「謂」，明刊全集、二妙集、毛本作「問」。

【編年】

元豐八年乙丑（一〇八五年）二月，作於南都（今河南商丘市）。傅藻《東坡紀年録》：「元豐八年乙丑二月，蒙恩放歸陽羨，復作《滿庭芳》。」王文誥《蘇詩總案》卷二五：「元豐八年乙丑二月，告下，仍以檢校尚書水部員外郎，汝州團練副使，不得簽書公事，常州居住，再作《滿庭芳》詞。」

【箋注】

〔一〕指元豐七年四月一日作者將去黄移汝時，留别雪堂鄰里所作的《滿庭芳》（歸去來兮）。

〔二〕據施宿《東坡先生年譜》，元豐七年甲子，「正月，御札蘇軾黜居思咎，閲歲滋深，人材實難，不忍終棄，可移汝州團練副使，本州安置。……四月發黄州……渡淮已歲晚矣……到泗，上表乞常州居住。邸吏拘微文不肯進，乃于鼓院投之。蓋先生舊有田在陽羡也。」元豐八年乙丑，「先生正月離泗上至南京，尋得請常州居住。」

〔三〕「清溪」二句：此乃想像陽羨溪清山峻之美好風光。清溪：指陽羨之荆溪。嵯峨：《文選》卷三三劉安《招隱士》：「山氣巃嵸兮石嵯峨。」王逸注：「嵯峨，巀嶭，峻蔽日也。」此指陽羨西山的高峻壯觀。

〔四〕畫樓：李商隱《無題》：「昨夜星辰昨夜風，畫樓西畔桂堂東。」

〔五〕天遠夕陽多：趙嘏《虎丘寺贈漁處士》：「巖空秋色動，水闊夕陽多。」此句語含雙關，既是寫景，又暗寫晚年蒙皇帝恩典，放歸陽羨。

〔六〕彈鋏悲歌：《戰國策·齊策四》：「齊人有馮諼者，貧乏不能自存，使人屬孟嘗君，願寄食門下……居有頃，倚柱彈其劍，歌曰：『長鋏歸來乎，食無魚！』左右以告。孟嘗君曰：『食之比門下之客！』居有頃，復彈其鋏，歌曰：『長鋏歸來乎，出無車！』左右皆笑之，以告。孟嘗君曰：『爲之駕，比門下之車客！』於是乘其車……後有頃，復彈其劍鋏，歌曰：『長鋏歸來乎，無以爲家！』左右皆惡之，以爲貪而不知足。」此以馮諼彈鋏求助於人，喻指自己乞常州居住事。

〔七〕銀潢：又名天潢、天津，即銀河。《史記》卷二七《天官書》：「漢中四星，曰天駟。旁一星，曰王良。王良策馬，車騎滿野。旁有八星，絶漢，曰天潢。」宋均云：「天潢，天津也。」蘇軾《天漢臺》詩：「漾水東流舊見經，銀潢左界上通靈。」

〔八〕天女停梭：梁簡文帝《七夕》詩：「天梭織來久，方逢今夜停。」北齊·邢邵《七夕》詩：「秋期忽云至，停梭理容色。」此以七夕相會，織女停梭，借指歸陽羡與家人團聚。

〔九〕久戲風波：指長期以來的官場是非，宦海風波。

〔一〇〕同來稚子：指幼兒蘇過，時年十四歲。

〔一一〕「應爛」句：《水經注》卷四〇《漸江水》：「《東陽記》云：『信安縣有縣室坂，晉中朝時，有民王質，伐木至石室中，見童子四人，彈琴而歌，質因留，倚柯聽之，童子以一物如棗核與質，質含之，便不復饑。俄頃，童子曰其歸，承聲而去，斧柯漼然爛盡。既歸，質去家已數十年，親情凋落，無復向時比矣。』」此借王質故事説明人生短暫，世事變化之大。

〔一二〕「青衫破」三句：以游戲之筆寫放歸陽羡，家人、舊友笑我衣衫襤褸如披煙蓑。既是對蒙恩放歸的自慰，也是對已往官場生活的自嘲。群仙，指舊時親友。

【參考資料】

清·吴騫《桃谿客語》卷五：「東坡至陽羡，嘗館邵民瞻家。邵時爲邑中大族，有園臨水，最擅林壑之勝，中有天遠堂，蓋取東坡《滿庭芳》詞『畫樓東畔，天遠夕陽多』之句。」

清·劉熙載《藝概》卷四《詞曲概》：「詞以不犯本位爲高。東坡《滿庭芳》『老去君恩未報，空回首、彈鋏悲歌』，語誠慷慨，然不若《水調歌頭》：『我欲乘風歸去，又恐瓊樓玉宇，高處不勝寒』，尤覺空靈藴藉。」

近人鄭文焯《手批東坡樂府》：「《桃谿客語》載陽羨邵氏，因東坡此詞，遂名所居曰『天遠堂』。余曾於吴市見一古砂壺，底有篆文，即此堂名，乃知爲宋製邵家故物，惜未購致爲憾耳。」

蝶戀花　述懷①

雲水縈回溪上路〔一〕。疊疊青山〔二〕，環繞溪東注。月白沙汀翹宿鷺〔三〕。更無一點塵來處。　溪叟相看私自語〔四〕。底事區區〔五〕，苦要爲官去。尊酒不空田百畝〔六〕。歸來分得閒中趣②。

【校勘】

① 此詞傳本存目缺詞。元本無題。

② 「得」，元本作「取」。

【編年】

元豐八年乙丑（一〇八五年）六月作於宜興。王文誥《蘇詩總案》卷二五：「元豐八年乙丑六月，初聞起知登州，公將行，有懷荆溪，作《蝶戀花》詞。」

【箋注】

〔一〕雲水：杜甫《刈稻了詠懷》：「稻穫空雲水，川平對石門。」溪：指荆溪。《嘉慶一統志》卷八六《常州府》：「荆溪，在荆溪縣南，以近溪南山得名。自鎮江溧陽縣流入，承永陽江，下注震澤。」喻鳧《夏日因懷陽羡舊遊寄書記》詩：「還應坐籌暇，時一夢荆溪。」

〔二〕疊疊青山：鄭谷《浯溪》詩：「湛湛清江疊疊山。」此指環繞荆溪的群山。

〔三〕「月白」二句：寫明月照鷺洲，上下一白，不見纖塵的陽羡夜景。月白：白居易《琵琶行》：「東舟西舫悄無言，唯見江心秋月白。」沙汀：陳叔寶《三洲歌》：「沙汀時起伏，畫舸屢淹留。」宿鷺：杜甫《草堂即事》詩：「寒魚依密藻，宿鷺起圓沙。」「更無」句：張若虛《春江花月夜》：「江天一色無纖塵，皎皎空中孤月輪。」

〔四〕溪叟：猶釣叟、漁翁。柳永《望海潮》詞：「嬉嬉釣叟蓮娃。」

〔五〕「底事區區」二句：猶言爲什麽辛辛苦苦硬要去做官呢？區區：辛苦之義。柳永《滿江紅》：「遊宦區區成底事，平生況有雲泉約。」苦要爲官：據施宿《東坡先生年譜》知指「有旨復朝奉郎知登州」事。

〔六〕「尊酒不空」二句：謂不如歸隱田園，有酒盈尊，常醉斯鄉，分得閒中樂趣。《後漢書》卷七〇《孔融傳》：融「性寬容少忌，好士，喜誘益後進。及退閑職，賓客日盈其門。常歎曰：『坐上客恒滿，尊中酒不空，吾無憂矣。』」又，《晉書》卷九四《陶潛傳》：潛爲彭澤令，在縣公田悉令種秫穀，曰：「令吾常醉於酒足矣。」妻子固請種秔，乃使一頃五十畝種秫，五十畝種秔。後解印去縣，乃賦《歸去來》曰：「有酒盈樽，引壺觴以自酌。」

【參考資料】

清·王文誥《蘇詩總案》卷二五：「詞云『溪上』，即荆溪也。信爲起知登州臨去所作。自後入掌制命，出典雄藩，以及南遷海外，請老毗陵，未克踐『歸來』之語。讀公述懷詞，爲之憮然也。」

又①

昨夜秋風來萬里。月上屏幃〔一〕，冷透人衣袂〔二〕。有客抱衾愁不寐〔三〕。那堪玉漏長如歲〔四〕。　羈舍留連歸計未〔五〕。夢斷魂消，一枕相思淚〔六〕。衣帶漸寬無別意〔七〕。新書報我添憔悴。

【校勘】

① 此詞吴本未收，傅本、元本、明刊全集亦不載，見外集、二妙集、毛本、朱本、龍本、《全宋詞》。毛本注：「元刻不載。」

【編年】

元豐八年乙丑（一〇八五年）九月，作於楚州。此詞朱本、龍本俱未編年。從薛本。薛本略云：從詞中「秋風來萬里」、「有客」「不寐」、「羈舍留連」諸語看，當爲秋中爲客時作。考公一生秋中爲客者凡五，惟元豐八年乙丑由常州赴登州，九月經楚州遇大風一次，最與此詞相符。《蘇軾文集》卷五五《與楊康公（景略）三首》其三，寫於赴登州途中，云：「兩日大風，孤舟掀舞雪浪中，但闔户擁衾，瞑目塊坐耳。楊次公惠醞一壺，少酌徑醉。……某有三兒，其次者十六歲矣，頗知作詩，今日忽吟《淮口遇風》一篇，粗可觀，戲爲和之，并以奉呈。」又，《文集》卷七一《書遺蔡允元》：「僕閒居六年，復出從仕。自六月被命，今始至淮上，大風三日不得渡。」書簡所云「大風三日」及蘇迨所作《淮口遇風》詩，與「昨夜秋風來萬里」合；「闔户擁衾，瞑目塊坐」，與「有客抱衾愁不寐」，「羈舍留連」合，因知此詞作於乙丑九月由常赴登經楚州遇大風時。所考近是。又，據《資治通鑑長編》卷三五九，是月己酉（十八日），蘇軾途中以朝奉郎除禮部郎中。制書曰：「爾議論文章，卓然名世。而失職浸久，所學未伸。今兹命爾爲郎，以待不次之選。孔子曰：如或知爾，則何以哉！維爾之才，不患無位。」見《皇朝文鑑》卷三九《朝奉郎蘇軾可守禮部郎中》，這除禮部郎中的詔書，當即詞中「新書報我」之「新書」。蘇軾感念君恩垂顧，欲效忠愛之誠，盡職報國，「衣帶漸寬」「添憔悴」，不惜消瘦也。據上，移編元豐八年乙丑。

【考辨】

此詞始見於外集，二妙集亦收。曹本移列誤入詞類，注：「按此詞意境，與東坡詞不類，斷非東坡所作。今移列誤入詞。」判爲僞作，證據不足，不足憑信。

【箋注】

〔一〕屏幃：設於内室之屏帳。元稹《江陵三夢》：「分張碎針線，襵疊故𢍰幃。」𢍰，同屏。此泛指客舍、客舟所張之屏帳。

〔二〕衣袂：原意爲衣袖，此指衣服。謝靈運《折楊柳行二首》之一：「舍我故鄉客，將適萬里道。妻妾牽衣袂，抆淚沾懷抱。」

〔三〕有客：此乃自指。時在客中。抱衾：衾，被子。《詩經·召南·小星》：「抱衾與裯，寔命不猶。」案，此即蘇軾《與楊康公》書所云：「孤舟掀舞雪浪中，但闔户擁衾」之「擁衾」也。參見編年引證。

〔四〕玉漏：古代計時器滴漏所用之壺多爲銅製，但文人往往稱爲玉漏。唐·宗楚客《正月晦日侍宴滻水應制賦得長字》：「珠胎隨月減，玉漏與年長。」蘇味道《正月十五夜》：「金吾不禁夜，玉漏莫相催。」

〔五〕留連：梁元帝《長歌行》：「人生行樂爾，何處不留連。」歸計未：范仲淹《漁家傲》詞：「濁酒一杯家萬里，燕然未勒歸無計。」

〔六〕相思淚：常建《嶺猿》：「相思嶺上相思淚，不到三聲合斷腸。」

〔七〕衣帶漸寬：衣服逐漸寬大，喻人體漸漸消瘦也。梁簡文帝蕭綱《賦得當壚》：「欲知心恨急，翻令衣帶寬。」歐陽修《蝶戀花》（獨倚危樓）：「衣帶漸寬都不悔，爲伊銷得人惟悴。」此謂爲效忠愛之誠，不惜衣帶漸寬，人添憔悴。

又

過漣水軍贈趙晦之①〔一〕

自古漣漪佳絶地②〔二〕。繞郭荷花〔三〕，欲把吴興比。倦客塵埃何處洗〔四〕。真君堂下寒泉水〔五〕。

左海門前酤酒市③〔六〕。夜半潮來，月下孤舟起〔七〕。傾蓋相逢拚一醉〔八〕。雙鳧飛去人千里〔九〕。

【校勘】

①此詞傳本存目缺詞。毛本題無「軍」字。

②「絶」，毛本作「麗」。

③「酤」，元本作「魚」。

【編年】

元豐八年乙丑（一〇八五年）十月作於漣水。王文誥《蘇詩總案》卷二六：「元豐八年乙丑十月，過漣水，重遇趙晦之贈《蝶戀花》詞。」又云：「以吴興比漣水，故有『繞郭荷花』之句，非十月見荷花也。」

【箋注】

〔一〕漣水：《元和郡縣圖志》卷九《河南道·泗州》：漣水縣，本漢厹猶縣之地，後魏改海安郡，隋廢郡，開皇五年改襄賁爲漣水縣，因縣界有漣水，故名。《太平寰宇記》卷一七《河南道·漣水軍》：「漣水軍，理漣水縣。本楚州漣水縣也，皇朝太平興國三年十二月建爲漣水軍。」《元豐九域志》卷一〇《省廢州軍·淮南路》：「漣水軍。熙寧五年廢軍，以漣水縣隸楚州。」軍：宋代地方行政區劃名。趙晦之：見《減字木蘭花》（賢哉令尹）注〔一〕。

〔二〕漣漪：《詩·魏風·伐檀》：「河水清且漣猗。」本指波紋，此以漣漪之水代指漣水。

〔三〕繞郭荷花：白居易《餘杭形勝》詩：「遶郭荷花三十里，拂城松樹一千株。」

〔四〕倦客：陸機《長安有狹邪行》詩：「余本倦游客，豪彦多舊親。」此爲作者自指。

〔五〕真君：《莊子·齊物論》：「其遞相爲君臣乎？其有真君存焉？」成玄英《疏》：「真君即前之真宰也。」天爲萬物的主宰，故謂真宰。案：此所稱真君堂，在漣水軍軍治園中。寒泉水：在真君堂下。

〔六〕左海：即東海。漣水軍近東海，如東海之門，故言「左海門前」。《禮記・鄉飲酒義》：「洗之在阼，其水在洗東，祖天地之左海也。」注：「海水之委也。」

〔七〕孤舟起：蘇軾《次韻王定國南遷回見寄》詩：「相逢爲我話留滯，桃花春漲孤舟起。」

〔八〕傾蓋相逢：朋友相遇。鄒陽《獄中上梁王書》：「白頭如新，傾蓋如故。」拚一醉：甘願一醉。

〔九〕雙鳧：《初學記》卷一八《離別》録蘇武別李陵詩：「二鳧俱北飛，一鳧獨南翔。」後以「雙鳧」之北飛南翔喻友人別離。

【參考資料】

宋・葛立方《韻語陽秋》卷十三：「漣水有真君泉，在軍治園中。東坡嘗題字於石欄，又作長短句，所謂『倦客塵埃何處洗，真君堂下寒泉水』是也。」

定風波

王定國歌兒曰柔奴〔一〕，姓宇文氏，眉目娟麗，善應對，家世住京師。定國南遷歸，余問柔：「廣南風土應是不好？」柔對曰：「此心安處便是吾鄉。」因爲綴詞云。①

誰羨人間琢玉郎②〔二〕。天應乞與點酥娘③〔三〕。盡道清歌傳皓齒④〔四〕。風起。雪飛炎海變清涼〔五〕。　萬里歸來顔愈少⑤。微笑。笑時猶帶嶺梅香⑥〔六〕。試問嶺南應不好⑦？卻道〔七〕。此心安處是吾鄉〔八〕。

【校勘】

① 詞題原作「南海歸贈王定國侍人寓娘」，據毛本改。外集題作「元祐元年王定國席上贈侍兒寓娘」。

② 「誰」，元本作「長」，二妙集、毛本作「常」。

③ 「應乞與」，毛本作「教分付」。此句元本注：「一作故教天與點蘇娘。」

④ 「盡道」，元本作「自作」。

⑤ 「顔」，毛本作「年」。

⑥ 「笑時」，毛本作「時時」。

⑦ 「南」，原作「梅」，據諸本改。

【編年】

元祐元年丙寅（一〇八六年）二月，作於東京。案：此詞朱本編元豐六年癸亥（一〇八三年），云：「案本集《王定國詩集叙》云：『定國以余故，貶海上三年』。又《次韻王鞏南遷初歸》詩，施注編癸亥。詞亦是年之作。」龍本、曹本俱依朱説。而《重編東坡先生外集》此詞下原注：「元祐元年王定國席上，贈侍兒寓娘。」《苕溪漁隱叢話後集》卷四〇引《東皋雜録》：「王定國嶺外歸，出歌者勸東坡酒，坡作《定風波》，序云：王定國歌兒曰柔奴，……」又，皇都風月主人《緑窗新話》下引《古今詞話》：「東坡初謫黄州，獨王定國以大臣之子不能謹交游，遷置嶺表，後數年召還京師。是時東坡掌翰苑，一日，王定國置酒與東坡會飲，出寵人點酥侑尊，而點酥善談笑。……坡嘆其善應對，賦《定風波》一闋以贈之。」對此詞的寫作時間、地點、因由，均有清楚記載，惟王定國侍兒的名字有寓娘、柔奴、點酥之别。對此，張宗橚《詞林紀事》卷五，云：「柔奴或作寓娘。考《柳州志》：『王鞏侍兒柔奴』，與詞序同，當從詞序。」言之有理。時蘇軾已由登州抵京師，「（元祐元年）二月遷中書舍人。」（見《墓誌銘》）旋，擢翰林學士知制誥。今從《外集》及宋人説，繫此詞於丙寅初。孔《譜》、薛本，亦主是説。薛本考訂頗詳。

【箋注】

〔一〕王定國：王鞏，字定國。《宋史》卷三二〇有傳，云：「鞏有雋才，長於詩，從蘇軾遊。軾守徐州，鞏往訪之，與客游泗水，登魋山，吹笛飲酒，乘月而歸。軾待之於黄樓上，謂鞏曰：『李太白死，世無此樂三百年矣。』軾得罪，鞏亦竄賓州。數歲得還，豪氣不少挫。」秦觀《王定國注論語序》：「元豐二年，眉陽蘇公，用御史言『文涉謗訕』，屬吏獄具。天子薄其罪，責爲黄州團練副使。於是梁國張公、涑水司馬公等三十六人，素厚善眉陽，得其文字不以告，皆罰金。而太原王定國，獨謫監賓州鹽税。定國相家子，少知名，一朝坐交遊，斥海上，人皆意其日飲無何，不復以筆硯爲職矣。而定國至賓，益自刻勵，晨起入局，視鹽税之事唯謹，退則窮經著書，或賦詩自娱，非疾病慶弔輒不廢，七年罷還。」（見《淮海集》卷三九）《續資治通鑑長編》卷四五九（哲宗元祐六年六月）載劉摯嘗叙王鞏事云：「鞏奇俊有文詞，然不就規檢，喜立事功，往往犯分，躁於進取。蘇轍兄弟獎引之甚力。然好作論議夸誕，輕易臧否人物，其口可畏，所喜所不喜，別白輕重，無所顧忌，是以頗不容於人。昔坐事竄南荒三（當爲「五」之訛）年，安患難，一不戚于懷。歸來顏色和豫，氣益剛實。此其過人甚遠，不得謂無得於道也。」

〔二〕琢玉郎：傅注：「琢玉郎言其（案：指王定國）美姿容如玉也。」《蘇軾文集》卷五二《尺牘・與王定國四十一首》其三十一：「君實嘗云：『王定國瘴烟窟裏五年，面如紅玉。』」

〔三〕點酥娘：傅注：「點酥娘言其如凝酥之滑膩也。」宋皇都風月主人《緑窗新話》引《古今詞話》謂王定國自嶺表還京師，置酒與東坡會飲，出寵人點酥侑尊，坡賦《定風波》詞。則點酥爲定國歌兒名。定國歌兒名柔奴、名點酥、名寓娘，未詳孰是？今採録備考。詳見後引參考資料。

〔四〕皓齒：杜甫《聽楊氏歌》詩：「佳人絶代歌，獨立發皓齒。」温庭筠《晚坐寄友人》詩：「應卷鰕簾看皓齒。」

〔五〕炎海變清涼：杜甫《雨》詩：「清涼破炎毒。」此句謂柔奴的清歌使嶺南炎海爲之清涼。

〔六〕嶺梅：杜甫《秋日荆南抒懷》詩：「秋水漫湘竹，陰風過嶺梅。」此謂柔奴的微笑猶帶大庾嶺頭之清幽梅香。

〔七〕卻道：倒説，反説。「卻」，猶倒也，反也。李白《把酒問月》：「人攀明月不可得，月行卻與人相隨。」歐陽修《采桑子》詞：「行雲卻在行舟下，空水澄鮮，俯仰流連，疑是湖中別有天。」

〔八〕此心安處是吾鄉：白居易《吾土》詩：「身心安處爲吾土，豈限長安與洛陽。」

【參考資料】

宋・蘇軾《王定國詩集敘》：「今定國以余故得罪，貶海上五年，一子死貶所，一子死于家，定國亦病幾死。余意其怨我甚，不敢以書相聞。而定國歸至江西，以其嶺外所作詩數百首寄余，皆清平豐融，藹然有治世之音，其言與志得道行者無異。幽憂憤歎之作，蓋亦有之矣，特恐死嶺外，而天子之恩不及報，以忝其父祖耳。孔子曰：『不怨天，不尤人。』定國且不我怨，而肯怨天乎！余然後廢卷而歎，自恨期人之淺也。……今余老不復作詩，又以病止酒，閉門不出，門外數步即大江，經月不至江上，眊眊焉真一老農夫也。而定國詩益工，飲酒不衰，所至翺翔徜徉，窮山水之勝，不以厄窮衰老改其度。今而後，余之所畏服於定國者，不獨其詩也。」

宋・胡仔《苕溪漁隱叢話後集》卷四〇引《東皐雜録》：「王定國嶺外歸，出歌者勸東坡酒，坡作《定風波》。序云：王定國歌兒曰柔奴……。」案：所引與毛本題同，與傅本、吴本題「南海歸贈王定國侍人寓娘」有別。

宋・吴曾《能改齋漫録》卷八：「東坡作《定風波》序云：『王定國歌兒曰柔奴，姓宇文氏。定國南遷歸，余問柔：「廣南風土，應是不好？」柔對曰：「此心安處，便是吾鄉。」因用其語綴詞云：「試問嶺南應不好？却道，此心安處是吾鄉。」』余以此語本出於白樂天，東坡偶忘之耳。白《吾土》詩云：『身心安處爲吾土，豈限長安與洛陽。』又《出城留别》詩云：『我生本無鄉，心安是歸處。』又《重題》詩云：『心泰身寧是歸處，故鄉獨可在長安。』又《種桃杏》詩云：『無論海角與天涯，大抵心安即是家。』」

宋・皇都風月主人《緑窗新話》下引《古今詞話》：「東坡初謫黄州，獨王定國以大臣之子不能謹交游，遷置嶺表，後數年召還京師。是時東坡掌翰苑。一日，王定國置酒與東坡會飲，出寵人點酥侑尊，而點酥善談笑，東坡問曰：『嶺南風物可噉不佳？』點酥應聲曰：『此身安處是家鄉。』坡歎其善應對，賦《定風波》一闋以贈之，其句全引點酥之語。（詞略，文字與詞集小異。）點酥因是詞譽籍甚。」

清・張宗橚《詞林紀事》卷五：「柔奴或作寓娘。考《柳州志》：『王鞏侍兒柔奴。』與詞序同，當從詞序。」

如夢令　寄黄州楊使君二首①

爲向東坡傳語〔一〕。人在玉堂深處②〔二〕。别後有誰來？雪壓小橋無路〔三〕。歸去〔四〕。歸去。江上一犂春雨。

【校勘】

① 題原作「有寄」，據傅本改。傅本題下原有「公時在翰苑」五字，係傅幹所作小注，删去。元本無題。

② 「玉」，毛本作「畫」。

【編年】

元祐元年丙寅（一〇八六年）九月至年末間，作於東京。此詞朱本未編年。龍本云：「案此二首，據傅本可移編卷二元祐丁卯、戊辰間，公官翰林學士時。」誤。傅幹《注坡詞》於此詞詞題下注云：「公時在翰苑。」查蘇軾以試中書舍人爲翰林學士知制誥，時在元祐元年丙寅九月丁卯（十二日），見《長編》《實録》《宋史·哲宗紀》諸書。此詞詞題之「黄州楊使君」指黄州太守楊寀（君素）。據孔《譜》：元豐六年八月，徐大受（君猷）罷黄守離任，新守楊寀到黄州接任。時蘇軾貶官黄州團練副使，居東坡雪堂，直至元豐七年三月移知汝州，與黄守楊寀（君素）有長達八個月的交往。《文集》卷五六《與楊君素三首》其三，寫於蘇軾登州還朝後，中謂：「某去鄉二十一年，里中尊宿，零落殆盡，惟公龜鶴不老，松柏益茂，此大慶也。」據知，君素不僅是蘇軾蜀中故人，且是前輩，在黄時頗受其青睞，關係密切。此詞乃蘇軾官翰苑時懷念黄州東坡故居而致語黄州故人，並有歸來東坡之意。必作於入翰林後至是年年末之間，因孔《譜》云：「若在明年，寀已去職矣。」薛本亦編丙寅，可參讀。

下闋同此，不另考。

【考辨】

《全宋詞》此詞末注：「案《永樂大典》卷一四三八一，此首誤作張先詞。」同書張先詞，此首僅列存目詞。趙萬里《宋金元名家詞補遺》據《永樂大典》補作張先詞，云：「案上闋誤入東坡樂府下，茲並校之。」案：此詞諸本東坡詞集俱收，諸本《張子野詞》均不載。歷代詞選凡録此詞者，亦俱作蘇軾詞；且張先與黄州東坡無緣，亦未供職玉堂（翰林院）。故可斷定《永樂大典》誤收，趙萬里據《永樂大典》補作張子野詞，亦誤。

【箋注】

〔一〕東坡：指作者貶官黄州團練副使時，築室於黄岡之東坡。此代指東坡父老。

〔二〕玉堂：翰林院。《漢書》卷七五《李尋傳》：「過隨衆賢待詔，食太官，衣御府，久污玉堂之署。」王先謙補注：「何焯曰：『漢時待詔於玉堂殿，唐時待詔於翰林院，至宋以後翰林遂併蒙玉堂之號。』」《宋史》卷二六六《蘇易簡傳》：「（易簡）充翰林學士……續唐李肇《翰林志》二卷以獻，帝（太宗）賜詩以嘉之。帝嘗以輕綃飛白大書『玉堂之署』四字，令易簡牓於廳額。」時蘇軾官翰林學士，故稱其居爲「玉堂」。

〔三〕「雪壓小橋」句：詞作於元祐元年丙寅九月至年末間，時值冬日，故想像東坡小橋當有「雪壓」

之景。

〔四〕歸去：案當時作者雖身在翰苑因厭於官場傾軋，有歸來東坡之意。

【參考資料】

清·陳世焜《雲韶集》卷二：「風流跌宕，是名士胸襟，是東坡本色。」

清·俞成《螢雪叢説》卷上《詩隨景物下語》條：「杜詩『丹霞一縷輕』，《漁父詞》『藕縷一鈎輕』，胡少汲詩『隋堤煙雨一帆輕』。至若騷人，于漁父則曰『一簑煙雨』，于農夫則曰『一犁春雨』，于舟子則曰『一篙春水』，皆曲盡形容之妙也。」

其二①

手種堂前桃李〔一〕。無限緑陰青子。簾外百舌兒〔二〕，驚起五更春睡②。居士〔三〕。居士。莫忘小橋流水〔四〕。

【校勘】

① 毛本題作「春思」。

② 「驚」，傅本作「唤」。元本注：「一作唤。」

【編年】

同前首。

【箋注】

〔一〕「手種」二句：當爲想像之辭。元豐七年，蘇軾去黄移汝時，留别雪堂鄰里，曾作《滿庭芳》詞，有『好在堂前細柳，應念我莫翦柔柯』句，傅注：「公手植柳於東坡雪堂之下。」此「堂前桃李」亦當爲公所手植。自元豐七年至元祐元年已三年，應有「無限緑陰青子」矣。

〔二〕百舌兒：見《望江南》（春已老）注〔六〕。

〔三〕居士：作者自指。案，居士在我國有深厚文化意蘊，有儒家居士，佛學居士，也有道教居士。宋·睦庵善卿《祖庭事苑》卷三：「凡具四德，乃稱居士。一不求官；二寡欲蘊德；三居財大富；四安道自悟。」蘇軾仕途失意，欲退隱閑居，亦自稱居士。餘見《如夢令》（水垢何曾相受）注〔四〕。

〔四〕小橋：指東坡雪堂正南之小橋。見後附參考資料。

【參考資料】

宋·陸游《入蜀記》卷四：「（八月）十九日早游東坡。……（雪堂）正南有橋，榜曰小橋，以『莫忘小橋流水』之句得名。其下初無渠澗，遇雨則有涓流耳。舊止片石布其上，近輒增廣爲木橋，覆以一屋，頗敗人意。」

清·張德瀛《詞徵》卷三：「詞上、入皆可作平，而入聲最夥，『獨』、『一』、『寂』、『不』、『碧』、『亦』等字，固爲數見，它如……蘇子瞻《如夢令》『寄語澡浴人』，『浴』作平；『簾外百舌兒』，『舌』作平。」

蘇幕遮　詠選仙圖〔一〕

暑籠晴，風解愠。雨後餘清①〔二〕，暗襲衣裙潤。一局選仙逃暑困。笑指尊前，誰向青霄近〔三〕。　整金盆〔四〕，輪玉筍〔五〕。鳳駕鸞車〔六〕，誰敢争先進〔七〕。重五休言升最緊〔八〕。縱有碧油，到了輸堂印。

【校勘】

①「雨」上原有「時」字，據諸本删。

【編年】

元祐二年丁卯（一〇八七年）左右，作於東京。劉崇德《蘇詞編年考》：「詞中所咏選仙圖是一種投骰子賭博的游戲……據岳珂《桯史》載：『元祐間，秦黄諸君子在館，暇日觀畫。山谷出李龍眠所作《賢己圖》，博弈樗蒲之流咸列焉。博者六七人，方據一局投進盆中，五皆六，而一猶旋轉不已。

一人俯盆疾呼，旁觀皆變色起立，纖穠態度，曲盡其妙。相與歎賞，以爲卓絶。適東坡從外來，睨之曰：「李龍眠天下士，顧效閩人語耶。」衆賢怪請其故，東坡曰：「四海語音，言六皆合口，惟閩音則張口。今盆中皆六，一猶未定，法當呼六，而疾呼者乃張口何也？」龍眠聞之亦笑而服。』從這條筆記看，黄庭堅、秦觀和蘇軾欣賞的《賢己圖》亦爲投骰子賭博場面，不知與選仙格是否一回事。而元祐文人已開始用詩畫反映這種風俗，卻由此可知。蘇軾《選仙圖詞》年月别無所考，唯此事可作佐證，故編元祐二年左右。」暫依劉説，以俟詳考。又據首句，當爲暑天（六、七月間）作。

【箋注】

〔一〕選仙圖：博戲具。唐宋時一種博戲，其法爲列仙境中高低仙界之神仙於紙上，另擲骰子，記點數、色彩，以定陞黜次第，類後世的陞官圖。趙翼《陔餘叢考》卷三三《陞官圖》：「宋時有選仙圖亦用骰子比色，先爲散仙，次爲上洞，以漸至蓬萊、大羅等仙。其比色之法，首重緋四，次六與三，最下者幺，凡有過者，謫作採樵思凡之人；遇勝色仍復位。王珪《宫詞》有云：盡日窗間賭選仙，小娃爭覓到盆錢。上籌須占蓬萊島，一擲乘鸞出洞天。」

〔二〕餘清：白居易《北窗竹石》詩：「筠風散餘清，苔雨含微緑。」此指雨後清涼。

〔三〕青霄：蓋爲選仙圖中最高仙界，如蓬萊、大羅之屬，在青霄之上，以誰先近青霄爲勝。

〔四〕金盆：《南史》卷七八《扶南國傳》：扶南國「其王出入乘象，嬪侍亦然。王坐則偏踞翹膝，垂左膝至地，以白疊敷前，設金盆香鑪於其上。」案此處金盆當爲賭選仙時擲骰子所用之具。

〔五〕輪：依次輪流。玉筍：喻美人手指。韓偓《詠手》詩：「腕白膚紅玉筍芽，調琴抽線露尖斜。」

〔六〕鳳駕鸞車：楊雄《河東賦》：「迺撫翠鳳之駕，六先景之乘。」何遜《爲西豐侯九日侍宴樂遊苑》詩：「鸞輿和八襲，鳳駕啓千羣。」案此當指選仙博戲中陞黜之具，能乘鳳駕驂鸞車，則可近青霄至大羅仙境。

〔七〕誰敢：《詩詞曲語辭匯釋》卷一「敢」（二）條：「敢，與管同，猶正也；准也；定也。」誰敢，猶云誰准，誰定也。争先進：即争先進入仙境。

〔八〕「重五」三句：傅注：「重五、碧油、堂印，皆選仙彩名，若六博之梟盧。」案：「重五」，骰子擲得兩個五點。「碧油」，古有碧油幢，南齊公主、王妃，唐御史所乘。此爲選仙彩名。「到了」，猶言「到最後」。「堂印」，選仙「首重緋四」，擲得兩個紅色四點叫「堂印」。唐·韋絢《劉賓客嘉話録》：「李二十六丈丞相善謔。……因堂弟居守，誤收骰子，糾者罰之。丞相曰：『何罰之有？』司徒曰：『汝向閑時，把他堂印將去，又何辭焉。』飲酒家謂重四爲堂印，蓋譏居守。」清·郝懿行《證俗文·賭博》：「堂印者重四，四者緋也。」

哨徧 春詞①〔一〕

睡起畫堂，銀蒜押簾〔二〕，珠幕雲垂地〔三〕。初雨歇，洗出碧羅天〔四〕，正溶溶養花天氣〔五〕。

一霎時②，風迴芳草，榮光浮動〔六〕，卷皺銀塘水③〔七〕。方杏靨勻酥〔八〕，花鬚吐繡〔九〕，園林排比紅翠④〔一〇〕。見乳燕捎蝶過繁枝〔一一〕。忽一線鑪香逐遊絲〔一二〕。晝永人閒，獨立斜陽，晚來情味。　便乘興攜將佳麗〔一三〕。深入芳菲裏⑤。撥胡琴語〔一四〕，輕攏慢撚總伶俐⑥〔一五〕。看緊約羅裙，急趣檀板〔一六〕，霓裳入破驚鴻起〔一七〕。顰月臨眉⑦，醉霞橫臉，歌聲悠揚雲際〔一八〕。任滿頭紅雨落花飛⑧〔一九〕。漸鳷鵲樓西玉蟾低〔二〇〕。尚徘徊、未盡歡意。君看今古悠悠，浮宦人間世⑨。這些百歲〔二一〕，光陰幾日，三萬六千而已。醉鄉路穩不妨行〔二二〕，但人生⑩、要適情耳〔二三〕。

【校勘】

① 傅本、元本、朱本、龍本、曹本俱無題。

② 「時」，原作「晴」，據《欽定詞譜》改。傅本、元本、二妙集俱作「暖」。

③ 「卷」，《全宋詞》作「掩」。

④ 「排比紅翠」，二妙集、毛本作「翠紅排比」，明刊全集作「紅翠排比」。

⑤ 此二句《詞綜》、《欽定詞譜》作「便攜將佳麗。乘興深入芳菲裏」。

⑥ 「伶」字原無，據二妙集、明刊全集、毛本、朱本、龍本、曹本補。龍校：「彊邨老人曰：《醉翁琴趣外篇·減字木蘭花》有云：『撥頭總利。怨日愁花無限意。』此詞元本『總利』二字似不誤，但上句按譜

當五字耳。」

⑦《詞綜》、《欽定詞譜》「嚲」上衍「正」字。

⑧毛本「飛」下衍「墜」字。

⑨「宦」，二妙集、明刊全集、毛本作「幻」。

⑩「但人生」，原作「人但生」，據傅本、元本、二妙集、毛本改。

【編年】

元祐三年戊辰（一〇八八年）春作於東京。案：朱本、龍本、曹本此詞俱未編年。清·張宗橚《詞林紀事》卷五録此詞並附本事云：「《侯鯖録》：東坡在昌化軍，長負大瓢行歌田間，所歌者，《哨徧》也。饁婦年七十，云：内翰昔日富貴，一場春夢耳！里人因呼此婦爲春夢婆。」（見《侯鯖録》卷七，文字有異）王文誥《蘇詩總案》卷四二元符二年己卯三月有「公負大瓢行歌田間，遇春夢婆」條。如依《詞林紀事》及《總案》，當編元符二年，作於儋州。然詞的内容與蘇軾在海南島貶所的實際生活狀況相牴牾。周密《癸辛雜識别集》上《汴京雜事》載：相國寺佛殿外有石刻，東坡題名云：「蘇子瞻、子由、孫子發、秦少游同來觀晉卿墨竹，申先生亦來，元祐三年八月五日，老申一百一歲。」「又片石刻坡翁草書《哨遍》，石色皆如元玉。」蘇軾詞以《哨遍》爲調者共兩首。一首是「爲米折腰」，元豐五年夏作於黄州，刻石者當非此首。另一首即本詞。本詞應爲元祐三年春作於東京，後爲好事者同題名一起刻石，立於相國寺佛殿外。時蘇軾在朝任翰林學士、知制誥兼侍讀，作者的生活地位與本詞所表達的情緒正相吻合。今編元祐三年春。

【箋注】

〔一〕本詞題作「春詞」，蓋先寫春意可人，觸動春遊之思。次寫春遊之事，自朝至夕歡意未盡。末歎富貴似雲烟，人生如春夢，但應入醉鄉，惟適情而已。

〔二〕銀蒜押簾：楊慎《詞品》卷二《銀蒜》：「銀蒜，蓋鑄銀爲蒜形，以押簾也。宋、元親王納妃，公主下降，皆有銀蒜押簾幾百雙。」庾信《夢入堂内》詩：「幔繩金麥穗，簾鈎銀蒜條。」倪璠注：「像其形也。」

〔三〕珠幕：《太平御覽》卷七〇〇引《漢武故事》：「甲帳居神，以白珠爲簾箔，玳瑁押之，象牙爲蔑。」（今本《漢武故事》無此條。）

〔四〕碧羅天：碧緑明净的天空。劉禹錫《春日書懷寄東洛白二十二楊八十二庶子》詩：「野草芳菲紅錦地，游絲撩亂碧羅天。」

〔五〕「溶溶養花」句：許渾《冬日宣城開元寺贈元孚上人》詩：「林疏霜摵摵，波静月溶溶。」此處形容春天陽光。傅注：「今樂府《啄木兒曲》，有『洗出養花天氣』之句。」仲殊《花品序》：「越中牡丹開時，……謂之養花天。」

〔六〕榮光：《初學記》卷六引《尚書·中候》：「榮光出河，休氣四塞。」《南史》卷四九《王摛傳》：「永明八年，天忽黄色照地，衆莫能解。司徒法曹王融上《金天頌》。摛曰：『是非金天，所謂榮光。』」實即彩色雲氣。此指草木的光澤。

〔七〕卷皺銀塘水：傅注：「南唐李國主嘗戲其臣曰：『風乍起，吹皺一池春水，干卿甚事？』蓋其臣趙公所作《謁金門》詞，此最爲警策。」案此詞今見《陽春集》，相傳爲馮延巳事。傅注當别有所本。「銀塘」，塘水潔白如銀。

〔八〕杏靨：《淮南子·脩務》：「靨輔摇」注：「靨輔，頰邊文，婦人之媚也。」俗稱酒渦。杏花紅潤微渦，故云杏靨。王安石《寄蔡天啓詩》：「黄尋遠蓮鬚，紅閱鄰杏靨。」

〔九〕花鬚：杜甫《陪李金吾花下飲》詩：「見輕吹鳥毳，隨意數花鬚。」仇注：「鬚，花心鬚也。」

〔一〇〕排比：準備，安排。趙嘏《喜張濆及第》詩：「春風賀喜無言語，排比花枝滿杏園。」紅翠：任昉《述異記》卷下：「楚中有宫人草，狀如金萱，而甚氛氲，花色紅翠。」

〔一一〕「乳燕捎蝶」句：杜甫《重過何氏》詩五首其一：「花妥鶯捎蝶，溪喧獺趁魚。」仇注：「三山老人曰：花妥，即花墮也。捎，取也，掠也。」又《江畔獨步尋花七絶句》其七：「繁枝容易紛紛落，嫩蕊商量細細開。」

〔一二〕鑪香遊絲：杜甫《宣政殿退朝晚出左掖》詩：「宫草菲菲承委珮，鑪烟細細駐遊絲。」九家集

注：「遊絲，蛛絲之遊散者，香烟似之。」

〔一三〕佳麗：白居易《長恨歌》：「後宫佳麗三千人。」指美人。

〔一四〕撥胡琴語：傅注：「胡琴，琵琶也。」張籍《宫詞》：「黄金捍撥紫檀槽。」

〔一五〕輕攏慢撚：白居易《琵琶行》：「輕攏慢撚抹復挑。」「攏」、「撚」，彈奏琵琶的兩種指法。

〔一六〕檀板：檀木拍板。杜佑《通典》卷一四四《樂·木》：「拍板，長闊如手，重十餘枚，以韋連之，擊以代抃。」杜牧《自宣州赴官入京路逢裴坦判官歸宣州因題贈》：「畫堂檀板秋拍碎，一引有時聯十觥。」

〔一七〕「霓裳入破」句：《樂府詩集》卷八《婆羅門》注：「《樂苑》曰：『《婆羅門》，商調曲。開元中，西涼府節度楊敬述進。』《唐會要》曰：『天寶十三載，改《婆羅門》爲《霓裳羽衣》。』」《碧鷄漫志》卷三《霓裳羽衣曲》：「霓裳羽衣曲，説者多異，予斷之曰：西涼創作，明皇潤色，又爲易美名。其他飾以神怪者，皆不足信也。」李上交《近事會元》卷四：「其曲之遍擊聲處，名入破。」傅注：「今樂府拍謂之樂句，故舞者取此以爲應。諸大曲攧遍之後，謂之入破。故舞者每以此爲入舞之節，則《霓裳羽衣》之曲，亦莫不然。」驚鴻：謝偃《舞賦》：「紆修袂而將舉，似驚鴻之欲翔。」

〔一八〕悠揚雲際：傅注：「秦青之歌，響遏行雲；戚夫人之歌，聲入雲霄。」

〔一九〕紅雨：喻落花。劉禹錫《百舌吟》詩：「花枝滿空迷處所，摇動繁英墜紅雨。」李賀《將進酒》：「況是青春日將暮，桃花亂落如紅雨。」

〔二〇〕「漸鳷鵲樓」句：《三輔黄圖》卷二：甘泉宫「建元中，作石闕、封巒、鳷鵲觀於苑垣内，宫南有昆明池，苑南有棠梨宫。」吴均《與柳惲相贈答詩》六首其一：「日映昆明水，春生鳷鵲樓。」玉蟾：劉孝綽《林下映月》詩：「攢柯半玉蟾，裛葉彰金兔。」

〔二一〕「這些百歲」三句：見《南鄉子》（東武望餘杭）注〔三〕。

〔二二〕醉鄉：杜牧《華清宫三十韻》詩：「雨露偏金穴，乾坤入醉鄉。」《新唐書》卷一九六《王績傳》：「（績）著《醉鄉記》以次劉伶《酒德頌》。」言「（醉鄉）去中國不知幾千里也」，古代嗜酒者阮嗣宗、陶淵明等數十人并游斯鄉。

〔二三〕適情：順適性情。劉勰《新論》：「容身而處，適情而游。」

【參考資料】

明·楊慎《詞品》卷二「銀蒜」條：「歐陽六一《倣玉臺體》詩：『銀蒜鉤簾宛地垂。』東坡《哨遍》詞：『睡起畫堂，銀蒜押簾，珠幕雲垂地。』蔣捷《白紵詞》：『早是東風作惡，旋安排一雙銀蒜鎮羅幕。』銀蒜，蓋鑄銀爲蒜形，以押簾也。宋、元親王納妃，公主下降，皆有銀蒜押簾幾百雙。」

明·卓人月《古今詞統》卷一六：「此詞情采密麗，氣質香婉，乃是以殘唐諸公小令筆意用之于長調，在宋一代中固不多，在眉山一身中尤其少。」又云：「結處略萌故態」。

清·丁紹儀《聽秋聲館詞話》卷一一：「《東坡集》載《哨徧》二闋，一檃括歸去來詞，一賦春宴云（詞略）。雖兩詞平仄句讀均有出入，而字數則同。《詞綜》於『鞾月』句上落『正』字，『一霎』句『時』字作『晴』，均誤。汲古閣本『時』字作『暖』，换頭句作『便乘興攜將佳麗』，『花飛』下多『墜』字，『紅翠』作『翠紅』，『悠颺』作『悠揚』，亦非。『颺』字應讀去聲。此調宋以後作者絶少。」

清·許昂霄《詞綜偶評》：「先言景後言情，先言晝後言夜，層次一絲不紊。樓敬思云：詞到工處未有不静細者，此亦静細之一端也。」

清·陳廷焯《詞則·放歌集》卷一：「筆致紆徐，蓄勢在後。」

清·陳世焜《雲韶集》卷二：「措詞未嘗不細緻，東坡原無所不能。」又云：「筆勢處處提振。」又云：「前路紆徐，曲折而入，到此放開筆寫，如天風海雨，咄咄逼人。」

清·張德瀛《詞徵》卷一：「詞有與風詩意義相近者，自唐迄宋，前人鉅製，多寓微旨。如李太白『漢家陵闕』，《兔爰》傷時也；……蘇子瞻『睡起畫堂』，《山樞》勸飲食也；晁無咎『陂塘楊柳』，《伐檀》力稼穡也；岳忠武『收拾山河』，《無衣》修矛戟也；……其他觸物牽緒，抽思入冥，漢魏齊梁，託體而成，揆諸樂章，喁于勰聲，信凄心而咽魄，固難得而徧名矣。」

西江月　送錢待制穆父①〔一〕

莫歎平齊落落②〔二〕，且應去魯遲遲〔三〕。與君各記少年時。須信人生如寄〔四〕。　白髮千莖相送〔五〕，深杯百罰休辭。拍浮何用酒爲池〔六〕。我已爲君德醉〔七〕。

【校勘】

① 原無題，據傅本、元本補。明刊全集、二妙集、毛本、《全宋詞》無「穆父」二字。

② 「齊」，原作「原」，據元本、朱本、龍本、曹本改。

【編年】

元祐三年戊辰（一〇八八年）九月，作於東京。《蘇軾詩集》卷三〇《送錢穆父出守越州絶句二首》施注云：「錢穆父以龍圖閣待制權知開封府，坐奏獄空不實，出知越州，時元祐三年九月也。」查注云：「施宿《會稽志》：『錢勰元祐三年十一月，以龍圖閣待制知越州。』與施注小異。蓋九月得旨，十一月到官也。」詞有「去魯」語，當爲送錢勰出知越州時所作。從詩集施注編戊辰。

【箋注】

〔一〕錢待制穆父：《宋史》卷三一七《錢惟演傳附錢勰傳》：「勰字穆父，彦遠之子也……元祐初，遷給事中，以龍圖閣待制知開封府。」以爲政清廉，致令「宗室、貴戚爲之斂手，雖丞相府謁吏干請，亦械治之。積爲衆所憾，出知越州。」

〔二〕平齊落落：《後漢書》卷一九《耿弇傳》：耿弇字伯昭，茂陵人。少好學，好將帥之事。光武即位，拜弇爲建威大將軍。弇從幸舂陵，自請東攻張步，以平齊地。張步等兵號二十萬，至臨淄大城東，弇大破之。車駕至臨淄勞軍，帝謂弇曰：「昔韓信破歷下以開基，今將軍攻祝阿以發迹，此皆齊之西界，功足相方。……將軍前在南陽建此大策，常以爲落落難合，有志者事竟成也！」注：「落落猶疏闊也。」案此以耿弇爲漢平齊有功却落落難合，比錢勰忠心爲國却積怨爲衆所憾，出知越州事。

〔三〕去魯遲遲：《孟子·萬章下》：「孔子之去齊，接淅而行。去魯，曰：『遲遲吾行也。』」注：「魯，父母之國，遲遲不忍去也。」

〔四〕人生如寄：曹丕《善哉行二首》之一：「人生如寄，多憂何爲。」

〔五〕「白髮千莖」二句：杜甫《樂遊園歌》詩：「數莖白髮那拋得，百罰深杯亦不辭。」

〔六〕拍浮：游泳。《世説新語》下卷上《任誕》：「畢茂世云：『一手持蟹螯，一手持酒栝，拍浮酒池中，便足了一生。』」蘇軾《莫笑銀杯小答喬太傅》詩：「萬斛船中著美酒，與君一生長拍浮。」酒池：《史記》卷三《殷本紀》：「（帝紂）以酒爲池，縣肉爲林，使男女倮相逐其間，爲長夜之飲。」

〔七〕德醉：《詩·大雅·既醉》：「既醉以酒，既飽以德。君子萬年，介爾景福。」朱熹注：「言享其飲食恩惠之厚，而願其受福如此也。」

行香子　茶詞①

綺席纔終。歡意猶濃。酒闌時、高興無窮。共誇君賜〔一〕，初拆臣封②〔二〕。看分香餅〔三〕，黄金縷，密雲龍③。　鬭贏一水〔四〕，功敵千鍾〔五〕。覺涼生、兩腋清風〔六〕。暫留紅袖，少卻紗籠〔七〕。放笙歌散，庭館静，略從容。

【校勘】

① 毛本無題，有注云：「密雲龍，茶名，極爲甘馨。宋廖正一，字明略，晚登蘇東坡之門，公大奇之。時黄、秦、晁、張號『蘇門四學士』。東坡待之厚，每來，必令侍妾朝雲取密雲龍。家人以此知之。一日，又命取密雲龍。家人謂是四學士，窺之，乃廖明略也。」案：此注又見楊慎《詞品》卷三「密雲龍」條，文字全同，當出自《郡齋讀書志》卷四下《廖明略竹林集三卷》條。

② 「臣」，二妙集作「黄」。

③ 「龍」，二妙集誤作「籠」。

【編年】

元祐四年己巳（一〇八九年）秋，作於杭州。朱本、龍本此詞俱未編年，曹本以元祐元年、元祐二年蘇軾在翰苑奉命召試學士院，拔黄庭堅、張耒、廖正一等置館職，此正蘇門極盛時期，與此詞上片意境全合。遂據龍本所引朱校，移編元祐三年。孔《譜》認爲是以御賜龍茶享廖正一的，編元祐二年十月。劉崇德《蘇詞編年考》則以此詞所描寫貴官鬬茶場面，蘇軾元祐初以密雲龍茶招待門人及元祐四年接受密雲龍御賜諸事，將此詞繫於元祐四年春。但據蘇轍《亡兄子瞻端明墓誌銘》載：元祐四年春，蘇軾以龍圖閣學士知杭州，「宣仁后心善公言而不能用。公出郊未發，遣内侍賜龍茶、銀合，用前執政恩例，所以慰勞甚厚。」而此詞云：「共誇君錫，初拆臣封。」當爲蘇軾出都時用御賜之龍茶以饗客，故詞應爲己巳秋初到杭州時作。

【箋注】

〔一〕共誇君賜：傅注：「楊大年《談苑》：貢茶凡十品，曰龍茶、鳳茶、京挺、的乳、石乳、白乳、頭金、蠟面、頭骨、次骨。龍茶以貢乘輿，及賜執政親王長主；餘皇族、學士、將帥皆得鳳茶；又近臣賜京挺、的乳；館閣賜白乳。」周煇《清波雜志》卷四：「自熙寧後，始貴密雲龍。……戚里貴近，丐賜尤繁。」

〔二〕初拆臣封：傅注：「御茶分賜，御封猶在。」曹鄴《故人寄茶》詩：「劍外九華英，緘題下玉京。

開時微月上，碾處亂泉聲。」（此詩一説李德裕作）

〔三〕「看分香餅」三句：傅注：「供御茶品曰龍茶，爲雲龍之象，以金縷之。」楊慎《詞品》卷三：「密雲龍，茶名，極爲甘馨。」歐陽修《歸田録》卷二：慶曆中，蔡君謨始造小片龍茶以進，謂之小團，凡二十餅重一斤，其價直金二兩。每因南郊致齋，中書、樞密院各賜一餅，四人分之。宮中往往縷金花於其上，蓋其貴重如此。

〔四〕鬬贏一水：江休復《嘉祐雜志》：「蘇才翁嘗與蔡君謨鬬茶。蔡茶精，用惠山泉。蘇茶小劣，改用竹瀝水煎，遂能取勝。」蔡君謨《茶録》上篇《論茶·點茶》：「建安鬬試，以水痕先者爲負，耐久者爲勝。故較勝負之説，曰相去一水兩水。」

〔五〕功敵千鍾：傅注：「《孔叢子》曰：遺諺：『堯舜千鍾，茶能消酒。』故曰功敵千鍾。」

〔六〕兩腋清風：盧仝《走筆謝孟諫議寄新茶》詩：「七椀喫不得也，唯覺兩腋習習清風生。」

〔七〕紅袖、紗籠：典見吴處厚《青箱雜記》，詳《行香子》（攜手江村）注〔八〕。此處作者用「紅袖拂」、「碧紗籠」喻「誇君恩」的光榮。他要賓客先别「誇君恩」，專心品嘗茶味的清幽。

【參考資料】

宋·王辟之《澠水燕談録》卷八《事誌》：「建茶盛於江南，近歲製作尤精，龍、鳳團茶最爲上品，一斤八餅。慶曆中，蔡君謨爲福建運使，始造小團以充歲貢，一斤二十餅，所謂上品龍茶者也。仁宗尤所珍惜，雖宰臣未嘗輒賜，惟郊禮致齋之夕，兩府各四人，共賜一餅。宫人翦金爲龍、鳳花，貼其上，八人分蓄之，以爲奇玩，不敢自試，有嘉客，出而傳玩。歐陽文忠公云：『茶爲物之至精，而小團又其精者也。』」

清·沈雄《古今詞話·詞辨》卷下：「按東坡以二韻事見《行香子》。秦、黄、張、晁爲蘇門四學士，必命取密雲龍供茶，家人以此記之。廖明略晚登東坡之門，亦呼密雲龍，視之，則一廖明略也。東坡爲賦《行香子》。又，東坡約劉器之參玉版和尚，至簾泉寺，燒筍而食。劉問之，東坡指筍曰：『此玉版僧最善説法，使人得禪悦味。』遂有『麯生禪、玉版局，一時參』之句，亦《行香子》也。」（案：沈氏所引「麯生禪」等三句，實爲辛稼軒《行香子》「雲巖道中」句。其以爲東坡詞者，殆出於一時誤記。）

浣溪沙 九月九日二首①

珠檜絲杉冷欲霜〔一〕。山城歌舞助凄涼〔二〕。且餐山色飲湖光。　共挽朱幡留半日〔三〕，强揉青蕊作重陽〔四〕。不知明日爲誰黄〔五〕。

【校勘】

①「二」，原作「三」，據傅本、二妙集、毛本改。元本題作「重九」。

【編年】

元祐四年己巳(一〇八九年)九月九日,作於杭州。案:朱本、龍本此詞及下一首詞,俱未編年。曹本編於元祐六年辛未(一〇九一年)九月作於潁州。石唐本編熙寧八年乙卯(一〇七五年)九月作於密州。劉崇德《蘇詞編年考》編於熙寧七年甲寅(一〇七四年)九月作於杭州。薛本編元祐三年戊辰(一〇八八年)九月作於汴京。孔《譜》云:元祐四年己巳「九月九日賦《浣溪沙》二首,錢勰(穆父)有和」。「詞云:『且餐山色飲湖光。』又云:『强揉青蕊作重陽。』《文集》卷五十一與勰第二簡云及勰和揉菊詞,當指《浣溪沙》。勰時有疾,簡中及之。」孔《譜》謂二詞作於蘇軾守杭時,錢有和詞,可信。李綱《梁溪集》卷一六七《錢勰墓誌銘》謂勰守越、蘇守杭,「唱和往來無虚日,當時以比元、白」。蘇軾與勰第二簡云:「前日辱書及次公到,頗聞動止之詳,慰浣無量。……承和『揉菊』詞,次公處幸見之。未由會合,千萬順候自重。」簡中兩次提及的「次公」即楊傑,字次公,自號無爲子,《宋史》卷四三三有傳。時任兩浙路提點刑獄,管轄杭州、越州等十四州七十九縣,大都督府設在杭州和越州。楊傑經常往來於杭、越之間,故蘇、錢托其傳遞書簡及唱和詩詞。杭越間隔百餘里,故「前日辱書及次公」,今日便「到」。可惜蘇軾在次公處見過的錢勰和詞已佚。

【箋注】

〔一〕珠檜絲杉:程大昌《演繁露》卷二《絲杉》:「柏葉松身,乃今俗呼爲絲杉者也。」傅注:「檜柏葉端雪，炯然如珠；松杉葉條，纖細如絲。」

〔二〕「山城歌舞」二句：傅注：「山秀可餐，湖清可飲。」作者感時懷舊，且將離杭而去，故雖有歌舞，徒增凄涼之意；趁將去未去之際，餐山色飲湖光，姑且一爲醉飽。

〔三〕「共挽」句：朱轓：《漢書》卷五《景帝紀》：中元六年（前一一四年）五月詔曰：「令長吏二千石，車朱兩轓。」宋之知州相當漢之郡守，故稱其車爲朱轓。此以共挽「朱轓」，强留「半日」，寫流連西湖不忍遽去之意。

〔四〕青蕊重陽：杜甫《歎庭前甘菊花》詩：「庭前甘菊移時晚，青蕊重陽不堪摘。」

〔五〕爲誰黄：朱慶餘《旅中過重陽》詩：「故山籬畔菊，今日爲誰黄。」此謂我將離杭而去，不知今日青蕊，明日爲誰而黄。

其二　和前韻①

霜鬢真堪插拒霜〔一〕。哀絃危柱作伊涼②〔二〕。暫時流轉爲風光〔三〕。　未遣清尊空北海③〔四〕，莫因長笛賦山陽〔五〕。金釵玉腕瀉鵝黄〔六〕。

【校勘】

①傅本、元本無題。

②「哀」，元本作「衰」。

③「未」，元本作「來」。

【編年】

同前首。

【箋注】

〔一〕拒霜：花名，即木芙蓉。又名地芙蓉、木蓮、華木、桃木等，明·李時珍《本草綱目》卷三六《木部·木芙蓉》：「此花艷如荷花，故有芙蓉、木蓮之名。八九月始開，故名拒霜。」明·王象晉《群芳譜·花譜》：木芙蓉，一名拒霜花。「有數種，惟大紅千瓣、半白半桃紅千瓣、醉芙蓉、朝白午桃紅、晚大紅者佳甚。黄色者，種貴難得。」蘇軾《和陳述古拒霜花》詩：「千株掃作一番黄，只有芙蓉獨自芳。喚作拒霜知未稱，細思卻是最宜霜。」

〔二〕「哀絃」句：用弦樂器演奏出《伊州曲》《涼州曲》。哀弦危柱：指代弦樂器。曹丕《善哉行》其二：「哀弦微妙，清氣含芳。」伊涼：傅注：「唐開元二十四年，升胡部樂於堂上，而天寶樂曲，皆以邊地名，《涼州》《伊州》《甘州》《熙州》之類是也。然《涼州曲》本開元中西涼州所獻，時寧王審音，聞之，且知其後有播遷之禍。」

〔三〕「暫時流轉」句：杜甫《曲江二首》其二：「傳語風光共流轉，暫時相賞莫相違。」此言插拒霜花，作伊涼樂，欲增風光以暫時相賞也。

〔四〕清尊北海：《後漢書》卷七〇《孔融傳》：孔融爲北海相，人稱孔北海。融「性寬容少忌，好士，喜誘益後進。及退閑職，賓客日盈其門。常歎曰：『坐上客恒滿，尊中酒不空，吾無憂矣。』」此謂莫使孔融清尊酒空，當與佳賓共飲。

〔五〕長笛山陽：《文選》馬季長《長笛賦》：「近世雙笛從羌起，羌人伐竹未及已。龍鳴水中不見己，截竹吹之聲相似。剡其上孔通洞之，裁以當簻便易持。」注：「言裁笛以當簻，故便而易持也。簻，馬策也。」向秀《思舊賦並序》：「余與嵇康、吕安，居止接近；其人並有不羈之才。然嵇志遠而疏，吕心曠而放，其後各以事見法。……余逝將西邁，經其舊廬；于時日薄虞淵，寒冰淒然。鄰人有吹笛者，發聲寥亮；追思曩昔遊宴之好，感音而歎，故作賦云：濟黄河以汎舟兮，經山陽之舊居……聽鳴笛之慷慨兮，妙聲絶而復尋。停駕言其將邁兮，遂援翰而寫心。」此句謂對酒當歌，與友人共樂，莫學向秀因聞笛而賦《思舊》。

〔六〕鵝黄：傅注：「鵝黄，酒色也。」杜甫《舟前小鵝兒》詩：「鵝兒黄似酒，對酒愛新鵝。」

點絳脣　己巳重九和蘇堅〔一〕

我輩情鍾〔二〕，古來誰似龍山宴〔三〕。而今楚甸〔四〕。戲馬餘飛觀〔五〕。　顧謂佳人〔六〕，不覺秋强半〔七〕。箏聲遠①。鬢雲吹亂②。愁入參差雁〔八〕。

【校勘】

①「箏」，二妙集、毛本作「簫」。

②「吹」，元本、二妙集作「撩」。

【編年】

元祐四年己巳（一〇八九年）九月作於杭州。王宗稷《東坡先生年譜》：「元祐四年己巳，又有己巳重九和蘇伯固《點絳唇》。」

【箋注】

〔一〕蘇堅：《蘇軾詩集》卷三二《次韻蘇伯固主簿重九》施注：「坡歸自海南，伯固（蘇堅字）在南華相待，有詩。黄魯直謫死宜州，至大觀間，伯固在嶺外，護其喪歸葬雙井。其風義如此。」另詳前《定風波》（月滿苕溪照夜堂）注〔四〕。

〔二〕情鍾：感情濃厚。《世説新語》下卷上《傷逝》：「王戎喪兒萬子，山簡往省之，王悲不自勝。簡曰：『孩抱中物，何至於此？』王曰：『聖人忘情，最下不及情；情之所鍾，正在我輩。』簡服其言，更爲所慟。」案：《晉書》卷四三《王衍傳》作「衍嘗喪幼子，山簡弔之。」

〔三〕龍山宴：典出陶淵明《晉故征西大將軍長史孟府君傳》，見《南鄉子》（霜降水痕收）注〔四〕。

〔四〕楚甸：傅注：「彭城，楚地，今爲甸服。」《周禮·夏官·職方氏》：「乃辨九服之邦國。方千里曰王畿，其外方五百里曰侯服，又其外方五百里曰甸服。」案：彭城古屬楚地，又在甸服之内，故謂楚甸。李嶠《茅》詩：「楚甸供王日，衡陽入貢年。」

〔五〕戲馬：《水經注·泗水》：「今彭城南，有項羽掠馬臺。」又，傅注：「戲馬臺在彭城，項羽所作。」餘見《浣溪沙》（縹緲紅妝照淺溪）注〔一〕。飛觀：《文選》卷一一王文考《魯靈光殿賦》：「陽榭外望，高樓飛觀。」此指樓觀。

〔六〕佳人：指彈箏的樂妓。

〔七〕秋强半：秋天已多半過去。時已重九，故言。

〔八〕參差雁：傅注：「雁，箏雁也。箏柱斜列，參差如雁。故貫休詩云：『刻成箏柱雁相挨。』」温庭筠《和友人悼亡》詩：「寶鏡塵昏鸞影在，鈿箏弦斷雁行稀。」

臨江仙　疾愈登望湖樓贈項長官〔一〕

多病休文都瘦損〔二〕，不堪金帶垂腰。望湖樓上暗香飄〔三〕。和風春弄袖〔四〕，明月夜聞簫〔五〕。　酒醒夢回清漏永〔六〕，隱牀無限更潮〔七〕。佳人不見董嬌饒①〔八〕。徘徊花上月〔九〕，空度可憐宵。

【校勘】

①「饒」，元本、二妙集作「嬈」。

【編年】

元祐五年庚午（一〇九〇年）二月作於杭州。王文誥《蘇詩總案》卷三二：「元祐五年庚午二月，病起登望湖樓贈項長官作《臨江仙》詞。」

【箋注】

〔一〕望湖樓：周淙《乾道臨安志》卷二：「望湖樓，一名看經樓。乾德五年忠懿王錢氏建，去錢塘門一里。蘇軾有望湖樓詩。」項長官：未詳。

〔二〕「多病休文」二句：《梁書》卷一三《沈約傳》：沈約，字休文。初，約久端揆，有志台司，而帝終不用，乃求外出，遂以書陳情於徐勉曰：「百日數旬，革帶常應移孔；以手握臂，率計月小半分。以此推算，豈能支久？」欲謝事，求歸老之秩。

〔三〕暗香飄：林逋《梅花》詩：「疏影橫斜水清淺，暗香浮動月黄昏。」蘇軾在此泛指西湖春花的香味。

〔四〕風春弄袖：杜牧《送劉秀才》詩：「劉郎浦夜侵船月，宋玉亭春弄袖風。」

〔五〕夜聞簫：《蘇軾詩集》卷一六《芙蓉城》詩：「因過緱山朝帝廷，夜聞笙簫弭節聽。」

〔六〕清漏：許渾《聽歌鷓鴣辭》詩：「響轉碧霄雲駐影，曲終清漏月沈暉。」

〔七〕隱牀：沈約《夜夜曲》：「月輝横射枕，燈光半隱牀。」《蘇軾詩集》卷三九《連雨江漲二首》其二：「高浪隱牀吹甕盎。」王注次公曰：「隱牀，義同殷牀也。杜子美《大雲寺贊公房》詩：『鐘殘猶殷牀。』凡聲徹於牀榻者，皆是已。」

〔八〕董嬌饒：《玉臺新詠》卷一有漢・宋子侯《董嬌嬈》詩。《集韻》：嬌嬈，妍媚貌。

〔九〕「徘徊」二句：傅注：「《感異記》：玄機名瞥，因奉使秦隴，過張女郎廟，酌水獻花以祝云：『酌彼寒泉水，紅芳掇嵒谷，雖致之非遠，而薦之異俗，丹誠在此，神其感録。』既而日暮，短亭税駕，望月彈琴，作《鳳將鶵鶵銜嬌曲》，其詞曰：『命嘯無人嘯，含嬌何處嬌。徘徊花上月，空度可憐宵。』」（《太平廣記》卷三二六引此則，云出自《異聞録》。）

南歌子　錢塘端午①

山與歌眉斂〔一〕，波同醉眼流。遊人都上十三樓〔二〕。不羨竹西歌吹〔三〕、古揚州。菰黍連昌歜〔四〕，瓊彝倒玉舟〔五〕。誰家水調唱歌頭〔六〕。聲繞碧山飛去〔七〕、晚雲留。

【校勘】

①題原作「遊賞」，從傅本。元本作「杭州端午」。

【編年】

元祐五年庚午(一〇九〇年)端午,作於杭州。宋·周淙《乾道臨安志》卷二:「十三間樓,去錢塘門二里許,蘇軾治杭日,多治事于此。」陳鵠《耆舊續聞》卷二:「《南歌子》云:『遊人都上十三樓,不羨竹西歌吹、古揚州。』十三間樓在錢塘西湖北山,此詞在錢塘作。舊注云:『汴京舊有十三樓。』非也。」案:東坡守杭,元祐四年七月三日到任,元祐六年三月離杭還朝,只元祐五年在杭度端午節,故編庚午。

【箋注】

〔一〕「山與歌眉」二句:寫錢塘湖光山色如美人之黛眉斂翠,秋波流盼。謝堰《聽歌賦》:「低翠蛾而斂色,睇横波而流光。」白居易《贈晦叔憶夢得》詩:「酒面浮花應是喜,歌眉斂黛不關愁。」蘇軾《次韻曹子方運判雪中同游西湖》詩:「雪山已作歌眉淺,山下碧流清似眼。」

〔二〕十三樓:吴自牧《夢粱録》卷一二《西湖》:「人佛頭石山後名十三間樓,乃東坡守杭日多游此,今爲相嚴院矣。」周密《武林舊事》卷五《潮山勝概·葛嶺路》:「十三間樓相嚴院,舊名『十三間樓石佛院』。東坡守杭日,每治事於此。有冠勝軒、雨亦奇軒。」餘見本詞編年部分及後附參考資料。

〔三〕竹西歌吹:杜牧《題揚州禪智寺》詩:「誰知竹西路,歌吹是揚州。」《輿地紀勝》卷三七《淮南東路・揚州・風物》：「竹西亭，在北門外五里，今廢。」《嘉靖維揚志》卷七：「竹西亭，在府城北門外五里上方禪智寺側。杜牧《題禪智寺》詩云：『誰知竹西路，歌吹是揚州。』亭名蓋取此。向子固易曰歌吹。經紹興兵火，周淙重建，復舊名。」

〔四〕黍連昌歜：《蘇軾詩集》卷四六《端午帖子詞・太皇太后閣六首》其二：「菰黍獻時芳。」查注引《風土記》：「午日以菰葉裹稻米爲粽，以象陰陽相包裹未分散也。」《左傳・僖公三十年》：「饗有昌歜。」杜預注：「昌歜，昌蒲菹。」孔穎達《疏》：「鄭玄云：昌本昌蒲根切之四寸爲菹，彼昌本可以爲菹，知此昌歜即是昌蒲菹也。」傅注：「五月五日，以菰葉裹黏米，楚祭屈原之餘風。又俗飲菖蒲酒。」

〔五〕瓊彝玉舟：傅注：「《周禮・司尊彝》有鷄、虎等六彝之名，所以納五齊三酒也。而彝皆有舟，則舟者彝下之臺，所以承載彝，若今承盤然。世俗或用瓊玉爲之。」

〔六〕水調唱歌頭：即唱水調歌頭。鄭處誨《明皇雜録》逸文：「禄山犯順，乘遽以聞，議欲遷幸，置酒樓上，命作樂，有進《水調歌》者曰：『山川滿目淚沾衣，富貴榮華能幾時？不見只今汾水上，惟有年年秋雁飛。』上問誰爲此詞，曰：『李嶠。』上曰：『真才子也。』遂不終飲而去。」（見《白孔六帖》卷六一《樂・進水調歌》條。）傅注：「《水調》曲頗廣，謂之歌頭，豈非首章之一解乎？白樂天『《六幺》《水調》家家唱。』」

〔七〕「聲繞碧山」二句：用《列子》秦青撫節悲歌，響遏行雲典，詳《水龍吟》（小舟横截春江）注〔七〕。

【參考資料】

明·沈際飛《草堂詩餘正集》卷一：「援引古事，不爲古用。」

明·楊慎《草堂詩餘》卷一：「端午詞多用汨羅事，此獨絶不涉，所謂善脱套者，有無限感慨。坡公此詞，必有爲而作。」

又《詞品》卷二：「《漢書》：『五城十二樓，仙人居也。』詩家多用之。東坡詞：『遊人都上十三樓，不羨竹西歌吹、古揚州。』用杜牧詩『婷婷嫋嫋十三餘』之句也。」

明·潘游龍《精選古今詩餘醉》卷一：「此詞妙在援引古事，不爲古用，非直寫景物而已。」

明·卓人月《古今詞統》卷七：「絶無汨羅套語。」

清·先著《詞潔》卷二：「十三樓遂成故實，詞家驅使字面，事實有限，如『昌歜』則忌用也。」

清·况周頤《蕙風詞話續編》卷二：「坡詞『游人都上十三樓』，《詞品》云：用杜牧詩『婷婷嫋嫋十三餘』句也。案《咸淳臨安志》：『十三間樓在錢塘門外大佛頭纜船石山後，東坡守杭時，多游處其上，今爲相嚴院。』又見《武林舊事》《夢粱録》。郭祥正、陳默並有詩，見《西湖志》。升庵豈未考耶？」

清・黃蓼園《蓼園詞選》：「周顯德中，許京城民居起樓閣，大將軍周景威，先於宋門内臨汴水建樓十三間，世宗嘉之。……此詞不過叙汴京端午繁盛光景耳。在蘇集中，此爲平調，然亦自壯麗。」

清・張宗橚《詞林紀事》卷五：「《西湖志》：大佛寺畔，舊有相嚴院，晉天福二年錢氏建，有十三間樓。樓上貯三才佛一尊。蘇子瞻治郡時，常判事於此，殆即此詞所云十三樓耶。」

又

湖景①〔一〕

古岸開青葑〔二〕，新渠走碧流。會看光滿萬家樓。記取他年扶路②、入西州〔三〕。　佳節連梅雨〔四〕，餘生寄葉舟〔五〕。只將菱角與鷄頭〔六〕。更有月明千頃、一時留。

【校勘】

①傅本、元本無題。二妙集、毛本題下有「和前韻」三字。

②「路」，元本作「病」。

【編年】

元祐五年庚午（一〇九〇年）五月作於杭州。朱孝臧《東坡樂府》卷二：「案公於元祐五年五月五日，申三省，起請開湖六條狀。本傳云：取葑田，積湖中爲長堤。詞賦此事，韻同前首，一時作也。」

【箋注】

〔一〕蘇軾於元祐五年四月二十九日上《杭州乞度牒開西湖狀》，五月五日復上《申三省起請開湖六條狀》，言「杭州之有西湖，如人之有眉目，蓋不可廢也。」「自國初以來，稍廢不治，水涸草生，漸成葑田……水淺葑橫，如雲翳空，倏忽便滿，更二十年，無西湖矣。使杭州而無西湖，如人去取眉目，豈復爲人乎。」（見《蘇軾文集》卷三〇）本詞寫浚湖除葑後的西湖景色，乃想像之詞也。

〔二〕「古岸」二句：謂開湖上青葑，疏通諸港之水，使碧流注入西湖。葑：《晉書》卷八一《毛璩傳》：「四面湖澤，皆是菰葑。」何超《晉書音義》卷下引《珠叢》云：「菰草叢生，其根盤結，名曰葑。」碧流：柳宗元《酬曹侍御過象縣見寄》詩：「破額山前碧玉流，騷人遥駐木蘭舟。」

〔三〕入西州：見《水調歌頭》（安石在東海）注〔四〕引《晉書·謝安傳》。

〔四〕佳節：指端午節。梅雨：《初學記》卷二《雨·叙事》引梁元帝《纂要》：「梅熟而雨曰梅雨。」注：「江東呼爲黄梅雨。」端午正值梅雨季節。

〔五〕餘生：謝靈運《君子有所思行》：「餘生不歡娱，何以竟暮歸？」葉舟：《蘇軾文集》卷五七《與上官彝三首》其三：「所居臨大江，望武昌諸山如咫尺，時復葉舟縱遊其間。」

〔六〕菱角：「菱」，《説文》作「蔆」。《爾雅注疏》卷八《釋草》：「蔆，蕨攈。」邢昺疏：「郭云：蔆，今水中芰者。……俗云菱角是也。」鷄頭：《方言》卷三：「葰芡，鷄頭也。北燕謂之葰，青徐淮泗之間謂之芡，南楚江湘之間謂之鷄頭，或謂之鴈頭，或謂之烏頭。」菱角、鷄頭均爲湖中野生植物，可供食用或釀酒。

鵲橋仙　七夕和蘇堅韻①

乘槎歸去〔一〕，成都何在？萬里江沱漢漾②〔二〕。與君各賦一篇詩，留織女〔三〕、鴛鴦機上。還將舊曲，重賡新韻〔四〕，須信吾儕天放〔五〕。人生何處不兒嬉〔六〕，看乞巧〔七〕、朱樓綵舫〔八〕。

【校勘】

①傅本題無「和蘇堅韻」四字。元本無「韻」字。

②「沱」，原作「濤」，據傅本、二妙集、毛本改。

【編年】

元祐五年庚午（一〇九〇年）七月七日，作於杭州。王文誥《蘇詩總案》卷三二：「元祐五年庚午，七月七日，和蘇堅七夕詞。」

【箋注】

〔一〕乘槎：乘船。槎本是竹筏、木筏，此代船。詳見《鵲橋仙》（緱山仙子）注〔四〕。

〔二〕江沱漢漾：案：江、漢二水，源皆在蜀。《尚書·禹貢》：「岷嶓既藝。」傳：「岷山、嶓冢皆山名。」又：「岷山導江，東别爲沱。」傳：「江東南流，沱東行。」又：「嶓冢導漾，東流爲漢。」傳：「泉始出山爲漾水，東南流爲沔水，至漢中東流爲漢水。」

〔三〕「織女」二句：《詩·小雅·大東》：「跂彼織女，終日七襄。」鴛鴦機：即織錦機。上官儀《八詠應制》之二：「且學鳥聲調鳳管，方移花影入鴛機。」宋之問《明河篇》：「鴛鴦機上疏螢度，烏鵲橋邊一雁飛。」

〔四〕賡：續也。《尚書·益稷》：「乃賡載歌。」

〔五〕儕：輩。《左傳·僖公二十三年》：「晉鄭同儕。」杜注：「儕，等也。」天放：放任自然。《莊子·馬蹄》：「一而不黨，命曰天放。」成玄英《疏》：「黨，偏也。命，名也。天，自然也。……若有心治物，則乖彼天然，直置放任，則物皆自足，故名曰天放也。」

〔六〕兒嬉：兒童嬉戲。《史記》卷四七《孔子世家》：「孔子爲兒嬉戲，常陳俎豆。」

〔七〕乞巧：見《菩薩蠻》（畫檐初掛彎彎月）注〔七〕。

〔八〕朱樓綵舫：王仁裕《開元天寶遺事》「乞巧樓」條云：「宫中以錦結成樓殿，高百尺，上可以勝數十人，陳以瓜果酒炙，設坐具，以祀牛、女二星。嬪妃各以九孔針、五色線，向月穿之，過者爲得巧之候。動清商之曲，宴樂達旦，士民之家皆效之。」陳元靚《歲時廣記》卷二六引《提要録》云：「世俗七夕取五綵結爲小樓、小舫以乞巧。」黄庭堅《鵲橋仙·席上賦七夕》詞云：「朱樓綵舫，浮瓜沉李，報答風光有處。」

【參考資料】

宋·陸游《跋東坡七夕詞後》：「昔人作七夕詩，率不免有珠櫳綺疏惜别之意。惟東坡此篇，居然是星漢上語，歌之曲終，覺天風海雨逼人。學詩者當以是求之。」

清·王文誥《蘇詩總案》卷三二：「放翁傾倒此詞，蓋以賦詩留織之語，人所不能道也。」

南歌子　八月十八日觀潮，和蘇伯固二首①

海上乘槎侣〔一〕，仙人萼緑華〔二〕。飛昇元不用丹砂〔三〕。住在潮頭來處〔四〕、渺天涯。　雷輥夫差國〔五〕，雲翻海若家〔六〕。坐中安得弄琴牙〔七〕。寫取餘聲歸向、水仙詩〔八〕。

【校勘】

①原題無「和蘇伯固二首」六字，據傅本補。

【編年】

元祐五年庚午（一〇九〇年）八月，作於杭州。案：此二詞，王文誥《蘇詩總案》將第一首編入熙寧五年壬子（一〇七二年），第二首編入熙寧七年甲寅（一〇七四年）。蘇軾時任杭州通判。朱本、龍本、曹本並從《總案》。劉尚榮在其《鈔本〈注坡詞〉考辨》一文中曾提出質疑，云：「王文誥《蘇詩總案》：『甲寅八月十八日江上觀潮，作《南歌子》詞』，未明所據。僅以毛本『再用前韻』四字，就把『苒苒中秋過』一首斷定在甲寅作，太牽强。我以爲，應從傅本」，「蓋同時所作同調二首」。據傅本「和蘇伯固二首」之題，可證此二詞當作於元祐年間蘇軾任杭州太守時。此時，蘇伯固任杭州鹽税，與蘇軾交往頗密，時有詩詞唱和。而熙寧四年六月至七年九月蘇軾任杭州通判時，蘇伯固不在杭州，且無詩文印證二人有何交往。故可斷言二詞係元祐年間蘇軾守杭時和蘇伯固觀潮之作。蘇軾元祐四年七月三日到任，六年三月離任，在杭州兩度八月十八日，二詞作於元祐四年，抑或元祐五年，尚待詳考，暫編元祐五年八月。薛本及吴雪濤《蘇詞編年辨證》（載一九九五年《文史》第四十輯）亦主此二詞爲蘇軾元祐間守杭時和蘇伯固之作，惟薛本編己巳，吴編庚午。吴《辨證》略曰：這二首究竟作於何時，尚須與「和蘇伯固」的詞題相吻合。《蘇祠從祀議》云：「蘇公堅，字伯固，潤州人。時爲臨濮主簿、監杭州在城商務，創議開浚鹽橋、茆山二河。」《宋元學案補遺》卷九九云：「蘇堅字伯固，……爲錢塘丞，督開西湖，與東坡唱和甚多。及東坡從儋耳北歸，猶作詩寄之。」《京口耆舊傳》卷四亦云：「（蘇）庠字養直，丹陽人。其先泉人，丞相頌之族。庠父堅，字伯固，有詩名。文忠公蘇軾過九江，堅時爲縣主簿，多共唱和。……晚爲建昌軍通判，致仕卒。」綜上記載，元祐四年蘇軾出守杭州，蘇堅乃其屬下。蘇軾在任期間，開浚鹽橋、茅山二河及開挖西湖，蘇堅均與有力焉。此二首《南歌子》既云「和蘇伯固」，自應是蘇軾與蘇堅同在杭州錢塘江上觀潮，蘇堅先有詞作，蘇軾乃步其韻連填兩闋。而熙寧間蘇軾通守錢塘、杭州還未有蘇堅其人。蘇軾於元祐四年七月三日至杭州，六年三月九日離杭赴闕。元祐四年，蘇軾到任未久，其時與蘇堅諒不甚熟，而二人公務往來，詩酒遊從又多在五年之内，故鄙意以爲編二詞於元祐五年似更爲穩妥。

【箋注】

〔一〕乘槎侶：李商隱《海客》詩：「海客乘槎上紫氛，星娥罷織一相聞。」餘見《鵲橋仙》（緱山仙子）注〔四〕。

〔二〕蕚緑華：古仙人，簡稱蕚緑。南朝梁·陶弘景《真誥·運象》：蕚緑華者，自云是南山人，女子，年可二十許，青衣，顔色絶整，以晉穆帝升平三年十一月十日夜降羊權家，自此往來。自云姓楊。後贈權詩、火浣布、金玉條脱。訪問此人，云是九嶷山中得道女羅郁也。唐·白居易《霓裳羽衣歌》：「上元點鬟招蕚緑，王母揮袂别飛瓊。」

〔三〕飛昇：謂羽化而升仙。丹砂：即朱砂，古人用以煉丹，故名丹砂。《南史》卷七六《陶弘景傳》：「弘景既得神符秘訣，以爲神丹可成，而苦無藥物。帝給黄金、朱砂、曾青、雄黄等。後合飛丹，色如霜雪，服之體輕。」

〔四〕潮頭來處：《列子·湯問》：「渤海之東，不知幾億萬里，有大壑焉，實惟無底之谷，其下無底，名曰歸墟。……其中有五山焉，一曰岱輿，二曰員嶠，三曰方壺，四曰瀛洲，五曰蓬萊……而五山之根無所連著，常隨潮波上下往還，不得蹔峙焉。」

〔五〕雷輥：如雷滚動。輥，輪轉之速也。傅注：「言其潮聲如雷。」夫差國：指杭州。傅注：「今餘杭乃吴王夫差之故國。」

〔六〕雲翻：傅注：「言其潮勢如雲。」海若：海神。《楚辭·遠游》：「令海若舞馮夷。」王逸注：「海若，海神名也。」宋·洪興祖補注：「海若，莊子所稱北海若也。」

〔七〕弄琴牙：傅注：「弄琴牙，伯牙也，而善撫琴。古者撫琴亦謂之弄。司馬相如飲卓氏而弄琴。《樂府解題》：伯牙學琴於成連，三年不成。成連云：『吾師方子春，今在東海中，能移人情。』乃與伯牙俱往。至蓬萊山，留伯牙曰：『子居習之，我將迎子。』刺船而去，旬日不返。伯牙延望無人，但聞海濤洶湧，山林窅冥，愴然歎曰：『先生移我情矣。』乃援琴而歌，作《水仙操》。曲終，成連回，刺船迎之而還，因而鼓琴絶妙天下。今《水仙操》，乃伯牙之所作也。」

〔八〕寫取餘聲：此指聞錢塘潮如雷鳴之聲而寫的《觀潮》詩。水仙誇：「水仙」，即《水仙操》。「誇」，誇耀。堪向《水仙操》誇耀，即可與伯牙所作《水仙操》媲美。

其二　再用前韻①

萬萬中秋過，蕭蕭兩鬢華。寓身此世一塵沙②〔一〕。笑看潮來潮去、了生涯。　方士三山路〔二〕，漁人一葉家〔三〕。早知身世兩聱牙〔四〕。好伴騎鯨公子、賦雄誇〔五〕。

【校勘】

①傅本、元本、朱本、龍本、曹本無題。

②「此」，明刊全集、二妙集、毛本、《全宋詞》作「化」。

【編年】

同前首。

【箋注】

〔一〕一塵沙：傅注：「《内典》：化佛以三千大千世界，其衆猶微塵，其數猶恒河沙。」按「微塵」喻其小，典見《大智度論》卷九四；「恒河沙」言其多，典見《金剛經一體同觀分》。

〔二〕方士：方術之士。指古代求仙、煉丹，自言能長生不死之人。《史記》卷六《秦始皇本紀》三十五年：「悉召文學、方術士甚衆，欲以興太平，方士欲煉以求奇藥。」三山：指傳説中蓬萊、方丈、瀛州三座神山。見《水龍吟》（古來雲海茫茫）注〔二〕。

〔三〕一葉家：以小舟爲家。一葉，小舟。傅注：「唐顏真卿爲湖州刺使，以張志和舟敝，請更之。志和曰：『願爲浮家泛宅，往來苕霅間耳。』」

〔四〕聱牙：齟齬不合之謂。《新唐書》卷一四三《元結傳·自釋》：「彼聱叟不差聱齖於鄰里，吾又安能慚浪漫於人間。」

〔五〕騎鯨公子：指李白。李白曾自署海上騎鯨客。杜甫《送孔巢父謝病歸遊江東兼呈李白》：「若逢李白騎鯨魚，道甫問訊今何如。」賦雄：指李白所著《大鵬賦》。「賦雄誇」，即作一篇可與李白《大鵬賦》媲美的賦。

點絳脣　庚午重九再用前韻①

不用悲秋〔一〕，今年身健還高宴。江村海甸②〔二〕。總作空花觀〔三〕。　尚想橫汾〔四〕，蘭菊紛相半。樓船遠。白雲飛亂。空有年年雁〔五〕。

【校勘】

① 傅本、元本無「再用前韻」四字。案「前韻」指同調「我輩情鍾」詞。

②「村」，元本注「一作封」。

【編年】

元祐五年庚午（一〇九〇年）九月九日，作於杭州。傅藻《東坡紀年録》：「元祐五年庚午，重九日再和蘇堅前年《點絳脣》韻。」

【箋注】

〔一〕「不用悲秋」二句：宋玉《楚辭·九辯》：「悲哉！秋之爲氣也。」杜甫《九日藍田崔氏莊》：「老去悲秋强自寬，興來今日盡君歡。……明年此會知誰健，醉把茱萸仔細看。」蘇詞反「明年此會」句意而用之，謂今逢佳節，且又身健，當一如往年，朋友歡會飲宴，無需悲秋也。「高宴」，盛大宴會。隋《燕射歌辭·宴羣臣登歌》：「載擇良辰，式陳高宴。」虞世南《琵琶賦》：「嘉客既醉，高宴方闌。」

〔二〕江村海甸：分别指江邊村落、濱海地區。孟浩然《夜歸鹿門山歌》詩：「人隨沙岸向江村，余亦乘舟歸鹿門。」孔稚珪《北山移文》：「張英風於海甸，馳妙譽於浙右。」

〔三〕空花：虚幻之花，比喻妄念。傅注：「釋氏以圓明達觀，視世界如空中花耳。」《圓覺經》：「譬彼病目，見空中華及第二月。」又：「此無名者，非實有體，如夢中人，夢時非無，及至於醒，了無所得，如衆空華，滅於虚空，不可言説。」華同「花」。

〔四〕「尚想横汾」四句：全用漢武《秋風辭》中語，乃遥想昔日漢武行幸河東，祠后土，中流飲燕群臣，何等顯赫與歡樂。《漢武帝故事》曰：「上行幸河東，祠后土，顧視帝京，欣然，中流與羣臣飲燕，上歡甚，乃自作《秋風辭》曰：『秋風起兮白雲飛，草木黄落兮鴈南歸。蘭有秀兮菊有芳，懷佳人兮不能忘。汎樓船兮濟汾河，横中流兮揚素波。簫鼓鳴兮發櫂歌，歡樂極兮哀情多。少壯幾時兮奈老何！』」

〔五〕年年雁：李嶠《汾陰行》詩：「昔時青樓對歌舞，今日黄埃聚荆棘。山川滿目淚沾衣，富貴榮華能幾時？不見秖今汾水上，唯有年年秋鴈飛。」此句意謂：昔日漢武汎樓船濟汾河作《秋風辭》之汾水，今日滿目蕭條，空有秋雁南飛。説明富貴難駐，一切虚幻，「總作空花觀」。

【參考資料】

清・張宗橚《詞林紀事》卷五引樓敬思語：「蘇公《點絳脣》重九詞，『不用悲秋』二句，翻老杜詩『老去悲秋强自寬，明年此會知誰健』句也。换頭使漢武横汾事，兼用李嶠詩，亦能變化，其妙在『尚思』二字，『空有』二字，便是化實爲虚。」清・吴衡照《蓮子居詞話》卷四引樓敬思語，與《詞林紀事》小異。

清・陳廷焯《詞則・别調集》卷一：「筆意超遠，東坡本色。」

清・陳世焜《雲韶集》卷二四：「感慨係之。凄感中自有仙氣。」

又　再和送錢公永〔一〕

莫唱陽關〔二〕，風流公子方終宴。秦山禹甸①〔三〕。縹緲真奇觀〔四〕。　北望平原，落日山銜半〔五〕。孤帆遠〔六〕。我歌君亂〔七〕。一送西飛雁〔八〕。

【校勘】

①「秦」，傅本、元本作「泰」。

【編年】

元祐五年庚午（一〇九〇年）九月作於杭州。朱孝臧《東坡樂府》卷二：「案仍和前韻，附編。」

【箋注】

〔一〕錢公永，不詳。馮登府《閩中金石志》卷七載：元祐四年七月，錢公永、雷子石、潘及之、管明善同遊福州鼓山靈泉洞，并有題名。據詞中「風流公子」句，孔《譜》疑其爲錢勰之子。勰時知越州。從「秦山」、「禹甸」、「西飛雁」知錢公永係從會稽出發西行，途經杭州。

〔二〕陽關：即《陽關曲》。見《江城子》（翠蛾羞黛怯人看）注〔四〕。

〔三〕秦山禹甸：指古代會稽郡。秦山，指會稽秦望山和望秦山。《嘉泰會稽志》卷九：秦望山在縣東南四十里，秦始皇登之以望東海。望秦山在縣東南三十二里，秦始皇與群臣登此以望秦中也。禹甸，禹王治理過的地方，指會稽。《詩・小雅・信南山》：「信彼南山，維禹甸之。」朱熹曰：「南山，終南山也。甸，治也。……言信乎此南山者，本禹之所治。」據《吴越春秋》卷六載：禹周行天下，至越登會稽山，以朝四方，及大會計治國之道。死後，乃葬會稽之山。此二句言秦山禹甸一帶，山色虚無縹緲，蔚爲奇觀。

〔四〕縹緲：白居易《長恨歌》：「忽聞海上有仙山，山在虚無縹緲間。」此指秦山如有仙氣。

〔五〕「落日」句：李白《烏棲曲》：「吴歌楚舞歡未畢，青山猶銜半邊日。」

〔六〕孤帆遠：李白《黄鶴樓送孟浩然之廣陵》詩：「孤帆遠影碧空盡，惟見長江天際流。」此指錢公永所乘之船。

〔七〕我歌君亂：即我爲君歌畢。傅注：「言之不足，故歌；歌之不足則亂。亂者，理也，重理一篇之義，故古之詞賦，多著亂詞於末章，如《楚詞》之類是也。」

〔八〕西飛雁：喻指所送之錢公永。

【參考資料】

清・陳廷焯《詞則・别調集》卷一：「次句俚淺。」又：「（下片末三句）超脱。」

又　杭州①

閒倚胡牀〔一〕，庾公樓外峰千朶②。與誰同坐。明月清風我〔二〕。　别乘一來③〔三〕，有唱應須和。還知麽。自從添箇。風月平分破〔四〕。

【校勘】

①此詞傅本、元本不載。吴本原無題，據毛本補。

②此句下有「原注：一作暝煙深處」。沈際飛《草堂詩餘續集》卷上原注在「與誰同坐」之下。是。

③此句下有「原注：一或作窗」。

【編年】

元祐五年庚午（一〇九〇年）秋，作於杭州。此詞朱本、龍本、曹本俱未編年。宋人樓鑰《攻媿集》卷七七《跋袁光禄（轂）與東坡同官事迹》條云：袁轂「元祐五年倅杭州，東坡爲郡守，相得歡甚。有迓新啓事，坡書龍泉何氏留槎閣記介亭唱和詩，坡次韻二詩，一謝芎椒，一爲除夜。如『别乘一來，風月平分破』之詞，最爲膾炙，正爲公而作。」饒宗頤《詞籍考》云：「乃守杭時爲别駕袁轂作。」清·梁廷枏《東坡事類》亦主此説。今依《攻媿集》編元祐五年。薛本以樓鑰生於蘇軾卒後，他所撰之《攻媿集》「其間口耳相傳，實難相信」；又以庾公樓在九江不在杭州，詞乃實指而非用典；再以詞中「明月清風我」之「我」當他謂，「別駕」方乃自謂。説蘇軾以瓊州別駕渡海北歸，建中靖國元年辛巳四月過九江，道友胡洞微不遠數百里相迎，此詞乃蘇軾擬胡洞微口吻所作，故編年於辛巳。案：樓鑰與蘇軾生在同代而較晚，其聽聞也較後世傳説更近真實，其《攻媿集》紀事不可輕易不信；庾公樓爲名樓，後人附會，所在不止一處。《元豐九域志》所載之九江庾公樓，也「相傳」是庾亮鎮江州時所建。而文人用「庾公樓」典，多據《晉書·庾亮傳》，指位於武昌（今湖北鄂城市）的庾公樓，又稱南樓，即李白《陪宋中丞武昌夜飲懷古》所云：「清景南樓夜，風流在武昌。庾公愛秋月，乘興坐胡牀」之南樓。唐詩人王建《贈華州鄭大夫》詩：「公退晚涼無一事，步行攜客上南樓」也用此典。蘇軾元符三年任瓊州別駕，四月二十一日詔授舒州團練副使，五月中，量移廉州。六月初離儋，九月底至廣州。十一月一日，授朝奉郎、提舉成都府玉局觀，外州軍任便居住，蘇軾已上謝表。建中靖國元年辛巳四月到南昌九江時，他已經不是「別駕」身份。細味此詞，似無代人口氣。庾公樓乃用熟典，借指杭州名樓如望湖樓、望海樓之類。據上數端，不敢苟同薛本編年，仍從舊説。

【箋注】

〔一〕「閒倚胡牀」二句：《晉書》卷七三《庾亮傳》：「亮在武昌，諸佐吏殷浩之徒，乘秋夜往共登南樓，俄而不覺亮至，諸人將起避之。亮徐曰：『諸君少住，老子於此處興復不淺。』便據胡牀與浩等談詠竟坐。」胡牀：一種可折疊的輕便坐具。陶穀《清異録》卷三：「胡牀，施轉關以交足，穿綆緣以容坐，轉縮須臾，重不數斤。相傳明皇行幸頻多，從臣或待詔野頓扈駕，登山不能跂立，欲息則無以寄身，遂創意如此，當時稱逍遥座。」庾公樓：即南樓。《輿地紀勝》卷八一《壽昌軍・景物上》：「南樓：《圖經》引《土俗編》云：南樓即今武昌縣吴安樂宫之端門也。蓋唐元和中始鄂州爲武昌軍，不應東晉時即有南樓在鄂州江夏也。今鄂州南樓乃白雲樓故基也。元祐中，太守方澤因其廢基，以南樓名之，非其舊也。」李白《陪宋中丞武昌夜飲懷古》詩：「清景南樓夜，風流在武昌。庾公愛秋月，乘興坐胡牀。」這裏用庾公樓借指杭州西湖之名樓，蘇軾閒時常登臨，唯惜無人同坐，只有獨自閒倚胡牀。

〔二〕「明月清風」句：李白《月下獨酌四首》其一：「花間一壺酒，獨酌無相親。舉杯邀明月，對影成三人。」蘇軾化用李白詩意，謂無誰同坐，惟有明月、清風與我而成三。

〔三〕「別乘一來」二句：別乘猶言別駕。詳見《殢人嬌》（別駕來時）注〔二〕。別乘指袁轂。袁轂字公濟，元祐四、五年間倅杭，後改知處州。二人時有唱和。《蘇軾詩集》卷三二有《次韻袁公濟謝芎椒》、《九日袁公濟有詩次韻》、《和公濟飲湖上》諸作，記二人湖山遊樂情景。袁文《甕牖閒評》卷五：「蘇東坡昔守臨安，余曾祖（即袁轂）作倅。一日，同往一山寺祈雨，東坡云：『吾二人賦詩，以雨速來者爲勝，不然，罰一飯會。』于是東坡云：『一爐香對紫宫起，萬點雨隨青蓋歸。』余曾祖則曰：『白日青天沛然下，皂蓋青旗猶未歸。』東坡視之云：『我不如爾速。』于是罰一飯會。」從上述記載，知袁轂「元祐五年倅杭時，東坡爲郡守，相得歡甚」，確爲事實。坡公作此詞，用庾亮與僚佐同樂之典，符合其身份。

〔四〕「風月平分」句：謂自從添箇袁轂，與其同坐，有唱有和，則清風明月已非一己獨賞，乃二人平分共享矣。

【參考資料】

明・錢允治《類選箋釋續選草堂詩餘》卷上：「風月平分破」句下批：「妙句」。

明・沈際飛《草堂詩餘續集》卷上：「了無慊意。」

明・卓人月《古今詞統》卷四：「『明月清風我』勝于『舉杯邀月，對影成三客』多矣。」

清・梁廷枬《東坡事類》卷一六：「袁光祿轂，試於開封，在魁選，以易更《三聖賦》名於時，有《韻類題選》百卷。倅杭，東坡相得歡甚，如『別乘一來，風月平分破』之詞，正爲公而作。」

清・陳世焜《雲韶集》卷二：「押我字擲地有聲。」又：「此種筆墨，坡公獨有千古。」

清・陳廷焯《詞則・放歌集》卷一：「押我字警。」

好事近　湖上①

湖上雨晴時，秋水半篙初沒。朱檻俯窺寒鑑〔一〕，照衰顏華髮〔二〕。　醉中吹墮白綸巾②〔三〕，溪風漾流月〔四〕。獨棹小舟歸去〔五〕，任煙波飄兀③〔六〕。

【校勘】

①傅本、元本題作「西湖夜歸」。

②「吹」，傅本作「欲」。

③「飄」，元本作「摇」。

【編年】

元祐五年庚午（一〇九〇年）九月，作於杭州。王文誥《蘇詩總案》卷三二：「元祐五年庚午九月，泛西湖作《好事近》詞。」

【箋注】

〔一〕朱檻：船上朱色欄杆。白居易《百花亭》詩：「朱檻在空虛，涼風八月初。」寒鑑：歐陽修《送胡學士知湖州》詩：「吴興水晶宫，樓閣在寒鑑。」此謂登船俯視西湖水，寒水其平如鏡。

〔二〕衰顔：盧綸《酬韋渚秋夜有懷見寄》詩：「蕭條良夜永，秋草對衰顔。」華髮：杜甫《北征》詩：「况我墮胡塵，及歸盡華髮。」

〔三〕白綸巾：傅注：「綸，青絲也。白綸巾則有青白織紋矣。」《晉書》卷七九《謝萬傳》：「萬著白綸巾，鶴氅裘，履版而前。」

〔四〕流月：月映水中，波動如流。齊·王儉《後園餞從兄豫章》詩：「光風轉蘭蕙，流月汎虚園。」

〔五〕棹：划水行船。

〔六〕煙波：崔顥《黄鶴樓》詩：「日暮鄉關何處是，煙波江上使人愁。」飄兀：摇晃不定。歐陽修《滄浪亭詩》：「豈如扁舟任飄兀，紅渠緑浪摇醉眼。」

浣溪沙 送梅庭老赴潞州學官①〔一〕

門外東風雪灑裾。山頭回首望三吴〔二〕。不應彈鋏爲無魚〔三〕。　上黨從來天下脊〔四〕，先生元是古之儒。時平不用魯連書〔五〕。

【校勘】

① 此詞傳本存目缺詞。「潞州」，原誤作「路州」，據明刊全集、二妙集、毛本、《全宋詞》改。元本、朱本、龍本、曹本作「上黨」。

【編年】

元祐五年庚午（一〇九〇年）以前，作於杭州。案：此詞朱本、龍本、曹本俱未編年，詞有「山頭回首望三吴」句，當作於通判杭州或守杭州之時。今暫編元祐五年，以俟詳考。

【箋注】

〔一〕梅庭老：未詳。潞州：治所在今山西省長治市。北周宣政元年（五七八年）置，隋大業初改爲上黨郡，唐武德元年（六一八年）復爲潞州，天寶初復改爲上黨郡，乾元元年（七五八年）復爲潞州，北宋崇寧三年（一一〇四年）升爲隆德府。（詳見《元和郡縣圖志》卷一五《河東道·潞州》及《太平寰宇記》卷四五《潞州》）學官：古代稱主管學務之官員和官學教師爲學官，亦稱校官或教官。如漢代所置五經博士、博士祭酒、助教等。宋以後各級儒學教授、教諭等亦稱學官。《史記》卷一二一《儒林傳序》：「公孫弘爲學官。」此指州學主管長官。

〔二〕三吴：地名。所指不一。（一）指吴興、吴郡、會稽。見酈道元《水經注》卷四〇《漸江水》。（二）指吴興、吴郡、丹陽。見《通典》卷一八二《州郡一二·蘇州》。（三）指蘇州、常州、湖州。見宋·税安禮《歷代地理指掌圖》。（四）指蘇州、潤州、湖州。見明·周祈《名義考》卷三《地部》「三楚、三吴、三晉、三秦」條。（五）指蘇州、揚州、南京。見李白《永王東巡歌十一首》之三：「秋毫不犯三吴悦，春日遥看五色光。」宋·楊齊賢注。以上諸説，以吴興、吴郡、丹陽之説爲正。

〔三〕彈鋏：見《滿庭芳》（歸去來兮清溪無底）注〔六〕。

〔四〕上黨：即潞州。天下脊：《史記》卷七〇《張儀列傳》：張儀説楚王曰：秦「主明以嚴，將智以武，雖無出甲，席卷常山之險，必折天下之脊。」《索隱》：「常山於天下在北，有若人之背脊也。」杜牧《賀中書門下平澤潞啓》：「伏以上黨之地，肘京洛而履蒲津，倚太原而跨河朔，戰國時，張儀以爲天下之脊。」

〔五〕魯連書：《史記》卷八三《魯仲連傳》：「燕將攻下聊城，聊城人或讒之燕，燕將懼誅，因保守聊城，不敢歸。齊田單攻聊城歲餘，士卒多死而聊城不下。魯連乃爲書，約之矢以射城中，遺燕將。」此作者以魯仲連比梅庭老，意謂如果有戰事，需要魯仲連寫書信，「時平」就不需要。現在「時平」，你只好作教官工作。

南歌子①

師唱誰家曲〔一〕？宗風嗣阿誰？借君拍板與門槌②〔二〕。我也逢場作戲、莫相疑〔三〕。

溪女方偷眼〔四〕，山僧莫眨眉③〔五〕。却愁彌勒下生遲〔六〕。不見老婆三五、少年時〔七〕。

【校勘】

① 原調名下有題解云：「《冷齋夜話》云：東坡守錢塘，無日不在西湖。嘗攜妓謁大通禪師，大通愠形於色。東坡作長短句，令妓歌之。」因非原詞題序，删去。

② 「槌」，元本作「搥」。

③「眨」，傳本、元本作「皺」。

【編年】

元祐五年庚午（一〇九〇年）作於杭州。案：朱本、龍本、曹本此詞俱未編年。據《冷齋夜話》所載此詞本事，（見校勘①）爲蘇軾守杭時攜妓謁大通禪師所作。《蘇軾詩集》卷一〇《病中獨遊净慈謁本長老……》詩，查注：「案是時有兩本長老，一圓照禪師宗本，姓管氏，熙寧中住净慈；一大通禪師善本，姓董氏，元祐初亦住净慈。世謂之大小本。此大本也。」查《五燈會元》卷一六《惠林宗本禪師》《法雲善本禪師》，《咸淳臨安志》卷七〇《人物》一一《方外·僧》，《補續高僧傳》卷八《圓照禪師傳》卷九《大通禪師傳》，《釋氏稽古略》卷四，《佛祖通載》卷二九，《釋氏疑年録》等釋氏典籍，知熙寧年間蘇軾倅杭時，圓照禪師住持净慈寺，世稱大本。他曾招善本入净慈，居上座。元豐五年退居瑞峰庵，把净慈住持席位傳給弟子善本（又稱法涌），世稱小本。不久，宗本被詔進京，住相國寺慧林院。善本住持净慈寺直至元祐年間蘇軾守杭時。元祐五年八月汴京法雲寺法秀禪師入寂，六年初，詔善本進京繼席法雲寺住持，賜號「大通禪師」。蘇軾有《請净慈法涌禪師入京疏》（見《文集》卷二六）及《送小本禪師入法雲》詩（見《詩集》卷三三）。蘇軾此詞是對善本的游戲之作，約寫於善本進京前的元祐五年，《夜話》稱善本爲「大通禪師」，當是惠洪事後追叙之詞，因賜號「大通」是六年初善本入京之後才有的事。又，明毛晉本《山谷詞》中《南歌子》調下注云：「東坡過楚州，見净慈法師，作《南歌子》，用其韻贈郭詩翁二首。」今人劉崇德《蘇詞編年考》據黄庭堅這一題注，把此詞編於元豐七年十一月蘇軾自黄移汝過楚州時作，並云：「惠洪多誕，《夜話》中數事皆妄，《夜話》確不可憑。」但毛本《山谷詞》這個題注，在宋刻本《山谷琴趣外編》卷三卻作「次東坡攜妓見法通（法涌）韻」，並無「東坡過楚州」的話，「過楚」云云顯係後人所加；况善本從熙寧間入净慈居上座，元豐五年住持净慈直到元祐六年初進京繼席法雲，均在杭而不在楚，故據山谷詞題注編年不足信。蘇軾此詞一出，流傳很廣，蘇州詩僧仲殊，大詩人黄庭堅都有和作，可見惠洪《夜話》於此詞紀事不妄，因編元祐五年庚午。

【箋注】

〔一〕「師唱」二句：傅注：「《傳燈録》：關南道吾和尚，因見巫師樂神，打鼓作舞，云：『還識神也。』師於此大悟，後往德山，申其悟旨。德山乃印可。師往後每至昇座時，着緋衣，執木簡作禮。僧問：『師唱誰家曲？宗風嗣阿誰？』師云：『打動關南鼓，唱起德山歌。』問：『如何是和尚家風？』師云：『禪牀作女人。』拜云：『謝子遠來，無可相待。』」（按今本《景德傳燈録》卷一一《五燈會元》卷四與傅注引文有異。）師：對僧敬稱。陸游《老學庵筆記》卷九：「余在成都，偶以事至犀浦，過松林甚茂，問馭卒：『此何處？』答曰：『師塔也。』蓋謂僧所葬之塔。於是乃悟杜詩『黄師塔前江水東』之句。」此處爲蘇軾稱净慈法師。誰家：張相《詩詞曲語辭匯釋》卷三：「誰家，估量辭，含有『怎樣』……『甚麽』各意義。」宗風：指佛教各宗系特有的風格，傳統，多用於禪宗。嗣：繼承。

〔二〕拍板門槌：拍板，樂器。堅木數片，以繩串聯，以一片拍之，用以擊節。《景德傳燈録》卷二七《善慧大士》：「大士登座，執拍板唱經，成四十九頌。」傅注：「梁武帝請志公和尚講經，志公對曰：『自有大士，見在漁行，善能講唱。』帝乃召大士入内，問曰：『用何高座？』大士對曰：『不用高座，只用拍板一具。』大士得板，遂乃唱經，並四十九頌，唱畢而去。大士乃傅大士也。」「又，武帝嘗一夕焚章而召諸法師齋，人莫有知之者。大士詰朝即手持一鐵槌，徑往以叩梁之端門，而先赴召。時若婁約法師者，猶或後至，若雲先法師等，終不知所召矣。」

〔三〕逢場作戲：謂隨事應景，偶一爲之。《景德傳燈録》卷六《江西道一禪師》：「鄧隱峰辭師，師云：『什麽處去？』對云：『石頭去。』師云：『石頭路滑。』對云：『竿木隨身，逢場作戲。』便去。」

〔四〕「溪女」句：杜甫《解悶》詩十二首其一：「山禽引子哺紅果，溪女得錢留白魚。」又《數陪李梓州泛江有女樂在諸舫戲爲艷曲二首贈李》：「競將明媚色，偷眼艷陽天。」「偷眼」，偷看。

〔五〕「山僧」句：杜甫《謁文公上方》詩：「野寺隱喬木，山僧高下居。」山僧：此指净慈禪師。

〔六〕「卻愁彌勒下生遲」句：彌勒：佛名，即彌勒阿逸多。此借指净慈禪師以外的其他和尚。傅注：

「釋氏有當來下生彌勒佛，言百千萬億劫後，閻浮世界復散爲虚空，則彌勒佛乃當下生時也。」

〔七〕「不見老婆」句：五代·王定保《唐摭言》卷三：「薛監晚年厄於宦途，嘗策羸赴朝，值新進士榜下，綴行而出。時進士團所由輩數十人，見逢行李蕭條，前導曰：『迴避新郎君！』逢囅然，即遣一介語之曰：『報道莫貧相！阿婆三五少年時，也曾東塗西抹來。』」全詞皆出於游戲之筆。

【參考資料】

宋·黄庭堅《南柯子》題序：「東坡過楚州，見净慈法師，作《南歌子》。用其韻贈郭詩翁二首。」詞一：「郭泰曾名我，劉翁復見誰。入鄽還作和羅槌。特地干戈相待、使人疑。秋浦横波眼，春窗遠岫眉。補陀巖畔夕陽遲。何似金沙灘上、放憨時。」詞二：「萬里滄江月，波清説向誰。頂門須更下金槌。祇恐風驚草動、又生疑。金雁斜妝頰，青螺淺畫眉。庖丁有底下刀遲。直要人牛無際、是休時。」宋本《山谷琴趣外篇》詞題作「次東坡攜妓見法通韵」，近是。

宋·胡仔《苕溪漁隱叢話前集》卷五七引《冷齋夜話》云：「東坡鎮錢塘，無日不在西湖。嘗攜妓謁大通禪師，師慍形於色。東坡作長短句，令妓歌之曰（詞略）。時有僧仲殊在蘇州，聞而和之，曰：『解舞清平樂，如今説向誰？紅爐片雪上鉗鎚。打就金毛獅子、也堪疑。木女明開眼，泥人暗皺眉。蟠桃已是著花遲。不向春風一笑、待何時。』」（又見宋皇都風月主人《緑窗新話》卷下，末有「涪翁見而賞之曰：『此檀越並此門僧，非取次者所爲爾。』」明蔣一葵《堯山堂外紀》卷五三、清李良年《詞壇紀事》、清葉申薌《本事詞》卷上亦載。）

明·田汝成《西湖游覽志餘》卷一四：「大通禪師者，操律高潔，人非齋沐，不敢登堂。東坡一日挾妙妓謁之，大通愠形于色。公乃作《南歌子》一首，令妙妓歌之，大通亦爲解頤。公曰：『今日參破老禪矣。』」（又見《調謔編》）

浣溪沙①〔一〕

雪頷霜髯不自驚〔二〕。更將翦綵發春榮〔三〕。羞顔未醉已先赬〔四〕。　莫唱黄雞并白髮〔五〕，且呼張丈唤殷兄②〔六〕。有人歸去欲卿卿〔七〕。

【校勘】

①原有題注云：「公守湖。辛未上元日，作會於伽藍中，時長老法惠在坐。人有獻翦伽花綵甚奇，謂有初春興。因作《浣溪沙》二首，寄袁公濟。」傅本、元本、二妙集、明刊全集、毛本俱同，惟文字小異。案：此注出自注坡詞者之手，並非原詞題序，故依朱本、龍本、曹本删去。

②「丈」，原作「友」。據傅本、元本、朱本、龍本改。

【編年】

元祐六年辛未（一〇九一年）正月十五日作於杭州。王宗稷《東坡先生年譜》：「元祐六年辛未，上元作會，有獻翦綵花者，作《浣溪沙》寄袁公濟。」

【箋注】

〔一〕據《東坡先生年譜》《蘇詩總案》，此詞寄袁轂。《蘇軾詩集》卷三二《次韻袁公濟謝芎椒》施注：「袁公濟名轂，四明人，時倅杭，後知處州。」餘詳《點絳脣》（閒倚胡牀）注〔三〕。

〔二〕霜髯：許渾《題四老廟》詩二首其一：「峨峨商嶺采芝人，雪頂霜髯虎豹茵。」

〔三〕翦綵：宗懍《荆楚歲時記》：「正月七日爲人日，以七種菜爲羹。翦綵爲人，或鏤金薄爲人，以貼屏風，亦戴之頭鬢。」又：「立春之日，悉翦綵爲鷰以戴之。」案：此指作會伽藍中，人有獻翦伽花綵之甚奇者。

〔四〕「羞顏」句：言白髭鬚的老人亦頭戴翦綵而面顏羞紅。羞顏：李白《長干行》其一：「十四爲君婦，羞顏未嘗開。」赬：《說文》作「䞓」，俗作「頳」。《爾雅·釋器》：「一染謂之縓，再染謂之赬。」疏：「赬，淺赤也。」

〔五〕黄鷄白髮：見《浣溪沙》（山下蘭芽短浸溪）注〔七〕。此言不要悲唱時光流逝，自傷衰老。

〔六〕張丈殷兄：白居易《歲日家宴戲示弟侄等兼呈張侍御二十八丈殷判官二十三兄》詩：「猶有

誇張少年處，笑呼張丈喚殷兄。」此處引白詩，是說雖雪頷霜髯，但不悲老大，與老友仍呼丈喚兄稱之。

〔七〕卿卿：夫妻之間昵稱。《世説新語》下卷下《惑溺》：「王安豐婦，常卿安豐。安豐曰：『婦人卿壻，於禮爲不敬，後勿復爾。』婦曰：『親卿愛卿，是以卿卿，我不卿卿，誰當卿卿？』遂恒聽之。」此言有人不肯留下飲酒，要回去同妻子親昵。

又　和前韻①

料峭東風翠幕驚〔一〕。云何不飲對公榮〔二〕。水晶盤瑩玉鱗赬〔三〕。　花影莫辜三夜月②〔四〕，朱顔未稱五年兄〔五〕。翰林子墨主人卿〔六〕。

【校勘】

①吴本原無「和」字，據二妙集、毛本補。傅本、元本無題。

②「辜」，元本作「孤」。

【編年】

同前首。

【箋注】

〔一〕料峭：形容春天風寒。《五燈會元》卷一九《法泰禪師》：「春風料峭，凍殺年少。」翠幕：青緑色帷幕。潘尼《三月三日洛水作》詩：「朱軒蔭蘭皋，翠幕映洛湄。」

〔二〕不飲對公榮：《晉書》卷四三《王戎傳》：「戎嘗與阮籍飲，時兗州刺史劉昶字公榮在坐，籍以酒少，酌不及昶，昶無恨色。戎異之，他日問籍曰：『彼何如人也？』答曰：『勝公榮，不可不與飲；若減公榮，則不敢不共飲；惟公榮可不與飲。』」《蘇軾詩集》卷三二《和公濟飲湖上》：「須知老人興不淺，莫學公榮不共飲。」

〔三〕水晶盤：杜甫《麗人行》：「紫駝之峰出翠釜，水精之盤行素鱗。」

〔四〕三夜月：傅注：「元宵三夕。」

〔五〕朱顔：李煜《虞美人》：「雕欄玉砌應猶在，只是朱顔改。」五年兄：《禮記·曲禮上》：「年長以倍，則父事之；十年以長，則兄事之；五年以長，則肩隨之。」

〔六〕「翰林子墨」句：《文選》卷九揚子雲《長楊賦序》：「雄從至射熊館，還，上《長楊賦》，聊因筆墨之成文章，故藉翰林以爲主人，子墨爲客卿以風。」

又 送葉淳老①〔一〕

陽羨姑蘇已買田〔二〕。相逢誰信是前緣〔三〕。莫教便唱水如天〔四〕。我作洞霄君作守〔五〕，白頭相對故依然〔六〕。西湖知有幾同年〔七〕？

【校勘】

①此詞吴本未收，傅本、明刊全集、二妙集、毛本亦不載，據元本、朱本、龍本、《全宋詞》、曹本補。

【編年】

元祐六年辛未（一〇九一年）正月，作於杭州。朱孝臧《東坡樂府》卷二：「案《詩集》辛未正月，有《與葉淳老、侯敦夫、張秉道同相視新河次韻》詩，詞當亦是時作。」今從朱説。案：宗典《蘇軾卜居宜興考》以朱説爲非，而判此詞爲熙寧八年（一〇七五年）十月湖州知州章惇贈東坡詩：「君方陽羨卜新居，我亦吴門葺舊廬。」東坡作此詞以酬之（詳見《中華文史論叢》一九七九年第一輯）。據宗説，此詞當編熙寧八年乙卯十月。考《續資治通鑑》卷七一：熙寧八年（一〇七五年）十月，「庚子，權三司使章惇罷。……乃出惇知湖州」。章惇出知湖州爲熙寧八年十月事，此時蘇軾任密州知州已一年有餘，無緣與章在湖州相會，亦與詞語不合，故宗説不足信。

【考辨】

此詞張公弛《蘇軾詞注釋疑》以爲非東坡所作。因據下片首句，作者當時應提舉杭州洞霄宫。東坡歷仕，雖累經遷黜，僅于安置昌化後，元符三年，大赦北還，復朝奉郎，提舉成都玉局觀，居從其便，前此未嘗在外宫觀。故「此詞非東坡所作，殆可斷言」。並據《續資治通鑑》，考訂出元祐四年十二月之後，六年正月之前，章惇提舉洞霄，蘇軾知杭州，「此詞當是章惇作以贈東坡」者（詳見《中華文史論叢》一九八〇年第四輯）。案：此詞傳本、吴訥抄本、明刊全集、二妙集、毛本雖未收，然見於元本。元本是現存蘇詞最早刻本，成書於元延祐七年庚申（一三二〇年），所收作品，除一首《水調歌頭》（離别一何久）爲蘇轍所作，一首《鷓鴣天》（西塞山邊白鷺飛）爲黄庭堅所作外，其餘大都可信，詞題爲「送葉淳老」，與章惇無涉。葉淳老名温叟，時任兩浙路轉運副使，在杭州。後調任主客郎中，將離杭而去，蘇軾因作此詞以送之。詞云「我作洞霄君作守，白頭相對故依然。西湖知有幾同年」。此乃希冀之語，意謂願淳老作杭守，自己乞作洞霄宫觀，兩位同年則可白首相對，不再分離。作者同時所作《與葉淳老侯敦夫張秉道同相視新河秉道有詩次韻二首》之一亦有「一菴閑卧洞霄宫，井有丹砂水長赤」語，查注：「先生『一菴閑卧』云云，謂將乞宫觀而去也」（見《蘇軾詩集》卷三三），並非已提舉洞霄宫，即爲顯證。故仍從元本作蘇軾詞，而不以誤入詞論。

【箋注】

〔一〕送葉淳老：《續資治通鑑長編》卷四五四（哲宗元祐六年正月）：「左朝請大夫兩浙路轉運副使葉温叟爲主客郎中。」此詞蓋爲送葉淳老罷轉運副使赴任主客郎中而作，時淳老尚未離杭。

〔二〕「陽羨姑蘇」句：見《菩薩蠻》（買田陽羨吾將老）注〔一〕和《浣溪沙》（萬頃風濤不記蘇）注〔一〕。

〔三〕前緣：佛家謂前定之緣分。釋齊己《寄懷東林寺匡白監寺》詩：「南嶽别來無後約，東林歸住有前緣。」此言和葉淳老有緣分。

〔四〕水如天：趙嘏《江樓感懷》詩：「獨上江樓思渺然，月光如水水如天。同來望月人何處，風景依稀似去年。」此言摯友當白頭厮守，不可學趙嘏唱「水如天」那樣的故人離而不見的悲歌。

〔五〕「我作洞霄」句：即我願作洞霄宫提舉，請你來作杭州太守。洞霄宫：杭州名道觀。《咸淳臨安志》卷七五《寺觀》：「洞霄宫，在（餘杭）縣西南一十八里，漢武帝元封三年創宫壇於大滌洞前，爲投龍祈福之所。唐高宗時，遷於前谷，爲天柱觀。光化二年錢王更建。國朝大中祥符五年，漕臣陳文惠公堯佐，以三異奏（一地泉涌、一祥光現、一枯木榮），賜額爲洞霄宫。」又引《真境録》云：「宫有五洞交扃，九峰回抱，千巖萬谷，秀聚其中。」《蘇軾詩集》卷三三《與葉淳老侯敦夫張秉道同相視新河秉道有詩次韻二首》之一有「一菴閑卧洞霄宫」句，查注：「宋朝大臣提舉宫觀，自李若谷始。熙寧初，增杭州洞霄宫及五岳廟等，並依崇福宫置提舉官，以知州資序人充，不復限數，人皆得以自便。先生『一菴閑卧』云云，謂將乞宫觀而去也。」

〔六〕白頭相對：《南史·徐伯珍傳》：「（伯珍）家甚貧窶，兄弟四人皆白首相對，時人呼爲四皓。」故依然：謂相處依然如故。

〔七〕同年：劉禹錫《送張盥赴舉詩》并引：「古人以偕受學爲同門友，今人以偕升名爲同年友。」

唐・李肇《唐國史補》卷下：「（進士）俱捷謂之同年。」宋・葉夢得《避暑録話》卷下：「叔祖度支，諱温叟，與子瞻同年，議論每不相下。元祐末，子瞻守杭州，公爲轉運使浙西，適大水災傷，子瞻鋭于賑濟，而告之者或施予不能無濫，且以杭人樂其政，陰欲厚之。公每持之不下，即親行部，一皆閲實，更爲條畫上聞。朝廷主公議。會出度牒數百付轉運司易米給民，杭州遂欲取其半。公曰：『使者與郡守職不同，公有志天下，何用私其州，而使吾不得行其職。』卒視它州災傷重輕分與之。子瞻怒甚，上章詆公甚力，廷議不以爲直，乃召公還爲主客郎中。」此句謂在西湖能有幾個像你我這樣相知很深的同年友呢？

木蘭花令①

元宵似是歡遊好。何況公庭民訟少。萬家遊賞上春臺〔一〕，十里神仙迷海島〔二〕。　平原不似高陽傲〔三〕。促席雍容陪語笑〔四〕。坐中有客最多情，不惜玉山拚醉倒〔五〕。

【校勘】

①此詞吴本未收，傅本、元本、明刊全集亦不載，據二妙集、毛本、朱本、龍本、《全宋詞》、曹本補。毛本調作「玉樓春」，注：「元刻不載。」外集調名無「令」字，校「亦名瑞鷓鴣」。

【編年】

元祐六年辛未（一〇九一年）上元，作於杭州。案，此詞朱本、龍本、石唐本俱未編年，曹本依《上元夜》詩（見《蘇軾詩集》卷三九）編紹聖元年甲戌，作於定州。今從薛本。薛云：「《詩集》卷三二有《熙寧中軾通守此郡。除夜，直都廳，囚繫皆滿，日暮不得返舍，因題一詩於壁，今二十年矣。衰病之餘，復忝郡寄，再經除夜，庭事蕭然，三圄皆空。蓋同僚之力，非拙朽所致。因和前篇，呈公濟、子侔二通守》詩，作於庚午除夕。案先生於熙寧四年辛亥尾至杭州通判任，至庚午正二十年矣。此詞中有『何況公庭民訟少』之句，正與『三圄皆空』所記符契，則知詞應作於辛未正月十五。」復引《詩集》卷三三《次韻劉景文路分上元》詩「華燈閲艱歲，冷月挂空府。三吴重時節，九陌自歌舞。……今宵掃雲陣，極目浄天宇。嬉遊各忘歸，闐咽頃未睹。飛毬互明滅，激水相吞吐」，正與詞上片所寫杭州上元節情景相吻合。今依薛考，編元祐六年辛未上元。

【箋注】

〔一〕春臺：春日登臨觀賞景物的高臺。《老子》第二十章：「衆人熙熙，如享太牢，如登春臺。」杜甫《王十五前閣會》詩：「楚岸收新雨，春臺引細風。」

〔二〕「十里」句：西湖畔十里長的杭州城内，燈火輝煌，到處歡歌笑舞，猶如美麗的海上仙島，神仙也爲之迷戀。海島：指傳説中神仙居住的海中三神山。《史記》卷六《秦始皇本紀》：「齊人徐市等上書，言海中有三神山，名曰蓬萊、方丈、瀛洲，仙人居之。」

〔三〕平原：《史記》卷七六《平原君列傳》：「平原君趙勝者，趙之諸公子也。諸子中勝最賢，喜賓客，賓客蓋至者數千人。」高陽傲：《史記》卷九七《酈生列傳》：「酈生食其者，陳留高陽人也。好讀書，家貧落魄，無以爲衣食業，爲里監門吏。然縣中賢豪不敢役，縣中皆謂之狂生……沛公至高陽傳舍，使人召酈生。酈生至，入謁，沛公方倨牀使兩女子洗足，而見酈生。酈生入，則長揖不拜，曰：『足下欲助秦攻諸侯乎？且欲率諸侯破秦也？』沛公罵曰：『豎儒！夫天下同苦秦久矣，故諸侯相率而攻秦，何謂助秦攻諸侯乎？』酈生曰：『必聚徒合義兵誅無道秦，不宜倨見長者。』於是沛公輟洗，起攝衣，延酈生上坐，謝之。」

〔四〕促席：座位靠近。《文選》卷四左太沖《蜀都賦》：「合樽促席，引滿相罰。」張銑注：「酒將闌，故合并其樽，促近其席。」雍容：從容大度。《漢書》卷八三《薛宣傳》：「宣爲人好威儀，進止雍容，甚可觀也。」

〔五〕玉山醉倒：《世説新語》下卷上《容止》：「山公曰：『嵇叔夜之爲人也，巖巖若孤松之獨立；其醉也，傀俄若玉山之將崩。』」李白《襄陽歌》：「清風朗月不用一錢買，玉山自倒非人推。」拚：甘願之辭。

減字木蘭花　雪詞①〔一〕

雲容皓白②〔二〕。破曉玉英紛似織〔三〕。風力無端〔四〕。欲學楊花更耐寒③〔五〕。　相如未老〔六〕。梁苑猶能陪俊少。莫惹閒愁。且折江梅上小樓〔七〕。

【校勘】

①傅本、元本題無「詞」字。

②「雲」，毛本作「雪」。

③「欲」，傅本作「教」。

【編年】

元祐六年辛未（一〇九一年）二月，作於杭州。案：此詞朱本、龍本、曹本俱未編年。惟考詞的上片所寫雪景「雲容皓白，破曉玉英紛似織。風力無端，欲學楊花更耐寒。」與《蘇軾詩集》卷三三《次韻仲殊雪中遊西湖二首》其一：「夜半幽夢覺，稍聞竹葦聲。……曲終天自明，玉樓已峥嶸。有懷二三子，落筆先飛霙」，及《次韻參寥詠雪》：「朝來處處白氈鋪，樓閣山川盡一如」所寫的雪景、時間十分吻合。下片提到的「江梅」、「小樓」也與以上引詩的地點景物一致。因西湖以多梅著稱，錢塘江畔，西湖之濱，孤山之上，多生長梅花，詠梅之作也多不勝舉。另《武林梵志》收録蘇軾《次韻仲殊雪中遊西湖二首》的第二首，題爲《雪中遊寶雲寺》，首二句是「寶雲樓閣鬧千門，林静初無一鳥喧」。「寶雲樓閣」即詞中所説的「小樓」，而仲殊、參寥還有曹輔（作者給曹也有和詩）即詩中所言的「二三子」。詞的下片所寫内容，也與這時作杭守的蘇軾的思想情緒相合拍。蘇軾是位極富詩人氣質的詩人，且愛雪喜梅，長於吟詠。這時恰值梅開季節，又遇上杭州難得的大雪，不禁詩興大發，直欲效法司馬相如在梁苑伴枚乘、鄒陽名士賦雪那樣，寫出一篇新《雪賦》來。但忽又想到「湖山公案」已使自己吃盡苦頭，前此在朝中還備受羣小攻訐，離京來守杭州時文彦博再三叮囑：「願君至杭少作詩，恐爲不相喜者誣謗。」爲避免口禍計，蘇軾也打算以「西湖雖好莫吟詩」自戒。這就是正欲寫詩卻又「莫惹閒愁，且折江梅上小樓」的意思。詩人雖未能寫出與前賢媲美的新《雪賦》，但也終未能忍住技癢，爲曹輔、仲殊、參寥的詠雪詩寫了和詩，同時也寫了這首《雪詞》，給這一場西湖大雪留下了藝術紀録。查王文誥《蘇詩總案》卷三三：元祐六年辛未二月九日「和曹輔雪中同遊及仲殊、參寥詩」，則本詞也應作於是時。詳參拙文《蘇詞編年考辨》（原載《河南大學學報》一九九三年第五期）

【箋注】

〔一〕雪詞：本詞上片寫雪景，下片寫對雪欲詩又罷的心情。

〔二〕雲容皓白：寫下雪天，天空地面上下一白的景象。

〔三〕「破曉」句：係寫實，見編年引仲殊、參寥詩。玉英：傅注：「《韓詩外傳》曰：『雪花白英，謂之玉英。』」今本《韓詩外傳》查無此語，當爲佚文也。

〔四〕無端：猶言好没來由。李商隱《爲有》詩：「無端嫁得金龜壻，辜負香衾事早朝。」

〔五〕「欲學楊花」句：謂雪花紛飛像是學楊花飄舞的樣子，卻比楊花耐寒。《全唐詩》卷七八六無名氏《題長樂驛壁》詩：「楊花滿地如雪飛，應有偷游曲水人。」

〔六〕「相如未老」二句：相如指西漢辭賦家司馬相如，蘇軾用以自比。梁苑：見《清平樂》（清淮濁汴）注〔三〕。謝惠連《雪賦》：「歲將暮，時既昏，寒風積，愁雲繁。梁王不悦，遊於兔園，迺置旨酒，命賓友，召鄒生，延枚叟，相如末至，居客之右。俄而，微霰零，密雪下，王迺歌《北風》於衛詩，詠《南山》於周雅，授簡於司馬大夫曰：『抽子秘思，騁子妍辭，侔色揣稱，爲寡人賦之。』相如於是避席而起，逡巡而揖曰……。」

〔七〕江梅：江路野生之梅，多在山間水濱荒寒處。范成大《范村梅譜》：「江梅，遺核野生，不經栽接者，又名直脚梅，或謂之野梅。凡山間水濱，荒寒清絶之趣，皆此本也。花稍小而疏，瘦有韻，香最清。實小而硬。」

西江月　真覺賞瑞香三首①〔一〕

公子眼花亂發〔二〕，老夫鼻觀先通〔三〕。領巾飄下瑞香風〔四〕。驚起謫仙春夢〔五〕。　后土祠中玉蕊〔六〕，蓬萊殿後鞓紅〔七〕。此花清絶更纖穠②〔八〕。把酒何人心動。

【校勘】

①「三」，原作「二」，據傅本改。毛本無「三首」二字。元本題作「寶雲真覺院賞瑞香」。

②「清絶」，元本作「青色」，注：「色一作絶。」二妙集作「清艷」。

【編年】

元祐六年辛未（一〇九一年）三月，作於杭州。王文誥《蘇詩總案》卷三三：「元祐六年辛未二月二十八日，詔下，以翰林學士承旨召還，罷杭州任。三月，和曹輔龍山真覺院瑞香花詩，再作《西江月》詞。」

【箋注】

〔一〕真覺：真覺院。《咸淳臨安志》卷七七《寺觀》：「真覺院，開寶八年建，舊名奉慶，大中祥符元年改今額。」《西湖游覽志》卷六：慈雲嶺之南，爲龍山。龍山稍北爲玉廚山、善慧禪寺，寺傍舊有真覺院。瑞香：花名。宋・陶穀《清異録》卷二《花・睡香》：「廬山瑞香花，始緣一比丘晝寢盤石上，夢中聞花香酷烈，不可名，既覺，尋香求之，因名睡香。四方奇之，謂乃花中祥瑞，遂以瑞易睡。」《升菴詩話》卷一一《瑞香花》詩：「瑞香花，即《楚辭》所謂露甲也。一名錦薰籠，又名錦被堆。韓魏公詩云：『不管鶯聲向曉催，錦衾春曉尚成堆。香紅若解知人意，睡取東君莫放回。』張圖之改『瑞香』爲『睡香』，詩云：『曾向廬山睡裏聞，香風占斷世間春。採花莫撲枝頭蝶，驚覺陽臺夢裏人。』」此詞上片寫瑞香花之豔、香之濃，可以染貴妃巾，驚謫仙夢；下片寫瑞香的清絕與纖穠，比起揚州瓊花、洛陽牡丹，更能使人動情。

〔二〕公子：指曹子方（輔）。眼花：謂瑞香花娱目，使人目眩。梁簡文帝《箏賦》：「耳熱眼花之娱，千金萬年之壽。」李白《俠客行》：「眼花耳熱後，意氣素霓生。」

〔三〕鼻觀：本爲釋氏修煉養性法之一，傳注：「見《圓覺經》。」此指鼻聞。黄庭堅《題海首座壁》詩：「香寒明鼻觀，日永稱頭陀。」蘇軾《題楊次公蕙》詩：「云何起微馥，鼻觀已先通。」謂未見瑞香其花已先聞其香矣。

〔四〕巾飄香風：典見《南歌子》（琥珀裝腰佩）注〔二〕引《楊太真外傳》卷下。此句寫瑞香薰染貴妃領巾，使滿身飄瑞香之風。

〔五〕謫仙：《新唐書》卷二〇二《李白傳》：「李白字太白。天寶初，南入會稽，與吴筠善。筠被召，故白亦至長安，往見賀知章，知章見其文歎曰：『子謫仙人也。』」餘見《滿江紅》（江漢西來）

注〔一二〕。春夢：劉禹錫《春日書懷》：「眼前名利同春夢，醉裏風情敵少年。」此句謂瑞香花香濃烈，使謫仙之春夢爲之驚覺。

〔六〕「后土祠」句：《揚州府志》卷二八《寺觀志（一）》：「蕃釐觀在大東門外，即后土祠。……觀後有井，道家者流謂下有玉鈎洞天，因名玉鈎井。舊有瓊花一株，名瓊觀。」傅注：「揚州后土夫人祠，有瓊花一本，天下無雙。」此以揚州后土祠中天下無雙、如玉蕊之白的瓊花比瑞香。葛立方《韻語陽秋》卷一六：「東坡《瑞香詞》有『后土祠中玉蕊』之句者，非謂玉蕊花，止謂瓊花如玉蕊之白耳。」

〔七〕蓬萊殿：在洛陽河南宫内，唐初建。鞓紅：歐陽修《洛陽牡丹記》：「鞓紅者，單葉深紅花；出青州，亦曰青州紅。……其色類腰帶鞓，故謂之鞓紅。」又《禁中見鞓紅牡丹》詩：「盛游西洛方年少，晚落南譙號醉翁。白首歸來玉堂上，君王殿後見鞓紅。」此以洛陽牡丹鞓紅比瑞香。

〔八〕此花：指真覺院的瑞香花。清絶更纖穠：比揚州瓊花更清絶，比洛陽牡丹更纖穠。

【參考資料】

宋·胡仔《苕溪漁隱叢話後集》卷三五：「《復齋漫録》云：廬山瑞香花，古所未有，亦不産他處，天聖中始稱傳。東坡諸公，繼有詩咏，豈靈草異芳，俟時乃出，故記序篇什，悉作瑞字。訥禪師云：『山中瑞采一朝出，天下名香獨見知。』張祠部圖之，强名佳客，以瑞爲睡焉，其詩曰：『曾向廬山睡裏聞，香風占斷世間春。竊花莫撲枝頭蝶，驚覺南柯半夢人。』苕溪漁隱曰：余觀元祐群公集，並無詠瑞香花詩，惟東坡《次韻曹子方龍山真覺院瑞香花》云：『幽香結淺紫，來自孤雲岑。骨香不自知，淺色意殊深。移栽青蓮宇，遂冠薝蔔林。結爲楚臣佩，散落天女襟。』又有《西江月》詞三首，其一云：『領中飄下瑞香風，驚起謫仙春夢。』其二云：『更看微月轉光風，歸去香雲入夢。』東坡詞意，亦與張祠部詩意相類，但能含蓄之耳。」

清・李調元《雨村詞話》卷二：「陸放翁《桃源憶故人》詞『一朵鞓紅凝露』，東坡《西江月》詞『蓬萊殿後鞓紅』，鞓紅乃牡丹名。鞓音汀，帶革也。無名氏有《鞓紅》詞。《西廂》：『角帶傲黄鞓。』宋待制服紅鞓犀帶，蓋以花色如帶鞓之紅耳。今所繫亦曰鞓帶，而字書音爲丁，誤。」

其二　坐客見和，復次韻

小院朱闌幾曲，重城畫鼓三通〔一〕。更看微月轉光風〔二〕。歸去香雲入夢〔三〕。　翠袖争浮大白〔四〕，皁羅半插斜紅〔五〕。燈花零落酒花穠〔六〕。妙語一時飛動〔七〕。

【編年】

同前首。

【箋注】

〔一〕三通：傅注：「三疊鼓聲也。」

〔二〕光風：宋玉《楚辭·招魂》：「光風轉蕙，氾崇蘭些。」王逸注：「光風，謂雨已日出而風，草木有光也。」此指天朗氣清的月夜景象。

〔三〕「歸去香雲」句：潘音《訪蔡上人》詩：「龍皈寶座香雲滿，鴿繞經臺佛日閒。」此謂將在瑞香縹繞中入夢。

〔四〕翠袖：杜甫《佳人》詩：「天寒翠袖薄，日暮倚修竹。」此指群妓。浮大白：謂罰酒。傅注：「《漢書》：引滿舉白者，罰爵之名也。飲不盡者，即以此爵罰之。」劉向《說苑·善說》：「魏文侯與大夫飲酒，使公乘不仁爲觴政，曰：『飲不釂者，浮以大白。』文侯飲而不盡釂，公乘不仁舉白浮君。」

〔五〕皁羅：傅注：「皁羅特髻也。」詳見《皁羅特髻》（采菱拾翠）注〔一〕。斜紅：頭上戴的紅花。蘇軾《李鈐轄坐上分題戴花》詩：「綠珠吹笛何時見，欲把斜紅插皁羅。」

〔六〕酒花：浮在酒面的泡沫。孟郊《送殷秀才南遊》詩：「詩句臨離袂，酒花薰別顔。」

〔七〕妙語：蘇軾《次韻范淳父送秦少章》詩：「贈行苦說我，妙語慰蹉跎。」此指宴席間唱和的詩詞。

其三　再用前韻戲曹子方①〔一〕

怪此花枝怨泣〔二〕，託君詩句名通。憑將草木記吴風〔三〕。繼取相如雲夢〔四〕。　點筆袖沾醉墨〔五〕，謗花面有慚紅〔六〕。知君卻是爲情穠。怕見此花撩動。

【校勘】

①傅本題作「真覺府瑞香一本，曹子方不知，以爲紫丁香，戲用前韻」。毛本題下溢出「坐客云瑞香爲紫丁香，遂以此曲辨證之」十六字。此十六字傅本作小注置詞後，並冠以「公舊注云」四字。

【編年】

同前首。

【箋注】

〔一〕曹子方：《蘇軾詩集》卷三〇《送曹輔赴閩漕》施注：「曹輔，字子方，海陵人。元祐三年九月，自太僕丞爲福建轉運判官。東坡繼出守錢塘，同過吴興，作《後六客詞》，子方其一也。……子方自閩歸道錢塘，有《真覺院瑞香花》《雪中同遊西湖》二詩。元豐七年間，爲鄜延路經略司勾當公事：……後提點廣西刑獄，先生在惠，數有往來書帖。元祐黨禍，諸賢多在巡内，子方不阿時好，周恤備至，士論與之。」餘見《定風波》（月滿苕溪照夜堂）注〔四〕。

〔二〕「怪此」二句：謂瑞香花枝怨泣，是因爲曹子方誤把「瑞香」當作「紫丁香」揚名出去的緣故。

〔三〕吴風：吴地風物。指真覺院瑞香花。

〔四〕「繼取」句：傅注：「漢·司馬相如爲《子虚賦》而載雲夢之饒，故山泉、土石、草木、禽魚無不畢究。」但司馬相如在《上林賦》中有「盧橘夏熟，黄甘橙楱」之説。因盧橘不是長安一帶産物，故左太沖在《三都賦序》中指其謬曰：「然相如賦《上林》而引『盧橘夏熟』……侈言無驗，雖麗非經。」蘇軾借此比況曹子方把瑞香稱作紫丁香的錯誤。可是蘇軾却把《上林賦》誤記成《子虚賦》，故有「繼取相如雲夢」之句。

〔五〕點筆：杜甫《重過何氏五首》其三：「石欄斜點筆，桐葉坐題詩。」《杜臆》：「點筆，以筆濡墨也。」醉墨：醉中之作。陸龜蒙《奉和襲美醉中偶作見寄次韻》：「憐君醉墨風流甚，幾度題詩小謝齋。」

〔六〕「謗花」句：曹子方不知瑞香花，誤以爲紫丁香，致使瑞香受謗而「怨泣」，蘇軾戲其「謗花」而面應慚紅。

木蘭花令　次馬中玉韻〔一〕

知君仙骨無寒暑〔二〕。千載相逢猶旦暮〔三〕。故將别語惱佳人〔四〕，要看梨花枝上雨①〔五〕。

落花已逐迴風去②〔六〕。花本無心鶯自訴。明朝歸路下塘西〔七〕，不見鶯啼花落處〔八〕。

【校勘】

①「要」，元本作「欲」。

②「迴風」，元本作「風回」。

【編年】

元祐六年辛未（一〇九一年）三月，作於杭州。王文誥《蘇詩總案》卷三三：「元祐六年辛未三月，馬瑊賦《木蘭花令》送別，再和瑊詞。」

【箋注】

〔一〕馬中玉：《蘇軾詩集》卷三三《次前韻答馬忠玉》查注引《咸淳臨安志》：「元祐五年八月，宣德郎馬瑊自提點淮南西路刑獄，改兩浙路提刑。」又引《黄山谷年譜》：「馬瑊，茌平人。」案：「忠」一作「中」。王文誥《蘇詩總案》及《蘇文忠公詩編注集成》均作「馬瑊」。查李幼武《皇朝名臣言行續録》卷一、黄罃《山谷先生年譜》卷二九、陸心源《宋詩紀事補遺》卷二八、丁傳靖《宋人軼事彙編》卷一二均作「馬珹」，《四庫全書》本、《四部叢刊》本蘇轍《欒城集》卷三〇作「馬城」，清夢軒本《欒城集》作「馬誠」，王明清《玉照新志》卷二、《全宋詞》第一册作「馬成」。「珹」、「城」、「誠」、「成」音同，當作「馬珹」近是。「馬珹」蓋爲「馬瑊」形近而誤。馬瑊送別詞

《木蘭花令》見後附參考資料。此詞是對馬瑊所作送別詞的答詞。

〔二〕仙骨：傅注：「得仙道者，深冬不寒，盛夏不熱。」葛洪《神仙傳·劉根傳》：「神人曰：『汝有仙骨，故得見吾耳。』」

〔三〕旦暮：時間短促。《莊子·齊物論》：「萬世之後而一遇大聖，知其解者，是旦暮遇之也。」

〔四〕「故將別語」句：故意將離別傷情的話説給你聽，爲的逗惱你使你灑傷別之淚。這是就馬瑊送別詞「別酒多斟君莫訴」、「灑淚多於江上雨」而言。此處「佳人」戲指馬瑊。

〔五〕梨花雨：白居易《長恨歌》：「玉容寂寞淚闌干，梨花一枝春帶雨。」比喻馬瑊惜別之淚。

〔六〕「落花已逐」句：蘇軾三月被召赴闕，時已暮春，故有此語。迴風：旋風。《爾雅·釋天》：「迴風爲飄。」

〔七〕下塘西：東京在錢塘之西，故言。

〔八〕鶯啼、花落：陰鏗《侯司空宅詠妓詩》：「鶯啼歌扇後，花落舞衫前。」因爲「落花已逐迴風去」，故此句有「不見」「花落」云云。

【參考資料】

宋·王明清《玉照新志》卷二：「東坡先生知杭州，馬中玉成爲浙漕。東坡被召赴闕，中玉席間作詞曰：『來時吴會猶殘暑，去日武林春已暮。欲知遺愛感人深，灑淚多於江上雨。歡情未舉眉先聚，别酒多斟君莫訴。從今寧忍看西湖，擡眼盡成斷腸處。』東坡和之，所謂『明朝歸路下塘西，不見鶯啼花落處』是也。忠玉，忠肅亮之子，仲甫猶子也。」案：中玉爲忠肅亮之孫，仲甫之子。此作「忠肅亮之子，仲甫猶子」，誤。

宋·周紫芝《竹坡老人詩話》云：「白樂天《長恨歌》云：『玉容寂寞淚闌干，梨花一枝春帶雨。』人皆喜其工，而不知其氣韻之近俗也。東坡作送人小詞云：『故將别語調佳人，要看梨花枝上雨。』雖用樂天語，而别有一種風味，非點鐵成黄金手，不能爲此也。」

明·卓人月《古今詞統》卷八：「余生長塘西，每恨『塘西』二字不堪入詠，得此大快。」

清·薛雪《一瓢詩話》：「白香山：『玉容寂寞泪闌干，梨花一枝春帶雨。』有喜其工，有詆其俗。東坡小詞：『故將别語調佳人，要看梨花枝上雨。』人謂其用香山語，點鐵成金，殊不然也。香山冠冕，東坡尖新，夫人婢子，各有態度。」

虞美人　送浙憲馬中玉①〔一〕

歸心正似三春草〔二〕。試著萊衣小〔三〕。橘懷幾日向翁開〔四〕。懷祖已瞋文度〔五〕、不歸來②。　禪心已斷人間愛〔六〕。只有平交在③〔七〕。笑論瓜葛一枰同④〔八〕。看取靈光新賦、有家風〔九〕。

【校勘】

①題原作「述懷」，據傅本改。元本無題。二妙集、毛本無「浙憲」二字。

②「瞋」，傅本作「嗔」。

③「交」，傅本作「仄」。

④「枰」，傅本作「抨」。

【編年】

元祐六年辛未（一〇九一年）三月，作於杭州。朱孝臧《東坡樂府》卷二：「案中玉，元祐五年改兩浙路提刑，是時或去官寧親，故詞有『橘懷』、『懷祖』等語。公答中玉詩云：『靈運子孫俱得鳳。』亦謂其父也。」

【箋注】

〔一〕浙憲：案後漢稱御史府爲憲臺，以後遂以憲臺爲御史官職之通稱。元祐五年，馬中玉改兩浙提點刑獄，掌察所轄獄訟及舉刺官吏，故稱浙憲。

〔二〕三春草：孟郊《游子吟》詩：「慈母手中綫，游子身上衣。臨行密密縫，意恐遲遲歸。誰言寸草心，報得三春暉。」

〔三〕萊衣小：《藝文類聚》卷二〇引《列女傳》：「老萊子孝養二親，行年七十，嬰兒自娛，著五色采衣。嘗取漿上堂，跌仆，因卧地爲小兒啼。」後用爲孝養父母之詞。孟浩然《夕次蔡陽館》詩：「明朝拜嘉慶，須著老萊衣。」

〔四〕橘懷：《三國志》卷五七《吴書·陸績傳》：「陸績字公紀，吴郡吴人也。……績年六歲，於九江見袁術。術出橘，績懷三枚，去，拜辭墮地，術謂曰：『陸郎作賓客而懷橘乎？』績跪答曰：『欲歸遺母。』術大奇之。」此借喻馬中玉寧親。

〔五〕懷祖瞋文度：《晉書》卷七五《王湛傳》：王湛孫述字懷祖，「出補臨海太守，遷建威將軍、會稽内史。」述子坦之字文度，「坦之爲桓温長史。温欲爲子求婚於坦之。及還家省父，而述愛坦之，雖長大，猶抱置膝上。坦之因言温意。述大怒，遽排下，曰：『汝竟癡邪！詎可畏温面而以女妻兵也。』坦之乃辭以他故。温曰：『此尊君不肯耳。』遂止。」案：此謂中玉父嗔中玉宦而不歸也。

〔六〕禪心：寂定之心。江淹《吴中禮石佛》詩：「禪心暮不雜，寂行好無私。」人間愛：傅注：「《法鏡經》曰：凡夫貪著六塵，不知厭足，今聖人斷除貪愛，除六情饑饉也。」

〔七〕平交：平素之交。杜荀鶴《訪蔡融因題》詩：「每見苦心修好事，未嘗開口怨平交。」

〔八〕笑論瓜葛：瓜葛，喻輾轉相連的親戚或社會關係。蔡邕《獨斷》下：「四姓小侯，諸侯家婦，凡與先帝先后有瓜葛者……皆會。」《晉書》卷六五《王導傳》附《王悦傳》：「悦字長豫，弱冠有高名，事親色養，導甚愛之。導嘗共悦弈棋，争道，導笑曰：『相與有瓜葛，邦得爲爾邪！』」一枰：《文選》卷五二韋弘嗣《博弈論》：「然其所志不出一枰之上，所務不過方罫之間。」

〔九〕靈光新賦：傅注：「後漢王逸工詞賦，嘗欲作《魯靈光殿賦》，命其子延壽往録其狀。延壽因韻之，以簡其父，父曰：『吾無以加。』遂不復作。」《文選》卷一一王文考《魯靈光殿賦》張載注：「范曄《後漢書》曰：王逸，字叔師，南郡宜城人也。子延壽，字文考，有儁才，遊魯，作《靈光殿賦》，後蔡邕亦造此賦，未成，及見延壽所爲，甚奇之，遂輟翰而止。」案：此以王逸、王文考父子工詞賦，延譽馬中玉及其父好學有文辭。正與其《次前韻答馬忠玉》詩「靈運子孫俱得鳳，慈明兄弟孰非龍」同意。

臨江仙　送錢穆父①〔一〕

一别都門三改火〔二〕，天涯踏盡紅塵〔三〕。依然一笑作春温〔四〕。無波真古井〔五〕，有節是秋筠。　惆悵孤帆連夜發，送行淡月微雲。尊前不用翠眉顰〔六〕。人生如逆旅〔七〕，我亦是行人〔八〕。

【校勘】

①原無題，據傳本、元本補。

【編年】

元祐六年辛未（一〇九一年）三月，作於杭州。朱孝臧《東坡樂府》卷二：「案穆父罷越守北歸，在辛未春，是詞當送之於過杭時也。」案，朱注不誤，但欠詳。查《續資治通鑑長編》元祐三年戊辰九月庚戌，龍圖閣待制權知開封府錢勰（穆父）「坐奏獄空不實」，「情實欺君」，出知越州。元祐五年庚午十月己亥，罷越守知瀛州。此當北歸時途經杭州，滯留會友，故元祐六年正月尚未離杭，見《咸淳臨安志》卷七八《寺觀》四「龍井題名」云「蘇軾、錢勰、江公著、柳雍同遊龍井辨才。元祐六年正月七日」可證。穆父離杭赴瀛的確切日期已不可考，但此詞末二句云：「人生如逆旅，我亦是行人。」蓋坡公已風聞其將離杭別任。據王宗稷《東坡先生年譜》：「元祐六年，在杭州任被召。按先生作《別天竺觀音三絶》序云：『以三月九日，被旨赴闕。』又按先生作《參寥泉銘》云：『予以寒食去郡。』」是年清明爲三月十四日，寒食應爲九日前後，送穆父詞當作於此際。該詞首句「一別都門三改火」，指元祐四年己巳、五年庚午、六年辛未，三次改火。穆父元祐三年九月出知越州，離汴京時早過清明，不應算在「三改火」之數。

【箋注】

〔一〕錢穆父：見《西江月》（莫歎平齊落落）注〔一〕。

〔二〕「一别都門」句：改火：見《南歌子》（日薄花房綻）注〔四〕。一改火指一年。《蘇軾詩集》卷三〇《送錢穆父出守越州絶句二首》施注：「錢穆父以龍圖閣待制權知開封府，坐奏獄空不實，出知越州，時元祐三年九月也。」穆父罷越守北歸過杭時在元祐六年，已經過三年，詳見本詞編年。

〔三〕紅塵：《文選》卷一班孟堅《西都賦》：「闐城溢郭，旁流百廛，紅塵四合，煙雲相連。」徐陵《洛陽道》詩：「緑柳三春暗，紅塵百戲多。」此指人世。

〔四〕春温：《史記》卷四六《田敬仲完世家》：「騶忌子以鼓琴見威王，威王説而舍之右室。須臾，王鼓琴，騶忌子推户入曰：『善哉鼓琴！』王勃然不悦，去琴按劍曰：『夫子見容未察，何以知其善也？』騶忌子曰：『夫大弦濁以春温者，君也；小弦廉折以清者，相也；攫之深，醳之愉者，政令也；鈞諧以鳴，大小相益，回邪而不相害者，四時也：吾是以知其善也。』王曰：『善語音。』騶忌子曰：『何獨語音，夫治國家而弭人民皆在其中。』」《集解》引《琴操》曰：「大弦者，君也，寬和而温。小弦者，臣也，清廉而不亂。」案：此謂錢穆父的笑容依然如春温一親暖人。

〔五〕「無波」二句：孟郊《列女操》：「波瀾誓不起，妾心井中水。」白居易《贈元稹》詩：「無波古井水，有節秋竹竿。」謂穆父不爲陟黜沉浮而憂喜，心境平静無波瀾如古井之水，有節概如秋筠。

〔六〕翠眉顰：杜甫《江月》詩：「誰家挑錦字，滅燭翠眉顰。」此言不必爲傷别而蹙眉。

〔七〕逆旅：客舍。李白《春夜宴從弟桃花園序》：「夫天地者，萬物之逆旅也；光陰者，百代之過客也。」

〔八〕行人：《詩·齊風·載驅》：「汶水滔滔，行人儦儦。」此指人生如旅途中的過客。

【參考資料】

宋·袁文《甕牖閒評》卷五：「《説文》：筠字從竹，竹皮也。孔穎達亦以爲竹外青皮。蘇東坡作《臨江仙》詞云：『無波真古井，有節是秋筠。』乃用白樂天詩：『無波古井水，有節秋竹竿。』詩雖承樂天之語，而改竹爲筠，遂覺差遜。」

八聲甘州　寄參寥子①〔一〕

有情風、萬里捲潮來，無情送潮歸。問錢塘江上〔二〕，西興浦口〔三〕，幾度斜暉？不用思量今古〔四〕，俯仰昔人非。誰似東坡老，白首忘機〔五〕。　記取西湖西畔〔六〕，正暮山好處②，空翠煙霏。算詩人相得③〔七〕，如我與君稀。約他年〔八〕、東還海道，願謝公、雅志莫相違。西州路，不應回首，爲我沾衣。

【校勘】

① 傅本題下有「時在巽亭」四字。

② 「暮」，元本作「春」。

③ 原無「算」字，據傅本、元本、毛本補。

【編年】

元祐六年辛未（一〇九一年）三月作於杭州。《苕溪漁隱叢話後集》卷三九：「東坡別參寥長短句云云（詞略）。……其詞石刻後，東坡自題云：『元祐六年三月六日。』余以《東坡先生年譜》考之，元祐四年知杭州，六年召爲翰林學士承旨，則長短句蓋此時作也。」蘇軾《參寥泉銘敘》：「其後七年（即元祐四年），予出守錢塘，參寥子在焉。明年，卜智果精舍居之。又明年，新居成，而予以寒食去郡。」此詞當爲蘇軾離杭赴京時別參寥之作。案：關于本詞寫作時間、地點，除此之外，尚有三説：一、王文誥《蘇詩總案》定在紹聖四年丁丑（一〇九七年），時蘇軾謫居儋州。二、陳邇冬《蘇軾詞選》認爲作於元祐六年去杭入京之後。三、王仲鏞《讀蘇軾〈八聲甘州·寄參寥子〉》定在元祐四年（一〇八九年）蘇軾初到杭州不久。以上三説，前兩説與傅本題中「時在巽亭」四字不合。第三説也與詞旨相悖。如此詞確係蘇軾初到杭州所寫，當時他同參寥子剛剛相逢，決不會通篇出離别語。故以上三説均不取。

【箋注】

〔一〕參寥子：《蘇軾詩集》卷一七《次韻僧潛見贈》施注：「僧道潛，字參寥，於潛人。能文章，尤喜爲詩。……過東坡於彭城，甚愛之，以書告文與可，謂『其詩句清絶，與林逋上下，而通了道義，見之令人蕭然。』坡守吴興，會於松江。坡既謫居，不遠二千里，相從於齊安。留期年，遇移汝海，同遊廬山，有《次韻留別》詩。坡守錢塘，卜智果精舍居之，入院，分韻賦詩，又作《參寥泉銘》。坡南遷，遂欲轉海訪之。以書力戒，勿萌此意，自揣餘生必須相見。當路亦捃其詩語，謂有刺譏，得罪，反初服。建中靖國初，曾子開在翰苑，言其非罪。詔復祝髮。蘇黄門每稱其體製絶似儲光羲，非近世詩僧所能比也。」《咸淳臨安志》卷七〇：「道潛，於潛浮溪村人，字參寥，本姓何。幼不茹葷，以童子誦《法華經》爲比丘，於内外典無所不窺。……崇寧末示寂，賜號妙總大師。」王文誥案：「參寥本於潛僧，公倅杭時，但於行部一遇之，集中無一字之及。其後《與秦太虚書》云：參寥真可人，太虚與之不妄。可見公之知其爲人，實始於徐，故參寥自道其知契之厚，則云『鈴閣追隨十月强』也。」傅注本題下有「時在巽亭」四字。巽亭在杭州東南。《乾道臨安志》卷二：「南園巽亭，慶曆三年，郡守蔣堂於舊治之東南建巽亭，以對江山之勝。」蘇舜欽《杭州巽亭》：「公自登臨闢草萊，赫然危構壓崔嵬。涼翻簾幌潮聲過，清入琴尊雨氣來。」在巽亭可以觀潮，與本詞首二句相合。

〔二〕錢塘：見《卜算子》（蜀客到江南）注〔一〕。

〔三〕西興：西興渡。見《瑞鷓鴣》（碧山影裏小紅旗）注〔六〕。郎士元《送李遂之越》詩：「西興待潮信，落日滿孤舟。」案此上數句寫與參寥共賞錢塘潮勝景的投契生活。

〔四〕「不用思量」二句：王羲之《蘭亭集序》：「向之所欣，俯仰之間，已爲陳迹。……每覽昔人興感之由，若合一契，未嘗不臨文嗟悼，不能喻之於懷。」謂不用懷古傷今，俯仰之間，便會物是人非。

〔五〕忘機：恬淡自適，消除機心。李白《下終南山過斛斯山人宿置酒》詩：「我醉君復樂，陶然共忘機。」

〔六〕「記取西湖」三句：惠洪《冷齋夜話》卷四：「東晉騷人勝士最多，皆無出謝安石之右，烟霏空翠之間，乃攜娉婷登臨之。」此謂與參寥登春山臨西湖，出入空翠烟霏之間。

〔七〕「算詩人」二句：謂詩人中如君我兩人之親密相得者極少。

〔八〕「約他年」數句：言自己雖蒙内召，但不忘東山之志，相約他年重返浙東，不違歸隱杭州之夙願，寬慰參寥莫爲暫時離别而悲傷。「謝公」、「西州路」典見《水調歌頭》（安石在東海）注〔四〕。「不應」猶云不須也。楊萬里《寄題曾子與競秀亭》詩：「老去可憐風味在，不應霧隱萬峰邊。」

【參考資料】

宋·胡仔《苕溪漁隱叢話後集》卷三九：「東坡别參寥長短句云（詞略）。《晉書》：『謝安雖受朝寄，然東山之志，始末不渝，每形于顔色。及鎮新城，盡室而行，造汎海之裝，欲須經略粗定，自海道還東，雅志未就，遂遇疾篤，還都尋薨。羊曇爲安所愛重，安薨後，輟樂彌年，行不由西州路，嘗因大醉，不覺至州門，左右白曰：「此西州門。」曇悲感，以馬策扣扉，誦曹子建詩曰：「生存華屋處，零落歸山丘。」因慟哭而去。』東坡用此故事，若世俗之論，必以爲讖矣。……自後復守潁，徙揚，入長禮曹，出帥定武，至紹聖元年，方南遷嶺表，建中靖國元年北歸，至常乃薨，凡十一載，則世俗成讖之論，安可信邪？」

明·楊慎批點《草堂詩餘》卷四：「此《六州歌頭》之一，本鼓吹曲也，音悲壯，使人慷慨。唐人西邊六州，故名。宋人大祀，大衂鞘用此。」

明·沈際飛《草堂詩餘正集》卷四：「伸紙書去，亭亭無染，青蓮出池。」

明·李攀龍《新刻題評名賢詞話草堂詩餘》卷四：「坡公之詞，輕清瀟灑，如蓮花出池，亭亭净植，無半點塵俗氣。」

明·張綖《草堂詩餘後集别録》：「結句『西州路，不應回首，爲我沾衣。』昔人謂坡作此語，疑若不祥，後歷十一載乃薨，世俗所謂成讖者，意不足信。愚謂非也。凡言讖者，謂其無心而先見之者也，若坡翁此語，自是有心爲之，乃高人曠達之懷，不可以言讖。劉伶嘗荷鍤自隨，曰：『死便埋我』，豈真然耶？公在海外示姪詩云：『嗟予潦倒無歸日』，與韓文公藍關示姪湘詩：『好收吾骨瘴江邊』，皆若不祥，而二公竟生還無恙。賈（誼）《鵩（鳥）賦》云：『野鳥入室（兮），主人將去』，誼後自長沙遷梁傅，亦幾十載，哭梁王墜馬始卒。然則禍福在人，雖惡鳥之兆，亦不足信也。」

清·陳廷焯《白雨齋詞話》卷八：「東坡《八聲甘州·寄參寥子》結數語云：『算詩人相得，如我與君稀。約他年、東還海道，願謝公、雅志莫相違。西州路，不應回首，爲我沾衣。』寄伊鬱於豪宕，坡老所以爲高。」

清·黄蓼園《蓼園詞選》：「此詞不過嘆其久于杭州，未蒙内召耳。次闋見人地相得，便欲訂終焉之意，未免有激之言，然語意自爾豪宕。」

近人鄭文焯《手批東坡樂府》：「突兀雪山，卷地而來，真似泉（錢）塘江上看潮時，添得此老胸中數萬甲兵，是何氣象雄且傑！妙在無一字豪宕，無一語險怪，又出之以閒逸感喟之情，所謂骨重神寒，不食人間煙火氣者，詞境至此，觀止矣！」又云：「雲錦成章，天衣無縫，是作從至情流出，不假熨貼之工。」

減字木蘭花　送别①

天台舊路〔一〕。應恨劉郎來又去。别酒頻傾〔二〕。忍聽陽關第四聲〔三〕。劉郎未老。

懷戀仙鄉重得到〔四〕。只恐因循〔五〕。不見如今勸酒人②〔六〕。

【校勘】

① 傅本、元本無題。

② 「如」，傅本、元本作「而」。

【編年】

元祐六年辛未（一〇九一年）三月，作於杭州。案：朱本、龍本此詞，俱未編年，從曹本。曹云：「惟細玩此詞所用『劉郎』事，一則云『舊路』，再則云『來又去』，三則云『重得到』，必係元祐六年辛未三月初，在第二次杭州任内，奉召還京時，别筵席上所作。今移編辛未。」

【箋注】

〔一〕「天台舊路」二句：典出吴均《續齊諧記》：漢明帝永平中，剡縣有劉晨、阮肇入天台採藥，迷失道路，望山頭有一桃樹，共取食之；下山，得澗水，飲之。又見蔓菁從山後出，次有一杯流出，中有胡麻飯屑。二人因過水，行一里許，又度一山，出大溪，見二女顔容絶妙，唤劉、阮姓名如有舊，問：「郎等來何晚也。」因邀過家，床帳帷幔，非世所有。又有數仙客，將三五桃至，云：「來慶女婿。」各出樂器作樂。二人就女家止宿，行夫婦之禮。住半年，天氣和適，常如二三月，百鳥哀鳴，求歸甚切。女曰：「罪根未滅，使君等如此。」送劉、阮從此山洞口去。鄉里怪異，驗得七代子孫。卻欲還女家，尋山路，不獲。至太康八年，失二人所在。（按，此據傳本《㜷人嬌・滿院桃花》注。查今本《續齊諧記》無此條。此事别見劉義慶《幽明録》卷一及《太平廣記》卷六一引《神仙記》，文字稍異。）曹唐《仙子送劉阮出洞》詩：「殷勤相送出天台，仙境那能却再來。」又《仙子洞中有懷劉阮》詩：「曉露風燈易零落，此生無處訪劉郎。」天台在浙江，此喻杭州。劉郎，蘇軾自比。二次守杭，故曰舊路。奉召還京，故曰來又去。

〔二〕别酒：梁武帝《答任殿中宗記室王中書别詩》：「綏客承别酒，鳴琴和好仇。」

〔三〕陽關第四聲：傅注：「公《雜書》云：舊傳陽關三疊，然今世歌者，每句再疊而已，若通一首言之，又是四疊。皆非是。或每句三唱，以應三疊之説，則叢然無復舊節奏。予在密州，有文勛長官者，以事至密，自云得古本陽關，其聲宛轉凄斷，不類向之所聞，每句皆再唱，而第一句不疊，乃知唐有三疊皆如此。及在黄州，偶得白居易《對酒》詩云：『相逢且莫推辭醉，聽唱陽關第四聲。』注云：勸君更盡一杯酒。以此驗之，若第一句再疊，則此句爲第五聲。今爲第四聲，則第一句不疊審矣。」參見《蘇軾文集》卷六七「題跋」。

〔四〕懷戀仙鄉：喻懷念留戀杭州。重得到：希冀再來守杭。

〔五〕因循：《史記・太史公自序》：「其術以虚無爲本，以因循爲用。」此指拖延。

〔六〕不見勸酒人：曹唐《劉阮再到天台不復見諸仙子》詩：「桃花流水依然在，不見當時勸酒人。」

謂倘能再度守杭，今日别宴上的勸酒人當不復見矣。

西江月　杭州交代林子中席上作①〔一〕

昨夜扁舟京口②〔二〕，今朝馬首長安③〔三〕。舊官何物與新官④〔四〕。只有湖山公案〔五〕。此景百年幾變，箇中下語千難〔六〕。使君才氣卷波瀾⑤〔七〕。與把新詩判斷〔八〕。

【校勘】

①傅本、元本無題。吴本卷上題作「送别」，吴本《拾遺》此詞重見，又題作「蘇州遇交代林子中席上作」。今從明刊全集、二妙集、毛本、朱本、龍本、曹本改。案朱注云：「蘇州疑杭州之誤。」曹校注云：「詞題原作蘇州云云，考與事實不符。今從朱注及王案，改作杭州。」案：作杭州是。

②「夜」，毛本作「日」。此句《拾遺》作「舊譽藹聞京口」。

③此句《拾遺》作「先聲已過長安」。

④「與」，元本作「對」。

⑤此句《拾遺》作「錢塘門外湧濤瀾」。

【編年】

元祐六年辛未（一〇九一年）三月，作於杭州。朱孝臧《東坡樂府》卷二：「《咸淳臨安志》：元祐六年二月，召軾爲翰林承旨。是月癸巳，天章閣待制林希自潤州移知杭州（見卷四六）。案題云「交代」，當作於是時。」

【箋注】

〔一〕交代：《後漢書》卷五八《傅燮傳》：「初，郡將范津明知人，舉燮孝廉。及津爲漢陽，與燮交代，合符而去，鄉邦榮之。」交代猶言接替、移交。林子中：王偁《東都事略》卷九七：林希，字子中，福州人。舉進士，調涇縣簿。元祐初，爲秘書少監，改集賢殿修撰，知蘇州。久之，以天章閣待制知杭州。

〔二〕京口：見《蝶戀花》（雨過春容清更麗）注〔一〕。

〔三〕「今朝」句：謂今日奉詔入京，馬首向長安也。長安，借指東京。

〔四〕舊官新官：見《訴衷情》（錢塘風景古今奇）注〔四〕。此新官指林子中，舊官乃自指。

〔五〕湖山公案：傅注：「公倅杭日作詩，後下獄，令供詩帳，此言『湖山公案』，亦謂詩也。禪家以言語爲公案。」禪家應於佛祖所化之機緣，而提起越格之言語動作之垂示也，後人稱之，名爲「公案」。這裏指蘇軾吟詠西湖的詩歌。留供林希判斷。

〔六〕箇中：蘇軾《李頎秀才善畫山以兩軸見寄仍有詩次韻答之》詩：「平生自是箇中人，欲向漁舟便寫真。」箇中，猶言此中。下語：禪家術語，謂呈露自己之見解，着于公案本則之語也。

〔七〕波瀾：杜甫《追酬故高蜀州人日見寄》詩：「文章曹植波瀾闊，服食劉安德業尊。」此喻林子中文章才氣。

〔八〕「與把新詩」句：意謂憑借子中的才氣可多作新詩，盡情吟詠、欣賞杭州的湖山美景。判斷：猶云吟詠欣賞。南卓《羯鼓録》：「時當宿雨初晴，景色明麗，小殿内庭，柳杏將吐，覩而嘆曰：『對此景物，豈得不爲他判斷之乎。』」

定風波

余昔與張子野①、劉孝叔、李公擇、陳令舉、楊元素會於吳興②。時子野作《六客詞》〔一〕，其卒章③：「盡道賢人聚吳分④。試問。也應旁有老人星。」凡十五年⑤〔二〕，再過吳興，而五人者皆已亡矣〔三〕。時張仲謀與曹子方、劉景文、蘇伯固、張秉道爲坐客〔四〕，仲謀請作《後六客詞》⑥〔五〕。

月滿苕溪照夜堂〔六〕。五星一老鬭光芒〔七〕。十五年間真夢裏。何事？長庚對月獨淒涼⑦〔八〕。　緑鬢蒼顔同一醉⑧〔九〕。還是⑨。六人吟笑水雲鄉〔一〇〕。賓主談鋒誰得似〔一一〕？看取。曹劉今對兩蘇張〔一二〕。

【校勘】

①題首原有「公自序云」四字，據元本、毛本删。

②「元素」，原作「公素」，據元本及《苕溪漁隱叢話》改。

③元本「章」下有「云」字。

④「盡道」，元本作「見説」。

⑤「十五」，二妙集、明刊全集、毛本俱作「二十五」。

⑥傅本、元本「詞」下有「云」字。

⑦「對」，元本作「配」。

⑧「鬢」，元本作「髮」。

⑨「還」，傅本作「誰」。

【編年】

元祐六年辛未（一〇九一年）三月作於湖州。宋・施宿《東坡先生年譜》下：元祐四年己巳春三月，除龍圖閣學士知杭州。四月出京。五月過南京。「六月過湖，會張昌言仲謀、曹輔子方、劉季孫景文、蘇堅伯固、張秉道，此後六客也。」《蘇詩總案》、朱本、龍本、曹本、石唐本均依其説。案，此説有誤。一、據《北宋經撫年表》卷四：張詢元祐三年八月知越州，九月移福州。又據《嘉泰吴興志》卷一四：（張詢）元祐六年二月七日到湖州任知州。可知元祐四年張詢并不在湖州，何以成爲後六客雅集的東道主？二、後六客詞序云：余昔與張子野……會於吴興，時子野作「六客詞」，……

凡十五年再過吴興，「而五人者皆已亡矣」。據蘇頌《李公（常）墓誌銘》：「常行次陝郊，暴卒於閿鄉縣傳舍。實元祐五年二月二日也。」知元祐四年李常尚在，與「五人者皆亡」不符。三、今人夏承燾《張子野年譜》亦云：「蘇軾之後六客詞，作於元祐六年三月。《蘇詩總案》漏載其事。」其實《總案》并未漏載，而是承施《譜》之誤并據詞序「凡十五年」計數而謬載於元祐四年中（見《總案》卷三一）。至於詞序「凡十五年」云云，或爲傳刻之誤，或爲東坡記憶偶誤，薛本已列八條理由論證施《譜》編年及「五人者皆已亡」爲東坡誤聽傳聞之説絶難成立。不必膠着，應依事實爲據，編元祐六年辛未三月，離杭赴京路過湖州，六客雅集時作。

【箋注】

〔一〕子野作《六客詞》：子野即張先。《六客詞》即張先所作《定風波令》。見《菩薩蠻》（天憐豪俊腰金晚）後《參考資料》。

〔二〕凡十五年：王文誥《蘇詩總案》卷三一：「公以熙寧七年甲寅過吴興，張子野作《六客詞》，至是元祐四年己巳計十六年，乃扣足十五年也。」案，《總案》此説有誤，詳見編年。

〔三〕五人皆亡：「前六客」中，張子野元豐元年卒，見《吴興志》；劉孝叔元豐四年前卒，見《東坡志林·記游松江》；李公擇元祐五年卒，見前編年；陳令舉熙寧九年卒，見夏承燾《張子野年譜》；楊元素元祐三年卒，見范祖禹《楊公墓志銘》。五人均在元祐六年以前亡，故云。

〔四〕張仲謀：據《嘉泰吴興志》卷一三：仲謀名詢，元祐中知湖州，爲後六客之集的東道主。曹子方：厲鶚《宋詩紀事》卷二三：「輔字子方，華州人。登嘉祐八年乙科。官提點廣南西路刑獄、福建轉運使、朝奉郎，守司勳郎中。號静常先生。」劉景文：《蘇軾詩集》卷三一《次韻答劉景文左藏》施注：「劉景文，名季孫，開封祥符人，壯閔公平之少子。初以右班殿直監饒州酒税……後以左藏副使爲兩浙兵馬都監，駐杭州。東坡爲守，一見遇以國士，表薦之，得隰州以殁。」查注：「按尤延之《遂初堂書目》，劉景文詩名《横槊集》，今不傳。與東坡唱和二十餘篇，予所見者十餘首耳。」蘇伯固：《蘇軾詩集》卷三二《次韻蘇伯固主簿重九》施注：「蘇伯固名堅，博學能詩。東坡自翰林守杭，道吴興，伯固以臨濮縣主簿，監杭州在城商税，自杭來會，作《後六客詞》，伯固與焉。方經理開西湖，伯固建議，謂當參酌古今而用中策。湖成，其力爲多……坡手書其所作《清江曲》，以爲可雜李太白詩中莫辨也。號後湖居士，有文集行於世。」張秉道：《蘇軾詩集》卷三三《與葉淳老、侯敦夫、張秉道同相視新河……》王文誥案：「秉道，名弼，杭人，公屢稱髯張者也。」

〔五〕「仲謀請作」句：《嘉泰吴興志》卷一三：「六客堂在湖州府郡圃中。熙寧中，知州事李常作《六客詞》。元祐中，知州事張詢復爲六客之集，作《六客詞序》曰：『昔李公擇爲此郡，張子野、劉孝叔在焉，而楊元素、蘇子瞻、陳令舉過之，會於碧瀾堂，子野作《六客詞》，傳於四方。今僕守是郡，子瞻與曹子方、劉景文、蘇伯固、張秉道來過，與僕爲六；而向之六客，獨子瞻在。復繼前作，子野爲《前六客詞》，子瞻爲《後六客詞》，與賡和篇并刻墨妙亭。』後人歆艷，遂以名堂。」

〔六〕堂：案指湖州府之碧瀾堂，後名六客堂。

〔七〕五星：《史記》卷二七《天官書》：「天有五星，地有五行。」《周禮·春官·大宗伯》注：「星謂五緯。」疏：「五緯，即五星：東方歲星（木），南方熒惑（火），西方大白（金），北方辰星（水），中央鎮星（土）。」《漢書》卷二一《律曆志上》：「日月如合璧，五星如連珠。」案舊謂五星連珠是祥瑞的徵兆。一老：謂老人星。《晉書》卷一一《天文志上》：「老人一星，在弧南，一曰南極……見則治平，主壽昌。」案此處五星一老代指六客；一老，作者自謂也。

〔八〕長庚：《詩·小雅·大東》：「東有啓明，西有長庚。」朱熹注：「啓明、長庚皆金星也。以其先日而出，故謂之啓明；以其後日而入，故謂之長庚。」此蘇軾以長庚自況。獨凄涼：謂前六客中五人已亡，只剩下自己，故曰獨凄涼。

〔九〕緑鬢：指年輕人。李白《怨歌行》詩：「沈憂能傷人，緑鬢成霜鬢。」蒼顔：老年人。

〔一〇〕水雲鄉：蘇軾《和章七出守湖州二首》其一：「方丈僊人出渺茫，高情猶愛水雲鄉。」此指湖州府，地處江南，又臨苕溪，故稱。

〔二〕談鋒：言談精鋭如鋒。蘇軾《刁景純席上和謝生二首》其二：「綺羅勝事齊三閣，賓主談鋒敵兩都。」

〔三〕曹劉、蘇張：世稱曹植、劉楨爲曹劉。蘇秦、張儀爲蘇張。杜甫《奉寄高常侍》詩：「總戎楚蜀應全未，方駕曹劉不啻過。」班孟堅《答賓戲序》：「又感東方朔、揚雄，自喻以不遭蘇張范蔡之時。」此處巧指後六客也。

【參考資料】

宋・胡仔《苕溪漁隱叢話後集》卷三九：「苕溪漁隱曰：吴興郡圃，今有六客亭，即公擇、子瞻、元素、子野、令舉、孝叔。時公擇守吴興也。」

宋・韋居安《梅磵詩話》卷上：「蘇東坡作《定風波》詞，自序云（略）。坡賦《後六客詞》，又有『十五年來真一夢，何事，長庚對月獨凄涼』之句，蓋惜之也。坡祭令舉文云：『一奮而不顧，遂至於斥；一斥而不復返，遂至於死。』其哀窮悼屈，又可想見。」

臨江仙　辛未離杭至潤，別張弼秉道〔一〕

我勸髯張歸去好〔二〕，從來自己忘情〔三〕。塵心消盡道心平〔四〕。江南與塞北，何處不堪行。俎豆庚桑真過矣〔五〕，憑君説與南榮〔六〕。願聞吴越報豐登〔七〕。君王如有問〔八〕，結襪賴王生。

【編年】

元祐六年辛未（一〇九一年）四月，作於潤州。王宗稷《東坡先生年譜》：「元祐六年辛未，先生之去杭也，林子中復來替先生……過潤州，作《臨江仙》別張秉道。」王文誥《蘇詩總案》卷三三：「三月離杭州，四月抵潤州。」

【箋注】

〔一〕張弼：見《定風波》（月滿苕溪照夜堂）注〔四〕。

〔二〕「我勸髯張」句：杜甫《送張十二參軍赴蜀因呈楊五侍御》詩：「好去張公子，通家別恨添……御史新驄馬，參軍舊紫髯。」仇注：「『好去』作慰詞。」案：以張參軍喻張弼，蘇軾屢稱弼爲「髯張」。「歸去好」亦慰張弼之詞。

〔三〕忘情：對喜怒哀樂之事，不動感情，淡然若忘。杜甫《寫懷》詩其一：「全命甘留滯，忘情任勞辱。」

〔四〕塵心：世俗之心。錢起《哭空寂寺玄上人》詩：「寂滅應爲樂，塵心徒自傷。」道心：悟道之心。王建《題東華館》詩：「白髮道心熟，黄衣仙骨輕。」平：平静。不爲外物所擾亂。

〔五〕俎豆庚桑：《莊子・庚桑楚》：「老聃之役，有庚桑楚者，偏得老聃之道，以北居畏壘之山，其臣之畫然知者去之，其妾之挈然仁者遠之；擁腫之與居，鞅掌之爲使。居三年，畏壘大穰。畏壘之民相與言曰：『庚桑子之始來，吾灑然異之。今吾日計之而不足，歲計之而有餘。庶幾其聖人乎！子胡不相與尸而祝之，社而稷之乎？』庚桑子聞之，南面而不釋然。弟子異之。庚桑子曰：『弟子何異於予？夫春氣發而百草生，正得秋而萬寶成。夫春與秋，豈無得而然哉？天道已行矣。吾聞至人，尸居環堵之室，而百姓猖狂，不知所如往。今以畏壘之細民，而竊竊焉欲俎豆予於賢人之間，我其杓之人邪！吾是以不釋於老聃之言。』」成玄英《疏》：「俎，切肉之几；豆，盛脯之具；皆禮器也。」又：「（庚桑楚）姓庚桑，名楚，老聃之弟子，蓋隱者也。」案：蘇軾守杭時正值水旱、饑疫併作。蘇軾發私囊作饘粥藥劑，遣吏分坊治病；并請於朝，乞減免上供米；興修水利，疏濬西湖，造福於杭州人民。杭州人感激蘇軾，「家有畫像，飲食必祝，又作生祠以報。」蘇軾在此用《莊子》中畏壘山居民把庚桑楚尊爲「賢人」併當作神靈一樣來供奉，使庚桑楚感到大不愉快的故事，借以説明杭州人立祠宇紀念自己像「俎豆庚桑」一樣也是不應該的（真過矣）。

〔六〕南榮：《莊子・庚桑楚》：「南榮趎蹙然正坐，曰：『若趎之年者已長矣，將惡乎託業以及此言邪？』庚桑子曰：『全汝形，抱汝生，無使汝思慮營營。若此三年，則可以及此言矣。』」成玄英

《疏》：「（南榮趎）姓南榮，名趎，庚桑楚弟子也。」案：蘇軾把杭州人比作南榮，併託張弼轉告杭人不要作「俎豆庚楚」之類的事。

〔七〕吴越：古代吴國、越國之地。杭州、潤州都在吴越境内。豐登：豐收。《六韜·龍韜·立將》：「是故風雨時節，五穀豐登。」

〔八〕「君王」二句：皇帝如果詢問吴越之地何以豐收？就請按照古時王生教的話那樣稟奏。結襪王生：《漢書》卷五〇《張釋之傳》：張釋之字季，事文帝，後拜爲廷尉。文帝崩，景帝立，釋之恐，稱疾，懼大誅至；欲見謝，則未知何如。用王生計，卒見謝，景帝不過也。王生者，善爲黄老言，處士也。嘗召居廷中，公卿盡會立，王生老人曰：「吾襪解。」顧謂釋之：「爲我結襪！」釋之跪而結之。人或謂王生曰：「獨柰何廷辱張廷尉如此？使跪結襪。」王生曰：「吾老且賤，自度終無益於張廷尉。廷尉方今天下名臣，吾故聊辱廷尉，使跪結襪，欲以重之。」諸公聞之，賢王生而重釋之。又，《漢書》卷八九《龔遂傳》：龔遂字少卿，山陽南平陽人也。以明經爲官，至昌邑郎中令。遂爲人忠厚，剛毅有大節。宣帝即位，渤海左右郡歲饑，盜賊併起。上以遂爲渤海太守，謂遂曰：「渤海廢亂，朕甚憂之。君欲何以息其盜賊，以稱朕意？」……遂曰：「臣聞治亂民猶治亂繩，不可急也；唯緩之，然後可治。臣願丞相御史且無拘臣以文法，得一切便宜從事。」上許焉。遂單車獨行至府，郡中翕然，盜賊亦皆罷（疲）。渤海又多劫略相隨，聞遂教令，即時解散，棄其兵弩而持鉤鉏。盜賊於是悉平，民安土樂業。遂乃開倉廩假貧民，選用良吏，尉安牧養焉。數年，上遣使者徵遂，議曹王生願從。至京師，會遂引入宫，王生曰：「天子即問君何以治渤海，君不可有所陳對，宜曰：『皆聖主之德，非小臣之力也。』」遂受其言，既至前，上果問以治狀，遂對如王生言。天子説（悦）其有讓。案：蘇軾在這裏是把兩個「王生」的事合成一個人的事作爲典故使用。

蝶戀花　離别①

春事闌珊芳草歇〔一〕。客裏風光，又過清明節。小院黄昏人憶别。落紅處處聞啼鴂〔二〕。咫尺江山分楚越〔三〕。目斷魂銷，應是音塵絶〔四〕。夢破五更心欲折〔五〕。角聲吹落梅花月。

【校勘】

① 此詞吴本未收，傅本、元本、外集亦不載，據明刊全集、二妙集、毛本、朱本、龍本、《全宋詞》、曹本補。朱本、龍本、《全宋詞》、曹本無題。

【編年】

元祐六年辛未（一〇九一年）四月，作於潤州。案：朱本、龍本此詞俱未編年，從曹本。曹云：

「惟下片明言作詞之地點，在楚越之交。……基於以上分析，斷定此詞係元祐六年辛未在杭州任内，二月杪召還，三月初離杭，經湖州、德清、吴江、蘇州、潤州，三四月之交，自潤州將往揚州時留別之作。因潤揚之間，即楚越之交，證之『咫尺江山分楚越』句，江則長江，山則金焦。且此時已過清明節，正值暮春落花之際，與此詞上片之時令，尤其『客裏風光』句合。加以此詞下片之意境，與東坡兩次在杭，臨去戀戀之情，若合符節。今移編辛未，緊接在上述《臨江仙》詞之後，二詞殆同時同地作也。」又案，此詞題作《離別》，當指離别爲郡之杭州。蘇軾守杭期間，發私帑爲杭人治病，請命於朝，乞減免供米，築堰修井，去葑種菱，疏浚西湖，建南北長堤，作了許多有益於人民的實事。杭州人感激蘇軾，後曾「家有畫像，飲食必祝，又作生祠以報」。蘇軾深愛杭州的自然山水和淳樸人民，今被旨離去，無限眷戀。從杭至潤，「春事闌珊」，「落紅處處」，但身仍在越地。明日渡江，雖咫尺一水，卻楚越分界。别易會難，再回首杭州，則將「目斷魂銷，應是音塵絶」。念此，「愁心欲折」，「五更」難寐，因賦是詞。而蘇軾此别杭州，果成訣别矣！

【考辨】

此詞明洪武本《草堂詩餘後集》卷下、及周瑛《詞學筌蹄》卷三作無名氏詞，清康熙年間刻本《雙湖先生文集》卷四作元人胡一桂詞，題作「清明」，「落紅」作「落花」。案：除傅本、元本、吴本、外集未收外，明刊全集、二妙集、毛本、朱本、龍本、全宋詞、曹本俱載。且明陳鍾秀《精選名賢詞話草堂詩餘》卷下、武陵逸史《類編草堂詩餘》卷二、沈際飛《草堂詩餘正集》卷二、楊慎評點《草堂詩餘》卷三、董其昌《新刻便讀草堂詩餘》卷三、李廷機《新刻注釋草堂詩餘評林》卷三、陳耀文《花草粹編》卷七、潘游龍《古今詩餘醉》卷八、清朱彝尊《詞綜》卷六、沈辰垣等《歷代詩餘》卷三九、先著《詞潔》卷二、董毅《續詞選》卷一、陳廷焯《詞則·大雅集》卷二、梁令嫻《藝蘅館詞選》乙集、黄蘇《蓼園詞選》，以及王士禎《花草蒙拾》、沈雄《古今詞話·詞品》卷下等，均作蘇軾詞。《天機餘錦》卷一亦載此詞，臺北「中央圖書館」藏明藍格鈔本未署作者，二〇〇〇年一月遼寧教育出版社出版校點本，補署蘇軾。足證洪武本作無名氏者誤。《草堂詩餘》成書約在宋寧宗慶元元年（一一九五）以前，該書在社會流行已五十多年，胡一桂（一二四七—？）才出生，作胡一桂詞顯誤。或云今傳《草堂詩餘》最古之本，乃何士信等後人在原刊本的基礎上增添而成，故題《增修箋注妙選群英草堂詩餘》，此首未嘗不有混入蘇詞之嫌。案：增修本中凡增添之詞，均標明「新添」或「新增」二字，共一〇六首。其中新添蘇軾詞兩首，前集卷上新添《江神子》（天涯流落思無窮），後集卷上新添《念奴嬌》（憑高挑（眺）遠）。而此首《蝶戀花》未標「新添」或「新增」二字，説明乃宋本原有篇目，作蘇軾詞當不謬。

【箋注】

〔一〕「春事闌珊」句：李煜《浪淘沙令》：「簾外雨潺潺，春意闌珊。」謝靈運《遊赤石進帆海》詩：「首夏猶清和，芳草亦未歇。」蘇軾途經潤州時值暮春，故言。

〔二〕「落紅處處」句：李賀《蘭香神女廟》詩：「沙砲落紅滿，石泉生水芹。」《離騷》：「恐鵜鴂之先鳴兮，使夫百草爲之不芳。」《漢書》卷八七《揚雄傳》：「徒恐鷤𪀔之將鳴兮，顧先百草爲不芳！」師古曰：「𪀔，鴂字也。鷤鴂鳥一名買䳺，一名子規，一名杜鵑，常以立夏鳴，鳴則衆芳皆竭。」

〔三〕咫尺江山：蘇軾《送歐陽主簿赴官韋城四首》其二：「江湖咫尺吾將老，汝潁東流子却西。」分楚越：陳子昂《合州津口別舍弟至東陽步趁不及眷然有懷作以示之》詩：「同衾成楚越，別島類胡秦。」潤州古屬越地，揚州古屬楚域，潤揚相距不遠，一江之隔，故言「咫尺」。

〔四〕音塵絶：李白《憶秦娥》詞：「樂遊原上清秋節，咸陽古道音塵絶。」

〔五〕夢破：猶云夢醒。陳與義《將赴陳留寄心老》詩：「三年成一夢，夢破説夢中。」陸游《懷舊》詩：「夢破江亭山驛外，詩成燈影雨聲中。」心欲折：江淹《別賦》：「有別必怨，有怨必盈。使人意奪神駭，心折骨驚。」

【參考資料】

明·楊慎《詞品》卷一：「宋人作詩與唐遠，而作詞不愧唐人，亦不可曉。《太平廣記》載妖女一詞云：『五原分袂真胡越，燕折鶯離芳草歇。年少煙花處處春，北邙空恨清秋月。』其詞亦佳。坡詞『春事闌珊芳草歇』亦用其語。或疑『歇』字似趁韻，非也。唐劉瑶詩『瑶草歇芳心耿耿』，皆有出處，一字不苟如此。」

明・胡應麟《藝林學山》卷五：「東坡『春事闌珊芳草歇』，或疑『歇』字似趁韻，非也。唐劉瑤詩『瑤草歇芳心耿耿』，傳奇女郎王真真詩『燕拆鶯離芳草歇』，皆有出處，一字不苟如此。『芳草亦未歇』，謝康樂詩也，坡當祖此，楊所引誤。」

明・沈際飛《草堂詩餘正集》卷二：「鳥啼、花落、夢回、月落，一境慘一境。」

明・李攀龍《新刻題評名賢詞話草堂詩餘》卷六：「當鳥啼花落之時，自能動人離思之苦，況夢回月落，其情尤所不堪者。」

清・王士禛《花草蒙拾》：「『春事闌珊芳草歇』一首，凡六十字，字字驚心動魄。『祇爲一聲河滿子，下泉須弔孟才人。』恐無此魂消也。」

清・況周頤《蕙風詞話續編》卷二：「東坡詞：『春事闌珊芳草歇』。升庵《詞品》引唐劉瑤詩：『瑤草歇芳心耿耿』，《傳奇》女郎王麗真詩：『燕折鶯離芳草歇』，謂是坡詞出處。不知謝靈運有『芳草亦未歇』句。」

清・陳世焜《雲韶集》卷二：「清麗。此詞合秦、柳爲一手。」

清・黄蓼園《蓼園詞選》：「通首是別後遠憶之詞，非贈別之作。題作《離別》，尚未確。」

臨江仙　夜到揚州席上作①

尊酒何人懷李白〔一〕，草堂遥指江東②。珠簾十里捲香風〔二〕。花開又花謝③，離恨幾千重。輕舸渡江連夜到〔三〕，一時驚笑衰容〔四〕。語音猶自帶吴儂〔五〕。夜闌對酒處④〔六〕，依舊夢魂中。

【校勘】

①原無題，據傅本、元本、二妙集、毛本補。

②「草堂」，元本注：「一作暮雲。」

③「又花謝」，傅本、元本無「又」字，毛本作「花又謝」。

④「對酒處」，傅本、元本無「處」字。毛本作「相對處」。

【編年】

元祐六年辛未（一〇九一年）四月作於揚州。案：朱本、龍本此詞俱未編年。此詞題爲「夜到揚州席上作」，查蘇軾一生，北往南來曾十次過揚州，此詞究屬哪次途經揚州所作，學者岐見不一：一、曹本、石唐本編元豐八年八月。二、劉崇德編元豐七年十月。三、薛本編熙寧四年十一月。四、孔《譜》編元祐六年四月。今從孔《譜》。理由有六：（一）從「輕舸渡江連夜到」，知此行乃由江南渡江到江北。元祐六年蘇軾以龍圖閣學士守杭，二月二十八日以翰林學士承旨知制誥召還。三月中旬離杭，月底抵潤州。四月四日與馬瑊（字中玉）簡，言來日渡江，（見《蘇軾文集·佚文彙編》卷三）從京口到揚州僅一江之隔，與「輕舸渡江連夜到」合；（二）從「花開又花謝」，知時值暮春，與四月初合；（三）蘇軾在京口與林子中簡，論災傷賑濟事，有「欲到廣陵更與正仲議之」的話（見《蘇軾佚文彙編》卷三《與林子中一首》）。正仲乃王存字。查《北宋經撫年表》卷四「淮南東路」：「元祐五年十月（滕）元發改青州，卒。戊子，新青州王存知揚州。六年，八月壬申，揚州王存遷。」是知王存時正任揚守，即本詞首句「李白」爲喻所指之人；（四）「一時驚笑衰容」，乃王存見蘇軾時之驚喜狀。時公年已五十六歲，又經「烏臺詩案」宦海風波，故有「衰容」之語；（五）查《宋史》卷三四一《王存傳》：「王存，字正仲，潤州丹陽人。」丹陽古屬吴地，故王存説話猶帶鄉音，與「語音猶自帶吴儂」合；（六）據本傳，知王存雖欲王安石厚，但王安石執政後，數引與論事，不合，叩謝不往。哲宗時，朋黨論熾，王存在朝恐與任事者戾，請求外任。因知王存與蘇軾志同道合，乃政見相契之好友，故在相逢席上夜闌對酒，共憶往事依稀夢中，與詞末二句合。據上數端，因編元祐六年四月。

【箋注】

〔一〕「尊酒」二句：杜甫《春日憶李白》詩：「白也詩無敵……渭北春天樹，江東日暮雲。何時一樽酒，重與細論文。」江東：傅注：「太白自翰林賜歸，遂放浪江東，往來金陵采石之間。」此蘇軾以草堂杜甫自况，以江東李白喻揚州友人——揚守王存。

〔二〕珠簾十里：指繁華的揚州。杜牧《贈別二首》其一：「春風十里揚州路，捲上珠簾總不如。」「珠簾」，《西京雜記》卷二：「昭陽殿織珠爲簾，風至則鳴，如珩佩之聲。」

〔三〕輕舸：杜甫《憶昔行》：「憶昔北尋小有洞，洪河怒濤過輕舸。」《廣雅》：「南楚江湘，凡船之小者謂之舸。」渡江連夜到：蘇軾從潤州乘舟渡江連夜可抵揚州。

〔四〕一時驚笑衰容：與故友重逢，一時驚喜而笑；時蘇軾已年過半百（五十六歲），經「烏臺詩案」磨難，又謫居黄州五年，故自言「衰容」。

〔五〕語音猶自帶吴儂：杜甫《遣興》詩其四：「賀公雅吴語，在位常清狂。」王存，潤州丹陽人。丹陽古屬吴地，故鄉音未改，説話之時語音「猶自帶吴儂」。

〔六〕「夜闌」二句：杜甫《羌村三首》其一：「夜闌更秉燭，相對如夢寐。」對酒：《北史·李孝貞傳》：「每暇日輒引賓客，弦歌對酒，終日爲歡。」此寫與友人歡會，激動不已，共憶往事，如在夢中。

南歌子①〔一〕

雲鬢裁新緑〔二〕，霞衣曳曉紅。待歌凝立翠筵中。一朵彩雲何事、下巫峰〔三〕。趁拍鸞飛鏡〔四〕，回身燕漾空〔五〕。莫翻紅袖過簾櫳〔六〕。怕被楊花勾引、嫁東風〔七〕。

【校勘】

①此詞吴本未收，傅本、元本、外集亦不載。據明刊全集、二妙集、毛本、朱本、龍本、《全宋詞》、曹本補。二妙集、毛本有題作「舞妓」。

【編年】

元祐六年辛未（一〇九一年）八月，作於東京。案：朱本、龍本、曹本此詞俱未編年。曾棗莊《東坡詞中的朝雲》一文提出此詞和秦觀《南歌子》（靄靄迷春態）一詞，「是寫的同一人，同一事」，均爲朝雲而作，秦觀詞是東坡令朝雲乞請秦觀所寫，此詞「是朝雲奉蘇軾之命，向秦觀索詞後寫的答詞」。並推斷出二詞均應作於元祐年間秦觀供職秘書省時。（詳見一九八二年四川人民出版社出版《東坡詞論叢》）徐培均校注《淮海居士長短句》（一九八五年上海古籍出版社出版）《南歌子》「贈東坡侍妾朝雲」一詞箋注（一）云：「東坡元祐間有《南歌子》（雲鬟裁新緑）詞，内容與本篇相近，似爲贈答之作。據施宿《東坡先生年譜》，東坡元祐六年閏八月出知潁州，而少游是時供職秘書省。故本篇以『使君』稱東坡，以『蘭臺公子』自喻。詞蓋作於是時。」曾、徐推斷可信。今編元祐六年八月。

【考辨】

《全宋詞》末注：「案此首雲南楊氏刻三李詞誤作李煜詞。」案：明·陳耀文《花草粹編》卷五、沈際飛《草堂詩餘別集》卷二、潘游龍《古今詩餘醉》卷一二、卓人月《古今詞統》卷七、清·沈辰垣等

《歷代詩餘》卷二四、黄永勳《詞腴》等，並作蘇軾詞。唐圭璋《宋詞互見考》云：「案此首蘇軾詞，見毛刻《東坡詞》。雲南楊氏刻三李詞誤作李後主詞。」據此，作蘇軾詞是。

【箋注】

〔一〕此詞爲朝雲而作。上闋寫其豔妝待歌之態，下闋寫其鸞飛燕舞之姿。

〔二〕「雲鬟」二句：謂鬢髮如新裁綠雲，彩衣如曉雲紅霞。曹唐《小遊仙》詩其十一：「南斗闌珊北斗稀，茅君夜著紫霞衣。」

〔三〕「一朵彩雲」句：謂朝雲之美如巫山神女。李群玉《同鄭相并歌姬小飲戲贈》詩：「裙拖六幅湘江水，鬢聳巫山一段雲。」巫峰：李端《巫山高》詩：「巫山十二峰，皆在碧虚中。」陳耀文《天中記·巫山十二峰》：「曰：望霞、翠屏、朝雲、松巒、集仙、聚鶴、净壇、上昇、起雲、飛鳳、登龍、聖泉。」案全句取意於《高唐賦序》。見《祝英臺近》（掛輕帆）注〔五〕。

〔四〕趁拍：合着樂曲節拍。鸞飛鏡：舞姿之美如鏡中之鸞飛舞也。典出罽賓國鸞故事。南朝宋·范泰《鸞鳥詩序》云：「昔罽賓王結罝峻卯之山，獲一鸞鳥。王甚愛之，欲其鳴而不致也，乃飾以金樊，饗以珍羞。對之愈戚，三年不鳴。其夫人曰：『嘗聞鳥見其類而後鳴，何不懸鏡以映之。』王從其言，鸞覩形悲鳴，哀響沖霄，一奮而絶。」此取對鏡起舞意。

〔五〕「回身」句：旋舞之狀如燕子在空中翺翔。

〔六〕紅袖：《南齊書》卷一一《樂志》王儉《白紵舞》：「聲發金石媚笙簧，羅袿徐轉紅袖揚。」簾櫳：謝惠連《七月七日夜詠牛女》詩：「落日隱櫚楹，升月照簾櫳。」

〔七〕「怕被楊花勾引」句：蘇軾戲語也。言朝雲舞姿輕盈如楊花，會隨東風飄去。楊花：柳絮。庾信《春賦》：「新年鳥聲千種囀，二月楊花滿路飛。」嫁東風：張先《一叢花令》（傷高懷遠）：「沉思細恨，不如桃杏，猶解嫁東風。」

【參考資料】

宋・秦觀《南歌子》：「靄靄凝春態，溶溶媚曉光。何期容易下巫陽。只恐使君前世、是襄王。暫爲清歌駐，還因暮雨忙。瞥然歸去斷人腸。空使蘭臺公子、賦高唐。」（案：《詩話總龜後集》卷三五載《藝苑雌黃》引此詞文字有異）

明・沈際飛《草堂詩餘別集》卷二：「未舞而舞之神已全。」又云：「所謂急令人捉之，不爾便飛去。」

明・卓人月《古今詞統》卷七：「不可無馮侍郎持履。」

滿江紅 懷子由作①〔一〕

清潁東流〔二〕，愁目斷②、孤帆明滅③〔三〕。宦游處④、青山白浪〔四〕，萬里重疊⑤。辜負當年林下意⑥，對牀夜雨聽蕭瑟〔五〕。恨此生、長向别離中，添華髮⑦。一尊酒，黄河側。無限事，從頭説。相看恍如昨⑧，許多年月。衣上舊痕餘苦淚〔六〕，眉間喜氣添黄色⑨〔七〕。便與君、池上覓殘春，花如雪〔八〕。

【校勘】

① 傅本「懷」作「寄」，並無「作」字。元本無題。
② 「目斷」，元本作「來送」。
③ 此句元本作「征鴻去翮」。
④ 「宦游」，元本作「情亂」。
⑤ 此句元本、二妙集、毛本作「萬里千疊」。
⑥ 「辜」，元本、毛本作「孤」。「意」，元本作「語」，毛本作「憶」。
⑦ 「添」，元本作「彫」。
⑧ 「昨」，原缺，據毛本、朱本、龍本補。傅本作「夢」。
⑨ 「添」，元本作「占」。

【編年】

元祐六年辛未（一〇九一年）八月，作於東京赴潁州途中。案：細品詞意，此詞爲懷念胞弟，追感前約，厭於官場傾軋，企盼退閑之樂而作，與《蘇軾詩集》卷三三《感舊詩》所寫情事相吻，當爲同時之作。其《詩》叙曰：「嘉祐中，予與子由舉制策，寓居懷遠驛，時年二十六，而子由二十三耳。一日，秋風起，雨作，中夜翛然，始有感慨離合之意。自爾宦遊四方，不相見者，十嘗七八。每夏秋之交，風雨作，木落草衰，輒悽然有此感，蓋三十年矣。元豐中，謫居黄岡，而子由亦貶筠州，嘗作詩以紀其事。元祐六年，予自杭召還，寓居子由東府，數月復出領汝陰，時予年五十六矣。乃作詩，留别子由而去。」詞中「辜負」二句，乃指子由所云「轍幼從子瞻讀書，未嘗一日相捨。既壯，將遊宦四方，讀韋蘇州詩，至『安知風雨夜，復此對床眠』，惻然感之，乃相約早退爲閑居之樂。故子瞻始爲鳳翔府，留詩爲别曰：『夜雨何時聽蕭瑟』。」（見《欒城集》卷七《逍遥堂會宿二首·引》）詞中「恨此生」三句，即《詩·叙》所言「不相見者，十嘗七八」。詞中「一尊酒」二句，指軾與子由「不見者七年，熙寧十年二月，始復會於澶濮之間」事。兄弟二人於黄河側相會後，「相從來徐，留百餘日」而别。（見上引《欒城集》）此次「自杭召還，寓居子由東府，數月復出領汝陰」，皆兄弟别易會難，令人「悽然」之事。詞中「無限事」四句，指「早退」之約，「河側」之會，看來「恍如昨」日，算來已「許多年月」。詞中「衣上」句，指「謫居黄岡，而子由亦貶筠州」的坎坷遭遇。「便與君」三句，乃想像兄弟相與退居之樂。蓋《感舊詩》寫於東京，爲留别之作；此詞則寫於赴潁途中，爲懷念之作。詞上片「清潁東流」云云，乃想像子由念我赴潁之景，用《詩經·陟岵》、杜甫《月夜》手法。「辜負」云云，寫我常負「早退」之約的悵恨；下片寫感舊事之可痛和踐「林下」約之可待（已見「眉間喜氣」）。全篇突出一個「懷」字，而宦海險惡之意亦隱然可見。《感舊詩》王《案》編於元祐六年八月，此詞亦應編是時。《蘇詩總案》將此詞編元祐七年，孔《譜》編熙寧十年，應存疑。

【箋注】

〔一〕懷子由：據施宿《東坡年譜》：元祐四年春三月，蘇軾除龍圖閣學士知杭州，是歲子由遷翰林學士。元祐六年正月，蘇軾除吏部尚書。二月，改翰林學士承旨。三月，召還，離杭州。八月，除龍圖閣學士知潁州，作《感舊・別子由》。時子由在京，任尚書右丞，居東府。蘇軾自杭州召還，雖得與子由相聚，同住東府，但受群小攻訐，無一日不在煎熬中。爲躲避朋黨之禍，跳出政治鬥爭漩渦，七上封章，乞請外郡，不得不再次與子由分別。此詞即蘇軾「受讒請外」赴潁途中懷弟子由之作也。

〔二〕清潁東流：見《木蘭花令》（霜餘已失長淮闊）注〔二〕。

〔三〕明滅：白居易《湖亭晚望殘水》詩：「清涼得早霜，明滅浮殘日。」

〔四〕青山白浪：盧綸《送元昱尉義興》詩：「白浪緣江雨，青山繞縣花。」

〔五〕「對牀夜雨」句：傅注：「子由幼從子瞻讀書，未嘗一日相捨。既仕，將遊宦四方，子由嘗讀韋蘇州詩，有『那知風雨夜，復此對牀眠。』惻然感之，乃相約早退，爲閑居之樂。」蘇軾始爲鳳翔簽判時，與子由別於鄭州西門外，馬上賦詩一首，有：「寒燈相對記疇昔，夜雨何時聽蕭瑟」之語。詳參編年。

〔六〕衣上淚：劉希夷《擣衣篇》：「莫言衣上有斑斑，只爲思君淚相續。」

〔七〕眉間黄色：指喜兆。見《浣溪沙》（惟見眉間一點黄）注〔二〕。

〔八〕花如雪：傅注：「落花紛紛如雪也。」

浣溪沙 荷花①

四面垂楊十里荷②。問云何處最花多③〔一〕。畫樓南畔夕陽和④。 天氣乍涼人寂寞，光陰須得酒消磨〔二〕。且來花里聽笙歌〔三〕。

【校勘】

① 傅本、元本、朱本、龍本、曹本無題。

② 「里」，傅本、元本作「頃」。

③ 「云」，傅本作「言」。

④ 「和」，元本、朱本、龍本、曹本作「過」。

【編年】

元祐六年辛未（一〇九一年）閏八月初，作於潁州。案：此詞朱本、龍本俱未編年，曹本編熙寧十年正月作於濟南。曹云：「考此詞意境，與劉鶚《老殘遊記》第二回所寫歷山大明湖之情景，尤其與鐵公祠門内楹聯上聯所云『四面荷花三面柳』可以相符。」一九九八年薛本發行後提出此詞「疑似作於潁州。」編入元祐六年，並引《名勝志》和秦少游的兩句詩「十里荷花菡萏初，我公所至有西湖」，以證不妄，但並無自信。二〇〇四年出版的孔凡禮《三蘇年譜》據薛説繫於元祐六年，並加案語云：「案『十里荷花』云云乃秦觀（少游）之弟秦覯（少章）詩，乃蘇軾初到潁州時，覯所呈者。」後有「秦覯（少章）嘗呈軾詩」條，並録《詩話總龜》前集卷二十七引《王直方詩話》：「杭州有西湖，而潁亦有西湖，皆爲遊賞之勝地，而東坡連守二州。其初得潁也，有潁人在坐，云：『内翰但只消遊湖中，便可以了郡事。』蓋言其訟簡也。秦覯少章因作一絶以獻云：『十里荷花菡萏初，我公所至有西湖。欲將公事湖中了，見説官閑事已無。』後東坡到潁，有《謝執政啟》，亦云：『入參兩禁，每玷北扉之榮；出典二邦，輒爲西湖之長。』」（案：孔録此文，《詩話總龜》前集卷二十七不載，見後集卷九「投獻門」，亦見《苕溪漁隱叢話》前集卷四十一，孔當誤記。）朱靖華等《蘇軾詞新釋輯評》云：「此詞作於宋哲宗元祐六年（一〇九一）閏八月至九月間東坡到潁州太守任時。」張志烈等之《蘇軾詞集校注》，亦繫於元祐六年閏八月初到潁州時。以上薛、孔、朱、張等四家之説可從，編元祐六年辛未（一

○九一年）閏八月，作於潁州。

【箋注】

〔一〕「問云」句：韓愈《奉酬盧給事雲夫四兄曲江荷花行見寄……》：「我今官閒得婆娑，問言何處芙蓉多。」此襲用韓詩句意。

〔二〕「光陰」句：鄭谷《梓潼歲暮》：「酒美消磨日，梅香著莫人。」

〔三〕笙歌：唐·方干《尚書新創敵樓二首》之一：「笙歌引出桃花洞，羅綺擁來金谷園。」

木蘭花令　次歐公西湖韻①

霜餘已失長淮闊。空聽潺潺清潁咽②〔一〕。佳人猶唱醉翁詞〔二〕，四十三年如電抹〔三〕。

草頭秋露流珠滑〔四〕。三五盈盈還二八〔五〕。與余同是識翁人，惟有西湖波底月〔六〕。

【校勘】

① 吴本原無題，據明刊全集、二妙集、毛本、朱本、龍本、曹本補。毛本調作「玉樓春」。此詞又見宋·王十朋《集百家注分類東坡詩》（四部叢刊本）卷二五，題作「效永叔瑞鷓鴣」。

② 「潁」，毛本作「瀨」。

【編年】

元祐六年辛未（一〇九一年）閏八月，作於潁州。王文誥《蘇詩總案》卷三四：元祐六年辛未八月，告下，除龍圖閣學士、知潁州軍州事，八月二十二日到潁州。二十四日「遊西湖，聞歌者唱《木蘭花令》，詞則歐陽修所遺也，和韻。」案：施宿《東坡先生年譜》下云：元祐六年辛未，「八月，除龍圖閣學士知潁州。閏八月到任」。蘇軾赴潁州並遊西湖，在閏八月，詞亦當閏八月作。

【箋注】

〔一〕清潁：《嘉慶一統志》卷二二五《河南府一》：潁水「陽城縣陽乾山，潁水所出，東至下蔡入淮。過郡三，行千五百里。」案：蘇軾知潁州軍州事，潁州濱臨潁水。

〔二〕醉翁：歐陽修《醉翁亭記》：「太守與客來飲于此，飲少輒醉，而年又最高，故自號醉翁也。」醉翁詞指《玉樓春》，見後附參考資料。

〔三〕四十三年：歐陽修於皇祐元年（一〇四九年）知潁州，作《玉樓春》詞，至此時正四十三年。如電抹：蘇軾《六觀堂老人草書》詩：「清露未晞電已徂。」王注次公曰：「佛偈云：如夢、幻、泡、影，如露亦如電，此所謂六觀也。」如電抹者，言時之速，四十三年如電閃一抹即逝。

〔四〕秋露流珠滑：庾信《奉和賜曹美人》詩：「月光如粉白，秋露似珠圓。」《初學記》卷二五《器物部·漏刻》引李蘭《漏刻法》：「流珠者，水銀之別名。」

〔五〕三五二八：謝靈運《怨曉月賦》：「昨三五兮既滿，今二八兮將缺。」鮑照《翫月城西門廨中》詩：「三五二八時，千里與君同。」錢振倫注：「二八，十六日也。《釋名》曰：望滿之名，月大十六日，月小十五日。」

〔六〕西湖：《蘇軾詩集》卷三四《西湖秋涸東池魚窘甚……戲作放魚一首》查注：「《名勝志》：潁州西二里有湖，袤十里，廣二里，翳然林木，爲一邦之勝。」歐陽修《西湖戲作示同遊者》詩：「菡萏香清畫舸浮，使君寧復憶揚州。都將二十四橋月，換得西湖十頃秋。」又《初至潁州西湖》詩，有「西湖十頃碧琉璃」之句。《王直方詩話·東坡兩爲湖山之長》：「杭州有西湖，而潁亦有西湖，皆爲游賞之勝，而東坡連守二州。……後東坡到潁，有《謝執政啓》亦云：『入參兩禁，每玷北扉之榮；出典二邦，輒爲西湖之長。』」

【參考資料】

宋·歐陽修《玉樓春》：「西湖南北煙波闊。風裏絲簧聲韻咽。舞餘裙帶綠雙垂，酒入香腮紅一抹。杯深不覺琉璃滑。貪看六么花十八。明朝車馬各西東，惆悵畫橋風與月。」

宋·傅幹《注坡詞》卷一一引《本事曲集》：「汝陰西湖，勝絕名天下，蓋自歐陽永叔始。往歲子瞻自禁林出守，賞詠尤多，而去歐陽公時已久，故其繼和《木蘭花》，有『四十三年如電抹』之句。二詞俱奇峭雅麗，如出一人，此所以中間歌詠寂寥無聞也。」

明·沈際飛《草堂詩餘續集》卷下：「古崛。」又：「一片性靈，絶去筆墨畦逕。」

明·卓人月《古今詞統》卷八：「按坡公與弟别潁州西湖，有『别淚滴清潁』之句。今俗本『潁』作『瀨』，非也。」

減字木蘭花①

空牀響琢〔一〕。花上春禽冰上雹〔二〕。醉夢尊前〔三〕。驚起湖風入座寒〔四〕。　轉關鑊索〔五〕。春水流絃霜入撥〔六〕。月墮更闌。更請宫高奏獨彈〔七〕。

【校勘】

①此詞吴本未收，傅本、明刊全集、二妙集、毛本亦不載，據元本、朱本、龍本、《全宋詞》、曹本補。

【編年】

元祐六年辛未（一〇九一年）九月，作於潁州。案：朱本、龍本此詞，俱編熙寧七年甲寅（一〇七四年），朱云：「本集公與蔡景繁書：『朐山臨海石室，信如所諭。某嘗攜家一遊，時家有胡琴婢，就室中作《濩索》《涼州》，凛然有冰車鐵馬之聲。』案公於甲寅十一月（案：當爲十月）至海州，是詞疑賦胡琴婢事。」曹樹銘先生以爲不然，改編元祐六年辛未，曹云：「此詞末二句，與詩集《舟中聽大人彈琴》末二句：『江空月出人響絶，夜闌更聽彈文王』之口吻相似，如對胡琴婢言，當不可能有此口吻，此其一。宋代並無電燈，臨海石室，當非例外。東坡在旅行中，縱在月下，似亦不可能偕胡琴婢及家人至石室彈奏，此其二。又此詞末句内宫高之高，似指琴高而言，故所彈者琴，而非胡琴，此其三。又此詞内春禽及春水句，俱用作比譬，不關時令。惟上片末句『驚起湖風入坐寒』，既指明彈琴之地有湖，有坐客，同時亦帶秋意。查此詞與詩集《（元祐六年辛未）九月十五日觀月聽琴（潁州）西湖示坐客》相合。另從詩集《復次韻謝趙景貺陳履常見和兼簡歐陽叔弼兄弟》，可知前詩題内之『坐客』，即趙、陳、歐陽諸人。又詩集，翌年復有《次韻奉和錢穆父蔣潁叔王仲至（詩）四首》之一《見和西湖月下聽琴》，末云：『明月委静照，心清得奇聞。當呼玉澗手，一洗羯鼓昏。』東坡自注：『家有雷琴，甚奇古，玉澗（一作磵）道人崔閑妙於雅聲，嘗呼使彈。』從此可以想見當年在西湖彈琴者，或即崔閑，此詞末句之口吻可證。基於以上分析，今改編元祐六年辛未。」暫依曹説，以俟詳考。

【箋注】

〔一〕「空牀」句：牀，琴牀。琴牀空，則琴正彈奏也。響琢，猶言響玉。喻琴聲如擊玉。唐・馮贄《雲仙雜記》：「元頤本棋枰聲與律吕相應，蓋用響玉爲盤，非有異術也。」

〔二〕「花上春禽」句：花上春禽，冰上落雹，皆比喻琴聲之妙，猶白居易《琵琶行》：「間關鶯語花底滑，幽咽泉流冰下難」之句。

〔三〕「醉夢」句：琴聲之妙，使尊前坐客如醉如痴，如夢如幻。

〔四〕湖：此指潁州西湖。入坐寒：此詞與《蘇軾詩集》卷三四《九月十五日觀月聽琴西湖示坐客》作於同時，時值深秋月夜，故寒風襲人。

〔五〕轉關鑊索：皆曲名。范成大《復用韻記昨日坐中劇談及趙家琵琶之妙，呈王正之提刑二絶》自注云：「正之云：『《轉關六么濩索》、《梁州歷統薄媚》、《醉吟商》、《胡渭州》，此四曲，承平時專入琵琶，今不復有能傳者。』」《敔器之詩話》引《樂譜》：「琵琶曲有《轉關六么》，取其聲調閒婉。又有《濩索梁州》，謂其音節閒繁。」

〔六〕撥：撥弦之具。白居易《琵琶行》：「曲終收撥當心畫，四弦一聲如裂帛。」

〔七〕宫高：指聲調高昂的宫調曲。中國古代稱宫、商、角、變徵、徵、羽、變宫爲七聲，凡以宫聲爲主的調式，稱爲宫調，或曰宫式。另，參看本詞編年引曹樹銘所解。

又　春月①〔一〕

春庭月午〔二〕。摇蕩香醪光欲舞〔三〕。步轉迴廊。半落梅花婉娩香〔四〕。　輕雲薄霧②〔五〕。總是少年行樂處。不似秋光③〔六〕。只與離人照斷腸〔七〕。

【校勘】

①傅本無題，有題注作「按趙德麟《侯鯖録》云：元祐七年正月，東坡在汝陰，州堂前梅花大開，月色鮮

霽。王夫人曰：『春月色勝如秋月色，秋月令人悽慘，春月令人和悦，何如召趙德麟輩來，飲此花下。』先生大喜曰：『吾不知子亦能詩耶，此真詩家語耳。』遂召德麟飲，因作此詞。」元本、朱本、龍本、曹本題俱作「二月十五日夜與趙德麟小酌聚星堂」。

②「雲」，傅本作「風」，元本作「煙」。

③「似」，龍本作「是」。

【編年】

元祐七年壬申（一〇九二年）正月，作於潁州。案：王宗稷《東坡先生年譜》引趙德麟《侯鯖録》語，作元祐七年正月作。傅藻《東坡紀年録》云：「元祐七年壬申，二月十五夜與德麟小酌聚星堂作。」與《侯鯖録》小别。應以《侯鯖録》爲準。

【箋注】

〔一〕據傅本題注，此詞爲元祐七年正月，夜召趙德麟小酌於州堂（即聚星堂）梅下而作。《蘇軾詩集》卷三四《復次韻謝趙景貺陳履常見和兼簡歐陽叔弼兄弟》施注：「趙景貺，名令時。本朝自建隆以來，幹國治民，不及宗子，神宗始出與天下共之。景貺以承議郎簽書判官，在東坡潁州幕府。公謂其吏事通敏，文彩俊麗，志節端亮，議論英發。時教授陳履常實公門人，相與倡酬。既力薦於朝，又爲著説，改字德麟。」同卷《聚星堂雪》查注：「《名勝志》：歐陽文忠公守潁時，於州治起聚星堂……爲日夕燕遊之所。」

〔二〕月午：月至午夜。李賀《感諷》詩其三：「月午樹無影，一山唯白曉。」

〔三〕「摇蕩香醪」句：謂梅香如酒香飄蕩，梅枝在月光下欲舞。《文選》卷七司馬相如《子虛賦》：「隨風澹淡，與波摇蕩。」李適《奉和聖制九日侍宴應制》詩：「萸房頒綵笥，菊蘂薦香醪。」

〔四〕婉娩：《禮記·内則》：「女子十年不出，姆教婉娩聽從。」《正義》：「按九嬪注云：『婦德貞順，婦言辭令，婦容婉娩，婦功絲枲。』」案此以女子容色之柔順寫梅花香氣之馨温。乃通感修辭法。

〔五〕輕雲薄霧：曹植《洛神賦》：「髣髴兮若輕雲之蔽月，飄颻兮若流風之回雪。」謝朓《觀朝雨》詩：『空濛如薄霧，散漫似輕埃。』

〔六〕不似秋光：謂春月之光不似秋月之光令人慘悽。陳師道《後山詩話》：「蘇公居潁，春夜對月。王夫人曰：『春月可喜，秋月使人愁耳。』」詳後附參考資料。

〔七〕「只與離人」句：謂秋光添愁。杜甫《贈王二十四侍御契四十韻》：「曉鶯工迸淚，秋月解傷神。」

【參考資料】

宋·陳師道《後山詩話》：「蘇公居潁，春夜對月。王夫人曰：『春月可喜，秋月使人愁耳。』公謂前未及也，遂作詞曰：『不似秋光，只與離人照斷腸。』老杜云：『秋月解傷神。』語簡而益工也。」

清·王文誥《蘇詩總案》卷三四：「《侯鯖録》誤作『召與二歐飲』，而二歐已去。《紀年録》作『二月十五夜』，而二月十五亦無梅花，當是『二十五日』之誤，今皆改正。」（案《侯鯖録》中「遂召德麟飲」一作「遂相召與二歐飲」，故王文誥有是説。）

木蘭花令①

高平四面開雄壘〔一〕。三月風光初覺媚。園中桃李使君家，城上亭臺遊客醉。　歌翻楊柳金尊沸〔二〕。飲散憑闌無限意〔三〕。雲深不見玉關遥〔四〕，草細山重殘照裏〔五〕。

【校勘】

① 此詞吴本未收，傅本、元本、明刊全集亦不載，據外集、二妙集、毛本、朱本、龍本、《全宋詞》、曹本補。毛本調作「玉樓春」，下注：「元刻不載。」龍校：「傅本、元本俱無。」

【編年】

元祐七年壬申（一〇九二年）三月，作於泗州。案：朱本、龍本此詞俱未編年，從曹本。曹云：「惟考此詞首句，高平在宋爲泗州臨淮郡。至於『四面開雄壘』，即臨淮關向爲南北交通孔道之形勢。又此詞次句，明言作詞之時令。考東坡一生，多次經過臨淮，故詩集《淮上早發》有『此生定向江湖老，默數淮中十往來』之句。王案（卷三五）詳注此『淮中十往來』句之年月，文長不録。其中僅元祐七年壬申三月由潁移揚途中，十二日抵泗州之一次，能與此詞次句相合。……今移編元祐七年壬申。」

【箋注】

〔一〕「高平四面」句：見編年曹樹銘考語。高平：據《漢書》卷二八上《地理志》：臨淮郡轄縣二十九，其中有高平。

〔二〕歌翻楊柳：白居易《楊柳枝詞》：「古歌舊曲君休聽，聽取新翻《楊柳枝》。」「翻」，按舊曲譜寫新詞。金尊：酒尊之美稱。蕭繹《金樓子・立言下》：「金尊玉杯不能使薄酒更厚。」謝靈運《石門新營所住》詩：「清醑滿金樽。」尊，同樽。

〔三〕飲散：曹唐《小遊仙詩》一四：「酒釃春濃瓊草齊，真公飲散醉如泥。」

〔四〕玉關遥：《後漢書》卷四七《班超傳》：超自以久在絶域，年老思土，上疏曰：「臣不敢望到酒泉郡，但願生入玉門關。」注：「玉門關屬敦煌郡，今沙州也。去長安三千六百里。」李白《子夜吴歌》：「秋風吹不盡，總是玉關情。」

〔五〕草細：喻鳧《贈李商隱》詩：「草細盤金勒，花繁倒玉壺。」殘照：李中《江行晚泊寄溢城知友》詩：「江浮殘照闊，雲散亂山横。」案：據詞的下片「歌翻楊柳」、「不見玉關」、「憑闌無限意」

諸語，當是懷念遠方友人之作。

浣溪沙　揚州賞芍藥櫻桃①

芍藥櫻桃兩鬬新〔一〕。名園高會送芳辰〔二〕。洛陽初夏廣陵春〔三〕。　紅玉半開菩薩面〔四〕，丹砂濃點柳枝脣②〔五〕。尊前還有箇中人〔六〕。

【校勘】

① 此詞傳本存目缺詞。元本無題。吴本題原作「同上」。案吴本前首爲同調「慚愧今年二麥豐」，題作「徐州藏春閣園中」，與此詞第三句「廣陵春」不合。今據二妙集、明刊全集、毛本改。

② 「濃」，元本作「穠」。

【編年】

元祐七年壬申（一〇九二年）四月，作於揚州。王文誥《蘇詩總案》卷三五：「元祐七年壬申四月，潁州西湖成，和趙令時韻賞芍藥櫻桃作《浣溪沙》詞。」案蘇軾是年正月，移知鄆州，尋改揚州。三月十六日到揚州任，進謝上表，潁州西湖新成，趙德麟有詩、詞寄蘇軾，蘇軾一一相和。詩見《蘇軾詩集》卷三五《軾在潁州與趙德麟同治西湖未成改揚州三月十六日湖成德麟有詩見懷次其韻》等三首。趙令時《浣溪沙》詞已佚，僅存蘇軾和作。

【考辨】

此詞東坡詞各本俱收，向無疑議。孔凡禮《蘇軾年譜》卷三一元祐七年三月「罷揚州萬花會」條，引證《蘇軾詩集》卷三五《次韻林子中春日新書事見寄》自注及《文集》卷七二《以樂害民》，均叙罷萬花會事。又引《墨莊漫録》卷九云：「揚州産芍藥，其妙者不減於姚黄魏紫。蔡元長知維揚日，效洛陽，亦作萬花會。其後歲歲循習而爲，人頗病之。元祐七年，東坡來知揚州，正遇花時，吏白舊例，公判罷之，人皆鼓舞欣悦。作書報王定國云：『花會檢舊案，用花千萬朵，吏緣爲奸，乃揚州大害，已罷之矣，雖殺風景，免造業也。』公之爲政惠利於民，率皆類此，民到於今稱之。」而這首《浣溪沙》詞贊揚萬花會，兩者矛盾，從而認爲此詞「殆他人詞誤入」。案：蘇軾爲政惠利於民，反對「以樂害民」。揚州萬花會既爲「揚州大害」，蘇軾身爲揚守，爲民除害，故判罷之。但他並不反對在芳辰花時到名園賞花雅集。此詞即揚州芍藥、櫻桃盛開之際，在「名園高會」，與知花人雅興共賞，詩人興會，作此賞花詞以和友人趙令畤《浣溪沙》詞，本與揚州萬花會無涉耳。正如他「日啖荔支三百顆，不辭長作嶺南人」，贊美惠州鮮荔，但同時又痛斥「驚塵濺血」進貢南方鮮荔一樣。基於此，孔凡禮先生以此詞爲「他人詞誤入」，殆不足信。

【箋注】

〔一〕芍藥：本作勺藥。《詩·鄭風·溱洧》：「維士與女，伊其相約，贈之以勺藥。」傳：「勺藥，香草。」崔豹《古今注》卷下《問答釋義》：「勺藥一名可離，故將别以贈之。」王仁裕《開元天寶遺事》卷下《醒酒花》條：「明皇與貴妃幸華清宫，因宿酒初醒，憑妃子肩同看木勺藥。上親折一枝，與妃子遞嗅其艷。帝曰：「不惟萱草忘憂，此花香艷，尤能醒酒。」」櫻桃：《禮記・月令》：「天子乃以雛嘗黍羞，以含桃先薦寢廟。」鄭玄注：「含桃，櫻桃也。」《淵鑒類函》卷四〇一引《拾遺録》：「漢明帝于月夜宴群臣於照園，大官進櫻桃，以赤瑛爲盤，賜群臣。月下視之，盤與桃同色，群臣皆笑曰是空盤。」鬬新：比賽新艷。蘇軾《玉堂栽花周正孺有詩次韻》：「纖纖翠蔓詩催發，皎皎霜葩髪鬬新。」

〔二〕芳辰：美好的時節。此指美好的春天。李嶠《立春日侍宴内殿出剪綵花應制》詩：「早聞年欲至，剪綵學芳辰。」

〔三〕「洛陽初夏」句：歐陽修《洛陽牡丹記・花品序》：「牡丹……出洛陽者，今爲天下第一。」又《洛陽牡丹記・花釋名》：「洛花以穀雨爲開候。」杜牧《隋苑》詩：「紅霞一抹廣陵春，定子當筵睡臉新。」勺藥，春天開花，廣陵貴勺藥。韓琦《和袁陟節推龍興寺勺藥》詩：「廣陵勺藥真奇美，名與洛花相上下。」張邦基《墨莊漫録》卷九：「揚州産芍藥，其妙者不減於桃黄，魏紫。」此言洛陽牡丹初夏盛開及揚州勺藥暮春怒放的繁華景象，此處全都占有。

〔四〕紅玉：少女的姿色。葛洪《西京雜記》卷一載：趙飛燕與女弟昭儀，「二人並色如紅玉，爲當時第一」。菩薩面：計有功《唐詩紀事》卷六六載王璘與李群玉聯句云：「芍藥花開菩薩面，椶櫚葉散野人頭。」此以「菩薩面」代芍藥，言半開的芍藥，猶如少女美麗的面容。

〔五〕「丹砂濃點」句：喻櫻桃紅艷如美人口唇。王讜《唐語林》卷六：「韓退之有二妾，一曰絳桃，一曰柳枝，皆能歌舞。」孟棨《本事詩·事感》：「白尚書姬人樊素，善歌；妓人小蠻，善舞，嘗爲詩曰：『櫻桃樊素口，楊柳小蠻腰。』」

〔六〕箇中人：局中人。謂親歷其境或深悟其理者。蘇軾《李頎秀才善畫山以兩軸見寄仍有詩次韻答之》：「平生自是箇中人，欲向漁舟便寫真。」詞的下片言芍藥盛開，櫻桃滴紅，加上席前雅興共賞者，可謂芳辰、美景、知花人，三美俱全。

減字木蘭花

五月二十四日會於無咎之隨齋〔一〕，主人汲泉置大盆中，漬白芙蓉〔二〕，坐客翛然，無復有病暑意①

回風落景。散亂東牆疏竹影。滿座清微〔三〕。入袖寒泉不濕衣。　夢回酒醒。百尺飛瀾鳴碧井〔四〕。雪灑冰麾〔五〕。散落佳人白玉肌〔六〕。

【校勘】

①此詞吴本未收，傅本、明刊全集、外集、二妙集、毛本亦不載。據元本、朱本、龍本、《全宋詞》、曹本補。

【編年】

元祐七年壬申(一〇九二年)五月,作於揚州。傅藻《東坡紀年録》:「元祐七年壬申,五月二十四日會無咎隨齋,汲泉漬白芙蓉,不復有病暑意,作《減字木蘭花》。」

【箋注】

〔一〕無咎:《蘇軾詩集》卷三五《次韻晁無咎學士相迎》施注:「無咎名補之,濟州鉅野人。才解事,即善屬文。年十七,從父端友宰杭之新城。稡錢塘山川風物之麗,著《七述》以謁東坡。東坡時爲通守,先欲有所賦,讀之,歎曰:『吾可以閣筆矣。』稱其博辯雋偉,將必顯於世。由是知名。舉進士,試開封禮部別院,皆第一。神宗閲其文,曰:『是深於經術者,可革浮薄。』元祐初入館閣,以校理倅揚州。東坡來爲守,無咎以詩相迎。坡和陶靖節《飲酒》詩,其一篇爲無咎作,有『晁子天麒麟,結交及未仕』之句。章子厚當國,由佐著作出守齊。徽宗立,還爲郎。黨論再起,出守泗州,忘情仕進,葺歸來園,自號歸來子。出籍,知達州,改泗州。卒年五十八。無咎文章温潤典縟,其淩厲奇卓,出於天成,與黄、張、秦並驅聯鑣,世號元祐四學士。」《宋史》卷四四四有《傳》。隨齋:晁無咎在揚州的書齋。

〔二〕白芙蓉:屈原《離騷》:「製芰荷以爲衣兮,集芙蓉以爲裳。」注:「芙蓉,蓮華也。」《爾雅·釋草》:「荷,芙渠。」注:「别名芙蓉,江東呼荷。」白居易《題元八谿居》詩:「晚葉尚開紅躑躅,秋芳初結白芙蓉。」漬：灑落。

〔三〕清微：和風也。《詩·大雅·蒸民》：「穆如清風。」毛傳：「清微之風，化養萬物者也。」

〔四〕飛瀾：駱賓王《上齊州張司馬啓》：「言泉漱迴，驚瀑布以飛瀾；文江澮清，含濯錦而翻浪。」此指從深井中汲上的泉水。《蘇軾詩集》卷四〇《白鶴山新居鑿井四十尺遇磐石石盡乃得泉》：「彌旬得尋丈，下有青石盤。終日但迸火，何時見飛瀾。」碧井：杜甫《銅瓶》詩：「亂後碧井廢，時清瑶殿深。」

〔五〕雪灑：蘇舜欽《揚子江觀風浪》詩：「霹靂左右作，雪灑六月寒。」此句指泉水倒入大盆時，飛濺的泉水如雪灑冰舞狀。

〔六〕玉肌：白居易《小歲日喜談氏外孫女孩滿月》詩：「桂燎薰花果，蘭湯洗玉肌。」此處「白玉肌」喻白芙蓉。

生查子　訴别①

三度别君來〔一〕，此别真遲暮②〔二〕。白盡老髭鬚，明日淮南去〔三〕。　酒罷月隨人，淚濕花如霧〔四〕。後夜逐君還③〔五〕，夢繞湖邊路④。

【校勘】

①傳本無題，元本題作「送蘇伯固」。《全宋詞》末注：「又案此首別作古詩，見《東坡續集》卷一，題作《古別離送蘇伯固》。」案：四部叢刊影印本《增刊校正王狀元集注分類東坡先生詩》載卷二一，題作《送蘇伯固效韋蘇州》。

②「真」，傳本作「應」。

③此句元本作「後月送君時」，注：「一作後夜逐君還」。

④「湖邊」，四部叢刊作「江南」。

【編年】

元祐七年壬申（一〇九二年）八月，作於揚州。案：王文誥《蘇文忠公詩編著集成》卷三五載此詞，編壬申，未言月份。《總案》云：（壬申）八月，以龍圖閣學士守兵部尚書差充南郊鹵簿使召還。此詞當爲離揚赴京時，與蘇伯固訴別之作。

【箋注】

〔一〕三度別君：《蘇軾詩集》卷三五《古別離送蘇伯固》（即本詞）王文誥案：「謂別於泗上及杭州也，其一不詳。」案：此次被召還，離揚赴京，與蘇伯固訴別即第三度別也。是年蘇軾五十七歲，故下云「此別真遲暮」，「白盡老髭鬚」云云。

〔二〕遲暮：指年歲已老。屈原《離騷》：「惟草木之零落兮，恐美人之遲暮。」杜甫《寄劉峽州伯華使君四十韻》：「遲暮嗟爲客，西南喜得朋。」

〔三〕淮南去：謂去揚赴京。《元豐九域志》卷五《淮南路·東路》：「大都督府，揚州，廣陵郡，淮南節度。」

〔四〕花如霧：杜甫《小寒食舟中作》詩：「春水船如天上坐，老年花似霧中看。」老眼昏花，加之淚眼模糊，故看花如在霧中。

〔五〕「後夜逐君」二句：謂伯固亦將回吴中故居，我心逐君而還，夢繞江南之路（案類本、外集湖邊作江南），别情依依。

【參考資料】

清·吴衡照《蓮子居詞話》卷二：「東坡送蘇伯固詩云云（詞略）。自注：效韋蘇州。今見《東坡續集》，又見《東坡詞》中，調寄《生查子》。但據自注，是詩不是詞也。」

清·陳廷焯《詞則·放歌集》卷一：「語淺情深，正不易及。」

青玉案　和賀方回韻送伯固歸吴中故居①〔一〕

三年枕上吴中路〔二〕。遣黄耳②〔三〕、隨君去。若到松江呼小渡〔四〕。莫驚鷗鷺③，四橋盡是④〔五〕，老子經行處〔六〕。輞川圖上看春暮〔七〕。常記高人右丞句〔八〕。作箇歸期天已許〔九〕。春衫猶是〔一〇〕，小蠻針線，曾濕西湖雨。

【校勘】

①傅本、元本無「故居」二字。龍本「歸」作「還」。

②「耳」，元本作「犬」。

③「鷗」，元本作「鴛」。

④「盡」，傅本作「都」。

【編年】

元祐七年壬申（一〇九二年）八月，作於揚州。案朱本、龍本、曹本，俱編壬申年，未言月份。當爲是年八月，因蘇軾被召還京，蘇伯固告别蘇軾回吳中故居時，蘇軾爲之送行而作。朱祖謀《東坡樂府》卷二：「案伯固於己巳年從公杭州至壬申三年未歸，故首句云然。」

【考辨】

《全宋詞》本詞末注：「案此首别作蔣璨詞，見《樂府雅詞拾遺》卷上。《苕溪漁隱叢話前集》卷五十九引《桐江詩話》謂姚進道作。《陽春白雪》卷五作姚志道詞。」同書蔣璨詞僅此一首，據《樂府雅詞拾遺》卷上録。無題。「若到」作「欲過」，「盡」作「都」，「常」作「長」，「已」作「未」。詞末注：

「案此首别又見曾慥本《東坡詞》卷下。《苕溪漁隱叢話前集》卷五十九引《桐江詩話》云姚進道作。《陽春白雪》卷五作姚志道詞。未知孰是。」同書姚述堯（字進道，華亭人。號何山道人）詞，亦僅此一首，據《苕溪漁隱叢話前集》卷五十九引《桐江詩話》録。無題。「若」作「君」，「常」作「長」。詞末注：「案此首别又作蘇軾詞，見曾慥本《東坡詞》卷下。别又作蔣璨詞，見《樂府雅詞拾遺》卷上。《陽春白雪》卷五又作姚志道詞。未知孰是。《桐江詩話》云姚進道作。」同書並無姚志道其人，疑志道即進道之誤傳。案：此詞《東坡詞》諸本均載，唐圭璋《宋詞互見考》云：「案此詞見《東坡樂府》，題作『送伯固歸吴中』，亦正是東坡事實。若《桐江詩話》《陽春白雪》以爲姚志道作，《樂府雅詞》以爲蔣宣卿（璨）作，並流傳之誤也。」曹樹銘亦云：「銘意蔣姚二氏均只誤傳作此一首，宋人筆記詩話及詞總集所傳，必須個别玩味衡量，不可盡信。故斷定此係東坡詞。」唐、曹所説極是，應作東坡詞。

【箋注】

〔一〕賀方回：葉夢得《賀鑄傳》：方回名鑄，衛州人，自言唐諫議大夫知章後，故號鑑湖遺老。長七尺，眉目聳拔，面鐵色，喜劇談天下事。博學强記，工語言，深婉麗密，如比組繡，尤長於度曲，掇拾人所棄，少加隱括，皆爲新奇。嘗言：吾筆端驅使李商隱、温庭筠，當奔命不暇。黄庭堅得其「江南梅子」之句，以爲似謝玄暉。然終不得美官，悒悒不得志，退居吴下，自裒其生平所爲歌詞，名《東山樂府》。其《青玉案》詞：「凌波不過横塘路，但目送，芳塵去。錦瑟華年誰與度？月臺花院，瑣窗朱户，只有春知處。飛雪冉冉蘅皋暮，彩筆新題斷腸句。若問閒愁都幾許？一川煙草，滿城風絮，梅子黄時雨。」《宋史》卷四四三有《傳》。吴中：《史記·項羽本紀》：「項梁殺人，與籍避仇于吴中。」案今江蘇吴縣，春秋時爲吴都，秦於此置會稽郡，以吴縣爲郡治，古亦稱吴中。

〔二〕「三年」句：見本詞編年引朱祖謀注語。

〔三〕黄耳：《晉書》卷五四《陸機傳》：「初機有駿犬，名曰黄耳，甚愛之。既而羈寓京師，久無家問，笑語犬曰：『我家絶無書信，汝能齎書取消息不？』犬摇尾作聲。機乃爲書，以竹筩盛之而繫其頸，犬尋路南走，遂至其家，得報還洛。其後因以爲常。」

〔四〕松江：《左傳·哀公十七年》：「三月越子伐吴，吴子御之笠澤。」陸廣微《吴地記》：「松江，一名松陵，又名笠澤……其江之源，連接太湖。」案松江，即吴淞江，太湖支流三江之一。呼小渡：猶言呼小舟擺渡。《蘇州府志·渡僧橋》：孫吴時有僧呼渡，舟子不應。僧折楊柳枝浮水而渡，因以建橋，故名。

〔五〕四橋：傅注：「姑蘇有四橋，長爲絶景。」

〔六〕老子：宋人口語，年老者自稱「老子」。

〔七〕輞川圖：李肇《唐國史補》卷上：「王維好釋氏，故字摩詰，立性高致，得宋之問輞川别業，山水勝絶。」《陝西通志》：輞川在藍田縣南嶢山之口，去縣八里，川口爲兩山之峽，隨山鑿石，計五里許。路甚險狹，過此豁然開朗，村墅相望，蔚然桑麻肥饒之地，四顧山巒掩映，似若無路，環轉而南，凡十三區，其美愈甚，王摩詰别業在焉。舊有輞川圖四幅，舉世寶之。

〔八〕「常記高人」句：《舊唐書》卷一九〇下《王維傳》：「王維，字摩詰……乾元中，遷太子中庶子、中書舍人，復拜給事中，轉尚書右丞。」杜甫《解悶》詩十二首其八：「不見高人王右丞，藍田邱壑漫寒藤。」王維詩多寫輞川山水田園之美和閒居之樂，如「漠漠水田飛白鷺，陰陰夏木囀黄鸝。」（《積雨輞川莊作》），「雨中草色緑堪染，水上桃花紅欲然。」（《輞川别業》），「悠然遠山暮，獨向白雲歸。」（《歸輞川作》），「復值接輿醉，狂歌五柳前。」（《輞川閒居贈裴秀才迪》）。

〔九〕「作箇歸期」句：謂伯固歸居吴中已得天許，如願以償。

〔一〇〕「春衫猶是」三句：謂伯固春衫出愛姬之手，伯固著此春衫隨自己至杭三年，曾爲西湖雨所濕，今歸吴中故居，可與愛姬相聚矣。小蠻：本爲白居易舞妓，此指蘇伯固的愛姬，詳見《浣溪沙》（芍藥櫻桃兩鬬新）注〔五〕。

【參考資料】

宋·胡仔《苕溪漁隱叢話前集》卷五九：「又世傳《江城子》《青玉案》二詞，皆東坡所作，然《西清詩話》謂《江城子》乃葉少蘊作，《桐江詩話》謂《青玉案》乃姚進道作。四詞皆佳。」

清・紀昀《四庫全書總目提要》卷一五四《東坡全集》條：「觀《捫蝨新話》稱：《葉嘉傳》乃其邑人陳元規作，和賀方回《青玉案》詞，乃華亭姚晉作。集中如《睡鄉》、《醉鄉記》，鄙俚淺近，決非坡作。今書肆往往增添改換，冒以求速售，而官不之禁云云。」

清・况周頤《蕙風詞話》卷二：「東坡詞《青玉案・用賀方回韻送伯固歸吳中》歇拍云：『作箇歸期天已許。春衫猶是，小蠻針綫，曾濕西湖雨。』上三句未爲甚豔。『曾濕西湖雨』是清語，非豔語。與上三句相連屬，遂成奇豔、絕豔，令人愛不忍釋。坡公天仙化人，此等詞猶爲非其至者，後學已未易撫仿其萬一。」

清・陳世焜《雲韶集》卷五：「風流自賞，氣骨高絕。」又：「較『襟上杭州舊酒痕』更覺有味。」

行香子　寓意①

三入承明〔一〕。四至九卿〔二〕。問書生②、何辱何榮。金張七葉〔三〕，紈綺貂纓③〔四〕。無汗馬事〔五〕，不獻賦〔六〕，不明經〔七〕。　成都卜肆④〔八〕，寂寞君平。鄭子真、巖谷躬耕。寒灰炙手〔九〕，人重人輕。除竺乾學〔一〇〕，得無念〔一一〕，得無名。

【校勘】

① 傅本、元本、朱本、龍本、曹本無題。

② 「書」，傅本、元本、朱本、龍本、曹本作「儒」。

③ 「紈綺」，二妙集作「珥金」。

④ 「卜」，原作「小」，據傅本、元本、二妙集、毛本、朱本、龍本、《全宋詞》、曹本改。

【編年】

元祐八年癸酉（一〇九三年）作於定州。案此詞朱本、龍本俱未編年。薛本云：「細按詞意，當爲公自況自嘲自解之作。『三入承明』者，謂三次入朝也。」又云：「《文集》卷二四《謝兼侍讀表二首》其一曰：『除臣守兵部尚書兼侍讀者……七典名郡，再入翰林，兩除尚書，三忝侍讀。』可視作『三入承明，四至九卿』之注腳。『無汗馬事，不獻賦，不明經』，乃自嘲之詞。至如下闋，則自寬自解耳。準此，知此詞當爲出知定州後預感禍變將臨時所作，故暫編癸酉。」查《宋史》本傳：「（元祐）八年，宣仁后崩，哲宗親政，軾乞補外，以兩學士出知定州，時國是將變，軾不得入辭。」作爲一個「三入承明，四至九卿」的大臣，連面見皇帝都如此之難。寄慨無端，只能發之於詞。情事與薛本所言相合，暫依薛本，以俟詳考。下首《述懷》倣此，不另作考。

【考辨】

此詞曹本定爲僞作，注云：「按東坡抱當世之志與及民之心，在其全部詩文詞內，未嘗自詡官階，更未嘗以官階之高下有無爲榮辱。即在詞作内，亦只屢言功名……。至言官階，則有『我欲自嗟還不敢，向來三郡寧非忝』，見《漁家傲》『些小白鬚何用染』，謙之至矣。又按詩集《御史臺榆槐竹柏四首》之三『竹』云：『蕭然風雪意，可折不可辱』。本集《乞將章疏付有司劄子》云：『夫君子之所重者，名節也。故有捨生取義、殺身成仁、可殺不可辱之語。而爵位利禄，蓋古者有志之士所謂鴻毛敝屣也。』此兩辱字，極爲突出，但絶非榮辱之辱。又按洪邁《容齋續筆》卷十一『兵部名存』條内，引東坡元祐中拜兵部謝表云：『恭惟先帝復六卿之名，本欲後人識三代之舊。』是當時只有六卿之名，而無九卿之制。故此詞次句又與當時政制不合。東坡對於此等必不如此。細玩此詞，上片既非東坡口吻，而下片具腐儒氣象，亦與東坡詞不侔。今移列誤入詞。」案：此詞東坡詞籍諸本均載，別無異説。曹本僅以東坡之思想與本詞不侔而斷爲僞作，並無顯證，難以置信。况此詞乃自我解嘲之作，并無誇耀官階之意。至於「四至九卿」係用典，非實言當時政制。詞下片所言，亦符合國是將變、東坡畏禍之心情及預作未來之打算，何來「腐儒氣象」？

【箋注】

〔一〕「三入」句：漢有承明殿，旁建室以供值宿侍臣居之，曰承明廬。「三入承明」謂三次入朝爲官。《漢書》卷六四上《嚴助傳》：「君厭承明之廬，勞侍從之事，懷故土，出爲郡吏。」注引張晏曰：「承明廬在石渠閣外。」三國・魏・應璩《百一詩》：「問我何功德，三入承明廬。」

〔二〕「四至」句：《史記》卷一二〇《汲黯傳》：黯姑姊子司馬安「文深巧善宦，官四至九卿，以河南太守卒。」《漢書》卷八八《儒林傳·周堪傳》：長安許商「善爲算，著《五行論曆》，四至九卿。」「九卿」指古時中央機構中九種高級官職。周以少師、少傅、少保、冢宰、司徒、宗伯、司馬、司寇、司空爲九卿。秦以奉常、郎中令、衛尉、太僕、廷尉、典客、宗正、治粟内史、少府爲九卿。漢改奉常爲太常、郎中令爲光禄勳、典客爲大鴻臚、治粟内史爲大司農。歷代因之。亦稱九寺。此爲中央行政機構之總稱。

〔三〕「金張」句：金：漢代金日磾。張：漢代張安世。七葉：七代也。金日磾與張安世，七代爲侍中常侍。晉·左思《詠史詩八首》之二：「世胄躡高位，英俊沈下僚。地勢使之然，由來非一朝。金張藉舊業，七葉珥漢貂。」

〔四〕「紈綺」句：紈，白色細絹；綺，細綾。紈綺謂貴者之服。《宋書》卷三《武帝紀下》：「上清簡寡欲，嚴整有法度，未嘗視珠玉輿馬之飾，後庭無紈綺絲竹之音。」錢起《送李兵曹赴河中》：「能荷鐘鼎業，不矜紈綺榮。」貂纓：用貂尾製成之冠飾。始於漢代武官。《後漢書·輿服志下·武冠》：「侍中、中常侍加黄金璫，附蟬爲文，貂尾爲飾，謂之『趙惠文冠』。」注：「貂紫蔚柔潤，而毛采不彰灼，故於義亦取。胡廣又曰：『意謂北方寒涼，本以貂皮暖頟，附施於冠，因遂變成首飾。』」

〔五〕汗馬：戰功。戰馬奔馳而出汗，故云。《史記》卷五三《蕭相國世家》：「功臣皆曰：『……今蕭何未嘗有汗馬之勞，徒持文墨議論，不戰，顧反居臣等上，何也？』」《漢書》卷五八《公孫弘傳》：「今臣愚駑，無汗馬之勞。」

〔六〕獻賦：作賦進獻，用以歌頌或諷諫。葛洪《西京雜記》卷三：「（司馬）相如將獻賦，未知所爲。」鮑照《從登香爐峰》：「慙無獻賦才，洗汙奉毫帛。」

〔七〕明經：通曉經書。《漢書》卷三六《楚元王傳附劉向傳》：太傅蕭望之、少傅周堪「薦更生宗室忠直，明經有行，擢爲散騎宗正給事中」。又卷七一《平當傳》：「以明經爲博士，公卿薦當議論通明，給事中。」

〔八〕「成都卜肆」三句：《漢書》卷七二《王貢兩龔鮑傳》序：「谷口有鄭子真，蜀有嚴君平，皆修身自保，非其服弗服，非其食弗食。成帝時，元舅大將軍王鳳以禮聘子真，子真遂不詘而終。君平卜筮於成都市……裁日閲數人，得百錢足自養，則閉肆下簾而授《老子》。博覽亡不通，依老子、嚴周之指著書十餘萬言……年九十餘，遂以其業終，蜀人敬愛，至今稱焉。及（揚）雄著書言當世士，稱此二人。其論曰：『……谷口鄭子真不詘其志，耕於巖石之下，名震於京師，豈其卿？豈其卿？……蜀嚴湛冥，不作苟見，不治苟得，久幽而不改其操，雖隋（隋侯珠也）、和（和氏璧也）何以加諸？』」

〔九〕寒灰炙手：《史記》卷一〇八《韓安國傳》：「（韓）安國坐法抵罪，蒙獄吏田甲辱安國。安國曰：『死灰獨不復然乎？』田甲曰：『然即溺之。』」李白《江夏贈韋南陵冰》：「愁來飲酒二千石，寒灰重暖生陽春。」杜甫《麗人行》：「炙手可熱勢絶倫，慎莫近前丞相嗔。」唐·崔顥《長安道》：「莫言炙手手可熱，須臾火盡灰亦滅。」

〔一〇〕竺乾：原爲印度的別稱，因我國佛教由印度傳入，因此也指佛。白居易《新昌新居書事四十韻因寄元郎中張博士》：「大底宗莊叟，私心事竺乾。」傅注：「佛教本自西竺乾天。」

〔一一〕「得無念」二句：傅注：「釋氏以滅五欲，故無念；以存四諦，故無名。」「無念」，謂無邪念。「無名」，謂無聲名。《史記》卷六三《老子傳》：「老子修道德，其學以自隱無名爲務。」

又　述懷①

清夜無塵。月色如銀〔一〕。酒斟時、須滿十分〔二〕。浮名浮利〔三〕，虚苦勞神②〔四〕。歎隙中駒〔五〕，石中火〔六〕，夢中身〔七〕。　雖抱文章〔八〕，開口誰親〔九〕。且陶陶〔一〇〕、樂盡天真〔一一〕。幾時歸去，作箇閑人〔一二〕。對一張琴〔一三〕，一壺酒〔一四〕，一溪雲〔一五〕。

【校勘】

① 傅本、元本無題。

②「虛」，二妙集、毛本作「休」。

【編年】

同前首。

【箋注】

〔一〕月色如銀：梁·戴暠《月重輪行》詩：「浮川疑讓璧，入戶類燒銀。」

〔二〕酒斟時須滿十分：斟酒滿盞謂「十分」。宋·鄭獬《觥記注》：「南海出龜同鶴頂杯酒船，以金銀爲之，內藏風帆十幅。酒滿一分，則一帆舉，飲乾一分，則一帆落，真鬼工也。」白居易《雪夜喜李郎中見訪兼酬所贈》詩：「十分滿盞黃金液，一尺中庭白玉塵。」

〔三〕浮名浮利：空虛的、飄浮不定的名利。《文選》卷二六謝靈運《初去郡》詩：「伊余秉微尚，拙訥謝浮名。」《後漢書》卷八三《逸民傳序》：「彼雖硜硜有類沽名者，然而蟬蛻囂埃之中，自致寰區之外，異夫飾智巧以逐浮利者乎！」

〔四〕勞神：耗損精神。《漢書》卷一〇〇《敘傳》下：「漢武勞神，圖遠甚勤。」唐·牟融《贈楊處厚》詩：「十年學道苦勞神，贏得尊前一病身。」

〔五〕隙中駒：《莊子·知北遊》：「人生天地之間，若白駒之過郤，忽然而已。」疏：「白駒，駿馬也，亦言日也。隙，孔也。夫人處世，俄頃之間，其爲迫促，如馳駿駒之過孔隙，欻忽而已，何曾足云也！」

〔六〕石中火：喻人生短暫。北齊·劉晝《新論·惜時》：「人之短生，猶如石火，炯然以過。」《文選》卷二六潘安仁《河陽縣作》詩：「頹如槁石火，瞥若截道飈。」注：「古樂府詩曰：鑿石見火能幾時。」

〔七〕夢中身：尹喜《關尹子·四符》：「知夫此身爲夢中身，隨情所見者，可以飛神作我而遊太清。」李白《春夜宴從弟桃花園序》：「浮生若夢，爲歡幾何。」

〔八〕文章：魏文帝《典論·論文》：「文章經國之大業，不朽之盛事。」杜甫《偶題》詩：「文章千古事，得失寸心知。」

〔九〕開口：猶言張口。《史記》卷七九《魏公子列傳》：侯生曰：「公子誠一開口請如姬，如姬必許諾。」誰親：《易·比》：「先王以建萬國，親諸侯。」疏：「親諸侯，謂爵賞恩澤而親友之。」誰親，猶誰愛也。

〔一〇〕陶陶：劉伶《酒德頌》：「無思無慮，其樂陶陶。」

〔一一〕天真：《莊子·漁父》：「禮者，世俗之所爲也。真者，所以受於天也，自然不可易也。故聖人法天貴真，不拘於俗。」疏：「真實之性，稟乎大素，自然而然，故不可改易也。」即謂超脱於禮俗的天然性情。王維《偶然作》詩六首其四：「陶潛任天真，其性頗耽酒。」

〔一二〕閒人：清閒無事之人。白居易《閑行》詩：「五十年來思慮熟，忙人應未勝閒人。」

〔一三〕一張琴：綦毋潛《過方尊師院》詩：「洞户逢雙履，寥天有一琴。」歐陽修《六一居士傳》：「有琴一張，有棋一局，而常置酒一壺。」

〔一四〕一壺酒：儲光羲《田家雜興》詩八首其二：「日與南山老，兀然傾一壺。」李白《月下獨酌》：「花間一壺酒，獨酌無相親。」

〔一五〕一溪雲：杜牧《湖南正初招李郢秀才》詩：「千里暮雲重疊翠，一溪寒水淺深清。」王安石《題臨安壁》詩：「梅殘數點雪，麥漲一溪雲。」

【參考資料】

明·沈際飛《草堂詩餘續集》卷下：「天趣浮出，如不經心手。」又：「説得英雄倏熱倏冷。」又：「『學士一肚皮不合時宜』，真相知。」

明·錢允治《類編箋釋續選草堂詩餘》卷下：「滿腹文章不知，滿腹不達時宜。東坡『開口誰親』句，自供也。」

清·陳廷焯《詞則·別調集》卷一：「看得破，説得透。」又：「恬淡中別具熱腸，是真名士。」

清·陳世焜《雲韶集》卷二：「胸襟灑落，真名士也。」

戚氏①

玉龜山〔一〕。東皇靈姥統群仙②〔二〕。絳闕岧嶢〔三〕，翠房深迥〔四〕，倚霏煙〔五〕。幽閒。志蕭然。金城千里鎖嬋娟〔六〕。當時穆滿巡狩〔七〕，翠華曾到海西邊〔八〕。風露明霽，鯨波極目〔九〕，勢浮輿蓋方圓〔一〇〕。正迢迢麗日〔一一〕，玄圃清寂〔一二〕，瓊草芊緜〔一三〕。　争解繡勒香韉〔一四〕。鸞輅駐蹕〔一五〕，八馬戲芝田〔一六〕。瑶池近〔一七〕、畫樓隱隱〔一八〕，翠鳥翩翩〔一九〕。肆華筵。間作脆管鳴絃③〔二〇〕。宛若帝所鈞天〔二一〕。稚顔皓齒④，緑髮方瞳〔二二〕，圓極恬淡高妍〔二三〕。　盡倒瓊壺酒〔二四〕，獻金鼎藥〔二五〕，固大椿年⑤〔二六〕。縹緲飛瓊妙舞〔二七〕，命雙成、奏曲醉留連。雲璈韻響瀉寒泉⑥〔二八〕。浩歌暢飲，斜月低河漢。漸綺霞⑦〔二九〕、天際紅深淺。動歸思、回首塵寰⑧。爛熳遊〔三〇〕、玉輦東還〔三一〕。杏花風、數里響鳴鞭。望長安路〔三二〕，依稀柳色，翠點春妍⑨。

【校勘】

① 吴本調下原有小注云：「此詞始終指意，言周穆王賓於西王母之事。」今據元本、朱本、龍本、曹本删。傅本存目缺詞。毛本調下注作「此詞詳叙穆天子西王母事，世不知所謂，遂謂非東坡作。李端叔跋

云：東坡在中山，燕席間，有歌《戚氏》調者，坐客言調美而詞不典，以請于公。公方觀《山海經》，即敘其事爲題，使妓再歌之。隨其聲填寫，歌竟篇就，纔點定五六字而已。」

②「姹」，原作「媿」，據朱本、龍本、曹本改。

③「脆」，原缺，據元本、朱本、龍本、曹本補。

④「顔」，毛本作「頭」。

⑤「盡倒」以下三句原屬下段。《詞律拾遺》卷八云：「諸體雙曳頭者，前兩段往往相對，獨此體不然。且第二段字數亦與第一段相懸。若以『盡倒瓊壺酒』三句屬第二段，則與第一段『正迢迢麗日』三句，上句五字下四字兩句對偶，正自相同。而『縹緲飛瓊』句，亦頗似换頭語。以文義考之，第一段説巡行，第二段説宴飲，第三段説歌舞，層次亦是井然也。」今據改。

⑥「瀉」，原作「寫」，據元本、二妙集、毛本改。

⑦「漸」下原重二「漸」字，據朱本、龍本、曹本删。「綺」，二妙集、毛本作「倚」。

⑧「首」，原作「兮」，據元本、朱本、龍本、曹本改。

⑨「春妍」，《能改齋漫録》卷一七引此詞作「秦川」，較勝。

【編年】

紹聖元年甲戌（一〇九四年）正月，作於定州。王文誥《蘇詩總案》卷三七：「紹聖元年甲戌正月，聞歌者歌《戚氏》，方論穆天子事，因依其聲，成《戚氏》詞。」案，宋·李之儀《姑溪居士集》卷三八、吴曾《能改齋漫録》卷一七，均謂東坡「元祐末」自禮部帥定州日，聞歌者歌《戚氏》，因依其聲，填《戚氏》詞。參見後附「參考資料」。孔《譜》據此編於元祐八年癸酉（一〇九三年）歲末。因次年甲戌四月改年號爲紹聖，故甲戌年（一〇九四年）的正月，既是元祐八年之歲末，又是紹聖元年的正月。孔《譜》與王《案》的編年兩不牴牾。今依王《案》，編甲戌正月。

【箋注】

〔一〕玉龜山：桓驎《西王母傳》：西王母者，九靈太廟龜山金母也，一號太虚九光龜臺金母元君。所居宫闕在龜山，春山茅君從西城王君，詣白玉龜臺，朝謁王母，求長生之道。

〔二〕「東皇靈姥」句：《西王母傳》：在昔道氣凝寂，湛體無爲，將欲啓迪玄功，化生萬物，先以東華至真之氣，化而生木公。木公生於碧海之上，芬靈之墟，以主陽和之氣，理於東方，亦號曰東王公焉。又以西華至妙之氣，化而生金母。金母生於神州伊川，生而飛翔，以主元毓，與東王公共理二氣而育養天地，陶鈞萬物矣。案：東皇即東王公，靈姥即西王母，相傳西王母是東皇的妻子，故云「東皇靈姥」。

〔三〕絳闕：晉·傅玄《雲中白子高行》：「陵陽子，來明意，欲作天與仙人遊。超登元氣攀日月，遂造天門將上謁，閶闔開，見紫微絳闕。」此指西王母的宫闕。岧嶢：高峻貌。梁簡文帝《三日侍皇太子曲水宴》詩：「層岑偃蹇，聳觀岧嶢。」

〔四〕翠房：用翡翠玉石修建的房子。東方朔《海内十洲記》：「碧玉之堂，瓊華之室，紫翠丹房，錦雲燭日，朱霞九光，西王母之所治也。」

〔五〕霏煙：煙雲繚繞的樣子。《隋書》卷一四《音樂志中·迎神奏高明樂辭》：「宸衛騰景，靈駕霏煙。」

〔六〕金城千里：杜光庭《墉城集仙録》：王母所居，有金城千里，玉樓十二。東方朔《海内十洲記》亦云：崑崙山有三角，「其一角有積金爲天墉城，而方千里，城上安金臺五所，玉樓十二所……西王母之所治也。」

〔七〕穆滿巡狩：晉·荀勖《穆天子傳序》：「其書言周穆王遊行之事。《春秋左氏傳》曰：穆王欲肆其心，周行於天下，將皆使有車轍馬迹焉。此書所載，則其事也。王好巡守，得驊騮騄耳之乘，造父爲御，以觀四荒，北絶流沙，西登崑崙，見西王母。」

〔八〕翠華：《漢書》卷五七司馬相如傳《上林賦》：「建翠華之旗，樹靈鼉之鼓。」注：「翠華之旗，以翠羽爲旗上葆也。」此指周穆王車駕。

〔九〕鯨波：劉禹錫《送源中丞充新羅册立使》詩：「煙開鼇背千尋碧，日落鯨波萬頃金。」

〔一〇〕輿蓋：指天地。王勃《山亭興序》：「裁二儀爲輿蓋，倚八荒爲户牖。」方圓：宋玉《大言賦》：

「方地爲車，圓天爲蓋。」

〔一一〕麗日：庾信《奉和夏日應令》詩：「朱簾捲麗日，翠幕蔽重陽。」

〔一二〕玄圃：《水經注·河水一》引《崑崙説》曰：「崑崙之山三級，下曰樊桐，一名板松；二曰玄圃，一名閬風；上曰增（層）城，一名天庭，是謂太帝之居。」

〔一三〕瓊草：徐彦伯《擬古三首》其一：「自傷瓊草緑，詎惜鉛粉紅。」張籍《靈都觀李道士》詩：「仙觀雨來静，遶房瓊草春。」芊緜：《説文》：「芊，草盛也。」謝靈運《山居賦》：「孤岸竦秀，長洲芊緜。」

〔一四〕繡勒：《説文》：「勒，馬頭絡銜也。」即帶嚼口的馬絡頭。任詢《庚辰十二月十九日雪詩》：「含嚬一笑競春妍，繡勒錦韉生羽翮。」香韉：《説文》：「韉，馬鞁具也。」又「鞁，車駕具也。」即托馬鞍的坐墊。韓偓《馬上見》詩：「自憐輸廄吏，餘煖在香韉。」

〔一五〕鑾輅：《文選》卷三張衡《東京賦》：「龍輅充庭。」李善注：「輅，天子之車也。」《禮記·月令》：孟春之月，「天子居青陽左个，乘鸞路（輅），駕蒼龍。」鄭玄注：「鸞路，有虞氏之車，有鸞和之節，而飾之以青，取其名耳。」駐蹕：天子停留下來。崔豹《古今注》卷上《輿服》：「警蹕，所以戒行徒也。周禮蹕而不警，秦制出警入蹕，謂出軍者皆警戒，入國者皆蹕止也。」案後因以稱蹕爲帝王車駕或行幸之處。《文選》卷五左太沖《吴都賦》：「於是弭節頓轡，齊鑣駐蹕。」

〔一六〕八馬：《穆天子傳》卷一：「天子之駿，赤驥、盜驪、白義、踰輪、山子、渠黄、華騮、緑耳。」又王嘉《拾遺記》卷三：「（周穆）王馭八龍之駿：一名絶地，足不踐土；二名翻羽，行越飛禽；三名奔霄，夜行萬里；四名超影，逐日而行；五名踰輝，毛色炳燿；六名超光，一形十影；七名騰霧，乘雲而奔；八名挾翼，身有肉翅。」二者所記不同。芝田：指仙人種芝草的地方。東方朔《海内十洲記・祖洲》：「東海祖洲，上有不死之草，生瓊田中，或名爲養神芝，其葉似菰苗，叢生，一株可活一人。」又：「方丈洲在東海中心，……仙家數十萬，耕田種芝草。」

〔一七〕瑶池：《穆天子傳》卷三：「乙丑，天子觴西王母于瑶池之上。」李商隱《瑶池》：「瑶池阿母綺窗開，黄竹歌聲動地哀。」

〔一八〕隱隱：《水經注・瀔水》：「其山重巒疊巘，霞舉雲高，連山隱隱，東出遼塞。」

〔一九〕翠鳥：此指西王母使者青鳥。《山海經・大荒西經》：「有三青鳥，赤首黑目，一名曰大鵹，一名少鵹，一名曰青鳥。」郭璞注：「皆西王母所使也。」宋・晁載之《續談助》卷三引《漢武故事》：「七月七日，上於承華殿齋。日正中，忽見有青鳥從西來。上問東方朔，朔對曰：『西王母暮必降尊像。』……有頃，王母至，乘紫車，玉女夾馭，戴七勝，青氣如雲，有二青鳥如鸞，夾侍王母傍。」（《四庫全書》本、《説庫》本《漢武故事》無此條。）

〔二〇〕脆管：白居易《霓裳羽衣歌和微之》：「清弦脆管纖纖手，教得霓裳一曲成。」此指管樂。

〔二二〕帝所鈞天：《穆天子傳》卷一：「觴天子於盤石之上，天子乃奏廣樂。」郭璞注：「《史記》云：趙簡子疾，不知人，七日而寤，曰：『我之帝所，甚樂，與百神遊於鈞天。廣樂九奏萬舞，不類三代之樂，其聲動心。』」《淮南子·天文訓》：「天有九野……中央曰鈞天。」

〔二三〕緑髮：李白《古風》其五：「中有緑髮翁，披雲卧松雪。」方瞳：眼睛瞳孔成方形。《南史》卷七六《陶弘景傳》：「仙書云：『眼方者壽千歲。』弘景末年，一眼有時而方。」王嘉《拾遺記》卷三：「惟有黄髮老叟五人，或乘鴻鶴，或衣羽毛，耳出於頂，瞳子皆方。」

〔二四〕圓極：何承天《上元嘉曆表》：「夫圓極常動，七曜運行。」恬淡：安静閒適，不慕榮利。《莊子·天道》：「夫虚静恬淡，寂寞無爲者，天地之平，而道德之至。」

〔二五〕瓊酒：崔融《嵩山啓母廟碑》：「餌膳則木蜜金膏，玉漿瓊酒。」

〔二六〕金鼎藥：《文選》卷一六江文通《别賦》：「守丹竈而不顧，鍊金鼎而方堅。」注：「鍊金鼎，鍊金爲丹之鼎也。」《抱朴子·金丹》：「服神丹令人壽無窮已，與天地相畢，乘雲駕龍，上下太清。」

〔二七〕大椿年：指長壽。《莊子·逍遥遊》：「上古有大椿者，以八千歲爲春，八千歲爲秋。」

〔二八〕「縹緲飛瓊」三句：班固《漢武帝内傳》：「王母乃命諸侍女王子登彈八琅之璈，又命侍女董雙成吹雲和之笙，石公子擊昆庭之金，許飛瓊鼓震靈之簧。」項斯《送宫人入道》詩：「願隨仙女董雙成，王母前頭作伴行。」

〔二八〕雲璈：古樂器名，即雲鑼。班固《漢武帝内傳》：「王母因授以五嶽真形圖，帝拜受俱畢，夫人自彈雲林之璈，歌步玄之曲。」《雲笈七籤》卷九七《太微玄清左夫人歌》：「西庭命長歌，雲璈乘虚彈。」

〔二九〕綺霞：猶言彩霞。謝朓《晚登三山還望京邑》詩：「餘霞散成綺，澄江静如練。」

〔三〇〕爛熳遊：放浪不羈之遊。白居易《代人贈王員外》詩：「静接殷勤語，狂隨爛熳遊。」

〔三一〕玉輦：丘遲《侍宴樂遊苑送徐州應詔》詩：「輕荑承玉輦，細竹藉龍騎。」此指周穆王所乘之車。東還：周穆王賓於西王母，因動歸思，欲回東方，故言。

〔三二〕「望長安路」三句：王維《送元二使安西》詩：「渭城朝雨浥輕塵，客舍青青柳色新。」唐求《題青城山范賢觀》詩：「苔鋪翠點仙橋滑，松織香梢古道寒。」王休清《清堂賦》：「公門沈沈兮晝静，里閈熙熙兮春妍。」此指伴歸之春色。

【參考資料】

宋·李之儀《姑溪居士文集》卷三八《跋戚氏》：「元祐末，東坡老人自禮部尚書以端明殿學士加翰林除侍讀學士，爲定州安撫使。開府延辟，多取其氣類。故之儀以門生從辟，而蜀人孫子發、實相與俱。於是海陵滕興公、温陵曾仲錫爲定倅。五人者，每辨色會於公廳，領所事竟，按前所約之地，窮日力盡歡而罷。或夜，則以曉角動爲期，方從容醉笑間，多令官妓隨意歌於坐側。各因其譜，即席賦詠。一日，歌者輒於老人之側，作《戚氏》，意將索老人之才於倉卒，以驗天下之所向慕者。老人笑而頷之。邂逅方論穆天子事，頗摘其虛誕，遂資以應之。隨聲隨寫，歌竟篇就，纔點定五六字爾。坐中隨聲擊節，終席不問他辭，亦不容別進一語。臨分，曰：『足以爲中山一時盛事，前固莫與比，而後來者未必能繼也。』方圖刻石以表之，而謫去，賓客皆分散。政和壬辰八月二十日夜，葛大川出此詞於寧國莊，姑溪居士李之儀書。」

宋·吴曾《能改齋漫録》卷一七：「東坡元祐末，自禮部尚書帥定州日，官妓因宴，索公爲《戚氏》詞。公方坐與客論穆天子事，頗訝其虛誕，遂資以應之。隨聲隨寫，歌竟篇就，才點定五六字。坐中隨聲擊節，終席不問它詞，亦不容別進一語。且曰：『足爲中山一時盛事。』」

宋·陸游《老學庵筆記》卷九：「東坡先生在中山作《戚氏》樂府詞最得意，幕客李端叔跋三百四十餘字，叙述甚備。欲刻石傳後，爲定武盛事，會謫去，不果，今乃不載集中。至有立論排詆，以爲非公作者，識真之難如此哉。」

宋·費袞《梁谿漫志》卷九：「予嘗怪李端叔謂東坡在中山，歌者欲試東坡倉卒之才，於其側歌《戚氏》，坡笑而頷之。邂逅方論穆天子事，頗摘其虛誕，遂資以應之，隨聲隨寫，歌竟篇就，纔點定五六字。坐中隨聲擊節，終席不問他辭，亦不容別進一語，臨分，曰：『足以爲中山一時盛事。』然予觀其詞，有曰：『玉龜山，東皇靈媲統群仙。』又云：『爭解繡勒香韉。』又云：『鑾輅駐蹕。』又云：『肆華筵。間作脆管鳴絃。宛若帝所鈞天。』又云：『盡倒瓊壺酒，獻金鼎藥，固大椿年。』又云：『浩歌暢飲。』『回首塵寰。爛熳遊、玉輦東還。』東坡御風騎氣，下筆真神仙語。此等鄙俚猥俗之詞，殆是教坊倡優所爲，雖東坡竈下老婢亦不作此語，而顧稱譽若此，豈果端叔之言邪？恐貽誤後人，不可以不辨。」

宋·陳振孫《直齋書録解題》卷二一：「《東坡詞》二卷。……集中《戚氏》，叙穆天子西王母事，世不知所謂，李端叔跋詳之。蓋在中山燕席間，有歌此闋者，坐客言調美而詞不典，以請於公。公方觀《山海經》，即叙其事爲題，使妓再歌之，隨其聲填寫，歌竟篇就，纔點定五六字而已。端叔時在幕府目擊，必不誣。或言非坡作，豈不見此跋耶？今坡詞多有刊去此篇者。」

金·元好問《東坡樂府集引》：「就孫（鎮）集録七十五首，遇語句兩出者，擇而從之。自餘『玉龜山』一篇，予謂非東坡不能作，孫以爲古詞删去之，當自别有所據，姑存卷末，以候更考。」

歸朝歡　和蘇堅伯固①

我夢扁舟浮震澤〔一〕。雪浪摇空千頃白。覺來滿眼是廬山〔二〕，倚天無數開青壁〔三〕。此生長接淅②〔四〕。與君同是江南客〔五〕。夢中遊，覺來清賞〔六〕，同作飛梭擲〔七〕。明日西風還掛席〔八〕。唱我新詞淚沾臆〔九〕。靈均去後楚山空〔一〇〕，澧陽蘭芷無顔色。君才如夢得〔一一〕。武陵更在西南極〔一二〕。竹枝詞〔一三〕，莫傜新唱③〔一四〕，誰謂古今隔〔一五〕。

【校勘】

①原有題解云：「公嘗有詩與蘇伯固，其序曰：昔在九江，與蘇伯固唱和，其略曰：『我夢扁舟浮震澤，雪浪横江千頃白。覺來滿眼是廬山，倚天無數開青壁。』蓋實夢也。然公詩復云：『扁舟震澤定何時，滿眼廬山覺又非。』」因非作者原序，删去。據元本補題。

②「淅」，原誤作「浙」，據諸本改。

③「傜」，原作「摇」，據傅本、元本、朱本、龍本、曹本改。

【編年】

紹聖元年甲戌（一〇九四年）七月，作於九江。王文誥《蘇詩總案》卷三七：甲戌閏四月告下，落端明殿學士兼翰林侍讀學士，依前左朝奉郎，知英州軍州事。又告下，降充左承議郎，仍知英州。又告下，合叙復日，不得與叙，仍知英州。六月告下，落左承議郎，責授建昌軍司馬，惠州安置。七月「達九江，與蘇堅泣别作《歸朝歡》詞。」

【箋注】

〔一〕震澤：《書·禹貢》：「三江既入，震澤底定。」傳：「震澤，吴南大（太）湖名。言三江已入，致定爲震澤。」案即今江蘇太湖。

〔二〕廬山：傳注：「《廬山記》曰：周威王時，有匡俗者，生而神靈，隱淪潛景，廬于此山，時人謂之匡君廬，故山因以取號。」

〔三〕倚天青壁：韓愈《酬司馬盧四兄雲夫院長望秋作》：「終南曉望蹋龍尾，倚天更覺青巉巉。」此形容廬山青巉，倚天壁立。

〔四〕接淅：《孟子·萬章下》：「孔子之去齊，接淅而行。」趙岐注：「淅，漬米也。」疏：「言孔子之去齊急速，但漬米，不及炊而行。」案蘇軾累遭貶謫，行色匆忙，故言「此生長接淅」。

〔五〕「與君」句：白居易《鄧州路中》詩：「不歸渭北村，又作江南客。」案「君」指蘇伯固。蘇軾貶知英州軍州事，旋又落左承議郎，責授建昌軍司馬，惠州安置；蘇伯固此時往澧陽，故言同是江南客。

〔六〕清賞：《晉書》卷四三《王戎傳》：王戎字濬沖，父名渾。阮籍與渾爲友，戎年十五，隨渾在郎舍。籍每適渾，俄頃輒去，過視戎，良久然後出。謂渾曰：「濬沖清賞，非卿倫也。共卿言，不如共阿戎談。」

〔七〕飛梭：寇準《和蒨桃》詩：「將相功名終若何，不堪急景似奔梭。人間萬事何須問，且向樽前聽豔歌。」

〔八〕掛席：《文選》卷一二木玄虛《海賦》：「於是候勁風，揭百尺，維長綃，挂帆席。」注：「隨風張幔曰帆，或以席爲之，曰帆席也。」謝靈運《遊赤石進帆海》詩：「揚帆采石華，挂席拾海月。」

〔九〕淚沾臆：淚流滿胸。杜甫《哀江頭》：「人生有情淚沾臆，江水江花豈無極。」

〔一〇〕「靈均」二句：謂屈原去後，無人再賦楚辭，蘭芷爲之失色。《離騷》：「皇覽揆余初度兮，肇錫余以嘉名：名余曰正則兮，字余曰靈均。」又：「蘭芷變而不芳兮，荃蕙化而爲茅。」《九歌·湘夫人》：「沅有茝（白芷）兮醴（澧）有蘭，思公子兮未敢言。」

〔一一〕夢得：《舊唐書》卷一六〇《劉禹錫傳》：禹錫字夢得，精於古文，善五言詩。坐王叔文黨，貶連州刺史，在道貶朗州司馬，地居西南夷。禹錫在朗州十年，唯以文章吟詠，陶冶情性。蠻俗好巫，每淫祠鼓舞，必歌俚辭。禹錫或從事於其間，乃以騷人之作，爲新辭以教巫祝，故武陵谿洞間夷歌，率多禹錫之辭也。

〔一二〕「武陵」句：顧祖禹《讀史方輿紀要》卷八〇《湖廣六·常德府》：武陵漢爲郡，隋平陳，廢郡改爲朗州（即今湖南常德市）。案蘇軾送伯固赴澧陽，即隋置之澧州（今湖南澧縣），唐宋因之。朗州在澧州西南，故言武陵更在西南極。

〔一三〕竹枝：《樂府詩集》卷八一《近代曲辭三》：「《竹枝》本出於巴渝。唐貞元中，劉禹錫在沅湘，以俚歌鄙陋，乃依騷人《九歌》作《竹枝》新辭九章，教里中兒歌之，由是盛於貞元、元和之間。禹錫曰：『竹枝，巴歈也。巴兒聯歌，吹短笛，擊鼓以赴節。歌者揚袂睢舞，其音協黃鐘之羽。

末如吴聲，含思宛轉，有淇濮之豔焉。』」

〔一四〕莫傜：古代少數民族，即今瑶族。《隋書》卷三一《地理志下》：「長沙郡又雜有夷蜒，名曰莫傜。自云其先祖有功，常免傜役，故以爲名。」劉禹錫《莫傜歌》：「莫傜自生長，名字無符籍。市易雜鮫人，婚姻通木客。星居占泉眼，火種開山脊。夜渡千仞谿，含沙不能射。」傜亦作徭。

〔一五〕「誰謂古今」句：謝靈運《七里瀨》詩：「誰謂古今殊，異代可同調。」此謂伯固有夢得之才，今往楚地，依騷人之旨作《竹枝》《莫傜》新詞，與夢得古今無隔，異代同調矣。

【參考資料】

宋・曾季貍《艇齋詩話》：「東坡詞中《歸朝歡》和蘇伯固者，爲送伯固往澧陽，故用『靈均』、『夢得』等事。今詞中但云和伯固，而不言往澧陽也。」

木蘭花令 宿造口聞夜雨寄子由、才叔①〔一〕

梧桐葉上三更雨〔二〕。驚破夢魂無覓處。夜涼枕簟已知秋〔三〕，更聽寒蛩促機杼〔四〕。
夢中歷歷來時路〔五〕。猶在江亭醉歌舞〔六〕。尊前必有問君人〔七〕，爲道別來心與緒。

【校勘】

① 元本無題。

【編年】

紹聖元年甲戌（一〇九四年）八月，作於造口。朱孝臧《東坡樂府》卷二：「案辛棄疾書江西造口壁詞，有『鬱孤臺下清江水』語，地當在贛州。詞爲南遷時作。」案：傅藻《東坡紀年録》云：東坡南遷，「紹聖元年甲戌八月七日入贛，過惶恐灘，作詩。十七日過虔州，作《鬱孤臺》。」故知此詞當作於紹聖元年八月。

【箋注】

〔一〕造口：又名皂口鎮，在今江西萬安縣西南六十里，有皂口溪，水自此入贛江。才叔：張庭堅，廣安軍人。元祐進士，徽宗時官至右正言。《宋史》卷三四六有傳。

〔二〕梧桐雨：温庭筠《更漏子》詞：「梧桐樹，三更雨，不道離情正苦。一葉葉，一聲聲，空階滴到明。」

〔三〕已知秋：宋・唐庚《文録》：「唐人有詩云：山僧不解數甲子，一葉落知天下秋。」（案：今《全唐詩》不載此詩句。）

〔四〕寒蛩：即蟋蟀。崔豹《古今注》卷中《魚蟲》：「蟋蟀，一名吟蛩。秋初生，得寒則鳴。」蛩通作蛬。《爾雅・釋蟲》：「蟋蟀，蛬。」邢昺疏：「蟋蟀，一名蛬，今促織也，亦名青蛪。」

〔五〕歷歷：清晰可見的樣子。劉長卿《江中對月》詩：「歷歷沙上人，月中孤渡水。」

〔六〕「猶在江亭」句：王文誥《蘇詩總案》卷三七：蘇軾取落二學士責知英州軍州事，途中曾「視子由於汝州」。吕本中《紫微詩話》：「紹聖初，蘇子由罷門下侍郎知汝州。」時蘇軾「往游龍興寺，至華嚴殿覩子由新修吴道子畫壁」。後「與子由別，遂行。」案：蘇軾與子由「江亭醉歌舞」當在此時。

〔七〕「尊前」二句：子由尊前倘若有人存問，可向他説我們別後朝夕不忘，夢中猶記的痛苦心情。必：假擬之辭，猶倘也，若也，如也。杜甫《丹青引贈曹將軍霸》詩：「將軍畫善蓋有神，必逢佳士亦寫真。」杜荀鶴《題會上人院》詩：「必能行大道，何用在深山。」心緒：隋·孫萬壽《遠戍江南寄京邑親友》詩：「心緒亂如絲，空懷疇昔時。」

浣溪沙①

幾共查梨到雪霜〔一〕。一經題品便生光〔二〕。木奴何處避雌黄〔三〕。北客有來初未識〔四〕，南金無價喜新嘗〔五〕。含滋嚼句齒牙香〔六〕。

【校勘】

① 此詞傳本、元本不載。

【編年】

紹聖元年甲戌（一〇九四年）九月，作於廣州。案：朱本、龍本此詞俱未編年，薛本編元豐五年壬戌。從曹本。曹云：「惟細玩下片『北客』及『南金』句，當係東坡謫惠途中，初抵廣州時，新嘗土産橘柑之作。龍本注南金，引毛傳：『南謂荆揚也』。編者以爲大謬。此南字，依宋代地理形勢，當爲廣州。詩集有《送沈逵赴廣南》之作，可爲東坡視廣州爲南之見證。至於金，則代表土産橘柑之黄色。考東坡於紹聖元年甲戌謫惠途中，九月間初到廣州，此詞必係當時作。今移編甲戌。」

【箋注】

〔一〕「幾共」句：謂橘柚和查梨同爲菓屬，共經雪霜，雖甘苦之味懸殊，但皆可於口。查梨：查也作樝、樝、柤。果名。宋・羅願《爾雅翼》卷一〇：「樝，似梨而色黄，其味酢澀。今人謂之榠樝，一曰蠻樝。」《莊子・人間世》：「夫柤、梨、橘、柚，果蓏之屬。」又《莊子・天運》：「故譬三皇五帝之禮義法度，其猶柤梨橘柚邪，其味相反，而皆可於口。」成玄英疏：「夫柤梨橘柚，甘苦味殊，至於噉嚼而皆可於口。」

〔二〕「一經題品」句：李白《上韓荆州書》：「一經品題，便作佳士」。題品：即品題，品評。屈原《九章・橘頌》：稱頌橘「受命不遷，生南國兮。深固難徙，更壹志兮。」「青黄雜糅，文章爛兮，精色内白，類可任兮。」此言橘受屈原贊譽，遂成貌美質潔之珍品，並爲志節專一者之榜樣。

〔三〕木奴：指柑橘。晉・習鑿齒《襄陽耆舊記》云：「李衡字叔平，襄陽人。習竺以女英習配之。漢末爲丹陽太守，衡每欲治家事，英習不聽，後密遣客十人，往武陵龍陽泛洲上作宅，種甘橘千株。臨死，敕兒曰：『汝母每怒吾治家事，故窮如是。然吾州里有千頭木奴，不責汝衣食，歲上匹絹，亦可足用耳。』」雌黄：晉・孫盛《晉陽秋》：「王衍能言，于意有不安者，輒更易之，時號口中雌黄。」案：此句謂柑橘本爲珍果，則被以「木奴」之名貶之。

〔四〕北客未識：宋・韓彦直《橘録》卷上《真柑》：「真柑在品類中最貴可珍……始霜之旦，園丁採以獻，風味照座，擘之則香霧噀人，北人未之識者。」此詞中「北客」爲作者自指。初到南國，不識本地土産之橘柑。

〔五〕南金：《詩・魯頌・泮水》有「大賂南金」。毛傳：「南謂荆揚也。」孔穎達疏：「荆揚之州於諸州最處南偏。又此二州出金。」此指南方出産的柑橘，猶如荆揚二州出産的金子，金光燦燦，實爲無價之寶。《橘録》卷上《金柑》：「金柑比他柑特小，其大者如錢，小者如龍目，色似金，肌理細瑩，圓丹可翫，噉者不削去金衣……歐陽文忠公《歸田録》載其香清味美，置之樽俎間，光彩灼爍，如金彈丸，誠珍果也。」這當是蘇軾初次嚐到金柑時的新鮮感受，極口稱贊。

〔六〕「含滋嚼句」句：含滋：指初到南國，喜新嚐金柑之美味。嚼句：指吟咏玩味而作此「詠橘」之詩章。橘甘詞妙，故齒牙生香。

又

詠橘

菊暗荷枯一夜霜。新苞綠葉照林光〔一〕。竹籬茅舍出青黃〔二〕。　香霧噀人驚半破〔三〕，清泉流齒怯初嘗〔四〕。吴姬三日手猶香〔五〕。

【編年】

紹聖元年甲戌（一〇九四年）九月，作於廣州。案：朱本、龍本此詞俱未編年，薛本編元豐五年壬戌，從曹本。曹云：「惟此詞與前首調韻俱同，又同賦橘柑事，援朱本類編例，今一併移編紹聖元年甲戌。又按陳繼儒序陳夢槐選本《蘇東坡全集》（卷四八）食柑詩云：『一雙羅帕未分珍，林下先嘗愧逐臣。露葉霜枝剪寒碧，金盤玉指破芳辛。清泉蔌蔌先流齒，香霧霏霏欲噀人。坐客殷勤爲收子，千奴一掬奈吾貧。』（此詩見《東坡七集·前集》卷一三、王文誥《蘇文忠公詩編注集成》卷二一，曹注以爲《七集》《集成》脱漏，誤。）此詩五六句，與此詞下片起次句類似，必係同時作。且此詞併可視爲此詩之隱括。從此詞次句，可證前首及此首移編甲戌之不妥。」案：《食柑》詩，王文誥《蘇文忠公詩編注集成》編元豐六年癸亥，時在黄州。疑誤。柑爲廣東特産，蘇軾食柑，應在初到廣州之時，據曹説，此詩亦應移編紹聖元年甲戌。

【箋注】

〔一〕新苞緑葉：沈約《園橘》詩：「緑葉迎霜滋，朱苞待霜潤。」

〔二〕竹籬茅舍：宋・王淇《梅》詩：「不受塵埃半點侵，竹籬茅舍自甘心。」青黄：屈原《橘頌》：「青黄雜糅，文章爛兮。」洪興祖注：「橘實初青，既熟則黄。」韓彦直《橘録》卷上《真柑》：「侍郎曾公之詞曰：滿樹葉繁枝重，綴青黄千百。」

〔三〕「香霧噀人」句：《韻會》：「噀，本作潠，噴水也。」此指橘子的清香氣味撲人。劉峻（孝標）《送橘啓》：「始霜之旦，采之風味照座，擘之香霧噀人。」此謂橘汁如泉，流齒牙間。

〔四〕清泉流齒：蘇軾《食柑》詩：「清泉簌簌先流齒，香霧霏霏欲噀人。」

〔五〕手猶香：《橘録》卷上《真柑》：「真柑在品類中最貴可珍……前太守參政李公賞柑之詩曰：忘機白鳥銜船過，堆案黄柑噀手香。」王安石《甘露歌》：「折得一枝香在手，人間應未有。」

又

紹聖元年十月十三日①，與程鄉令侯晉叔、歸善簿譚汲游大雲寺②〔一〕。野飲松下，設松黄湯③〔二〕，作此闋。余家近釀酒，名之曰「萬家春」〔三〕，蓋嶺南萬户酒也④

羅襪空飛洛浦塵〔四〕。錦袍不見謫仙人⑤〔五〕。攜壺藉草亦天真〔六〕。　玉粉輕黄千歲藥⑥〔七〕，雪花浮動萬家春⑦。醉歸江路野梅新〔八〕。

【校勘】

①題首原有「公舊序云」四字，據元本、朱本、龍本、曹本刪去。元本「月」下有「二」字。

②「譚」，原作「潭」，據傅本、元本、二妙集、毛本改。元本「游」上有「同」字。

③元本「設」上有「仍」字。

④原無「余」以下十七字，據傅本、元本、二妙集、毛本補。二妙集、毛本無「之曰」二字。

⑤「人」，毛本作「神」。

⑥「藥」，原作「蘂」，據毛本、朱本、龍本、《全宋詞》、曹本改。

⑦傅本此下兩句缺。

【編年】

紹聖元年甲戌（一〇九四年）十月，作於惠州。傅藻《東坡紀年録》：紹聖元年甲戌十月十三日游大雲寺作。

【箋注】

〔一〕「紹聖元年」至「大雲寺」：王文誥《蘇詩總案》卷三八：紹聖元年八月，「章惇、蔡卞、張商英等，以貶竄爲未足，復祖述羣小沈括輩之説，再肆攻擊。告下，落建昌軍司馬，貶寧遠軍節度副使，仍惠州安置。」「十月二日到，責授寧（遠）軍節度副使，惠州安置，不得簽書公事。」「十三日與侯晉叔、渾（譚）汲游大雲寺。」《元豐九域志》卷九《廣南東路》：梅州，轄「縣一。中，程鄉。」又：惠州，轄「縣四。中，歸善。緊，河源。中，博羅。下，海豐。」侯叔晉：嘉靖《廣東通志》卷五六《侯晉叔傳》：「字德昭，曲江人，登元豐八年進士。爲程鄉令。與蘇軾兄弟往還欵密，家藏二公墨帖甚富。」《蘇軾文集》卷五四《與程正輔書》之二二：「侯晉叔，實佳士，頗有文采氣節。恐兄不久歸闕，此人疑不當遺也。」譚汲：不詳。大雲寺：王文誥引《歸善縣志》云：「大雲寺在邑治西八十里。」

〔二〕松黄湯：《本草綱目·木部·松》：「松花即松黄，……酒服令輕身。」蘇轍《次韻毛君燒松花詩其二》：「餅雜松黄二月天，盤敲松子早霜寒。」

〔三〕萬家春：蘇軾釀製的酒，即嶺南萬户酒。《蘇軾詩集》卷三九《和陶己酉歲九月九日》詩：「持我萬家春，一酬五柳陶。」

〔四〕「羅襪空飛」句：曹植《洛神賦》：「凌波微步，羅襪生塵。」此句謂世上空留《洛神賦》，受壓抑的曹子建早已鬱鬱死去。

〔五〕「錦袍不見」句：傅注：「李白初至長安，賀知章見其文，歎曰：『子謫仙人也。』後供奉翰林，懇求還山，帝賜金放還。白浮游四方，嘗乘月與崔宗之自采石至金陵，著宫錦袍，坐舟中，旁若無人。」此句謂「著宫錦袍」譽爲謫仙人的李太白，今已不見。

〔六〕「攜壺藉草」句：謂不如飲酒優游，一任天真。《文選》卷一一孫興公《遊天台山賦》：「藉萋萋之纖草，蔭落落之長松。」注：「以草薦地而坐曰藉。」《莊子·漁父》：「真者，所以受於天也，自然不可易也。故聖人法天貴真，不拘于俗。」王維《偶然作》詩：「陶潛任天真，其性頗耽酒。」

〔七〕「玉粉輕黄」句：姚合《寄李羣玉》詩：「石脂稀勝乳，玉粉細於塵。」蘇軾《十拍子》詞：「玉粉旋烹茶乳，金虀新擣橙香。」玉粉指碾成粉狀的上品茶。傅注：「《廣志》曰：千歲老松子，色黄白，味似栗，可食，久服輕身。」此句謂品茶、飲酒、服食松子，是養生輕身之千歲良藥。

〔八〕江路野梅：見《減字木蘭花》（雲容皓白）注〔七〕引范成大《范村梅譜》。此係詞人隨意使用，非專指某一品種之梅。

西江月　詠梅①

馬趁香微路遠，沙籠月淡煙斜。渡波清徹映妍華。倒綠枝寒鳳掛〔一〕。　掛鳳寒枝綠倒，華妍映徹清波。渡斜煙淡月籠沙〔二〕。遠路微香趁馬。

【校勘】

①此詞諸本均未收，據《全宋詞》、曹本補。《全宋詞》此詞末注：「回文類聚卷四」。案：此爲上下片回文，别一格也。

【編年】

紹聖元年甲戌（一〇九四年）歲末，作於惠州。此詞朱本、龍本、石唐本、薛本俱未編年，從孫民説。案：這是一首別具一格上下片回文的詠梅詞，雖是遊戲文字，但意境美，文辭妙，不失爲佳作，可與同調《梅花》詞（玉骨那愁瘴霧）相參讀。孫民謂：詞言「倒緑枝寒鳳掛」，是説一種緑色小鳥倒挂在梅枝上。這是只有嶺南早春才有的新奇景象。蘇詩《十一月二十六日，松風亭下，梅花盛開》（見《詩集》卷三八）其二有「蓬萊宮中花鳥使，緑衣倒掛扶桑暾」之句，即指這種小鳥。作者自注：「嶺南珍禽有倒掛子，緑毛、紅喙，如鸚鵡而小，自東海來，非塵埃中物也。」細味本詞，是寫一次月夜賞梅經過，上述引詩亦然。詩寫村中梅花，詞唱路上梅花；詩寫日間梅，詞詠月下梅。二者合讀，恰爲一次賞梅的全過程。蘇軾當時暫居惠州嘉祐寺，距羅浮山有三、五十里，正當騎馬往返，故詞有「馬趁香微路遠」之句。據此，詩詞同詠一事，理應隨詩同編於紹聖元年。孫説見《遼寧大學學報》一九九四年第二期《關於十三首東坡樂府的編年》其十一。其説近是。

【箋注】

〔一〕「倒緑」句：見《西江月》（玉骨那愁瘴霧）注〔四〕。

〔二〕月籠沙：杜牧《泊秦淮》詩：「煙籠寒水月籠沙。」

臨江仙　惠州改前韻①〔一〕

九十日春都過了，貪忙何處追遊。三分春色一分愁。雨翻榆莢陣，風轉柳花毬〔二〕。

我與使君皆白首〔三〕，休誇年少風流。佳人斜倚合江樓〔四〕。水光都眼净〔五〕，山色總眉愁。

【校勘】

①此首吳本未收。傅本將下半闋附注於熙寧九年四月一日密州作同調詞之後。明刊全集、二妙集、毛本、《全宋詞》不載。據元本、朱本、龍本、曹本補。

【編年】

紹聖二年乙亥（一〇九五年）春，作於惠州。朱孝臧《東坡樂府》卷二：「案公以紹聖元年十月至惠州，此詞當是次年乙亥春作。」詞上片全用熙寧九年密州所賦同調詞之語，下片始寫惠州今日之情事，與惠守詹範共賞。

【箋注】

〔一〕惠州：王象之《輿地紀勝》卷九九《廣州東路·惠州》：「秦屬南海郡。漢平南越，復屬南海郡，今州即漢博羅縣之地也，晉、宋、齊因之。梁置梁化郡。隋平陳，置循州，煬帝改龍川郡。

唐平蕭銑，復置循州，惠州本循州之舊理也。……國朝平嶺南，地歸版圖，避仁廟諱，改曰惠州。」前韻：指熙寧九年四月一日同成伯、公謹遊密州邵家園所作之《臨江仙》詞。

〔二〕本詞上闋參看熙寧九年四月一日所作《臨江仙》詞上闋注。

〔三〕使君：指惠州太守詹範。明嘉靖本《惠大記》卷四《治略》：「詹範字器之，崇安人，紹聖間，知惠州。時兵荒之後，野多暴骨，範取而掩之，爲叢塚焉。」蘇軾《與徐得之書》之一四云：「詹使君，仁厚君子也，極蒙他照管，仍不輟攜具來相就。」白首：《蘇軾詩集》卷三九《和陶貧士七首》其六：「老詹亦白髮，相對垂霜蓬。」自注：「惠州太守詹範，字器之。」

〔四〕合江樓：《蘇軾詩集》卷四〇《遷居并引》：「吾紹聖元年十月二日，至惠州，寓居合江樓。是月十八日，遷於嘉祐寺。二年三月十九日，復遷於合江樓。三年四月二十日，復歸於嘉祐寺。」王象之《輿地紀勝》卷九九《廣南東路·惠州》：「合江樓，在郡之東二十步，東坡嘗居焉。」

〔五〕「水光」二句：蘇軾《次韻送張山人歸彭城》詩：「水洗禪心都眼净，山供詩筆總眉愁。」

蝶戀花 春景①〔一〕

花褪殘紅青杏小②〔二〕。燕子飛時③，緑水人家繞④。枝上柳綿吹又少〔三〕。天涯何處無芳草〔四〕。　牆裏鞦韆牆外道〔五〕。牆外行人，牆裏佳人笑。笑漸不聞聲漸悄。多情卻被無情惱。

【校勘】

①此詞傳本存目缺詞。元本無題。

②「小」，毛本作「子」。

③「飛」，二妙集、毛本注：「一作來。」

④「繞」，元本注：「一作曉。」

【編年】

紹聖二年乙亥（一〇九五年）春，作於惠州。案：朱本、龍本此詞俱未編年，曹本有注云：「細玩此詞上片之意境，與本集《滿江紅》『東武城南』之上片相似。而本詞下片之意境，復與本集《蝶戀花》『簾外東風交雨霰』之上片相似。以上二詞，俱作於熙寧九年丙辰密州任內。銘頗疑此詞亦係在密州所作，誌以待考。」宋人筆記所載此詞本事，均是蘇軾貶官惠州時事，如《冷齋夜話》云：「東坡《蝶戀花》詞云：『花褪殘紅青杏小……』東坡渡海（案，此處有誤。朝雲死於惠州，東坡渡海時已不在人世。『海』應爲『嶺』之訛），惟朝雲王氏隨行，日誦『枝上柳綿』二句，爲之流淚。病極，猶不釋口。東坡作《西江月》悼之。」（《叢書集成》本《冷齋夜話》無此條，見《歷代詩餘》卷一一五引）《林下詞談》亦云：「子瞻在惠州，與朝雲閒坐。時青女初至，落木蕭蕭，淒然有悲秋之意。命朝雲把大白，唱『花褪殘紅』。朝雲歌喉將囀，淚滿衣襟。子瞻詰其故，答云：『奴所不能歌，是「枝上柳綿吹又少，天涯何處無芳草」也。』子瞻翻然大笑曰：『是吾正悲秋，而汝又傷春矣。』遂罷。朝雲不久抱疾而亡。子瞻終身不復聽此詞。」（見《瑯嬛記》卷中、《青泥蓮花記》卷一下、《詞林紀事》卷五引）果如以上記載，則此詞當作於貶官惠州時。又詞中「天涯何處無芳草」之「天涯」，是蘇軾貶官嶺南時詩文中慣用詞語。另如紹聖二年在惠州所作《次韻正輔同遊白水山》詩云：「衹知楚越爲天涯，不知肝膽非一家。」紹聖四年惠州所作《次韻惠循二守相會》詩云：「且同月下三人影，莫作天涯萬里心。」故本詞中之「天涯」，亦非泛言，當指地處偏遠的惠州。基於上述分析，姑將此詞編紹聖二年春，以俟詳考。

【箋注】

〔一〕春景：這是一首寫春景的很有名的小詞。上片寫傷春：觸目紅花紛謝，柳綿日少，青杏初結，普天芳草，充滿了繁華易逝，「流水落花春去也」之意。下片寫傷情：借「多情卻被無情惱」的意象，寓有對朝廷一片痴心卻被貶官遠謫的惆悵，含蓄地表達出作者仕途坎坷、漂泊天涯的失落心情。

〔二〕花褪殘紅：花瓣落盡。白居易《微之宅殘牡丹》詩：「殘紅零落無人賞。」

〔三〕柳綿：柳絮。韓偓《寒食日重遊李氏園亭有懷》詩：「往年同在鶯橋上，見依朱闌詠柳綿。」

〔四〕「天涯何處無芳草」句：《離騷》：「何所獨無芳草兮，爾何懷乎故宇。」此謂春光已晚，芳草長遍天涯。

〔五〕「牆裏鞦韆」五句：張相《詩詞曲語辭匯釋》卷五：「惱，猶撩也……言牆裏佳人之笑，本出於無心情，而牆外行人聞之，枉自多情，却如被其撩撥矣。」又，卷一：「卻，猶倒也；僅也。」卻被：反被。唐・胡曾《漢宫》詩：「何事將軍封萬户，却令紅粉爲和戎。」

【參考資料】

清・馮金伯《詞苑萃編》卷一一引《東坡集》：「東坡製《蝶戀花》詞……常令朝雲歌之。雲唱至『柳綿』句，輒爲掩抑惆悵，如不自勝。坡問之，曰：『妾所不能竟者，「天涯何處無芳草」句也。』」（清・彭孫遹《詞藻》同）

宋・魏慶之《詩人玉屑》卷二一引《詞話》：「東坡《蝶戀花》詞……予得真本於友人處，『緑水人家遶』作『緑水人家曉』；『多情卻被無情惱』，蓋行人多情，佳人無情耳，此二字極有理趣，而『遶』與『曉』自霄壤也。」

明・沈際飛《草堂詩餘正集》卷二：「有燕子句，合用『繞』字，若『曉』字，少着落。」又：「枝上二句，斷送朝雲；一聲何滿子，腸斷李延年，正若是耳。」

明・楊慎批點《草堂詩餘》卷三：「『曉』字勝于『遶』字。『曉』字有味，『遶』字呆。可悟字法。」

明·俞彦《爰園詞話》:「古人好詞即一字未易彈,亦未易改。子瞻『緑水人家遶』,别本『遶』作『曉』,爲古今詞話所賞。愚謂『遶』字雖平,然是實景;『曉』字無皈着,試通詠全章便見。」(馮金伯《詞苑萃編》卷二一亦主此説。)

明·張綖《草堂詩餘别録》:「『燕子來時,緑水人家遶』二句,高妙有奇趣。後段『牆裏』、『牆外』之句,無甚思。」

清·王士禎《花草蒙拾》:「『枝上柳綿』,恐屯田(柳永)緣情綺靡,未必能過。孰謂坡但解作『大江東去』耶?髯直是軼倫絶群。」

清·先著《詞潔》卷二:「坡公於有韻之言,多筆走不守之憾。後半手滑,遂不能自由,少一停思,必無此失。」

清·王闓運《湘綺樓詞選續編》:「此(指後闋)則逸思,非文人所宜。」

清·黄蓼園《蓼園詞選》:「『柳綿』自是佳句,而次闋尤爲奇情四溢也。」

減字木蘭花　西湖食荔支①〔一〕

閩溪珍獻〔二〕。過海雲帆來似箭〔三〕。玉座金盤〔四〕。不貢奇葩四百年〔五〕。　輕紅釀白②〔六〕。雅稱佳人纖手擘。骨細肌香〔七〕。恰似當年十八娘③〔八〕。

【校勘】

①題原作「荔支」，據傅本、元本改。「支」，傅本作「子」。

②「釀」，元本作「釃」。

③「似」，元本作「是」。

【編年】

紹聖二年乙亥(一〇九五年)四月，作於惠州。案，此詞除《全宋詞》外，各本俱題作《西湖食荔支》。查《蘇軾詩集》卷三九有《四月十一日初食荔支》詩，乃紹聖二年乙亥在惠州作，而惠州亦有西湖，見《詩集》同卷《江月五首》引中「豐湖」下查注：「《名勝志》：惠州城西有石埭山，流泉濺沫若飛簾，其水瀉入於豐湖，即西湖也。」《初食荔支》詩云：「不知天公有意無，遣此尤物生海隅。」同年所作《荔支嘆》亦云：「我願天公憐赤子，莫生尤物爲瘡痏。」詩與此詞上片咏史之意吻合，因知此詞亦當作於乙亥四月惠州初食西湖荔支時。

【箋注】

〔一〕西湖：在惠州城西，又名豐湖。詳見編年。荔支：又作「荔枝」、「荔子」、「離支」。晉·嵇含《南方草木狀》卷下：「荔支樹，高五六丈餘，如桂樹，緑葉蓬蓬，冬夏榮茂，青華朱實，實大如鷄子，核黄黑似熟蓮，實白如肪，甘而多汁。」白居易《荔枝圖序》：「荔枝生巴峽間，樹形團團如帷蓋。葉如桂，冬青。華如橘，春榮。實如丹，夏熟。朵如蒲萄，核如枇杷，殼如紅繒，膜如紫綃。瓤肉瑩白如冰雪，漿液甘酸如醴酪。」蔡襄《荔枝譜·原本始》：「荔枝之於天下，唯閩粤、南粤、巴蜀有之。漢初，南粤王尉佗以之備方物，於是始通中國。」

〔二〕閩溪珍獻：隋煬帝《海山記》：「大業中，閩地貢五種荔枝。」

〔三〕「過海雲帆」句：傅注：「荔枝經日，則色香味俱變，必由海道以進者，欲速致也。」蘇軾《荔枝嘆》：「飛車跨山鶻橫海，風枝露葉如新採。」鶻，指海船。李白《行路難》三首其一：「長風破浪會有時，直挂雲帆濟滄海。」

〔四〕玉座金盤：杜甫《解悶》詩十二首其九：「先帝貴妃今寂寞，荔枝還復入長安。炎方每續朱櫻獻，玉座應悲白露寒。」《九家集注杜詩》趙云：「玉座應悲，「自楊妃死，今明皇見荔枝入貢追念而悲矣」。杜甫《自京赴奉先縣咏懷五百字》詩：「况聞内金盤，盡在衛霍室。」案此指楊妃盛荔枝金盤。

〔五〕「不貢奇葩」句：案自天寶末至宋紹聖中，三百五十年間，荔枝一直是貢品。此言「四百年」蓋取整數也。

〔六〕「輕紅釀白」二句：傅注：「殼輕紅而肉釀白也。」杜甫《宴戎州楊使君東樓》詩：「座從歌妓密，樂任主人爲。重碧拈春酒，輕紅擘荔枝。」仇注：「輕紅，荔色。」白居易《荔枝圖序》：「殼如紅繒，膜如紫綃，瓤肉瑩白如冰雪。」

〔七〕骨細肌香：蔡襄《荔枝譜》二《標尤異》：「香氣清遠，色澤鮮紫，殼薄而平，瓤厚而瑩，膜如桃花紅，核如丁香母，剥之凝如水精，食之消如絳雪，其味之至，不可得而狀也。」

〔八〕十八娘：蔡襄《荔枝譜》七《別種類》：「十八娘荔枝，色深紅而細長，時人以少女比之。俚傳閩王王氏，有女第十八，好噉此品，因而得名。」

殢人嬌　贈朝雲①〔一〕

白髮蒼顔〔二〕，正是維摩境界。空方丈〔三〕、散花何礙。朱脣筯點〔四〕，更髻鬟生菜②〔五〕。這些箇③，千生萬生只在〔六〕。　好事心腸〔七〕，着人情態〔八〕。閒窗下、斂雲凝黛。明朝端午，待學紉蘭爲佩〔九〕。尋一首好詩〔一〇〕，要書裙帶〔一一〕。

【校勘】

①題首原有「或云」二字，據二妙集、毛本删去。元本無題。

②「菜」，二妙集、明刊全集、毛本作「采」。龍本、曹本改作「彩」。

③「些」，原缺，據諸本補。

【編年】

紹聖二年乙亥（一〇九五年）五月，作於惠州。王文誥《蘇詩總案》卷三九：紹聖二年乙亥五月四日贈朝雲。

【箋注】

〔一〕朝雲：《蘇軾詩集》卷三八《朝雲詩·并引》：「予家有數妾，四五年相繼辭去，獨朝雲者，隨予南遷。因讀樂天集，戲作此詩。朝雲姓王氏，錢唐人。嘗有子曰幹兒，未期而夭云。」張邦基《侍兒小名録·朝雲》：「東坡先生侍妾曰朝雲，字子霞，姓王氏，錢塘人。敏而好義，事先生二十有三年，忠敬若一。生子遯，未朞而夭。」

〔二〕「白髮蒼顔」二句：蘇軾以超然無垢之維摩詰自喻。傅注：「《維摩詰經》：毗耶離城中，有長者名維摩詰。雖爲白衣，持奉沙門清净律行；雖處居家，不着三界；亦有妻子，常修梵行。」案維摩詰與釋迦同時，著名大乘居士，善於應機化導，爲佛典中現身説法、辯才無礙之代表人物。

〔三〕「空方丈」二句：以貶所所居之斗室喻維摩詰所居之方丈，以朝雲喻散花之天女。傅注：「維摩詰以一丈之室，能容三萬二千師子座，無所妨礙。室中有一天女，每聞説法，便現其身，即以天花散諸菩薩大弟子上。」《法苑珠林》卷三八《感通聖迹》：「以笏量基止，有十笏，故號方丈之室也。」方丈爲佛寺長老及主持説法之處。《維摩詰經·觀衆生品》：「時維摩詰室有一天女，見諸大人聞所説法，便現其身，即以天華散諸菩薩大弟子上：，華至諸菩薩即皆墮落，至大弟便著不墮。」案：朝雲奉佛，故以佛經中天女爲喻，與《朝雲詩》：「天女維摩總解禪」取喻相同。

〔四〕朱脣筯點：贊朝雲櫻桃小口。傅注：「筯點，言最小也。」意即脣若以筯點朱。

〔五〕髻鬟生菜：譽朝雲髮髻生輝。白居易《簡簡吟》詩：「玲瓏雲髻生菜樣，飄颻風袖薔薇香。」

〔六〕「千生萬生」句：謂朝雲姿容將千生萬生如故永存不忘，與《浣溪沙・端午》詞：「佳人相見一千年」意近，皆可見蘇軾對愛妾朝雲的敬慕之情。只在：猶云如故、總在。李萊老《謁金門》詞：「舊恨新愁都只在，東風吹柳帶。」

〔七〕好事心腸：稱頌朝雲品德。

〔八〕着人情態：張相《詩詞曲語辭匯釋》卷三：「着，猶接也；近也；切也。」着人情態「言有貼切人之情態。」韓偓《無題》詩：「宿飲愁縈夢，春寒瘦著人。」程垓《一絡索》詞：「小小腰身相稱，更着人心性。」

〔九〕「紉蘭爲佩」句：屈原《離騷》：「紛吾既有此内美兮，又重之以脩能。扈江離與辟芷兮，紉秋蘭以爲佩。」蘇軾以屈原既重内美又重脩能（態）的高潔精神贊美朝雲。

〔一〇〕尋一首好詩：指《浣溪沙・端午》詞。詳見該詞編年曹樹銘先生考證。

〔二〕要書裙帶：即書一首好詩於朝雲柳腰裙帶間。「要」同腰。文瑩《湘山野録》卷下《韓熙載事江南二主》：「嚴僕射續以位高寡學，爲時所鄙。……以熙載有才名，固請撰其父神道碑，苟欲稱譽取信於人。以珍貨幾萬緡，仍輟未勝衣一歌鬟質冠洞房者，爲濡毫之贈，意其獲盼，必可深諷。熙載納贈受姬，遂諾其請。文成，但叙譜裔品秩，及薨葬褒贈之典而已，無點墨道及續之事業者。續慊之，封還，尚冀其改竄。熙載亟以向所贈及歌姝悉還之。臨登車，止寫一闋於泥金雙帶，曰：『風柳摇摇無定枝，陽臺雲雨夢中歸。他年蓬島音塵斷，留取樽前舊舞衣。』」

浣溪沙　端午①〔一〕

輕汗微微透碧紈〔二〕。明朝端午浴芳蘭〔三〕。流香漲膩滿晴川〔四〕。　綵線輕纏紅玉臂〔五〕，小符斜挂緑雲鬟〔六〕。佳人相見一千年〔七〕。

【校勘】

① 傅本詞調、詞題及首二句缺。

【編年】

紹聖二年乙亥（一〇九五年）五月，作於惠州。按：朱本、龍本此詞俱未編年，從曹本。曹云：「惟本集《殢人嬌》贈朝雲『白髮蒼顔』一首下片末云：『明朝端午，待學紉蘭爲佩，尋一首好詩，要書裙帶。』細玩此詞，似即東坡當年所尋得之一首好詩。何也？因此詞末句『佳人相見一千年』，非朝雲莫克當之，且正應端午故事。今移編《殢人嬌》『白髮蒼顏』之後。」

【箋注】

〔一〕端午：《蘇軾詩集》卷四六《王氏（案即朝雲）生日致語口號》有「人中五日，知織女之暫來」等語，「人中五日」乃用《搜神記》卷一弦超與天上玉女智瓊的典故。智瓊與弦超結爲夫婦，後分離，每於三月三日、五月五日、七月七日、九月九日、旦、十五日輒下往來。《口號》專取「五日」，知朝雲生日當爲五月五日端午，蘇軾作此詞相賀。餘見《少年遊》（銀塘朱檻麴塵波）注〔一〕。

〔二〕輕汗：謝惠連《擣衣》詩：「微芳起兩袖，輕汗染雙題。」

〔三〕浴芳蘭：見《少年遊》（銀塘朱檻麴塵波）注〔三〕。

〔四〕流香漲膩：任昉《述異記》卷上：「吴故宫亦有香水溪，俗云西施浴處，人呼爲脂粉塘。吴王宫人濯粧於此，溪上源至今馨香。古詩云：安得香水泉，濯郎衣上塵。」杜牧《阿房宫賦》：「渭流漲膩，棄脂水也。」此言端午日以蘭湯沐浴的人多，所棄之脂水使晴川流香漲膩。

〔五〕綵線：宗懍《荆楚歲時記》：「五月五日……以五綵絲繫臂，名曰辟兵，令人不病瘟。」紅玉：喻少女膚色。劉歆《西京雜記》卷一：「趙后體輕腰弱，善行步進退，女弟昭儀不能及也；但昭儀弱骨豔肌，尤工笑語，二人并色如紅玉。」

〔六〕小符：《抱朴子·内篇》卷一五《雜應》：「或問辟五兵之道，答曰：『以五月五日，作赤靈符著心前。』」緑雲鬟：白居易《鹽商婦》詩：「緑鬟富去金釵多，皓腕肥來銀釧窄。」此言把小符掛在鬟上。

〔七〕佳人：案當指愛妾朝雲。見本詞編年曹樹銘考語。

又

端午①

入袂輕風不破塵②。玉簪犀璧醉佳辰〔一〕。一番紅粉爲誰新。　團扇只堪題往事③〔二〕，新絲那解繫行人④〔三〕。酒闌滋味似殘春。

【校勘】

①元本無題。

②「風」，傳本、元本作「飄」。

③「只」，元本作「不」。

④「新」，傳本作「柳」。

【編年】

紹聖二年乙亥（一〇九五年）端午，作於惠州。案：此詞朱本、龍本俱未編年。曹本編元豐七年甲子五月，作於揚州。云：「惟詩集有《廣陵後園題（王案有『申公』二字）扇子》。王案（卷二十四）改此詩題爲《廣陵後圃爲申公著題歌者團扇詩》，編在元豐七年甲子，與此詞合。今從詩集及王案移編甲子。」劉崇德《蘇詞編年考》則以爲紹聖二年端午爲朝雲而作。云：「此詞題爲『端午』，亦爲朝雲而作。朝雲的生日恰值五月五日。見蘇軾于惠州爲朝雲所作《王氏生日致語口號》：『人中五日，知織女之暫來；海上三年，喜花枝之未老。』『人中五日』是用《搜神記》中弦超與神女智瓊分離後，每于三月三日、五月五日、七月七日、九月九日、旦、十五日相會的故事。專取『五日』，知朝雲生日爲五月五朝端日，并有『玉簪犀璧醉佳辰』句。紹聖二年端午前一日所作贈朝雲《殢人嬌》中有『明朝端午，待學紉蘭爲佩，尋一首好詩，要書裙帶』句。蘇軾紹聖元年十一月所作《朝雲詩》有『舞衫歌扇舊因緣』句與此詞中『團扇不堪題往事』相合。朝雲于紹聖三年七月病逝于惠州，在惠州過兩個端午。紹聖三年有《王氏生日致語口號》相賀，此詞當爲紹聖二年爲朝雲賀生日而作。」今從劉說。

【箋注】

〔一〕玉簪：《韓非子》卷九《内儲説上・七術》：「周主亡玉簪，令吏求之，三日不能得也。」亦稱「玉搔頭」，葛洪《西京雜記》卷二「搔頭用玉」條：「武帝過李夫人，就取玉簪搔頭。自此後，宫人搔頭皆用玉，玉價倍貴焉。」犀璧：蘇軾《偶於龍井辯才處得歙硯甚奇作小詩》：「羅細無紋角浪平，半丸犀璧浦雲泓。」佳辰：指端午。

〔二〕團扇：圓形扇，亦稱宮扇。晉·桃葉《答王團扇歌三首》之三：「團扇復團扇，持許自障面。憔悴無復理，羞與郎相見。」

〔三〕新絲：指柳絲。傅注：「昔人贈别必折柳者，以取絲條留繫之意。」魏野《柳詩》：「映渡臨橋繞客亭，絲絲能繫别離情。」

賀新郎　夏景①〔一〕

乳燕飛華屋〔二〕。悄無人、桐陰轉午〔三〕，晚涼新浴。手弄生綃白團扇〔四〕，扇手一時似玉〔五〕。漸困倚、孤眠清熟〔六〕。簾外誰來推繡户，枉教人、夢斷瑶臺曲〔七〕。又卻是〔八〕，風敲竹。　石榴半吐紅巾蹙〔九〕。待浮花、浪蕊都盡〔一〇〕，伴君幽獨。穠豔一枝細看取，芳心千重似束。又恐被、秋風驚緑②〔一一〕。若待得君來向此，花前對酒不忍觸。共粉淚〔一二〕，兩簌簌。

【校勘】

①傅本、元本無題。毛本題序作「余倅杭日，府僚湖中高會，群妓畢集，惟秀蘭不來，營將督之再三，乃來。僕問其故，答曰：『沐浴倦卧，忽有扣門聲，急起詢之，乃營將催督也。整妝趨命，不覺稍遲。』時

府僚有屬意於蘭者，見其不來，恚恨不已，云：『必有私事。』秀蘭含淚力辯，而僕亦從旁冷語，陰爲之解，府僚終不釋然也。適榴花盛開，秀蘭以一枝藉手獻坐中，府僚愈怒，責其不恭。秀蘭進退無據，但低首垂淚而已。僕乃作一曲，名《賀新涼》，令秀蘭歌以侑觴，聲容妙絶，府僚大悦，劇飲而罷。」案朱本凡例云：毛本標題「闌入他人語意，多出宋人雜説。至《賀新郎》之營妓秀蘭，依託謬妄，並違詞中本旨。」毛本此詞題序，係據《古今詞話》改寫而成，不足取。

②「秋」，原作「西」，據諸本改。

【編年】

紹聖二年乙亥（一〇九五年）初夏，（或紹聖三年丙子初夏），作於惠州。案此詞寫作時間，衆説不一。一説是作者「守錢塘」時所寫，見楊湜《古今詞話》（胡仔《苕溪漁隱叢話》後集卷三九引）；又見孔《譜》引《艇齋詩話》；再見薛本。據此當作於元祐四年（一〇八九年）至元祐六年（一〇九一年）間。一説作於「倅杭日」，見毛本題序，據此當作於熙寧五年（一〇七二年）至熙寧七年（一〇七四年）間。一説作於作者南遷，愛妾朝雲卒後，即紹聖三年（一〇九六年）之後，見陳鵠《耆舊續聞》卷二。一説此詞表現一個女子孤獨、抑鬱之情懷，當作於作者貶官之後，但却未言哪次貶官，見中國社會科學院文學所編《唐宋詞選》。以上諸説，或前人已極言其謬，或語焉不詳，或論證不足。劉崇德《蘇詞編年考》對此詞編年提出新説，言之成理，暫依劉説。劉云：陳鵠指出此詞是東坡晚年南遷時所作，又云此説得之于晁以道（見《參考資料》）。這一説法值得注意。詞中所描繪的榴花盛開情景恰與五代詞人歐陽炯所寫嶺南風光相合。其《南鄉子》詞中就有「嫩草如烟，石榴花發海南天」的句子。又「浮花浪蕊」一語，本自韓愈《杏花》詩。《杏花》詩是韓愈寫他自己在貞元十九年曾「竄身嶺外，思歸京國。觸目浮花浪蕊，無非蠻鄉風景」的心境。「浮花浪蕊」，韓愈指「才開還落瘴霧中」的嶺南衆卉。蘇軾於榴花詞中用來反襯榴花能於嶺外的瘴霧蠻風中獨呈穠豔及其伴隨作者南遷之幽獨的芳心。然而以榴花爲蘇軾在嶺外的侍妾，并説此詞即爲其人而作，恐爲附會。實際上，隨蘇軾南遷并且獨存的侍妾并無名叫「榴花」的，而是朝雲。蘇軾自己説：「余家有數妾，四、五年相繼辭去，獨朝雲者隨余南遷。」（《朝雲詩引》）「自當塗聞命，便遣骨肉還陽羨，獨與幼子過及老雲并二老婢共吾過嶺。」（《與陳季常書》）上面提到的《朝雲詩》便是「美朝雲之獨留」而作。所謂「穠豔一枝細看取，芳心千重似束。又恐被、秋風驚緑」，「驚緑」當爲雙關語。表面説怕秋風使盛緑衰落，實際是怕時光流逝和人生坎坷會奪去這女子的美好青春。蘇軾在《送黄師是赴兩浙憲》詩中説「白首沈下吏，緑衣有公言」，「緑衣」即指朝雲。因之，詞中的「驚緑」，緑字又是實指。「手弄生綃白團扇，扇手一時似玉」句，……蘇軾晚年與朝雲詩詞中多及團扇事，此亦爲榴花詞是爲朝雲而作的又一個證明。詞中又有「枉教人夢斷瑶臺曲」句，寫那女子夢入仙境。這與作者於紹聖三年所寫《王氏生日致語口號》中「人中五日，知織女之暫來」，以及悼朝雲的《西江月》「玉骨哪愁瘴霧，冰肌自有仙風」，皆以仙人喻朝雲，爲同一手法。全詞既寫女子的孤芳，而「待浮花浪蕊都盡，伴君幽獨」更是贊美朝雲的堅貞品格。蘇軾晚年落魄，因而「數妾四、五年相繼辭去」。蘇軾固甘於「老我所老，自我幽獨」，而朝雲却獨隨南遷，二十三年「忠敬如一」，更爲難能可貴。故此詞當作於紹聖二年（或三年）初夏。

【箋注】

〔一〕此詞是作者爲愛妾朝雲作。上闋寫朝雲所居之幽僻和初夏困卧的形象，下闋借詠榴花比況朝雲。詠物擬人，合二而一，全篇出以比興，既寫朝雲的孤芳高潔，更贊美朝雲的堅貞品格，托意高遠。

〔二〕乳燕華屋：杜甫《題省中壁》詩：「落花遊絲白日静，鳴鳩乳燕青春深。」曹植《野田黄雀行》：「生存華屋處，零落歸山丘。」案燕子喜於雕梁畫棟間築巢，小燕學飛正是初夏景象。

〔三〕桐陰轉午：劉禹錫《晝居池上亭獨吟》詩：「日午樹陰正，獨吟池上亭。」案夏日陰下可納涼，午時樹影正當中。

〔四〕白團扇：《樂府詩集》卷四五《團扇郎》：「《古今樂録》曰：《團扇郎歌》者，晉中書令王珉，捉白團扇與嫂婢謝芳姿有愛，情好甚篤。嫂捶撻婢過苦，王東亭聞而止之。芳姿素善歌，嫂令歌一曲當赦之。應聲歌曰：『白團扇，辛苦五流連。是郎眼所見。』珉聞，更問之：『汝歌何遺？』芳姿即改云：『白團扇，憔悴非昔容，羞與郎相見。』」案蘇軾晚年與朝雲詩詞中多及團扇事，此即其一。他如《朝雲詩》：「舞衫歌扇舊因緣。」《浣溪沙·端午》：「團扇不堪題往事」云云。

〔五〕扇手似玉：《世説新語》下卷上《容止》：「王夷甫容貌整麗，妙於談玄，恒捉白玉柄麈尾，與手都無分別。」

〔六〕清熟：此謂安静地熟睡。

〔七〕「夢斷瑶臺」句：《離騷》：「望瑶臺之偃蹇兮，見有娀之佚女。」曲：深曲之處。此寫朝雲夢入仙境，不意被風驚破。

〔八〕「又卻是」二句：卻是：猶正是。李商隱《有感》詩：「非關宋玉有微詞，卻是襄王夢覺遲。」風敲竹：李益《竹窗聞風寄苗發司空曙》詩：「開門復動竹，疑是故人來。」

〔九〕石榴紅巾：白居易《題孤山寺山石榴花示衆僧》詩：「山榴花似結紅巾，容豔新妍占斷春。」此以摺皺的紅巾比喻半開的石榴花。

〔一〇〕「待浮花」二句：韓愈《杏花》詩：「浮花浪蕊鎮長有，才開還落瘴霧中。」此以初夏之時，百花零落，榴花獨芳，比喻蘇軾晚年數妾相繼辭去，獨朝雲「伴君幽獨」，隨軾南遷，二十三年，「忠敬如一」，堅貞品德，難能可貴。

〔二〕秋風驚緑：皮日休《石榴歌》：「蟬噪秋枝槐葉黄，石榴香老愁寒霜。」謂秋風摇落，不但千紅已盡，亦萬緑將消。表面感慨榴花，實際是爲朝雲弱質而擔憂，怕時光流逝，青春難再。情義深長，體貼入微。

〔三〕「共粉淚」二句：李端《妾薄命》：「惟餘壞粉淚，未免映衫勾。」元稹《連昌宫詞》：「又有牆頭千葉桃，風動落花紅蔌蔌。」榴花紛落似朝雲蔌蔌粉淚，朝雲粉淚如落花蔌蔌，朝雲、榴花，人、物交融，故曰「共」，曰「兩」。

【參考資料】

一、關於此詞主旨，衆説紛紜，今摘録於下：

（一）爲官妓秀蘭作

宋·胡仔《苕溪漁隱叢話·後集》卷三九引《古今詞話》云：「蘇子瞻守錢塘，有官妓秀蘭，天性黠慧，善于應對。湖中有宴會，群妓畢至，惟秀蘭不來。遣人督之，須臾方至。子瞻問其故，具以『髮結沐浴，不覺困睡，忽有人扣門聲，急起而問之，乃樂營將催督之，非敢怠忽，謹以實告。』子瞻亦恕之。坐中倅車，屬意于蘭，見其晚來，恚恨未已，責之曰：『必有他事，以此晚至。』秀蘭力辯，不能止倅之怒。是時，榴花盛開，秀蘭以一枝藉手告倅，其怒愈甚。秀蘭收淚無言。子瞻作《賀新涼》以解之，其怒始息。其詞曰（略）。子瞻之作，皆紀目前事，蓋取其沐浴新涼，曲名《賀新涼》也。後人不知之，誤爲《賀新郎》，蓋不得子瞻之意也。子瞻真所謂風流太守也，豈可與俗吏同日語哉！」

（二）爲侍妾榴花作

宋·陳鵠《耆舊續聞》卷二：「陸辰州子逸，左丞農師之孫，太傅公之玄孫也。……公嘗謂余曰：『曾看東坡《賀新郎》詞否？』余對以世所共歌者。公云：『東坡此詞，人皆知其爲佳，但後攧用榴花事，人少知其意。某嘗於晁以道家見東坡真蹟，晁氏云：東坡有妾名曰朝雲、榴花，朝雲死於嶺外，東坡嘗作《西江月》一闋，寓意於梅，所謂「高情已逐曉雲空」是也。惟榴花獨存，故其詞多及之。觀「浮花浪蕊都盡，伴君幽獨」，可見其意矣。』」又云：「曩見陸辰州，語余以《賀新郎》詞用榴花事，乃妾名也。退而書其語，今十年矣，亦未嘗深考。近觀顧景藩續注，因悟東坡詞中用『白團扇』、『瑶臺曲』，皆侍妾故事。按晉中書令王珉好執白團扇，婢作《白團扇歌》以贈珉。又《唐逸史》，許渾暴卒復悟，作詩云：『曉入瑶臺露氣清，座中惟見許飛瓊。塵心未盡俗緣重，千里下山空月明。』復寢，驚起，改第二句，云：『昨日夢到瑶池，飛瓊令改之，云不欲世間知有我也。』按《漢武帝内傳》所載董雙成、許飛瓊，皆西王母侍兒，東坡用此事，迺知陸辰州得榴花之事於晁氏爲不妄也。《本事詞》載榴花事極鄙俚，誠爲妄誕。」

（三）爲愛妾朝雲作

今人劉崇德《蘇詞編年考》云：「全詞既寫女子的孤芳，更是贊美朝雲的堅貞品格。」（詳見本詞編年。）

（四）寫君臣遇合之難

宋·項安世《項氏家説》卷八「東坡長短句」條：「蘇公『乳燕飛華屋』之詞，興寄最深，有《離騷經》之遺法，蓋以興君臣遇合之難，一篇之中，殆不止三致意焉。瑶臺之夢，主恩之難常也。幽獨之情，臣心之不變也。恐西風之驚緑，憂讒之深也。冀君來而共泣，忠愛之至也。其首尾布置，全類《邶·柏舟》。或者不察其意，多疑末章專賦石榴，似與上章不屬，而不知此篇意最融貫也。」

（五）托意寄興説和寫景説

宋·胡仔《苕溪漁隱叢話·後集》卷三九引《古今詞話》所云「蘇子瞻守錢塘，有官妓秀蘭，爲其作《賀新涼》詞」之説後，評論如下：「苕溪漁隱曰：野哉，楊湜之言，真可入《笑林》！東坡此詞，冠絶古今，托意高遠，寧爲一娼而發邪？『簾外誰來推繡户，枉教人，夢斷瑶臺曲。又卻是，風敲竹』，用古詩『捲簾風動竹，疑是故人來』之意；今乃云『忽有人叩門聲，急起而問之，乃樂營將催督』，此可笑者一也。『石榴半吐紅巾蹙，待浮花浪蕊都盡，伴君幽獨。濃豔一枝細看取，芳心千重似束』，蓋取夏之時，千花事退，榴花獨芳，因以中（申）寫幽閨之情，今乃云

『是時榴花盛開，秀蘭以一枝藉手告倅，其怒愈甚』，此可笑者二也。此詞腔調寄《賀新郎》，乃古曲名也，今乃云『取其沐浴新涼，曲名《賀新涼》，後人不知之，誤爲《賀新郎》』，此可笑者三也。《詞話》中可笑者甚衆，姑舉其尤者。第東坡此詞，深爲不幸，横遭點汙，吾不可無一言雪其恥。」

宋・曾季貍《艇齋詩話》：「東坡《賀新郎》在杭州萬頃寺作。寺有榴花樹，故詞中云『石榴』。又是日有歌者晝寢，故詞中云『漸困倚孤眠清熟』。其真本云『乳燕棲華屋』，今本作『飛』字，非是。」

明・沈際飛《草堂詩餘正集》卷六：「凡作詞或具深衷，或即時事，工與不工，則作手之本色，自莫可掩。《賀新涼》一解，苕溪正之誠然，而爲秀蘭非爲秀蘭，不必論也。兩家紛然，子瞻在泉，不笑其多事耶？」

明・潘游龍《精選古今詩餘醉》卷五：「此坡咏夏景也。《古今詞話》云坡守錢塘，爲妓秀蘭作《賀新涼》，以解府倅之怒者，苕溪一一正之，誠是。至於爲秀蘭非爲秀蘭，可不必論，假使坡老有靈，當必發一大噱，以爲兩家解紛矣。蓋詞到高絶處，真無所不可。」

明・李攀龍《新刻題評名賢詞話草堂詩餘》卷四：「坡公此詞冠絶古今，苕溪之論誠矣。楊湜謂其爲風流太守，豈虚語哉？但其以《賀新郎》而改爲《賀新涼》，乃係臆見，似未可從也。」

清・丁紹儀《聽秋聲館詞話》卷一一：「《賀新郎》調一百十六字，或名《賀新涼》，或名《乳燕飛》，均因東坡詞而起。其詞寄托深遠，與咏雁《卜算子》云云，同一比興。乃楊湜詞話謂爲酒間召妓，鋪叙實事之作，謬妄殊甚。」又云：「詞計一百十五字，竊意『若待得君來向此』下直接『花前對酒不忍觸』，語氣未洽，必係『花前』上脱一字。雖韓淲詞此句亦僅七字，恐同一殘缺，非全本也。其『蕊』字乃以上作平，與『兩簌簌』句中『簌』字以入作平同。」

二、對於本詞的校注箋評

宋・趙彦衛《雲麓漫鈔》卷四：「版行東坡長短句《賀新郎》詞云『乳燕飛華屋』，嘗見其真蹟乃『棲華屋』；《水調歌頭》詞版行者末云『但願人長久』，真蹟云『但得人長久』，以此知前輩文章爲後人妄改亦多矣。」

清・永瑢等《四庫全書總目提要》卷一九八：「趙彦衛《雲麓漫鈔》辨《賀新涼》詞，版本『乳燕飛華屋』句，真蹟『飛』作『棲』；《水調歌頭》版本『但願人長久』句，真蹟『願』作『得』，指爲妄改古書之失。然二字之工拙，皆相去不遠。前人著作，時有改定，何以定以真蹟爲斷乎？晉此刻（案指毛晉刻《東坡詞》一卷本）不取洪（邁）、趙（彦衛）之説，則深爲有見矣。」（清・胡薇元《歲寒居詞話》亦云「飛」改「棲」，「願」改「得」，「皆不如不改之妙」。）

元・吴師道《吴禮部詞話》：「東坡《賀新郎》詞『乳燕飛華屋』云云，後段『石榴半吐紅巾蹙』以

下皆詠榴，……別一格也。」（又見明楊慎《詞品》卷三「東坡《賀新郎》詞」條）

明·沈際飛《草堂詩餘正集》卷六：「本詠夏景，至换頭單説榴花。高手作文，語意到處即爲之，不當限以繩墨。」又云：「榴花開榴花謝，似芳心共粉淚，想像、詠物妙境。」

清·王又華《古今詞論》引毛稚黄語：「前半泛寫，後半專叙，蓋宋詞人多此法。如子瞻《賀新涼》後段只説榴花；《卜算子》後段只説鴻雁；周清真《寒食詞》後段只説邂逅，乃更覺意長。」

清·沈雄《古今詞話·詞品》卷上引劉體仁語：「换頭處不欲全脱，不欲明黏，能如畫家開闔之法，一氣而成，則神味自足，有意求之不得也。宋人多於過變處言情，然其氣已全于上段矣，另作頭續，便不成章。至如東坡《賀新郎》『乳燕飛華屋』，其换頭『石榴半吐』，皆咏石榴；《卜算子》『缺月掛疏桐』，其换頭『縹緲孤鴻影』，皆咏鴻，又一變也。」

清·周濟《介存齋論詞雜著》：「北宋有無謂之詞以應歌，南宋有無謂之詞以應社。然美成《蘭陵王》、東坡《賀新涼》，當筵命筆，冠絶一時。碧山《齊天樂》之詠蟬，玉潛《水龍吟》之詠白蓮，又豈非社中作乎？故知雷雨鬱蒸，是生芝菌；荆榛蔽芾，亦産蕙蘭。」

清·譚獻《譚評詞辨》卷二：「頗欲與少陵《佳人》一篇互證。下闋别開異境，南宋惟稼軒有之，變而近正。」

清·陳世焜《雲韶集》卷二：「情節相生，筆致婉曲。東坡筆墨自有東坡心事。」又云：「此中大有怨情，但怨而不怒，哀而不傷。詞骨詞品，高絶卓絶。」

清·黄蓼園《蓼園詞選》：「前一闋是寫所居之幽僻，次闋又借榴花以比此心蘊結，未獲達于朝廷，又恐其年已老也。末四句是花是人，婉曲纏綿，耐人尋味不盡。」

蝶戀花　同安君生日放魚，取《金光明經》救魚事①〔一〕

泛泛東風初破五〔二〕。江柳微黄，萬萬千千縷〔三〕。佳氣鬱葱來繡户〔四〕。當年江上生奇女。　一琖壽觴誰與舉〔五〕。三個明珠，膝上王文度。放盡窮鱗看圉圉〔六〕。天公爲下曼陀雨〔七〕。

【校勘】

①傅本、元本不載。題原無「君」字，據朱本、龍本、曹本補。

【編年】

紹聖三年丙子（一〇九六年）正月，作於惠州。案：朱本、龍本此詞俱未編年，從曹本。曹云：「考同安君於元祐八年癸酉八月一日歿於京師。同年九月杪，東坡即赴定州任所。翌年閏四月，奉命落兩學士職，赴英州途中，副復改赴惠州貶所。紹聖二年八月一日過在惠州書《金光明經》，以資母福。東坡爲之作跋，見本集《書金光明經後》。又案本集《與程正輔提刑》二十四首之第十五及十六，東坡向程氏及子由緣化，合力購建惠州海惠寺院旁之放生池，見王案（卷三十九）。以時考之，正在此詞前數月。似此放生池完成之日，即東坡放魚爲同安君生日資福之時。今移編紹聖三年丙子。」又，據首句，當作於丙子正月。

【箋注】

〔一〕同安君：蘇轍《東坡先生墓誌銘》：「公娶王氏，追封通義郡君，繼室以其女弟，封同安郡君，亦先公而卒。」《蘇軾文集》卷六六《書金光明經後》：「同安郡君王氏諱閏之，字季章，享年四十有六。以元祐八年八月一日，卒于京師。」生日放魚：佛家以不殺生爲善舉，梁武帝信佛，首置放生池。唐肅宗乾元二年通命境内臨江之地各置放生池，凡八十一所。生日放魚則緣起於《金光明經》。《金光明經》卷四《流水長者子品第十六》：「時，長者子遂隨逐，見有一池，其水枯竭，于其池中多有諸魚。時長者子見魚已，生大悲心。時有樹神示現半身，作如是言：『善哉善哉，大善男子！此魚可愍，汝可與水。』……爾時流水長者子至大王所，作如是言：『我爲大王國土人民治種種病，漸漸游行至彼空澤，見有一池，其水枯涸，有十千魚爲日所曝，今日困厄，將死不久。惟願大王借二十大象，令得負水濟彼魚命，如我與諸人壽命。』爾時大王即敕大臣速即供給。……水遂彌滿，還如本時。」

〔二〕泛泛東風：猶言無邊東風。《莊子·秋水》：「泛泛乎其若四方之無窮，其無所畛域。」破五：陰曆正月初五日。清·富察敦崇《燕京歲時記》：「初五日謂之破五。破五之内，不得以生米爲炊，婦女不得出門。至初六日，則王妃貴主以及各宦室等，冠帔往來，互相道賀。新嫁女子，亦于是時歸寧。春日融和，春泥滑撻，香車繡幰，塞巷填衢，而闤闠諸商，亦漸次開張貿易矣。」

〔三〕萬千縷：牛嶠《楊柳枝》詞：「吴王宫裏色偏深，一簇纖條萬縷金。」

〔四〕「佳氣鬱葱」二句：謂同安君當年出生時有祥瑞光彩入户。《後漢書》卷一《光武帝紀論》：「望氣者蘇伯阿爲王莽使至南陽，遥望見春陵郭，唶曰：『氣佳哉！鬱鬱葱葱然。』」案王閏之四川青神人，青神濱臨岷江，故稱「江上生奇女」。

〔五〕「壽觴誰舉」三句：謂有三子爲同安君舉杯上酒。《文選》卷一六潘安仁《閑居賦》：「壽觴舉，慈顔和。」《梁書》卷四一《劉孺傳》：「孺幼聰敏，七歲能屬文……叔父瑱爲義興郡，攜以之官，常置坐側，謂賓客曰：『此兒吾家之明珠也。』」三個明珠指蘇邁、蘇迨、蘇過，閏之皆視同己出，愛若明珠。《蘇軾文集》卷六三《祭亡妻同安郡君文》：「（同安郡）婦職既修，母儀甚敦。三子如一，愛出於天。」《晉書》卷七五《王述傳》：「述，字懷祖，子坦之。」「述愛坦之，雖長大，猶抱置膝上……坦之字文度。」詳《虞美人》（歸心正似三春草）注〔五〕。案此以王文度喻三個愛子。

〔六〕「放盡窮鱗」句：謂放盡困厄之魚于放生池中，看其圉圉焉。《孟子・萬章》上：「昔者有饋生魚於鄭子產，子產使校人畜之池。校人烹之，反命曰：『始舍之，圉圉焉；少則洋洋焉；攸然而逝。』」趙岐注：「圉圉，魚在水羸劣之貌。」即困而未舒展的樣子。《蘇軾文集》卷五四《與程正輔書》之二三：「（海會寺）院旁有一陂，詰曲羣山間，長一里有餘。意欲買此陂，稍加葺築，作一放生池。囊中已竭，輒欲緣化。老兄及子由齊出十五千足，某亦竭力共成此事。所活鱗介，歲有數萬矣。」又《書》之二四：「此中湖魚之利，下塘常爲啓閉之所，歲終竭澤而取，略無脱者。今若作放生池，但牢築下塘，永不開口，水漲溢，即聽其自在出入，則所活不貲矣。」或當時就在此放生池中放魚，爲同安君資福。

〔七〕曼陀雨：《阿彌陀經》：「彼佛國土常作天樂，黄金爲地，晝夜六時，天雨曼陀羅華。」案《金光明經》載流水長者子救魚後，受得天神獎勵。一次他睡眠，「是大千天子以十千真珠、天妙瓔珞置其頭邊，復以十千置其足邊，復以十千置其右肋邊，復以十千置其左肋邊，雨曼陀羅華、摩訶曼陀羅華，積至于膝。」唐・盧仝《觀放魚歌》：「天雨曼陀羅華深没膝，四十千珍珠瓔珞堆高樓。」「曼陀羅」，花名，亦稱「風茄兒」，夏季開花，花冠漏斗狀，白色。佛經名爲「適意」、「白花」。

三部樂　情景①

美人如月〔一〕。乍見掩暮雲，更增妍絶。算應無恨〔二〕，安用陰晴圓缺。嬌甚空只成愁②〔三〕，待下牀又懶〔四〕，未語先咽。數日不來〔五〕，落盡一庭紅葉③。　今朝置酒强起④，問爲誰減動〔六〕，一分香雪。何事散花卻病〔七〕，維摩無疾。卻低眉、慘然不答。唱金縷、一聲怨切〔八〕。堪折便折。且惜取、少年花發⑤。

【校勘】

①傅本、元本無題。

②《詞譜》「嬌」下有「羞」字，並於「甚」下作逗。

③「盡」，傅本作「成」。

④此句《詞譜》作「今朝猛起置酒」。

⑤「少年」，傅本、元本倒作「年少」。

【編年】

紹聖三年丙子（一〇九六年）五、六月間作於惠州。案：此詞朱本、龍本俱未編年。惟考下片「何事散花卻病，維摩無疾」等語，與《殢人嬌·贈朝雲》上片「白髮蒼顔，正是維摩境界。空方丈、散花何礙」相類，當亦贈朝雲之作。《殢人嬌》詞作於紹聖二年五月。細味此詞係寫朝雲病重時情事，當在上詞之後。朝雲紹聖三年七月病死於惠州，則此詞當爲朝雲死前病重時所作，應在五、六月間。

【考辨】

曹本云：「按此詞意境，與東坡詞不類，今移列誤入詞。」案：此詞東坡詞諸本俱載，《歷代詩餘》卷六五、《詞律》卷一五、《詞譜》卷二六亦並作蘇軾詞。曹本僅就意境斷爲僞作，顯證不足，不可信。

【箋注】

〔一〕「如月」三句：以月喻人，是蘇軾回憶當年初見朝雲時，朝雲如薄雲掩月，含羞掩映，儀態萬千的美麗風姿。如月：梁簡文帝蕭綱《釋迦文佛像銘》：「滿月如面，青蓮在眸。」妍絶：美極。

〔二〕「算應」二句：司馬光《温公續詩話》載：李長吉歌「天若有情天亦老」，石曼卿對「月如無恨月長圓」，人以爲勍敵。此用石曼卿句意，謂月無恨事，當常圓不缺，何用陰晴變化，圓缺交替呢？意即人當如常圓之月，圓滿、歡樂、健康才是。

〔三〕「嬌甚」句：劉禹錫《三閣辭四首》之一：「不應有恨事，嬌甚卻成愁。」

〔四〕下牀又懶：元稹《會真記》載鶯鶯寄張生詩：「自從別後減容光，萬轉千迴懶下牀。」此言朝雲卧病，下牀則慵懶無力。

〔五〕「數日」二句：是寫實，因朝雲病，庭院無人清掃而落滿樹葉。「紅葉」不必然是秋日楓葉。

〔六〕「問爲」二句：謂朝雲因病而玉容憔悴。減動：猶減却。張可久《迎仙客·湖上》：「一片飛花，減動西風價。」香雪：雪白的香腮。温庭筠《菩薩蠻》詞：「小山重疊金明滅，鬢雲欲度香腮雪。」

〔七〕「何事」二句：傅注：「《維摩經》云：維摩詰室有一天女，聞諸天人説法，即現其身，以天花散諸菩薩大弟子上。維摩詰嘗以方便現身有疾，以其疾故，無數千人，皆往問疾。」餘見《殢人嬌》（白髮蒼顔）注〔二〕、〔三〕。此以散花天女比朝雲，以摩詰自比。言本來是維摩詰有疾，天女爲問疾者散天花。爲什麽天女卻得了病而摩詰無恙？

〔八〕「唱金縷」以下數句：金縷，即《金縷曲》，又名《金縷衣》，古曲調名。唐李錡妾杜秋娘《金縷衣》：「勸君莫惜金縷衣，勸君惜取少年時。花開堪折直須折，莫待無花空折枝。」這是朝雲用《金縷曲》作答，意在勸告作者愛惜有限年華，好自爲之，莫待老病時空自悲傷。

雨中花慢①

嫩臉羞蛾因甚〔一〕，化作行雲②〔二〕，卻返巫陽。但有寒燈孤枕，皓月空牀。長記當初，乍諧雲雨，便學鸞凰〔三〕。又豈料、正好三春桃李，一夜風霜。　丹青□畫③〔四〕，無言無笑，看了漫結愁腸。襟袖上，猶存殘黛〔五〕，漸減餘香。一自醉中忘了，奈何酒後思量。算應負你，枕前珠淚，萬點千行。

【校勘】

① 此詞吴本未收，傅本、元本、明刊全集亦不載，見外集、二妙集、毛本、朱本、龍本、《全宋詞》。曹本列誤入詞類。毛本注：「元刻逸。」《全宋詞》注：「見汲古閣本《東坡詞》。」

② 首二句《全宋詞》斷爲「嫩臉羞蛾，因甚化作行雲」。

③ 「丹青」下原缺一字。

【編年】

紹聖三年丙子（一〇九六年）七月作於惠州。案：此詞始見於南宋人編《外集》，明人焦竑、毛晉又録入蘇集，有人疑其非東坡詞。但焦竑、毛晉都係版本學家，當可信，且此詞内容完全符合蘇軾之情事，定作蘇詞不誤。今人高培華在《蘇軾〈雨中花慢〉是悼朝雲》（見《文學遺産》一九八七年六期）一篇短文裏已提出此詞爲悼朝雲説。略云：蘇詞開篇用「巫山雲雨」典，符合朝雲是侍妾而非正室的身份；「嫩臉修蛾，因甚化作行雲，卻返巫陽」也符合風華正茂的朝雲三十四歲死去的實際；朝雲「事先生二十有三年，忠敬若一」，（蘇軾《朝雲墓志銘》）而且是在蘇軾連遭政治打擊貶謫嶺南最困難境遇中，「家有數妾，四五年相繼辭去」，（《朝雲詩・序》）惟「有侍妾王朝雲，一生辛勤，萬里隨行」，（蘇軾《惠州薦朝雲疏》）故朝雲的死，給蘇軾造成巨大精神創傷，使他落到「但有寒燈孤枕，皓月空牀」和「枕前珠淚，萬點千行」的境地。高《文》所言符合情理。況朝雲之猝亡，乃惠州當年流行瘴疫所致。蘇軾在惠州給林天和的信中説：「瘴疫横流，僵仆者不可勝計，奈何，奈何！某亦洵浹之間喪兩女使。」（《文集》卷五五《與林天和》第十五）「（朝雲）遭時之疫遘病而亡」（《惠州薦朝雲疏》），其《丙子重九詩二首》（見《詩集》卷四〇）之一亦云：「今年吁惡歲，僵仆如亂麻。此會我雖健，狂風卷朝霞。使我如霜月，孤光挂天涯。西湖不欲往，暮樹號寒鴉。」查注：「朝霞，借以言朝雲也。『今年吁惡歲』以下八句，專爲朝雲而發。」這與本詞「又豈料、正好三春桃李，一夜風霜」正相符契。無情「狂風卷」走了蘇軾的「朝霞」，詩人無限傷痛，一連寫下《悼朝雲詩并序》《朝雲墓志銘》《惠州薦朝雲疏》《丙子重九詩》《西江月》（玉骨那愁瘴霧）及本詞諸多悼念文字。「一自醉中忘了，奈何酒後思量」與《江城子》悼王弗之「不思量，自難忘」同樣感人肺腑，定此詞爲紹聖三年丙子悼朝雲作，是。

【箋注】

〔一〕羞蛾：梁·劉孝綽《同武陵王看妓詩》：「迴羞出曼臉，送態表嚬蛾。」五代·孫光憲《思帝鄉》：「永日水堂簾下，斂羞蛾。」

〔二〕「化作」二句：見《祝英臺近》（掛輕帆）注〔五〕。此指朝雲仙逝，又化作彩雲返回巫山之陽。

〔三〕鸞凰：鸞與凰，皆鳳屬，此指雄鳳和雌凰，喻夫妻。屈原《離騷》：「鸞凰爲余先戒兮，雷師告余以未具。」王逸注：「鸞，俊鳥也。皇，雌鳳也。」清·徐煥龍《屈辭洗髓》：「雄曰鳳，雌曰凰，鸞其總名。」

〔四〕丹青：丹砂與青雘係兩種可製顏料之礦石，因泛指繪畫之顏料爲丹青。連繫下文，此當指所戀女子的畫像。餘見《減字木蘭花》（憑誰妙筆）注〔四〕。

〔五〕黛：青黑色顏料，古代女子用以畫眉。白居易《王昭君二首》之一：「滿面胡沙滿鬢風，眉銷殘黛臉銷紅。」此寫睹物思人，見朝雲遺物上之「殘黛」、「餘香」，猶憶愛妾生前之深情，殷殷難以忘懷，此時只能以「枕前」那「萬點千行」之「珠淚」，表示不負君也。

西江月　梅花①〔一〕

玉骨那愁瘴霧〔二〕，冰姿自有仙風②〔三〕。海仙時遣探芳叢。倒挂緑毛么鳳〔四〕。　素面翻嫌粉涴③〔五〕，洗妝不褪脣紅〔六〕。高情已逐曉雲空〔七〕。不與梨花同夢〔八〕。

【校勘】

①原無題，據明刊全集、二妙集、毛本、《全宋詞》補。傅本題作「梅」。外集題作「惠州咏梅」。

②「姿」，傅本、明刊全集作「肌」。

③「翻」，傳本、元本作「常」。元本注：「一作翻。」

【編年】

紹聖三年丙子（一〇九六年）十月，作於惠州。王文誥《蘇詩總案》卷四〇：「紹聖三年丙子，十月梅開作《西江月》詞。」

【箋注】

〔一〕梅花：此詞借詠梅以悼亡，實爲侍妾朝雲而作。詳詞後附參考資料。

〔二〕玉骨：孟昶《避暑摩訶池上作》：「冰肌玉骨清無汗，水殿風來暗香滿。」案此喻梅花。瘴霧：韓愈《杏花》詩：「浮花浪蘂鎮長有，纔開還落瘴霧中。」案：朝雲即死於瘴疫。見蘇軾《惠州薦朝雲疏》。

〔三〕冰姿：《莊子·逍遥遊》：「藐姑射之山，有神人居焉，肌膚若冰雪，綽約若處子。」仙風：李白《大鵬賦序》：「余昔於江陵見天台司馬子微，謂余有仙風道骨。」

〔四〕緑毛幺鳳：莊季裕《鷄肋編》卷下：「東坡在惠州作梅詞云（詞略）。廣南有緑羽丹觜禽，其大如雀，狀類鸚鵡，棲集皆倒懸於枝上，土人呼爲『倒挂子』。而梅花葉四周皆紅，故有『洗妝』之句。二事皆北人所未知者。」《蘇軾詩集》卷三八《再用前韻》（前韻指《十一月二十六日松風亭下梅花盛開》）：「蓬萊宫中花鳥使，緑衣倒挂扶桑暾。」蘇軾自注：「嶺南珍禽有倒挂子，緑毛，紅喙，如鸚鵡而小，自東海來，非塵埃中物也。」

〔五〕「素面」句：樂史《楊太真外傳》：「封大姨爲韓國夫人，三姨爲虢國夫人，八姨爲秦國夫人，同日拜命，皆月給錢十萬爲脂粉之資。然虢國不施妝粉，自衒美豔，常素面朝天。」張祜《集靈臺》詩：「虢國夫人承主恩，平明騎馬入宫門。却嫌脂粉污顔色，淡掃蛾眉朝至尊。」涴：弄髒。

〔六〕脣紅：惠洪《冷齋夜話》卷一〇：「嶺外梅花與中國異，其花幾類桃花之色，而脣紅香著。」

〔七〕高情：謝靈運《述祖德》詩：「達人貴自我，高情屬天雲。」「曉雲」謂朝雲也；「曉雲空」，謂朝雲已逝矣。

〔八〕「不與梨花」句：傅注：「公自跋云：『詩人王昌齡，夢中作梅花詩。』南海有珍禽，名倒挂子，緑毛，如鸚鵡而小。惠州多梅花，故作此詞。』詩話云：王昌齡梅詩曰『落落寞寞路不分，夢中喚作梨花雲』，方知公引用此詩。」案：《詩話》當指曾慥《高齋詩話》。）

【參考資料】

宋·惠洪《冷齋夜話》卷一云：「（東坡）又作梅花詞曰『玉骨那愁瘴霧』者，其寓意爲朝雲作也。」又云：「東坡《蝶戀花》詞云：『花褪殘紅青杏小……』東坡渡海，惟朝雲王氏隨行，日誦『枝上柳綿』二句，爲之流淚。病極，猶不釋口。東坡作《西江月》悼之。」（《叢書集成》本《冷齋夜話》無此條，見《歷代詩餘》卷一一五及沈雄《古今詞話·詞辨》卷下引）。

宋·袁文《甕牖閒評》卷五：「『靄靄迷春態，溶溶媚曉光。不應容易下巫陽。祇恐翰林前世、是襄王。　暫爲清歌駐，還因暮雨忙。瞥然飛去斷人腸。空使蘭臺公子、賦高唐。』此秦少游爲朝雲作《南歌子》詞也。『玉骨那愁瘴霧……』此蘇東坡爲朝雲作《西江月》詞也。余謂此二詞皆朝雲死後作，其間言語亦可見。而《藝苑雌黄》乃云：『《南歌子》者，東坡令朝雲就少游乞之；《西江月》者，東坡作之以贈焉』，恐非也。」

宋·陳鵠《耆舊續聞》卷二謂聞陸辰州子逸言，「某嘗于晁以道家，見東坡真蹟，晁氏云：『東坡有妾名曰朝雲、榴花。朝雲死於嶺外，東坡嘗作《西江月》一闋，寓意於梅，所謂『高情已逐曉雲空』是也。』」

宋·阮閱《詩話總龜·前集》卷三九引《王直方詩話》：「（晁）以道云：『初見東坡詞云：素面常嫌粉涴，洗粧不退唇紅。便知此老須過海。』余問何邪？以道曰：『只爲古今人不曾道到此，須罰教遠去。』」

宋·胡仔《苕溪漁隱叢話·前集》卷四一引《王直方詩話》此語後駁云：「此言鄙俚，近于忌人之長，幸人之禍。直方無識，載之《詩話》，寧不畏人之譏誚乎？」

宋·王楙《野客叢書》卷六：「東坡在惠州有梅詞《西江月》，末云：『高情已逐曉雲空，不與梨花同夢。』蓋悼朝雲而作。」針對胡仔駁晁以道語又爲晁辯護云：「僕謂晁以道此言，非忌人之長，幸人之禍也。蓋以坡公道人所不能到之妙，奪天地造化之巧，故有謫罰之語。直方所載，當有所自，而漁隱至以無識譏之，是不思之過也。」

宋·張邦基《墨莊漫録》卷六：「東坡作梅花詞云：『高情已逐曉雲空，不與梨花同夢。』注云：唐王建有《夢看梨花雲》詩。予求王建詩，行世甚少，唯印行本一卷，乃無此篇。後得之于晏元獻《類要》中。後又得建全集七卷，乃得全篇。題云《夢看梨花雲歌》：『薄薄落落霧不分，夢中唤作梨花雲。……』或誤傳爲王昌齡，非也。」（案：「不與梨花同夢」詩，龔頤正《芥隱筆記》中《東坡西江月》條亦云「蓋用王建『夢中梨花雲』詩。」但《四庫全書總目提要》卷一一八《芥隱筆記》條則云「王昌齡『夢中唤作梨花雲』詩誤以爲王建。」查《全唐詩》王昌齡集及王建集均未收。）

金·王若虚《滹南遺老集》卷三九亦爲晁辯之云：「慵夫曰：此詞意屬朝雲也，以道之言，特戲云爾，蓋世族所謂放不過者，豈有他意哉？苕溪譏直方之無識，而不知己之不通也。」

明·沈際飛《草堂詩餘正集》卷一：「晁以道云，初見坡詞便知道坡須過海，只爲古今人不曾道到此，須罰教去。苕溪漁隱言以道忌口。予謂其實乃深喜之。」

明·楊慎《詞品》卷二：「古今梅詞，以坡仙『緑毛幺鳳』爲第一。」

明·潘游龍《精選古今詩餘醉》卷一三：「末二語不必有所指，即詠梅絶佳。」

虞美人　琵琶①〔一〕

定場賀老今何在②〔二〕？幾度新聲改〔三〕。新聲坐使舊聲闌③〔四〕。俗耳只知繁手、不須彈〔五〕。　斷絃試問誰能曉〔六〕？七歲文姬小。試教彈作輥雷聲〔七〕。應有開元遺老、淚縱横〔八〕。

【校勘】

①元本、朱本、龍本、曹本無題。

②「何」，元本作「安」。

③「新」原作「怨」，據傅本、毛本改。元本注「一作新」。

【編年】

紹聖四年丁丑（一〇九七年）二月，作於惠州。案：朱本、龍本此詞，俱未編年，從曹本。曹云：「考詩集《循守臨行出小鬟復用前韻》云：『學語雛鶯在柳陰，臨行呼出翠帷深。……趁著春衫游上苑，要求國手教新音。』及《和陶答龐參軍》六首之四云：『丱妙侍側，兩髦丫分。歌舞壽我，永爲歡欣。曲終悽然，仰視浮雲。此曲此聲，何時復聞。』俱與此詞意境相合。此詩第二首東坡自注：『周循州彦質在郡二年，書問無虚日。罷歸，過惠，爲余留半月。既别，和此詩，追送之』。事見王案

（卷四〇），時在紹聖四年丁丑正月十四日東坡遷入白鶴峰新居以後。今從詩集及王案移編丁丑。」

【箋注】

〔一〕琵琶：此當指彈琵琶的小鬟。循州太守周彦質罷歸，專程過惠州與蘇軾話别。臨行，出妙彈琵琶小鬟即席演奏助興。既别，蘇軾復用《次韻惠循二守相會》詩原韻，作《循守臨行出小鬟復用前韻》詩，追送彦質。本詞與詩作於同時，乃爲循守周彦質琵琶小鬟作。

〔二〕「定場賀老」句：元稹《連昌宫詞》詩：「夜半月高弦索鳴，賀老琵琶定場屋。」定場：猶言壓場。賀老：賀懷智。鄭處誨《明皇雜録》：「賀懷智，開元時樂工也。」

〔三〕新聲：新作之樂曲。《韓非子・十過》：「昔者衛靈公將之晉，至濮水之上，夜分而聞鼓新聲者而説之。」此指小鬟所奏之曲。

〔四〕「新聲坐使」句：謂新聲起致使舊聲殘而不聞。孟郊《古薄命妾》詩：「不惜十指弦，爲君千萬彈。常恐新聲至，坐使故聲殘。」《詩詞曲語匯釋》卷四「坐」（八）條：「坐，猶致也。……坐使，致使也。」

〔五〕俗耳：流俗之耳。韓愈《縣齋讀書》詩：「哀狖醒俗耳，清泉潔塵襟。」此爲作者自謙之詞。繁手：亦作「煩手」，指繁雜變化的彈奏法。《文選》卷一八馬季長《長笛賦》：「繁手累發，密櫛疊重。」注：「《左氏傳》醫和曰：於是有煩手淫聲……手煩不已，則雜聲並奏。」《後漢書》卷八〇下《邊讓傳・章華賦》：「美繁手之輕妙兮，嘉新聲之彌隆。」不須彈：韓愈《聽穎師琴詩》：「嗟予有兩耳，未有聽絲篁。自聞穎師琴，起坐在一旁，推手遽止之，濕衣淚滂滂。」

〔六〕「斷絃」二句：以識音之文姬喻琵琶小鬟。傳注：「漢蔡邕女名琰，字文姬，幼而博學，有才辯，又妙於音律。邕嘗夜鼓琴，弦絶，琰曰：『第二弦。』邕曰：『偶得之耳。』故斷一弦，問之，琰曰：『第四弦。』並無差謬。」

〔七〕輥雷：樂史《楊妃外傳》：開元中，有賀懷智善琵琶，用鵾鷄筋爲弦，鐵爲捍撥。段成式《酉陽雜俎》卷六《樂》：「古琵琶弦用鵾鷄筋。」蘇軾《杜介熙熙堂》詩：「遥想閉門投轄飲，鵾弦鐵撥響如雷。」此言小鬟試彈的琵琶聲如雷鳴。

〔八〕「開元遺老」句：白居易《江南遇天寶樂叟》詩：「白頭病叟泣且言，禄山未亂入梨園。能彈琵琶和法曲，多在華清隨至尊。」謂倘有開元（案應爲天寶）琵琶國手賀懷智在座，聽了小鬟的琵琶新聲也應激動得老淚縱橫。極口贊譽琵琶小鬟新曲之妙。

減字木蘭花　贈小鬟琵琶①〔一〕

琵琶絶藝。年紀都來十一二②〔二〕。撥弄幺弦③〔三〕。未解將心指下傳〔四〕。主人瞋小〔五〕。欲向東風先醉倒④〔六〕。已屬君家〔七〕。且更從容等待他⑤。

【校勘】

① 傳本、元本無題。

② 「紀」，原作「記」，據傳本、元本改。「十一」，傳本作「纔十」。

③ 「撥弄」，傳本作「試抹」。元本注：「一作試抹。」

④ 「欲向東風先」，傳本作「擬向樽前拚」。「東風」，元本作「春風」，注：「一作樽前。」

⑤ 「且更」，傳本作「更與」，元本注：「一作更與。」「他」，傳本作「些」，元本注：「一作些。」

【編年】

紹聖四年丁丑（一〇九七年）二月，作於惠州。案：此詞與下面兩首《浣溪沙》（道字嬌訛苦未成）、（桃李溪邊駐畫輪），朱本、龍本、曹本俱未編年。細味三首詞意，都與循守周彥質及其彈琵琶的小鬟有關，當與《虞美人》（定場賀老今何在）詞爲同時之作，應編丁丑。理由有三：（一）從詞題看，《減蘭》題作「贈小鬟琵琶」，顯與循守臨行所出之能琵琶的小鬟爲同一人。兩首《浣溪沙》詞都題作「春情」，顯指循守與其琵琶小鬟間之情事。（二）從詞意看，「琵琶絕藝，年紀都來十一二」即「斷弦試問誰能曉？七歲文姬小」者；「道字嬌訛苦未成」即「學語雛鶯在柳陰」者。「桃李溪邊駐畫輪」指周循州罷歸過惠，「駐輪」與蘇軾話別，逗留半月事。而「未解將心指下傳」、「未應春閣夢多情」者，皆言小鬟年紀尚小，雖能琵琶，還不解以音傳情，未諳風月之事。「主人瞋小，欲向東風先醉倒」，似調侃循守對其小鬟有非分之求，故以戲謔口氣規勸老友：「已屬君家，且更從容等待他。」循守周某似未以蘇軾規勸爲意，詞言小鬟「朝來何事緑鬟傾」？「紅窗睡重不聞鶯」，又用元稹《鶯鶯傳》之典，「香在衣裳妝在臂」，蓋周某感其「夕陽雖好近黄昏」已偷香竊玉矣。（三）蘇軾《循守臨行，出小鬟復用前韻》詩（見《詩集》卷四〇）施注引先生墨迹云：「蒙示二十一日別文之後佳句，戲用元韻，記別時事，爲一笑。」一則曰「戲」，一則曰「記別時事」，併特意説記此「事」是爲「一笑」。且後題云「雖爲戲笑，亦告不示人也」。固然，蘇軾在「烏臺詩案」後常懷「一次被蛇蛟，三年怕井繩」的心理，每與友人詩「皆丁寧切至，勿以示人，蓋平生以文字招謗蹈禍，慮患益深」，（見前引施注）但這裏明言雖爲「戲笑」，與政治無涉，「亦告不示人也」，蓋所言之「事」皆生活私「事」，朋友間「一笑」了之，不必「示人」也。從詞所寫内容更説明此點，因知詞與詩當爲同時作，都是循守離惠之後「追送之」之作。周循州二十一日離惠又寄「佳句」來，才有蘇軾此「追送」之作。是年閏二月，詞中又有「近清明」的話，以此推之，詩詞當寫於紹聖四年二月末。

【箋注】

〔一〕琵琶：此亦應爲循守周彦質琵琶小鬟也。詳見《虞美人·琵琶》編年、注〔一〕及本詞編年。

〔二〕都來：猶云不過，算來。馮延巳《謁金門》詞：「年少都來有幾？自古閒愁無際。」此詞言琵琶小鬟「年紀都來十一二」，與前詞「斷絃試問誰能曉？七歲文姬小」相合，更可證此琵琶小鬟即循守周彥質過惠州訪蘇軾，出妙妓彈琵琶佐酒之小鬟。

〔三〕幺弦：傅注：「幺弦，第四絃也。」蓋因其細，故稱。劉禹錫《澈上人文集紀》：「世之言詩僧多出江左。靈一導其源，護國襲之。清江揚其波，法振沿之。如幺弦孤韻，瞥入人耳，非大樂之音。」

〔四〕「未解將心」句：白居易《琵琶行》：「轉軸撥弦三兩聲，未成曲調先有情。弦弦掩抑聲聲思，似訴平生不得意。低眉信手續續彈，説盡心中無限事。」這裏反其意而用之，蓋小鬟年紀尚幼，不解風情未能指下傳意也。

〔五〕瞋：《説文》：「張目也。」此處意爲責怪。

〔六〕「欲向東風」句：指主人對小鬟的非分之求。乃東坡對周彥質的戲語，隱含調侃。

〔七〕「已屬君家」二句：謂小鬟爲其家妓，已屬君家所有，當從容待其成長也。詞雖婉而詼諧戲謔之意甚明。

浣溪沙　春情①

道字嬌訛苦未成②〔一〕。未應春閣夢多情〔二〕。朝來何事緑鬟傾。　綵索身輕長趁燕〔三〕，紅窗睡重不聞鶯〔四〕。困人天氣近清明〔五〕。

【校勘】

① 傅本、元本無題。

② 「苦」，元本作「語」。

【編年】

同前首。

【箋注】

〔一〕「道字」句：寫琵琶小鬟的嬌憨之態，説話還咬字不清。道字：李白《對酒》詩：「青黛畫眉紅錦靴，道字不正嬌唱歌。」

〔二〕「未應」二句：小鬟小小年紀，不應有做春夢多情事，爲什麼早晨秀髮那樣散亂。緑鬟傾：白居易《閨婦》詩：「斜憑繡牀愁不動，紅綃帶緩緑鬟低。」

〔三〕「綵索」句：傅注：「戲鞦韆也。婦女體輕，高低往來如飛燕。」韓愈《寒食直歸遇雨》詩：「不見紅毬上，那論綵索飛。」自注：「北方寒食日，用鞦韆爲戲。」綵索即謂鞦韆。

〔四〕紅窗：徐夤《霜》詩：「紅窗透出鴛衾冷，白草飛時雁塞寒。」睡重：睡得酣甜。聞鶯：李益《奉和武相公春曉聞鶯》詩：「蜀道山川心易驚，緑窗殘夢曉聞鶯。」唐·金昌緒《春怨》：「打起黃鶯兒，莫教枝上啼。啼時驚妾夢，不得到遼西。」這裏反其意而用之。

〔五〕「困人」句：因時近清明，正是春困季節，故有「紅窗睡重」那樣嬌懶困慵情狀。

【參考資料】

明·卓人月《古今詞統》卷四：「首句欲生，結句太俗。」

清·馮金伯《詞苑萃編》引王鳳洲（世貞）語：「永叔、東坡極不能作麗語而亦有之。永叔如『當路游絲牽醉客，隔花啼鳥喚行人。』（見《浣溪沙》『湖上朱橋響畫輪』）東坡如『綵索身輕長趁燕，紅窗睡重不聞鶯』，勝人百倍。」

清·賀裳《皺水軒詞筌》：「蘇子瞻有銅琶鐵板之譏，然其《浣溪沙》（春閨）曰：『綵索身輕長趁燕，紅窗睡重不聞鶯。』如此風調，令十七八女郎歌之，豈在『曉風殘月』之下？」（又見梁廷枏《東坡事類》卷二〇、王又華《古今詞論》）

又 春情①

桃李溪邊駐畫輪〔一〕。鷓鴣聲裏倒清尊〔二〕。夕陽雖好近黄昏〔三〕。　香在衣裳妝在臂〔四〕，水連芳草月連雲。幾時歸去不銷魂②〔五〕。

【校勘】

① 傅本、元本無題。

②「時」，二妙集、毛本作「人」。

【編年】

同前首。

【箋注】

〔一〕畫輪：《晉書》卷二五《輿服志》：「畫輪車，駕牛，以綵漆畫輪轂，故名曰畫輪車。」詞言「駐畫輪」，是因周循州罷歸過惠州駐輪與蘇軾話别。

〔二〕「鷓鴣」句：鄭谷《席上貽歌者》詩：「花月樓臺近九衢，笙歌一曲倒金壺。坐中亦有江南客，莫向春風唱鷓鴣。」「鷓鴣聲」，有對行人表示挽留意。

〔三〕「夕陽」句：李商隱《樂遊原》詩：「夕陽無限好，只是近黄昏。」

〔四〕「香在」句：元稹《鶯鶯傳》：俄而紅娘捧崔氏而至。是夕，旬有八日也。斜月晶瑩，幽輝半牀。張生飄飄然，且疑神仙之徒，不謂從人間至矣。有頃，寺鐘鳴，天將曉，紅娘促去。崔氏嬌啼宛轉，紅娘又捧之而去。張生自疑曰：「豈其夢邪？」及明，睹妝在臂，香在衣，淚光熒熒然，猶瑩於茵席而已。案蘇軾巧用此典，戲謔友人。

〔五〕銷魂：《文選》卷一六江淹《别賦》：「黯然銷魂者，惟别而已矣。」李善注：「夫人魂以守形，魂散則形斃，今别而散，明恨深也。」此指歡樂到極點，魂不守舍。

西江月 中秋和子由①

世事一場大夢〔一〕，人生幾度秋涼②〔二〕。夜來風葉已鳴廊。看取眉頭鬢上〔三〕。　酒賤常愁客少③〔四〕，月明多被雲妨。中秋誰與共孤光〔五〕。把酒淒然北望④〔六〕。

【校勘】

① 原無題，據傅本補。二妙集、毛本題作「黄州中秋」。

② 「秋」，傅本、元本作「新」。

③ 「常」，原作「尚」，據諸本改。「愁」，傅本作「嫌」。

④ 「酒」，元本、二妙集、毛本並作「琖」。

【編年】

紹聖四年丁丑（一〇九七年）八月十五日作於儋州。案：此詞主旨及寫作地點，説法頗多歧異。《古今詞話》以爲東坡在黄州懷君之作。《苕溪漁隱叢話》以爲「《詞話》所云則非也」，引《聚蘭集》作「寄子由」並云：「疑是在錢塘作，時子由爲睢陽幕客。」今人王松齡也以爲「倅杭時所作。」見《東坡樂府箋補正》（載上海師大學報一九八六年第三期）。王文誥《蘇詩總案》卷二〇定爲庚申（元豐三年）八月十五日作於黄州。朱祖謀、龍榆生、曹樹銘、孫民、薛瑞生俱從王案，惟對「把酒淒然北望」之「北望」，孫謂「指望朝廷而非望子由」，（出處見上闋編年），薛謂「蓋設想子由望公耳。時子由貶筠州酒稅，筠州與黄州正好南北相望耳」（見薛本第二五四頁）。林冠群在其《蘇軾〈西江月〉寫作的時間和地點》一文（見一九八二年四川人民出版社出版《東坡詞論叢》）中，根據本詞所表現出來的消沉情緒及所涉及的地理位置，提出應是紹聖四年中秋在儋耳所作。林云：「紹聖四年（一〇九七）七月二日蘇東坡到達儋耳貶所，一個多月之後就是中秋節，這正是東坡情緒煩惱百端的時期，與這首詞所表達的心情相吻合。」「從地理位置上看，『把盞凄然北望』，唯有此時最爲恰當。因爲當時東坡居海南，子由居雷州，正是一南一北，隔海相望。」孔《譜》同林説，并謂「詞云『夜來風葉已鳴廊，看取眉頭鬢上』，爲居儋情景。《詩集》卷四一《和陶怨詩示龐鄧》：『如今破茅屋，一夕或三遷。風雨睡不知，黄葉滿枕前。』可參。」今從林説、孔《譜》。

【箋注】

〔一〕大夢：《莊子·齊物論》：「方其夢也，不知其夢也，夢之中又占其夢焉，覺而後知其夢也。且有大覺，而後知此其大夢也。」後常用以表示人生虚幻無常。李白《春日醉起言志》：「處世若大夢，胡爲勞其生。」

〔二〕「人生」二句：唐·徐寅《人生幾何賦》：「落葉辭柯，人生幾何。」

〔三〕「看取」句：傅注：「正勤《落葉詩》：年年見衰謝，看著二毛侵。」

〔四〕「酒賤」二句：韓愈《醉後》：「人生如此少，酒賤且勤置。」傅注引潘閬詩：「西風妒秋月，浮雲重疊生。」李白《登金陵鳳凰臺》：「總爲浮雲能蔽日，長安不見使人愁。」此言世態炎涼，友人不敢往來。讒人蔽君，忠直反而見謗。

〔五〕共孤光：孤光，孤月。謝莊《月賦》：「美人邁兮音塵絶，隔千里兮共明月。」

〔六〕凄然：悲涼貌。北望：時子由在雷州，故言。

【參考資料】

宋·胡仔《苕溪漁隱叢話後集》卷三九：「《古今詞話》云：『東坡在黄州，中秋夜對月獨酌作《西江月》詞。坡以讒言謫居黄州，鬱鬱不得志，凡賦詩綴詞必寫其所懷，然一日不負朝廷，其懷君之心，末句可見矣。』苕溪漁隱曰：《聚蘭集》載此詞，注曰：『寄子由。』故後句云：『中秋誰與共孤光，把酒凄涼北望。』則兄弟之情，見於句意之間矣。疑是在錢塘作，時子由爲睢陽幕客，若《詞話》所云，則非也。」（又見阮閲《詩話總龜》、李良年《詞家辨證》。陳元靚《歲時廣記》引《古今詞話》，同。）

清·張宗橚《詞林紀事》卷五：「樓敬思云：情景兩會，語煞可思。又云：此詞本集注『黄州中秋作』，與《古今詞話》同。《苕溪漁隱》引《聚蘭集》注：『寄子由。』疑是倅錢塘時作。按杭爲東南名勝，游士所萃，公仕杭時，倡酬甚多，非酒賤客少地也，而且御史誣告，亦未如烏臺詩案之患難也，何至有『一場大夢』等語？『明月雲妨』，即『浮雲蔽白日』意；『孤光誰共』，即『瓊樓玉宇不勝寒』意，的是黃州中秋作無疑。所謂『蘇軾終是愛君』者，此亦可以想見。胡仔彈駁楊湜處頗多，此則未見其合也。」

減字木蘭花　立春①〔一〕

春牛春杖〔二〕。無限春風來海上〔三〕。便與春工②〔四〕。染得桃紅似肉紅〔五〕。　春旛春勝〔六〕。一陣春風吹酒醒。不似天涯。捲起楊花似雪花〔七〕。

【校勘】

①傅本、元本題俱作「己卯儋耳春詞」。

②「與」，元本作「丐」。

【編年】

元符二年己卯（一〇九九年）立春日，作於儋州。傅藻《東坡紀年録》：「元符二年己卯，公在儋州，立春日作《減字木蘭花》。」王文誥《蘇詩總案》卷四二云：「紹聖五年戊寅，正月立春日作《減字木蘭花》詞。」按：據傅本、元本詞題及《紀年録》，此詞當作於元符二年己卯，《總案》云紹聖五年戊寅者誤也。

【箋注】

〔一〕立春：陰曆二十四節氣之一。俗以此爲春季開始。《禮記·月令》：孟春之月，「是月也，以立春。先立春三日，大史謁之天子，曰：『某日立春，盛德在木。』天子乃齊。立春之日，天子親帥三公、九卿、諸侯、大夫，以迎春於東郊。」元符二年立春，爲正月十二日。

〔二〕春牛春杖：傅注：「今立春前五日，郡邑並造土牛、耕夫、犁具於門外之東。是日質明，有司爲壇以祭先農，而官吏各具綵杖環擊牛者三，所以示勸耕之意。」《隋書》卷七《禮儀志》二：「後齊……立春前五日，於州大門外之東，造土牛兩頭，耕夫犁具。立春，有司迎春於東郊，豎青幡於青牛之傍焉。」春牛即土牛，春杖即官吏所執之綵杖。

〔三〕春風來海上：案本詞作於儋耳（今海南省儋縣），「海」，指南海。

〔四〕春工：以春擬人，謂春之發育滋長萬物之力。後楊萬里「春工只要花遲著」，范成大「春工釀雪無端密」皆用此。

〔五〕桃紅似肉紅：喻花色。梁簡文帝《和蕭侍中子顯春別》詩其四：「桃紅李白若朝粧，羞持顩頳比新芳。」韓偓《見花》：「血染蜀羅山躑躅，肉紅宫錦海棠梨。」周叙《洛陽花木記·叙牡丹》：「壽安有二種，皆千葉，肉紅色花也。」

〔六〕春旛春勝：《後漢書》志第四《禮儀志》上：「立春之日，夜漏未盡五刻，京師百官皆衣青衣，郡國縣道官下至斗食令史，皆服青幘，立春幡，施土牛耕人于門外，以示兆民。」案立春幡以象徵春至也。吴自牧《夢粱録》卷一《立春》：「立春前一日……街市以花裝欄，坐乘小春牛，及春幡春勝，各相獻遺於貴家宅舍，示豐稔之兆。宰臣以下，皆賜金銀幡勝，懸于幞頭上，入朝稱賀。」案春勝爲立春時婦女所戴的綵勝。

〔七〕楊花似雪花：傅注：「桃紅楊花，每見仲春之時，南海地暖，方春已盛。」

千秋歲　次韻少游①

島邊天外〔一〕。未老身先退〔二〕。珠淚濺〔三〕，丹衷碎〔四〕。聲摇蒼玉佩〔五〕，色重黄金帶。一萬里〔六〕，斜陽正與長安對〔七〕。　道遠誰云會〔八〕。罪大天能蓋。君命重〔九〕，臣節在〔一〇〕。新恩猶可覬〔一一〕，舊學終難改〔一二〕。吾已矣，乘桴且恁浮於海〔一三〕。

【校勘】

① 此詞諸本不載。今據《全宋詞》、曹本從《能改齋漫録》卷一七補。詞題係《全宋詞》撮要《漫録》語意而成，姑從之。《全宋詞》標點有誤，據《欽定詞譜》改。

【編年】

元符二年己卯（一〇九九年）作於儋州。曹本校注：「《能改齋漫録》卷一七云：『秦少游所作

《千秋歲》詞，予嘗見諸公唱和親筆，乃知在衡陽作也。少游云：至衡陽，呈孔毅甫使君。……其後東坡在儋耳，姪孫蘇元老因趙秀才還自京師，以少游、毅甫所贈酬者寄之。東坡乃次韻，録示元老，且云：便見其超然自得，不改其度之意。』考孔毅甫名平仲，新喻人，紹聖中，知衡州，與吴曾所傳詞題適相符合。而少游原唱同調『水邊天外』，亦具見《全宋詞》本，韻叶全同，確而有徵。今酌增編元符二年己卯。」上述推斷，大體可信，據以編年。薛木編元符元年戊寅作，可供參考。

【箋注】

〔一〕天外：《文選》卷一五張平子《思玄賦》：「廓蕩蕩其無涯兮，乃今窮乎天外。」案蘇軾時在儋州，故言島邊天外。

〔二〕身退：《老子》卷上：「功成名遂身退，天之道。」而蘇軾年未老功名未遂已先身退，故因引以爲恨。

〔三〕珠淚：楊炯《送鄭州周司空》：「居人下珠淚，賓御促驪歌。」

〔四〕丹衷：猶言丹心、赤心。戴叔倫《曾游》詩：「絶粒感楚囚，丹衷猶照耀。」

〔五〕「聲摇」二句：《禮記·玉藻》：「天子佩白玉而玄組綬，公侯佩山玄玉而朱組綬，大夫佩水蒼玉而純組綬。」杜甫《更題》詩：「群公蒼玉佩，天子翠雲裘。」二句遥思京師之樂而傷遠謫之苦，無由北歸，與杜甫居夔州時的《更題》詩意相近。

〔六〕一萬里：《元豐九域志》卷九《廣南西路》謂瓊州距離東京「八千五百八十里。」「一萬」舉其整數，極言貶謫之遠。

〔七〕長安：宋人常借長安指東京。

〔八〕「道遠」句：案秦少游《千秋歲》詞作於衡陽。《元豐九域志》卷六《荆湖南路》：「衡州，衡陽郡，軍事。治衡陽縣。地理，東京二千七百一十里。」則蘇軾、少游相距約六千里。今少游貶雷州編管，亦隔瓊州海峽，故言路遠難會。

〔九〕君命重：《左傳·僖公二十四年》：「君命無二，古之制也。」《論語·鄉黨》：「君命召，不俟駕行矣。」鄭玄曰：「急趨君命，行出而車駕隨之。」

〔一〇〕臣節：人臣的節操。《魏書》卷一六《江陽王繼子叉傳》：咸陽王子樹遺公卿百僚書曰：「臣節未申，徒有勤悴。」

〔一一〕「新恩」句：係反語。紹聖四年丁丑，蘇軾在惠州，追貶爲瓊州别駕，居昌化（儋耳），紹聖五年（元符元年）戊寅，元祐黨人被責處，蘇轍貶居循州，秦觀貶爲雷州編管，蘇軾在儋，僦官舍數椽以居止，又被董必遣人逐出。

〔一二〕「舊學」句：《尚書·説命》下：「台小子舊學于甘盤。」傳：「學先王之道。甘盤，殷賢臣有道德者。台音怡。」《蘇軾詩集》卷七《遊徑山》詩：「嗟余老矣百事廢，却尋舊學心茫然。」王文誥

案：「時新學盛行，故自以爲舊學。」此言雖屢遭貶謫，但不改其度。雖「食竽飲水，著書以爲樂。」（見《東坡先生墓誌銘》）

〔一三〕「乘桴」句：《論語・公冶長》：「子曰：道不行，乘桴浮於海。」岑參《酬成少尹駱谷見行呈詩》：「浮名何足道，海上堪乘桴。」餘見《鵲橋仙》（緱山仙子）注〔四〕。

【參考資料】

宋・秦觀《千秋歲》云：「水邊沙外。城郭春寒退。花影亂，鶯聲碎。飄零疏酒盞，離別寬衣帶。人不見，碧雲暮合空相對。憶昔西池會。鵷鷺同飛蓋。攜手處，今誰在。日邊清夢斷，鏡裏朱顏改。春去也，飛紅萬點愁如海。」

宋・吴曾《能改齋漫録》卷一七「秦少游唱和《千秋歲》詞」條：「秦少游所作《千秋歲》詞，予嘗見諸公唱和親筆，乃知在衡陽時作也。少游云：『至衡陽，呈孔毅甫使君。』其詞云云，今更不載。毅甫本云：『次韻少游見贈。』其詞云：『春風湖外。紅杏花初退。孤館静，愁腸碎。淚餘痕在枕，別久香銷帶。新睡起，小園戲蝶飛成對。惆悵誰人會。隨處聊傾蓋。情暫遣，心何在。錦書消息斷，玉漏花陰改。遲日暮，仙山杳杳空雲海。』其後東坡在儋耳，姪孫蘇元老，因趙秀才還自京師，以少游、毅甫所贈酬者寄之。東坡乃次韻，録示元老，且云：『便見其超然自得、不改其度之意。』其詞云（略）。」

踏青遊①

改火初晴②〔一〕，綠徧禁池芳草〔二〕。鬬錦繡、火城馳道〔三〕。踏青遊〔四〕，拾翠惜〔五〕，襪羅弓小〔六〕。蓮步裊〔七〕。腰支佩蘭輕妙。行過上林春好〔八〕。今困天涯〔九〕，何限舊情相惱。念搖落、玉京寒早〔一〇〕。任劉郎③、目斷蓬山難到④〔一一〕。仙夢杳〔一二〕。良宵又過了。樓臺萬家清曉。

【校勘】

①此詞諸本未收。今從《全宋詞》據《全芳備祖後集》卷一〇「草門」補。案《全芳備祖》爲宋人陳景沂撰。書中賦詠部分分別採録很多宋代詩詞，其中多有他書不載及本集已失傳者，有重要資料價值。

②「改」，原缺，據《詞譜》卷二一補。

③「劉郎」，《詞譜》作「關心」。

④《詞譜》「目」上有「空」字，並以「空目斷」作句。

【編年】

元符二年己卯（一〇九九年）作於儋州。案：細玩詞意，顯然爲憶昔傷今之作。詞上片寫「禁池」、「馳道」、「上林」等全係帝京景物，又寫「拾翠惜」、「襪羅弓小」、「蓮步裊」、「腰支輕妙」、「踏青遊」、「春好」等，顯爲宮嬪仕女、王公少婦春游之景象。而能於上林禁苑親眼目睹此景象者，絶非一般下層人物。詞下片寫「今困天涯」、「舊情相惱」，又感歎「玉京寒早」、「蓬山難到」、「仙夢杳」、「良宵過了」，也顯然是遥念失落了的京都繁華生活，撫今追昔而無限懊惱。此情此景，與蘇軾特殊的身世遭遇，飄泊天涯的思想感情及貶官儋州時期所寫作品的基調，極爲合拍，因可斷定此詞作於作者一再遭貶之紹聖、元符年間。暫編元符二年己卯，以俟詳考。參見拙文《蘇詞編年考辨》，載《河南大學學報》一九九三年第五期。

【箋注】

〔一〕改火：指清明。見《南歌子》（日薄花房綻）注〔四〕。

〔二〕禁池：帝王的池苑。宋時東京著名池沼凡四：凝祥、金明、瓊林、玉津，爲車駕臨幸游賞之所。孟元老《東京夢華録》卷七：「池苑内，除酒家藝人占外」，還「鋪設珍玉、奇玩、疋帛、動使、茶酒器物」縱人關撲遊戲。「後苑作進小龍船，雕牙縷翠，極盡精巧，隨駕藝人，池上作場。」「池上水教（案指練習水戰）罷，貴家以雙纜黑漆平船，紫帷帳，設列家樂遊池。宣政間，亦有假賃大小船子，許士庶遊賞。」

〔三〕火城：朝會時的火炬儀仗。李肇《唐國史補》卷下：「每元日、冬至立仗，大官皆備珂傘，列燭有至五六百炬者，謂之『火城』。宰相火城將至，則衆少皆撲滅以避之。」蘇軾《與述古自有美堂乘月夜歸》詩有「萬人争看火城還」之句。馳道：馳馬所行之道。《禮記·曲禮下》：「馳道不除」疏：「馳道，正道，如今御路也。是君馳走車馬之處，故曰馳道也。」《東京夢華録》卷二「御街」：「坊巷御街，自宣德樓一直南去，約闊二百餘步……路心又按朱漆杈子兩行，中心御道，不得人馬行往。行人皆在廊下朱杈子之外。杈子裏有磚石甃砌御溝水兩道，宣和間盡植蓮荷，近岸植桃李梨杏，雜花相間，春夏之間，望之如繡。」

〔四〕踏青：春日郊遊。東京人春游之風極盛，名爲「探春」。《東京夢華録》卷六有《收燈都人出城探春》之記載。蘇轍《踏青》詩：「江上冰消岸草青，三三五五踏青行。」

〔五〕拾翠惜：曹植《洛神賦》：「踟躕憐拾翠，顧步惜遺簪。」後以拾翠指婦女春日之嬉遊。

〔六〕襪羅弓小：曹植《洛神賦》：「陵波微步，羅襪生塵。」弓，蓮弓，喻女子纖小之腳，彎若弓形。

〔七〕蓮步：謂美人的腳步。孔平仲《觀舞》詩：「雲鬟應節低，蓮步隨歌轉。」

〔八〕上林：漢代長安宫苑名。司馬相如有《上林賦》鋪陳其侈麗。此借指北宋瓊林苑、玉津園等東京御苑。

〔九〕今困天涯：指遠謫儋州。

〔一〇〕玉京：指帝京。孔稚珪《褚先生百玉碑》：「鳳吹金闕，簫歌玉京。」寒早：海南天暖，北國早寒，故遥念「玉京寒早。」

〔二〕劉郎：見《減字木蘭花》（天台舊路）注〔一〕。此借以自指。蓬山：蓬萊山。此借指帝京。

〔三〕仙夢：羽化昇仙之夢。與《水調歌頭》（明月幾時有）：「我欲乘風歸去」意近。

減字木蘭花　以大琉璃杯勸王仲翁①〔一〕

海南奇寶〔二〕。鑄出團團如栲栳〔三〕。曾到崑崙〔四〕。乞得山頭玉女盆〔五〕。　絳州王老〔六〕。百歲癡頑推不倒〔七〕。海口如門〔八〕。一派黃流已電奔〔九〕。

【校勘】

①此詞吴本未收，傅本、明刊全集、外集、二妙集、毛本亦不載，據元本、朱本、龍本、《全宋詞》、曹本補。

【編年】

元符三年庚辰（一一〇〇年）四月，作於儋州。案：此詞朱本、龍本、曹本俱未編年。據首句「海南奇寶」，詞當作於流放儋州時。後片「百歲癡頑推不倒」，言王仲翁時年百歲左右仍甚健壯。查王象之《輿地紀勝》卷一二五《廣南西路·昌化軍·人物》載：王公輔，俗呼王六公，居儋城，東坡甚重之，一百單三歲卒，號百歲翁。王仲翁蓋指王公輔。《總案》卷四三：「元符三年庚辰，四月，訪王公輔。」此詞當爲訪王公輔時所作。

【箋注】

〔一〕琉璃：《漢書》卷九六《西域傳上·罽賓國》：「罽賓國……出封牛……璧流離。」師古曰：「《魏略》云：大秦國出赤、白、黑、黄、青、緑、縹、紺、紅、紫十種流離……此蓋自然之物，采澤光潤，踰於衆玉，其色不恒。今俗所用，皆銷〔冶〕石汁，加以衆藥，灌而爲之，尤虚脆不貞，實非真物。」王仲翁：即王公輔。孔《譜》卷三九引康熙《儋州志》卷二「王肱」條云：「字公輔。居城東，童顏鶴髮，壽一百四歲。……與蘇文忠公最友善。」

〔二〕奇寶：指琉璃杯。《世説新語》下卷下《排調》：「王公（指王導）與朝士共飲酒，舉瑠璃盌謂伯仁曰：『此盌腹殊空，謂之寶器，何邪？』答曰：『此盌英英，誠爲清徹，所以爲寶耳！』」

〔三〕栲栳：《唐韻》：「栲，苦浩切音考。」「栳，盧皓切。」《正字通》：「栲栳，盛物器，即古之簝，屈竹爲之。」案此指大琉璃杯，團團然形如栲栳狀。

〔四〕崑崙：《山海經》卷一六《大荒西經》：「西海之南，流沙之濱，赤水之後，黑水之前，有大山名曰崑崙之丘。」注：「爲西王母所居。」杜甫《同諸公登慈恩寺塔》詩：「惜哉瑶池飲，日宴崑崙丘。」

〔五〕玉女盆：《太平廣記》卷五九引《集仙録》：「明星玉女，居華山，服玉漿，白日升天。……祠前有五石臼，號玉女洗頭盆。」此狀勸酒之大杯如石臼。杜甫《望嶽》詩：「安得仙人九節杖，拄到玉女洗頭盆。」案玉女洗頭盆當在華山，蘇軾誤記爲崑崙。

〔六〕絳州：《元和郡縣志》卷一二《絳州》：「《禹貢》：冀州之域。春秋時屬晉……三卿滅晉，其地屬魏，戰國時亦爲魏地。秦爲河東郡地。今州，即漢河東郡之臨汾縣地也。」今爲山西新絳縣。「絳州王老」，蓋用《左傳》典故喻指王仲翁。《左傳・襄公三十年》：「三月癸未，晉悼夫人食輿之城杞者，絳縣人或年長矣，無子而往，與於食。有與疑年，使之年。曰：『臣小人也，不知紀年。臣生之歲，正月甲子朔，四百有四十五甲子矣，其季於今三之一也。』吏走問諸朝，師曠曰：『七十三年矣。』史趙曰：『亥有二首六身，下二如身，是其日數也。』士文伯曰：『然則二萬六千六百有六旬也。』」後因稱高壽者爲「絳縣老人」。

〔七〕癡頑：王建《昭應官舍》詩：「癡頑終日羨人閑，却喜因官得近山。」推不倒：即不倒翁。此喻王仲翁，謂其年老能酒，豪飲不醉。趙翼《陔餘叢考》卷三三《不倒翁》：「兒童嬉戲有不倒翁，糊紙作醉漢狀，虛其中而實其底，雖按捺旋轉不倒也。」

〔八〕海口：口大而深。《詩・大雅・生民》：「鳥乃去矣，后稷呱矣。」疏：「謂有奇表異相，若孔子河目海口。」

〔九〕「一派黃流」句：狀王仲翁喝酒之勢，若黃河奔流入海口。黃流：酒名。《詩・大雅・旱麓》：「瑟彼玉瓚，黃流在中。」疏：「流，即酒。故《傳》云：流，鬯也。鬯，秬鬯。」《書・洛誥》：「予以秬鬯二卣，曰明禋。」疏：「《釋草》云：『秬，黑黍。』《釋器》云：『卣，中罇也。』以黑黍爲酒，煮鬱金之草築而和之，使芬香調暢，謂之秬鬯。』」案鬱金黄色，故名黄流。此則以黄河之水形容之，一語雙關。 雹奔：李白《西岳雲臺歌送丹丘子》詩：「黄河萬里觸山動，盤渦谷轉秦地雷……巨靈咆哮擘兩山，洪波噴流射東海。」此形容王仲翁喝酒之快。

鷓鴣天

陳公密出侍兒素娘，歌紫玉簫曲，勸老人酒。老人飲盡，因爲賦此詞①〔一〕

笑撚紅梅嚲翠翹②〔二〕。揚州十里最妖饒③〔三〕。夜來綺席親曾見，撮得精神滴滴嬌〔四〕。嬌後眼，舞時腰。劉郎幾度欲魂消〔五〕。明朝酒醒知何處〔六〕？腸斷雲間紫玉簫。

【校勘】

① 題首原有「公自序云」四字，據元本、毛本、朱本、龍本、曹本删去。元本「娘」作「姐」，「爲」上無「因」字。

② 「梅」，毛本作「牙」。

③ 「饒」，傅本、毛本、朱本、龍本、曹本作「嬈」。

【編年】

元符三年庚辰（一一〇〇年）十二月，作於韶州。王文誥《蘇詩總案》卷四四：「元符三年庚辰，五月遇赦，六月由儋耳渡海北歸，十二月抵韶州，陳公密出素娘佐酒，爲賦《鷓鴣天》詞。」

【箋注】

〔一〕陳公密：名縝，時任曲江令。紫玉簫曲：宋・陳暘《樂書・玉簫》：「唐咸寧中，張毅冢中得紫玉簫，古有《紫玉簫曲》，是也。」《宋史》卷一四二《樂志一七・教坊》：「太宗洞曉音律，前後親製大小曲及因舊曲剏新聲者，總三百九十。」其中「小曲二百七十」。小曲中有「歇指調九」，《紫玉簫》爲其中一曲。《紫玉簫》詞調，僅見晁補之《琴趣外篇》，載一首，别無他詞參看。

〔二〕「笑撚紅梅」句：玄應《一切經音義・四分律》引服虔《通俗文》：「手捏曰撚」。杜牧《重送》詩：「手撚金僕姑，腰懸玉轆轤。」嚲：《廣韻》：「嚲，丁可切。」又「垂下貌」。岑參《送郭乂雜言》詩：「朝歌城邊柳嚲地，邯鄲道上花撲人。」翠翹：美人首飾。宋玉《招魂》：「砥室翠翹。」注：「翠，鳥名。翹，羽也。」彭大翼《山堂肆考》卷二三五：「翡翠鳥尾上長毛曰翹，美人首飾如之，因名翠翹。」

〔三〕揚州十里：借指美麗歌妓。見《江城子》（玉人家在鳳凰山）注〔四〕。妖饒：亦作「妖嬈」。嬌豔嫵媚。曹植《感婚賦》：「顧有懷兮妖嬈，用搔首兮屏營。」嬈：朱駿聲《説文通訓定聲》：「《説文》：嬈，一曰嫪也。此後人所用妖嬈字。」

〔四〕滴滴嬌：猶言嬌滴滴，形容女子嬌小柔媚之態，宋元習語。《京本通俗小説・碾玉觀音》：

「蓮步半折小弓弓，鶯囀一聲嬌滴滴。」

〔五〕劉郎：見《殢人嬌》（滿院桃花）注〔七〕。此以李司空比陳公密，以劉禹錫自比，以李司空歌妓比素娘。

〔六〕酒醒知何處：柳永《雨霖鈴》（寒蟬凄切）：「今宵酒醒何處，楊柳岸曉風殘月。」

【參考資料】

金·王若虚《滹南遺老集》卷三九《詩話》中：東坡「贈陳公密侍兒云：『夜來綺席親曾見』，此本即席所賦，而下『夜來』字，卻是隔一日」。

中國古典文學基本叢書

蘇軾詞編年校注

下

鄒同慶 王宗堂 著

中華書局

二、蘇軾未編年詞三十九首及殘句十一則

木蘭花令①〔一〕

經句未識東君信②〔二〕。一夕薰風來解慍〔三〕。紅綃衣薄麥秋寒〔四〕，緑綺韻低梅雨潤〔五〕。瓜頭緑染山光嫩〔六〕。弄色金桃新傅粉〔七〕。日高慵捲水晶簾〔八〕，猶帶春醪紅玉困〔九〕。

【校勘】

①此詞吴本未收，傅本、元本、明刊全集亦不載，據外集、二妙集、毛本、朱本、龍本、《全宋詞》、曹本補。

②「未識」，外集、二妙集缺。

【箋注】

〔一〕本詞寫春末夏初時，一位美人醉眠懶起的嬌慵之態。

〔二〕東君信：古以東君爲春神。成彦雄《柳枝詞》其三：「東君愛惜與先春，草澤無人處也新。」揚雄《太玄經・應》：「陽氣極於上，陰信萌乎下。」注：「信，猶聲兆也。」此句謂經句不見春之消息，蓋春已去也。

〔三〕薰風解愠：見《阮郎歸》（緑槐高柳咽新蟬）注〔二〕。

〔四〕紅綃：紅綢也。薛濤《試新服裁制初成》詩三首其一：「紫陽宫裏賜紅綃，仙霧朦朧隔海遥。」麥秋：《禮記·月令》：孟夏之月「靡草死，麥秋至」。蔡邕《月令章句》：「百穀各以其初生爲春，熟爲秋，故麥以孟夏爲秋。」案謂農曆五月麥熟季節。

〔五〕緑綺：琴名。傅休奕《琴賦序》：「楚莊王有鳴琴曰繞梁，司馬相如有琴曰緑綺，蔡邕有琴曰焦尾，皆名器也。」《文選》卷三〇張孟陽《擬四愁》詩：「佳人遺我緑綺琴，何以贈之雙南金。」梅雨：《初學記》卷二引梁元帝《纂要》：「梅熟而雨曰梅雨。」注：「江東呼爲黄梅雨。」陳善《捫蝨新話》卷一三：「今江湖二浙，四五月之間，梅欲黄而雨謂之梅雨。」

〔六〕「瓜頭緑染」句：謂美人之黑髮將首飾映染成嫩緑色。山：當指「小山」。沈從文《中國古代服飾研究》謂小山係由金、銀、象牙等貴重材料製成的小梳子，婦女戴於頭髮上以作裝飾品。

〔七〕「弄色金桃」句：弄色：翻出新鮮顔色。金桃：《新唐書》卷二二一《西域傳》下：「康者，一曰薩末鞬，亦曰颯秣建……貞觀五年，遂請臣。……自是歲入貢致金桃、銀桃，詔令植苑中。」傅粉：《世説新語》下卷上《容止》：「何平叔美姿儀，面至白；魏明帝疑其傅粉。」案此謂美人面若傅粉金桃。

〔八〕水晶簾：宋之問《明河篇》詩：「雲母帳前初泛濫，水精簾外轉逶迤。」

〔九〕春醪：指美酒。陶淵明《和劉柴桑》詩：「谷風轉淒薄，春醪解飢劬。」紅玉：喻美人。見《浣溪沙》（芍藥櫻桃兩鬬新）注〔四〕。

西江月〔一〕

聞道雙銜鳳帶①〔二〕，不妨單著鮫綃②〔三〕。夜香知與阿誰燒〔四〕。悵望水沈煙裊〔五〕。雲鬢風前緑卷〔六〕，玉顔醉裏紅潮。莫教空度可憐宵〔七〕。月與佳人共僚③〔八〕。

【校勘】

①「銜」，原作「御」，據諸本改。

②「著」，原作「看」，據傅本、元本、二妙集、毛本改。

③「僚」，二妙集、明刊全集作「撩」。

【箋注】

〔一〕本詞寫一女子於窗前月下待其所愛，而其所愛已「雙銜鳳帶」，另有他顧，故久待而不至，惟悵望水沈裊裊，空對明月皎皎。

〔二〕雙銜鳳帶：李商隱《飲席代官妓贈兩從事》詩：「新人橋上著春衫，舊主江邊側帽簷。願得化爲紅綬帶，許教雙鳳一時銜。」案謂所愛者另有所愛。

〔三〕鮫綃：干寶《搜神記》卷一二《鮫人》：「南海之外，有鮫人，水居如魚，不廢織績。其眼泣則能出珠。」《文選》卷五左太沖《吴都賦》：「泉室潛織而卷綃，淵客慷慨而泣珠。」劉淵林注：「鮫人水底居也。俗傳鮫人從水中出，曾寄寓人家，積日賣綃。綃者，竹孚俞也。鮫人臨去，從主人索器，泣而出珠滿盤。」

〔四〕夜香：温庭筠《題造微禪師院》詩：「夜香聞偈後，岑寂掩雙扉。」此指夜燒沈木香。

〔五〕水沈：即沉木香。見《阮郎歸》（緑槐高柳咽新蟬）注〔三〕。此句寫焚夜香意在待人，待人而人不至，惟悵望香煙裊裊而已。

〔六〕「雲鬟」二句：傅注：「舊注此二句夢中得之。」風前緑卷：即風卷緑雲，指微風吹卷起緑雲般的鬢髮。紅潮：此指因醉酒而臉上泛起紅暈，蓋借酒消愁也。

〔七〕可憐宵：傅注引沈玄機《感異記》云：「徘徊花上月，空度可憐宵。」。詳見《臨江仙》（多病休文都瘦損）注〔九〕。

〔八〕月僚：《詩·陳風·月出》：「月出皎兮，佼人僚兮。」傳：「僚，好貌。」謂月光與佳人一樣姣好。

【參考資料】

明·潘游龍《精選古今詩餘醉》卷一二：「『可憐宵』三字妙甚。」

烏夜啼　寄遠①

莫怪歸心甚速②，西湖自有蛾眉〔一〕。若見故人須細說，白髮倍當時。　小鄭非常强記〔二〕，二南依舊能詩〔三〕。更有鱸魚堪切膾〔四〕，兒輩莫教知〔五〕。

【校勘】

① 傅本、元本無題。

② 傅本、元本、二妙集無「甚」字。

【考辨】

曹本注：「按此詞上片明係送友人回杭州之作。下片『小鄭非常强記』句，龍本原注：『小鄭：《南史》，鄭述祖仕齊，與父皆爲兗州刺史。歌曰：大鄭公，小鄭公，相去五十載，風教猶尚同。』其意似以蘇過爲小鄭。但細玩此歌，係五十年後他人稱頌鄭氏父子之辭。東坡雖有時不免譽兒，惟自有其分寸。東坡如作此詞，必不預言五十年後不可知之事，對過如此稱頌，且並有自頌之嫌。又按龍本原注『二南』，引傅注：『舊注湖妓有周、召者，號二南。』銘意此小鄭及二南，極可能同屬妓女，惟一則道姓，一則稱號耳。又按龍本注『兒輩』，云見卷一《水調歌頭》『安石在東海』闋，查此係引王羲之答謝安云云。故東坡如作此詞，則此兒輩必指邁、迨，因過已牽涉小鄭。

惟東坡兩次離杭，邁、迨俱未留杭。且蘇過非常强記，又何必秘不使邁、迨知耶？從此反證小鄭必不作小鄭公解。而況東坡一生，光明磊落，父子之間，根本無此秘密耶。且即就羲之原意，只因年在桑榆，傷於哀樂，正賴絲竹陶寫。其所以恐兒輩覺者，只在不損兒輩歡樂之趣耳，亦絕無秘密意味存於其間。至如此詞下片，直是家在杭州，身在外地，同時密戀至少兩個妓女，深怕兒輩聞知者之口吻，豈羲之或東坡之所有？故斷定此詞非東坡所作。今移列誤入詞。」案：此詞諸本《東坡詞》均載，宋·陳元靚《歲時廣記》卷三引此詞「更有鱸魚堪切膾」句，亦云蘇軾送人歸吴作。曹注僅憑對「小鄭」、「二南」、「兒輩」之理解，即斷言非東坡所作，顯證不足。今不取曹說，仍從諸本作蘇軾詞。從詞的内容看，當是蘇軾晚年寄給杭州昔日極好的兩位歌妓的。首二句言一位友人歸杭，因家有嬌妻，故歸心似箭。次二句是作者托此友人轉告杭州「故人」（即下文「小鄭」、「二南」），細説自己近況，年紀老邁，白髮兩倍於昨。下片是説西湖所以值得自己懷念的原因，一是有當日相好的强記的小鄭和能詩的二南；二是有美味鱸魚膾。但這種個人隱私，不宜讓兒輩知曉，故叮囑那位友人保密，「兒輩莫教知」。這樣理解，絲毫不影響蘇軾的偉大，反而更加證明他是一位多情的、有血有肉的詞人。

【箋注】

〔一〕蛾眉：原指女子雙眉，此代稱美女。謝朓《夜聽妓詩二首》之二：「蛾眉已共笑，清香復入襟。」

〔二〕小鄭：《北史》卷三五《鄭述祖傳》：述祖字恭文，與其父道昭先後皆爲光州刺史，人歌之曰：「大鄭公，小鄭公，相去五十載，風教猶尚同。」此當指作者昔日在杭州相識之人。

〔三〕二南：傅注：「舊注，湖妓有周召者，號二南。」此指昔日在杭相識的歌妓。

〔四〕鱸膾：《世説新語》中卷上《識鑒》：「張季鷹（翰）辟齊王東曹掾，在洛，見秋風起，因思吴中菰菜羹、鱸魚膾，曰：『人生貴得適意爾，何能羈宦數千里以要名爵！』遂命駕便歸。」宋·何薳《春渚紀聞》卷四「夢鱠」條：「吴興溪魚之美，冠於他郡。而郡人會集，必以斫鱠爲勤，其操刀者名之鱠匠。」此寫自己因思慕杭州鱸魚膾而想辭官歸隱。

〔五〕「兒輩」句：《晉書》卷八〇《王羲之傳》：「謝安嘗謂羲之曰：『中年以來，傷於哀樂，與親友别，輒作數日惡。』羲之曰：『年在桑榆，自然至此。頃正賴絲竹陶寫，恒恐兒輩覺，損其歡樂之趣。』」

【參考資料】

宋·陳元靚《歲時廣記》卷三：「《海物異名記》云：江南人作膾，名郎官膾，言因張翰得名。東坡詩云：『浮世功名食與眠，季鷹直得水中仙。不須更説知機早，直爲鱸魚也自賢。』又送人歸吴有詞云：『更有鱸魚堪切膾』。」

臨江仙〔一〕

冬夜夜寒冰合井〔二〕，畫堂明月侵幃。青釭明滅照悲啼〔三〕。青釭挑欲盡①，粉淚裛還垂。未盡一尊先掩淚，歌聲半帶清悲〔四〕。情聲兩盡莫相違。欲知腸斷處〔五〕，梁上暗塵飛〔六〕。

【校勘】

①「釭」，原作「缸」，據傅本、元本改。《歷代詩餘》「青釭」作「燈花」。

【箋注】

〔一〕李白有《夜坐吟》，其辭曰：「冬夜夜寒覺夜長，沉吟久坐坐北堂。冰合井泉月入閨，金釭青凝照悲啼。金釭滅，啼轉多，掩妾淚，聽君歌。歌有聲，妾有情，情聲合，兩無違。一語不入意，從君萬曲梁塵飛。」蘇詞乃隱括李詩而成。

〔二〕冰合井：傅注：「井泉温，非盛寒則不冰。」《後漢書·五行志》三：「靈帝光和六年冬，大寒，北海、東萊、琅邪井中冰厚尺餘。」

〔三〕青釭：王融《詠幔》詩：「但願置樽酒，蘭釭當夜明。」釭，即燈盞。青釭，猶言青燈。

〔四〕清悲：陸機《擬西北有高樓》詩：「閑夜撫鳴琴，惠音清且悲。」

〔五〕腸斷：傅注：「唐武宗疾篤，遷便殿。孟才人以笙歌獲寵者，密侍其右。上目之曰：『吾當不諱，爾何爲哉。』指笙囊泣曰：『請以此就縊。』上惻然，復曰：『妾嘗藝歌，願對上歌一曲，以泄其憤。』上以其懇，許之。乃歌一聲《河滿子》，氣亟立殞。上令醫候之，曰：『脈尚温而腸已斷。』」江總《姬人怨》詩：「非爲隴水望秦川，直置思君腸自斷。」

〔六〕梁塵飛：《文選》卷三〇陸機《擬古詩》：「一唱萬夫歎，再唱梁塵飛。」李善注引《七略》曰：「漢興，善歌者魯人虞公，發聲動梁上塵。」

又　贈王友道①〔一〕

誰道東陽都瘦損〔二〕，凝然點漆精神〔三〕。瑶林終自隔風塵〔四〕。試看披鶴氅〔五〕，仍是謫仙人〔六〕。　省可清言揮玉塵〔七〕，真須保器全真〔八〕。風流何似道家純〔九〕。不應同蜀客〔一〇〕，惟愛卓文君。

【校勘】

① 傅本、元本、外集不載。

【箋注】

〔一〕王友道：不詳。薛本疑是「王道友」之誤。孔凡禮《三蘇年譜》從其説，云：蘇軾王姓道友有名景純字仲素者。繫本詞於熙寧十年八月，在徐州。録以備考。

〔二〕「誰道東陽」句：《南史》卷五七《沈約傳》：「沈約，字休文……隆昌元年，除吏部郎，出爲東陽太守……初，約久處端揆，有志台司，論者咸謂爲宜。而帝終不用，乃求外出，又不見許。與徐勉素善，遂以書陳情於勉言己老病：『百日數旬，革帶常應移空，以手握臂，率計月小半分。』欲謝事，求歸老之秩。」李商隱《韓冬郎即席爲詩相送……因成二絶寄酬兼呈畏之員外》詩：「爲憑何遜休聯句，瘦盡東陽姓沈人。」自注云：「吾雖無東陽之才，有東陽之瘦矣。」

〔三〕點漆：《世説新語》下卷上《容止》：「王右軍見杜弘治，歎曰：『面如凝脂，眼如點漆，此神仙中人。』」此形容眼睛黑而炯炯有神。

〔四〕瑶林隔風塵：《世説新語》中卷下《賞譽》上：「王戎云：『太尉（指王衍）神姿高徹，如瑶林瓊樹，自然是風塵外物。』」此言瑶林瓊樹畢竟遠隔風塵，非人世間所有。

〔五〕披鶴氅：《晉書》卷八四《王恭傳》：「（恭）嘗被鶴氅裘，涉雪而行。孟昶窺見之，歎曰：『此真神仙人也！』」

〔六〕謫仙人：從仙境貶到人間的仙人。賀知章稱李白爲謫仙人。詳《滿江紅》（江漢西來）注〔二〕。

〔七〕「省可清言」句：張相《詩詞曲語辭彙釋》卷五「省」（三）條：「有曰省可者。蘇軾《臨江仙》詞《贈王友道》：『省可清言揮玉麈，真須保器全真。』省可猶曰休要，意言休要清言，清言亦傷元真，務須保全也。」清言：猶言清談。《世説新語》上卷下《文學》：「丞相（王導）自起解帳帶麈尾，語殷（浩）曰：『身今日當與君共談析理。』既共清言，遂達三更。」揮玉麈：《世説新語》下卷上《容止》：「王夷甫容貌整麗，妙於談玄，恒捉白玉柄麈尾，與手都無分別。」《通鑑》卷八九《晉紀・孝愍皇帝》下：建興二年，壬辰，「（王）浚遣（石）勒麈尾。」注：「麈，鹿屬，尾能生風辟蠅蚋，晉王公貴人多執麈尾，以玉爲柄。」

〔八〕保器全真：保持本性、天真。《易・繫》下：「君子藏器於身，待時而動。」《莊子・盜跖》：「子之道狂狂汲汲，詐巧虚僞事也，非可以全真也，奚足論哉！」《漢書》卷三〇《藝文志》：「神僊者，所以保性命之真，而游求於其外者也。」

〔九〕風流：謂有才能而不拘禮法的氣派。《晉書》卷八〇《王獻之傳》：「少有盛名，而高邁不羈……風流爲一時之冠。」道家：《史記・太史公自序》：「道家無爲，又曰無不爲。其實易行，其辭難知。其術以虚爲本，以因循爲用。」《漢書》卷三〇《藝文志》：「道家者流……清虚以自守，卑弱以自持。」

〔一〇〕「不應同蜀客」二句：謂王友道宜保器全真，去欲絶俗，超然風塵之外，不應同蜀客司馬相如，私愛於卓文君。餘詳《河滿子》（見説岷峨悽愴）注〔九〕。

又①

昨夜渡江何處宿，望中疑是秦淮〔一〕。月明誰起笛中哀。多情王謝女〔二〕，相逐過江來。

雲雨未成還又散〔三〕，思量好事難諧。憑陵急槳兩相催②〔四〕。想伊歸去後，應似我情懷。

【校勘】

① 此詞吴本未收，傅本、元本、明刊全集亦不載。據外集、二妙集、毛本、朱本、龍本、《全宋詞》補。毛本注：「元刻不載。」《全宋詞》注：「見汲古閣本《東坡詞》。」

② 「陵」，二妙集作「凌」。

【考辨】

曹本注：「按東坡一生過金陵若干次，每次之交遊均在詩文尺牘内有所著録，絶無如此閑情。此詞意境，與東坡詞不類。今移列誤入詞。」案：此詞，始見於南宋人編《外集》，明以後二妙集、毛本等亦載，是否僞作，别無顯證。今仍從外集、二妙集、毛本等，不作存疑詞論，以待詳考。

【箋注】

〔一〕秦淮：穿越金陵（今江蘇南京市）之秦淮河。唐·許嵩《建康實録》卷一：「當始皇三十六年，始皇東巡，自江乘渡，望氣者云：『五百年後，金陵有天子氣。』因鑿鍾阜，斷金陵長隴以通流，至今呼爲秦淮。」

〔二〕王謝女：出身高門的少女。六朝時王、謝世爲望族，故常並稱。《南史》卷八〇《侯景傳》：「（景）請娶於王謝，帝曰：『王謝門高非偶，可於朱張以下訪之。』」後以王謝爲高門世族代稱。劉禹錫《烏衣巷》詩：「舊時王謝堂前燕，飛入尋百姓家。」

〔三〕「雲雨」句：意爲男女尚未幽會便被拆散。雲雨：典出宋玉《高唐賦序》，見《祝英臺近》注〔五〕。此用巫山神女喻「王謝女」。

〔四〕憑陵：原指以威勢逼人，此指某種無形壓力。《左傳・襄公二十五年》：「今陳忘周之大德，……介恃楚衆，以憑陵我敝邑。」李白《大鵬賦》：「燀赫乎宇宙，憑陵乎崑崙。」此句乃承上説「好事難諧」，蓋由强勢「急槳兩相催」去耳。故下云「想伊歸去後，應似我情懷」。

漁家傲 送張元康省親秦州①〔一〕

一曲陽關情幾許〔二〕。知君欲向秦川去。白馬皁貂留不住〔三〕。回首處〔四〕。孤城不見天霖霧②。　到日長安花似雨〔五〕。故關楊柳初飛絮。漸見鞾刀迎夾路〔六〕。誰得似。風流膝上王文度〔七〕。

【校勘】

①「康」，原誤作「唐」，據傅本、元本改。「州」，曹本改作「川」，云：「按州係川字形誤。今從次句改正。」元本題末有「或作秦亭」四字。

②「霖」，傅本、元本作「霏」。

【箋注】

〔一〕此乃送別詞，上闋實寫與友人惜別時之情，下闋設想友人到秦州之景。張元康：生平不詳。疑或爲張詵之子。張詵家建州浦城（今福建浦城），熙寧六年至九年知秦州。熙寧六年或七年，張元康自建州浦城赴秦州省親，途經杭州，其間蘇軾在杭州任通判，送行之作。秦州：《晉書》卷一四《地理志》上：「秦州，案《禹貢》本雍州之域，魏始分隴右置焉……及泰始五年，又以雍州隴右五郡及涼州之金城、梁州之陰平，合七郡置秦州，鎮冀城。太康三年，罷秦州，并雍州。七年，復立，鎮上邽（今甘肅天水市）。」唐宋時以産銀、銅、鐵而聞名於世。

〔二〕陽關：地名。《史記》卷一二三《大宛列傳》正義引魏王泰《括地志》，謂在沙州壽昌縣西六里，在今甘肅敦煌縣西南。王維《送元二使安西》詩有「西出陽關無故人」之句，後人遂以《陽關》爲離別曲。餘見《江城子》（翠蛾羞黛怯人看）注〔四〕。

〔三〕「白馬皂貂」句：謂留不住乘白馬衣皂裘，思親急歸之張元康。傅注：「皂貂，黑貂裘也。」高適《別孫訢》：「離人去復留，白馬黑貂裘。」貂裘典見《戰國策·秦策》：「（蘇秦）説秦王，書十上而説不行，黑貂之裘敝。」

〔四〕「回首處」三句：謂友人離去已遠，回首眺望，不惟不見人影，孤城亦隱没霧中。《左傳·隱公九年》：「凡雨，自三日以往爲霖。」霖霧，雨霧也。杜甫《野望》詩：「遠水兼天净，孤城隱霧深。」

〔五〕「到日長安」二句：謂赴秦州沿途所見之景。花似雨：落紅似雨。李賀《將進酒》詩：「況是青春日將暮，桃花亂落如紅雨。」柳飛絮：王維《酬郭給事》詩：「洞門高閣靄餘暉，桃李陰陰柳絮飛。」

〔六〕韡刀迎路：傅注：「唐制，諸府帥見大府帥，皆戎服，左握刀，右屬弓矢，帕首袴韡靴，迎於道左。」詳《南鄉子》（旌旆滿江湖）注〔四〕。

〔七〕王文度：詳《虞美人》（歸心正似三春草）注〔五〕。此言張元康省親受到老父的疼愛。

定風波 感舊①

莫怪鴛鴦繡帶長〔一〕。腰輕不勝舞衣裳〔二〕。薄倖只貪遊冶去〔三〕。何處。垂楊繫馬恣輕狂〔四〕。　花謝絮飛春又盡。堪恨。斷絃塵管伴啼妝〔五〕。不信歸來但自看。怕見。爲郎憔悴卻羞郎〔六〕。

【校勘】

①元本、朱本、龍本、曹本無題。

【考辨】

曹本校注：「按此詞係女流口吻，意境與東坡詞不類，斷非東坡作。今移列誤入詞。」案：此詞東坡詞諸本均收，别無異説。曹本僅以「意境不類」即判爲僞作，顯證不足，不可信。

【箋注】

〔一〕鴛鴦繡帶長：唐·徐彦伯《擬古三首》之三：「贈君鴛鴦帶，因以鷫鸘裘。」此指繡有鴛鴦的腰帶。「長」，即《古詩十九首》「衣帶日已緩」意。

〔二〕「腰輕」句：梁簡文帝《舞賦》：「信身輕而釵重，亦腰羸而帶急。」又唐·蘇鶚《杜陽雜編》卷上載：唐人元載納薛瑶英爲妾，處金絲之帳，却塵之被，衣龍綃之衣，一襲無一二兩，摶之不盈一握。載以瑶英體輕，不勝重衣，故於異國以求是服也。賈至因贈詩曰：「舞怯銖衣重，笑疑桃臉開。方知漢武帝，虚築避風臺。」此句化用上述典故，言其肢體輕軟，弱不勝衣。

〔三〕遊冶：縱情于酒色。歐陽修《蝶戀花》：「玉勒雕鞍遊冶處，樓高不見章臺路。」

〔四〕「垂楊」句：王維《少年行四首》之一：「新豐美酒斗十千，咸陽遊俠多少年。相逢意氣爲君飲，繫馬高樓垂柳邊。」

〔五〕啼妝：漢代女子以粉拭目下，有似啼痕，以示妖艷，稱爲啼妝。《後漢書》卷一三《五行志》二：「桓帝元嘉中，京都婦女作愁眉、啼妝，……所謂愁眉者，細而曲折。啼妝者，薄拭目下若啼處。」此處之「啼妝」，則指真的淚痕。

〔六〕「爲郎」句：元稹《鶯鶯傳》載崔鶯鶯贈張生詩云：「自從消瘦減容光，萬轉千迴懶下牀。不爲傍人羞不起，爲郎憔悴却羞郎。」「羞」，猶云怕，怕見。

南鄉子 有感①

冰雪透香肌〔一〕。姑射仙人不似伊。濯錦江頭新樣錦〔二〕，非宜。故著尋常淡薄衣〔三〕。

暖日下重幃。春睡香凝索起遲②〔四〕。曼倩風流緣底事〔五〕，當時。愛被西真喚作兒。

【校勘】

① 傅本、元本無題。

② 「睡」，原作「瑞」，據諸本改。

【箋注】

〔一〕「冰雪」二句：見《減字木蘭花》（鄭莊好客）注〔八〕。伊：第三人稱代詞。《世説新語》中卷下《品藻》：「王僧恩輕林公，藍田曰：『勿學汝兄，汝兄自不如伊。』」

〔二〕「濯錦江頭」句：杜甫《蕭八明府實處覓桃栽》詩：「河陽縣裏雖無樹，濯錦江頭未滿園。」浦起龍注：「《一統志》：『蜀守李冰，穿二江，通成都。』《宋・郡縣志》：『蜀人以此濯錦鮮明，又名錦江。』」傅注引《成都記》：「濯錦江，秦相張儀所作。土人言：此水濯錦則鮮明，他水則否。」

〔三〕淡薄衣：張藉《倡女詞》：「畫羅金縷難相稱，故著尋常淡薄衣。」

〔四〕春睡：白居易《江州赴忠州至江陵已來舟中示舍弟五十韻》詩：「卧穩貪春睡，行遲帶酒醒。」香凝：武元衡《奉酬中書相公至日圜丘行事合於中書宿齋移止於集賢院叙情見寄之什》詩：「風溢銅壺漏，香凝綺閣煙。」索：《詩詞曲語辭匯釋》卷四：「索，猶須也……徐鉉《柳枝詞》：『共君同過朱橋去，索映垂楊聽洞簫。』言須於映着垂楊處聽簫也。」

〔五〕「曼倩」三句：傅注：「《漢武帝故事》：西王母嘗見帝於承華殿，東方朔從青瑣竊窺之。王母笑指朔曰：『仙桃三熟，此兒已三偷之矣。』曼倩，方朔字。西真，西王母。」傅注所引，今本《漢武故事》無。案《藝文類聚》《太平御覽》《白孔六帖》《紺珠集》等書援引《漢武故事》情節各異，除西王母外，採桑老婦、黄眉翁、某短人亦曾將東方朔「唤作兒」。傅注可備一説。

【參考資料】

清・李調元《雨村詞話》卷一：「人謂東坡長短句，不工媚詞，少諧音律，非也，特才大不肯受束縛而然。間作媚詞，卻洗盡鉛華，非少游女孃語所及。如有感《南鄉子》詞云：（詞略）。『喚作兒』三字出之先生筆，卻如此大雅。」

又 雙荔支①〔一〕

天與化工知〔二〕。賜得衣裳總是緋〔三〕。每向華堂深處見〔四〕，憐伊。兩箇心腸一片兒〔五〕。

自小便相隨。綺席歌筵不暫離。苦恨人人分拆破②，東西。怎得成雙似舊時。

【校勘】

① 傳本無題。

② 「拆」，毛本作「析」。

【箋注】

〔一〕荔支：見《減字木蘭花》（閩溪珍獻）注〔一〕。案這是一首用擬人手法寫的詠物詞。

〔二〕化工：見《浣溪沙》（慚愧今年二麥豐）注〔三〕。

〔三〕「賜得衣裳」句：嵇含、白居易稱荔支「青華朱實」、「實如丹」、「殼如紅繒」，故此喻爲化工所賜得緋衣也。《新唐書》卷二四《車服志》：「袴褶之制：五品以上，細綾及羅爲之……五品以上緋。」《說文》：「緋，帛赤色也。」

〔四〕「每向華堂」句：《蘇軾詩集》卷三九《荔支歎》自注：「漢永元中，交州進荔支、龍眼。」「唐天寶中，蓋取涪州荔支。」《新唐書》卷七六《楊貴妃傳》：「妃嗜荔支，必欲生致之。乃置郵傳，送走數千里，味未變，已至京師。」蓋荔支爲果中珍品，多爲皇宫貴族之家所食，故「每向華堂深處見」。

〔五〕「兩箇心腸」句：雙荔支并蒂結實，故言。

又　集句

寒玉細凝膚吴融〔一〕。清歌一曲倒金壺鄭谷〔二〕。冶葉倡條徧相識李商隱①〔三〕，争如。豆蔻花梢二月初杜牧〔四〕。年少即須臾白居易〔五〕。芳時偷得醉工夫白居易〔六〕。羅帳細垂銀燭背韓偓〔七〕，歡娱。豁得平生俊氣無杜牧〔八〕。

【校勘】

①「冶葉倡條」，傅本、二妙集、毛本作「杏葉菖條」。

【箋注】

〔一〕「寒玉」句：見吴融《即席十韻》詩。

〔二〕「清歌」句：見鄭谷《席上貽歌者》詩。

〔三〕「冶葉」句：見李商隱《燕臺四首》其一《春》詩。

〔四〕「豆蔻」句：見杜牧《贈别》詩二首其一。「花梢」作「梢頭」。

〔五〕「年少」句：見白居易《東南行一百韻寄通州元九侍御……竇七校書》詩。「即」作「不」。

〔六〕「芳時」句：案此非白居易詩，而爲鄭遨《招友人遊春》詩。《全唐詩》中此詩又收入杜光庭卷。「得」作「取」。

〔七〕「羅帳」句：見韓偓《聞雨》詩。「細」作「四」，「銀」作「紅」。

〔八〕「豁得」句：見杜牧《寄杜子》詩二首其一。案集句是舊時作詩填詞方式之一。即擷取前人一家或數家作品中的成句，集而成篇，本是一種文字遊戲，蘇軾卻用得得心應手。本詞上片寫一年若豆蔻的娼女，凝膚善歌，豔冶風流。下片寫年少須臾，當及時歡娱，莫負芳時。此闋及下兩闋，都連綴巧妙，自然渾成，不是强記多識，博學宏才的人不易做到。

又 集句

悵望送春杯杜牧〔一〕。漸老逢春能幾回杜甫〔二〕。花滿楚城愁遠别許渾〔三〕，傷懷。何況清絲急管催劉禹錫〔四〕。吟斷望鄉臺李商隱〔五〕。萬里歸心獨上來許渾〔六〕。景物登臨閑始見杜牧〔七〕，徘徊。一寸相思一寸灰李商隱〔八〕。

【箋注】

〔一〕「悵望」句：見杜牧《惜春》詩。

〔二〕「漸老」句：見杜甫《絶句漫興》詩九首其四。

〔三〕「花滿」句：見許渾《竹林寺别友人》詩。「楚」作「謝」，「遠」一作「共」。

〔四〕「何況」句：見劉禹錫《洛中送韓七中丞之吴興口號》五首其三。「絲」作「弦」。

〔五〕「吟斷」句：見李商隱《晉昌晚歸馬上贈》詩。望鄉臺：爲遥望故鄉而築的高臺。杜甫《雲山》詩：「力盡望鄉臺」。蔡夢弼注引《成都記》：「有望鄉臺，隋蜀王秀所築。」又引《益州記》：「升仙亭夾路有二臺，一名望鄉臺。」

〔六〕「萬里」句：見許渾《冬日登越王臺懷歸》詩。

〔七〕「景物」句：見杜牧《八月十二日得替後移居霅溪館因題長句四韻》詩。

〔八〕「一寸」句：見李商隱《無題》詩(颯颯東風細雨來)。

又　集句

何處倚闌干杜牧〔一〕。絃管高樓月正圓杜牧〔二〕。蝴蝶夢中家萬里崔塗〔三〕，依然。老去愁來强自寬杜甫①〔四〕。　明鏡借紅顔李商隱〔五〕。須著人間比夢間韓愈〔六〕。蠟燭半籠金翡翠李商隱〔七〕，更闌。繡被焚香獨自眠許渾〔八〕。

【校勘】

①「愁來」，傳本作「悲秋」。

【箋注】

〔一〕「何處」句：見杜牧《初春有感寄歙州邢員外》詩。

〔二〕「絃管」句：見杜牧《懷鍾陵舊遊四首》之一。「絃」作「絲」，「樓」作「臺」。

〔三〕「蝴蝶」句：見崔塗《春夕》詩（一本「春夕」下有「旅懷」二字）。

〔四〕「老去」句：見杜甫《九日藍田崔氏莊》詩。

〔五〕「明鏡」句：見李商隱《戲贈張書記》詩。「借」作「惜」。

〔六〕「須著」句：見韓愈《遣興》詩（「興」一作「遠」）。

〔七〕「蠟燭」句：見李商隱《無題》詩四首其一（來是空言去絕踪）。「燭」作「照」。

〔八〕「繡被」句：案此非許渾詩，而見李商隱《碧城》詩三首其二。

【參考資料】

金·王若虛《滹南遺老集》卷三九《詩話》中：「山谷最不愛集句，目爲百家衣，且曰：正堪一笑。予謂詞人滑稽，未足深誚也。山谷知惡此等，則藥名之作，建除之體，八音列宿之類，猶不可一笑也？」

明·沈際飛《草堂詩餘别集》卷二：「二詞（指『寒玉細凝膚』及『悵望送春杯』）遇錬堪鑄，不露一痕。」又云：「是詞非詩而寔詩，尊詩貶詞者合作何解？」

明·潘游龍《精選古今詩餘醉》卷七：「二詞鎔鑄之妙，幾奪神工。」

明·卓人月《古今詞統》卷八：「集句有六難：屬對一也，合韻二也，不失粘三也，切題四也，意思接續五也，句句精美六也，其誰兼之？」

清·張德瀛《詞徵》卷一：「集詩句入詞，惟朱竹垞《蕃錦集》篇帙最富，然蘇子瞻、趙介庵均列是體，蓋宋人已有爲之者。其集前人詞句，則石次仲《金谷遺音》載之。」

清·沈雄《古今詞話·詞品》卷上：「蘇長公《南鄉子》云：『悵望送金杯杜牧……』。近代《蕃錦集》中朱竹垞《點絳脣》詠風云：『灑露飄煙包佶，無情有恨何人見皮日休。羅幃舒卷李白。莫待花如霰王維。聽不聞聲韓愈，紫陌傳香遠陳翥。陽春半崔湜。柳長如線李賀。舞態愁將斷鄭愔。』詞則佳矣，但取其義之脗合，不求其句之割切也。律陶集杜，自昔已然，止用七言、五言也。即調中對句、結句之工巧，或出人意表。若内用二字、三字、四字，當割切之於何人而注爲某某句乎？」

菩薩蠻 回文〔一〕

落花閒院春衫薄。薄衫春院閒花落。遲日恨依依。依依恨日遲。夢回鶯舌弄。弄舌鶯回夢。郵便問人羞①〔二〕。羞人問便郵〔三〕。

【校勘】

①「便」，原誤作「使」，據諸本與下句改。

【考辨】

以下三首回文詞，曹本注謂：「意境俱與東坡詞不類。且逐句回文，僅屬文字遊戲，索然無味。……乃任何大家所無，而況東坡根本無此閒情。併移列可疑詞類。」案：這三首詞諸本均載，别無異説。曹本僅以「意境與東坡詞不類」，便以爲可疑，顯證不足，不可信。

【箋注】

〔一〕回文：或作迴文。謂詩詞中字句回還往復，倒順讀之皆成義可通者。起于魏曹植《鏡銘》，現存詩以晉蘇伯玉妻《盤中詩》爲最古。又《晉書》卷九六《竇滔妻蘇氏傳》：「竇滔妻蘇氏，始平人也，名蕙，字若蘭。善屬文。滔，苻堅時爲秦州刺史，被徙流沙，蘇氏思之，織錦爲迴文旋圖詩以贈滔。宛轉循環以讀之，詞甚悽惋，凡八百四十字。」

〔二〕郵便：即郵政。

〔三〕便郵：乘便替人投書信者。宋·王邁《祭海豐宰顏養智文》：「懷此美人，在天一方。物色便郵，將寄雙鯉。」

【參考資料】

清·鄒祗謨《遠志齋詞衷》：「詞有隱括體，有迴文體。迴文之就句迴者，自東坡、晦菴始也。其通體迴者，自義仍始也。近來吾友公阮、文友有一首迴作兩調者。文人慧筆，曲生狡獪，此中故有三昧，匪徒乞靈竇家餘巧也。」

清·謝章鋌《賭棋山莊詞話》卷一一：「詞之回文體，有一句者，有通闋者，有一調回作兩調者，雖極巧思，終鮮美制。魏善伯（祥）曰：『詩之有回文，猶梅之有臘梅，種類不入品格。』（《伯之文集》）詩猶然也，而況詞乎？」

又　夏景回文①

火雲凝汗揮珠顆〔一〕。顆珠揮汗凝雲火。瓊暖碧紗輕。輕紗碧暖瓊〔二〕。　暈頳嫌枕印。印枕嫌頳暈。閒照晚妝殘。殘妝晚照閒。

【校勘】

① 傅本、元本、朱本、龍本、曹本無題。

【考辨】

見前詞。

【箋注】

〔一〕火雲：夏季天旱時熾熱之赤雲。唐·岑參《送祁樂歸河東》：「五月火雲屯，氣燒天地紅。」

〔二〕暖瓊：即暖玉。王仁裕《開元天寶遺事》卷下「暖玉鞍」條：「岐王有玉鞍一面，每至冬月則用之，雖天氣嚴寒，則在此鞍上坐，如温火之氣。」此指夏天炎熱，原應涼爽的玉枕也令人感到發熱。

又

回文①

嶠南江淺紅梅小〔一〕。小梅紅淺江南嶠〔二〕。窺我向疏籬。籬疏向我窺。老人行即到。到即行人老。離別惜殘枝。枝殘惜別離。

【校勘】

① 傅本題作「紅梅贈别」。元本、朱本、龍本、曹本無題。

【考辨】

以上三詞之意境，係寫春、夏、冬景，在第二首與第三首之間，似缺一首秋景，當有所佚。録以備考。餘見「落花閒院春衫薄」詞考辨。

【箋注】

〔一〕嶠南：即嶺南。《後漢書》卷二四《馬援傳》：「援將樓船大小二千餘艘，戰士二萬餘人，進擊九真賊徵側餘黨都羊等，自無功至居風，斬獲五千餘人，嶠南悉平。」注：「嶠，嶺嶠也。」柳宗元《桂州訾家洲亭記》：「凡嶠南之山川，達于海上，於是畢出，而古今莫能知。」紅梅：見《定風波》（好睡慵開莫厭遲）注〔一〕。

〔二〕嶠：《爾雅·釋山》：「（山）鋭而高，嶠。」邢昺疏：「言山形纖峻而高者曰嶠。」

又

詠足①

塗香莫惜蓮承步〔一〕。長愁羅襪凌波去〔二〕。只見舞迴風〔三〕。都無行處蹤。　偷穿宮樣穩〔四〕。並立雙趺困。纖妙説應難〔五〕。須從掌上看〔六〕。

【校勘】

①傳本、元本不載。

【考辨】

曹本注：「按此詞意境，與東坡詞不類。且題作詠足，與前首同調詠目，以類相從，而其意境又皆全同。似亦謝絳所作，即在前首調下所注四首之内。今併移列誤入詞。」案：此詞傅本、元本不載，曾慥本《東坡詞拾遺》收録。曾本《拾遺》係據張賓老所編並載於蜀本者補録，張賓老所編本成書於大觀三年（一一〇九）以前，故知此詞於北宋後期已定爲蘇軾所作。《詞林萬選》卷二亦作蘇詞。今又别無作他人詞之顯證，曹本僅以意境不類東坡而斷爲謝絳詞，不可信。

【箋注】

〔一〕「塗香」句：《南史》卷五《齊本紀下·廢帝東昏侯》：東昏侯「鑿金爲蓮華以帖地，令潘妃行其上，曰：『此步步生蓮華也。』塗壁皆以麝香，錦幔珠簾，窮極綺麗。」蓮承步：蓮花承受美人之腳步。

〔二〕羅襪凌波：曹植《洛神賦》：「陵波微步，羅襪生塵。」

〔三〕迴風：旋轉如風。《爾雅》卷中《釋天》：「迴風爲飄。」杜甫《對雪》：「亂雲低薄暮，急雪舞迴風。」此處形容舞姿。

〔四〕宫樣：宫中流行的款式。韓偓《忍笑》：「宫樣梳頭淺畫眉，晚來裝飾更相宜。」此處指鞋。

〔五〕纖妙：小巧精妙。後漢馬融《長笛賦》：「微風纖妙，若存若亡。」此處形容纏足。説應難：很難用語言形容。

〔六〕掌上：指掌上舞。能托舞掌上則見體態之輕盈、小足之纖妙。《南史》卷六三《羊侃傳》：「儛人張浄琬腰圍一尺六寸，時人咸推能掌上儛。」

又①

玉鐶墜耳黃金飾〔一〕，輕衫罩體香羅碧。緩步困春醪〔二〕，春融臉上桃〔三〕。

花鈿從委地〔四〕，誰與郎爲意。長愛月華清〔五〕，此時憎月明。

【校勘】

① 傳本、元本不載。

【考辨】

曹本注：「按此詞意境，與東坡詞不類。尤其末二句，與本集《題合江樓》云：『青天孤月，固是人間一快。而或者乃云不如微雲點綴，乃是居心不浄者，常欲滓穢太清』（引者案，見《蘇軾文集》卷七一），直相牴牾。故可斷言此非東坡所作。今移列誤入詞。」案：此詞傳本、元本雖未收，然曾慥《東坡詞拾遺》已收録。曾本價值已如前闋考辨所言，不可輕易懷疑。曹本僅憑意境不類東坡斷言非東坡作。顯證不足，難以置信。

【箋注】

〔一〕玉環：玉製耳環。張載《擬四愁詩四首》之三：「佳人遺我雙角端，何以贈之雕玉環。」

〔二〕春醪：春酒。陶潛《和劉柴桑》詩：「谷風轉凄薄，春醪解飢劬。」「困春醪」指酒醉。

〔三〕臉上桃：因飲酒臉色紅潤如桃花。李白《山人勸酒》詩：「秀眉霜雪桃花貌，骨青髓緑長美好。」

〔四〕花鈿：古代婦女首飾。沈約《麗人賦》：「陸離羽珮，雜錯花鈿。」此句化用白居易《長恨歌》：「花鈿委地無人收，翠翹金雀玉搔頭。」從：縱也，任意。委地：遺落地上。

〔五〕「長愛」二句：謂人們長愛明月，而戀人幽會時則憎恨月光明亮。歐陽修《踏莎行》：「照人無奈月華明，潛身卻恨花深淺。」

浣溪沙　即事①

畫隼橫江喜再遊〔一〕。老魚跳檻識清謳〔二〕。流年未肯付東流〔三〕。　黄菊籬邊無悵望〔四〕，白雲鄉裏有温柔〔五〕。挽回霜鬢莫教休〔六〕。

【校勘】

①傳本、元本無題。

【箋注】

〔一〕畫隼：傅注：「畫隼蓋畫鳥隼之旗也。《周官·司常》九旗名物曰：『鳥隼爲旟。』又曰：『州里建旟。』則今之爲州者，建隼旟宜矣。柳耆卿《上杭守》詞云：『隼旟前後。』蓋用此事。」此句言州官儀仗，有畫鳥隼之旗。

〔二〕「老魚識謳」句：《韓詩外傳》卷六：「淳于髡曰：夫子亦誠無善耳，昔者瓠巴鼓瑟，而潛魚出聽；伯牙鼓琴，而六馬仰秣。魚馬猶知善之爲善，而况君人者也。」梁武帝《鳳笙曲》：「飛且停，在鳳樓。弄嬌響，間清謳。」李賀《李凭箜篌引》：「老魚跳波瘦蛟泣。」此當指州官之鼓吹，能令老魚出聽。

〔三〕流年：如水般流逝之年華。鮑照《登雲陽九里埭》詩：「宿心不復歸，流年抱衰疾。」

〔四〕「黄菊籬邊」句：劉宋·檀道鸞《續晉陽秋》：「陶潛九日無酒，乃於宅籬邊菊叢中，摘菊盈把而坐，悵望久之，見白衣人至，乃太守王弘送酒使也，即便就酌，醉而後歸。」

〔五〕「白雲鄉」句：謂仙人所居之鄉，有勝於美色迷人的温柔鄉。詳《南鄉子》（千騎試春遊）注〔五〕。

〔六〕「挽回霜鬢」句：謂時不我待，當及時遊樂，挽回青春，莫教鬢髮早霜。

又　新秋①〔一〕

風捲珠簾自上鈎〔二〕。蕭蕭亂葉報新秋〔三〕。獨攜纖手上高樓〔四〕。　缺月向人舒窈窕〔五〕，三星當户照綢繆〔六〕。香生霧縠見纖柔〔七〕。

【校勘】

① 傳本存目缺詞。元本無題。

【箋注】

〔一〕此詞寫新秋月夜，男女幽會於高樓，期待婚嫁之時。

〔二〕自上鈎：杜甫《月》詩：「塵匣開元鏡，風簾自上鈎。」

〔三〕亂葉報新秋：孟棨《本事詩·情感》載：韓翃姬柳氏答韓翃詩，有「一葉隨風忽報秋，縱使君來豈堪折」之句。

〔四〕攜纖手：黄庭堅《點絳唇》詞：「羅帶雙垂，妙香長恁攜纖手。」

〔五〕舒窈窕：《詩·陳風·月出》：「月出皎兮，佼人僚兮，舒窈糾兮。」毛傳：「舒，遲也。窈糾，舒之姿也。」陳奂疏：「《詩·野有死麕》《常武》，舒訓徐。此舒訓遲者，舒遲以雙聲得義。云窈糾，舒之姿者，《説文》：姿，態也。謂舒遲之姿態，則窈糾然也。」蘇軾蓋誤「糾」爲「窕」。

〔六〕「三星當户」句：《詩·唐風·綢繆》：「綢繆束薪，三星在天。」傳：「綢繆，猶纏綿也。三星，參也。在天，謂始見東方也。男女待禮而成，若薪芻待人事而後束也。三星在天，可以嫁娶矣。」此謂三星當户照男女纏綿之態，以喻當嫁娶之時矣。

〔七〕「香生霧縠」句：《文選》卷一九宋玉《神女賦》：「動霧縠以徐步兮，拂墀聲之珊珊。」注：「縠，今之輕紗，薄如霧也。」案霧縠寫女子服飾，纖柔寫女子體態。

又　方響①〔一〕

花滿銀塘水漫流〔二〕。犀槌玉板奏涼州〔三〕。順風環佩過秦樓〔四〕。　遠漢碧雲輕漠漠，今宵人在鵲橋頭〔五〕。一聲敲徹絳河秋〔六〕。

【校勘】

① 此詞吴本未收，傅本、元本亦不載，據明刊全集、二妙集、毛本、朱本、龍本、《全宋詞》、曹本補。

【箋注】

〔一〕方響：古打擊樂器。《通典》卷一四四《樂四》：「方響，梁有銅磬，蓋今方響之類也。方響以鐵爲之，修九寸，廣二寸，圓上方下，架如磬而不設業，倚於架上以代鐘磬。人間所用者，纔三四寸。」《新唐書》卷二二《禮樂志》一二：「木有拍板、方響，以體金應石而備八音。」白居易

《偶飲》詩：「千聲方響敲相續，一曲雲和戛未終。」案，此詞詠一歌女在秋夜樓頭奏方響、歌新曲的情景。

〔二〕銀塘：梁簡文帝《和武帝宴》詩二首其一：「銀塘瀉清渭，銅溝引直漪。」此句謂月照池塘，色白若銀。

〔三〕犀槌玉板：蘇鶚《杜陽雜編》卷中：「上（文宗）於内殿前看牡丹……時有宫人沈阿翹，爲上舞《河滿子》，調聲風態，率皆宛暢。曲罷，上賜金臂環，即問其從來，阿翹曰：『妾本吴元濟之妓女，濟敗，因以聲得爲宫人。』俄遂進白玉方響，云本吴元濟所與也。光明皎潔，可照十數步。言其犀槌，即響犀也。方物有聲，乃響應其中焉。」玉板：擊節之拍板的美稱。涼州：《新唐書》卷二二《禮樂志》十二：「開元二十四年，升胡部於堂上，而天寶樂曲，皆以邊地名，若《涼州》《伊州》《甘州》之類。」又：「《涼州曲》，本西涼所獻也，其聲本宫調，有大遍、小遍。貞元初，樂工康崑崙寓其聲，奏於玉宸殿，因號《玉宸宫調》。」

〔四〕環佩：佩玉。《禮·解經》：「行步則有環佩之聲，升車則有鸞和之音。」後世多指婦女所佩的飾物。佩，也作「珮」。杜牧《過華清宫三十韻》詩：「神仙高縹緲，環珮碎丁當。」秦樓：秦穆公女弄玉之樓曰秦樓，亦曰鳳樓。此指少女或少婦所居之樓。李商隱《無題》詩：「豈知一夜秦樓客，偷看吴王苑内花。」

〔五〕鵲橋：《白孔六帖》卷九五《鵲部》：「《淮南子》：烏鵲填河成橋，渡織女。」唐·韓鄂《歲華紀麗》卷三《七夕》：「鵲橋已成，織女將渡。」注：「《風俗通》云：織女七夕當渡河，使鵲爲橋。」宋之問《明河篇》詩：「鴛鴦機上疏螢度，烏鵲橋邊一雁飛。」

〔六〕絳河：銀河。《漢武帝内傳》：「上元夫人又遣一侍女答問云：阿環再拜，上問起居，遠隔絳河，擾以官事，遂替顔色，近五千年。」明人王逵《蠡海集·天文類》：「河漢，曰銀河可也，而曰絳河，蓋觀天者以北極爲標準，所仰視而見者，皆在於北極之南，故稱之曰丹、曰絳，借南之色以爲喻也。而《初學記》卷六引《拾遺記》：『絳河去日南十萬里，波如絳色。』殆非此處所用之絳河也。」杜審言《七夕》詩：「白露含明月，青霞斷絳河。」

又　春情①

風壓輕雲貼水飛。乍晴池館燕争泥。沈郎多病不勝衣〔一〕。　沙上不聞鴻雁信②〔二〕，竹間時聽鷓鴣啼③〔三〕。此情惟有落花知。

【校勘】

①傅本、元本無題。毛本、朱本未收。毛本調下注：「舊刻四十五首。考『風壓輕雲貼水飛』是李後主作……俱删去。」龍本校注：「元本、毛本俱無此闋（案：元本卷下確有此闋，龍校誤）。世共傳爲南

唐中主詞，或爲傅氏誤收，録以備考。」曹本列誤入詞類，校注云：「按毛本、朱本俱未收此詞，而龍本從傅本收録，同時表示『或爲傅氏誤收』，並無自信。考上片末句，斷非東坡口吻。今移列誤入詞。」

②「不」，外集、二妙集作「未」。

③「聽」，傅本、元本、外集作「有」。

【考辨】

此詞現存諸本《東坡詞》，除毛本、朱本不收，曹本移列誤入詞外，宋、元、明諸本均載。明本《增修箋注妙選群英草堂詩餘》前集卷下，不著作者姓名，繫於李璟同調「手捲真珠上玉鈎」一詞之後。《類編草堂詩餘》卷一、周瑛《詞學筌蹄》卷五、楊慎批點本《草堂詩餘》卷一、《花草粹編》卷二、《類選箋釋草堂詩餘》卷一、《新刻便讀草堂詩餘》卷三、《新刻注釋草堂詩餘評林》卷三、汲古閣本《草堂詩餘》卷一、《詞綜》卷二、《十國春秋》卷一六、《歷代詩餘》卷六、《全唐詩》卷八八九、《詞則·大雅集》卷一等遂以爲李璟作。查明萬曆庚申墨華齋本、清康熙年間《十家宫詞》本、光緒年間粟香室叢書本、晨風閣叢書本《南唐二主詞》均不載。王國維云，明以後諸本《南唐二主詞》，源出南宋初輯本，殆即《直齋書録解題》所著録宋長沙書肆所刊行者。以是知自南宋初始，此詞即見於東坡詞集，而《南唐二主詞》不載。明沈際飛《草堂詩餘正集》卷一注：「刻李璟誤。」宋澤元校訂《草堂詩餘》案云：「此詞見之《東坡集》，今云李璟作，似誤。」唐圭璋《宋詞互見考》亦云：「案此首蘇軾詞，見四印齋元本《東坡詞》。類編本《草堂詩餘》誤作李璟。」作蘇詞是。毛晉以此詞爲李後主作，亦誤。

【箋注】

〔一〕「沈郎」句：沈郎多病：見《臨江仙》（誰道東陽都瘦損）注〔二〕。不勝衣：言瘦損不堪，連衣重都難以勝任，與「弱不禁風」義近。

〔二〕鴻雁信：《漢書》卷五四《蘇建傳附蘇武傳》載：蘇武出使匈奴，被拘不屈，徙居北海牧羝。後匈奴與漢和親，漢求武等，匈奴詭言武已死。武屬吏常惠夜見漢使，教其詭言帝射上林中，得北來雁，雁足有繫帛書，言武等在某澤中。使者如惠語以責單于，單于因謝漢使，武得歸。後遂以書信爲雁書。梁·王僧孺《擣衣》：「尺素在魚腸，寸心憑雁足。」王勃《採蓮曲》：「不惜西津交佩解，還羞北海雁書遲。」五代·李煜《清平樂》詞：「雁來音信無憑。」

〔三〕鷓鴣啼：鷓鴣，鳥名，春天好鳴，俗像其鳴聲曰「行不得也哥哥」。因其鳴聲能喚起離人思緒，故古人常借以抒寫離情别感。崔豹《古今注》卷中《鳥獸》：「南山有鳥，名鷓鴣，自呼其名。常向日而飛，畏霜露，早曉稀出。」

【參考資料】

明·沈際飛《草堂詩餘正集》卷一：「首句化腐爲新。」又云：「味遠。」

明·楊慎《草堂詩餘》卷一：「自與人知不得。」

明·李廷機《新刻注釋草堂詩餘評林》卷三：「古詩云：『乍晴乍雨花自落，閑愁閑悶日偏長。』可以爲此評。」

明·李攀龍云：「上是惜郎病，深情最隱；下是假落花，知已難言。」（唐圭璋《南唐二主詞彙箋》引）

清·吴任臣《十國春秋》卷一六：「元帝春恨《浣溪沙》詞及《帝臺春》詞，稱爲絶倫。」

清·黄蓼園《蓼園詞選》：「按此作其在被謫時乎？首尾自喻。『燕爭泥』，喻别人得意；『沈郎』，自比；『未聞鴻雁』，無佳音信也；『鷓鴣啼』，聲凄切也。通首婉惻。」

南歌子　暮春①〔一〕

紫陌尋春去〔二〕，紅塵拂面來。無人不道看花回。惟見石榴新蕊、一枝開〔三〕。　冰簟堆雲髻〔四〕，金尊灩玉醅〔五〕。緑陰青子莫相催〔六〕。留取紅巾千點、照池臺〔七〕。

【校勘】

①傅本、元本、二妙集無題。《花草粹編》卷五題作「寄意侍妾榴花」。

【箋注】

〔一〕暮春：本詞寫一女子於暮春時節尋春而春已去，惟見一枝石榴新開。又念緑陰相催，榴花成子，青春難再。一片愛花惜花之心，美人遲暮之意隱然可見。

〔二〕「紫陌尋春」三句：舊指帝京道路曰「紫陌」，形容熱鬧繁華景象曰「紅塵」。李白《南都行》詩：「高樓對紫陌，甲第連青山。」《文選》卷一班固《西都賦》：「紅塵四合，煙雲相連。」這裏化用劉禹錫《元和十一年自朗州召至京戲贈看花諸君子》詩「紫陌紅塵拂面來，無人不道看花回」之句。

〔三〕石榴新蕊：傅注：「唐明皇幸蜀，至扶風，路旁見一石榴樹，團團，愛翫之，因呼爲端正樹，蓋有所思也。」新蕊：花剛開放。唐太宗《賦得花庭霧》詩：「蘭氣已熏宮，新蕊半妝叢。」

〔四〕冰簟：《説文》：「簟，竹席也。」「冰簟」指清涼如冰的竹席。李商隱《可歎》詩：「冰簟且眠金鏤枕，瓊筵不醉玉交杯。」温庭筠《瑶瑟怨》詩：「冰簟銀牀夢不成，碧天如水夜雲輕。」

〔五〕灩：《集韻》：水滿貌。玉醅：美酒。梁·昭明太子《錦帶書十二月啓·南吕八月》：「傾玉醅於風前，弄瓊駒於花下。」

〔六〕「緑陰青子」句：緑陰青子：出自杜牧詩句，見《洞仙歌》（江南臘盡）注〔五〕。青子：初生未熟之果，青色未變。史繩祖《學齋佔畢》卷一《詩人詠物》：「蓋凡果之生也必青，及熟也必變色。」此句謂青陰緑子切莫催逼花朵，促其早謝。

〔七〕留取：留得。紅巾：指榴花。詳《賀新郎》（乳燕飛華屋）注〔九〕。

【參考資料】

宋・陳鵠《耆舊續聞》卷二：「《南歌子》詞云（詞略）。意有所屬也。或云贈王晉卿侍兒，未知其然否也。」

又 有感①

笑怕薔薇罥②〔一〕，行憂寶瑟僵〔二〕。美人依約在西廂〔三〕。祇恐暗中迷路、認餘香。

午夜風翻幔，三更月到牀。簟紋如水玉肌涼③〔四〕。何物與儂歸去、有殘妝〔五〕。

【校勘】

① 傅本、元本無題。

② 「怕」原作「拍」，據諸本改。傅本「罥」作「骨」。

③ 傅本「水」作「冰」。

【考辨】

曹本注：「按此詞意境斷非東坡所有，今移列誤入詞。」案：此詞《東坡詞》諸本均收，別無異說。曹本僅以「意境」即判爲僞作，缺乏顯證，不可信。

【箋注】

〔一〕薔薇罥：顔師古《隋遺録》卷下：「（煬）帝幸月觀煙景清朗，中夜獨與蕭妃起臨前軒，簾櫳不開，左右方寢。帝憑妃肩説東宫時事。適有小黄門映薔薇花叢調宫婢，衣帶爲薔薇罥結，笑聲吃吃不止。帝望見腰支纖弱，意爲寶兒有私。帝披單衣亟行擒之，乃宫婢雅娘也。」「罥」，扯掛，纏絆。此借隋煬帝宫中事，説明欲赴密約又恐被薔薇纏絆的提心吊膽之情。

〔二〕寶瑟僵：《漢書》卷六八《金日磾傳》：莽何羅謀爲逆，「須臾，何羅袖白刃從東箱上，見日磾，色變，走趨卧内欲入，行觸寶瑟，僵」。作者借用此典，形容夜行幽會恐被雜物絆倒的緊張慌亂心態。寶瑟：瑟之美稱。

〔三〕西廂：西側廂房。元稹《會真記》載崔鶯鶯《明月三五夜》詩：「待月西廂下，迎風户半開。拂牆花影動，疑是玉人來。」

〔四〕簟紋：亦作簟文。竹蓆之紋。梁簡文帝《詠内人晝眠》詩：「簟文生玉腕。」玉肌：肌膚潤澤瑩潔。白居易《小歲日喜談氏外孫女孩滿月》：「桂燎熏花果，蘭湯洗玉肌。」

〔五〕殘妝：劉禹錫《送春詞》：「蘭蕊殘妝含露泣，柳條長袖向風揮。」另見《浣溪沙》（桃李溪邊駐畫輪）注〔四〕。卓人月謂此句即《會真記》「靚妝在臂」之意。案：此闋寫一青年男子與其所愛密約幽會的情景和心態，與李後主寫一青年女子與其所愛幽會的《菩薩蠻》（花明月暗）有異曲同工之妙。蘇詞多姿多彩，豪放與婉約兼備，不獨以豪放擅場。

【參考資料】

宋·洪邁《容齋續筆》卷一五「注書難」條：「傅洪（應爲傅幹）秀才《注坡詞》，鏤板錢塘，……『笑怕薔薇罥』、『學畫鴉黄未就』，不能引《南部烟花録》，如此甚多。」

明·沈際飛《草堂詩餘别集》卷二：「喜得鼻觀先通。」又云：「强自慰，亦譽美人，至矣。」

明·卓人月《古今詞統》卷七：「末句即《會真記》『靚妝在臂』之意。」

清·王士禛《池北偶談》卷一九：「東坡詞：『行憂寶瑟僵』，乃用《漢書·金日磾傳》『行觸寶瑟僵』語。解者引楊行密紿朱延壽病目『行觸柱僵』，有何干涉？乃知注書之難。東坡、放翁猶不敢居，有以也。」（清·吴衡照《蓮子居詞話》卷二略同）

蝶戀花　佳人①〔一〕

一顆櫻桃樊素口〔二〕。不愛黄金，只愛人長久②。學畫鴉兒猶未就〔三〕。眉尖已作傷春皺③〔四〕。　撲蝶西園隨伴走〔五〕。花落花開，漸解相思瘦。破鏡重圓人在否④〔六〕。章臺折盡青青柳〔七〕。

【校勘】

①此詞傅本存目缺詞。元本、外集題作「代人贈別」。

②二「愛」字，元本、外集俱作「要」。

③「尖」，元本作「間」。外集作「峰」。

④「圓」，元本、外集作「來」。外集校「一作圓」。

【考辨】

此詞清黄燮《國朝詞綜續編》卷二作清印昌世詞。案：此詞宋時已載《東坡詞》中，黄燮改作清人詞，誤甚。

【箋注】

〔一〕佳人：本詞寫一被迫與其所愛分離的男子，對其所愛的懷念與擔憂。「佳人」，指其所愛，當是富貴人家的一個小妓。

〔二〕「櫻桃樊素口」句：見《浣溪沙》（芍藥櫻桃兩鬭新）注〔五〕引《本事詩·事感》。此寫佳人的美麗。

〔三〕學畫鴉兒：參見《浣溪沙》（學畫鴉兒正妙年）注〔二〕。此謂佳人年紀尚小。

〔四〕眉尖已作傷春皺：謂佳人年紀雖小，已知傷春而皺眉。黄庭堅《歸田樂引》詞：「看承幸廝勾。又是樽前眉峰皺。」

〔五〕「撲蝶西園」三句：謂小妓隨女伴西園撲蝶，見花開花落，思青春易逝，漸知相思之苦而消瘦。黄庭堅《點絳唇》詞：「羅帶雙垂，妙香長恁攜纖手。半妝紅豆，各自相思瘦。」

〔六〕「破鏡重圓」句：用徐德言與其妻樂昌公主破鏡重圓故事。參見《訴衷情》（錢塘風景古來奇）注〔四〕。此句謂徐德言與妻離散可以破鏡重圓，自己即使重來，所愛之人還在否？

〔七〕「章臺」句：孟棨《本事詩·情感》：韓翃有姬柳氏，後韓翃爲淄青節度使侯希逸從事，以世方擾，不敢以柳自隨，置之都下。期至而迓之。連三歲，不果迓，使人寄柳詩曰：「章臺柳，章臺柳，往日青青今在否？縱使長條似舊垂，亦應攀折他人手。」柳答詩曰：「楊柳枝，芳菲節，可恨年年贈離別。一葉隨風忽報秋，縱使君來豈堪折？」此句以韓翃自比，以柳氏比所愛，謂縱使重逢，恐所愛已爲他人所有而無青柳可折矣。全篇出自想像，委婉動人。

【參考資料】

明·沈際飛《草堂詩餘續集》卷下：「言愛人長久合定，知坡筆幽性微傳。」

減字木蘭花　花①〔一〕

玉房金蕊〔二〕。宜在玉人纖手裏〔三〕。淡月朦朧〔四〕。更有微微弄袖風〔五〕。　温香熟美〔六〕。醉慢雲鬟垂兩耳②。多謝春工〔七〕。不是花紅是玉紅〔八〕。

【校勘】

① 傅本、元本、二妙集、毛本均無題。

② 「慢」，傅本作「幔」。

【箋注】

〔一〕花：此處當指牡丹花。歐陽修《洛陽牡丹記·花品序》：「洛陽人……曰某花某花，至牡丹則不名，直曰花，其意謂天下真花獨牡丹，其名之著，不假曰牡丹而可知也。」

〔二〕玉房金蕊：白居易《新樂府·牡丹芳》：「牡丹芳，牡丹芳，黄金蕊綻紅玉房。」

〔三〕玉人：美麗女子。《詩·召南·野有死麕》：「有女如玉。」

〔四〕淡月朦朧：賀鑄《蝶戀花》詞：「數點雨聲風約住，朦朧淡月雲來去。」

〔五〕弄袖風：杜牧《長安雜題長句》六首其二：「晴雲似絮惹低空，紫陌微微弄袖風。」弄：吹動。

〔六〕熟美：酣睡香甜的樣子。《宋書》卷四三《檀道濟傳》：「將廢之夜，道濟入領軍府就謝晦宿，晦其夕竦動不得眠，道濟就寢便熟。」案謂牡丹如温香酣醉的睡美人。

〔七〕春工：春天造化萬物之力。見《減字木蘭花》（春牛春杖）注〔四〕。

〔八〕玉紅：紅玉，喻美人。見《浣溪沙》（芍藥櫻桃兩鬬新）注〔四〕。

又①

鶯初解語〔一〕。最是一年春好處〔二〕。微雨如酥。草色遥看近却無。　休辭醉倒。花不看開人易老〔三〕。莫待春回〔四〕。顛倒紅英間緑苔。

【校勘】

① 此詞傳本、元本不載。

【箋注】

〔一〕鶯語：杜甫《傷春》詩五首其二：「鶯入新年語，花開滿故枝。」

〔二〕「最是一年」三句：化用韓愈《早春呈水部張十八員外》詩二首其一：「天街小雨潤如酥，草色遥看近卻無。最是一年春好處，絶勝烟柳滿皇都。」

〔三〕「花不看開」句：謂花開花落，人生易老。故花不看開時，免人生易老之歎。

〔四〕「莫待春回」二句：謂莫待春歸之時，再顛倒紅英，間以緑苔，使花永不開，長處「草色遥看近却無」光景，才「最是一年春好處」也。活畫出作者傷春、惜春的一片真情。

行香子　秋興①〔一〕

昨夜霜風②〔二〕。先入梧桐。渾無處、回避衰容〔三〕。問公何事，不語書空〔四〕。但一回醉，一回病，一回慵。　秋來庭下③，光陰如箭④〔五〕，似無言、有意傷儂⑤。都將萬事，付與千鍾〔六〕。任酒花白，眼花亂，燭花紅〔七〕。

【校勘】

① 傅本、元本題作「病起小集」。

② 「昨」，傅本作「涼」，元本注：「一作涼。」

③ 「秋」，元本作「朝」。

④ 此句元本作「飛英如霰」，注：「一作光陰如箭。」

⑤ 「傷」，傅本、元本作「催」。元本注：「一作傷。」

【箋注】

〔一〕秋興：因秋而發興也。《文選》卷一三潘安仁《秋興賦》李善注：「劉熙《釋名》曰：秋，就也，言萬物就成也。興者，感秋而興此賦，故因名之。」

〔二〕「昨夜霜風」二句：韓愈《秋懷》詩十一首其九：「霜風侵梧桐，衆葉著樹乾。」

〔三〕渾：猶言簡直、幾乎。杜甫《春望》詩：「白頭搔更短，渾欲不勝簪。」衰容：謝朓《移病還園示親屬》詩：「折荷葺寒袂，開鏡眄衰容。」

〔四〕書空：以手在空中虚劃字形。《世説新語》下卷下《黜免》：「殷中軍被廢在信安，終日恒書空作字。揚州吏民尋義逐之，竊視唯作『咄咄怪事』四字而已。」

〔五〕光陰如箭：韋莊《關河道中》詩：「但見時光流似箭，豈知天道曲如弓。」傅注：「《古樂府》：『光陰似箭催人老。』」

〔六〕萬事付千鍾：王充《論衡·語增》：「傳語曰：文王飲酒千鍾，孔子百觚。」韓愈《贈鄭兵曹》詩：「杯行到君莫停手，破除萬事莫過酒。」「付千鍾」即付之於酒。「千鍾」指大量飲酒。

〔七〕燭花紅：李煜《玉樓春》（晚妝初了明肌雪）：「歸時休照燭花紅，待放馬蹄清夜月。」

點絳脣①

紅杏飄香，柳含煙翠拖輕縷②〔一〕。水邊朱户。盡捲黄昏雨③。燭影摇風，一枕傷春緒。歸不去。鳳樓何處〔二〕。芳草迷歸路〔三〕。

【校勘】

①傅本、元本不載。明刊全集、二妙集注云：「《草堂詩餘》作賀方回詞。」毛本注：「或刻賀方回。」《全

宋詞》注：「案此首《類編草堂詩餘》卷一誤作賀方回詞。」

② 毛本、朱本、龍本「輕」作「金」。

③ 全集、二妙集、毛本、朱本、龍本「盡捲」作「門掩」。

【考辨】

此詞《類編草堂詩餘》卷一、四部備要本《草堂詩餘》卷一、楊慎批點《草堂詩餘》卷一、《類選箋釋草堂詩餘》卷一、《新刻便讀草堂詩餘》卷三、《新刻注釋草堂詩餘評林》卷三、沈際飛《草堂詩餘正集》卷一、《花草類編》卷一、《古今詩餘醉》卷二、《歷代詩餘》卷五、《古今别腸詞選》卷一並作賀鑄詞。《詞學筌蹄》卷五又作李清照詞。案：此詞當爲蘇軾作，因曾慥本《東坡詞拾遺》已收録，又載南宋人編《外集》卷八五。曾氏《拾遺》四十一首，係據北宋末張賓老所編本及蜀本《東坡詞》收録，當可信。又彊村叢書本《東山詞上》一卷（用虞山瞿氏藏宋殘本）、《賀方回詞》二卷（用勞巽卿傳鈔鮑渌飲抄本）均不載，吴昌綬（伯宛）《東山詞補》收録。吴氏《詞補》，乃於諸家選本中輯出，此詞下注：「據《草堂詩餘》」。以是知其據《草堂詩餘》所補。現傳《草堂詩餘》，以洪武本爲最古，此詞載前集卷上，不著作者姓名，繫於《青玉案》「凌波不過横塘路」一詞之後。《青玉案》雖亦不著作者姓名，然其爲賀鑄名篇，《類編草堂詩餘》遂亦將此詞誤爲賀鑄作，其後各選本俱誤從之。《全宋詞》正作蘇軾詞，至賀鑄詞僅列入存目詞。曹本注：「考此詞意境，與東坡詞不類，斷非東坡所作。今移列誤入詞。」曹説僅以本詞意境定是非，並無顯證，不可信。《詞學筌蹄》卷五又將此詞判爲李清照作，亦誤。

【箋注】

〔一〕「柳含煙翠」句：指迎風飄蕩之嫩緑柳枝輕如絲縷。顧雲《詠柳二首》其一：「帶露含煙處處垂，綻黄摇緑嫩参差。」

〔二〕鳳樓：婦女居處。梁武帝蕭衍《鳳笙曲》：「飛且停，在鳳樓。弄嬌響，間清謳。」南朝・陳・江總《簫史曲》：「來時兔月滿，去後鳳樓空。」

〔三〕芳草歸路：《楚辭・招隱士》：「王孫游兮不歸，春草生兮萋萋。」

【參考資料】

明・沈際飛《草堂詩餘正集》卷一：「有態。」

明・李廷機《新刻注釋草堂詩餘評林》卷三：「暮春景物最是愁人，此作得之矣。」

虞美人①

持杯遥勸天邊月。願月圓無缺。持杯復更勸花枝②。且願花枝長在〔一〕、莫離披〔二〕。

持杯月下花前醉。休問榮枯事〔三〕。此歡能有幾人知。對酒逢花不飲、待何時。

【校勘】

①傳本、元本不載。

②「復更」，外集、二妙集、毛本作「更復」。

【箋注】

〔一〕且願：只願。「且」，猶只也，但也。杜甫《送高三十五書記》詩：「崆峒小麥熟，且願休王師。請公問主將，安用窮荒爲！」

〔二〕離披：凋落散亂貌。宋玉《九辯》：「白露既下百草兮，奄離披此梧楸。」杜甫《陪鄭廣文遊何將軍山林十首》之三：「露翻兼雨打，開拆漸離披。」

〔三〕榮枯：此借草木之盛衰，以喻人生之窮通。曹植《贈丁翼》：「積善有餘慶，榮枯立可須。」

【參考資料】

明·沈際飛《草堂詩餘别集》卷一：「道氏曲，佛氏讚。」

明·潘游龍《精選古今詩餘醉》卷一五：「『勸』、『願』字，甚奇特。」

明·卓人月《古今詞統》卷八：「二句持杯，章法妙。」

清·沈雄《柳塘詞話》：「歐陽公云『把酒祝東風，且共從容』（見《浣溪沙》），與東坡《虞美人》云『持杯邀勸天邊月，願月圓無缺』，同一意致。」

阮郎歸　梅詞①

暗香浮動月黃昏〔一〕。堂前一樹春〔二〕。東風何事入西鄰。兒家常閉門。　雪肌冷〔三〕，玉容真〔四〕。香顋粉未均②。折花欲寄隴頭人③〔五〕。江南日暮雲④〔六〕。

【校勘】

① 吴本此詞既收在卷下，又於《拾遺》卷重出；《拾遺》調作《醉桃源》，題作「集句梅花」。傅本、元本題作「梅花」。

② 「香顋」，《拾遺》作「宫妝」。

③ 「隴」，傅本、元本作「嶺」。

④ 「雲」，原作「春」。元本注：「一作雲。」朱本注：「元本末字作春，複韻，與毛本同。注云：『一作雲。』據改。」從朱本。

【箋注】

〔一〕「暗香」句：借用林逋《山園小梅二首》之一：「疏影横斜水清淺，暗香浮動月黄昏。」

〔二〕「堂前」三句：唐·蔣維翰《春女怨》：「白玉堂前一樹梅，今朝忽見數枝開。兒家門户尋常閉，春色因何入得來。」兒家：猶言我家。古代年輕女子對其家的自稱。唐·寒山《詩》之六十：「何須久相弄，兒家夫婿知。」

〔三〕雪肌：見《減字木蘭花》（鄭莊好客）注〔八〕。

〔四〕玉容：白居易《長恨歌》：「玉容寂寞淚闌干，梨花一枝春帶雨。」真：自然。

〔五〕「折花」句：《太平御覽》卷九七〇「梅」部引《荆州記》：陸凱與范曄相善，自江南寄梅花一枝，詣長安與曄，兼贈詩曰：「折花逢驛使，寄與隴頭人。江南無所有，聊贈一枝春。」

〔六〕「江南」句：梁·柳惲《江南曲》：「汀洲采白蘋，日落江南春。」杜甫《春日憶李白》：「渭北春天樹，江東日暮雲。」此用杜甫憶李白詩句，表示對遠方友人的思念。

謁金門　秋夜①

秋帷裏〔一〕。長漏伴人無寐〔二〕。低玉枕涼輕繡被〔三〕。一番秋氣味。　曉色又侵窗紙〔四〕。窗外鷄聲初起②〔五〕。聲斷幾聲還到耳。已明聲未已。

【校勘】

①傅本、元本無題。

②「初」，傅本、元本缺。

【箋注】

〔一〕帷：帳子。《周禮·天官·幕人》：「幕人掌帷、幕、幄、帟、綬之事。」鄭玄注：「在旁曰帷，在上曰幕。」

〔二〕漏：古代計時器。《説文》：「漏，以銅受水，刻節，晝夜百刻。」此指深夜滴漏聲。人無寐：范仲淹《漁家傲》（塞下秋來）：「人不寐，將軍白髮征夫淚。」

〔三〕玉枕：傅注：「晏元獻詩：『老覺腰金重，慵便枕玉涼』。」案：歐陽修《歸田録》卷二：「晏元獻公喜評詩，嘗曰：『「老覺腰金重，慵便枕玉涼」，未是富貴語。不如「笙歌歸院落，燈火下樓臺」。此善言富貴者也。』人皆以爲知言。」《歸田録》明言「老覺」二句爲晏元獻評他人詩，非晏自作。疑傅注有誤。

〔四〕「曉色」句：白居易《曉寢》：「紙窗明覺曉，布被暖知春。」

〔五〕「窗外」三句：李白《代别情人》：「哀哀長鷄鳴，夜夜達五曉。」

又　秋興①

秋池閣。風傍曉庭簾幕②。霜葉未衰吹未落〔一〕。半驚鴉喜鵲。　自笑浮名情薄。似與世人疏略③〔二〕。一片懶心雙懶脚〔三〕。好教閒處著。

【校勘】

①傳本、元本無題。

②「曉」，原作「晚」，據諸本改。

③「似」，傳本、元本缺。

【箋注】

〔一〕霜葉：李白《江上寄元六林宗》：「霜落江始寒，楓葉緑未脱。」

〔二〕疏略：猶言脱略，輕慢、不拘也。江淹《恨賦》：「脱略公卿，跌宕文史。」杜甫《壯遊》：「脱略小時輩，結交皆老蒼。」

〔三〕「一片」二句：懶心：不願考慮問題。懶腳：不願來回奔走。閒處著：司空圖《題休休亭》：「休休休，莫莫莫。伎兩雖多性靈惡，賴是長教閒處著。」

又　秋感①

今夜雨。斷送一年殘暑。坐聽潮聲來別浦〔一〕。明朝何處去②。　孤負金尊緑醑〔二〕。來歲今宵圓否？酒醒夢回愁幾許。夜闌還獨語〔三〕。

【校勘】

① 傅本、元本無題。

② 「明朝」，傅本、元本作「月明」。

【箋注】

〔一〕潮聲：沈佺期《樂城白鶴寺》：「潮聲迎法鼓，雨氣濕天香。」浦：水涯，岸邊。

〔二〕綠醑：綠色美酒。白居易《戲招諸客》：「黄醅綠醑迎冬熟，絳帳紅爐逐夜開。」

〔三〕夜闌：夜深。杜甫《贈蜀僧閭丘師兄》：「夜闌接軟語，落月如金盆。」

好事近①

煙外倚危樓，初見遠鐙明滅。卻跨玉虹歸去〔一〕，看洞天星月〔二〕。　當時張范風流在〔三〕，況一尊浮雪〔四〕。莫問世間何事，與劍頭微吷〔五〕。

【校勘】

① 此詞吴本未收，傅本、元本、明刊全集亦不載，據外集、二妙集、毛本、朱本、龍本、《全宋詞》、曹本補。

【箋注】

〔一〕玉虹：指彩虹。蘇軾《鬱孤臺》（八境見圖畫）：「山爲翠浪湧，水作玉虹流。」歸去：指回到仙境。

〔二〕洞天：道家稱仙人所居之處。有十大洞天及三十六洞天之説。張君房《雲笈七籤》卷二七：「十大洞天者，處大地名山之間，是上天遣群仙統治之所。」

〔三〕張范：《後漢書》卷八一《范式傳》：范式與張劭爲友，式謂劭曰：「後二年當還，將過拜尊親，見孺子焉。」後期方至，劭白母，請設饌以候之。母曰：「二年之别，千里結言，爾何相信之審也？」對曰：「巨卿（范式字）信士，必不乖違。」至日，果到，升堂拜飲，盡歡而别。范式與張劭交情至深，重義守信，後因以「范張」喻生死之交。

〔四〕浮雪：此指浮白，有滿飲、暢飲之意。沈約《郊居賦》：「或升降有序，或浮白無算。」

〔五〕劍頭微吷：《莊子·則陽》：「夫吹管也，猶有嗃也；吹劍首者，吷而已矣。」陸德明《釋文》引司馬彪云：「劍首，謂劍環頭小孔也。吷，吷然如風過。」以上兩句意謂：吹起竹管，就會有嘟嘟大的響聲；吹劍環頭小孔，只會發出極細微聲音。後以「劍吷」喻無足輕重的語言。

天仙子①

走馬探花花發未②〔一〕？人與化工俱不易〔二〕。千回來繞百回看，蜂作婢。鶯爲使。穀雨清明空屈指〔三〕。白髮盧郎情未已〔四〕。一夜剪刀收玉蕊〔五〕。尊前還對斷腸紅〔六〕，人有淚。花無意。明日酒醒應滿地。

【校勘】

① 此詞吴本未收，毛本亦不載，據傅本、元本、明刊全集、二妙集、朱本、龍本、《全宋詞》、曹本補。

② 「探」，傅本作「採」，從元本。

【箋注】

〔一〕探花：看花。皮日休《奉和魯望春雨即事次韻》：「野客正閒移竹遠，幽人多病探花稀。」

〔二〕化工：自然造化者。見《浣溪沙》（慚愧今年二麥豐）注〔三〕。

〔三〕穀雨：二十四節氣之一。《逸周書・周月》：「春三月中氣：雨水、春分、穀雨。」又，傅注：「二十四氣，清明之後穀雨。蓋穀雨爲三月之候，正花發之時，故《牡丹記》云：洛花以穀雨爲開候。」

〔四〕盧郎：錢易《南部新書》丁卷：「盧家有子弟，年已暮而猶爲校書郎，晚娶崔氏子。崔有詞翰，結縭之後，微有慊色。盧因請詩以述懷爲戲。崔立成詩曰：『不怨盧郎年紀大，不怨盧郎官職卑。自恨妾身生較晚，不見盧郎年少時。』」

〔五〕玉蕊：花名。康駢《劇談録》卷下：「上都（長安）安業坊唐昌觀，舊有玉蕊花甚繁，每發，若瓊林瑶樹。」宋・周必大《玉蕊辨證・跋語》云：玉蕊花，「條蔓如荼蘼，種之軒窗，冬凋春茂，柘葉紫莖，再歲始著花，久當成樹。玉蕊花苞，初甚微，經月漸大，暮春方八出，鬚如冰絲，上綴金粟，花心復有碧筩狀，類膽瓶。其中別抽一英，出衆鬚上，散爲十餘蕊，猶刻玉然。花名玉蕊，乃在於此。」

〔六〕斷腸紅：伊世珍《瑯環記》卷中引《採蘭雜志》：「昔有婦人思所歡不見，輒涕泣，恒灑淚於北牆之下。後灑處生草，其花甚媚，色如婦面，其葉正緑反紅，秋開，名曰斷腸花。」

翻香令①

金爐猶暖麝煤殘〔一〕。惜香更把寶釵翻。重聞處，餘熏在，這一番、氣味勝從前。背人偷蓋小蓬山〔二〕。更將沈水暗同然〔三〕。且圖得，氤氳久〔四〕，爲情深、嫌怕斷頭煙〔五〕。

【校勘】

①傅本、元本調下注云：「此詞蘇次言傳於伯固家，云老人自製腔名。」

【考辨】

《全宋詞》詞後注：「案《填詞圖譜續集》此首誤作蔣捷詞。」案：此詞《竹山詞》諸本均不載，《全宋詞》本蔣捷詞僅見存目詞。而現傳《東坡詞》諸本均收。其中傅幹《注坡詞》刊行於南宋紹興初年，足見該詞于蔣捷生前已經傳世（參見傅本卷一二）。故《填詞圖譜續集》作蔣捷詞誤。

【箋注】

〔一〕麝煤：本指製墨原料，所以又爲墨的别名。韓偓《横塘》：「蜀紙麝煤添筆媚，越甌犀液發茶香。」此指熏爐中燃燒的散發出麝香氣味的燃料。

〔二〕蓬山：傅注：「蓬山，金博山香爐也，鏤作蓬瀛之狀，故謂之蓬山。」虞世南《北堂書鈔》卷一三五引李尤《熏爐銘》：「上似蓬萊，吐氣委蛇。」

〔三〕沈水：即沉水香。見《阮郎歸》（绿槐高柳咽新蟬）注〔三〕。然：燃燒。

〔四〕氤氲：氣盛貌，此狀芳香濃鬱。

〔五〕斷頭煙：宋時俗語，喻分離。今蘇皖贛各地，謂情好中斷猶有燒斷頭香之語，即此意。

【參考資料】

明·沈際飛《草堂詩餘别集》卷二：「遮遮掩掩。孰謂坡老不解作兒女語？」

明·潘游龍《古今詩餘醉》卷一二：「『斷頭煙』三字，絶妙。」

明·卓人月《古今詞統》卷八：「元曲所謂『生前燒了斷頭香』者，宋時先有此説也。」

桃源憶故人 暮春①

華胥夢斷人何處〔一〕？聽得鶯啼紅樹。幾點薔薇香雨〔二〕。寂寞閒庭户。　暖風不解留花住〔三〕。片片著人無數。樓上望春歸去。芳草迷歸路。

【校勘】

① 傳本、元本無題。毛本調作「虞美人影」。

【箋注】

〔一〕華胥：傳説中的理想國度。《列子》卷上《黄帝》：「（黄帝）晝寢，而夢遊於華胥氏之國，……其國無帥長，自然而已；其民無嗜欲，自然而已；不知樂生，不知惡死，故無夭殤；不知親己，不知疏物，故無愛憎；不知背逆，不知向順，故無利害。」此指美妙的夢境。

〔二〕香雨：雨之美稱。沈約《彌勒贊》：「慧日晨開，香雨宵墜。」李賀《河南府試十二月樂詞·四月》：「依微香雨青氛氲，膩葉蟠花照曲門。」

〔三〕「暖風」二句：杜甫《城上》：「風吹花片片，春動水茫茫。」此言暖風不知道把花留住，卻一片片地將它吹落到人們身上。

沁園春①

情若連環〔一〕，恨如流水，甚時是休。也不須驚怪，沈郎易瘦〔二〕，也不須驚怪，潘鬢先愁〔三〕。總是難禁，許多魔難〔四〕，奈好事教人不自由。空追想，念前歡杳杳，後會悠悠。

凝眸。悔上層樓。謾惹起〔五〕、新愁壓舊愁。向綵箋寫遍〔六〕，相思字了，重重封卷，密寄書郵。料到伊行，時時開看，一看一回和淚收。須知道，□這般病染②〔七〕，兩處心頭。

【校勘】

① 此詞吴本未收，傅本、元本、朱本、龍本、曹本亦不載。據外集及孔凡禮《全宋詞補輯》補。

② □，原缺。

【箋注】

〔一〕連環：連結成串而不可解之玉環。此喻情思無休無止。《戰國策·齊策》卷六：「秦始皇嘗使使者遺君王后玉連環曰：『齊多智，而解此環不？』君王后以示羣臣，羣臣不知解。君王后引椎椎破之，謝秦使曰：『謹以解矣。』」

〔二〕沈郎易瘦：詳見《臨江仙》（多病休文都瘦損）注〔二〕。

〔三〕潘鬢：潘岳《秋興賦·序》：「余春秋三十有二，始見二毛。」《賦》：「斑鬢髟以承弁兮，素髮颯以垂領。」後因以潘鬢爲中年鬢髮初白之代稱。元稹《酬翰林白學士代書一百韻》：「甯牛終夜永，潘鬢去年衰。」自注：「余今年始三十二歲，去歲已生白髮。」「愁」，疑當作「秋」。

〔四〕魔難：亦作磨難。宋時俗語，折磨，受苦難之意。周邦彦《歸去難·期約》：「堅心更守，未死終相見。多少閒磨難。」

〔五〕謾：空也，徒也。羅隱《仙掌詩》：「謾向上頭高舉手，何曾招得路旁人。」

〔六〕綵箋：梁簡文帝蕭綱《春宵》：「彩牋徒自襞，無信往雲中。」《南史》卷一〇《陳本紀下》：「（後主）先令八婦人襞彩箋，製五言詩，十客一時繼和，遲則罰酒。」

〔七〕病染：即染病，得病。

殘句

高安更過幾重山（失調名）。

又

過湖攜手屨沾襟（失調名）。

【考辨】

以上二句，諸本均未收，見宋·王質《雪山集》卷七《東坡先生祠堂記》。記云：「先生以元豐七年別黄，……自臨臯渡武昌，見詩『清風渡水月銜山』者是，今載集；見詞『高安更過幾重山』者是，今藏磁湖陳氏。……先生自富川趣高安，與元素濃醉解别，不及石田，已暮，見詩『惟見孤螢自開闔』者是，今載集；見詞『過湖攜手屨沾襟』者是，今傳富川。」據上所述，原詞當爲元豐七年四月離黄州赴高安途中所作，南宋時已失落民間，《全宋詞》補入集中。今從《東坡先生祠堂記》及《全宋詞》。

又

誰教幽夢裏，插他花（失調名）。

【考辨】

此殘句諸本均未收，《全宋詞》據清·翁方綱《蘇詩補注》卷二引施注蘇詩補。施注《次韻李邦直感舊》云：「邦直初娶韓。東坡謂欲得佳壻，無易邦直。楊巨源於是首肯，卒以歸之。故此感舊詩，有『入夢』、『還鄉』之戲。東坡又爲長短句云：『誰教幽夢裏，插他花。』亦此意也（清王文誥《蘇文忠公詩編注集成》卷一五引施注，無『東坡』二字）。今從《蘇詩補注》及《全宋詞》。

又

拚沈醉、金荷須滿。怕年年此際，催歸禁籞，侍黄柑宴（上元詞，失調名）。

【考辨】

此詞諸本均未收，《全宋詞》據宋·陳元靚《歲時廣記》卷一一補。《歲時廣記》卷一一「傳黄柑」條云：「《詩話》：上元夜登樓，貴戚宫人，以黄柑遺近臣，謂之傳柑。東坡《上元侍飯端樓詩》云：『歸來一盞殘燈在，猶有傳柑遺細君。』又《上元夜有感》云：『搔首凄涼十年事，傳柑歸遺滿朝衣。』又《答晉卿傳柑》云：『侍史傳柑玉座傍，人間草木盡天漿。』又上元詞云：『拚沉醉金、（下略）。』」今從《歲時廣記》及《全宋詞》。

又

寂寂珠簾蛛網滿（失調名。見宋・鄭元佐《朱淑真斷腸詩集注》卷一《晴和》「寂寂珠簾歸燕未」句注）。

又

閒卧藤牀觀社柳（《定風波》。見宋・鄭元佐《朱淑真斷腸詩集注》卷二《春恨五首》之五「閒看書册就牙床」句注）。

又

子瞻書困點新茶（《定風波》。見宋・鄭元佐《朱淑真斷腸詩集注》卷四《納涼即事》「酒杯收起點新茶」句注）。

又

喚起離情，慵推孤枕（失調名。見宋・鄭元佐《朱淑真斷腸詩集注》卷五《中秋聞笛》「喚起離人枕上情」句注）。

又

山頭望，波光潑眼（失調名。見宋・鄭元佐《朱淑真斷腸詩集注》卷八《試墨》「海角湖光豁醉眸」句注）。

又

我歌月徘徊，我舞影凌亂（《水調歌頭》。見宋・鄭元佐《朱淑真斷腸詩集注後集》卷一《春游西園》「徘徊月影下」句注。《全宋詞》注：「案此李白詩句，疑蘇軾或以之入詞。」）。

【考辨】

以上六則，諸本均未收，《全宋詞》據《斷腸詩集注》補。注：「以上蘇軾詞斷句，或有非蘇作者，姑録於此。」《全宋詞》雖據以補作蘇軾詞，並無自信。是否蘇詞，佐證不足；暫依《全宋詞》，以俟詳考。

又

揭起裙兒，一陣油鹽醬醋香（失調名）。

【考辨】

此殘句諸本均未收，《全宋詞》據元·陶宗儀《南村輟耕録》卷一五補。原文如下：「陸伯麟側室育子，友人陸象翁以啓戲賀之曰：『犯簾前禁，尋竈下盟。玉雖種於藍田，珠將還於合浦。移夜半鷺鷥之步，幾度驚惶；得天上麒麟之兒，這回喝采。既可續詩書禮樂之脈，深嗅得油鹽醬醋之香。』蘇東坡咏婢謔詞有『揭起裙兒，一陣油鹽醬醋香』之句。」曹樹銘《東坡詞集著録》以爲此斷句「其荒誕之程度，實不減於《踏莎行》『這個禿奴』」，實可「削而不論」。然是否出於僞託，尚難斷言。暫從《全宋詞》，以俟詳考。

蘇軾詞編年校注附編

一、他集互見詞八首

菩薩蠻①

娟娟侵鬢妝痕淺。雙顰相媚彎如翦。一瞬百般宜〔一〕。無論笑與啼。　酒闌思翠被〔二〕。特故騰騰地〔三〕。生怕促歸輪。微波先注人②〔四〕。

【校勘】

① 傅本、元本不載。

② 「注」，原作「住」，據《全宋詞》改。二妙集、明刊全集、毛本並作「泥」，失律。

【考辨】

《全宋詞》該詞後注：「案此首别又作謝絳詞，見《唐宋諸賢絶妙詞選》卷二。」《全宋詞》本謝絳詞亦載此詞，題作「詠目」，「顰」作「眸」，「騰騰」作「瞢騰」。末注：「案此首别又作蘇軾詞，見曾慥本《東坡詞拾遺》。」案：宋·曾慥《東坡詞拾遺》，係據張賓老所編本并載於蜀本者收録，張編本成書於大觀三年（一一〇九）以前。故知此詞於北宋後期已傳爲蘇軾作。作謝絳詞者，始於黄昇《唐宋諸賢絶妙詞選》，該書始刻於南宋淳祐九年己酉（一二四九），較曾慥本《東坡詞拾遺》晚出近百年，其可靠性，當不及曾慥《拾遺》。明·陳耀文《花草粹編》卷三、清·沈辰垣等《歷代詩餘》卷九、王官壽《宋詞鈔》卷一雖均作謝絳詞，考其濫觴，蓋皆起於黄昇。曹本注謂「謝絳詞無非側豔之作。此詞意境，與謝詞相合，故斷定非東坡詞。今移列誤入類」，是僅以意境定是非，顯證不足，難以置信。《全宋詞》作互見詞收録，實爲審慎。屬蘇屬謝，尚待詳考。今編互見詞類。

【箋注】

〔一〕百般宜：謂各種情態均美。韓愈《游城南十六首·晚春》：「草樹知春不久歸，百般紅紫鬬芳菲。」作者《飲湖上初晴後雨》：「欲把西湖比西子，濃妝淡抹總相宜。」

〔二〕翠被：《左傳·昭公十二年》：「翠被，豹舄，執鞭以出。」注：「以翠羽飾被，以豹皮爲舄。」

〔三〕騰騰：謝絳集作「瞢騰」，形容模模糊糊，神志不清。唐·韓偓《馬上見》詩：「去帶瞢騰醉，歸成困頓眠。」

〔四〕微波：曹植《洛神賦》：「無良媒以接歡兮，托微波而通辭。」波，指目光，即《楚辭》「忽獨與余兮目成」之意。注人：注目於人。

江城子①

銀濤無際捲蓬瀛〔一〕。落霞明。暮雲平。曾見青鸞，紫鳳下層城〔二〕。二十五弦彈不盡〔三〕，空感慨，惜離情。　蒼梧煙水斷歸程〔四〕。捲霓旌〔五〕。爲誰迎。空有千行，流淚寄幽貞〔六〕。舞罷魚龍雲海晚〔七〕，千古恨，入江聲。

【校勘】

① 此詞傳本、元本、外集不載。毛本注：「或刻葉夢得，或刻張元幹。」龍本注：「案是闋又見《石林詞》，題作『湘靈鼓瑟』。《西清詩話》謂《江城子》銀濤云云，乃葉少蘊所作，見《苕溪漁隱叢話》。」《全宋詞》從蘇軾詞内删去，僅見存目詞。《漁家傲·贈曹光州》詞後有注：「案此下原有《江城子》『銀濤無際捲蓬瀛』一首，乃葉夢得作，見《石林詞》。《苕溪漁隱叢話前集》卷五十九引《西清詩話》《詩人玉屑》卷二十一引《中興詞話》亦謂葉夢得詞，兹未録。」曹本入附録互見詞類。

【考辨】

此詞作者，自宋以來即有三説：一作蘇軾，一作葉夢得，一作張元幹。作張元幹詞，僅見雙照樓影宋本《蘆川詞》卷上。吴訥《唐宋名賢百家詞》本、毛晉汲古閣本《蘆川詞》，清·葉申薌《閩詞抄》本《張元幹詞》及《四庫全書》本、遠碧樓劉氏抄本、清·曹溶原藏抄本《蘆川歸來集》等均未收。唐圭璋先生編訂《全宋詞》，係採用雙照樓本《蘆川詞》，特將此詞删去，並於卷上《虞美人》（開殘桃李春方到）詞後加一條注云：「案此下原有《江神子》（銀濤無際捲蓬瀛）一首，乃葉夢得作，見《苕溪漁隱叢話前集》卷五九引《西清詩話》，今不録。」一九七七年上海古籍出版社出版《蘆川歸來集》，以遠碧樓劉氏抄本爲底本，以雙照樓本《蘆川詞》參校，亦棄此詞而不補。别又不見作張元幹詞之外證，故作張詞不足信。作蘇軾詞，始見於宋·曾慥《東坡詞拾遺》。據此書跋語可知，曾慥本《東坡詞》刻於宋高宗紹興二十一年（一一五一年），當正集二卷鏤板之後，又據張賓老所編本並見於蜀本者，補詞四十一首爲《拾遺》，殿於卷末。可見此詞係據張本及蜀本補入。曾跋所云「蜀本」已無考。張本成書當在宋徽宗大觀三年（一一〇九年）以前。《宋史》卷三五一《張康國傳》載：張康國，字賓老，揚州人，第進士。宋徽宗知其能詞章，遷翰林學士，累官知樞密院事。蔡京定元祐黨籍，康國參預密議，後又受帝命沮蔡京之奸暴。大觀三年暴卒，年五十四。張編《東坡詞》，應在晚年與蔡京不合之後。作葉夢得詞，最早見於《苕溪漁隱叢話前集》卷五九：「世傳《江城子》、《青玉案》二詞，皆東坡作，然《西清詩話》謂《江城子》乃葉少藴作，《桐江詩話》謂《青玉案》乃姚進道作。」後引《江城子》詞即此詞。「惜離情」作「有餘情」。《西清詩話》，蔡絛作，三卷，原書至明代已不甚流傳，今復旦大學圖書館藏有抄本。曾敏行《獨醒雜志》卷二稱「絛爲徽猷閣待制時，作《西清詩話》一編，多載元祐諸公詩詞，未幾，臣寮論列，以爲絛所爲私文，專以蘇軾黄庭堅爲本，有誤天下學術，遂落職勒停」云云。吴曾《能改齋漫録》卷一二亦載此語，作宣和五年十月事，《西清詩話》亦當成書于是年，比張賓老所編東坡詞晚出十餘年。此後或葉或蘇，各説不一。宋·黄昇《中興以來絶妙詞選》卷一、《詩人玉屑》卷二一引《中興詞話》、明·陳耀文《花草粹編》卷七等以爲葉夢得作。明·吴訥

《唐宋名賢百家詞》，既收入《石林詞》，亦收入《東坡詞拾遺》。毛晉刻《宋六十名家詞》時，將其從《石林詞》内删去而斷爲蘇軾作。清·沈辰垣等編《歷代詩餘》亦作蘇軾詞（見卷六二）。唐圭璋先生編《全宋詞》則又斷爲葉夢得作。綜上所述，此詞爲葉夢得作抑或蘇軾作，未敢確斷。今列互見詞類，以俟詳考。

【箋注】

〔一〕銀濤：銀白色波浪。亦稱銀浪。梁武帝蕭衍《如炎詩》：「金波揚素沫，銀浪翻緑萍。」蓬瀛：即蓬萊、瀛洲。詳見《水龍吟》（古來雲海茫茫）注〔二〕。晉·王嘉《拾遺記》卷四《燕昭王》：「歷蓬瀛而超碧海，經涉升降，遊往無窮，此爲上仙之人也。」

〔二〕青鸞紫鳳：即鸞與鳳，相傳皆爲神鳥。王昌齡《蕭駙馬宅花燭》：「青鸞飛入合歡宫，紫鳳銜花出禁中。」李商隱《相思》：「相思樹上合歡枝，紫鳳青鸞並羽儀。」層城：也作曾城、增城。見《江城子》（夢中了了醉中醒）注〔三〕引《崑崙説》。

〔三〕二十五弦：二十五弦之琴。劉安《淮南子》卷二〇《泰族訓》：「琴不鳴而二十五絃各以其聲應。」錢起《歸雁》：「二十五弦彈夜月，不勝清怨卻飛來。」

〔四〕蒼梧：蒼梧山，即九嶷山，在今湖南寧遠縣南。《史記》卷一《五帝本紀》：「（舜）南巡狩，崩於蒼梧之野。」錢起《省試湘靈鼓瑟》：「蒼梧來怨慕，白芷動芳馨。」

〔五〕霓旌：亦作蜺旌，古代儀仗之一種。《文選》司馬相如《上林賦》：「拖蜺旌，靡雲旗。」李善注引張揖云：「析羽毛，染以五采，綴以縷爲旌，有似虹蜺氣。」杜甫《滕王亭子》之二：「尚思歌吹入，千騎把霓旌。」

〔六〕幽貞：見《卜算子》（缺月掛疏桐）注〔三〕。本詞指所思念的、迎而不至的人。

〔七〕魚龍：古代雜戲。詳見《減字木蘭花》（銀箏旋品）注〔五〕。龍榆生注：「此所謂『舞罷魚龍』，猶《赤壁賦》云『舞幽壑之潛蛟』也。」

【參考資料】

宋·魏慶之《詩人玉屑》卷二一附《中興詞話》：「石林葉少藴『睡起流鶯語』詞，人人能道之，集中未有勝此者，蓋得意之作也。有《湘靈鼓瑟》一曲，尤高妙，而曾端伯所選《雅詞》不載。今録於此云（詞略）。蓋奇作也，世必有識之者。」

減字木蘭花①

憑誰妙筆〔一〕。横掃素縑三百尺〔二〕。天下應無。此是錢塘湖上圖。蘇軾　一般奇絶〔三〕。雲淡天高秋夜月。費盡丹青〔四〕。只這些兒畫不成。仲殊〔五〕。

【校勘】

①此詞吴本未收，傅本、元本、二妙集、明刊全集、毛本、朱本、龍本亦不載。見《全宋詞》、曹本。

【考辨】

《全宋詞》本詞末注：「《苕溪漁隱叢話後集》卷三十七引《古今詞話》」。又注：「案（同書）另引《復齋漫録》云，上半闋乃劉涇所作，並以《古今詞話》爲非。」同書劉涇詞僅録二首，此首與蘇軾集文字全同，僅上片末「蘇軾」二字作「劉涇」。末注：「《苕溪漁隱叢話後集》卷三十七引《復齋漫録》」。又注：「案（同書）又引《古今詞話》以上半首爲蘇軾作。胡仔云：當以《復齋》爲正。」同書仲殊集亦載，「憑誰」作「誰將」，「横掃」作「寫就」，「尺」作「匹」，「高」作「低」。上片末無「蘇軾」或「劉涇」，下片末無「仲殊」等注文。本詞末注：「《樂府雅詞拾遺》卷上。」又注：「案《樂府雅詞》此首無撰人姓名，注：『或云仲殊作。』據《苕溪漁隱叢話後集》卷三十七引《復齋漫録》，上疊劉涇作，下疊仲殊作。同書同卷引《古今詞話》亦云後疊仲殊作，惟以上疊爲蘇軾作。」案：此詞又見《詩人玉屑》卷二〇、《詞品》卷四、《堯山堂外紀》卷五三、《古今詞統》卷五、《古今詞話·詞品》，均云上片劉涇作，下片仲殊（詞統作僧揮）作，胡仔亦云「當以《復齋》爲正」，曹樹銘云「此詞上片意境口吻，確出東坡」。《全宋詞》既作蘇軾詞，又作劉涇詞，亦作仲殊詞，今從《全宋詞》，列互見詞類。

【箋注】

〔一〕妙筆：宋·郭若虚《圖畫見聞志》卷六：王文獻家書畫繁富，太宗朝嘗表進十五卷。尋，降御札云：「卿所進墨蹟并古畫，復徧看覽，俱是妙筆。」此指繪畫技藝超群。

〔二〕素縑：供作書畫用的白絹。元稹《陰山道》詩：「越穀繚綾織一端，十匹素縑功未到。」

〔三〕一般：猶言「一樣」。王建《宫詞》其三五：「雲駮花驄各試行，一般毛色一般纓。」奇絶：奇異絶妙。李白《越女詞》其五：「新粧蕩新波，光景兩奇絶。」

〔四〕丹青：此泛指繪畫用的顔料。《漢書》卷五四《蘇武傳》：「雖古竹帛所載，丹青所畫，何以過子卿？」

〔五〕仲殊：《蘇軾詩集》卷三二《安州老人食蜜歌》施注：「僧仲殊，安州人，居錢塘。爲詩敏捷立成，而工妙絶人遠甚。殊辟穀，常啖蜜。」清·張宗橚《詞林紀事》卷一八：「仲殊字師利，俗姓張氏，名揮，安州進士，因事出家，住蘇州承天寺、杭州吴山寶月寺。有《寶月集》。」《蘇軾文集》卷七二《仲殊》：「蘇州仲殊師利和尚，能文善詩及歌辭，皆操筆立成，不點竄一字。予曰：『此僧胸中，無一毫髮事。』故與之游。」

【參考資料】

宋·胡仔《苕溪漁隱叢話後集》卷三七：「《復齋漫録》云：元豐末，張詵樞言龍圖之守杭也，一日，宴客湖上，劉涇巨濟、僧仲殊在焉，樞言命即席賦詩曲，巨濟先唱云：『憑誰妙筆。横掃素縑三百尺。天下應無。此是錢塘湖上圖。』仲殊遽云：『一般奇絶。雲淡天高秋夜月。費盡丹青。只這些兒畫不成。』樞言又出《梅花》，邀二人同賦，仲殊即作前章云：『江南二月。猶有枝頭千點雪。邀上芳樽。却占東君一半春。』巨濟不復繼也。後陳襲善云：『我爲續之，曰：尊前眼底。南國風光都在此。移過江來。從此江南不復開。』」

又：「《古今詞話》云：東坡守錢塘，劉巨濟赴處州，道過錢塘，東坡留飲于中和堂，僧仲殊與焉。時堂之屏，有《西湖圖》，東坡遽索牋管作《減字木蘭花》曰：『憑誰妙筆。橫掃素縑三百尺。天下應無。此是錢塘湖上圖。』以後疊屬巨濟，辭遜再三，遂以屬仲殊，繼曰：『一般奇絶。雲淡天高秋夜月。費盡丹青。只這些兒畫不成。』東坡大稱賞之。苕溪漁隱曰：此詞首句云：『憑誰妙筆。橫掃素縑三百尺。』則是初無此《西湖圖》，姑言之耳。《詞話》乃云：『中和堂屏有《西湖圖》。』可見其附會爲説，全與詞意不合。以此驗之，其以爲東坡作，亦必妄言，當以《復齋》爲正也。」

明·卓人月《古今詞統》卷五：「高快，不下稼軒。」

點絳脣①

醉漾輕舟〔一〕，信流引到花深處〔二〕。塵緣相誤〔三〕。無計花間住。煙水茫茫〔四〕，千里斜陽暮。山無數。亂紅如雨〔五〕。不記來時路〔六〕。

【校勘】

①調名下原有注云：「此後二詞，洪甫云：親見東坡手迹於潮陽吴子野家。」外集、毛本、朱本不載。毛本於調名下注云：「舊刻七首，考『醉漾輕舟』又『月轉烏啼』俱秦淮海作。或云此二詞東坡有手迹流傳于世，遂編入東坡詞。然亦安知非秦詞蘇字耶？今依宋本删去。」

【考辨】

此詞宋乾道高郵軍學本、吴湖帆家藏本、清康熙辛亥黄子鴻校本、彊村叢書本、北京圖書館影印故宫藏本《淮海居士長短句》，明嘉靖己亥張綎鄂州刻本、四部叢刊本《淮海長短句》，明萬曆戊午李之藻高郵刻本、明末段斐君武林刻本、清同治癸酉秦元慶刻本《淮海後集長短句》，明末毛晉汲古閣刻本、清道光丁酉王敬之高郵刻本《淮海詞》均收。毛本注：「或刻蘇子瞻。」《花草粹編》卷一、《歷代詩餘》卷五、馮煦《宋六十一家詞選》卷二、王官壽《宋詞抄》卷一、徐聲越《唐詩宋詞選》亦作秦觀詞。今傳諸本東坡詞除外集、毛本、朱本外均收，《草堂詩餘正集》卷一、《類選箋釋草堂詩餘》卷一周邦彦《玉樓春》「桃溪不作從容住」詞後注、《古今詩餘醉》卷一一，亦作蘇軾詞。《全芳備祖》前集卷八「桃花門」録此詞，不著作者姓名。《全宋詞》蘇軾詞與秦觀詞兩載，蘇詞注：「别又見秦觀《淮海居士長短句》卷下。」秦詞題作「桃源」，注：「别又見曾慥本《東坡詞》卷下。」曹本《東坡詞》據毛本校語，判爲秦觀作，並云：「細玩此二首（包括下首）之意境，確爲秦詞所具有，而與東坡詞不類。

且秦詞題桃源，似非泛指，或即妓院名稱，或其所迷戀之妓女即以桃花爲名。今併將此二首移列誤入詞。」今人徐培均校注《淮海居士長短句》卷下亦云「應從宋刊作秦觀詞爲是」。案：此詞自南宋起既作秦詞又作蘇詞，屬秦屬蘇，難以斷言。今從《全宋詞》，列互見詞類，以俟詳考。

【箋注】

〔一〕「醉漾」句：傅幹注引宋·鄭獬《漁父》詩：「醉漾輕絲信慢流。」

〔二〕「信流」句：「信流」謂隨水飄流。唐·劉長卿《尋張逸人山居》詩：「桃源定在深處，澗水浮來落花。」與此意境相近。

〔三〕「塵緣」句：佛家認爲色、聲、香、味、觸、法爲六塵，係污染人心，滋生私欲之根緣。唐罽賓僧佛陀多羅譯《圓覺經》：「妄認四大爲自身相，六塵緣影爲自心相。」韋應物《春月觀省屬城始憩東西林精舍》：「佳士亦棲息，善身絶塵緣。」

〔四〕煙水茫茫：白居易《新樂府·海漫漫》：「蓬萊今古但聞名，煙水茫茫無覓處。」

〔五〕亂紅如雨：桃花紛紛飄落狀。李賀《將進酒》：「況是青春日將暮，桃花亂落如紅雨。」

〔六〕「不記」句：傅注：「此詞全用劉晨事。」參見《減字木蘭花》（天台舊路）注〔一〕。案此詞説一個人蕩舟到陌生的花溪深處，不願留下，但卻迷失了歸路，與劉晨、阮肇入天台山採藥迷路有某些相似之處，但情節不盡相同，並非「全用劉晨事」。

【參考資料】

明·沈際飛《草堂詩餘正集》卷一："如畫。"

明·錢允治《類選箋釋草堂詩餘》卷一周邦彥《玉樓春》詞後注："按東坡有《點絳脣》詞詠天台云(詞略)。蓋全用劉、阮天台事也。"

近人俞陛雲《唐五代兩宋詞選釋》："作此題隱括本意，凡手皆能。此詞擅勝處，在筆輕而韻秀，如初寫黄庭，恰到好處。"

又

離恨①

月轉烏啼〔一〕，畫堂宫徵生離恨〔二〕。美人愁悶。不管羅衣褪。　清淚斑斑〔三〕，揮斷柔腸寸〔四〕。嗔人問〔五〕。背燈偷揾。拭盡殘妝粉。

【校勘】

① 傅本、元本無題。外集、毛本、朱本不載。餘見前詞校勘①。

【考辨】

此詞今傳諸本《淮海詞》均收。《類選箋釋續選草堂詩餘》卷上亦作秦觀詞，題作"閨怨"。又，今傳諸本東坡詞除外集、毛本、朱本不收外，其餘均載，《草堂詩餘續集》卷上、《古今詩餘醉》卷一〇、《歷代詩餘》卷五、《雲韶集》卷二、《詞則·大雅集》卷一、《宋詞鈔》卷一亦俱作蘇軾詞。《草堂詩餘續集》題作「閨怨」，注：「一作離恨。」又注云：「一刻少游。」《古今詩餘醉》題作「閨怨」。《全宋詞》蘇軾詞與秦觀詞兩載，蘇詞注：「別又見秦觀《淮海居士長短句》卷下。」秦詞注：「別又見曾慥本《東坡詞》卷下。」曹本《東坡詞》判爲秦觀作，移列誤入詞。今人徐培均校注《淮海居士長短句》卷下，亦判作秦觀詞。餘見前首考辨。今從《全宋詞》，列互見詞類。

【箋注】

〔一〕月轉烏啼：謂夜深。唐·張繼《楓橋夜泊》：「月落烏啼霜滿天，江楓漁火對愁眠。」

〔二〕宮徵：泛指樂曲。古代依十二律高下之次序，定宮、商、角、徵、羽、變宮、變徵爲七聲。後遂以宮徵表音樂。杜甫《聽楊氏歌》：「玉杯久寂寞，金管迷宮徵。」

〔三〕清淚斑斑：李白《閨情》：「織錦心草草，挑燈淚斑斑。」

〔四〕「揮斷」句：謂傷心之極。韋莊《上行杯》詞：「滿樓弦管，一曲離聲腸寸斷。」歐陽修《踏莎行》詞：「寸寸柔腸，盈盈粉淚。」

〔五〕嗔人問：因別人問起流淚原因而氣惱。「嗔」，惱怒、生氣。

【參考資料】

明·沈際飛《草堂詩餘續集》卷上：「此詞洪甫云親見東坡手迹于潮陽吴子野家。酷似少游，非少游筆。」又：「押『寸』字巧。『嗔人問』三字肖。」

清·陳廷焯《詞則·大雅集》卷一：「一片去國流離之思，卻能哀而不傷。」

清·陳世焜《雲韶集》卷二：「此詞不減秦、柳，可知東坡非不能爲綺語也，特才大不屑爲耳。」

訴衷情　海棠①

海棠珠綴一重重〔一〕。清曉近簾櫳②〔二〕。胭脂誰與勻淡〔三〕，偏向臉邊濃。　看葉嫩，惜花紅。意無窮。如花似葉，歲歲年年〔四〕，共占春風③。

【校勘】

① 傅本、元本無題。

② 「櫳」，原作「攏」，據諸本改。

③ 「共占」，傅本作「占取」。元本注：「一作占取。」

【考辨】

毛本題下注云：「又刻晏同叔。」《全宋詞》本詞末注：「案此首別又見晏殊《珠玉詞》。」毛本《珠玉詞》將此首删去，注云：「舊刻八首。考『海棠珠綴一重重』是子瞻作，今删。」《全宋詞》晏殊名下收此詞，無題，下闋「意」字下注：「案『紅意』二字原作『意恨』，從吳訥本《珠玉詞》。」詞末注云：「案此首別作蘇軾詞，見曾慥本《東坡詞》卷下。別又誤入金元好問《遺山新樂府》卷五。」羅叔藴殷禮在斯堂活字本、咸豐五年鉏月山房校本《遺山先生新樂府》卷五收之。案：此詞南宋紹興初年刊行之傅幹《注坡詞》卷八已收録，可證：一、作元好問者誤，因此時元好問尚未出世。二、自南宋初起已作蘇軾詞。今傳東坡詞諸本均載。明·吴訥《唐宋名賢百家詞》既收入《東坡詞》，又收入《珠玉詞》。毛晉《宋六十名家詞》，從《珠玉詞》中删去，只作東坡詞。《歷代詩餘》卷一〇，王官壽《宋詞鈔》，亦俱作蘇軾詞。唐圭璋先生《全宋詞》中雖然蘇軾詞與晏殊詞兩集互見，但其《宋詞互見考》云：「案此首蘇軾詞，見毛本《東坡詞》；毛本《珠玉詞》注云：舊刻是子瞻作，删去。據此作蘇詞爲是。」曹本不取唐説，云：「細玩此詞富貴氣氛太濃，與東坡詞氣象不侔。又按晏詞《漁家傲》『荷葉初開猶半卷』下片云：『美酒一盃留客宴。拈花摘葉情無限。争奈世人多聚散。頻祝願。如花似葉長相見。』與此詞下片之意境類似。故斷定此係晏詞。」曹説係從本詞風格論定是非，缺乏有力佐證，難以置信。屬蘇屬晏，尚待詳考。今編互見詞類。

【箋注】

〔一〕珠綴：言海棠花蕾似珍珠連綴枝頭。唐·楊巨源《春日奉獻聖壽無疆詞十首》之五：「珠綴留晴景，金莖直曉空。」

〔二〕簾櫳：謂竹簾與窗牖也。謝惠連《七月七日夜詠牛女詩》：「落日隱櫩楹，升月照簾櫳。」元稹

《會真詩》：「微月透簾櫳，瑩光度碧空。」

〔三〕勻淡：將顏色調得輕淡些。鄭谷《海棠》詩：「春風用意勻顏色，消得攜觴與賦詩。」

〔四〕歲歲年年：唐・劉希夷《代悲白頭翁》：「年年歲歲花相似，歲歲年年人不同。」此反其意而用之，言願人們青春不老。

醉落魄　述懷①

醉醒醒醉②。憑君會取這滋味③。濃斟琥珀香浮蟻〔一〕。一到愁腸，別有陽春意〔二〕。須將幕席爲天地〔三〕。歌前起舞花前睡。從他落魄陶陶裏④〔四〕。猶勝醒醒，惹得閒憔悴。

【校勘】

① 此詞毛本、朱本、龍本、曹本不載。毛本注：「山谷老人云『醉醒醒醉』非東坡作。刪去。」傅本、元本無題。

② 「醒醉」，原作「醉醒」，據傅本、元本、明刊全集、二妙集改。

③ 「這」，傅本、元本無。四印齋本作「愁」。

④ 「陶陶」，二妙集作「兀兀」。

【考辨】

此詞《全宋詞》既作蘇軾詞，又作王仲甫詞。蘇詞末注云：「案黄庭堅《醉落魄》詞序云：『疑是王仲甫作。』」王詞末注云：「案此首見黄庭堅《醉落魄》詞序。黄云：『或傳是東坡語，非也，疑是王仲父作。』此首亦見《東坡詞》卷下。又案宋另有王仲甫，字明之，王珪之姪，曾官主簿。又有王介字仲甫，與王安石同時。黄庭堅所云王仲父，未知爲誰。此詞姑附於此。」《古今詞統》卷八、《古今詞話·詞辨》卷上《一斛珠》條均作無名氏詞。案：此詞宋元明諸本東坡詞均載，明陳耀文《花草粹編》卷六、周履靖《唐宋元明酒詞》卷上亦作蘇軾，題作「詠醉」，毛本始據黄序删去，朱本、龍本、曹本均從毛本。黄序云：「舊有『醉醒醒醉』一曲云（詞略）。此曲亦有佳句，而多斧鑿痕，又語高下不甚入律。或傳是東坡語，非也。與『蝸角虚名』、『解下癡縧』之曲相似，疑是王仲父作。因戲作四篇呈吴元祥、黄中行，似能厭道二公意中事。」（見《全宋詞》黄庭堅《醉落魄》詞）細味此序「或傳是東坡語」，「疑是王仲父作」等可知，此詞黄庭堅在世時已傳爲東坡作，其「疑是王仲父作」，係揣度之詞，並無自信。毛晉刻《東坡詞》時，缺乏冷静嚴肅態度，僅憑「山谷老人云非東坡作」一語，即判爲僞作而删去，不免流於武斷。此詞是否確爲王仲甫作而誤入東坡詞，尚難斷言。今暫編互見詞類，以俟詳考。

【箋注】

〔一〕琥珀：松柏樹脂化石，色黄褐或紅褐。張華《博物志》卷四《藥物》：「《神仙傳》云：松柏脂入地，千年化爲茯苓，茯苓化爲琥珀。琥珀一名江珠。」此言酒色如琥珀。杜甫《鄭駙馬宅宴洞中》：「春酒盃濃琥珀薄，冰漿椀碧碼碯寒。」浮蟻：浮於酒面上之泡沫。張衡《南都賦》：「醪敷徑寸，浮蟻若蓱。」劉良注：「酒膏徑寸，布於酒上，亦有浮蟻如水萍也。」亦指酒。庾信《正旦蒙趙王賚酒詩》：「流星向椀落，浮蟻對春開。」李咸用《送人》：「盈耳暮蟬催別騎，數杯浮蟻咽離腸。」

〔二〕陽春意：白居易《詠家醞十韻》：「捧疑明水從空化，飲似陽和滿腹春。」

〔三〕幕席爲天地：劉伶《酒德頌》：「行無轍迹，居無室廬，幕天席地，縱意所如。」

〔四〕落魄：窮困失意。《史記》卷九七《酈食其傳》：酈食其「好讀書，家貧落魄，無以爲衣食業。」陶陶：和樂貌。劉伶《酒德頌》：「無思無慮，其樂陶陶。」又，《晉書》卷四九《劉伶傳》：「伶雖陶兀昏放，而機應不差。」陶兀、疊言作陶陶兀兀，酒醉狂傲貌。

瑤池燕

閨怨。寄陳季常①〔一〕

飛花成陣。春心困。寸寸。別腸多少愁悶。無人問。偷啼自搵〔二〕。殘妝粉。抱瑤琴、尋出新韻〔三〕。玉纖趁〔四〕。南風未解幽慍②〔五〕。低雲鬟。眉峰斂暈。嬌和恨。

【校勘】

① 此詞吴本未收，傅本、元本、朱本亦不載。見明刊全集、二妙集、毛本、龍本、《全宋詞》、《侯鯖録》。毛本題首有「琴曲有瑶池燕，變其詞作」十字，《全宋詞》無題。此從龍本。

② 「未」，明刊全集、龍本、《全宋詞》作「來」。

【考辨】

此詞明刊全集據《侯鯖録》卷三補，二妙集、毛本、龍本均從明刊全集和《侯鯖録》。《全宋詞》既作蘇軾詞，又作廖正一詞。蘇詞後有注云：「《侯鯖録》卷三。」又云：「案此首別又作廖正一詞，見《樂府雅詞拾遺》卷上。」廖詞調作《瑶池宴令》，詞後有注：「《樂府雅詞拾遺》卷上。」又云：「案《侯鯖録》卷三此首乃蘇軾作，未知孰是。」《百琲明珠》卷二作蘇軾，注「東坡詞不載」。《古今詞統》卷六又作無名氏詞。案：作無名氏詞者，當源於蘇軾《雜書琴曲十二首贈陳季常》之一二，云：「琴曲有《瑶池燕》，其詞既不甚佳，而聲亦怨咽。或改其詞作《閨怨》云：『飛花成陣。……。』此曲奇妙，季常勿妄以與人。」（見《蘇軾文集》卷七一）其中「或改其詞」即「有人改其詞」意，既非自己改，亦未言明何人所改。此當後世以爲無名氏所作之本。作蘇軾詞者，源於《侯鯖録》卷三，云：「東坡云：琴曲有《瑶池燕》，其詞不協而聲亦怨咽，變其詞作《閨怨》，寄陳季常去。此曲奇妙，勿妄與人云。」此明言引東坡之語，然改「或改其詞」爲「變其詞」，遂使《瑶池燕》爲蘇軾自己所改矣。作廖正一詞者，當源於曾慥《樂府雅詞拾遺》卷上。廖正一，字明略，安陸人。自號竹林居士。元豐二年（一〇七九）進士。元祐年間，蘇軾在翰林，廖任秘書省正字，二人同在朝任職，蘇軾待之甚厚。《樂府雅詞拾遺》原不署作者，「廖明略」爲鮑廷博校刊時所補。原刻本詞末有注：「此詞本東坡作。」鮑廷博以《瑶池燕》爲廖正一作，當别有所本。然清人張德瀛以爲非廖正一作，其《詞徵》卷五云：「東坡《瑶池燕》詞，《侯鯖録》及《古今樂録》並載焉。曾端伯以爲廖明略作者，誤也。」唐圭璋則認爲是廖明略所作，《宋詞互見考》云：「案此首廖明略詞，見《樂府雅詞拾遺》。毛本《東坡詞》收之，非也。《四印齋》本東坡詞無之；《彊村》本東坡詞考訂毛本，亦不收之。」今暫依《全宋詞》，列互見詞類，以俟詳考。

【箋注】

〔一〕陳季常：即陳慥。詳見《臨江仙》（細馬遠馱雙侍女）注〔一〕。

〔二〕自揾：自己擦去。蘇軾《點絳唇》（月轉烏啼）：「背燈偷揾，拭盡殘妝粉。」

〔三〕新韻：新製樂曲。陸龜蒙《和襲美江南道中懷茅山廣文南陽博士三首次韻》之三：「桂父舊歌飛絳雪，桐孫新韻倚玄雲。」

〔四〕玉纖：形容女子手指潔白細長。韓偓《咏柳》詩：「玉纖折得遥相贈，便是觀音手裏時。」趁：赴也。此指彈琴時手指撥動琴弦，使之符合一定節拍。陸機《文賦》：「譬猶舞者趁（一作赴）

節以投袂，歌者應弦而遺聲。」

〔五〕「南風」句：見《阮郎歸》（緑槐高柳咽新蟬）注〔二〕引《禮記·樂記》。

【參考資料】

宋·趙德麟《侯鯖録》卷三：「東坡云：琴曲有《瑶池燕》，其詞不協而聲亦怨咽，變其詞作《閨怨》，寄陳季常去。此曲奇妙，勿妄與人云。」

清·沈雄《古今詞話·詞辨》卷上：「《古今樂録》曰：黄魯直與季常書曰：琴曲有《瑶池燕》，無名氏所製，詞不穩帖，而聲如怨咽。或改之別作《閨怨》，殊爲奇妙，勿妄以與人也。爲按拍歌之云：『飛花成陣……。』一如王實甫之游藝中原曲云。按以仙吕《點絳唇》可歌也。」

清·張德瀛《詞徵》卷五：「《瑶池燕》一調，與《越江吟》略同，其音則與《點絳唇》相叶。」

二、蘇軾存疑詞十一首

蝶戀花①

記得畫屏初會遇。好夢驚回，望斷高唐路〔一〕。燕子雙飛來又去。紗窗幾度春光暮。
那日繡簾相見處。低眉佯行，笑整香雲縷〔二〕。斂盡春山羞不語〔三〕。人前深意難輕訴。

【校勘】

① 此詞吴本未收，傅本、元本、明刊全集亦不載，見外集、二妙集、毛本、朱本、龍本、《全宋詞》。毛本注：「元刻不載。」

【考辨】

此詞始見於外集，曹本移列誤入詞，注：「按此詞意境，與東坡詞不類，斷非東坡所作。今移列誤入詞。」是否僞作，僅以意境下斷語，證據不足，尚待詳考。今移列存疑詞。

【箋注】

〔一〕望斷：望盡。司空圖《重陽阻雨》詩：「猶勝登高閒望斷，孤煙殘照馬嘶回。」高唐：見《祝英臺近》（掛輕帆）注〔五〕。

〔二〕香雲：喻髮。《詩經·鄘風·君子偕老》：「鬒髮如雲，不屑髢也。」

〔三〕春山：喻眉。葛洪《西京雜記》卷二：「文君姣好，眉色如望遠山。」李商隱《代贈二首》之二：「總把春山掃眉黛，不知供得幾多愁。」

又①

雨霰疏疏經潑火〔一〕。巷陌鞦韆，猶未清明過。杏子梢頭香蕾破。淡紅褪白胭脂涴〔二〕。苦被多情相折挫。病緒厭厭〔三〕，渾似年時箇〔四〕。繞徧迴廊還獨坐。月籠雲暗重門鎖〔五〕。

【校勘】

①此詞吴本未收，傅本、元本、明刊全集亦不載，見外集、二妙集、毛本、朱本、龍本、《全宋詞》。毛本注：「元刻不載。」

【考辨】

此詞始見於外集，曹本移列誤入詞類，注：「按此詞係女流口吻，意境與東坡詞不類，斷非東坡所作。今移列誤入詞。」是否僞作，尚待詳考，今移列存疑詞。

【箋注】

〔一〕潑火：潑火雨。舊俗寒食禁火，其時下雨，曰潑火雨。白居易《洛橋寒食日作十韻》：「蹴毬塵不起，潑火雨新晴。」唐彦謙《上巳》：「微微潑火雨，草草踏青人。」此代寒食節。

〔二〕涴：音wò。污染。韓愈《合江亭》詩：「願書巖上石，勿使泥塵涴。」

〔三〕厭厭：精神不振貌。陶潛《和郭主簿》詩之二：「檢素不獲展，厭厭竟良月。」劉義慶《世説新語》卷中下《品藻》：「曹蜍、李志雖見在，厭厭如九泉下人。」

〔四〕年時箇：猶言從前。「箇」，估量某種光景之辭。史浩《千秋歲》詞：「把琖對横枝，尚憶年時箇。」

〔五〕月籠：杜牧《泊秦淮》詩：「煙籠寒水月籠沙，夜泊秦淮近酒家。」

又①

蝶懶鶯慵春過半。花落狂風，小院殘紅滿。午醉未醒紅日晚。黄昏簾幕無人捲。雲鬟鬅鬆眉黛淺〔一〕。總是愁媒〔二〕，欲訴誰消遣〔三〕。未信此情難繫絆〔四〕。楊花猶有東風管。

【校勘】

①此詞吴本未收，傅本、元本、明刊全集亦不載，見外集、二妙集、毛本、朱本、龍本、《全宋詞》。毛本注：「元刻不載。」

【考辨】

此詞始見於外集，曹本移列誤入詞類，注：「按此詞意境，不類東坡詞。今移列誤入詞。」判爲僞作之證據不足，尚待詳考。今列存疑詞類。

【箋注】

〔一〕髿鬆：亦作鬔鬆、鬔鬆，鬔鬉，髮亂貌。宋·趙叔向《肯綮録》：「謂人髮亂曰鬔鬆。」（見《説郛》卷二四）宋·文同《采芡》：「駢頭髿鬆露秋熟，緑刺紅針割寒玉。」

〔二〕愁媒：勾引起人愁的物和事。李白《上崔相百憂章》：「金瑟玉壺，盡爲愁媒。」李咸用《途中逢友人》：「霄漢何年徵賦客，煙花隨處作愁媒。」

〔三〕消遣：消解，排遣。王禹偁《黄州新建小竹樓記》：「焚香默坐，消遣世慮。」

〔四〕繫絆：捆縛。引申爲制伏。

雨中花慢①

邃院重簾何處〔一〕，惹得多情，愁對風光。睡起酒闌花謝，蝶亂蜂忙。今夜何人，吹笙北嶺〔二〕，待月西廂〔三〕。空悵望處，一株紅杏，斜倚低牆。羞顔易變，傍人先覺，到處被著猜防〔四〕。誰信道，些兒恩愛〔五〕，無限凄涼。好事若無間阻〔六〕，幽歡卻是尋常。一般滋味，就中香美，除是偷嘗。

【校勘】

①此詞吴本未收，傅本、元本、明刊全集亦不載，見外集、二妙集、毛本、朱本、龍本、《全宋詞》。曹本列誤入詞類。毛本注：「元刻逸。」《全宋詞》注：「見汲古閣本《東坡詞》。」

【考辨】

此詞始見於外集，朱本凡例云：「元刻中有五首即爲毛氏所已删，顧尚疑其未盡。如……《雨中花慢》之『邃院重簾』、『嫩臉羞蛾』二首，不類坡詞，苦無顯證。」曹本注：「朱氏雖收録毛本此二首，但同時心以爲非。推朱氏所謂『不類』，乃因此二首之意境，與東坡之人格不類。銘意旁證不如逕從文字意境直尋，此二詞斷非東坡所作。今並移列誤入詞。」欲求僞作之「顯證」，尚須詳考。薛本謂爲蘇軾詠崔徽真事，據《章質夫寄惠（崔徽真）》詩，編元豐元年徐州作。今暫列存疑詞。

【箋注】

〔一〕邃院：深院。屈原《離騷》：「閨中既以邃遠兮，哲王又不寤。」《魏書》卷六八《甄琛傳》：「京邑諸坊，大者或千户、五百户，其中皆王公卿尹，貴勢姻戚，豪猾僕隸，蔭養姦徒，高門邃宇，不可干問。」

〔二〕吹笙北嶺：用王子喬事。許渾《送簫處士歸緱嶺别業》：「緱山住近吹笙廟，湘水行逢鼓瑟祠。」餘見《鵲橋仙》（緱山仙子）注〔一〕。

〔三〕待月西廂：見《南歌子》（笑怕薔薇罥）注〔三〕。

〔四〕被著：遭受。猜防：被人猜疑和防范。

〔五〕些兒：少許，一點點。

〔六〕間阻：阻礙。指「到處被著猜防」。

浣溪沙①

山色横侵蘸暈霞②〔一〕。湘川風静吐寒花〔二〕。遠林屋散尚啼鴉〔三〕。　　夢到故園多少路，酒醒南望隔天涯。月明千里照平沙〔四〕。

【校勘】

① 此詞傅本、元本不載。

② 「横」，原作「紅」，據二妙集、毛本改。

【考辨】

此詞傳本、元本不載，最早見於曾慥本《東坡詞拾遺》，明刊全集、二妙集、毛本、朱本、龍本、《全宋詞》、曹本、石唐本、薛本均承曾慥本。薛本認爲此詞是嘉祐四年蘇軾父子三人沿江出川赴汴京，五年正月發荆州，出陸北行時作。朱靖華《論蘇軾詞始作於嘉祐初年》，認爲是嘉祐四年出川時於十一月「將至荆州地域的長江舟中」作。案：該詞上片寫湘川流域月下的凄冷景色，下片抒發對遠在「天涯」之「故園」的殷殷思念。如詞果爲蘇軾出川抵荆州時作，則眉州在西，荆州在東，實難構成南北相望之勢，况蘇軾從未涉足湘川。我們考證，此詞非蘇軾作，應是他的友人張舜民詞。張舜民，字芸叟，自號浮休居士，邠州（今陝西彬縣）人，《宋史》卷三四七有傳。元豐五年因隨高遵裕征西夏失敗，又寫詩文譏諷王師無功而返，坐謫監郴州（今湖南郴州市）酒稅，元豐六年赴郴途經黄州時，造訪蘇軾，「會於子瞻所居，晚食於子瞻東坡雪堂」。蘇軾還陪他游覽了武昌西山（詳見張舜民《郴行録》）。蘇軾去世時，他曾作《蘇子瞻哀辭》。張舜民于紹聖、元符年間又知潭州（今湖南長沙市）。因他貶謫、客居瀟湘兩次，故在他的詩詞中對「三湘」多有提及，如「客路三湘遠」、「三湘白髮莖」、「三湘遷客思悠哉」、「亭下瀟湘古亦愁」云云。這首《浣溪沙》詞亦當是他在湘川所作。上片寫身居貶地——湘川凄冷之景，下片寫「夢到故園」——北國邠州之情。「酒醒」夢回，在南國悵望故園，遠「隔天涯」，眼前惟見「月明千里照平沙」，感慨系之，遂有是作。張舜民不僅與蘇軾相知，且筆意文風極似。《四庫全書總目提要》論張舜民《畫墁集》云：「蓋由其筆意豪健，與蘇軾相近，故後人不能辨别，往往誤入蘇集也。」今已查知，張舜民的詩詞，宋時已有不少誤入蘇軾集。傅幹著《注坡詞》時，發現張舜民詞「數章」而「削而不取」（見傅共《注坡詞序》）。張舜民的《題庾樓詩》，也被誤收入《東坡集》。張舜民題在岳陽樓上的《賣花聲》詞，靖康年間被誤作蘇軾南遷詞而到處傳誦（詳見附編《誤入蘇集詞》所録殘句「回首夕陽紅盡處」考辨）。蓋此《浣溪沙》詞也是張舜民作，而曾慥失察不辨，誤「拾」到他編的《東坡詞拾遺》中，遂被後人當作蘇軾詞而解説不一。以上考證，不敢自是，爲穩妥計，暫不作誤入詞而列入可疑詞類，俟諸來哲辨析。

【箋注】

〔一〕蘸：侵濕，此指觸及。暈霞：紅霞，此指彩霞。

〔二〕寒花：秋冬季節開放的花。李義府《和邊城秋氣早》詩：「關樹凋涼葉，塞草落寒花。」

〔三〕啼鴉：李賀《過華清宮》詩：「春月夜啼鴉，宮簾隔御花。」

〔四〕平沙：廣漠的沙原。李華《吊古戰場文》：「浩浩乎平沙無垠。」

江城子①

膩紅勻臉襯檀脣〔一〕。晚妝新〔二〕。暗傷春。手撚花枝、誰會兩眉顰〔三〕。連理帶頭雙

□□②〔四〕，留待與，箇中人〔五〕。淡煙籠月繡簾陰。畫堂深。夜沈沈。誰道□□③、□繫得人心④。一自綠窗偷見後，便憔悴，到如今。

【校勘】

① 此詞吴本未收，傅本、元本、明刊全集亦不載，見外集、二妙集、毛本、朱本、龍本、《全宋詞》。毛本注：「元刻不載。」

② 「雙」下原缺二字。

③ 「道」下原缺二字。

④ 「繫」上原缺一字。

【考辨】

此詞始見於外集，曹本移列誤入詞類，注：「按此詞係女流口吻，意境與東坡詞不類，斷非東坡所作。今移列誤入詞。」是否僞作，苦無顯證，尚待詳考。今暫列存疑詞。

【箋注】

〔一〕膩紅：油脂紅潤光滑。唐·韓偓《惜花》：「皺白離情高處切，膩紅愁態静中深。」檀脣：深紅色嘴脣，形容女性嘴脣之美。韓偓《余作探使以繚綾手帛子寄賀因而有詩》：「黛眉印在微微綠，檀口消來薄薄紅。」

〔二〕晚妝：司空圖《偶書五首》之三：「晚妝留拜月，卷上水精簾。」

〔三〕會：理解。眉顰：即顰眉，憂愁不樂狀。《晉書》卷九四《戴逵傳》：「是猶美西施而學其顰眉，慕有道而折其巾角。」駱賓王《王昭君》：「粧鏡菱花暗，愁眉柳葉顰。」

〔四〕連理：異根草木，枝幹連生，多喻夫妻相愛。班固《白虎通德論》卷三《封禪》：「德至草木，朱草生，木連理。」白居易《長恨歌》：「在天願作比翼鳥，在地願爲連理枝。」此指繡着連理枝圖案的帶子。

〔五〕箇中人：即此中人。這裏指相愛之人。

虞美人①

冰肌自是生來瘦。那更分飛後〔一〕。日長簾幕望黄昏。及至黄昏時候、轉銷魂〔二〕。君還知道相思苦〔三〕。怎忍拋奴去。不辭迢遞過關山〔四〕。只恐別郎容易、見郎難〔五〕。

【校勘】

①此詞吴本未收，傅本、元本、外集亦不載，見明刊全集、二妙集、毛本、朱本、龍本、《全宋詞》。龍本注云：「傅注本、元本俱無。」

【考辨】

曹本校注云：「按此詞係女流口吻，意境與東坡詞不類，斷非東坡所作。今移列誤入詞。」案：

此詞宋元諸本東坡詞未收，始見於明刊全集，未詳所本。曹本以意境不類東坡詞而斷爲僞作，缺乏顯證，尚待詳考。今列存疑詞類。

【箋注】

〔一〕那更：猶云况更，兼之也。此「那」字無義，與作怎、豈、奈字講不同。柳永《祭天神》詞：「柔腸斷，還是黄昏，那更滿庭風雨。」分飛：古辭《東飛伯勞歌》有「東飛伯勞西飛燕」句（見《玉臺新詠》卷九。或謂梁武帝作），後因稱分離爲「分飛」，也叫「勞燕分飛」。李白《憶舊遊寄譙郡元參軍》：「星離雨散不終朝，分飛楚關山水遥。」孟浩然《送從弟邕下第歸會稽》：「落羽更分飛，誰能不驚骨。」

〔二〕銷魂：爲情所感，若魂離散。江淹《别賦》：「黯然銷魂者，唯别而已矣。」

〔三〕還：猶云如其。韓愈《送文暢師北遊》詩：「僧還相訪來，山藥煮可掘。」秦觀《水龍吟》詞：「名韁利鎖，天還知道，和天也瘦。」還，皆如其義。

〔四〕迢遞：高遠貌。謝朓《郡内高齋閒望答吕法曹》：「結構何迢遞，曠望極高深。」孟浩然《赴京途中逢雪》：「迢遞秦京道，蒼茫歲暮天。」

〔五〕别易見難：李煜《浪淘沙》詞：「别時容易見時難。流水落花春去也，天上人間。」

又①

深深庭院清明過〔一〕。桃李初紅破。柳絲搭在玉闌干。簾外瀟瀟微雨、做輕寒。晚晴臺榭增明媚。已拚花前醉〔二〕。更闌人静月侵廊。獨自行來行去、好思量。

【校勘】

① 此詞吴本未收，傅本、元本、外集亦不載，見明刊全集、二妙集、毛本、朱本、龍本、《全宋詞》。龍本注：「傅注本、元本俱無。」

【考辨】

《全宋詞》注：「案此首《樂府雅詞拾遺》卷下（案：當爲卷上）不著撰人姓名，疑非蘇軾作。」曹本注：「按東坡步月之見於詩文者，率有友伴。如此詞下片末句之意境，殆非東坡所有。今移列誤入詞。」案：此詞宋元諸本《東坡詞》不載，始見於明刊全集，未詳所本。《草堂詩餘别集》卷二、《古今詩餘醉》卷八、《歷代詩餘》卷三〇、《宋六十一家詞選》卷一、《宋詞鈔》卷四並作蘇軾詞。《全宋詞》云：「《樂府雅詞拾遺》不著撰人姓名。」查清秦恩復《享帚精舍詞學叢書》本、《粤雅堂叢書》本《樂府雅詞拾遺》卷上俱署名曰蘇軾；《四部叢刊》影舊抄本不著撰人姓名。《樂府雅詞》，宋曾慥編，自序云：「……又有百餘闋，平日膾炙人口，咸不知姓名，則類於卷末，以俟詢訪，標目《拾遺》

云。」曾慥既言「咸不知姓名」，可見秦恩復刻本、《粤雅堂叢書》本俱署名蘇軾，當爲後人補加，不可信。曹本云「殆非東坡所有」，並無確證。此詞是否僞作，尚待詳考。今列可疑詞。

【箋注】

〔一〕深深庭院：歐陽修《蝶戀花》詞：「庭院深深深幾許」。

〔二〕拚：也作拼，皆甘願之辭，宋詞中習見。如晏幾道《鷓鴣天》：「彩袖殷勤捧玉鍾，當年拚卻醉顔紅。」周邦彦《解連環》詞：「拚今生對花對酒，爲伊淚落。」

【參考資料】

明·沈際飛《草堂詩餘別集》卷二：「字有皴法。」

西江月 佳人

碧霧輕籠兩鳳〔一〕，寒煙淡拂雙鴉〔二〕。爲誰流睇不歸家〔三〕。錯認門前過馬。有意偷回笑眼〔四〕，無言强整衣紗。劉郎一見武陵花〔五〕。從此春心蕩也〔六〕。

【考辨】

此詞諸本均未收，《全宋詞》據楊金本《草堂詩餘後集》卷上補作蘇軾詞，注云：「疑非蘇軾作。」

案：楊金本《草堂詩餘》誤題誤收者甚多，今列存疑詞類。曹樹銘《東坡詞籍著録》以爲此詞「可削而不論」，並録待考。

【箋注】

〔一〕碧霧：梁武帝《七夕》詩：「瑶臺含碧霧，羅幕生紫煙。」兩鳳：當指美人頭上鳳形首飾，如鳳翹冠之屬。

〔二〕寒煙：張説《岳州西城》詩：「汀葭變秋色，津樹入寒煙。」雙鴉：指少女雙髻。蘇軾《雜詩》之二：「昔日雙鴉照淺眉，如今婀娜緑雲垂。」

〔三〕流睇：轉眼斜視。《文選》卷四張平子《南都賦》：「微眺流睇，蛾眉連卷。」

〔四〕偷回笑眼：晏幾道《木蘭花》詞：「生憎繁杏緑陰時，正礙粉牆偷眼覷。」

〔五〕劉郎：用劉晨入天台山採藥迷路，遇見仙女的故事。典見《减字木蘭花》（天台舊路）注〔一〕。武陵花：儲光羲《玉真公主山居》：「山北天泉苑，山西鳳女家。不言沁園好，獨隱武陵花。」此謂佳人自指。

〔六〕春心：懷春心情。李白《江夏行》：「憶昔嬌小姿，春心亦自持。」蕩：心旌摇蕩。

踏莎行

這個秃奴〔一〕，修行忒煞〔二〕。雲山頂上空持戒〔三〕。一從迷戀玉樓人，鶉衣百結渾無奈〔四〕。

毒手傷人，花容粉碎。空空色色今何在〔五〕。臂間刺道苦相思，這回還了相思債。

【考辨】

此詞諸本均未收，《全宋詞》據《事林廣記》癸集卷一三補。末注：「案《事林廣記》所載，多出傅會或虛搆，此首未必爲蘇軾作。」案：《緑窗新話》卷上、《醉翁談録》庚集卷二、《花草粹編》卷六、《草堂詩餘續集》卷下、《堯山堂外紀》卷五二、《情史》卷一八亦載此詞，並作蘇軾，蓋皆源于《事林廣記》。《全宋詞》雖據以補作蘇軾詞，並無自信。宋人話本小説所載詩詞，多出依托，極不可信，今列存疑詞類。曹樹銘《東坡詞集著録》云：「案此首意境之荒誕，無與倫比。此書（《全宋詞》）僅云『未必爲蘇軾作』，實則可以絶對肯定此非東坡所作。」録存備考。

【箋注】

〔一〕秃奴：譏嘲僧人之稱謂。義同秃丁、秃士、秃厮、秃人等。唐·彦琮《琳法師别傳》卷上：「秃丁之謂，閭里盛傳。」宋·孫光憲《北夢瑣言》卷三：「唐渤海王太尉高公駢鎮蜀日，因巡邊至資中郡，舍於刺史衙。對郡山頂有開元佛寺，是夜黄昏，僧徒禮讚，螺唄間作。渤海命軍候悉擒械之，來晨笞背斥逐。召將吏而謂之曰：『僧徒禮念，亦無罪過。但以此寺十年後，當有秃丁數千作亂，我故以是厭之。』」

〔二〕忒煞：也作忒噤、忒殺。太甚、過於，極甚之詞。此言修行太差。劉過《行香子》詞：「匆匆去得忒瞧，這鏡兒、也不曾蓋。」趙長卿《水龍吟》詞：「起來思想，當初與你，忒煞容易。」

〔三〕持戒：佛教指嚴守戒律。南朝梁・慧皎《高僧傳》卷三《曇無竭》：「幼爲沙彌，便修苦行，持戒誦經，爲師僧所重。」

〔四〕鶉衣百結：謂敝衣襤褸。《荀子》卷下《大略》：「子夏貧，衣若縣鶉。」杜甫《風疾舟中伏枕書懷三十六韻奉呈湖南親友》：「烏几重重縛，鶉衣寸寸針。」又《北征》：「經年至茅屋，妻子衣百結。」渾：猶言全。盧祖皋《江城子》詞：「載酒買花年少事，渾不似，舊心情。」

〔五〕空空色色：佛家用語。空，虚幻不實；色，物質。意謂世間一切色法（物質）之本性（内在真實性），皆爲空無所有。唐・玄奘譯《般若波羅密多心經》：「色不異空，空不異色；色即是空，空即是色。」陳子昂《感遇》之八：「空色皆寂滅，緣業亦何成。」

【參考資料】

宋・皇都風月主人《緑窗新話》卷上：「靈景寺有僧名了然，不遵戒行，常宿娼妓李秀奴〔家〕，往來日久，衣鉢爲之一空。秀奴屬絶之，僧迷戀不已。一夕，僧乘醉往，秀奴不納，因擊秀奴，隨手而斃。縣官得其實，具申府司。時内翰蘇子瞻治郡，一見，大罵曰：『禿奴有此横爲！』送獄院推勘，則見僧臂上刺字云『但願同生極樂國，免教今世苦相思』之句。及見欵狀招伏，即行結斷，舉筆判成一詞，名《踏莎行》云（詞略）。判訖，押赴市曹處死。」（又見宋・羅燁《醉

翁談録》庚集卷二、《堯山堂外紀》卷五二、《情史》卷一八）

鷓鴣天　佳人

羅帶雙垂畫不成。殢人嬌態最輕盈〔一〕。酥胸斜抱天邊月〔二〕，玉手輕彈水面冰〔三〕。無限事，許多情。四絃絲竹苦叮寧〔四〕。饒君撥盡相思調〔五〕，待聽梧桐葉落聲〔六〕。

【考辨】

此詞諸本《東坡詞》均未收，《全宋詞》據《詞林萬選》卷四補作蘇軾詞，注云：「疑非蘇軾作。」《類編箋釋續選草堂詩餘》卷上、《草堂詩餘續集》卷上、《詞統》卷七、《古今詩餘醉》卷一二、《歷代詩餘》卷二七並作蘇軾詞。《全宋詞》凡例云：「明人選本如《詞林萬選》、《續草堂詩餘》等，載蘇軾……等佚詞，跡屬可疑。然文獻不足，無從斷其真僞。凡此亦逕行收入其人名下，不著存疑。」案：此詞明以後選本始作蘇軾詞，實爲可疑，今列存疑詞。曹樹銘《東坡詞籍著録》以爲此詞「可削而不論」，並録備考。

【箋注】

〔一〕殢人嬌態：女子引逗、纏人的嬌媚姿態。吕濱老《聖求詞·思佳客》：「秋意早，暑衣輕，殢人索酒復同傾。」

〔二〕酥胸：酥嫩之胸。唐·李洞《贈龐鍊師》詩：「兩臉酒醺紅杏妬，半胸酥嫩白雲饒。」天邊月：謂所抱之琵琶形如天邊之月。

〔三〕玉手：女子之手潔白如玉。傅咸《扇賦》：「去玉手而潛藏。」水面冰：指琵琶聲如水面冰裂，清脆悦耳。

〔四〕四弦：琵琶有四弦者。苦叮寧：狀幽咽纏綿之琵琶聲，如泣如訴。白居易《琵琶行》：「低眉信手續續彈，説盡心中無限事。」

〔五〕饒君：猶言「憐君」。饒，憐也。白居易《喜小樓西新柳抽條》詩：「爲報金堤萬株樹，饒伊未敢苦争春。」和凝《河滿子》：「正是破瓜年紀，含情慣得人饒。」撥：彈撥弦樂器所用撥弦之具。此是彈的意思。白居易《琵琶行》：「轉軸撥弦三兩聲，未成曲調先有情。」

〔六〕葉落聲：何遜《銅雀妓》：「秋風木葉落，蕭瑟管弦清。」

【參考資料】

明·潘游龍《古今詩餘醉》卷一二：「『畫不成』，字精。」

三、誤入蘇集詞五十四首及殘句九則

鷓鴣天

元真子《漁父詞》極清麗，恨其曲度不傳，故嘗加其語，以《浣溪沙》歌之矣。元真子詞云：「西塞山邊白鷺飛，桃花流水鱖魚肥。青箬笠，緑蓑衣，斜風細雨不須歸。」表弟李如篪言：《漁父詞》以《鷓鴣天》歌之，甚協音律，但語少聲多耳。因以憲宗畫像訪求元真子文章，及其兄鶴齡勸歸之意，足前後數句。

西塞山邊白鷺飛。桃花流水鱖魚肥。朝廷尚覓元真子，何處于今更有詩。　青箬笠，緑蓑衣。斜風細雨不須歸。人間欲避風波險，一日風波十二時。

【考辨】

此詞傳本、元本、吴本、明刊全集、二妙集均收，毛本斷爲黄庭堅作，删去。朱本、龍本、《全宋詞》、曹本俱依毛本不收。案：此詞爲黄庭堅作。曾慥《樂府雅詞》卷中載徐師川《浣溪沙》《鷓鴣天》詞跋，言之甚明。徐云：「東坡云：元真語極麗，恨其曲度不傳。加數語以《浣溪沙》歌之云：『西塞山前白鷺飛。散花洲外片帆微。桃花流水鱖魚肥。　自庇一身青箬笠，相隨到處緑蓑衣。斜風細雨不須歸。』山谷見之，擊節稱賞，且云：『惜乎散花與桃花字重疊，又漁舟少有使帆者。』乃取張、顧（况）二詞合爲《浣溪沙》云：『新婦磯邊眉黛愁。女兒浦口眼波秋。驚魚錯認月沉鈎。青箬笠前無限事，緑蓑衣底一時休。斜風細雨轉船頭。』東坡跋云：『魯直此詞，清新婉麗，問其最得意處，以山光水色，替却玉肌花貌，真得漁父家風也。然纔出新婦磯，便入女兒浦，此漁父無乃太瀾浪乎？』山谷晚年亦悔前作之未工，因表弟李如篪言：『《漁父詞》以《鷓鴣天》歌之，甚協律，恨語少聲多耳。』因以憲宗畫像求元真子文章，及元真之兄松齡勸歸之意，足前後數句云：『西塞山前白鷺飛。桃花流水鱖魚肥。朝庭尚覓元真子，何處如今更有詩。青箬笠，緑簑衣。斜風細雨不須歸。人間欲避風波險，一日風波十二時。』東坡笑曰：『魯直乃欲平地起風波也。』」此跋言爲補足元真子《漁父詞》，坡、谷各作《浣溪沙》一首，而山谷晚年悔前作之未工，因另製此首《鷓鴣天》。徐師川乃山谷外甥（見趙釴《鷃林子》卷一），所言較爲可信。另，《四部叢刊》影宋本、武進陶氏涉園影宋本、《彊村叢書》本《山谷琴趣外篇》卷三收，吴訥《唐宋名賢百家詞集》本《山谷詞》亦載，歷代詞選集如《花庵詞選》《草堂詩餘》《天機餘錦》《花草粹編》《精選古今詩餘醉》《歷代詩餘》《宋詞鈔》《蓼園詞選》等，以及周瑛《詞學筌蹄》卷五均作黄庭堅詞。

江城子

南來飛燕北歸鴻。偶相逢。慘愁容。緑鬢朱顔，重見兩衰翁。别後悠悠君莫問，無限事，不言中。小槽春酒滴珠紅。莫怱怱。滿金鍾。飲散落花，流水各西東。後會不知何處是，煙浪遠，暮雲重。

【考辨】

此詞見吴本、明刊全集、二妙集。傅本、元本、外集、毛本、朱本、龍本、曹本皆不載。毛本云：「考『南來飛燕北歸鴻』是秦淮海作，删。」案：此詞爲秦觀作，見宋乾道高郵軍學本《淮海居士長短句》卷上。張綖刻《淮海集》中之《淮海長短句》、吴訥《唐宋名賢百家詞》本《淮海詞》、李之藻刻《淮海後集》中之《淮海長短句》、段斐君刻《淮海後集長短句》、毛晉《淮海詞》、《四庫全書》本《淮海詞》、黄儀校本《淮海居士長短句》、王敬之刻《淮海集》中之《淮海詞》、秦元慶刻《淮海後集》中之長短句、《彊村叢書》本《淮海居士長短句》等俱收。《花草粹編》卷七、《歷代詩餘》卷四六、《宋六十一家詞選》卷二、《别調集》卷一、《晚香室詞録》卷二等亦作秦觀詞。吴訥《東坡詞拾遺》作蘇詞，蓋誤收也。明刊全集、二妙集均承吴本之誤。

沁園春

小閣深沈，寸心懷感，暗憶舊時。念母兄貧窘，姻親勸誘，一身權作，七歲爲期。及到門闌，小君猜忌，如履輕冰愁過違。多磨難，是房中詬駡，堂上鞭笞。堪悲。命運乖衰。

甚長箇、孩兒朝夜啼。歎此生緣業，兩餐淡薄，無時無淚，如醉如癡。暗裏相逢，低聲説與，此箇恩情休謾爲。須知道，聯難爲夏竦，不易張祁。

【考辨】

此詞見吴本《拾遺》及外集，明刊全集卷七四附於《少年遊》「玉肌鉛粉傲秋霜」一詞之後，别本均未收録。《全宋詞》據吴本編次，删去此詞，注云：「案此下原有《沁園春》『小閣深沈』一首，不似蘇軾作。明刊七十五卷本《東坡先生全集》卷七十四以爲附録詞。今從其説編入無名氏詞中。」《全宋詞》第五册三六〇一頁無名氏集收此詞，有注。今依《全宋詞》作無名氏詞。

虞美人

落花已作風前舞。又送黄昏雨。曉來庭院半殘紅。惟有游絲千丈、裊晴空。　殷勤花下重攜手。更進杯中酒。美人不用斂歌眉。我亦多情無奈、酒闌時。

【考辨】

此詞見明刊全集、二妙集、毛本、朱本、龍本。傅本、元本、吴本、外集不收。朱本注：「案是闋又見《石林詞》。」龍本注：「傅注本、元本俱無。是闋又見《石林詞》。」王官壽《宋詞鈔》卷四、《歷代詩餘》卷三〇作蘇軾詞。《全宋詞》本蘇軾詞不收，僅見「存目詞」，末注：「葉夢得作，見《石林詞》。」

曹本入附録「互見詞」類。明吴訥《唐宋名賢百家詞》本《石林詞》、毛晉《宋六十名家詞》本《石林詞》、《全宋詞》本葉夢得詞均收，題並作「雨後同幹譽、才卿置酒來禽花下作」。宋·曾慥《樂府雅詞》卷中、黄昇《中興以來絶妙詞選》卷一、明·沈際飛《草堂詩餘正集》卷二、卓人月《古今詞統》卷八、潘游龍《古今詩餘醉》卷一二、清·馮煦《宋六十一家詞選》卷五，均作葉夢得詞。沈際飛《草堂詩餘》注云：「一刻蘇，一刻周。」明·顧從敬《類編草堂詩餘》卷一、《詞苑英華》所刻武陵逸史《草堂詩餘》卷一、周瑛《詞學筌蹄》卷五、楊慎《草堂詩餘》卷二、錢允治《類選箋釋草堂詩餘》卷二、董其昌《新刻便讀草堂詩餘》卷三、李廷機《新刻注釋草堂詩餘》卷三並作周邦彦詞。題均作「風情」。《宋金元明本詞四十種》影明洪武本《草堂詩餘》後集卷下不著撰人姓名。案：此詞係葉夢得作。今傳諸本《石林詞》均收，毛本《石林詞》係據宋本勘刻，較爲可信。且宋人曾慥、黄昇詞選，亦作葉詞。曾慥《樂府雅詞》成書於紹興丙寅（一一四六）年間，時葉夢得尚未過世，其作葉詞，當不謬。而《東坡詞》宋、元諸本均未收，自明萬曆年間茅維刻《東坡全集》時始補入。茅刻《全集》，世人有「竄亂者甚多」之評，殆不可信。唐圭璋先生編《全宋詞》即不依《全集》，並在《宋詞互見考》中云：「此首葉夢得詞，見《石林詞》。惟毛本《東坡詞》收之，《彊村叢書》從之，殆不可信。」作周邦彦詞失誤更甚。一則此詞不載於周邦彦《片玉詞》或《清真詞》諸本，《全宋詞》本周邦彦詞亦列入存目詞，末注：「葉夢得詞，見《石林詞》。」二則宋、元時别無作周邦彦詞之説。明人顧從敬《類編草堂詩餘》始作周邦彦。《草堂詩餘》爲宋人所編，係書賈射利者選録，頗蕪雜，原刻兩卷本已不可見。今日所傳最古之本，爲明洪武壬申（一三九二年）遵生書堂刻本《增修箋注妙選群英草堂詩餘》，分前後兩集，每集又分上下兩卷。此詞見後集卷下人事類風情門，不著作者姓名，繫於周邦彦《風流子》「新緑小池塘」一詞之後。疑顧從敬重刻《類編草堂詩餘》時，誤以此詞亦周邦彦作，並將詞題妄改作「風情」。錢允治、董其昌、李廷機等人失考，陳陳相因，致使謬誤延傳。沈際飛據顧本《草堂詩餘》刊刻評正《草堂詩餘》時，不取顧説，而正作葉少藴詞，是。

蝶戀花

玉枕冰寒消暑氣。碧簟紗厨，向午朦朧睡。鶯舌惺忪如會意。無端畫扇驚飛起。　雨後初凉生水際。人面桃花，的的遥相似。眼看紅芳猶抱蕊。叢中已結新蓮子。

【考辨】

此詞始見於外集，二妙集、毛本、朱本、龍本亦收。傅本、元本、吴本、明刊全集不載。毛本注：「或刻晏同叔。」毛本晏殊《珠玉詞》不收，調名《蝶戀花》下注：「舊七首，考『玉椀冰寒消暑氣』是子瞻作，今删去。」《全宋詞》作晏殊詞，東坡詞中僅見「存目詞」，注：「晏殊作，見《珠玉詞》。」晏殊詞「枕」作「椀」，「忪」作「鬆」，「桃」作「荷」。曹本亦斷爲晏殊作，注云：「按晏詞『人面荷花』句，與末二句更覺一氣貫串，無所間隔。且『人面荷花』之比喻，爲東坡詞所無，而晏詞則屢見，除此首外，《浣溪沙》『玉椀冰寒滴露華』上片末句云：『晚來妝面勝荷花』；《漁家傲》：『越女採蓮江北岸。輕橈短棹隨風便。人貌與花相鬭豔。流水慢。時時照影看妝面。』可爲旁證。且《浣溪沙》『玉椀冰寒滴露華』，與此詞起句又復類似。基於以上分析，斷定此乃晏詞。」案：現存《珠玉詞》，除毛本删去外，别本均載。其中許氏鑑止水齋藏明抄本，卷首有潛翁手注云：「依宋刻本。」知宋刻本《珠玉詞》已收録。故作晏殊詞爲是。

又

梨葉初紅蟬韻歇。銀漢風高，玉管聲淒切。枕簟乍涼銅漏絶。誰教社燕輕離别。草際蛩吟珠露結。宿酒醒來，不記歸時節。多少衷腸猶未説。珠簾一夜朦朧月。

【考辨】

此詞始見於外集，二妙集亦載，其他諸本均未收。毛本歐陽修《六一詞》載，注：「一刻同叔，一刻子瞻。」案：此詞確爲歐陽修作，見雙照樓影印宋本《近體樂府》卷二、雙照樓影印宋本《醉翁琴趣外編》卷一，調作《鳳棲梧》。作東坡詞者僅見外集及二妙集，餘如傅本、元本、吴本、明刊全集、毛本等均未收，顯係焦竑誤收。作晏殊詞者，亦僅見於許氏鑑止水齋藏明鈔本和吴訥《唐宋名賢百家詞》抄本，然毛晉認爲係誤收，毛本晏殊《珠玉詞》未收，調下有注云：「舊七首……『梨葉疏紅蟬韻歇』是永叔作，今删去。」據此作晏殊詞亦非。

又

簾幕風輕雙語燕。午醉醒來，柳絮飛撩亂。心事一春猶未見。餘花落盡青苔院。　百尺朱樓閒倚徧。薄雨濃雲，抵死遮人面。消息未知歸早晚。斜陽只送平波遠。

【考辨】

此詞始見於外集，又見於二妙集，其他諸本均未收。汲古閣本晏殊《珠玉詞》亦載，注：「一刻六一詞，一刻東坡詞。」作歐陽修詞者，見雙照樓影宋吉州本《歐陽文忠公近體樂府》卷二、雙照樓影宋本《醉翁琴趣外編》卷一、吴訥《唐宋名賢百家詞》本《六一詞》卷二、《四部叢刊》影元本《歐陽文忠公集》卷一三二，《樂府雅詞》卷一、《詞則·别調集》卷一亦作歐陽修詞，末二句並作「羌管不須吹别怨，無腸更爲新聲斷。」汲古閣本《六一詞》以爲晏殊作，删去。明抄本、《南詞》本、《唐宋名賢百家詞》本、《四庫全書》本《珠玉詞》均載，諸本《草堂詩餘》、《嘯餘譜》卷一六、《花草粹編》、《詞的》、《詞統》、《古今詩餘醉》、《歷代詞餘》、《宋六十一家詞選》、《蓼園詞選》等，亦作晏殊詞。案：作蘇軾詞僅見外集及二妙集，且爲毛本所不取，當誤。至於是晏殊作或歐陽修作，自宋已有兩説。毛本從歐陽修集中删去，歸爲晏殊，似不妥。《全宋詞》晏殊集與歐陽修集互見，應從《全宋詞》。

又

一霎秋風驚畫扇。豔粉嬌紅，尚拆荷花面。草際露垂蟲響徧。珠簾不下留歸燕。掃掠亭臺開小院。四坐清歡，莫放金盃淺。龜鶴命長松壽遠。陽春一曲情千萬。

又

紫菊初生朱槿墜。月好風清，漸有中秋意。更漏乍長天似水。銀屏展盡遥山翠。繡幕卷波香引穗。急管繁弦，共慶人間瑞。滿酌玉盃縈舞袂。南春祝壽千千歲。

【考辨】

此二首爲晏殊作，見諸本《珠玉詞》。宋時或誤作蘇軾詞，傅幹《注坡詞》削而不取，詳見《注坡詞》傅共序。别又誤作金元好問詞，見《宛委别藏》本、石蓮庵彙刻本、《殷禮在斯堂叢書》本《遺山先生新樂府》五卷本卷五。吴訥《唐宋名賢百家詞》本《遺山樂府》一卷、武進陶氏涉園刊本、《彊村叢書》本《遺山樂府》三卷、讀書山房本《元遺山先生新樂府》四卷以及近人吴庠《遺山樂府編年小箋》（一九八二年香港中華書局出版)均未收。唐圭璋《全金元詞·元好問詞》考訂二首爲晏殊詞,當可信。

永遇樂

天末山橫,半空簫鼓,樓觀高起。指點裁成,東風滿院,總是新桃李。綸巾羽扇,一尊飲罷,目送斷鴻千里。攬清歌、餘音不斷,縹緲尚縈流水。　年來自笑無情,何事猶有,多情遺思。緑鬢朱顔,忽忽拚了,却記花前醉。明年春到,重尋幽夢,應在亂鶯聲裏。拍闌干、斜陽轉處,有誰共倚。

【考辨】

此詞見毛本、朱本、龍本。傅本、元本、吴本、外集、明刊全集、二妙集均未收。毛本題作「眺望」,注云:「時刻不載。」朱本注:「案是闋又見葉夢得《石林詞》。」《全宋詞》本蘇軾詞不收,僅見「存目詞」,注:「葉夢得作,見《石林詞》。」曹本入附録「互見詞」類。明·錢允治《類選箋釋續選草堂詩餘》卷下、沈際飛《草堂詩餘續集》卷下、《歷代詩餘》卷八二,亦作蘇軾詞,題並作「眺望」。明·吴訥《唐宋名賢百家詞》本《石林詞》、毛晉《宋六十名家詞》本《石林詞》、《全宋詞》本葉夢得詞均載,馮煦《宋六十一家詞選》亦作葉夢得詞,題並作「蔡州移守潁昌,與客會别臨芳觀席上」。毛本有注:「或刻蘇子瞻。」《全宋詞》末注:「案此首誤入汲古閣本《東坡詞》。」案:此詞應爲葉夢得作。一、明以前此詞只載《石林詞》，《東坡詞》内未收，從毛晉始將其補入《東坡詞》，所據當爲錢允治、沈際飛等續補《草堂詩餘》，極不可信。二、《石林詞》題作「蔡州移守潁昌，與客會别臨芳觀席上」，與全詞意境吻合；《東坡詞》題「眺望」，係詞選家妄改，其意不明，不足取。三、近人除朱孝臧、龍榆生認爲「此詞果爲誰作，終成懸案」外，大都以爲非蘇軾所作，如鄭文焯云：「案此詞又見《石林詞》。元刻既無之，毛本又以意題作『眺望』，當據元刻及葉夢得詞，删去此闋。」（見龍本引）唐圭璋《宋詞互見考》云：「此首葉夢得詞，見《石林詞》。唯毛本《東坡詞》收之，《彊村叢書》從之，殆不可信。」曹樹銘亦云「應依原校（即龍校）所引鄭文焯説，從本集删去」。

意難忘　妓館

花擁鴛房。記駞肩髻小，約鬢眉長。輕身翻燕舞，低語轉鶯簧。相見處，便難忘。肯親度瑶觴。向夜闌，歌翻郢曲，帶换韓香。　　别來音信難將。似雲收楚峽，雨散巫陽。相逢情有在，不語意難量。些箇事，斷人腸。怎禁得悽惶。待與伊、移根换葉，試又何妨。

【考辨】

此詞見毛本、朱本、龍本。傅本、元本、吴本、外集、明刊全集、二妙集未收。毛本注：「元刻不載。」朱本、龍本無題。《全宋詞》東坡詞亦未收，僅列「存目詞」。注：「程垓作，見《書舟詞》。」同書程垓詞收，無題。末注：「案《續選草堂詩餘》卷下，此首誤作蘇軾詞。」曹本列「誤入詞」類。案：此首應爲程垓作。作蘇軾詞者，未見宋元人著録，始見於明・錢允治《續選草堂詩餘》卷下，沈際飛《草堂詩餘續集》卷下、潘游龍《古今詩餘醉》卷一二亦誤作蘇軾詞。毛晉刊刻《宋六十名家詞》始將其從《書舟詞》中剔出增入蘇軾詞集，並在《〈書舟詞〉跋》中云：「正伯與子瞻，中表兄弟也，故集中多混蘇作，如《意難忘》、《一翦梅》之類。今悉删正。」其後《歷代詩餘》卷五四、《詞譜》卷二二、《宋詞鈔》卷七，遂亦誤以爲蘇軾作。查吴訥《唐宋百名家詞》本《書舟詞》載此詞，無題。《花草粹編》卷九亦作程垓詞。《四庫全書總目提要》卷一九八《書舟詞》提要云：「此本爲毛晉所刻，仍一卷。……卷末毛晉跋，《意難忘》《一翦梅》諸闋，俱定爲蘇作，悉行删正。今考東坡詞内已增入《意難忘》一首，而《一剪梅》尚未載入，其詞亦仍載此集中未嘗刊削。然數詞語意淺俚，在垓亦非佳製，可信其必非軾作。晉之所云，未詳其何所據也。」清・胡薇元《歲寒堂詞話》云：「又《一翦梅》《意難忘》諸作，亦闌入坡集，誦其語意，亦程作也。」朱本《東坡樂府》雖據毛本補入，但列在最末，且在凡例中云：「集中有誤入他人之作，……如《意難忘》之『花擁鴛房』，……不類坡詞。」《全宋詞》作程垓詞，是。

滿庭芳　詠茶

北苑龍團，江南鷹爪，萬里名動京關。碾輕羅細，瓊蕊暖生煙。一種風流氣味，如甘露、不染塵煩。纖纖捧，冰姿玉瑩，金縷鷓鴣斑。　相如，方病酒，銀瓶蟹眼，波怒濤翻。爲扶起，樽前醉玉頽山。飲罷風生兩腋，神魂到、明月輪邊。歸來早，文君未寢，相對粉妝殘。

【考辨】

此詞見於外集，又見於二妙集。外集無題有注「一作山谷詞」。毛本《滿庭芳》調名下有注：「舊刻七首，考『北苑龍團』是淮海作，刪。」其他諸本均未收。毛本《淮海詞》不載此首，另有同調「詠茶」詞云：「北苑研膏，方圭圓璧，萬里名動京關。碎身粉骨，功合上凌煙。尊俎風流戰勝，降春睡、開拓愁邊。纖纖捧，香泉濺乳，金縷鷓鴣斑。　相如，方病酒，一觴一詠，賓友群賢。爲扶起，燈前醉玉頽山。搜攪胸中萬卷，還傾動、三峽詞源。歸來晚，文君未寢，相對小妝殘。」調名下注：「或刻黄山谷。」毛本《山谷詞》不録此首，載「北苑龍團」闋，有注：「或刻蘇子瞻。舊刻六首，考『北苑春風』是秦少游作，刪去。」（案：「北苑春風」一詞即「北苑研膏」）毛本意謂此二詞，「北苑龍團」一闋爲黄山谷作，「北苑春風」（即「北苑研膏」）一闋爲秦少游作，從《東坡詞》中刪去「北苑龍團」時本應注「是山谷作，刪」，而誤注「是淮海作」，蓋因二詞極相類似故也。又案：二詞皆黄山谷作。《能改齋漫録》卷一七云：「豫章先生少時，嘗爲茶詞，寄《滿庭芳》云：『北苑龍團，江南鷹爪，萬里名動京關。……』其後增損其詞，止詠建茶云：『北苑研膏，方圭圓璧，萬里名動天關。……』詞意益工也。後山陳無己同韻和之云：『北苑先春，琅函寶韞，帝所分落人間。綺窗纖手，一縷破雙團。雲裏遊龍舞鳳，香霧靄，飛入琱盤。華堂靜，松風雲竹，金鼎沸潺湲。門闌。車馬動，浮黃嫩白，小袖高鬟。便胸臆，輪囷肺腑生寒。喚起謫仙醉倒，翻湖海、傾寫濤瀾。笙歌散，風簾月幕，禪榻鬢絲斑。』」據此則爲黄詞明甚。明·焦竑刻印《蘇長公二妙集》時，收「北苑龍團」闋入《東坡先生詩餘》；南宋乾道年間刻印《淮海集》時，收「北苑膏研」闋入《淮海居士長短句》中，均誤。《淮海居士長短句》雖爲宋刻早出，但頗爲可疑。此本收詞七十七首，按詞調編次。其他調名只出現一次，唯獨《滿庭芳》既見卷上，又見卷中。此首收入卷中。卷中三首中，此首又別作黄山谷，另二首一別作王觀，一別作米芾，均屬互見可疑。且就風格而言，亦不類秦作。

定風波

痛飲形骸騎蹇驢。葛巾不整倩人扶。笑指桃源泥樣醉。三睡。詩魔長是泣窮途。

畫手也知仙骨瘦。□□。崑山玉水點銀鬚。天地不能容此老。笑傲。一竿風月釣江湖。

【考辨】

此首見明萬曆刊《重編東坡先生外集》卷八四，調名下原注：「詠杜甫畫像。《蘭畹集》云王聖與作，未知孰是。」又「畫手也知仙骨瘦」句下注：「原缺二字。」案：此詞僅見萬曆本《東坡外集》，其他諸本均未收。作者爲蘇軾或王沂孫，《外集》編者已難斷言。查王沂孫《花外集》不收，又未見作王沂孫詞其他佐證。應從《全宋詞補輯》列爲無名氏詞。

殢人嬌

解了癡縚，潑煞悶火。眉尖上、放閑愁鎖。高來不可，低來不可，莫是人間剩我一箇。富貴謾人，功名賺我。且舞箇採蓮曲破。紅裙腰細，酥醅盞大，須占取、名花艷中醉卧。

【考辨】

此首見明萬曆刊《重編東坡先生外集》卷八四，調名下原注：「山谷云，非先生作。」查黄庭堅《醉落魄》詞序云：「舊有『醉醒醒醉』一曲云：『醉醒醒醉。憑君會取皆滋味。濃斟琥珀香浮蟻。一入愁腸，便有陽春意。須將席幕爲天地。歌前起舞花前睡。從他兀兀陶陶裏。猶勝醒醒，惹得閒憔悴。』此曲亦有佳句，而多斧鑿痕，又語高下不甚入律。或傳是東坡語，非也。與『蝸角虚名』、『解下癡條』之曲相似，疑是王仲父作。」調下所注「山谷云，非先生作」當本此。「解下癡條」當爲此詞之首句。案：此詞僅見萬曆本《東坡外集》，其他諸本均未收。《全宋詞》將「解下癡條」一句入無名氏（見三六〇一頁），孔凡禮《全宋詞補輯》亦將此詞作無名氏。另外宋有三王仲甫：一仲甫字明之，號逐客，官翰林，有《冠卿集》。一仲甫亦字明之，王珪之姪，曾官主簿。一爲王介，字仲甫，與王安石同時，黄庭堅所云王仲父，未知爲誰。此詞當作無名氏。又案：李流謙《澹齋集》卷八有《殢人嬌》「癡本無緒，悶寧有火」一詞，當爲和答此詞而作（見《全宋詞》一四八六頁）。

浣溪沙

晚菊花前斂翠蛾。挼花傳酒緩聲歌。柳枝團扇别離多。　擁髻凄涼論舊事，曾隨織女度銀梭。當年今夕奈愁何。

【考辨】　此詞見毛本、朱本、龍本。毛本題作「重陽」，注：「舊刻逸。」又調名下注：「舊逸『晚菊花前斂翠蛾』一首，今增入。」傅本、元本、吴本、明刊全集、二妙集均未收。曹本列「誤入詞」類。《全宋詞》東坡詞不收，僅列「存目詞」，注云：「朱敦儒作，見《樵歌》卷下。」《全宋詞》朱敦儒詞收該詞，注云：「案：此首别誤作蘇軾詞，見《草堂詩餘續集》卷上。」案：此詞應爲朱敦儒作。《東坡詞》宋元諸本均未收，至毛晉方才補入，蓋從沈際飛《草堂詩餘續集》卷上誤補，朱本、龍本承謬踵誤，陳陳相因。又吴訥《唐宋名賢百家詞》本、《彊村叢書》本《樵歌》卷下均收此詞；《全宋詞》亦收入朱敦儒詞，題作「贈賁大夫歌者，其人嘗在大家」，細味朱氏詞題，確與此詞意境相合。當爲朱詞無疑。

又

玉椀冰寒滴露華。粉融香雪透輕紗。晚來妝面勝荷花。　鬢嚲欲迎眉際月，酒紅初上臉邊霞。一場春夢日西斜。

【考辨】

此首楊金本《草堂詩餘後集》卷上作蘇軾詞，明刊全集、二妙集收，《花草粹編》卷二亦作蘇軾詞，其他本《東坡詞》未收。案：此詞爲晏殊作，見許氏鑑止水齋藏明抄本、《唐宋名賢百家詞》本、《南詞》本、汲古閣本、陸勅先校本、《四庫全書》本《珠玉詞》。董毅《續詞選》亦作晏殊詞。楊金本《草堂詩餘》作蘇軾詞，係誤收。明刊全集本《東坡詞》係據宋·曾慥本重編，此詞曾慥本未收，原屬茅維依楊金本《詩餘》增補；二妙集因之，均誤。汲古閣本考爲晏殊作，從《東坡詞》中删去，是。《全宋詞》亦作晏殊詞。

又

春閨

樓依江邊百尺高。暮煙深處見歸橈。幾時期信似春潮。　花片片飛風弄蝶，柳陰陰下水平橋。日長人去又今宵。

【考辨】

此首楊金本《草堂詩餘後集》卷上作蘇軾詞，然諸本《東坡詞》均未收。又作歐陽修詞，見雙照樓影宋本《醉翁琴趣外篇》卷五。又作張先詞，見吴訥《唐宋名賢百家詞》本《張子野詞》。案：此首應爲張先作。一、現存侯文燦《十名家詞集》本、知不足齋本、《彊村叢書》本、《四部備要》本《張子野詞》，《四庫全書》本《安陸集》等均收；二、歷代總集如《樂府雅詞》卷上、《唐宋諸賢絶妙詞選》卷五、武陵逸史編《草堂詩餘》卷一、楊慎批點《草堂詩餘》卷一、《類選箋釋草堂詩餘》卷一、《新刻注釋草堂詩餘評林》卷二、沈際飛《草堂詩餘正集》卷一、《新刻便讀草堂詩餘》卷二、《花草粹編》卷二、《精選古今詩餘醉》卷六、《歷代詩餘》卷六、《宋詞鈔》卷一、《別調集》卷一等並作張先詞；三、作蘇軾詞僅見於楊金本《草堂詩餘》。楊金本誤題撰人姓名處頗多，極不可信。作歐陽修詞者僅見於《醉翁琴趣外編》，此本雖爲宋刻，誤收他人詞時時有之，不足爲據。《全宋詞》即作張先詞。黄畬《歐陽修詞箋注》（一九八六年中華書局出版）亦作張先詞而列入「存疑詞目簡表」。唐圭璋《宋詞互見考》云：「案此首歐陽修詞，見《近體樂府》。類編本《草堂詩餘》誤作張先詞。」偶失考耳，殊不可信。

阮郎歸

歌停檀板舞停鸞。高陽飲興闌。獸煙噴盡玉壺乾。香分小鳳團。雲浪淺，露珠圓。

捧甌春筍寒。絳紗籠下躍金鞍。歸時人倚欄。

【考辨】

此詞諸本《東坡詞》均未收。趙萬里《宋金元名家詞補遺》及《全宋詞》據《全芳備祖後集》卷二十八「茶門」補作蘇軾詞。《全宋詞》注云：「案此首别作黄庭堅詞，見《豫章黄先生詞》。别又誤作張先詞，見《張子野詞》卷一。」《全宋詞》張子野詞僅見「存目詞」，黄庭堅詞收，調作《醉桃源》。注云：「案此首《全芳備祖後集》卷二十八『茶門』作蘇軾詞。别又誤作張子野詞，見《張子野詞》卷一。」案：此詞當爲黄庭堅作。一、現傳黄庭堅詞集諸本，除彊村叢書本《山谷琴趣外編》三卷本未收外，其餘均收；歷代選本，除明洪武本《草堂詩餘》卷下不著撰人姓名而繫於黄庭堅《品令》「鳳舞團團」一詞之後外，其餘亦均作黄庭堅詞，《天機餘錦》卷三、《詞學筌蹄》卷五亦作黄庭堅詞。二、作蘇詞者，僅見《全芳備祖》，既不見於諸本《東坡詞》，亦不見於歷代詞選本。三、唐圭璋《宋詞互見考》云：「案此首見汲古閣本《山谷詞》，《類編草堂詩餘》《花草粹編》並作山谷詞。唯《全芳備祖》作東坡詞，第東坡詞集不載，當以山谷爲是。」作黄庭堅詞當不誤。

菩薩蠻

濕雲不動溪橋冷。嫩寒初透東風影。橋下水聲長。一枝和月香。　人憐花似舊。花比人應瘦。莫凭小欄干。夜深花正寒。

【考辨】

此詞《全宋詞》既作蘇軾詞，又作朱淑真詞。蘇軾詞末注：「《全芳備祖》前集卷一梅花門。」又云：「案此首亦見朱淑真《斷腸詞》。但《斷腸詞》頗多訛誤，疑以《備祖》所載爲是。」朱淑真詞題作「詠梅」，異文甚多，末注：「案此首《全芳備祖》前集卷一『梅花門』作蘇軾詞。」趙萬里《宋金元名家詞補遺》據《全芳備祖》補作蘇軾詞。案：此詞諸本《東坡詞》均不載，僅《全芳備祖》作蘇試詞，跡屬可疑。查紫芝漫抄本、《宋元名家詞》鈔本、汲古閣《詩詞雜俎》本、胡慕春輯本、四印齋校本《斷腸詞》均收，《類編箋釋續選草堂詩餘》卷上、《草堂詩餘續集》卷上、《花草粹編》卷三、《詞的》卷一、《古今詞統》卷五、《古今詩餘醉》卷一三、《古今女史》卷三、《歷代詩餘》卷九、《林下詞選》卷一亦並作朱淑真詞。明·戴冠《邃谷詞》有和朱淑真《菩薩蠻·梅》一首，即和此詞。故以作朱詞爲是。又《本事詞》卷下以及《詞苑叢談》卷八、《詞林紀事》卷一九、《詞苑萃編》卷二四等引《名媛集》、《聽秋聲館詞話》卷八作朱希真（秋娘）詞。《全宋詞》朱希真詞不收，僅於第五册三九一五頁「訂補附記」中列作朱希真存目詞，注：「朱淑真作，見《斷腸詞》。」由此可知《全宋詞》最後訂補時，已確認此詞既非東坡作，亦非朱希真作，而係朱淑真詞。唐圭璋《宋詞互見考》亦云「當以朱（淑真）詞爲是」。

木蘭花

檀槽碎響金絲撥。露濕潯陽江上月。不知商婦爲誰愁，一曲行人留未發。　畫堂花月新聲別。紅蘂調長彈未徹。試將深意祝膠絃，惟願絃絃無斷絶。

【考辨】

此首《詞林萬選》卷四作蘇軾詞。錢允治《類選箋釋續選草堂詩餘》卷下、沈際飛《草堂詩餘續集》卷下、潘游龍《古今詩餘醉》卷一四亦並作蘇軾詞，題俱作「琵琶」。諸本《東坡詞》俱未收。又作張先詞，見吴訥《唐宋名賢百家詞》抄本《張子野詞》及侯文燦《名家詞》本《子野詞》、《彊村叢書》本《子野詞補遺》卷上，題並作「晏觀文畫堂席上」。或爲歐陽修作，見雙照樓影宋本《近體樂府》卷二，宋·曾慥《樂府雅詞》卷上，亦作歐陽修詞。《全宋詞》既載張先集，又載歐陽修集。張先詞後有注：「案此首別又見歐陽修《近體樂府》卷二。別又誤作蘇軾詞，見《詞林萬選》卷四。」歐陽修詞調作《玉樓春》，詞後注：「案此首別見吴訥本及侯文燦本《張子野詞》。別又誤作蘇軾詞，見《詞林萬選》卷四。」案：此詞爲張先作。張先詞有題，作「晏觀文畫堂席上」。晏觀文即晏殊，皇祐二年下半年至五年上半年，晏殊以觀文殿大學士知永興軍，辟張先爲通判。詞當作於此時。

又　佳人

個人豐韻真堪羡。問着佯羞回卻面。若言無意向咱行，爲甚夢中頻夢見。　不如及早還心願。免使牽人魂夢亂。風流腸肚不堅牢，只恐被伊牽惹斷。

【考辨】

此詞錢允治《類選箋釋續選草堂詩餘》卷下作蘇軾詞，題作「佳人」。諸本《東坡詞》均未收。

案：此首爲柳永作，見吴訥《唐宋名賢百家詞》抄本、《南詞》本、《彊村叢書》本《樂章集》卷下，調作《木蘭花令》。汲古閣本、《四庫全書》本、《山左人詞》本《樂章集》亦收，調作《玉樓春》，毛本注：「一刻蘇子瞻。」《花草粹編》卷六、《堯山堂外紀》卷四五、《古今詩餘醉》卷一二、《别腸詞選》卷二亦作柳永詞。又，《詞林萬選》卷二作杜安世詞，亦誤。

玉樓春

東風捻就腰兒細。繫得粉裙兒不起。看來只慣掌中行，怎教在、燭花影裏。　酒紅應是鉛華退。暗蹙損、眉峰雙翠。夜深著緉小鞋兒，靠那個、屏風立地。

【考辨】

此詞《詞林萬選》卷四作蘇軾詞，諸本《東坡詞》均未收。宋人《瑞桂堂暇録》作「一士人」詞，宋・周遵道《豹隱紀談》作阮郎中詞，趙聞禮《陽春白雪》卷三作陸永仲詞，調作《夜遊宫》。案：此詞於歷代流傳中，字句時有妄改增損，調名或作《玉樓春》，如《詞林萬選》卷四、沈際飛《草堂詩餘别集》卷二、《精選古今詩餘醉》卷九、《詞苑萃編》卷二四、《詞苑叢談》卷七等；或作《踏莎行》，如《詞的》卷三；或作《步蟾宫》，如《詞統》卷八、《古今詞話・詞辨》卷上、《歷代詩餘》卷三四、沈時棟《古今詞選》卷三、《雲韶集》卷一〇等，作者或作「一士人」，或作無名氏，蓋依《瑞桂堂暇録》。案：此詞當依《陽春白雪》作陸永仲詞。陸永仲，名維之，永仲其字也；又名凝之，字子才。餘杭人。隱于大滌洞天之石室，人因以「石室」稱之。高宗、孝宗朝在世。好爲詩，有《石室集》（見《四朝聞見録乙集》「陸石室」條）。陸與趙聞禮均爲南宋人，《陽春白雪》作陸維之詞，當可信。毛晉《〈詞林萬選〉跋》認爲作蘇軾詞，「疑後人妄改」，「仍是用修傳誤」。《全宋詞》正作陸凝之詞，是。

如夢令

嘗記溪亭日暮。沈醉不知歸路。興盡晚回舟，誤入芙蕖深處。争渡。争渡。驚起一行鷗鷺。

【考辨】

此首楊金本《草堂詩餘前集》卷上作蘇軾詞，諸本《東坡詞》均未收。《彙選歷代名賢詞府全集》卷一、《唐詞紀》卷五、《古今詞話·詞辨》卷上、《歷代詩餘》卷一一二俱作吕洞賓詞。《詞林萬選》卷四作無名氏詞，注：「或作李易安。」《樂府雅詞》卷下、《全芳備祖前集》卷一一「荷花門」、《唐宋諸賢絶妙詞選》卷一〇、《花草粹編》卷一、《二如亭群芳譜》卷四、《林下詞選》卷一、《歷代詩餘》卷二、《廣群芳譜》卷三一、《三李詞》均作李清照詞。案：此詞當爲李清照作。《樂府雅詞》成書于紹興十六年（一一四六），李清照尚在世。曾慥斷不會將他人之作誤爲李清照詞。《詩詞雜俎》本、四印齋刊本、趙萬里輯本《漱玉詞》均收録。《全宋詞》亦作李清照詞，是。

又

閨情

曾宴桃源深洞。一曲舞鸞歌鳳。長記欲别時，和淚出門相送。如夢。如夢。殘月落花煙重。

【考辨】

此首楊金本《草堂詩餘前集》卷下作蘇軾詞，諸本《東坡詞》均未收。又作李白詞，見宋·陳葆光《三洞群仙録》卷一〇引《翰府名談》、明·李日華《六研齋二筆》卷四。《花草粹編》卷一作「仙鑒太白作」。又作呂巖詞，見《詞林萬選》卷四、《唐詞紀》卷二。又作無名氏詞，見楊湜《古今詞話》。

案：此詞爲後唐莊宗李存勗作，見《尊前集》卷上。《苕溪漁隱叢話後集》卷三九、《渚山堂詞話》卷一、《詞品》卷一、《百琲明珠》卷一、《草堂詩餘別集》卷一、《古今詞統》卷三、《詞的》卷一、《古今詩餘醉》卷一〇、《歷代詩餘》卷一、《問花樓詞話》、《古今詞選》卷一、《詞林紀事》卷二、《雲韶集》卷一、《詞則四種・別調集》卷一、《藝蘅館詞選》甲卷亦俱作李存勗詞。楊湜《古今詞話》謂後唐莊宗修内苑掘得斷碑古記，《六研齋二筆》載白樂天孫白龜年在嵩山遇李白出示此詞，謂近過潼關所作。其説謬悠，不足信。《詞的》云：「結句真有仙氣，遂誤得爲呂巖作。」沈際飛《草堂詩餘別集》云：「今傳呂洞賓作，非也。」《苕溪漁隱叢話後集》云：「東坡言：『《如夢令》曲名，本唐莊宗製，一名《憶仙姿》，嫌其不雅，改云《如夢》。莊宗作此詞，卒章云：「如夢。如夢。和淚出門相送。」取以爲名。』」當以坡言爲正。

點絳脣 秋閨

高柳蟬嘶，采菱歌斷秋風起。晚雲如髻。湖上山横翠。　簾捲西樓，過雨凉生袂。天如水。畫樓十二。有箇人同倚。

【考辨】

此詞明人楊金刊《草堂詩餘前集》卷下作蘇軾詞。諸本《東坡詞》均未收。洪武本《草堂詩餘前集》卷下作無名氏。沈際飛《草堂詩餘正集》卷一作蘇過，注：「一作汪，誤。」武陵逸史編《草堂詩餘》卷一作汪彦章。案：此詞應作汪藻詞，見《浮溪文粹》卷一五及《浮溪集》卷三二，《彊村叢書》本《浮溪詞》亦載。周瑛《詞學筌蹄》卷五、楊慎批點本《草堂詩餘》卷一、《類選箋釋草堂詩餘》卷一、《便讀草堂詩餘》卷五、李攀龍補遺《題評名賢詞話草堂詩餘》卷五、《花草粹編》卷一、《詞的》卷一、《歷代詩餘》卷五並作汪藻。楊金本《草堂詩餘》作蘇軾詞，誤。洪武本《草堂詩餘》作無名氏，亦誤。沈際飛《草堂詩餘》載此首及「新月娟娟」詞，并作蘇過，有注云：「兩詞皆東坡少子作。時方禁坡文，故隱其名。」《詞品》卷三亦云：「叔黨名過，東坡少子。《草堂詩餘》所載《點絳脣》二首，『高柳蟬嘶』及『新月娟娟』，皆叔黨作也。是時方禁坡文，故隱其名。相傳之久，遂或以爲汪彦章，非也。」此説蓋承宋・黄昇《唐宋諸賢絶妙詞選》，該書卷三載蘇叔黨《點絳脣》「新月娟娟」一詞，注云：「此詞作時方禁坡文，故隱其名，以傳于世。今或以爲汪彦章所作，非也。」宋人關於《點絳脣》是汪彦章作或蘇叔黨作之争，僅指「新月娟娟」一詞，與「高柳蟬嘶」無涉。至明嘉靖間，因《草堂詩餘》中「高柳蟬嘶」、「新月娟娟」二詞連排，遂誤爲「二詞皆東坡少子作」。《古今詞統》卷四、《古今詩餘醉》卷六、《歷代詩餘》卷一一五、《古今詞選》卷一、《古今别腸詞選》卷一、《宋詞抄》卷一、《雲韶集》卷一亦承其謬，誤作蘇過詞。「新月娟娟」一闋，亦應爲汪藻作。《苕溪漁隱叢話後集》卷三九云：「《古今詞話》以古人好詞，世所共知者，易甲爲乙，稱其所作，仍隨其詞牽合爲説，殊無根蔕，皆不足信也。……汪彦章《點絳脣》『新月娟娟，夜寒江静山啣斗』者，爲蘇叔黨作，皆非也。」黄公度《點絳脣》調名下有其子黄沃注詞本事云：「汪藻彦章出守泉南，移知宣城，内不自得，乃賦詞云：『新月娟娟，夜寒江净山含斗。起來搔首。梅影横窗瘦。　好箇霜天，閒卻傳杯手。君知否。亂鴉啼後。歸思濃如酒。』公時在泉南簽幕，依韻作此送之。」詞云：「嫩緑嬌紅，砌成别恨千千斗。短亭回首。不是緣春瘦。　一曲陽關，杯送纖纖手。還知否。鳳池歸後。無路陪尊酒。」汪、黄同時人，唱和調韻全同，「新月娟娟」闋爲汪作無疑。花庵之語，殊未確也。

又　佳人

蹴罷秋千，起來整頓纖纖手。露濃花瘦。薄汗輕衣透。　見客入來，襪剗金釵溜。和羞走。倚門回首。却把青梅嗅。

【考辨】

此詞楊金刊本《草堂詩餘前集》卷下作蘇軾詞，諸本《東坡詞》均未收。又作李清照詞，見《詞林萬選》卷四、《林下詞選》卷一、《歷代詩餘》卷五、《古今圖書集成·閨媛典》卷二一〇、《天籟軒詞選》

卷五、金繩武《花草類編》卷二、《三李詞》。别又作周邦彦詞，見《詞的》卷二。案：此詞不見宋代總集、别集收録，明以後才出現在選集當中，或作蘇軾詞，或作周邦彦詞，或作李清照詞，均不可信。今定爲無名氏作，見《花草粹編》卷一、《續草堂詩餘》卷上、《類選箋釋續選草堂詩餘》卷上、沈際飛評《草堂詩餘續集》卷上、《古今詞統》卷四、《古今詩餘醉》卷一二、《花鏡雋聲》卷七、《詞匯》卷七、《皺水軒詞筌》、《同情集詞選》卷四、《雲韶集》卷一〇、《詞則四種·閑情集》卷二。《全宋詞》亦作無名氏詞（見三八三七頁）。

又

春雨濛濛，淡煙深鎖垂陽院。暖風輕扇。落盡桃花片。　薄倖不來，前事思量遍。無由見。淚痕如線。界破殘妝面。

又

鶯踏花翻，亂紅堆徑無人掃。杜鵑來了。梅子枝頭小。　撥盡琵琶，總是相思調。知音少。暗傷懷抱。門掩青春老。

【考辨】

此二首明人楊金刊《草堂詩餘前集》卷下作蘇軾詞，諸本《東坡詞》均未收。元至正本《草堂詩餘前集》卷下作無名氏，明陳鍾秀校《精選名賢草堂詩餘》卷上、楊慎批點本《草堂詩餘》卷一、程明善《嘯餘譜》卷二二中、《花草粹編》卷一作何籀詞。案：此二首應作無名氏詞。二詞最早見於《草堂詩餘》，《草堂詩餘》爲宋人所選詞集，宋本已不可見，現存最古之本，一爲至正本，一爲洪武本。此二詞至正本和洪武本均作無名氏。嘉靖十七年（一五三八年）陳鍾秀校刊二卷本時，妄改爲何籀作，後世選本多承其誤。嘉靖三十三年（一五五四年）楊金本又作蘇軾詞，亦誤。《全宋詞》作無名氏詞（見三七三九頁），是。

祝英臺近

剪酴醾，移紅藥，深院教鸚鵡。消遣宿酲，攲枕熏沈炷。自從載酒西湖，探梅南浦，久不見、雪兒歌舞。　恨無據。因甚不展眉頭，凝愁過百五。雙燕無情，難寄斷腸句。可憐淚濕青綃，怨題紅葉，落花亂、一簾風雨。

【考辨】

此首楊金本《草堂詩餘後集》卷下作蘇軾詞，諸本《東坡詞》均未收。明·周瑛《詞學筌蹄》卷三作僧如晦詞,《古今别腸詞選》卷三又作李若水詞。案:此詞初見《草堂詩餘》,今傳最古之至正本及洪武本《草堂詩餘前集》卷上均作無名氏,《天機餘錦》卷二、《古今詩餘醉》卷四、《歷代詩餘》卷四九、《宋詞鈔》卷六、《雲韶集》卷一〇、《全宋詞》亦俱作無名氏(見三七三八頁)。案:當作無名氏爲是。明人楊金作蘇軾詞,周瑛作僧如晦詞,清人趙式作李若水詞,均屬誤收。

水調歌頭　咏茶

已過一番雨,昨夜一聲雷。槍旗争展,建溪春色占先魁。採取枝頭雀舌,帶露和煙擣碎,煉作紫金堆。碾破香無限,飛起緑塵埃。　汲新泉,烹活火,試將來。放下兔毫甌子,滋味舌頭回。唤醒青州從事,戰退睡魔百萬,夢不到陽臺。兩腋清風起,我欲上蓬萊。

【考辨】　此首《廣群芳譜》卷二一作蘇軾詞,諸本《東坡詞》均未收。案:此詞爲葛長庚作,見《彊村叢書》本《玉蟾先生詩餘》及《閩詞鈔》卷四《海璚詞》。《全宋詞》亦作葛長庚詞。

又　徐州中秋作

離别一何久,七度過中秋。去年東武今夕,明月不勝愁。豈意彭城山下,同泛清河古汴,船上載涼州。鼓吹助清賞，鴻雁起汀洲。　坐中客，翠羽帔，紫綺裘。素娥無賴西去，曾不爲人留。今夜清尊對客，明夜孤帆水驛，依舊照離憂。但恐同王粲，相對永登樓。

【考辨】

此首《歷代詩餘》卷五八作蘇軾詞，王文誥《蘇詩總案》卷一五作蘇軾「同子由泛舟吕洪作」，並編在熙寧十年（一〇七七年）八月十五日於徐州作。傅本、元本、吴本、明刊全集、二妙集、毛本均載，題俱作「子由徐州中秋作」。案：此詞題固甚明，當爲蘇子由作贈蘇軾者，附編入東坡詞集中。東坡所作同調「安石在東海」一闋即和此詞。有序云：「余去歲在東武，作《水調歌頭》以寄子由。今年，子由相從彭門百餘日，過中秋而去，作此曲以別余。以其語過悲，乃爲和之。」宋人曾季貍《艇齋詩話》引「素娥（無賴）東去，曾不爲人留」兩句，即謂出「子由和東坡中秋詞」。《歷代詩餘》、《蘇詩總案》未加明察，作蘇軾詞，誤。

洞仙歌　垂虹橋

飛梁壓水，虹影澄清曉。橘里漁村半煙草。今來古往、物換人非，天地裏，惟有江山不老。　雨巾風帽。四海誰知我。一劍橫空幾番過。按玉龍、嘶未斷，月冷波寒，歸去也、林屋洞天無鎖。認雲屏煙障、是吾廬，任滿地蒼苔、年年不掃。

【考辨】

此詞元・劉應李《新編事文類聚翰墨大全後乙集》卷一三及明初刊《新編東坡先生詩集》附《樂府》並作蘇軾詞，《苕溪漁隱叢話前集》卷五八、《唐詞紀》卷一五作呂洞賓詞，《四朝聞見録》丙集作林外詞，元・徐大焯《燼餘録》乙編又作李山民詞。案：此詞爲林外作。楊湜《古今詞話》云：「《洞仙歌》『垂虹橋』……。此詞乃近時林外題於吴江垂虹亭，世或傳以爲呂洞賓所作者，非也。」《四朝聞見録》丙集亦云：「紹興間，有題《洞仙歌》於垂虹橋者，不系其姓名，龍蛇飛動，真若不烟火食者。時皆喧傳，以爲洞賓所爲書。浸達於高宗，天顔囅然而笑曰：『是福州秀才云爾。』左右請聖諭所以然，上曰：『以其用韻，蓋閩音云。』……久而知爲閩士林外所爲，聖見異矣。蓋林以巨舟仰而書於橋梁，水天渺然，旁無來跡，故世人益神之。」此外《齊東野語》卷一三、《增修箋注妙選群英草堂詩餘後集》卷上、《類編草堂詩余》卷二、《精選名賢詞話草堂詩餘》卷下、《類選箋釋草堂詩餘》卷三、周瑛《詞學筌蹄》卷七、程明善《嘯餘譜》卷一、楊慎批點《草堂詩餘》卷三、《花草粹編》卷八、沈際飛《草堂詩餘正集》卷三、李攀龍《新刻題評名賢詩話草堂詩餘》卷五、《雨村詞話》卷二、《蓮子居詞話》卷二、《閩詞鈔》卷二、《蓼園詞選》《詞譜》卷二〇等亦俱作林外詞。《翰墨大全後乙集》作蘇軾詞，《燼餘録》作李山民詞，均不可信。

金菊對芙蓉

花則一名，種分三色，嫩紅妖白嬌黄。正清秋佳景，雨霽風凉。郊墟十里飄蘭麝，瀟灑處、旖旎非常。自然風韻，開時不惹，蝶亂蜂狂。　攜洒獨揖蟾光。問花神何屬，離兑中央。引騷人乘興，廣賦詩章。幾多才子爭攀折，嫦娥道、三種深香。狀元紅是，黄爲牓眼，白探花郎。

【考辨】

此首《花草類編》卷一〇作蘇軾詞，諸本《東坡詞》均未收。陳鍾秀《精選名賢詞話草堂詩餘》卷下、武陵逸史編《草堂詩餘》卷三、楊慎評點《草堂詩餘》卷四、《類選箋釋草堂詩餘》卷四、《新刻便讀草堂詩餘》卷五、沈際飛《草堂詩餘正集》卷四、李攀龍《新刻題評名賢詞話草堂詩餘》卷五、沈雄《古今詞話·詞品》卷下又作僧仲殊詞。至正本及洪武本《草堂詩餘後集》卷下、《天機餘錦》卷二又作無名氏詞。案：當爲無名氏詞。趙萬里輯本《寶月集》，此首作附録詞，並云：「按至正本《草堂詩餘後集》卷下引與仲殊《念奴嬌》荷花詞銜接，不注撰人，類編本即以爲仲殊作，失之。」唐圭璋《宋詞互見考》亦云：「此首見至正本《草堂詩餘》，不注撰人，類編本即誤以爲仲殊詞。」《全宋詞》編入無名氏作（見三七四三頁）。

踏青遊　贈妓崔念四

識箇人人，恰正二年歡會。似賭賽、六隻渾四。向巫山、重重去，如魚水。兩情美。同倚畫樓十二。倚了又還重倚。　兩日不來，時時在人心裏。擬問卜、常占歸計。拚三八清齋，望永同鴛被。到夢裏。驀然被人驚覺，夢也有頭無尾。

【考辨】

此首沈際飛《草堂詩餘别集》卷三、《古今詞統》卷一一、《古今詩餘醉》卷一二、《七頌堂詞繹》作蘇軾詞，諸本《東坡詞》均未收。《能改齋漫録》卷一七「詠崔念四詞」條謂「政和間一貴人」作，《古今詞話·詞品》卷上「隱字」條、《詞律》卷一二、《詞苑叢談》卷三「踏青遊詞」條、《本事詞》卷上「踏青遊詞」條均同《能改齋漫録》。《花草粹編》卷八、《詞譜》卷二一、《雲韶集》卷一〇並作無名氏。案：此詞初見《能改齋漫録》。吳曾明言「政和間，一貴人未達時，嘗遊妓崔念四之館，因其行第，作《踏青遊》詞」云云。「政和」爲宋徽宗年號，起一一一一年，止一一一八年，距蘇軾去世已十餘年。明人謂此詞爲蘇軾作，疏於考證。應依《能改齋漫録》作無名氏。《全宋詞》編入無名氏詞（見三六六二頁）。

西江月 泛湖

雨過輕風弄柳，湖東映日春煙。晴蕪平水遠連天。隱隱飛翻舞燕。　燕舞翻飛隱隱，天連遠水平蕪。晴煙春日映東湖。柳弄風輕過雨。

【考辨】

此詞周泳先《唐宋金元詞鈎沈》引文瀾閣《四庫全書》本《回文類聚》作蘇軾詞，諸本《東坡詞》均未收。《樂府雅詞拾遺》卷下載上片，注曰「回文」，不著撰人姓名。《全宋詞》作梅窗詞，注：「案清麟玉堂刻本及文津閣《四庫全書》本《回文類聚》載此首，俱題梅窗作。」案：此首文淵閣《四庫全書》本《回文類聚》卷四亦作梅窗詞，作梅窗詞當不誤。

探春令 春愁

玉窗蠅字記春寒，滿茸絲紅處。畫翠鴛、雙展金蜩翅。未抵我、愁紅膩。　芳心一點天涯去。絮濛濛遮住。舊對花、彈阮纖瓊指，爲粉牆、空彈淚。

【考辨】

此首《填詞圖譜》卷三作蘇軾詞，諸本《東坡詞》均未收。案：此詞爲蔣捷作，見武進陶氏影元抄本《竹山詞》、《唐宋名賢百家詞》本《竹山詞》卷下、毛本《竹山詞》及《彊村叢書》本《竹山詞》。沈際飛《草堂詩餘別集》卷一、《花草粹編》卷五、《古今詩餘醉》卷四、《歷代詩餘》卷二三、《詞律》卷六亦並作蔣捷詞。《詞律》注云：「此本竹山詞，《圖譜》誤作東坡。」《全宋詞》作蔣捷。

憶秦娥　佳人

香馥馥。樽前有箇人如玉。人如玉。翠翹金鳳，内家妝束。　嬌羞愛把眉兒蹙。逢人只唱相思曲。相思曲。一聲聲是，怨紅愁緑。

【考辨】

此首《便讀草堂詩餘》卷四、《草堂詩餘雋》卷三作蘇軾詞。諸本《東坡詞》均未收。武陵逸史編《類編草堂詩餘》卷一、楊慎批點本《草堂詩餘》卷一、《類選箋釋草堂詩餘》卷一、程明善《嘯餘譜》卷一三、《花草粹編》卷四、《古今詩餘醉》卷一二、《歷代詩餘》卷一五、《雲韶集》卷四又作周邦彦詞。陳元龍集注本《片玉集》不收，二卷本《片玉集》及二卷本《清真集》亦未收，僅見汲古閣本、《西泠詞萃》本、鄭文焯大鶴山人校本、林大椿校本《補遺》。汲古閣本注云：「佳人。或刻蘇子瞻。」

案：此詞初見於《草堂詩餘》，今日所存此書最古之本爲元至正間刻本和明洪武間刻本。至正本、洪武本及《精選名賢詞話草堂詩餘》卷下均作無名氏，系於周邦彦《意難忘》「衣染鶯黄」一首之後。

武陵逸史「類編」時，遂誤爲周邦彦作，後世楊慎、錢允治、陳耀文、潘游龍、毛晉、沈辰垣、陳世焜等並承其謬。董其昌、吴從先以爲蘇軾作，亦誤。當從《全宋詞》編入無名氏詞（見三七四一頁）。

滿江紅

不作三公，歸來釣、桐廬江側。劉文叔、眼青不改，故人頭白。風節儻能關社稷，雲臺何必圖顔色。使阿瞞、臨死尚稱臣，伊誰力。　登釣石，初相識。魚竿老，羊裘窄。除江山風月，更誰消得。烟雨一川雙槳急，轉頭不忿青山隔。嘆鼻端、不省利名醒，京華客。

【考辨】

此詞最早見明初刊本《新編東坡先生詩》附《樂府》（見劉尚榮校證《傅幹注坡詞》附録三），明·嘉靖本吴希孟編《釣臺集》卷六亦作蘇軾詞。諸本《東坡詞》均未收。元·劉應李輯《新編事文類聚翰墨大全後乙集》卷一三載此詞，不著作者姓名，有題作「嚴州釣臺」。《全宋詞》依《翰墨大全》，作無名氏詞（見三八二〇頁）。作蘇軾詞當誤。

卜算子

水是眼波横，山是眉峰聚。欲問行人去那邊，眉眼盈盈處。　才始送春歸，又送君歸去。若到江東趕上春，千萬和春住。

【考辨】

此首《詞林萬選》卷四作蘇軾詞。諸本《東坡詞》均未收。案此詞爲王觀所作，見《能改齋漫録》卷一六「送春送君有無盡意」條。《苕溪漁隱叢話後集》卷三九、《花庵詞選》卷五、《草堂詩餘别集》卷一、《花草粹編》卷二、《詞的》卷二、《古今詩餘醉》卷八、《歷代詩餘》卷一〇、《蓮子居詞話》卷一均作王觀詞。《詞林萬選》誤題蘇軾作，《白香詞譜》《宋詞鈔》並承其謬，亦以爲蘇軾作。《全宋詞》王觀詞中收此首，題作「送鮑浩然之浙東」。

更漏子

柳絲長，春雨細。花外漏聲迢遞。驚塞雁，起城烏。畫屏金鷓鴣。　香霧薄，透簾幕。惆悵謝家池閣。紅燭背，繡簾垂。夢長君不知。

【考辨】

此首爲温庭筠詞，見《花間集》卷一、《金奩集》、《唐宋諸賢絶妙詞選》卷一、《花草粹編》卷四、《詞綜》卷一、《歷代詩餘》卷一五、《全唐詩》卷八九一。宋時或誤作蘇軾詞，傅幹《注坡詞》削而不取，詳見《注坡詞》傅共序。《尊前集》卷下又作李王（煜）詞。毛本《尊前集》注：「大石調。《金奩集》作温飛卿。」案：《花間集》作温詞，應爲温庭筠作。《花間集》成書於廣政三年（九四〇年），李煜時年僅四歲，此詞非李所作甚明。

又

春夜闌，更漏促。金燼暗挑殘燭。驚夢斷，錦屏深。兩鄉明月心。　閨草碧，望歸客。還是不知消息。孤負我，悔憐君。告天天不聞。

【考辨】

此首爲牛嶠詞，見《花間集》卷四、《全唐詩》卷八九二、王國維輯本《牛給事詞》。宋時或誤作蘇軾詞，傅幹《注坡詞》削而不取，詳見《注坡詞》傅共序。

清平調引

陌上花開蝴蝶飛。江山猶是昔人非。遺民幾度垂垂老，遊女還歌緩緩歸。

又

陌上山花無數開。路人争看翠軿來。若是留得堂堂去，且更從教緩緩迴。

又

生前富貴草頭露，身後風流陌上花。已作遲遲君去魯，猶教緩緩妾還家。

【考辨】

此三首見《古今詞統》卷三，諸本《東坡詞》均未收。又見《蘇軾詩集》卷一〇，題爲《陌上花三首》，係七言絶句。案：蘇軾《江城子》「玉人家在鳳凰山」詞序云：「錢塘人好唱《陌上花緩緩曲》，余嘗作數絶，以紀其事。」所謂「數絶」即此三首，是東坡本人確認此三首係七言絶句，應入詩集而不應入詞集。《古今詞統》視爲詞作，欠妥。《全宋詞》不收，是。

履霜操

桓山之上，維石嵯峨兮。司馬之惡，與石不磨兮。　桓山之下，維水瀰瀰兮。司馬之藏，與水皆逝兮。

【考辨】

此首爲諸本《東坡詞》所未收，見今人曹樹銘《東坡詞》卷一，云據《遊桓山記》增補，並編定爲元豐二年正月於徐州作。《遊桓山記》見《蘇軾文集》卷一一。案：萬樹《詞律》、徐本立《詞律拾遺》、杜文瀾《詞律補遺》以及《詞譜》俱無此調名。且依文意爲道士戴日祥操琴，三二子歌唱。是蘇軾作詞還是蘇軾記録「二三子」吟唱之現成歌詞，難下斷言。且據元人祝堯輯《古賦辨體》，「操」爲騷體賦的一種，又《樂府詩集》收《履霜操》爲琴曲歌辭。故不應作東坡詞補入。

奉安神宗皇帝御容赴景靈宫導引歌辭

帝城父老，三歲望堯心。天遠玉樓深。龍顔髣髴笙簫遠，腸斷屬車音。離宫春色瑣瑶林。雲闕海沉沉。遺民猶唱當時曲，秋鴈起汾陰。

迎奉神宗皇帝御容赴西京會聖宫應天禪院奉安導引歌辭

經文緯武，十有九年中。遺烈震羌戎。渭橋夾道千君長，猶是建元功。西瞻温洛與神崧。蓮宇照瓊宫。人間俛仰成今古，流澤自無窮。

【考辨】

此二首原不見諸本《東坡詞》，《全宋詞》據《東坡内制集》卷二與卷四補。案：此類内制導引歌辭，按慣例均列入文集。《全宋詞》録入詞集，殊覺不倫不類，且無固定調名可依，不可從。

踏莎行

山秀芙蓉，溪明罨畫。真遊洞穴滄波下。臨風慨想斬蛟靈，長橋千載猶横跨。　解珮投簪，求田問舍。黄鷄白酒漁樵社。元龍非復少時豪，耳根洗盡功名話。

【考辨】

此詞以爲東坡所作者，始於《咸淳毗陵志》卷二三，明·沈敕《荆溪外紀》卷一二、陳耀文《花草粹編》卷六、清·沈辰垣《歷代詩餘》卷三六亦作蘇軾詞。《全宋詞》中蘇軾詞與賀鑄詞互見。賀鑄詞題作《陽羨歌》，「珮」作「組」，「盡」作「净」。注：「案《咸淳毗陵志》卷二三此首作蘇軾詞。」曹本堅信爲蘇軾作，云：「考賀鑄退居横塘，自號慶湖遺老。横塘地在江蘇吴縣西南十里，爲經貫南北之大塘，南極獻塘，北抵横橋，分流東出，故名横塘。旁有横塘鎮，在縣西南十三里，此即賀氏退居之處。依《姑蘇志》云：有横塘橋，上有亭，顔（額）曰横塘古渡，風景特勝。從此可見賀氏退居之地與此詞不切。」唐玲玲《東坡詞繫年考辨》之一亦云「是東坡的作品，因爲詞中所寫的景色及題斬蛟橋事迹，與記載切合，『求田問舍』也符合當時事實，而『元龍非復少時豪，耳根洗盡功名話』的心境，也與東坡黄州五年之後的精神狀況一致。所以我們可以作這一斷論。」案：該詞不是東坡作。因此詞原不載蘇軾詞集，唐圭璋先生始據《咸淳毗陵志》補入，然並無自信。方志所録詩詞，訛誤甚多。明胡震亨《唐音癸籤》卷三三云：「諸書中惟地志一類載詩爲多，顧所載每詳於今而略於古。或以今人詩冒古人名，又或改古人詩題，以就其地，甚有并其詩句亦稍加潤色者。以故詩之僞不可信者，十居七八。」查《咸淳毗陵志》，此詞系於東坡《菩薩蠻》（買田陽羡）一詞之後，調名《鳳棲梧》，不著作者姓名，疑漏刻「賀鑄」二字。反之，自宋代起，此詞即載賀鑄《東山詞》卷上（見北京圖書館藏虞山瞿氏藏殘宋本），北京圖書館藏《宋元名家詞》鈔本《東山詞》、汲古閣刻本《東山詞》卷上、侯文燦《名家詞》刊本《東山詞》、道光間王惠庵彙集本《東山寓聲樂府》、四印齋刊本《東山寓聲樂府》、彊村叢書本《東山詞》上並收。殘宋本前有賀鑄友人張耒序，云賀鑄詞乃作者自編。此詞收入，當屬不誤。今人鍾振振校注《東山詞》（一九八九年十二月上海古籍出版社出版），依殘宋本《東山詞》收入卷一，認爲是賀鑄晚年休官後定居常州宜興之作，并云：「《咸淳毘陵志》卷二三《詞翰四·詞》，本篇不提撰人，前爲蘇軾《菩薩蠻》（買田陽羡吾將老）一首。……按《毘陵志》卷一八《人物三·寓賢·國朝》又曰：『賀鑄……尤長於樂府，寓居毘陵，著《荆溪集》《陽羡歌》。』是該志本即自相牴牾。又蘇詞各本均無此篇，而宋本《東山詞》有之。故其爲賀作，毋庸置疑。至明人著録晚出，尤難憑信。」是。

菩薩蠻

城頭尚有三聲鼓。何須抵死催人去。上馬去忽忽，琵琶曲未終。回頭腸斷處。那更簾纖雨。漫道玉爲堂。玉堂今夜長。

【考辨】

《新編宋文忠公蘇學士東坡詩話》卷上載此詞，云：「東坡一夕與群賢在私署，有名妓侑酒，歡飲甚暢。忽有詔催赴禁中草制，細雨瀟瀟。東坡不樂，乃作詞留别衆友。」諸本《東坡詞》均未收。案：此詞爲孫洙作。曾紓《南遊記舊》云：「李端愿宫保，文和長子，治園池、延賓客，不替父風。……元豐中會佳客，坐中，忽召學士，將鎖院。孫巨源適當制，甚怏怏不欲去。李飭侍妾取羅巾求長短句。巨源援筆欲書，從者告以將掩門矣。草草作數語云：（詞略）。李邦直在坐，頗以卒章非佳語。巨源是夕得疾于玉堂，後六日卒。」洪邁《夷堅甲志》卷四「孫巨源官職」條，也有相同記載。並指出：「説這首詞是孫巨源「將亡時所作，非也」。《苕溪漁隱叢話前集》卷五九、《詩話總龜後集》卷三二、《唐宋諸賢絶妙詞選》卷三、楊慎批點本《草堂詩餘》卷一、《詞品》卷三、《花草粹編》卷三、《堯山堂外紀》卷四九、《詞統》卷五、《情史》卷二四、《詞苑叢談》卷七、《詞綜》卷七、《歷代詩餘》卷九、《詞林紀事》卷七、沈雄《古今詞話·詞評》卷上、《歷代詞話》卷四、《詞苑萃編》卷一一、《本事詞》卷上、《全宋詞》等，并作孫洙詞。《東坡詩話》以爲蘇軾作，當屬誤記。

西江月

古渡水摇明月，長堤柳矗青霄。東風人困馬聲驕。穩憩落花芳草。　醉夢忽游天上，高臺十二瓊瑶。輝輝霞彩映江橋。幾處野鶯啼曉。

蝶戀花

花拂壺觴香徑小。醉客粗豪，不厭笙歌繞。離别常多相聚少。大家著意憐芳草。　耳畔有人低説道。白髮無情，切莫孤歡笑。歡笑須臾終悄悄。明朝世事還來惱。

洞仙歌

殿角凉生，漸消卻香汗。水上瓊臺露華滿。流螢知幾點，恰繞井闌，飛個個，忽被細風吹亂。　自搔雙短鬢，仰面閑看，似覺高城礙銀漢。愛月故眠遲，月也憐人，不肯放、翠桐陰轉。試問取、尊中有酒無，拚解下金魚，隔牆重换。

阮郎歸

夕陽滿樹亂鳴蟬。飛塵滿舜弦。重門静掩斷茶煙。偏忺清晝眠。　新竹亂，碧蕉翻。南山青兀然。酒醒汲井漱清泉。槐陰午正圓。

【考辨】

以上四首見明·陳鐸《坐隱先生精訂草堂餘意》，《西江月》、《蝶戀花》載卷上，《洞仙歌》、《阮郎歸》載卷下，均署名蘇東坡。案：此四詞均是陳鐸步蘇軾的詞韻而作，不是收録的蘇軾詞。《西江月》，是步蘇軾「照野瀰瀰淺浪」韻；《蝶戀花》，是步蘇軾「花褪殘紅青杏小」韻；《洞仙歌》，是步蘇軾「冰肌玉骨」韻；《阮郎歸》是步蘇軾「緑槐高柳咽新蟬」韻。陳鐸，字大聲，别號坐隱先生，又號七一居士。原籍下邳，徙居南京。明武宗正德年間，襲職濟州衛指揮使。工詩善畫，尤長樂府。詩文集有《秋碧軒集》《香月亭集》，散曲集有《秋碧樂府》《梨雲寄傲》。《草堂餘意》是他按照宋人編的《草堂詩餘》詞韻自己創作的詞集。全書分上下兩卷，收詞一四七首，而署自己名字的僅三十七首，其餘全署原作者的名字。誠如施蟄存先生所説：「《草堂餘意》是一部非常古怪的詞集。作者把《草堂詩餘》中春意、夏意、秋意、冬意這四部分的詞，每首都照原韻和作一首。但在每首詞的調名下，卻並不全署自己的姓名。只有原書無署名者，才署名陳大聲，其餘則仍署原作者名，例如蘇東坡、周美成。其實這些詞，也都是陳大聲的和韻之作。這樣的編書體例，倒是從來没有的。」（見《詞學》第一輯《陳大聲及其〈草堂餘意〉》。一九八一年十一月華東師範大學出版社出版）這樣的編書體例倒是不落俗套，但卻會給後世不明真相的讀者，帶來真僞難辨的麻煩。

又

清亭邃館鎖清風。榴花芳艷濃。陽光染就欲燒空。誰能窺化工。　觀物外，喻聲中。靈砂別有功。□□一粒比花容。金丹色又紅。

【考辨】《四庫全書》本《古今合璧事類備要別集》卷三四《花卉門・榴花》「青子莫相催」條引《南柯子》（紫陌尋春去）詞，「靈砂別有功」條引這首《阮郎歸》詞，詞末注：「並坡。」意謂此詞與前首《南柯子》詞並爲東坡作。《南柯子》即《南歌子》。「紫陌尋春去」一詞，見諸本《東坡詞》，而此首《阮郎歸》，諸本《東坡詞》均未收。案：此詞爲宋張掄作，見善本書室藏抄本、勞格抄本、《彊村叢書》本《蓮社詞》，乃張掄所作《阮郎歸》詠夏十首中第三首。張詞下片「喻聲中」作「喻身中」，□□作「若將」。《全宋詞》亦作張掄詞，注云：「案此首別誤作蘇軾詞，見《古今合璧事類備要別集》卷三四。」但不見《全宋詞》蘇軾存目詞，應補入。

句

回首夕陽紅盡處，應是長安。

【考辨】

周紫芝《太倉稊米集》卷六七《書浮休生〈畫墁集〉後》云：「……當靖康間，天下鬨然，皆歌東坡南遷詞，所謂『回首夕陽紅盡處，應是長安』者是也。」所引東坡南遷詞，《東坡詞》諸本均未收。案：此詞爲張舜民作。周煇《清波雜志》卷四云：「放臣逐客，一旦棄置遠外，其憂悲憔悴之歎，發於詩什，特爲酸楚，極有不能自遣者。滕子京守巴陵，修岳陽樓，或贊其落成，答以『落甚成？只待憑欄大慟數場』。閔已傷志，固君子所不免，亦豈至是哉。張芸叟元豐間從高遵裕，辟環慶，出師失律，且爲轉運使李察，訐其詩語，謫監郴州酒（税）。舟行，以二小詞題岳陽樓：『木葉下君山。空水漫漫。十分斟酒斂芳顔。不是渭城西去客，休唱陽關。　醉袖撫危欄。天淡雲閒。何人此路得生還。回首西陽紅盡處，應是長安。』……亦豈無去國流離之思，殊覺婉而不傷也。」費袞《梁谿漫志》卷七亦云爲張舜民詞：「張芸叟詞云：『回首夕陽紅盡處，應是長安。』人喜誦之。樂天《題岳陽樓》詩云：『春岸緑時連夢澤，夕波紅處近長安。』蓋芸叟用此換骨也。」《四庫全書》本《畫墁集》卷四載此詞，調名《賣花聲》，題作「題岳陽樓」。《四庫全書總目提要》云：「周紫芝《太倉稊米集》有《書舜民集後》一篇，稱世所歌東坡南遷詞『回首夕陽紅盡處，應是長安』二語，乃舜民過岳陽樓作。又舜民題庾樓詩有『萬里秋風吹鬢髮，百年人事倚欄干』之句，世或載之《東坡集》中。蓋由其筆意豪健，與蘇軾相近，故後人不能辨别，往往誤入軾集也。」王官壽《宋詞鈔》卷三、陳廷焯《雲韶集》卷三、《藝蘅館詞選》、《全宋詞》均作張舜民不誤。

句

喜鵲橋成催鳳駕。天爲歡遲，乞與新涼夜。

【考辨】

《歲時廣記》卷二六「架鵲橋」條引此三句作東坡七夕詞中語。諸本《東坡詞》均不載。案：此爲晏幾道詞，見《南詞》本、《唐宋名賢百家詞》本、星鳳閣明抄本、汲古閣本、《四庫全書》本、《彊村叢書》本《小山詞》，爲其《蝶戀花》首三句，唯「新涼」作「初涼」。全詞如下：「喜鵲橋成催鳳駕。天爲歡遲，乞與初涼夜。乞巧雙蛾加意畫。玉鈎斜傍西南掛。分鈿擘釵涼葉下。香袖凭肩，誰記當時話。路隔銀河猶可借。世間離恨何年罷。」《全宋詞》作晏幾道詞，注云：「案《歲時廣記》卷二十六誤引首三句作蘇軾詞。」是。

句

杏花疏影裏，吹笛到天明。

【考辨】王世貞《藝苑卮言》「快語壯語爽語」條引此二句作東坡詞。《東坡詞》諸本均未收。案：此爲陳與義《臨江仙》中語，見《四部叢刊》影宋本、汲古閣本、聚珍版《簡齋集》本、《彊村叢書》本、《四庫全書》本《無住詞》及《唐宋名賢百家詞》抄本《簡齋詞》。《苕溪漁隱叢話後集》卷三四亦云：「（陳去非）《憶洛中舊遊》詞云：『憶昔午橋橋上飲，坐中多是豪英。長溝流月去無聲。杏花疏影裏，吹笛至天明。』此數語奇麗，《簡齋集》後載數詞，惟此詞爲優。」王世貞云是東坡詞，乃誤記也。

句

寶香薰被成孤宿。

【考辨】《增修箋注妙選群英草堂詩餘後集》卷上載李知幾《臨江仙》詞，注者引此句作東坡詞。《東坡詞》諸本均未收。案：此爲周邦彦《滿江紅》「晝日移陰」詞中句，見陶湘影宋本《詳注周美成片玉集》卷二，其他現行諸本《片玉詞》均收録。全詞如下：「晝日移陰，攬衣起、春帷睡足。臨寶鑑、緑雲撩亂，未忺妝束。蝶粉蜂黄都褪了，枕痕一線紅生肉。背畫欄、脈脈悄無言，尋棋局。　重會面，猶未卜。無限事，縈心曲。想秦箏依舊，尚鳴金屋。芳草連天迷遠望，寶香薰被成孤宿。最苦是、蝴蝶滿園飛，無人撲。」作東坡詞，誤。

句

麴生禪，玉版局，一時參。

【考辨】

沈雄《古今詞話·詞辨》卷下「行香子」條引此三句作東坡《行香子》詞中語。云：「東坡以二韻事見《行香子》。秦、黄、張、晁爲蘇門四學士，每來必命取密雲龍供茶，家人以此記之。廖明略晚登東坡之門，公大奇之，一日，又命取密雲龍，家人謂是四學士，窺之，則廖明略也。坡爲賦《行香子》一闋。又嘗約劉器之參玉版和尚，至簾泉寺，燒筍而食，劉問之，東坡指筍曰：『此玉版僧最善説法，使人得禪悦味。』遂有『麴生禪，玉版局，一時參』之句，亦《行香子》也。」案：沈雄所舉後一事，蓋本於《冷齋夜話》卷七「東坡戲作偈語」條：「（東坡）又嘗要劉器之同參玉版和尚，器之每倦山行，聞見玉版，欣然從之。至廉泉寺，燒筍而食，器之覺筍味勝，問：『此筍何名？』東坡曰：『即玉版也。此老師善説法，要能令人得禪悦之味。』于是器之乃悟其戲，爲大笑。東坡亦悦，作偈曰：『叢林真百丈，嗣法有横枝。不怕石頭路，來參玉版師。聊憑柏樹子，與問籜龍兒。瓦礫猶能説，此君那不知。』」惠洪云東坡戲作偈語，不云作詞。沈雄改作詞，不云作偈，誤。沈雄所録《行香子》乃辛棄疾所作，詳見汲古閣影宋鈔本《稼軒詞》丙集，題作「雲巖道中」。其作蘇軾詞，更誤。又龍榆生《東坡樂府箋》卷三《行香子》「綺席纔終」詞附考引《古今詞話》此段，並加案云：「後閿各本（東坡詞）俱失載」，亦誤。

句

寸腸千恨堆積。

【考辨】

魏道明《蕭閒老人明秀集注》卷一引此句作東坡詞。《東坡詞》諸本均未收。案：此爲沈唐《念奴嬌》詞末句，見《唐宋諸賢絶妙詞選》卷六及《全芳備祖前集》卷十「杏花門」。沈唐，字公述，韓琦之客。官大名府簽判，後改辟簽判渭州。《全宋詞》收其詞四首，斷句二則。又《京本通俗小説·西山一窟鬼》將此首《念奴嬌》作沈文述詞，沈文述蓋爲沈公述之誤。

句

江天雪意雲繚亂。

【考辨】

魏道明《蕭閒老人明秀集注》卷二引此句作東坡詞。《東坡詞》諸本均未收。案：此爲歐陽修《漁家傲》「十月小春梅蕊綻」一詞之尾句，見雙照樓影宋吉州本《歐陽文忠公集近體樂府》卷二及影宋本《醉翁琴趣外篇》卷二。《雨村詞話》卷一云：「王荆公嘗對客誦永叔小闋云：『五綵新絲纏角粽。金盤送。生綃畫扇盤雙鳳。』曰三十年前見其全篇，今才記三句，乃永叔在李太尉端愿席上所作十二月鼓子詞，數向人求之不可得。按公此詞名《漁家傲》，按十二月作，如其數，皆工膩熨貼，不獨『五綵絲』佳也。荆公以不可得爲恨，而選詞家多不採，今並載于此。」李調元所收詞，即歐陽修按十二月所作之《漁家傲》。其中「十月」即此詞。全詞如下：「十月小春梅蕊綻。紅樓畫閣新妝遍。鴛帳美人貪睡煖。梳洗懶。玉壺一夜清澌滿。樓上四垂簾不捲。天寒山色偏宜遠。風急雁行吹字斷。紅日晚。江天雪意雲撩亂。」作東坡詞，誤。

句

世事短如春夢。

【考辨】《草堂詩餘評林》注引此句作東坡詞。《東坡詞》諸本均未收。案：此句爲朱敦儒《西江月》首句，見《唐宋名賢百家詞》抄本《樵歌》卷下及《彊村叢書》本《樵歌》卷中。《新刻便讀草堂詩餘》卷一、《新刻題評名賢詞話草堂詩餘》卷五均作朱希真。敦儒字希真，與朱希真小字秋娘者，非爲一人。明人鄺璩《彤管遺編》卷一二作朱秋娘詞，亦誤。

句

允文事業從容了。要岷峨人物，後先相照。見説君王曾有問，似此人才多少。况蜀珍、先已登廊廟。但側耳，聽新詔。

【考辨】曹學佺《蜀中廣記》卷一〇四云：「楊直夫名楝，青神人，蘇東坡贈以詞云：『允文事業從容了。

要岷峨人物，後先相照。見説君王曾有問，似此人材多少。况蜀珍、先已登廊廟。但側耳，聽新詔。』按小説，高宗曾問馬騏曰：『蜀中人才如虞允文者有幾？』騏對曰：『未試焉知，允文亦試而後知也。』蘇與楊、馬皆蜀人。楊在眉山爲甲族。直夫之妹通經學，比于曹大家，嫁虞氏，生虞集，爲鉅儒。其學無師，傳于母氏也。此事蜀人亦罕知，故著之。」其中所引東坡詞，《東坡詞》諸本均未收。案：此爲姚勉詞《賀新郎》後闋，題作「送楊帥參之任」，見《四庫全書》本《雪坡集》卷四四及《宋元名家詞》本《雪坡詞》。《蜀中廣記》所引此則原注出楊慎《丹鉛録》。查《丹鉛録》不載，而見于《詞品》卷五，首作「蘇雪坡贈楊直夫詞云」，下與《蜀中廣記》所引全同。「楊直夫」下有注：「名楝，青神人。」所引詞爲姚勉作，姚勉號雪坡。楊慎將姚雪坡誤作蘇雪坡。曹學佺迻録時，將小注變爲首句，又將蘇雪坡誤改爲蘇東坡，遂成爲「楊直夫名楝，青神人。蘇東坡贈以詞」云云。王士禛《古夫于亭雜録》卷三云：「《丹鉛録》載東坡贈青神楊楝詞云：『允文事業從容了。要岷峨人物，後先相照。見説君王曾有問，似此人材多少。』而引小説，高宗問馬騏：『蜀中人才如虞允文者有幾』云云。按允文采石之功在南渡以後，時東坡之殁久矣，安得先有此詞？誤甚矣。而曹能始《蜀中十志》亦載之，略不駁正，何也？」王士禛指出此詞作蘇東坡詞有誤，但未指明爲何人所作。《全宋詞》判作姚勉詞，是。

蘇軾詞編年校注附録

一、蘇軾傳記

（一）蘇轍《亡兄子瞻端明墓誌銘》

予兄子瞻謫居海南四年春正月，今天子即位，推恩海内，澤及鳥獸。夏六月，公被命渡海北歸。明年，舟至淮浙。秋七月，被病卒於毘陵。吴越之民相與哭於市，其君子相弔於家，訃聞四方，無賢愚皆咨嗟出涕，太學之士數百人，相率飯僧慧林佛舍。嗚呼，斯文墜矣，後生安所復仰！公始病，以書屬轍曰：「即死，葬我嵩山下，子爲我銘。」轍執書，哭曰：「小子忍銘吾兄！」公諱軾，姓蘇氏，字子瞻，一字和仲，世家眉山。曾大父諱杲，贈太子太保，妣宋氏，追封昌國太夫人。大父諱序，贈太子太傅，妣史氏，追封嘉國太夫人。考諱洵，贈太子太師，妣程氏，追封成國太夫人。公生十年，而先君宦學四方，太夫人親授以書。聞古今成敗，輒能語其要。太夫人嘗讀《東漢史》，至《范滂傳》，慨然太息。公侍側曰：「軾若爲滂，夫人亦許之否乎？」太夫人曰：「汝能爲滂，吾顧不能爲滂母耶？」公亦奮厲有當世志。太夫人喜曰：「吾有子矣。」比冠，學通經史，屬文日數千言。嘉祐二年，歐陽文忠公考試禮部進士，疾時文之詭異，思有以救之。梅聖俞時與其事，得公《論刑賞》以示文忠。文忠驚喜，以爲異人，欲以冠多士，疑曾子固所爲。子固，文忠門下士也，乃寘公第二。復以《春秋》對義，居第一，殿試中乙科，以書謝諸公。文忠見之，以書語聖俞曰：「老夫當避此人，放出一頭地。」士聞者始譁不厭，久乃信服。丁太夫人憂，終喪。五年，授河南福昌主簿，文忠以直言薦之。秘閣試六論，舊不起草，以故文多不工，公始具草，文義粲然，時以爲難。比答制策，復入三等。除大理評事，簽書鳳翔府判官。長吏意公文人，不以吏事責之，公盡心其職，老吏畏伏。關中自元昊叛命，人貧役重，岐下歲以南山木㯶，自渭入河，經砥柱之險，衙前以破産者相繼也。公遍問老校，曰：「木㯶之害，本不至此，若河渭未漲，操㯶者以時進止，可無重費也，患其乘河渭之暴，多方害之耳。」公即修衙規，使衙前得自擇水工，㯶行無虞。仍言於府，使得係籍，自是衙前之害減半。治平二年，罷還，判登聞鼓院。英宗在藩聞公名，欲以唐故事召入翰林，宰相限以近例，欲召試秘閣，上曰：「未知其能否故試，如蘇軾有不能耶？」宰相猶不可，及試二論，皆入三等，得直史館。丁先君憂，服除，時熙寧二年也。王介甫用事，多所建立，公與介甫議論素異，既還朝，寘之官告院。四年，介甫欲變更科舉，上疑焉，使兩制三館議之。公議上。上悟曰：「吾固疑此，得蘇軾議，意釋然矣。」即日召見，問：「何以助朕？」公辭避久之，乃曰：「臣竊意陛下求治太急，聽言太廣，進人太鋭，願陛下安静以待物之來，然後應之。」上竦然聽受，曰：「卿三言，朕當詳思之。」介甫之黨皆不悦，命攝開封推官，意以多事困之。公決斷精敏，聲聞益遠。會上元，有旨市浙燈，公密疏，舊例無有，不宜以玩好示人，即有旨罷。殿前初策進士，舉子希合，爭言祖宗法制非是。公爲考官，退擬答以進，深中其病。自是論事愈力，介甫愈恨，御史知雜事者爲誣奏公過失，窮治無所得。公未嘗以一言自辯，乞外任避之。通判杭州。是時，四方行青苗、免役、市易，浙西兼行水利、鹽法。公於其間，常因法以便民，民賴以少安。高麗入貢使者，凌蔑州郡。押伴使臣皆本路筦庫，乘勢驕横，至與鈐轄亢禮。公使人謂之曰：「遠夷慕化而來，理必恭順，今乃爾暴恣，非汝導之，不至是也。不悛當奏之。」押伴者懼，爲之小戢。使者發幣於官吏，書稱甲子。公却之曰：「高麗於本朝稱臣，而不稟正朔，吾安敢受！」使者亟易書稱熙寧，然後受之。時以爲得體。吏民畏愛，及罷去，猶謂之學士，而不言姓。自杭徙知密州。時方行手實法，使民自疏財産以定户等，又使人得告其不實，司農寺又下諸路，不時施行者以違制論。公謂提舉常平官曰：「違制之坐，若自朝廷，誰敢不從，今出於司農，是擅造律也，若何？」使者驚曰：「公姑徐之。」未幾，朝廷亦知手實之害，罷之。密人私以爲幸。郡嘗有盜竊發而未獲，安撫轉運司憂之，遣一三班使臣領悍卒數千人，入境捕之。卒凶暴恣行，以禁物誣民，入其家争鬭，至殺人，畏罪驚散，欲爲亂。民訴之，公投其書，不視，曰：「必不至此。」潰卒聞之少安。徐使人招出，戮之。自密徙徐。是歲，河決曹村，泛於梁山泊，溢於南清河，城南兩山環繞，吕梁、百步扼之，匯於城下。漲不時洩，城將敗，富民争出避水。公曰：「富民若出，民心動摇，吾誰與守？吾在是，水決不能敗城。」驅使復入。公履屨杖策，親入武衛營，呼其卒長，謂之曰：「河將害城，事急矣，雖禁軍，宜爲我盡力。」

卒長呼曰：「太守猶不避塗潦，吾儕小人效命之秋也。」執梃入火伍中，率其徒短衣徒跣，持畚鍤以出，築東南長堤，首起戲馬臺，尾屬於城。堤成，水至堤下，害不及城，民心乃安。然雨日夜不止，河勢益暴，城不沉者三板。公廬於城上，過家不入，使官吏分堵而守，卒完城以聞。復請調來歲夫，增築故城，爲木岸，以虞水之再至，朝廷從之。訖事，詔褒之，徐人至今思焉。徙知湖州，以表謝上。言事者擿其語以爲謗，遣官逮赴御史獄。初，公既補外，見事有不便於民者，不敢言，亦不敢默視也，緣詩人之義，託事以諷，庶幾有補於國。言者從而媒孽之，上初薄其過，而浸潤不止，是以不得已從其請。既付獄吏，必欲寘之死，鍛鍊久之，不決。上終憐之，促具獄，以黄州團練副使安置。公幅巾芒屩，與田父野老，相從溪谷之間，築室於東坡，自號東坡居士。五年，上有意復用，而言者沮之。上手札徙汝州，略曰：「蘇軾黜居思咎，閲歲滋深，人材實難，不忍終棄。」未至，上書自言有飢寒之憂，有田在常，願得居之。書朝入，夕報可，士大夫知上之卒喜公也。會晏駕，不果復用。至常。以哲宗即位，復朝奉郎、知登州。至登，召爲禮部郎中。公舊善門下侍郎司馬君實及知樞密院章子厚，二人冰炭不相入。子厚每以謔侮困君實，君實苦之，求助於公。公見子厚曰：「司馬君實時望甚重。昔許靖以虚名無實見鄙於蜀先主，法正曰：『靖之浮譽，播流四海，若不加禮，必以賤賢爲累。』先主納之，乃以靖爲司徒。許靖且不可慢，况君實乎？」子厚以爲然，君實賴以少安。既而朝廷緣先帝意，欲用公，除起居舍人。公起於憂患，不欲驟履要地，力辭之，見宰相蔡持正自言，持正曰：「公徊翔久矣，朝中無出公右者。」公固辭。持正曰：「今日誰當在公前者？」公曰：「昔林希同在館中，年且長。」持正曰：「希固當先公耶？」卒不許。然希亦由此繼補記注。元祐元年，公以七品服入侍延和，即改賜銀緋。二年，遷中書舍人。時君實方議改免役爲差役。差役行於祖宗之世，法久多弊，編户充役不習，府官吏虐使之，多以破産，而狹鄉之民，或有不得休息者。先帝知其然，故爲免役，使民以户高下出錢，而無執役之苦。行法者不循上意，於雇役實費之外，取錢過多，民遂以病。若量出爲入，毋多取於民，則足矣。君實爲人，忠信有餘而才智不足，知免役之害而不知其利，欲一切以差役代之。方差官置局，公亦與其選，獨以實告，而君實始不悦矣。嘗見之政事堂，條陳不可。君實忿然，公曰：「昔韓魏公刺陝西義勇，公爲諫官，争之甚力，魏公不樂，公亦不顧，軾昔聞公道其詳，豈今日作相，不許軾盡言耶？」君實笑而止。公知言不用，乞補外，不許。君實始怒，有逐公意矣，會其病卒乃已。時臺諫官多君實之人，皆希合以求進，惡公以直形已，争求公瑕疵。既不可得，則因緣熙寧謗訕之説以病公，公自是不安於朝矣。尋除翰林學士。二年，復除侍讀。每進讀，至治亂盛衰、邪正得失之際，未嘗不反覆開導，覬上有所覺悟。上雖恭默不言，聞公所論説，輒首肯，喜之。三年，權知禮部貢舉。會大雪苦寒，士坐庭中，噤不能言，公寬其禁約，使得盡其技。而巡鋪内臣伺其坐起，過爲凌辱，公以其傷動士心，虧損國體，奏之。有旨送内侍省撻而逐之，士皆悦服。嘗侍上讀《祖宗寶訓》，因及時事，公歷言今賞罰不明，善惡無所勸沮；又黄河勢方西流，而强之使東；夏人寇鎮戎，殺掠幾萬人，帥臣掩蔽不以聞，朝廷亦不問；事每如此，恐寖成衰亂之漸。當軸者恨之。公知不見容，乞外任。四年，以龍圖閣學士知杭州。時諫官言前宰相蔡持正知安州，作詩借郝處俊事以譏刺時事，大臣議逐之嶺南。公密疏言：朝廷若薄確之罪，則於皇帝孝治爲不足，若深罪確，則於太皇太后仁政爲小累，謂宜皇帝降敕置獄逮治，而太皇太后内出手詔赦之，則仁孝兩得矣。宣仁后心善公言而不能用。公出郊未發，遣内侍賜龍茶、銀合，用前執政恩例，所以慰勞甚厚。及至杭，吏民習公舊政，不勞而治。歲適大旱，飢疫並作，公請於朝，免本路上供米三之一，故米不翔貴，復得賜度僧牒百，易米以救飢者。明年方春，即減價糶常平米，民遂免大旱之苦。公又多作饘粥藥劑，遣吏挾醫，分坊治病，活者甚衆。公曰：「杭，水陸之會，因疫病死比他處常多。」乃裒羨緡得二千，復發私橐得黄金五十兩，以作病坊，稍畜錢糧以待之，至於今不廢。是秋，復大雨，太湖泛溢害稼。公度來歲必飢，復請於朝，乞免上供米半，又多乞度牒以糴常平米，并義倉所有，皆以備來歲出糶，朝廷多從之。由是吴越之民，復免流散。杭本江海之地，水泉鹹苦，居民稀少。唐刺史李泌，始引西湖水作六井，民足於水，故井邑日富。及白居易復浚西湖，放水入運河，自河入田，所溉至千頃。然湖水多葑，自唐及錢氏，歲輒開治，故湖水足用，近歲廢而不理，至是，湖中葑田積二十五萬餘丈，而水無幾矣。運河失湖水之利，則取給於江潮，潮渾濁多淤，河行闤闠中，三年一淘，爲市井大患，而六井亦幾廢。公始至，浚茅山、鹽橋二河。以茅山一河專受江潮，以鹽橋一河專受湖水，復造堰閘，以爲湖水畜洩之限，然後潮不入市，且以餘力復完六井，民稍獲其利矣。公間至湖上，周視良久，曰：「今欲去葑田，葑田如雲，將安所寘之？湖南北三十里，環湖往來，終日不達，若取葑田積之湖中，爲長堤以通南北，則葑田去而行者便矣。吴人種菱，春輒芟除，不遺寸草，葑田若去，募人種菱，收其利以備修湖，則湖當不復堙塞。」乃取救荒之餘，得錢糧以貫、石數者萬。復請於朝，得百僧度牒以募役者。堤成，植芙蓉、楊柳其上，望之如圖畫，杭人名之蘇公堤。杭僧有浄源者，舊居海濱，與舶客交通牟利，舶至高麗，交譽之。元豐末，其王子義天來朝，因往拜焉。至是源死，其徒竊持其畫像附舶往告，義天亦使其徒附舶來祭。祭訖，乃言國母使以金塔二祝皇帝、太皇太后壽。公不納，而奏之曰：「高麗久不入貢，失賜予厚利，意欲來朝矣，未測朝廷所待之薄厚，故因祭亡僧而行祝壽之禮，禮意嶄薄，蓋可見矣。若受而不答，則遠夷或以怨怒，因而厚賜之，正墮其計。臣謂朝廷宜勿與知，而使州郡以理却之。然庸僧猾商，敢擅招誘外夷，邀求厚利，爲國生事，其漸不可長，宜痛加懲創。」朝廷皆從之。未幾，高麗貢使果至。公按舊例，使之所至吴越七州，實費二萬四千餘緡，而民間之費不在，乃令諸郡量事裁損。比至，民獲交易之利，而無侵撓之害。浙江潮自海門東來，勢如雷霆，而浮山峙於江中，與漁浦諸山，犬牙相錯，洄洑激射，歲敗公私船不可勝計。公議自浙江上流地名石門，並山而東，鑿爲運河，引浙江及溪谷諸水二十餘里，以達於江，又並山爲岸，不能十里以達於龍山之大慈浦，自浦北折抵小嶺，鑿嶺六十五丈，以達於嶺東古河，浚古河數里，以達於龍山運河，以避浮山之險，人皆以爲便。奏聞，有惡公成功者。會公罷歸，使代者盡力排之，功以不成。公復言：三吴之水，豬爲太湖，太湖之水，溢爲松江以入海，海日兩潮，潮濁而江清，潮水嘗欲淤塞江路，而江水清駛，隨輒滌去，海口常通，則吴中少水患。昔蘇州以東，公私船皆以篙行，無陸挽者，自慶曆以來，松江大築挽路，建長橋以扼塞江路，故今三吴多水，欲鑿挽路爲千橋以迅江勢。亦不果用，人皆恨之。公二十年間，再莅此州，有德於其人，家有畫像，飲食必祝，又作生祠以報。六年，召入爲翰林承旨，復侍邇英，當軸者不樂，風御史攻公。公之自汝移常也，受命於宋，會神考晏駕，哭於宋，而南至揚州。常人爲公買田，書至，公喜作詩，有「聞好語」之句。言者妄謂公聞諱而喜，乞加深譴。然詩刻石有時日，朝廷知言者之妄，皆逐之。公懼，請外補，乃以龍圖閣學士守潁。先是開封諸縣多水患，吏不究本末，決其陂澤，注之惠民河，河不能勝，則陳亦多水，至是又將鑿鄧艾溝，與潁河並，且鑿黄堆，注之於淮，議者多欲從之。公適至，遣吏以水平準之，淮之漲水，高於新溝幾一丈，若鑿黄堆，淮水顧流浸州境，決不可爲，朝廷從之。郡有宿賊尹遇等數人，羣黨驚劫，殺變主及捕盜吏兵者非一，朝廷以名捕不獲，被殺者噤不敢言。公召汝陰尉李直方，謂之曰：「君能擒此，當力言於朝，乞行優賞；不獲，亦以不職奏免君矣。」直方退，緝知羣盜所在，分命弓手往捕其黨，而躬往捕遇。直方有母年九十，母子泣别而行。手戟刺而獲之，然小不應格，推賞不及。公爲言於朝，請以年勞，改朝散郎階，爲直方賞。朝廷不從。其後吏部以公當遷，以符會公考，公自謂已許直方，卒不報。七年，徙揚州。發運司舊主東南漕法，聽操舟者私載物貨，征商不得留難。故操舟者富厚，以官舟爲家，補其弊漏，而周船夫之乏困，故其所載，率無虞而速達。近歲不忍征商之小失，一切不許，故舟弊人困，多盜所載以濟飢寒，公私皆病，公奏乞復故，朝廷從之。未閱歲，以兵部尚書召還，兼侍讀。是歲，親祀南郊，爲鹵簿使，導駕入太廟。有貴戚以其車從争道，不避仗衛，公於車中劾奏之。明日，中使傳命申敕，有司嚴整仗衛。尋遷禮部，復兼端明殿、翰林侍讀二學士。高麗遣使請書於朝，朝廷以故事盡許之。公曰：「漢東平王請諸子及《太史公書》，猶不肯與，今高麗所請，有甚於此，其可予之乎？」不聽。公臨事必以正，不能俯仰隨俗，乞守郡自擡。八年，以二學士知定州。定久不治，軍政尤弛，武衛卒驕惰不教，軍校蠶食其廩賜，故不敢呵問。公取其貪污甚者，配隸遠惡，然後繕修營房，禁止飲博。軍中衣食稍足，乃部勒以戰法，衆皆畏服。然諸校多不自安者，卒史復以贓訴其長，公曰：「此事吾自治則可，汝若得告，軍中亂矣。」亦決配之，衆乃定。會春大閲，軍禮久廢，將吏不識上下之分，公命舉舊典，元帥常服坐帳中，將吏戎服奔走執事。副總管王光祖自謂老將，耻之，稱疾不出。公召書吏作奏，將上，光祖震恐而出，訖事，無敢慢者。定人言，自韓魏公去，不見此禮至今矣。北戎久和，邊兵不試，臨事有不可用之憂，惟沿邊弓箭社兵與寇爲鄰，以戰射自衛，猶號精鋭。故相龐公守邊，因其故俗立隊伍將校，出入賞罰，緩急可使。歲久，法弛，復爲保甲所撓，漸不爲用。公奏爲免保甲及兩税折變科配，長吏以時訓勞，不報，議者惜之。時方例廢舊人，公坐爲中書舍人日草責降官制，直書其罪，誣以謗訕，紹聖元年，遂以本官知英州。尋復降一官，未至，復以寧遠軍節度副使安置惠州。公以侍從齒嶺南編户，獨以少子過自隨，瘴癘所侵，蠻蜑所侮，胸中泊然無所蔕芥。人無賢愚，皆得其歡心，疾苦者畀之藥，殞斃者納之竁。又率衆爲二橋以濟病涉者，惠人愛敬之。居三年，大臣以流竄者爲未足也，四年，復以瓊州别駕安置昌化。昌化非人所居，食飲不具，藥石無有，初僦官屋以庇風雨，有司猶謂不可，則買地築室，昌化士人畚土運甓以助之，爲屋三間。人不堪其憂，公食芋飲水著書以爲樂，時從其父老遊，亦無間也。元符三年，大赦，北還。初徙廉，再徙永，已乃復朝奉郎提舉成都玉局觀，居從其便。公自元祐以來，未嘗以歲課乞遷，故官止於此，勳上輕車都尉，封武功縣開國伯，食邑九百户。將居許，病暑，暴下，中止於常。建中靖國元年六月，請老，以本官致仕，遂以不起。未終旬日，獨以諸子侍側，曰：「吾生無惡，死必不墜。慎無哭泣以怛化。」問以後事，不答，湛然而逝，實七月丁亥也。公娶王氏，追封通議郡君，繼室以其女弟，封同安郡君，亦先公而卒。子三人，長曰邁，雄州防禦推官，知河間縣事。次曰迨，次曰過，皆承務郎。孫男六人，簞、符、箕、籥、筌、籌。明年閏六月癸酉，葬於汝州郟城縣釣臺鄉上瑞里。公之於文，得之於天。少與轍皆師先君，初好賈誼、陸贄書，論古今治亂，不爲空言。既而讀《莊子》，喟然嘆息曰：「吾昔有見於中，口未能言，今見《莊子》，得吾心矣。」乃出《中庸論》，其言微妙，皆古人所未喻。嘗謂轍曰：「吾視今世學者，獨子可與我上下耳。」既而謫居於黄，杜門深居，馳騁翰墨，其文一變，如川之方至，而轍瞠然不能及矣。後讀釋氏書，深悟實相，參之孔、老，博辯無礙，茫然不見其涯也。先君晚歲讀《易》，玩其爻象，得其剛柔遠近喜怒逆順之情，以觀其詞，皆迎刃而解，作《易傳》未完，疾革，命公述其志。公泣受命，卒以成書，然後千載之微言，焕然可知也。復作《論語説》，時發孔氏之秘。最後居海南，作《書傳》，推明上古之絶學，多先儒所未達。既成三書，撫之嘆曰：「今世要未能信，後有君子，當知我矣。」至其遇事所爲詩騷銘記書檄論譔，率皆過人。有《東坡集》四十卷、《後集》二十卷、《奏議》十五卷、《内制》十卷、《外制》三卷。公詩本似李、杜，晚喜陶淵明，追和之者幾遍，凡四卷。幼而好書，老而不倦，自言不及晉人，至唐褚、薛、顔、柳，仿佛近之。平生篤於孝友，輕財好施。伯父太白早亡，子孫未立，杜氏姑卒未葬，先君没，有遺言，公既除喪，即以禮葬姑，及官可蔭補，復以奏伯父之曾孫彭。其於人，見善稱之，如恐不及，見不善斥之，如恐不盡，見義勇於敢爲，而不顧其害。用此，數困於世，然終不以爲恨。孔子謂伯夷、叔齊古之賢人，曰：「求仁而得仁，又何怨。」公實有焉。銘曰：

蘇自欒城，西宅於眉。世有潛德，而人莫知。猗歟先君，名施四方。公幼師焉，其學以光。出而從君，道直言忠。行險如夷，不謀其躬。英祖擢之，神考試之。亦既知矣，而未克施。晚侍哲皇，進以詩書。誰實間之，一斥而疏。公心如玉，焚而不灰。不變生死，孰爲去來。古有微言，衆說所蒙。手發其樞，恃此以終。心之所涵，遇物則見。聲融金石，光溢雲漢。耳目同是，舉世畢知。欲造其淵，或眩以疑。絶學不繼，如已繼絃。百世之後，豈無其賢。我初從公，賴以有知。撫我則兄，誨我則師。皆遷於南，而不同歸。天實爲之，莫知我哀。（見《四部叢刊》初編影印明活字本《欒城後集》卷二十二）

（二）《宋史·蘇軾傳》

蘇軾字子瞻，眉州眉山人。生十年，父洵游學四方，母程氏親授以書，聞古今成敗，輒能語其要。程氏讀東漢《范滂傳》，慨然太息，軾請曰：「軾若爲滂，母許之否乎？」程氏曰：「汝能爲滂，吾顧不能爲滂母邪？」比冠，博通經史，屬文日數千言，好賈誼、陸贄書。既而讀《莊子》，嘆曰：「吾昔有見，口未能言，今見是書，得吾心矣。」嘉祐二年，試禮部。方時文磔裂詭異之弊勝，主司歐陽修思有以救之，得軾《刑賞忠厚論》，驚喜，欲擢冠多士，猶疑其客曾鞏所爲，但置第二，復以《春秋》對義居第一，殿試中乙科。後以書見修，修語梅聖俞曰：「吾當避此人出一頭地。」聞者始譁不厭，久乃信服。丁母憂。五年，調福昌主簿。歐陽修以才識兼茂薦之秘閣。試六論，舊不起草，以故文多不工。軾始具草，文義粲然。復對制策，入三等。自宋初以來，制策入三等，惟吴育與軾而已。除大理評事，簽書鳳翔府判官。關中自元昊叛，民貧役重，岐下歲輸南山木筏，自渭入河，經砥柱之險，衙吏踵破家。軾訪其利害，爲修衙規，使自擇水工以時進止，自是害減半。治平二年，入判登聞鼓院。英宗自藩邸聞其名，欲以唐故事召入翰林，知制誥。宰相韓琦曰：「軾之才，遠大器也，他日自當爲天下用，要在朝廷培養之。使天下之士，莫不畏慕降伏，皆欲朝廷進用，然後取而用之，則人人無復異辭矣。今驟用之，則天下之士未必以爲然，適足以累之也。」英宗曰：「且與修注如何？」琦曰：「記注與制誥爲鄰，未可遽授。不若於館閣中近上貼職與之，且請召試。」英宗曰：「試之未知其能否，如軾有不能邪？」琦猶不可，及試二論，復入三等，得直史館。軾聞琦語，曰：「公可謂愛人以德矣。」會洵卒，賻以金帛，辭之，求贈一官，於是贈光禄丞。洵將終，以兄太白早亡，子孫未立，妹嫁杜氏，卒未葬，屬軾。軾既除喪，即葬姑。後官可廕，推與太白曾孫彭。熙寧二年，還朝。王安石執政，素惡其議論異己，以判官告院。四年，安石欲變科舉，興學校，詔兩制、三館議。軾上議曰：「得人之道，在於知人；知人之法，在於責實。使君相有知人之明，朝廷有責實之政，則胥史皂隸未嘗無人，而況於學校貢舉乎？雖因今之法，臣以爲有餘。使君相不知人，朝廷不責實，則公卿侍從常患無人，而況學校貢舉乎？雖復古之制，臣以爲不足。夫時有可否，物有興廢，方其所安，雖暴君不能廢，及其既厭，雖聖人不能復。故風俗之變，法制隨之，譬如江河之徙移，彊而復之，則難爲力。慶曆固嘗立學矣，至於今日，惟有空名僅存。今將變今之禮，易今之俗，又當發民力以治官室，斂民財以食游士。百里之内，置官立師，獄訟聽於是，軍旅謀於是，又簡不率教者屏之遠方，則無乃徒爲紛亂，以患苦天下邪？若乃無大更革，而望有益於時，則與慶曆之際何異？故臣謂今之學校，特可因仍舊制，使先王之舊物，不廢於吾世足矣。至於貢舉之法，行之百年，治亂盛衰，初不由此。陛下視祖宗之世，貢舉之法，與今爲孰精？言語文章，與今爲孰優？所得人才，與今爲孰多？天下之事，與今爲孰辦？較此四者之長短，其議決矣。今所欲變改不過數端：或曰鄉舉德行而略文詞，或曰專取策論而罷詩賦，或欲兼采譽望而罷封彌，或欲經生不帖墨而考大義，此皆知其一，不知其二者也。願陛下留意於遠者、大者，區區之法何預焉。臣又切有私憂過計者。夫性命之説，自子貢不得聞，而今之學者，耻不言性命，讀其文，浩然無當而不可窮；觀其貌，超然無著而不可挹，此豈真能然哉！蓋中人之性，安於放而樂於誕耳。陛下亦安用之？」議上，神宗悟曰：「吾固疑此，得軾議，意釋然矣。」即日召見，問：「方今政令得失安在？雖朕過失，指陳可也。」對曰：「陛下生知之性，天縱文武，不患不明，不患不勤，不患不斷，但患求治太急，聽言太廣，進人太鋭。願鎮以安静，待物之來，然後應之。」神宗悚然曰：「卿三言，朕當熟思之。凡在館閣，皆當爲朕深思治亂，無有所隱。」軾退，言於同列。安石不悦，命權開封府推官，將困之以事。軾決斷精敏，聲聞益遠。會上元敕府市浙燈，且令損價。軾疏言：「陛下豈以燈爲悦？此不過以奉二宫之歡耳。然百姓不可户曉，皆謂以耳目不急之玩，奪其口體必用之資。此事至小，體則甚大,願追還前命。」即詔罷之。時安石創行新法,軾上書論其不便,曰:「臣之所欲言者,三言而已。願陛下結人心,厚風俗,存紀綱。人主之所恃者,人心而已,如木之有根,燈之有膏,魚之有水,農夫之有田,商賈之有財。失之則亡,此理之必然也。自古及今,未有和易同衆而不安,剛果自用而不危者。陛下亦知人心之不悦矣。祖宗以來,治財用者不過三司。今陛下不以財用付三司,無故又創制置三司條例一司,使六七少年,日夜講求於内,使者四十餘輩,分行營幹於外。夫制置三司條例司,求利之名也;六七少年與使者四十餘輩,求利之器也。造端宏大,民實驚疑;創法新奇,吏皆惶惑。以萬乘之主而言利,以天子之宰而治財,論説百端,喧傳萬口,然而莫之顧者,徒曰:『我無其事,何恤於人言。』操罔罟而入江湖,語人曰『我非漁也』,不如捐罔罟而人自信。驅鷹犬而赴林藪,語人曰『我非獵也』,不如放鷹犬而獸自馴。故臣以爲欲消讒慝而召和氣,則莫若罷條例司。今君臣宵旰,幾一年矣,而富國之功,茫如捕風,徒聞内帑出數百萬緡,祠部度五千餘人耳。以此爲術,其誰不能?而所行之事,道路皆知其難。汴水濁流,自生民以來,不以種稻。今欲陂而清之,萬頃之稻,必用千頃之陂,一歲一淤,三歲而滿矣。陛下遂信其説,即使相視地形,所在鑿空,訪尋水利,妄庸輕剽,率意争言。官司雖知其疎,不敢便行抑退,追集老少,相視可否。若非灼然難行,必須且爲興役。官吏苟且順從,真謂陛下有意興作,上靡帑廩,下奪農時。隄防一開,水失故道,雖食議者之肉,何補於民!臣不知朝廷何苦而爲此哉?自古役人,必用鄉户。今者徒聞江、浙之間，數郡顧役，而欲措之天下。單丁、女户，蓋天民之窮者也，而陛下首欲役之。富有四海，忍不加恤！自楊炎爲兩稅，租調與庸既兼之矣，奈何復欲取庸？萬一後世不幸有聚斂之臣，庸錢不除，差役仍舊，推所從來，則必有任其咎者矣。青苗放錢，自昔有禁。今陛下始立成法，每歲常行。雖云不許抑配，而數世之後，暴君污吏，陛下能保之與？計願請之户，必皆孤貧不濟之人，鞭撻已急，則繼之逃亡，不還，則均及鄰保，勢有必至，異日天下恨之，國史記之，曰『青苗錢自陛下始』，豈不惜哉！且常平之法，可謂至矣。今欲變爲青苗，壞彼成此，所喪逾多，虧官害民，雖悔何及！昔漢武帝以財力匱竭，用賈人桑羊之説，買賤賣貴，謂之均輸。於時商賈不行，盜賊滋熾，幾至於亂。孝昭既立，霍光順民所欲而予之，天下歸心，遂以無事。不意今日此論復興。立法之初，其費已厚，縱使薄有所獲，而征商之額，所損必多。譬之有人爲其主畜牧，以一牛易五羊，一牛之失，則隱而不言；五羊之獲，則指爲勞績。今壞常平而言青苗之功，虧商稅而取均輸之利，何以異此？臣竊以爲過矣。議者必謂：『民可與樂成，難與慮始。』故陛下堅執不顧，期於必行。此乃戰國貪功之人行險僥倖之説，未及樂成而怨已起矣。臣之所願陛下結人心者，此也。國家之所以存亡者，在道德之淺深，不在乎强與弱；曆數之所以長短者，在風俗之薄厚，不在乎富與貧。人主知此，則知所輕重矣。故臣願陛下務崇道德而厚風俗，不願陛下急於有功而貪富强。愛惜風俗，如護元氣。聖人非不知深刻之法可以齊衆，勇悍之夫可以集事，忠厚近於迂闊，老成初若遲鈍。然終不肯以彼易此者，知其所得小而所喪大也。仁祖持法至寬，用人有叙，專務掩覆過失，未嘗輕改舊章。考其成功，則曰未至。以言乎用兵，則十出而九敗；以言乎府庫，則僅足而無餘。徒以德澤在人，風俗知義，故升遐之日，天下歸仁焉。議者見其末年吏多因循，事不振舉，乃欲矯之以苛察，齊之以智能，招來新進勇鋭之人，以圖一切速成之效。未享其利，澆風已成。多開驟進之門，使有意外之得。公卿侍從跬步可圖，俾常調之人，舉生非望，欲望風俗之厚，豈可得哉？近歲樸拙之人愈少，巧進之士益多。惟陛下哀之救之，以簡易爲法，以清净爲心，而民德歸厚。臣之所願陛下厚風俗者，此也。祖宗委任臺諫，未嘗罪一言者。縱有薄責，旋即超升，許以風聞，而無官長。言及乘輿，則天子改容；事關廊廟，則宰相待罪。臺諫固未必皆賢，所言亦未必皆是。然須養其鋭氣，而借之重權者，豈徒然哉？將以折奸臣之萌也。今法令嚴密，朝廷清明，所謂姦臣，萬無此理。然養貓以去鼠，不可以無鼠而養不捕之貓；畜狗以防盜，不可以無盜而畜不吠之狗。陛下得不上念祖宗設此官之意，下爲子孫萬世之防？臣聞長老之談，皆謂臺諫所言，常隨天下公議。公議所與，臺諫亦與之；公議所擊，臺諫亦擊之。今者物論沸騰，怨讟交至，公議所在，亦知之矣。臣恐自兹以往，習慣成風，盡爲執政私人，以致人主孤立，紀綱一廢，何事不生！臣之所願陛下存紀綱者，此也。」軾見安石贊神宗以獨斷專任，因試進士發策，以「晉武平吴以獨斷而克，苻堅伐晉以獨斷而亡，齊桓專任管仲而霸，燕噲專任子之而敗，事同而功異」爲問。安石滋怒，使御史謝景温論奏其過，窮治無所得，軾遂請外，通判杭州。高麗入貢，使者發幣於官吏，書稱甲子。軾却之曰：「高麗於本朝稱臣，而不稟正朔，吾安敢受！」使者易書稱熙寧，然後受之。時新政日下，軾於其間，每因法以便民，民賴以安。徙知密州。司農行手實法，不時施行者以違制論。軾謂提舉官曰：「違制之坐，若自朝廷，誰敢不從？今出於司農，是擅造律也。」提舉官驚曰：「公姑徐之。」未幾，朝廷知法害民，罷之。有盜竊發，安撫司遣三班使臣領悍卒來捕，卒凶暴恣行，至以禁物誣民，入其家争鬭殺人，且畏罪驚潰，將爲亂。民奔訴軾，軾投其書不視，曰：「必不至此。」散卒聞之，少安，徐使人招出戮之。徙知徐州。河決曹村，泛於梁山泊，溢於南清河，匯於城下，漲不時洩，城將敗，富民争出避水。軾曰：「富民出，民皆動摇，吾誰與守？吾在是，水決不能敗城。」驅使復入。軾詣武衛營，呼卒長，曰：「河將害城，事急矣，雖禁軍且爲我盡力。」卒長曰：「太守猶不避塗潦，吾儕小人，當效命。」率其徒持畚鍤以出，築東南長堤，首起戲馬臺，尾屬於城。雨日夜不止，城不沉者三版。軾廬於其上，過家不入，使官吏分堵以守，卒全其城。復請調來歲夫，增築故城，爲木岸，以虞水之再至。朝廷從之。徙知湖州，上表以謝。又以事不便民者不敢言，以詩託諷，庶有補於國。御史李定、舒亶、何正臣摭其表語，並媒蘖所爲詩以爲訕謗，逮赴臺獄，欲置之死。鍛鍊久之，不決。神宗獨憐之，以黄州團練副使安置。軾與田父野老，相從溪山間，築室於東坡，自號「東坡居士」。三年，神宗數有意復用，輒爲當路者沮之。神宗嘗語宰相王珪、蔡確曰：

「國史至重，可命蘇軾成之。」珪有難色。神宗曰：「軾不可，姑用曾鞏。」鞏進《太祖總論》，神宗意不允，遂手札移軾汝州，有曰：「蘇軾黜居思咎，閲歲滋深，人材實難，不忍終棄。」軾未至汝，上書自言飢寒，有田在常，願得居之。朝奏，夕報可。道過金陵，見王安石，曰：「大兵大獄，漢、唐滅亡之兆。祖宗以仁厚治天下，正欲革此。今西方用兵，連年不解，東南數起大獄，公獨無一言以救之乎？」安石曰：「二事皆惠卿啓之，安石在外，安敢言？」軾曰：「在朝則言，在外則不言，事君之常禮耳。上所以待公者非常禮，公所以待上者，豈可以常禮乎？」安石厲聲曰：「安石須説。」又曰：「出在安石口，入在子瞻耳。」又曰：「人須是知行一不義，殺一不辜，得天下弗爲，乃可。」軾戲曰：「今之君子，争減半年磨勘，雖殺人亦爲之。」安石笑而不言。至常，神宗崩。哲宗立，復朝奉郎、知登州，召爲禮部郎中。軾舊善司馬光、章惇。時光爲門下侍郎，惇知樞密院，二人不相合，惇每以謔侮困光，光苦之。軾謂惇曰：「司馬君實時望甚重，昔許靖以虚名無實，見鄙於蜀先主，法正曰：『靖之浮譽，播流四海，若不加禮，必以賤賢爲累。』先主納之，乃以靖爲司徒。許靖且不可慢，況君實乎？」惇以爲然，光賴以少安。遷起居舍人。軾起於憂患，不欲驟履要地，辭於宰相蔡確。確曰：「公徊翔久矣，朝中無出公右者。」軾曰：「昔林希同在館中，年且長。」確曰：「希固當先公邪？」卒不許。元祐元年，軾以七品服入侍延和，即賜銀緋，遷中書舍人。初，祖宗時，差役行久生弊，編户充役者不習其役，又虐使之，多致破産，狹鄉民至有終歲不得息者。王安石相神宗，改爲免役，使户差高下出錢雇役，行法者過取，以爲民病。司馬光爲相，知免役之害，不知其利，欲復差役，差官置局，軾與其選。軾曰：「差役、免役，各有利害。免役之害，掊斂民財，十室九空，斂聚於上，而下有錢荒之患。差役之害，民常在官，不得專力於農，而貪吏猾胥，得緣爲奸。此二害輕重，蓋略等矣。」光曰：「於君何如？」軾曰：「法相因則事易成，事有漸則民不驚。三代之法，兵農爲一，至秦始分爲二，及唐中葉，盡變府兵爲長征之卒。自爾以來，民不知兵，兵不知農，農出穀帛以養兵，兵出性命以衛農，天下便之。雖聖人復起，不能易也。今免役之法，實大類此。公欲驟罷免役而行差役，正如罷長征而復民兵，蓋未易也。」光不以爲然。軾又陳於政事堂，光忿然。軾曰：「昔韓魏公刺陝西義勇，公爲諫官，争之甚力，韓公不樂，公亦不顧。軾昔聞公道其詳，豈今日作相，不許軾盡言耶？」光笑之。尋除翰林學士。二年，兼侍讀。每進讀至治亂興衰、邪正得失之際，未嘗不反覆開導，覬有所啓悟。哲宗雖恭默不言，輒首肯之。嘗讀祖宗《寶訓》，因及時事。軾歷言：「今賞罰不明，善惡無所勸沮；又黄河勢方北流，而彊使之東；夏人入鎮戎，殺掠數萬人，帥臣不以聞。每事如此，恐寖成衰亂之漸。」軾嘗鎖宿禁中，召入對便殿。宣仁后問曰：「卿前年爲何官？」曰：「臣爲常州團練副使。」曰：「今爲何官？」曰：「臣今待罪翰林學士。」曰：「何以遽至此？」曰：「遭遇太皇太后、皇帝陛下。」曰：「非也。」曰：「豈大臣論薦乎？」曰：「亦非也。」軾驚曰：「臣雖無狀，不敢自他途以進。」曰：「此先帝意也。先帝每誦卿文章，必歎曰『奇才！奇才！』但未及進用卿耳。」軾不覺哭失聲。宣仁后與哲宗亦泣，左右皆感涕。已而命坐賜茶，徹御前金蓮燭送歸院。三年，權知禮部貢舉。會大雪苦寒，士坐庭中，噤不能言。軾寬其禁約，使得盡技。巡鋪内侍每摧辱舉子，且持曖昧單詞，誣以爲罪，軾盡奏逐之。四年，積以論事，爲當軸者所恨。軾恐不見容，請外，拜龍圖閣學士、知杭州。未行，諫官言：前相蔡確知安州，作詩借郝處俊事，以譏太皇太后。大臣議遷之嶺南。軾密疏：「朝廷若薄確之罪，則於皇帝孝治爲不足；若深罪確，則於太皇太后仁政爲小累。謂宜皇帝勅置獄逮治，太皇太后出手詔赦之，則於仁孝兩得矣。」宣仁后心善軾言，而不能用。軾出郊，用前執政恩例，遣内侍賜龍茶、銀合，慰勞甚厚。既至杭，大旱，飢疫並作。軾請於朝，免本路上供米三之一，復得賜度僧牒，易米以救飢者。明年春，又減價糶常平米，多作饘粥藥劑，遣使挾醫，分坊治病，活者甚衆。軾曰：「杭，水陸之會，疫死比他處常多。」乃裒羨緡得二千，復發橐中黄金五十兩，以作病坊，稍畜錢糧待之。杭本近海，地泉鹹苦，居民稀少。唐刺史李泌，始引西湖水作六井，民足於水。白居易又浚西湖水入漕河，自河入田，所溉至千頃，民以殷富。湖水多葑，自唐及錢氏，歲輒浚治。宋興，廢之，葑積爲田，水無幾矣。漕河失利，取給江潮，舟行市中，潮又多淤，三年一淘，爲民大患，六井亦幾於廢。軾見茅山一河，專受江潮，鹽橋一河，專受湖水，遂浚二河以通漕。復造堰牐，以爲湖水蓄洩之限，江潮不復入市。以餘力復完六井。又取葑田積湖中，南北徑三十里爲長堤，以通行者。吴人種菱，春輒芟除，不遺寸草。且募人種菱湖中，葑不復生。收其利以備修湖，取救荒餘錢萬緡、糧萬石，及請得百僧度牒以募役者。堤成，植芙蓉、楊柳其上，望之如畫圖。杭人名爲蘇公堤。杭僧浄源，舊居海濱，與舶客交通。舶至高麗，交譽之。元豐末，其王子義天來朝，因往拜焉。至是，浄源死，其徒竊持其像，附舶往告。義天亦使其徒來祭，因持其國母二金塔，云祝兩宫壽。軾不納，奏之曰：「高麗久不入貢，失賜予厚利，意欲求朝，未測吾所以待之厚薄，故因祭亡僧而行祝壽之禮。若受而不答，將生怨心；受而厚賜之，正墮其計。今宜勿與知，從州郡自以理却之。彼庯僧猾商，爲國生事，漸不可長，宜痛加懲創。」朝廷皆從之。未幾，貢使果至。舊例，使所至吴越七州，費二萬四千餘緡。軾乃令諸州量事裁損，民獲交易之利，無復侵撓之害矣。浙江潮自海門東來，勢如雷霆，而浮山峙於江中，與漁浦諸山，犬牙相錯，洄洑激射，歲敗公私船不可勝計。軾議自浙江上流地名石門，並山而東，鑿爲漕河，引浙江及谿谷諸水二十餘里以達於江。又並山爲岸，不能十里以達龍山大慈浦，自浦北折抵小嶺，鑿嶺六十五丈以達嶺東古河，浚古河數里，達於龍山漕河，以避浮山之險。人以爲便。奏聞，有惡軾者力沮之，功以故不成。軾復言：「三吴之水，瀦爲太湖，太湖之水，溢爲松江以入海。海日兩潮，潮濁而江清，潮水常欲淤塞江路，而江水清駛，隨輒滌去，海口常通，則吴中少水患。昔蘇州以東，公私船皆以篙行，無陸挽者。自慶曆以來，松江大築挽路，建長橋以扼塞江路，故今三吴多水，欲鑿挽路，爲千橋，以迅江勢。」亦不果用，人皆以爲恨。軾二十年間，再莅杭，有德於民，家有畫像，飲食必祝。又作生祠以報。六年，召爲吏部尚書，未至。以弟轍除右丞，改翰林承旨。轍辭右丞，欲與兄同備從官，不聽。軾在翰林數月，復以讒請外。乃以龍圖閣學士出知潁州。先是開封諸縣多水患，吏不究本末，決其陂澤，注之惠民河，河不能勝，致陳亦多水。又將鑿鄧艾溝與潁河並，且鑿黄堆欲注之於淮。軾始至潁，遣吏以水平準之，淮之漲水高於新溝幾一丈，若鑿黄堆，淮水顧流潁地爲患。軾言於朝，從之。郡有宿賊尹遇等，數刼殺人，又殺捕盜吏兵。朝廷以名捕不獲，被殺家復懼其害，匿不敢言。軾召汝陰尉李直方，曰：「君能擒此，當力言於朝，乞行優賞；不獲，亦以不職奏免君矣。」直方有母且老，與母訣而後行。乃緝知盜所，分捕其黨與。手戟刺遇，獲之。朝廷以小不應格，推賞不及。軾請以己之年勞，當改朝散郎階，爲直方賞，不從。其後吏部爲軾當遷，以符會其考。軾謂已許直方，又不報。七年，徙揚州。舊發運司主東南漕法，聽操舟者私載物貨，征商不得留難。故操舟者輒富厚，以官舟爲家，補其弊漏，且周船夫之乏，故所載率皆速達無虞。近歲，一切禁而不許，故舟弊人困，多盜所載以濟飢寒，公私皆病，軾請復舊，從之。未閲歲，以兵部尚書召兼侍讀。是歲，哲宗親祀南郊，軾爲鹵簿使，導駕入太廟。有赭繖犢車并青蓋犢車十餘争道，不避儀仗。軾使御營巡檢使問之，乃皇后及大長公主。時御史中丞李之純爲儀仗使，軾曰：「中丞職當肅政，不可不以聞。」之純不敢言，軾於車中奏之。哲宗遣使齎疏馳白太皇太后。明日，詔整肅儀衛，自皇后而下，皆毋得迎謁。尋遷禮部兼端明殿、翰林侍讀兩學士，爲禮部尚書。高麗遣使請書，朝廷以故事盡許之。軾曰：「漢東平王請諸子及《太史公書》，猶不肯予。高麗所請，有甚於此，其可予乎？」不聽。八年，宣仁后崩，哲宗親政。軾乞補外，以兩學士出知定州。時國是將變，軾不得入辭。既行，上書言：「天下治亂，出於下情之通塞。至治之極，小民皆能自通；迨於大亂，雖近臣不能自達。陛下臨御九年，除執政、臺諫外，未嘗與羣臣接。今聽政之初，當以通下情、除壅蔽爲急務。臣日侍帷幄，方當戍邊，顧不得一見而行，况疏遠小臣，欲求自通，難矣。然臣不敢以不得對之故，不效愚忠。古之聖人將有爲也，必先處晦而觀明，處静而觀動，則萬物之情，畢陳於前。陛下聖智絶人，春秋鼎盛。臣願虚心循理，一切未有所爲，默觀庶事之利害，與羣臣之邪正。以三年爲期，俟得其實，然後應物而作。使既作之後，天下無恨，陛下亦無悔。由此觀之，陛下之有爲，惟憂太早，不患稍遲，亦已明矣。臣恐急進好利之臣，輒勸陛下輕有改變，故進此説，敢望陛下留神，社稷宗廟之福，天下幸甚。」定州軍政壞弛，諸衛卒驕惰不教，軍校蠶食其廪賜，前守不敢誰何。軾取貪污者配隸遠惡，繕修營房，禁止飲博。軍中衣食稍足，乃部勒戰法，衆皆畏伏。然諸校業業不安，有卒史以贓訴其長，軾曰：「此事吾自治則可，聽汝告，軍中亂矣。」立决配之，衆乃定。會春大閲，將吏久廢上下之分，軾命舉舊典，帥常服出帳中，將吏戎服執事。副總管王光祖，自謂老將，耻之，稱疾不至。軾召書吏使爲奏，光祖懼而出，訖事，無一慢者。定人言：「自韓琦去後，不見此禮至今矣。」契丹久和，邊兵不可用，惟沿邊弓箭社與寇爲鄰，以戰射自衛，猶號精鋭。故相龐籍守邊，因俗立法。歲久法弛，又爲保甲所撓。軾奏免保甲及兩税折變科配，不報。紹聖初，御史論軾掌内外制日所作詞命，以爲譏斥先朝。遂以本官知英州。尋降一官。未至，貶寧遠軍節度副使，惠州安置。居三年，泊然無所蔕芥，人無賢愚，皆得其歡心。又貶瓊州别駕，居昌化。昌化，故儋耳地，非人所居，藥餌皆無有。初僦官屋以居，有司猶謂不可。軾遂買地築室，儋人運甓畚土以助之。獨與幼子過處，著書以爲樂，時時從其父老游，若將終身。徽宗立，移廉州，改舒州團練副使，徙永州。更三大赦，遂提舉玉局觀，復朝奉郎。軾自元祐以來，未嘗以歲課乞遷，故官止於此。建中靖國元年，卒於常州，年六十六。軾與弟轍師父洵爲文，既而得之於天。嘗自謂：「作文如行雲流水，初無定質，但常行於所當行，止於所不可不止。」雖嬉笑怒駡之詞，皆可書而誦之。其體渾涵光芒，雄視百代，有文章以來，蓋亦鮮矣。洵晚讀《易》，作《易傳》，未究，命軾述其志。軾成《易傳》，復作《論語説》；後居海南，作《書傳》；又有《東坡集》四十卷、《後集》二十卷、《奏議》十五卷、《内制》十卷、《外制》三卷、《和陶詩》四卷。一時文人如黄庭堅、晁補之、秦觀、張耒、陳師道，舉世未之識，軾待之如朋儕，未嘗以師資自予也。自爲舉子至出入侍從，必以愛君爲本，忠規讜論，挺挺大節，羣臣無出其右。但爲小人忌惡擠排，不使安於朝廷之上。高宗即位，贈資政殿學士，以其孫符爲禮部尚書。（孝宗）又以其文寘左右，讀之終日忘倦，謂爲文章之宗，親製集贊，賜其曾孫嶠。遂崇贈太師，謚文忠。軾三子邁、迨、過，俱善爲文。邁，駕部員外郎。迨，承務郎。
論曰：蘇軾自爲童子時，士有傳石介《慶曆聖德詩》至蜀中者，軾歷舉詩中所言韓、富、杜、范諸賢以問其師。師怪而語之，則曰「正欲識是諸人耳」。蓋已有頡頏當世賢哲之意。弱冠，父子兄弟至京師，一日而聲名赫然，動於四方。既而登上第，擢詞科，入掌書命，出典方州。器識之閎偉，議論之卓犖，文章之雄紙，政事之精明，四者皆能以特立之志爲之主，而以邁往之氣輔之。故意之所向，言足以達其有猷，行足以遂其有爲。至於禍患之來，節義足以固其有守，皆志與氣所爲也。仁宗初讀軾、轍制策，退而喜曰：「朕今日爲子孫得兩宰相矣。」神宗尤愛其文，宫中讀之，膳進忘食，稱爲天下奇才。二君皆有以知軾，而軾卒不得大用。一歐陽修先識之，其名遂與之齊，豈非軾之所長不可掩抑者，天下之至公也，相不相有命焉，嗚呼！軾不得相，又豈非幸歟？或謂：「軾稍自韜戢，雖不獲柄用，亦當免禍。」雖然，假令軾以是而易其所爲，尚得爲軾哉？（見元脱脱等撰《宋史》卷三百三十八）

二、總評資料

閻小芬編

宋·彭乘《墨客揮犀》卷四：「子瞻嘗自言平生有三不如人，謂著碁、喫酒、唱曲也。然三者亦何用如人。子瞻之詞雖工，而多不入腔，正以不能唱曲耳。」

案：《苕溪漁隱叢話前集》卷四二引此則作《遯齋閑覽》語。《御選歷代詩餘》卷一一五引此則又作皇甫牧《玉匣記》語，末句作「蓋以不能唱曲故耳」。

宋·趙德麟《侯鯖録》卷八：「魯直云：東坡居士曲，世所見者數百首，或謂於音律小不諧。居士詞橫放傑出，自是曲子縛不住者。」

宋·陳師道《後山詩話》：「退之以文爲詩，子瞻以詩爲詞，如教坊雷大使之舞，雖極天下之工，要非本色。今代詞手，唯秦七、黄九爾，唐諸人不逮也。」

又：「世語云：蘇明允不能詩，歐陽永叔不能賦；曾子固短於韻語，黄魯直短於散語；蘇子瞻詞如詩，秦少游詩如詞。」

案：《苕溪漁隱叢話前集》卷三八引此則後評云：「後山談何容易，便謂老蘇不能詩，何誣之甚！觀前二聯，豈愧作者。」

宋·王直方《王直方詩話》：「東坡嘗以所作小詞示無咎、文潛曰：『何如少游？』二人皆對云：『少游詩似小詞，先生小詞似詩。』」

宋·李清照《詞論》：「至晏元獻、歐陽永叔、蘇子瞻，學際天人，作爲小歌詞，直如酌蠡水於大海，然皆句讀不葺之詩爾，又往往不協音律者何耶？」

宋·胡仔《苕溪漁隱叢話後集》卷二六：「《後山詩話》謂：『退之以文爲詩，子瞻以詩爲詞，如教坊雷大使之舞，雖極天下之工，要非本色。』余謂後山之言過矣，子瞻佳詞最多，其間傑出者，如『大江東去，浪淘盡、千古風流人物』赤壁詞；『明月幾時有，把酒問青天』中秋詞；『落日繡簾捲，庭下水連空』快哉亭詞；『乳燕飛華屋，悄無人、桐陰轉午』初夏詞；『明月如霜，好風如水，清景無限』夜登燕子樓詞；『楚山修竹如雲，異材秀出千林表』詠笛詞；『玉骨那愁瘴霧，冰肌自有仙風』詠梅詞；『東武南城，新堤固、漣漪初溢』宴流杯亭詞；『冰肌玉骨，自清涼無汗』夏夜詞；『有情風、萬里捲潮來，無情送潮歸』別參寥詞；『缺月掛疏桐，漏斷人初靜』秋夜詞；『霜降水痕收，淺碧鱗鱗露遠洲』九日詞。凡此十餘詞，皆絶去筆墨畦徑間，直造古人不到處，真可使人一唱而三歎。若謂以詩爲詞，是大不然。子瞻自言，平生不善唱曲，故間有不入腔處，非盡如此。後山乃比之教坊司雷大使舞，是何每况愈下？蓋其謬耳。」

又《後集》卷三三：「易安歷評諸公歌詞，皆摘其短，無一免者，此論未公，吾不憑也。其意蓋自謂能善其長，以樂府名家者。退之詩云：『不知羣兒愚，那用故謗傷。蚍蜉撼大樹，可笑不自量。』正爲此輩發也。」

宋·陸游《老學菴筆記》卷五：「世言東坡不能歌，故所作樂府詞多不協。晁以道云：『紹聖初，與東坡别于汴上。東坡酒酣，自歌《古陽關》。』則公非不能歌，但豪放不喜裁剪以就聲律耳。」

宋·洪邁《容齋續筆》卷一五「注書難」條：「……紹興初，又有傅洪秀才《注坡詞》，鏤板錢塘，至于『不知天上宫闕，今夕是何年』，不能引『共道人間惆悵事，不知今夕是何年』之句；『笑怕薔薇罥』、『學畫鵶黄未就』，不能引《南部烟花録》，如此甚多。」

宋·沈義父《樂府指迷》：「近世作詞者不曉音律，乃故爲豪放不羈之語，遂借東坡、稼軒諸賢自諉。諸賢之詞，固豪放矣，不豪放處，未嘗不叶律也。如東坡之《哨徧》、楊花《水龍吟》，稼軒之《摸魚兒》之類，則知諸賢非不能也。」

宋·張炎《詞源》卷下《雜論》：「東坡詞如《水龍吟》詠楊花、詠聞笛，又如《過秦樓》《洞仙歌》《卜算子》等作，皆清麗舒徐，高出人表；《哨遍》一曲，隱括《歸去來辭》，更是精妙，周、秦諸人所不能到。」

案：《過秦樓》詞，《東坡樂府》不載，非已佚，則屬張誤説。

宋·湯衡《張紫微雅詞序》：「昔東坡見少游《上巳遊金明池詩》有『簾幙千家錦繡垂』之句，曰：『學士又入小石調矣。』世人不察，便謂其詩似詞，不知坡之此言，蓋有深意。夫鏤玉雕瓊，裁花剪葉，唐末詞人非不美也，然粉澤之工，反累正氣。東坡慮其不幸而溺乎彼，故援而止之，惟恐不及。其後元祐諸公，嬉弄樂府，寓以詩人句法，無一毫浮靡之氣，實自東坡發之也。于湖紫微張公之詞，同一關鍵。」

宋·陳彦行《于湖先生雅詞序》：「蘇明允不工於詩，歐陽永叔不工於賦，曾子固短於韻語，黄魯直短於散語，蘇子瞻詞如詩，秦少游詩如詞，才之難全也，豈前輩猶不免耶！」

宋·范開《稼軒詞序》：「世言稼軒居士辛公之詞似東坡，非有意於學坡也，自其發於所蓄者言之，則不能不坡若也。坡公嘗自言與其弟子由爲文□多而未嘗敢有作文之意，且以爲得於談笑之間而非勉强之所爲。公之於詞亦然：苟不得之於嬉笑，則得之於行樂；不得之於行樂，則得之於醉墨淋漓之際。揮毫未竟而客争藏去。或閑中書石，興來寫地，亦或微吟而不録，漫録而焚藁，以故多散逸。是亦未嘗有作之之意，其於坡也，是以似之。」

宋·陳模子宏《懷古録》卷中《論稼軒詞》：「近時作詞者只説周美成、姜堯章等，而以稼軒詞爲豪邁，非詞家本色。潘紫岩噉云：『東坡爲詞詩，稼軒爲詞論。』此説固當，蓋曲者曲也，固當以委曲爲體；然徒狃於風情婉孌，則亦不足以啓人意。回視稼軒所作，豈非萬古一清風也哉。」

宋·汪莘《〈方壺詞〉嘉定元年自序》：「詞至東坡而一變，其豪妙之氣，隱隱然流出言外；二變而爲朱希真，多塵外之想，三變而爲辛稼軒，乃寫其胸中事，尤好稱淵明。」

宋・趙師𢲷《吕聖求詞序》：「世謂少游詩似曲，子瞻曲似詩，其然乎。至荆公《桂枝香》詞，子瞻稱之『此老真野狐精也』。詩詞各一家，惟荆公備，衆作豔體，雖樂府柔麗之語，亦必工緻，真一代奇才。……」

宋・孫兢《竹坡老人詞序》：「昔先生蔡伯評近世之詞，謂蘇子瞻辭勝於情，柳耆卿情勝於辭，辭情相稱者，唯秦少游而已。世以爲善評。……」

宋・胡寅《向薌林酒邊集後序》：「詞曲者，古樂府之末造也。……唐人爲之最工，耆卿後出，掩衆製而盡其妙，好之者以爲不可復加。及眉山蘇氏，一洗綺羅香澤之態，擺脱綢繆宛轉之度，使人登高望遠，舉首高歌，而逸懷浩氣，超然乎塵垢之外，於是花間爲皂隸，而柳氏爲輿臺矣。薌林居士步趨蘇臺而嚌其胾者也。」

宋・劉辰翁《辛稼軒詞序》：「詞至東坡，傾蕩磊落，如詩如文，如天地奇觀，豈與羣兒雌聲學語較工拙？然猶未至用經用史，牽雅頌入鄭衛也。」

宋・仇遠《玉田詞題辭》：「世謂詞者詩之餘，然詞尤難于詩，詞失腔猶詩落韻，詩不過四五七言而止，詞乃有四聲五音均拍重輕清濁之别，若言順律舛，律協言謬，俱非本色。或一字未合，一句皆廢，一句未妥，一闋皆不光采，信戛戛乎其難。又怪陋邦腐儒窮叟，每以詞爲易事，酒邊興豪，即引紙揮筆，動以東坡、稼軒、龍洲自況，極其至四字《沁園春》、五字《水調》、七字《鷓鴣天》、《步蟾宮》，拊几擊缶，同聲附和，如梵唄，如《步虛》，不知宮調爲何物，今老伶俊倡，面稱好而背竊笑，是其足與言詞哉！」

金·王若虛《滹南遺老集》卷三六《文辨》：「東坡之文，具萬變而一以貫之者也，爲四六而無俳諧偶儷之弊，爲小詞而無脂粉纖豔之失，楚辭則略依仿其步驟，而不以奪機杼爲工，禪語則姑爲談笑之資，而不以窮葛藤爲勝，此其所以獨兼衆作，莫不可端倪。而世或謂四六不精於汪藻，小詞不工於少游，禪語、楚辭不深於魯直，豈知東坡也哉？」

又，卷三九《詩話》：「陳後山云：『子瞻以詩爲詞，雖工非本色。今代詞手，唯秦七、黄九耳。』予謂後山以子瞻詞如詩，似矣，而以山谷爲得體，復不可曉。晁無咎云：『東坡小詞多不諧律吕，蓋横放傑出，曲子中縛不住者。』其評山谷則曰：『詞固高妙，然不是當行家語，乃著腔子唱如詩耳。』此言得之。」

又：「晁無咎云：『眉山公之詞短於情，蓋不更此境耳。』陳後山曰：『宋玉不識巫山神女，而能賦之，豈待更而後知，是直以公爲不及於情也。』嗚呼，風韻如東坡，而謂不及於情，可乎？彼高人逸才，正當如是，其溢爲小詞，而間及於脂粉之間，所謂滑稽玩戲，聊復爾爾者也。若乃纖豔淫媟，入人骨髓，如田中行、柳耆卿輩，豈公之雅趣也哉。」

又：「陳後山謂子瞻以詩爲詞，大是妄論，而世皆信之，獨茅荆産辨其不然，謂公詞爲古今第一。今翰林趙公亦云此與人意暗同。蓋詩詞只是一理，不容異觀。自世之末作，習爲纖豔柔脆，以投流俗之好，高人勝士，亦或以是相勝，而日趨于委靡，遂謂其體當然，而不知流弊之至此也。文伯起曰：『先生慮其不幸，而溺於彼，故援而止之，特立新意，寓以詩人句法。』是亦不然。公雄文大手，樂府乃其游戲，顧豈與流俗争勝哉！蓋其天資不凡，辭氣邁往，故落筆皆絶塵耳。」

金·元好問《遺山自題樂府引》：「歲甲午予所録遺山新樂府成，客有謂予者云：『子故言宋人詩大概不及唐，而樂府歌詞過之。此論殊然。樂府以來，東坡爲第一，以後便到辛稼軒。此論亦然。東坡、稼軒即不論，且問遺山得意時，自視秦、晁、賀、晏諸人爲如何？』予大笑，拊客背云：『那知許事，且噉蛤蜊。』客亦笑而去。」

又，《新軒樂府引》：「唐歌詞多宫體，又皆極力爲之。自東坡一出，情性之外，不知有文字，真有『一洗萬古凡馬空』氣象，雖時作宫體，亦豈可以宫體概之？有人言：樂府本不難作，從東坡放筆後，便難作。此殆以工拙論，非知坡者。所以然者，詩三百所載小夫賤婦幽憂無聊賴之語，時猝爲外物感觸，滿心而發，肆口而成者爾，其初果欲被管絃、諧金石，經聖人手，以與六經並傳乎？小夫賤婦且然，而謂東坡翰墨游戲，乃求與前人角勝負，誤矣。自今觀之，東坡勝處，非有意於文字之爲工，不得不然之爲工也。坡以來，山谷、晁無咎、陳去非、辛幼安諸公，俱以歌詞取稱，吟詠情性，留連光景，清壯頓挫，能起人妙思，亦有語意拙直，不自緣飾，因病成妍者，皆自坡發之。」

金·李治《敬齋古今黈》卷八：「東坡先生，神仙中人也。其篇什歌詠，沖融浩翰，庸何敢議爲？然其才大氣壯，語太峻快，故中間時時有少朞杌者。」

元·李長翁《古山樂府序》：「詩盛於唐，樂府盛於宋，諸賢名家不少，獨東坡、稼軒傑作，磊落倜儻之氣，溢出豪端，殊非雕脂鏤冰者所可仿佛。」

明·張綖《草堂詩餘後集別録》：「詞體本欲精工醞籍，所謂富麗如登金張之堂，妖冶如攬嬙施之袪者，故以秦淮海、張子野諸公稱首。六一翁雖尚疏暢自然，而温雅富麗猶本體也。至東坡，以許大胸襟爲之，遂不屑繩墨。後來諸老，競相效之，至多用『也』、『者』、『之』、『呼』字様。」（辛棄疾《念奴嬌》「嗟來咄去」後批。）

明·潘游龍《精選古今詩餘醉》卷一一：「詞至辛稼軒一變，其源實自蘇長公，至劉改之諸公而極。」（辛棄疾《念奴嬌》「登賞心亭」一詞後批。）

明·王世貞《藝苑卮言》：「花間以小語致巧，世説靡也。草堂以麗字取妍，六朝隃也。即詞號稱詩餘，然而詩人不爲也。何者？其婉孌而近情也，足以移情而奪嗜。其柔靡而近俗也，詩嘽緩而就之，而不知其下也。之詩而詞，非詞也。之詞而詩，非詩也。言其業，李氏、晏氏父子、耆卿、子野、美成、少游、易安至矣，詞之正宗也。温、韋豔而促，黄九精而險，長公麗而壯，幼安辨而奇，又其次也，詞之變體也。詞興而樂府亡矣，曲興而詞亡矣，非樂府與詞之亡，其調亡也。」

又：「永叔、介甫俱文勝詞，詞勝詩，詩勝書。子瞻書勝詞，詞勝畫，畫勝文，文勝詩。然文等耳，餘俱非子瞻敵也。魯直書勝詞，詞勝詩，詩勝文。少游詞勝書，書勝文，文勝詩。」

又：「讀子瞻文，見才矣，然似不讀書者。讀子瞻詩，見學矣，然似絶無才者。懶倦欲睡時，誦子瞻小文及小詞，亦覺神王。」

明·徐師曾《文體明辨序説》：「至論其詞，則有婉約者，有豪放者。婉約者欲其辭情醖藉，豪放者欲其氣象恢弘，蓋雖各因其質，而詞貴感人，要當以婉約爲正。否則雖極精工，終乖本色，非有識之所取也。」

明·李宗準《遺山樂府跋》：「樂府，詩家之大香奩也。遺山所著，清新婉麗，其自視以羞比秦、晁、賀、晏諸人，而直欲追配於東坡、稼軒之作，豈是以東坡爲第一而作者之難得也耶。然後山以爲：『子瞻以詩爲詞，如教坊雷大使之舞，雖極天下之工，要非本色。』李易安亦云：『子瞻歌詞皆句讀不葺之詩耳，往往不協音律。』王半山、曾南豐文章似西漢，若作小歌詞，則人必絶倒不可讀也，乃知别是一家，知之者少。彼三先生之集大成，猶不免人之譏議，况其下者乎？夫詩文分平側，而歌詞分五音、五聲，又分六律，清濁輕重，無不克諧，然後可以入腔矣。蓋東坡自言平生三不如人，歌舞一也，故所作歌詞，間有不入腔處耳。然與半山、南豐皆學際天人，其於作小歌詞，直如酌蠡水於大海，豈可謗傷耶？」

明·孟稱舜《古今詞統序》：「詩變而爲詞，詞變而爲曲。詞者，詩之餘而曲之祖也。樂府以皦逕揚厲爲工，詩餘以宛麗流暢爲美，故作詞者率取柔音曼聲，如張三影、柳三變之屬。而蘇子瞻、辛稼軒之清俊雄放，皆以爲豪而不入於格。宋伶人所評《雨霖鈴》《酹江月》之優劣，遂爲後世填詞者定律矣。予竊以爲不然。蓋詞與詩曲，體格雖異而同本於作者之情。古來才人豪客，淑姝名媛，悲者喜者，怨者慕者，懷者想者，寄興不一：或言之而低徊焉、宛戀焉，或言之而纏綿焉、悽愴焉，又或言之而嘲笑焉、憤悵焉、淋漓痛快焉。作者極情盡態，而聽者洞心聳耳。如是者，皆爲當行，皆爲本色，寧必姝姝媛媛學兒女子語而後爲詞哉？故幽思曲想，張、柳之詞工矣，然其失則俗而膩也，古者妖童冶婦之所遺也。傷時弔古，蘇、辛之詞工矣，然其失則莽而俚也，古者征夫放士之所託也。兩家各有其美，亦各有其病。然達其情而不以詞掩，則皆填詞者之所宗，不可以優劣言也。」

明·毛晉《稼軒詞跋》：「宋人以東坡爲詞詩，稼軒爲詞論，善評也。」

清·王又華《古今詞論》：「張世文曰：詞體大約有二：一婉約，一豪放，蓋詞情藴藉，氣象恢弘之謂耳。然亦在乎其人，如少游多婉約，東坡多豪放，東坡稱少游爲今之詞手，大抵以婉約爲正也。所以後山評東坡，如教坊雷大使舞，雖極天下之工，要非本色。」

清·沈謙《填詞雜説》：「學周、柳，不得見其用情處。學蘇、辛，不得見其用氣處。當以離處爲合。」

清·王士禛《花草蒙拾》：「弇州謂蘇、黄、稼軒爲詞之變體，是也。謂温、韋爲詞之變體，非也。夫温、韋視晏、李、秦、周，譬賦有《高唐》《神女》而後有《長門》《洛神》。詩有古詩録别，而後有建安、黄初、三唐也。謂之正始則可，謂之變體則不可。」

又：「名家當行，固有二派。蘇公自云：『吾醉後作草書，覺酒氣拂拂，從十指間出。』黄魯直亦云：『東坡書挾海上風濤之氣。』讀坡詞當作如是觀。瑣瑣與柳七較錙銖，無乃爲髯公所笑。」

清·彭孫遹《詞藻》：「宋人詞調，確自樂府中來，時代既異，聲調遂殊，然源流未始不同，亦各就其情之所近取法之耳。周、柳之纖麗，《子夜》《懊儂》之遺也。歐、蘇純正，非君『黄馬』、『出東門』之類歟？放而爲稼軒、後村，悲歌慷慨，傍若無人，則漢帝《大風》之歌，魏武『對酒』之什也。究其所以，何嘗不言情，亦各自道其情耳。」

又：「華亭宋尚木言：吾於宋詞得七人焉，曰永叔，其詞秀逸；曰子瞻，其詞放誕；曰少游，其詞清華；曰子野，其詞娟潔；曰方回，其詞新鮮；曰小山，其詞聰俊；曰易安，其詞妍婉。他若黄魯直之蒼老，而或傷於頹；王介甫之劖削，而或傷於拗；晁無咎之規檢，而或傷於樸；辛稼軒之豪爽，而或傷於霸；陸務觀之蕭散，而或傷於疏；此皆所謂我輩之詞也。」

又《詞統源流》：「唐詩三變愈下，宋詞殊不然，歐、蘇、秦、黄，足當高、岑、王、李。南渡以後，矯矯陡健，即不得稱中宋、晚宋也。惟辛稼軒白度粱肉不勝哲，特出奇險爲珍錯供，與劉後村輩，俱曹洞旁出，學者正可欽佩，不必反脣并捧心也。」

又：「詞有檃括體，有迴文體，迴文之就句迴者，自東坡、晦菴始也。」

又：「余少卿云：『郎仁寶謂填詞名同而文有多寡、音有平仄各異者甚多，悉無書可證，然三人占則從二人，取多者證之可矣。……』又云：『有二句合作一句，一句分作二句者，字數不差，妙在歌者上下縱横所協。』此自確論。子瞻填長調，多用此法，他人即不爾。」

清·納蘭性德《通志堂集》卷一八：「詞雖蘇、辛並稱，而辛實勝蘇。蘇詩傷學，詞傷才。」

清·沈雄《古今詞話·詞品》卷下：「張炎曰：詞須要出新意，能如東坡清麗舒徐，出人意表，不求新而自新，爲周、秦諸人所不能到。辛、劉徒作壯語，於文章政事之暇，游戲筆墨爲之。實爲長短句詩，以語於新意，則亦勉强云爾也。」

清·田同之《西圃詞説》「魏塘曹學士云：『詞之爲體，如美人，而詩則壯士也；如春華，而詩則秋實也；如夭桃繁杏，而詩則勁松貞柏也。』罕譬最爲明快。然詞中亦有壯士，蘇、辛也。亦有秋實，黄、陸也。亦有勁松貞柏，岳鵬舉、文文山也。選詞者兼收並採，斯爲大觀。若專尚柔媚，豈勁松貞柏反不如夭桃繁杏乎？」

又：「漁洋王司寇云：……詩之爲功既窮，而聲音之祕，勢不能無所寄，於是温、韋生而花間作，李、晏出而草堂興，此詩之餘，而樂府之變也。語其正，則南唐二主爲之祖，至漱玉、淮海而極盛，高、史其嗣響也。語其變，則眉山導其源，至稼軒、放翁而盡變，陳、劉其餘波也。有詩人之詞，唐、蜀、五代諸人是也。文人之詞，晏、歐、秦、李諸君子是也。有詞人之詞，柳永、周美成、康與之之屬是也。有英雄之詞，蘇、陸、辛、劉是也。至是聲音之道，乃臻極致，而詞之爲功，雖百變而不窮。」

又：「陳眉公曰：『幽思曲想，張、柳之詞工矣，然其失則俗而膩也。傷時弔古，蘇、辛之詞工矣，然其失則莽而俚也。兩家各有其美，亦各有其病。』斯爲詞論之至公。」

清·永瑢等《四庫全書總目提要》卷一九八《東坡詞》：「詞自晚唐五代以來，以清切婉麗爲宗，至柳永而一變，如詩家之有白居易。至蘇軾而又一變，如詩家之有韓愈，遂開南宋辛棄疾等一派，尋源溯流，不能不謂之别格，然謂之不工則不可，故至今日，尚與花間一派並行，而不能偏廢。」

清·周濟《介存齋論詞雜著》：「人賞東坡粗豪，吾賞東坡韶秀。韶秀是東坡佳處，粗豪則病也。」

又：「東坡每事俱不十分用力，古文、書、畫皆爾，詞亦爾。」

又：「世以蘇、辛並稱，蘇之自在處，辛偶能到。辛之當行處，蘇必不能到。二公之詞，不可同日語也。」

又《宋四家詞選目録序論》：「蘇、辛並稱，東坡天趣獨到處，殆成絶詣，而苦不經意，完璧甚少。稼軒則沈著痛快，有轍可循。南宋諸公，無不傳其衣鉢，固未可同年而語也。」

清·吴衡照《蓮子居詞話》卷四：「蘇、辛並稱，辛之於蘇，亦猶詩中山谷之視東坡也。東坡之大，與白石之高，殆不可以學而至。」

清·鄧廷楨《雙硯齋詞話》：「東坡以龍驤不羈之才，樹松柏特立之操，故其詞清剛雋上，囊括羣英。院吏所云：學士詞須關西大漢，銅琶鐵板，高唱『大江東去』。語雖近謔，實爲知音。然如《卜算子》云：『缺月掛疏桐，漏斷人初定』，則明漪絶底，薌澤不聞，宜涪翁稱之爲不食人間烟火。而造言者謂此詞爲惠州温都監女作，又或謂爲黄州王氏女作。夫東坡何如人，而作牆東宋玉哉。至如《蝶戀花》之『枝上柳綿吹又少。天涯何處無芳草』，東坡命朝雲歌之，輒泫然流涕，不能成聲。《永遇樂》之『古今如夢，何曾夢覺，但有新歡舊怨』；和章質夫楊花《水龍吟》之『曉來雨過，遺踪何在，半池萍碎。春色三分，二分塵土，一分流水』；《洞仙歌》之『試問夜如何，夜已三更，金波淡、玉繩低轉』，皆能簸之揉之，高華沉痛，遂爲石帚導師。譬之慧能肇啓南宗，實傳黄梅衣鉢矣。」

清·陸鎣《問花樓詞話》：「詞家言蘇、辛、周、柳，猶詩歌稱李、杜，駢體舉庾、徐，以爲標幟云爾。」

清·江順詒《詞學集成》卷五：「汪稚松云：『茗柯詞選，張皋文先生意在尊美成而薄姜、張。至蘇、辛僅爲小家，朱、厲又其次者。』」

又：「蔡小石宗茂拜石詞序云：『詞勝於宋，自姜、張以格勝，蘇、辛以氣勝，秦、柳以情勝，而其派乃分。然幽深窅眇，語巧則纖，跌宕縱横，語粗則淺，異曲同工，要在各造其極。』詒案：此以蘇、辛、秦、柳與姜、張并論，究之格勝者，氣與情不能逮。」

又：「郭頻伽云：『詞家者流，源出於國風，其本濫於齊梁。自太白以至五季，非兒女之情不道也。宋之樂用於慶賞飲宴，於是周、秦以綺靡爲宗，史、柳以華縟相尚，而體一變。蘇、辛以高世之才，横絶一時，而憤末廣厲之音作。姜、張祖騷人之遺，盡洗穠豔，而清空婉約之旨深。自是以後，雖有作者，欲别見其道而無由。然寫其心之所欲出，而取其性所近，千曲萬折，以赴聲律，則體雖異，而其所以爲詞者，無不同也。』」
又卷六：「賀黄公曰：『詞之最醜者，爲酸腐，爲怪誕，爲粗莽。以險麗爲貴矣，又須斂其鏤刻痕乃佳。』詒案：酸腐者，道學語也。怪誕者，荒唐語也。至粗莽，則蘇、辛之流弊，犯之甚易。若險麗而無鏤刻痕，則仍夢窗一派，而未臻姜、張之絶詣也。」
清·謝章鋌《賭棋山莊詞話》卷一：「弇州謂蘇、黄、稼軒爲詞之變體，是也。謂温、韋爲詞之變體，非也。謂之正始則可，謂之變體則不可。」
又卷七：「御卜（即黄甌）又謂，詞體如美人含嬌掩媚，秋波微轉，正視之一態，旁觀之又一態，近窺之一態，遠窺之又一態。數語頗俊，然此亦謂温、李、晏、秦耳，若蘇、辛、劉、蔣，則如素娥之視崪妃，尚嫌臨波作態。」
又卷九：「又按弋陽腔又曰亂彈，南方謂之下江調。甘肅腔即琴腔，又名西秦腔，胡琴爲主，月琴爲副，工尺咿唔如語。道光三年御史奏禁，今所謂西皮調也。又有句調，則山西腔也。此擷英小譜所未詳，不揣固陋，衍而論之。余嘗謂稽之宋詞，秦、柳，其南曲璘山腔乎。蘇、辛，其北曲秦腔乎。此即教坊大使對東坡之説也。」
又卷九：「晏、秦之妙麗，源於李太白。温飛卿。姜、史之清真，源於張志和、白香山。惟蘇、辛在詞中，則藩籬獨闢矣。讀蘇、辛詞，知詞中有人，詞中有品，不敢自爲菲薄，然辛以畢生精力注之，比蘇尤爲横出。吴子律曰：『辛之於蘇，猶詩中山谷之視東坡也，東坡之大，殆不可以學而至。』此論或不盡然。蘇風格自高，而性情頗歉；辛卻纏綿惻悱，且辛之造語俊於蘇。若僅以大論也，則室之大不如堂，而以堂爲室，可乎？」

又卷十二：「北宋多工短調，南宋多工長調。北宋多工軟語，南宋多工硬語。然二者偏至，終非全才。歐陽、晏、秦，北宋之正宗也。柳耆卿失之濫，黄魯直失之傖。白石、高、史，南宋之正宗也。吴夢窗失之澀，蔣竹山失之流。若蘇、辛自立一宗，不當儕於諸家派别之中。」

又續編卷三引凌廷堪論詞：「詞者，詩之餘也，昉於唐，沿於五代，具於北宋，盛於南宋，衰於元，亡於明。以詩譬之，慢詞如七言，小令如五言。慢詞北宋爲初唐，秦、柳、蘇、黄如沈宋，體格雖具，風骨未遒。片玉則如拾遺，騷騷有盛唐之風矣。……小令唐如漢，五代如魏、晉，北宋歐、蘇以上如齊、梁，周、柳以下如陳、隋，南渡如唐。雖才力有餘而古氣無矣。」

又續編卷三引張維屏語：「詞家蘇、辛、秦、柳，各有攸宜，軌範雖殊，不容偏廢。」

又續編卷四引王鳴盛語：「詞之爲道最深，以爲小技者乃不知妄談，大約只一細字盡之，細者非必掃盡豔與豪兩派也。北宋詞人原只有豔冶、豪蕩兩派。自姜夔、張炎、周密、王沂孫方開清空一派，五百年來，以此爲正宗。然金荃、握蘭本屬國風苗裔。即東坡、稼軒英雄本色語，何嘗不令人欲歌欲泣。文章能感人，便是可傳，何必净洗豔粉香脂與銅琵鐵板乎。」

清·潘德輿《養一齋詩話》卷二：「陳履常謂東坡以詩爲詞，趙閑閑、王從之輩均以爲不然，稱其詞『起衰振靡，當爲古今第一』。愚謂王、趙之徒，推奉太過也。何則？以詩爲詞，猶之以文爲詩也。韓昌黎、蘇眉山皆以文爲詩，故詩筆健崛駿爽，而終非本色。以詩爲詞，則其功過亦若是已矣。雖然，天下猶有以詩爲文、以詞爲詩者。以詩爲文，六朝儷偶之文是也；以詞爲詩，晚唐、元人之詩是也。知以詩爲文、以詞爲詩之失，則知矯之者之爲健筆矣，而所失究在於不如其分也。夫太白以古爲律，律不工而超出等倫；温、李以律爲古，古即工而半無真氣。持此爲例，則東坡之詩詞，未能獨占古今，而亦埽除凡近者歟。」

清·馮煦《蒿庵論詞》：「晁無咎爲蘇門四學士之一，所爲詩餘，無子瞻之高華，而沈咽則過之。葉少藴主持王學，所著《石林詩話》，陰抑蘇黄，而其詞顧挹蘇氏之餘波，豈此道與所問學，固多歧出邪。」

清·沈曾植《菌閣瑣談》：「東坡以詩爲詞，如雷大使之舞，雖極天下之工，要非本色。此《後山談叢》語也。然考蔡絛《鐵圍山叢談》，稱上皇在位，時屬升平，手藝之人有稱者：棋則有劉仲甫、晉士明，琴則有僧梵如、僧全雅，教坊琵琶則有劉繼安，舞則雷中慶，世皆呼之爲雷大使，笛則孟水清，此數人者，視前代之技皆過之。然則雷大使乃教坊絶技，謂非本色，將外方樂乃爲本色乎。」

清・劉熙載《藝概》卷四《詞曲概》：「東坡詞頗似老杜詩，以其無意不可入，無事不可言也。若其豪放之致，則時與太白爲近。」

又：「太白《憶秦娥》，聲情悲壯，晚唐、五代，惟趨婉麗，至東坡始能復古。後世論詞者，或轉以東坡爲變調，不知晚唐、五代乃變調也。」

又：「東坡《與鮮于子駿書》云：『近卻頗作小詞，雖無柳七郎風味，亦自成一家。』一似欲爲耆卿之詞而不能者。然坡嘗譏秦少游《滿庭芳》詞學柳七句法，則意可知矣。」

又：「東坡詞具神仙出世之姿，方外白玉蟾諸家，惜未詣此。」

又：「秦少游詞得《花間》《尊前》遺韻，卻能自出清新。東坡詞雄姿逸氣，高軼古人，且稱少游爲詞手。……」

又：「東坡詞在當時鮮與同調，不獨秦七、黄九，別成兩派也。……」

又：「蘇、辛皆至情至性人，故其詞瀟灑卓犖，悉出於温柔敦厚。或以粗獷託蘇、辛，固宜有視蘇、辛爲別調者哉。」

又：「詞品喻諸詩，東坡、稼軒，李、杜也；耆卿，香山也；夢窗，義山也；白石、玉田，大曆十子也。其有似韋蘇州者，張子野當之。」

又：「蘇、辛詞似魏玄成之嫵媚，劉静修詞似邵康節之風流，倘泛泛然以横放瘦淡名之，過矣。」

又：「王敬美論詩云：『河下輿隸須驅遣，另换正身。』胡明仲稱眉山蘇氏詞『一洗綺羅香澤之態，擺脱綢繆宛轉之度，使人登高望遠，舉首高歌，而逸懷浩氣，超乎塵埃之表』。此殆所謂正身者耶？」

清·陳廷焯（世焜）《詞壇叢話》：「昔人謂：『東坡詞勝于情，耆卿情勝于辭，秦少游兼而有之。』然較之方回、美成，恐亦瞠乎其後。」

又：「東坡詞，獨樹一幟，妙絶古今，雖非正聲，然自是曲子内縛不住者。不獨耆卿、少游不及，即求之美成、白石，亦難以繩尺律之也。後人以繩尺律之，吾不知海上三山，彼亦能以丈尺計之否耶。」

又：「東坡詞，一片去國流離之思，哀而不傷，怨而不怒，寄慨無端，别有天地。」

又《雲韶集》卷二：「東坡詞擺脱羈縛，獨往獨來，雖有一二與調不合處，而飛揚跋扈自足推倒一時豪傑。」

又：「北宋晏、歐、王、范諸家，規模前輩，益以才思。東坡出，而縱横排宕，掃盡纖浮。……」

又《白雨齋詞話》卷一：「蘇、辛并稱，然兩人絶不相似。魄力之大，蘇不如辛；氣體之高，辛不逮蘇遠矣。東坡詞寓意高遠，運筆空靈，措語忠厚，甚獨至處，美成、白石亦不能到。昔人謂東坡詞非正聲，此特拘于音調言之，而不究本原之所在，眼光如豆，不足與之辨也。」

又：「詞至東坡，一洗綺羅香澤之態，寄慨無端，別有天地。《水調歌頭》《卜算子·雁》《賀新涼》《水龍吟》諸篇，尤爲絶構。」

又：「太白之詩，東坡之詞，皆是異樣出色，只是人不能學，烏得議其非正聲。」

又：「蔡伯世云：『子瞻辭勝乎情，耆卿情勝乎辭，辭情相稱者，惟少游而已。』此論陋極。東坡之詞，純以情勝，情之至者詞亦至，只是情得其正，不似耆卿之喁喁兒女私情耳。論古人詞，不辨是非，不別邪正，妄爲褒貶，吾不謂然。」

又：「東坡、少游，皆是情餘于詞，耆卿乃辭餘于情。解人自辨之。」

又：「張綖云：『少游多婉約，子瞻多豪放，當以婉約爲主。』此亦似是而非不關痛癢語也。誠能本諸忠厚，而出以沈鬱，豪放亦可，婉約亦可，否則豪放嫌其粗魯，婉約又病其纖弱矣。」

又卷二：「張臯文《詞選》，獨不收夢窗詞，以蘇、辛爲正聲，卻有巨識。……」

又卷三：「東坡詞豪宕感激，忠厚纏綿，後人學之，徒形粗魯。故東坡詞不能學，亦不必學。……」

又卷五：「彭駿孫《詞藻》四卷，品論古人得失，欲使蘇、辛、周、柳，兩派同歸。不知蘇、辛與周、秦，流派各分，本原則一。若柳則傲而不理，蕩而忘反，與蘇、辛固不能强合，視美成尤屬歧途。……」

又：「《蓮子居詞話》云：『蘇之大，張之秀，柳之豔，秦之韻，周之圓融，南宋諸老，何以尚茲。』此論殊屬淺陋，謂北宋不讓南宋則可，而以秀豔等字尊北宋則不可。如徒曰『秀、豔、圓融』而已，則北宋豈但不及南宋，並不及金元矣。至以耆卿與蘇、張、周、秦並稱，而不數方回，亦爲無識。又以『秀』字目子野，『韻』字目少游，『圓融』字目美成，皆屬不切。即以『大』字目東坡，『豔』字目耆卿，亦不甚確。……子野詞，於古紆中見深厚。東坡詞，則超然物外，别有天地。而江南賀老，寄興無端，變化莫測，亦豈出諸人下哉。此北宋之紆，南宋不能過也。若耆卿詞，不過長於言情，語多淒秀，尚不及晏小山，更何能超越方回，而與周、秦、蘇、張並峙千古也。」

又：「《蓮子居詞話》又云：『蘇、辛並稱，辛之於蘇，亦猶詩中山谷之視東坡也。東坡之大，與白石之高，殆不可以學而至。』此論尚有可採，惟以『大』字目東坡，終不甚確。」

又卷六：「東坡心地光明磊落，忠愛根於性生，故詞極超曠，而意極和平。稼軒有吞吐八荒之概，而機會不來，正則可以爲郭、李，爲岳、韓，變則即桓温之流亞，故詞極豪雄，而意極悲鬱。蘇、辛兩家，各自不同，後人無東坡胸襟，又無稼軒氣概，漫爲規模，適形粗鄙耳。」

又：「和婉中見忠厚易，超曠中見忠厚難，此坡仙所以獨絶千古也。」

又：「程正伯與子瞻爲中表兄弟，有《書舟雅詞》一卷。余觀其詞，淺薄者多，高者筆意尚閒雅，去坡仙何止萬里。」（案，正伯南宋人，非東坡中表。）

又：「竹垞謂：『正伯詞，有與坡仙相亂者。』余謂：『兩人詞，一洪一纖，一深一淺，如冰炭之不相入，無俟辨而可明，何慮其相亂也？』」

又：「宋詞有不能學者，蘇、辛是也。國朝詞有不能學者，陳、朱是也。然蘇、辛自是正聲，人苦學不到耳；陳、朱則異是矣。」

又：「學周、秦、姜、史不成，尚無害爲雅正；學蘇、辛不成，則入於魔道矣。……」

又卷七：「人知東坡古詩古文，卓絶百代，不知東坡之詞，尤出詩文之右。蓋仿九品論字之例，東坡詩文縱列上品，亦不過爲上之中下。七言古爲東坡擅長，然於清絶之中雜以淺俗語，沈鬱處亦未能盡致，古文才氣縱横而不免霸氣，總不及詞之超逸而忠厚也。若詞則幾爲上之上矣。此老生平第一絶詣，惜所傳不多也。」

又：「東坡不可及處，全是去國流離之思，卻又哀而不傷，怨而不怒，所以爲高。」

又：「熟讀温、韋詞，則意境自厚；熟讀周、秦詞，則韻味自深；熟讀蘇、辛詞，則才氣自旺；熟讀姜、張詞，則格調自高；熟讀碧山詞，則本原自正、規模自遠。……」

又卷八：「東坡詞全是王道，稼軒則兼有霸氣，然猶不悖於王也。……」

又：「其年題《珂雪詞》云：『萬馬齊瘖蒲牢吼，百斛蛟螭困蠢，算蝶拍、鶯簧休混。多少詞場談文藻，向豪蘇膩柳尋藍本。吾大笑，比蛙黽。』夫柳誠不足重，蘇則何可厚非，一概抹煞。此蓋其年自道其詞，而特借珂雪一發之也。然竟是老瞞、石勒聲口。」

又：「東坡、稼軒、白石、玉田，高者易見，少游、美成、梅溪、碧山，高者難見。而少游、美成尤難見。……」

又：「白石，仙品也；東坡，神品也，亦仙品也；夢窗，逸品也；玉田，紐品也；稼軒，豪品也；然皆不離於正，故與温、韋、周、秦、梅溪、碧山同一大雅，而無傲而不理之誚。後人徒恃聰明，不窮正始，終非至詣。」

又：「東坡一派，無人能繼。……」

又：「唐宋名家，流派不同，本原則一。論其派別，大約温飛卿爲一體皇甫子奇、南唐二主附之，韋端己爲一體牛松卿附之，馮正中爲一體唐、五代諸詞人以暨北宋晏、歐、小山等附之，張子野爲一體，秦淮海爲一體柳詞高者附之，蘇東坡爲一體，賀方回爲一體毛澤民、晁具茨高者附之，周美成爲一體竹屋、草窗附之，辛稼軒爲一體張、陸、劉、蔣、陳、杜合者附之，姜白石爲一體，史梅溪爲一體，吴夢窗爲一體，王碧山爲一體黄公度、陳西麓附之，張玉田爲一體。其間惟飛卿、端己、正中、淮海、美成、梅溪、碧山七家殊途同歸，餘則各樹一幟，而皆不失其正，東坡、白石尤爲矯矯。」

又：「温、韋創古者也。晏、歐繼温、韋之後，面目未改，神理全非，異乎温、韋者也。蘇、辛、周、秦之於温、韋，貌變而神不變，聲色大開，本原則一。……」

又：「稼軒求勝於東坡，豪壯或過之，而遜其清超，遜其忠厚。玉田追蹤於白石，格調亦近之，而遜其空靈，遜其渾雅。故知東坡、白石，具有天授，非人力所可到。」

又：「東坡、稼軒，同而不同者也；白石、碧山，不同而同者也。」

又：「詩有詩境，詞有詞境，詩詞一理也。……太白之詩，東坡詞可以敵之。……」

清·胡薇元《歲寒居詞話》：「東坡詞一卷。東坡詞本二卷，毛晉得金陵刊本，凡混黄、晁、秦、柳之作，悉芟之，故只一卷。如《陽關曲》三首，已入詩集，乃錢塘李公擇絶句，其以《小秦王》歌者，乃詩人歌詩之法也。《念奴嬌》原作『多情應笑我早生華髮』，今誤改『多情應是笑我生華髮』，見朱竹垞《詞綜》。《賀新郎》『乳燕飛華屋』，飛改棲。《水調歌頭》『但願人長久』，願改得。皆不如不改之妙。見《雲麓漫抄》。」

清·沈祥龍《論詞隨筆》：「詞導源於詩，詩言志，詞亦貴乎言志。淫蕩之志可言乎哉？『瓊樓玉宇』，識其忠愛；『缺月疏桐』，歎其高妙，由於志之正也。若綺羅香澤之態，所在多有，則其志可知矣。」

又：「唐人詞，風氣初開，已分二派。太白一派，傳爲東坡，諸家以氣格勝，於詩近西江。飛卿一派，傳爲屯田，諸家以才華勝，於詩近西崑。後雖迭變，總不越此二者。」

又：「詞有婉約，有豪放，二者不可偏廢，在施之各當耳。房中之奏，出以豪放，則情致絶少纏綿。塞下之曲，行以婉約，則氣象何能恢拓。蘇、辛與秦、柳，貴集其長也。」

清·張德瀛《詞徵》卷五：「同叔之詞温潤，東坡之詞軒驍，美成之詞精邃，少游之詞幽豔，無咎之詞雄邈，北宋惟五子可稱大家。若柳耆卿、張子野，則又當時所翕然歎服者也。」

又：「蘇、辛二家，昔人名之曰詞詩、詞論。愚以古詞衡之曰，不用之時全體在，用即拈來，萬象周沙界。」

又：「宋牧仲謂宋詩多沈僿，近少陵；元詩多輕揚，近太白。然詞之沈僿，無過子瞻。長樂陳翼論其詞云：『歌赤壁之詞，使人抵掌激昂，而有擊楫中流之心。歌哨遍之詞，使人甘心澹泊，而有種菊東籬之興。』可謂知言。」

又卷六：「汪蛟門謂宋詞有三派，歐、晏正其始，秦、黄、周、柳、姜、史之徒極其盛，東坡、稼軒放乎其言之矣。……」

清·陳鋭《裒碧齋詞話》：「宋以後無詞，猶之唐以後無詩，詞故詩之餘也。晏、范、歐、蘇、後山、山谷、放翁，皆極一時之盛。」

清·張祥齡《詞論》：「辛、劉之雄放，意在變風氣，亦其才詠如此。東坡不耐此苦，隨意爲之，其所自立者多，故不拘拘於詞中求生活。若夢窗捨詞外，莫可竪立，故殫心血爲之，是丹非朱，眼光未大。」

清·王鵬運《半塘未刊稿》：「北宋人詞，如潘逍遥之超逸，宋子京之華貴，歐陽文忠之騷雅，柳屯田之廣博，晏小山之疏俊，秦太虚之婉約，張子野之流麗，黄文節之紆上，賀方回之醇肆，皆可羅擬得其彷彿。唯蘇文忠之清雄，敻乎軼塵絶迹，令人無從步趨，蓋霄壤相懸，寧止才華而已。其性情，其學問，其襟抱，舉非恒流所能見。詞家蘇、辛並稱，其實辛猶人境也，蘇其殆仙乎！」

近人況周頤《蕙風詞話》卷二：「有宋熙豐間，詞學稱極盛。蘇長公提倡風雅，爲一代山斗。黄山谷、秦少游、晁無咎皆長公之客也。山谷、無咎皆工倚聲，體格於長公爲近。唯少游自闢蹊徑，卓然名家。蓋其天分高，故能抽祕騁妍於尋常濡染之外。而其所以契合長公者獨深。……王晦叔《碧鷄漫志》云：黄、晁二家詞，皆學坡公，得其七八。而於少游獨稱其俊逸精妙，與張子野並論，不言其學坡公，可謂知少游者矣。」

又：「……夢窗與蘇、辛二公，實殊流而同源。……」

又《續編》卷一：「王文簡《倚聲集》序：『……詩餘者，古詩之苗裔也。語其正則南唐二主爲之祖，至漱玉、淮海而極盛，高、史其嗣響也。語其變則眉山導其源，至稼軒、放翁而盡變，陳、劉其餘波也。有詩人之詞，唐、蜀、五代諸人是也。有文人之詞，晏、歐、秦、李諸君子是也。有詞人之詞，柳永、周美成、康與之之屬是也。有英雄之詞，蘇、陸、辛、劉是也。至是，聲音之道乃臻極致，而詩之爲功，雖百變而不窮。』云云。僅二百數十言，而詞家源流派别，瞭若指掌。是書傳本絶尠，亟節記之。」

又《玉梅詞話》：「東坡、稼軒，其秀在骨，其厚在神，初學看之，但得其粗率而已。其實二公不經意處，是真率，非粗率也。余至今未敢學蘇、辛也。」

近人王國維《人間詞話》：「東坡之詞曠，稼軒之詞豪。無二人之胸襟而學其詞，猶東施之效捧心也。」又：「讀東坡、稼軒詞，須觀其雅量高致，有伯夷、柳下惠之風。白石雖似蟬蜕塵埃，然終不免局促轅下。」

又：「蘇、辛，詞中之狂。白石猶不失爲狷。若夢窗、梅溪、玉田、草窗、西麓輩，面目不同，同歸于鄉愿而已。」

又《删稿》：「唐五代之詞，有句而無篇。南宋名家之詞，有篇而無句。有篇有句，唯李後主降宋後之作，及永叔、子瞻、少游、美成、稼軒數人而已。」

又：「東坡之曠在神，白石之曠在貌。」

又《附録》一："以宋詞比唐詩，則東坡似太白，歐、秦似摩詰，耆卿似樂天，方回、叔原，則大曆十子之流。南宋惟一稼軒可比昌黎。而詞中老杜，則非（周清真）先生不可。昔人以耆卿比少陵，猶爲未當也。"

又："予於詞，五代喜李後主、馮正中，而不喜《花間》。宋喜同叔、永叔、子瞻、少游，而不喜美成。南宋只愛稼軒一人，而最惡夢窗、玉田。"

近人蔣兆蘭《詞説》："宋代詞家，源出於唐五代，皆以婉約爲宗。自東坡以浩瀚之氣行之，遂開豪邁一派。南宋辛稼軒，運深沉之思於雄傑之中，遂以蘇辛並稱。他如龍洲、放翁、後村諸公，皆嗣響稼軒，卓卓可傳者也。嗣兹以降，詞家顯分兩派，學蘇辛者所在皆是。至清初陳迦陵，納雄奇萬變於令慢之中，而才力雄富，氣概卓犖。蘇辛派至此可謂竭盡才人能事。後之人無可措手，不容作，亦不必作也。"

又："初學填詞，勿看蘇、辛，蓋一看即愛，下筆即來，其實只糟粕耳。"

近人蔡嵩雲《柯亭詞論》："東坡詞，胸有萬卷，筆無點塵。其闊大處，不在能作豪放語，而在其襟懷有涵蓋一切氣象。若徒襲其外貌，何異東施效顰。東坡小令，清麗紆徐，雅人深致，另闢一境。設非胸襟高曠，焉能有此吐屬。"

近人夏敬觀《手批東坡樂府》："東坡詞如春花散空，不著跡象，使柳枝歌之，正如天風海濤之曲，中多幽咽怨斷之音，此其上乘也。若夫激昂排宕，不可一世之概，陳無己所謂：『如教坊雷大使之舞，雖極天下之工，要非本色』，乃其詠第二乘也。後人學蘇者，惟能知第二乘，未有能達上乘者，即稼軒亦然。」

三、劉尚榮《蘇軾詞集版本綜述》

蘇軾詞自南宋以來，多不與文集合編，而是集外單行。流傳至今的蘇軾詞集達三十餘種，其書名各異，體例有別，刊鈔時代不一，收詞多寡不等，而且真僞雜糅。治東坡詞者往往需博覽羣書，兼採各本之長，方能避免片面和失誤。爲了給專業工作者提供閲讀參考之便，兹將知見的海内外各種東坡詞集做一綜合考察：辨其源流，定其時代，述其體例，考其得失。珍本善本，兼記其藏家。

諸家書目曾有著録的某些版本，如陳振孫《直齋書録解題》、馬端臨《文獻通考·經籍考》著録之《東坡詞》二卷，《宋史·藝文志》著録之《蘇軾詞》一卷，因其久已失傳，本文不再論及。對現存知見的各本東坡詞集，依時代先後，分門別類加以評述。

（甲）按詞調編次者

一、曾慥輯《東坡先生長短句》（簡稱曾本）

《東坡先生長短句》二卷，又拾遺一卷，南宋曾慥輯，紹興二十一年（一一五一）刊。原本已佚，今有鈔本傳世。曾慥曾輯《樂府雅詞》，録北宋至南宋初年名家詞殆遍，而未及東坡詞，當因東坡詞曾氏已刊專集，故《雅詞》中未收。

曾慥的《東坡長短句》爲現存蘇詞最早也是重要的本子。黄丕烈（一七六三—一八二五）士禮居舊藏毛晉汲古閣影宋鈔本《東坡拾遺詞》目後，録曾慥跋語云：

《東坡先生長短句》既鏤版，復得張賓老所編並載於蜀本者悉收之。江山麗秀之句，樽俎戲劇之詞，搜羅幾盡矣。傳之無窮，想像豪放風流之不可及也。紹興辛未孟冬，至遊居士曾慥題。

曾跋所云「蜀本」已無考。張賓老，名康國，揚州人，第進士。宋徽宗知其能詞章，遷翰林學士，累官知樞密院事。蔡京定元祐黨籍，康國參預密議，後又受帝命沮蔡京之奸暴。《宋史》卷三五一有傳。張編東坡詞，應在晚年與蔡京不合之後，並爲曾本拾遺卷之所本。

二、吴訥編《唐宋名賢百家詞》本（簡稱吴本）

明吴訥（一三六八—一四五四）所編《唐宋名賢百家詞》，《千頃堂書目》稱《四朝名賢詞》，《中國叢書綜録》簡稱《百家詞》，皆同書異名。此書所收《東坡詞》二卷又拾遺一卷，乃曾本的忠實鈔本。吴訥于正統六年（一四四一）編成此書後未及刊行，僅有鈔本流傳於世，今存二部：

（一）天一閣鈔本

此本題《唐宋名賢百家詞》，明紅格鈔本，天一閣舊藏，今存天津圖書館。全書自《花間集》起，至《笑笑詞》止，應爲百種。中缺十家，實存九十種。《東坡詞》及其《拾遺》爲其第五十一種。上卷收詞一百十四首，下卷收詞一百五十七首，拾遺卷收詞四十首（中有誤入及重出者十一首）。

（二）紫芝漫鈔本

此本題《宋元名家詞》，亦明鈔本，原爲德化李氏藏書，今存北大圖書館。全書自《東坡詞》起，至《花間集》止，凡七十種，分裝二十四册。版心下記「紫芝漫鈔」四字，毛扆以朱筆通體校過。此書所收《東坡詞》亦鈔自曾本，成爲唐圭璋《全宋詞》編録蘇軾詞的主要參考書之一。曾見香港曹樹銘撰《東坡詞籍著録》，謂此書「不見《全宋詞·引用書目》」，且稱「據北京圖書館函復，該館並未藏入云」，可知曹氏未知吴本即曾本，故疑其失傳也。

三、林大椿校訂《百家詞》本（簡稱林本）

此書據吴訥《唐宋名賢百家詞》排印，林大椿校訂，一九四〇年九月香港商務印書館出版，凡八册，收詞集八十七種，《東坡詞》列入第二册。林氏序例謂原書乃「明吴訥編於正統間，在毛刻前二百年，其中如曾慥輯之《東坡詞》並《拾遺》，及范開輯之《稼軒詞》甲乙丙丁四集，均爲今代稀見之品」。林氏於東坡詞，僅從《拾遺》卷中删去重出的醉桃園等七首，此外實無他校訂，故其内容編次，仍同曾本。此書印數不多，今北京師大、華東師大、上海師院、福建師院、吉林大學及上海古籍出版社的圖書館均有收藏。聞此本東坡詞有中華書局一九二六年單行本，未見。

四、元延祐庚申刊《東坡樂府》二卷本（簡稱元本）

今存東坡詞集的最早刻本是元延祐庚申（一三二〇）刻本，《東坡樂府》二卷，有葉曾雲間南阜草堂序，世稱元延祐本。全書按詞調編次，同調之詞刻在一處。上卷收詞一百十五首（四十一調），下卷收詞一百六十六首（二十七調）。葉曾序一面斥責通行注疏本「中有穿鑿甚多」，一面自稱「用家藏善本再三校正一新」，看來他應見過曾本與傅注本（詳後），故能兼採二家之長，並又有增補，比傅注本多詞九首；比曾本上下卷多十首。據趙萬里考證，元刻足本還應包括曾本拾遺卷所收詞，惟今存之元本已佚缺。

今存元刻本最先著録於錢曾《讀書敏求記》，爲黄丕烈士禮居舊藏。黄氏得書於顧廣圻思適齋，此後迭經汪士鍾藝芸精舍、楊紹和海源閣收藏。海源閣書散出後，此書歸於天津周叔弢，周於一九五二年捐贈給北京圖書館。書前有黄丕烈題記與葉曾序，目録首葉及上下卷首尾印紀累累，據此知是書歷經文徵明、季振宜、徐健菴、鮑以增等名家收藏或校閲，確爲珍本。

五、明鈔本《東坡樂府》

原書上下二卷，今上卷已佚，僅存下卷。此即繆荃孫著録於《清學部圖書館善本書目》中所謂「摹宋本」。書内有繆氏藏書印可證。此本原藏北京圖書館，今在臺灣中央圖書館。該館《善本書目》定爲「影宋鈔本」。北京圖書館有微縮膠卷，亦定爲「影宋鈔本」。近經專家仔細校核，方知諸家書目著録皆謬。此書絶非影宋鈔本，而是據元延祐刊本《東坡樂府》影寫的。二者收詞、編次及行格款式，完全一樣，甚至元本誤字脱稾處也照鈔不改。因此當定爲影元鈔本。

《增訂四庫簡目標注》邵章續録有「影宋鈔《東坡樂府》二卷本」，即指此本。香港曹樹銘「疑此即毛晉所藏之影宋鈔本」，「又疑此即上述季滄葦所藏宋刊《東坡樂府》上下二卷之鈔本」，均屬臆斷。毛藏鈔本當爲曾本的影寫本。所謂「季藏宋刊」而曹氏以爲「有目無書」者，實非宋刊，而即此元刻本。今存元延祐刊本《東坡樂府》有季氏藏書章，可證。

六、四印齋覆刻《東坡樂府》（簡稱四印齋本）

清光緒戊子（一八八八）春，王鵬運從楊紹和之孫鳳阿處借得元延祐刻本《東坡樂府》，遂編入《四印齋所刻詞》，經江寧端木埰覆校後刊版。卷前除原有葉曾序、黄丕烈題記外，續添許玉瑑序及王鵬運識語。王氏炫耀其刻本「中間字句兼有稾奪與缺筆敬避及不合六書字體者，悉仍其舊，略存影寫之意」。實際頗有篡改亂真之處，誠如趙萬里所説：「雖行款未易，而原書面貌不可復見。」清末朱祖謀爲《東坡樂府》編年，即以此書爲底本。

此四印齋本有上海中國書店影印袖珍本。

七、元刻《東坡樂府》影印本（簡稱影印元本）

元延祐刻《東坡樂府》有三個影印本。其一爲中華書局影印本。中華書局上海編輯所一九五九年二月據北京圖書館藏本依原大影印。卷首有黄丕烈題記，卷後有趙萬里寫於一九五七年的跋。保留了葉曾序文及諸家藏印。印裝精良，不失原貌。綫裝二册一函。

其二爲上海古典文學出版社縮印本。上海古典文學出版社於一九五七年縮印此書爲小本，與元大德刊《稼軒長短句》縮印本合裝爲五册一函。此縮印本《東坡樂府》另有單行本抽印傳世。此書出版在中華書局影印本前，印數多，流傳廣。缺點是諸家藏書印紀未全照印，於考訂源流不利。

其三爲臺灣影印本。臺灣世界書局《中國詞學叢書》收《東坡樂府》二卷，係用中華書局影印本照像製版翻印。

八、上海鉛印本《東坡樂府》

上海古籍出版社一九七九年四月用古典文學出版社縮印本《東坡樂府》做底本，用《宋六十名家詞》《四印齋所刻詞》及《彊村叢書》所收東坡詞校勘，標點整理出版。上下卷後各附校記若干條，書前有《出版説明》，交代整理方法。此書另有一九七九年五月重印本，廣爲發行。缺點是未收葉曾序、黄丕烈題記及趙萬里跋。又校勘方法亦非妥善，乃以翻刻本（四印齋本）去校原刊本（元延祐刻本），似本末倒置。

九、明茅維編《東坡全集》本《東坡詞》（簡稱茅本）

曾本傳至明萬曆間，遂被茅維、焦竑等人改編。改編方法是將曾本拾遺詞四十首拆散，分别插編入前二卷，次於同調諸詞之後。此外還分别補輯了若干東坡佚詞。

明萬曆三十四年（一六〇六）茅維編《東坡先生全集》七十五卷，收文收詞而不收詩，卷首有萬曆丙午焦竑序及茅維序。明末文盛堂翻刻其書，易名爲《蘇文忠公全集》，增項煜序。此本曾被《四庫全書總目提要》斥爲「陋略尤甚」，學者遂以爲劣本，不予重視。然此書亦有其特點，資料完備。全書第七十四至七十五卷收東坡詞，實即邵章續録所謂「蘇集本二卷」，萬曆原刊本卷尾附載曾慥跋，證明此本東坡詞是據曾本重編的。茅維增補了《念奴嬌》（憑高眺遠）等十五首詞，可惜誤將葉夢得的《虞美人》（落花已作風前舞），晏殊的《浣溪沙》（玉腕冰雪滴露華）等詞也一並闌入。計得七十三調，三百十六首詞。後來毛晉編《東坡詞》時得益於茅維的補訂，但也承襲了茅維之誤。

十、焦竑編《蘇長公二妙集》本《東坡詩餘》（簡稱焦本）

《蘇長公二妙集》二十二卷，瑯琊焦竑批點，茂陵許自昌等校訂，錢塘徐象樗刻梓，西安方應祥題序。此書第二十一至二十二卷爲《東坡先生詩餘》，署江夏黄居中訂正。北京圖書館、眉山三蘇祠及臺灣中央圖書館均有藏本，臺灣本刊於天啓元年（一六二一），卷首有萬曆四十六年（一六一八）焦氏自序。此書基本上沿襲茅本，内容編次，大體相同，惟正文及題序小有調整。焦本比茅本多收《水龍吟》（小溝東接長江）等二十首，輯佚之功不可没，惜有誤收者，如《滿庭芳》（北苑龍團）即爲黄山谷作，見《豫章黄先生詞》。焦竑似未見元延祐刻本，故元本中有八首詞焦本失收。焦本是唐圭璋《全宋詞》編録蘇軾詞的主要參考書（見《訂補附記》）。

一一、毛晉編汲古閣本《東坡詞》（簡稱毛本）

明毛晉（一五九八—一六五九）所編印的《宋六十名家詞》中收《東坡詞》一卷。在按詞調編次的東坡詞集中，此本獨具一格：調名的排列以詞的字數多寡爲序，字數少的詞調在前，多的在後。全書收蘇詞七十二調，三百二十八首。毛晉有跋云：

東坡詩文不啻千億刻，獨長短句罕見。近有金陵本子，人争喜其詳備，多混入歐、黄、秦、柳作，今悉删去。

所謂「金陵本子」，實即焦本，爲毛晉編《東坡詞》的底本。此外他還參校了附有拾遺詞的元刻足本、茅本、今已失傳的某坊刻本等，故收詞比曾本與元本之總和還多《占春芳》等二十四首詞。但他對互見詞、誤入詞，均失於考辨。又沿選家陋習，妄補詞題詞序，爲蘇詞的校訂與編年增添了困難。毛本自清初以來，傳本較多，不甚爲貴。值得重視的是某些名人批校本。

二、名人批校汲古閣毛氏家塾刊本《東坡詞》（簡稱汲古閣本）

（一）毛斧季校本《東坡詞》（簡稱毛校本）

原書題《宋名家詞》，九十卷，毛晉編，崇禎三年（一六三〇）汲古閣家塾刊本，清陸貽典，黄儀、毛扆、季錫疇、瞿錫邦手校並跋，何煌、何元錫校。知不足齋、鐵琴銅劍樓舊藏，今存北京圖書館。全書二十六册，其第三册收《東坡詞》一卷。眉端有毛斧季等用舊鈔本（屬於曾本的傳鈔本）校録的異文，並標出各詞在舊鈔本的卷次與順序號。是《全宋詞》修訂本主要參考書之一。

（二）黄丕烈校録本《東坡詞》（簡稱黄校本）

汲古閣刻《宋名家詞》本《東坡詞》一卷，藏北京圖書館。書内有黄丕烈過録張紹仁校語，並爲之跋云：「蘇辛詞余皆有元刻善本，友人張訒菴各借去校閲。年來力絀，悉轉徙他所，仍以訒菴借校本傳録。」此書亦爲《全宋詞》修訂本主要參考書之一。

一三、汪氏重刻毛本《東坡詞》(簡稱汪刻)

清光緒十四年戊子(一八八八),錢塘汪氏據汲古閣本重刻《宋六十名家詞》,其中收《東坡詞》一卷。此爲汲古閣本《東坡詞》的最後一個木刻本。此後,上海博古齋影印汲古閣本《宋六十名家詞》,有《東坡詞》一卷。一九三六年上海雜志公司印《中國文學珍本叢書》第一輯爲《宋六十名家詞》,亦據汲古閣本排印,中收《東坡詞》一卷,施蟄存校點,實則惟有斷句、改正毛本一部分誤字,别無校正。辛亥後上海商務印書館用錢塘汪氏刻本《宋六十名家詞》縮印,編入《國學基本叢書》,又編入《萬有文庫》,皆有《東坡詞》一卷。中華書局《四部備要》集部總集類,收《宋六十名家詞》,亦據毛本排印,中收《東坡詞》一卷。有綫裝本及縮印本二種。

一四、唐圭璋編《全宋詞》本《蘇軾詞》。

唐圭璋編《全宋詞》二十册,一九三七年上海商務印書館排印本,一九四〇年長沙商務印書館再版本,均於第三十八至四十卷收蘇軾詞三卷,共三百四十二首。此爲初印本,已不多見。此後唐氏費二十餘年心力,從事修訂,由中華書局印行修訂重編本。精裝五册,一九六五年六月初版,一九八〇年十二月重印。此書第一册二七七至三七七頁收蘇軾詞三百五十首,斷句十一組,並注明了誤入、互見、存目等情況。編者附注云:「案蘇軾詞今用最早之曾慥本《東坡詞》二卷、拾遺一卷，文字從毛扆校汲古閣本《東坡詞》録出，編次據吴訥《唐宋名賢百家詞》本及紫芝漫鈔本《東坡詞》。」又《訂補附記》云：「本書所引汲古閣本《東坡詞》，實出自《蘇長公二妙集》中之《東坡先生詩餘》，僅毛晉誤補之數首除外。」在按調編排的東坡詞集中，此本最後出，資料完備，增補的《踏莎行》等四首，確爲各本所失收。案語注明「互見」、「可疑」等，有助於蘇詞的校訂。遺憾的是編次從吴本而不編年，又受全書體例局限，未列詳細校記。

（乙）按年代編次者

一、朱祖謀編《東坡樂府》三卷本（簡稱朱本）

蘇軾詞傳至清末民初，方有朱祖謀爲之編年校定。他以四印齋復刻元本爲底本，與毛本互校，將毛本異文著於詞後。元本有十首詞毛本未收，毛本有六十一首詞元本未收，互補缺訛，剔除僞作，遂得卷一編年詞一百零六首，卷二編年詞九十八首，卷三無從編年仍按調排次者一百三十六首。總計收詞三百四十首。其編年依據傅藻《東坡紀年録》、王宗稷《東坡年譜》、王文誥《蘇詩編年總案》，「合此三家，證以題序，參酌審定」。此外還參考了東坡詩集、《西湖志》《咸淳臨安志》《潁濱遺老傳》《能改齋漫録》《苕溪漁隱叢話》《揮麈後録》等書，不少詞是以類相從推定繫年的。可惜朱氏所見善本不多，曾本、吴本、焦本等均未曾見，既得傅注本，又未及利用。加上校編上的個别失誤，故其編年不能盡善盡美。然創始之功不可没。

此書印於清宣統二年（一九一〇），收詞三百四十一首，其中《西江月》（日日深杯）一首係朱敦儒詞誤入。

朱祖謀編《彊村叢書》三校本第六册收《東坡樂府》三卷，已删去石印本誤收的朱敦儒詞，故衹有三百四十首。卷首有馮煦等人的序及凡例，卷尾有朱氏一九二五年補刻的跋。正文各詞後雙行小字附記各本題注與異文。編年諸詞末另行標注編年依據，此即今人所謂《朱注本東坡樂府》。

吴虞校録《蜀十五家詞》，收《東坡樂府》三卷，即據朱氏《彊村叢書》本排印。近聞臺灣廣文書局曾於一九六〇年印行《東坡樂府》，亦據《彊村叢書》本影印。此本大陸未見。

二、龍榆生《東坡樂府箋》（簡稱龍箋本）

此爲較勝的東坡詞編年校箋本。商務印書館一九三六年初版，一九五八年修訂重刊，綫裝二册。卷一收編年詞一百零六首，卷二收編年詞一百首，卷三收無可編年詞一百三十八首，共三百四十四首。此書編年悉從朱本，衹有兩首詞做了變動：一是《菩薩蠻》（娟娟缺月），朱氏編在元豐二年，龍氏改編在元豐六年；二是《西江月》（點點樓頭），朱氏不編年，龍氏編入元豐六年。龍本比朱本增收的《瑶池燕》（飛花成陣）等四首，朱氏以爲非東坡作，故棄而不取。龍本採納了全部朱注，補校了傳本的異文，標明了各詞在傳本中的卷次。龍本正文，題序出自朱本，偶有差異，蓋因對諸本異文取舍不同，並非別有所據。龍本的特色在於箋注，詳後。

三、曹樹銘校編本《東坡詞》一册（簡稱曹編本）

曹樹銘校編《東坡詞》修訂本一册，一九六八年香港萬有圖書公司出版。正文三卷：卷一收編年詞一百十六首，卷二收編年詞一百二十三首，卷三不編年詞六十首，附録互見詞四首，誤入詞二十九首，可疑詞七首。前有《蘇軾小傳》《校編説明》《序論》後附《東坡詞籍著録》《東坡年表》《東坡行迹簡圖》及索引等。

此書以龍本爲底本，以《全宋詞》本爲主要校本，並利用了影印的元本、毛本、朱本等。正文依詞律加標點，調名上標順序號，詞後依次列舉朱注、原校（即龍本校記）、及編者的校注。但不收龍本的箋注部分。

本書晚出，收詞較完備，編排較合理，體例較嚴密，有一定參考價值。對朱本和龍本編年的某些調整，亦煞費苦心。但也有不足，限於條件而未能充分利用現有各善本，影響了校訂編年的準確性；某些詞被定爲「誤入」，亦嫌武斷。附録多於正文，又有重複，亦覺喧賓奪主。

編者在一九八〇年曾對原書再做修訂，自詩集採録五首入詞集，調整了十餘首詞的編年，録存了龍本的箋注，續添了一些附録。資料更爲翔實，已見稿本，尚未及印。

（丙）箋注本

一、傅幹《注坡詞》十二卷（簡稱傅注本）

今所知東坡詞最早的注本爲宋人傅幹所撰。傅幹字子立，仙溪人，撰《注坡詞》十二卷。陳振孫《直齋書録解題》誤記爲二卷。其書按詞調編次，共收六十七調，詞二百七十二首。其中除天仙子一首外，餘皆見於曾本。洪邁《容齋續筆》卷十五謂此書於南宋紹興初刻於錢塘，則其刊行時間早於曾本，是今存最早的東坡詞集。傅幹似未見到張賓老本及蜀本，故曾本拾遺卷中的四十首詞，除《浣溪沙》（入袂輕風）一首外，此本皆無有。又元本也比傅本多《水調歌頭》等九首，但傅本獨有的《天仙子》一首及誤收的蘇轍、黄庭堅各一首，又皆見於元本。由此可知：傅本、曾本、元本是一脈相傳的。

傅本的注釋長期蒙受「蕪陋」、「紕謬」等訕議，不爲藏書家所重視。實則此書在校訂、辨僞、編年等方面都具有他本不能替代的資料價值。朱祖謀最先看出傅本的題序、題注「悉可爲考訂編年之一助」，龍榆生第一個全面利用了傅注資料。至今研究東坡詞者，仍不可不參傅注。傅注本的宋刻本今已不存，惟有一個源出天一閣舊藏鈔本傳世。這個鈔本今在北京圖書館。綿紙精鈔，楷體工録，半葉九行，行十七字同。卷首有竹溪散人傅共洪甫序，卷尾題記云：「從南陵徐氏藏沈德壽家鈔本傳録。」據邵章續録，知此徐氏藏本源出明天一閣。卷三、卷六、卷十一、卷十二有缺頁，損佚蘇詞近三十首。此即《全宋詞》引用之書。

辛亥後，趙尊岳用惜陰堂紅格稿紙，從南陵徐氏積學齋借鈔此書，半葉十五行，行三十字，大小字同。書前有趙氏題記，卷一首行下注云：「珍重閣手寫本。」急促鈔就，頗兼粗疏。又因與清鈔本同出一源（皆據徐氏藏本傳鈔），故缺佚情況全同。此書又有孫人和所藏曬藍本，見邵章《續録》，今存北京大學圖書館，乃據上述清鈔本曬印。

又聞陝西師範大學亦有《注坡詞》鈔本，疑亦從天一閣藏明鈔本出。

二、顧禧《補注東坡長短句》（簡稱顧注本）

顧禧字景蕃，南宋吴郡人。曾與施元之父子合作，編《注東坡先生詩》四十二卷，陸游作序稱贊之。陳鵠《西塘耆舊續聞》卷二云：「趙右史家有顧禧景蕃《補注東坡長短句》真迹。」此書未見傳本。所謂「真迹」，當是稿本，或未付刊。所謂「補注」，或是補傅幹注本。

三、孫鎮《東坡樂府注》（簡稱孫注本）

孫鎮字安常，金承安二年（一一九七）賜進士第，官陝令。所注東坡詞，見於黄虞稷《千頃堂書目》卷三十二，明代尚有傳本，今未見。元好問云：「絳人孫安嘗注坡詞，參以汝南文伯起《小雪堂詩話》，删去他人所作無愁可解之類五十六首。其所是正，亦無慮數十百處。坡詞遂爲定本。」（見《元遺山文集》卷三十六）

四、龍榆生《東坡樂府箋》（簡稱龍箋本）

此書編年校訂情况已見前文。其箋注大量採自傅本，間有出自鄭叔問手評《東坡樂府》者，也有不少爲龍氏增補。「箋注」在各首詞後，有的詞還附有「評」、「本事」、「附録」等，與「箋注」互爲補充，極有參考價值。唯其採自傅注者，有時不標出處，有時對傅注漏標的作者及書名篇目未有校正，注地名又多採舊説，故在内容體例上還未爲盡善。

（丁）歷代蘇詞選本

一、元好問《東坡樂府集選》

金人元好問所編《東坡樂府集選》，曾於一二三六年九月刊印，今未見傳本。據《元遺山文集·東坡樂府集選引》，可知此書先從上述孫注本中選蘇詞七十五首「遇有語句兩出者擇而從之」，編成其書。

二、《東坡小詞》

明海陽黄嘉惠，字長吉，曾校刊《蘇黄小品》，收《東坡小詞》二卷，共一百零六首。約爲全部蘇詞三分之一。此書當刻於明天啓、崇禎年間。書眉有評語，行間有圈點，分調編次。所選詞皆據茅本。臺灣中央圖書館存原刊本。

三、《東坡詩餘》

《蘇文忠公集選》三十卷，明崔邦亮編選，萬曆二十七年（一五九九）刊版，有楊四知序。此書爲東坡詩、詞、文選本，其《東坡詩餘》一卷，收詞四十二首。

四、序跋

閻小芬編

曾慥《東坡詞拾遺》跋

東坡先生長短句既鏤板，復得張賓老所編并載於蜀本者，悉收之。江山麗秀之句，樽俎戲劇之詞，搜羅幾盡矣。傳之無窮，想像豪放風流之不可及也。紹興辛未孟冬至游居士曾慥題。

傅共《注坡詞》序

東坡□□□□天下，其爲長短句數百章，世以其名尚□□□□閨窗孺弱，亦知愛玩。然其寄意幽渺，指事深遠，片詞隻字，皆有根柢，是以世之玩者，未易識其佳處。譬猶搒奇珍怪之寶，來於異域，光彩照耀，人人駭矚，而□辨質其名物者蓋寡矣。展玩雖□□□□□兹可慨焉。余族子幹，嘗以舊□□□□□用事彰而解之，削其附會者數十□□□□（原注：傳張芸叟所作私期數章，舊於文忠公集見之。以至《更漏子》有「柳絲長」、「春夜闌」之類，則見於《花間集》，乃温庭筠、牛嶠之詞。《鵲踏□（枝）》有「□（一）霎秋風」、「紫菊初生」之類，則見□《本事集》，乃晏元獻公之詞，是皆削而不取。）益之以遺軼者百餘□，□十有二卷。敷陳演析，指摘源流，開卷爛然，衆美在目。予曰：兹一奇也，不可不傳之好事者，使其當瑣窗虚明，棐几净滑，據胡床而支頤，鈎繡幌而曲肱，咀□名之味於口吻之間，軒眉而頷首，□□□破顔，悠然而思，跫然而躍者，皆自子而發之也。自兹以往，别屋閑居，交口教授，吾知秦、柳、晁、賀之倫，束於高閣矣。幹字子立，博覽强記，有前輩風流，視其所注，可以知其人焉。竹溪散人傅共洪甫叙。

葉曾《東坡樂府》序

今之長短句，古三百篇之遺旨也。自風雅隳散，流爲鄭衛侈靡之音，不能復古之淳厚久矣。東坡先生以文名于世，吟詠之餘，樂章數百篇，樂而不淫，哀而不傷，真得六義之體。觀其命意吐詞，非淺學窺測。好事者或爲之注釋，中間穿鑿甚多，爲識者所誚。舊板譚没已久，深有家藏善本，再三校正一新，刻梓以永流布，使先生文章之光焰，復盛於明時，不亦幸乎。延祐庚申正月望日，括蒼雲深葉曾刻於雲間南阜書堂。

毛晉《東坡詞》跋

東坡詩文，不啻千億刻，獨長短句罕見。近有金陵本子，人争喜其詳備，多溷入歐、黄、秦、柳之作，今悉删去。至其詞品之工拙，則魯直、文潛、端叔輩自有定評。

黄丕烈《東坡樂府》跋

余所藏宋元人詞極富，皆精鈔或舊鈔，而名人校藏者，若宋元刻本，向未有焉。既從骨董鋪中獲一元刻稼軒長短句，可稱絶無僅有之物。其時，余友顧千里館余家，共相欣賞，以爲此種寶物，竟以賤直得之，何世之不知寶而子幸遇之乎？蓋辛詞直不過白鏹七金也。近年無力購書，遇宋元刻又不忍釋手，必典質借貸而購之，未免室人交徧讁我矣，故以賣書爲買書，取其可割愛者去之，如鈔本詞屢欲去而爲買宋刻《太平御覽》計是已。今秋顧千里自黎川歸，余訪之城南思適齋。千里曰：「聞子欲賣詞，余反有一詞欲子買之。」余曰：「此必宋刻矣。」千里曰：「非宋刻卻勝于宋刻。昔錢遵王已云：宋本殊不足觀，則元本信亦可寶，請觀之。」則延祐庚申刻東坡樂府也。其時需直三十金，余以囊槖未及購取。後思余欲去詞，辛詞本欲留存，且蘇辛本爲並稱，合之實爲雙璧，因檢書一二種，售諸友人，得銀二十四兩，千里意猶不足，余力實無餘，復益以日本刻簡齋集，如前需數，而交易始成。余遂得以書歸，取毛鈔東坡詞勘之，非一本，二卷雖同，其序次前後，字句歧異，當兩存之。鈔本附東坡詞拾遺一卷，有紹興辛未孟冬至游居士曾慥跋，謂「東坡先生長短句既鏤板，復得張賓老所編并載于蜀本者，悉收之」，似前二卷亦係曾刊，而直齋解題但云東坡詞二卷，不云有拾遺，似非此本。然直齋云集中《戚氏》，叙穆天子西王母事，今毛鈔本亦有此語，似宋刻即毛鈔所自出。而此刻《戚氏》下無此注釋，大概錢所云穿鑿附會者也。且毛鈔遇注釋處，往往云「公舊注」云云，俱與此刻合，而其餘多不同，或彼有此無，或彼無此有，余以毛鈔注釋多標明「公舊注」，則此刻之注釋，乃其舊文，遵王欲棄宋留元，未始無意。此書未必述古舊藏。前明迭經文、王兩家收藏，本朝又爲健菴、滄葦鑒賞，宜此書之益增聲價矣。癸亥季冬六日，蕘翁黄丕烈識。

王運鵬《東坡樂府》跋

右延祐雲間本《東坡樂府》二卷。錢遵王《讀書敏求記》：「東坡樂府二卷，刻於延祐庚申。舊藏注釋宋本，穿鑿蕪陋，殊不足觀，棄彼留此可也。」其説與葉序吻合。按《文獻通考》：「注坡詞二卷。」陳氏曰：「僊溪傅幹撰。」而黄蕘翁跋即以毛鈔中《戚氏》叙穆天子西王母云云，爲宋本穿鑿之證，或未盡然。光緒戊子春，鳳阿同年，聞余有縮刻稼軒長短句之役，復出此册醵我，遂借鈔合刻，中間字句間有僞奪與缺筆敬避及不合六書字體者，悉仍其舊，略存影寫之意。文忠詩文，傳刻極夥，倚聲一集，獨少别本單行，且蘇、辛本屬並稱，而二書踪跡始並見於季滄葦《延令書目》中，繼復同歸黄氏禮居、汪氏藝芸書舍，余復從楊氏海源閣醵刻以行，三百年來合併如故，洵乎藝林佳話，而鳳阿善與人同之量，亦良足多矣。越月刊成，誌其緣起如此。臨桂王鵬運半塘識。

許玉瑑《蘇辛合刻》序

吾鄉藏書之富，自毛氏父子、絳雲、傳是、遵王、延令而後，實數黄氏士禮居。百宋一廛，千元十架，被之歌詠，海内稱盛。道光之季，聊城楊端勤公，建節河上，博搜墳典。於是良賈居奇，不脛而走，孔堂汲郡，欲從末由。自來都下，獲交於公之子勰卿學士，嘗出眎《楹書隅録》，屬爲之序。日月易邁，山海邈然，比者，勰卿令嗣，鳳阿侍讀，同官日下，高密禮堂之遺，崇賢書簏之祕，世守弗失，清棻載揚。暇日公讌，幼霞同年，討論群籍，偶及倚聲，因出元延祐《東坡樂府》及大德信州本《稼軒長短句》二種，蓋即士禮居所藏弆者。予嘗爲幼霞序《雙白詞》，遂慫恿借鈔合刻，以廣其傳，鏤板既成，乃命爲序。竊謂金石不蝕，孤證僅存，緗繩代傳，真本難得，昔病五厄，今有三幸，蓋傳非其人，易飽羽陵之蠹；置非其地，輒遭秦火之燔。曩歲庚申，吴門陸沈藏書之家，鳥鈔殆盡，聊城則園葵不驚，庭草交映，油素四尺，依問字之亭；陶瓶七層，成集古之録，此一幸也。夫中壘精校，僅足以訂訛；驎士細書，亦難以行遠，設非循其條目，予以雕鎪，猶入寶山而空回，過屠門而大嚼。今則新硎焕發，叩寂於七百年以前，舊槧流傳，捃逸於六十種以外，此一幸也。且詞之爲學，賦情各殊，按律有定。蘇、辛以忠愛之旨，寫憂樂之懷，固與姜、張諸家，刻畫宫徵，判然異軌。然鄧林之蔭甚美，弗取其疏；楚畹之蘭競芬，宜汰其似。缺者補之，違者正之，證法界於華嚴，聽秋聲於江上，此一幸也。玉琢未躋唐述，罔識虞初，竊念是書，來自里門，龍威丈人之藏，鶏次渡江之典，沿流討源，實所珍異。且銅琶餘韻，青兕前身，尤足鼓濠梁之化機，趯鄭衛之細響。故人有子，前言不食，是又鄙人所私幸者也。遂不辭而爲之序。光緒戊子初夏，吴縣許玉琢。

馮煦《東坡樂府》序

詞之有南北宋，以世言也；曰秦、柳、姜、張，以人言也。若東坡之於北宋，稼軒之於南宋，並獨樹一幟，不域於世，亦與他家絶殊，世第以豪放目之，非知蘇、辛者也。顧二家專刻，世不恒有，坡詞尤鮮善本。古微前輩，詞家之南董也，酷嗜坡詞，迺取世所傳毛王二刻，訂訛補闕，以年爲經而緯以詞，既定本，屬煦一言簡端。煦嗜坡詞，與前輩同，綜其旨要，厥有四難。詞尚要眇，不貴質寔，顯者約之使隱，直者揉之使曲，一或不善，鉤輈格磔，比於禽言，撲朔迷離，或儕兔迹。而東坡，獨往獨來，一空羈靮，如列子御風，以遊無窮；如藐姑射神人，吸風飲露，而超乎六合之表，其難一也。詞有二派，曰剛與柔。毗剛者，斥温厚爲妖冶；毗柔者，目縱軼爲粗獷。而東坡，剛亦不吐，柔亦不茹，纏綿芳悱，樹秦、柳之前旃；空靈動趯，導姜、張之大輅，唯其所之，皆爲絶詣，其難二也。文不苟作，寄託寓焉，所謂文外有事在也，於詞亦然。然世非懷襄，而效靈均九歌之奏；時非天寶，而擬杜陵八哀之篇。無病而呻，識者恫之。而東坡夙負時望，横遭讒口，連蹇廿年，飄蕭萬里，酒邊花下，其忠愛之誠，幽憂之隱，旁礴鬱積於方寸間者，時一流露，若有意，若無意，若可知，若不可知，後之讀者，莫不睪然思，逌然會，而得其不得已之故，非病而呻者比，其難三也。夫側艷之作，止以導淫；悠繆之辭，或將損性。拘墟小儒，懸爲徽纆。而東坡涉樂必笑，言哀已歎。暗香水殿，時軫舊國之思；缺月疏桐，空弔幽人之影。皆屬寓言，無慙大雅，其難四也。噫！東坡往矣。前輩早登鶴禁，晚棲虎阜。沈冥自放，聊乞玉局之祠；峭直不阿，幾蹈烏臺之案，其於東坡，若合符契。今樂府一刻，殆亦有曠百世而相感者乎？若夫校訂之審，箋注之精，則前輩發其凡矣，此不具書。時宣統二年庚戌夏五月，金壇馮煦。

鄭文焯《東坡詞》跋

東坡樂府汲古本多踳駮，王半塘老人據元延祐舊本，重刊行世，最爲近古。近朱漚尹侍郎復爲審定，以編年體，忞爲三卷。多依據傅藻《紀年録》、王輯年譜，精嚴詳慎，去取不苟。它日墨版流轉，足當善本，視此有淄澠之别矣。

林大椿《東坡樂府》跋

《東坡樂府》二卷，臨桂王氏鵬運，於光緒戊子釀聊城楊氏海源閣藏黄氏士禮居所收元延祐庚申本，重刊之四印齋。宣統辛亥間，歸安朱氏祖謀，復取元刻及毛氏汲古閣本，重爲編年，分三卷。編年者二百有四首，不編年者一百三十有七首，此近世傳本中之最備者也。元刻雖較近古，然亦間有訛誤，經朱氏一一斠訂，始成完璧。朱氏爲詞家南董，古本陳編，一出其手，不啻玉尺。顧朱氏之編年本，既未能一一以年月爲經緯，使每首皆得其出處，則元刻之以調類列，便於披讀，未始不善也。兹本體裁，一依元刻，其文字斠定，則悉從朱氏。别録校記一卷。其元刻所未載者，爲補遺一卷。以子由所撰墓誌銘冠於篇首，俾讀者備悉公之生平。詞本長短句，故句讀實難，若一一按調尋聲，殊稱弗便，因於校寫之餘，并爲之標點，其押韻以雙圈識之。中華民國十五年九月九日，閩侯林大椿。

夏敬觀《東坡樂府箋》序

詩文集非出手定，爲後人所輯録者，往往次序凌獵，讀者不得尋迹相證，以窺其旨，於是乎有編年。摛藻遺詞，字有來歷，校正訛舛，必詳其源，於是乎有箋注。東坡詩前有百家王注，毗陵邵長蘅、海寧查慎行、桐鄉馮應榴、仁和王文誥，踵起編年校補，可謂備矣。獨其詞别本單行，未有從事編注者，歸安朱漚尹侍郎，始爲之校訂編年，刊之彊邨叢書中。吾友萬載龍君榆生，好學深思，以能詩詞，先後教授於廈門、上海諸大學，暇日復取漚尹所編本，考證箋注，精覈詳博，靡溢靡遺。

夫詞於文章，先輩所視爲小道也，然以古例今，街巷謳謡，輶軒所采，士夫潤色，升歌廟堂，三百篇亦周代之詞耳。古今文字嬗降，詩變爲五七言，又變而爲詞，爲南北曲，愈近則愈切於民俗國故。詞莫盛於趙宋，樂章片玉，幾乎家絃户誦。東坡在當時，異軍特起，孤抱幽憂，託於風人微旨，宜榆生好之篤而考訂之勤也。比集朋輩爲漚社，月課一詞，座中榆生年最少，著述最矜慎。箋方畢，齎稿就予殷殷求益，予不能有助於榆生也，因爲序言以歸之。新建夏敬觀。

夏承燾《東坡樂府箋》序

昔李東陽論坡詩，謂漢魏以前，詩格簡古，不得著細事長語。杜詩稍爲開闢，韓一衍之，蘇再衍之，於是情與事無不可盡。此説也，予以爲尤合於論坡詞。蓋詩至玉川、逋翁，縱横奇詭，已非杜韓所能牢籠，雖坡無以遠過。若其詞横放傑出，盡覆花間舊軌，以極情文之變，則洵前人所未有，擷其粗迹，凡有數創焉。杜韓以議論爲詩，宋人推波以及詞，若山谷、聖求、坦庵、竹齋諸家之論禪，重陽、丹陽、磻溪、清庵諸羽流之論道，以及稼軒、中庵、方壺、西崖之論文，徐鹿卿、陸牆東之論政，枝歧蜕嬗，溯其源實出於坡之《如夢令》《無愁可解》。仲淹、半山，未足比數，此其一也。曹公謝客，好摭經子入詩，在詞則坡之《醉翁操》《西江月》《浣溪沙》爲其權輿，後來龍洲、竹齋之用語孟，稼軒、方壺之用詩騷，清庵、虚靖之用易老，以及方壺、衣絮之取義淮南，蘆川、稷雪之數典詩疏，雖落言筌，無嫌質實。樂府指迷以不用經典爲清真冠絶者，非可持繩諸賢不羈之駕，此其二也。湯衡序于湖詞，謂元祐諸公，嬉弄樂府，寓以詩人句法，發自坡公，此殆指《水調歌頭》之檃括韓詩，《定風波》之裁成杜句。他如以歸去來辭諧《哨徧》，以山海經協《戚氏》，合文入樂，尤坡之創製。繼起如石林、陽春、遯庵、道園、後邨、竹山，皆有括淵明李杜之詩，馬遷蘇歐之文。吾鄉林正大風雅遺音，且裒爲專集，固近緒餘，亦見創格，此其三也。荆公、子野，始稍稍具詞題，然寂寥短語，引意而止。坡之《西江月》《滿江紅》《定風波》，皆系詳序，《水龍吟》一章，尤斐然長言，自成體制，效之者稼軒、明秀、遺山、秋澗、蘋洲，皆二百餘字，方是閒之《哨徧》，明秀之《雨中花》，皆逾三百字，白石且以四百數十字序《徵招》，詩人製題之風，浸淫及詞，撢其朔亦必及坡，此其四也。要之令詞自晏歐以降，其勢漸窮，耆卿闡其變於聲情，東坡肆其奇於文字。昔之以瑩冰暉露，不著迹象爲尚者，至是泮爲江河，而沛然莫禦。蓋自凝而散，合其道於詩文矣。四端旨要，無以逾此。雖云禁囿既開，横流亦濫，其功罪未可遽論，然此豈暖姝拘墟之徒所當容議哉？榆生此箋，繁徵博稽，十倍舊編，東坡功臣，無俟乎揚贊。委爲弁言，聊舉碎義，祈爲讀坡詞者之一助。若云管窺筦舉，未覽其全，則詹詹固無所逃難也。一九三四年十月，永嘉夏承燾敬序。

龍榆生《東坡樂府箋》後記

曩從上虞羅子經先生假得南陵徐氏藏舊鈔傅幹《注坡詞》殘本，取校毛氏汲古閣本、王氏四印齋影元延祐本、朱氏彊邨叢書編年本，時有勝義。而所注典實，多不標出原書，因爲博稽羣籍，更依朱本編年，作爲此箋，以便讀者。其原注可用者仍之，并於每闋之下，別標傅本卷目，以存其舊。案《直齋書録解題》："注坡詞二卷，僊谿傅幹撰。"今所見鈔本則爲十二卷，卷首有竹溪散人傅共序，稱幹字子立，爲其族子。考元人黄真仲重訂《僊谿志》："共傅權子，紹興二年張九成榜特奏名。洪邁《容齋隨筆》，則言紹興中，有傅洪秀才，注蘇詞版行，頗譏其紕謬，疑其書即此本。殆以卷首有共序，共字洪甫，牽涉而率詆之歟。蘇學大盛於金源，據《元遺山文集》，知當世選注蘇詞者，不止一家，而代遠年湮，遺編莫研，僅此傅氏殘本，猶得流傳於天壤間，亦一大幸事。予既加以採録，又從徐積餘先生假得鄭叔問手評《東坡樂府》，於本箋不少補助，特并附著於此。至於校訂之役，則得力於揚州丁寧女士爲多云。一九三五年七月，龍榆生附記。

趙萬里《東坡樂府》後記

右元延祐七年葉曾雲間南阜草堂刻本東坡樂府，爲今日所見坡詞最古刻本。迭經黄丕烈士禮居、汪士鐘藝芸精舍、楊紹和海源閣收藏。海源閣書散，歸天津周叔弢先生。一九五二年叔弢先生藏書捐獻政府，此書與元大德三年廣信書院刻本稼軒長短句，同歸北京圖書館。清光緒間臨桂王鵬運曾從楊氏借來刻入四印齋刻詞，雖行款未易，而原書面貌，不可復見。今據原本影印，使世人得見元本真相，當亦爲治古典文學者所樂聞也。

案東坡詞，自來全集均未收。陳振孫直齋書録解題有二卷本。其本疑即明人吴訥四朝名賢詞本，今在天津圖書館。又有黄氏士禮居舊藏毛氏汲古閣影宋抄本，編次與吴訥本同。二卷本卷末附拾遺詞，目後有曾慥跋文：

東坡先生長短句既鏤版，復得張賓老所編並載於蜀本者悉收之。江山麗秀之句，樽俎戲劇之詞，搜羅幾盡矣。傳之無窮，想像豪放風流之不可及也。紹興辛未孟冬至遊居士曾慥題。

據此知東坡詞南宋初有曾慥刻本。慥又輯樂府雅詞，録北宋與南宋初年名家詞殆遍，但未及東坡詞。當因東坡詞曾氏别有專刊，故雅詞中不收。曾氏又據張賓老所編並見於蜀本者補詞四十一首，爲拾遺詞，殿於卷末。此本分上下卷，但後無拾遺詞。余疑此本原亦有拾遺詞。何以知之？考毛氏汲古閣刻本東坡詞，凡毛氏注「元刻逸」或「元刻不載」諸作，如《好事近》「煙外倚危樓」一闋，《玉樓春》「元宵似是歡遊好」等三闋，《臨江仙》「昨夜渡江何處宿」一闋，《蝶戀花》「記得畫屏初會遇」等五闋，《漁家傲》「臨水縱横回晚鞚」一闋，《江城子》「膩紅勻臉襯檀唇」一闋，《意難忘》「花擁鴛房」一闋（案此是程垓書舟詞），《雨中花慢》「邃院重簾」等二闋，《水龍吟》「小溝東接長江」等二闋，此本均未收。知毛氏所謂元本，當即此本。曾編拾遺詞四十一首，毛本除《江城子》「南來飛燕北歸鴻」一闋，係秦淮海作，不復出外，其餘四十首，毛氏散編各調下，均未注明「元本逸」或「元本不載」。可見毛氏所見元本，當有此拾遺四十一首，而此本則因年久失去，固非不可能也。細檢毛氏所據元本，間有與此本不符處，如《虞美人》「歸心正似三春草」一闋，毛本題云「元刻述懷」；案此本無述懷二字，與毛舉元刻不同。又《江城子》「鳳凰山下雨初晴」一闋，毛本題云「元刻江景」；案此本題作「湖上與張先同賦」，曾慥本則作「江景」。凡此疑皆毛氏刊書時校訂疏漏，未據元本覆勘之故，似非毛氏所據元本如此。

吾人據此本以校毛本，據朱孝臧先生統計，除去《浣溪沙》「風壓輕雲貼水飛」一闋，係李後主詞，不重出外，此本有而毛本無者，得《減字木蘭花》等八闋，此本無而毛本有者，得《浪淘沙》等五十九闋。如此參差不齊，蓋亦有因。毛本所據之底本，據毛晉自跋，原出金陵本子。案此金陵本子，疑即焦竑所編東坡二妙集本。焦本東坡先生詩餘，原出曾慥本更益以某本（此本現已失傳，疑是宋元時坊本），按調名類次混合編成。凡毛本有此本無者五十九闋，除《浣溪沙》「晚菊花前斂翠蛾」一闋，《永遇樂》「天末山横」一闋外，皆備於焦本，文字亦幾全同。此本有毛本無者八闋，則不見於焦本，可見焦氏實未見此本。毛氏編刊時，未將此本細細對看，僅於少數詞調下，記明「元本逸」或「元本失載」字樣，以自詡其本之善。其他異同，未遑從事比勘，疏誤百出，與毛刻他書情况正同。由此觀之，此本與曾慥本，實爲傳世坡詞二個最重要的本子。東坡二妙集本，也有參考價值，其中有些作品，可能是後人贋作。至於毛本，則自鄶以下，不足道矣。

此本有黄丕烈跋尾。跋云：「錢遵王已云宋本殊不足觀，……似宋刻即毛抄所自出，而此刻戚氏下，無此注釋，大概錢所云穿鑿附會者也。」案此説實誤。錢遵王《讀書敏求記》云：「東坡樂府刻於延祐庚申。舊藏注釋宋本，穿鑿蕪陋，殊不足觀。」所謂注釋宋本，實指宋人傅幹《注坡詞》，其書十二卷，直齋書録解題誤作二卷。二十年前，余於上海徐積餘先生處，得見新抄本，從范氏天一閣藏明抄本傳録，注釋淺陋，誠有如遵王所譏者。黄氏以毛氏影宋抄本當之，可謂失之眉睫矣。

錢遵王所藏延祐庚申刻本，與毛晉據校之元本，余疑皆即此本。此本前有季振宜藏書一印，知曾入延令書目。遵王晚年斥所藏宋元本及抄本書，歸諸季氏，此書疑亦隨同出售。又遵王與隱湖毛氏往還甚密，毛晉父子嘗從遵王假讀，亦固其所。或疑此本前後無遵王印記，謂非遵王藏本。案遵王藏書未鈐印記即斥售者，數不在少，如脈望館抄本古今雜劇，亦無遵王印記。由此可知，明末迄今，年逾三紀，一脈相承，僅見此本。治坡詞者，自當以球璧視之矣。

東坡天才横溢，熱情奔放。其詞於抒情寫景外，有時發點議論，以散文句法入詞，别開生面。

宋人謂坡詞乃曲子内縛不住者。又謂坡詞絶去筆墨畦徑，直造古今不到處，即指此等處。此本詞題清俊隱秀，自然典雅，較曾本有很大不同。並世不乏知音，當能鑒我言也。

趙萬里　一九五七年五月十四日

蘇軾詞編年校注主要引用書目

（一）詞叢編類

唐宋名賢百家詞一百三十二卷　明吴訥編　明抄本　天津圖書館藏
唐宋名賢百家詞一百三十卷　明吴訥編　梁啓超傳抄本　北京圖書館藏
宋名家詞九十一卷　明毛晉編　明汲古閣刊本　北京圖書館藏
詞苑英華四十五卷　明毛晉編　明汲古閣刊本　北京圖書館藏
詞學叢書二十三卷　清秦恩復編　清嘉慶享帚精舍刊本　北京圖書館藏
四印齋所刻詞六十二卷　清王鵬運編　清光緒刊本
西泠詞萃九卷　清丁丙編　清光緒刊本
蜀十五家詞十七卷　吴虞編　民國排印本
景刊宋金元明本詞四十種一百三十二卷　吴昌綬輯　陶湘續輯　宣統三年至民國十六年刊本
校輯宋金元人詞七十三卷　趙萬里輯　民國二十年排印本
彊村叢書二百六十卷　朱祖謀輯　一九二二年第三次校補本

唐宋金元詞鈎沈四十八卷　近人周永濟輯　一九三七年排印本
全宋詞　唐圭璋編　一九八〇年中華書局出版
全宋詞補輯　孔凡禮輯　一九八一年中華書局出版
全金元詞　唐圭璋編　一九七九年中華書局出版
全唐五代詞　張璋　黄畬編　一九八六年中華書局出版

（二）詞别集類

張子野詞二卷補遺二卷　宋張先撰　知不足齋叢書本
珠玉詞一卷　宋晏殊撰　清抱經齋抄本　北京圖書館藏
小山詞一卷　宋晏幾道撰　清抱經齋抄本　北京圖書館藏
注坡詞十二卷　宋傅幹注　抄本　北京圖書館藏　又曬藍本　北京大學圖書館藏
東坡樂府二卷　宋蘇軾撰　中華書局景印元延祐雲間本
東坡先生詩餘二卷　宋蘇軾撰　明刊《蘇長公二妙集》本　北京圖書館藏
東坡樂府箋三卷　龍榆生撰　一九五八年商務印書館出版
東坡詞三卷　曹樹銘撰　一九六八年香港萬有圖書公司出版

東坡樂府校訂箋注　鄭向恒撰　一九七七年臺灣學藝出版社出版
東坡樂府編年箋注　石聲淮、唐玲玲箋注　一九九〇年七月華中師範大學出版社出版
傅幹注坡詞　劉尚榮校證　一九九三年七月巴蜀書社出版
東坡詞編年箋證　薛瑞生箋證　一九九八年九月三秦出版社出版
山谷琴趣外篇三卷　宋黃庭堅撰　續古逸叢書景宋本
山谷詞一卷　宋黃庭堅撰　四庫全書本
豫章黃先生詞　宋黃庭堅撰　龍榆生校點　一九五七年中華書局出版
淮海居士長短句三卷　宋秦觀撰　宋乾道刻紹興修本　北京圖書館藏
淮海詞箋注　王輝曾撰　一九三四年文化學社出版
淮海居士長短句　龍榆生校點　一九五七年中華書局出版
淮海詞箋注　楊世明撰　一九八四年四川人民出版社出版
淮海居士長短句　徐培均校注　一九八五年上海古籍出版社出版
東山詞　鍾振振校注　一九八九年十二月上海古籍出版社出版
石林詞一卷　宋葉夢得撰　四庫全書本
斷腸詞一卷　宋朱淑貞撰　四庫全書本

漱玉詞一卷　宋李清照撰　四庫全書本
片玉集十卷附校記一卷　宋周邦彦撰　宋陳元龍注　四部備要本
片玉集二卷補遺一卷　宋周邦彦撰　四庫全書本
清真集　宋周邦彦撰　吴則虞校點　一九八一年中華書局出版
周邦彦清真集箋　羅忼烈箋注　一九八五年二月香港三聯書店出版
稼軒詞編年箋注　鄧廣銘箋注　一九七八年上海古籍出版社出版
花外集　宋王沂孫撰　知不足齋叢書本
花外集一卷附録一卷　宋王沂孫撰　四部備要本
遺山新樂府五卷　金元好問撰　殷禮在斯堂叢書本
遺山樂府編年小箋　吴庠注　一九八二年香港中華書局出版
遺山先生新樂府五卷　金元好問撰　清咸豐五年鉏月山房校本

（三）詞總集類

花間集十二卷附補二卷　後蜀趙崇祚輯　明温博補輯　四部叢刊本
花間集校十卷　李一氓校　一九八一年人民文學出版社出版

尊前集二卷　佚名輯　四庫全書本

樂府雅詞三卷拾遺二卷　宋曾慥輯　四部叢刊本　又四庫全書本

唐宋諸賢絶妙詞選十卷　宋黄昇輯　四部叢刊本

中興以來絶妙詞選十卷　宋黄昇輯　四部叢刊本

花菴詞選二十卷　宋黄昇輯　四庫全書本

陽春白雪八卷外集一卷　宋趙聞禮輯　叢書集成本

絶妙好詞箋七卷續鈔一卷續鈔補録一卷　宋周密輯　清查爲仁、厲鶚箋　續鈔清余集輯　補録清徐楙輯　四部備要本

增修箋注妙選羣英草堂詩餘前集二卷後集二卷　四部叢刊景明安肅荆聚本

精選名賢詞話草堂詩餘二卷　明陳鍾秀校　明嘉靖十七年刊本　北京圖書館藏

草堂詩餘別録一卷後集別録一卷　明張綖選　明嘉靖十七年抄本　中國科學院圖書館藏

類編草堂詩餘四卷　武陵逸史編次　四庫全書本　又四部備要本

草堂詩餘前集二卷後集二卷　明嘉靖三十三年楊金刊本　北京圖書館藏

類編草堂詩餘三卷　明胡桂芳重輯　明萬曆三十五年黄作霖等刊本　北京圖書館藏

草堂詩餘五卷　明楊慎批點　明刊詞壇合璧本　又懺花盦叢書本　北京大學圖書館藏

新刻訂正評注便讀草堂詩餘七卷　明董其昌批評　明萬曆二十一年喬山書舍刊本　北京圖書館藏

類選箋釋草堂詩餘六卷續選二卷　明顧從敬箋釋　明錢允治續選　明萬曆四十二年刊本　北京圖書館藏

新刻注釋草堂詩餘評林六卷　明李廷機批評　翁正春校正　明萬曆三十二年刊本　北京圖書館藏

新刻題評名賢詞話草堂詩餘六卷　明李攀龍補遺　陳繼儒校正　明萬曆三十四年刊本　北京圖書館藏

新刻批評注釋草堂詩餘雋四卷　明吴從先輯　明刊本　北京圖書館藏

草堂詩餘正集六卷續集二卷　明沈際飛評　明刊本

草堂詩餘別集四卷新集五卷　明沈際飛選　明刊本

花草粹編十二卷　明陳耀文輯　一九三三年國學圖書館影明萬曆本

詞的四卷　明茅韡輯　明刊詞壇合璧本　北京大學圖書館藏

古今詞統十六卷　明卓人月輯　明刊本　北京圖書館藏

古今詩餘醉十五卷　明潘游龍選　明刊本　北京圖書館藏

林下詞選十四卷　清周銘選　清康熙刊本　北京圖書館藏
見山亭古今詞選三卷　清陸次雲選　清康熙刊本　中國科學院圖書館藏
詞綜三十六卷　清朱彝尊、汪森輯　一九七八年上海古籍出版社出版
歷代詩餘一百二十卷　清沈辰垣等輯　清内府刊本
古今别腸詞選四卷　清趙式輯　清康熙四十八年遺經堂刊本　北京圖書館藏
古今詞選十二卷　清沈時棟選　清康熙刊本　北京圖書館藏
晚香室詞録八卷　清周琦之輯　清抄本　北京大學圖書館藏
閩詞鈔六卷　清葉申薌輯　清道光刻本　北京大學圖書館藏
三李詞不分卷　清楊文斌輯　清光緒刊本　中國科學院圖書館藏
雲韶集二十六卷　清陳世焜輯　清抄本　北京大學圖書館藏
詞則四種二十四卷　清陳廷焯輯　清抄本　北京大學圖書館藏
宋六十一家詞選十二卷　清馮煦輯　光緒刊本
藝蘅館詞選　梁令嫻選　一九三五年上海中華書局出版
唐詩宋詞選　徐聲越選　一九三六年出版
宋詞舉　陳匪石選　一九四七年正中書局出版

（四）詞話類

詞話叢編　唐圭璋輯　一九三四年排印本　又一九八六年中華書局出版

詞苑叢談十二卷　清徐釚輯　一九八一年上海古籍出版社出版

詞林紀事二十二卷　清張宗橚輯　一九八二年成都古籍書店復印

詞壇紀事三卷　清李良年撰　叢書集成本

詞家辨證一卷　清李良年撰　叢書集成本

詞統源流一卷　清彭孫遹撰　叢書集成本

詞藻四卷　清彭孫遹撰　叢書集成本

（五）詞譜類

詞律二十卷　清萬樹撰　清光緒刊本

詞譜四十卷　清王奕清等編　一九八三年中國書店據清康熙五十四年内府刻本影印

詞律拾遺八卷　清徐本立撰　清同治刊本

填詞圖譜六卷續集三卷　清賴以邠輯查繼超增輯　詞學全書本

制曲十六觀一卷　元顧韡撰　叢書集成本

（六）史部類

史記一百三十卷　漢司馬遷撰　中華書局出版
漢書一百二十卷　漢班固撰　中華書局出版
後漢書一百二十卷　南朝宋范曄撰　中華書局出版
三國志六十五卷　晉陳壽撰　中華書局出版
晉書一百三十卷　唐房玄齡撰　中華書局出版
宋書一百卷　南朝梁沈約撰　中華書局出版
南齊書五十九卷　南朝梁蕭子顯撰　中華書局出版
梁書五十六卷　唐姚思廉撰　中華書局出版
陳書三十六卷　唐姚思廉撰　中華書局出版
魏書一百一十四卷　北齊魏收撰　中華書局出版
北齊書五十卷　唐李百藥撰　中華書局出版
周書五十卷　唐令狐德棻撰　中華書局出版

隋書八十五卷　唐魏徵撰　中華書局出版
南史八十卷　唐李延壽撰　中華書局出版
北史一百卷　唐李延壽撰　中華書局出版
舊唐書二百卷　五代後晉劉昫撰　中華書局出版
新唐書二百二十五卷　宋歐陽修撰　中華書局出版
舊五代史一百五十二卷　宋薛居正撰　中華書局出版
新五代史七十五卷　宋歐陽修撰　中華書局出版
宋史四百九十六卷　元脱脱等撰　中華書局出版
十國春秋一百一十六卷　清吴任臣撰　中華書局出版
竹書紀年二卷　四庫全書本
春秋經傳集解　春秋左丘明傳　晉杜預注　一九五五年文學古籍刊行社出版
戰國策三十三卷　漢劉向集録　一九七八年上海古籍出版社出版
資治通鑑二百九十四卷　宋司馬光撰　中華書局出版
續資治通鑑二百二十卷　清畢沅撰　中華書局出版
續資治通鑑長編五百二十卷　宋李燾撰　上海古籍出版社出版

東都事略一百三十卷　宋王稱撰　四庫全書本
襄陽耆舊傳一卷　晉習鑿齒撰　説郛本
吴越春秋十卷　漢趙曄撰　江蘇古籍出版社出版
越絶書十五卷　漢袁康撰　四部叢刊本
燼餘録二卷　元徐大焯撰　望炊樓叢書本
晉陽秋一卷　晉庾翼撰　説郛本
續晉陽秋一卷　南北朝宋檀道鸞撰　説郛本
荆楚歲時記　晉宗懔撰　四部備要本
荆楚歲時記校注　王毓榮校注　臺灣文津出版社出版
玉燭寶典十二卷　隋杜臺卿撰　叢書集成本
乾淳歲時記　宋周密撰　説郛本
歲時廣記四十二卷　宋陳元靚撰　叢書集成本
月令通考十六卷　明盧翰撰　四庫全書本
三輔黄圖六卷　四庫全書本
括地志輯校　唐李泰撰　賀君次輯校　一九八〇年中華書局出版

元和郡縣圖志四十卷　唐李吉甫撰　一九八三年中華書局出版
太平寰宇記一百九十三卷　宋樂史撰　清光緒八年金陵書局刊
元豐九域志十卷　宋王存撰　一九七一年臺灣文海出版社出版
輿地廣記三十八卷　宋歐陽忞撰　一九七一年臺灣文海出版社出版
方輿勝覽七十卷　宋祝穆撰　一九八一年臺灣文海出版社出版
輿地紀勝二百卷　宋王象之撰　一九七一年臺灣文海出版社出版
清一統志五百卷　四部叢刊三編本
乾道臨安志三卷　宋周淙撰　一九八三年浙江人民出版社出版
淳祐臨安志六卷　宋施諤撰　一九八三年浙江人民出版社出版
咸淳臨安志九十三卷　宋潛説友撰　四庫全書本
吴郡志五十卷　宋范成大撰　四庫全書本
咸淳重修毗陵志三十卷　宋史能之撰　清乾隆二十五年刊本
嘉定鎮江志二十二卷　宋盧憲撰　宛委別藏本
弘治黄州府志十卷　明盧希哲撰　天一閣藏明方志選刊本
嶺表録異三卷補遺一卷　唐劉恂撰　魯迅校勘　一九八三年廣東人民出版社出版

四朝聞見録五集　宋葉紹翁撰　知不足齋叢書本
中吴紀聞六卷　宋龔明之撰　知不足齋叢書本
桃溪客語五卷　清吴騫撰　叢書集成本
東京夢華録十卷　宋孟元老撰　一九五六年古典文學出版社出版
東京夢華録注十卷　鄧之誠注　一九八二年中華書局出版
夢粱録二十卷　宋吴自牧撰　一九八〇年浙江人民出版社出版
武林舊事十卷　宋周密撰　一九八一年西湖書社出版
蜀中廣記一百零八卷　明曹學佺撰　四庫全書本
西湖遊覽志二十四卷　明田汝成撰　一九八〇年浙江人民出版社出版
西湖遊覽志餘二十六卷　明田汝成撰　一九八〇年浙江人民出版社出版
水經注校四十卷　王國維校　一九八四年上海人民出版社出版　又四部叢刊本
大唐六典三十卷　唐毋煚等撰　一九八三年中華書局出版
白孔六帖一百卷　唐白居易　宋孔傳撰　四庫全書本
通典二百卷　唐杜佑撰　一九八四年中華書局出版　又十通本
文獻通考三百四十八卷　元馬端臨撰　十通本

（七）傳記、年譜類

宋人所撰三蘇年譜彙刊　王水照編　一九八九年十一月上海古籍出版社出版
宋文忠公詩編注集成總案　清王文誥撰　一九八五年十一月巴蜀書社出版
蘇東坡傳　林語堂著　一九八八年十二月時代文藝出版社出版
蘇軾評傳　曾棗莊著　一九八四年六月四川人民出版社第二版
蘇軾年譜　孔凡禮撰　一九九八年二月中華書局出版
蘇洵評傳　曾棗莊著　一九八三年五月四川人民出版社出版
蘇轍年譜　曾棗莊著　一九八六年一月陝西人民出版社出版
王荆公年譜考略　清蔡上翔撰　一九七三年八月上海人民出版社出版
唐宋詞人年譜　夏承燾撰　一九七九年五月上海古籍出版社出版

（八）子部類

孔子家語十卷　魏王肅注　四部叢刊本
孔子家語疏證十卷　清陳士珂撰　一九四〇年商務印書館出版

孔叢子二卷　漢孔鮒撰　百子全書本
老子道德經二卷　周李耳撰　魏王弼注　百子全書本
老子注釋　復旦大學哲學系《老子注釋》組注　一九七七年上海人民出版社出版
莊子三卷　周莊周撰　百子全書本
列子二卷　周列禦寇撰　百子全書本
抱朴子内篇四卷外篇四卷　晉葛洪撰　百子全書本
晏子春秋八卷　周晏嬰撰　百子全書本
尸子二卷　周尸佼撰　百子全書本
吕氏春秋二十六卷　秦吕不韋撰　百子全書本
淮南子二十一卷　漢劉安撰　漢高誘注　四部備要本
白虎通德論四卷　漢班固撰　百子全書本
風俗通義十卷　漢應劭撰　百子全書本
風俗通義校注十卷　王利器校注　一九八一年中華書局出版
古今注三卷　晉崔豹撰　一九五六年商務印書館出版
中華古今注三卷　後唐馬縞輯　一九五六年商務印書館出版

鹽鐵論二卷　漢桓寬撰　百子全書本
説苑二十卷　漢劉向撰　百子全書本
齊民要術十卷雜説一卷　後魏賈思勰撰　百子全書本
山海經十八卷　晉郭璞撰　百子全書本
山海經校注十八卷　袁軻校注　一九八〇年上海古籍出版社出版
海内十洲記　漢東方朔撰　百子全書本　又説庫本
神異經一卷　漢東方朔撰　百子全書本
穆天子傳六卷　晉郭璞注　百子全書本
拾遺記十卷　晉王嘉撰　晉蕭綺録　一九八一年中華書局出版
搜神記二十卷　晉干寶撰　百子全書本　又一九七九年中華書局出版
搜神後記十卷　晉陶潛撰　百子全書本
博物志十卷　晉張華撰　百子全書本
續博物志十卷　宋李石撰　百子全書本
異苑十卷　南朝宋劉敬叔撰　説庫本
韓詩外傳集釋十卷　漢韓嬰撰　許維遹校釋　一九八〇年中華書局出版

述異記二卷　梁任昉撰　百子全書本　又説庫本
續齊諧記一卷　梁吴均撰　説郛本
列仙傳二卷　漢劉向撰　四庫全書本
神仙傳十卷　晉葛洪撰　四庫全書本
漢武帝内傳一卷　漢班固撰　四庫全書本
漢武故事一卷　漢班固撰　四庫全書本
趙飛燕外傳一卷　漢伶玄撰　説郛本
楊太真外傳二卷　宋樂史撰　説郛本
高士傳三卷　晉皇甫謐撰　四部備要本
開元天寶遺事二卷　後周王仁裕撰　叢書集成本
西京雜記六卷　晉葛洪撰　筆記小説大觀本
世説新語箋疏六卷　南朝宋劉義慶撰　余嘉錫箋疏　一九八三年中華書局出版
殷芸小説十卷　梁殷芸撰　一九八四年上海古籍出版社出版
隋唐嘉話三卷　唐劉餗撰　一九五七年古典文學出版社出版
朝野僉載六卷　唐張鷟撰　一九七九年中華書局出版

唐國史補三卷　唐李肇撰　一九五八年古典文學出版社出版
大唐新語十三卷　唐劉肅撰　一九五七年古典文學出版社出版
明皇雜録二卷補遺一卷附校勘記逸文一卷　唐鄭處誨撰　叢書集成本
酉陽雜俎前集二十卷續集十卷　唐段成式撰　一九八一年中華書局出版
雲溪友議十二卷　唐范攄撰　叢書集成本
裴鉶傳奇　唐裴鉶撰　周楞伽輯注　一九八〇年上海古籍出版社出版
雲仙雜記十卷　唐馮贄撰　四部叢刊本
松窗雜録一卷　唐李濬撰　四庫全書本
羯鼓録一卷　唐南卓撰　一九五八年古典文學出版社出版
杜陽雜編三卷　唐蘇鶚撰　筆記小説大觀本
唐摭言十五卷　五代王定保著　一九六〇年五月中華書局出版
唐語林八卷　宋王讜撰　一九七八年上海古籍出版社出版
北夢瑣言二十卷逸文四卷　宋孫光憲撰　一九八一年上海古籍出版社出版
澠水燕談録十卷　宋王闢之撰　一九八一年中華書局出版
歸田録二卷　宋歐陽修撰　一九八一年中華書局出版

涑水記聞十六卷　宋司馬光撰　叢書集成本
夢溪筆談二十六卷　宋沈括撰　一九六三年中華書局出版
東坡志林五卷　宋蘇軾撰　一九八一年中華書局出版
仇池筆記二卷　宋蘇軾撰　一九八三年華東師範大學出版社出版
冷齋夜話十卷　宋釋惠洪撰　筆記小説大觀本
談苑五卷　宋孔平仲撰　叢書集成本
明道雜志一卷　宋張耒撰　叢書集成本
泊宅編十卷　宋方勺撰　一九八三年中華書局出版
春渚紀聞十卷　宋何薳撰　一九八三年中華書局出版
鐵圍山叢談六卷　宋蔡絛撰　一九八三年中華書局出版
五總志一卷　宋吴坰撰　叢書集成本
西畬瑣録一卷　宋孫宗鑑撰　學海類編本
東臯雜録一卷　宋孫宗鑑撰　説郛本
鷄肋編三卷　宋莊綽撰　一九八三年中華書局出版
清波雜志十二卷　宋周煇撰　四部叢刊本

清波別志二卷　宋周煇撰　知不足齋叢書本
捫蝨新話十五卷　宋陳善撰　津逮秘書本
容齋隨筆十六卷續筆十六卷三筆十六卷四筆十六卷五筆十卷　宋洪邁撰　四部叢刊本
西溪叢語二卷　宋姚寬撰　叢書集成本
曲洧舊聞十卷　宋朱弁撰　叢書集成本
避暑録話二卷　宋葉夢得撰　叢書集成本
老學菴筆記十卷續筆記一卷　宋陸游撰　一九七九年中華書局出版
萍洲可談三卷　宋朱彧撰　叢書集成本
墨莊漫録十卷　宋張邦基撰　四部叢刊本
能改齋漫録十八卷　宋吴曾撰　一九七九年上海古籍出版社出版
甕牖閒評八卷　宋袁文撰　叢書集成本
演繁露十六卷　宋程大昌撰　津逮祕書本
獨醒雜志十卷　宋曾敏行撰　叢書集成本
芥隱筆記一卷　宋龔頤正撰　叢書集成本
雲麓漫抄十五卷　宋趙彦衛撰　叢書集成本

蘆浦筆記十卷　宋劉昌詩撰　叢書集成本
螢雪叢説二卷　宋俞成撰　叢書集成本
梁溪漫志十卷　宋費衮撰　四庫全書本
耆舊續聞十卷　宋陳鵠撰　叢書集成本
鶴林玉露十六卷補遺一卷　宋羅大經撰　叢書集成本
鶴林玉露十八卷　宋羅大經撰　一九八三年中華書局出版
吹劍録全編四卷　宋俞文豹撰　一九五八年古典文學出版社出版
賓退録十卷　宋趙與時撰　叢書集成本
貴耳集三卷　宋張端義撰　叢書集成本
南村輟耕録三十卷　元陶宗儀撰　四部叢刊本
敬齋古今黈十二卷　元李治撰　叢書集成本
丹鉛餘録十七卷續録十二卷摘録十三卷總録二十七卷　明楊慎撰　四庫全書本
留青日札四十卷　明田藝蘅撰　明刊本　北京圖書館藏
東坡事類二十二卷　清梁廷枏撰　藤花亭十七種本
墨客揮犀十卷　宋彭乘撰　稗海本

青箱雜記十卷　宋吴處厚撰　稗海本
侯鯖録八卷　宋趙令畤撰　叢書集成本
揮麈前録四卷後録十一卷三録三卷餘話二卷　宋王明清撰　叢書集成本
玉照新志五卷　宋王明清撰　叢書集成本
河南邵氏聞見前録二十卷　宋邵伯温撰　叢書集成本
河南邵氏聞見後録三十卷　宋邵博撰　叢書集成本
野客叢書三十卷　宋王楙撰　叢書集成本
東園叢説二卷　宋李如箎撰　四庫全書本
癸辛雜識前集一卷後集一卷續集二卷别集二卷　宋周密撰　津逮祕書本
七修類稿五十一卷續稿七卷　明郎瑛撰　清乾隆四十年耕烟草堂刊本
堯山堂外紀一百卷　明蔣一葵撰　明萬曆刊本　北京大學圖書館藏
初學記三十卷　唐徐堅等撰　一九六二年中華書局出版
藝文類聚一百卷　唐歐陽詢撰　一九六五年中華書局出版
太平廣記五百卷　宋李昉等輯　一九五九年人民文學出版社出版
類説六十卷　宋曾慥輯　一九七〇年臺灣藝文出版社出版

皇朝事實類苑六十八卷　宋江少虞撰　一九八一年上海古籍出版社出版
説郛一百卷　元陶宗儀輯　商務印書館本
説郛一百二十幮　元陶宗儀輯　宛委山堂刊本
説郛續四十六幮　明陶珽輯　宛委山堂刊本
筆記小説大觀　一九八四年江蘇廣陵古籍刻印社出版
説庫　清王文濡輯　一九八六年浙江古籍出版社出版
宋人軼事彙編二十卷　丁傳靖輯　一九八一年中華書局出版
青瑣高議前集十卷後集十卷别集七卷　宋劉斧撰　一九五八年古典文學出版社出版
異聞總録四卷　元無名氏編　叢書集成本
娜嬛記三卷　元伊世珍撰　叢書集成本
青泥蓮花記十三卷　明梅鼎祚撰　清宣統二年刊本
緑窗新話二卷　皇都風月主人編　一九五七年古典文學出版社出版
新編醉翁談録八卷　宋金盈之撰　適園叢書本
新編醉翁談録二十卷　宋羅燁撰　一九五七年古典文學出版社出版
事林廣記十卷　宋陳元靚編　一九六三年中華書局影印元刊本

情史二十四卷　詹詹外史評輯　一九八六年春風文藝出版社出版
京本通俗小説殘七卷　繆荃孫輯　萬有文庫本
唐人小説　汪辟疆校録　一九七八年上海古籍出版社新一版

（九）類書類

錦繡萬花谷前集四十卷後集四十卷續集四十卷　宋佚名撰　四庫全書本
全芳備祖前集二十七卷後集三十一卷　宋陳景沂撰　四庫全書本
海録碎事二十二卷　宋葉廷珪編　明萬曆卓顯卿刻本
太平御覽一千卷　宋李昉等撰　一九六二年中華書局出版
册府元龜一千卷　宋王欽若等編　一九六〇年中華書局出版
新編事文類聚翰墨大全二百零四卷　元劉應李輯　元刊本　中國科學院圖書館藏
古今圖書集成一萬卷　清蔣廷錫等輯　清内府銅㲽活字印本　北京大學圖書館藏
淵鑒類函四百五十卷　清張英等撰　一八八七年上海同文書局石印本

（十）釋道類

法苑珠林一百二十卷　唐釋道世撰　四庫全書本

景德傳燈録三十卷　一九七三年臺灣真善美出版社出版
五燈會元二十卷　宋釋普濟撰　一九八四年中華書局出版
翻譯名義集七卷　宋釋法雲撰　四部叢刊本
雲笈七籤一百二十二卷　宋張君房撰　四部叢刊本

（十一）詩文别集類

歐陽文忠公集一百零三卷　宋歐陽修撰　四部叢刊本
王安石全集一百卷　宋王安石撰　一九三五年上海中央書店出版
晝墁集八卷　宋張舜民撰　四庫全書本
蘇軾詩集五十卷　宋蘇軾撰　清王文誥輯注　一九八二年中華書局出版
蘇軾文集七十三卷　宋蘇軾撰　孔凡禮點校　一九八六年中華書局出版
東坡先生全集七十五卷　宋蘇軾撰　明刊本
重編東坡先生外集八十六卷　明萬曆刊本　北京圖書館藏
東坡題跋六卷　宋蘇軾撰　叢書集成本
欒城集五十卷後集二十四卷三集十卷　宋蘇轍撰　四部叢刊本

豫章黄先生文集三十卷　宋黄庭堅撰　四部叢刊本
山谷題跋九卷　宋黄庭堅撰　叢書集成本
後山先生集三十卷　宋陳師道撰　適園叢書本
後山詩注十二卷　宋任淵撰　四部叢刊本
張右史文集六十卷　宋張耒撰　四部叢刊本
石門文字禪三十卷　宋釋惠洪撰　四部叢刊本
浮溪文粹十五卷　宋汪藻撰　四庫全書本
浮溪集三十二卷　宋汪藻撰　四部叢刊本
姑溪居士文集五十卷後集二十卷　宋李之儀撰　叢書集成本
斜川集六卷附録二卷訂誤一卷　宋蘇過撰　四部備要本
斐然集三十卷　宋胡寅撰　四庫全書本
太倉稊米集七十卷　宋周紫芝撰　四庫全書本
陸放翁全集七種一百六十七卷　宋陸游撰　一九三六年世界書局出版
于湖居士文集四十卷附録一卷　宋張孝祥撰　四部叢刊本
雪山集十六卷　宋王質撰　叢書集成本

攻媿集一百十二卷　宋樓鑰撰　叢書集成本
緣督集二十卷　宋曾丰撰　四庫全書本
新注朱淑真斷腸詩集十卷後集八卷　宋鄭元佐注　南陵徐氏影元刻本　北京圖書館藏
朱淑真集注　宋鄭元佐注　冀勤輯校　一九八五年浙江古籍出版社出版
雪坡文集五十卷　宋姚勉撰　四庫全書本
須溪集七卷　宋劉辰翁撰　豫章叢書本
滹南遺老集四十五卷　金王若虛撰　商務印書館排印本
遺山先生文集四十卷附録一卷　金元好問撰　四部叢刊本
金華黄先生文集四十三卷　元黄溍撰　四部叢刊本

（十二）詩文總集類

詩毛氏傳疏　清陳奂撰　民國二十二年十一月商務印書館出版
十三經注疏四百十六卷　清阮元輯　一九八〇年中華書局出版
全上古三代秦漢三國六朝文七百四十七卷　清嚴可均輯　一九五八年中華書局出版
先秦漢魏晉南北朝詩一百三十五卷　逯欽立輯　一九八三年中華書局出版

全漢三國晉南北朝詩　清丁福保輯　一九五九年中華書局出版
全唐文一千卷唐文拾遺七十二卷唐文續拾十六卷　清董浩等輯　一九八三年中華書局出版
全唐詩九百卷　清彭定求等輯　一九六〇年中華書局出版
文選六十卷　梁蕭統輯　唐李善注　四部備要本
玉臺新詠十卷　陳徐陵輯　四部叢刊本
樂府詩集一百卷　宋郭茂倩輯　一九七九年中華書局出版
詩集傳二十卷　宋朱熹集注　一九八〇年上海古籍出版社出版
楚辭補注十七卷　漢王逸注　宋洪興祖補注　一九五七年中華書局出版
回文類聚四卷　宋桑世昌撰　四庫全書本
荆溪外紀二十五卷　明沈敕輯　常州先哲遺書本
古今女史十二卷詩集六卷　明趙世杰輯　明刊本　北京圖書館藏
釣臺集八卷　明吴希孟輯　明刊本　北京圖書館藏

（十三）詩文評類

歷代詩話　清何文焕輯　一九八一年中華書局出版

歷代詩話續編　清丁福保輯　一九八三年中華書局出版

宋詩話輯佚　郭紹虞輯　一九八〇年中華書局出版

增修詩話總龜前集四十八卷後集五十卷　宋阮閲輯　四部叢刊本

詩話總龜前集五十卷後集五十卷　宋阮閲輯　一九八七年人民文學出版社出版

苕溪漁隱叢話前集六十卷後集四十卷　宋胡仔撰　一九六二年人民文學出版社出版

詩人玉屑二十一卷　宋魏慶之輯　一九七八年上海古籍出版社出版

東坡詩話録三卷　元陳秀明輯　叢書集成本

唐音癸籤三十三卷　明胡震亨撰　一九五八年古典文學出版社出版

後記

我國民族文化基礎的深厚和北宋時期社會文化所達到的新高度，造就了蘇軾這樣的全能作家、一代才人。蘇軾的博大精深、才華橫溢在他的詞中也有充分表現。在堪與盛唐詩壇媲美的北宋詞苑中，他不僅以雄詞高唱「大江東去」的豪放風格著稱，其温潤和柔、纏綿悱惻的婉約詞，也決不亞於柳七「曉風殘月」等上乘之作。蘇軾以無畏的勇氣和積極創造精神，大大開拓詞的領域，縱横捭闔，舒捲自如，達到以詩文、以議論、以經史、以禪意，於情於事，没有什麽不可以入詞的境地，對詞的發展作出巨大貢獻，影響深遠，奠定了他在詞學上不可動摇的地位。可是歷代注蘇詩者蜂起，蘇詩注本很多，而注蘇詞者卻甚寥寥。雖然金朝「選注蘇詞者不止一家，而代遠年湮，遺編莫研」。幸有南宋傅幹的《注坡詞》僅存天壤間，但此書當時就有人譏其紕謬，受到極不公平的待遇，流傳到後世的殘本也非常罕見。直到清末民初，詞學大師朱祖謀始有編年本《東坡樂府》問世，開了近世注蘇詞的先河。至一九三六年，詞學專家龍榆生在朱本的基礎上「重加排比箋釋，寫定爲《東坡樂府箋》三卷」，但「初版剛出，遇到日本侵略者來犯，傳本遂稀」。（引文見龍榆生《東坡樂府箋》序論和後記。）事隔二十二年，到建國後的一九五八年，龍箋本才由商務印書館重印，而在社會上也未能廣爲流傳。

這本《蘇軾詞編年校注》，是在一九八〇年九月全國第一次蘇軾學術討論會暨蘇軾學會成立大會之後着手編寫的。爲了弘揚東坡詞這份寶貴的文化遺産，我們不顧學識淺薄，力圖在前人研究蘇詞的基礎上做點添磚加瓦工作。我們利用工作、授課之餘，蒐集資料，潛心研究，對編年和箋注，力求言之有據，對歷代研究蘇詞的資料，也盡力廣爲搜求，前後八易寒暑，幾次修改，書稿終於一九八八年九月送出版社。今於本書付梓之前，又將全書通改了一遍。

在編寫本書過程中，我們充分利用了傅幹《注坡詞》的珍貴資料，稱引處用「傅注」字樣標出。同時我們還參考和吸收了其他前賢時彦許多研究成果，未能一一注明。中華書局編審劉尚榮先生作爲本書的責任編輯，從擬訂本書體例，到看樣稿、初稿直至最後通審定稿，多次提出極富建設性的意見，付出大量勞動，并且慷慨地提供珍貴資料，對我們幫助很大。本書承蒙我們的恩師、河南大學中文系高文教授熱情爲之作序。在此謹對他們表示誠摯的感謝。

由于學識所限，本書疏漏錯誤之處在所難免，亟希望得到專家、學者和廣大讀者的賜正。

鄒同慶　王宗堂

一九九一年九月於開封鐵塔湖畔

篇目筆畫索引

王竹溪編

説明

一、本索引收入《蘇軾詞編年校注》全部篇目，篇目後面注明該篇所在正文頁碼。

二、篇目先按詞名首字筆畫數的多少分別排列。筆畫少的在前，筆畫多的在後。首字筆畫相同者按第二字筆畫多少。第二字筆畫相同者按第三字筆畫多少。三字筆畫全同者，如《江城子》、《行香子》，則按第二字的起筆以「一」、「丨」、「丿」、「丶」、「𠃍」爲序排列。

三、詞名後標首句以示區別。詞名相同者按首句首字筆畫多少排列，方法與詞名排列法相同。

四、互見詞、存疑詞、誤入蘇集詞于篇目後面分別標一「互」字，「疑」字，「誤」字。

一　畫

一斛珠
　洛城春晚……六
一叢花
　今年春淺臘侵年……一六三

二　畫

十拍子
　白酒新開九醖……四九五
卜算子
　水是眼波横（誤）……九九五
　缺月掛疏桐……二八六
　蜀客到江南……五四
八聲甘州
　有情風萬里捲潮來……六九二

三　畫

千秋歲
　淺霜侵緑……二五五
　島邊天外……八三六
三部樂
　美人如月……八一二

四　畫

天仙子
　走馬探花花發未……九〇六
少年遊
　去年相送……六二
　玉肌鉛粉傲秋霜……三二二

銀塘朱檻麴塵波……………三四二
水調歌頭
已過一番雨（誤）……………九八八
安石在東海……………二二一
明月幾時有……………一八四
昵昵兒女語……………三三六
落日繡簾捲……………五〇二
離別一何久（誤）……………九八八
水龍吟
小舟横截春江……………三六二
小溝東接長江……………四四〇
古來雲海茫茫……………五七八
似花還似非花……………三二六
楚山修竹如雲……………三一〇
露寒煙冷蒹葭老……………五四〇
木蘭花
個人豐韻真堪羨（誤）……………九八〇
檀槽碎響金絲撥（誤）……………九七九
木蘭花令
元宵似是歡遊好……………六七一
知君仙骨無寒暑……………六八三
高平四面開雄壘……………七三五
烏啼鵲噪昏喬木……………四八三
梧桐葉上三更雨……………七七一
經旬未識東君信……………八四九
霜餘已失長淮闊……………七二七

五畫

生查子
三度別君來……………七四二

占春芳
紅杏了……五八
永遇樂
天末山横（誤）……九六八
明月如霜……二五七
長憶别時……一四〇
玉樓春
東風捻就腰兒細（誤）……九八〇

六　畫

西江月
小院朱闌幾曲……六八〇
三過平山堂下……五五四
公子眼花亂發……六七七
世事一場大夢……八三一
玉骨那愁瘴霧……八一七
古渡水摇明月（誤）……一〇〇三
别夢已隨流水……五三三
怪此花枝怨泣……六八二
雨過輕風弄柳（誤）……九九三
昨夜扁舟京口……七〇〇
馬趁香微路遠……七八〇
莫歎平齊落落……六二一
照野瀰瀰淺浪……三七四
聞道雙銜鳳帶……八五一
碧霧輕籠兩鳳（疑）……九五三
點點樓頭細雨……四五〇
龍焙今年絶品……四六四
好事近
紅粉莫悲啼……四八八

湖上雨晴時……六五五
煙外倚危樓……九〇五
江城子
十年生死兩茫茫……一五〇
天涯流落思無窮……二七三
玉人家在鳳凰山……四四
老夫聊發少年狂……一五五
南來飛燕北歸鴻（誤）……九六〇
相逢不覺又初寒……二〇〇
前瞻馬耳九仙山……一九八
黄昏猶是雨纖纖……三六一
夢中了了醉中醒……三六六
鳳凰山下雨初晴……三三
翠蛾羞黛怯人看……八一
銀濤無際捲蓬瀛（互）……九二〇
墨雲拖雨過西樓……二七七
膩紅勻臉襯檀唇（疑）……
行香子
一葉舟輕……二六
三入承明……七四九
北望平川……五七四
昨夜霜風……八九六
清夜無塵……七五四
綺席纔終……六二三
攜手江村……四八
如夢令
水垢何曾相受……五六八
手種堂前桃李……六〇九
自净方能洗彼……五七一
城上層樓疊巘……五六六

爲向東坡傳語……六〇六
曾宴桃源深洞(誤)……九八二
嘗記溪亭日暮(誤)……九八一

七畫

阮郎歸
一年三度過蘇臺……一一二〇
夕陽滿樹亂鳴蟬(誤)……一〇〇四
清亭邃館鎖清風(誤)……一〇〇五
暗香浮動月黄昏……九〇一
歌停檀板舞停鸞(誤)……九七六
緑槐高柳咽新蟬……五三〇
沁園春
小閣深沈(誤)……九六一
孤館燈青……一一四三
情若連環……九一〇
更漏子
水涵空……一三六
春夜闌(誤)……九九七
柳絲長(誤)……九九六
皁羅特髻
采菱拾翠……五一七

八畫

雨中花慢
今歲花時深院……一五二
嫩臉羞蛾因甚……八一四
邃院重簾何處(疑)……九四四
青玉案
三年枕上吴中路……七四四

念奴嬌
大江東去…………………四一五
憑高眺遠…………………四四四
定風波
千古風流阮步兵…………………一〇八
月滿苕溪照夜堂…………………七〇二
好睡慵開莫厭遲…………………四八一
兩兩輕紅半暈腮…………………四五二
雨洗娟娟嫩葉光…………………四一三
莫怪鴛鴦繡帶長…………………八六三
莫聽穿林打葉聲…………………三六九
痛飲形骸騎蹇驢(誤)…………………九七二
與客攜壺上翠微…………………三〇七
誰羨人間琢玉郎…………………六〇一
采桑子
多情多感仍多病…………………一二六
河滿子
見説岷峨悽愴…………………一九二
金菊對芙蓉
花則一名(誤)…………………九九一

九　畫

洞仙歌
冰肌玉骨…………………四三一
江南臘盡…………………二〇九
飛梁壓水(誤)…………………九八九
殿角涼生(誤)…………………一〇〇三
昭君怨
誰作桓伊三弄…………………五二
南鄉子

千騎試春遊……五八八
不到謝公臺……一一五
天與化工知……八六七
未倦長卿遊……二七一
回首亂山横……八七
冰雪透香肌……八六五
何處倚闌干……八七〇
東武望餘杭……九七
旌旆滿江湖……一〇六
悵望送春杯……八六九
晚景落瓊杯……三〇〇
涼簟碧紗廚……二五三
寒玉細凝膚……八六八
寒雀滿疏籬……一四七
裙帶石榴紅……一〇三
霜降水痕收……三四四
繡鞅玉鐶遊……二六八
南歌子
山雨瀟瀟過……二七九
山與歌眉斂……六三四
寸恨誰云短……二九八
日出西山雨……三七八
日薄花房綻……四〇二
古岸開青葑……六三八
見說東園好……五五二
雨暗初疑夜……三八〇
苒苒中秋過……六四六
海上乘槎侶……六四二
笑怕薔薇罥……八八九
帶酒衝山雨……三八二

師唱誰家曲……六五九
欲執河梁手……五四七
紺縮雙蟠髻……九
紫陌尋春去……八八七
琥珀裝腰佩……一二
雲鬢裁新緑……七一八
衛霍元勳後……五〇七

十畫

烏夜啼
莫怪歸心甚速……八五三
祝英臺近
掛輕帆……二八
剪酴醾(誤)……九八七
浪淘沙
昨日出東城……二四
哨徧
爲米折腰……四〇五
睡起畫堂……六一三
浣溪沙
一别姑蘇已四年……二二五
一夢江湖費五年……五六一
入袂輕風不破塵……七九五
山下蘭芽短浸溪……三七二
山色横侵蘸暈霞(疑)……九四六
半夜銀山上積蘇……三五八
玉椀冰寒滴露華(誤)……九七五
四面垂楊十里荷……七二五
白雪清詞出坐間……一〇一
西塞山邊白鷺飛……九五九

門外東風雪灑裙……六五七
芍藥櫻桃兩鬬新……七三七
炙手無人傍屋頭……五〇〇
長記鳴琴子賤堂……一三八
花滿銀塘水漫流……八八二
風捲珠簾自上鈎……八八一
風壓輕雲貼水飛……八八四
桃李溪邊駐畫輪……八二九
料峭東風翠幕驚……六六六
徐邈能中酒聖賢……一五
珠檜絲杉冷欲霜……六二六
惟見眉間一點黄……二六六
旋抹紅妝看使君……二四二
細雨斜風作曉寒……五七二
軟草平莎過雨新……二四七
麻葉層層蕖葉光……二四三
雪裏餐氈例姓蘇……三五六
雪頷霜髯不自驚……六六四
晚菊花前斂翠蛾（誤）……九七四
幾共查梨到雪霜……七七三
道字嬌訛苦未成……八二七
傅粉郎君又粉奴……二〇四
畫隼横江喜再遊……八七九
陽羨姑蘇已買田……六六七
菊暗荷枯一夜霜……七七六
照日深紅暖見魚……二四〇
萬頃風濤不記蘇……三五九
傾蓋相逢勝白頭……四九七
輕汗微微透碧紈……七九三
慚愧今年二麥豐……二三八

樓依江邊百尺高（誤）……九七五
醉夢醺醺曉未蘇……三五五
學畫鴉兒正妙年……五五九
縹緲危樓紫翠間……九九
縹緲紅妝照淺溪……二一七
簌簌衣巾落棗花……二四五
霜鬢真堪插拒霜……六二八
覆塊青青麥未蘇……三五二
羅襪空飛洛浦塵……七七七
桃源憶故人
華胥夢斷人何處……九〇九
戚氏
玉龜山……七五八

十一畫

清平樂
清淮濁汴……八四
清平調引
生前富貴草頭露（誤）……九九八
陌上山花無數開（誤）……九九七
陌上花開蝴蝶飛（誤）……九九七
望江南
春已老……一七五
春未老……一七三
荷花媚
霞苞露荷碧……二二
探春令
玉窗蠅字記春寒（誤）……九九三

十二畫

減字木蘭花

天台舊路……六九七
天真雅麗……四五九
天然宅院……四六二
玉房金蕊……八九三
玉觴無味……二七六
江南遊女……五一五
回風落景……七四〇
空牀響琢……七三〇
春牛春杖……八三四
春光亭下……一六〇
春庭月午……七三二
柔和性氣……四六〇
神閒意定……五二〇
海南奇寶……八四三
惟熊佳夢……一一二
雲容皓白……六七四
雲鬟傾倒……七七
琵琶絶藝……八二四
閩溪珍獻……七八七
銀箏旋品……一二九
嬌多媚忽……四五五
賢哉令尹……一五八
鄭莊好客……五四三
曉來風細……五〇
憑誰妙筆（互）……九二四
雙龍對起……六四
雙鬟緑墜……四五七
鶯初解語……八九五
訴衷情
小蓮初上琵琶弦……一三三

海棠珠綴一重重(互)……九三二
錢塘風景古來奇……七一
華清引
平時十月幸蓮湯……三
畫堂春
柳花飛處麥搖波……一九六
無愁可解
光景百年……五二三
賀新郎
乳燕飛華屋……七九七
菩薩蠻
井梧雙照新妝冷……三二〇
火雲凝汗揮珠顆……八七四
天憐豪俊腰金晚……一一七
玉笙不受朱脣暖……一二四
玉童西迓浮丘伯……七四
玉鐶墜耳黃金飾……八七八
柳庭風靜人眠晝……三一九
秋風湖上蕭蕭雨……八三
風迴仙馭雲開扇……三〇六
城隅靜女何人見……二二七
城頭尚有三聲鼓(誤)……一〇〇二
娟娟侵鬢妝痕淺(互)……九一九
娟娟缺月西南落……七九
雪花飛暖融香頰……三二一
買田陽羨吾將老……五四九
畫檐初掛彎彎月……三〇三
落花閒院春衫薄……八七三
塗香莫惜蓮承步……八七六
濕雪不動溪橋冷(誤)……九七七

碧紗微露纖纖玉……………………四六八
翠鬟斜幔雲垂耳……………………三一六
嶠南江淺紅梅小……………………八七五
繡簾高捲傾城出……………………三七
陽關曲
受降城下紫髯郎……………………二六四
暮雲收盡溢清寒……………………二一九
濟南春好雪初晴……………………二〇二

十三畫

虞美人
冰肌自是生來瘦（疑）……………………九五〇
定場賀老今何在……………………八二二
波聲拍枕長淮曉……………………五六三
持杯遥勸天邊月……………………八九九
深深庭院清明過（疑）……………………九五二
湖山信是東南美……………………六九
落花已作風前舞（誤）……………………九六二
歸心正似三春草……………………六八六
瑞鷓鴣
城頭月落尚啼烏……………………三〇
碧山影裏小紅旗……………………三九
意難忘
花擁鴛房（誤）……………………九六九

十四畫

漁父
漁父笑……………………三九三
漁父飲……………………三九〇
漁父醉……………………三九一

漁父醒 …… 三九二
漁家傲
一曲陽關情幾許 …… 八六一
千古龍蟠并虎踞 …… 五三六
些小白鬚何用染 …… 四一〇
送客歸來燈火盡 …… 八九
皎皎牽牛河漢女 …… 二八一
臨水縱横回晚鞚 …… 四二八
滿江紅
不作三公(誤) …… 九九五
天豈無情 …… 一六八
江漢西來 …… 三四八
東武城南 …… 一七八
清潁東流 …… 七二一
憂喜相尋 …… 三九九
滿庭芳
三十三年今誰存者 …… 四九〇
三十三年漂流江海 …… 五八五
北苑龍團(誤) …… 九七〇
香靉雕盤 …… 二一二
蝸角虚名 …… 四七八
歸去來兮吾歸何處 …… 五二七
歸去來兮清溪無底 …… 五九〇
瑶池燕
飛花成陣(互) …… 九三六

十五畫

殢人嬌
白髮蒼顔 …… 七九〇
别駕來時 …… 一七〇

解了癡縚（誤）……九七三
滿院桃花……二〇七
踏青遊
改火初晴……八四〇
識箇人人（誤）……九九二
踏莎行
山秀芙蓉（誤）……一〇〇〇
這個禿奴（疑）……九五四
調笑令
漁父……三九四
歸雁……三九六
醉翁操
琅然……四七〇
醉落魄
分攜如昨……一三二
輕雲微月……六〇
蒼顏華髮……一二二
醉醒醒醉（互）……九三四
醉蓬萊
笑勞生一夢……四四七
履霜操
桓山之上（誤）……九九八
蝶戀花
一霎秋風驚畫扇（誤）……九六七
一顆櫻桃樊素口……八九一
玉枕冰寒消暑氣（誤）……九六四
自古漣漪佳絕地……五九九
泛泛東風初破五……八〇八
別酒勸君君一醉……二四八
雨過春容清更麗……五六

雨霰疏疏經潑火（疑）……九四二
花拂壺觴香徑小（誤）……一〇〇三
花褪殘紅青杏小……七八三
昨夜秋風來萬里……五九六
春事闌珊芳草歇……七一一
記得畫屏初會遇（疑）……九四一
梨葉初紅蟬韻歇（誤）……九六五
雲水縈回溪上路……五九四
紫菊初生朱槿墜（誤）……九六七
燈火錢塘三五夜……一四九
蝶懶鶯慵春過半（疑）……九四三
簌簌無風花自𢃇……二三六
簾外東風交雨霰……一六六
簾幕風輕雙語燕（誤）……九六六

十六畫

導引歌辭
帝城父老（誤）……九九九
經文緯武（誤）……九九九
謁金門
今夜雨……九〇四
秋池閣……九〇三
秋帷裏……九〇二
憶秦娥
香馥馥（誤）……九九四

十七畫

臨江仙
一別都門三改火……六八九

九十日春都過了……一八二
九十日春都過了……七八二
四大從來都遍滿……四二
冬夜夜寒冰合井……八五六
自古相從休務日……二三三
多病休文都瘦損……六三二
忘卻成都來十載……二三一
我勸髯張歸去好……七〇七
夜飲東坡醒復醉……四八六
昨夜渡江何處宿……八六〇
細馬遠馱雙侍女……二八三
尊酒何人懷李白……七一六
詩句端來磨我鈍……五一〇
誰道東陽都瘦損……八五七
點絳脣
不用悲秋……六四七
月轉烏啼（互）……九三〇
我輩情鍾……六三〇
紅杏飄香……八九七
春雨濛濛（誤）……九八六
高柳蟬嘶（誤）……九八三
閒依胡牀……六五二
莫唱陽關……六五〇
醉漾輕舟（互）……九二七
蹴罷秋千（誤）……九八五
鶯踏花翻（誤）……九八六

十八畫

翻香令
金爐猶暖麝煤殘……九〇八

雙荷葉
雙溪月……………………一八
歸朝歡
我夢扁舟浮震澤…………七六七

十九畫

鵲橋仙
乘槎歸去…………………六四〇
緱山仙子…………………六七

二十畫

勸金船
無情流水多情客…………九三
蘇幕遮
暑籠晴……………………六一一

二十二畫

鷓鴣天
西塞山邊白鷺飛(誤)……九五九
林斷山明竹隱牆…………四九三
笑撚紅梅嚲翠翹…………八四六
羅帶雙垂畫不成(疑)……九五七

校注後記

二〇〇一年元月五日，當我們踏着厚厚的積雪寄走校改完的書稿後，長長地舒了口氣，心中感慨萬端，總覺得還有些話要説。

我們編年校注《蘇軾詞集》，發軔於一九八〇年九月全國第一次蘇軾學術討論會以後。由於當時河南省幾家大圖書館蘇軾詞集善本不全，須到外地借閲校勘，説來也巧，我們中的鄒同慶同志一九八一年九月至一九八二年八月被委派到北京大學進修，師從馮鍾芸教授，主修唐宋文學。他利用在京的一年時間，在北京圖書館、中國社會科學院圖書館、北京大學圖書館、北京師範大學圖書館、北京故宫博物院圖書館等處，查閲了大量蘇軾詞集善本，互爲比勘，完成了文字校勘，并抄録了數十萬字的參考資料。當時他整天都泡在圖書館裏查書、看書、抄書。爲了節省時間，中午就在路邊小攤買一碗麵條，加上一根黄瓜，填飽肚子了事；抄累了，就趴在桌上打個盹，歇歇再抄。宋人傅幹的《注坡詞》、香港曹樹銘校編的《東坡詞》等，就是在北京圖書館裏一字一句抄録出來的，擺在案頭備用。從書訊獲悉，臺灣出有鄭向恒《東坡樂府校訂箋證》一書，大陸難以尋覓，恰有河南大學沈禕琴君負笈游學美國，我們就拜托她在美國覓購，未果；她又轉托一位臺灣友人，乘假期回臺北探親之機，購得一本，迂迴輾轉，當我們收到此書時，已逾時近一年矣。有的善本，如明人黄嘉惠校刊《東坡小詞》二卷，共選詞一〇六首，眉間有黄氏評語，行間有圈點。從善本書目得知清華大學圖書館有藏本，我們去了兩次，均未能看到，至今還引以爲憾。總之，我們爲了蒐集研究蘇詞的有關資料，費了很大心力。

一九八二年十一月在湖北黄州召開第二届蘇軾學術討論會期間，中華書局編審劉尚榮先生，擬約人編撰《蘇軾詞編年校注》，與他主持編輯出版的《蘇軾詩集》《蘇軾文集》等配套成「蘇學系列」。我們不揣固陋，應約一試。根據編輯部的要求，我們寄去了樣稿，經中華書局編輯部文學組審理研討，項目很快確定下來，并列入國家「八五」規劃項目。我們遂分工合作，利用授課餘暇，對蘇詞作全方位的研究，其中尤以編年、考辨、箋注三項，用力最勤，費時最多。我們中的王宗堂同志，後從河南大學調入河南財經學院工作，雖然人分兩地，但此項工程從未中輟。伏案筆耕，焚膏繼晷，經寒歷暑，費時十年，三審三改，數易其稿，直至一九九一年九月，始畢其役。注書難，出書亦難，待到我們看到排出的清様時，已到二〇〇〇年的九月杪了。

綜觀蘇詞研究史，成果顯著、成就最高者，除南宋時期外應屬當代。而當代中，又以近二十年爲最。近二十年，在蘇軾研究學會的引導下，蘇學研究出現了蓬蓬勃勃的可喜局面。蘇詞研究，也在繼承前人成果的基礎上，有了長足的發展。質量較高的論著層出不窮。如劉尚榮整理校證的《傅幹注坡詞》，救活了一部世存最早的蘇詞注本；孔凡禮的《蘇軾年譜》，是一部全面研究蘇軾生平著述的力作；石聲淮、唐玲玲的《東坡樂府編年箋注》、薛瑞生的《東坡詞編年箋證》，是朱《注》龍《箋》問世半個世紀後出現的蘇詞最新箋注本，無論是編年或者校注，多有新的發明；曾棗莊的《蘇詞彙評》，則爲歷代評論蘇詞之集大成者，爲蘇詞研究者和愛好者提供了較全的蘇詞評論資料。兩年一屆的蘇軾研究學會年會、各大學學報及學術刊物，也時有研究蘇詞的高質量論文發表。蘇詞研究成爲蘇學研究中的一個熱點。我們這本《蘇軾詞編年校注》早成而晚出，今日翻檢新排出的十年前的舊稿，發現其中有的學術論點今已有了新說；有些原未編年之詞今已有了編年依據；已編年詞中又出現異說。倘若固步自封，不吸納蘇詞研究的最新成果，一仍其舊，照原稿付印，就不能反映蘇詞研究的新水平。這既有負坡翁，也愧對讀者。因此，在徵得責任編輯的同意下，我們決定付梓之前，再作一次審訂，并把審訂的重點放在蘇詞的編年上。但考慮到原稿已發排成型，修改尚需照顧原版面，不宜大動。我們堅持的原則是：一、編年以準、信爲重，不以求多爲先，審慎考訂，寧缺勿濫；二、拙稿原未編年今有了編年或拙稿已作編年今出現新說者，凡有文獻依據，考證確鑿，擇是而從，採納新説；三、編年新説可信而論證材料不足者，從其編年，另補論證材料以足之。對於見仁見智、疑是之間、歧見不一、尚有争論之編年，用羅列另說、録作備考的方法處理，爲讀者提供多角度的學術信息；四、對於未敢苟同的編年，或録之略作辨證，或棄而不予置評。經過審訂，原編年詞二百八十一首增至二百九十二首；有的原編年不當作了改動調整。《踏莎行》（山秀芙蓉）一首，儘管不少學者認爲是蘇軾作，且爲其編年各有高見，但我們從版本學的角度認爲它應爲賀鑄作，因此從編年詞中剔出，以「誤入詞」處理。審訂工作開始時，正值黄菊綻蕊，古城開封處處飄香；工作告成之際，已是玉英紛飛，汴梁故都上下染白。我們迎來了二十一世紀的第一個新年。

在本書漫長的撰稿及後來審訂校改過程中，先後得到今國家圖書館古籍善本部、中國社會科學院圖書館、北京大學圖書館、北京師範大學圖書館、北京故宫博物院圖書館、河南大學圖書館、河南大學文學院資料室、河南大學唐詩研究室、河南省社會科學院圖書館、河南財經學院文秘系資料室有關同志大力支持，爲我們借閱、查詢資料提供諸多方便。張懷珍、閻小芬、王竹溪、朱建偉等同志爲我們借閲圖書、蒐集資料、謄清底稿、編製索引等做了許多具體工作。海南大學唐玲玲教授、西北大學薛瑞生教授，把他們新出版的箋注蘇詞大作及時惠贈，復旦大學王水照教授惠寄有關蘇詞研究的複印資料，都使我們受益匪淺。特别是本書責任編輯、中華書局編審劉尚榮先生對我們更是大力支持，爲本書出版付出大量勞動。在他精心整理校點的《傅幹注坡詞》尚未出版的時候，就將其底稿假我，供我們核對傅注的引文。這種爲宏揚學術而不私秘珍、甘爲他人作嫁衣的敬業精神，着實令人感動。在此，僅向以上同志表示衷心的感謝。令人憾恨的是，我們的業師、爲本書賜撰長序的高文教授，在我們審訂工作未竟之時駕鶴西去，未能看到本書出版。當我們隨其親屬爲先生最後送行——將骨灰撒向黄河時，默默對空禱祝：我們將牢記您「孜孜不倦，嚴謹治學」的教誨；您九十三歲高齡，不良於行，老師，請慢慢地走。

蘇學如海，難以斗量。我輩淺學，資質魯鈍，自知錯誤在所難免，誠請方家學者，匡我不逮。

鄒同慶　王宗堂

二〇〇一年一月十日於宋都書壁斗室齋

重印後記

日月如梭，拙著出版已經整整五年。承蒙學界時彦和廣大讀者的錯愛，評論文字不時見諸報端，有褒許，也有指疵。不管是鼓掌或是鞭笞，都促使我們片刻未敢廢棄翻檢，有莠則鋤，以圖自新。發現問題，就記之書頭，以便再版時更正，備免紕漏誤人。此次重印，不便大規模改動原來版面，一般只能挖改原版舛誤處。因此，有些問題，只能在《後記》中加以説明。現把已發與未發的疑文剩義，補正於後。

（一）關於「編年」

目前，蘇軾詞的研究，問題最多、争論最熱烈者，集中表現在編年上。如《一斛珠》（洛城春晚），一説嘉祐元年閏三月作於洛陽；一説熙寧三年三月作於洛陽；一説熙寧四年三月作於洛陽；一説熙寧十年三月，作於開封送范鎮赴洛陽的晚宴上；一説蘇軾年輕時曾出任鳳翔簽判，自開封出發，經過洛陽，這首詞是以後追憶在洛城聚會過的舊友，未指明具體年月。還有學者竟懷疑它是僞作。我們認爲，上述編年，多爲各家在研讀蘇軾作品時，心有所得，再附加一些旁證以成其説，大都缺乏難以推翻的「鐵證」。這種仁者見仁，智者見智的編年，在蘇詞研究中多有，一時都難以定論，只能存疑，我們不再作述評。

拙著初版，未能與明萬曆刊《重編東坡先生外集》（下稱《外集》）對校，二〇〇四年春我們才在《四庫全書存目叢書》集部見到此書，校讀之後，收穫甚豐。余嘉錫《四庫提要辨證》卷二二《集部三·別集類七·東坡全集》條云：「《外集》之編纂，當出南宋人之手。」劉尚榮《東坡外集雜考》亦云：「《外集》編於南宋。」劉先生進一步考察出郎曄於宋光宗紹熙二年（一一九一）進呈的《經進東坡文集事略》卷五五《韓文公廟碑》題注中，曾引用《東坡外集》。這説明光宗紹熙二年以前，《外集》已然傳世。《外集》是專爲《東坡集》及《後集》拾遺補闕而編，編者千方百計搜羅東坡遺文，用二十四種流行於南宋前期而後人難以見到的蘇軾詩文集，詳加校訂，去僞存真而成，共收詩、文、詞、賦各種文體作品一千多首。《外集》的價值，正如劉尚榮先生論列的那樣，具有「補衆本之遺缺」、「校諸本之疏誤」、「提供編年之助」等功用。下邊我們利用《外集》的珍貴資料，對《漁家傲》（送客歸來燈火盡）一詞，提出新的編年意見，匡謬補闕，期之博雅。

中册六一九頁《漁家傲》，詞題《送吉守江郎中》，傳本、元本、吴本、二妙集、明刊全集、毛本、四印齋刻本均作《送台守江郎中》。《蘇詩總案》卷三二，以爲「江郎中」指江公著，將此詞編元祐五年五月，「送江公著赴台州作」，並加案云：「江公著，字晦叔，明年正月復至杭州，公有送江公著知吉州詩，考此詞作於五月，是晦叔由台徙吉也。又《次韻江晦叔詩》，公自注云：『往在錢塘，嘗語晦叔陸羽茶顛，君亦然。』（見詩集卷四五《次韻江晦叔兼呈器之》詩）可爲江郎中即晦叔之證。」朱祖謀首爲蘇軾詞集編年時，亦認爲「江郎中」即江公著，但又認爲「公著未爲台守，『台』當作『吉』，形近而誤」，遂改詞題作《送吉守江郎中》，將此詞編於元祐六年在杭州送江公著知吉州作。以後出現之龍本、曹本、石唐本、薛本、孔《譜》，均依朱本。二十世紀九十年代，吴雪濤在《文史》四十輯上發表《蘇詞編年辨證》一文，引李興元修、順治十七年刻本《吉州府志》卷三《秩官表·宋吉州知州事》云：「哲宗元祐二年李琮。四年，江公著。」提出：「由此可見，江公著知吉州，事在元祐四年。」「故可斷定，此詞當作於元祐四年八月。」拙著認爲吴文援引的史料可信，故從吴説，編元祐四年八月，在杭州送江公著守吉州作。

案：以上各説均誤。《外集》卷八四載此詞，題作《送江寬，寬知台州》，此題中「台州」的「台」，與宋、元、明、清諸本題中「台守」的「台」，均指「台州」，可證「台」字並非「吉」字形近而誤，朱本妄改作「吉」，誤。朱本的這一改動，並不是有的學者稱頌的「立了一大功」，而是把後人引入了歧途。宋、元、明、清諸本題中的「江郎中」，是江公著，或者就是《外集》題中的江寬？江公著、江寬，宋史均無傳。據《蘇軾詩集》卷三三《送江公著知吉州》施注，江公著曾「入爲太學太常博士，出守廬陵」，並未在尚書省六部諸司任郎中。江寬，生卒年里不詳，據《續通鑑長編》、嘉定《赤城志》、嘉靖《建寧府志》，他在熙寧年間，曾先後知建州、真州、台州。《續通鑑長編》卷二四六「熙寧六年八月丙戌」條載：「知真州比部郎中江寬、知宿州比部郎中陳稱、知舒州屯田郎中石牧之、知壽州太常丞集賢校理鞠真卿，各展磨勘一年，皆坐違法折納紬絹本色大估價錢，虧損百姓故也。」嘉定《赤城志》卷九《秩官門二·本朝郡守》云：熙寧七年七月十一日，江寬以比部郎中知，十年二月六日替。《續通鑑長編》說「知真州比部郎中江寬」，《赤城志》說「江寬以比部郎中知」，可見「江郎中」應爲江寬，「郎中」是「比部郎中」的省稱，並不是王文誥首發的「江郎中即江公著」。爲什麽同一首詞會出現兩個題目？關於詞題，王國維《人間詞話》云：「詩之三百篇、十九首，詞之五代、北宋，皆無題也。」劉尚榮校證《傅幹注坡詞》時，曾對諸本蘇軾詞題、題序作過細密考辨，發現許多詞題、題序，源出宋人傅幹《注坡詞》的題注或校記，蘇軾自己寫的詞題和題序却不多見。也就是說，蘇詞本無題目，大多是傅幹等後人在編注蘇軾詞集時妄加（詳見《傅幹注坡詞》代前言《注坡詞考辨》第四部分之（二）題序）。正由於此，同一首詞，不同版本就出現不同詞題。這首詞題，一作《送台守江郎中》，一作《送江寬，寬知台州》，前者出於傅幹之手，後者是《外集》的編者所加。一以官銜稱江寬，一直呼其名。《赤城志》載江寬熙寧七年七月十一日知台州，十年二月六日替，其前任是光禄少卿錢暄（錢惟演之子），後任是比部員外郎柳安道，通判是都官郎中汪泌。《赤城志》是嘉定三年黄𦶜作台守時命陳耆卿、陳維等人編纂，至十四年賈碩守台時始畢其役（見陳耆卿序）。宋人編方志，記宋人事，距蘇軾生活時代未遠，且可利用後人難以知見的珍貴資料，所載江寬知台州事，應當可信。熙寧七年江寬赴台州時，蘇軾在杭州任通判。詞中「舟横渡口重城近」的「重城」，《外集》作「重陽」。「重陽近」當指九月初。據此，這首詞應爲熙寧七年九月初江寬由真州轉台州途經杭州時，蘇軾送行之作。這正和詞之末章「錢塘江上須忠信」相印證。

（二）關於「考辨」

二〇〇四年一月中華書局出版的《全明詞》第一册二六六頁有商輅詞集，共集詞五首，其中四首都是蘇軾詞誤入。《一叢花》（今年春淺臘侵年），見拙著上册一五四頁，《祝英台近》（掛飛帆）見拙著上册二六頁，二詞均已考辨。下餘二首，再作考辨如次：

上册一六九頁《望江南》（春已老），《全明詞》收下片「微雨過」五句入商輅詞集，調名作《夢江南》，題作「春盡」。詞後注「《蘭皋明詞彙選》卷一」。《蘭皋明詞彙選》八卷，清胡胤瑗、李葵生、顧景芳於順治末編，爲斷代明詞總集，收明代及明清易代之際詞家二百十二人，初刻於康熙元年（一六六二），後來王昶《明詞綜》十二卷行世，此書乃漸漸湮没無聞。其作商輅詞，未詳所本。《古今詞匯二編》卷一、《歷代詩餘》卷一亦作商輅詞。案：此詞爲蘇軾作。現傳宋、元、明、清及當代諸本東坡詞均收，宋人傅幹還爲其作注。《歷代詩餘》卷二五亦作蘇軾詞。《蘭皋明詞彙選》作商輅詞，失考甚矣。《古今詞匯二編》、《歷代詩餘》卷一、《全明詞》，陳陳相因，謬誤延傳。

中冊四八七頁《鷓鴣天》（林斷山明竹隱牆），《全明詞》作商輅詞，題作《秋》，本《古今詞匯二編》卷二。《古今詞匯》乃清初卓回編纂，分初編十二卷，收唐以後詞，二編四卷爲明代詞，三編八卷爲清代詞。編纂緣由，是欲續補其兄卓人月《古今詞統》所未備。有康熙十八年刻本，今藏中國科學院圖書館善本室。二編四卷又見趙尊嶽《明詞彙刊》，有一九九二年七月上海古籍出版社影印本，較易見。案：此詞爲蘇軾作，現傳蘇詞傅本、元本、吴本、明刊全集、二妙集、毛本、四印齋刻本、朱本、龍本、全宋詞、曹本及當代諸本均收，宋人傅幹還爲其作注，云：「蘇軾調黄州作，此詞真本藏林子敬家。」是則真迹見諸宋代矣。《歷代詩餘》卷二七，亦作蘇軾詞。卓回誤作明人商輅詞收入《古今詞匯二編》，《蘭皋明詞彙選》卷三亦誤作商輅詞。《全明詞》依《古今詞匯二編》作商輅詞，以訛傳訛。

另外還有三首，亦需考辨。

下冊八四三頁《木蘭花令》（經旬未識東君信），原校「此詞吴本未收，傅本、元本、明刊全集亦不載，據二妙集、毛本、朱本、龍本、全宋詞、曹本補」。曾棗莊先生《去僞存真，後出轉精》云：「既然此詞僅見於明清以後的版本，現存宋元本均不載，自然會産生一個問題，是否真爲蘇詞？」（見《古籍整理出版情況簡報》二〇〇三年二期）拙著出版後，我們四處查閲資料，尋求答案，在《外集》卷八四找到了這首詞。《外集》在南宋中前期就已編成，説明此詞南宋中前期已收入蘇集。《外集》的價值已見前述，應依《外集》將這首詞判爲蘇軾作。

下册八五四頁《臨江仙》（昨夜過江何處宿），曾棗莊先生《去僞存真，後出轉精》云：「鄒、王《校注》認爲：『此詞宋元諸本東坡詞不載，始見於明以後刊本，是否僞作，别無顯證，今仍從二妙集、毛本等，不作存疑詞論，以待詳考。』其實『此詞宋元諸本東坡詞不載，始見於明以後刊本』，就是顯證之一。既然曹本已認爲是誤入詞，至少應列入存疑詞，而置未編年詞，就等於肯定了此詞爲蘇詞。」案：拙著關於此詞是否蘇詞的論述，是在未查讀《外集》前而發，二〇〇四年春發現《外集》卷八三載這首詞，才打消了是否蘇詞的疑問。《外集》的史料價值和功用，已見前述，證明此詞在南宋中前期就作蘇詞收入蘇集。曹本「此詞意境，與東坡詞不類，今移列誤入詞」，不妥。因爲僅憑「意境與東坡詞不類」，就否定是蘇軾詞，有點武斷，不能服人。此詞應爲蘇軾作。

《四庫全書》本《古今合璧事類備要别集》卷三四《花卉門·榴花》「青子莫相催」條引《南柯子》（紫陌尋春去）詞，「靈砂别有功」條引《阮郎歸》詞，詞云：

清亭邃館鎖清風。榴花芳艷濃。陽光染就欲燒空。誰能窺化工。觀物外，喻聲中。靈砂别有功。□□一粒比花容。金丹色又紅。

詞末注：「並坡。」意謂此詞與前首《南柯子》詞並爲東坡作。《南柯子》即《南歌子》。「紫陌尋春去」一詞，見諸本《東坡詞》，而此首《阮郎歸》，諸本《東坡詞》均未收。案：此詞爲宋張掄作，見善本書室藏抄本、勞格抄本、《彊村叢書》本《蓮社詞》，乃張掄所作《阮郎歸》詠夏十首中第三首。張詞下片「喻聲中」作「喻身中」，□□作「若將」。《全宋詞》亦作張掄詞，注云：「案此首別誤作蘇軾詞，見《古今合璧事類備要別集》卷三四。」但不見《全宋詞》蘇軾存目詞，應補入。

（三）關於「箋注」

關於「箋注」中出現的疏漏與差謬，在不變動原版面的前提下，有的在原注處已作改正，下餘數處，補正如下：

上册六頁《一斛珠》（洛城春晚）中「自惜風流雲雨散」句，原無注，應補。「風流雲雨散」：由漢王粲《贈蔡子篤》詩「風流雲散，一別如雨」化出。或作「風流雲散」，或作「風流雨散」，比喻親朋相別，如同風吹浮雲，頃刻消散；又像雨由天落地，再難返回。唐楊炯《送東海孫尉詩序》：「徒以士之相見，人之相知，必欲軒蓋逢迎，朝遊夕處，亦常烟波阻絶，風流雨散。」

上册一二三頁《減字木蘭花》（銀箏旋品）箋注〔五〕爲「擺撼魚龍」，原注不確。「擺撼魚龍」：是古代百戲中的魔術雜耍節目。有作「曼衍魚龍」、「曼延魚龍」、「漫衍魚龍」，又作「魚龍曼衍」、「魚龍曼延」、「魚龍漫衍」、「魚龍爛漫」等。古代宫廷中常有演出。《周書·宣帝紀》：「散樂雜戲，魚龍爛漫，常在目前。」《隋書·音樂志中》：「魚龍漫衍之技，常陳殿前，累日繼夜，不知休息。」餘見原注引《漢書·西域傳贊》。

上册一八五頁《何滿子》（見説岷峨悽愴）箋注〔五〕爲「東府」句，原注誤。「東府」：宋代以中書門下（政事堂）掌管政務，稱東府；以樞密院專掌軍政，爲西府，合稱二府，爲最高國務機關。《宋史·宰輔表二》載，熙寧三年除參知政事入東府者三人：一、「四月己卯（十九日），韓絳（一〇一二—一〇八八）自樞密副使除參知政事」。二、「九月辛丑（十四日），馮京（一〇二一—一〇九〇）自樞密副使除參知政事」。三、「十二月丁卯（十一日），王珪（一〇一九—一〇八五）自翰林學士承旨、端明殿學士、翰林侍讀學士、禮部侍郎仍守本官，除參知政事」。韓絳時年五十九歲，馮京時年五十歲，王珪時年五十二歲，以馮京最少，「東府三人最少」，當指此。

蘇學地負海函、博大精深，我輩學淺，注蘇實感力不從心，自知粗疏紕漏，不可勝摘。我們利用這次再版的機會，將别人賜教和自己發現的失誤，補正一過。但對有的疵失，一則可能有讀者早已發現但還未告知，一則由於我們思路閉塞，尚未察覺。對此，只好等再再版時修補了。

鄒同慶　王宗堂

二〇〇七年八月於河南大學書壁斗室齋

第五次印刷後記

拙著《蘇軾詞編年校注》自二〇〇二年出版以來，至今已重印四次。二〇一三年入選國家新聞出版廣電總局、全國古籍整理規劃領導小組首屆向全國推薦的優秀古籍整理圖書書目。《光明日報》二〇一三年十月十八日發表署名文章稱：這些書目是從一九四九年至二〇一〇年間出版的二萬五千種古籍整理圖書中評出的精品，是「樹立古籍精品圖書的樣板和標杆」。拙著忝列其間，我們深感榮幸，又感不安。因爲當我們翻檢它，發現其中存在的紕漏和不足時，心中總會湧出慚愧之情，難以自安，感到它距「精品圖書」還有很大差距。《周易·益》云：「見善則遷，有過則改。」杜甫《偶題》云：「文章千古事，得失寸心知。」清人李漁《閒情偶記》卷一《文貴潔淨》有言：「隔日一删，逾月一改，始能淘沙得金，無瑕瑜互見之失矣。」發現錯誤就馬上改正，慢慢地就能上升到至善高度。自拙著出版以來，每當我們發現書中的錯誤和遇到新的資料時，就立即記録下來，以備日後修改、勘誤和補充之用。現在我們的書還不能重新排版，故不宜大量改動原來版面，補充的新資料和需要申述的問題，只能在後記中加以説明。

一　關於「底本」與「校勘」

一九八二年中華書局交給我們校注蘇軾詞的任務時，要求用最早之曾慥輯《東坡先生長短句》二卷、《拾遺》一卷作底本。東坡詞自宋至今流傳有三個系統：即曾慥輯《東坡先生長短句》系統；傅幹《注坡詞》系統；元延祐刻《東坡樂府》系統。其中曾慥輯本刊刻於紹興二十一年（一一五一），爲蘇軾最早也是最重要的本子，可惜原刻本已佚，現今只流傳着三種鈔本和一種排印本。它們是：（一）明吴訥（一三六八—一四五四）抄《唐宋名賢百家詞》本《東坡詞》二卷，《拾遺》一卷。卷上收詞一一四首，卷下收詞一五七首，《拾遺》收詞四十首，共三一一首，天津圖書館藏（一九八九年天津古籍出版社有影印本）。（二）明紫芝漫鈔《宋元名家詞》本《東坡詞》三卷，北京大學圖書館藏。（三）民國十七年（一九二八）梁廷燦據天津圖書館藏吴訥鈔本過録、梁啟超校《唐宋名賢百家詞》，國家圖書館藏。排印本一種：林堅之（大椿）校訂《百家詞》本《東坡詞》二卷、《拾遺》一卷。此本據吴訥《唐宋名賢百家詞》排印，民國二十九年（一九四〇）香港商務印書館出版。書印成後，即逢港變，存書都作一炬，僅有數部運至内地，北京師大、華東師大、上海師院、福建師院、吉林大學、上海古籍出版社有藏（一九九二年天津市古籍書店有影印本）。另外，明萬曆三十四年茅維編刻《東坡先生全集》本《東坡詞》二卷，亦據曾慥本收録，而將曾本《拾遺》卷四十首，分别編入前二卷之同調諸詞之後，並增補若干首佚詞，共收詞三一六首。明萬曆四十六年焦竑編曼山館刻《蘇長公二妙集》本《東坡詩餘》二卷，也出自茅維輯刻本，並增補二十首。明末毛晉汲古閣《宋六十名家詞》本《東坡詞》一卷，則據全集和焦竑本重編，並校以元延祐刻本，收詞三二八首。《四庫全書》本《東坡詞》則出毛氏汲古閣本。上述諸本中，吴訥鈔本、紫芝漫鈔本、梁鈔本，都較好地保存了宋曾慥刻本原貌，但由於鈔手的隨意性，錯誤很多，諸如錯字、别字、前後重出等等，幾乎觸目皆是，用作底本，殊不足據。林大椿排印本，雖然增强了規範性，但對於東坡詞，僅從《拾遺》卷中删去重出的《醉桃園》等七首，此外實無他本校訂，故其内容編次，實同吴訥鈔本。其他明刊全集、二妙集、毛本、四庫本，雖然承襲於曾慥本系統，但都經過編者的改編、增補，無論是卷數和收詞首數，與曾本大異，失去了曾本原貌。唐圭璋先生編《全宋詞》本《東坡詞》時，採用的是曾慥本系統，但他未用上述諸本作底本而另闢蹊徑。他在《全宋詞》本《東坡詞》附注云：「案蘇軾詞今用最早之曾慥本東坡詞二卷拾遺一卷，文字從毛扆校汲古閣本東坡詞録出，編次據吴訥唐宋名賢百家詞本及紫芝漫鈔本東坡詞。」（見第一册三二五頁上）唐先生編《全宋詞》本《東坡詞》爲了再現曾慥本原貌，詞的前後編次用的是吴訥鈔本和紫芝漫鈔本，每首詞的文字却從毛扆校汲古閣本。這樣編東坡詞，既能保持曾慥本原貌，又採納了吴訥鈔本、紫芝漫鈔本、毛康汲古閣本等諸本之所長。我們認爲唐先生這一揚長避短、各取所需的做法是可取的。中華書局要求我們「校勘要精簡」。我們從唐先生編《全宋詞》本《東坡詞》中獲得啟迪，在校注蘇軾詞時，編次用吴訥鈔《唐宋名賢百家詞》本《東坡詞》，而文字多從《全宋詞》本《東坡詞》，再校以其他諸本。這樣可以避免吴訥本在鈔寫中的諸多錯誤，減少校勘文字，以達到「校勘要精簡」的要求。對我們的這種嘗試，田玉琪、杜茜二先生批評「是對底本頗不重視」，吴訥鈔本的諸多漏誤，未有出校，「希望該書再版時對具體錯誤能有所更正」（見東北師大古籍整理研究所編《古籍整理研究學刊》二〇一三年四期《〈蘇軾詞編年校注〉之校勘指瑕》）。因拙著凡例校勘條未詳細提及，故在此特做具體説明。至於我們的做法，是耶？非耶？望方家指正。《唐宋名賢百家詞》是一部詞總集，較毛晉汲古閣刻詞早出近二百年，爲研究宋詞提供了重要價值的版本資料。田、杜二先生正承擔古籍整理項目吴訥《〈唐宋名賢百家詞〉匯校》，希望二先生遵守校勘之法則，校勘出一部能還吴訥鈔本原貌、高質量的東坡詞集，惠及學林，功莫大焉。作爲蘇學同道，我們期待着。

二　關於「編年」

最近幾年，學界又出版了幾部蘇軾詞校注本，如中國書店二〇〇七年一月出版的朱靖華、饒學剛、王文龍、饒曉明編《蘇軾詞新釋輯評》；河北人民出版社二〇一〇年六月出版的張志烈、馬德富、周裕鍇主編《蘇軾全集校注》中之《蘇軾詞集校注》，對蘇軾詞編年都有新的發明。另外報刊上發的有關蘇軾的文章，也有涉及蘇詞的編年，讀後頗受啟發。《蘇軾全集校注》二〇一三年獲中國出版政府奬圖書奬，對學術發展、文化傳承意義重大。《蘇軾詞新釋輯評》收入葉嘉瑩主編《歷代名家詞新釋輯評叢書》，共收蘇詞四一一首，是目前收詞最多者。且對四一一首詞都編了年，並篇篇有講解，對讀者特別是初學蘇詞者，很有幫助，是對學術界的一大貢獻。但四一一首編年，是否篇篇都十分準確、穩妥，我們想還會有商榷的餘地。

讀了張志烈、朱靖華諸先生校注的蘇軾詞和報刊上發表的有關文章，感到拙著需要變更編年及應加案語者，有以下幾首：

（一）上册一四頁《浪淘沙》（昨日出東城），原據王文誥《蘇詩總案》卷七編熙寧五年壬子（一〇七二）正月。自王文誥之説一出，後來治蘇詞者，多襲之，如朱孝臧、龍榆生、曹樹銘、石聲淮、唐玲玲、薛瑞生、孔凡禮等。近幾年蘇學界不少學者對此提出質疑。劉尚榮先生在《樂山師院學報》二〇〇五年八期發文《蘇詞開篇，紅杏報春》，略云：蘇軾熙寧四年十一月二十八日到杭州通判任所後，旅途勞頓，首要任務是會見僚友，熟悉環境，忙亂中已進暮春，有詩有紀可證，惟不曾有熙寧五年正月探春的紀録，若説此時蘇軾有探春詞，恐難令人信服。再細審王文誥的相關考述，亦是自相矛盾：既説「此倅杭作而年無所考」，又正式繫於熙寧五年正月，足見其並無顯證，亦無自信。蘇軾這首詞，「應寫於熙寧六年春正月，可能是二十二日，即與陳襄去尋春之次日」。熙寧六年正月，蘇軾城外探春，蘇軾詩集裏可見到確鑿無疑的旁證：如詩集卷九有《正月二十一日病後述古邀往城外尋春》及《有以官法酒見餉者因用前韻求述古爲移廚飲湖上》二詩，詳説熙寧六年探春事，陳襄也有《和蘇子瞻通判在告見寄》。蘇詩、陳詩的描繪都正好與蘇軾《浪淘沙》探春詞互爲發明，互相印證，提示讀者《浪淘沙》應作於熙寧六年正月。龍吟先生《蘇軾詞作編年新説》也説「蘇軾熙寧五年無詞，《浪淘沙》作於熙寧六年（一〇七三）正月」（見學苑出版社出版《中國蘇軾研究》第二輯）。張志烈《蘇軾詞集校注》也繫於熙寧六年春，並補佐證説：「陳襄自熙寧五年五月由陳州移知杭州，熙寧七年六月除知應天府，能邀蘇軾尋春的時間只有熙寧六年和七年兩個春天，而熙寧七年春蘇軾在常潤，故相邀只能在熙寧六年之春。」據上諸説，今移編熙寧六年正月，作於杭州。

（二）上册一九七頁《浣溪沙·荷花》（四面垂楊十里荷），原依曹本編熙寧十年丁巳（一〇七七）正月，作於濟南。一九八二年依曹本編年時，就心存疑惑，正月裏怎麼會出現「四面垂楊十里荷」的景象？怎麼會有「且來花裏聽笙歌」的活動？因當時此詞只有曹氏一家編年，無别本參證，權且「暫依曹説編年，以俟詳考」。一九九八年薛本發行後提出此詞「疑似作於潁州」。編入元祐六年，並引《名勝志》和秦少游的兩句詩「十里荷花菡萏初，我公所至有西湖」，以證不妄，但並無自信。二〇〇四年出版的孔凡禮《三蘇年譜》據薛説繫於元祐六年，並加案語云：「案『十里荷花』

云云乃秦觀（少游）之弟秦覯（少章）詩，乃蘇軾初到潁州時，覯所呈者。」後有「秦覯（少章）嘗呈軾詩」條，並録《詩話總龜》前集卷二十七引《王直方詩話》：「杭州有西湖，而潁亦有西湖，皆爲遊賞之勝地，而東坡連守二州。其初得潁也，有潁人在坐，云：『内翰但只消遊湖中，便可以了郡事。』蓋言其訟簡也。秦觀少章因作一絶以獻云：『十里荷花菡萏初，我公所至有西湖。欲將公事湖中了，見説官閑事已無。』後東坡到潁，有《謝執政啟》，亦云：『入參兩禁，每玷北扉之榮；出典二邦，輒爲西湖之長。』」（案：孔録此文，《詩話總龜》前集卷二十七不載，見後集卷九「投獻門」，亦見《苕溪漁隱叢話》前集卷四十一，孔當誤記。）朱靖華等《蘇軾詞新釋輯評》云：「此詞作於宋哲宗元祐六年（一〇九一）閏八月至九月間東坡到潁州太守任時。」張志烈等之《蘇軾詞集校注》，亦繫於元祐六年閏八月初到潁州時。以上薛、孔、朱、張等四家之説可從，現改編到元祐六年辛未（一〇九一年）閏八月，作於潁州。

（三）上册三八五頁《漁父》詞「編年」欄，原作「同前首」。今下加案語：

案，《漁父》四首，又見《蘇軾詩集》卷二五，查注、合注、集成均編元豐八年春作於南都（今河南商丘市），以後出現之朱本、龍本、薛本、《三蘇年譜》均從詩集編年。《蘇軾全集校注》詩集校注編元豐八年（一〇八五）二月，作於南都（見四册二七八四頁），詞集校注編元豐五年（一〇八二）春，作於黄州（見九册三七六頁），自相牴牾。録存待考。

（四）中册六一九頁，《漁家傲》題作「送吉守江郎中」，原編元祐四年己巳（一〇八九）八月，作於杭州。此編年有誤。明萬曆刊《重編東坡先生外集》卷八四載此詞，題作《送江寬，寬知台州》。我們考辨，此詞是熙寧七年九月初江寬由真州轉台州途經杭州時，蘇軾送行之作，詳見下册《重印後記》一二二六頁至一二二八頁，不再重述。

還有一些詞，屬見仁見智的編年，一時難以定論，只能存疑。析疑匡謬，以待來哲。

三　關於「考辨」

（一）中册七〇七頁，《蝶戀花》（春事闌珊芳草歇）【考辨】欄，原有考辨，欠全面，現修訂如下：

此詞明洪武本《草堂詩餘後集》卷下及周瑛《詞學筌蹄》卷三作無名氏詞，清康熙年間刻本《雙湖先生文集》卷四作元人胡一桂詞，題作「清明」，「落紅」作「落花」。案：除傅本、元本、吴本、外集未收外，明刊全集、二妙集、毛本、朱本、龍本、全宋詞、曹本俱載。且明陳鍾秀《精選名賢詞話草堂詩餘》卷下、武陵逸史《類編草堂詩餘》卷二、沈際飛《草堂詩餘正集》卷二、楊慎評點《草堂詩餘》卷三、董其昌《新刻便讀草堂詩餘》卷三、李廷機《新刻注釋草堂詩餘評林》卷三、陳耀文《花草粹編》卷七、潘游龍《古今詩餘醉》卷八、清朱彝尊《詞綜》卷六、沈辰垣等《歷代詩餘》卷三九、先著《詞潔》卷二、董毅《續詞選》卷一、陳廷焯《詞則·大雅集》卷

二、梁令嫻《藝蘅館詞選》乙集、黄蘇《蓼園詞選》，以及王士禎《花草蒙拾》、沈雄《古今詞話·詞品》卷下等，均作蘇軾詞。《天機餘錦》卷一亦載此詞，臺北「中央圖書館」藏明藍格鈔本未署作者，二〇〇〇年一月遼寧教育出版社出版校點本，補署蘇軾。足證洪武本作無名氏者誤。《草堂詩餘》成書約在宋寧宗慶元元年（一一九五）以前，該書在社會流行已五十多年，胡一桂（一二四七—？）才出生，作胡一桂詞顯誤。或云今傳《草堂詩餘》最古之本，乃何士信等後人在原刊本的基礎上增添而成，故題《增修箋注妙選群英草堂詩餘》，此首未嘗不有混入蘇詞之嫌。案：增修本中凡增添之詞，均標明「新添」或「新增」二字，共一〇六首。其中新添蘇軾詞兩首，前集卷上新添《江神子》（天涯流落思無窮），後集卷上新添《念奴嬌》（憑高挑（眺）遠）。而此首《蝶戀花》未標「新添」或「新增」二字，説明乃宋本原有篇目，作蘇軾詞當不謬。

四　關於「箋注」

（一）上册一二頁，《南歌子》（琥珀裝腰佩）箋注〔一〕引傅注後，原加按語云：「按《漢武内傳》『五兵』原作『玉之』，疑鈔本筆誤。」此按語現改作：

按《漢武内傳》「六山火五兵佩」原作「六出火玉之佩」，疑傅注鈔本有誤。「六出」謂一花生六瓣。「火玉」，傳説能發熱的紅色寶玉。唐·蘇鶚《杜陽雜編》卷下：「會昌元年（八四一），夫餘國貢火玉三斗……火玉色赤，長半寸，上尖下圓，光照數十步，積之可以燃鼎，置之室内，則不復挾纊。」此謂上元夫人佩帶着用火玉做成六瓣花狀的玉佩。

（二）中册五七一頁，《水龍吟》序中有「元豐七年冬，余過臨淮，而湛然先生梁公在焉」。「湛然先生梁公」原失注，今補注如下：

湛然先生梁公：即道人梁沖。《蘇軾詩集》卷二四載《贈梁道人》詩。孔凡禮《蘇軾年譜》卷二三「賦詩贈梁沖道人」條云：「《濟南先生師友談記》叙嘉祐二年應進士舉時論卷《刑賞忠厚之至論》『爲道人梁沖所得』，『沖以吐納醫藥爲術，東坡貶時識之，今在京師』。蘇軾贈詩首云：『採藥壺公處處過，笑看金狄手摩挲』，知此道人乃沖，在黄州時已識其人，今遇之於途中。」蘇軾詩、詞均爲元豐七年十二月由黄州赴京途中在泗州所作，當時道人梁沖也在泗州，知「湛然先生梁公」，即道人梁沖。

五　關於「參考資料」

（一）上册九頁，明楊慎《詞品》後加一條：

明·潘游龍《精選古今詩餘醉》卷四：「『篆』字沈在上韻，蘇入去韻，可見沈韻原不必盡要合也。至如『朋』與『蒸』同押，『畫』與『卦』同押，『畫』與『壞』同押，此等音皆缺舌，猶當避也。」

（二）上册一九六頁，清王士禎《漁洋詩話》與近人鄭文焯《手批東坡樂府》之間加一條：

清·紀昀等《四庫全書總目提要》卷一九八《東坡詞》：「《陽關曲》三首，已載入詩集之中，乃餞李公擇絶句。其曰『以《小秦王》歌之』者，乃唐人歌詩之法，宋代失傳，惟《小秦王》調似絶句，故借其聲律以歌之，非别有詞調謂之『陽關曲』也。使當時有『陽關曲』一調，則必自有本調之宫律，何必更借《小秦王》乎？」

（三）上册三八五頁，《漁父》（漁父飲，誰家去），原無「參考資料」，現增加欄目及一條資料：

【參考資料】

清·王文誥《蘇文忠公詩編注集成》卷二五《漁父四首》案云：「《漁父詞》起於三閭，誥向能以七弦道之。公又嘗改張志和詞爲《鷓鴣天》。此四章亦其遺意，皆可譜入琴聲也。」

（四）中册四二一頁，明張綖《草堂詩餘後集别録》與清許昂霄《詞綜偶評》之間加一條：

明·潘游龍《古今詩餘醉》卷一一：「語語高妙閑冷，初不英氣凌人。李白《赤壁歌》『樓船掃地空』，則『檣艫』字甚妙，俗本作『强虜』，可笑。」

（五）中册五五一頁，明顧從敬《類選箋釋草堂詩餘》與清王士禎《花草蒙拾》之間加一條：

明·潘游龍《古今詩評醉》卷一一：「歐詞『樽前看取衰翁』，已覷破矣。此言『未轉頭時皆夢』，更警醒。」

（六）中册五九二頁，《蝶戀花》（自古漣漪佳絶地），原無「參考資料」，現增加欄目及一條資料：

【參考資料】

宋·葛立方《韻語陽秋》卷十三：「漣水有真君泉，在軍治園中。東坡嘗題字於石欄，又作長短句，所謂『倦客塵埃何處洗，真君堂下寒泉水』是也。」

（七）中册七一〇頁，明沈際飛《草堂詩餘正集》前加兩條：

明·楊慎《詞品》卷一：「宋人作詩與唐遠，而作詞不愧唐人，亦不可曉。《太平廣記》載妖女一詞云：『五原分袂真胡越，燕折鶯離芳草歇。年少煙花處處春，北邙空恨清秋月。』其詞亦佳。坡詞『春事闌珊芳草歇』亦用其語。或疑『歇』字似趁韻，非也。唐劉瑶詩『瑶草歇芳心耿耿』，皆有出處，一字不苟如此。」

明·胡應麟《藝林學山》卷五：「東坡『春事闌珊芳草歇』，或疑『歇』字似趁韻，非也。唐劉瑶詩『瑶草歇芳心耿耿』，傳奇女郎王真真詩『燕拆鶯離芳草歇』，皆有出處，一字不苟如此。『芳草亦未歇』，謝康樂詩也，坡當祖此，楊所引誤。」

鄒同慶　王宗堂

二〇一四年八月二十日於河南大學書壁斗室齋